W0410202

ammann

Baltasar Gracián

DAS KRITIKON

Aus dem Spanischen
übersetzt und kommentiert
von Hartmut Köhler

Mit einem Nachwort
von
Hans-Rüdiger Schwab

Ammann Verlag

Für Ingeborg Hecht-Studniczka
Dem Andenken an Hanns Studniczka

Die Übersetzung des vorliegenden Werkes
wurde mit Mitteln der Dirección General del Libro, Archivos y Bibliotecas
del Ministerio de Educación y Cultura de España gefördert.
Der Verlag bedankt sich hierfür.

Frontispiz
DIE HERRSCHAFT DER ZEIT ÜBER DIE WELT.
Frankreich, 2. Hälfte 16. Jh. Relief, Marmor.

Dritte Auflage
Im 20./21. Jahr des Ammann Verlages
© 2001 by Ammann Verlag & Co., Zürich
Homepage: www.ammann.ch
Alle deutschsprachigen Rechte vorbehalten
Satz: Gaby Michel, Hamburg
Druck und Bindung: Bookwell, Porvoo, Finnland
ISBN 3-250-10437-X

DAS KRITIKON

ERSTER TEIL

im
Frühling der Kindheit
und im
Sommer der Jugend

Verfasser
GARCÍA DE MARLONES

gewidmet
dem tapferen Ritter
DON PABLO DE PARADA
Vom Orden Christi
General der Artillerie und
Statthalter von Tortosa

Mit Lizenz

—

Zu Zaragoza, bei Ivan Nogues, auf dessen Kosten
Anno M.D.C.L.I.

Zensur

Von Pater Antonio Liperi, Klostergeistlicher,
Doktor der Theologie und beider Rechte.
Im Auftrag seiner Durchlaucht, des Grafen von Lemos
und Castro, Vizekönig und Generalkapitän dieses Reiches.[1]

Gemäß dem Auftrag Eurer Exzellenz habe ich das Buch, betitelt *El Criticón* und in seinem ersten Teil *Im Frühling der Kindheit und im Sommer der Jugend,* verfasst von dem Lizenziaten García de Marlones, mit Gewissenhaftigkeit gelesen und darin nichts gefunden, was den Regalien Seiner Majestät, noch den guten Sitten, noch auch der gesunden katholischen Lehre unseres heiligen Glaubens zuwiderliefe. Vielmehr steht das darin Geschriebene in voller Übereinstimmung mit alledem. Es enthält mannigfache sehr förderliche moralische Unterweisungen, vorgebracht mit geistreicher Feinheit und ausgedrückt in einer ernsthaft gehobenen und zugleich wohltuend würzigen Sprache; und zwar je würziger, desto wohltuender und einer guten Politik und Besserung der Sitten zuträglicher, wobei sich der Verfasser des *miscuit utile dulci* rühmen kann, ist doch das Angenehme mit dem Nützlichen sonst recht schwer vereinbar.[2] Im Gewande einer einfallsreichen Fabel oder einer ebenso tragischen wie komischen Fiktion führt er uns einen unglücklichen Vater vor, den seine zahlreichen Missgeschicke vor der Zeit mit dem Weißhaar der Altersklugheit bedeckt haben und der, ohne zu ahnen, dass derjenige, mit dem er unter glücklichen Umständen zusammentraf, sein eigener Sohn sein könnte, sich in der lobenswertesten Weise um dessen Erziehung bemüht, ihm

1 *Francisco Fernández de Castro:* Graf von Lemos, von 1643 bis 1652 Vizekönig von Aragón. Im 7. Kapitel von *El Discreto* hat ihn Gracián lobend erwähnt (vgl. *Der kluge Weltmann,* übers. von S. Neumeister, S. 47).

2 *Miscuit utile dulci:* die berühmte Formel aus Horaz' *Ars poetica* (*Brief an die Pisonen,* V. 343). »Alle Stimmen hat auf sich vereint, wer das Angenehme mit dem Nützlichen verbindet.«

nicht nur das Sprechen beibringt und ihn in das Studium der freien Wissenschaften einführt, sondern ihn auch lehrt, die Schönheit und Harmonie dieses Weltengebäudes zu bewundern, in Sonderheit sein größtes und schönstes Wunder, welches da ist der Mensch, und die bestaunenswerte Macht und Vorsehung seines SCHöpfers. Um ihn sodann am pythagoreischen Scheidewege seines Lebens[3] von den Lastern abzubringen, geißelt er diese mit sehr viel Witz und setzt ihnen mit gut gesalzenen, wenn auch fabelhaft erdichteten Erzählungen zu, ja er beweist die meiste Würze und Anmut seines Erzählens wie seines Denkens gerade in seiner äußerst witzigen und erfrischenden Bissigkeit. Schließlich zeigt er, wie einer im Frühling seiner Kindheit zur Person werden kann und wie er sich in der Sommerhitze der Jugend nicht von der Sinnenglut entflammen lassen darf. Und all dies in einem so wohlgesetzten und klaren Stil, mit so viel Kunstverstand und solch abwechslungsreicher Vielfalt der Gegenstände, dass derjenige, der sich daranmacht, das Buch zu lesen, es wahrscheinlich nur widerstrebend aus der Hand legen wird, bevor er ans Ende gelangt ist.

So lautet meine Ansicht, die ich mit meinem Namenszug bestätige.

Zaragoza, den 6. Juni 1651. Don Antonio Liperi[4]
IMPRIMATUR.

3 *Scheideweg:* vgl. S. 80, Anm. 12.

4 Kein Klappentext könnte lobender sein als dieser Zensurbericht eines sonst kaum bekannten Klerikers. Er konnte unverändert in die Ausgabe von 1658 übernommen werden, mit der einzigen Ausnahme des Verfassernamens: Das ohnehin durchsichtige Pseudonym *Lizenziat García de Marlones* (Anagramm von *Gracián y Morales*) wurde hier wie im Titelblatt ersetzt durch den Namen *Lorenzo Gracián*, mit dem alle wichtigeren Werke Graciáns gezeichnet wurden. Eine Verordnung von 1627, die die Verwendung von Pseudonymen mit Geldstrafe und Verbannung belegte, war offenkundig in Vergessenheit geraten (vgl. auch S. 731, Anm. 46).

An Don Pablo de Parada

Ritter des Christusordens, General der Artillerie und Statthalter von Tortosa[5]

Wäre meine Feder so gut geschnitten, wie Ew. Hochwohlgeboren Schwert schneidend ist, so könnte die Unbescheidenheit, mit der ich um Übernahme der Schirmherrschaft bitte, verzeihlich erscheinen; nun ist dem keineswegs so, und dennoch sucht sie um starken Schutz nach. Kam doch mit Ew. Hwg. die Tapferkeit in Eurer Heimat Lissabon zur Welt, wuchs unter rühmenswert mutigen Taten in Brasilien auf und hat sich in Katalonien durch glänzende Siege hervorgetan. Ew. Hwg. schlugen den Angriff des grimmen Marschall de la Mothe auf Tarragona zurück, den dieser über die Festung San Francisco unternahm, welche Ew. Hwg. mit seinen Truppen und mit seiner Fähigkeit so unerschrocken verteidigten.[6] Sodann vertrieben Ew. Hwg. den angeblich unbesieglichen Grafen von Harcourt aus den Stellungen um Lérida, erstürmten mit Eurem Regiment aus Guarda die Veste Real und hielten sie allen Befürchtungen zum Trotz.[7] Und von dieser Art könnte ich zahlreiche

5 *Parada:* Heerführer portugiesischer Abkunft. Im katalanischen Krieg war Gracián Feldkaplan in seinem Heer und erlebte insbesondere die Entsetzung von Lérida 1646 aus nächster Nähe mit (vgl. *Agudeza*, Kap. 18). Der Adressat bedankte sich für die Widmung mit einem ansehnlichen Geldgeschenk. Über die freundschaftlichen Beziehungen vgl. S. 355, Anm. 27. – *Christusorden:* der 1319 in Portugal gegründete Nachfolge-Orden der vernichteten Templer, dem die Elite der portugiesischen Seefahrer angehörte.

6 *Philippe Graf von La Mothe-Houdancourt* (1605–1657): Marschall von Frankreich, von Richelieu 1641 mit dem Befehl über die französischen Truppen betraut, die den katalanischen Aufstand unterstützen sollten. Anschließend Vizekönig von Katalonien. Nach der Niederlage von Lérida 1644 abgesetzt und vor den Kriegsrat beordert. 1651 erneut Vizekönig bis zur endgültigen Unterwerfung Kataloniens unter Spanien 1653.

7 *Heinrich von Lothringen, Graf von Harcourt* (1601–1666): Marschall von Frankreich und einer der bedeutendsten französischen Heerführer der Zeit. Von Mazarin 1644 zum Nachfolger von La Mothe bestimmt.

weitere Unternehmen anführen, wie sie Ew. Hwg. zunächst mit militärischer Klugheit geplant und sodann wirksam in die Tat umgesetzt haben. Mit der Tüchtigkeit wetteiferte das Glück, das Ew. Hwg. begünstigte bei der Ernennung zum Admiral der Flotte, die daraufhin mit so reichem Erfolg nach Spanien zurückkehren sollte.[8] So dass daraus ein Streit unter den Großen des Staates erwuchs, ob Ew. Hwg. die Streitkräfte wohl besser zu Land oder besser zur See zu führen verstünden, wo Ew. Hwg. doch beides so ausnehmend gut gelingt. Um diese Wahrheiten, die gleichwohl allgemein bekannt sind, keinem Verdacht auszusetzen, insofern ich als Freund spreche, hätte ich sie gerne aus dem Munde irgendeines Feindes angeführt, doch konnte ich keinen solchen finden. Nur einer war da, der, nicht willens anzuerkennen, wieviel er Ew. Hwg. schuldete, sich als Feind gebärden wollte, doch er vermochte es nicht; ja er musste selbst einräumen (und das war viel), dass er gerne etwas Schlechtes über diesen Mann gesagt hätte, aber nichts fand, was er hätte sagen können. Was mich indes am meisten freut, ist, dass Ew. Hwg., ein Mann so ohne Falsch und Arg, im Ansehen unserer Zeit an so hoher Stelle stehen. Möge der Himmel seine Hand darüber halten.

Ew. Hwg. zutiefst ergebener
García de Marlones

8 Parada wurde 1647 zum Admiral der »Armada für Neu-Spanien« ernannt.

An den Leser

Diese *Weltenhofbetrachtung*, diesen Gang deines Lebens als Gedankengang, biete ich dir, urteilsfreudiger, nicht verurteilsfreudiger Leser, heute dar, und mag auch bereits der Titel dein Stirnrunzeln erregen, so wird doch, wie ich hoffe, jeder Einsichtige leicht einsehen, dass es nicht auf ihn abgesehen ist, dass er nicht schlecht von sich zu denken braucht.[9] Ich habe danach getrachtet, die trockene Philosophie mit dem unterhaltsamen Einfall zu vermählen, die beißende Satire mit der eingängigen Erzählung, doch es mag durchaus sein, dass der gestrenge Gracián dies in seinem nicht so sehr wortzauberischen als vielmehr wortklauberischen *Arte de ingenio* als unernst und verspielt abtun würde.[10] Aus allen Autoren mit gutem Genius war ich nachzuahmen bedacht, was immer mir zusagte: aus Homer die Allegorien, aus Äsop die Fabeln, das Lehrreiche aus Seneca, das Scharfsinnige aus Lukian, aus Apuleius die

9 *Diese Weltenhofbetrachtung (»Esta filosofía cortesana«):* kühn verkürzter Ausdruck, dessen Sinn sich etwa so umschreiben lässt: »Erörterung der Formen und Bedingungen des Lebens in der Welt der Menschen allgemein, in der Annahme, dass diese weitgehend denjenigen einer höfischen Gesellschaft ähneln«. – *Gang deines Lebens als Gedankengang: »el curso de tu vida en un discurso.«* – Titel: *»El Criticón«*, Neubildung Graciáns in der Bedeutung »Sammlung von Kritiken, Beurteilungen, Einschätzungen« (dazu gehörend die Bezeichnung der einzelnen Kapitel als »Krisis«, in dieser Bedeutung erstmals von Gabriel de la Gasca in seinem *Manuel de avisos del perfecto cortesano* von 1631 verwendet). Wortbildung wie bei *Satyricon* = »Sammlung von Satiren« (Petronius oder John Barclay) oder *Odeporicon* = »Wanderbüchlein« (Johannes Butzbach). Fasst man *-ón* als Augmentativ zu *»crítico«* auf, so ist daneben auch die Bedeutung hörbar: »Der heftige Kritiker« (nämlich der menschlichen Laster). Vgl. auch unten, Anm. 11.

10 Selbstironische Anspielung auf das 1642 unter diesem Titel und 1648 in erweiterter Fassung unter dem Titel *Agudeza y Arte de Ingenio* erschienene Grundbuch der barocken Poetik. – Als vielleicht treffendste Gattungsbezeichung für diese »Vermählung« des Verschiedenartigen, die das *Criticón* darstellt, kann ein Ausdruck von Fernando Lázaro Carreter gelten: Er spricht von »menippeischem Epos« *(Epopeya menipea)*, also Epos im Ton jener von Menippos von Gadara (3. Jh. v. Chr.) begründeten Form der Satire, die menschliche Schwächen verspottet und dabei burleske Übertreibung mit ethischem Ernst zu verbinden sucht.

Beschreibungen, aus Plutarch die Moral, aus Heliodor die Verwicklungen, aus Ariost die Unterbrechungen, aus Boccalini die Krisen und aus Barclay die Bissigkeiten.[11] Ob es mir gelungen ist, und sei es auch nur als schwacher Schatten, das zu beurteilen muss ich dir überlassen. Ich setze ein mit der Schönheit der Natur, gehe über zur Vortrefflichkeit der Kunst und ende bei der Nützlichkeit der Moral.[12] Gegliedert habe ich das Werk in zwei Teile, ein Kunstgriff zur Vermeidung mühevoller Längen, so dass der Gaumen gereizt bleibt, aber nicht übersättigt wird. Falls dieser erste Teil dir zusagen sollte, so werde ich dir bald den zweiten anbieten, der schon vorgezeichnet, auch schon ausgemalt ist, doch noch nicht vollendet und der umso kritischer ausfallen muss, als die beiden anderen Lebensalter, über die darin philosophiert werden soll, ja auch die vernünftigeren sind.[13]

11 Ein Teil nur, wenn auch ein bedeutsamer, der Entlehnungen, die das reiche Literaturwerk vornimmt. Insbesondere sind die spanischen Autoren ausgespart, etwa Fray Luis de León und vor allem Góngora. An Erläuterungen nur das Dringendste: Heliodors Roman *Theagenes und Chariklea* (3. Jh. n. Chr.) lieferte mit seinen kunstvoll konstruierten Intrigen das Modell für viele Erzähler der Neuzeit (vgl. S. 69, Anm. 23, und S. 235, Anm. 17). – Ariosts virtuos gehandhabte Suspendierungen der Handlungsstränge des *Rasenden Roland* (1516/1532) sind der Inbegriff erzählerischer »Spannung« (vgl. etwa S. 146, Anm. 31). – Der Italiener Traiano Boccalini war mit seinen *Ragguagli di Parnaso* (1614) eine Inspirationsquelle für politische und literarische Satire; desgleichen John Barclay, ein lateinisch schreibender, zu seiner Zeit viel gelesener englischer Satiriker (1582–1621), Verfasser des *Satyricon.* Näheres siehe S. 398, Anm. 72. – *Krisen:* Von Boccalini übernimmt Gracián die Bezeichnung »Krisis« für seine Kapitel (als Gattungsbezeichnung schon in Kapitel VI von *El Discreto*), entsprechend einer barocken Vorliebe für dergleichen Umschreibungen (mit Nachklängen bei Jean Pauls »Jobelperioden« oder Günter Grass' »Monaten«).

12 Ein mehr als summarischer Überblick!

13 Hinweis darauf, dass der 1653 als Teil II erschienene *Herbst des Mannesalters* und der 1657 als Teil III erschienene *Winter des Alters* ursprünglich gemeinsam den zweiten Teil des Werkes ausmachen sollten (vgl. auch S. 566, Anm. 2).

ERSTER TEIL

Erste Krisis

Der schiffbrüchige Critilo trifft auf Andrenio, der ihm Erstaunliches von sich erzählt.

Eben hatten beide Welten zu Füßen ihres Universalherrschers, des katholischen Philipp, ihre Huldigung erbracht; eben war ihm die weiteste Bahn, welche die Sonne um beide Hemisphären zieht, zur Kronenzier geworden, ein schimmernder Reif, in dessen kristallener Mitte gefasst ein Eiland liegt, Perle des Meeres oder Smaragd der Erde, eine Insel, die ihren Namen nach einer erhabenen Kaiserin hatte, damit sie Kaiserin sei unter den Inseln und Krone des Ozeans; weshalb denn die Insel der Heiligen Helena auf der Fahrt von der einen Welt in die andere als Aufenthalt dient für Europa, die willig bewegte, und stets, inmitten unermesslicher Meere durch Gottes gnädige Hand beschützt, Freistatt gewesen ist für die Fahrt der katholischen Flotten nach dem Orient.[1]

Da nun strebte, den Wogen und den Winden trotzend, mehr noch den Unbilden seines Geschicks, an eine Planke geklammert, Wunder der Natur und Ausbund des Glücks, ein Schiffbrüchiger dem Ufer zu, ein Schwan in doppelter Hinsicht: weißhaarig schon, *cano,* noch mehr aber *canoro,* wohltönend, stimmte er doch, wie jener, dem Sterben nahe seinen Gesang an. Im verderblichen Zwischenreich von Leben und Tod ließ dieser sich folgendermaßen vernehmen:

1 Der Beginn des Romans wird also auf die Zeit nach der Thronbesteigung Philipps IV. angesetzt, das heißt auf das Jahr 1621. – Die Insel im Südatlantik war 1502 von Portugiesen entdeckt und nach Helena, der Mutter Kaiser Konstantins, benannt worden. Zur Zeit der Abfassung des *Criticón* war sie holländisch, bevor sie an England kam; spanischer Flottenstützpunkt war sie nie. – *Die willig bewegte Europa: »la portátil Europa«.* Gemeint ist gleichsam die »tragbare« Europa, die sich erst von Phönizien nach Kreta, später als ganzer Kontinent in die Neue Welt hatte tragen lassen. Diese Bedeutung »Kontinent« war im 17. Jh. noch nicht selbstverständlich, hat sich erst im 18. Jh. durchgesetzt. Ein erster spöttisch-kritischer Ton unter den prunkvollen Posaunen dieses Introitus ist nicht zu überhören.

»O Leben, besser wär's, du hättest nie begonnen. Einmal begonnen jedoch, solltest du nie mehr enden! Nichts ist willkommener als du, nichts aber auch hinfälliger, und wer dich einmal verloren hat, erlangt dich spät erst wieder. Du musst mir nunmehr als verloren gelten. Eine Rabenmutter, so erweist Natur sich dem Menschen, reicht sie doch, was bei der Geburt sie ihm an Einsicht vorenthalten hat, beim Sterben nach. Dort, am Anfang, empfindet er nicht, wie viel Gutes er empfing, hier aber, am Ende, spürt er umso stärker, wie viel Übles sich gegen ihn verschworen hat. O welch ein tausendfacher Tyrann der ganzen Menschheit war doch der, der als erster in unerhörtem Leichtsinn auf gebrechlichem Fahrzeug sein Leben dem unbeständigen Element anheim gab! Umschlossen von Stahl, heißt es, sei seine Brust gewesen, ich aber sage, sie war umhüllt... nicht von *hierros,* von Eisen, nein, von *yerros,* von Täuschungen. Vergeblich hat die Höchste Vorsehung die Völker durch Gebirge und Meere voneinander getrennt, wenn der Mensch in seinem Übermut Wege und Brücken erfand, um die Gefahren zu bannen. Was immer Menschenlist ersonnen hat, verderblich ist es gewesen und verhängnisvoll für sie selbst: Furchtbar räumt das Schießpulver unter den Menschenleben auf, ist Werkzeug der schlimmsten Zerstörung, und ein Schiff ist nichts anderes als ein vorab gezimmerter Sarg. Allzu eng kam dem Tod das Land als Bühne für seine Trauerspiele vor, und so suchte er nach Mitteln, auch zu Wasser zu triumphieren, damit nur wirklich in allen Elementen gestorben werde. Denn was für eine Stufe bleibt dem Unseligen noch zu seinem Untergang, sobald er den Fuß auf die Planken eines Schiffes setzt, auf dies Schafott, das er verdient hat für seine Tollheit? Mit Recht rügte Cato – Zensor auch seiner selbst – als größte unter den drei Torheiten seines Lebens, dass er an Bord eines Schiffes gegangen sei.[2] O Schicksal, o Himmel, o Fortuna! Ich möchte schier glauben, ich sei jemand, dass du mich derart heimsuchst. Und hast du einmal damit begonnen, dann endest du nicht vor dem Garaus.

2 Plutarch, *Vita Catonis,* XVIII. Die beiden anderen Torheiten: einer Frau etwas Geheimes anvertraut und einen ganzen Tag untätig verbracht zu haben. Zum Thema: T. Heydenreich, *Tadel und Lob der Seefahrt,* 1970. Ähnlich vor allem Góngora, *Soledades* I, Vv. 15–21 und 366 ff.

Möge es mir in dieser Lage zugute kommen, dass ich zu nichts gut bin, damit ich diese Prüfung noch oftmals wiederholen darf.«

Solcherart traf er mit seinen Seufzern die Lüfte, während er mit den Armen auf die Wasser einschlug, seiner Anstrengung Minervas Klugheit beigesellend. Es war, als sei er über die Gefahr erhaben, empfinden doch vor großen Männern sogar die Gefahren Angst oder Respekt. Zuweilen wagt sich auch der Tod nicht an sie heran, und das Schicksal läßt die Hand von ihnen.[3] So haben die Nattern den Alkiden verschont,[4] die Stürme Cäsar, die Schwerter Alexander und die Kugeln Karl den Fünften. Doch ach, da die Missgeschicke verkettet einhergehen, da eines das andere nach sich zieht und, wenn es mit dem einen zu Ende geht, sich gemeinhin ein anderes, größeres einstellt, so kehrte jenem, als er eben glaubte, sich im sicheren Schoß unserer gemeinsamen Mutter zu befinden, von neuem die Befürchtung wieder, es möchten ihn die Wellen wütend mit sich reißen, um ihn an eine der Klippen dort zu schleudern, an die verhärteten Launen des Schicksals. Wie Tantalos das Wasser, so entglitt ihm das Land unter den Händen, als er meinte, es am sichersten zu halten, findet doch der Unglückliche nicht allein zu Wasser kein Wasser, sondern auch zu Land kein Land.[5]

So warf es ihn hin und her aus dem einen ins andere Element, ungewiss zwischen Tod und Leben, ein seinem Schicksal verfallenes Opfer, als ein stattlicher Jüngling, ein Engel dem Aussehen und mehr noch seinem Tun nach, die Arme ausstreckte, um ihn darin aufzunehmen, rettende Seile von geheimer Magnetkraft, auch wenn nicht für Eisen.[6] Und mit dem Leben verbürgten sie ihm das Glück. Als er an Land gesprungen war, drückte er die Lippen auf den Boden, dies Siegel schaffte ihm Gewissheit, und er heftete die Augen an den Himmel, damit stattete er Dank ab. Dann ging er so-

3 Seneca: »*Fortuna fortes metuit*« – »Das Schicksal fürchtet die Starken« (*Medea*, V. 159).

4 Herkules in der Wiege.

5 Ovid: »*Quaerit aquas in aquis*« – »Er sucht (Süß-)Wasser in den Wassern« (*Amores*, II, 11, 43).

6 Leise Andeutung der Beziehung zwischen Retter und Gerettetem, die erst später voll verständlich wird (vgl. S. 230, Anm. 9).

gleich mit geöffneten Armen auf den Wiederhersteller seines Lebens zu, gewillt, seine Schuld mit Umarmungen und Reden abzutragen. Doch der ihm so viel Gutes erwiesen hatte mit seiner Tat, erwiderte ihm kein Wort. Nur Zeichen machte er, bekundete größte Freude durch sein Lächeln und höchstes Erstaunen durch seine Miene. Wieder umarmte ihn der dankbare Schiffbrüchige, sprach auf ihn ein und fragte ihn nach Gesundheit und Schicksal, doch auf nichts gab der sprachlose Inselbewohner Antwort. Der andere redete ihn in allen Sprachen an, deren er mächtig war, jedoch vergeblich, denn völlig verständnislos verlegte jener sich wieder auf sein seltsames Gebaren, er hörte nicht auf, ihn zu betrachten und zu bestaunen, und bezeugte abwechselnd äußerste Verwunderung und höchsten Jubel. Man hätte ihn jederzeit für einen Sohn der Wildnis dort halten können, doch stand dieser Vermutung entgegen, dass die Insel unbewohnt war, dass er glattes Blondhaar hatte und einen Gesichtsschnitt, der der Aufschrift *Europäer* gleichkam. Aus seiner Kleidung ließen sich keinerlei Schlüsse ziehen, bestand diese doch ausschließlich im Kostüm der Unschuld. Weiter dachte der scharfsinnige Schiffbrüchige nach: Sollte es etwa in seinem Leben an jenen beiden Dienern der Seele fehlen, von denen einer Botschaften annimmt, der andere sie überbringt: Gehör und Sprache? Jedoch belehrte ihn bald die Wahrnehmung eines Besseren, denn jener schenkte auch dem geringsten Geräusch lebhafte Aufmerksamkeit, ahmte überdies Raubtiergebrüll und Vogelsang mit solcher Genauigkeit nach, dass es den Anschein hatte, als verstünde er sich besser mit dem Getier als mit menschlichen Wesen. So viel vermögen Gewohnheit und Erziehung. Zwischen solchen barbarischen Bekundungen dämmerte indes mit schwachem Schimmer ein lebhafter Geist auf, und die Seele strebte danach, sich zu offenbaren. Denn wo die Kunst sich nicht ins Mittel legt, da verfällt die Natur der Verderbnis.[7]

Bei beiden zugleich wuchs nun das Verlangen, Schicksal und Lebensgang des anderen zu erfahren; doch der verständige Schiffbrüchige wurde gewahr, dass das Fehlen einer gemeinsamen Spra-

7 *Kunst: artificio,* hier positiv gebraucht; vgl. S. 73, Anm. 5.

che sie um diese Freude grausam betrog. Das Sprechen ist eine hohe Leistung der Vernunft, und wer nicht reden kann, der kann sich auch nicht verständigen. »Sprich«, sagte der Philosoph, »damit ich dich erkenne.«[8] Frei und groß teilt sich die Seele mit und ruft

8 *»Habla, para que te conozca«:* Als sprichwörtliche Redensart auch im Deutschen und anderen modernen Sprachen verbreitet: »Sprich, dass ich dich sehe.« – Die Sentenz hat eine reiche Überlieferungs- und Deutungsgeschichte. Gracián führt sie schon in *Handorakel* 148 an und ergänzt auch dort: »... sagte der Weise.« Wer ist aber der »Weise« bzw. der »Philosoph«? Schopenhauer wird die Stelle in seiner Übersetzung mit der Fußnote: »Sokrates« versehen. Vor ihm hatte Lichtenberg in seiner Schrift über Physiognomik kühn behauptet: »Rede, sagte Sokrates zum Charmides, damit ich dich sehe« (*Schriften und Briefe,* ed. W. Promies, Bd. III, 1972, S. 275). Auf Platons Dialog *Charmides* trifft dies indessen nur sehr allgemein, nicht dem Wortlaut nach zu. Sokrates wird dort (154 d) gebeten, über einen ungewöhnlich schönen Jüngling ein Urteil abzugeben. Er drängt darauf, ihn nicht zuerst nach seiner Gestalt, sondern nach seiner Seelenanlage einzuschätzen. Als er ihn dann zu Gesichte bekommt, zündet indessen, so muss er eingestehen, der Anblick seines Gewandes bei ihm »wie ein Feuerfunken«, er »verlor alle Fassung« (Übers. O. Apelt). Diese nicht ganz unverfängliche Stelle wird später verschleiert. Im 2. Jh. n. Chr. erzählt Apuleius den Vorgang verändert. Sokrates habe zu dem Jungen, der stumm vor ihm stand, gesagt: »Damit ich dich sehen kann, musst du auch etwas reden« (*»Ut te videam«, inquit, »aliquid et loquere«;* so nach einer später zusammengestellten Auswahl aus Apuleius' Reden: *Florida* 2, 1). Erasmus nun nimmt diese Anekdote in seine Sammlung *Apophthegmata* auf und ergänzt sie mit einer Lektion (Epimythion): *»›Loquere igitur‹, inquit Socrates, ›adolescens, ut te videam‹: significans, ingenium hominis non tam in vultu relucere, quam in oratione.«* – »was bedeutet, dass die Wesensart eines Menschen nicht so sehr in seinem Gesicht, sondern in seiner Sprechweise deutlich wird« (III, 70; *Opera omnia,* t. IV, Ndr. 1962, p. 162). Dieses nun frei schwebende Wort wird nach Erasmus vielfach aufgegriffen und auf seinen philosophischen, theologischen, sprachtheoretischen, physiognomischen und nicht zuletzt poetischen Gehalt hin befragt, so von Sebastian Franck (*Sprüchwörter,* 1545, S. 125/126), von Hamann im Zusammenhang seines theologischen Sprachdenkens (*Aesthetica in nuce,* Reclam 1998, S. 87), von Kierkegaard in *Über den Begriff der Ironie* (Ges. Werke, 31. Abt., S. 248); in der neueren Forschung zu Lichtenberg von A. Schöne (*Aufklärung aus dem Geist der Experimentalphysik,* 1982) und G. Neumann (in: *Das neuzeitliche Ich,* ed. U. Fülleborn, 1968), zu Hamann in theologischer Sicht von R. Ringleben (*Neue Zs. für systematische Theologie* 30, 1988), zu Carl Gustav Jochmann in rhetorischer Sicht von M. Fauser (1986, bes. S. 110 f.); eine Sammlung von Hörspielen trägt diesen Titel (H. Schwitzke, 1960), Wolfgang Thierse stellt einen Aufsatz über Sprache in der vergangenen DDR unter dieses Motto (in: Deutsch als Verkehrssprache, Berlin 1993), Seminare für Blinde werden organisiert usf. [für wertvolle Hinweise hierzu sei Michael Mühlenhort, Redaktion Klassikerwörterbuch u. d. L. von U. Knoop, Univ. Freiburg, gedankt].

im Geiste des Hörers sinnreiche Abbilder ihrer selbst hervor, was recht eigentlich das Gespräch ausmacht. Einer, mit dem niemand Umgang pflegt, der ist auch nicht anwesend, und wer wiederum sich durch die Schrift mitteilen kann, der ist nicht abwesend. Sie leben, die weisen Männer der Vorzeit, und reden täglich zu uns in ihren ewigen Schriften, den Nachfahren zu bleibender Erleuchtung. Das Sprechen hat teil am Notwendigen und am Erfreulichen; stets war ja die Natur in ihrer Weisheit darauf bedacht, bei allen Vorgängen des Lebens dies beides miteinander zu verbinden.

Vergnüglich und rasch gelangt man durch die Unterhaltung zu wichtigen Erkenntnissen, und das Reden ist der einzige Zugang zum Wissen. Indem sie reden, erzeugen die Weisen andere Weise,[9] und im Gespräch wird das Wissen dem Geist in angenehmer Form zugeführt. Daher kommt es, dass Personen nicht sein können ohne eine gemeinsame Sprache, die dem Bedürfnis und der Kurzweil dient. Ja, es haben sogar zwei Kinder, mit Vorsatz auf einer Insel ausgesetzt, sich zu gegenseitiger Verständigung eine Sprache ersonnen.[10] Mithin ist die edle Wechselrede Tochter des Nachdenkens, Mutter des Wissens, Labsal der Seele, Austausch der Herzen, Band der Freundschaft, Nahrung der Zufriedenheit und Betätigung echter *Personen.*

Da dies dem erfahrenen Schiffbrüchigen bekannt war, ging er auf der Stelle daran, dem wildwüchsigen jungen Menschen das Sprechen beizubringen, und es gelang ihm leicht, da dessen Gelehrigkeit und Lerneifer sein Vorhaben förderten. Er begann mit ihrer beider Namen, indem er jenem den seinigen vorsagte, der CRITILO lautete, und ihm den Namen ANDRENIO beilegte; sie passten beide gut, der eine zum Vernünftigen, der andere zum Menschlichen.[11] Das Verlangen, so viel Aufgestautes ans Licht zu

9 *Sprüche* 13, 20: »Wer mit den Weisen umgeht, der wird weise.«

10 Von Herodot (*Historien,* II, 2) über Quintilian (*Institutiones Oratoriae,* X, 1, 10–11), Friedrich II. von Hohenstaufen, König Jakob IV. von Schottland bis zum Wildling des Aveyron und Kaspar Hauser reicht das Interesse am Sprachexperiment des »Wolfskindes«. Vgl. L. Malson / J. Itard / O. Mannoni, *Die wilden Kinder,* 1972.

11 In Graciáns allegorischer oder prädikativer Namengebung meint Critilo den »urteilsfähigen« älteren Menschen, Andrenio den seinen Sinnen und Leidenschaf-

fördern, und der Drang nach so viel unbekannter Wahrheit spornten Andrenios Lerneifer an. Bald schon begann er sich zu äußern, bald schon fragte und antwortete er und versuchte sich in vernünftiger Rede, wobei er den Worten mit Gesten nachzuhelfen wusste: Zuweilen vollendete die Gebärde, wozu der Mund nur angesetzt hatte. Flickwerkartig und bruchstückhaft gab er Critilo von seinem Leben Kunde, die diesem um so seltsamer vorkam, je weniger er verstand, und manches Mal wollte er auch nicht verstanden haben, was er nicht glauben konnte. Als jedoch Andrenio schon zusammenhängend zu sprechen vermochte und sein Wortschatz nicht mehr hinter seinen überquellenden Gefühlen zurückblieb, da begann er, von Critilo inständig gedrängt, aber auch einfühlsam unterstützt, ihm folgendermaßen Genüge zu tun:

»Ich weiß weder«, sagte er, »wer ich bin, noch auch, wer mir das Dasein gegeben hat und wozu er es mir gab. Wie oft habe ich mir nicht diese Fragen – noch ohne Laute – schon selbst gestellt, der ich so ahnungslos wie neugierig war! Wenn aber das Fragen vom Nichtwissen ausgeht, so stand es schlecht damit, dass ich mir Antwort gab. Manchmal setzte ich mir selbst zu, um zu sehen, ob ich wohl, in die Enge getrieben, mich über mich selbst hinwegsetzen könnte; ich verdoppelte mich, obwohl noch nicht einmal ein ganzer, um zu sehen, ob ich, getrennt von meiner Ignoranz, zum Ziel meiner Wünsche gelangen könnte. Du, Critilo, fragst mich, wer ich sei, ich aber wünsche dies von dir zu erfahren. Du bist der erste Mensch, den ich bis heute gesehen habe, und lebendiger finde ich mich in dir abkonterfeit als im stummen Kristallbild eines Quells, dem ich oft in meiner Neugier zustrebte und in meiner Un-

ten unterworfenen, zu kritischer Entscheidung (noch) nicht fähigen jüngeren Menschen. Critilo (auf der zweiten Silbe betont) ist ein Ableger der Wortgruppe »Krise«, »kritisch«, »Kriterium«, zu der auch die von Gracián für die Romankapitel verwendete Bezeichnung »Krisis« = »zur Entscheidung drängende Situation« gehört, sowie der Titel des Werkes: Criticón (vgl. S. 11, Anm. 9); vielleicht liegt auch ein Anklang an *Kratylos* vor, den Dialogpartner aus Platons gleichnamigem Werk über Wesen und Ursprung der Sprache, das Gracián zumindest in lateinischer Übersetzung gekannt haben dürfte. Andrenio ist abgeleitet von dem griechischen Wort *aner,* Genitiv *andros:* »Mann«, »Mensch«.

wissenheit beifällig zunickte. Willst du aber den äußeren Hergang meines Lebens erfahren, so will ich ihn dir berichten, ist er doch voller Windungen und mehr noch voller Wunder. Als ich mir zum ersten Mal meiner inne wurde und von mir selbst einen Begriff zu machen vermochte, fand ich mich eingeschlossen im Innern des Berges dort, der unter den übrigen so hoch hervorragt; ist doch selbst bei Felsgipfeln das Hervorragende besonders zu beachten. Dort gewährte mir die erste Nahrung eines von den Wesen, die du Raubtiere nennst; ich aber nannte es Mutter, meinte ich doch immer, es habe mich zur Welt gebracht und mir das Leben geschenkt, das mein ist; ich schäme mich, das von mir zu berichten.«

»Kindlicher Unwissenheit«, sagte Critilo, »ist es eigen, jeden Mann Vater zu nennen und jede Frau Mutter; und wie du sogar ein Tier als Mutter betrachtet hast, in der Meinung, die Mutterschaft bestünde im Wohltun, so hat auch die Welt einst in ihrem unwissenden Kindesalter ein beliebiges Wesen, das ihr Gutes erwies, Vater genannt, ja ihm zugejubelt als einem Gott.«

»So betrachtete auch ich«, fuhr Andrenio fort, »dasjenige Wesen als Mutter, das, obgleich Raubtier, mich an seinen Brüsten nährte. Es zog mich auf, zusammen mit seinen Jungen, und ich hielt sie für meine Geschwister, Tier unter Tieren, bald spielend, bald schlafend. Mehrmals, wenn es geworfen hatte, gab es mir Milch, und es teilte Jagdbeute und Früchte mit mir, die es für seine Jungen heimbrachte.[12] Zu Anfang empfand ich das Eingeschlossensein nicht so beschwerlich, vielmehr verhehlte ich mir infolge des inneren, geistigen Dunkels das äußere, leibliche, und da mir

12 Das Motiv des von Tieren aufgezogenen Menschenkindes ist weit verbreitet. Die philosophische Wendung, die ihm Gracián gibt, hat eine Entsprechung in einer arabisch geschriebenen Erzählung von Abentofail (Ibn Tofail), die jedoch erst 1671, also 20 Jahre nach dem *Criticón,* zusammen mit einer lateinischen Version u. d. T. *Philosophus autodidactus* gedruckt wurde (eine hebräische Übersetzung war bereits im 14. Jh. erschienen). Man vermutet daher eine gemeinsame Quelle in Gestalt einer früheren allegorischen Erzählung aus dem Arabischen: *La Historia de Dulcarnain* (= Alexander der Große). Ein weiteres Modell für Gracián ist *El Caballero Peregrino* von Pater Alonso de Soria, eine 1601 erschienene allegorisch-spirituelle Rittererzählung. Dass wir es bei den Geschehnissen auf einer Insel mit Vor-

Erkenntnis abging, nahm ich auch nicht wahr, dass mir das Licht fehlte, wenn ich auch manchmal etwas von dem schwachen Schimmer erhaschte, der hoch oben vom Himmel her in jene unselige Höhle drang. Als ich jedoch im Lebenswachstum einen gewissen Punkt erreicht hatte, da überfiel mich auf einmal mit solch seltsamem Ungestüm die Erkenntnis, da überkamen mich Licht und Verstand auf einen Schlag so gewaltig, dass ich mich mir selbst zuwandte, mich zu erkennen begann und immer wieder Überlegungen über mein eigenes Sein anstellte: ›Was ist das‹, sprach ich, ›bin ich oder bin ich nicht? Doch da ich lebe, da ich erkenne und verstehe, muß ich wohl sein.[13] Indessen, wenn ich bin, wer bin ich dann? Wer hat mir dieses Dasein gegeben, und wozu hat er es mir gegeben? Nur dazu, dass ich hier drinstecke? Das wäre ein rechtes Unglück. Bin ich ein Tier wie die da? Nicht doch! Ich bemerke ja greifbare Unterschiede zwischen ihnen und mir: Sie sind mit Fellen bekleidet, ich aber bin nackt und bloß und minder begünstigt durch den, der uns das Dasein gab.[14] Auch lehrt mich die Beobachtung, dass bei mir der ganze Körper völlig anders angelegt ist als bei ihnen. Ich lache und weine, während sie dort heulen; ich gehe aufrecht, das Antlitz emporgewandt, während sie gekrümmt einhergehen und hinabgebeugt zur Erde.‹[15] All das sind wohl bekannte Unterschiede; auf sie richtete sich meine Neugier, und meine Aufmerksamkeit beriet sich darüber mit mir selbst. Tag für Tag wuchs mein Verlangen, dort herauszukommen, wuchs der Drang, zu sehen und zu wissen. Natürlich und stark bei allen, war er bei mir, da ihm Gewalt geschah, unerträglich. Am meisten aber quälte es mich, wenn ich die Tiere, meine Gefährten, mit erstaunlicher Behendigkeit jene steilen Felswände erklimmen sah und

läufern der Robinsonaden zu tun haben, liegt auf der Hand: *El Criticón* wurde bereits 1681 ins Englische übersetzt und war dem Schöpfer des Robinson Crusoe, Daniel Defoe, wohl bekannt.

13 Cicero: *»Vivere est cogitare«* – »Leben heißt denken« (*Tusculanae Quaestiones*, V, 38, 111). Descartes' *»cogito ergo sum«* aus dem *Discours de la méthode* (in lateinischer Übersetzung 1644) dürfte für Gracián keine Bedeutung gehabt haben.

14 Ähnlich bei Plinius, *Naturgeschichte* 7, 1.

15 Ovid, *Metamorphosen* I, 84–85.

ungehindert aus- und eingehen, wann immer es ihnen beliebte, während mir die Felsen unzugänglich waren, was mich ebenso schmerzlich empfinden ließ, dass mir allein jenes große Geschenk der Freiheit versagt blieb.[16] Oftmals versuchte ich, es den Tieren nachzutun, an den Felsen kratzend, als könnte ich sie erweichen mit dem Blut, das mir aus den Fingern rann, auch die Zähne nahm ich zu Hilfe, aber alles vergeblich und mir nur zum Schaden, denn unvermeidlich war der Sturz auf den Boden, den meine Tränen benetzten und mein Blut rötete. Auf mein Schreien und Weinen hin kamen mitleidsvoll die Tiere gelaufen und brachten Früchte und Fleisch herbei, wodurch mein Leid ein wenig gelindert und ich zum Teil für meine Schmerzen entschädigt wurde. Ach, was für Selbstgespräche führte ich, die umso mehr nach innen gerichtet waren, als mir ja das Labsal der Rede nach außen noch fehlte! Wieviel Nöte und Zweifel entspannen sich zwischen meiner Wahrnehmung und meiner Neugier und lösten sich doch sämtlich in Betroffenheit und Pein! Zu immer neuer Qual wurde mir das verworrene Brausen dieser Meere, deren Wellen sich noch weit mehr in meinem Herzen brachen als an den Klippen hier. Und dann, was soll ich sagen, wie ich den Schreckenslaut der tosenden Wetterwolken vernahm und ihr Donnerkrachen? Sie gingen über in Regen, meine Augen aber in Tränen. Was mich indessen schier vergehen ließ, das war, dass ich bisweilen, zu selten für mich, hier draußen Stimmen vernahm, ähnlich der deinen (anfangs in lärmendem Durcheinander, nach und nach deutlicher), die mich natürlich mit Freude erfüllten und sich mir tief ins Gedächtnis gruben. Ich merkte wohl, sie unterschieden sich stark von denen der Tiere, die ich gewöhnlich hörte, und der sehnliche Wunsch, zu sehen und zu erfahren, von wem diese Stimmen stammten, und diesen Wunsch nicht erfüllt zu bekommen brachte mich an den Rand des Todes. Es war wenig, was

16 Vgl. den berühmten Monolog des Sigismund aus Calderóns *Das Leben ein Traum* (1635): »*Y yo con mejor instinto / tengo menos libertad?*« – »Und ich mit besserer Anlage / habe weniger Freiheit?« – Als Topos schon in John Barclays *Satyricon* (1603): »Ist denn die Natur wilden Bestien mehr verpflichtet als der Krone der Schöpfung?« (*Euphormio*, übers. G. Waltz, 1902, S. 9).

ich jedesmal vernahm, doch dachte ich so viel darüber nach, wie mir nur Zeit vergönnt war. Eines kann ich dir versichern: Wenn ich mir auch noch so oft und stets wieder anders vorstellte, was es dort draußen geben mochte, Art, Anlage, Plan, Beschaffenheit, Vielfalt und Überfluss der Dinge, wie ich sie mir zurechtlegte – nie wäre ich auf die Form gekommen, hätte nie die Ordnung, Buntheit und Größe dieses Werkes erahnt, wie wir es jetzt hier sehen und bewundern.«

»Kein Wunder«, sagte Critilo, »denn kämen auch, ehe es ans Entwerfen dieses gewaltigen Weltenwerkes ginge, alle Einsichten zusammen, die Menschen jemals besaßen oder noch besitzen werden, und sollten sagen, wie es zu geschehen habe, niemals würde man herausfinden, wie es angemessen einzurichten wäre. Und was rede ich vom Weltganzen! Nicht die kleinste Blume, nicht die unscheinbarste Mücke brächten sie zustande. Nur die unendliche Weisheit jenes höchsten Schöpfers konnte Art, Ordnung und Zusammenklang von so schöner und andauernder Vielfalt ersinnen.[17] Doch sag mir, denn ich brenne darauf, es von dir zu hören: Wie konntest du herausfinden aus deinem beschwerlichen Kerker dort? Und vor allem, wenn es sich denn aussprechen lässt: Was empfandest du in staunender Seele, damals, als du sie zum ersten Mal zu Gesichte bekamst, sie genießen und bewundern konntest, diese rühmenswerte Weltenbühne?«[18]

17 Anders hundert Jahre später Giambattista Piranesi: »Mich drängt es, große Ideen hervorzubringen, und ich glaube, wenn man bei mir den Plan für ein neues Universum bestellte, wäre ich so verrückt, ihn in Angriff zu nehmen« (so sein Biograph Jacques Guillaume Legrand, 1799).

18 Mit seinem Lob der Schöpfung ist Gracián der *Introducción del símbolo de la fé* (1583) von Fray Luis de Granada verpflichtet, über ihn hinaus einer Stelle aus Cicero, die aus Aristoteles' fragmentarisch überliefertem Dialog *De philosophia* zitiert: »Wenn es Menschen gäbe, die stets unter der Erde gewohnt [...] und dann, da sich irgendwann die Schlünde der Erde geöffnet, [...] hätten herauskommen [... und] plötzlich die Erde, die Meere und den Himmel sehen können, [...] diese würden gewiss glauben, dass es Götter gibt« (*De Natura Deorum* II, 95, in der Übers. von U. Blank-Sangmeister, 1995, S. 203). Auch Petrarca zitiert die Stelle in *Über seine und vieler anderer Unwissenheit* (*De sui ipsius et multorum ignorantia*, lat./dt., übers. v. K. Kubusch, 1993, S. 68/69).

»Gedulde dich«, erwiderte Andrenio, »denn um so Kurzweiliges und Seltsames zu berichten, gilt es erst Atem zu holen.«[19]

19 Ein erstes Beispiel für die »Suspensionen« der Kapitel nach Art Ariosts, von der »An den Leser« die Rede ist. Doch ist diese Technik auch in den Ritterromanen sehr beliebt und nicht zuletzt bei deren großem Parodisten, Cervantes. Den *Don Quijote* indessen, erschienen 1605 und 1615, übergeht Gracián hartnäckig mit Schweigen.

Zweite Krisis

Das große Welttheater[1]

Sobald der Höchste Werkmeister dieses große Weltengebäude vollendet hatte, ging er – so erzählt man – daran, es aufzuteilen, um seinen Lebewesen ihre Bleibe anzuweisen.[2] Alle rief er sie zusammen, vom Elefanten bis zur Mücke; er zeigte ihnen die Aufteilung und befragte ein jedes, welchen Raum es sich zur Wohnstatt aussuchen wolle. Der Elefant gab zur Antwort, ihm genüge ein Wald; das Pferd, ihm eine Wiese; der Adler, ihm eine der Regionen der Luft; der Wal, eine Meeresbucht; der Schwan, ein Teich; die Barbe, ein Fluss; der Frosch, ein Pfuhl. Als Letztes erschien das Erste, nämlich der Mensch, und sagte, nach seinem Wunsch und Willen befragt, mit weniger als dem ganzen Weltall könne er sich nicht begnügen, und auch das erscheine ihm noch wenig. Die Umstehenden waren bestürzt über solch maßlosen Anspruch, auch wenn sich bald ein Schmeichler einstellte und zur Verteidigung vorbrachte, das entspräche und entspränge nur seinem großartigen Geist. Darauf das scharfsinnigste von allen:

»Ich meine, das entspringt eher seinem armseligen Körper. Die Oberfläche der Erde erscheint ihm beschränkt, und so dringt er in ihr Inneres und höhlt es aus, auf der Suche nach Gold und Silber, um seine Habsucht ein wenig zu stillen; die Luft beansprucht und bedrängt er mit steil getürmten Bauten, um seinen Hochmut ein Stück weit zu befriedigen; die Meere durchfurcht er und ihre tiefsten Tiefen lotet er aus, gierig nach Perlen, Bernstein und Ko-

1 Höhepunkt des seit der Antike immer reicher entwickelten Motives *theatrum mundi.* Calderóns gleichnamiges Fronleichnamsspiel war um 1635 entstanden, sollte jedoch erst 1655, vier Jahre nach dem ersten Teil des *Criticón,* im Druck erscheinen. Vgl. W. Barner, *Barockrhetorik,* 1970, S. 86 ff.

2 »*Supremus artifex*« und »*fabrica mundi*« gehen zurück auf Platons *Timaios* (29). Vgl. E. R. Curtius, *Gott als Bildner,* in: ders., *Europäische Literatur und lateinisches Mittelalter,* Exkurs XXI.

rallen, um damit seiner unbezwinglichen Eitelkeit ein wenig zu willfahren; er nötigt alle Elemente, ihm darzubringen, was immer sie bergen: die Luft ihre Vögel, das Meer seine Fische, die Erde ihr Wild, das Feuer den Wohlgeschmack, zur Reizung – nicht etwa zur Befriedigung – seiner Esslust, und noch immer beklagt er sich, es sei alles zu wenig. Oh, die ungeheuerliche Begierde des Menschen!«

Da ergriff der erhabene Gebieter das Wort und sprach:

»Habt Acht, vernehmt, erfahrt: Den Menschen habe ich mit meinen Händen geformt, mir zum Knechte und euch zum Herrn. Als König, der er ist, strebt er nach Herrschaft über das Ganze. Doch höre, o Mensch (und nun sprach er zu ihm), dies soll geschehen mit dem *mente,* nicht mit dem *vientre,* mit dem Geist, nicht mit dem Bauch; als *Person,* nicht als Tier. Herr sollst du sein über alle erschaffenen Dinge, nicht aber ihr Sklave; folgen sollen sie dir, nicht aber dich fortreißen. Alles sollst du dir nehmen, mit deiner Erkenntnis und mit meiner Anerkenntnis, das heißt, in allen Wundern der Schöpfung die göttliche Vollkommenheit erkennend und von den Geschöpfen aufsteigend zu ihrem Schöpfer.«[3] –

Voller Staunen tritt Andrenio auf den Schauplatz dieser großen, für uns so gewohnten, für ihn so außergewöhnlichen Wunder hinaus, genießt ihren Anblick, preist sie verzückt und fährt folgendermaßen in seinem Bericht fort:

»Es war der Schlaf die gewöhnliche Zuflucht in meiner Pein, die ausnehmende Linderung meiner Einsamkeit. Nach ihm rief ich in meiner unaufhörlichen Qual, und ihm war ich eines Nachts – eigentlich war für mich immer Nacht – mit noch größerer Wonne als sonst hingegeben, untrügliches Zeichen eines nahenden Unheils. Und so geschah es: Er wurde mir von einem ungeheueren Getöse unterbrochen, das aus dem tiefsten Innern dieses Berges hervorzubrechen schien. Der erzitterte durch und durch, die starren Felswände bebten; wütend heulte der Wind, stoßweise aus dem Schlund der Höhle hochgetrieben; die harten Felsblöcke begannen sich los-

3 Der physiko-theologische Gottesbeweis, von dem Kant sagte, er sei »der älteste, klarste und der gemeinen Menschenvernunft am meisten angemessene«.

zureißen und stürzten mit so entsetzlichem Geprassel herab, dass es war, als wollte die ganze Felsmasse zu nichts zerfallen.«

»Da zeigt es sich«, warf Critilo ein. »Mit ihrer Feste stehen die Berge sonst der allgemeinen Unbeständigkeit entgegen. Doch wuchtigem Beben und gewaltigem Blitzstrahl ausgesetzt, sind auch sie nicht vor Wandel geschützt.«

»Aber«, fuhr Andrenio fort, »wenn selbst die Felsen bebten, was sollte ich da tun? Mir war, als wollten auch alle Teile meines Körpers auseinanderbrechen, ja mein Herz machte solche Sprünge, dass ich es nur mit Mühe festhalten konnte. Meine Sinne ließen mich im Stich, und ich konnte nicht verhindern, dass ich mir selbst verloren ging, tot fand ich mich wieder und sogar begraben unter *peñas* und *penas,* unter Trümmern und Trauern. Wie lange diese Seelenfinsternis, diese Parenthese in meinem Leben währte, vermochte ich weder selbst wahrzunehmen noch von jemand anderem zu erfahren. Endlich, ich weiß nicht wie noch wann, kam ich aus solch todhafter Ohnmacht wieder zu mir, ich öffnete die Augen für die, die soeben den Tag eröffnete:[4] einen klaren Tag, einen großen Tag, einen glückseligen Tag, den besten meines ganzen Lebens. Ich vermerkte ihn wohl, mit Steinen, ja mit Felsen! Alsbald gewahrte ich meinen Schmerzenskerker in Trümmern, und so unsäglich war meine Freude, dass ich augenblicklich begann, mich auszugraben, um neu geboren zu werden für den Blick auf eine Welt, an einem weit augenoffenen Fenster, von dem aus man die raumreiche und so heitere Hemisphäre übersah. Unschlüssig näherte ich mich ihm, tat meiner Schaulust noch Gewalt an; doch bald sicherer geworden, hielt ich von jenem Balkon des Sehens und des Lebens Ausschau. Zum ersten Mal richtete ich da den Blick auf dieses gewaltige Theater der Erde und des Himmels; mit seltsamem Ungestüm schoss mir – halb Neugier, halb Freude – die ganze Seele in die Augen und ließ die übrigen Organe brach, so dass ich fast einen Tag lang reglos, empfindungslos und wie tot verharrte, so lebendig ich auch war. Wollte ich dir hier die heftige Erregung ausdrücken, die mich ergriffen hatte, was alles mir Gemüt und Geist durchdrang, es

4 Die Morgenröte.

hieße hundertfach Unmögliches auf einmal anzugehen. Nur dies kann ich dir sagen: Es dauert nach wie vor an, und es wird immer dauern, das Staunen, die Bewunderung, die Verblüffung und das Entzücken, was alles mir die Seele erfüllte.«

»Das glaube ich wohl«, sagte Critilo, »sieht das Auge, was es niemals sah, so empfindet das Herz, was es niemals empfand.«

»Ich schaute den Himmel, ich schaute die Erde, ich schaute das Meer, bald alles zusammen, bald jedes für sich, und über jedes geriet ich in Entzücken, konnte nicht davon lassen, ich sah und blickte, ratend und ringend, gewahrend und genießend das Ganze in unersättlichem Vergnügen.«[5]

»Oh, wie ich dich beneide«, rief Critilo aus, »um solch nie geahnte Seligkeit, alleiniges Vorrecht des ersten Menschen und das Deine: in den Stand zu gelangen, mit neuem Auge und Bewusstsein die Größe, Schönheit, Harmonie, Beständigkeit und Vielfalt dieses gewaltigen Schöpfungswerkes zu sehen! Uns geht gemeinhin das Staunen ab, da uns die Neuheit abgeht, und damit das Bewusstsein dafür. Wir alle treten in die Welt und haben die Augen des Geistes geschlossen. Tun wir sie auf zur Erkenntnis, so lässt alsbald die Gewöhnung an den Anblick der Dinge, und seien sie noch so wundersam, dem Staunen keinen Raum mehr. Daher haben die Weisen sich stets der Reflexion bedient und sich vorgestellt, sie kämen erneut zur Welt, würden ihre Wunder – denn das ist ja ein jedes Ding – gewahren, ihre Vollkommenheit bestaunen und einfallsreich darüber philosophieren. Ganz wie einer sich in einem überaus reizenden Garten ergangen und zerstreut auf den Pfaden gewandelt ist, ohne zu bemerken, wie kunstreich und vielfältig Pflanzen und Blumen sind, wie er dann umkehrt, als er all dessen gewahr wird, und allmählich eine Pflanze und eine Blume nach der andern zu genießen beginnt, so ergeht es uns, die wir von der Geburt bis zum Tod nur dahinstürmen, ohne die Schönheit und Vollkommenheit dieser Welt wahrzunehmen; die weisen Männer

5 Alternanz von Verben der a- und der i-Konjugation: *»viendo, observando, advirtiendo, admirando, discurriendo y lográndolo …«*

aber kehren an den Anfang zurück, betrachten mit neuem Blick und neuem Gefallen jedes Ding, auch das nicht mehr neue.«[6]

»Mein größter Vorteil war«, sagte Andrenio mit Nachdruck, »dass nach so langer erzwungener Entbehrung der Genuss dieser Fülle von Herrlichkeiten meinem sehnlichen Wunsche entsprach.«

»Ein Glück war deine Gefangenschaft«, pflichtete ihm Critilo bei, »bist du doch durch sie mit einem Schlag zum Genuss all des Ersehnten gelangt, denn das Große, das sehnlichem Wunsch entspricht, wird zwiefach genossen. Die größten Wunder verlieren ihren Wert, wenn sie leicht zugänglich sind und jedem Wunsch erreichbar. Ungehinderter Gebrauch benimmt dem Vorzüglichsten sein Ansehen, und der Sonne selbst kommt es zugute, dass sie des Nachts verschwindet, so dass man am Morgen nach ihr Verlangen trägt. Welch einen Ansturm der Gefühle durftest du erfahren, welch einen Wirbel der Empfindungen! Wohin deine Aufmerksamkeit richten, wovon dich einnehmen lassen? Wie musste deine Seele von alldem in Beschlag genommen sein! Dass du vor Staunen, Lust und Schauen nicht zersprungen bist, war viel!«

»Ich glaube«, erwiderte Andrenio, »mit Schauen und Aufmerken befasst, fand die Seele keine Zeit, sich zu zerteilen, und in gleichem Maße wie die Gegenstände, sich überstürzend, sie unterhielten, hielten sie sie auch fest. Indessen ließ auch schon jene Lichtmonarchin, welche du Sonne nennst, glanzgekrönt in ihrer Erhabenheit, umgürtet mit ihrer Strahlenwehr, durch ihre frohen Boten meine Augen aufrufen, ihr in Hingabe und Bewunderung zu huldigen. Ihr Erscheinen vollzog sich auf jenem gewaltigen Thron aus kristallhellem Schaum, und in schweigsamer Majestät emporsteigend, gebot sie der ganzen Hemisphäre, alle anderen Geschöpfe mit ihrer erlauchten Gegenwart erfüllend. Da verharrte ich gebannt und völlig aus mir selbst entrückt, ganz in sie versunken und dem scharfäugigsten Adler ein Rivale.«

»Oh, wie wird er erst sein«, so erhob nun Critilo die Stimme,

6 Platon: »Es gibt keinen andern Anfang der Philosophie als das Erstaunen« (*Theaitet*, 155 d), von Aristoteles aufgenommen (*Metaphysik* 982 b), seither viel kommentiert.

»der unsterblich glorreiche Anblick jener unendlichen göttlichen Sonne, wenn man dereinst zur Schau ihrer allervollkommensten Schönheit gelangt! Welche Lust, welche Freude, welches Glück, welche Seligkeit, welche Glorie!«

»Meine Bewunderung wuchs«, fuhr Andrenio fort, »im gleichen Maße, wie meiner Aufmerksamkeit die Kraft versagte, denn was ich von ferne ersehnt hatte, davor fürchtete ich mich nun in der Nähe. Auch beobachtete ich, dass vor keinem anderen der Wunder die Sehkraft sich besiegt gab, sie musste anerkennen, dass dieses unnahbar war und wahrhaft einzig.«

»Die Sonne ist«, so pries Critilo, »das Geschöpf, das am sichtbarsten des Schöpfers majestätische Größe wiedergibt. *Sol* wird sie genannt, und *solus* ist sie, einzig, denn in ihrer Gegenwart verblassen alle anderen Gestirne.[7] Sie steht im Mittelpunkt der Himmelsbahnen, Herz des Leuchtens und immerwährender Born des Lichts.[8] Unvergänglich ist sie, allzeit dieselbe; einzig an Schönheit, macht sie, dass man alle Dinge sieht, und erlaubt doch nicht, dass man sie selbst ansieht; ihre Zierde verbirgt sie, ihre Scham verwehrt sie den Blicken; im Verein mit den übrigen Ursachen wirkt sie dahin, allen Dingen das Sein zu geben und noch dem Menschen selbst; bereitwillig spendet sie von ihrem Licht und von ihrer Freude, ergießt dies allenthalben und dringt selbst ins Innerste der Erde; alles benetzt, erfreut, erhellt, befruchtet und belebt sie; gleichmäßig waltet sie, geht über allen auf, benötigt keinen, der

7 Die (etymologisch nicht haltbare) Erklärung geht zurück auf Cicero: »*Cum Sol dictus sit vel quia solus ex omnibus sideribus est tantus vel quia, cum est exortus, obscuratis omnibus solus apparet*« (*De natura deorum* II, 68). Übernommen von Isidor von Sevilla, *Etymologiae* (7. Jh.): »*Sol appellatur eo quod solus appareat, obscuratis fulgore suo cunctis sideribus*« (III, 71, 1; MPL 82, 178). Vorsichtiger bei Petrarca: »*Cum ab eo quod solus luceat solem dici velint*« (*De sui ipsius et multorum ignorantia,* ed. A. Buck, 1993, S. 82). Das nach Platons *Kratylos* in Antike und Mittelalter geläufige, von Isidor systematisch verwendete Verfahren der »moralischen« Etymologie, das die Lautverwandtschaft zwischen zwei Wörtern zum Postulat einer Sinnverwandtschaft nutzt, musste Gracián sehr entgegenkommen (vgl. S. 88 Anm. 1; S. 173, Anm. 30). – Andrenio wird später dieselbe Wortdeutung in bedenkliche Nähe zur Sprache der Trunkenheit bringen (vgl. S. 655, Anm. 7)!

8 Graciáns Haltung zu Kopernikus' Thesen (1616 von Rom verworfen) ist schwankend; vgl. *Agudeza* 23; ferner S. 46, Anm. 11; S. 799, Anm. 8.

unter ihr steht, denn alle bekennen sich ja abhängig von ihr; schließlich ist sie ein Geschöpf zur Offenbarung, der leuchtendste Spiegel, in dem die göttliche Größe sich darstellt.«

»Den ganzen Tag«, so Andrenio, »widmete ich ihr, sah bald auf sie, bald auf ihren Widerschein in den Wassern und vergaß darüber mich selbst.«

»Nun wundere ich mich«, sagte Critilo nachdenklich, »nicht mehr über das, was jener andere Philosoph gesagt hat, nämlich dass er dazu geboren sei, die Sonne zu schauen.[9] Er hat wohl gesprochen, obwohl er missverstanden und verspottet wurde. Der Weise wollte sagen, er schaue in dieser stofflichen Sonne jene andere, göttliche, und erhob sich zu solchem Philosophieren: Ist schon das Abbild derart erlaucht, wie muss da erst das wahre Licht jener unendlichen, unerschaffenen Schönheit sein!«

»Doch ach!«, sagte Andrenio klagend, »meine unermessliche Freude verkehrte sich, wie hier unten üblich, alsbald in übermäßigen Kummer, als ich sah – nein, als ich sie nicht mehr sah. Die Freude der Geburt wurde zum Schrecken des Sterbens, der Thron der Frühe zur Gruft der Nacht. Die Sonne ging zu Grabe in den Fluten, und ich blieb zurück, ertränkt in einem anderen Meer – meinen Tränen. Ich dachte, ich sollte sie nimmer sehen, und so fand ich mich an Todes Enden. Bald aber lebte ich wieder auf, erfüllt von neuer Bewunderung beim Anblick eines lichtergekrönten Himmels, der mir zur Lust sein Fest gab. Ich versichere dir, dieser Anblick war mir nicht minder erfreulich, ja sogar noch abwechslungsreicher.«

»O hohe Weisheit Gottes«, rief Critilo, »die Mittel gefunden hat, die Nacht so schön zu machen, dass sie nicht minder hold ist als der Tag! Unziemliche Namen hat Volkes Unwissenheit ihr gegeben, nannte sie hässlich und wüst, wo es doch nichts gibt, was prächtiger wäre und heiterer. Man schilt sie traurig, wo sie doch Rast von der Arbeit bietet und Erholung von unseren Plagen.[10] Richtiger hat einer sie als weise gepriesen, sei es, weil man zur

9 Anaxagoras, Gracián vielleicht vermittelt durch Fray Luis de Granada.
10 Man vergleiche das Lob der Nacht in den Sonetten Michelangelos.

Nachtzeit schweigt oder weil man zur Nachtzeit denkt; es hatte etwas zu bedeuten, dass man im klugen Athen die Eule als Sinnbild des Wissens feierte. Die Nacht ist nicht so sehr dazu da, dass die Unwissenden schlafen, wie dass die Weisen wachen. Und was der Tag ausführt, das bereitet die Nacht vor.«

»Bei einem weiteren großen Genuss, mehr der stilleren Art, fand ich also Wohlbefinden in der Nacht, war ich doch ins Labyrinth der Sterne versetzt, die teils funkelten, teils unverwandt leuchteten. Ich verzeichnete sie alle genau und hielt ihre große Mannigfaltigkeit im Hinblick auf Größe, Stellung, Bewegung und Farbe fest, indessen die einen auf- und die andern untergingen.«

»Ein Sinnbild«, warf Critilo ein, »für die menschlichen, die alle dahingehen und versinken.«

»Worauf ich besonders achtete«, sagte Andrenio, »war ihre wundersame Anordnung. Warum, wenn der Hohe Werker doch das getäfelte Weltengewölbe mit so viel Blumen- und Sternenzierrat versehen hat, warum hat er ihn dann, fragte ich mich, nicht auch geordnet und harmonisch verteilt, zu prächtigen Schleifen verwoben und zierliche Muster gebildet? Ich weiß mir das nicht zu erklären.«

»Ich verstehe dich schon«, kam ihm Critilo zu Hilfe. »Du wünschtest es dir in Form einer reichen Stickerei oder eines prächtigen Gartens oder eines kostbaren Geschmeides angeordnet, kunstvoll und beziehungsreich verteilt?«

»Ja, ja, eben das. Denn abgesehen davon, dass es dann alles viel besser zur Geltung käme, eine Augenweide böte, ein strahlendes Kunstgebilde, hätte der göttliche Schöpfer damit auch ein für alle Mal jenes törichte Bedenken ausgeräumt, es könnte alles durch Zufall entstanden sein, und er hätte seine göttliche Vorsehung sinnenfällig bekundet.«

»Du beobachtest gut«, räumte Critilo ein. »Doch musst du dir deutlich machen, dass die göttliche Weisheit, welche die Sterne gestaltet und auf solche Weise verteilt hat, auf eine andere, wichtigere Beziehung bedacht war, nämlich die Abstimmung zwischen ihren Bewegungen und ihren Einflüssen. Du musst wissen, dass kein Gestirn am Himmel steht, das nicht seine jeweils unterschiedene Eigenschaft besäße, so wie auf Erden Gräser und Pflanzen: Einige unter den Sternen rufen Hitze hervor, andere Kälte, einige erzeugen Trockenheit, andere Feuchtigkeit. Dergestalt wirken abwechselnd noch viele andere Einflüsse, und da sie untereinander wesentlich in Beziehung stehen, berichtigen und mäßigen sie sich gegenseitig.[11] Die andere Anordnung, von der du redest, die künstliche, wäre gesucht und eintönig; sie soll den Tändeleien der Kunst und den menschlichen Kindereien überlassen bleiben. So wird jede Nacht der Himmel für uns neu, und nie langweilt uns sein Anblick: Jeder kann den Sternen die Ordnung beilegen, die ihm beliebt. Darüber hinaus erscheinen sie in dieser natürlichen Mannigfaltigkeit und bedachtsamen Unüberschaubarkeit so zahlreich, dass der *vulgus,* der große Haufe, sie unzählig nennt, wodurch die Einwirkung des Höchsten gleichsam in einem Rätsel beschlossen bleibt, wenn auch den Weisen klar und verständlich.«

»Gar sehr pries ich die große Verschiedenheit der Farben dort«, sagte Andrenio. »Die einen leuchten weiß hervor, andere brandrot, golden oder silbern. Nur die grüne Farbe vermisste ich, die doch dem Auge am willkommensten ist.«

»Sie ist sehr irdisch«, sagte Critilo. »Das Grün bleibt der Erde vorbehalten: Hier unten sind die Hoffnungen, droben ist der selige Besitz. Diese Farbe steht im Widerspruch zu den himmlischen Gluten, da sie ein Kind der Feuchte und Verweslichkeit ist. Hast du im Übrigen den kleinen Stern bemerkt, der einen Punkt ausmacht im weiten Himmelsgefilde, den Richtungspunkt der Magneten, das Ziel ihrer Pfeilnadeln? Dort setzt der Zirkel unserer Wahrnehmung die eine Spitze ein, mit der anderen misst er die Kreisbahnen, die, für gewöhnlich zwar abirrend, unser Leben beschreibt.«[12]

»Ich gestehe dir, er ist mir seiner Kleinheit wegen entgangen«,

11 *Warm/kalt, trocken/feucht:* Grundelemente der auf Hippokrates zurückgehenden Humoralpathologie. – Einwirkung der Sterne auf das menschliche Handeln (der Begriff *Einfluss* stammt aus dieser Sphäre), das Erklärungsprinzip der Alchemisten, gilt für Gracián noch unangefochten.

12 Wachsamen Kommentatoren ist es nicht entgangen, dass man von St. Helena aus nicht den Polarstern sehen kann.

sagte Andrenio, »außerdem ist sogleich meine ganze Neugier von jenem schönen König der Sterne in Anspruch genommen worden, dem Regenten der Nacht,[13] Stellvertreter der Sonne und nicht minder bewundernswert als sie, den du Mond nennst. Er erregte bei mir keine geringere Freude, aber noch größeres Staunen mit seinem gleichbleibenden Wechsel, bald im Zunehmen, bald im Abnehmen und eine kleine Weile in der Fülle.«

»Er ist der zweite Regent der Zeit«, sagte Critilo. »Er teilt sich mit der Sonne in die Herrschaft. Macht sie den Tag, so er die Nacht; vollendet sie das Jahr, so er den Monat; erwärmt sie tagsüber die Erde und dörrt sie aus, so befeuchtet er sie bei Nacht und erfrischt sie; die Sonne regiert die Felder, der Mond die Meere, so sind sie die beiden Waagschalen der Zeit. Am beachtlichsten aber ist dies: Wie die Sonne der klare Spiegel Gottes und der göttlichen Attribute ist, so ist der Mond Spiegel des Menschen und der menschlichen Unvollkommenheiten. Bald nimmt er zu, bald nimmt er ab, bald wird er geboren, bald stirbt er, bald steht er in seiner Fülle, bald ist er ein Nichts, nie verbleibt er in einem Zustand. Licht hat er nicht aus sich selbst, sondern bezieht es von der Sonne, die Erde verfinstert ihn durch ihr Dazwischentreten; seine Flecken zeigt er am deutlichsten, wenn er am hellsten leuchtet; er ist nach Stellung und Wesen der unterste der Planeten, vermag mehr auf der Erde als im Himmel; somit ist er wandelbar, fleckenbehaftet, minderwertig, armselig und trübe, und all dies erwächst ihm aus der Nachbarschaft mit der Erde.«[14]

»Diese ganze Nacht und viele weitere«, sagte Andrenio, »verbrachte ich in solch erquicklichem Wachen, ich legte mir ebenso viele Augen zu wie der Himmel selbst hat – ich, um ihn zu sehen, er, um gesehen zu werden. Doch schon hoben mit den Gesängen der Vögel die Klarinen des Frührots an, dem zweiten Aufgang der Sonne ihren Gruß zu entbieten, spielten auf zum Erlöschen der

13 *»Presidente de la noche«:* geht zurück auf *Genesis* 1, 16: *»Luminare minus, ut praeesset nocti«* – »ein kleines Licht, das die Nacht regiere«.

14 Sonne und Mond galten der Alchemie als Planeten. Gracián nutzt auch die Alchemie zu moralischen Zwecken.

Sterne und zum Erblühen der Blumen.[15] Sie ging auf, und ich lebte auf bei ihrem Anblick. Meine Begeisterung beim Gruß indessen war schon lauer.«

»Denn selbst die Sonne«, bestätigte Critilo, »versetzt uns beim zweiten Mal schon nicht mehr in Erschrecken, beim dritten Mal auch nicht mehr in Erstaunen.«

»Ich spürte minder lebhaft die Neugier, dafür desto reger den Hunger. Und so jubelte ich ihr noch einmal zu, nutzte dann aber ihr Licht – woran ich erkannte, dass auch sie ein Geschöpf war und mir als Lichtträger diente – und unternahm meinen Abstieg zur Erde, nötigte mich doch die Gegenwart des Leibes zur Vernachlässigung des Geistes und zog mich von der höchsten Kontemplation zu materieller Betätigung herab. Ich stieg also hinunter – eine Erniedrigung – auf der unsicheren Treppe, die die Trümmer selbst bildeten, denn anders wäre es nicht möglich gewesen, für welche Gunst zumal ich dem Himmel Dank wusste. Doch noch ehe ich die erste Fußspur in den Boden drücke, versagt mir bereits Atem und Stimme; und so bitte ich dich, mir mit Worten auszuhelfen, damit ich die Fülle von Empfindungen auch ausdrücken kann, denn ein weiteres Mal lade ich dich zum Staunen ein, wenn auch nur vor den irdischen Wundern.«[16]

15 *»Tocando a despejar estrellas y despertar flores«:* wichtigstes Element barocker Sprachschönheit, die Poesie der *correspondencias,* der lautlichen wie dinglichen Entsprechungen.
16 Zur Kulturgeschichte des Lichts und der Elemente vgl. G. und H. Böhme, *Feuer, Wasser, Erde, Luft,* 1996.

Dritte Krisis

Schöne Natur

Von der Art der Koketten ist die vielgestaltige Natur: Beachtet will sie sein und gelobt. Deshalb hat sie unserem Geist eine lebhafte Neigung eingeprägt, ihr genaues Wirken zu erforschen. Ganz unselige Mühe hat das der größte der Weisen genannt,[1] und das ist es auch wahrhaftig, solange es einzig bei unnützer Neugier bleibt. Es gilt, sich bei der Betrachtung ihrer Reize zum Lobpreis des göttlichen Schöpfers zu erheben, unterbrochen nur vom Dank an ihn; und ist die Bewunderung Tochter der Unwissenheit, so ist sie doch auch Mutter des *Geschmacks.* Nur wenige bewundern nicht, weil sie mehr Wissen, die meisten, weil sie gar keines haben. Es gibt kein höheres Lob für etwas als die Bewunderung des Kenners, die freilich zur Schmeichelei gerät, wenn sie allzu viel Vollkommenheit vermutet und nicht rechtzeitig schweigt. Zumeist ist Bewunderung aber schon recht banal geworden, bestaunen wir die Dinge doch nicht, weil sie groß, sondern weil sie neu sind. Die höchste Meisterschaft wird, weil altbekannt, achtlos übergangen, stattdessen erbetteln wir uns kindische Kurzweil vom noch nicht Dagewesenen, stillen unsere Gier nach Neuem mit dem Extravaganten. Großer Hexenzauber muss allem Neuen eignen, denn da wir alles bereits sattsam gesehen haben, begeistern wir uns, in Natur wie Kunst, für modischen Tand und schmähen die alten Wunder, nur weil sie längst da gewesen sind. Was gestern Erstaunen hervorrief, heute wird es verächtlich, nicht etwa weil es bei sich an Vollkommenheit, nein, weil es bei uns an Ansehen eingebüßt hat; nicht weil es sich gewandelt, eher weil es das nicht getan hat und uns nicht neu vor Augen tritt. Solche Banalität des *Geschmacks*[2] machen die Weisen wett, sie machen sich neue Gedanken über die alten Leistungen,

1 *Prediger* 1, 13.

2 *»Gusto«:* im weiteren Sinn von Urteilsvermögen. Vgl. Ute Frackowiak, *Der gute Geschmack,* 1994.

sie erneuern also die Sicht durch ihr Verwundern. Aber wenn uns jetzt ein Diamant, eine fremdländische Perle als etwas Außergewöhnliches in Erstaunen versetzt, wie musste da nicht Andrenio zumute sein, als er unversehens einen leuchtenden Körper erblickte, den Mond, ja die Sonne selbst, das ganze bunte Gefilde der Blumen und die Weite des sternenbesetzten Himmels! Hören wir ihn selbst, wie er in seinem spannenden Berichte fortfährt:

»Mit einem Schlag fand ich mich inmitten schönster Mannigfaltigkeit, wie ich sie nie geahnt hatte, und zunächst schritt ich dort mehr mit dem Geiste voran als mit dem Körper, regte die Augen mehr als die Füße. Alles besah ich genau, war es doch nie geschaut, und alles begrüßte ich freudig, war es doch so vollkommen. Mein Fortschritt war, dass ich gestern, als ich den Himmel betrachtete, nur die Augen benutzt hatte, heute aber alle Sinne zugleich gebrauchte, und sie reichten noch immer nicht aus, um alles aufzunehmen. Hundert Augen wünschte ich mir und hundert Hände, um die Begierden der Seele zu stillen, und auch sie hätten's nicht vermocht. Mein Sinn war entzückt vom Anblick einer solchen Menge von Geschöpfen, so unterschiedlich in Wesen und Eigenschaften, in Gestalt und Farbe, Verhalten und Bewegung. Ich pflückte eine Rose, ich betrachtete ihre Schönheit, ich roch ihren Duft, und ich wurde nicht satt, sie anzuschauen und zu bewundern. Ich streckte die andere Hand nach einer Frucht aus, kam schon bald auf den Geschmack, wodurch die Früchte den Blumen überlegen sind. Binnen kurzem hatte ich die Arme so voll, dass ich etwas ablegen musste, um anderes zu genießen, und wollte doch bei jeder neuen Freude in die Hände klatschen. Am meisten begeisterte mich, dass die Fülle des Geschaffenen so viel Abwechslung aufwies, die Vielzahl der Geschöpfe solche Vielfalt, dass kein Blumenblatt und keine Vogelfeder mit einer andern zu verwechseln war.«

»Es hat eben der weise Werker«, äußerte sich Critilo, »nicht bloß aufs Bedürfnis des Menschen geachtet, für den er all dies schuf, sondern auch auf sein Vergnügen und Wohlergehen, womit er seine nimmer endende Liberalität dargetan, ihm aber auch auferlegt hat, mit gleicher Generosität ihm zu huldigen und zu dienen.«

»Ich erkannte zwar viele von den Früchten wieder«, fuhr Andrenio fort, »weil meine Tiere sie mir in die Höhle gebracht hatten, aber ich sah doch mit besonderer Freude, wie sie an ihren Zweigen entstehen und wachsen. Öfter hatte ich mich das gefragt, doch auf dergleichen wäre ich nie gekommen. Andere, die ich nicht kannte, spielten mir auch übel mit: Sie waren sauer oder ganz ungenießbar.«

»Dies ist eine andere bewundernswerte Maßnahme der göttlichen Vorsehung«, erklärte Critilo, »nicht alle Früchte gleichzeitig reifen zu lassen, sondern nacheinander gemäß dem Wechsel der Jahreszeiten und den Bedürfnissen der Lebewesen. Die einen beginnen im Frühjahr, es sind die *Frühlinge* des Geschmacks, nicht so sehr des Ertrags: Sie erfreuen eher durch ihr zeitiges Erscheinen als durch ihre Würze. Andere, saftigere, dienen zur Labung in der Sommerglut, und wieder andere, gedörrt und aufbewahrt, zum Erwärmen im früchtelosen Winter. Die frischen Gemüse lindern die Julihitze, die warmen geben Kraft gegen den strengen Dezember. So geht das eine an, wenn das andere ausgeht, damit sie sich bequem sammeln und speichern lassen und das ganze Jahr Auskommen und Wohlergehen schaffen. O fürsorgliche Güte des Schöpfers! Wer könnte denn selbst im geheimsten Winkel seines törichten Herzens so viel Umsicht und Vorsorge leugnen?«

»Inmitten eines so anmutigen Labyrinths wundervoller Geschöpfe«, fuhr Andrenio fort, »fand ich mich wohlig verloren wieder. Ich wusste gar nicht, wohin ich mich zuerst wenden sollte, und so überließ ich mich meiner frei schweifenden, stets hungrigen Neugier. Jeder Vorgang war mir Anlass zum Staunen, jeder Gegenstand ein neues Wunder. Ich pflückte diese Blume und jene, angelockt durch ihren Duft, sanft berückt von ihrer Lieblichkeit, ich konnte mich nicht satt sehen und nicht satt riechen, ich faltete ihre Blätter auf, gab mich eingehendem Studium ihrer kunstreichen Fügung hin und ging von dort über zum Lobpreis der gesamten Schönheit, wie sie im Universum erstrahlt. Ich sagte mir bei mir selbst, wenn eine Blume bereits so schön ist, wie dann erst die ganze Flur; wenn ein Stern glänzend und hold, wieviel ansehnlicher dann erst der gesamte Himmel. Denn wer bejubelt nicht so viel Schönheit, vereint mit so viel Nutzen?«

»Gutes Urteil hast du«, meinte Critilo, »solltest aber nicht einer von denen werden, die Jahr um Jahr auf die grüne Wiese ziehen und nur darauf aus sind, ihre körperlichen Sinne zu laben, ohne ihre Seele höherer Betrachtung zu widmen.[3] Richte deinen Sinn nach oben, erkenne die unendliche Schönheit des Schöpfers, die in dieser irdischen sich abbildet, und schließe daraus: Wenn der Schatten schon so geartet ist, wie muss sein Grund beschaffen sein und die Wirklichkeit, der er folgt![4] Folgere aus dem Toten das Lebendige, aus dem Gemalten das Echte und werde gewahr: Gleichwie der geschickte Künstler beim wirklichen Bau eines Palastes nicht nur auf Dauer und Festigkeit, auf Annehmlichkeit des Wohnens zu achten pflegt, sondern auf die Schönheit und die elegante Symmetrie, damit der edelste der Sinne, das Sehen nämlich, daran auch seine Freude findet, ebenso war der göttliche Architekt dieses großen Weltenhauses nicht nur auf Annehmlichkeit und Festigkeit bedacht, sondern auf sein schönes Ebenmaß. So begnügte er sich nicht damit, dass die Bäume Früchte trügen, es sollten auch Blüten sein; es sollte sich der Nutzen mit der Freude verbinden, es sollten die Bienen ihre süßen Waben bauen und dazu jede Blume einzeln umwerben; es sollten die heilbringenden und wohlriechenden Wasser träufeln, dem Geruchssinn zur Freude und dem Herzen zur Stärkung; allen Sinnen sollte ihre Lust und Erfüllung zuteil werden.«

»Doch ach«, erwiderte Andrenio, »so wohl mir die Blumen taten, als sie dufteten, so traurig stimmten sie mich, als sie welkten.«

»Ein Abbild mithin«, meinte Critilo nachdenklich, »der menschlichen Hinfälligkeit. Schönheit ist doch das gefällige Zeigen des Anhebenden: Das Jahr setzt ein mit den Blumen des heiteren Frühlings, der Tag bricht an im Rot des lächelnden Morgens, und der Mensch hebt an zu leben mit dem Lachen der Kindheit und dem Übermut der Jugend. Doch alles kommt zum Stillstand in der Trauer eines Welkens, in der Düsternis eines Vergehens, in der

3 *Grüne Wiese:* Predigeranspielung auf den ersten Mai, an dem die Zeitgenossen, statt an Santiago zu denken, zur Kirmes eilten.

4 Spuren sowohl Platons wie auch der mittelalterlichen Theorie von der Natur als *vestigium Dei,* der Spur Gottes.

Hässlichkeit eines Sterbens, und stets hat dabei die allen gemeinsame Vergänglichkeit ein höhnisches Zwinkern für die je besondere Desillusion.«

»Nachdem das Auge sich an so ungewohntem Zusammentreffen schöner Dinge gelabt hatte«, sagte Andrenio weiter, »ergötzte sich mein Ohr nicht minder am lieblichen Wohllaut der Vögel. Ich lauschte ihrem köstlichen Gesang, ihren Trillern, Verzierungen, Fugen, Pausen und Melodien, womit sie in klingendem Wettstreit das Tal zu Schall, das Grün zu Getön, den Fels zu Geschnelz und die Wiesen zu Weisen machten, stets der aufgehenden Sonne zum schmeichelnden Gruß. Hierüber bemerkte ich mit nicht geringem Erstaunen, dass die Natur einzig den Vögeln das Vorrecht des Gesangs, dieser großen Linderung des Lebens, zugebilligt hat, fand ich doch unten am Boden, obwohl ich eins um das andere prüfte, kein einziges Tier mit einer angenehmen Stimme. Vielmehr bringen sie alle nicht nur unliebliche, sondern ausgesprochen unangenehme und unschöne Laute hervor.«

»Die Vögel als Bewohner der Luft sind feiner«, pflichtete Critilo bei. »Nicht nur durchschneiden sie die Luft mit ihren Flügeln, sie beleben sie auch mit ihren Schnäbeln; und von so hohen Graden ist ihre geflügelte Feinheit, dass allein sie die menschliche Stimme nachzuahmen und wie Personen zu sprechen vermögen, wofern wir nicht in unserer Betrachtung noch höher gehen wollen und sagen, den Vögeln, weil dem Himmel so nahe, komme es zu, das göttliche Lob anzustimmen, wenngleich nur materiell. Noch etwas solltest du bemerken, dass sich nämlich kein Vogel findet, der todbringendes Gift bei sich führt, wie so viele der Tiere, solcher zumal, die an die Erde geheftet dahinkriechen, denn von ihr her kommt ihnen sicherlich solch tückische Giftigkeit zu, für den Menschen ein Wink, sich über den eigenen Schlamm zu erheben.«

»Ich hatte große Freude daran«, äußerte Andrenio, »sie so stattlich zu sehen, so lebhaft gefärbt in vielfacher Schattierung und so prächtig und stolz im Gefieder.«

»Und bei ihnen allen«, fügte Critilo hinzu, »Vögeln wie Landtieren, wirst du immer bemerken, dass das Männchen schmucker und prächtiger ist als das Weibchen, was sich auch beim Menschen bestätigt, sosehr die Neigung zum Weiblichen dem widersprechen und die Höflichkeit es beschönigen mag.«[5]

»Was ich höchlich bestaunte und noch immer rühmen möchte«, sagte Andrenio, »das ist die abgestimmte Ordnung, mit der sich eine so große und mannigfaltige Menge von Geschöpfen bewegen und lenken, ohne einander zu behindern, sich vielmehr gegenseitig Platz machen und behilflich sind.«

»Das ist eine weitere wundersame Wirkung der unendlichen Weisheit des Schöpfers«, äußerte Critilo, »womit er alle Dinge nach Gewicht, Zahl und Maß angeordnet hat. Denn wenn man nur richtig hinsieht, hat jedwedes erschaffene Ding seinen Platz im Raum, seine Dauer in der Zeit und seinen Zweck im Geschehen und im Sein. Deshalb sind, wie du sehen wirst, die einen den andern untergeordnet nach dem Grad ihrer Vollkommenheit. Aus den Elementen, die in der Natur am niedrigsten stehen, setzen sich die gemischten Körper zusammen, und unter ihnen sind die niederen den höheren dienstbar. Die Gräser hier und die Pflanzen, die auf der untersten Lebensstufe stehen, da sie sich nur des vegetativen Daseins erfreuen, bei dem sie sich regen und wachsen bis zu einem bestimmten Punkt, aber nicht darüber hinaus, sie dienen den empfindungsbegabten Wesen zur Nahrung, die auf der zweiten Stufe des Lebens stehen, im Genuss des sensitiven Daseins, das über das vegetative hinausgeht; und zwar sind das die Tiere der Erde, die Fische des Meeres und die Vögel der Luft. Sie weiden das Gras, bevölkern die Bäume, verzehren die Früchte, nisten in den Zweigen, suchen Schutz zwischen den Stämmen, bergen sich unter dem Dach der Blätter. Die einen aber wie die andern, Gewächse wie Getier, bequemen sich dazu, einer dritten Stufe viel vollkommener und höher gearteter Lebewesen zu dienen, bei denen zu Wachstum und Empfindung noch Denken, Sprechen und Verstehen hinzu-

5 Bereits in das hohe Lob der Schöpfung dieser Eingangskapitel mischt sich – ohne dass der Widerspruch diskutiert würde – die Geringschätzung des Autors für alles Weibliche: Anfang einer langen Reihe ähnlicher Urteile mit nur wenigen – allerdings nicht unwesentlichen – Ausnahmen. Ob in der seelischen Veranlagung des Autors eine invertierte Neigung bestanden haben mag, lässt sich nur vermuten – weder bestätigen noch widerlegen.

treten.[6] Dies ist der Mensch, und dieser ist schließlich auf Gott hin gerichtet, ihn erkennt er, ihn liebt er, ihm dient er. Dergestalt ist alles in wundervoller Ordnung und Übereinstimmung angelegt, da die einen Geschöpfe den andern zu Gedeih und Erhalt behilflich sind. Das Wasser bedarf der Erde, damit sie es trägt, die Erde des Wassers, damit es sie tränkt, die Luft wird vom Wasser gemehrt, von der Luft wird das Feuer genährt. Alles ist mithin wohlabgewogen und gemessen für die Einheit der Teile, im Hinblick auf die Erhaltung des Ganzen. Hier ist denn auch besonders ergiebig und erbaulich zu beobachten, mit welch ausgesuchten Verfahren und vorzüglich angemessenen Mitteln die Höchste Vorsehung jedes Geschöpf zur Mehrung und Wahrung seines Seins ausgestattet hat, in Sonderheit die empfindungsbegabten Wesen als die bedeutendsten und vollkommensten, indem sie einem jeden seinen natürlichen Instinkt verlieh, um das Gute und das Böse zu erkennen, das eine zu suchen und das andere zu meiden, wobei die ausnehmende Fähigkeit zur Verlockung bei den einen und die Fähigkeit zum Vermeiden der Verlockung bei den andern kaum erwähnt, nur bestaunt werden muss.«

»Obgleich alles für mich anhaltend und wunderbar neu war«, sagte Andrenio, »wurde mein Staunen erneut angefacht, weitete sich mein Gemüt noch stärker beim Ausblick auf die unermesslichen Weiten dieses Meeres. Es war, als wenn das Meer, eifersüchtig auf das Land und sich Zungen aus seinen Fluten formend, mich der Saumseligkeit bezichtigte und mit den Stimmen seiner Wogen aufrief, doch einen tüchtigen Teil meiner Neugier auch auf seine phantastische Größe zu richten. Müde vom Gehen, nicht vom Erleben, setzte ich mich denn auf eine dieser herausragenden Klippen, und das Staunen kam über mich so oft wie die Wellen übers Ufer. Viel sann ich nach, wie merkwürdig gefangen es doch war und dass ein so schreckensvolles Ungeheuer zwischen Küsten eingezwängt lag, gebändigt nur vom sanften Zaum des Sandes. Ist es

6 Die Lehre von den drei Seelenanteilen – vegetativ, sensitiv, rational – geht zurück auf Aristoteles' *De anima;* Gracián dürfte sie aus Fray Luis de Granadas *Símbolo de la fé* geläufig gewesen sein.

denn denkbar, dachte ich bei mir, dass es gegen einen so grimmen Feind keinen anderen Wall geben soll als den feinen Staub?«[7]

»Warte nur«, rief Critilo, »zwei wilde Elemente hat mit sanfter Gewalt die göttliche Vorsehung in Fesseln gelegt, die, falls losgelassen, der Erde samt all ihren Bewohnern bereits ein Ende gemacht hätten: Das Meer hat sie in die Grenzen der Küsten gewiesen, das Feuer ins harte Innere der Kiesel; dieses liegt dort so beschlossen, dass es auf zweimaliges Anschlagen hervorkommt, seinen Dienst tut und, wenn nicht mehr benötigt, sich zurückzieht oder erlischt; wäre dem nämlich nicht so, es gäbe keine zwei Tage lang Welt, alles ginge zugrunde, verbrannt oder versunken.«

»Ich konnte mich am Anblick des heiteren, klaren Meeres und seines beständigen Wogens wieder gar nicht satt sehen«, sagte Andrenio weiter, »wassersüchtig war das Auge und begehrte nach den flüssigen Kristallen.«

»Es heißt«, meinte Critilo dazu, »die Augen bestünden aus zwei Säften, dem aquäischen und dem kristallischen, und dies sei der Grund, warum sie gar so gern aufs Wasser blicken, es kann ja jemand ohne zu ermüden einen ganzen Tag lang in sich hineinsaugen, wie es brodelt, stürzt und schäumt.«

»Vor allem«, fuhr Andrenio fort, »als ich bemerkte, dass seine kristallenen Tiefen so viele Fische durchfurchten, die so völlig anders waren als Vögel und Landtiere, da war meine Kraft des Staunens, so kann ich wirklich sagen, erschöpft. Hier, auf dieser Klippe, allein mit mir und meiner Unwissenheit, saß ich und betrachtete diese so *plausible,* so beifalls- und preisenswerte Harmonie des ganzen Universums, ist sie doch mit einer so seltsamen Gegensätzlichkeit gefügt, dass die Welt eigentlich, betrachtet man nur ihre Größe, auch nicht einen Tag lang hätte Halt und Bestand haben dürfen. Dies nahm mich in Beschlag, denn wer gerät nicht außer sich, wenn er ein so einmaliges Konzert vernimmt, einen Zusammenklang aus so viel Entgegengesetztem?«

7 Die zeitlos scheinende Meeresmeditation geht zurück auf das »Bis hierher und nicht weiter« aus *Hiob* 38, 11: *»Usque huc venies et non procedas amplius.«* Voltaire hat sie aufgenommen (*Lettres philosophiques* XV), Paul Valéry mehrfach.

»So ist es«, bestätigte Critilo, »denn dieses ganze All setzt sich zusammen aus Gegenteiligem und ist Einklang im Zwiespalt: eines gegen das andere, hat der Philosoph ausgerufen.[8] Kein Ding gibt es, das nicht seinen Widerpart hätte, mit dem es im Streit liegt, bald siegreich, bald unterlegen. Alles ist Tun und Leiden: Wo Aktion ist, ist auch Reaktion. Schon die Elemente, die die Vorhut bilden, beginnen untereinander den Kampf; es folgen die Mischkörper, sich wechselseitig vernichtend; das Böse stellt dem Guten nach, schließlich auch das Unheil dem Glück. Die einen Zeiten stehen gegen die anderen, selbst die Gestirne bekriegen und besiegen sich untereinander, und obwohl sie sich nach Fürstenbrauch selbst nichts antun, gerät doch ihr Zwist den Vasallen unterhalb des Mondes zum Unheil.[9] Vom Natürlichen geht das Gegensätzliche aufs Moralische über; denn wo gäbe es den Menschen, der nicht seinen Rivalen hätte? Wo wäre einer, der sich nicht auseinander zu setzen hätte? Beim Lebensalter stehen die Greise gegen die Jungen; beim Temperament die Phlegmatiker gegen die Choleriker; beim Stand die Reichen gegen die Armen; beim Land die Spanier gegen die Franzosen; und so bei allem, immer stehen die einen gegen die anderen. Aber was Wunder, wo doch im Innern eines und desselben Menschen, hinter den Pforten seines irdischen Hauses, diese Zwietracht am heftigsten tobt.«

»Was sagst du, im Menschen, gegen ihn selber?«

»Ja, er ist ja selbst ein Stück Welt, wenn auch ein kleines, und besteht daher ganz aus Gegensätzen. Hier beginnt das Gefecht mit den Körpersäften: Je nach deren Zusammensetzung steht schon zu Beginn die Feuchte gegen die Wärme, heimlich nützt sie sie ab, schließlich braucht sie sie auf.[10] Ständig wirft der untere Teil finstere Blicke nach dem oberen, das Begehren legt sich mit der Vernunft an und wirft sie oft genug aus der Bahn. Selbst das Unsterbliche: Geist und Gemüt, bleibt von dieser allgemeinen Zwietracht

8 Seneca: *»Tota hujus mundi concordia ex discordibus constat«* – »Aller Einklang dieser Welt besteht aus Gegensätzlichem« (*Naturales quaestiones*, VII, 27).

9 Horaz: *»Quicquid delirant reges, plectuntur Achivi«* – »Was die Fürsten Tolles treiben, müssen die Vasallen leiden« (*Epistulae* I, II, 14).

10 Variante der Humoral- oder Temperamentenlehre.

nicht verschont, liefern sich doch die Leidenschaften heftige Kämpfe in ihm. Die Angst hat es mit dem Mut, die Trauer mit der Freude; Begehren weicht dem Abscheu; Jähzorn streitet mit Lüsternheit; bald obsiegen die Laster, bald triumphieren die Tugenden, alles ist Waffe und alles ist Kampf. So ist das Leben des Menschen nichts anderes als Kriegsdienst auf Erden. Doch oh, die wunderbare, unendlich weise Vorsehung des großen Moderatoren alles Geschaffenen, der bei solch anhaltender und vielfältiger Gegensätzlichkeit unter allen Geschöpfen dennoch dieses gewaltige Weltengetriebe regelt, in Gang hält und bewahrt!«

»Dies Wunder göttlicher Bedachtsamkeit«, sagte Andrenio, »war es, was ich pries, beim Anblick von so viel Wandel im Verein mit so viel Beständigkeit, denn mit allen Dingen nimmt es ein Ende, sie vergehen, und die Welt bleibt stets die gleiche und hat stets Bestand.«

»Es hat der erhabene Werker die Dinge derart entworfen«, bestätigte Critilo, »dass keines endet, ohne dass auf der Stelle ein anderes beginnt; aus den Trümmern des Ersten erhebt sich das Zweite. Somit wirst du erleben, wie das Ende zugleich auch Anfang ist, die Zerstörung eines Geschöpfes zugleich Zeugung eines anderen. Wenn es scheint, als sei alles zu Ende, dann beginnt es von vorne, die Natur erneuert, die Welt verjüngt sich, die Erde stellt sich wieder her, und das göttliche Regiment wird bewundert und verehrt.«

»Später dann«, fuhr Andrenio fort, »betrachtete ich mit nicht geringerer Hinwendung die Einteilung der Zeiten, den Wechsel von Tag und Nacht, Winter und Sommer, mit den Frühlingen, die sich ins Mittel legen, damit man nicht von einem Extrem gleich ins andere gerät.«

»Hier hat sich die göttliche Fürsorge sehr wohl erwiesen«, ergänzte Critilo, »indem sie nicht nur den Dingen Ort und Mitte anwies, sondern auch die Zeiten ordnete. Der Tag dient zur Arbeit, die Nacht zur Ruhe. Im Winter schlagen die Pflanzen Wurzeln, im Frühling blühen sie; im Sommer tragen sie Frucht, und im Herbst erntet und genießt man sie. Und was sollen wir zu der wunderbaren Erfindung des Regens sagen?«

»Sehr bestaunt habe ich das«, sagte Andrenio, »wenn ich sah, wie das Wasser schon so gut verteilt herabfiel, zu so viel Labung und Gedeih.«

»Und so zur rechten Zeit«, fügte Critilo hinzu, »in den beiden Monaten, welche die Schlüssel des Jahres sind: Oktober zur Aussaat, Mai zur Ernte. Ferner begünstigt die Verschiedenheit der Monate nicht minder den Reichtum an Früchten und die Gesundheit der Lebewesen, da die einen kühl sind, andere heiß, luftig, feucht oder mild. Die Wasser säubern und befruchten, die Winde läutern und beleben, Erstere die stabile Erde, wo die Körper Halt finden sollen, Letztere die Luft, die nachgibt, damit sie sich bewegen, und die durchsichtig ist, damit sie einander sehen können. Nur eine göttliche Allmacht, eine ewige Vorsehung, eine unermessliche Güte hat solch gewaltiges Getriebe ordnen können, das man nie genug betrachtet, bewundert und preist.«

»Wahrhaftig, so ist es«, fuhr Andrenio fort, »und solche Erwägungen stellte auch ich an, wenngleich noch unbeholfen. An jedem Tag, zu jeder Stunde war es mir eine genussreiche Beschäftigung, von einer Stelle zur andern, von einer Anhöhe zur andern zu gehen, mit immer neuem Staunen und Nachdenken, wieder und wieder mich der Betrachtung eines jeden Gegenstands zuwendend, bald am Himmel, bald auf der Erde, die Wiesen und die Wasser, mit unersättlichem Vergnügen. Wobei aber mein Grübeln länger verharrte, das waren die Pläne, nach denen es die ewige Weisheit bewerkstelligt haben mochte, so schwierige Dinge mit so müheloser und sinnreicher Kunstfertigkeit auszuführen.«

»Eines ihrer großen Konzepte war das feste Beharren der Erde im Mittelpunkt als beständige und sichere Grundlage des ganzen Gebäudes«, äußerte Critilo.[11] »Und keine geringere Erfindung war auch die der Flüsse, bewundernswert zweifellos in ihren Prinzipien oder Anfängen wie in ihren Zielen oder Enden: Kein Versiegen dort, kein Überschwemmen hier. Dazu die Vielfalt der Winde: Man spürt sie und weiß doch nicht, wie sie entstehen und enden. Die nutzbringende Schönheit der Gebirge, feste Rippen im weichen

11 Vgl. S. 30, Anm. 8.

Leib der Erde, deren Abwechslungsreichtum vermehrend: Auf ihnen sammeln sich die Schätze des Schnees, in ihnen formen sich die harten Metalle, an ihnen bleiben die Wolken haften, bilden sich die Quellen, nisten die Tiere, ragen die Bäume auf für Schiffe und Bauten, zu ihnen flüchten sich die Leute vor dem Wasserwuchs, in ihnen verschanzen sie sich gegen Feinde und genießen Gesundheit und Leben. Wer, wenn nicht eine unendliche Weisheit, hätte all diese Wunder vollbringen können? So gesteht denn auch jeder Weise zu: Selbst wenn sich alle geschaffenen Geister zusammenschlössen und ihren gesammelten Verstand in eine Retorte speisten, sie könnten nicht die kleinste Gegebenheit, kein Atom der vollkommenen Natur verbessern. Und wenn jener König, den man als den Weisen pries, weil er vier Sterne kannte (so hoch wird bei Fürsten das Wissen veranschlagt!), sich erkühnte zu behaupten, falls er dem göttlichen Werker in der Weltenschmiede zur Seite gestanden hätte, so wäre vieles anders und noch viel mehr besser eingerichtet worden, dann war dies nicht so sehr ein Effekt seiner Weisheit, sondern ein Defekt seines Volkes, welches sich in seiner eingefleischten Überheblichkeit auch vor Gott selbst nicht mäßigen kann.«[12]

»Warte«, sagte Andrenio, »hör mir noch diese letzte Wahrheit an, die erhabenste von allen, die ich gepriesen habe. Ich bekenne dir, unter den vielen Wundern in diesem staunenswerten Weltgetriebe haben mich vier gewiss besonders beeindruckt: eine solche Menge Geschöpfe bei solcher Vielfalt, so viel Schönes bei so viel Nützlichkeit, so viel Einklang bei so viel Gegensätzlichkeit, so viel Wandel bei so viel Beständigkeit. Lauter preis- und verehrungswürdige Wunder. Was mich jedoch bei alledem am meisten gefesselt hat, war die Erkenntnis, dass der Schöpfer des Ganzen in seinen Geschöpfen so offenbar und in sich selbst doch so verborgen

12 Nur anekdotisch überliefert. Über Alfons den Weisen (1221–1284) schrieb Gracián in *El Político:* »Was nützt es, dass er ein großer Mathematiker war, wenn er es nicht einmal zu einem mittelmäßigen Staatsmann brachte? Er meinte, das Weltengebäude verbessern zu müssen, und hätte doch fast sein Reich zugrunde gerichtet« (wegen seiner Bewerbung um die Kaiserkrone).

ist. Denn auch wenn alle seine göttlichen Attribute sichtbar zu Tage treten: seine Weisheit in der Anordnung, seine Allmacht in der Ausführung, seine Umsicht in der Verfassung, seine Schönheit in der Vollkommenheit, seine Unermesslichkeit in der Gegenwärtigkeit, seine Güte in der Gemeinschaftlichkeit und so alle weiteren, wenn also, wie einstmals keines müßig war, sich nun auch keines verbirgt, so bleibt trotzdem dieser große Gott so sehr verborgen, dass er erkannt und doch nicht gesehen, offenbar und doch ungeschaut ist, nah und doch so fern. Das ist es, was mich mir selbst entrückt und ganz in ihn versetzt, ihn erkennend, ihn liebend.«

»Diese Hinneigung zu seinem Gott als zu seinem Ursprung und seinem Ziel«, sagte Critilo, »ist dem Menschen durchaus von Natur gegeben, bald in Liebe, bald in Erkenntnis. Kein Volk, so barbarisch es sein mochte, hat sich gefunden, das die Göttlichkeit leugnete: schlagender Beweis des göttlichen Wesens und Anwesens, denn in der Natur gibt es nichts Zielloses und kein Streben, das erfolglos bliebe. Wenn der Magnet den Norden sucht, dann hat er keinen Zweifel, dass er dort zur Ruhe kommt. Es strebt die Pflanze zur Sonne, der Fisch nach dem Wasser, der Stein zur Mitte und der Mensch zu Gott: Gott ist da, der sein Nord ist, seine Mitte, seine Sonne, wonach er suchen, wo er verweilen, worin er Freude finden kann. Dieser erhabene Herr hat allem Erschaffenen das Dasein geschenkt, er aber ist da aus sich selbst und ist auch dadurch grenzenlos in jeglicher Art der Vollkommenheit, dass niemand ihn einzuschränken vermag, weder im Sein, noch im Raum, noch in der Zeit. Man kann ihn nicht sehen, doch man kann ihn erkennen; und als souveräner Fürst, unnahbar ins Unfassliche zurückgezogen, spricht er zu uns vermittels seiner Geschöpfe. Mit Recht hat daher ein Philosoph dies Universum als den großen Spiegel Gottes definiert.[13] ›Mein Buch‹, nannte es der ungelehrte Weise, in dem er als die Schriftzeichen die Geschöpfe der göttlichen Vollkommenheit entzifferte.[14] Ein Schmaus für jeden guten Geschmack ist es,

13 *Weisheit* 7, 26.

14 Hiob. »Mein Buch« dort nicht wörtlich, vielmehr ein Topos des Mittelalters, an Gracián durch Fray Luis de Granada vermittelt.

sagte Philon der Hebräer, woran der Geist sich gütlich tut; wohlgestimmte Leier nannte es Pythagoras, deren melodisches Spiel uns erfreut und entzückt; Festgewand der ungeschaffenen Majestät, so Tertullian, und wohlklingende Harmonie der göttlichen Attribute, Trismegistos.«[15]

»Dies sind«, schloss Andrenio, »die Rudimente meines Lebens, stark empfunden, schwach erzählt; denn stets gebricht es an Worten, wo Gefühle überquellen. Nun ich dir willfahrt habe, möchte ich dich bitten, dich erkenntlich zu zeigen, indem du auch meinen Wunsch befriedigst und mir erzählst, wer und woher du bist, und wie, auf welch seltsamem Kurs du dies Gestade erreicht hast. Sag mir, ob es noch mehr Welt gibt und noch mehr Menschen, kläre mich auf über alles; meine Neugier soll nur noch von meiner Aufmerksamkeit übertroffen werden.«

Zur großen Tragödie seines Lebens, wie Critilo sie Andrenio berichtete, lädt uns die nächste Krisis ein.

15 *Philon:* jüdischer Philosoph aus Alexandria, 1. Jh. n. Chr. – *Pythagoras:* lehrte im 6. Jh. v. Chr, hinterließ jedoch keine Schriften. – *Tertullian:* lateinischer Kirchenschriftsteller aus Karthago, 2./3. Jh. – *Hermes Trismegistos:* unhistorische Gestalt, unter deren Namen eine Sammlung »hermetischer« Texte aus dem 2. und 3. Jh. n. Chr. überliefert ist. – Gracián geht es um Autoritäten für seine Metaphernreihe, nicht um Belege.

Vierte Krisis

Der Steilhang des Lebens

Zornig und in Tränen, so wird erzählt, kam Amor zu Fortuna und stieß heftige Verwünschungen aus; diesmal wollte er sich nicht wie sonst bei seiner Mutter beklagen: Er war von ihrer Schwäche enttäuscht.

»Was hast du denn, du blindes Kind?«, sprach Fortuna zu ihm.

Und er:

»Als ob ich nicht genau deswegen komme!«

»Mit wem hast du's?«

»Mit der ganzen Welt.«

»Da bist du zu bedauern, das ist viel Feind, und damit wirst du niemanden auf deiner Seite haben.«

»Hätt ich nur dich, das würde mir genügen, so lehrt mich's meine Mutter, und so wiederholt sie mir's alle Tage.«[1]

»Und du rächst dich?«

»Ja, an Knaben wie Greisen.«

»Nun lass schon hören, was dich verdrießt. Du ärgerst dich?«

»Reichlich und mit Recht.«

»Ist es etwa, weil man dich zum Sohn eines gewöhnlichen Schmiedes macht und meint, du seiest unter *yerros,* unter Fehltritten gezeugt und unter *hierros,* unter Eisen aufgewachsen?«[2]

»Nein, gewiss nicht, mich kränkt doch nicht die Wahrheit!«

»Es wird doch auch nicht sein, weil man dich den Sohn deiner Mutter nennt?«

»Erst recht nicht, darauf bin ich sogar stolz; es gibt ja weder

1 Sprichwort: *»Fortuna haya, hijo, que el saber poco te basta«* – »Glück brauchst du, mein Kind, Wissen nützt dir nicht viel«. Bei Cicero: *»Vitam regit fortuna, non sapientia«* (*Tuscul. Quaest.* V, IX, 25).

2 *»Quae nupsit Volcano…«:* Ungeachtet Ciceros Notierung von vier *Veneres* und drei *Cupidines* (*De natura deorum* III, 59–60) spricht Gracián von *einer* Venus und *einem* Amor, für ihn vermutlich Sohn des Mars (das wäre nach Homer).

mich ohne sie noch sie ohne mich, weder Venus ohne Cupido noch Cupido ohne Venus.«[3]

»Ich weiß schon, was es ist«, sagte Fortuna.

»Was denn?«

»Dass du es leid bist, wenn man dich zum Erben deines Großvaters, des Meeres macht, was Unbeständigkeit und Trug anlangt.«[4]

»Nein, sicher nicht, das sind doch Kindereien.«

»Nun, wenn das Scherze sind, wie sieht dann die Wahrheit aus?«

»Was mich erbittert, ist, dass die Leute völlig Falsches über mich sagen.«

»Halt einmal, nun versteh ich dich. Sicher wird das von dir erzählt: Du und der Tod, ihr hättet eure Bögen ausgetauscht, und man nennt dich seither nicht mehr *Amor* von *amar,* sondern *Amor* von *a mor-te,* vom Tode, so dass Liebe und Tod alles einerlei ist. Du nimmst ja das Leben weg, reißt noch das Innerste an dich, raubst die Herzen und versetzt sie mehr dorthin, wo sie lieben, als wo sie leben.«

»Das ist alles wahr.«[5]

»Nun, wenn das die Wahrheit ist, was bleibt dann fürs Falsche?«

»Ach, du wirst sehen, sie hören nicht auf, ehe sie mir nicht die

3 In der Tat reicht die Frage nach Amors Genealogie (Sohn des Erebos und der Nacht!) sehr weit in die griechische Mythologie oder Kosmologie hinein (die Verkindlichung Amors entspricht erst hellenistischer Auffassung).

4 Nach Cicero wäre dieser Amor aus der Verbindung von Venus, der Schaumgeborenen, mit Merkur hervorgegangen.

5 Diese Variante nach Alciatis Emblem *De Morte et Amore* (siehe in: *Emblemata,* hrsg. v. A. Henkel und A. Schöne, 1967/1996, S. 1581), dessen *Subscriptio* (Erklärung) Gracián im 35. Diskurs von *Agudeza y Arte de ingenio* wiedergibt: »Amor und Mors trafen sich in einer Herberge, zechten gemeinsam und hängten ihre Waffen an ein und dasselbe Eisen *(hierro),* was auch prompt zu einem *yerro* (Irrtum) führte. Sie standen sehr früh wieder auf, sind beide doch sehr beschäftigt; und da es noch Nacht war [...] verwechselten sie ihre Waffen: Mors nahm Amors Bogen, Amor den von Mors. Seither geht es verkehrt zu: Mors zielt auf die Jungen, Amor nimmt die Alten aufs Korn.« Der Eingangsapolog insgesamt spielt an auf einen 1589 erschienenen anakreontischen *romance: »Über die Auen von Zypern spazierte das Knäblein Cupido...«* und steht damit in starkem Gegensatz zu den düsteren Ereignissen, von denen Critilo zu berichten hat.

Augen ausgekratzt haben, trotz meinem scharfen Blick, denn der ist ja immer gut bei mir, und wer's nicht glaubt, dem mögen es meine Pfeile sagen. Man hat sich darauf verlegt zu erzählen, ich sei blind: was für eine Verleumdung, was für ein Aberwitz! Und man schildert mich mit dick verbundenen Augen, und zwar nicht nur Apelles und Konsorten, die malen eh, wie's ihnen beliebt, und auch nicht nur die Poeten, bei denen ist ja Lügen die Pflicht und Trügen die Regel, sondern auch die Weisen und die Philosophen.[6] Dass die sich auf etwas so Läppisches einlassen, das kann ich nicht ertragen. Ach, sag es mir an, Freundin Fortuna, bei deinem Leben, wo ist die Leidenschaft, die nicht verblendet? Ist denn nicht der Zornige je wütender, desto blinder vor Grimm? Und den Habgierigen, verblendet ihn nicht sein Vorteil? Der Leichtgläubige, geht er nicht wie ein Blinder einher, schläft nicht der Faule, ist nicht der Stolze ein Maulwurf angesichts seiner Fehler, trägt nicht der Heuchler den Balken im Auge? Der Hochmütige, der Spieler, der Fresser, der Säufer, werden sie nicht alle blind über ihrer Leidenschaft? Was haben sie mir also mehr als anderen die Augen zu verbinden, wo sie zuvor sie mir noch ausgekratzt haben, und wieso soll ich mich sogar *per antonomasiam* den Blinden nennen lassen? Wo doch genau das Gegenteil gilt: Gerade durch das Anblicken geschieht es doch überhaupt erst mit mir, sehend wachse ich heran, vom Hinsehen nähre ich mich und möchte immerzu hinsehen, ganz Auge werden, wie der Adler vor der Sonne – bin ich doch bereits der Luchs vor der Schönheit.[7] Das ist mein Verdruss. Nun denkst du sicher: Das sieht mir ähnlich?«

6 Erwin Panofsky hat uns in den Stand gesetzt, dies genauer zu sehen. In Kap. IV seiner *Studies in Iconology* (dt. 1980) legt er dar, dass der »blinde Amor« zwar ein Topos der antiken Dichtung, die Binde vor den Augen jedoch in der gesamten Antike unbekannt war. Sie kommt im 14. Jh. auf und symbolisiert eine pessimistisch-moralisierende Amor-Auffassung, »bis hin zu einer Unmenge von Renaissance- und auch Barockpoeten, die die traditionelle ›Moralisierung‹ unermüdlich paraphrasieren« (S. 160). Der sehende Amor hingegen wird von den – wenigen – platonisch-idealistischen Lyrikern insbesondere des *Dolce stil novo* verteidigt. Auch in Tassos Schäferspiel *Amynthas* (1573) heißt es gegen Ende des Prologs: »... und blind ist sie (die Mutter Venus), nicht ich, den die blinde Menge zu Unrecht blind nennt.«

7 Gracián liegt hiermit also quer zu der von Panofsky geschilderten Strömung.

»Das sieht *mir* ähnlich«, erwiderte Fortuna.[8] »Mir geht es ebenso, und damit wollen wir uns beide trösten. Und außerdem, schau, Amor, du und die Deinen, ihr habt eine ganz besondere Eigenheit, deretwegen man euch zu Recht und durchaus zutreffend blind nennt; ihr haltet nämlich alle anderen für blind und ihr glaubt, sie sehen nichts und merken nichts und ahnen nichts. Verliebte meinen, alle anderen trügen eine Binde um die Augen. Das ist zweifellos der Grund, weshalb man dich blind nennt: Auge um Auge...«[9] –

Wer diese Philosophie durch die Erfahrung bestätigt sehen möchte, der höre nun den kurzweiligen Bericht, den Critilo den Jahren der Jugend widmet und mehr noch dem *escarmiento,* dem warnenden Beispiel.

»Du heißest mich«, hob er an, »einen Schmerz erneuern, den man eigentlich nur fühlen kann, aussprechen kann man ihn nicht.[10] So erfreulich dein Bericht für mich war, so betrüblich muss der meine für dich sein. Glücklich du, der du unter Raubtieren, und beklagenswert ich, der ich unter Menschen aufwuchs, denn da ist doch ein jeder dem andern ein Wolf, wenn nicht Schlimmeres.[11] Du hast mir erzählt, wie du auf die Welt gekommen bist; ich aber

8 *»¿Que te parece?«* – »Was hältst du davon?«; *»Que me pareces«* – »Dass du mir ähnelst«. Diese Form des *»ingenioso equivoco«,* des witzigen Doppelsinns, wurde von Gracián zu Beginn von Diskurs 33 seiner *Agudeza* sogar Augustus in den Mund gelegt.

9 Mehrfach beginnt Gracián eine Krisis mit einem Apolog, einer kleinen Fabel moralischen Inhalts in mythischem Gewand, bevor er die Erzählung der beiden Wanderer wieder aufnimmt. Dieser hier birgt außer der Reminiszenz an Alciati auch eine solche an den Anfang von Giambattista Marinos Epos *Adone* (1623): »Hatte doch Amor, der grausame Bube, zuvor Jupiter einmal mehr in Flammen versetzt. Da entbrannte seine eifersüchtige göttliche Gattin und gefror zugleich, das Herz von bitterer Galle übergossen, kam mit Weinen und Klagen ob der Übeltat sich bei Kytherea [Venus] beschweren; weshalb denn der über sein Alter listige Knabe, von der Hand der Mutter geschlagen, schluchzte« (Gesang I, Strophe 11). – Zur Ikonographie vgl. Abb. 1, S. 54.

10 Anklang an den berühmten Anfangsvers von Aeneas' Erzählung vor Dido: *»Infandum, Regina, iubes renovare dolorem«* – »Unsäglichen Schmerz heißest, Königin, du mich erneuern« (*Aeneis* II, 3).

11 Plautus: *»Lupus homo homini«* – »Wolf ist der Mensch dem Menschen« (aus der Komödie *Asinaria,* II, IV, 88).

Abb. 1: Veronese (Schule), Amor mit dem Rad der Fortuna.
Öl, um 1560.

werde dir erzählen, wie ich *aus* der Welt gekommen bin, und ich komme in einem solchen Zustand, dass ich mich selbst nicht mehr erkenne. So werde ich dir denn auch nicht sagen, wer ich bin, sondern wer ich war. Es heißt, ich sei auf dem Meer geboren, und ich möchte es gerne glauben, so unbeständig, wie mein Glück gewesen ist.«

Wie er das Wort *Meer* aussprach, richtete er die Augen darauf, und im gleichen Moment erhob er sich eiligst. Er blieb einen Augenblick unschlüssig und im Zweifel zwischen Erkennen und Nichterkennen, dann aber erhob er die Stimme, deutete hinaus und rief:

»Siehst du nicht, Andrenio, siehst du nicht? Schau dort hinaus, weit nach draußen. Was siehst du?«

»Ich sehe«, sagte dieser, »ein paar Berge, die fliegen, vier geflügelte Seeungeheuer, wenn es keine Wolken sind, die da segeln.«[12]

»Nein, es sind keine Wolken, es sind nur Schiffe«, sagte Critilo, »wenn du sie auch ganz richtig Wolken genannt hast, lassen sie doch Gold auf Spanien regnen.«[13]

Staunend stand Andrenio und schaute mit ebenso viel Freude wie Verlangen zu, wie sie näher kamen. Critilo aber begann schmerzerstickt zu stöhnen.

»Ja, aber wie denn«, fragte Andrenio, »ist das nicht die ersehnte Flotte, von der du mir erzählt hast?«

»Doch.«

»Kommen denn dort keine Menschen?«

»Doch, doch.«

»Was macht dich dann so traurig?«

»Gerade das. Merk auf, Andrenio, nun sind wir unter Feinden, nun ist es Zeit, die Augen offen zu halten, nun heißt es wachsam

12 *Wolken:* »Eilende Wolken! Segler der Lüfte!« wird Maria Stuart an einer besonders lyrischen Stelle von Schillers Drama rufen (III, 1).

13 In dem Wortpaar: *»nubes/naves«* fängt Gracián gleichsam die ganze ökonomische Gefährdung Spaniens durch das aus der Neuen Welt hereinströmende Gold mit einer Lautähnlichkeit ein. – Andrenios Seeungeheuer erinnern an den von Cicero zitierten Hirten aus einer Tragödie von Accius, der noch nie ein Schiff gesehen hatte (vgl. S. 23, Anm. 18).

sein. Nimm dich in Acht beim Sehen, beim Hören und noch viel mehr beim Reden; höre allen zu und vertraue keinem; du wirst sie alle zu Freunden haben, doch vor allen dich hüten müssen wie vor Feinden.«

Andrenio wunderte sich über diese Weisheiten, die ihm so wenig weise vorkamen, und entgegnete folgendermaßen:

»Was soll das heißen? Als ich unter Raubtieren lebte, wurde ich vor keiner Gefahr gewarnt, und jetzt rätst du mir so dringend zur Vorsicht? War nicht unter den Tigern die Gefahr größer, und doch hatte ich keine Angst, und du, du zitterst jetzt vor den Menschen?«

»Ja«, erwiderte mit tiefem Seufzer Critilo, »denn die Menschen sind noch viel wilder als die wilden Tiere: Die haben doch oft von deren Grausamkeit noch lernen können! Nie haben wir in größerer Gefahr geschwebt als jetzt, da wir bald unter ihnen sind. Und das ist so sehr wahr, dass einmal ein König, der um seinen Günstling besorgt war, meinte, ihn mehr vor seinen Höflingen schützen zu müssen als vor den hungrigen Löwen in der Grube (von gemeinen Leuten gar nicht zu reden!). Und so versiegelte er mit seinem königlichen Ring die Löwengrube, um ihn vor den Menschen zu bewahren, während er ihn mit den hungrigen Bestien allein ließ.[14] Wart's nur ab, bis du sie kennen lernst! Schau sie dir nur an, prüf sie genau, und eines Tages wirst du mir's sagen.«

»Aber halt einmal«, wandte Andrenio ein, »sind sie nicht alle doch gerade so wie du?«

»Ja und nein.«

»Wie kann das sein?«

»Weil ein jeder der Sohn seiner Mutter ist und seines *humor,* seiner Gemütsart, dazu noch verehelicht mit seiner Denkweise. Und so erscheinen sie alle verschieden: jeder nach seinem *Gestus* und nach seinem *Gustus.* Du wirst welche sehen, die sind eigentlich Pygmäen, aber dem Hochmut nach Giganten, andere dagegen sind Riesen dem Wuchs nach und Zwerge an Gemüt. Du wirst welche fühlen, die Rachsüchtigen, die halten sich zeitlebens zurück und stechen erst ganz spät noch zu, wie der Skorpion mit dem Schwanz;

14 *Daniel* 6, 14–25, in freier Anverwandlung.

du wirst welche hören, *oirás,* die Redseligen, oder besser vor ihnen Reißaus nehmen, *huirás,* denn gewöhnlich sind es Fasler und bringen dich zur Strecke mit ihrem Geschwätz; du wirst welche kosten (denn durchaus sollst du andere sehen, hören, anrühren und schmecken), nämlich die Witzbolde, die Sprücheklopfer, die alles zu einem *cuento,* einer Schnurrpfeiferei machen, ohne sich jemals *cuenta,* Rechenschaft davon zu geben; du wirst schließlich welche wittern, die Stümper und Pfuscher, bei denen du nie weißt, ob sie verlegen oder verlogen sind. Da sind die Langen: stark in allem, was lang ist, vor allem beim In-die-Länge-Ziehen. Da sind die Kurzen: noch kürzer als die Navarresen, dick, aber substanzlos. Und da sind schließlich viele Menschen, die sind überhaupt keine Menschen: Wildtiere, das ja, und ganz garstig, schauerliche Missgeburten, an denen nichts weiter dran ist als das Fell; alles übrige ist Füll, ist *borra,* leeres Stroh, sie aber sind *borrados,* gehaltlos, so hohl, dass sie ausgestopft werden müssen.«

»Nun sag mir aber, womit tun die Menschen so viel Böses, wenn ihnen die Natur doch keine Waffen gegeben hat wie den Raubtieren? Sie haben keine Pranken wie die Löwen, keine Klauen wie die Tiger, keinen Rüssel wie der Elefant, keine Hörner wie der Stier, Hauer wie der Keiler, Zähne wie der Hund, keinen Rachen wie der Wolf. Wie können sie so viel Unheil anrichten?«

»Gerade deshalb«, sagte Critilo, »hat die fürsorgliche Natur die Menschen der natürlichen Waffen beraubt, hat sie entwaffnet wie verdächtiges Volk; sie traut eben ihrer Bosheit alles zu. Hätte sie dem nicht vorgebeugt, wie weit wären sie wohl gegangen in ihrer Grausamkeit? Sie hätten doch längst mit allem aufgeräumt. Dabei fehlt es ihnen ja nicht an anderen Waffen, viel blutigeren und schrecklicheren als diese, haben sie doch eine Zunge, schärfer als Löwenkrallen, womit sie *Personen* zerfleischen und ihnen die Ehre in Fetzen reißen; und eine Bosheit haben sie, die ist tückischer und gewundener als die Hörner eines Stieres und stößt noch blindwütiger zu; ein Gemüt haben sie, verderbter als die Vipern, einen Atem, giftiger als Drachenhauch, ein Paar Augen, neidischer und missgünstiger als die Basilisken, einen Zahn, der sich tiefer und gieriger einbohrt als Eber oder Hund, eine Schnüffelnase, die dem Elefantenrüssel überlegen ist und ihnen dazu noch das höhnische Grinsen überdeckt. Somit besitzt der Mensch für sich allein all die Angriffswaffen zusammen, die sich auf die Tiere verteilt finden, und er schlägt damit schlimmer zu als sie alle. Und damit du das verstehst, bedenke, dass es bei Löwen und Tigern ja stets nur *eine* Gefahr gibt, nämlich den Verlust dieses leiblichen und vergänglichen Lebens, bei den Menschen aber die Gefährdungen viel zahlreicher und stärker sind, denn bei denen kann man Ehre einbüßen, Ruhe, Hab und Gut, Zufriedenheit, Glück, Gewissen und selbst Seelenheil. Was wirst du nicht alles an Ränke, List, Verrat, Dieberei, Totschlag, Ehebruch, Eifersucht, Schmähung, Verleumdung und Falschheit unter ihnen erfahren, was alles unter Wildtieren nicht vorkommt, weil gar nicht bekannt. Glaub mir, da ist kein Wolf, kein Löwe, kein Tiger, kein Basilisk, der es dem Menschen gleichtäte: Sie alle übertrifft er an Grausamkeit. Folgendes erzählt man als wahre Begebenheit, und ich glaube daran. In einem Land hatte man einen besonderen Übeltäter zu einer Strafe verurteilt, wie sie seinen Verbrechen entsprach. Man hatte ihn bei lebendigem Leibe in einer tiefen Grube mit gräulichem Gewürm, Drachen, Tigern, Schlangen und Basilisken begraben und den Eingang gut verschlossen, damit er auch wirklich ohne Erbarmen und rettungslos zugrunde ginge. Da geschah es, dass ein Fremder, der keine Kenntnis von dieser grausamen Bestrafung hatte, vorüberkam, und als er das Jammern des Unglücklichen hörte, trat er hinzu und entfernte, von dessen Bitten gerührt, die Steinplatte, die auf der Grube lag. Im selben Augenblick sprang auch schon mit gewohnter Behendigkeit der Tiger hervor, und als der Wanderer in seiner Angst meinte, nun werde er zerrissen, da begann der Tiger ihm sanft die Hände zu lecken, was doch etwas ganz anderes war, als wenn er sie ihm geküsst hätte; gleich hinter ihm aber schoss die Schlange hervor, und als er schon fürchtete, sie werde ihm die Beine einschlingen, da begann sie sich demütig an ihnen zu reiben; ähnlich taten es alle anderen, zeigten sich freundlich und dankbar für ein so gutes Werk, wie diese Befreiung aus der Gesellschaft eines gemeinen Menschen es sei, und sie fügten noch hinzu, um sich für die Wohltat erkenntlich zu zeigen, er solle, noch bevor der Mensch herauskäme, unverzüglich fliehen, wenn er nicht auf der Stelle durch das Scheusal umkommen wolle. Zugleich ergriffen sie alle laufend, kriechend oder fliegend die Flucht. Reglos vor Schreck stand der Wanderer, da nun als Letzter der Mensch herauskam. Der aber, als er merkte, dass sein Wohltäter etwas Geld bei sich hatte, fiel über ihn her und nahm ihm das Leben, nur um ihm seine Barschaft zu nehmen. Das war dann der Wohltat Lohn. Nun urteile du, wer da grausam ist, die Menschen oder die wilden Tiere?«[15]

»Erstaunter bin ich und bestürzter, das zu hören«, sagte Andrenio, »als an dem Tage, da mir die ganze Welt vor Augen kam.«

»Du machst dir aber noch keinen Begriff davon, wie es wirklich aussieht«, entgegnete Critilo. »Du ahnst nun vielleicht, wie schlecht die Menschen sind, ich meine die Männer; aber versuche dir vorzustellen, wie erst die Frauen sein müssen: Die sind noch viel schlimmer, noch weit mehr zu fürchten!«

»Was sagst du da?«

»Die Wahrheit.«

»Ja, aber wie sollen denn die dann sein?«

»Es sind – so viel fürs Erste – Dämonen; später sage ich dir mehr. Einstweilen musst du mir nur versprechen, du musst mir sogar schwören, auf keinen Fall zu sagen, wer wir sind; weder wie du ans Licht gelangt bist, noch wie ich hierher gekommen bin, denn das würde nichts anderes bedeuten, als dass du die Freiheit verlörest und ich das Leben. Und auch wenn es dir als meinem treuen Zuhörer gegenüber unfreundlich ist, so freue ich mich doch, dass ich dir meine Unglücksgeschichte, an der das einzig Glückliche ist, dass sie vor weiteren unglücklichen Schritten bewahren kann, noch nicht zu Ende erzählt habe. Sie muss nun erst einmal zugeklappt

15 Zugespitzte Version einer Fabel, die zurückgeht auf das *Pantschatantra*, jenes indische, im ganzen Orient verbreitete Volksbuch, dessen arabische Fassung Alfons der Weise 1251 ins Spanische übertragen ließ. Der spanische Titel lautete *El libro de Calila e Digna*, der lateinische *Liber Kalilae et Dimnae*. Gracián kann auch eine spätere Fassung benutzt haben, z. B. eine katalanische von Raimundus Lullus. Vgl. die (1859 erschienene) dt. Übers. von Theodor Benfey, 1978, S. 83, sowie das Nachwort von R. Beer, S. 401 und 416 f.

werden bis zur nächsten günstigen Gelegenheit: Auf so langwieriger Seefahrt wird es uns an solchen nicht mangeln.«

Indessen vernahm man schon die Stimmen der Seefahrer und unterschied undeutlich ihre Gesichter. Groß war das Geschrei des Gesindels, gibt es doch überall Lumpenpack, desto unverschämter, je unbeschäftigter. Die Segel wurden gerefft, der Anker geworfen, und die Leute begannen an Land zu springen. Wechselseitig war das Staunen der Ankömmlinge und derer, die sie empfingen. Diese wichen den vielen Fragen aus, indem sie angaben, sie hätten die Abfahrt der vorigen Flotte verschlafen, was ihnen sogar Mitgefühl und freundliche Worte einbrachte.

Die Angekommenen blieben einige Tage auf der Insel, gingen auf die Jagd und erfrischten sich, und nachdem sie Wasser und Holz an Bord genommen hatten, setzten sie erneut die Segel, jedes davon ein Flügel, der sie nach dem ersehnten Spanien trug. Gemeinsam, eines Herzens, schifften sich Critilo und Andrenio ein, und zwar auf einer großen Karacke, Schrecken der Feinde, Widerpart der Winde und Joch des Ozeans. Die Seereise war so gefahrvoll wie lang, doch hatten sie willkommene Abwechslung in Critilos Erzählung seiner Tragödien, mit der dieser in unbemerkten Augenblicken folgendermaßen fortfuhr:

»Inmitten dieser Meere wurde ich, wie ich dir sagte, geboren, in Gefahren und Stürmen. Das kam daher, dass sich meine Eltern, beide Spanier und Personen von Stand, betraut mit einem hohen Amt, Gnade des großen Philipp, der über die ganze Welt herrscht und gebietet, nach Indien einschifften. Meine Mutter ahnte wohl, dass sie mich unter dem Herzen trug (unsere Anfänge bestehen ja im Ausbleiben eines flüssigen Stoffes der niederen Sorte), die Schwangerschaft erwies sich dann als recht beschwerlich, und die Wehen überkamen sie noch während der Seereise, im Schrecken und Aufruhr eines furchtbaren Unwetters, damit die Qual ihrer Wehen sich nur ja durch Sturmeswehen noch verdoppelte. Unter solcher Drangsal kam ich zur Welt, ein Vorzeichen meiner Missgeschicke: So frühzeitig begann das Schicksal mit meinem Leben sein Spiel zu treiben und schleuderte mich vom einen Ende der Welt zum andern. Wir landeten im reichen und berühmten Goa, Hauptstadt des katholischen Reiches im Orient, erhabenem Sitz seiner Vizekönige, bedeutendstem Handelsplatz für ganz Indien und seine Schätze.[16] Hier erwarb mein Vater rasch Ansehen und Glücksgüter, dabei halfen ihm seine Tüchtigkeit und sein Amt. Ich aber wuchs unter so viel Wohlstand übel auf; da Geld vorhanden und ich das einzige Kind war, kümmerten sich meine Eltern mehr darum, dass ich Mann als dass ich *Person* wurde. Aber für das Vergnügen, das sie an meinen Kindereien fanden, bestrafte sie gehörig der Kummer darüber, wie ich's als Bursche trieb, denn spornstreichs erschien ich auf den grünen Auen der Jugend ebenso ungezügelt durch Vernunft wie angestachelt von den niederen Gelüsten. Rückhaltlos ergab ich mich dem Spiel und verlor dabei an einem Tag, was zu erwerben meinen Vater deren manchen gekostet hatte. Was er Stück um Stück zusammenbrachte – ich brachte es zentnerweise durch. Dann ging ich zur Verschwendung über und verschliss mit den Prachtgewändern auch die guten Sitten, ich behängte den Leib und entblößte damit die Seele von ihrer wahren Zier, die da ist: Tugend und Weisheit. Beim Verwirtschaften von Geld und Gemüt standen mir üble Scheinfreunde zur Seite, Schmeichler, Angeber, Kuppler und Zudringliche, erbärmliches Ungeziefer fürs Vermögen, Motten für Ehre und Gewissen. Als mein Vater davon erfuhr, verkündete er, dies sei das Verhängnis für Sohn und Haus. Ich aber wandte mich angesichts seiner Strenge an die nachsichtige Unzulänglichkeit einer Mutter, die mich, je mehr sie mich in Schutz nahm, umso mehr verdarb. Worüber mein Vater jedoch vollends die Hoffnung und sogar das Leben verlor, das war, als er mich gefangen sah im finstern Labyrinth der Liebe. Warf ich doch blindlings beide Augen auf eine Dame, die zwar von Adel und auch aller Gaben der Natur teilhaftig war, schön und klug und jung an Jahren, jedoch dessen entbehrte, was heute am meisten zählt: Vermögen. Ich huldigte ihrer Anmut, sie, in ihrer Armut, entsprach meinem Werben mit Zeichen der Gunst. Sosehr ihre Eltern mich als

16 *Goa:* an der mittleren Westküste Indiens, seit 1510 portugiesische Kolonie. Da von 1580 bis 1640 Portugal zur spanischen Krone gehört hatte und Critilos Jugendzeit fiktiv in diese Periode fällt, kann Gracián – stark übertreibend – von der »Hauptstadt des katholischen Reiches im Orient« sprechen.

Schwiegersohn wünschten, sosehr verwünschten meine Eltern sie als Schwiegertochter. Sie suchten nach Mitteln und Wegen, mich von dieser Neigung abzubringen, die für sie Verneigung war; sie suchten mir eine andere zur Gemahlin zu geben, mehr nach ihrem Gutdünken als nach meinem Geschmack. Ich aber in meiner Blindheit blieb zu alledem stumm. Ich dachte, sprach und träumte von nichts anderem als von FELISINDA, der Glückverheißenden, denn so hieß die Dame und verhieß mir die halbe Glückseligkeit schon mit ihrem Namen.[17] Durch diesen und manch anderen Kummer setzte ich dem Leben meines Vaters ein Ende – die übliche Strafe für väterliche Nachsicht. Er kam ums Leben und ich um meinen Lebensunterhalt, auch wenn mich dies nicht so stark schmerzte, wie es das hätte tun sollen. Meine Mutter beweinte ihn für uns beide, und so über die Maßen, dass es nur wenige Tage dauerte, bis sie die ihrigen beschloss. So hinterblieb ich, freier und froher. Über den Verlust der Eltern tröstete ich mich rasch mit dem Gewinn der Gattin, wähnend, sie sei mir so sicher wie lieb; musste indes, um der Sohnespflicht zu genügen, meinem Vorhaben Gewalt antun, einige Tage lang, die mir vorkamen wie Jahrhunderte. Während dieses kurzen gattenfernen Interims gerieten – o Unbeständigkeit meines Geschicks! – die Verhältnisse dermaßen durcheinander, dass der Tod, der mein Begehren doch zu fördern schien, es nunmehr behinderte, ja Unmögliches daraus machte. Der Zufall, oder war's das Unglück, richtete es so ein, dass in dieser kurzen Spanne auch ein Bruder meiner Angebeteten verstarb, ein schmucker Bursche und Majoratserbe seines Hauses, wodurch denn alles an Felisinda fiel. Ein Phönix in jeglichem Betracht (Reichtum und Schönheit vereint verdoppelten ihr Ansehen), gewann sie an einem einzigen Tag sehr viel, mehr aber noch ihr Ruf, stieg sie doch zu einer der ansehnlichsten Partien dieser Stadt auf. Durch solch ungeahnten Vorfall boten sich die Verhältnisse in sehr verändertem Licht dar; einzig auf Felisinda traf dies nicht zu, oder falls doch,

17 Namensbildung nach »*felix*«, span. »*feliz*« – »die Glückliche« oder auch die »Glückverheißende«. Ihr wird die Suche der beiden Pilger für die gesamte Dauer der Reise gelten.

so nur, weil sie sich noch anmutiger erwies. Ihre Eltern und Verwandten, die es auf Höheres abgesehen hatten, waren die Ersten, die in der Unterstützung meines Werbens lauer wurden, dabei hatten sie es doch zuvor so brennend gefördert. Aus ihrer Lauheit wurde bald Widerwille, was bei uns beiden den Willen nur noch mehr entflammte. Sie verständigte mich von allem, was im Gange war, und machte so ihren Liebhaber auch zum Geheimnisverwalter und Vertrauten, zu ihrem Sekretär. Es erklärten sich alsbald andere Bewerber, so zahl- wie einflussreich, als Liebhaber jedoch mehr von den Pfeilen aus dem Köcher der Mitgift getroffen als vom Bogen der Liebe. Dennoch wurde ich ihretwegen besorgt, ist doch die Liebe ein einziges Sorgen. Was mich aber schließlich zum Äußersten trieb, das war ein neuer Nebenbuhler, nicht nur jung, hübsch und reich, sondern obendrein noch Neffe des Vizekönigs, was so viel bedeutete wie göttergleich oder wenigstens götterentsprossen, gilt doch dortzulande der Wunsch des Vizekönigs als Befehl, und seine Gedanken sind Gesetz, noch bevor er sie gefasst hat. Jener erklärte sich also zum Bewerber um meine Angebetete, und seine Selbstgewissheit war auf der Höhe seiner Machtstellung. Wir wetteiferten beide ganz offen, und jeder fand Beistand: er bei der Macht, ich bei der Liebe. Ihm und den Seinen dünkte größte Sorgfalt erforderlich, um meinen älteren, tiefer reichenden Anspruch auszuhebeln, und zu diesem Zweck trafen sie ihre Anstalten; sie weckten, wie man sagt, manchen, der da schlief, und versprachen ihre Gunst und Förderung einigen meiner Widersacher, wenn sie um den besten Teil meines Vermögens einen Prozess gegen mich anstrengten, teils um meinen Willen zu beugen, teils um Felisindas Eltern einzuschüchtern. Ich sah mich bald allein und in zwei schwierige Prozesse verstrickt; den einen um meine Zinsen, den anderen um meine Liebe, und dieser zumal brachte mich um den Schlaf. Die Furcht vor dem Verlust meines Vermögens reichte aber nicht hin, um mich in meiner Neigung auch nur einen Schritt zurückweichen zu lassen. Der Palme gleich wuchs diese vielmehr umso stärker, je stärkeren Widerstand sie antraf. Was Furcht aber bei mir nicht vermochte, das bewirkte sie bei den Eltern und Verwandten meiner Angebeteten, welche, den Blick auf vorteilhaftere

Aussichten für Nutzen und Ehre gerichtet, versuchten... aber wie soll ich das sagen? Ich weiß nicht, ob ich es treffe. Besser lass ich es sein.«

Andrenio drang in ihn fortzufahren, und er:

»Ach, es bringt mich um! Denn mich umzubringen waren sie ja entschlossen, indem sie meinem Gegner mein Leben auslieferten: Das war ja meine Angebetete. Sie gab mir noch in der gleichen Nacht Bescheid von einem Balkon aus, wie sie es immer getan hatte. Und wie sie mich um Rat und Hilfe bat, vergoss sie so viele Tränen, dass sie in meiner Brust ein Feuer entfachten, einen Vulkan der Verzweiflung und der Wut. Gleich anderntags, unbekümmert um die Folgen und Gefahren für Ehre und Leben, geleitet nur von meiner blinden Leidenschaft, gürtete ich mich – nein, nicht mit einem spitzen Degen, mit einem scharfen Pfeil aus dem Köcher der Liebe, aus Eifersucht geschmiedet wie aus Stahl. Ich machte mich auf die Suche nach meinem Widersacher, wir verwiesen die Worte auf die Taten, die Zungen auf die Hände und zogen von den Degen jegliches Mitleid ab wie die Scheiden. Wir gingen aufeinander los, und nach wenigen Gängen rannte ich ihm die Klinge ins Herz, entriss ihm mit dem Leben auch die Liebe. Er fiel zu Boden und ich in die Hände einer Schar Bediensteter, von denen einige der Ehrgeiz stach, dem Vizekönig zu gefallen, die meisten aber die Begierde nach meinen Reichtümern. Sie schleppten mich sogleich in ein unterirdisches Verlies, wo sie mich in Eisen legten: diese ihre *hierros* waren so recht die Frucht der meinen, meiner Verfehlungen nämlich, meiner *yerros.* Die traurige Kunde drang ihren Eltern ins Ohr, und noch viel mehr ins Gemüt, sie konnten sich nicht fassen vor Schrecken und Kummer. Die Angehörigen schrien nach Rache, die Maßvolleren riefen nach Gerechtigkeit; der Vizekönig donnerte Tod und Verderben, wann immer jemand in der äußersten Empörung vor ihn kam. Man sprach von nichts anderem mehr; die meisten nahmen gegen mich, einige wenige für mich Partei, und sämtlich beschäftigte sie unser aberwitziges Geschick. Einzig die Dame meines Herzens pries freudig allenthalben in der Stadt, wie tapfer und wie vortrefflich ich doch sei. Mit großer Strenge wurde das Verfahren eröffnet, jedoch immer nur mit dem Anschein der Rechtsform. Als Erstes veranstaltete man unter dem Vorwand der Beschlagnahme eine wahre Plünderung in meinem Hause und ließ dabei die Rachsucht an meinem Besitztum aus wie der Stier seine Wut an der *capa* des entschlüpften Matadors. Lediglich ein paar Schmucksachen ließen sich retten, durch Verbringung in die Freistatt eines Klosters, wo man sie mir aufbewahrte. Mein Schicksal war nicht nur kriminell, es war auch – wie wir sagen – *civil*, gemein:[18] Es begnügte sich nicht mit solch einer kriminellen Verfolgung, vielmehr brachte es mich sogleich durch einen ungünstigen Urteilsspruch auch im Zivilprozess um mein Vermögen. Die Habe verloren, verlor ich auch die Freunde, denn die gehören ja immer zusammen. Das alles wäre nichts gewesen, hätte mich nicht noch der letzte Schlag getroffen, der mich ganz und gar erledigte. Entmutigt durch ihr Missgeschick, das wie ein Widerhall des meinigen war, beschlossen Felisindas Eltern, die im selben Jahr Sohn und Schwiegersohn verloren hatten, Indien zu verlassen und nach Madrid zurückzukehren, in der Hoffnung auf ein hohes Amt, das ihnen aufgrund ihrer Verdienste zustand und durch eine Empfehlung des Vizekönigs auch näher rückte. Sie verwandelten ihre Habe in Gold und Silber, schifften sich auf der nächsten Flotte mit all ihrem Vermögen und Gesinde nach Spanien ein und nahmen mir…«

Hier wurden seine Worte von Schluchzen unterbrochen, Tränen erstickten ihm die Stimme.

»Sie nahmen mir zwei Liebespfänder auf einmal weg, wodurch mein Leid sich verdoppelte und lebensbedrohend wurde: Das eine war Felisinda, und noch eines, das trug sie unter dem Herzen, unselig, schon weil es von mir war. Sie setzten Segel, und meine Seufzer verstärkten noch den Wind. Da sie nun in See gegangen waren und ich in einem Meer von Tränen ertrank, verblieb ich in ewiger Gefangenschaft in meinem Kerker, arm und von allen vergessen, nur von meinen Feinden nicht. Gleichwie einer, der den Berghang hinunterstürzt, seine Habe verstreut hinter sich zurücklässt, dort

18 »*Civil*« bedeutete im Spanischen des 17. Jh. häufig »niedrig«, »schäbig«, »ehrlos«.

den Hut, da den Mantel, an einer Felsnase die Augen, an einer Schrunde die Haut, bis er in der Tiefe zerschmettert das Leben verliert, so begann auch ich, sobald ich auf jenem *Steilhang von Elfenbein,* der umso abschüssiger ist, je angenehmer er sich darbietet, ins Gleiten gekommen war, von einem Unglück zum nächsten abzustürzen, und ich ließ dabei an jeder Klippe etwas, hier das Vermögen, da die Ehre, dort die Gesundheit, die Eltern, die Freunde und meine Freiheit, bis ich wie begraben im Kerker lag, auf dem tiefsten Grunde des Elends.[19] Aber es ist nicht recht, was ich da sage, denn was mir der Reichtum fuderweise an Übeln gebracht hatte, das glich mir die Armut mit Gutem aus. Das kann ich wahrhaftig sagen, denn hier fand ich zu Wissen und Weisheit, von denen ich bis dahin nichts ahnte, hier auch zum *desengaño,* zur Aufklärung meiner Irrtümer, hier erfuhr ich das Heil für Körper und Seele. Da ich mich ohne lebende Freunde sah, nahm ich meine Zuflucht zu den toten. Ich verlegte mich aufs Lesen, begann zu verstehen und *Person* zu werden, bis dahin hatte ich ja nicht das vernunftgemäße, sondern das tierische Leben gelebt, ich füllte mir die Seele mit wichtigen Einsichten und Überzeugungen, ich stieß zur wahren Erkenntnis vor und in eins damit zum rechten Tun, denn ist der Verstand erst aufgeklärt, so lenkt er mühelos den blinden Willen. Jener fand sich mit Wissenswertem bereichert, dieser mit *virtutes,* mit Regeln für gutes Handeln. Es ist wohl wahr: Mir gingen erst dann die Augen auf, als es nichts mehr zu sehen gab, so geht es ja für gewöhnlich.[20] Ich vertiefte mich in das Studium der edlen Künste und der erhabenen Wissenschaften, und ich widmete mich mit besonderer Vorliebe der Moralphilosophie, dieser Grundnahrung aller Urteilskraft, diesem Kern aller Vernunft, diesem

19 *Steilhang von Elfenbein: »despeñadero de marfil«. »Despeñadero de la Vida«* ist der Titel der Krisis, dessen Bedeutung hier klar wird. »Elfenbein« umschreibt die Frau und ihre Anziehung (wobei ja festzuhalten ist, dass in Critilos Erzählung nicht die geliebte Frau das Verderben bringt, im Gegenteil, sondern das gesellschaftliche Umfeld).

20 Von »Da ich mich ohne lebende Freunde sah« bis hierhin ist die Stelle (mit Auslassungen) zitiert von Botho Strauß in *Die Fehler des Kopisten,* 1997, S. 49 (nach der Teilübersetzung von Hanns Studniczka, 1957, S. 32–33).

Nerv aller Klugheit. Ich gewann mir bessere Freunde, indem ich einen liederlichen Burschen gegen den strengen Cato eintauschte und einen Schwachkopf gegen den Seneca; ich hörte abwechselnd dem Sokrates zu und dem göttlichen Plato. Das verschaffte mir Erleichterung, und ich ertrug sogar mit Freuden jenes Lebendigbegrabensein, jenes Labyrinth meiner Freiheit. Jahre gingen dahin und Vizekönige, nie jedoch verging die Härte meiner Gegner; sie hielten meine Sache hin, bestrebt, wenn sie schon keine andere Strafe durchsetzen konnten, doch wenigstens das Gefängnis in ein Begräbnis zu verwandeln. Nach einem Äon des Duldens und des Leidens kam Befehl aus Spanien (insgeheim erwirkt durch meine Braut), meinen Fall und meine Person dorthin zu verlegen. Der neue Vizekönig, mir minder abgeneigt, wenn auch nicht wohlgesonnen, brachte dies mit der nächsten Flotte zur Ausführung. Man übergab mich unter der Bezeichnung ›Gefangener‹ einem Schiffskapitän und machte ihm mehr meine Überwachung als meine Beförderung zur Auflage. Ich verließ Indien als der erste Arme, jedoch mit solcher Freude, dass mir die Fährnisse des Meeres wie Liebkosungen vorkamen. Bald gewann ich auch echte Freunde, dergleichen Erfahrungen lehren einen dies ja. Der Schiffskapitän benahm sich mir gegenüber bald nicht mehr wie ein Befehlshaber, sondern suchte mein Vertrauen. Ich schätzte diese Gunst sehr und hielt mich an die allgemeine Rede, dass ein Wechsel des Ortes auch einen Wechsel des Schicksals bedeute. Hier aber wirst du dich verwundern, wie ungeheuerlich menschliche Tücke sein, wie äußerst abgefeimt jemand zu Werke gehen kann; wie hartnäckig aber auch ein widriges Geschick ist und wohin es mit meinem Elend kam. Dieser Ehrenmann von Kapitän, der doch allenthalben zu korrektem Verhalten verpflichtet war, sei es nun, dass der Ehrgeiz ihn zerfraß, dass er durch seine Verwandtschaft mit meinem Feind, dem Vizekönig, aufgestachelt war oder, was ich am meisten annehme, von verwerflicher Gier nach meinem Silber und meinen Juwelen, Überresten jener alten Herrlichkeit (doch wohin treibt er nicht die Menschenherzen, der fluchwürdige Hunger nach Gold![21]), ent-

21 Vergil: »*Quid non mortalia pectora cogis, / auri sacra fames!*« (*Aeneis* III, 56–57).

schloss sich doch tatsächlich zu der gemeinsten Schurkerei, von der man je gehört hat. Als wir eines Nachts auf einer der Galerien des Hinterschiffs allein waren, uns an Gesprächen erfreuend und an der sanften Brise, da stieß er mich, der ich ahnungslos und vertrauensselig war, hinunter in den Abgrund. Dann begann er selbst zu rufen, machte aus dem Verrat ein Unglück, ja er jammerte über mich: Ich sei hinabgestürzt, nicht etwa gestoßen worden. Auf den Lärm und die Rufe hin eilten angstvoll meine Freunde herbei und versuchten, mir Stricke und Taue zuzuwerfen, jedoch vergeblich, denn das Schiff flog dahin und hatte mich im Nu weit zurückgelassen, im Kampf mit den Wellen und einem zwiefach bitteren Tode. Als letzte Rettung warfen sie mir ein paar Planken zu, und eine davon wurde mir zum gesegneten Anker, den die Wellen, aus Mitleid mit meinem unverschuldeten Unglück, meinen Armen selber zutrugen: ein hochwillkommenes, schwankendes Asyl. Ich küsste sie und sprach zu ihr: ›O letztes Bruchstück meines Glücks, du leichte Lebensstütze mir und Zuflucht meiner letzten Hoffnung, ein kurzes Interim zumindest wirst du sein vor meinem Tode.‹ Ohne Aussicht, das flüchtige Schiff einzuholen, ließ ich mich von den Wellen treiben, der Willkür meines erbarmungslosen Schicksals ausgeliefert. Unbarmherzig ein ums andere Mal, doch noch immer nicht befriedigt von meinem Elend, machte es das Maß seiner Grausamkeit voll und beschwor gegen mich die Elemente zu einem furchtbaren Seesturm, um mir auch wahrhaft mit allem feierlichen Aufgebot den Garaus zu machen. Bald schleuderten mich die Wogen so hoch empor, dass ich Angst hatte, an einer der Spitzen des Mondhörnchens hängen zu bleiben oder als neuer Stern an den Himmel geheftet zu werden, gleich darauf versank ich so tief zur Erdmitte hin, dass ich mich schier mehr vor dem Verbrennen fürchtete als vor dem Ertrinken.[22] Doch ach, was ich als Härte beklagte, wurde zur Gunst. Denn zuweilen erreicht das Unglück solch äußersten Grad, dass es in Glück umschlägt. Ich sage dies, weil gerade die Wut des Sturmes und die Meeres-

22 Wichtiger als die Übertreibung (eine parodistische Absicht ist nicht eindeutig erkennbar) ist die Anspielung auf das zentrale Erdfeuer – eine moderne Theorie.

strömung mich binnen weniger Stunden dorthin warfen, wo jene kleine Insel in Sicht kam, deine Heimat, und mir ein herrlicher Himmel. Denn auf andere Weise hätte ich sie unmöglich erreichen können, wäre ich doch mitten in den Meeren verblieben, vom Hunger erschöpft, Nahrung für die Bestien. So war im Üblen das Gute enthalten. Hier gelang es mir, mehr mit Hilfe meines Willens als meiner Kräfte, den Hafen in diesen deinen Armen zu finden, und wieder und wieder möchte ich dich umschlingen, zur Bekräftigung unserer Freundschaft für alle Ewigkeit.«

So beschloss Critilo seinen Bericht, und die beiden umarmten sich, vermochten dabei die Freude der ersten Begegnung wiederzufinden und verspürten erneut eine geheime Anziehung, Liebe und Zuneigung für einander.[23]

Die verbleibende Zeit ihrer Seefahrt verwendeten sie für nutzbringende Übungen, denn über die angenehme Unterhaltung hinaus, die im Ganzen schon zur wohl durchdachten Unterweisung wurde, gab Critilo seinem Andrenio Kunde von der Welt insgesamt und lehrte ihn jene Fächer, die am meisten den Geist erheben und bereichern, wie die anregende Geschichte, die Kosmographie, die Sphärenlehre, die Philologie und was *Personen* bildet: die Moralphilosophie.[24] Besonderen Fleiß verwandte Andrenio auf das Erlernen

23 Wir haben nicht den geringsten Hinweis, dass diese Erzählung irgendetwas mit dem Leben ihres Verfassers zu tun haben könnte. In Graciáns Werk ist sie einmalig. Die Trennung der Liebenden wie die nachgetragene Vorgeschichte eines Ereignisses sind Elemente des spätantiken Romans *Aithiopika (Theagenes und Charíklea)* von Heliodor, der 1581 (nach einer französischen Fassung) von Fernando de Mena ins Spanische übersetzt und von Pérez de Montalbán für die Bühne bearbeitet worden war (vgl. S. 12, Anm. 11).

24 Wo blieb die Theologie, die Unterweisung im Glauben? Genau dies war der Hauptvorwurf, der gegen den Verfasser des *Criticón* in einer Schrift erhoben wurde, die den Titel trug *Crítica de reflexión y Censura de las censuras.* Sie erschien am 15. Juni 1658 in Valencia und hatte zum Verfasser sehr wahrscheinlich nicht den Jesuiten Paulo de Rajas, wie lange Zeit vermutet, sondern Lorenzo Matheu y Sanz, einen Juristen aus Valencia. Der fiktive Dialog zwischen vier Professoren und zwei Studenten der Universität Salamanca, der kurz nach dem Erscheinen des Dritten Teils des *Criticón* (Juli 1657) begonnen worden sein musste, ist eine heftige Invektive gegen Critilo, der hier geduzt wird und durch den hindurch sein Schöpfer gemeint ist. Seine 198 Seiten beruhen auf genauester Lektüre und bedienen sich häufig bis in

von Sprachen: des Lateinischen, immerwährender Schatzmeister der Weisheit, des Spanischen, so universal wie sein Imperium, des Französischen, voller Bildung, des Italienischen, beredt, und er tat dies, sowohl um der vielen Schätze habhaft zu werden, die in ihnen niedergelegt sind, als auch wegen der Notwendigkeit, sie auf seiner Weltenreise zu sprechen und zu verstehen.[25] Andrenios Wissbegier war ebenso groß wie seine Gelehrigkeit, und so war er immer am Erörtern und Fragen, Länder betreffend, Republiken, Königreiche und Städte, deren Herrscher, Regierungen und Völker; unentwegt unterrichtete er sich, dachte nach und diskutierte, mit ebenso viel Vergnügen wie Erstaunen und mit dem Wunsch, in Wissen und Charakter zur Vollkommenheit zu gelangen.

Bei so ergiebiger Beschäftigung empfanden sie die Beschwer der Reise kaum und landeten nach der gewöhnlichen Zeit in dieser unserer Welt. In welcher Gegend und was ihnen dort widerfuhr, das zu berichten erbietet sich uns die folgende Krisis.

Einzelheiten der Stilparodie (mit *Crítica de reflexión* ist »zurückgespiegelte« Kritik gemeint). Ob Gracián, der am 6. Dezember 1658 starb, noch Kenntnis von dem Pamphlet bekam (ob es womöglich gar sein Ableben beschleunigte), wissen wir nicht. Zugänglich ist der Text mit einer einleitenden Studie von B. Pelegrin in der sehr sorgfältigen Edition von O. Gorsse und R. Jammes, in der Zeitschrift *Criticón*, Jg. 43, 1988, S. 73–188.

25 Das Portugiesische hinzugenommen, dürften dies auch die Sprachen gewesen sein, über die der Autor – zumindest passiv – gebot.

Fünfte Krisis

Eintritt in die Welt

Geschickt, wenn nicht gar listig verfuhr Natur mit dem Menschen, als sie ihn in diese Welt brachte, legte sie es doch so an, dass er sie ohne irgendeine Art von Vorwissen betrat, damit nur ja keine Bedenken bei ihm aufkämen. Im Finstern, ja in Blindheit tritt doch an, wer zu leben anfängt, ohne zu wissen, dass er lebt, und ohne zu ahnen, was leben heißt. Er wächst heran, so kindlich, dass sie ihn, wenn er weint, mit einer Klapper besänftigen, mit einem Spielzeug ablenken kann. Es hat den Anschein, als geleite sie ihn in ein Reich der Seligkeiten, und es ist doch nur ein Kerker des Elends; denn kommt es dazu, dass er die Augen seiner Seele aufschlägt und seine Täuschung bemerkt, dann gibt es für ihn kein Zurück mehr, und er sieht sich in dem Kote waten, aus dem er geknetet wurde. Was kann er nun weiter tun, als ihn feststampfen, im Bestreben, sich daraus zu befreien, so gut er's vermag? Ich kann mir nicht vorstellen, dass ohne diese universelle List irgendjemand eine solche Trugwelt betreten wollte und dass sich viele auf das Leben nachher einlassen würden, wenn sie vorher davon gewusst hätten.[1] Denn wer, der davon Kenntnis hätte, wünschte wohl den Fuß in dieses falsche Reich und wahre Gefängnis zu setzen, um dort so viel und so verschiedene Straflast zu erdulden: am Leibe Hunger, Durst, Kälte, Hitze, Schwäche, Blöße, Schmerz und Krankheit; an

1 Der Gedanke einer »universellen List« der Natur erscheint wie eine Vorwegnahme der »Naturabsicht«, die Kant in dem »widersinnigen Gange menschlicher Dinge« entdecken möchte (*Idee zu einer allgemeinen Geschichte in weltbürgerlicher Absicht,* Werke, Bd. VIII, 1968, S. 18); im Gegensatz zu Gracián rechtfertigt Kant diese Naturabsicht als ein besseres Wissen und als »Anordnung eines weisen Schöpfers«. Hegel hat mit einer berühmten und problematischen Formulierung von der »List der Vernunft« gesprochen, die »die Leidenschaften für sich wirken lässt« (*Philosophie der Geschichte,* 1970, S. 49). Weder Kant noch Hegel erwähnen Gracián. Vgl. auch G. Schröder, *Logos und List,* 1985, den reichen Sammelband *Die List,* hrsg. von H. v. Senger, 1999, und ders., *Die Kunst der List,* 2001.

der Seele Trug, Ränke, Neid, Verachtung, Schmach, Angst, Trauer, Sorge, Wut und Verzweiflung; um am Ende daraus entlassen zu werden, verurteilt zu elendem Tode und unter Verlust aller Dinge, Haus und Hof, Hab und Gut, Ämter und Freunde, Verwandten, Geschwister, Eltern und des Lebens selbst, des heiß geliebten? Natur wusste gut, was sie gab, und schlecht der Mensch, was er nahm. Wer dich nicht kennt, o Leben, der mag dich schätzen; doch wer Bescheid weiß, der wird lieber gleich von der Wiege in die Urne gebracht werden wollen, vom *Thalamus* zum *Tumulus.* Verbreitete Ahnung künftigen Unheils ist allenfalls das Weinen bei der Geburt,[2] denn wenn der Glücklichste auch auf die Füße fällt, so tritt er doch einen traurigen Besitz an; und die Fanfare, mit der König Mensch in die Welt einzieht, ist nichts anderes als sein Klagen, zum Zeichen, dass sein Königtum ganz und gar ein Schmerztum sein wird. Was mag ein Leben schon sein, das anhebt unter dem Schreien der Mutter, die es schenkt, und dem Wimmern des Kindes, das es empfängt? Zumindest geht ihm also, wenn schon nicht das Wissen, so doch ein Vorgefühl seines Elends nicht ab, und wenn er es schon nicht klar erfasst, so dämmert ihm die Ahnung davon auf.[3] –

»Nun sind wir in der Welt«, sagte der wissende Critilo zu dem sorglosen Andrenio, als sie zusammen an Land sprangen. »Es bedrückt mich, dass du sie mit so viel Bewusstsein betrittst, denn sie

2 So schon Lukrez, *De rerum natura,* Buch 5, Vv. 222 f. (in der Übersetzung von Karl Ludwig von Knebel):

Siehe das Knäblein, es liegt, bedürftig jeglicher Hilfe,
Einem Gescheiterten gleich, den die Wut der Wellen an Strand warf,
Nackt am Boden, das Kind; nachdem an die Küsten des Lichtes,
Durch die Wehen es erst aus dem Schoße die Mutter hervorgoss.
Traurig erfüllt es umher den Ort mit Wimmern, wie recht ist
Dem, dem im Leben annoch so manches der Übel bevorsteht.

3 »Eine überaus schöne und treffende Deklamation über das Elend des menschlichen Lebens«, schrieb Schopenhauer zu dieser Stelle (*Nachlass* 4, I, hrsg. v. A. Hübscher, 1985, S. 39). In *Die Welt als Wille und Vorstellung* jedoch heißt es hierzu: »Gracián bringt den Jammer unseres Daseins uns mit den schwärzesten Farben vor die Augen« (Teil II, Viertes Buch, Kap. 46). Für einen Augenblick ist Hölderlins *Hyperion* überraschend nahe: »Dass der Mensch in seiner Jugend das Ziel so nahe glaubt! Es ist die schönste aller Täuschungen, womit die Natur der Schwachheit unsers Wesens aufhilft« (Sämtl. Werke und Briefe, Bd. I, 1970, S. 585).

muss dir doch arg missfallen. Alles, was der Höchste Künstler wirkte, ist so vollendet, dass es besser nicht sein kann; was immer aber der Mensch hinzugefügt hat, ist unvollkommen.[4] Gott schuf es wohlabgestimmt, der Mensch hat Verwirrung hineingebracht; ich meine: soweit er hat reichen können. Doch selbst wo er mit seiner Macht nicht hingelangte, gedachte er mit seiner Phantasie das Unterste zuoberst zu kehren. Bisher hast du die Werke der Natur gesehen und sie mit Recht bewundert; von heute an wirst du nun die Werke des *artificium*[5] sehen, und davor wirst du erschrecken. Du hast die Werke Gottes betrachtet, nun wirst du das Menschenwerk kennen lernen, und du wirst den Unterschied erleben. O wie anders muss die *zivile*[6] Welt dir vorkommen als die natürliche und die menschliche anders als die göttliche! In diesem Punkt mögest du gewarnt sein, damit du dich weder darüber wunderst, was du sehen, noch darüber grämst, was du erfahren wirst.«

Sie schlugen einen Weg ein, der war so ausgetreten wie er einmalig war, doch bemerkte Andrenio bald, dass keine der menschlichen Fußspuren rückwärts deutete. Alle wiesen sie nach vorn, Zeichen dafür, dass hier niemand umkehrte. Es dauerte nicht lange, da stießen sie auf etwas recht Anmutiges und Niedliches: Es war eine ungeordnete Heerschar *Infanterie*[7], eine Schwadron Kinder verschiedener Stände und Völker, wie es ihre unterschiedliche Kleidung anzeigte. Es herrschte großes Durcheinander und Stimmengewirr. Zusammengesammelt und dann angeführt wurden sie von einer recht außergewöhnlichen Frau mit lächelnder Miene, munteren Augen, süssen Lippen, sanften Worten und weichen Händen; sie war ganz Zärtlichkeit, Liebkosungen und Streicheln. Sie hatte viele Dienerinnen bei sich, in Wesen und Wirken ihr gleich, zu Beistand und Dienst; und so trugen sie denn die Kleinsten auf dem Arm, führten größere am Gängelband, noch größere an der Hand und trugen vor allem Sorge, dass es stets vorwärts ging. Kaum

4 »Der Mensch fügte den Wein hinzu, der Sonne heiligen Sohn«, wird Baudelaire schreiben *(Wein der Lumpensammler)*. Dazu Teil III, Zweite Krisis.

5 Der Zivilisation. – Zu *artificio* vgl. S. 16, Anm. 7.

6 »*Civil*« mit dem Doppelsinn von »niedrig« (vgl. S. 65, Anm. 18).

7 Lat. *infans:* das Kind (das noch nicht spricht).

zu fassen, wie liebevoll sich die Kindermutter allen zugleich zuwandte, auf ihre kleinen Wünsche einging und tausend Spiele und Späße zu ihrem Vergnügen ersann. Sie hatte einen großen Vorrat Geschenke mitgenommen, und kaum weinte mal eines, da war sie auch schon besorgt zur Stelle, sprach ihm gut zu, streichelte es und gewährte ihm, was immer es verlangte, zur Belohnung, wenn es nur nicht mehr weinte. Besonders kümmerte sie sich um diejenigen, die besser gekleidet gingen und nach vornehmer Leute Kinder aussahen. Denen gewährte sie alles, was sie nur wünschten. So viel liebevolle Zuwendung erwies ihnen diese offenkundig so gütige Kinderfrau, dass die Eltern ihr die Kinderchen von selbst anvertrauten und ihr mehr zutrauten als sich selbst.

Andrenio freute sich sehr am Anblick des zahlreich und possierlich sich tummelnden Völkchens und konnte gar kein Ende finden, die Menschenkinder zu bejubeln und zu bestaunen. Eines, das in sein Tuch gewickelt war, nahm er auf den Arm und sagte dabei zu Critilo:

»Ist das möglich? Das soll der Mensch sein? Wer mag glauben, dass aus einem Wesen, wie es da ist, schier fühllos, unbeholfen und unnütz, später einmal ein Mensch wird, vielleicht gar ein so kluger und verständiger wie Cato, wie Seneca oder wie der Graf von Monterrey!«[8]

»Immer neigt der Mensch Extremen zu«, sagte Critilo. »Ach, du wirst sehen, wie viel Mühe es kostet, *Person* zu werden.[9] Die Tiere können rasch zum Tier werden; bald schon laufen und springen sie. Den Menschen aber kostet es viel Anstrengung, denn es ist nun einmal viel.«

»Was mich am meisten beeindruckt«, äußerte Andrenio, »ist die unsägliche Güte dieser ungewöhnlichen Frau. Welche Mutter käme ihr gleich? Ist das zu fassen, so viel Zartgefühl! Diese Selig-

8 Erste von zahlreichen zeitgenössischen Persönlichkeiten, die Gracián lobend hervorheben wird. Welcher der Grafen von Monterrey hier gemeint ist, wissen wir nicht.

9 *Person:* Zu dieser Idealvorstellung Graciáns als eines nach Veranlagung, Bildung und Ansehen gleichermaßen vollkommenen Menschen vgl. die ausführliche Begriffsbestimmung von Hellmut Jansen, *Die Grundbegriffe des Baltasar Gracián,* 1958.

keit habe ich entbehrt, der ich im Innern eines Berges aufwuchs und unter wilden Tieren. Dort weinte ich mir die Augen aus, auf dem harten Boden liegend, nackt, hungrig und schutzlos, nichts ahnend von solch liebevoller Fürsorge.«

»Neide keinem«, erwiderte Critilo, »was du nicht kennst, und nenne nichts Seligkeit, ehe du nicht weißt, wie es endet. Solcher Dinge wirst du in der Welt vielen begegnen, die nicht das sind, was sie scheinen, sondern ganz das Gegenteil. Nunmehr beginnst du zu leben, und lebend wirst du erleben.«

Sie zogen mit dem wirren Haufen mit, ohne auch nur einen Augenblick innezuhalten, durchquerten die Lande und machten nirgendwo Rast, und stets ging es leicht bergab, und stets war die Anführerin des Pygmäenschwarms darauf bedacht, dass keines müde wurde und es keinem schlecht ging; sie gab ihnen nur einmal Leckereien, nämlich ohne Unterlass den ganzen Tag.

Am äußersten Ende des Landstrichs fanden sie sich in einem tiefen, tiefen Tal wieder, auf beiden Seiten umgeben von hohen, hohen Bergen, von denen es hieß, dort verliefen die höchsten Pässe dieses universalen Weges. Es war Nacht, stockdunkel und unheimlich. In dieser schrecklichen Tiefe ließ das tückische Weib Halt machen und gab, nach beiden Seiten schauend, das vereinbarte Zeichen. Im selben Augenblick begannen – o ungeahnte Verruchtheit, o unerhörter Verrat! – aus den Felsschluchten und Höhlen ganze Scharen von wilden Tieren hervorzubrechen, Löwen, Tiger, Bären, Wölfe, Schlangen und Drachen, die fielen unversehens über die zarte Herde der schwachen, wehrlosen Lämmchen her und richteten ein entsetzliches Blutbad, ein furchtbares Gemetzel unter ihnen an, rissen die einen fort, bissen die andern in Stücke und töteten, verschlangen, fraßen, so viel sie konnten. Da war ein Ungeheuer, das verschlang zwei Kinder auf einmal, und noch hatte es sie nicht hinuntergewürgt, da streckte es schon die Pranken nach zwei andern aus. Eine Bestie war da, die zermalmte zwischen den Zähnen das erste Kind und zerriss zugleich mit den Krallen das zweite, ohne in ihrem Wüten innezuhalten. Alle rasten sie auf dem jammervollen Schauplatz umher und geiferten Blut, das ihnen Mäuler und Tatzen färbte. Viele beluden sich mit zweien oder dreien von den Kleinsten und schleppten sie in ihre Höhle, damit sie ihren auch schon reißenden Jungen zum Fraß dienten. Es war ein einziges wildes Toben, ein wahrhaft schauerliches, erbarmungswürdiges Schauspiel. Und so groß war die Arglosigkeit der zarten Kinder, dass sie es für Liebkosung hielten, wenn sie gepackt, und für Spaß, wenn sie in Stücke gerissen werden sollten, ja sie lächelten den Bestien zu und breiteten einladend die Ärmchen aus.

Bestürzt und fassungslos verharrte Andrenio angesichts einer so furchtbaren Heimtücke, einer so ungeahnten Grausamkeit. Dank Critilos Umsicht an einen sicheren Ort verbracht, rief er klagend aus:

»O du verräterisches, du entmenschtes, du ruchloses Weib, du bist ja bestialischer als selbst die Bestien! Ist das denn möglich! War dies deiner Liebkosungen Ziel? Dafür also so viel Sorge und Zuwendung? O ihr unschuldigen Lämmchen, wie früh ist das Unglück über euch gekommen, wie schnell wurdet ihr dahingeschlachtet! O Welt so voller Falsch, ist das bei dir der Brauch? So Schändliches verbirgst du? Mit eigener Hand muss ich so unfassliche Bosheit rächen!«

So gesagt, und so getan: Wütend wollte er auf die grausame Tyrannin losgehen, um sie mit seinen Zähnen zu zerfetzen. Doch konnte er sie nicht mehr finden, war sie doch mit all ihren Dienerinnen bereits umgekehrt und hatte sich auf die Suche nach neuen Lämmchen gemacht, um sie wieder heimtückisch zum Schlachtplatz zu locken, und so ging es unaufhörlich fort: Immer weiter wurden Kinder herbeigeführt, immer weiter zerrissen sie die Bestien, immer weiter beklagte Andrenio solch unersetzlichen Schaden.

Über dem schauerlichen Wirrwarr und der grausamen Metzelei dämmerte nun von jenseits der Bergspitzen der Morgen ins Tal, stand bald schon in der Pracht AURORAS, einer anderen Frau (und mit Grund anders), welche, vom Licht nicht minder umstrahlt als von Dienerinnen umgeben, herbeischwebte, *desalada:* eilfertig, obwohl *des-alada:* ohne Flügel, um doch noch so viel *Kind* zu retten, wie nicht umgekommen war. Ernst und doch heiter zeigte sie ihr Antlitz: Von ihm und dem Geschmeide auf ihrem bestickten Gewand gingen bereits Lichtfluten aus, die sehr wohl die noch ausstehende Königin des Tages zu ersetzen vermochten, ja ihr in manchem überlegen waren. Über die Maßen lieblich war sie, zur Fürstin gekrönt inmitten all der Schönheiten, die ihr dienten. Welch ausgesuchtes Glück nun! In dem Augenblick, da die blutgierigen Bestien ihrer ansichtig wurden, ließen sie ab vom Gemetzel, entwichen in wilder Flucht und verkrochen sich unter furchtbarem Geheul in ihren Höhlen. Mitleidig nahte sie sich und begann die wenigen zu sammeln, die übrig geblieben waren, übel zugerichtet auch sie, zerkratzt und zerschunden. Mit Hingabe suchten ihre höchst anmutigen Gehilfinnen sie zusammen, holten auch manch eines noch aus den finsteren Höhlen, ja aus dem Rachen der Ungeheuer zurück, lasen auf und bargen, wen immer sie konnten. Und Andrenio stellte fest, dass es sich bei ihnen um die Ärmsten handelte, deren sich das vermaledeite Weib am wenigsten angenommen hatte; unter den Vornehmeren und prächtig Ausstaffierten hatten die Bestien die größten Verheerungen angerichtet. Als die Lichtfürstin sie alle vereint hatte, brachte sie sie eilends von der gefährlichen Stelle fort, führte sie auf der anderen Seite des Tales bergan und hielt nicht inne, bis sie ganz oben angelangt waren, denn nur der höchste Punkt ist sicher. Von dort aus schickten sie sich an, im Lichte, das die große Erlöserin ihnen spendete, auf die riesige Gefahr zurückzublicken, in der sie geschwebt und die sie bislang nicht erkannt hatten. Da sie sie nun in Sicherheit gebracht hatte, teilte sie an jeden von ihnen einen kostbaren Stein aus, der gegen allerlei Fährnisse gut war und vor allem ein so starkes Licht ausstrahlte, dass es die Nacht zum Tage machte; am schätzenwertesten aber war daran, dass er seine Wirkung nie verfehlte. Schließlich empfahl sie die Kinder einigen weisen Männern, die sich ihrer annehmen und sie geleiten sollten, stets bergan, bis hinein in die große *Welt-Stadt.*

Unterdessen hörte man neues, ebenso lautes Wehklagen von neuen, ebenso jungen Kindern, die im Unglückstal, von den reißenden Tieren angefallen, ihr Leben ließen. Und flugs eilte jene barmherzige Königin mit ihren Amazonen ihnen wieder zu Hilfe.

Andrenio stand noch immer fassungslos über all dem, was er gesehen hatte, und erwog bei sich das widerstreitende Geschehen, doch in Sonderheit den Wechsel von Bösem zu Gutem in diesem Leben.[10]

»Wie nur so gegensätzlich, diese beiden Frauen«, rief er, »wie ganz Verschiedenes haben sie im Sinn! Kannst du mir nicht sagen, Critilo, wer die eine ist, dass ich sie verabscheue, und die andere, dass ich sie preise?«

»Was meinst du also«, erwiderte dieser, »zum ersten Eintritt in die Welt? Stimmt er nicht ganz zu ihr und zu dem, was ich dir sagte? Merke dir gut, wie man's hier treibt. Und wenn das der Anfang war, so denk dir aus, wie es wohl weitergehen und enden muss, damit du die Augen auftust und ständig auf der Hut bist vor den Feinden. Du begehrst zu wissen, wer jene erste Frau sei, die du so gelobt hast. Glaub mir: Nie sollte es vor dem Ende Lob noch Tadel geben. Wissen sollst du: Diese erste Tyrannin ist unser Hang zum Bösen, ist unsere schlimme Anlage. Sie ist es, die sich unverzüglich eines Kindes bemächtigt, der Vernunft zuvorkommt und Vorteil daraus schlägt, die so triumphierend in der Kindheit herrscht, dass die eigenen Eltern in der innigen Liebe zu ihrem Kindchen ihr noch entgegengehen; und damit es nur ja nicht weint, gewähren sie ihm, wonach es nur verlangen mag, und lassen ihm in allem seinen Willen. Und so wird es verhätschelt, rechthaberisch, unbeherrscht, naschhaft, trotzig, unaufrichtig, vorlaut, weinerlich, eigensüchtig und rücksichtslos, auf jegliche Weise wird die natürliche unheilvolle Neigung noch gefördert. Ein junges Menschenkind wird damit seinen Leidenschaften ausgeliefert, die elterliche Nachsicht noch einmal verstärkt, die verderbliche Neigung zum Bösen gewinnt die Oberhand, und ebendiese lockt mit ihren Lieb-

10 Der Kinderzug ist einer von etwa fünfundvierzig allegorischen Szenen, die sich im *Criticón* finden. Einige davon spielen an natürlichen, die meisten jedoch an künstlichen Schauplätzen mit erdichteter Architektur, wie in Renaissance und Barock häufig (vgl. Gerhard Goebel, *Poeta faber,* 1971, der jedoch auf Gracián nicht eingeht, und Jorge Checa, *Gracián y la imginación arquitectónica,* Scripta humanistica 23, 1986). Dazu kommen noch einmal etwa achtundzwanzig nicht-szenische allegorische Erzählungen.

kosungen ein zartes Kind ins Tal der Bestien, wo es von den Lastern gepackt und von den Leidenschaften versklavt wird. Wenn dann VERNUNFT sich einstellt – denn sie ist jene Königin des Lichts, Mutter des *desengaño,* der Aufklärung, mit ihren Gefährtinnen, den Tugenden –, dann findet sie sie bereits verdorben vor, den Lastern ergeben, viele von ihnen unrettbar; es kostet sie große Mühe, sie den Klauen der bösen Gelüste zu entreißen, und nur unter vielen Schwierigkeiten vermag sie sie auf den sicheren Höhenweg der Tugend zu bringen, denn dann heißt es bergan gehen. Viele bleiben auf der Strecke und werden zum Schandmal ihrer Laster, und zwar am ehesten die Reichsten, die Kinder der Herren und der Fürsten, bei denen das Aufwachsen in mehr Luxus auch Gelegenheit zu mehr Laster schafft. Die hingegen in Not und Enge aufwachsen, vielleicht auch unter einer harten Stiefmutter, die kommen besser davon und erdrosseln, wie Herkules die Schlangen, ihre Leidenschaften schon in der Wiege.

»Und was war das für ein kostbarer Stein«, erkundigte sich Andrenio, »den sie allen mit so angelegentlicher Empfehlung ausgehändigt hat?«

»Dazu musst du wissen«, antwortete Critilo, »dass, was viele fabulierend manchen Steinen zugeschrieben haben, sich hier als offenkundige Wahrheit erweist, ist doch dies der wahre Karfunkel, der inmitten der Finsternis – der Dummheit wie des Lasters – erstrahlt. Dies ist der allerfeinste Diamant, der unter den Schlägen des Leidens und unter den Bränden des Begehrens am stärksten glänzt; dies ist der Prüfstein für das Gute und Böse; dies der Magnet, auf den Norden der Tugend gerichtet; kurz, dies ist der Stein aller Tugenden, den die Weisen *dictamen rationis* nennen, Gutachten der Vernunft: was nämlich Vernunft, die treueste Freundin, die wir haben, für gut erachtet.«[11]

In solcher Unterhaltung waren sie begriffen, als sie an jenem berühmten Scheideweg anlangten, wo der Pfad sich teilt und sich das Leben gabelt, ein Ort, der bekannt ist wegen der Schwierigkeit, die sich einstellt, nicht so sehr von Seiten des Wissens als von Sei-

11 Zur Bedeutung der Steine vgl. S. 260, Anm. 27.

ten des Wollens, welchen Weg man einschlagen, zu welcher Hand man sich wenden soll. Hier geriet Critilo nun in großes Zweifeln, denn während es der allgemeinen Überlieferung gemäß zwei Wege gibt (einladend der linke, weil leicht gangbar, unterhaltsam und bergab; der rechterhand im Gegenteil rau, unbequem und bergan), gewahrte er zu seinem nicht geringen Erstaunen, dass es deren hier drei waren, was seine Wahl erschwerte.

»Der Himmel steh mir bei«, sagte er, »ist dies denn nicht das bekannte *bivium,* der Scheideweg, an dem selbst Herkules unschlüssig stand?«

Er schaute nach vorne und schaute nach hinten und fragte sich selbst:

»Ist das nicht der gelehrte Buchstabe des Pythagoras, darin er die ganze Weisheit chiffriert hat? Bis hierher verläuft der Weg einheitlich, dann jedoch gabelt er sich in zwei Äste, einen breiten für das Laster und einen engen für die Tugend, freilich mit verschiedenem Ende, führt doch der eine zum Strafgericht, der andere zur Krönung. Doch warte«, rief er aus, »wo ist denn das feindliche Paar des Epiktet, das *abstine!* vom Pfade des Vergnügens und das *sustine!* auf dem Pfade der Tugend? Lange waren wir wohl nicht mehr hier, denn selbst die Hauptstraßen haben sich geändert.«[12]

»Was ist das dort für ein Steinhaufen«, fragte Andrenio, »der in der Mitte zwischen den Pfaden liegt?«

»Treten wir näher«, sagte Critilo, »denn der Finger der Wegesgottheit winkt uns und lenkt uns. Das sind die sagenhaft gehäuften Steine Merkurs, mit denen die Alten deutlich machten, dass die Weisheit uns leiten soll und wir dahin eilen müssen, wo der Himmel uns ruft.«

»Aber der Steinhaufen«, fragte Andrenio nochmals, »was soll der? Seltsame Art der Wegeräumung, Hindernisse aufzubauen!«

»Diese Steine«, erwiderte seufzend Critilo, »werfen hier die

12 *Scheideweg:* Das Motiv des Scheidewegs mit dem Zeichen Y findet sich in der griechischen Antike, aber auch *Matthäus* 7, 3–14 (vgl. E. Panofsky, Studien der Bibliothek Warburg XVIII, 1930). – Das Begriffspaar *abstine/sustine* des stoischen Philosophen Epiktet (1. Jh. n. Chr.) fand Gracián auch im Emblembuch von Covarrubias (1613; vgl. Henkel/Schöne 1410).

Wanderer hin und bezahlen damit die Auskunft; es ist der Lohn, den jeder Lehrer erhält, und die Anhänger der Wahrheit und Tugend mögen sich deutlich machen, dass selbst noch die Steine ihnen entgegenstehen müssen.[13] Gehen wir näher zu dieser Säule, sie dürfte wohl das Orakel in so viel Ratlosigkeit sein.«

Critilo las die erste Inschrift, die mit Horaz sagte: Es gibt ein Mittelmass in allem, meide du die Extreme.[14] Die ganze Säule war von oben bis unten mit Reliefs von äußerst kunstvoller Arbeit bedeckt, in der die materielle Meisterschaft der *Symmetrie* mit der formalen des *Ingenium* wetteiferte; viele Sentenzen und Aphorismen standen dort zu lesen, und manch anspielungsreiche Geschichte stach hervor. Andrenio bestaunte sie, und Critilo kommentierte sie mit sicherem Urteil. An einer Stelle sahen sie den tollkühnen Jüngling, wie er den Sonnenwagen bestieg, und sein Vater rief ihm zu: *Halte die Mitte, dann fährst du sicher!*[15]

»Dies hier war ein junger Mann«, erklärte Critilo, »der trat sehr hochgemut eine Herrschaft an, und weil er Vorsicht und Mäßigung, wie sie ihm die Älteren rieten, außer Acht ließ, verlor er die Zügel der Vernunft, trieb Abgaben für so wolkige Unternehmungen ein, dass alles verpuffte und er *mundo* und *mando,* Leben und Herrschaft, einbüßte.«[16]

Es folgte Ikarus, im Sturz der Flügel beraubt, wie er von einem Extrem ins andere geriet, von den Flammen in die Fluten, sosehr ihm Dädalus auch zurief: *Flieg in der Mitte!*[17]

»Das war noch so ein Verwegener«, bemerkte Critilo. »Nicht

13 *Steine:* Die Stelle geht aus dem Emblem *Qua Dii vocant, eundum* bei Alciati hervor (Henkel/Schöne 1776). Hermen waren ursprünglich Steinhaufen am Weg, mit denen Hermes (Merkur) verehrt wurde.

14 *Horaz: »Est modus in rebus, sunt certi denique fines, / quos ultra citraque nequit consistere rectum.«* – »Es gibt ein Maß in allen Dingen, es gibt schließlich feste Grenzen, jenseits und diesseits davon kann das Rechte nicht bestehen« (*Satiren* I, 1, 106-7).

15 Phaeton, bei Ovid, *Metamorphosen* II, 136-7.

16 Wahrscheinlich auf König Sebastian von Portugal gemünzt, der 1578 unter exzessivem Steuerdruck das Land zu einer Afrika-Expedition aufrief, bei der er mit 24 Jahren ums Leben kam, was zum Ende der portugiesischen Vormacht führte (Camões huldigt ihm in seinen *Lusiaden*).

17 Ovid, *Metamorphosen* VIII, 203-6.

zufrieden mit dem Wissen, das ausreichend und angemessen ist, verfiel er auf unnütze Subtilitäten und betrieb so viel Haarspalterei, dass die Federn ihn trogen und er samt seinen Chimären ins bittere Tränenmeer fiel: Von *penna* zu *pena* ist eben nicht weit.[18] Dieser dort ist der berühmte Kleobulos, der dreimal hintereinander dem König, welcher ihn dreimal hintereinander um einen weisen Rat für erfolgreiches Regieren gebeten hatte, nur dies eine Wort schrieb: *Modus*.[19] Und schau den andern dort, unter den Sieben aus Griechenland als Weiser verewigt um des einen Satzes willen: *Meide alles Übermaß*[20]; denn immer schadete das Zuviel weit mehr als das Zuwenig.

Deutlich abgehoben standen sämtliche Tugenden mit eingängigen Devisen, die auf Tafeln oder Voluten gemeißelt waren. Der Reihe nach stand jede von ihnen zwischen ihren missbräuchlichen Extremen, und zwar unten TAPFERKEIT, als Stütze für alle weiteren, aufruhend auf einem Säulenkissen zwischen TOLLKÜHNHEIT und FEIGHEIT. So war auch mit den anderen verfahren, den Abschluss bildete KLUGHEIT als die Königin, und in Händen hielt sie eine kostbare Krone mit folgendem Lemma: FÜR DEN, DER DIE GOLDENE MITTE ZU SCHÄTZEN WEISS.[21] Zahlreiche weitere Inschriften in Form von Schleifen waren dort zu lesen, welche als Definitionen für *artificium* und *ingenium* dienten. Gekrönt wurde diese ganze elegante Anlage von GLÜCKSELIGKEIT, die sich auf ihre weisen und tüchtigen Männer stützte und ebenfalls flankiert war von ihren Extremen, dem WEINEN und dem LACHEN, deren At-

18 Statt des spanischen Wortes *pluma* für »Feder« setzt Gracián um der Lautähnlichkeit willen das italienische *penna*. Welcher Schreibende hier mit Ikarus verglichen wird, ist unklar.

19 *Maß*. Überliefert bei Diogenes Laertios (3. Jh. n. Chr.), *Leben und Meinungen berühmter Philosophen* I, 6, 93.

20 In der Antike verbreitete Sentenz: *Ne quid nimis;* gr. *medèn àgan*. Von Alciati im Emblem *Dicta septem sapientum* illustriert (vgl. S. 145, Anm. 23).

21 Horaz: »*aurea mediocritas*« (*Oden* II, 10, 5–6); Cicero: »Jene Mitte [...], die zwischen dem Zuviel und dem Zuwenig liegt« (*De Officiis* 1, 89). Die ganze »elegante Anlage« der Tugenden ist Aristoteles' *Nikomachischer Ethik* verpflichtet (2. Buch, 1106 f.). Vgl. S. 212, Anm. 29.

Abb. 2: Maarten van Heemskerck, Heraklit und Demokrit:
Der weinende und der lachende Philosoph.
Radierung, 1557.

lanten wiederum Heraklit und Demokrit waren, weinend der eine, der andere lachend.[22]

Sehr beeindruckt war Andrenio, dieses erstaunliche Orakel des ganzen Lebens zu sehen und erklärt zu bekommen. Doch schon hatte sich ringsherum viel Volk mit wenig *Personen* eingefunden, neigen doch die meisten, ohne anderen Leitstern als ihr Gutdünken, zu jenen Extremen, wo ihre Lust und ihre Laune sie hintreibt. Einer kam und steigerte sich, ohne sich noch umzuhören, recht nach Torenart ins extreme Gegenteil dessen, was ihm alle zutrauten, nämlich in die Anmaßung: Auf der Stelle verlor er sich ins Maßlose. Nach ihm kam ein Windbeutel, welcher ebenso unbekümmert, jedoch in Geckenmanier den steileren Weg nahm. Da aber der Wind gerade anschwoll, fuhr er ihm in den Beutel und blies ihn hinab, eine Genugtuung für viele: So hoch wollte er hinaus, dass Aufstieg und Fall vor aller Augen nun auch in aller Munde Gelächter hervorrief. Es gab da einen Weg, mit Distelsträuchern dicht bestanden, und während Andrenio noch bei sich dachte, den werde niemand begehen, wurde er gewahr, dass viele darauf ganz versessen waren und sich mit Faustschlägen um das Recht stritten, der Erste zu sein. Es war die Tierspur, die ausgetretenste von allen, und als er einen Menschen fragte (es schien jedenfalls einer zu sein), wieso er hier entlanggehe, erhielt er zur Antwort: Da sei man nicht so allein. Daneben verlief ein anderer, sehr kurzer Weg, und dennoch versahen sich alle, die ihn einschlugen, reichlich mit Mundvorrat und Leckerbissen, doch sie kamen nicht weit, denn weit mehr sterben an überladenem Magen als an Hunger. Einige versuchten, sich in die Lüfte zu erheben, aber es schwindelte ihnen im Kopf, und sie fielen herab; meistens landeten sie jedoch nicht

22 Eine schon in der Antike verbreitete Vorstellung von den beiden Vorsokratikern (Seneca, *De tranquillitate* XV, 2). Im Jahre 1534 erschien in Venedig eine Schrift von Antonio Phileremo Fregoso, *Neues Werk,* in welchem von zwei Philosophen gehandelt wird, nämlich von Demokrit, der über die Torheit dieser Welt lachte, und Heraklit, der über das Elend der Menschen weinte. In diesem Sinn findet sich der Ausdruck *»democriteggiare«* bei Giordano Bruno, *»démocritiser«* bei Rabelais. Vgl. Alciatis Emblem *In vitam humanam* (Henkel/Schöne. S. 1157). Ikonographie: Carracci, Velázquez, Rubens, Lo Spagnolo. – Abb. 2, S. 83.

mehr auf der Erde.[23] Viele spurten einem sehr anmutigen und lieblichen Spazierweg nach, wandelten von Aue zu Aue vergnügt und ausgelassen, hüpfend und tanzend; als sie aber gerade im besten Zuge waren, fielen sie schwitzend und keuchend zu Boden, konnten vor Erschöpfung keinen Schritt mehr tun und waren nun äußerst hässlich, weil sie vorher so schön getan hatten.[24] Über eine Stelle jammerten sie alle, sie sei sehr gefährlich, stets von Räubern heimgesucht. Aber obwohl sie es wussten, machten sich nicht wenige dahin auf und meinten, mit denen würden sie es schon aufnehmen. Am Ende wurden sie alle zu Räubern und raubten sich gegenseitig aus. Einige fragten (sehr zu Andrenios Verwunderung und Critilos Freude, dass sie jemanden fanden, der es besser machte und sich erkundigte), welches der Weg der Ausschweifer sei. Sie dachten natürlich, es wäre, um ihn zu meiden. Doch das Gegenteil geschah: Wissentlich machten sie sich auf den Abweg.[25]

»Kann es solche Torheit geben!«, rief Andrenio.

Und da sie unter ihnen einige recht bedeutende Persönlichkeiten erblickten, fragten sie diese, wieso sie hier gingen. Die Antwort war: Sie gingen gar nicht, sie würden gegangen. Nicht minder ausgeprägt war die Torheit anderer, die sich den ganzen Tag nur im Kreis drehten, dabei sich und andere zermürbend, ohne je voranzukommen oder zum Kern zu gelangen.[26] Andere wieder fanden den Weg gar nicht: Er entschwand ihnen schon zu Beginn der Wanderung. Sie fanden nie ein Ende, machten auf der Stelle Halt, vermochten keinen Schritt zu tun, die Arme verschränkt, und wenn sie gekonnt hätten, auch die Beine. Nie brachten sie irgendetwas zuwege. Einer sagte, er wolle dorthin, wo noch niemals ein anderer gegangen sei; da ihm keiner diesen Weg weisen konnte, nahm er einen aufs Geratewohl, und bald schon hatte er sich verirrt.

23 Sondern in der Hölle.

24 *Hässlich – schön:* Sie hatten sich mit Syphilis infiziert.

25 Ein erster Aufzug der Sieben Hauptsünden (im Stil von Hieronymus Bosch: vgl. S. 95, Anm. 12 und S. 194, Anm. 33): Jähzorn, Faulheit, Gefräßigkeit, Hochmut, Wollust, Geiz (später: Neid); dazu einige Nebensünden. Die herkömmliche Reihenfolge war: *Superbia, Avaritia, Luxuria, Ira, Gula, Invidia, Acedia,* zusammengefasst in dem Merkwort SALIGIA.

26 Die Unentschlossenen, im Bild des Mühlrads.

»Merkst du eigentlich«, sprach Critilo, »dass beinahe alle den ihnen fremden Weg nehmen und das Gegenteil dessen anstreben, was man bei ihnen annahm? Der Tor gebärdet sich anmaßend, der Weise handelt töricht; der Feige heuchelt Tapferkeit, kennt nur noch Schwert und Pistole, der Tapfere verschmäht jede Waffe; wer etwas hat, gibt Acht, nichts zu geben, und wer nichts hat, vergibt alles; die Schöne gibt sich liederlich, und die Hässliche platzt vor Koketterie; der Fürst geriert sich als gemeiner Mensch, und der gemeine Mensch benimmt sich, als sei er ein Halbgott; der Redegewandte bleibt stumm, und der Ignorant will bei allem mitreden; der Geschickte wagt nicht zu arbeiten, und der Linkische werkelt unaufhörlich. Alle eilen sie zum Extrem hin und verfehlen lebenslang den Weg ihres Lebens. Wir wollen uns an den sichersten halten, auch wenn er nicht so beliebt ist: die kluge und glückliche Mitte.«

Wenige nur wünschten mit ihnen zu gehen, doch kaum waren sie ausgeschritten, spürten sie eine deutliche innere Freude und große Befriedigung des Gemüts. Und mehr noch merkten sie: Jene Edelsteine, reiche Gaben der Vernunft, begannen so stark zu glänzen, dass jeder wie ein leuchtender Morgenstern schien, der sich Zungen zu Strahlen schuf und verkündete: »Dies ist der Weg der Wahrheit und die Wahrheit des Lebens!« All denen hingegen, die ihren Gelüsten folgten, erlosch ihr Licht, so dass die Steine ganz und gar verdunkelt schienen und ihre Träger im Schatten standen: ihr Entschluss so verfehlt wie der Weg.

Als Andrenio sah, dass sie beständig bergan gingen, sagte er:

»Dieser Weg, scheint mir, führt uns eher himmelwärts als in die Welt.«

»So ist es«, gab ihm Critilo zur Antwort, »denn dies sind die Pfade der Ewigkeit, zwar bleiben wir unserer Erde verhaftet, doch stehen wir viel höher als sie, sind Herr über die andern und den Sternen nahe; diese mögen uns geleiten, denn noch befahren wir zwischen Skylla und Charybdis das Meer der Welt.«

Dies sagte er beim Eintritt in eine ihrer ruhmreichsten Städte, in Spaniens großes Babylon, Hort seiner Reichtümer, erhabener Schauplatz von *arma* und *litterae,* Wirkkreis des Adels und Großmarkt des menschlichen Lebens.

Verwundert war Andrenio, die Welt zu sehen, die er ja nicht kannte, noch weit mehr als damals, als er sie beim Verlassen seiner Höhle erblickte. Aber wie denn auch nicht? Dort sah er sie ja noch von weitem, hier aber ganz aus der Nähe; dort betrachtete er, hier erlebte er sie. Verkehrt sich doch alles, womit man verkehrt! Was ihn am meisten befremdete, war, dass sie auf keinen einzigen Menschen stießen, obwohl sie angelegentlich nach ihnen suchten, und das am helllichten Tage in einer volkreichen Stadt.[27]

»Was soll das«, rief Andrenio, »wo sind diese Menschen, was haben sie mit sich gemacht? Ist nicht die Erde, die geliebte, ihre Heimat und die Welt, die heiß geliebte, ihr Mittelpunkt?[28] Wie konnten sie sie verlassen? Wo sonst könnten sie es besser haben?«

Sie gingen hierhin und dorthin, suchten allenthalben eifrig und konnten doch keinen Einzigen auftun, bis endlich ... Doch wie und wo sie sie fanden, das soll uns die nächste Krisis erzählen.

27 Diesen Satz hat Schopenhauer zusammen mit einem weiteren aus dem nächsten Buch in seiner Schrift *Über den Willen in der Natur* (1835) übersetzt (*Werke in fünf Bänden*, hrsg. von L. Lütkehaus, Band 3, 1988, S. 219; vgl. S. 93, Anm. 9 und S. 704, Anm. 48). Andrenio hält es hier mit Diogenes und seiner Fackel (dazu S. 405, Anm. 5).

28 »*Mundo*« hier im Sinne von Menschenwelt, Leute. – Falls eine bestimmte Stadt gemeint ist, dann wohl Sevilla (nicht Madrid, wie einige Kommentatoren annehmen): Die Reisenden sind gerade von Bord gegangen; Sevilla war einer der wichtigsten spanischen Häfen; und seine Sitten waren entsprechend verrufen (»*Babilonia castellana*« sagt Vélez de Guevara; »verworrenes Babel«, werden wir in I, 7 lesen). Nach Madrid gelangen die Wanderer erst in I, 9.

Sechste Krisis

Zustand des Säculums

Wer das Wort *mundo* sagen hört, der denkt dabei an das Erschaffene in einem vollkommen geordneten und wohlabgestimmten Gefüge, und dies mit Recht, leitet es doch seinen Namen regelrecht von seiner Schönheit her: *mundo* bedeutet ja reinlich und redlich.[1] Man malt sich einen Palast aus, trefflich entworfen von der unendlichen Weisheit, vorzüglich ausgeführt von der Allmacht, von der göttlichen Güte kostbar ausgestattet zur Wohnstätte für König Mensch, welcher dort, der Vernunft teilhaftig, regieren und ihn in dem ursprünglichen Zustand harmonischer Ordnung erhalten werde, in den der göttliche Werker ihn versetzt hat. Mithin ist *mundo* nichts anderes als ein Haus, von Gott selbst gerichtet und gesichtet für den Menschen, und seine Vollkommenheit lässt sich auf gar keine andere Art ausdrücken. So hätte es sein sollen, wie sein Name selbst es verkündet, sein Ursprung es verbürgt und seine Bestimmung verlautet. Doch wie anders es sich verhält und wie übel der Mensch es zugerichtet hat, wie sehr die Tat das Wort verleugnet, das sollte Critilo nun ermessen. Der befand sich wohl mit Andrenio in der Welt, doch ein Wohlbefinden war dies nicht, denn der Befund ihrer *Person* war noch keineswegs verlässlich.[2]

1 Im Lateinischen bedeutet *mundus* als Adjektiv »sauber, hübsch, zierlich«; als Substantiv 1. »Putz, Zierrat der Frauen«; 2. »Welt, Weltall« (ähnlich griech. *kosmos*). Meillet zufolge haben die beiden Wörter sogar dieselbe Wurzel, andere sehen darin etymologisch unverwandte Homonyme. *Mundus/mundus* findet sich nicht bei Isidor, der *mundus* vielmehr mit *motus* – »Bewegung« erklärt, allerdings auf das Griechische verweist: *»Graeci vero nomen mundo de ornamento adcommodaverunt, propter diversitatem elementorum et pulchritudinem siderum. Appellatur enim apud eos kosmos, quod significat ornamentum«* (*Etymologiae* XIII, 1, 2; vgl. S. 30, Anm. 7; S. 173, Anm. 30). Beliebt war allgemein im Spanischen die Formel *»mundo inmundo«* – »unreine Welt«.

2 Eine Stelle von geradezu taciteischer Kürze und Gedrängtheit: »*... se hallaban ya en el mundo, aunque no bien hallados en fee de tan personas*«. Sinngemäß: »... auch wenn sie nicht darauf bauen konnten, dass ihre *Person,* ihr Wert als Mensch, der Voll-

Sie machten sich auf die Suche nach Menschen, konnten jedoch keinen einzigen entdecken, bis sie schließlich nach viel Zeit und Mühe auf einen halben stießen, auf einen, der zur Hälfte Mensch war, zur Hälfte Tier. Critilos Freude war gerade so groß wie Andrenios Schrecken, und dieser fragte:

»Was ist das für ein sonderbarer Zwitter?«

»Hab keine Angst«, erwiderte Critilo, »denn der hier ist mehr Mensch als die Menschen: Dies ist der Lehrmeister der Könige und der König der Lehrmeister, es ist der weise Chiron.[3] Oh, wie sehr kommt er uns gelegen, denn er wird uns führen bei diesem ersten Eintritt in die Welt, wird uns zeigen, wie wir uns zu verhalten haben, was in den Anfängen sehr nötig ist.«

Er ging auf ihn zu, begrüßte ihn, was der Zentaur, der halbe Mensch, mit doppelter Freundlichkeit erwiderte, und sagte ihm dann, sie seien auf der Suche nach Menschen, hätten aber auch nach hundert Rundgängen noch keinen einzigen zu Gesichte bekommen.

»Das nimmt mich nicht wunder«, sagte dieser, »ist dies doch kein Jahrhundert für Menschen; ich meine, für solche berühmten wie zu früheren Zeiten. Dachtet ihr wohl, ihr würdet heutzutage in Italien noch einen Alfons den Großherzigen vorfinden, in Spanien einen Gran Capitán, in Frankreich einen Heinrich den Vierten, der eine Krone aus seinem Schwert und aus seiner Helmzier Lilien machte? Es gibt auf der Welt keine solchen Heroen mehr, nicht einmal die Erinnerung an sie.«[4]

kommenheit der gottgeschaffenen Welt gleichkäme.« Anders die Lesart der Toulouser Gruppe L.E.S.O.: *»Sie waren wohl in der Welt, doch sie befanden sich nicht wohl, denn dafür waren sie zu sehr Person.«* Doch diese Lesart kann nicht überzeugen: Critilo und Andrenio sind ja erst ganz am Anfang ihrer *Person*-werdung.

3 *Chiron:* Mythologischer Inbegriff des guten Erziehers. Lehrte Musik, Kriegskunst, Jagd, Moral wie Medizin; unterwies Peleus, Achilles, Jason, Äskulap, Asklepios und selbst Apollon. Dante begegnet ihm im 12. Gesang der *Hölle.* Im *Criticón* ist er der erste in einer Reihe von Führern. Ebenso wie die Helden der großen Epen konnten auch Graciáns Wanderer »in der von Rätseln starrenden Welt der sachkundigen Führung nicht wohl entraten« (Werner Krauss). Vgl. S. 907, Anm. 6.

4 *Alfons V.:* König von Aragón, eroberte 1443 Neapel, machte den neapolitanischen Hof zu einem Zentrum des Humanismus (Lorenzo Valla). – *Gonzalo Fernán-*

»Kommen denn keine mehr nach?«, fragte Andrenio dagegen.

»Es sieht nicht danach aus; dabei wäre es gerade jetzt so dringend.«

»Aber an Gelegenheiten hat es doch nicht gefehlt«, beharrte Andrenio, »wie kommt es, dass keine gekommen sind?«

»Weil sie verkommen sind«, fiel Chiron ein. »Zu diesem Punkt wäre viel zu sagen. Gar mancher will alles sein und ist am Ende weniger als nichts; besser, er wäre überhaupt nie gewesen. Gewiss heißt es auch, vieles schneide der Neid ab, mit der Schere von Tomeras[5]; ich aber sage, es ist weder dies noch das andere, vielmehr wird, solange das Laster das Feld behauptet, die Tugend im Hintertreffen sein, und ohne sie kann es Heldengröße nicht geben. Glaubt mir: Diese Venus, überall hat sie Bellona und Minerva in die Ecke gedrängt, und keinen andern Umgang pflegt sie als mit gemeinen Schmieden, die alles nur verhunzen und verpunzen. Aber was sollen wir uns abtun, dies ist nun einmal keine Zeit für hervorragende Männer, weder in *armis* noch in *litteris*.[6] Doch sagt einmal, wo habt ihr sie überhaupt gesucht, die Menschen?«

Und Critilo:

»Wo sonst sollten wir sie suchen als auf der Erde? Ist das nicht ihre Heimat und Mitte?«

»Ach wie vortrefflich!«, rief der Zentaur aus. »Nein, gebt nur Acht, wie ihr sie hättet finden können. Auf der Welt brauchtet ihr

dez de Córdoba: genannt Gran Capitán (1453–1515), spanischer Heerführer unter dem Katholischen Königspaar. – *Heinrich IV. von Navarra:* nach Übertritt zum Katholizismus 1589 König von Frankreich. – *Lilien:* in der französischen Königskrone.

5 Legende von der Glocke von Huesca (Graciáns langjährigem Wohnort): König Ramiro II. von Aragón, nach seiner Thronbesteigung vom aragonesischen Adel verächtlich behandelt, geht den Abt des Klosters San Ponce de Tomeras (Saint-Pons de Thomières, im Languedoc) um Rat an; dieser tritt in den Klostergarten und schneidet die überschüssigen Schösslinge ab; der König versteht die Antwort: Er lässt fünfzehn Adlige köpfen, deren Häupter in einem Gewölbe aufgehängt werden: glockenförmig, zur Warnung für andere.

6 *Hervorragende Männer:* Góngora war 1627 gestorben, Lope de Vega 1635, Hurtado de Mendoza 1644, Quevedo 1645, Tirso de Molina 1648. Von Calderón, der immerhin seit 1628 als Hofdichter bei Philipp IV. tätig ist, nimmt Gracián kaum Notiz. Die militärischen Größen, die er selbst nennt, etwa Parada, rechnet er wohl nicht zu den hervorragenden.

sie nirgends mehr zu suchen, denn längst haben sie die Gemarkung gewechselt: Nie bleibt doch der Mensch in Ruhe, mit nichts gibt er sich zufrieden.«

»Aber im Himmel werden wir sie wohl noch weniger finden?«, fragte Andrenio.

»Noch weniger, denn sie weilen weder im Himmel noch auf Erden.«

»Wo sollen wir sie dann aber suchen?«

»Wo? In der Luft.«

»In der Luft?«

»Ja, denn dorthin haben sie sich ihre *castillos* gebaut, Luftschlösser, Windburgen, darin bleiben sie nun verschanzt und verschranzt, *encastillados,* und wollen von ihren Chimären nicht mehr lassen.«

»Demnach«, ergänzte Critilo, »werden alle ihre Türme nur aufgetürmte Windbeutel sein, und da keiner so klug wie Janus ist, dass er auch nach hinten schaut, wird man mit den Fingern hinter ihrem Rücken Storchschnäbel machen und sich zuflüstern: ›Ist das nicht der Filius von dem und dem?‹[7] Und also: Wo immer sie abziehen wollen, werden die andern sie aufziehen.«

»Viele andere«, fuhr Chiron fort, »haben sich zu den Wolken erhoben, und manch einer beansprucht, ohne dass er sich aus dem Staub erhöbe, mit dem Haupt an die Sterne zu rühren; nicht wenige ergehen sich in erdachten Räumen, Rumpelkammern ihrer Einbildung. Die meisten freilich werdet ihr dort droben finden, wo sie sich *an die Hörner des Mondes gehängt* haben, und sie würden noch höher hinaus wollen, wenn sie nur könnten.«[8]

»Stimmt«, rief Andrenio aus, »dort sind sie, dort sehe ich sie! Und auch dort oben recken sie die Hälse empor, dabei stolpern die einen und purzeln die andern, sie müssen so wankelmütig sein, wie ihr Planet wechselhaft ist, der ihnen bald dieses, bald ein anderes Gesicht zeigt; ständig stellen sie sich auch noch gegenseitig

7 Nach Persius: *»O Iane, a tergo quem nulla ciconia pinsit.«* – »O Janus, den von hinten kein Storch anpickt« (*Satiren* I, 58).

8 *»Poner sobre los cuernos de la luna«* – »über den grünen Klee loben«.

selber ein Bein, stürzen zu ihrem Schaden und werden aus ihm doch nicht klug.«

»Kann es denn solche Torheit geben!«, meinte Critilo erneut. »Ist nicht die Erde der Ort, der dem Menschen zukommt, sein Ausgang und sein Ende? Stünde es ihnen nicht besser an, sich in der Mitte zu halten, anstatt unter so offensichtlicher Gefährdung die Höhen zu erklimmen? Kann es solchen Wahnwitz geben!«

»Wahrhaftig, er ist groß«, sagte der Halbmensch. »Anlass zu reichlich Kummer für die einen und zu Gelächter für die andern, wenn sie mit ansehen, wie dem, der gestern noch am Boden kroch, heute schon ein Palast gering dünkt; wie einer nur mehr über die Schulter mit dir redet, der unlängst noch Lasten darauf trug; wie der am Wegrain Geborene nach getäfelten Zederndecken verlangt; wie der, den jüngst noch keiner kannte, schon keinen mehr kennen will; wie der Sohn ehrpusselig ist, wo sein Vater noch mit der Nadel pusselte; wie einer, dem es bis vor kurzem nicht zur Pastete reichte, die Nase über Fasan rümpft; wie der Sohlenflicker von gestern zum Schollensassen mit Ahnentafel wird; wie einer, den bislang jeder duzte, plötzlich nur mehr *señoría* hören will. Alle wollen sie hoch hinaus und sich dem Mond auf die Hörner setzen, die doch gefährlicher sind als die Hörner des Stiers, denn wer mit Fleiß nicht an seinem Platz bleibt, mit dem geht es unweigerlich abwärts, und Schimpf und Schande sind ihm sicher.«

Er führte sie nun auf die *Plaza Mayor,* wo sie eine Unmenge wilder Tiere auf und ab spazieren fanden, allesamt frei laufend und das heißt ungezügelt, für die Unachtsamen eine erhebliche Gefahr: Gab es doch Löwen, Tiger, Leoparden, Wölfe, Stiere, Panther und etliche Füchse; auch an Schlangen, Drachen und Basilisken war kein Mangel.

»Was ist das?«, stieß Andrenio verwirrt hervor. »Wo sind wir? Ist dies eine Menschensiedlung oder eine Raubtierwildnis?«

»Du musst dich nicht fürchten«, sagte der Zentaur, »vorsehen, ja!«

»Sicherlich haben die wenigen Menschen, die verblieben waren, sich in die Berge zurückgezogen«, meinte Critilo, »um nicht mit ansehen zu müssen, was in der Welt vor sich geht, wie die reißenden Bestien in die Städte gekommen sind und sich bei Hof verdingt haben.«[9]

»So ist es«, antwortete Chiron. »Der Löwe bei einem Mächtigen, mit dem sonst kein Auskommen ist, der Tiger bei einem Totschläger, der Wolf bei einem Geldscheffler, der Fuchs bei einem Heuchler, die Viper bei einer Metze, jedwede Bestie und jegliches Vieh, sie haben doch die Städte mit Beschlag belegt; sie streifen durch die Straßen, schweifen über die Plätze, und die wahrhaft rechtschaffenen Leute wagen es nicht, in Erscheinung zu treten, sie leben zurückgezogen in den Mauern ihrer Mäßigung und Verhaltenheit.«

»Wollen wir uns nicht ein wenig auf die Anhöhe dort setzen?«, schlug Andrenio vor. »Dann könnten wir, wenn es schon keine Freude ist, doch wenigstens sicher und gelassen dabei zusehen.«

»Das geht nicht«, antwortete Chiron. »Die Welt ist nicht dazu angetan, dass man ihr im Sitzen begegnet.«

»Nun, dann lehnen wir uns doch an eine dieser Säulen hier«, schlug seinerseits Critilo vor.

»Das geht ebenso wenig, denn alles, woran man sich lehnt, ist trügerisch auf dieser Erde. Gehen sollen wir, wandeln und vorübergehen.«

Es waren aber die Straßen sehr uneben, denn vor den Türen der Mächtigen – das sind die Reichen – lagen allenthalben große Haufen, die stark glänzten.

»Oh, wie viel Gold!«, rief Andrenio.

Und Chiron:

»Du weißt doch: Nicht alles, was glänzt, ist auch welches.«

Sie kamen näher hinzu und erkannten, dass es Unrat war, übergoldet.

Hingegen klafften vor den Türen der Armen und Hilflosen so fürchterlich tiefe Löcher, dass es allen schauderte; keiner wagte sich heran, Meilen entfernt sahen alle zu. Und das Tollste daran war, dass den ganzen Tag über ohne Unterlass zahllose Riesen-

9 Von Schopenhauer (mit kleinen Anpassungen) übersetzt: vgl. S. 87, Anm. 27.

bestien übelriechenden Mist herbeischleppten und ihn zu dem anderen warfen, Haufe auf Haufe.

»Seltsame Sache, das«, meinte Andrenio, »Wirtschaftlichkeit herrscht da keine. Wäre es nicht besser, man würde all diesen Abraum in die großen Gruben der Armen schütten? Dadurch gliche der Boden sich aus und alles bliebe schön eben.«

»So müsste es von Rechts wegen sein«, sagte Chiron. »Doch was geschieht schon von Rechts wegen in der Welt? Hier könnt ihr jenes berühmte Unmögliche verwirklicht sehen, worüber die Philosophen bei allem Disputieren sich doch einig sind, nämlich dass es in der Natur keinen leeren Raum geben kann.[10] Denn siehe da, im Menschenleben kommt dies Ungeheuerliche jeden Tag vor. Man gibt ja in der Welt nicht dem, der nichts hat, sondern dem, der am meisten hat.[11] Vielen nimmt man ihre Habe weg, weil sie arm sind, und erkennt sie anderen zu, die schon haben. Die Gaben gehen nur dahin, wo es schon etwas gibt, und Absenten macht man keine Präsente. Das Gold spricht an auf das Silber, und dieses eilt auf den Lockruf weiteren Silbers herbei. Die Reichen erben, den Armen gehen die Erblasser ab; der Hungernde findet keinen Krumen Brot, der Vollgefressene wird jeden Tag zu Gast geladen; wer einmal arm ist, ist immer arm – und solchermaßen werdet ihr die Welt stets ungleich finden.«

»Also wo sollen wir nun gehen?«, fragte Andrenio.

»Wir wollen die Mitte nehmen, so haben wir weniger Ärger und mehr Sicherheit.«

»Mir scheint«, sagte Critilo, »ich sehe ein paar Menschen; zumindest solche, die sich dafür halten.«

»Die dürften es am wenigsten sein«, meinte Chiron. »Du wirst gleich sehen.«

10 *Leerer Raum:* Die Auffassung, dass die Natur keinen leeren Raum *(vacuum, kenen)* duldet, war aristotelisch (*Physik,* IV. 6–9). Sie wurde seit dem 14. Jh. zunehmend intensiver diskutiert. Mit Argumenten widerlegt spätestens durch den spanisch-jüdischen Philosophen Chasdai Crescas (1340–1412), den Gracián freilich ignoriert (vgl. M. Jammer, *Das Problem des Raumes,* 1960, und M. Wertheim, *Die Himmelstür zum Cyberspace. Eine Geschichte des Raumes,* 2000).

11 *Matthäus* 25, 28: »Denn wer da hat, dem wird gegeben werden, und er wird die Fülle haben; wer aber nicht hat, dem wird auch, was er hat, genommen werden.«

Soeben erschienen an einem Ende des Platzes gewisse Persönlichkeiten, die gingen kopfunter am Boden dahin, mitten im Schmutz, die Beine aber reckten sie nach oben, ganz hoch hinaus, und so warfen sie sich in die Brust, ohne doch einen Schritt voranzukommen; vielmehr fielen sie jeden Augenblick hin, und obwohl sie sich rechtschaffen abquälten, beharrten sie auf dieser ebenso lachhaften wie gefahrvollen Bewegungsart. Andrenio begann zu staunen und Critilo zu lachen.

»Beherzigt«, sagte Chiron, »dass ihr im Wachen träumt. Oh, wie hat doch Bosch so gut gemalt![12] Jetzt verstehe ich erst sein *capricho,* seinen wunderlichen Ulk. Dinge werdet ihr sehen, unglaublich. Macht euch klar: Die, die ihrer Klugheit und ihrem Wissen nach Köpfe sein sollten, die kriechen am Boden dahin, missachtet, gedemütigt, vergessen; die dagegen, die eigentlich Füße sein müssten, weil sie nichts können und von keiner Materie etwas verstehen, unfähige Leute, ohne Bildung und Erfahrung, die führen das große Wort. Und das ist der Lauf der Welt, als hätten ihn die Dueñas, die Lästerzungen, eingerichtet (wären es doch wenigstens Dueños gewesen)[13]. Nichts stimmt zu nichts. Und eine Welt, die weder Fuß hat noch Kopf, die kommt noch gut weg, wenn man sie nur *kopflos* nennt.«

Kaum waren diese, die allen über sind, vorüber, als andere auftraten (und das waren die meisten), die sich als rechte *Personen* brüsteten. Sie gingen sämtlich rückwärts, und daher taten sie alles, was sie taten, verkehrt.

»Was ist denn das nun wieder für eine Verrücktheit!«, rief An-

12 Höchst aufschlussreicher Verweis auf eine der Inspirationsquellen der grotesken moralischen Allegorie (vgl. S. 85, Anm. 25). Dieses Verständnis der Werke Boschs (1460–1516) war in Spanien vorbereitet, seit Philipp II. einige von ihnen hatte ankaufen lassen. Auch im Werk Quevedos ist Bosch vielfach präsent: so in den *Träumen* (übers. W. Muster, 1966, S. 36) und im *Buscón* (Kap. 15 = III, 2; übers. W. Muster, 1984, S. 109).

13 *»Poner a alguien como digan dueñas«* – »jemanden heruntermachen«, nach Art der Dueñas, der Anstandsdamen; misogynes Wortspiel mit *dueña* – »Frau« und *dueño* – »männliches Wesen«.

drenio. »Wenn so viel Narretei in der Welt ist, dann sollte man sie *Irrenbruderhaus* nennen.«[14]

»Hat uns denn nicht«, meinte Critilo, »die fürsorgliche Natur Augen und Füße nach vorne gerichtet, damit wir sehen, wohin wir gehen, und gehen, wohin wir sehen, fest und sicher? Wieso gehen die nun aber dahin, wo sie nicht sehen, und sehen dahin, wo sie nicht gehen?«

»Seid euch dessen bewusst«, sagte Chiron, »dass die Mehrzahl der Sterblichen, statt voranzuschreiten in Tugend, Ehre, Wissen und Klugheit, rückwärts geht. Und daher bringen es nur sehr wenige so weit, dass sie *Personen* werden, einer dann und wann, etwa der Graf von Peñaranda.[15] Seht ihr nicht die Frau da, wie sie sich abmüht, um rückwärts zu gehen, wie sie im Leben sich nach hinten windet? Sie möchte nicht über die Zwanzig hinaus, und die dort nicht über die Dreißig, und kommen sie zu einer Null, dann fallen sie hinab in die Fallgrube der Jahre und wollen nicht mehr weiter; wollen nicht Frauen werden, stets nur Mädchen bleiben. Doch wie zerrt er an ihnen, der hinkende Alte dort, und was für Kraft er hat! Seht ihr nicht, wie er sie an den Haaren davonschleift? Von der dort hat er sie sämtlich in der Hand behalten, hat sie ihr alle ausgerissen. Und was hat er der andern dort für einen Faustschlag versetzt: Nicht einen Zahn hat er ihr gelassen! Bis zum Hals füttert er sie mit Jahren; wir sagen: *bis zu den Augenbrauen*... Oh, sie machen ihm wahrlich keine schönen Augen!«

»Halt, halt!«, rief Andrenio, »Frauen? Wo sind sie? Welche sind es? Ich kann sie nicht von den Männern unterscheiden. Hast du mir nicht gesagt, Critilo, die Männer seien die Starken und die Frauen die Schwachen, jene sprächen mit rauer, diese mit sanfter Stimme, die einen trügen Kniehosen und *Capas,* die anderen *Baskinen?* Ich finde nun überall das Gegenteil vor: Entweder sind überhaupt alles Weiber, oder die Männer sind die Schwächlinge

14 *Irrenbruderhaus: »casa de orates hermanados«.* Einer der vielen Scherze mit Kirchenlatein: *»Orate, fratres«,* sagte der Priester zum Schluss des Offertoriums. *»Casa de orates«* – »Irrenhaus«; *»hermanados«* – »verbrüdert« und »zusammenpassend«; *»orates hermanados«* – »Narren, einer wie der andere«.

15 *Peñaranda:* vertrat Spanien beim Friedensschluss 1648 in Münster.

und Verweiblichten, die Frauen aber die Mächtigen. Die Männer schlucken alles hinunter und wagen kein Wort zu sagen, und die Frauen reden so laut, als sprächen sie zu Schwerhörigen; sie bestimmen doch in der Welt und unterwerfen sich alle anderen. Du hast mich getäuscht.«

»Du hast ja Recht«, seufzte Critilo. »Weniger als Weiber sind die Männer nun schon. Mehr vermag ein Weibertränchen als alles Blut, das die Tapferkeit vergoss; eines Weibes Gunst bewirkt mehr als alle Verdienste der Weisheit. Mit ihnen ist kein Leben, ohne sie auch nicht. Nie galten sie mehr als heute: Alles vermögen sie, und alles verderben sie. Es nützt auch nichts, dass die umsichtige Natur ihnen die Bartzier vorenthalten hat, sei es nun zur Bloßstellung oder damit die Schamröte sich gehörig ausbreiten kann – alles unzureichend.«

»Demnach ist also«, grübelte Andrenio, »der Mann nicht der König der Welt, sondern der Sklave des Weibes?«[16]

»Schaut«, erwiderte Chiron, »er ist wohl von Natur aus König, nur hat er das Weib zu seinem Günstling gemacht, und das bedeutet, sie kann mit ihm machen, was sie will. Insgesamt könnt ihr sie daran erkennen: Es sind die, die dann, wenn sie Verstand und Mut am dringendsten benötigen, ihrer am meisten ermangeln. Jedoch gibt es Ausnahmen, und die sind wiederum mehr als Männer: so die große Fürstin von Rossano und die vortreffliche Markgräfin von Valdueza.«[17]

Noch mehr erregte einer ihre Verwunderung, der saß rittlings auf einem Fuchs, ritt auch rückwärts, und zwar nie geradeaus, sondern in krummen Linien und Windungen nach allen Seiten; und sein ganzes Gefolge, das waren nicht wenige, tat es ihm gleich, sogar ein alter Hund, der ihn für gewöhnlich begleitete.[18]

16 So schon Cato bei Plutarch, *Vita Catonis* 8, 4.

17 *Olimpia, Fürstin von Rossano:* reiche Erbin aus dem römischen Hause Aldobrandini, war als spanische Lehensträgerin auch am Madrider Hof bekannt. – *Elvira Ponce de León, Marquesa de Valdueza:* Oberhofdame der Königin; Gracián widmet ihr 1655 seine Schrift *El Comulgatorio* (»Das Abendmahlsgitter«).

18 *Fuchs:* vermutlich der Conde Duque de Olivares. *Alter Hund:* vielleicht der Dichter Francisco de Rioja (1583–1659), der Olivares 1643 ins Exil begleitete.

»Seht ihr den dort?«, rief ihnen Chiron zu. »Ihr könnt sicher sein, der kommt nicht vom Fleck.«

»Das will ich glauben«, erwidert Critilo, »so töricht, wie er ist. Anscheinend sind in der Welt alle aufs Extrem aus. Nun sag schon, wer ist es denn, dass er es eher mit der Tücke hält als mit der Krücke?«

»Habt ihr noch nie von dem berüchtigten Cacus gehört? Also, das hier ist der von der Politik, ich meine: vom Chaos der Staatsräson. So treiben es die Staatsmänner heutzutage, anders herum als andere Leute; so gehen sie vor, nein: zurück, um fremde Blicke abzulenken, um alles Denken irrezuführen. Sie mögen es nicht, dass man ihren Spuren nachgeht, um ihre Ziele ausfindig zu machen; sie legen falsche Fährten, verkünden das eine und tun das andere; sie meinen *nein* und sagen *ja,* von allem das Gegenteil; senden Signale aus und verschlüsseln damit ihr Vorgehen. Für diese Leute braucht es einen neuen Herkules, der mit Geschick ihre Pfade aufspürt und und sie mit Macht für ihre Ränke züchtigt.«[19]

Andrenio konnte sehr genau beobachten, dass die meisten nach dem Munde redeten, nicht *ins Ohr,* nicht ins Gewissen, und dass die Zuhörenden nicht nur an solcher Plumpheit keinen Anstoß nahmen, sondern vielmehr so viel Geschmack daran fanden, dass sie den Mund angelweit aufsperrten, geradezu Ohren mit den Lippen formten und jeden Tropfen dieser Würze in sich hineinschlürften.

»Ist das zu fassen, solch ein Aberwitz!«, rief er. »Die Worte hört man doch, und isst oder trinkt sie nicht, und die Leute da schlucken sie ganz und gar. Wahr ist doch: Auf den Lippen werden sie geboren, im Ohr sterben sie und finden in der Brust ihr Grab. Bei denen hier sieht es aus, als kauten sie sie und leckten sie sich von den Lippen.«

»Viel Hinweis auf wenig Wahrheit«, erläuterte Critilo, »denn es schmeckt ihnen nicht bitter.«

19 *Cacus:* hatte am Tiber einen Teil der Herde des Herkules geraubt und ließ die Tiere rückwärts gehen, um den Verfolger irrezuführen, ohne Erfolg, er wurde von Herkules erschlagen (Vergil, *Aeneis* VIII, 193–261). Vgl. auch S. 724, Anm. 30, wo Cacus zum personifizierten Betrug wird.

»O je«, ergänzte Chiron, »seht ihr denn nicht, dass man jetzt zu einem jeden so zu sprechen pflegt, wie es seinem Gaumen behagt? Sieh dir doch nur einmal diesen Herrn dort an, Andrenio, wie er sich an zuckersüßen Schmeicheleien labt. Wie er sich den Magen mit Süßholz überlädt! Glaub mir, er hört nichts, wenn es auch so scheint, denn da ist so viel Wind, dass ihm alles davongeblasen wird. Gib auf jenen Fürsten dort Acht, der sich Lügen eintrichtern lässt: Von allem ist er überzeugt. Die Sache ist die: Sein Lebtag hat er sehr viel Lüge und sehr wenig Wahrheit gehört; aber die Lügen hat er alle geglaubt, von den Wahrheiten keine. Und dann der eingebildete Tropf dort: Wovon ist der nur so aufgegangen? O je, nicht von irgendwelcher Substanz, es ist alles nur Blähung.«

»Dass diejenigen so wenig Wahrheit zu Gehör bekommen, die doch am meisten davon hören müssten«, fasste Critilo zusammen, »muss wohl daran liegen, dass die Wahrheit bitter schmeckt; und da sie sie mit dem Gaumen aufnehmen, sagt man sie ihnen entweder gar nicht oder aber sie verschlucken sich daran; gelangt aber doch einmal eine hinunter, liegt sie ihnen schwer im Magen, und sie können sie nicht verdauen.«

Besonders schockiert waren sie beim Anblick etlicher erbärmlicher Sklaven ihrer selbst, die die verschiedensten Ketten und Eisen mit sich schleppten: Die Hände waren ihnen für jegliche gute Tat, insbesondere Freigiebigkeit, gebunden (nicht mit Stricken, auch nicht mit *esposas, Handschellen* beziehungsweise *Ehefrauen*); der Hals steckte ihnen im Eisen einer anhaltenden, wenn auch selbst gewollten Beklemmung; die Füße in so engen Schellen, dass sie keinen Schritt auf dem Weg zu Ansehen tun konnten; mit so vielen *hierros,* Fesseln, aber auch *yerros,* Fehlern, beladen, waren sie doch vollkommen bar aller *aceros,* allen Stahls, das heißt aller Härte und Energie.[20] Und obwohl ihre Nichtswürdigkeit so offenbar war, wurden sie doch auf den Thron gesetzt, hofiert und beklatscht, ja sie geboten sogar über Leute, die wirklich Wert hatten, die großherzig, angesehen und von edlem Stand waren; diese waren ihnen

20 *»Tan cargados de hierros cuan desnudos de azeros.«*

zu Diensten, gehorchten ihnen in allem, hoben sie schier noch in die Höhe und boten ihre Schulter solch elender Last. Da entfuhr es Andrenio, denn er konnte es nicht länger ertragen:

»Oh, wer diese Lose umschütteln könnte! Oh, wie gerne würde ich nicht diesen fehlbesetzten Sänften einen Fußtritt verpassen und sie auswechseln gegen das, was sie sein sollten und was die da drinnen so wohl verdient haben!«[21]

»Nicht schreien«, beschwor ihn Chiron, »wir richten uns zugrunde.«

»Was tut das, wenn alles zugrunde geht?«

»Siehst du nicht, dass diese da die Mächtigen sind, die ... et cetera?«[22]

»Die da?«

»Ja, diese Sklaven ihrer Triebe, diese Knechte ihrer Lüste, all die Tiberiusse, Neros, Caligulas, Heliogabale und Sardanapale, das sind die Vergötterten; und die wirklich Herr sind über sich selbst, frei von aller Schlechtigkeit, das sind die Gedemütigten. Und so sieh denn dort, die heilen Herzens sind, hingestreckt auf dem Boden und die anderen, bösen, fest auf den Beinen. Wer rundum gute Farbe hat, der liegt darnieder, und wem sein schlechtes Gewissen alle Farbe aus dem Gesicht geraubt hat, der steht mit seiner Räuberei groß da; der innerlich Gesunde kann sich nicht aufrecht halten, und der Angefaulte läuft munter umher; wessen Atem übel riecht, der steht im Ruch der Reinheit; wer lahmt, der gilt als gliederstark, jeder Trübsichtige schwingt seinen Gebrestenstock; kurz, alle Guten sind am Boden, und die Üblen sind ganz oben.«

»Oh, wie gut es zugeht auf der Welt!«, rief Andrenio.

Was sie jedoch sehr zum Staunen brachte und auch zum Lachen, das war der Anblick eines Blinden, der keinen *Tropfen* sah (aber gerne manchen trank)[23], mit einem Paar Augen, finsterer als die Niedertracht selbst, und mit mehr *Wolken* als der April[24]; der

21 Gemeint ist wohl, die Sänften sollten gegen Tragesitze ausgetauscht werden, bei denen die bisherigen Insassen nun selbst die Kulis wären.

22 Zur Macht des *et cetera* vgl. S. 687, Anm. 13.

23 *»No ver gota«* – »nichts sehen«.

24 »Wolken« auf der Hornhaut.

wurde all dieser Blindheit zum Trotz zum Führer bestellt für viele, deren Blick doch klar war; er führte sie blind, und sie folgten ihm stumm, denn es wollte keiner ihm widersprechen.

»Nein, wirklich«, rief Andrenio, »das ist mir eine schöne Blindheit!«

»Und reichlich tölpelhaft«, ergänzte Critilo. »Dass ein Blinder einen anderen führt, ist zwar eine große Torheit, aber das hat man schon gesehen, und sie sind dann alle beide in die Grube gefallen;[25] dass aber ein Blinder auf jede Weise danach trachtet, die Sehenden zu führen, von solchem Unsinn hat man noch nie gehört.«

»Dass ein Blinder die andern zu führen beansprucht«, erwiderte Andrenio, »wundert mich nicht so sehr, denn da er ja nicht sehen kann, denkt er, es seien auch alle anderen blind und bewegten sich auf die gleiche Weise tastend und tappend; dass jedoch die Sehenden, die die gemeinsame Gefahr erkennen, ihm dennoch zu folgen gewillt sind, dabei jeden Augenblick straucheln und bei jedem Blick aus ihren Augen aufs Auge zu fallen drohen, bis sie in einen Abgrund voller Unheil stürzen, das ist eine unglaubliche Dummheit, ja ein ungeheuerlicher Wahn.«

»So macht euch nur klar«, sagte Chiron daraufhin, »dass dieser Wahn sehr verbreitet ist, verzweifelt übertragungsfreudig, eine Blödheit, wie sie alle Tage vorkommt und heute mehr denn je. Die Minderbemittelten sind darauf aus, die andern zu lehren; ein paar Trunkenbolde schicken sich an, die Wahrheit vom Katheder zu verkünden. So haben wir auch erlebt, wie ein Blinder, einer vor schändlicher Leidenschaft zu einem ebenso hässlichen wie verruchten Weibe blind Gewordener, unzähliges Volk hinter sich her zog und sie sich alle zusammen in einen Abgrund ewigen Jammers stürzten.[26] Und dies ist gewiss nicht das achte Weltwunder, vielmehr das achte Weltungeheuer; denn der erste Schritt in der Ignoranz ist die

25 *Blinde: Matthäus* 15, 14. Das berühmte Bild von Pieter Bruegel d. Ä., *Die Blinden* (von 1568; es hat noch Baudelaire zu einem Sonett inspiriert), war Gracián mit Sicherheit bekannt.

26 Heinrich VIII. von England, der 1533 die Weigerung des Papstes, seine Ehe mit Katharina von Aragón zu scheiden, mit der Gründung der anglikanischen Staatskirche beantwortete.

Anmaßung des Wissens, und manch einer wäre weise, wenn er nur nicht dächte, er wisse.«

Indessen hörten sie von einer Ecke des Platzes her, unter Sintfluten von Pöbel, großes Gekeife wie bei einer Streiterei vor Gericht. Da war eine Frau (allzeit Anlass zum Streit[27]), sehr hässlich, aber sehr aufgemacht (niedergemacht gehört sie!), zusammengestellt mit allem Putz, der in der Welt ist, sie treibt ja auch alles, was in der Welt ist, auseinander. Unter üblem Gekreisch formte sich ihre Rede, sie selbst zerriss sich vor Zetern. Ihr gegenüber stand eine andere Frau, in allem sehr anders, schon darum ihr Widerpart. Sehr zierlich, doch ohne jede Zier, wenngleich nicht nachlässig. Sie ging nahezu nackt: weil arm, sagten die einen, weil schön, die andern; sie entgegnete kein Wort, weder hätte sie es gewagt, noch hätte man auf sie gehört; alle Welt ging gegen sie an, nicht nur der große Haufe, sondern auch die Vornehmen, und selbst die Aller...[28] Und doch tut man besser daran, mit ihr zu verstummen. Alle hatten sich zu ihrer Verfolgung verschworen; man ging vom Scherz zum Ernst über, von Worten zu Taten, und begann sie zu misshandeln; und so viele fielen über sie her, dass sie fast erdrückt wurde; aber niemand, keine *Person,* fand sich ein, die sich ihrer anzunehmen gewagt oder auch nur gewünscht hätte.

Da nun schickte Andrenio, mitfühlend von Natur, sich an, ihr beizuspringen. Chiron aber tat ihm Einhalt und sagte:

»Was tust du? Weißt du auch, mit wem du dich anlegst und für wen du eintrittst? Merkst du nicht, dass du dich gegen die eingängige LÜGE erklärst, das heißt, gegen jedermann, und dass man dich für verrückt halten muss?«

Für die andere dort eintreten, das wollten immer schon die Kinder, und zwar indem sie sie einfach *sagten,* aber in ihrer Schwäche konnten sie gegen so viele und so Mächtige nicht aufkommen. So blieb sie gänzlich ohne Schutz, die wunderschöne WAHRHEIT, und nach und nach wurde sie unter Stößen und Püffen von allen

27 Juvenal: *»Nulla fere causa est in qua non femina litem / moverit«* – »Kaum ein Streit, zu dem nicht eine Frau den Anlass gegeben hätte« (*Satiren* VI, 242-3).

28 Die Auslassungspunkte dürften das Wort *príncipes* nahe legen, also »Fürsten«.

Seiten so weit fortgetrieben, dass sie heute noch nicht wieder erschienen ist und man auch nicht weiß, wo sie Halt gemacht haben mag.[29]

»Klar also«, sagte Andrenio, »Gerechtigkeit, *iustitia,* gibt es auf dieser Erde nicht«.

»Wie denn nicht?«, erwiderte Chiron. »Allenthalben walten doch die Diener der Justiz: Es gibt sicher *iustitia,* sie kann nicht sehr weit sein, wenn LÜGE so nahe ist.«

Darüber trat ein Mann auf, der hatte einen säuerlichen Ausdruck im Gesicht und war umringt von Gerichtsleuten. Kaum hatte sie ihn erblickt, da machte sich LÜGE an ihn heran. Mit vielerlei Reden deckte sie ihn ein; wie wenig Recht bei ihr war, deckte sie zu. Er antwortete ihr, sogleich solle das Urteil zu ihren Gunsten unterzeichnet werden, wenn er nur Federn hätte. Alsbald steckte sie ihm gefiederte Schuhe zu[30], mit denen flog er und setzte seinen Schnörkel unter die Sentenz, der gemäß WAHRHEIT, ihre Feindin, aus der ganzen Welt zu verbannen war.

»Wer aber mag das sein«, fragte Andrenio, »der zum Auffinden des Rechten sich so krummer Stützen bedient wie dieses biegsamen Stäbchens?«

»Dieser da«, gab Chiron ihm Bescheid, »ist Richter.«

»*Iustitia, iustus, iudex, Judas*... Das klingt doch alles sehr nach dem Verräter unseres gerechten Herrn. Bemerkenswerte Sache überdies, dass einer erst zugreift und dann zuhört.[31] Was bedeutet das bloße Schwert, das er vor sich herträgt, und wozu braucht er es?«

»Das Schwert«, erklärte ihm Chiron, »zeigt seine Würde und zeugt von seiner Gewalt: Mit ihm schlägt er die wilden Triebe des Lasters ab.«

»Besser, man risse es mit Stumpf und Stiel aus«, meinte Critilo.

29 In dem von Gracián geschätzten Schelmenroman von Mateo Alemán, *Guzmán de Alfarache,* findet sich in Teil I (1599), Buch III, Kap. 7, eine ähnliche allegorische Erzählung (dt. Übers. 1986). Vgl. auch S. 673, Anm. 41.

30 *Gefiederte Schuhe:* wie sie Merkur trug, Gott des Handels. Also wohl: Geld.

31 *Zugreift:* »*tocar*« – »zugreifen« (Bestechung) und »Instrument anschlagen«. *Zuhört:* »oir« – »hören« und »verhören«.

»Die Übel nur zu stutzen ist bisweilen schlimmer, denn sie wachsen umso mächtiger wieder nach und sterben nie ab.«

»So sollte es sein«, pflichtete ihm Chiron bei, »aber leider sind die, die den Übeln ein Ende bereiten sollen, darauf aus, sie zu erhalten, denn sie leben von ihnen.«

Jener gebot sogleich, ohne weitere Berufung, eine Mücke zu henken und sie zu vierteilen, war die Unglückliche doch ins Netz des Gesetzes geraten. Einen Elefanten jedoch, der Netze wie Gesetze, gleich ob menschlich oder göttlich, rücksichtslos niedergetrampelt hatte, vor dem zog er mit großer Gebärde das Barett, als er vorüberkam, starrend von unerlaubten Waffen: Feuerstutzen, langen Lanzen, Knebelspießen und Widerhaken, und er sagte ihm obendrein, er sei zwar auf dem Wachgang begriffen, doch würden ihm, falls es beliebte, seine sämtlichen Gehilfen gerne bis zu seiner Höhle das Geleit geben. Was für ein Schauspiel für Andrenio! Und damit nicht genug: Einen anderen Unglücksraben, der den Kopf einzog und nicht laut zu antworten wagte, ließ er Spießruten laufen, und als einige fragten, weshalb man ihn peitsche, da gaben andere zur Antwort:

»Weil er keine Schultern hat;[32] denn hätte er welche, er würde den *hombre* spielen und seine *hombros,* seine Schultern rollen wie die da drüben, die damit ganz überbürdet sind, denn Würde ist ja so viel Bürde.«

Der Richter verschwand, und gleichzeitig zog ein Mann Blicke und Beifall auf sich, der schien so unwiderstehlich, dass er es hätte mit Pablo de Parada in Person aufnehmen können.[33] Vor der Brust trug er einen imposanten Harnisch, einen *peto,* und auch so schön durchzukonjugieren nach Tempus, Numerus und Persona.[34] Er hatte zwei Pistolen, die jedoch gemächlich in ihren Halftern schlummerten; ein Pferd mit abgeschnittenen Ohren, aber bestimmt war nicht das Pferd der Übeltäter; einen vergoldeten Degen, aber männlich nur dem Wort nach, den Taten nach ein Weib-

32 Keine Unterstützung, keine Beziehungen.

33 Vgl. S. 9, Anm. 5.

34 *Peto:* von lat. *petere* – »begehren«, beliebtes Paradigma für Konjugationsübungen.

chen, niemals entblößt, von wegen der Sittsamkeit; gekrönt mit einem Federbusch, ein *avechucho de la bizarría*, ein reichlich bunter Vogel, nein eher eine Vogelscheuche der Aufschneiderei, beileibe nicht der Tapferkeit.

»Das da«, fragte Andrenio, »ist das ein Mensch oder ein Zwitter?«

»Da zögerst du zu Recht«, antwortete Chiron, »denn etliche Völkerschaften haben schon bei seinem Anblick gedacht, es sei ein einziges Wesen, Pferd und Mensch.[35] Das ist ein Soldat.«

»Wenn er sich nur auch so benähme«, warf Critilo ein, »dann wäre sein Gewissen jetzt nicht so verbeult.«

»Wozu sind die nütze auf der Welt?«, wollte Andrenio wissen.

»Wozu? Sie führen Krieg gegen die Feinde.«

»Dass sie ihn nur nicht noch mehr gegen die Freunde führen!«

»Aber sie beschützen uns.«

»Gott schütze uns vor ihnen.«

»Sie bekämpfen, schlagen, töten und vernichten unsere Gegner.«

»Wie kann das sein, wo es doch heißt, sie hielten sie selbst am Leben?«

»Gemach, ich spreche von dem, was sie pflichtgemäß tun sollten; doch ist die Welt bereits so depraviert, dass die, die den Übeln abhelfen sollten, selbst Schaden aller Art verursachen. Die mit den Kriegen ein Ende machen sollten, ziehen sie in die Länge; ihre Beschäftigung ist das Kämpfen, sonst haben sie weder Auskommen noch Rente; und da sie nach beendetem Krieg ohne Dienst oder Pfründe dastehen würden, pöppern sie den Feind, weil sie von ihm poppern. Warum sollten die Wachposten den Markgrafen von Pescara töten, wo sie doch von ihm lebten?[36] Schließlich gibt es den

35 So der Geschichtsschreiber Paolo Giovio von den Indios, beim Anblick des berittenen Cortés. – Der Zwitter Chiron: ein Gegenbild zum berittenen Soldaten.

36 Wahrscheinlich die Episode vom Tag nach der Schlacht bei Pavia (24. Februar 1525; vgl. S. 707, Anm. 55): Da man ihnen den Sold schuldet, bedrängen Söldner Karls V. ihren eigenen Befehlshaber, Fernando de Ávalos, Markgraf von Pescara, der mit Mühe davonkommt (vgl. die Schilderung bei Jean Giono, *Le désastre de Pavie*, 1963, S. 225). Doch wollte Gracián sagen, sie hätten ihn töten sollen?

Kriegstrommler, und der versteht sich meisterhaft auf dergleichen. Somit werdet ihr erleben, dass der Krieg, der, wenn wir unsere Barren nur ins Treffen führen, wenn wir unser Barrenspiel nur gehörig schütteln[37], nach einem Jahr zu Ende sein könnte, zwölf Jahre dauert, und er würde ewig währen, hätten sich nicht heute Glück und Fähigkeit zusammengefunden in der Gestalt des Markgrafen von Mortara.[38] Dasselbe empfinden alle bei jenem dort, der angeritten kommt, *a caballo,* um allem ein Ende zu machen, *acaballo.*[39] Dessen Aufgabe, ja Pflicht ist es, aus Schlimmem Gutes zu machen; aber er stellt es so grundverkehrt an, dass er aus Gutem Schlimmes macht und aus Schlimmem noch Schlimmeres. Er führt erklärtermaßen Krieg gegen das Leben und gegen den Tod, als ihrer beider Feind, denn er will die Menschen weder schlecht tot noch gut lebendig, er will sie übel dran haben, und das ist ein ganz übles Mittelding. Um selbst zu essen zu haben, richtet er es so ein, dass die anderen nicht essen dürfen; er wird fett, während sie darben; solange sie in seinen Händen sind, dürfen sie nicht essen, und entkommen sie ihnen, was selten geschieht, so bleibt ihnen nichts mehr zu beißen. Diese Leute leben also herrlich, die andern kläglich. Somit sind sie schlimmer als die Henker, setzen diese doch alles daran, keinen leiden zu lassen, und machen jedem, der da strampelt und hampelt, mit freundlicher Miene, *con lindo aire,* durch raschen Entzug der Luft, ebenfalls *aire,* den Garaus. Jene aber wirken mit allem Eifer dahin, dass der Kranke leidet und sterbend dahinlebt oder lebend dahinstirbt; und so versorgen sie nur die, von denen sie gut honoriert werden, und zwar im Vorhinein pauschal. Und es gilt festzuhalten: je mehr *doctores,* desto mehr *dolores.* Solches sagt zwar der allgemeine Unwille über sie, doch macht es sich die übliche Verleumdung wohl zu leicht, denn für mich steht fest, über den Arzt kann gar keiner reden, weder gut noch schlecht: nicht bevor er sich ihm in die Hände gibt, denn da fehlt

37 *Barren:* Schrägbalken im aragonesischen Wappen; *Barrenspiel:* Kriegsspiel.
38 *Mortara:* Ab 1650 Vizekönig von Katalonien; die Kämpfe zwischen Spanien und Frankreich um die aufständische Provinz Katalonien dauerten mit Unterbrechungen von 1640 bis 1652.
39 Übliche Schreibweise für *acabarlo.*

ihm noch die Erfahrung, und nachher erst recht nicht, denn da fehlt ihm bereits das Leben. Seid euch indessen bewusst: Ich spreche nicht vom Leibesarzt, sondern vom Moralarzt, vom Arzt für Gemeinwesen und Sittenheilkunde, denn, anstatt pflichtgemäß Gebrechen und Unpässlichkeiten abzuhelfen, bewahrt und mehrt er diese noch und macht, was Hilfe sein sollte, zu einem Geschäft.«

»Woran mag es liegen«, fragte Andrenio, »dass wir keinen einzigen anständigen Menschen vorübergehen sehen?«

»Diese«, bedeutete ihm Chiron bereitwillig, »gehen deswegen nicht vorüber, weil sie ewig währen. Ihr Ruf erhält sich unvergänglich. Man findet ihrer wenige, und diese leben sehr zurückgezogen. Die Kunde von ihnen dringt zu uns wie vom Einhorn in Arabien oder dem Phönix in seinem Orient. Indessen, solltet ihr einen solchen suchen, so forscht nach Kardinal Sandoval in Toledo, nach dem Grafen von Lemos, Statthalter von Aragón, nach Erzherzog Leopold, Statthalter von Flandern. Und wollt ihr die Unbescholtenheit, die Geradheit, die Wahrhaftigkeit und alles Gute in einer Person finden, so fragt nach Don Luis de Haro, an dem zentralen Ort, an dem zu stehen er verdient.«[40]

Das staunende Betrachten dieser vorüberfliehenden Ungeheuerlichkeiten hatte den höchsten Punkt erreicht, als Andrenio in einer äußersten Anmutung, Augen und Stimme zum Himmel erhebend, in ein Lamento ausbrach, als hätte er die Engel dort oben singen hören:

»Aber was ist mir!«, rief er aus. »Mir schwirrt der Kopf. Das kommt davon, wenn man zwischen so viel Kopflosigkeit einhergeht! Das muss ansteckend wirken: Selbst der Himmel scheint mir jetzt in Unordnung geraten und die Zeit verkehrt herum. Ich frage die Herren: Ist es Tag oder ist es Nacht? Nur bitte: keine Ansichten äußern, das macht die Verwirrung noch größer.«

»Gemach«, sagte Chiron. »Nicht am Himmel ist das Übel, es

40 *Graf von Lemos:* vgl. S. 7, Anm. 1. – *Leopold:* zweiter Sohn Kaiser Ferdinands II., spanischer Statthalter der Niederlande von 1646 bis 1656. – *Don Luis Méndez de Haro:* Neffe – und Gegner – von Premierminister Olivares, ab 1643 dessen Nachfolger und enger Vertrauter Philipps IV.

Abb. 3: VERKEHRTE WELT. Anonymer Stich des 17. Jhs.

ist am Boden, nicht am *cielo,* sondern am *suelo:* Ist doch die Welt verkehrt nicht nur in Bezug auf den Raum, sondern auch auf die Zeit.[41] Schon haben die Menschen die Nacht zum Tage gemacht und den Tag zur Nacht; manch einer steht auf, wenn er sich niederlegen sollte, und manch eine verlässt das Haus mit der Venus und kehrt wieder, wenn Aurora über ihr lacht. Und das Tollste ist, dass diejenigen, welche so verkehrt leben, sich auch noch für die vornehmsten und klügsten Leute halten. Es heißt allerdings auch, wer Nachttieren gleich herumschleicht, der lebt den Tag über viehisch dahin.«[42]

»Somit«, sagte Critilo, »haben wir uns stets zur guten Nachtzeit verabschiedet, *a buenas noches,* aber auch *blindlings, aufs Geratewohl;* doch mir war es nicht unlieb, denn es gibt ja nichts mehr zu sehen.«

»Dass sie das *mundus* nennen!«, empörte sich Andrenio. »Selbst der Name lügt; umgekehrt wird ein Schuh daraus: *inmundus* soll es heißen, unsauber und unsinnig in jedem Betracht.«[43]

»Einstmals«, erwiderte Chiron, »stand der Welt der Name gut an und konnte wahrhaftig ihre Definition sein, als nämlich Gott es so wollte und sie wohlgeordnet entließ.«

»Woher aber kam ihr dann solche Unordnung?«, fragte Andrenio. »Wer hat ihr das Oberste zuunterst gekehrt, wie wir es heute sehen?«

»Dazu wäre viel zu sagen«, antwortete Chiron. »Weidlich wird dies von den Weisen verurteilt und von den Philosophen beklagt. Die einen versichern, Fortuna bringe, weil blind und überdies verrückt, sie jeden Tag ganz durcheinander, lasse nichts am Ort und in der Zeit. Andere sagen, an jenem Unglückstage, als der Sturz Luzifers, des leuchtenden Morgensterns, erfolgte, habe dies der Welt einen solchen Stoß versetzt, dass sie aus den Angeln gehoben und

41 *Verkehrt:* Zwar ist die Thematik der *verkehrten Welt* über das ganze Werk verteilt, doch in dieser Krisis besonders konzentriert, nun aber gerade nicht mehr eingegrenzt auf Saturnalien, Narrenfeste und Karneval wie in der Tradition. – Siehe Abb. 3, S. 108.

42 *Die Nacht zum Tage gemacht:* Die Nachtschwärmerei vor allem des Adels wurde zu dieser Zeit viel beklagt.

43 Vgl. Anm. 1 dieser Krisis.

ihr das Oberste zuunterst gekehrt wurde. Es fehlt auch nicht an Stimmen, die geben alle Schuld dem Weibe, nennen es den Weltenkobold, der alles übereinander purzeln lässt. Ich aber sage, wo Menschen sind, da braucht man nicht nach anderen Ursachen zu suchen: Ein einziger genügt, um tausend Welten in Verwirrung zu bringen, und dass er dies nicht vermochte, darüber beklagte sich einst ein gewisser Oberunruhestifter.[44] Ich aber sage: Hätte die göttliche Weisheit es nicht verhütet, dass die Menschen bis zum *primum movens* vorstießen, alles wäre von ihnen bereits verwirrt worden,[45] der Himmel selbst hätte sich tatsächlich verkehrt: Eines Tages würde die Sonne im Westen aufgehen und ostwärts wandern, und Spanien wäre dann unwidersprochen das Haupt der Welt, denn es gäbe niemanden mehr, der mit ihm lebte. Und es ist festzuhalten, dass der Mensch, ein Wesen mit Vernunft, als Erstes, was er tut, diese Vernunft zur Sklavin des tierischen Triebes macht. Daraus entspringen alle sonstigen Ungeheuerlichkeiten, alles geht verkehrt als Folge dieser Grundverkehrung: Tugend verfolgt, Laster verherrlicht; Wahrheit stumm, Lüge dreizüngig; die Weisen ohne Bücher und die Ignoranten mit ganzen Bibliotheken; die Bücher ohne Gelehrte und die Gelehrten ohne Bücher; des Armen Zurückhaltung ist Dummheit, des Mächtigen Dummheit wird gefeiert; die Leben schaffen sollten, töten; die Jungen welken dahin, die Alten blühen auf; das Gerade ist krumm, das Recht gebeugt; und es hat der Mensch einen solchen Grad von Unsinnigkeit erreicht, dass er nicht mehr weiß, welches seine rechte Hand ist, denn das Gute schiebt er nach links, das Wichtige *wirft er über die Schulter*[46], die Tugend tritt er mit Füßen, und statt nach vorne zu gehen, marschiert er rückwärts.«

»Ja, wenn es so steht, wie wir da sehen«, rief Andrenio, »wozu hast du mich dann in die Welt geholt, Critilo? War ich denn nicht

44 Alexander der Große, gemäß Valerius Maximus: Als ein Philosoph zu ihm sagte, es seien unzählige Welten denkbar, rief er aus: »Ach, ich Elender, ich beherrsche nicht einmal eine!« (*Memorabilia* VIII, 14).

45 *Primum movens:* in der antiken Kosmologie die äußerste der konzentrischen Sphären, die, selbst unbewegt, den anderen die Bewegung mitteilt.

46 *Schulter:* vergisst er.

allein viel besser dran? Jetzt ist es so weit mit mir: Ich will wieder zurück in meine Höhle, in die Höhle meines Nichts. Halt ein! Fliehen wollen wir aus solch unerträglicher Wirrsal, ein Pfuhl ist das, keine Welt!«

»Das geht nun nicht mehr«, gab ihm Critilo zur Antwort. »Ach, wie viele würden da umkehren, wenn sie nur könnten! Keine Menschenseele bliebe übrig auf der Welt. Sei dir bewusst, wir steigen die Treppe des Lebens hinauf, und die Stufen der Tage, die wir hinter uns lassen, vergehen in eben dem Augenblick, da wir den Fuß abheben: Es gibt kein Zurück und keinen anderen Ausweg als nach vorne.«

»Wie sollen wir aber dann in einer Welt wie dieser leben können?«, beharrte Andrenio betrübt und trotzig, »und erst recht, wo ich doch so gemacht bin, dass ich nichts schlecht Gemachtes ertrage: Da muss ich doch zerspringen.«

»Aber nein, in vier Tagen hast du dich daran gewöhnt«, meinte Chiron, »und bist wie alle andern.«

»Gewiss nicht. So töricht, so dumm, so gewöhnlich? Ich nicht!«

»Komm her«, sagte Critilo. »Solltest du nicht auch dort hindurchgelangen, wo so viele Weise hindurchgelangt sind, und sei es auch mit viel Hinunterschlucken?«

»Dafür müsste die Welt sehr anders geartet sein.«

»Immer war sie schon, wie sie ist; so werden sie alle vorfinden, und so werden sie alle wieder verlassen. Bedenke: es lebt jemand so Verständiges wie Graf Castrillo und zerspringt auch nicht, jemand so Kluges wie Markgraf Carreto und hält es auch aus.«[47]

»Aber wie machen sie es, dass sie leben können, obwohl sie so klug sind?«

»Wie? Sehen, hören und schweigen.«

»Ich könnte für mich nur sagen: sehen, hören und zerspringen.«

»Der reinste Heraklit!«

47 *Castrillo:* Rektor der Universität Salamanca, Mitglied des Staatsrates und Vizekönig von Neapel. – *Carreto:* Italiener, 1641–1646 Botschafter Kaiser Ferdinands III. in Madrid, trug zum Sturz von Olivares bei.

»Aber hör doch: Hat man denn nie versucht, die Welt zurechtzurücken?«

»Und ob! Die Toren versuchen dies Tag für Tag.«

»Warum Toren?«

»Weil es genau so unmöglich ist, wie Kastilien in Ordnung und Aragón in Unordnung zu bringen. Wer könnte denn verhindern, dass die einen Nepoten und die andern Favoriten haben; dass die Franzosen sich herrschsüchtig aufführen, dass die Engländer so hässlich an der Seele wie schön am Leibe sind, die Spanier hochmütig und die Genuesen etc.?«

»Dann gibt es hier nichts mehr zu sagen. Ich kehre heim in meine Höhle und zu meinen Tieren. Es bleibt nichts anderes übrig!«

»Doch, ich kann dir ein Mittel geben«, sagte Chiron, »so einfach wie zuverlässig. Aber dafür musst du mir in der nächsten Krisis zuhören.«

Siebente Krisis

Der Quell der Täuschungen

Es hatten sämtliche Übel den Menschen zu ihrem gemeinsamen Feind erklärt, und zwar nur deswegen, weil er über Vernunft gebot. Schon sollte es zur Schlacht gegen ihn kommen, da sei jedoch, so wird erzählt, auf dem Felde Zwietracht erschienen, und sie war nicht, wie manche dachten, aus der Hölle, auch nicht, wie andere meinten, aus den Feldherrnzelten gekommen, sondern aus dem Hause der heuchlerischen Ehrsucht.[1] Kaum war sie zur Stelle, da begann sie auch schon ihr Unwesen zu treiben: Sie entfachte einen erbitterten Streit darüber, wer die Vorhut übernehmen durfte, wollte doch kein Laster auf dies Vorrecht verzichten, das sonst nur der Tapferkeit und Tüchtigkeit zusteht. Gefrässigkeit meldete ihren Anspruch an, sie sei des Menschen früheste Leidenschaft, obsiege bereits in der Wiege. Wollust drängte vor, rühmte sich, der mächtigste Trieb zu sein, und zählte ihre Siege her; viele erklärten sich für sie. Habsucht machte geltend, sie sei die Wurzel allen Übels. Hochmut prahlte mit seinem Adel, pochte auf seine himmlische Abkunft[2] und auf seine spezifische Menschlichkeit, alle anderen seien doch tierhaft. Zorn tobte gewaltig. So zankten sie heftig miteinander, und alles geriet in Verwirrung. Da nahm Bosheit das Heft in die Hand und blies ihnen nachdrücklich den Marsch: Vor allem anderen verdonnerte sie sie zur Einigkeit, jenem Die-Reihen-fest-geschlossen, und als sie auf den strittigen Punkt kam, sagte sie:

»Was das Vorausstürmen angeht, so weiß doch jeder, dass es einzig und allein meiner erstgeborenen Tochter Lüge zusteht. Sind da etwa noch Zweifel? Sie ist die Urheberin aller Schlechtigkeit,

1 Im VII. Buch der *Aeneis* kommt Allecto, Verkörperung der Discordia, aus der Hölle.

2 *Himmlische Abkunft:* in Gestalt des gefallenen Engels.

Quell allen Lasters, Mutter der Sünde, allesverpestende Harpyie, alleszerquetschende Python, vielköpfige Hydra, vielförmiger Proteus, Hunderthänder, der mit allen Händen zugleich kämpft, Cacus, der alle und jeden hintergeht, Gebärerin schließlich von König TRUG, jenem machtvollen Herrscher, der alle Welt aufteilt in Betrüger und Betrogene, Tölpel die einen, Arglistige die andern. Es soll daher LUG nun im Verbund mit TRUG den Menschen in seiner arglosen Einfalt überfallen, solange er Kind ist und jung, und sie sollen dabei all ihr Können einsetzen, ihr ganzes Repertorium an Listen, Hinterhalten, Fallen, Ränken, Betrügereien, Übervorteilungen, Verdrehungen, Schwindeleien, Blendwerken, Täuschungen, Gaunereien, Finten, Tücken und jede sonstige Art italienischen Vorgehens.[3] Auf diese Weise gelangen wir, wenn die anderen Laster in geordnetem Zuge folgen, ohne Zweifel früher oder später, in Jugend oder Alter, zum ersehnten Sieg.«[4] –

Wie viel daran doch wahr ist, das sollte sich an dem erweisen, was Critilo und Andrenio widerfuhr, bald nachdem sie sich von dem klugen Chiron verabschiedet hatten, welcher nun, da er sie aus jenem verworrenen Babel, Umschlagplatz aller Welt von Gut in Böse,[5] herausgeführt und auf den geraderen Weg gebracht hatte, umkehrte, um andere zu geleiten. Sie aber schritten auf der einmaligen Reise, ihrer Pilgerlebensreise, weiter voran.

Viel Stärkung fand Andrenio in dem einzigen Mittel, das ihm zu Bewältigung des Lebens verabreicht worden war. Dies bestand darin, die Welt nicht so zu betrachten, wie es alle anderen zu tun pflegen, sondern wie es der hochverständige Graf von Oñate tat[6]: auf die Kehrseite ihres äußeren Scheins hin; und da sie ja verkehrt

3 *Italienisches Vorgehen:* dürfte die Attacke gegen Machiavelli vorwegnehmen, die in dieser Krisis geritten wird (vgl. Anm. 38).

4 Das Aufgebot an Allegorien erinnert an Prudentius' *Psychomachia* (2. Hälfte des 4. Jhs.), mit dem Unterschied, dass die jeweils positiven Kräfte, die in der Seele ringen: *fides, pudicitia, patientia,* hier nicht auftreten.

5 *Umschlagplatz:* Sevilla (vgl. S. 87, Anm. 28).

6 *Oñate:* Botschafter in Savoyen, Wien und Rom, Vizekönig von Neapel; bekleidete bedeutendere Ämter am Madrider Hof; konspirierte gegen Herzog Olivares und Luis de Haro.

einhergeht, sieht, wer so auf sie schaut, richtig und entdeckt in allen Dingen das Gegenteil dessen, was sie vorweisen.

Siehst du einen sich als Weisen aufspielen, so kannst du annehmen, dass er ein Dummkopf ist; den Reichen kannst du getrost als arm an den wahrhaften Gütern ansehen; wer allen gebietet, ist aller Welt Sklave; der Hüne ist kein ganzer Mann, der Dicke hat wenig Substanz; wer sich taub stellt, hört mehr, als ihm lieb ist; wer blitzend dreinblickt, ist blind oder wird es werden; wer viel stänkert, der stinkt doch nur allen;[7] wer viel redet, sagt nichts; wer da lacht, zeigt vor allem die Zähne; wer lästert, verdammt sich selbst; wer in Saus und Braus lebt, wird bald in Graus leben; wer sich nur lustig macht, hat meist etwas zu beichten; wer eine Ware schlecht macht, der will sie erwerben; wer sich einfältig gibt, weiß am meisten; wem nichts fehlt, der fehlt sich selbst; dem Geizhals nützt, was er hat, nicht mehr, als was er nicht hat; je mehr Gründe einer vorbringt, desto weniger hat er; der Beschlagenste ist oftmals der Geschlagenste; das beste Leben führt zum schlimmsten Tod; wer es am meisten liebt, der hasst es;[8] wer dir um den Bart geht, der schlägt dir bald den Schädel ein; wer dich bewirtet, will dich bewerten; die größten Dummheiten stecken gewöhnlich in den gesunden Ansichten; was sehr gerade wirkt, ist oft nur mehrfach krumm; zu viel Gut bekommt dir schlecht; wer Gänge umgeht, muss noch mehr gehen; um *einen* Bissen zu halten, lässt mancher sich hundert entgehen; das Billige kommt oft teuer; wer dich zum Weinen bringt, der liebt dich wahrhaft; und zu guter Letzt: Was einer am meisten zur Schau trägt, das ist er am wenigsten.[9]

In solchen Reden ergingen sie sich, als ein neues absonderliches Gebilde ihr Philosophieren unterbrach. Sie verwunderten sich freilich nicht mehr, folgt doch in dieser Welt ein Unding auf

7 *Stinkt: »el que huele mucho huele mal a todos«. »Oler«* – »spotten« und »riechen«. Der Typ der rhetorischen *Antanàklasis,* der »Umbiegung« des Wortsinns unter Ausnützung der Doppelbedeutung.

8 *Der hasst es:* das Leben; Anklang an *Markus* 8, 35: »Wer sein Leben retten will, der wird es verlieren.«

9 Stilisierter Dialog zwischen Critilo und Andrenio, eher zum Monolog Critilos geronnen.

das andere.[10] Es kam eine Karosse auf sie zu, etwas recht Seltenes auf dem trotz aller Geradheit schwierigen Weg; doch war sie so kunstreich gefertigt und vollführte so lockere Schwenkungen und Volten, dass sie über jegliches Hindernis hinwegglitt. Die Schecken, die sie zogen, waren nicht so sehr gescheckt, eher geschickt und geschuppt: Es waren nämlich zwei Schlangen, und der Kutscher ein Fuchs. Critilo erkundigte sich, sie sei doch wohl aus Venedig, doch der Kutscher spielte den Ahnungslosen[11]. Drinnen fuhr ein Zwitter, ja eigentlich mehrere in einem, denn bald war er weiß, bald schwarz; bald jung, bald alt; bald klein, bald groß; bald Mann, bald Frau; bald Person, bald Tier, so dass Critilo sich fragte, ob dies nicht der berühmte Proteus sei. Kaum bei ihnen angelangt, entstieg er dem Gefährt mit noch mehr Höflichkeiten als ein französischer Ordensnovize und hieß sie willkommen mit noch mehr Komplimenten als eine Aragonesin, die sich verabschiedet. Im Namen seines hohen Gebieters bot er ihnen dessen Palast an, wo sie sich einige Tage von der Mühsal einer so beschwerlichen Reise ausruhen sollten. Beide bedankten sich für so viel Gefälligkeit und Zuvorkommenheit und fragten ihn, was das für ein Herr sei, der, ohne dass sie einander kennten, sie so zu Dank verpflichte.[12]

»Es ist«, sagte er, »ein großer Fürst; und erstreckt seine Herrschaft sich auch über das ganze Erdenrund, so hat er doch hier, am Beginn der Welt, an diesem ersten Eintritt ins Leben, seine Metropole. Er ist ein großer König und mit Fug und Recht Monarch; wenige sind es, die ihm keinen Tribut schulden. Sein Reich ist überaus blühend, und abgesehen davon, dass man dort *Waffen und Wissenschaften* schätzt, sollte jeder, der Politik, ihre Methode, ihre Kunst, von der Wurzel aus verstehen will, den Lehrgang an diesem Hofe absolvieren; dort wird man ihm zeigen, welches der kürzeste

10 *Unding: »monstruosidad«.* Gracián gebraucht »Monster« manchmal im ursprünglichen Sinn von »Wunderzeichen«, »unnatürliches Gebilde«, gleichgültig, ob gut oder böse.

11 Die *carrozza* kam im 17. Jh. aus Italien; Venedig – das sie schlechterdings nicht erfinden konnte – steht für *Verschlagenheit.*

12 *Proteus:* Bei Homer (*Odyssee* IV, 385) ein Meergreis, dem später die Fähigkeit zu unbegrenzter Verwandlung zugeschrieben wurde, so bei Vergil (*Georgica* IV, 387) und Ovid (*Metamorphosen* XI, 224).

Weg ist, um in der Welt zu Erfolg und Ansehen zu kommen, wie man sich Leute geneigt macht und Freunde erwirbt; vor allem jedoch, wie man die Dinge ins rechte Licht rückt, was die Kunst aller Künste ist.«

Das reizte Andrenios Verlangen, und daher reizte es ihn nun auch in den Beinen, dorthin zu gehen. Er konnte es gar nicht erwarten, an einen so *politischen* Hof zu gelangen, und von so viel Leutseligkeit eingenommen, sprang er auch schon auf die Karosse und wollte Critilo mitziehen. Doch wenn man sagt, dass der Vorsichtige *auf bleiernen Füßen geht,* so ging dieser geradezu auf goldenen: Er wollte sich erst erkundigen, wie jener Fürst hieß, denn war er wirklich so groß, wie behauptet wurde, dann musste er auch einen großen Namen haben.

»Er hat ihrer viele«, antwortete der Minister und veränderte bei jedem Wort sein Aussehen. »Namen und Abernamen hat er, und auch in jeder Provinz einen eigenen und bei jeder Aktion; doch den wahren, den eigentlichen Namen, den kennen wenige. Denn kaum einer bekommt ihn zu Gesichte, und es kennt ihn schier niemand. Als Fürst hat er große Autorität, gehört er doch nicht zu denen, die es im Lande zu Dutzenden gibt; er übt große Zurückhaltung, bietet sich auch kaum je den Blicken der Menge dar, ja sein hohes Ansehen beruht gerade auf seiner Zurückgezogenheit und Unzugänglichkeit. Ganz wenige kommen nach Jahren in den Genuss seines Anblicks, andere im Leben nicht.«

Darüber hatte er sie auch schon von der geraden Straße abgebracht und auf einen recht winkelzügigen und gewundenen Pfad geführt. Als Critilo dessen gewahr wurde, begann er misstrauisch zu werden, doch schon war es nicht mehr leicht, loszukommen und umzukehren, der Führer versicherte nachdrücklich, dies sei der Weg zum Erfolg, sie sollten ihn unbedingt einhalten, er erbiete sich, ihnen zu Glanz und Ruhm zu verhelfen, im Übrigen würden doch fast alle Passanten hier entlanggehen.

»Dies ist kein guter Weg«, sagte Critilo, »gerade dass er so begangen, so *trivial* ist, macht ihn verdächtig.«

Und er ermahnte Andrenio, auf der Hut zu sein und seine Wachsamkeit zu verdoppeln.

Nun gelangten sie zum großen Brunnen der Erquickung, gepriesen und ersehnt von allen ermatteten Wanderern, berühmt wegen seiner kunstreichen Anlage, die einen Juanelo noch beschämte, und wegen der Beständigkeit, mit der sein Kristall floss.[13] Er stand inmitten einer geräumigen Fläche, die aber noch immer nicht ausreichte für die vielen Leute, die dort zusammenströmten, Linderung heischend für so viel Durst und Mühsal. Ja, bei dieser Gelegenheit sah man ihn dermaßen umlagert von durstigen Passanten, dass es schien, als habe die ganze Welt sich eingefunden. Und wirklich fehlten nur wenige der Sterblichen. Das Wasser sprudelte reichlich aus sieben Röhren, die allerdings nicht aus Gold waren, sondern aus Eisen, ein Umstand, der Critilo nicht entging, umso weniger, als er sah, dass die Brunnenmäuler nicht wie sonst zu Greifen und Löwen, sondern zu Schlangen und Hunden geformt waren. Auch gab es keinerlei Auffangbecken. Es blieb nämlich nicht ein Tropfen übrig, wo man doch sonst so manchen verschwendete. Alle, die davon tranken, versicherten, es sei das Süßeste, was sie im Leben gekostet hätten, und dieser lockfordernde Trank, dazu noch die Ermattung, machten, dass sich alle unaufhörlich gütlich taten, süchtig nach dieser Labung. Für die Leute von Rang, von denen es ja immer einige wenige gibt, standen goldene Kelche bereit, die eine anmutige Nymphe, Schenkmund Babylons, ihnen mit ausgesuchter Artigkeit kredenzte und ihnen dabei die meiste Zeit, wie man sagt, *das Wasser vortanzte,* soll heißen: ihnen schöntat. Dort nun stürzte sich Andrenio, ebenso sehr vom Durst getrieben wie durch die freundliche Aufnahme gelockt, ohne Bedenken auf das Wasser. Doch noch bevor er nippen konnte, rief ihm Critilo zu:

»Halt, warte, schau erst, ob es Wasser ist!«

»Ja, was soll es denn sonst sein?«

»Es kann sehr wohl Gift sein, hier muss man mit allem rechnen.«

13 *Juan Juanelo Turriano:* Brunnenbauer italienischer Herkunft, konstruierte zur Zeit Karls V. in Toledo eine Anlage, mit der das Wasser des Tajo in die Stadt hinaufgepumpt werden konnte. Seine Leistung versetzte ganz Spanien in Erstaunen. Auch Quevedo erwähnt ihn im *Buscón* (II, 1).

»Ich sehe nur Wasser, und sehr klares und liebliches.«

»Das ist ja das Schlimme«, rief Critilo. »Nicht einmal dem klaren Wasser darf man trauen, denn so rein es auch hervorquillt, es verfälscht und verzerrt doch die Dinge und lässt sie größer oder höher erscheinen, als sie in Wahrheit sind. Andere wieder verbirgt es in seinen Tiefen. Einmal lacht es perlend, ein andermal murmelt es lästerlich: Kein Höfling könnte es ärger treiben.«

»Lass mich wenigstens den Mund spülen«, bat Andrenio, »ich bin doch am Verschmachten.«

»Das solltest du nicht tun, noch immer war das Mundspülen die Verlockung zum Trinken.«

»Könnte ich mir nicht wenigstens die Augen waschen und mich von dem Staub säubern, der mir die Sicht nimmt, und von dem Schweiß, der mir die Poren verklebt?«

»Nicht einmal das. Glaub mir und halte dich immer an die Beobachtung, dann liegt das Risiko bei den anderen, und du lernst daraus. Schau genau, welche Wirkung das Wasser bei den Neuankömmlingen hat, sieh sie dir an, bevor sie trinken, und dann erneut, wenn sie getrunken haben.«

Darüber langte ein großer Trupp Wanderer an, die sich alle auf das Wasser stürzten, so hitzig wie unvorsichtig. Doch es genügte, dass sie sich nur ein wenig die Augen benetzten und rieben, und schon ging – kaum glaublich! – mit ihren Augen eine Veränderung vor sich: Die eben noch klar und natürlich waren, wurden glasig in allen möglichen Färbungen. Beim einen so blau, dass alles, was er erblickte, ihm wie Himmel vorkam und ihn verzückte; das war ein rechter Einfaltspinsel, der mit allem selig und zufrieden war. Beim anderen wurden sie weiß und rein wie die Milch selber; alles, was er sah, dünkte ihm gut, er sah keinerlei Trübung, traute niemandem Schlimmes zu, und so übertölpelten sie ihn alle.[14] Er beschönigte und begütigte allenthalben, am meisten, wo es um seine

14 *»Weiß und rein«:* span. *»cándidos«*. Vieles spricht dafür, dass Voltaires *Candide* (1759) – bei allen Unterschieden – ein Abkömmling des *Criticón* ist. Das Verhältnis des *»inexperto«* (Andrenio) zum *»sabio«* (Critilo) ist ähnlich dem des *»naïf«* (Candide) zum *»philosophe«* (Martin). Das *Criticón* stand in Voltaires Bibliothek.

Freunde ging; also ein Mann, noch simpler als ein Pole. Wieder einem anderen wurden sie dagegen gelb wie Galle, wurden zu Schwiegermutter- und Schwägerinnenaugen; überall sah der Betreffende Anlass zu Argwohn und Zweifel, wandte alles zum Ärgsten, und jeder war für ihn böse oder krankhaft. Der hatte nun wirklich mehr Neid und Bosheit als Verstand. Anderen wieder wurden sie grün; die bildeten sich ein, sie würden alles mühelos erreichen. Das waren Streberaugen. Die eifersüchtig Verliebten wurden schier gänzlich blind; der eingeträufelte Trief verklebte ihnen die Lider.[15] Etliche wurden aber auch blutunterlaufen und sahen damit aus wie kalabresische Banditen. Seltsamerweise bekamen manche davon auch gute Augen, aber schlechten Blick: Das mussten Neider sein.

Die Augen der Leute veränderten sich nicht allein nach ihrer Beschaffenheit, sondern auch nach Zahl und Gestalt der wahrgenommenen Gegenstände. So nämlich, dass einigen alles groß erschien, insbesondere die eigenen Angelegenheiten: Das war die Art der Kastilier. Anderen erschien alles klein: die ewig Unzufriedenen. Einer war da, dem kam es so vor, als würde alles noch in weiter Ferne liegen, hundert Meilen weit weg, und am meisten aller Gefahren Gefahr, der Tod selbst: Das war der Gedankenlose. Einem anderen schien es dagegen, als sei ihm alles ganz nah, selbst das Unmögliche in Reichweite und leicht zu besorgen: Das musste ein Bittsteller sein, oder auch ein Thronprätendent. Beachtlich war auch der Blick, der vielen zuteil wurde, die da wähnten, es würde ihnen alles zulachen, alle Welt sie mit offenen Armen empfangen: recht nach Art der Kinder. Einer war durch und durch vergnügt, denn er fand alles wunderschön, und der Himmel hing ihm ständig voller Geigen: Das war, so hieß es, entweder ein Portugiese oder ein Enkel von Macías[16]. Und es gab doch wahrhaftig einen Menschen, der sah in allem nur sich selbst, ein alberner Anti-

15 *Trief:* reichlich säuerliche Umschreibung für den über die Augen eintretenden Amor, aber gestützt auf ein Sprichwort.
16 *Macías:* gen. »der Verliebte«, galizischer Troubadour des 14. Jhs., der Legende nach von einem eifersüchtigen Ehemann getötet.

Pheros[17]. Einem anderen wurde der Blick so verdreht, dass er stets sah, was er gar nicht im Blick hatte: Der schielte mit Absicht, dem war der Wille verdreht. Es gab Freundesaugen und Feindesaugen höchst unterschiedlicher Art; Mutteraugen, denen noch die Mistkäfer vorkamen wie Perlen, und Stiefmutteraugen, die ständig den bösen Blick hatten; es gab schwarzgrüne Augen für die Liebhaber des Spanischen, und azurblaue für das Französische.

All diese widernatürlichen Wirkungen rief jenes giftige Nass bereits bei denen hervor, die sich damit nur wuschen. Bei anderen jedoch, die sich auch den Mund damit spülten, bewirkte es noch sehr viel heftigere Entstellungen, verwandelte es doch die Zungen, die vorher aus festem Fleisch gewesen waren, in ganz andere, höchst seltsame Stoffe: Manche wurden zu Feuerzungen, die setzten die Welt in Brand, andere waren plötzlich nur noch fades, verdünntes Geseich, viele wurden zu Windbälgen, die die Köpfe aufbliesen mit Lügen, infamem Gesäusel und Geschmeichel. Etliche, die ganz seiden gewesen waren, verwandelte der Saft in Waschlappen und die samtenen in geriebene. Aus anderen machte er Schnatterzungen ohne jegliche Substanz, die meisten fanden sich unversehens als Stroh wieder und hatten die größte Mühe, etwas Rechtes von sich zu geben. Vielen Frauen raubte er völlig die Zunge, aber deswegen noch lange nicht die Sprache, denn waren sie auch zungenlos, so hatten sie noch immer eine lose Zunge.

Einer fing sehr laut zu reden an.

»Das ist ein Spanier«, vermutete Andrenio.

»Nein, das ist nur ein Dünkelhafter«, korrigierte ihn Critilo. »Die am leisesten sprechen sollten, sprechen gemeinhin am lautesten.«

»So ist es«, rief jemand mit einer sehr weibischen Stimme; er schien Franzose, war aber nur eine Zierpuppe.

Ein anderer kam ihm entgegen, dessen Rede war wie *aus dem*

17 Herodot erzählt die misogyne Geschichte von König Pheros (= Pharao), der von seiner Blindheit geheilt werde »mit dem Wasser eines Weibes, das nur mit seinem Manne Umgang gepflegt habe« (*Historien* II, 111).

Munde der Nacht[18], und alle dachten, es sei ein Teutone, doch er selbst sagte:

»Ich bin nur einer von denen, die, um *gelehrt* zu reden, dunkel reden.«[19]

Einer lispelte so stark, dass er dabei mit den Zähnen knirschte, und alle waren sich einig, dass er Andalusier sei, oder Zigeuner.[20] Andere hörten nur sich selber zu: Die redeten am schlechtesten. Höchst aufgeregt fing einer an, die ganze Welt in Unruhe zu versetzen, ohne selbst zu wissen, weshalb; er sagte nur, das sei seine Natur; alle dachten, er sei aus Mallorca, doch es war lediglich ein wild gewordener Barbar. Einer redete unaufhörlich, und keiner hörte ihm zu; man hielt ihn für einen Basken, doch er war es nicht, sondern nur ein Dauerbettler. Ein anderer schließlich hatte ganz und gar die Sprache verloren, versuchte sich durch Zeichen verständlich zu machen, und alle lachten ihn aus.

»Der da«, meinte Critilo, »will zweifellos die Wahrheit sagen, aber bringt's nicht zuwege oder getraut sich nicht.«

Andere klangen sehr heiser und sprachen mit tonloser Stimme.

»Diese«, meinte Critilo, »könnten eigentlich dem Kronrat angehören, sind jedoch nur vom Rat für eigene Angelegenheiten«.

Einige sprachen stark durch die Nase; trotzdem fehlte es nicht an Leuten, die ihren Näseleien Bedeutung beimaßen. Die Neinsager stotterten bedenklich, vor allem aber die Weder-ja-noch-nein-Sager. Viele konnten überhaupt nicht zusammenhängend reden,

18 *»A boca de noche«* – »bei Einbruch der Nacht«; *»hablar entre boca de noche«* – »dunkel, schwer verständlich sprechen« (die »wörtliche« Übersetzung schien hier passender). Quevedo will den Ausdruck, wie so manchen anderen, »verbieten« lassen (vgl. S. 757, Anm. 46).

19 *»Culto«:* Anspielung auf den *Cultismo* (oder *Culteranismo*), Stilrichtung des frühen 17. Jhs., die Wert auf schwer zu entschlüsselnde Anspielungen legte; wichtigster Autor ist der (von Gracián dennoch sehr geschätzte) Luis de Góngora.

20 Seit dem 16. Jh. hatte sich in Andalusien der sog. *ceceo* verbreitet, eine Aussprachegewohnheit, bei der das *s* etwa wie das kastilische *c* gesprochen wird. Die andalusischen Roma (»Zigeuner«, in Spanien *gitanos* genannt, von lat. *aegyptanus* – »ägyptisch«, weil vom 12. Jh. an von Ägypten her eingewandert) hatten diese Gewohnheit übernommen.

auf die Zunge freilich bissen sich nur wenige. Einige glucksten beim Sprechen wie Bottiche, kollernd vor Ärger und noch mehr Ärger erregend. Hochnäsig diese, wichtigtuerisch jene, besonders wenn Betrug anstand. Keiner mithin bewahrte sich seine Stimme angenehm oder wahrhaftig. Keiner mehr, der noch schlicht, gleichmäßig, zusammenhängend und ungekünstelt geredet hätte; alle nörgelten, heuchelten, verleumdeten, logen, trogen, klatschten, lästerten, fluchten und schmähten. Seitdem, so wird versichert, sei den Franzosen verblieben (sie tranken von allen am meisten, allerdings tranken ihnen die Italiener zu), dass sie weder sprechen, wie sie schreiben, noch handeln, wie sie sprechen, weshalb man bei ihnen sehr darauf achten muss, was sie sprechen und schreiben, und von allem das Gegenteil annehmen.

Seine volle Wirksamkeit aber erwies das pestilenzialische Nass bei denen, die davon tranken, denn im gleichen Augenblick, in dem es ihnen in den Schlund floss, verkehrte sich ihr ganzes Innere (ein Jammer, aber wahr!) und wandelte sich dermaßen, dass ihnen nichts von der echten Substanz verblieb, die sie vorher besaßen. Nein, gefüllt waren sie nunmehr mit Luft, ausgestopft mit Häckselschwätz, Spottgeburten, durch und durch Falschheit und Schwindel. Die Herzen vertrockneten zu Kork, ohne den Saft des Menschlichen noch die Kraft der Persönlichkeit. Die Gemüter verhärteten zu Kieseln, das Hirn verfilzte, ohne Einschlag von Menschenverstand; das Blut verwässerte, verlor *color* und *calor,* wurde kühl und steril; die Brust war *de cera* statt *de azero,* wächsern statt stählern; die Sehnen wurden zu Werg, ganz unansehnlich; die Füße wurden bleiern fürs Gute, aber gefiedert fürs Üble;[21] die Hände verpichten, alles blieb an ihnen haften; die Zungen verharzten; die Augen verglasten; alles war Trug und nochmal Trug, alles war eitel.[22]

Bei dem unglückseligen Andrenio tat ein einziger Tropfen, den er schluckte (das Übrige hieß ihn Critilo ausspucken) solche Wirkung, dass er für immer in der Tugend schwankend blieb.

21 *»Plomo«* – »Blei«, *»pluma«* – »Feder«.

22 *Prediger* 1, 2.

»Nun, wie kommt dir das vor?«, fragte Critilo.

»Wie beständig doch die Täuschungen sind, und welch ein Quell der Lügen in der Welt!«

»Aber schau doch, was aus dir geworden wäre, wenn du dich satt getrunken hättest, wie die meisten es tun. Denkst du vielleicht, das hätte wenig zu bedeuten, ein Paar klare Augen, eine wahre Zunge, ein substantieller Mensch, ein Herzog von Osuna, eine Person, die wirklich eine ist, ein Fürst von Condé?«[23]

»Kann es das denn geben!«, wunderte sich Andrenio. »Wer hätte solches erwartet von einem so stillen Wasser!«

»Das stillste ist das schlimmste.«

»Wie heißt dieser Quell?«, fragte er einen um den anderen, und keiner wusste ihm Antwort.

»Er hat keinen Namen«, sagte Proteus, »denn seine Wirkung beruht darauf, dass er unbekannt ist.«

»Dann soll er QUELL DER TÄUSCHUNGEN heißen«, sprach Critilo, »wer einmal daraus trinkt, schluckt hinfort alles, und alles dreht sich ihm um.«[24]

Critilo wollte nun umkehren, aber er konnte es nicht, und Andrenio, angetrunken, wie er war, vermochte es noch weniger, während Proteus zum Vorwärtsgehen drängte und sagte:

»Nur zu, es ist doch besser, töricht zu sein mit allen, als klug mit sich allein.«

Er führte sie weiter des Weges (eher des Abweges) durch anmutige Auen, in denen die Jugend sich *Grün gönnte;* sie wanderten im Kühlen unter laubreichen Bäumen, die jedoch alle *bis ins Mark*

23 *Osuna:* Vizekönig von Neapel, Freund und Beschützer Quevedos, der mit ihm zusammen 1621 in Ungnade fiel. – *Louis II. Condé:* aus der Seitenlinie der Bourbonen; besiegte zwar 1643 die Spanier bei Rocroi, kämpfte jedoch während der Herrschaft Mazarins auf spanischer Seite.

24 QUELL DER TÄUSCHUNGEN: gehört zum Themenkomplex der *Verkehrten Welt* (vgl. S. 109, Anm. 41), insofern die zahlreichen biblischen und theologischen Quellenbilder auf den Kopf gestellt werden: »Quell des Lebens« (*Jeremias* 2, 12; *Psalm* 35, 10), »Quell alles Guten«, »Quell der Wahrheit« (Thomas von Aquin), »Quell aller Gnade« (Bonaventura). Vgl. H. Felten, in: *El Mundo de Gracián,* hrsg. v. S. Neumeister und D. Briesemeister, 1988.

getroffen waren[25], und so blieb ihr Blattwuchs fruchtlos. Bald schon erkannte man die Große Stadt an dem gewöhnlichen Anzeichen menschlichen Hausens, am Rauch, in den alles sich auflöst. Großartig nahm sie sich aus, je ferner, desto mehr. Unglaublich war der Zulauf, denn aus allen Provinzen und zu allen Zeiten drängte alle Welt an diesen Ort, aller Welts Bleibe, dichte Staubwolken aufwirbelnd, die einem die Sicht nahmen. Als sie angelangt waren, mussten sie erkennen: So klar sie sich von draußen ausnahm, so verworren war sie drinnen. Keine Straße, die gerade und geräumig gewesen wäre, Inbegriff des Labyrinths und wahre Minotaurusstätte. Schon hatte Andrenio unbekümmert den Fuß hineingesetzt, da rief ihm Critilo zu:

»Tu erst die Augen auf, die inneren meine ich. Schau aus, damit du weißt, worauf du dich einlässt!«

Er bückte sich zur Erde, und wie er sie etwas aufkratzte, entdeckte er dort Schlingen und Schlangen von tausenderlei Art, sogar welche aus Goldfäden und aus Blondhaar; der ganze Boden war übersät mit verborgenen Fallstricken.

»Gib Acht, wo du hintrittst«, sagte er zu ihm. »Bedenke bei jedem Schritt, wo du den Fuß hinsetzt, und prüfe, ob es trägt. Weiche mir keinen Zoll von der Seite, sonst bist du verloren. Glaube nichts von dem, was man dir sagen, gehe auf nichts ein, worum man dich bitten, tue nichts, was man dir auftragen mag. Und mit diesem Vorsatz bewehrt wollen wir nun die Straße hier gehen, die Schweig-und-Schau-Allee, die Avenida *Schweig und Schau fürs Leben.*«[26]

Es waren alles Häuser von *Offizialen,* Leuten, die in Offizinen tätig waren, und nirgends sah man einen Ackersmann, einen, der

25 *»Darse verdes«* – »sich im Grünen tummeln«, von Pferden gesagt. – *»Descoraçonados«* – »bis ins Innerste aufgesprungen« und »entmutigt«.

26 Graciáns Preisung des Schweigens kann einen Hauch von Trotz und Resignation nie ganz ablegen. Er hat nicht mehr Teil an der »Kultur des Schweigens« früherer Zeiten (vgl. die schöne Arbeit von Volker Roloff, *Reden und Schweigen,* 1973). Aber auch hier fehlt der Sprachwitz nicht: Die Redensart *»vivir para ver«* (frz. *»qui vivra verra«*) wird umgedreht zu *»ver para vivir«*.

nicht zu lügen wusste.[27] Von einer Seite zur anderen flatterten viele Raben, sehr zahm und handsam. Verwundert sah es Andrenio und wollte es als böses Omen nehmen, doch Proteus klärte ihn auf:

»Erschrick nicht. Von diesen üblen Vögeln hat Pythagoras eine akut witzige Albernheit gesagt, in Verfolgung jenes von ihm für wahr gehaltenen Wahns, wonach Gott die Übeltäter in der Weise bestrafe, dass er nach dem Tode ihre Seelen in die Körper von Tieren versetze, denen sie im Leben ähnelten: Die Grausamen kämen in die Tiger, die Hochmütigen in die Löwen, die Unzüchtigen in die Böcke und so weiter mit allen. So sagte er denn, die Seelen der Handwerker, in Sonderheit derjenigen, die uns einkleiden und dabei uns das Fell über die Ohren ziehen, kämen in die Raben; und da sie allzeit gelogen hätten mit ihrem ›Morgen, gnädiger Herr, morgen ganz bestimmt fertig‹, müssten sie nun eben, in Fortsetzung ihres Gesangs, zur Strafe unaufhörlich und lateinisch ihr ›*cras, cras*‹ krächzen, das niemals eintrifft.«

Im innersten Stadtbezirk sahen sie alsdann viele stattliche und prunkvolle Paläste.

»Der erste hier«, sagte man ihnen, noch bevor sie überhaupt gefragt hatten, »gehört Salomo. Dort lebt er verzückt zwischen dreihundert Frauen und weiß nicht, was Himmel und was Hölle ist. In dem dort drüben, der aussieht wie eine Festung, aber in Wahrheit ein baufälliges Gemäuer ist, haust Herkules und webt mit Omphale das Hemd oder besser das Leichenhemd seines Ruhms. Gleich dahinter Sardanapal, angetan mit seiner Schwäche: Die Frauen hatten es ihm angetan. Weiter drüben Mark Anton, der Unselige: Was musste er sich auch von einer Ägypterin – einer Zigeunerin – aus der Hand lesen lassen.[28] In jenem verfallenen Alkazar lebt – nein, lebt nicht, verendet – der Gote Roderich, seit dessen Zeiten die Grafen für Spanien stets verhängnisvoll geworden sind.[29]

27 *Ackersmann:* Man darf aus einem solchen vereinzelten Satz nicht schließen, dass Gracián dem Topos vom korrupten Städter und reinen Landmann angehangen hätte.

28 *Ägypterin:* Kleopatra (vgl. Anm. 20).

29 *Roderich:* letzter König der Westgoten, 711 gegen die Araber gefallen. In der Schlacht kämpfte auf maurischer Seite der Gouverneur von Andalusien, Graf Ju-

Jener andere dort, zur einen Hälfte aus Gold, zur anderen Hälfte aus Kot und mit Menschenblut verknetet, ist die *domus aurea* Neros, des Mannes der Extreme, der mit erstaunlicher Milde begonnen und als ein Ausbund an Grausamkeit geendet hatte. Dort hinten tobt und tost der grausamste der Pedros: In seiner Raserei knirscht er nicht nur mit den Zähnen, sondern mit allen Knochen, die er hat.[30] Die übrigen Paläste dort werden soeben in großer Eile errichtet; noch weiß man nicht, für wen sie bestimmt sind, doch haben viele schon eine Vermutung; gewiss ist einstweilen, dass man sie erbaut für jemand wenig Erbauliches, und Werke sind dies für solche, die keine tun.«

»Diese Seite der Welt ist vollgestopft mit Betrogenen«, sagte ein grün Gekleideter zu ihnen. »Die andere haben die Betrüger inne; sie lachen sich gegenseitig aus, so bleibt am Jahresletzten keiner dem andern etwas schuldig.«

Andrenio bezeigte große Lust, auf die andere Seite überzuwechseln und alles zu sehen, nicht immer nur unter den Betrogenen zu verweilen. Allein sie fanden nur Krämerbuden vor, in denen trübes Licht herrschte. Die einen boten nichts als Stroh und Füllhaar feil, um gefälligen Schein zu erwecken, um Mängel auszugleichen, sogar solche der eigenen Person; die anderen Pappmaché, damit konnte man *Figur* machen. Ein Laden war da, voll mit Fuchsfellen, und man versicherte, die würden höher geschätzt als Zobel. Sie glaubten es gern, als sie dort berühmte Männer ein- und ausgehen sahen wie Themistokles und andere aus neuerer Zeit.[31] Viele kleideten sich in Fuchs in Ermangelung von Löwen-

lian, der Legende nach, um das Verhalten König Roderichs gegenüber seiner Tochter Florinda zu rächen (Stoff zahlreicher Romanzen). Ihm wird die Schuld am Untergang der spanischen Goten zugeschrieben. »Verhängnisvoll« dürfte aber erneut auf den Grafen und Herzog Olivares anspielen, den 1643 gestürzten Ersten Minister Philipps IV.

30 *Pedro:* Peter I., gen. der Grausame, König von Kastilien (1334–1369). Es kommen auch andere Pedros in Frage.

31 *Themistokles:* Plutarch, *Vita Themistoclis,* spricht von der *phronesis* des Themistokles, dem schlauen Geschick des Siegers von Salamis, der sich bei den Persern, die er doch besiegt hatte, hohes Ansehen zu verschaffen wusste.

fellen, die nicht mehr im Angebot waren; die Schlauesten nutzten sie sogar als Unterfutter für ihre Hermeline. In einem Laden sahen sie eine große Menge Augengläser: Die waren dazu gedacht, nicht zu sehen oder nicht gesehen zu werden. Die großen Herren versahen sich reichlich damit, um sie ihren Dienern aufzusetzen und sie mit deren Hilfe ruhig zu halten; die Ehefrauen kauften die Brillen für ihre Grillen oder für ihre Männer, wenn sie ihnen etwas anderes aufsetzen wollten. Es gab auch welche zum Vergrößern und zum Vervielfältigen, mithin für Alte und für Junge, für Männer und für Frauen, Letztere waren die teuersten.[32] Sie stießen auch auf ein Geschäft mit Korkabsätzen: Damit sollte man leichter *Person* werden können. Tatsächlich machten sich viele damit größer und schienen mehr, als sie waren, und doch blieben ihre Grundlagen weiterhin dünn und dürftig. Besonders angetan war Andrenio von einem Handschuhladen.

»Welch große Erfindung, diese Handschuhe!«, sagte er; »sie schützen bei jeder Witterung, und manche bekommen dadurch Gelegenheit, sie den ganzen Tag lang an- und auszuziehen.«

»Vor allem«, ergänzte Critilo, »damit die Leute mit geringem Aufwand guten Geruch verbreiten, was auf andere Art viel mehr kostet, manchmal die Haare vom Kopf.«[33]

»Was ihr so denkt!«, rief der Handschuhmacher. »Wenn ihr gesagt hättet, sie dienten dazu, die Krallen an den Fingern zu verhüllen und dass man einem nicht so auf die Finger schauen kann, das ja! Manche gehen damit sogar zum Jagen.«

»Wie denn das?«, fragte Critilo zurück, »wo doch das Sprichwort das Gegenteil sagt: *Katze mit Schuh lässt Mäuse in Ruh.*«

»Davon macht nur kein Aufhebens, mein Herr, es lügen doch selbst die Sprichwörter, oder man straft sie Lügen.[34] Ich kann nur

32 Für die Felle ebenso wie die Brillen schöpft Gracián – stets verkürzend und verdichtend – aus den satirischen Schriften von Traiano Boccalini, besonders dem ersten der *Ragguagli di Parnaso* (1613). Vgl. auch den »Weltmarkt« in Krisis I, 13.

33 Handschuhe wurden mit Ambra parfümiert (bei den Soldaten, die viel mit Getöteten umzugehen hatten, auch aus hygienischen Gründen).

34 Vgl. die »Sprichwörterkritik« in III, 6, S. 757, Anm. 46.

sagen, heutzutage gibt man mehr für ein Paar Handschuhe aus als früher für ein Kleid.«[35]

»Gebt mir nur einmal einen«, sagte Critilo, »ich will ihn niemandem hinwerfen, aber gerne jemandem *zurechtsetzen.*«[36]

Nachdem sie die Straße der Heuchelei, den Boulevard der Prachtentfaltung und die Blendwerkgasse durchschritten hatten, gelangten sie auch schon auf die Plaza Mayor, die ebenso Platz des Palastes war, damit er auch recht im Mittelpunkt stünde. Er war zwar weitläufig, doch nicht gut proportioniert, auch nicht geradkantig, vielmehr gänzlich schief und verwinkelt, ohne Perspektive und Ebenmaß. Alle seine Tore waren Scheintore, keines stand wirklich offen; viele Türme, mehr als in Babylon, und sehr hoch geblasen; die Fenster allerdings in fröhlichem Grün, eine Farbe, die viel verspricht und wenig hält. Hier lebte – oder hier ruhte – jener ebenso große wie verborgene Monarch, der gerade in diesen Tagen sehr vergnügt einigen Festen beiwohnte, die dazu aufgeboten waren, das Volk einzulullen und ihm keine Zeit zum Nachdenken über Bedeutsames zu lassen. Der Fürst sah hinter einer Jalousie stehend zu, ein unumstößliches Zeremoniell, besonders an diesem Tag, da einige Taschenspielereien vorgeführt wurden, ausgeklügelte Finten, die sehr nach seinem Geist und Geschmack waren, nämlich ganz und gar auf Übertölpelung aus.

Man hatte den Platz zu einem großen Schaugehege für den Pöbel gemacht, Fliegenschwarm dem Gesumme nach und auch darin, dass er sich auf dem Unrat der Sitten niederlässt und sich mästet am Faulen und Ekligen der moralischen Schwären. Unter solch *mechanischem*[37] Beifallklatschen stieg jemand zu einem höheren Platz empor (mit viel Unbekümmertheit und wenig Berechtigung, wie bei allen, die in der Öffentlichkeit emporsteigen), und es war ein äußerst zungenfertiger Schwindler, welcher nach einer wortreichen Ansprache beachtliche Zauberpossen vorführte, mit denen er die ganze Zuschauermenge nasführte. Unter seinen be-

35 *Handschuhe:* Der Luxus bei Handschuhen ist aus dieser Zeit vielfach bezeugt. *»Dar para guantes«* bedeutet aber auch »bestechen«.

36 In der Bedeutung: »züchtigen«.

37 *»Mecánico«* bedeutete im 17. Jh. auch »niedrig«, »vulgär«.

achtlichen Schnurrpfeifereien war auch diese: Er hieß sie die Mäuler aufsperren und versicherte, er werde ihnen Zuckerzeug hineinstecken, und sie schluckten alles hinunter; dann aber schob er ihnen widerliche Sachen hinterdrein, fürchterlichen Unrat, zu ihrem großen Verdruss und zum Gelächter der Umstehenden. Derselbe Scharlatan tat so, als würde er ganz weiche, weiße Watte verzehren, und als er den Mund wieder öffnete, stieß er dichten Rauch hervor, Feuer noch und noch, dass es einen schauderte. Ein andermal schluckte er Papier und zog sich alsbald lauter Seidenschnüre aus dem Rachen: schimmernde Bänder des Ruhms, und alles war Trug, wie gewöhnlich.

Andrenio fand höchstes Gefallen daran und lobte alles überschwänglich.

»Was?«, rief Critilo, »du willst dich also auch an diesen Foppereien ergötzen und nicht zwischen falsch und echt unterscheiden? Was glaubst du denn, wer dieser famose Lügner ist? Das ist ein windiger Politiker, genannt Machiavell, der möchte den Ahnungslosen seine sauberen Grundsätze eintrichtern.[38] Siehst du nicht, wie gierig sie die schlucken, wie ihnen alles löblich und wahrhaftig vorkommt? Und prüft man sie näher, so sind sie nichts als überzuckerter Unflat, Laster und Sünde, nicht Staatsräson, nein Stallräson! Es hat den Anschein, als trüge er Einfalt auf den Lippen und Redlichkeit auf der Zunge, und doch strahlt er höllisches Feuer aus, das die Sitten versengt und die Gemeinwesen in Brand setzt. Was da aussieht wie Seidenbänder, das sind die *politischen* Gesetze, womit er der Tugend die Hände bindet und sie dem Laster lockert. Was er da murmelnd wiederkäut, ist das Papier des Buches, das er veröffentlicht, lauter Falschheit und Schein, womit er die Vielen und die Faulen betört. Glaub mir, bei ihm ist alles Trug. Besser, wir entziehen uns seinem Garn.«

Doch Andrenio bestand darauf, die für den andern Tag angepriesene Lustbarkeit zu erleben.

38 Sehr bald nach dem Erscheinen des *Fürsten* im Jahre 1532 setzte die Verfemung des Autors Machiavelli ein. Nichtsdestoweniger hat die Denkweise des Florentiners in Graciáns Schriften mannigfache Spuren hinterlassen.

Noch war der Morgen kaum angebrochen (doch richtig hell wird es dort nie), als schon der ganze Platz von Menschen wimmelte, obzwar man genauso gut sagen konnte: von Personen keine Spur. Das Fest war eine Farce mit vielerlei Maschinerie und Schaugepränge, gewaltiges Spektakel inmitten dieses großen Allerwelttheaters. Unter den Ersten, die sich einfanden, waren Andrenio und Critilo, der eine um sich zu vergnügen, der andere um zu lernen. Anstelle der Musik – kleiner Salat, Appetitanreger, Vorgericht für den Geschmack – gab es Blechnapfgeschepper zu hören: Alltagssuppenfleisch mit sauren Mienen;[39] statt abgestimmter Instrumente und wohlklingender Stimmen gab es Katzenjammer. Nach diesem Teil der Aufführung (er war eher zum Abführen) trat ein Kerlchen auf, eines, das eben anfing, Mann zu sein. An seinem abgerissenen Zustand merkte man gleich, dass es ein Fremder war. Kaum hatte er sich die Tränen getrocknet, da trat mit großen Gesten eine Dame von Welt auf ihn zu und hieß ihn unter Freundschaftsbeteuerungen willkommen. Sie bot ihm großzügig an, was immer der andere sich im fremden Lande nur wünschen mochte (und die Dame im eigenen nie erfüllen konnte), und dies mit einem solchen Schwall von Worten, dass der Fremde sich gleich auch Hoffnung auf Taten machte. Als Erstes lud sie ihn in ihr Haus ein, das dort auf der einen Seite zu sehen war und mehr *trompe-l'œil* enthielt als Realitäten. Sie überhäufte ihn mit Gala-Gewändern, denn dessen bedurfte ja der halb nackte Mann am dringendsten; und sie tat es obendrein so unglaublich flink und gerissen, dass sie ihm, was sie mit der einen Hand gegeben hatte, mit der andern gleich wieder nahm. Sie verpasste ihm einen diamantenbesetzten Hut, und sogleich kam von irgendwo her jemand und angelte ihm irgendwie, vor Höflichkeit triefend, den Hut wieder vom Kopf; ebenso legten sie ihm eine *capa* um und machten ihn dann zum Kapaun.[40] Man überreichte ihm einen kostbaren Stein, unterschob

39 *»Pucheros«:* 1. »Kochtöpfe«; 2. »Eintopf» (aus Kichererbsen, Speck, Rindfleisch etc.); 3. »alltägliche Kost«; 4. *»hacer pucheros«:* »das Gesicht verziehen«.
40 *»lo dejaron gentilhombre«.* Die *capa* machte ihn zwar zum Edelmann, doch dann war er nur noch *»con su cuerpo gentil«* – nackt und bloß.

ihm jedoch alsogleich einen falschen: eine schlimme Steinigung. Man hängte ihm ein prächtiges Gewand um, doch als er es anfasste, war es ein Bahrtuch: So ließ man ihn hängen. Und dies zum Gelächter der Umstehenden, ergötzen sich doch alle gern an des anderen Täuschung. Da ihnen der Sinn für die eigene abging, merkten sie überhaupt nicht, dass, während sie verzückt zusahen, was dem anderen geschah, man ihnen die Beutel entwendete, ja bisweilen gar die *capas.* Und so standen am Ende Gaffer und Begaffter alle gleich da, nackt auf der Straße, nackt auf der Erde.

Indes erschien noch eine andere Schmeichlerin, menschlicher zwar, und doch vom selben Schlage wie die erste. Sie schien guten Geschmack zu haben und ermunterte den kleinen Fremden, sich doch auf den seinen einzulassen. In der Tat ließ sie das Mahl von demjenigen bestreiten, über den sich bekanntlich nicht streiten lässt. Man trug viele *platos,* Gerichte auf, obwohl die meisten ja *simplatos* essen, die tellerlosen Gerichte der Simplen; man trug Stühle herzu, und in dem Augenblick, da der Gast sich auf einen setzen wollte (so gesetzt hätte er das nicht tun sollen), bog der sich unter ihm aufs schönste; der Mann glitt zu Boden, und das Publikum fuhr in die Höhe vor Lachen. Mitleidig eilte eine andere, jugendkräftige Frau herbei, half ihm auf und hieß ihn sich auf ihren rundlichen Arm stützen; so hätte er sich ans Essen machen können, wären nicht auch alle Speisen falsch gewesen, denn als er die Bescherung aufdeckte, fand sich nur mehr Echo darin, den Braten konnte er raten, dem Schinken gerade noch winken; die Rebhühner waren Windhühner, ganz roh und nichts daran. Beim Stürzen hatte er den Salzstreuer zerbrochen, so war es nichts mehr mit Würzen, nur die Bestürzung blieb zurück. Was aus Blütenmehl schien, das Brot, war Brett, kaum ein wenig Kleie fand sich darin. Die Früchte, aus Sodom, fruchteten nichts.[41] Man reichte ihm einen Krug, doch durch die enge Tülle schlürfte er mehr Wind als Wein. Neckereien ersetzten die Leckereien.

Als das Bankett im schönsten Gange war, erschlaffte die falsche Stütze oder ließ sich erschlaffen (es war eben ein Weib, weich

41 *Sodom:* Ursprungsort der Sodomie, d. h. der Homosexualität.

und wendisch), ließ ihn fallen und zählte, während er hinabrollte, sämtliche Stufen, und zwar rückwärts, bis er unten ankam und im Schmutz lag. Keiner, so viele ihrer dabeistanden, ließ sich herbei, ihm beizuspringen. Er blickte nach allen Seiten, ob sich jemand seiner erbarme, und sah in der Nähe eine weißhaarige Alte; die bat er, weil sie, wie ihr reifes Alter es erhoffen ließ, wohl keine Spottdrossel war, sie möge ihm doch die Hand geben. Sie schlug ihm die Bitte nicht ab, ja wollte ihn sogar auf den Rücken nehmen. Das tat sie denn auch beflissen, indessen war es bei ihr so, dass sie hinkte, wenn sie einmal nicht flog, und im übrigen war sie nicht minder falsch als die anderen. Nach wenigen Schritten bereits richtete sie es so ein, dass sie über ihre eigene Krücke ins Stolpern geriet, und zwar genau neben einer mit Blumen und Grün getarnten Falle. Es war dies ein Hauptvergnügen der Lustbarkeit. Dort ließ sie ihn hineinfallen, nicht ohne ihm vorher noch flugs wegzunehmen, was ihm an Habe verblieben war. Dort versank er, und es war nie wieder etwas von ihm zu sehen oder zu hören, auch das Gedenken an ihn ging unter im rohen Gelächter jener *mechanischen* Schaubühne.[42] Andrenio klatschte fröhlich mit allen zusammen in die Hände und ergötzte sich an den Späßen der einen und an der Blödheit des andern. Als er sich aber nach Critilo umdrehte, da sah er, dass dieser nicht nur die allgemeine Heiterkeit nicht teilte, sondern dass er schluchzte.

»Was ist mit dir?«, fragte Andrenio. »Musst du denn immer das Gegenteil von dem tun, was die anderen machen? Wenn die anderen weinen, dann lachst du, und wenn alle fröhlich sind, dann grämst du dich.«

»So ist es nun einmal«, gab Critilo zur Antwort. »Für mich war dies kein Fest, sondern Trauer; Qual, kein Sport. Und wenn du so weit kämest zu verstehen, was dies alles bedeutet, ich versichere dir, du würdest in mein Klagen einstimmen.«

»Aber was soll es denn bedeuten?«, fragte Andrenio dagegen. »Es war doch nur ein Dummkopf, der, weil er fremd war, sich allen anvertraut hat und von allen gefoppt wurde. Hat er das nicht ver-

42 Vgl. Anm. 37.

dient mit seinem törichten Leichtsinn? Da lache ich doch lieber mit Demokrit, als mit Heraklit zu weinen.«[43]

»Und sag mir, du«, entgegnete ihm Critilo, »wenn du der wärest, über den du hier lachst, was würdest du dann sagen?«

»Ich, wieso denn das? Wie kann ich denn er sein, wo ich doch hier bin, gesund und munter, und nicht so dumm?«

»Das ist der Täuschungen größte. Wisse denn: Dieser unselige Fremdling ist jedermann, und jeder von uns ist er. Bei seinem Auftritt auf diesem Jammertheater weint er; alsbald wiegt und singt man ihn mit allerlei Gaukelbildern ein; nackt tritt er auf, und nackt tritt er wieder ab, nichts nimmt er mit, so schäbig waren die Herren, denen er diente.[44] Empfangen wird er von jener großen Täuscherin, der WELT; die verspricht viel und hält nichts; was sie ihm gibt, nimmt sie anderen weg; mit der einen Hand hält sie's ihm hin, mit der andern zieht sie's zurück, und alles endet in nichts. Jene andere, die ihn zum Mahle lädt, ist die LUST[45], ebenso unstet im Genuss wie unausweichlich im Verdruss; ihre Speise ist ohne Nährstoff, ihr Trank ist betörendes Gift. Im besten Augenblick fehlt das Fundament der Wahrheit, und alles geht zu Boden. Herbei eilt GESUNDHEIT, die umso mehr lügt, je mehr sie versichert. Die ihm zusetzen, sind die KRANKHEITEN; den Schabernack treiben die GEBRECHEN; die Schreie bringen die SCHMERZEN, allesamt FORTUNAS üble Schergen. Die Alte schließlich, die das Unheil voll macht, in Unehren ergraut, das ist die ZEIT, sie stellt ihm ein Bein und befördert ihn ins Grab, wo er allein bleibt, tot, nackt und vergessen. So treibt nun, wenn man es recht betrachtet, alles mit dem elendigen Menschen Schindluder: Welt betrügt ihn, Leben belügt ihn, Glück verhöhnt ihn, Gesundheit verlässt ihn, Jugend verstreicht ihm, Gut entweicht ihm, Krankheit verfolgt ihn, Jahre, sie fliehen ihn, Freuden, sie meiden ihn, die Zeit eilt dahin,

43 Vgl. S. 84, Anm. 22.

44 *Prediger* 5, 14: »Wie er nackt ist von seiner Mutter Leibe gekommen, so fährt er wieder hin, wie er gekommen ist, und nimmt nichts mit sich von seiner Arbeit in seiner Hand, wenn er hinfährt.«

45 EL GUSTO. Wegen des grammatischen Geschlechts mussten EL MUNDO, EL GUSTO und EL TIEMPO im Deutschen zu weiblichen Allegorien werden.

das Leben geht zu Ende, der Tod kommt ihn holen, das Grab, es schluckt ihn, die Erde bedeckt ihn, die Fäule zersetzt ihn, Vergessen löst alles auf. Und der gestern noch Mensch war, heute ist er schon Staub und morgen nichts mehr.[46] – Aber wie lange sollen wir hier eigentlich verloren herumstehen und die kostbare Zeit verlieren? Kehren wir zurück auf unseren geraden Weg, denn hier haben wir offensichtlich nichts anderes zu erwarten als Trug und abermals Trug.«

Andrenio aber, verhext von der Eitelkeit, hatte sich große Gunst im Palast zu verschaffen gewusst. Er ging dort ein und aus und hatte seine Sinne völlig an die phantastische Größe eines Königs verloren, dem auch die allermindeste Wirklichkeit und Wahrheit abging; je verwirrter er war, desto vernarrter wurde er. Die Gunstbeweise bekam er gegen klingende Münze, sogar die Zusicherung des Gedenkens, und so malte er sich ein außergewöhnliches Glück aus. Er reichte inständige Bittgesuche ein, vor den König gelassen zu werden und ihm die Füße küssen zu dürfen, dabei hatte der nicht einmal welche. Man sagte es ihm zu für eines schönen Tages; doch alle Tage waren schön, und dieser kam nie.

Erneut setzte ihm Critilo auseinander, wie gut sie daran täten weiterzureisen. Lange musste er reden und drängen; schließlich war er, wenn schon nicht überzeugt, so doch verärgert von so vielen »Ganz gewiss!« ohne jede Gewissheit. Schon waren sie am Tore, entschlossen, die Stadt zu verlassen, da stießen sie – o fortgesetztes Unheil! – auf Wachen, die zwar jeden herein –, aber niemanden hinausließen. So mussten sie denn umkehren, Critilo bekümmert ob ihres Missgeschicks, Andrenio verärgert über seine Verärge-

46 *Nichts:* nach dem Schlussvers eines berühmten *Carpe-diem*-Sonetts Góngoras (*Mientras por competir con tu cabello,* Nr. 228, von Gracián in *Agudeza* 29 zitiert), das zum Genuss der Schönheit auffordert, bevor sie zergeht »in Erde, in Rauch, in Staub, in Schatten, in nichts«. Sor Juana Inés de la Cruz wird ihr Selbstporträt *A su retrato* mit derselben Formel (die sich an die Aschermittwochsliturgie anlehnt) beschließen: »Es cadáver, es polvo, es sombra, es nada« (*Retrato,* von Jorge Luis Borges in seinem Gedicht *Yo* nachgeahmt). – Die »Weltenbühne« dieser Krisis ist ein *Gran teatro del mundo* in satirischem Tonfall, in schneidendem Kontrast zum »Großen Welttheater« der 2. Krisis (vgl. S. 25, Anm. 1).

rung. Er nahm die törichten Bittgesuche wieder auf, verkehrte beständig im Palast und bekam zwar für jeden neuen Tag eine neue Ausflucht zu hören, doch nie Erfüllung und auch nie Aufklärung. Critilo sann unablässig, wie er ihn von seinem Wahne heilen könnte. Auf welch ungewöhnliche Weise ihm dies gelang, davon soll indessen später die Rede sein. Erst einmal ist von den Wundern der berühmten Artemia zu berichten.

Achte Krisis

Die Wunder der Artemia

Guten Mut gegen das unbeständige Glück, gutes Naturell gegen das strenge Gesetz, gute Kunst gegen die unvollkommene Natur und guten Verstand für alles! Es ist die Kunst Ergänzung der Natur und ein anderes, zweites Sein, das Natur gewaltig verschönt, ja sie sogar noch in ihren Werken zu übertreffen trachtet. Es gilt viel, der ersten Welt eine zweite, künstliche hinzugefügt zu haben; für gewöhnlich macht sie die Fehlgriffe der Natur wett, verbessert sie in allem: Ohne die Nachhilfe des *artificium,* des kunstreichen Tuns, bliebe Natur roh und und unbehauen.[1] Dies war gewisslich des Menschen Obliegenheit im Paradies, als ihn der Schöpfer mit der Obhut über die ganze Welt betraute und ihn in sie setzte, damit er sie kultivierte, und das meint: mit Kunst zurechtmachte und schliff. Somit ist die Kunst die *Gala* des Natürlichen, sein Festgewand, und verleiht seiner Schlichtheit Glanz; stets wirkt sie Wunder. Und wenn selbst Ödland durch sie zu Eden wird, was wird dann nicht aus Geist und Gemüt, wenn erst einmal die schönen Künste ihre Ausbildung übernehmen? Zum Beweise diene die römische Jugend und – näher liegend – unser Andrenio, mag er auch derzeit noch so verblendet an jenem Hof der Wirrungen stecken und Critilo sich in Sorgen um seine Befreiung ergehen. Mit welch glücklichem Erfolg, werden wir sehen. –

Es war dereinst eine große Königin, gepriesen ob ihrer wunderbaren Taten, Grenznachbarin jenes ersten Königs und demzufolge so sehr mit ihm verfeindet, dass sie die meiste Zeit in offener und blutiger Fehde miteinander lagen. Sie nannte sich – brauchte sie doch ihren Namen ebenso wenig zu verleugnen wie ihre Taten –

1 *Artificium:* in Anlehnung an einen Satz des griechischen Arztes Galenos (2. Jh. n. Chr.), in seiner lateinischen Form: »*Ars naturam adjuvat.*«

die weise, des Urteilens fähige ARTEMIA[2], hoch gerühmt zu allen Zeiten ob ihrer vielen einzigartigen Leistungen. Gleichwohl man auch recht unterschiedlich von ihr sprach, denn wenn die Verständigen (allen voran der ebenso kampf- wie urteilsstarke Herzog von Infantado[3]) so von ihr denken, wie sie es verdient, so geht gemeinhin die Rede, sie sei eine mächtige Zauberin mit rechter Hexenkraft, wenn schon eher erstaunlich als erschreckend. Indessen das Gegenteil der Circe, verwandelt sie doch nicht die Menschen in Tiere, sondern umgekehrt die Tiere in Menschen. Die Personen wurden von ihr nicht verzaubert, sondern im Gegenteil entzaubert.

Aus hirnlosen Tieren machte sie vernünftige Menschenwesen. Es gab Leute, die versicherten, sie hätten gesehen, wie ein dummer Esel ihr Haus betrat und es nach vier Tagen schon, zur Person umgeschaffen, wieder verließ. Aus einem Maulwurf einen Luchs zu machen, war ihr ein Leichtes; auch Raben verwandelte sie, was schon schwieriger war, in reine Täubchen, ebenso wie sie Hasen als Löwen erscheinen ließ und Falken[4] als Adler; ein Uhu wurde durch sie zum Stieglitz. Man übergab ihr eine Mähre, und als sie aus ihren Händen hervorkam, fehlte ihr nichts als die Sprache; sie soll wahrhaftig Tieren das Reden beigebracht haben, ja noch mehr: das Schweigen, was nun wirklich kein geringes Unterfangen war.

Sie verlieh den Standbildern Leben und den Gemälden Seele; jede Art von Figuren und Figürchen schuf sie um zu Personen mit Substanz. Und was noch mehr erstaunte, die Flederwische,[5] Schellenbuben und Wedelschwänze wandelte sie zu gewichtigen, zielbewussten Leuten, dem Naseweis hauchte sie Ernst ein, aus Wichten machte sie Giganten, Kinderei wurde durch sie zu reifem Benehmen, aus einem Spaßvogel gestaltete sie einen strengen Cato, einen

2 ARTEMIA: von »ars« abgeleitete Bildung Graciáns (mit Artemis, der scheuen Jagd- und Mondgöttin, hat sie inhaltlich nichts gemeinsam).

3 *Infantado:* Rodrigo Díaz de Vivar, siebter Herzog von Infantado, ein Nachfahre des Cid, dem Gracián wahrscheinlich 1646 während der Entsetzung von Lérida begegnete; später Vizekönig von Sizilien.

4 *Falken: »tagarotes«,* was auch »verarmte, hagere Adlige« bedeutet.

5 *Flederwisch: »titibilicio«,* ein hübsches lautmalerisches Wort, das bis auf Plautus' Komödie *Casina* zurückgeht.

Winzling ließ sie derart gedeihen, dass in wenigen Tagen ein Typhon daraus wurde.[6] Selbst Hampelmänner, Marionetten und Gliederpuppen verwandelte sie in Männer von Wert und Tiefe, wie es KLUGHEIT in Person nicht besser vermocht hätte. Manch völlig Blinder fand sich als Argus wieder, und sie richtete es so ein, dass die mit dem Balken im Auge ihn nicht mehr immer als Letzte sahen. Gaukelmänner, Strohpuppen und Popanze nähte sie zu wahren Menschen um. Den verderblichen Vipern entzog sie nicht nur das Gift, sondern machte auch gleich noch sehr heilsamen Theriak daraus.[7]

An den Personen führte sie ihr Vermögen umso eindrucksvoller vor, je größer die Schwierigkeit war, hauchte sie doch auch den Unfähigsten noch einige Fertigkeiten ein, so dass schier auf der Welt kein ganz Untauglicher mehr zurückblieb, es sei denn ein paar vorsätzlich Böswillige. Nicht nur verlieh sie den Throninhabern Gedächtnis, sie verhalf auch den Erfolglosen zur Einsicht; aus einem offenkundigen Narren machte sie einen Seneca, aus Nachbars Sohn einen Staatsmann; aus einem Schwachmatikus einen Generalkapitän, so tapfer wie der Herzog von Alburquerque[8], aus einem Rappelkopf einen hervorragenden Vizekönig, sogar einen von Neapel[9]; aus einem Pygmäen einen westindischen Riesen;[10] aus ein paar furchtbaren Monstern machte sie Engel, etwas, das die Frauen sehr schätzen.

Man sah mehrfach, wie sie aus einer Brache mit einem Schlag einen Lustgarten schuf und wie Büsche noch da anschlugen, wo Ruten nichts verschlagen hatten.[11] Wo immer sie den Fuß hinsetzte,

6 *Typhon:* der dampfende Riese unter dem Ätna.

7 *Theriak:* Gegengift.

8 *Alburquerque:* Heerführer. Zwar verlor er die Schlacht von Rocroi (1643) gegen die Franzosen, wurde aber dennoch Vizekönig von Peru, von Mexiko und von Sizilien.

9 *Vizekönig von Neapel:* wahrscheinlich Graf Osuna (vgl. S. 124, Anm. 23), der in seiner Jugend mehrfach kräftig über die Stränge geschlagen hatte.

10 *Riesen:* Auf der Insel Curaçao soll es solche gegeben haben.

11 *Ruten: »vara«* – »Amtsstab« des spanischen Alkalden, Zeichen seiner Züchtigungsgewalt.

schuf sie sogleich Hof und Stadt, ein Florenz an Gepflegtheit; auch ein Rom im Triumph zu errichten war ihr nicht unmöglich.

Von dieser Art und Größe erzählte man sich von ihr nicht enden wollende, staunenswerte Dinge. Die Kunde davon erreichte Critilo, der selbst in tiefster Hoffnungslosigkeit noch ein waches Ohr hatte. Er erkundigte sich bis ins Kleinste, wer diese Artemia war, wo und wie sie herrschte, und es wurde ihm rasch klar, dass nur sie würde Abhilfe schaffen können. Andrenio konnte er weder durch Bitten noch Vernunftgründe dazu bringen, mit ihm zu gehen. So fasste er denn, nachdem er über dem Fall eine schlaflose Nacht verbracht hatte, den Entschluss zu fliehen; und dies erwies sich als weniger schwierig, als er gedacht hatte, denn in diesen Dingen kann, wer nur will. Er setzte sich – einziges Mittel – über alles hinweg und sprang durch die Pforte *Werde-dir-klar*, die jeder findet, der nur die Augen aufmacht. Schließlich ging er glücklich und zufrieden daraus hervor und machte sich – frei nunmehr – auf den Weg zum Hof der ersehnten Artemia, um sie um Rat anzugehen wegen der Auslösung seines Freundes, der ihm stets quer im Herzen lag, umso mehr, je mehr er sich von ihm entfernte.

Unterwegs traf er viele, die auch dorthin gingen, manche aus Neugier, andere – die klügeren – um der Artemia selbst willen. Alle wussten sie von wunderbaren Dingen und Fällen zu erzählen, *cosas* und *casos:* dass sie Löwen zähme und sie mit zwei ins Ohr geflüsterten Worten freundlich und geduldig mache; dass sie Schlangen entzaubere und sie geradeaus gehen lehre; dass sie den Blick der Basilisken aushalte und ihnen die *niñas,* die Augensterne wegnehme, damit sie, die den *niñas,* den Mägdelein gehören, niemanden mehr töten: nicht durch ihren Blick und nicht durch ihren Anblick. Allesamt recht zuträgliche und beachtliche Dinge.

»Das ist alles noch nichts«, sagte einer, »in Anbetracht dessen, dass sie sogar die Sirenen bewältigt und in Matronen verwandelt hat, Wölfinnen in Turteltauben;[12] und das Größte, was man sich überhaupt vorstellen kann: aus einer *bestialischen* Venus hat sie eine *vestalische* Jungfrau gemacht.«

12 *Wölfinnen:* »Prostituierte«; *Turteltauben:* »treue Witwen«.

»Meiner Treu, das ist was Großes«, sagten alle.

Nun erhob sich vor ihren Augen der kunstreiche Palast, alles andere weit überragend, und da er an so hoch gelegener Stelle stand, ließ sie das Wasser aus den Flüssen emporsteigen, zwang es mit Macht und Geschick zum Gehorsam, beispielgebend in ihrem Einfallsreichtum für jenen berühmten Architekten, der einen *Einschnitt* in den Tajo selbst vornahm, um das kristallene Nass abzuleiten.[13] Er war ganz und gar von Blumengärten umgeben, duftenden Wundern, dort waren ja alle Dornen Rosen, und die Mirabilien, sonst so schnell verwelkt, blühten ein ganzes Jahr; noch die Ulmen trugen Äpfel[14] und der Weißdorn Trauben; aus den sprödesten Rinden quoll Saft, ja Nektar, und die Birnen, in Aragón schwer verdaulich, hier wuchsen sie schon am Baume kandiert.[15] Auf den Teichen gab es Schwanengesang zu jeder Zeit, was Critilo höchst erstaunlich vorkam, sind die Schwäne doch anderwärts so stumm, dass auch in der Stunde des Todes, zu der es gemeinhin heißt, sie sängen, niemand sich findet, der sie gehört hätte.

»Das rührt daher«, so sagte man ihm, »dass sie, so weiß und rein, wie sie sind, nur die Wahrheit singen können; und da diese so ungern gehört wird, haben sie den Entschluss gefasst, stumm zu bleiben; nur in der Todesstunde, da singen sie, vom Gewissen bedrängt oder weil nichts mehr zu verlieren ist, ihre Wahrheit hinaus.

13 Juanelo (vgl. S. 118, Anm. 13). *»Tajo«* bedeutet »Einschnitt«.

14 *Äpfel:* mit Bezug auf das Sprichwort *»pedir peras al olmo«* – »Äpfel von der Ulme verlangen« (= das Unmögliche).

15 *Birnen:* wahrscheinlich Anspielung von *»peros«* auf Antonio Pérez, Sekretär Philipps II. (erster moderner »Staatssekretär«, 1534–1611), der verdächtigt wurde, den Sieger von Lepanto, Don Juan de Austria, herausgefordert zu haben, indem er 1578 dessen Sekretär Escobedo ermorden ließ (einige Historiker sind der Ansicht, der Mord sei auf Befehl Philipps II. erfolgt). 1591 in Madrid inhaftiert, floh er nach Zaragoza, wo seine neuerliche Verhaftung als Missachtung der aragonesischen *Fueros* empfunden wurde und einen Volksaufstand auslöste, den Madrid blutig niederschlug (Gracián übergeht dies, auch die Hinrichtung des Oberrichters Lanuza); er konnte sich nach Frankreich retten, gab in seiner 1594 in London erschienenen, brillanten Rechtfertigungsschrift *Relaciones* Hofgeheimnisse preis, beschuldigte u. a. Philipp II. des Mordes an Escobedo, der ihm selbst zur Last gelegt worden war. Julián Juderías sieht in dieser Schrift den Beginn der antispanischen *leyenda negra* (in seinem viel diskutierten Buch *La leyenda negra,* 1914, S. 278).

Und so heißt es denn auch, der und der Prediger oder Minister habe deutlich gesprochen, der Sekretär Soundso manche Wahrheit herausgelassen, das und das Kronratsmitglied sein Inneres enthüllt – allesamt, als es ans Sterben ging.«

Am Tore stand ein Löwe, den hatte sie in das zahmste Schaf verwandelt, und einen Tiger in ein Lamm. Auf den Balkonen saßen viele Spaßvögel, in Unterhaltung begriffen, wobei die Papageien gerne Gesprächsfetzen aufgriffen, die Drosseln freilich über den Spott mit ihrem Namen verdrossen waren.[16] Weder kratzten die Katzen in ihrer Bedrängnis, noch geiferten die Bullenbeißer in ihrer Wut, vielmehr erkannten sie ergeben ihre große Gebieterin an und leckten ihr die edlen Fußsohlen. Am Eingang erwarteten sie viele schön geschmückte Mädchen, auch wenn es nur *mechanische* waren und auf den unteren Stufen der Treppe standen; andere, höher und *liberal,*[17] führten Critilo empor und geleiteten ihn artig in die Offizin, in der die äußerst verständige ARTEMIA, assistiert von hervorragenden Männern (deren jedem sein Platz von dem großen Beurteiler des Hervorragenden angewiesen wurde, von Don Vicencio de Lastanosa[18]), soeben damit beschäftigt war, aus etlichen Holzklötzen *Personen* zu machen. Ihre Züge zeugten von großer Umsicht, ihre Augen blickten durchdringend; ihre Rede war sehr gemessen und dennoch gefällig; vor allem aber hatte sie unbeschreibliche Hände, die allem, worauf sie ruhten, Leben verliehen; alles an ihr war feingliedrig, anmutig und wohlproportioniert, mit einem Wort von sehr guter Kunst.

16 *Drossel: »tordo«,* nach Silbenvertauschung: *»dotor«* (schon bei Góngora).

17 In der antiken und mittelalterlichen Einteilung der *artes* (Lehrfächer) waren *artes mechanicae* die Handwerkskünste (einschließlich Malerei und Bildhauerei), *artes liberales* (nach Seneca die eines freien Mannes würdigen, nicht dem Broterwerb dienenden Künste) Grammatik, Rhetorik, Dialektik (»Trivium«) und Arithmetik, Geometrie, Musik, Astronomie (»Quadrivium«).

18 *Lastanosa:* Der große Freund und Mäzen Graciáns (1607–1684), der ihm von 1637 an bis zu dessen Tod sein Haus, seine Bibliothek und seine reichen Sammlungen in Huesca öffnete und sich in jeder Hinsicht für ihn einsetzte. Er besorgte die Veröffentlichung sämtlicher früheren Schriften Graciáns: *El Héroe* 1637, *El Político* 1640, *El Discreto* 1646 (vgl. dort Kap.18), *Oráculo Manual* 1647 und *Agudeza y arte de ingenio* 1648 (vgl. dort Kap. 57) und begleitete das *Criticón* über seine gesamte Entstehungszeit hin. Vgl. vor allem II, 2, S. 329, Anm. 33.

Sie empfing Critilo mit einnehmender Aufgeschlossenheit und rühmte ihn höchlich ob seines Geistes, auf den sie aus seinem Äußeren schloss; sie fügte hinzu, mit Recht heiße das Gesicht auf spanisch *haz,* weil es recht eigentlich aussagt, was es tut, *haze,* und auf lateinisch *facies,* nämlich, was du tun wirst, *facies.*[19] Critilo trat heran, um ihr seinen Gruß zu entbieten, erfreut über so willkommenen Gunsterweis. Sie war verwundert, dass ein so *diskreter* Mann allein kam,[20] sogar sehr allein, die Unterhaltung als Sache der Verständigen müsse doch viel Grazie haben, viel von den Grazien, die seien aber doch drei, nicht mehr und nicht weniger. Woraufhin Critilo die Träne aus dem Herzen quoll:

»Gerade so viel«, erwiderte er, »sind auch wir für gewöhnlich: ein Gefährte, den ich lassen musste, weil er so lässig ist, und jeweils aus der Gegend, durch die wir kommen, noch ein dritter, der sich zu uns gesellt, uns manchmal führt, manchmal aber auch verführt, wie jetzt;[21] deshalb nämlich komme ich zu dir, du große Retterin im Unheil, und erflehe deine Gunst und deinen Beistand, um jenes andere Ich zu befreien, das in Banden schmachtet und nicht weiß, wie und durch wen.«

»Wenn du aber nicht weißt, wo du ihn gelassen hast, wie sollen wir ihn finden?«

»Hier zähle ich auf deine Wunderkraft«, antwortete er, »denn er weilt eben am Hofe – ich möchte schwören, das ist sein Untergang! –, am Hofe eines berühmten Königs, der indessen keinen Namen hat, der mächtig ist, weil universal, und einzig, weil niemandem erkennbar, vielleicht auch, weil jedermann unerkenntlich.«

»Genügt, Anliegen verstanden!«, winkte sie ab (eine sehr beachtliche Gunst). »Er hält sich mit Sicherheit im Babylon – Hof ist das nicht – meines Erzfeindes FALIMUNDO auf.[22] Dort geht doch

19 Selbstverständlich isidorianische Etymologien.

20 *Diskret:* in der alten Bedeutung von »klug«, »urteilsfähig«.

21 *Dritter:* Mit aller wünschenswerten Deutlichkeit unterstreicht Gracián den nicht nur gegensätzlichen, sondern wechselhaften Charakter der Führerfiguren, denen *Critilandrenio* folgt (vgl. S. 89, Anm. 3 und S. 907, Anm. 6).

22 FALIMUNDO: aus lat *»fallere«* – »täuschen« und *»mundo«.*

die ganze Welt ein, und alle enden dort, weil sie nicht ans Ende denken. Doch guten Mut im bösen Spiel: Uns soll schon etwas einfallen gegen König TÜCKE!«

Sie ließ einen ihrer fähigsten Minister rufen, zu dem sie vollstes Vertrauen hatte, ein Mann, der anscheinend nicht nur rasch, sondern auch bereitwillig herbeieilte, der glänzend geeignet und noch dazu offen und ehrlich war. Dem vertraute sie die Angelegenheit an. Critilo unterrichtete ihn genau über das Geschehene, ARTEMIA über das, was zu geschehen hatte. In eins damit händigte sie ihm einen Spiegel aus lauterstem Kristall aus, das edle Werk eines der Sieben Griechen, und setzte ihm Handhabung und Wirkung auseinander.[23] Der ließ es an Geschick nicht mangeln: Er kleidete sich nach dem Brauch jenes Landes, in die gleiche Livree wie FALIMUNDOS Diener, nämlich mit viel Falten und Doppelungen, Unterfutter und Gegenfutter, mit Bäuschen, Taschen, Besätzen, gepolsterten und geschlitzten Oberschenkelhosen und der *capa* darüber, um alles zu bemänteln.[24] So ausstaffiert brach er schleunig auf, um die Order auszuführen.

Critilo verblieb wohl zufrieden und wohl gelitten am Hofe der ARTEMIA, sein Aufenthalt war für ihn sehr unterhaltsam und überdies förderlich, sah er sie doch Tag für Tag größere Wunder wirken; sah etwa, wie sie einen plumpen Bauerntölpel in einen galanten Hofmann verwandelte, was doch schier unmöglich schien; wie aus einem Bergburschen sie einen Edelmann machte, und auch dies war eine große Leistung der Kunst; nicht minder, dass aus einem Basken ein wortgewandter Sekretär wurde.[25] Sie verwandelte groben Barchent in Samt, ja in Felbel; die kärgliche Soutane eines Studiosus in den Purpur der Eminenz und eine Kappe in eine Mitra. Wer in einem Landstrich Knecht war, konnte in einem andern Gebieter werden, bisweilen auf der ganzen Welt, es war ja

23 *Sieben Griechen:* Der Spiegel der Selbsterkenntnis gemäß Chilon, aus den Sinnbildern der Sieben Weisen. Vgl. Alciati, *Dicta septem sapientium* (Henkel/Schöne 1291). – Siehe Abb. 4, S. 145.

24 Die barocke Mode am Hofe Philipps IV.

25 *Basken:* Weil treu und bieder, wurden die Basken gerne als Sekretäre genommen; nur waren sie sehr einsilbig und hatten ihre Not mit dem Kastilischen.

Abb. 4: DICTA SEPTEM SAPIENTIUM. Alciati, EMBLEMATA, 1550.

ein Schweinehirt zum Völkerhirten geworden,[26] und auf weite Entfernung war ihre Wirkung eher noch stärker: Ein Reiterbube war zu Bethlen Gábor, ein Lakai zum Tenno aufgestiegen.[27] Auch aus alten Zeiten erzählt man Gewaltiges von ihr: So sei ein Hirtenspieß zum Zepter geworden und aus einem Schreiberling ein Cäsar.[28] Selbst die Gesichter veredelte sie so, dass sie über Nacht nicht wiederzuerkennen waren, indem sie mit den Ansichten auch das Aussehen von schlecht zu gut, von gut zu besser wandelte. Aus Leichtfüßen wurden ernsthafte Leute, aus Schwächlingen Charaktere. Auch war es so, dass sie sämtliche körperlichen Mängel behob: Sie verhalf manchem zu Schultern, war für andere Hand und Fuß, lieh Augen, Zähne oder Haar; und damit nicht genug, besserte sie auch Herzen aus und nahm dafür aus den Eingeweiden,[29] samt und sonders Wunder ihrer Kunst. Am allermeisten aber versetzte Critilo in Erstaunen, wie sie einen Pfahl oder Klotz zwischen die Hände nahm und ihn so lange hobelte und schliff, bis ein Mann daraus wurde, der sprach, und zwar so, dass es auch anzuhören war, der schließlich so auftrat, dass er als *Person* gelten konnte.[30]

Doch lassen wir jetzt Critilo in so guter Gesellschaft und folgen wir ein Weilchen dem klugen Alten, der auf der Suche nach Andrenio zum Hofe des berüchtigten Königs FALIMUNDO unterwegs ist.[31]

Dort dauerten die Bacchanalien an. Die Masken standen höher

26 Wahrscheinlich ist Sixtus V. gemeint, Papst von 1585 bis 1590.
27 *Bethlen Gábor:* 1620–1621 König von Ungarn. – *Tenno:* wohl Anspielung auf Taikosama oder Toyotomi Hideyoschi, der allerdings nicht Kaiser war, sondern 1582 vom japanischen Kaiser mit höchster Machtvollkommenheit ausgestattet wurde. Vgl. *Der kluge Weltmann,* hrsg. S. Neumeister, Kap. 18, Anm. 10.
28 *Hirtenspieß:* Legende vom Gotenkönig Wamba. – Von den römischen Kaisern waren mehrere von ganz unten aufgestiegen.
29 In Abwandlung des Sprichworts: »*hazer de tripas corazón*« – »innerlich feige den starken Mann markieren«.
30 Von sprechenden und wandelnden Maschinen war schon bei Albertus Magnus die Rede; dem Architekten Juanelo (vgl. S. 118, Anm. 13) schrieb man solche zu, auch Descartes sprach im *Discours de la méthode* davon. Graciáns sprechender Klotz ist natürlich mechanisch *und* moralisch zu verstehen.
31 Ein Beispiel für die »Suspensionstechnik« nach Ariost (vgl. S. 12, Anm. 11).

im Kurs als selbst in Barcelona; es gab nicht Mann und nicht Weib, die nicht mit der ihren erschienen wären, und doch waren alles erborgte. Sämtliche Arten waren zu erblicken, nicht nur Teufelei und Mutwille, sondern auch Heiligkeit und Wohlanständigkeit, womit man manchen Einfältigen täuschte, während die Klügeren zu verstehen gaben, man könne sie getrost abnehmen. Bemerkenswert, dass ein jeder fremde, ja entgegengesetzte Masken überzog, ging doch der Fuchs als Lamm, die Schlange als Täubchen, der Wucherer als Almosenspender, *ramera,* die Hure, als Betschwester, stets auf *romerías*, auf Pilgerschaft, der Ehebrecher als Hausfreund, die Kupplerin als Gesundbeterin, der Wolf als Hungerkünstler, die Katze mit einem auf römisch gezwirbelten Schnurrbart und entsprechenden Gesten,[32] der Löwe als Schäfchen, der Esel aber als Löwe, solange er nicht brüllen musste, der tollwütige Hund als Lachender, indem er die Zähne fletschte[33] – und allesamt als Fopper und Gaukler.

Der Alte begann seine Suche nach Andrenio dort im Zickzack der Sackgassen und Durchkreuzwege, die Straßen kaum zu nennen sind; und obwohl Andrenio doch so persönliche Züge trug, war er bereits so entstellt, dass selbst Critilo ihn nicht erkannt hätte. Seine Augen waren schon nicht mehr klar und offen wie bisher, sondern stark getrübt und nahezu blind, richten doch FALIMUNDOS Helfershelfer ihr Augenmerk darauf, den Augen das Merken abzugewöhnen; schon redete er nicht mehr mit seiner eigenen Stimme, sondern mit einer fremden; schon hörte er nicht mehr richtig, und mit allem, was ihn umstand, stand es schlecht um ihn. Wenn denn von einem Tag zum andern jemand schon von einem zu einem andern werden kann, wie sehr dann erst in jenem Lügenhauptquartier! Dennoch gelang es dem Alten unter Aufbietung all seines Scharfsinns und Ausnützung sämtlicher Winke von Zeit und Zufall, ihn ausfindig zu machen. Und zwar fand er ihn

32 Wahrscheinlich Dieberei.

33 Im Original ein subtiles (nicht eindeutiges) Wortspiel: »*de risa por tener falda*« – der Hund ging lachend, weil er einen Rock hat (weil *la risa*, das Lachen, weiblich ist), außerdem weil er eine *falda,* ein Stück weiches Fleisch, hat.

aus, eines Tages, wie er deren viele damit verbrachte, anderen dabei zuzuschauen, wie sie ihr Vermögen verbrachten, und ihr Gewissen obendrein. Es fand eine große Partie *Pelota* statt, der Welt eigenstes Vergnügen und Zeitvertreib, und so spielte man in ihrer Hauptstraße mit zwei ausgesprochen gegensätzlichen Mannschaften, waren die einen Spieler doch weiß und die andern schwarz, die einen lang, die andern kurz, die einen arm, die andern reich, allesamt aber so geschickt, als würden sie die ganze Zeit nichts anderes treiben. Gespielt wurde mit Windspielbällen, so groß wie Menschenköpfe, welche von einem Ballwart durch die Augen und Ohren mit Wind gefüllt wurden, so waren sie gehörig hohl und aufgeblasen.[34] Aufgefangen wurden sie von demjenigen, der sie auch auf den Platz und ans Licht gebracht hatte, und während er verkündete, er werde in vollem Ernste spielen (ist doch alles Spaß und alles Spiel), schoss er hurtig und wuchtig den Ball durch die Lüfte; ein anderer gab ihn zurück, ohne ihm einen Augenblick Ruhe zu lassen; alle schlugen ihn mit beachtlichem Geschick von sich weg, denn das verhieß ihnen Gewinn; bald flog er so hoch, dass man ihn aus den Augen verlor, bald so tief, dass er zwischen Kot und Kehricht am Boden rollte; der eine versetzte ihm Fußtritte, der andere teilte Schläge mit der Hand aus, die meisten jedoch traktierten ihn mit etwas, das aussah wie eine Zunge und doch ein Schlagholz war; abwechselnd war er bei denen oben und bei denen unten, machte viel Auf und Ab mit. Einer, der gewann, schrie: *Fünfzehn,* und so war es denn auch, denn mit fünfzehn gewinnt gemeinhin das Laster, und die Tugend verliert. Ein anderer rief: *Dreißig,* und er hielt das Spiel für gewonnen, doch wissen kann man das in diesem Alter kaum. Dergestalt trieben sie ihr Spiel mit dem Ball, bis er zu Boden fiel und zerplatzte, woraufhin alle noch auf ihm herumtraten. Dahin musste es mit ihm kommen, einige verdienten sogar noch an ihm, alle aber kamen auf ihre Kosten.

»Mir scheint«, meinte Andrenio, während er sich an den wandte, der nach ihm suchte, »dies sind alles Köpfe von Menschen.«

34 *»Pelota de viento«* hieß eine Sorte Ball und das Spiel damit.

»Und ob sie das sind!«, antwortete der Alte, »und einer davon ist deiner; Köpfe von kopflosen Menschen, sage ich, mit mehr Wind als Verstand darin; bei anderen sind's Stopfbälge, voller Lug und Trug. Es füllt sie die Welt mit ihrem eitlen Treiben, für Kurzes fliegen sie zu denen oben, den Wonnen und den Lüsten, und sogleich wirft man sie ins andere Feld, zu Plagen und zu Lasten, den Übeln aller Art, nach unten; in seinem Elend ist der Mensch bald bei den einen, bald bei den andern, bald erniedrigt, bald erhöht; alle stoßen ihn von sich und werfen ihn umher, bis er zerplatzt und zerfetzt unter Hacke und Schaufel zu Schmutz und Fäule ins Grab fällt.«

»Wer bist du, dass du so viel siehst?«

»Wer bist du, dass du so blind bist?«

Nach und nach fand er Eingang bei ihm, er suchte seinen *Willen* zu gewinnen, um seinen Verstand zu erreichen. Andrenio offenbarte ihm seine Hoffnungen und wie viel Aussicht auf Geltung man ihm machte. Als es dem Alten an der Zeit schien, sagte er zu ihm:

»Sei versichert, auf diesem Wege kommst du nie dazu, den König zu sehen, geschweige denn, mit ihm zu reden; du hängst ab von seinem Willen, er aber wird nie wollen, denn ihm behagt das Sein im Nichterkanntsein. Die List, zu der seine Diener greifen, um ihn dir auch ja zu zeigen, ist, dich zu blenden; sieh doch, wie wenig du siehst! Machen wir's so: Was gibst du mir, wenn ich ihn dir noch heute zeige?«

»Machst du dich lustig?«

»Nein, ich meine es immer ehrlich. Ich will nichts anderes von dir, als dass du ihn genau anschaust, wenn ich ihn dir zeige.«

»Damit willst du ja nur, was ich so sehr will.«

Zur vereinbarten Zeit fanden beide sich pünktlich ein, der eine, weil brennend vor Neugier, der andere, weil eben verlässlich. Und als Andrenio schon glaubte, er würde nun auf geheimen Wegen oder dank guter Beziehungen ins Schloss gebracht, sah er sich aus der Stadt hinaus- und immer weiter weggeführt. Er wollte umkehren, denn das schien ihm ein noch größerer Betrug als alle früheren. Der KLUGE aber hielt ihn zurück und sagte:

»Versteh doch: Was man nicht vor Augen bekommen kann, das

kann man auf Umwegen erlangen. Lass uns die Anhöhe dort ersteigen, denn von höherer Warte aus entdecken wir, das weiß ich, vieles.«

Sie stiegen auf die Höhe, die gerade gegenüber von FALIMUNDOS Fenstern steil abfiel. Als sie dort standen, sagte Andrenio:

»Mir scheint wahrhaftig, ich sehe viel mehr als zuvor.«

Das freute den Begleiter sehr, bestand doch seine ganze Heilkunst im Sehen- und Erkennenlassen. Andrenio sah sich die Augen aus, wie er zum Schloss hinübersah, ob er irgendetwas Greifbares erspähen könnte, jedoch umsonst: Die Fenster hatten entweder dicke Jalousien oder Spiegelglas.

»So geht es nicht«, sagte der Alte, »sondern anders herum, mit dem Rücken zu ihnen, denn die Dinge der Welt muss man sämtlich verkehrt herum betrachten, um sie richtig zu sehen.«

Dabei holte er den Spiegel aus dem Gewand, wickelte ihn aus dem Zindelstoff und hielt ihn Andrenio hin, während er ihn gleichzeitig auf die Schlossfenster hinter ihm richtete.[35]

»Jetzt schau«, rief er Andrenio zu, »sieh genau hin und sieh zu, dass du siehst, was du sehen willst.«

O Unerhörtes, Ungeschautes! Über dem, was er da erblickte, geriet Andrenio so sehr in Angst und Entsetzen, dass er nahezu die Besinnung verlor.

»Was ist dir? Was siehst du?«, rief der Alte.

»Was ich wohl sehe! Was ich weder wünschte noch glauben mag. Ich sehe ein Ungeheuer, das furchtbarste, das ich mein Lebtag sah, es hat keine Füße und keinen Kopf. Was für ein Unding, ohne jedes Ebenmaß! Kein Teil passt zum andern, nichts stimmt an ihm überein! Was für abscheuliche Hände es hat, und jede anders, zwischen Klaue und Flosse! Und einen Wolfsrachen, finster wie die Nacht: Wie soll man darin Wahrheit sehen! Damit verglichen ist die Chimäre eine Kinderpuppe: was für ein Aggregat von Monstrositäten! Weg damit, nimm ihn mir weg, sonst sterb ich vor Angst!«

35 Reminiszenz an den Spiegel, den Perseus von Minerva erhielt, um die Medusa anschauen zu können, ohne ihrem direkten Anblick ausgesetzt zu sein.

Doch der kluge Gefährte gab noch nicht nach:

»Halte mir Wort, achte auf dieses Gesicht, das auf den ersten Blick wahrhaftig erscheint und doch von keinem Menschen, sondern von einem Fuchs ist; von der Mitte aufwärts ist er eine Schlange; so gekrümmt ist sein Leib und so verdreht seine Eingeweide, dass es einem die eigenen umdrehen kann; sein Rückgrat ist vom Dromedar, und selbst auf der Nase hat er einen Höcker; weiter unten ist er eine Sirene oder endet in noch Schlimmerem. Er kann überhaupt nicht aufrecht gehen: siehst du nicht, wie er sich den Hals verrenkt? Er geht gebückt und geneigt, aber nicht zum Guten. Die Finger sind Krallen, die Füße stehen schief, der Blick ist scheel und heimtückisch. Und zu alledem spricht er mit Fistelstimme, um nur ja in nichts recht zu reden oder zu handeln.«[36]

»Genug«, rief Andrenio, »ich zerspringe!«

»Ja, genug ist's, dass dir dasselbe widerfährt wie all den anderen«, sagte der Alte, »denn wenn sie ihn einmal sehen, dann haben sie genug davon; nie wieder ertragen sie seinen Anblick. Und eben dies habe ich gewünscht.«

»Wer ist dieses gekrönte Scheusal?«, fragte Andrenio, »wer ist dieser fürchterliche König?«

»Dies ist«, sagte der Alte, »der allenthalben so Berühmte und doch Unbekannte, er, dem alles auf der Welt gehört, mit einer einzigen Ausnahme.[37] Dies ist der, mit dem alle Verkehr haben, den jedoch niemand im Hause sehen möchte, sondern nur beim Nachbarn; dies ist der große Jäger, der ein so riesiges Netz hat, dass er

36 An dieser Stelle scheint das Ungeheuer ENGAÑO verzweifelte Ähnlichkeit mit der Karikatur eines Juden anzunehmen. Ist dieser Verdacht berechtigt? Wir glauben: nein. Zum einen, weil ein solches Zerrbild 158 Jahre nach der Vertreibung der Juden aus Spanien dort kaum mehr allgemein verbreitet und daher auch nicht verständlich gewesen sein dürfte; zum andern, weil von Juden im *Criticón* nur an einer einzigen Stelle die Rede ist (S. 333, Anm. 46), und auch dort nicht explizit, im Übrigen sich in Graciáns Werk kein Hinweis auf antijudaistische Einstellung findet (man hat sogar für ihn selbst judenspanische Abstammung vermutet: vgl. *Obras completas,* ed. A. Del Hoyo, p. ccxxix). Die Ähnlichkeit wäre eher als Hinweis auf die Fortdauer gewisser Hässlichkeitsklischees in der antisemitischen Propaganda der Neuzeit zu werten (vgl. dazu auch S. 413, Anm. 29 und S. 423, Anm. 58).

37 *Ausnahme:* die Wahrheit.

alle Welt darin verwickelt; er ist Herr über die eine Hälfte des Jahres, und dann auch über die andere;[38] es ist der (unter den Toren) mächtige Richter, den so viele anrufen und sich dabei selbst verurteilen; dieser universale Herrscher, nicht nur über die Menschen, sondern auch über die Vögel, die Fische und das Landgetier, dies ist also der gar berühmte, der weltbekannte, der so gewöhnliche TRUG.«[39]

»Da gibt es kein Verweilen mehr«, rief Andrenio. »Nur fort von hier! Je näher ich ihm bin, desto weiter will ich von ihm weg sein.«

»Warte noch«, sagte der Alte, »ich möchte doch, dass du auch seine Sippschaft kennen lernst.«

Er drehte ein wenig den Spiegel, und es erschienen ein Seeungeheuer, das mindestens so wütend schnaubte wie Orlandos *orca,* und eine Alte, die wenigstens so durchtrieben war wie Sempronios Kupplerin.[40]

»Was ist denn das für eine Megäre?«, begehrte Andrenio zu wissen.

»Das ist seine Mutter, von der er beherrscht und gelenkt wird; es ist die LÜGE.«

»Das alte Scheusal!«

»Es ist etliche Jahre her, dass sie auf die Welt kam.«

»Das garstige Stück! Wenn sie sich enthüllt, scheint sie zu hinken.«

»Deswegen wird sie auch alsbald eingeholt.«

»Was für eine Menge Leute mit ihr gehen!«

»Alle Welt.«

»Und Leute von Stand!«

38 Vgl. S. 178, Anm. 39 und 740, Anm. 8.

39 TRUG: »ENGAÑO«, Schlüsselbegriff des *Criticón,* umfasst jede Abweichung von der Wahrheit: Betrug, Täuschung, Selbsttäuschung, Tücke, Verstellung, Heuchelei, Blindheit etc. Als allegorische Figur hatte ihn bereits Ariost auftreten lassen, freilich nur beiläufig (*Der Rasende Roland* XIV, 86).

40 Im XI. Gesang des *Rasenden Roland* wird die *orca* (eigentlich: »Schwertwal«) von Roland besiegt. – Sempronios Kuppelmutter ist die Celestina aus dem gleichnamigen Lesedrama von Fernando de Rojas (1499).

»Solche stehen ihr am nächsten.«

»Und die beiden Zwerge dort?«

»Das Ja und das Nein, ihre Hofnarren.«

»Und was kommt da nicht alles an Beteuerungen, an Versicherungen, an Entschuldigungen, Komplimenten, Gefälligkeiten! Selbst die Elogen gehen im Gefolge.«

Er drehte den Spiegel hierhin und dorthin, und sie bemerkten eine Menge *ehrenwerte* Leute.

»Das da ist IGNORANZ, seine Großmutter; die andere dort ist seine Frau, BOSHEIT; daneben seine Schwester TORHEIT; die Übrigen sind seine Söhne und Töchter: LEID, UNGEMACH, KUMMER, SCHANDE, REUE, PLAGE, VERDERBNIS, WIRRSAL und VERACHTUNG. Weiter außen, das sind seine Kusinen: SCHLICHE, FINTE und RÄNKE, echtbürtige Kinder dieser Zeit und Epoche. Bist du nun befriedigt, Andrenio?«

»Befriedigt, nein, aufgeklärt, ja! Gehen wir, die Augenblicke werden mir zu Jahrhunderten; ein einzig Ding wird mir zwiefach zur Qual, erst erwünscht und dann verwünscht.«

Sie verließen dies BABEL-DES-TRUGS durch das TOR-DES-LICHTS. Andrenio war aber nur halb froh, ganz ist man es ja nie. Der Alte fragte, warum er erneut bedrückt sei, und er antwortete ihm:

»Was willst du, ich habe mich noch nicht völlig wieder.«

»Was fehlt dir noch?«

»Die andere Hälfte.«

»Was denn, ein Kamerad?«

»Mehr.«

»Ein Bruder etwa?«

»Das wäre noch wenig.«

»Dein Vater?«

»Warm, warm! Ein anderes Ich, denn das ist doch ein wahrer Freund.«

»Recht hast du. Viel hast du verloren, wenn du einen Freund verlorst, und es wird schwer halten, einen anderen dafür zu finden. Doch sag mir, war er auch klug?«

»O ja, sehr.«

»Dann wird er schon nicht verloren gegangen sein. Hast du gar nicht erfahren, was aus ihm geworden ist?«

»Er sagte mir, er gehe an den Hof einer Königin, die sei so groß wie weise, und sie heiße ARTEMIA.«

»Wenn er so gescheit ist, wie du sagst, dann glaube ich das gern: Dort wird er sich eingefunden haben. Tröste dich, dort gehen wir auch hin. Denn wer dich dem TRUG entrissen hat, wo soll er dich anders hinbringen als zum WISSEN, will sagen, an den Hof einer so klugen Königin?«

»Wer ist aber diese große Frau, diese Herrscherin, die man überall rühmen hört?«

Darauf der Alte:

»Mit Recht nennst du sie Herrscherin, denn es gibt keine Herrschaft ohne Wissen. Um mit ihrer hochedlen Abkunft zu beginnen: Bereits darüber werden große Dinge berichtet. Die einen versichern, sie komme geradewegs vom Himmel herab und sei aus dem ruhmreichen Souverän hervorgegangen; anderen zufolge ist sie Tochter von ZEIT und BEOBACHTUNG, Schwester der ERFAHRUNG; und im äußersten Gegensatz dazu gibt es welche, die hartnäckig behaupten, sie sei Tochter der NOT und Enkelin des MAGENS. Ich aber weiß es wohl: Sie ist eine Geburt des VERSTANDES. Sie lebte in alter Zeit (sie ist ja kein Kind mehr, vielmehr in allem eine erwachsene Person), hoch begünstigt von den Monarchen, an deren größten Höfen. Zu Beginn bei den Assyrern, sodann bei den Ägyptern und Chaldäern, sehr geachtet in Athen, der Schaustätte Griechenlands, in Korinth und in Sparta; ging danach mit dem Imperium auf Rom über, wo man ihr, nach einem Wettstreit mit der Waffenkraft, die Palme reichte: Harnische wichen der Toga.[41] Die Goten, ungebildete Leute, begannen schon, sie zu verachten und von ihrem Gebiet zu vertreiben; vollends zur Erschöpfung, ja vorsätzlich zur Vernichtung bringen wollten sie die barbarischen Mauren, und sie musste Zuflucht suchen bei der glorreichen Tetrarchie Karls des Großen, wo sie wieder zu hohem Ansehen gelangte. Heute indessen ist sie, dem Rufe der überlegenen, der ausgedehn-

41 Nach Cicero: *»Cedant arma togae«* (*De Officiis* I, 22).

testen und mächtigsten Monarchie folgend, an den Hof Spaniens, ihre erhabene Pflegestätte, übersiedelt.«[42]

»Wie kommt es aber, dass sie nicht an ihrem ruhmreichen Hofe weilt, wo alle Völker eines so universalen Reiches ihr huldigen, die gebildeten Hofleute sie verehren müssten, dass sie sich stattdessen hier inmitten unerträglicher Niedrigkeit aufhält? Wenn glücklich ist, wer in Städten wohnt, muss einer doch umso glücklicher sein, je größer diese sind.«

»Weil sie alles erproben will«, erwiderte der Alte. »Sehr schlecht bekam ihr das Leben an den Höfen, wo sie umso mehr Feinde hat, je größer die Laster sind; sie lebte ja einst unter den Höflingen, wo sie sehr zu ihrem Leidwesen den Anfeindungen seitens der Bosheit und Verdrossenheit ausgesetzt war, der mangelnden Wahrhaftigkeit, dem Übermaß an Ränken und Intrigen, und sich bewusst wurde, dass es dort noch mehr Torheit gab als anderswo, weil der Dünkel noch hinzutrat. Oftmals habe ich sie sagen hören, es gebe dort zwar mehr Kultur, hier aber mehr Güte; dort zwar mehr Posten, hier aber mehr Platz; dort Geschäfte, hier Zeit; dort Eile, hier Muße; und dies sei Leben, das andere Sterben.«[43]

»Trotz alledem«, erwiderte Andrenio, »habe ich noch lieber mit Schurken zu schaffen als mit Dummköpfen.«

»Schlimm ist beides, aber wahrhaftig, die Dummheit ist unausstehlich, jedenfalls für einen klügeren Kopf, die weise ARTEMIA möge mir verzeihen.«

Nun schimmerte ihr Schloss vor ihnen auf, ein Abbild des Himmels, ganz mit Inschriften besetzt und mit Triumphen bekränzt.

42 Der Gedanke der Übertragung der Kultur, *translatio studiorum*, den Gracián auf Spanien anwendet, ist mittelalterlich, hat aber antike Wurzeln. – Die totale Eintrübung des Bildes von der kulturellen Leistung der Araber, aber auch der Goten, ist in seiner Epoche allgemein (Isidor von Sevilla hat im 7. Jh. das Entstehen eines einheitlichen Spaniens ausdrücklich als ein Werk der Goten bezeichnet). – *Tetrarchie Karls des Großen:* wahrscheinlich ist die Reichsteilung gemeint.

43 Das spanische Hauptwerk zu diesem Thema war *Verachtung des Hofes und Lob des Dorfes* von Fray Antonio de Guevara (1539). Im *Criticón* sind die Äußerungen zum Hof reserviert bis skeptisch, mit einigen Ausnahmen. So überrascht die hohe Wertschätzung Virgilio Malvezzis (vgl. S. 831, Anm. 11), der ein geradezu bedingungsloser Anhänger des spanischen Hofes war.

Man bereitete ihnen einen angenehmen Empfang, dem Alten mit Dank, Andrenio mit Umarmungen, und gewährte ihnen manche Gunst, wozu es auch keinerlei Feilschens bedurfte, die Zusage war verlässlich. Hier nun verrichtete ARTEMIA zu Ehren ihrer beiden Gäste die bedeutendsten Wundertaten, nicht nur an anderen, sondern an ihnen selbst, zumal an Andrenio, der der Erhebung durch sie noch sehr bedurfte. Binnen kurzem sah er sich sehr als *Person* gestärkt und wohl unterrichtet für das Kommende; denn wenn ein guter Rat hinreichen kann, ein ganzes Leben glücklich zu machen, was musste da so viel wichtige Unterweisung nicht erst bei ihm bewirken! ARTEMIA ließ sich auch von seinem Leben und Geschick berichten und hörte der ungewöhnlichen Erzählung besonders aufgeschlossen zu. Wissbegierig fragte sie ein ums andere Mal nach und ließ Andrenio oft und oft wiederholen, mit welchem Staunen er das erste Mal zum Anblick der Welt hervorgetreten sei und welch neues Ereignis ihm dieses große Welttheater bedeutet habe.

»Eines würde ich sehr gern von dir hören«, sagte sie zu ihm, »und das ist: Unter den vielen Wundern der Schöpfung, die du erblicktest, unter den vielen Erscheinungen, die du bestauntest, woran hast du am meisten Wohlgefallen gefunden?«

Was Andrenio darauf antwortete, das mag die nächste Krisis uns sagen.

Neunte Krisis

Moralische Anatomie des Menschen

Mit goldenen Lettern an den Wänden Delphis, mehr aber noch mit den Lettern der Ehrfurcht im Gemüt der Weisen haben die Alten jene berühmte Forderung des Bias verewigt: *Erkenne dich selbst.*[1] Nichts von allem Geschaffenen kann das Ziel verfehlen, das ihm bestimmt ist, außer dem Menschen; er allein kann *daneben* gehen, und Ursache dieses seines Gebrechens ist die hehre Freiheit seines Willens. Wer sich selbst aber noch nicht kennt, wird das Übrige schwerlich erkennen. Wozu auch alles andere erkennen, wenn man selbst nicht weiß, wer man ist? Zum Sklaven seiner Sklaven wird noch jedes Mal, wer seinen Lastern sich anheim gibt. Es gibt keine Sphinx, die dem Wandernden – dem Lebenden – so sehr den Weg verstellte wie die Unkenntnis seiner selbst, die bei vielen zur sträflichen Dummheit wird, wollen sie doch nicht einmal wissen, dass sie nichts wissen, wollen nicht wahrhaben, dass sie nichts *wahr* haben.

Von dieser allgemeinen Torheit bildete Andrenio offenbar eine Ausnahme, als er der wissensfreudigen Artemia folgendermaßen antwortete:

»Woran ich bei so viel Wunderbarem, wie ich schaute, bei so viel Genuss, wie mir an jenem Tag zuteil wurde, am meisten Wohlgefallen fand, das war – ich sage dies scheu, aber aufrichtig – ich selbst, denn je mehr ich mich erkannte, desto mehr erstaunte ich über mich.«

»Das wollte ich von dir hören«, sagte Artemia beifällig, »und

1 Der Satz wird einem der »Sieben Weisen« zugeschrieben, Staatsmännern und Philosophen des 6. Jhs. v. Chr., zu denen Bias, Solon, Chilon und Thales gehörten (vgl. S. 144, Anm. 23). Er soll über dem Eingang des Apollotempels von Delphi gestanden haben und war dort wohl im Sinne der Ehrfurcht des Menschen vor der Gottheit gemeint. Seit Platon hat er die weitere Bedeutung von »Selbsterkenntnis« als Voraussetzung aller Weisheit angenommen.

so hat es auch der ehrwürdigste der Geister empfunden, als er sagte, unter allen für den Menschen erschaffenen Wundern sei das größte der Mensch selbst.[2] Eben dies meinte in allgemeinerer Form der Fürst der Philosophen mit seiner so wohl durchdachten Maxime, wonach stets dasjenige mehr ist, für welches ein anderes so und so viel ist.[3] Wenn nämlich für den Menschen die Steine so kostbar, die Blumen so schön, die Sterne so strahlend geschaffen wurden, so ist der Mensch, für den sie bestimmt sind, all dies noch viel mehr: Er ist das edelste Geschöpf unter all denen, die wir sehen, Monarch in diesem großen Weltpalast, im Besitze der Erde und mit Aussicht auf den Himmel, geschaffen aus Gott, durch Gott und für Gott.«

»Im Anfang«, fuhr Andrenio fort, »erkannte ich mich nur undeutlich, doch als ich mich in vollem Lichte sah und durch besonderes Glück mich am Ende auch in einem Quell gespiegelt beschaute; als ich gewahr wurde, dass der, den ich für einen anderen gehalten hatte, ich selbst war, da empfand ich Staunen und Freude, wie ich sie dir nie werde erklären können. Wieder und wieder betrachtete ich mich, nicht so sehr aus Eitelkeit als vielmehr in Gedanken versunken. Das Erste, was ich vermerkte, war diese aufrechte, nach keiner Seite geneigte Haltung des ganzen Körpers.«

»Es ward der Mensch«, sagte ARTEMIA, »für den Himmel erschaffen, und deshalb wächst er auch dorthin empor;[4] in dieser körperlichen Aufrechtheit ist die Aufrechtheit des Gemütes versinnbildlicht, und diese Übereinstimmung geht sehr weit: Wer das Unglück hat, dass es ihm an jener mangelt, dem geschieht das noch größere, dass ihm auch diese Letztere abgeht.«

»So ist es«, sagte Critilo. »Wo immer wir die Haltung gekrümmt finden, da vermuten wir auch die Einstellung verdreht; wo wir

2 *Der Ehrwürdigste (»augustísimo«):* Augustinus. Die Ansicht findet sich in *De vera religione,* Kap. XXIX; Gracián las das Augustinzitat möglicherweise im *Símbolo de la Fe* von Fray Luis de Granada. Dunkler getönt in Sophokles' *Antigone:* »Vieles Gewaltige ist, doch nichts Gewaltigeres als der Mensch« (V. 332–3).

3 Regel aus Aristoteles' Seinsanalytik: »Das Prinzip nämlich, wodurch einem Ding ein bestimmtes Merkmal zukommt, hat dieses Merkmal in höherem Maße« (*Analytica posteriora* I 2, 72a 29–30), was sich bei Thomas in der Form findet: *»Propter quod unumquodque tale, et illud magis«* (*Summa theol.* I 87, 2, 3).

4 Vgl. Cicero, *De legibus* I, IX, 26 und Ovid, *Metamorphosen* I, 84–86.

Buckel und Buchten am Körper finden, da fürchten wir Falten und Falschheit in der Seele; bei wem ein Auge umwölkt ist, den verblendet gewöhnlich auch die Leidenschaft, und was noch mehr Beachtung verdient: Wir empfinden mit solchen Leuten kein Mitleid wie mit den Blinden, sondern Argwohn, sie könnten überhaupt nur schief sehen; die Hinkenden pflegen auf dem Pfad der Tugend zu straucheln und sogar zu stürzen, hinkt bei ihnen doch auch der Wille im Gemüt; den Einarmigen geht die Vollkommenheit ab, wenn es darum geht, anderen Gutes zu erweisen. Jedoch wird bei weisen Männern die Vernunft alle diese unseligen Prognosen korrigieren.«[5]

»Den KOPF«, sagte Andrenio, »möchte ich gerne – aber vielleicht irre ich mich – Alkazar der Seele nennen, Hofburg ihrer Kräfte und Fähigkeiten.«

»Du hast Recht«, bestätigte ARTEMIA, »denn gleich wie Gott zwar überall zugegen ist, mit Besonderheit jedoch im Himmel, wo seine Größe sich entfaltet, so stellt sich auch die Seele an diesem erhöhten Ort, dem Abbild der Himmelskugel, zur Schau. Wer immer sie sehen will, der suche sie in den Augen, wer sie hören will, im Munde, wer zu ihr sprechen will, in den Ohren. An der erhabensten Stelle erwächst dem Kopfe Ansehen und Amt, damit er aufs Beste wahrnehme und gebiete.«[6]

»Und hierbei habe ich mit besonderer Aufmerksamkeit vermerkt«, sagte Critilo, »dass zwar die Bestandteile dieser großen Republik des Körpers sehr zahlreich sind, dass alleine die Knochen

5 Gracián scheint in der Beurteilung der Missgestalteten einem Physiologismus anzuhängen, der uns moralisch primitiv vorkommen muss. Man kann sich fragen, ob aus seinen Sätzen die Auffassung spricht, der Zusammenhang zwischen körperlichen Missbildungen und moralischem Fehlverhalten, wie ihn das Volk empfindet, sei auch für ihn gegeben, oder aber ob sie nur die Neigung der Mitmenschen beschreiben, einen solchen herzustellen. Ersteres trifft leider zu, wie eine spätere Stelle beweist (vgl. S. 657, Anm. 15). Immerhin leugnet er nicht, dass der Weise gemäß der Freiheit des Willens einen solchen *»pronóstico«* aufheben kann.

6 Platon: »Um die runde Gestalt des Weltganzen nachzubilden, knüpften die Götter die beiden göttlichen Umläufe an einen kugeligen Körper, denselben, den wir jetzt Kopf nennen, das Gottähnlichste und über alles in uns Gebietende« (*Timaios*, 44 d, Übers. Schleiermacher).

die Tage des Jahres ausfüllen,[7] dass diese Vielzahl so harmonisch ist, dass keine Zahl darin ungenützt bleibt, wie denn etwa fünf die Sinne sind, vier die Säfte,[8] drei die Vermögen der Seele,[9] zwei die Augen; dass indessen alle sich auf die Einzahl des einen Kopfes zurückführen lassen, Abbild jenes ersten göttlichen Bewegers, auf den sich diese ganze universal gestufte Abhängigkeit zurückführen lässt.«

»Es bewohnt der Verstand«, sagte ARTEMIA, »das reinste und sublimste Gemach, denn auch im Materiellen wurde er bevorzugt als Erstgeburt der Seelenkräfte, König und Herr der Lebenstätigkeiten, der dort emporsteigt, sich sammelt und versenkt, sinnt und klärt, Ansicht und Einsicht gewinnt. Seinen Thron errichtet er im fleckenlosen Weiß der Redlichkeit, der rechten Livree für die Seele, weist jegliche Dunkelheit im Begriff, jegliche Trübung im Empfinden von sich, weiche, geschmeidige Masse, den Gaben der Gelehrigkeit, Mäßigung und Umsicht förderlich. Das Gedächtnis richtet sich aufs Vergangene, daher es sich denn auch hinten im Kopf einrichtete, der Verstand hingegen nach vorne zu; das Gewesene verliert er nicht aus den Augen, und da wir für gewöhnlich hinter uns werfen, was für uns am vordringlichsten wäre, hat er dergleichen Achtlosigkeit vorgebeugt und jeden Verständigen zu einem Janus gemacht.«

»Die HAARE erschienen mir eigentlich mehr Aufputz als Notwendigkeit«, äußerte Andrenio.

»Sie sind die Wurzeln dieses Menschenbaumes«, gab ihm ARTEMIA Bescheid. »Mit ihnen ist er im Himmel befestigt, und sie führen ihn, wie man sagt, *an einem Haar;*[10] dorthin hat sein Sorgen

7 *Knochen:* Nach moderner Kenntnis sind es etwa zweihundert.

8 *Säfte:* gemäß der antiken Humoral- oder Temperamentenlehre waren die vier Säfte *sanguis* (Sanguiniker), *phlegma* (Phlegmatiker), *Cholè* (Choleriker), *Mèlaina cholè* (Melancholiker). – Abb. 5, S. 161.

9 *Facultates* (oder *potentiae*) *animae:* Verstand, Wille und Gedächtnis (stark vereinfacht).

10 Redensart, die bedeutet: »ohne Widerstand und Mühe«. – Phantasievolle Variation einer berühmten Stelle aus Platons *Timaios:* »Dahin, wo die Seele ihren Ursprung hat, ließ Gott den Kopf, die Wurzel des Menschen, gerichtet sein« (90 a; übers. O. Apelt).

Abb. 5: Maarten van Heemskerck, DIE VIER TEMPERAMENTE.
Radierungen, 1566.

zu gehen, und von dort soll er die Nahrung beziehen, die ihn erhält. Mit ihrer Zier sind sie Gewandung der Lebensalter, mit ihrer Farbe wandeln sich auch die Affekte. Die STIRN kann als der Wolkenhimmel des Gemüts gelten, bald finster, bald heiter, Schauplatz der Gefühle; dort treten in Scham und Schande die Missetaten hervor, dort zeigt sich aller Mangel im Überfluss, dort kommt verborgene Gemütsbewegung an den Tag: beim Aufwerfen der Zorn, beim Absenken die Trauer, bei Blässe die Furcht, bei Röte die Scham, die Arglist in den Runzeln, die Sanftmut in der Faltenlosigkeit, die Unverfrorenheit in der Glätte und die Tiefe in der Breite.«[11]

»Was mich aber an dem kunstreichen Gebilde, dem Menschen, am meisten beeindruckt hat, waren die AUGEN.«

»Weißt du denn«, wandte sich Critilo an ihn, »wie jener große Restaurator der Gesundheit, Erhalter des Lebens und Erforscher der Natur, Galenus, sie genannt hat?«

»Wie?«

»Die göttlichsten der Organe;[12] und das war wohl gesprochen, denn merkt man recht auf, dann erfüllen sie sich mit einer majestätischen Göttlichkeit, die Verehrung einflößt, wirken auch mit einer gewissen Universalität, die wie Allmacht erscheint, wenn sie in der Seele die Dinge, so viele es auch geben mag, als Abbilder und Erscheinungen vorführen, an allen Orten zugegen sind, dem Unermesslichen gleichkommen und in einem Augenblick die gesamte Halbkugel unter dem Himmel überschauen.«

»Bei alledem fiel mir jedoch eines stark auf«, fuhr Andrenio fort, »und zwar, dass sie wohl alles sehen, sich selber jedoch nicht

11 Der Schluss der langen Reihung birgt etliche burleske Doppeldeutigkeiten nach dem Prinzip der *Wörter in den Wörtern,* sei es lautlich: *»en lo estirado la* ira (»Zorn«) *«,* sei es semantisch: *»la doblez en las arrugas«,* weil *»doblez«* – »Falte« und »Falschheit«, oder *»la desvergüenza en lo liso«,* weil *»liso«* – »glatt« und »unverschämt« (Gaunersprache), oder *»la capacidad en lo espacioso«,* weil *»capacidad«* – »Fähigkeit« und »Geräumigkeit«. In der zweiten Bedeutung werden die Sätze zu mutwilligen Binsenweisheiten.

12 Galenos (130–200 n. Chr.): »Mir träumte, ich würde getadelt, weil ich das göttlichste der Organe ungerecht behandelte und mich dem Schöpfer gegenüber unehrerbietig verhielt, indem ich ein großes Werk seiner Vorhersehung für die Lebewesen unerklärt ließ« (*De usu partium corporis humani* X, 11, 12, Übers E. Beintker).

und auch nicht den Balken in ihrem eigenen Innern.[13] Das ist die Gemütsverfassung der Schwachsinnigen: Auf alles, was im fremden Hause vor sich geht, haben sie ein Auge, auf das eigene keines. Dabei wäre es doch von nicht geringem Nutzen, wenn der Mensch auch sich selbst ins Auge fasste, damit er besser vor sich selbst auf der Hut wäre, seine Leidenschaften mäßigte, aber auch einsähe, was er Scheußliches tut.«

»Es wäre in der Tat eine große Sache«, pflichtete ihm ARTEMIA bei, »wenn der Zornentbrannte seine gräuliche Miene vorgeführt bekäme und es ihn vor sich selber grauste, wenn der Zärtling und Geck sein weibisches Gehabe und der Eingebildete zusammen mit sämtlichen anderen Schwachköpfen sich selbst sehen müsste. Doch war die umsichtige Natur darauf bedacht, noch größeres Ungemach beim Sich-selber-Sehen zu vermeiden, fürchtete sie doch, dass sich der Tor dabei in sich selbst verlieben könnte (und sei er auch der größte Unhold) und, völlig mit sich selbst beschäftigt, nichts anderes mehr wahrnähme. Es genügt ja, dass er sich auf die Hände schaut, bevor andere ihm auf die Finger schauen, dass er – was unerlässlich ist – sein Getanes überprüft und seine Vorhaben überdenkt, dass sie auch alle gut ins Werk gesetzt werden; doch auch auf die Füße soll er sich schauen, soll seine Eitelkeit mit ihnen treten und soll wissen, wohin er sie setzt und wovon er sie fern hält, soll sehen, auf welche Schritte er sich einlässt, denn das erst heißt Augen haben.«[14]

»So ist es«, erwiderte Andrenio; »doch um so vieles zu sehen, scheinen zwei Augen recht wenig, noch dazu so eng stehend; mit solch kostbaren Juwelen sollte der ganze beseelte Palast besetzt sein. Doch wenn es gleich nur zwei sein sollen und nicht mehr, so könnten sie zumindest verteilt sein und das eine nach vorne stehen, um zu sehen, was kommt, das andere nach hinten für das, was geht: Damit würden sie nie die Dinge aus dem Auge verlieren.«

»Etliche haben schon«, antwortete Critilo, »ob solch vermeintlicher Einfallslosigkeit mit der Natur gerechtet und haben sogar

13 *Matthäus* 7, 3.

14 Wahrscheinlich eine Anspielung auf den Pfau, der hässliche Füße hat und zahlreiche Augen im Gefieder, mit denen er nichts sieht.

einen – nach ihrer Ansicht höchst perfekten – Menschen mit zweifachem Gesicht ersonnen; doch entstand darüber ein eher zwielichtiges als zwiesichtiges Wesen. Wenn ich es zu tun hätte, ich würde zusätzliche Augen lieber an den Seiten anbringen, über den Ohren, und weit offen, damit man sehen kann, wer sich einem zur Seite stellt, wer sich einem zum Freund gesellt; dadurch würden nicht so viele an dem bewussten *Seitenstechen* zugrunde gehen, wo ihnen einer beigesprungen ist: besser allein als so![15] Doch mach dir nur deutlich: Zwei Augen, recht eingesetzt, sind zureichend für alles. Was geradenwegs auf sie zukommt, das werden sie beachten; was täuschend von der Seite naht, verachten. Dem Wachsamen genügt ein Seitenblick, um festzustellen, was sich tut. Deswegen wurden die Augen ja als Kugeln gebildet, denn dies ist die geeignetste Form zur Ausübung des Sehens, nicht das Quadrat: Es soll doch keine Ecken geben, in denen sich verstecken kann, was zu entdecken unerlässlich ist. Und im Gesicht sitzen sie richtig, soll doch der Mensch stets nach vorne blicken und nach oben. Und gäbe es ihrer noch mehr am Kopf, so böte ihm dies nur Anlass, die einen emporzulenken, die anderen zur Erde zu senken: ein Schisma der Affekte.«

»Noch etwas Verwunderliches habe ich an ihnen bemerkt«, fuhr Andrenio fort, »nämlich das Weinen, und mir will scheinen, sie verhalten sich dabei recht töricht; denn was ändert es an den Übeln, wenn man sie beweint? Es kann doch die Pein nur vergrößern. Über alles auf der Welt lachen, auf nichts etwas geben, das ist doch die wahre Lebenskunst.«

»Ach«, sagte ARTEMIA, »die Augen erblicken Übel sonder Zahl, und die Augen beweinen sie auch. Stets wirst du sehen: Wer keine Tränen hat, hat auch kein Selbst; doch wer viel Weisheit häuft, häuft auch viel Kummer.[16] Das mit dem Lachen ist ein Ge-

15 *Seitenstechen:* im physischen Sinn ist wohl *Angina pectoris* gemeint, im moralischen Sinn der Stich von der Seite.

16 *Prediger* 1, 18: *»Qui addit scientiam, addit et laborem.«* Luther: »Denn wo viel Weisheit ist, da ist viel Grämens.« Pointierter im *Handorakel: »Quien añade ciencia añade impaciencia«* (Nr. 159). Schopenhauer übersetzt (unter Vernachlässigung der Paronomasie): »Wer sein Wissen vermehrt, vermehrt seine Ungeduld.«

meinplatz, wir wollen es den törichten Mündern überlassen, die ohnehin viel Dummes von sich geben. Die Augen sind getreue Pforten der Wahrheit, und so umsichtig ist die Natur bei ihnen zu Werke gegangen, dass sie, um sie nur ja nicht auseinander zu bringen, sich nicht damit begnügte, sie an ein und derselben Stelle anzubringen, nein, sie hat sie auch für ihre Tätigkeit brüderlich miteinander verbunden. Sie lässt nicht zu, dass eines ohne das andere schaut, sie sollen gemeinschaftliche Zeugen sein; gemeinsam sollen sie ein und dasselbe anblicken, nicht soll das eine schwarz und das andere weiß sehen; in Farbe, Größe und allem anderen sollen sie einander zum Verwechseln gleichen und alle Zwiefalt Lügen strafen.«

»Mithin«, sagte Critilo, »sind die Augen für den Körper, was die beiden großen Leuchten für den Himmel und der klare Verstand für das Gemüt.[17] Sie sind so viel wie alle anderen Sinne zusammen, und alle zusammen können diese ihr Fehlen nicht wettmachen; sie sehen ja nicht nur, sie lauern und lauschen auch, sie sprechen, rufen, fragen, antworten, schelten, schrecken, werben, grüßen, scheuchen, locken und loben. Alles bewirken sie. Und besonders ist zu vermerken, dass sie des Sehens nie müde werden, wie denn die Einsichtigen des Einsehens nie müde werden: Sie sind ja auch die Augen des Gemeinwesens.«

»Bemerkenswert vorsorglich ist die Natur verfahren«, sagte Andrenio, »indem sie jedem Sinn seinen Sitz anwies, je nach Rang mehr oder weniger hervorgehoben. Die edelsten erhob sie auf die ersten Plätze, bot die sublimeren Tätigkeiten den Blicken dar; die unanständigen und niedrigen, wenn schon unumgänglichen, hingegen verbannte sie an die verborgenen Stellen, den Blicken entzogen.«

»Sie hat sich als große Wächterin von Ehrbarkeit und Anstand erwiesen«, sagte Critilo, »hat sie doch auch die weiblichen Brüste dort angebracht, wo sie die Kinder auf dezente Art nähren können.«

17 *Matthäus* 6, 22: »Das Auge ist des Leibes Leuchte.«

»Nächst den Augen nun hat sie an zweiter Stelle die OHREN bestimmt«, fuhr Andrenio fort, »und es scheint mir recht gut, dass sie so abgehoben platziert sind. Dass sie allerdings an der Seite stehen, das, muss ich gestehen, will mir unpassend scheinen. Es sieht ja aus, als sollte der Lüge das Eindringen erleichtert werden; denn wo Wahrheit von vorne kommt, schleicht Lüge sich seitlich heran. Stünden sie nicht besser unterhalb der Augen, damit, was zu Ohren kommt, vorher von ihnen geprüft und manchem Trug der Zutritt verwehrt werden kann?«

»Na, das sind aber Einfälle!«, rief ARTEMIA. »Dass die Augen bei den Ohren stünden, dürfte wohl am wenigsten in Frage kommen: Ich bin gewiss, es hätte keine Wahrheit auf der Welt Bestand. Nein, im Gegenteil: Wenn ich sie anders anzubringen hätte, ich würde sie zwanzig Finger weg vom Gesicht zum Hinterkopf verschieben, damit einer hören kann, was hinter seinem Rücken gesagt wird, denn das ist doch, was wirklich gedacht wird. Wie stünde es wohl um JUSTITIA, wenn sie sehen könnte, wie sich SCHÖNHEIT entschuldigt, REICHTUM verteidigt, wie ADEL imponiert, wie OBRIGKEIT interzediert und alle anderen ihre Sprache führen! Blind soll sie sein, so gehört es sich.[18] Gut ist's, wenn sich die Ohren in einer mittleren Lage befinden: nicht zu weit vorn, damit sie nicht alles im Vorhinein hören, nicht zu weit hinten, sonst könnte es zu spät sein.«

»Noch etwas ist da, womit ich mich schwer abfinde«, sagte Andrenio. »Die Augen haben in den Lidern einen ganz wichtigen Vorhang, der wahrhaftig sehr am Platz ist, wenn der Blick in die Augen einmal unerwünscht ist oder wenn diesen Augen bestimmte Dinge unerwünscht sind. Warum sind die Ohren nicht auch mit einer Schutztür bewehrt, hübsch fest, aus doppelten Bohlen und gut schließend, damit die Hälfte allen Geredes gar nicht erst zu ihnen gelangt? Dadurch entginge ein Mensch mancher Torheit und ersparte sich manchen Verdruss: ein unvergleichliches Lebensprä-

18 Eine Analogie der Blindheit Justitias zur Frage nach der besten Position der Ohren ist nicht recht ersichtlich. Sollte der Satz nicht an der richtigen Stelle stehen?

servativ.[19] Hier kann ich mir nicht versagen, die Natur mangelnder Umsicht zu zeihen, zumal wenn wir bedenken, dass die Zunge völlig zu Recht hinter einer und noch einer Mauer verschlossen ist, denn ein wildes Tier ist sie wahrlich, das hinter den Zaun der Zähne und die Sperre der Lippen gehört.[20] Wissen möchten wir doch, warum Augen und Mund diesen Vorteil den Ohren voraus haben, wo gerade diese so stark der Täuschung ausgesetzt sind.«[21]

»Es ginge auf keinen Fall an«, erwiderte ARTEMIA, »dass sich das Tor der Ohren jemals schlösse: Es ist die Pforte der Belehrung, sie muss stets offen stehen. Und die achtsame Natur hat sich nicht damit begnügt, jene Schutztür wegzulassen, von der du sprichst, sondern sie hat auch unter allen Hörenden einzig dem Menschen versagt, seine Ohren auf- und niederzubewegen; bei ihm allein sind sie fest aufgestellt, stets auf der Hut, und ihr schien selbst die kleine Verzögerung unangebracht, die darin läge, die Ohren zu spitzen. Zu jeder Stunde hat die Welt dort Audienz, selbst wenn die Seele sich zur Ruhe begibt. Ja dann ist es sogar noch nötiger, dass jene Wachen auf dem Posten sind: Wer würde sonst Gefahren melden? Schliefe die Seele fest auf beiden Ohren, was könnte sie da wecken? Dies ist der Unterschied zwischen Hören und Sehen, dass die Augen die Dinge aufsuchen, wie und wann sie wollen, die Ohren aber von ihnen aufgesucht werden. Die Gegenstände des Sehens verbleiben: Kann man sie jetzt nicht sehen, dann später; die Gegenstände des Hörens aber eilen vorüber, und die GELEGENHEIT ist hinten kahl.[22] Zu Recht ist die Zunge zwiefach einge-

19 *»Preservativo de la vida«:* Das Wort hatte bis ins 19. Jh. die allgemeine Bedeutung »Schutz vor Krankheiten jeglicher Art«.

20 Sog. Erklärender Genitiv, in älterer Dichtungssprache üblich: Die Zähne *sind* ein Zaun, die Lippen eine Sperre usw.

21 Lukian: »Ist es nicht lächerlich, einen Türhüter in seinem Hause zu haben, die Ohren hingegen, die Pforten der Seele, unbewacht offen stehen zu lassen?« (*Gegen die Verleumdung,* in: *Sämtl. Werke,* nach der Übers. von C. M. Wieland, bearb. v. H. Floerke, Bd. 5, 1922, S. 136).

22 Seit der (nicht erhaltenen) Bronzestatue des Bildhauers Lysippos der Topos von der (oft mit Flügeln an den Füßen auf dem Rad der Fortuna) vorübereilenden GELEGENHEIT (kairos), die man beim Schopf ergreifen muss, solange man sie vor sich hat, denn ihr Hinterkopf ist kahl geschoren; später bei Phaidros (V, 8), in den

schlossen und stehen die Ohren zwiefach offen, hat doch das Hören doppelt so viel zu gelten wie das Reden. Ich sehe es wohl: Die Hälfte, ja drei Viertel der Dinge, die man zu hören bekommt, sind unerheblich oder gar abträglich; doch dagegen gibt es ein gutes Mittel, nämlich sich taub stellen. Das lässt sich machen, und es ist sogar das beste Mittel: Es bedeutet *kluge Ohren machen,* und das ist höchster Gewinn.[23] Darüber hinaus gibt es etliches Gerede so gänzlich ohne alle Vernunft, *rationes* ohne *ratio,* dass auch Lidvorhänge nicht dagegen schützen würden. Dann gilt es eben, sich die Ohren zuzuhalten, mit beiden Händen; denn wie uns die Hände beim Hören helfen können, so auch beim Überhören. Von der Schlange sollt ihr's lernen: Sie presst das eine Ohr an den Boden, stopft sich das andere mit dem Schwanz zu, und nichts kann ihr mehr etwas anhaben.«[24]

»Du kannst mir indessen nicht bestreiten«, beharrte Andrenio, »dass ein kleines Gitter vor jedem Ohr sehr angebracht wäre; eine solche Schutzwehr würde doch das Eindringen so vieler und so starker Feinde ein wenig erschweren, das Zischen von giftigen Nattern, das Säuseln verderblicher Sirenen, Schmeichelworte, Klatsch, Unfriede und Zwietracht, nebst anderen Monstren dieser Art, denen das Ohr sich öffnet.«

»Darin hast du Recht«, sagte Artemia, »und dazu hat Natur die Ohren als Wortsiebe und Wissenstrichter gebildet. Wenn du es dir recht besiehst, so hat sie schon im Voraus dieser Unzuträglichkeit vorgebeugt, indem sie dies Organ in Form eines verschlungenen Labyrinths anlegte, mit vielen Krümmungen und Windungen, die Schutzgattern und Festungswällen ähneln, damit solcherart die Worte gesiebt, die Reden gereinigt hindurchgingen und damit man Zeit fände, Wahrheit von Lüge zu sondern. Sodann ist da ja das Ohrenglöckchen, das deutlich ertönt, wenn Stimmen eindrin-

Disticha Catonis (II, 26), bei Ausonius, in den *Carmina burana* (16), Machiavelli, Alciati u. ö. Das spanische Sprichwort lautet daher: *»La ocasión la pintan calva«* – »Die Gelegenheit wird kahlköpfig gemalt«. – Abb. 6, S. 169.

23 *Kluge Ohren machen: »hacer orejas de cuerdo«;* nach dem Muster von *»hacer orejas de mercader«* – »Händlerohren machen« = »sich taub stellen«.

24 Verbreitete Tierallegorie.

Abb. 6: Vicenzo Cartari, DIE GELEGENHEIT.
Holzschnitt, 1557.

gen, und das sehr wohl entscheiden kann, ob etwas hohl klingt oder voll. Hast du nicht auch bemerkt, dass die Natur das Ohr dazu eingerichtet hat, jenen bitteren Saft des Zornes abzuscheiden? Hängst du etwa auch der landläufigen Meinung an, das sei lediglich zum Fernhalten von irgendwelchem Gewürm, das, wenn es auf diesen klebrigen Bitterstoff gerät, Halt macht und eingeht? Dann wisse, sie hat damit sehr viel mehr bezweckt, ein höheres Ziel verfolgt, gegen weit verderblicheres Gewürm diese Vorkehrung getroffen: Es sollen Circes Schmeichelworte auf jenen Bitterstoff verborgenen Widerwillens treffen, die süßen Lockungen des Schönredners sollen sich dort verfangen, unbestechlicher Sinn soll ihnen einen schroffen Empfang bereiten, der sie abschreckt.«

»Eben weil so viele sich die Ohren durch das Hören von Süßem verdorben haben«, ergänzte Critilo, »hat Natur jenen Bittersaft als Gegengift vorgesehen. Und schließlich gibt es der Ohren zwei, damit der Weise sich das eine rein erhalten kann für die je andere Seite: Es soll eine erste und es soll eine zweite Auskunft geben, und er soll Sorge tragen, dass, wenn das eine Ohr von der Lüge in Beschlag genommen wurde, er sich das andere unberührt erhält zur Aufnahme der Wahrheit, welche erst als Letzte einzutreffen pflegt.«

»Mir scheint«, sagte Andrenio nun weiter, »der GERUCH ist weniger nützlich als ergötzlich. Er dient doch eher dem Vergnügen als der Notwendigkeit. Wenn dem so ist, warum darf er dann so sichtbarlich die dritte Stelle einnehmen und den Vorzug haben vor anderen, wichtigeren?«

»Aber ja doch«, erwiderte ARTEMIA, »er ist ja der Sinn der klugen Witterung, und deshalb steigert sich auch das Riechvermögen das ganze Leben lang; er geht in eins mit dem Atmen, das ebenso notwendig ist wie er; er unterscheidet, was gut riecht, von dem, was schlecht riecht, und nimmt wahr, dass der gute Ruch der Atemhauch des Gemüts ist. Großen Schaden stiftet verdorbene Luft, infiziert die Eingeweide. Ein geschärfter Sinn wittert auf eine Meile Wohlgeruch oder Gestank in den Sitten; um solchen Scharfsinn einzusetzen, um zu verhindern, dass die Seele verpestet wird, befindet sich die Nase an herausragender Stelle. Dem blinden Geschmack ist er ein Führer, ein Vorkoster beim Speisen, er zeigt verdorbene Nahrung an. Den Duft der Blumen hilft er genießen und schafft Freude im Kopf über die wohlige Würze, die die Tugenden verströmen, die hohen Taten und die Ruhmesblätter. Die Männer von Rang und Adel erkennt er an der Ambra ihrer Geistesgaben und ihres trefflichen Handelns, sind sie doch gehalten, besseren Ruch zu verbreiten als gewöhnliche Leute.«[25]

»In großer Art umsichtig«, meinte Andrenio, »muss Natur verfahren sein, indem sie jeder Anlage zwei Aufgaben zuwies, die eine vor-, die andere nachrangig, Funktionen zusammenlegte, um Instrumente einzusparen. Dergestalt hat sie wohl auch das Riechorgan so angelegt, dass darüber zugleich alles Überflüssige unauffällig aus dem Kopfraum ausgeschieden werden kann.«

»Das gilt für Kinder«, sagte Critilo, »denn bei Erwachsenen purgieren sich auf diesem Weg die Exzesse der Leidenschaften in der Seele, und so tritt durch die Nase der Wind der Eitelkeit aus, die Aufgeblasenheit, welche bedenklichen Schwindel zu erzeugen pflegt und manchem gar den Kopf verdreht. Auch das Herz sucht sich dort sein Ventil, nach einigem Warten entweichen die Dünste manchen Ungestüms durch diesen Abzug, und so manches Mal verheimlicht draußen der Nasenschatten noch ein bissiges Lachen auf den Lippen. Die Nase trägt viel zum Ebenmaß des Antlitzes bei, ein kleiner Fehlgriff bereits verhässlicht sehr. Sie ist der Gnomon auf der Seelenuhr, der Zeigestab für den Charakter: Löwenform für Tapferkeit, Adlerhöcker für Edelsinn, langer Rücken für Sanftmut, zarte Flügel für Feinheit, dicke Nüstern für Plumpheit.«

»Auf das Sehen, das Hören und das Riechen«, äußerte nun Andrenio, »folgt dichtauf das Sprechen. Mir scheint, der MUND ist das Haupttor zum Haus der Seele; durch die anderen gelangen die Gegenstände zu ihr hinein, durch dieses aber tritt sie selbst heraus und offenbart sich in ihren Äußerungen.«

25 *Nase*, in moderner Forschung: »Die Neuronen der Riechschleimhaut, die ihre Sensoren in die Feuchtigkeit des Nasenlochs stecken, sind praktisch Teil des Zentralnervensystems, die einzige Stelle, da dieses freiliegt und in direkten Kontakt mit der Außenwelt tritt« (D. Ackerman, *Die schöne Macht der Sinne*, 1991).

»So ist es«, sagte ARTEMIA, »denn auf der Fassade des menschlichen Antlitzes mit ihrer kunstgerechten Anordnung in drei gleichen Teilen ist der Mund die Pforte der wahrhaften *Person,* deshalb auch so gut geschützt von der Zahnwache und umkränzt von der männlichen Lippenzier;[26] er birgt das Beste und das Schlechteste des Menschen, seine Zunge;[27] die wiederum verknüpft ein Zungenband geradewegs mit dem Herzen.«[28]

»Eines vermag ich nicht zu verstehen«, sagte Andrenio, »zu welchem Behuf nämlich die weise Natur in ein und derselben Offizin das Essen und das Sprechen verrichten lässt. Was hat das eine Geschäft mit dem anderen zu schaffen? Das eine ist eine niedere Verrichtung, findet sich auch bei den Tieren; das andere etwas Erhabenes, einzig für Personen. Zudem haben hier auch erhebliche Unzuträglichkeiten ihren Ursprung; und zwar zunächst die, dass die Zunge je nach dem Geschmack redet, der ihr bleibt, bald süß, bald bitter oder sauer oder scharf. Der Stoff der Nahrung wirkt auf sie: Bald stammelt sie, bald stößt sie an, bald spuckt sie dicke Brocken, sie greift daneben, leckt beflissen und erschlafft. Stünde sie nicht besser allein für sich, als reines Orakel des Geistes?«

»Halt ein«, rief Critilo, »du *verschwierigst* gut,[29] und fast stimmst du mich bedenklich. Dennoch: Wenn ich bedenke, dass die Natur von der höchsten Vorsehung durchherrscht ist, so finde ich den großen Vorteil im Zusammengehen des Geschmacks mit dem Sprechen darin, dass der Geschmack die Worte prüfen kann, bevor er sie ausspricht; kauen sollte er sie jedesmal, und kosten, ob sie auch nahrhaft sind; und merkt er, dass sie bitter schmecken, so mag er sie getrost versüßen; spüren sollte er, wie ein Nein bekommt und wie dem anderen die Galle dabei aufstößt. Ein wenig Überzuckern kann nicht schaden. Die Zunge soll sich nur immer mit dem Essen befassen, und am besten auch noch mit vielem anderen, damit sie

26 Schnurrbart und Spitzbart waren gegen Ende des 16. Jahrhunderts aufgekommen.

27 Nach Diogenes Laertius I, VIII, 105.

28 Das Original setzt eine etymologische Beziehung an zwischen *»lengua«* – »Zunge« und *»ligada«* – »verbunden« (über *»ligula«* – »Band«).

29 Eigentümliche Verwendung von *dificultar* im Sinne von »problematisieren«.

nicht ganz und gar im Reden aufgeht. Insbesondere sollten den Worten auch Taten folgen; mit den Armen und mit den Händen soll gewirkt werden, was der Mund von sich gab, und dies umso mehr, als das Reden mit einer Zunge erfolgt, das Wirken aber mit zwei Händen.«

»Zum Stichwort HÄNDE: Warum heißen sie wohl *manos?*«, fragte Andrenio. »Wie du mir beigebracht hast, kommt dies vom lateinischen Verbum *maneo,* was *ruhen* oder *bleiben* bedeutet, obwohl sie doch ganz im Gegenteil niemals zur Ruhe kommen.«[30]

»Man hat sie so benannt«, antwortete Critilo, »nicht weil sie in Ruhe bleiben, sondern weil ihre Werke bleiben sollen, oder auch weil aus ihnen alles Gute hervorgehen soll: *manar;* sie gehen aus dem Herzen hervor wie früchtebehangene Zweige, behangen sind sie mit ruhmvollen Leistungen, mit unvergänglichen Taten; man nennt sie auch *palmas,* und das meint die Palmen des Sieges; zugleich sind sie *manantiales:* Quellen des kostbaren Schweißes der Helden und des nie verwitternden Saftes für die Schriften der Weisen. Bedenkst du nicht, bewunderst du nicht ihren so dienlichen, kunstvollen Bau? Denn da sie den übrigen Gliedmaßen zu Helfern und Dienern geschaffen wurden, sind sie so gestaltet, dass sie zu allem taugen: Sie helfen beim Hören, sind Ersatz für die Zunge, beleben die Worte mit Gesten, als Mägde des Mundes bieten sie ihm Speise dar wie dem Geruch Blumen, sie bieten den Augen Schirm zu besserem Sehen, selbst beim Nachdenken sind sie behilflich, und schließlich gibt es Menschen, die haben überhaupt ihr Genie in den Händen. So geschieht alles durch sie: Sie schützen, säubern, bedecken, pflegen, ordnen und rufen. Zuweilen streicheln sie auch – aber bevorzugt kurz bevor sie kratzen.«

»Und damit alle diese Aufgaben«, sagte ARTEMIA dazu, »der Vernunft angepasst seien, hat ihnen die einfallsreiche Natur auch

30 Selbstverständlich besteht zwischen *manus* und *manere* keine etymologische Beziehung. Gracián folgt wieder dem isidorianischen Prinzip der Etymologie »zu moralischem Nutzen« (vgl. S. 88, Anm. 1). Ebenso wenig wie *mundus/mundus* findet sich jedoch *manus/maneo* bei Isidor. Es hat den Anschein, dass Gracián dieses Prinzip weder bestätigt noch verwirft, sondern um der Satire willen übersteigert (vgl. auch unten Anm. 34).

das Zählen, das Messen und das Wägen anvertraut. In ihren zehn Fingern liegen Prinzip und Fundament der Zahl; alle Völker zählen bis zehn, von da an multiplizieren sie. Die Maße sind allesamt in ihren Gliedern enthalten: Spanne, Elle und Klafter.[31] Sogar das Gewicht beruht auf ihrem verlässlichen Empfinden beim Anheben und Abschätzen. All dieser Genauigkeit nun bedurfte es, den Menschen zu mahnen, stets mit Bedacht und Vernunft zu handeln, wägend und messend. Und wenn du deine Betrachtung noch höher richtest, wird dir deutlich, dass in dieser Zehnzahl auch die Zahl der göttlichen Gebote beschlossen ist, auf dass der Mensch sie in seinen Händen trage. Die Hände führen aus, was der Seele glücklich zuteil wurde, und sie bergen in sich eines jeden Schicksal, das nicht etwa in jenen viel beschworenen Linien geschrieben steht, wohl aber sich in ihren Werken erfüllt.[32] Auch schreibend geben sie Unterweisung, und dazu setzt die Rechte ihre drei wichtigsten Finger ein, wobei jeder eine besondere Fähigkeit beisteuert: Der Daumen gibt die Kraft, der Zeigefinger die Richtung, der Mittelfinger bessert nach, ganz entsprechend dem Gemüt, damit im Geschriebenen auch Stärke, Richtigkeit und Genauigkeit ihren glänzenden Ausdruck finden. Da ferner die Hände der Tugend ihr Siegel aufprägen, nimmt es nicht wunder, dass man ihnen vor allen anderen Teilen des Körpers Höflichkeit erweist (der freilich auch Achtung entsprechen sollte), indem man die Lippen auf sie drückt, um Dank für Gutes zu bekunden oder solches zu erbitten. Und da wir dabei sind, den schwer enträtselbaren Menschen von oben bis unten zu betrachten, sollten wir nicht minder auch seine Bewegung ins Auge fassen. Seine FÜSSE, auf denen zwei Säulen ruhen, sind die Postamente der Festigkeit, sie treten, seiner nicht achtend, den Boden und berühren ihn dabei nur so lange wie nötig, um den Körper zu stützen; sie schreiten dahin und bemessen ihr Ziel, setzen ruhig und sicher die Schritte.«

»Wohl sehe ich«, gab Andrenio zurück, »und bewundere auch die Gründlichkeit, mit der die niemals achtlose Natur darauf be-

31 *Klafter:* Maß der ausgespannten Arme.
32 Zur Handlesekunst vgl. S. 705, Anm. 54.

dacht war, den Körper zu festigen. Damit er nicht vornüber fällt, erhielt er Fußsohlen, und damit er auch nach den Seiten nicht gefährdet ist, kann er die Füße spreizen. Dennoch kannst du mir nicht bestreiten, dass sie bei seiner rückwärtigen Absicherung nicht so umsichtig verfuhr, wo doch ein Sturz nach hinten weit gefährlicher ist, weil da die Hände nicht einspringen können, um mit gewohnter Behändigkeit der Gefahr zu wehren. Dem hätte sich doch abhelfen lassen, wenn man den Fuß in gleicher Länge nach hinten wie nach vorne bemessen hätte.«

»Dergleichen solltest du gar nicht erwägen«, sagte ARTEMIA dagegen. »Es hätte den Menschen nur noch mehr dazu veranlasst, nicht voranzugehen bei der Verfolgung des Guten. Ohnehin sind ihrer schon genug, die vor der Tugend zurückweichen. Was wäre, wenn die Natur selber dem auch noch Vorschub leistete? – So also ist der Mensch seiner Außenhaut nach. Sein Inneres, jene wunderbare Komposition, die Harmonie seiner Kräfte, die Abgestimmtheit der Vorgänge, das Zusammenspiel der Affekte und Leidenschaften, dies bleibe für die große Philosophie.[33] Dennoch möchte ich, dass du noch jenen wichtigsten Teil des Menschen erkennst und bewunderst, das Fundament für alles andere und die Quelle des Lebens: das HERZ.«

»Herz?«, fragte Andrenio zurück, »was ist das für ein Ding und wo ist es?«

»Es ist der Herrscher unter allen Organen«, antwortete ARTEMIA, »und befindet sich denn auch in der Mitte des Körpers wie im wohl bewachten Machtzentrum, nicht einmal dem Auge ist ein Blick darauf verstattet. Es heißt *coraçón,* von dem lateinischen Wort *cura,* das Sorge bedeutet, denn wer regiert und gebietet, war stets im Mittelpunkt des Sorgens.[34] Es hat ebenfalls zwei Aufgaben: die erste, Quelle des Lebens zu sein und den anderen Körperteilen

33 Eine philosophische Seelenlehre hat Gracián in der Tat nicht angestrebt.

34 *»Coraçón«* ist lat. *»cor«* mit Augmentativ. Wie immer kennt Graciáns »etymologische« Erklärung nicht die Kategorie »Herkunft«, sondern nur ein Ziel, eine moralische Deutung. Diese fand er bei Isidor: *»Cor a graeca appellatione derivatum, quod illi kardân dicunt, sive a cura«* (*Etymologiae* XI, 1, 118; vgl. S. 30, Anm. 7).

Kraft und Mut zuzuführen, die wichtigere aber ist das Lieben; es ist die *Offizin des liebenden Begehrens.*«[35]

»Dann will ich sagen«, äußerte Critilo, »dass es zu Recht *coraçón* genannt wird, wenn dies das Sorgende meint; daher verzehrt es sich auch beständig wie Phönix.«

»Sein Platz ist in der Mitte«, fuhr ARTEMIA fort, »weil das Lieben sich in einer mittleren Lage halten soll: Es soll ganz und gar mit Vernunft geschehen, ohne Extreme. Seine Form verläuft zur Erde hin spitz zu, damit es sich nicht breit mit ihr berührt, sondern nur auf sie hindeutet, es genügt ihm ein Unausgedehntes: der Punkt; dafür ist es zum Himmel hin weit aufgetan, damit es von dort das Gute empfange, denn dieses nur kann es erfüllen. Es hat Flügel, nicht so sehr, um ihm Kühlung zuzufächeln, sondern um es emporzutragen.[36] Seine Farbe ist hochrot, Galakleid der Nächstenliebe. Genährt wird es mit bestem Blut, auf dass sein Adel sich in Kraft und Wert erweise. Nie wird es zum Verräter, doch oft ist es töricht, denn es ahnt eher das Missgeschick als das Glück. Am schätzenswertesten an ihm ist indessen, dass es keine Ausscheidungen hervorbringt wie die anderen Körperorgane, denn es wurde geschaffen mit dem Gebot zur Reinheit, insbesondere im Geistigen[37] des Lebens; weshalb es denn auch stets nach dem Erhabensten und Vollkommensten trachtet.«

Solchermaßen philosophierte die weise ARTEMIA, und die beiden anderen pflichteten ihr bei. Doch überlassen wir sie ihrem so ergiebigen Tun und wenden uns dem zu, was der trugreiche und doch schon betrogene FALIMUNDO trieb.

Dieser nämlich war darüber, dass man ihm Andrenio und noch ein paar andere, die ihm doch schon blind verfallen waren, mit solch überlegener List aus seinem Ränkelabyrinth entwunden hatte, welches dadurch sein Ansehen stark geschmälert und seinen Fortbestand gefährdet sah, aufs Äußerste erbost. Er sann auf

35 *»Oficina del querer«.* – Man bedenke, dass die Entdeckung des Blutkreislaufs durch italienische und englische Physiologen in die Lebenszeit Graciáns fällt.

36 Anspielung an die Herzohren (Auriculae)?

37 *Geistig:* Graciáns Wort hierfür ist *»lo formal«*.

Rache, und nicht zu knapp. Er holte sich NEID herzu, den großen Vernichter der Guten, ja der Besten, ein Subjekt, das sich nur unter Niederträchtigen bewegt und daher zu jedweder Niedertracht vorzüglich taugt. Er ließ ihn seinen Verdruss wissen, bauschte den erlittenen Schaden auf und gab ihm den Auftrag, unter dem allenthalben verbreiteten gemeinen Gesindel Zwietracht und Argwohn auszustreuen. Dem fiel das nicht schwer, denn seit Jahrhunderten schon lebt und herrscht anerkanntermaßen die argwöhnische GEMEINHEIT unter dem Gesindel, seit nämlich die beiden Geschwister SCHMEICHELEI und BOSHEIT, von ihrer Mutter, der NIEDERTRACHT, zum Verlassen ihrer nichtswürdigen Laren gezwungen, davonflogen und Geltung in der Welt beanspruchten. SCHMEICHELEI, heißt es, ging an die Höfe, wenn auch nicht eben schnurstracks, und ihr Erfolg alldorten bedeutete für alle anderen Fehltritt; binnen Stunden, kaum Tagen, schlich sie sich aller Welt ins Vertrauen. BOSHEIT wollte es ihr gleichtun, fuhr aber nicht gut dabei, war weder gern gesehen noch gehört; wagte nicht zu reden, sie wäre darüber zerplatzt; ermangelte der Freiheit und stellte ihr deswegen nach; erkannte schließlich, dass diese Umgebung nichts für sie war, *nahm sich die Ehre*[38] (um sie besser abschneiden zu können) und schied freiwillig vom Hofe. Sie suchte das andere Extrem auf, das heißt sie machte sich mit dem Volke gemein, und dies geriet ihr so gut, dass sie alsbald die Verehrung der gesamten dummen Biederkeit genoss. Dort triumphierte sie, denn dort machte sie den Mund auf, dort schwang sie Reden wie Keulen, die sausenden Keulen der Borniertheit, die sie als Wahrheiten ausgab. Ergebenheit und Gläubigkeit steigerten sich in solchem Ausmaß, dass man, um nicht umgerannt und zertrampelt zu werden, darauf verfiel, sie im jeweils eigenen Gemüte einzulagern, wo sie noch stets wiederfand, wer am wenigsten darauf gefasst war.

Zu so günstiger Zeit nun langte NEID an und begann, sein Gift auszustreuen. Er ging umher und ließ Stichel fallen, Verdächtigungen gegen ARTEMIA; ließ durchblicken, sie sei eine neue Circe,

38 In der Bedeutung: »sich empfehlen«, »sich verabschieden« (bei Rittern, die sich vom König zurückgesetzt fühlten).

wenn nicht noch Schlimmeres, umso eher, als mit dem Mäntelchen der guten Tat umhüllt; sie wolle die Natur verderben, indem sie ihr vorgeblich die Rohheit, in Wahrheit die Verlässlichkeit nehme; anstelle der ursprünglichen Schönheit setze sie die Affektiertheit; sie wolle sich überheben, äußerte er, wolle die alte Circe noch überbieten und maße sich gar die Erstgeburt an.

»Ihr seht doch: Seit diese angebliche Königin sich in der Welt aufspielt, gibt es keine Wahrheit mehr, alles ist entstellt und verfälscht, nichts ist mehr, was es scheint, sie verfährt doch die Hälfte des Jahres mit List und Tücke und die andere Hälfte mit Tücke und List.[39] Daher kommt es doch, dass die Menschen schon nicht mehr die sind, die sie einmal waren, von guter Art und alter Sitte, was doch immer das Beste war. Es gibt keine Kinder mehr, weil es keine Schlichtheit, Reinheit, Arglosigkeit mehr gibt. Was ist denn aus ihnen geworden, den guten Leuten, die im biederen Wams der Rechtschaffenheit einhergingen, den wackeren Männern? Dahin sind sie, die redlichen Alten, bei denen ein Ja noch ein Ja war und ein Nein ein Nein. Heutzutage findet ihr doch nur noch diese durchtriebenen, fingerigen Wichte, alles Schwindel und Mache, und sie nennen's *technischen Fortschritt.* Wer am meisten davon bietet, gilt am meisten; überall dringt er ein, gedeiht bei Waffen und Wissenschaften. Deshalb, sage ich, gibt es keine Kinder mehr: Heute ist einer mit sieben Jahren so schlau wie früher einer mit siebzig. Und erst die Weiber! Von oben bis unten eine unausgesetzte Lüge, Krähenputz, alles fremdes Gut, nur die Trügerei ist die eigene. Diese verlogene Königin hat die Staatswesen ruiniert, die Haushalte zugrunde gerichtet, die Vermögen verschleudert, denn es muss ja jetzt für die Kleidung der Leute und für den Schmuck der Häuser das Doppelte aufgewendet werden: Was heute eine Frau für ihre Garderobe ausgibt, damit ließ sich früher eine ganze

39 Dies geht zurück auf ein italienisches Sprichwort: *»Con arte e con inganno, si vive mezzo l'anno; con inganno e con arte, si vive l'altra parte«*, verzeichnet bei Hernán Núñez, *Refranes o proverbios en romance,* 1621, p. 26 v. In der Fassung von E. T. A. Hoffmann: »Es bringen Trug und Künste des Sommers uns Gewinste, und schlaue Kunst, betrügen, schafft Winters uns Vergnügen« (*Die Serapionsbrüder,* 1963, S. 813). Vgl. S. 152, Anm. 38 und S. 740, Anm. 8.

Ortschaft einkleiden. Bis ins Essen hinein hat sie uns verdorben, mit tausenderlei Speisen und Häppchen, wo doch früher alles natürlich und schlicht zuging. Sie sagt, sie hat *Personen* aus uns gemacht; ich sage, sie hat uns zerrieben und zerstückt, zu Unpersonen gemacht. Bei so viel Falschem ist kein rechtes Leben mehr, mit so viel Künstlichem ist kein Mensch mehr echt. All ihr Erscheinen ist Blendwerk, all ihre Kunst ist Trug.«[40]

So sehr peitschte er die Gemüter jener Pöbelhaufen auf, dass sie sich am selben Tage noch zusammenrotteten und mit einem Gebrüll, bei dem keiner mehr sich oder den andern verstand, vor ihren Palast zogen und hetzten: »Tod der Hexe!« Schon schickten sie sich an, von allen Seiten Feuer anzulegen.

Da erkannte die weise Königin, welche Feindin sie in GEMEINHEIT hatte. Sie wollte ihre Gönner und Beschützer zusammenrufen, stellte indes fest, dass die Mächtigeren sie bereits abgeschrieben hatten. Sie dachte jedoch nicht daran, sich selbst abzuschreiben, gedachte vielmehr, gegen die rohe Kraft Geschick und Einfallsreichtum einzusetzen. Auf welch ungewöhnliche Weise sie über so elendes Gesindel triumphierte, wie wohl überlegt sie sich jene chaotischen Haufen vom Halse schaffte, das lies du in der folgenden Krisis.

40 *»Artificio«* wäre eigentlich »Kunstfertigkeit«. Der gesamte Kontext dieser so beredten und doch so vernichtend ironisierten Denunziation verlangt indessen nach der Übersetzung dieses Begriffs durch »technischer Fortschritt«. Graciáns Position liegt durchaus auf der Linie des Fortschrittsgedankens als einer dem Menschen aufgetragenen Verpflichtung zur geistigen Höherentwicklung, wie er seit Augustinus das christliche Denken bestimmt und im Jesuitentum als dem Promotor der Bildung verstärkte Ausprägung findet. Seine schroffe Verurteilung bildungsfeindlicher Vulgarität ist indessen kaum mehr genuin christlich zu nennen. Der Moralist Gracián ist hierbei von einer sehr modernen Dialektik. – Die vernichtende Ironie ist übrigens nicht sehr weit entfernt von Molières 16 Jahre später entstandenem *Misanthrope: »Le méchant goût du siècle, en cela, me fait peur. Nos pères, tous grossiers, l'avaient beaucoup meilleur«* (Akt I, Szene 2). Sie ist zugleich eine Absage an Arkadien, an jegliches »Lob des Landlebens«, wie sie sich seit der Mitte des 17. Jhs. in Europa nicht selten findet.

Zehnte Krisis

Enge, Trieb und Wegelagerei

In seiner täglichen Verdrehtheit macht der Mensch aus Zwecken Mittel und aus Mitteln Zweck: Wo er nur durchziehen sollte, da will er Dauersasse werden, den Weg will er als Ruheplatz benutzen; wo er enden sollte, da setzt er ein, und will zum Abschluss kommen am Beginn. In weiser Umsicht brachte Natur Lust und Vergnügen auf, damit sie Mittel würden für die Operationen des Lebens, ein Werkzeug der Erleichterung bei seinen beschwerlichsten Verrichtungen: Sehr hilfreich waren sie, des Lebens mühevollsten Akt zu fördern. Gerade hierbei indessen gerät der Mensch auf Abwege, denn übler als das Tier, aus der eigenen Art schlagend, macht er die Lust zum Zweck und macht das Leben zum Mittel für Genuss: Er isst nicht mehr, um zu leben, er lebt, um zu essen;[1] er schläft nicht mehr, um arbeiten zu können, nein, er arbeitet kaum noch vor lauter Schlafen; es geht ihm nicht um die Fortzeugung seines Geschlechts, sondern um die Fortdauer seiner Geschlechtslust; er strebt nicht nach Wissen, um zu sich zu finden, sondern um von sich loszukommen; er redet auch nicht, weil er das gute Beispiel einer *Vorrede* geben, sondern weil er üble Nachrede führen will. Er genießt mithin nicht, um zu leben, er lebt fürs Genießen. Daher denn auch sämtliche Laster den Genuss auf ihre Fahnen geschrieben haben. Er ist das Banner des Verlangens, Standarte der Gelüste, *caudillo* aller Leidenschaften. Er zieht die Menschen mit sich: Einen jeden reißt doch seine Lust dahin.[2]

Es sollte daher der weise Mann seinen Sinn darauf richten, solch weithin herrschender Verwirrung abzuhelfen. Und damit er aus fremdem Schaden klug werde, soll er nun hören, was dem bedachtsamen Critilo und dem leichtfertigen Andrenio widerfuhr.

1 Cicero: »*Edere oportet ut vivas, non vivere ut edas*« (*Ad Herennium* IV, 26).

2 Vergil: »*Trahit sua quemque voluptas*« (*Eklogen* II, 65).

»Wie lange wohl, ihr ungehobeltes Pack, wollt ihr mein Entgegenkommen noch missbrauchen?«, rief ARTEMIA, deren Zornesmut mit ihrer Gefährdung wuchs. »Wie lange noch soll Bildung bei euch von Barbarei verhöhnt werden? Wie lange soll eure dreiste Ignoranz euch weiter ins Verderben führen? Da ihr mich denn Zauberin nennt und Magierin, so schwöre ich euch: Noch an diesem Tage will ich zur Strafe für eure Torheit einen so mächtigen Geisterbann wirken, dass die Sonne selbst mich rächt und ihre leuchtenden Strahlen verbirgt. Die schlimmste Strafe für euch ist doch, dass man euch im Dunkeln lässt mit eurer blinden Beschränktheit.«

Sie verfuhr mit ihnen, wie sie es verdienten, und man sah wieder einmal, dass beim gemeinen Volk Strenge mehr ausrichtet als Großmut: Sie waren ebenso niedergeschmettert wie überzeugt von ihrer Zauberkraft. Starr vor Entsetzen, machten sie keinen Versuch mehr, Feuer an den Palast zu legen, wie sie es vorhatten. Vollends verloren sie jeden Mut, als sie sahen, wie die Sonne wahrhaftig ihr Licht versagte und sich zusehends verfinsterte. In ihrer Angst, es könnte sich auch die Erde gegen sie verschwören (bisweilen tun sich ja alle Elemente gegen einen Verfolgten zusammen), wandten sie sich kopflos zur Flucht, der gewöhnliche Ausgang von Meutereien, denn was mit wilder Wut anhebt, das geht in *fanatischem* Schrecken unter.[3] Sie rannten im Dunkeln, einer über den anderen stolpernd, wie vom Teufel geritten.

Darüber fand die weise ARTEMIA Zeit, gemeinsam mit ihrer gelehrten Gefolgschaft freizukommen. Am meisten freute sie indessen, dass sie all die Schätze des Suchens und Forschens, an denen ihr so viel lag und die sie in Büchern, Schriftstücken, Zeichnungen, Tafeln, Modellen und Instrumenten verschiedenster Art aufbewahrte, vor der barbarischen Brunst bewahren konnte. Unsere beiden Wanderer, Critilo und Andrenio, erwiesen ihr ihre Er-

3 »*Con fanático terror*«. Lat. »*fanaticus*« bedeutet »von heiligem Schauder erfasst« (zu »*fanum*« – »Tempel«). Im 16. Jh. in die europäischen Volkssprachen übernommen, bedeutete das Wort zunächst »heidnisch«, »heillos«, bevor es zu Voltaires Zeiten die moderne Bedeutung annahm.

gebenheit und unterstützten sie nach Kräften. Letzterer war über ein solches Wunder aufs Höchste erstaunt und hielt es nunmehr für erwiesen, dass ARTEMIAS magische Kräfte sich bis zu den Gestirnen erstreckten und dass die Sonne selbst ihr gehorchte. Mit noch mehr Verehrung sah er zu ihr auf und wollte schon begeistert in die Hände klatschen, doch Critilo holte ihn aus seiner Täuschung, indem er ihm erklärte, die Verfinsterung der Sonne sei das natürliche Ergebnis der kreisenden Himmelskörper, sei zu jenem Zeitpunkt fällig und von ARTEMIA aus den astronomischen Daten vorherberechnet gewesen. Sie habe sich dessen lediglich in der gegebenen Notsituation bedient und dabei einen Natureffekt als Ergebnis ihrer Steuerungskünste ausgegeben.[4]

Nun erhob sich die Frage, wo man sich künftig werde niederlassen können, und ARTEMIA beriet sich darüber mit ihren Weisen, fest entschlossen, nie wieder einen Ort der Gemeinheit zu betreten. Und so hat sie es bis heute gehalten. Verschiedene Vorschläge wurden erwogen. Sie selbst neigte sehr zu dem zwiefach guten Lissabon,[5] nicht so sehr, weil es die bevölkerungsreichste Stadt Spaniens ist,[6] einer der drei Haupthandelsplätze Europas[7] (die sonst über verschiedene Städte verteilten Vorzüge vereint es alle auf sich: Es ist vornehm, reich, gesund und großzügig), sondern weil sich noch kaum je ein dummer Portugiese gefunden hat,

4 Die Fähigkeit zur Vorhersage von Finsternissen geht in Mesopotamien, China und Mittelamerika zurück bis ins erste vorchristliche Jahrtausend. Nach Herodot (I, 74) hat Thales von Milet die Eklipse von 585 vorausgesagt. Schon die Antike sah darin ein Urbeispiel für den Gegensatz von rationalem und irrationalem Verhalten (etwa bei Cicero, *De re publica* I, 15-16). Für Gracián verbindet sich der Topos mit der – sehr machiavellischen – Auffassung von der zu nutzenden GELEGENHEIT (vgl. S. 167, Anm. 22).

5 »Lisboa« enthält port. *»boa«* – »gut«.

6 Gemeint ist: der iberischen Halbinsel (Portugal hatte 1640 seine Unabhängigkeit wiedergewonnen). Lissabon war um 1600 nach Paris die Stadt mit den meisten Einwohnern in Europa. So Botero in *Le Relationi Universali,* Venedig 1612, das Gracián vielfach heranzog (Giovanni Botero, 1544–1617, italienischer Prediger und Staatstheoretiker, bekannt vor allem durch seinen gegen Machiavelli gerichteten Traktat *Della ragion di stato* von 1589).

7 Die anderen dürften Paris und London sein.

war der Gründer der Stadt doch der einfallsreiche Ulysses.[8] Doch ließ sie auch vieles zögern: gar nicht einmal das überhebliche Gebaren der Leute, vielmehr das lärmige Durcheinander, das mit dem stillen Geschäft des Nachdenkens so schlecht vereinbar war. Sodann lockte sie das gekrönte Madrid, das Zentrum der Monarchie, an dem alle überragende Begabung zusammenströmt, doch gab es auch dort vieles, was ihr Missfallen, ja ihren Abscheu erregte, und zwar die Unsauberkeit, nicht so sehr der Straßen als der Herzen, auch dass es den Geruch der Kleinstadt nie ganz loswerden konnte und zu einem Babylon schlecht behauster Leute aus aller Welt geworden war.

Von Sevilla brauchte gar nicht gesprochen zu werden: Dort hat sich doch ihre große Widersacherin, die niedrige Gewinnsucht, eingenistet, es ist ein einziger großer Magen, dem das Silber nicht bekommt, seine Bewohner sind weder richtig weiß noch richtig schwarz, es wird viel geredet dort und wenig getan, das Gebrechen ganz Andalusiens. Vor Granada schlug sie gleichfalls drei Kreuze und vor Córdoba einen ganzen Kalvarienberg. Über Salamanca wurde der Stab gebrochen: Dort werden ja keine Persönlichkeiten ausgebildet, sondern Advokaten, ein Übungsplatz fürs Abjagen von Hab und Gut.[9]

Das wohlhabende Zaragoza, Haupt Aragóns, Mutter bedeutender Könige, Postament der größten Säule[10] und selbst Säule des katholischen Glaubens, schien ihr wohl recht, mit seinen geweihten Stätten und seinen schönen Bauten, mit seinen guten Menschen, Leuten ohne Falsch wie ganz Aragón; jedoch vermisste sie dort

8 Bereits Isidor von Sevilla hat den Namen Lissabon von »Ulyssipona« abgeleitet, entsprechend dem Wunsch vieler westeuropäischer Reiche, nach dem Vorbild Roms ihre Gründung auf einen der Trojakämpfer zurückzuführen.

9 *Salamanca:* Sollte dies für Graciáns Zeit zutreffen, so war es auch einmal anders. Von dem bedeutenden salamantiner Rechtslehrer Francisco de Vitoria (1483–1546), Dominikaner, Thomist und früher Begründer des Völkerrechts, nimmt Gracián keine Notiz. Vitoria hatte sich zum Anwalt der Eingeborenen in den spanischen Kolonien Amerikas gemacht, doch dieses Thema, wie überhaupt die Neue Welt, hat Gracián kaum beschäftigt.

10 Der *Virgen del Pilar,* Schutzpatronin Spaniens.

sehr jegliche Großherzigkeit, und jenes sture Festhalten an der einmal gefassten törichten Meinung schreckte sie ab.[11] Sehr sagte ihr das heitere, duftige, edle Valencia zu, in dem es alles gibt, nur nicht *substantia;* dort würde man sie unbedenklich aufnehmen, allerdings – so war zu befürchten – anderntags auch ebenso unbedenklich wieder an die Luft setzen. Barcelona war zwar reich wie vom lieben Gott verwöhnt, Tor nach Italien, Hort des Goldes, von Weisen regiert inmitten der sonstigen Barbarei, doch galt es als zu unsicher: Musste man dort doch ständig *mit dem Bart über der Schulter* herumlaufen. León und Burgos lagen weit ab in den Bergen, sie waren arm, deutlicher gesagt: eher schäbig. Erst recht Santiago, das war – *galizisch.*[12] Valladolid entsprach ihr sehr, und sie war schon fast entschlossen, dorthin aufzubrechen, da sie überzeugt war, in dem offenen, weiten Land auch Offenheit und Weite zu finden, aber sie nahm wieder davon Abstand, wie es auch der Königshof getan hatte, denn es riecht doch noch sehr nach dem *Ackerland,* das es einst war.[13] Pamplona endlich wurde gar nicht erwogen, denn es ist eher *corta,* beschränkt, als *corte,* ein Hof, ist bestenfalls ein Hinterhof, und sein ganzer *corte,* sein Zuschnitt ist auch eher *corto,* eben beschränkt, es ist nur ein Punkt, ein Stich, kaum ein Stichpunkt, und der *punto,* der *Ehrenpunkt* ist in Navarra obendrein sehr pünktlich und stichelig...

Den Zuschlag erhielt schließlich das herrscherliche Toledo, gemäß dem Votum der Katholischen Königin, die da gesagt hatte, nirgendwo sei sie sich je dumm vorgekommen, außer in dieser Persönlichkeitsschmiede, Lehrwerkstatt der Urteilsfähigkeit und Schule gediegener Rede, die so ganz Residenz und ganz Stadt ist, umso mehr, seit ihr alle Hefe abgesaugt wurde von jenem Schwamm Madrid, in dem die Niedertracht sich räkelt, wo man hintritt. Andernorts tragen die Leute den Verstand in Händen, hier im Schnabel; und so war denn auch von Oberflächlichkeit die

11 Die Aragonesen galten und gelten als starrköpfig.

12 *Galizisch:* synonym für arm.

13 »Tierra de Campos« war eine ältere Bezeichnung für die Gegend um Valladolid. Von 1601 bis 1606 hatte Philipp III. seine Residenz in die Stadt verlegt.

Rede und dass es in Toledo nur wenige Köpfe mit Tiefgang und Substanz gebe. Doch dessen ungeachtet stand ARTEMIAS Entschluss nun fest:

»Wohlan, dort sagt doch eine Frau mit einem Wort mehr als in Athen ein Philosoph mit einem ganzen Buch. Dorthin wollen wir uns aufmachen, zu dieser Mitte Spaniens, der materiellen und noch mehr der geistigen.«[14]

Also brach man auf, sie und ihr gesamter Kulturstaat. Critilo und Andrenio hielten eine Strecke Weges mit, und das war nicht wenig Gewinn für sie. Als sie jedoch an die Stelle gelangten, an der die Straße nach Madrid abzweigt, mussten sie ihr kundtun, sie hätten fest abgesprochen, sich in die Hauptstadt zu begeben, um dort die Suche nach FELISINDA aufzunehmen. Sie erhielten die Einwilligung dazu und suchten ihre Schuld durch die Münzen des Dankes abzustatten. Mit der Gewährung der Bitte verband ARTEMIA wichtige Ratschläge:

»Da ihr denn einmal dorthin müsst und es nicht anders sein soll, so achtet nur sehr darauf, dass ihr auch den richtigen Weg einschlagt, denn es führen ihrer viele dorthin.«

»Wenn dem so ist, dann können wir ja nicht fehlgehen«, antwortete Andrenio einfältig.

»Eben doch, genau deswegen, und gerade auf dem Königsweg sind nicht wenige in die Irre gegangen. Und so sollt ihr nicht auf dem ausgetretenen Sehweg gehen, der ist für die Dummheit; auch nicht auf dem Ambitionsweg, der ist sehr lang und führt nie zum Ziel; der Rechtsweg ist sehr kostspielig, außerdem langwierig; der Stolzenweg ist unergiebig, von niemandem wird dabei *caso* gemacht, aus allen *casa:* soll heißen, Rücksicht auf keinen, Absicht auf alle, oder: alle unterwerfen und sich mit jedem überwerfen; der Wucherweg steht nur wenigen offen, meist Ausländern;[15] der Notweg

14 Graciáns Wort für »geistig« ist wiederum *»formal«* (vgl. S. 176, Anm. 37). – *Toledo* als geistige Mitte Spaniens: 1561 hatte Philipp II. seine Residenz aus Toledo nach Madrid verlegt, weil ihm die Stadt noch zu viel islamischen Charakter hatte!

15 Das chronisch unterentwickelte spanische Bankwesen (»reinblütige« Spanier mussten fürchten, für *conversos*, zwangsgetaufte Juden, gehalten zu werden, wenn sie sich damit befassten) war hauptsächlich von Italienern beherrscht.

ist gefahrvoll, denn rechts und links hocken die amtlichen Pleitegeier auf den Stangen; der Lustweg ist so schlüpfrig, dass man im Schlupf versinkt, bis über die Sumpfpusteln an der Nase; der Lebeweg führt rasch in den Ruin; auf dem Dienstweg hungert man sich nur zu Tode; auf dem Schlaraffenweg gelangt man nie durch den Berg; der Tugendweg ist nicht auffindbar, und es bestehen Zweifel, ob es ihn überhaupt gibt; bleibt also doch nur der Not- und Drangweg, solange es ihn noch geben mag. Aber glaubt mir, auf ihm lässt sich weder ruhig leben noch ruhig sterben. Achtet auch darauf, an welcher Stelle ihr eintretet, denn davon hängt viel ab; die meisten gehen nämlich bei den Barfüßlern von Santa Bárbara hinein und nur wenige durch die Toledostraße;[16] ein paar ganz feine über die Brücke;[17] gar manche, Mann wie Weib, tänzeln beim Sonnentor hinein und enden im Antón Martín;[18] wenige kommen mit gewaschenen Füßen,[19] aber viele mit geschmierten Händen. Und das Übliche ist, gar nicht offen durch die Tore zu treten, denn es sind ihrer nur wenige, und meist sind sie verschlossen, sondern sich irgendwie hineinzuschleichen.«

Unterwegs rühmten sie in angenehmer Unterhaltung die trefflichen Geistesgaben der klugen ARTEMIA, gingen noch mehrfach alles Wunderbare durch, das sie erlebt hatten, priesen das Glück, ihr begegnet zu sein, und den Nutzen, der ihnen daraus erwuchs. So vertieft waren sie in ihr Gespräch, dass sie nicht merkten, wie sie an einer für jedermann äußerst gefährlichen Engstelle des Daseins in die Klemme gerieten. Plötzlich gewahrten sie um sich her eine Menge Leute, Männer wie Frauen, die an den Händen gefesselt gefangen gehalten wurden und, ohne dass sie sich zu rühren wagten, zusehen mussten, wie man sie ihrer Habe beraubte.

16 Das Barfüßerkloster lag am nördlichen Stadtrand, die Toledostraße mit ihren gepflegten Einkaufsläden im Süden. Der Name *»Santa Bárbara«* steht assoziativ für »krasse Unwissenheit«, *»Toledo«* für Kultiviertheit.

17 *Brücke:* die Segoviabrücke über den Manzanares, die zum königlichen Schloss führt. *»Por la Puente«:* sprichwörtlich für »bequem angepasst«.

18 *Sonnentor:* Die Puerta del Sol (mit einem Venusbrunnen) war der Ort galanter Treffen; im Hospital Antón Martín versuchte man, die venerischen Krankheiten zu kurieren.

19 *Mit gewaschenen Füßen:* durch die *Lava-pies*-Straße (im Stadtteil Embajadores).

»Verloren sind wir«, rief Critilo, »schau doch, wir sind Straßenräubern in die Fänge geraten; deren pflegt es gräuliche zu geben auf diesen erbaulichen Pfaden. Offenbar sind sie hier am Rauben, doch sollten sie sich damit begnügen, so wäre das noch Glück im Unglück; für gewöhnlich sind sie so ruchlos, dass sie den Leuten das Leben nehmen, ja sie häuten den Wanderern das Gesicht ab und lassen sie völlig unkenntlich liegen.«

Andrenio erstarrte vor Entsetzen, die Angst nahm ihm schon im Vorhinein Farbe und Atem. Schließlich keuchte er hervor:

»Was tun wir? Warum fliehen wir nicht? Verstecken wir uns, dass sie uns nicht sehen!«

»Es ist schon zu spät für die phrygische Art, die dumme nämlich«,[20] erwiderte Critilo, »sie haben uns entdeckt und rufen uns an.«

So schritten sie denn vorwärts, um selbst in die Falle ihrer Freiheit zu gehen und den Hals in die Schlinge zu stecken. Sie sahen nach beiden Seiten und erblickten eine Unmenge Lebensgänger jeglicher Herkunft, Adel und Volk, Reiche und Arme, man verschonte auch die Frauen nicht, alles junge Leute und allesamt angebunden am Pfahl ihrer selbst. Als nun Critilo unter Seufzen und Andrenio unter Stöhnen sich umschauten, wer wohl in dem schlimmen Schauspiel die Wegelagerer sein mochten, konnten sie sie nicht ausmachen. Einen um den andern musterten sie, und alle waren gleichermaßen angebunden.

»Aber wer bindet?«

Einer war da, der blickte noch übler und verdrießlicher drein als die anderen, und so mutmaßten sie, der müsse es sein.

»Ob es der ist?«, meinte Andrenio. »Sein Blick ist scheel, seine Seele muss es auch sein.«

»Bei einem zweideutigen Blick muss man mit allem rechnen«, bestätigte Critilo, »aber mehr noch fürchte ich jenen Einäugigen, denn die tun nie etwas Rechtes, nach dem Urteil der Katholischen Königin, und das war bedeutend. Nimm dich in Acht vor dem dort mit den dicken Lippen und dem üblen Mundwerk, der uns ständig

20 *Phrygische Art:* Die Phrygier galten im Altertum als besonders dumm.

anfaucht. Und auch vor dem mit der platten Nase, die sind grausam und jähzornig, und wenn quittegelb mulattenhaft im Gesicht, dann sind's Galeerenpeitscher.«

»Der dort mit dem Knurrauge muss es sein, der hat Talent zum Henker.«

»Und das Kapuzengesicht da, das so finster dreinblickt und aller Welt mit Gewitter droht, das hätte auch das Zeug dazu.«

Sie hörten einen, der lispelte, und sie sagten sich:

»Der ist es ohne Zweifel; der erschreckt doch alle mit seinem *çe çe,* aber nein, der dort drüben muss es sein, der keucht das *h* so stark, dass er die Leute beim Atmen zu verschlingen scheint.«[21]

Einen hörten sie stark näseln und wandten sich zur Flucht, denn das Näseln rührte unüberhörbar vom Venusdienst her. Sie stießen auf einen anderen, noch Schlimmeren, der sprach so heiser und dröhnend, dass er sich überhaupt nur mit Maßkrügen verstand. Redete einer in aufgebrachtem Ton, so vermuteten sie in ihm den Gesuchten, und war es gar auf Katalanisch, dann schien der Fall klar. So musterten sie einen nach dem andern durch, fanden aber alle selber vergewaltigt und keinen Gewalttäter.

»Was soll das?«, fragten sie. »Wo sind die Räuber zu so vielen Beraubten? Hier ist doch keiner von denen, die beim Scheren abgrasen oder beim Schuhemachen uns das Fell über die Ohren ziehen, die uns schon rupfen, wenn sie ihre Feder nur in Bewegung setzen, die beim Messen vermessen oder beim Wägen verwegen werden. Wer attackiert denn hier, wer borgt, wer treibt ein, wer pfändet weg? Niemand begünstigt oder übervorteilt doch, es sind weder Staatsbedienstete noch Schreiber da. Wer raubt also? Wo sind die Tyrannen für so viel Freiheit?«

So hatte Critilo in die Runde gefragt, als eine stattliche Gestalt, halb Weib, halb Engel, ihnen zur Antwort gab:

»Ich komme schon, wartet, bis ich die beiden Gecken hier fertig gebunden habe: Die waren vorher da.«

Es war, wie gesagt, ein sehr schönes Weib, nichts vom Dorfe,

21 Anspielung auf die Aussprache des *caló,* des »Rotwelsch« der spanischen Zigeuner.

ganz vom Hofe, und weil ganz vom Hofe, *de la corte,* denn auch ganz *cortesana,* begegnete allen mit guter Miene, aber bösem Spiel.[22] Ihre Stirn hatte einen starken Zug ins Freie; ihr Blick war nicht vom Übel und schuf es doch allenthalben; lilienweiß die Nasenflügel, Zeichen dafür, dass *der Rauch ihr nicht gleich bis dorthin stieg,* soll heißen, sie war durchaus umgänglich; ihre Wangen schienen Rosen ohne Dornen, sie zeigte auch keine Zähne, nein, eine Reihe reiner Perlen lachte da über die Leute. So anmutig, dass das Fesseln sich schier erübrigte: Alle mutete sie an. Anbinden war nicht mehr nötig: Sie nahm durch den bloßen Anblick gefangen. Ihre Zunge war ohne Zweifel von Zucker, denn ihre Worte schmeckten nach Nektar, und die beiden Hände bildeten das Weiße – vielmehr das Schwarze, das Ziel aller Wünsche. Aber wie schön sie auch sein mochten, für keinen wurde je eine Hand gerührt, und keiner wurde je von der Hand gelassen. Ihr Arm war stark, doch für gewöhnlich ließ sie ihn beugen: So wurde das Umarmen zum Umschlingen und Umgarnen. Kurz, bei solchem Äußeren dachte niemand an Wegelagerei. Sie war auch nicht allein, vielmehr fleißig unterstützt von einer fliegenden Schwadron gleichermaßen liebreizender, vergnüglicher Amazonen, die unablässig die einen oder die anderen festbanden, ganz wie die Kapitänin es ihnen befahl.

Es fiel auf, dass sie einen jeden mit genau den Banden fesselten, die der Betreffende wünschte, viele brachten sie sogar selbst mit und bereiteten sie vor. So ließen sich die einen mit goldenen Ketten fesseln, was starke Bande machte; die anderen legten sie in diamantene Doppelschellen, *Gattinnen* genannt, das wirkte noch mehr.[23] Viele banden sie mit Blumengirlanden, andere verlangten nach Rosen, der Meinung, es sei besser, ihnen nicht nur die Hände, sondern auch das Haupt zu umwinden. Einen sahen sie, dem genügte ein zartes Blondhaar, und wenn er anfangs darüber auch spöttelte, merkte er doch bald, dass es stärker war als ein Anker-

22 *Cortesana:* Die ungerechte Dissymmetrie: »*cortigiano*« – »Höfling«, aber »*cortigiana*« – »Kurtisane« hatte in Italien im 16. Jh. eingesetzt (Castiglione verwendet noch gelegentlich »*cortigiana*« in der Bedeutung »Hofdame«). Graciáns Misogynie kehrt die Entwicklung gewissermaßen um.

23 »*Esposas*« bedeutet »Gattinnen« und »Handschellen«.

tau. Die Frauen banden sie zumeist nicht mit Stricken,[24] sondern mit Perlschnüren, Korallenketten und Brokatlitzen: Das sah alles nach viel aus und war doch wenig wert. Die tapferen Streiter schlugen sie nach mancherlei Ruhmestaten mit einer Schärpe in Bann, selbst Bernardo del Carpio, und er ließ sich's gefallen;[25] was ihn am meisten verwunderte, war, dass sie Kampfgefährten von ihm mit Federn zusammenkoppelten und dies ein sehr sicheres Gefängnis abgab. Gewisse große Herren verlangten, dass man sie mit ausgesuchten Bändern fessele, an denen Jakobsmuscheln, Schlüssel und Kettenglieder aufgefädelt waren, und sie beharrten darauf bis zum Bersten.[26] Es gab goldene Fußschellen für die einen, eiserne für die anderen, und alle waren gleichermaßen glücklich und gefangen darin. Am verblüffendsten war, dass man in Ermangelung von Stricken für solchen Massenandrang Frauenarme nahm, und zwar sehr schwache für sehr robuste Männer. Herkules selbst wurde mit einem spindeldünnen Faden angebunden,[27] Samson mit ein paar Haaren, die man ihm vom Kopfe schnitt. Einen wollten sie mit einer Goldkette binden, die er bei sich trug, er aber bat, so sollten sie's nicht machen, sondern mit einem Strick aus Espartogras: ein Fall von extremem Geiz. Einem Gefährten von ihm schnürten sie die Hände mit den Bändern seiner Börse zusammen und konnten ihm versichern, das halte eisern zu. Einen umwickelten sie mit seinem eigenen Storchenhals, einen anderen mit einem Straußenmagen;[28] sogar mit Kordeln aus gesalzenen, schmackhaften Skorpionen banden sie manche, und die fanden solchen Genuss an ihren Fesseln,

24 *Stricken: »con cuerdas«. »Cuerda«:* »Strick« und »klug«, »vernünftig«, was nicht zu Frauen passt…

25 *Bernardo del Carpio:* legendäre Gestalt des 9. Jhs., in zahlreichen Romanzen und noch von Lope de Vega besungen.

26 Die Insignien des Santiago-Ordens (12. Jh.), der »Kammerherren vom Goldenen Schlüssel« (an deutschen Fürstenhöfen des Mittelalters) und des Ordens vom Goldenen Vlies (1429 in Burgund gegründet), dessen Mitglieder ein Vlies an einer Halskette aus *B*-förmigen Gliedern trugen.

27 Gemäß der Episode von Herkules am Spinnrad der Omphale.

28 *Storchenhals:* einen »Hochhalsigen«, d. h. »Hochnäsigen«. – *Straußenmagen:* der auch Eisen verdauen kann, *»hierros«,* d. h. *»yerros«,* nämlich die Fehltritte der Ehefrau; so schon Góngora in seinem *romance* 18, *»Escuchadme…«,* V. 53–56.

dass sie sich die Finger leckten. Andere kamen ganz von Sinnen vor Vergnügen darüber, dass sie ihre Stirn mit Lorbeer und Efeu umwunden sahen. Was Wunder, wenn noch weitere toll wurden, die da an Saiten rührten?

Solchermaßen schlugen diese reizenden Wegelagerinnen alles in Bande, was diesen Allerweltsweg entlangkam, umschlangen den einen die Füße, den andern den Hals, allen die Hände, verbanden ihnen die Augen und führten sie gebunden von dannen, jeden Einzelnen am innersten Herzen ziehend. Eine indessen war darunter, die war äußerst unangenehm: Wen die fesselte, der biss sich in die Hände, knabberte sich das Fleisch ab und nagte noch an seinen Eingeweiden. Sie quälte ihn damit, dass andere sich des Lebens erfreuten, der Erfolg der anderen wurde ihm zur Hölle.[29] Eine andere gab es noch, die wütete gewaltig, zog die Fesseln an, bis das Blut kam, und die Betroffenen fanden solchen Gefallen daran, dass sie es sich gegenseitig wegtranken.[30] Das Tollste daran aber war: Nun hatten sie so viele gebunden, und doch ließ sich behaupten, sie hätten dabei keine einzige *Person* gefangen.[31]

Darüber schickten sie sich an, dasselbe mit Critilo und Andrenio zu tun. Sie fragten sie, mit welcher Sorte Fesseln sie gebunden werden wollten. Andrenio entschied sich, jung, wie er war, rasch für Blumengebinde, war ihm doch, als werde das eher eine Girlande geben als eine Schlinge. Critilo hingegen, der einsah, dass ihm nichts anderes übrig blieb, bat, man möge ihn mit Bücherbändern binden, was als recht ausgefallene Bindung erschien, aber schließlich war es auch eine, und so geschah es denn.

Alsbald befahl jene süße Tyrannin, das Spiel zum Abmarsch zu rühren; zwar sah es so aus, als schleife man sie alle an den Kettchen davon, die ihnen ans Herz genietet waren, aber in Wahrheit gingen sie von selbst. Starkes Ziehen war gar nicht nötig. Einige flogen wie vom Winde getragen, fast alle waren sie munter und unbekümmert, doch ach! viele glitten aus, die meisten gerieten ins Stolpern,

29 Neider.

30 Rachsüchtige.

31 Im Sinne Graciáns: keine ausgereifte Persönlichkeit.

fast alle stürzten sie dahin. Bald fanden sie sich vor den Pforten von etwas wieder, was weder recht Palast noch Höhle war. Die etwas davon verstanden, sagten, es müsse ein Wirtshaus sein, denn dort gibt es nichts umsonst, und alles geschieht im Vorbeigehen. Errichtet war es aus etlichen Steinen, die waren so anziehend, dass sie Hände und Füße, Augen, Zungen und Herzen zu sich heranzogen, als wären sie aus Eisen; es mussten Geschmacks-Magneten sein, so eng ineinander gefügt, dass es eine Lust war. Ohne Zweifel war das empfängliche Gasthaus ebenso sehr Stätte des Vergnügens wie Brachfeld des Nutzens, Aggregat aller nur erdenklichen Wonnen. Weit ließ es hinter sich das Goldene Haus des Nero, mit dem dieser das *hierro,* das Eisen seines *acero,* seines Stahls zu übergolden trachtete, will sagen die *yerros* seiner *aceros* – die Irrwege seiner Freveltaten. So sehr verdunkelte es den Palast des Heliogabal, dass es ihm nur noch *Schlechte Nacht* wünschen konnte; und selbst Sardanapals Schloss glich daneben einem Schweinestall mit seinem Unflat. Über der Türe befand sich ein großes Schild, auf dem zu lesen stand: *Lust ist nützlich und ehrbar.* Critilo stutzte und sagte:

»Dieses Schild steht verkehrt herum.«

»Wieso verkehrt herum?«, fragte Andrenio zurück. »Für mich steht es richtig.«

»Doch, man hätte es umdrehen müssen und schreiben: *Ehrbarkeit ist nützlich und lustvoll.*«

»Da halte ich mich heraus; ich kann nur sagen, dies ist das entzückendste Haus, das ich bis zum heutigen Tage gesehen habe. Was hat sein Erbauer doch für guten Geschmack gehabt!«

Es hatte an der Stirnwand sieben Säulen, was, auch wenn dies unangemessen schien, nichts anderes war als ein Wetteifern mit jenem Haus, wie es die WEISHEIT errichtet hatte.[32] Diese Säulen gewährten Eintritt zu sieben Gemächern und Wohnungen ebenso vieler Fürstlichkeiten, deren Agentin die schöne Wegelagerin war; und diese lieferte, so viele sie ihrer einfing, behände dort ab, und zwar ganz nach der eigenen Wahl der Gefangenen. Viele traten in das Goldene Gemach ein. Es hieß so, weil es ganz mit Goldplatten

32 *Sprüche* 11, 1.

und Silberbarren ausgelegt war und die Wände mit kostbaren Steinen; aber es kostete viel, dort hineinzugelangen, und am Ende waren die Steine vor allem – in der Galle. Das höchst gelegene, alle anderen überragende Gemach war auch das gefahrvollste, aber dessen ungeachtet wollten die allerernsthaftesten Leute dort hinauf. Das am niedrigsten lag, war auch das köstlichste, so sehr, dass es angeknabberte Wände hatte; es hieß nämlich, seine Steine seien aus Zucker, der Mörtel mit erlesenen Weinen durchtränkt und der Gips so gebrannt, dass Keks daraus geworden war; da kam manch einer auf den Geschmack und brüstete sich anschließend damit, wie gut seiner doch sei. Dagegen war da ein anderes, das stach mit seiner Röte hervor, war mit Dolchen gepflastert und die Wände aus Stahl; Stückpforten waren seine Türen und die Fenster Schießscharten, die Geländer aus Schlagbolzen, und von der Decke hing statt Blumenzierrat eine Reihe Zweihandschwerter; dennoch fehlte es nicht an Leuten, die dort ihr Quartier bezogen, und mochte es auch um den Preis ihres Blutes sein. Ein anderes sah man, das war von gelbblauer Farbe, und seine Schönheit war darauf angelegt, allem anderen den Glanz zu rauben; seine Dekoration bestand aus Hundskopf-, Greifen- und Zackenmustern, sein Material waren Zähne, nicht etwa von Elefanten, sondern von Vipern, und bot es auch von außen einen guten Anblick, so waren die Wände doch, wie es hieß, bis ins Innerste zernagt; man biss sich aber gegenseitig, um hineinzugelangen. Das bequemste von allen war auch das unaufwändigste, und obwohl es darin nirgends eine Treppe zum Emporsteigen gab, war es doch voller Zwischenabsätze und Ruhebänkchen, wohl ausgestattet mit Stühlen und Pfühlen und Faulpölsterchen; wie ein Haus in China nahm es sich aus, ohne alle Steile; sein Material waren Krötenschilde; alle Welt machte es sich darin bequem und pflegte der Gemächlichkeit. So behäbig bewegte man sich voran und so lang gestreckt war das Gemach, dass man nie an ein Ende kam, denn alles war Ruhe- und Endpunkt. Das schönste Gemach schließlich war das grüne, Wohnstatt des Frühlings, wo die Schönheit waltete; es hieß das Blütenzimmer, und alles war *Blüte* darin, einschließlich der Jugendblüte, und lud zum Sumpfkressenzupfen ein; Narzissen wechselten ab mit Goldlack; alles bekränzte sich beim Eintreten mit Rosen, die nur allzu rasch welkten und Dornen zurückließen, und auch sämtliche Blumen endeten in Gestrüpp und das Grün in dürrem Holz; nichtsdestoweniger war es ein sehr begehrtes Gemach, in dem alle, die eintraten, sich sattsam vergnügten.[33]

Man nötigte Critilo und Andrenio zum Eintreten in eines dieser Zimmer, das am meisten nach ihrem Geschmack wäre. Andrenio, jugendkräftig und in der Blüte des Lebens, wie er war, nahm den Weg zum Blütenzimmer, während er zu Critilo sagte:

»Tritt du ein, wo es dir behagt, denn am Ende des Tages kommen wir ja alle ans selbe Ziel.«

Man wollte Critilo drängen, sich auch zu entscheiden, als der sagte:

»Ich gehe nie dort, wo die anderen gehen, sondern stets in die entgegengesetzte Richtung. Ich weigere mich nicht, einzutreten, doch muss es von dorther sein, wo niemand sonst eintritt.«

»Wie denn das?«, wurde ihm entgegnet, »wo es doch keine Tür gibt, an der nicht jeden Augenblick großer Andrang herrscht.«

Andere spotteten ob seiner Absonderlichkeit und fragten:

»Was ist denn das für ein Mensch, dass er entgegengesetzt wie alle andern sein will?«

»Eben deswegen denke ich, dass ich einer bin«, erwiderte er; »ich muss da hineingehen, wo die anderen herauskommen, muss den Ausgang zum Eingang machen: Mein Augenmerk gilt nie den Anfängen, sondern den Enden.«[34]

Er ging auf die andere Seite des Hauses, und dieses zeigte ihm dabei eine so andere Seite, dass er es nicht wiedererkannte, denn aus all jener Erhabenheit der Fassade war Erbärmlichkeit geworden, aus der Schönheit Hässlichkeit, aus Gefallen Grauen, so sehr, dass diese Seite nun nicht mehr als *fachada,* die Schauseite, sondern als *echada,* die Abbruchseite erschien, jeden Augenblick vom Ruin bedroht. Nicht nur, dass die Steine die Gäste nicht anzogen, sie ka-

33 Die Gemächer entsprechen den sieben Hauptsünden: Geiz, Hochmut, Gefräßigkeit, Jähzorn, Neid, Faulheit und Geilheit. – Abb. 7, S. 195.
34 *Sprüche* 7, 8: »Das Ende eines Dinges ist besser als sein Anfang.«

Abb. 7: Hieronymus Bosch, DIE SIEBEN HAUPTSÜNDEN.
Öl, um 1485.

men sogar hinter ihnen her, stießen sie an, und *die Steine des Bodens standen gegen sie auf.*[35] Keinerlei Gärten auf diesem heillosen Hinterland, nichts als Brachen voller Dornen und Gestrüpp.

Zu seinem nicht geringen Schrecken bemerkte Critilo, dass alle, so viele ihrer auch vorher lachend hineingegangen waren, jetzt weinend herauskamen. Und wie sie herauskamen! Einige wurden zu den Fenstern herausgeworfen, die zum Blumenzimmer gehörten, und sie fielen so heftig in die Dornen, dass sie sich ihnen in alle Gliedmaßen bohrten; voller Schmerzen blieben sie dort liegen, und es war eine Hölle, aus der schrien sie zum Himmel. Die am höchsten hinaufgestiegen waren, taten natürlich auch den tiefsten Fall. Einer von ihnen fiel tatsächlich von der höchsten Palastspitze, seine Pein war so groß wie das Ergötzen der anderen, die alle nur auf seinen Sturz gewartet hatten; er war so übel zugerichtet, dass er nicht mehr als Mann auftreten konnte und schon gar nicht als Person.

»Geschieht ihm recht«, hieß es drinnen und draußen; »so viel Übles verdient, wer nie jemandem Gutes tat.«[36]

Viel Jammer erregte einer, der hieß *Mond* und hatte *Stern,* aber *Unstern;* dem bohrte sich beim Sturz das Eisen in die Kehle, und er schrieb mit seinem Blut die Geschichte eines bösen Erwachens, wie es kein zweites gab.[37] Critilo sah, wie aus dem einen Gemach – es war das goldene gewesen, nun aber zum Kotigen geworden – etliche herunterstürzten, nackt und so übel zugerichtet, als hätte man ihnen die Schultern mit Goldsandsäcken zermahlen; andere flogen zum Fress- und Saufzimmer heraus: *en cueros* – nackt oder allenfalls mit ledernen Weinschläuchen angetan; und alle schlugen

35 Redensart in der Bedeutung: »Alles stellt sich einem in den Weg.« Vielleicht nach *Habakuk* 2, 11: »Denn auch die Steine in der Mauer werden schreien, und die Sparren am Gebälk werden ihnen antworten.«

36 Wahrscheinlich der Conde-Duque de Olivares (1587–1645), dem 1621 von Philipp IV. die Staatsgeschäfte mit allen Vollmachten übertragen worden waren und der 1643 in Ungnade fiel (vgl. S. 433, Anm. 9 und S. 653, Anm. 3).

37 Das »böse Erwachen« *(escarmiento)* spielt auf Álvaro de Luna, Konnetabel von Kastilien, an: Als mächtigster und reichster Mann seiner Zeit überwarf er sich mit König Johann II. (daher *sin secundo* – »wie es kein Zweites gab«), der ihn 1453 in Valladolid hinrichten ließ.

sie mit dem Bauch auf den Boden, Verwünschungen über solch raue Behandlung ausstoßend. Einen einzigen nur sah Critilo aus der Tür kommen. Einzigartig staunte er, lief zu ihm hin und hieß ihn in einmaliger Weise willkommen; wie er ihn noch begrüßte, war ihm, als erkennte er ihn.

»Hilf Himmel!«, rief er, »wo habe ich diesen Menschen schon gesehen? Denn gesehen habe ich ihn, aber ich kann mich nicht erinnern.«

»Ist das nicht Critilo?«, fragte der andere.

»Ja, und wer bist du?«

»Weißt du denn nicht mehr, dass wir zusammen im Hause der weisen ARTEMIA waren?«

»Jetzt kommt es mir wieder: Du warst der mit dem *omnia mea mecum porto.*«[38]

»Eben der, und das hat mich auch von dieser Hexerei hier erlöst.«

»Wie bist du denn wieder herausgekommen, wo du doch schon drinnen gesteckt hast?«

»Ganz einfach«, antwortete er, »und ebenso einfach kann ich dich losmachen, falls du es willst. Siehst du all die Fesseln dort, die der Wille, kaum erkennbar, anlegt mit einem *Ja?* Sämtlich kann er sie wieder losknüpfen mit einem *Nein;* es kommt nur darauf an, dass er es will.«

Critilo wollte, und so sah er sich denn alsbald *libre de libros* – von seinen Bücherfesseln befreit.

»Doch sag mir, Critilo, wie hast du es geschafft, dass du nicht in dieses Aller-Welt-Gefängnis geraten bist?«

»Weil ich, getreu einem anderen Ratschlag derselben ARTEMIA, den Fuß nicht zum Anfangsschritt erhoben habe, bevor ich nicht das Ende in Händen hielt.«

»O du glücklicher Mensch! Aber *Mensch* ist nicht gut gesagt, denn du bist ja nichts anderes als *vernünftig.* Was ist aus deinem Gefährten geworden, der weniger Jahre hatte und mehr Leichtsinn?«

38 Von Cicero dem griechischen Philosophen Bias zugeschriebener Ausspruch. Ein Emblem Alciatis (Henkel/Schöne 1190).

»Nach dem wollte ich dich gerade fragen, ob du ihn nicht dort drinnen gesehen hast; er hat sich ohne jede Vernunftbremse hineingestürzt, und ich fürchte, er wird dementsprechend herauskommen.«

»Zu welcher Tür ist er hineingegangen?«

»Zur Lusttür.«

»Das ist die allerschlimmste; da kommt er erst spät wieder heraus, er wird die Zeit auf alle nur mögliche Art verliegen.«

»Sollte es gar kein Mittel zu seiner Rettung geben?«, fragte Critilo.

»Nur ein einziges, und dies gerät leicht schwer.«

»Wie geht das?«

»Er muss wollen. Er muss es machen wie ich, soll nicht auf das achten, was man ihm hinhält, soll sagen: *Ich habe die Ehre, und noch mehr den Nutzen,* soll hinausgehen, und er wird gestärkt durch die Tür kommen statt gestürzt durch die Fenster.«

»Um eines möchte ich dich gerne bitten, doch getraue ich mich nicht recht, denn es ist eher Zumutung als Gefallen.«

»Was denn?«

»Da du das Haus ja schon durchpeilt hast: ob du nicht noch einmal hineingehen und, Weiser, der du bist, ihn aus seiner Verblendung befreien könntest.«

»Das dürfte keinen Zweck haben, denn selbst wenn ich ihn finde und mit ihm rede, wird er sich von mir nichts sagen lassen, weil er zu mir kein Vertrauen hat. Viel eher wird er sich von dir bewegen lassen, und da du ja dein Wort gegeben hast, ihm zu helfen, so gehe du nur selbst und hole ihn heraus.«

»Ich würde schon gehen«, sagte Critilo daraufhin, »freilich nur ungern, denn ich fürchte, da mir die Erfahrung fehlt, werde ich mich umsonst abmühen und ihn nicht finden, und es besteht die Gefahr, dass wir alle beide darüber zugrunde gehen.[39] Machen wir es doch so: Gehen wir gemeinsam, denn es wird durchaus dop-

39 Dass Critilo auch seine Erfahrung mit dem »Labyrinth der Liebe« gemacht hat, wie in I, 4 erzählt, vernachlässigt sein Autor: Für die Dauer der Doppellebensreise ist Critilo (mit Ausnahme der Versuchung durch den EHRGEIZ in Teil III) nur VERSTÄNDIGKEIT.

peltes Können vonnöten sein; du als Ortskundiger zeigst mir den Weg, und ich als sein Freund versuche, auf ihn einzuwirken, und so kommen wir alle zusammen erfolgreich wieder heraus.«

Der Vorschlag überzeugte den anderen, und sie machten sich an die Ausführung; doch die Wache am Eingang fand den Weisen verdächtig und hielt ihn an.

»Der da, ja«, hieß es bei Critilo, »ich habe Anweisung, ihn einzulassen, sogar nachzuhelfen.«

Doch dieser zog sich rechtzeitig zurück und beriet sich nochmals mit dem Weisen. Er ließ sich von ihm genau über die Ein- und Ausgänge des Hauses und die Räumlichkeiten im Innern unterrichten. Schon ging er wieder entschlossen auf das Haus zu, da machte er auf halbem Wege erneut kehrt und wandte sich ein weiteres Mal an den Weisen:

»Ich habe noch einen anderen Einfall: Wie wäre es, wenn wir beide die Kleider tauschten? Zieh du meine an, wie sie Andrenio kennt, das kann als Empfehlung wirken, außerdem kannst du in dieser Aufmachung die Wachen bei Einbruch der Dunkelheit täuschen; ich bleibe in deiner Kleidung hier, um die Täuschung zu unterstützen, auch wenn mir darüber jede Minute zur Ewigkeit wird.«

Der Weise hatte gegen diese List nichts einzuwenden. Er tat sich Critilos Kleider an, wurde eingelassen und sogar nach seinen Wünschen befragt. Der andere blieb draußen und sah weiter zu, wie pausenlos Leute aus diesem Lottersturz fielen. Er sah mit an, wie Frauen einen Prasser aus dem Rosenfenster in die Dornen warfen, und da der Unglücksmensch splitternackt war, wurde er weidlich zerschunden; da er so einiges mitgenommen hatte, war er aber vor allem an der Nase mitgenommen, sprach schon ganz näselnd, und das sollte ihm für den Rest seines Daseins bleiben, sagten doch alle, die ihn hörten:

»Kein Wunder, dass er durch die Nase redet, es gebrach ihm eben an der rechten Witterung; das hat er von seinen tollen Ausschweifungen.«

Er und alle seines Schlages empfanden solchen Ekel vor der eigenen Sudelei, dass sie unausgesetzt vor der elenden Wollust ausspien: Das sollte Rache und Heilung sein (sie hätten es aber besser vorher getan). Die sich vom Faulbett des Müßiggangs herunterwälzten, waren sogar noch im Fallen träge, nur beim Wiederaufstehen waren sie es noch mehr, sie lebten schon kaum mehr vor lauter Faulheit; ein rechtschaffen nichtsnutziges Volk, zu nichts anderem gut als zum Gezähltwerden und zum Speisenverzehr;[40] ohnehin taten sie nichts mit Schwung und Munterkeit, *de buen aire,* und dann blieben sie in ihm, im *aire,* in der Luft, auch noch stehen, Schildkröten zur Bestätigung des Eleaten,[41] doch einmal am Boden, klebten sie immer am Boden. Die aus dem Waffenzimmer herabkollerten, stießen so wilde Schreie aus, dass es eher einem Irrenzimmer glich; sie waren übel zugerichtet, und die Hiebe, die sie austeilten und einsteckten, waren so heftig, dass sie Blut aus ihren Heldenbrüsten spuckten, Blut wieder erbrachen, das sie zuvor aus den Wunden ihrer Feinde gesaugt hatten, denn eine richtige Rache ist ein famoser Schädelspalter. Lediglich die aus dem Giftzimmer standen dabei und guckten schadenfroh zu, wie die anderen jammerten; und da war manch einer, der, damit nur ein anderer sich den Arm brach und das Auge ausstach, sich gerne einen abbrach und eins ausstach; wenn die andern über etwas weinten, so lachten sie darüber, und wenn die anderen sich über etwas freuten, so jammerten sie darüber; und es war schon erstaunlich zu sehen, dass sie, die beim Eintreten abgemagert waren, beim Herauskommen umso fetter wurden, während sie mit Wonne anderer Leute Unglück beklatschten und deren Missgeschick in die Welt posaunten.

Staunend stand Critilo und sah sich solches Aller-Welt-Ende an. Nach vielen Stunden Ewigkeit erschien Andrenio am Fenster des Zimmers der Blüten vor den Dornen. Er ängstigte sich sehr vor dem Absturz. Critilo wagte nicht, ihn anzurufen, aus Furcht, sich preiszugeben, doch zwinkerte er ihm zu, um ihn auf den Ausgang aus der Illusion aufmerksam zu machen. Wie und wo jener herabgelangte, das wollen wir gleich sehen.

40 Nur für Statistik und Konsum ... Geht zurück auf Horaz: *»Nos numerus sumus et fruges consumere nati«* (*Episteln* I, II, 27).

41 Gemäß dem Paradox von Achilleus und der Schildkröte, mit dem Zenon aus Elea die Bewegung in Frage stellte.

Elfte Krisis

Schicksalsmeer des Hofes[1]

Hat man *einen* Löwen gesehen, hat man sie alle gesehen, und mit *einem* Schaf alle Schafe; hat man aber *einen* Menschen gesehen, so hat man nur einen gesehen, und auch den kennt man noch bei weitem nicht. Alle Tiger sind wild, alle Tauben arglos – kein Mensch ist wie der andere. Die edlen Adler zeugen stets wieder edle Adler, aber große Männer erzeugen keineswegs immer große Söhne, noch die kleinen immer kleine. Jeder hat seinen *gustus* und seinen *gestus*, und man lebt nicht mit einerlei Ansicht.[2] Es hat die erfindungsreiche Natur die Menschen mit verschiedenen Gesichtern ausgestattet, damit sie zu unterscheiden seien in ihrem Tun und Treiben, damit nicht Gute mit Bösen verwechselt würden, die Männer nicht mit den Frauen und damit keiner seine Missetaten hinter dem Gesicht eines andern zu verbergen trachte. Manch einer verwendet viel Eifer darauf, die Eigenschaften der Kräuter zu untersuchen: Wie viel mehr käme es darauf an, die Eigenschaften der Menschen zu kennen, mit denen es zu leben und zu sterben gilt! Auch sind es gar nicht alles Menschen, was wir sehen, gibt es doch schreckliche, akrokeraunische Ungeheuer im wilden Meer der Großstädte:[3] Weise ohne Werke, Alte ohne Klugheit, Junge ohne Achtung,

1 »*El golfo cortesano*«: Man könnte auch übersetzen »Die tückischen Wasser des Hofes«. In Cervantes' Novelle *Licenciado Vidriera* findet sich die Wendung »*este gran mar de la Corte*«, von Hans Rothbauer übersetzt mit »dies Schicksalsmeer des Hofes«. Wir übernehmen die Formulierung als *Hommage* an den großen Cervantes-Übersetzer.
2 »*Parecer*« – »Äußeres«, »Gesicht« und »Meinung«. Nach Persius (V, 52-53): »*Mille hominum species et rerum discolor usus / Velle suum cuique est, nec voto vivitur uno*« – »Der Menschen Arten sind tausend, und bunt die Verwendung der Dinge; jedermann hat seinen eigenen Sinn, man lebt nicht mit einerlei Neigung« (Übers. W. Kißel). Vgl. *Handorakel* 101: »*No se vive de un voto solo*« – »Man lebt nicht von einer Stimme« (Schopenhauer). Vgl. S. 661, Anm. 22.
3 *Akrokeraunia:* antiker Name für das gefährliche Kap Glossa in Epirus, an der Straße von Otranto.

Frauen ohne Scham, Reiche ohne Barmherzigkeit, Arme ohne Demut, Edle ohne Adel, Volk ohne Gesetz, Verdienst ohne Lohn, Menschen ohne Menschlichkeit, Personen ohne Persönlichkeit.

Solches erwog der Weise bei sich im Angesicht der Königsstadt, nachdem er in so mustergültiger Weise Andrenio zu einem Ausweg aus der Klemme verholfen hatte. Critilo hatte diesen nun eigentlich an der freien Pforte erwartet, doch erblickte er ihn zu seinem Schrecken noch oben am Fenster, wo er scheinbar mitgefenstert wurde im allgemeinen Sündenfenstersturz. Doch beruhigte er sich, als er sah, dass niemand ihn wirklich hinausstieß, er sich vielmehr das Blumengewinde von der Stirn nahm, es entflocht, einen Zweig an den anderen knüpfend sich ein Seil daraus machte, an dem er sich herabließ, und solchermaßen wohlbehalten und hoch beglückt zu Boden kam. Im gleichen Augenblick erschien unter der Tür der Weise, Critilo zu doppelter Freude. Doch spornstreichs, ohne sich auch nur mit Umarmen aufzuhalten, suchten sie, heimgesucht, wie sie waren, das Weite. Nur Andrenio wandte noch einmal den Kopf zu dem Fenster zurück und rief:

»Soll sie nur hängen bleiben, die Fangschlinge, Leiter zur Freiheit mir, verewigtes Zeichen meines Ausstiegs aus der Verfangenheit.«[4]

Sie schlugen den Weg zur Königsstadt ein, gerieten indessen, nach den Worten des Weisen, von Skylla zu Charybdis; er ging mit ihnen bis vor die Tore, nachdem sie die Zeit in angenehmer Unterhaltung zugebracht hatten, der besten Zehrung auf dem Lebenswanderweg.

»Was war das nur für ein Haus, und was hat es gehütet?«, fragte Critilo, »erzählt mir, was ihr darinnen erlebt habt.«

Aus Rücksicht auf Andrenio nahm der Weise das Wort und sprach:

»Ihr müsst wissen, dies Trughaus, die TABERNA MUNDI, die Weltschänke, ist beim Eintritt das Haus des *gusto* und beim Austritt

4 *Ausstieg aus der Verfangenheit: »desengaño«.* Hierzu und zur Reminiszenz an einen *romance* Góngoras vgl. S. 247, Anm. 35. Die »Fangschlinge« *(»lazo«)* seiner Verirrungen bleibt hängen wie ein Exvoto im Tempel.

das Haus des *gasto,* erst Lusthaus, dann Lasthaus. Und jene einnehmende Wegelagerin ist die berühmte VOLUSIA, die bei uns VERGNÜGEN heißt und bei den Lateinern VOLUPTAS[5], die große Zutreiberin der Laster, reißt doch einen jeden Sterblichen seine Lust dahin.[6] Sie nimmt sie gefangen, und was sie dann mit ihnen macht, kann man *alojar* – unterbringen nennen, aber auch *alejar* – entfremden. Die einen lockt sie ins höchste Gemach zu SUPERBIA, die anderen ins tiefste zu DESIDIA, nur in der Mitte duldet sie keinen, denn die Laster dulden auch keine Mitte. Alle gehen sie, wie ihr gesehen habt, singend hinein und kommen heulend wieder heraus, nur die Neider halten es umgekehrt. Das Mittel, um dem Sturz am Ende zu entgehen, besteht darin, sich gleich am Anfang über die Sache klar zu werden: ein wichtiger Rat der weisen ARTEMIA, der mir höchst hilfreich war, um gut hindurch zu gelangen.«

»Und mir noch mehr, um gar nicht erst hineinzugehen«, erwiderte Critilo, »denn ich gehe sehr viel lieber ins Haus des Weinens als ins Haus des Lachens,[7] weil ich weiß, dass auf die Feste der Freuden noch immer die Tage des Kummers folgten. Glaub mir, Andrenio, wer mit den Vergnügungen beginnt, endet mit den Kümmernissen.«

»Es ist also dieser unser Weg«, sagte dieser darauf, »voller verborgener Fallen, und nicht ohne Grund stand der TRUG an seinem Beginn. O Haus der Narren! Und wie närrisch ist doch einer, der dort hausen will! O Zauber der magnetischen Steine, die am Anfang anziehen und hernach abstoßen!«

»Gott bewahre euch«, äußerte der Weise, »vor allem, was in Freuden beginnt; nie solltet ihr euch an leichten Anfängen laben; richtet stets euer Augenmerk auf das schwierige Ende und gewärtigt den Umschwung. Den Grund dafür lernte ich in jener Schänke der VOLUSIA, in einem Traum, der euch zum Erwachen bringen soll. Dort erzählte man mir nämlich, FORTUNA habe zwei Söhne

5 VOLUSIA: Schöpfung Graciáns, wie die Mehrzahl seiner Allegorienamen.

6 Zum Vergilzitat vgl. S. 180, Anm. 2.

7 *Prediger* 7, 2: »Es ist besser, in das Klagehaus zu gehen als in das Trinkhaus.«

gehabt, höchst verschieden in allem, der ältere ebenso anziehend hübsch wie der jüngere abstoßend hässlich; ihre Wesenszüge entsprachen, wie das zu sein pflegt, sehr ihren Gesichtszügen. Ihre Mutter nähte ihnen zwei Hirtenkittel, beide mit der gleichen Sorgfalt: Für den ersten nahm sie köstlichen Stoff, wie ihn der Frühling webt, mit Rosen und Nelken besät; und zwischen Blume und Blume stickte sie jeweils ein *G*, beziehungsreiche Chiffre, die die einen als *graziös* lasen, andere als *galant, geschmackvoll, gut gebaut, gern gesehen* oder *großherzig*, unterfüttert mit blütenweißem Hermelin, alles stand für *gala, gusto, gallardía* und *gracia*. Den anderen kleidete sie nach ganz anderer Eingebung, nämlich in düster-rauen Barchent, durchstochen mit zahllosen Dornen und dazwischen ebenso viele *F;* und da las nun ein jeder, was ihm nicht lieb war: *furchterregend, fratzenhaft, fauchend, filzig* und *falsch;* alles *Finsternis, Fluchwürdigkeit* und *Frevel*. Gingen sie aus dem Haus ihrer Mutter auf den Platz oder in die Schule, so rief dem Ersten, wer immer ihn sah, freundlich zu, die Türen aller Herzen öffneten sich ihm, alles lief zu ihm hin, schätzte sich glücklich, ihn berühren, ihn gar rühren zu dürfen. Der andere, benachteiligte, fand keine Tür offen, so ging er *im Schatten der Dächer*, von allen gemieden; wollte er ein Haus betreten, so bekam er die Tür *vor die Augen,*[8] und machte er nicht gleich kehrt, dann auch noch Hiebe, und so wusste er nicht mehr ein noch aus; halb lebte er, halb starb er hin und geriet so weit ins Elend, dass er sich selbst nicht mehr leiden mochte; da fasste er denn den Entschluss, sich zu *entleiben,* um sich zu *entleiden*[9], wollte lieber sterben, um zu leben, als leben, um zu sterben. Da aber die Melancholie sich auch von der Klugheit nährt[10], verfiel er auf einen Ausweg, der immerhin besser war, als Hand an sich zu legen: Da

8 *»Im Schatten der Dächer«:* »scheu«, »zurückgezogen«; *»bekam die Tür vor die Augen«:* »vor der Nase zugeschlagen«.

9 *»Despeñarse para despenarse«* – »sich in den Abgrund zu stürzen, um weiterer Pein zu entgehen«.

10 Cicero: »*Aristoteles quidem ait omnes ingeniosos melancholicos esse*« (*Tuscul. Quaest.* I, 33, 80). Cicero bezieht sich auf Kap. XXX, 1 aus Aristoteles' *Problemata,* in dem ausführlich von der herausragenden Bedeutung derer die Rede ist, die zu viel »schwarze Galle« haben.

er wohl wusste, wie mächtig der TRUG ist und was er tagtäglich – oder besser nachtnächtlich, denn Trug und Licht sind sich spinnefeind – für Wunder wirkt, beschloss er bei sich eines Nachts, nach ihm auf die Suche zu gehen. Er forschte allenthalben nach ihm, konnte ihn jedoch nicht entdecken. An mancherlei Orten sagte man ihm, da werde er stecken, und an keinem fand er ihn. Schließlich kam ihm der Gedanke, er müsse ihn doch mit Sicherheit bei den Betrügern finden, und so suchte er zunächst die ZEIT in ihrem Hause auf. Doch diese sagte ihm, bei ihr sei er nicht, sie sei vielmehr stets darum bemüht, aller Welt über Trug und Täuschung die Augen zu öffnen, nur glaube man ihr immer erst zu spät. Da ging er denn weiter zum Haus der WELT, von der es doch heißt, sie sei trügerisch; doch auch diese antwortete ihm, auf gar keinen Fall, sie würde überhaupt niemanden täuschen, selbst wenn er es wünschte, vielmehr seien es die Menschen selber, die sich täuschten und absichtlich verblendeten. Schließlich ging er zur LÜGE persönlich, die fand sich ja allenthalben; auch ihr sagte er, wen er suchte, und bekam zur Antwort:

›Mach dich fort, du Trottel, wie soll denn ausgerechnet ich dir die Wahrheit sagen?‹

›Demnach werde ich es also nur von der WAHRHEIT erfahren‹, sagte er sich, ›doch wo diese finden? Das muss ja noch schwerer sein, denn wenn ich schon TRUG nirgends entdecken kann, wie viel weniger dann WAHRHEIT!‹

Er suchte HEUCHELEI auf, in der sicheren Annahme, dort müsse er sein; aber diese narrte ihn mit der TRÜGEREI selbst, denn ihren Hals verdrehend wie ihre Absichten, die Achseln zuckend, die Lippen schürzend, die Brauen hochziehend, die Augen zum Himmel richtend (dass ein Mensch den beschäftigen kann!), versicherte sie ihm wichtigtuerisch, sie kenne niemanden dieses Namens und habe ihr Lebtag nicht mit ihm gesprochen. Dabei hauste sie doch fortwährend mit ihm unter einem Dach. Er ging weiter zum Haus der SCHMEICHELEI, einem Palast, und dort bekam er zu hören:

›Lüge ich auch, so täusche ich doch nicht, denn meine Lügen sind so groß und offenkundig, dass auch der Einfältigste sie erkennen muss; man weiß nur allzu gut, dass ich lüge, und doch bereitet es allen Behagen, und man lohnt es mir.‹

›Wie kann es denn sein‹, wehklagte jener nun, ›dass die Welt voll von Trug ist und ich ihn nicht finden kann! Das nimmt sich ja aus wie Verbrechersuche in Aragón.[11] Ganz bestimmt muss er irgendwo in einer Ehe stecken: Gehen wir dort einmal nachsehen!‹

Er befragte den Ehemann, er befragte die Ehefrau, und beide Male erhielt er zur Antwort, es habe so viele so gleichmäßig auf beide Seiten verteilte Lügen gegeben, dass niemand sich beklagen könne, er oder sie sei der betrogene Teil. Sollte er sich dann etwa im Haus der Händler aufhalten, zwischen verkappten Wucherern und nacktgeplünderten Gläubigern? Auch hier antwortete man ihm mit *nein,* denn es könne doch da keinen Betrug geben, wo jeder weiß, dass es ihn gibt. Das Gleiche sagten die Ladenbesitzer, denn er ging von einer *Botike* zur anderen, und in jeder wurde beteuert, wer es wisse und nicht anders wolle, der könne doch nicht über Betrug klagen. Da war er verzweifelt und wusste nicht, wo er sich noch hinwenden sollte.

›Ich muss ihn aber finden‹, rief er aus, ›und sei es im Hause des Teufels!‹

Also auf nach dort: Es war ein Genua, mehr noch ein Genf.[12] Der Teufel aber geriet in höllischen Zorn und schrie ganz wild:

›Ich Trug? Ich Täuschung? Was soll das mir? Ich rede doch deutlich zu aller Welt, ich verspreche keine Himmel, nur Höllenfeuer, nichts von Paradies; und trotzdem folgen die meisten mir und tun meinen Willen; worin soll denn da der Trug bestehen?‹

Für diesmal, sagte jener, habe er die Wahrheit erkannt, und er machte schleunigst kehrt vor ihr. Er schlug eine andere Richtung ein, entschlossen, den Trug jetzt bei den Betrogenen zu suchen, den guten Leuten, den Leichtgläubigen, Arglosen und Biederen; aber auch sie sagten ihm einhellig, dort sei er keinesfalls, sondern

11 Seit den *fueros* (Rechten) von 1247 waren in Aragón bestimmte Methoden der Strafverfolgung wie Folter, Ordal (Feuerprobe) oder Hausdurchsuchung (bei Adeligen) nicht zulässig.

12 *Genua:* Hauptsitz der beneideten und verachteten Banken. – *Genf:* Zentrum des Calvinismus.

nur bei den Betrügern und diese seien die wahren Toren, denn wer andere betrüge, betrüge doch stets und schade am meisten sich selbst.

›Was soll das?‹, rief er aus, ›die Betrüger sagen mir, die Betrogenen hätten ihn bei sich; die aber behaupten, die Betrüger seien mit ihm zusammen. Ich glaube schier, die einen wie die andern haben ihn im Haus, und es merkt nur keiner.‹

Wie er nun so weiterging, traf er auf die WEISHEIT, oder besser sie auf ihn, und in ihrer Allwissenheit sagte sie zu ihm:

›Unseliger, du, wozu suchst du bei anderen und nicht bei dir selbst? Kannst du nicht einsehen, dass, wer den TRUG sucht, ihn nicht findet, und dass, wer ihn entdeckt, ihn schon nicht mehr entdeckt? Geh nur zu ein paar von denen, die sich selbst gern etwas vormachen, da kannst du ihn gar nicht verfehlen.‹

Der Reihe nach ging er zu einem Eingebildeten, einem Hochmütigen, einem Habgierigen, einem Neidischen und fand ihn dort tatsächlich, mit einer dicken Schicht Wahrheit überschminkt. Er teilte ihm sein Ungemach mit und fragte ihn, was dagegen zu tun sei. Der TRUG sah ihn sich sehr gut an, gerade weil er so schlecht war, und sagte dann zu ihm:

›Aha, du bist das BÖSE, dein übles Äußeres sagt mir das; du bist die Schlechtigkeit, hässlicher noch, als es der Anschein will. Aber Kopf hoch, mein Bester, an Einfällen soll es bei mir nicht fehlen. Ich freue mich über Gelegenheiten wie diese, damit meine Macht sich glänzend offenbart. Oh, was für ein Paar werden wir beide zusammen darstellen! Raff dich nur auf, der erste Schritt zur Heilung ist, des Übels Wurzel zu erkennen: Bei deinem Gebrechen sehe ich sie so deutlich vor mir, dass ich sie mit Händen greifen könnte. Ich kenne die Menschen sehr gut, auch wenn sie mich nicht kennen; ich weiß sehr wohl, auf welchem Fuß ihr Wille lahmt. Hör mir gut zu: Man verabscheut dich nicht, weil du schlecht bist, nein, ganz und gar nicht, sondern weil du so aussiehst in dem schlechten Kleide, das du trägst; das ist der Stein, an dem sie sich stoßen; wärst du mit Blumen bedeckt, ich weiß, sie würden dich hätscheln. Aber lass mich nur machen, ich werde die Dinge so mischen, dass du aller Welt Liebling wirst und dein schöner Bruder zum Scheusal; ich weiß schon, wie ich's anstelle, das ist nicht das erste Mal und auch nicht das letzte.‹

Er fasste ihn bei der Hand, und beide gingen miteinander zu Fortunas Haus. Dort grüßte er sie zunächst mit all der ihm geläufigen Artigkeit und hatte sie gar bald geblendet, wozu freilich bei einer Blinden nicht allzu viel gehört.[13] Sodann bot er sich ihr als Blindenführer an[14], wobei er gehörig herausstrich, wie bedürftig sie dessen doch sei und wie viel Nutzen sie davon habe; das Söhnchen stellte ihn als besonders treu und verständig hin (mehr als der Teufel weiß ja in vielem sein Schüler); vor allem verlangte er keine andere Bezahlung dafür, als an ihren Triumphen teilzuhaben. Und seine Rechnung ging auf, ist doch nichts ergiebiger für TRUG als die Scheintüre der Ambition. All dies passte zwar nicht recht zu einem Blindenführer, kam nichtsdestoweniger sehr gelegen, und so wurde er aufgenommen in das Haus der Fortuna, und das ist die ganze Welt. Im nächsten Augenblick machte er sich auch schon daran, alles durcheinander zu bringen, ließ nichts an seinem Ort, nicht einmal die Zeit. Stets führt er seither Fortuna in die verkehrte Richtung: Will sie einen anständigen Menschen aufsuchen, führt er sie zu einem Schurken oder etwas noch Schlimmerem; wo sie eilen sollte, hält er sie auf, wo sie behutsam zu gehen hätte, lässt er sie hasten; alles, was sie tut, verdreht er flugs ins Gegenteil, alles, was sie gibt, tauscht er schnell aus; will sie einem Weisen Gutes erweisen, lenkt er es um auf einen Toren; die dem Tapferen zugedachte Gunst gelangt an einen Feigling. Alle Augenblicke verwechselt sie seinetwegen die Hände, verteilt Glück und Unglück ganz unverdientermaßen; zur Unzeit fuchtelt sie mit dem Stock, schlägt blind und toll auf Gerechte ein; ein Schlag ihres Handrückens ist Rückschlag für den Einsichtigsten, huldvoll und handsam überlässt sie die Hand dem Gemeinen, der sich mit jedem handgemein macht. Wie oft hat nicht ihr Schlag gefehlt! Das eine Mal traf er einen Baltasar de Zúñiga und brachte ihm das Ende, als

13 Die Glücksgöttin trägt die Augen verbunden.

14 Im Spanischen oft *lazarillo* genannt, nach dem Protagonisten des berühmten Schelmenromans des 16. Jahrhunderts, *Lazarillo de Tormes*.

er eben zu leben beginnen sollte;[15] das andere Mal traf er einen Herzog von Infantado, einen Markgrafen von Aytona und Leute ähnlichen Formats, als man ihrer am dringendsten bedurfte.[16] Luis de Góngora, Agustín de Barbosa und andere hervorragende Männer wurden mit Armut geschlagen.[17] Wo sie ihnen hätte besonders viel Gunst erweisen sollen, lenkte er ihren Schlag daneben. Und der Üble rechtfertigte sich, indem er sagte:

›Sie hätten eben zu Zeiten eines Leos X. kommen sollen, eines Franz von Frankreich, dies ist nun einmal nicht ihr Jahrhundert.‹[18]

Wie übel wurde nicht einem Markgrafen von Torrecuso mitgespielt![19] Und der Schuft rühmte sich dessen auch noch und meinte:

›Was täten wir ohne den Krieg? Ohne ihn wäre Fortuna längst vergessen.‹

Verfehlt war auch der Schlag, als auf Martín de Aragón ein Schuss abgefeuert wurde: Sehr bald schon wurde der Irrtum deutlich.[20] Einem Azpilcueta Navarro, den das *Sacrum Collegium* geehrt hatte, schickte sich Fortuna an, einen Hut zu verleihen, da erhielt er einen solchen Schlag auf die Hand, dass er ihn fallen ließ, und als ein Pfäfflein hinzulief, um ihn aufzuheben, lachte sich der Erzschelm eins und rief:

15 *Baltasar de Zúñiga:* Botschafter in Flandern, Frankreich und Österreich, Mitglied des Staatsrates, Erzieher des nachmaligen Philipps IV. und Erster Minister unter ihm. Er stand bereits in hohem Ansehen, als er, jung an Jahren, 1622 starb.

16 *Duque del Infantado:* vgl. S. 138, Anm. 3. – *Marqués de Aytona:* Statthalter in Flandern; starb vermutlich an einem Fieber.

17 *Luis de Góngora:* Der Dichter des »culteranismo« (1571–1627), für den Gracián hohe Bewunderung empfand (in *Agudeza y arte de ingenio* führt er 52 Gedichte von ihm auf), lebte in Verhältnissen, die in Anbetracht seiner Berühmtheit als ärmlich gelten mussten. – *Agustín de Barbosa:* portugiesischer Rechtsgelehrter, vertrat in der Erhebung von 1640 gegen Spanien die Interessen der spanischen Krone.

18 *Leo X.:* der politisch wie kulturell sehr erfolgreiche Giovanni de' Medici, Papst von 1513 bis 1521. – *Franz I.:* König von Frankreich von 1515 bis 1547, großer Förderer der Künste und Wissenschaften.

19 *Marqués de Torrecuso:* Feldherr aus der neapolitanischen Dynastie Caracciolo, der nach militärischen Erfolgen gegen die Franzosen im katalanischen Krieg beim Sturm auf Barcelona 1641 erst seinen Sohn verlor und dann selbst ums Leben kam.

20 *Martín de Aragón:* Kavalleriegeneral, fiel 1639 beim Inspizieren einer Festung in Piemont.

›Ach, mit solchen wie dem kämen wir ja doch nicht zurecht; denen soll ihr Ruf genügen. Mit den anderen, ja, mit denen lässt es sich machen, die nehmen demütig an und bezahlen dankbar.‹[21]

Sie machte auch Anstalten, der spanischen Monarchie viele Glücksgüter zu bescheren, dafür dass diese sich so katholisch erwies, wie sie es ja auch bislang schon gehalten hatte, indem sie ihr *die Indien* gewährte[22] sowie viele andere Reiche und Siege; der üble *pícaro* jedoch fuhr ihr dabei so heftig in die Parade, dass alles nach Frankreich hinübersprang, zum Erstaunen der Welt;[23] und er redete sich doch wahrhaftig wieder darauf hinaus, man habe in Spanien eben nur noch Besonnene ausgesät, in Frankreich aber lauter Heißsporne. Und um den Hass wieder ein wenig zu besänftigen, den ihm seine Bosheit eintrug, schanzte er der Republik Venedig ein paar Siege über die osmanische Macht zu, und zwar, zur Verwunderung aller, ihr allein, ohne Liga;[24] und dafür wiederum machte er die ZEIT verantwortlich, die es nunmehr leid sei, noch weiter die osmanischen Erfolge mehr gezwungen als willig auf dem Rücken zu tragen.[25] Dergestalt wirbelte er alle Ereignisse und Vorfälle, alle *cosas* und *casos,* so durcheinander, dass Glück wie Unglück jeweils den traf, der es am wenigsten verdiente. Schließlich war es so weit, dass er seine ursprüngliche Absicht verwirklichen konnte. Zur Nachtzeit, als FORTUNA ihre beiden Söhne entkleidete (sie vertraute sie niemandem sonst an), beobachtete er scharf, wo sie eines jeden Sachen hinlegte, nämlich immer mit Sorgfalt an verschiedene Stellen, damit sie nicht verwechselt würden. Da eilte

21 *Martín Azpilcueta,* gen. *doctor Navarro:* Der Theologe und Jurist, Rektor der Universität Coimbra, wies die ihm angetragene Würde eines Erzbischofs von Santiago ab; als ihm in Rom der Kardinalshut verliehen werden sollte, starb er.

22 *Las Indias* war lange Zeit der Name für Hispano-Amerika.

23 Vor allem in der Schlacht bei Rocroi, 1643; der endgültige Verlust der spanischen Vormachtstellung an Frankreich wird erst mit dem Pyrenäenfrieden von 1659 eintreten.

24 Venedigs Politik – in Italien wie im Osten – war nahezu immer von Allianzen bestimmt, so in der Seeschlacht von Lepanto, 1571; nur 1650/51 erfocht es aus eigener Kraft Siege über die Osmanen auf Kreta und bei Paros.

25 Die dreihundertjährige Expansion des osmanischen Reiches hatte um 1600 ihren Höhepunkt überschritten.

Trug herbei, und unbemerkt vertauschte er sie untereinander: Die Kleider des Guten legte er an die Stelle des Bösen, die Kleider des Bösen an die Stelle des Guten. Am andern Morgen kleidete Fortuna, so sorglos wie blind, die Tugend in den rauen Hirtenkittel, den mit den Blumen hingegen legte sie dem Laster an; dadurch war dieses schmuck anzusehen, half überdies mit Truges Schminke nach. Keiner war da, der den Betrug durchschaut hätte, alle eilten sie dem Falschen nach und baten ihn zu sich ins Haus, der Meinung, sie hätten es mit dem Guten zu tun. Einige zahlten Lehrgeld und wollten es anderen weitersagen: Nur wenige glaubten es ihnen, die meisten, die ihn so anmutig und blühend sahen, verblieben lieber bei ihrem Irrtum. Seit diesem Tage nun sind Tugend und Schlechtigkeit verwechselt, alle Welt lässt sich täuschen und täuscht selber; die sich um jenes lockenden Köders willen der Verderbtheit ergeben, finden sich alsbald genarrt, und wenn sie endlich durchschauen, was gespielt wurde, so sagen sie reumütig:

›Dies ist das wahrhaft Gute nicht; dies ist das Übel aller Übel: Wir waren auf dem falschen Weg.‹

Diejenigen indessen, die sich dem Trug entziehen können und es über sich bringen, die Tugend, auch wenn sie anfangs rau und dornig erscheint, unerschrocken an die Brust zu drücken, werden am Ende die wahre Zufriedenheit finden und die Freude, solch großes Gut in ihrem Gemüt zu bergen. Wie blühend erscheint doch dem einen die Schönheit, und wie erbärmlich liegt er nachher da mit zahllosen Gebresten! Wie üppig dem andern die Jugendzeit, doch wie rasch welkt sie ihm dahin! Wie begehrenswert stellen sich dem Ehrgeizigen Titel und Würden dar, mit Ansehen bekleidet sieht er das Amt, und wie seufzt er alsbald und trägt schwer an der Bürde! Wie köstlich malt der Kampflüsterne sich nicht die Rache aus, wenn er sich Feindes Blut erst von den Lippen lecken kann, doch dann geht er zeit seines Lebens, so er denn am Leben bleibt, mit dem Ekel umher, der aus der unverdauten Tat ihm hochkommt! Selbst gestohlenes Wasser ist süßer.[26] Da presst

26 In Umkehrung von *Sprüche* 9, 17: »Gestohlenes Wasser ist süß.«

der reiche Protz dem armen Schlucker das letzte Blut aus, doch wie heftig er würgt, wenn er es wieder von sich geben muss, davon weiß die Mutter des Milans![27] Der Vielfraß schlingt exquisite Speisen in sich hinein und schlürft teure Weine: Aber wie greint er dann unter der Gicht! Der Unzüchtige versäumt keine *Konjunktur* zur Stillung seiner tierischen Gelüste, und er bezahlt es doch mit Schmerzen in allen *Konjunkturen*[28] seines schwachen Körpers. In Dornen greift mit seinen Schätzen der Geizhals: Sie lassen ihn nicht schlafen, genießen kann er sie nicht, zerschunden hängt sein Herz an ihnen. Alle gedachten sie mithin, das Gute schön gewandet zu sich zu holen, und in Wahrheit ist es doch nur das verkappte Übel, nicht das Ergötzen, nur das Entsetzen, das so verdiente, über den Selbstbetrug. Demgegenüber jedoch: Wie beschwerlich und steil bietet sich VIRTUS dem anderen dar, und wie viel Befriedigung verschafft ihm danach sein gutes Gewissen! Wie abschreckend hart ist doch Enthaltsamkeit, allein in ihr liegt das Heil für Körper und Seele. Unerträglich nimmt sich Beherrschung aus, und doch liegt in ihr die wahre Zufriedenheit, Leben, Gesundheit und Freiheit. Wer sich begnügen kann mit einem mittleren Maß, der hat das Leben.[29] Dem Sanften im Herzen gehört die Erde.[30] Würde- und würzelos bietet sich uns der Gedanke dar, dem Feind zu vergeben, und doch: Welch ein Friede kann dem folgen, welch Ansehen daraus erwachsen! Welch süße Früchte gehen doch hervor aus der bitteren Wurzel der *Mortifikation!* Melancholisch mag das Schweigen sich

27 Nach Alciatis Emblem *»Male parta male dilabuntur«* (»Unrecht Gut gedeiht nicht gut«): *»Milvus edax, nimiae quem nausea torserat escae, / Hei mihi mater, ait, viscera ab ore fluunt. / Illa autem, quid fles? cur haec tua viscera credas, / Qui rapto vivens sola aliena vomis?«* – »Ein gefräßiger Milan, den von zu viel Fressen der Ekel zwackte, rief seiner Mutter zu: ›Heu, mir kommen ja die Eingeweide zum Mund heraus.‹ Darauf sie: ›Was heulst du? Warum glaubst du, das seien deine Eingeweide, wo du doch, vom Raub lebend, nur Fremdes erbrichst?‹« (Henkel/Schöne, *Emblemata* 792).

28 *Konjunkturen:* Gelenken.

29 *Mittleres Maß:* span. *»medianía«*, griech. *»mesotes«*, lat. *»medietas«* oder *»mediocritas«*. Mit seinem Lob der Mitte steht Gracián ganz in der platonisch-aristotelisch-scholastischen Tradition, die die Mitte in Ethik, Politik oder auch Medizin als das Erstrebenswerte, ja das »Höchstmaß« ansieht (vgl. S. 82, Anm. 21).

30 Dritte Seligpreisung der Bergpredigt (*Matthäus* 5, 5).

ausnehmen, doch dem Weisen war es niemals arg, dass er geschwiegen hatte. Und so geht seither nun die TUGEND von außen mit Dornen besteckt einher und von innen mit Blumen, das LASTER aber umgekehrt. Erkennen wir sie und hängen wir der Zuerstgenannten an, dem allgemeinen und gemeinen TRUG zum Trotz.«[31]

Nun waren sie in Sichtweite der Residenzstadt angelangt, und wie Andrenio mit Entzücken auf Madrid schaute, fragte ihn der Weise:

»Du schaust, aber was siehst du?«

»Ich sehe«, erwiderte dieser, »eine hehre Mutter vieler Nationen, eine Krone zweier Welten, einen Mittelpunkt vieler Reiche, ein Juwel beider Indien, einen Nistplatz des PHÖNIX und eine Sphäre der KATHOLISCHEN SONNE, gekrönt von leuchtenden Kleinodien und strahlenden Wappen.«

»Ich aber sehe«, sagte Critilo, »ein Babel von Wirrwarr, ein Lutetia von Unrat, ein Rom von Unbeständigkeit, ein Palermo von Vulkanen, ein Konstantinopel von Vernebelung, ein London von Pestilenz und ein Algier von Sklaverei.«

»Und ich«, sprach daraufhin der Weise, »sehe Madrid als Mutter alles Guten, von der einen Seite betrachtet, von der anderen als Rabenmutter. In die Hauptstadt drängt alles Vorzügliche dieser Welt, aber noch mehr alles Verkommene, bringen doch die meisten, die hineineilen, aus ihren Ländern nur das Schlechte mit, selten das Gute. Ich trete dort nicht ein, auch wenn es heißen mag, ich sei an der Milvischen Brücke umgekehrt.«[32]

Und hiermit verabschiedete er sich. Critilo und Andrenio, als viel bewanderte Leute, betraten die Stadt über die stattliche Tole-

31 In dieser groß angelegten Entwicklung einer Fabel zur Predigt spürt man Stil und Atem des Kanzelredners Gracián. Nur an wenigen Stellen kommt sein *Criticón* dem Ethos der Bergpredigt so nahe wie an dieser. Eine auffällige Scheu scheint ihn daran zu hindern, hierbei als er selbst zu sprechen. Es ist auch kein Kirchenmann, den er für sich reden ließe, schon gar kein Jesuit (sie kommen im ganzen Werk nicht vor), sondern ein *sabio,* ein stoischer Weiser. Das Schweigen des Weisen ist ein – nicht unproblematisches – Ideal der Stoa, nicht des Christentums.

32 *Milvische Brücke:* Tiberbrücke vor Rom, bei der im Jahre 312 Konstantin über Maxentius siegte. – *Sklaverei:* hier das einzige Mal von Gracián verurteilt.

dostraße.[33] Gleich zu Beginn stießen sie auf einen jener Läden, in denen Wissen feilgeboten wird. Critilo ging hinein und fragte den Buchhändler, ob er wohl goldene Knäuel führe. Der verstand ihn nicht, denn von Büchern nur die Titel zu lesen, macht nun einmal keinen gebildet; wohl aber ein anderer, der dort saß, ein an Jahren und Bildung fortgeschrittener Hauptstädter.

»Sie möchten eine Kompassnadel«, rief er, »für diesen Circengolf.«

»Jetzt verstehe ich noch weniger«, sagte der Buchhändler. »Hier wird weder Gold noch Silber vertrieben, sondern Bücher, und die sind viel kostbarer.«

»Genau das suchen wir«, sagte Critilo, »und darunter eines, das uns Ratschläge gibt, wie wir uns in diesem höfischen Labyrinth zurechtfinden.«

»Aha, die Herren sind also neu hier. Da habe ich ein Büchlein für euch, kein Bändchen, nur ein Quäntchen, aber es wird euch den Weg weisen geradewegs zum Nordstern der Glückseligkeit.«

»Die suchen wir.«

»Hier bitte sehr; ich habe es Wunder wirken sehen, denn es enthält die Kunst, *Person* zu sein und mit solchen umzugehen.«

Critilo nahm es in die Hand und las den Titel: *El Galateo cortesano*.[34]

33 Vgl. S. 186, Anm. 16.

34 Im Folgenden zieht Gracián in sarkastischer Weise über diejenigen her, die sich auf die berühmten Manierenbücher der Renaissance berufen (nicht über diese Bücher selbst). Er wollte dabei offenbar kein bestimmtes nennen, sondern überlagerte mit seiner Titelwahl *El Galateo cortesano* die beiden verbreitetsten italienischen Werke: *Il Libro del Cortegiano* von Baltasare Castiglione (1528) und *Il Galateo* von Giovanni Della Casa (1558), die in ganz Europa Verbreitung und verflachende Nachahmung gefunden hatten (vgl. Peter Burke, *Die Geschicke des »Hofmann«*, dt. 1996). Das erste wurde von Juan Boscán, das zweite von Lucas Gracián de Dantisco ins Spanische übersetzt. Auf dieses letztere Werk, eher eine freie Bearbeitung der italienischen Vorlage u. d. T. *Galateo Español*, beziehen sich die Bemerkungen, die er dem Madrider Höfling in den Mund legt, jede Anstandsregel im Geiste von Hieronymus Bosch zu einer moralisch intendierten Groteske verformend, anders als früher in *El Héroe*, im *Handorakel* oder in *Agudeza*, wo er Castigliones höfische Präzeptistik intensiv diskutiert und fortentwickelt hatte. – Zum lobenden Urteil über den portugiesischen »Cortegiano« von Lobo vgl. S. 931, Anm. 76.

»Was soll es wert sein?«, fragte er.

»Mein Herr«, antwortete der Buchhändler, »es hat keinen Preis: Es ist dem viel wert, der es bei sich trägt. Diese Bücher verkaufen wir nicht, wir verleihen sie nur gegen ein paar Realen, denn es gibt gar nicht genug Gold und Silber, um sie aufzuwiegen.«

Als der Hofmann dies hörte, brach er in ein unmäßiges Gelächter aus, so dass Critilo höchst erstaunt und der Buchhändler verärgert war. Man fragte ihn nach dem Grund.

»Weil es zum Lachen ist, was Ihr da sagt«, antwortete er, »wie auch alles, was da drinsteht.«

»Schon, schon«, meinte der Buchhändler eilig, »ich meine ja auch, dass der *Galateo* nur ein Schulbuch ist, nur das ABC lehrt, aber ganz unwert ist er doch nicht, ein löbliches Goldkrümchen, ganz unzweifelhaft. Zwar ist er klein, aber er macht doch große Männer, er will ja gerade zeigen, wie man einer wird.«

»Genau dies tut er am wenigsten«, gab der Hofmann zurück, während er das Bändchen zur Hand nahm. »Dieses Buch hätte sogar noch einen Wert, aber nur, wenn man in allem das Gegenteil von dem tut, was es lehrt. In den guten Zeiten damals, als auch die Menschen noch gute Menschen waren, da waren diese Regeln wohl beachtenswert; aber jetzt, in den Zeiten, die wir erreicht haben, taugen sie nicht mehr. All die Lehren, die darin empfohlen werden, stammen aus der Armbrustzeit; jetzt aber ist Brillenzeit, und glaubt mir, da haben sie ihren Nutzen eingebüßt.[35] Und damit Ihr Euren Irrtum einseht, hört nur diese, eine der ersten: Der gebildete Höfling solle, so heißt es dort, wenn er mit jemandem im Gespräch begriffen sei, ihm nicht ins Gesicht sehen, schon gar nicht in die Augen starren, als könnte er dort Geheimnisse auswit-

35 Mit »Armbrustzeit« dürfte die Zeit vor Einführung der Artillerie gemeint sein. »Brillenzeit«, *»tiempo de las gafas«,* spielt mit den Bedeutungen von *gafa*: »Armbrustspanner« und – im Plural – »Brille« (aufgekommen im 17. Jh., man denke an Quevedos »Kneifer«); daran knüpfen sich Assoziationen wie »Scharfblick«, »Kritik«, »Intellektualität« *avant la lettre.* Natürlich von Gracián nicht historisch gemeint, sondern mythisch, noch mehr sarkastisch (zu Castigliones Zeit beherrschten längst Massenformationen und Artillerie das Kriegsgeschehen, war längst das Ende des Goldenen Zeitalters für das Rittertum eingeläutet).

tern.[36] Nun schaut, was das für eine gute Regel für unsere Zeiten ist, wo die Zungen längst nicht mehr am Herzen befestigt sind! Wo soll er aber dann hinschauen? Etwa auf die Brust? Das ließe ich mir eingehen, wenn dort das Fensterchen wäre, wie es sich Momos wünschte.[37] Wenn beim Schauen auf das Gesicht, das einer aufsetzt, auf seine ständig wechselnde Miene, auch der Aufmerksamste schon kein Abbild des Innern mehr zu erkennen vermag, wie stünde es dann erst, wenn er gar nicht mehr hinschauen dürfte? Hinschauen soll er und nochmal hinschauen, bis ins Weiße der Augen, und gebe Gott, er träfe dann ins Schwarze dessen, was der andere in seiner Brust hegt, und er könnte wähnen, dort Geheimnisse zu erblicken. Vom Gesicht soll er es ihm ablesen, was in der Seele vorgeht, soll merken, ob er die Farbe wechselt, ob ihm die Braue zuckt: Bis ins Herz soll er ihm den Blick bohren![38] Diese Regel soll, ich sage es noch einmal, der Höflichkeit der alten Zeit vorbehalten bleiben, es sei denn, ein kluger Kopf verstünde sie als zeitgemäße Hilfe bei der Suche nach jenem unschätzbaren Glück, das darin besteht, zu überhaupt keines anderen Gesicht aufblicken zu müssen. Hört aber noch diese andere Regel, die mich jedes Mal erheitert, wenn ich sie lese: Da bringt der Verfasser doch vor, es sei eine barbarische Unsitte, jedes Mal wenn man sich die Nase ausgeblasen habe, im Schnupftuch die Ausscheidung zu betrachten, als schnaubte man sich Perlen oder Diamanten aus dem Hirn.«[39]

»Aber dies, mein Herr«, wandte Critilo ein, »ist doch eine durchaus angebrachte und präzise Anweisung; sie mag ja etwas allzu eingehend sein, aber gegen Ungezogenheit sind die Ermahnungen niemals überflüssig.«

»Eben nicht«, rief der Hofmann, »Ihr versteht es nicht. Der Verfasser sollte, halten zu Gnaden, das genaue Gegenteil verkün-

36 Vgl. *Der Galateo,* übers. von M. Rumpf, 1988, S. 104.

37 *Momos:* Personifikation des Sarkasmus bei Hesiod; wird in II, 11 überraschend zum Führer unserer Wandernden. – *Fenster in der Brust:* aus einem Dialog Lukians (vgl. S. 539, Anm. 32).

38 Programm des *Zahorí,* der in III, 5 auftreten wird.

39 In Rumpfs Übersetzung (Anm. 36) auf Seite 14.

den. Er sollte sagen: Ja, ja, schaut nur alle hinein ins Sacktuch und seht, was ihr seid: An eurem Auswurf sollt ihr euch erkennen! Er soll es sehen, was er zutage bringt, der eingebildete Schwätzer, und soll erkennen, dass er ein stotternder Rotzbube ist, der seine rechte Hand nicht von der linken unterscheiden kann und keinen Grund hat, sich etwas einzubilden. Und der andere, der sich für so scharfnasig hält, soll beim Hineinsehen einsehen, dass er keineswegs Sentenzen und Apophthegmata, sondern schleimiges Zeug aus dem Destillierkolben seines Adlerhöckers fördert. Und die Hübsche dort soll sich nur klar machen, dass sie kein solcher Engel ist, wie man ihr vorlügt, und dass es auch kein Ambra ist, was sie aushaucht, sondern parfümierte Jauche. Es entsage Alexander dem Wahn und sehe ein, dass er nicht Sohn Jupiters ist, sondern Sohn der Verwesung und Enkel des Nichts. Jedem *Gottgleichen* soll veranschaulicht werden, wie menschlich er ist, und jedem Aufgeblasenen, dass aller Wind und Rauch in seinem Kopf sich schließlich nur in Ekel auflöst, je posaunender, desto rotziger.[40] Ja, erkennen sollen wir uns und verstehen, dass wir nichts sind als Schläuche voller Unflat: Beim Kind ist's Rotz, beim Greis ist's Schleim, beim Manne sind's Geschwüre.

Auch die nächste Regel ist vollkommen überflüssig: Sie besagt, der Höfling dürfe auf keinen Fall in Gesellschaft anderer sich das Schmalz aus den Ohren holen oder es gar mit den Fingern kneten wie einer, der Nudeln macht.[41] Ich frage, ihr Herren, wer könnte solches tun? Wem hat man wohl noch Schmalz in den Ohren gelassen und gar noch so viel, dass es zum Nudelkneten reicht? Ach, *sin cera está la era: ohne Knete sind die Städte, ohne Schmera lebt die Ära ...!* Was er hätte empfehlen sollen, ist vielmehr, dass uns nicht so viele Wucherer, Harpyien, Beutegeier, Amtsschreiber, von

40 *»Sonado«:* zu *»sonar«* – »schneuzen«, aber auch »hochtönend«, »berühmt«. – *»Mocoso«:* »rotzig« und »wertlos«.
41 *»Cera«:* »Wachs«, »Schmalz« und »Geld«. Die Stelle findet sich nicht im italienischen Original, nur im *Galateo español.* – Abweichend vom Graciánschen Text setzt unsere Übersetzung um der Lesbarkeit willen nach jeder »Benimmregel« einen Einzug.

anderen zu schweigen, das Schmalz aus den Ohren saugen sollten.[42]

Ganz und gar abhold aber bin ich jener weiteren Regel, wonach es höchst ungehobelt sei, im Beisein mehrerer die Schere aus dem Futteral zu holen und sich angelegentlich ans Nägelschneiden zu machen.[43] Das halte ich für eine höchst verderbliche Doktrin, denn in Anbetracht der Tatsache, dass manche sehr darauf bedacht sind, sich die Nägel überhaupt nicht zu schneiden, nicht einmal heimlich, geschweige denn öffentlich, wäre es doch sehr viel besser gewesen, dazu aufzufordern, die Nägel vor aller Welt zu stutzen, wie es jener Admiral in Neapel tat, aus Empörung darüber, wie lang dort etliche die Krallen trugen.[44] Ja doch, ja: Klingen sollen sie hervorholen – warum nicht auch zum Aufrauen und Gerben, nur nicht zum Schinden und Prellen! – und sich damit die Raubtierkrallen kappen, am besten gleich noch Finger und Hände dazu, die manchen so lang geraten sind! Es gibt mitleidige Leute, die gehen in die Hospitäler und schneiden dort den armen Kranken die Nägel. Das ist gewiss barmherzig; aber es wäre doch nicht schlecht, stattdessen den Reichen aufs Haus zu rücken und ihnen die Greifenklauen zu beschneiden, mit denen sie ihren Reichtum zusammengeklaut und jene Ärmsten ausgeplündert, zum Betteln an den Türen und schließlich ins Spital gebracht haben!

Ebenso wenig hätte man empfehlen sollen, den Hut beizeiten abzunehmen: allzu viel der Großzügigkeit, allzu viel der Höflichkeit. Es wird einem ja schon nicht mehr nur der Hut abgenommen, auch Mantel und Jacke, Hemd und Haut, selbst dem Rechtschaffensten ziehen sie das Fell über die Ohren und behaupten, es geschähe aus Höflichkeit. Andere halten sich so streng an die Regel, dass sie allenthalben gleich *mit der Mütze eintreten.*[45]

42 Natürlich hört man auch ein ironisches *»Mas sincera está la era«* – »Doch ganz ehrlich sind die Zeiten«. – Romera-Navarro steht nicht an zu vermuten, dass mit den »anderen« die Kirchenmänner gemeint sind, mit ihrem hohen Verbrauch an Wachs...

43 Bei Rumpf S. 23.

44 Medina de Rioseco, Admiral von Kastilien, versuchte als Vizekönig von Neapel von 1644 bis 1646 die dortige Verwaltung von der Korruption zu säubern.

45 *»Entrar de gorra«* – »schmarotzen«. Die Stelle nur im *Galateo español.*

In diesem Sinne versichere ich euch, es gibt überhaupt keine Regel mit Regel, ich meine mit Verstand. Was ich hier lese, verstößt zweifellos gegen alle guten Sitten, ich frage mich, wieso man das nicht verboten hat! Da heißt es doch tatsächlich, wenn einer spazieren geht, dann soll er nicht etwa peinlich vermeiden, auf die Linien zwischen den Steinplatten zu treten, oder aber stets den Fuß genau in die Mitte setzen, sondern auftreten, wie es gerade kommt.[46] Nicht doch, sage ich! Statt dass man dem Höfling nahe legt, tunlichst nicht auf die Grenzlinie der Vernunft zu treten und schon gar nicht darüber hinaus, erst recht nicht die Grenzen der Gesetze Gottes zu missachten, widrigenfalls ihre Strahlen ihn versengen, und nicht sich über seinen Stand zu erheben, was schon so viele zu Fall gebracht hat; entweder auf die Linien oder zwischen sie zu schreiben, denn das heißt Takt und Maß bewahren;[47] niemals den Fuß zu weit zu spreizen, die Hand zu hoch zu recken. Das alles würde ich ihm raten. Er soll schauen, wo er den Fuß hinsetzt, ohne abzugleiten, soll zusehen, wo er eintritt und wo er wieder hinausfindet, soll stets fest auf die Mitte setzen und nicht auf die Extreme, wo die Gefahren drohen. Das nenne ich richtig gehen.

Ein Herr solle keine Selbstgespräche führen, das sei albern.[48] Ja, mit wem kann er denn besser sprechen als mit sich selber? Welcher Freund wäre treuer? Soll er doch mit sich selbst reden und sich die Wahrheit sagen, ein anderer wird es bestimmt nicht tun! Soll er sich befragen und darauf hören, was sein Gewissen sagt, soll mit sich zu Rate gehen, soll alles bei sich selbst erwägen und überzeugt sein, dass alle anderen ihn ja doch nur täuschen und keiner sein Geheimnis für sich behält, nicht einmal König Pedros Hemd![49]

Man solle beim Reden niemanden beklopfen, denn das hieße

46 Wie nicht anders zu erwarten, mischt Gracián munter die Beispiele: Dieses stammt aus einer Schrift von Mateo Alemán.

47 Vermutlich ist die musikalische Notenschrift gemeint.

48 Auch dies nach Mateo Alemán.

49 Peter III. von Aragón (1276–1285) wird der – sinngemäß schon von Plutarch überlieferte – Ausspruch zugeschrieben, wenn sein Hemd das geringste Geheimnis seiner Brust erführe, würde er es sofort verbrennen.

Leib und Seele misshandeln.[50] Wohl gesprochen, wofern der andere auch zuhört. Doch was, wenn er sich taub stellt, gerade beim Wichtigsten? Was, wenn er schläft? Dann muss man ihn wach rütteln. Und Leute gibt es, denen lässt sich auch mit Keulenschlägen nichts beibringen, die werden nie Vernunft annehmen. Was soll ein Mensch tun, wenn niemand auf ihn hört und achtet? Er muss notgedrungen beim Reden grobe Keile nehmen, wenn denn der Hörende ein grober Klotz ist.

Man rede nicht heftig und laut, denn das sei der Würde abträglich.[51] Je nachdem, mit wem man spricht: Seidene Worte passen nicht in sackleinene Ohren.

Und dann, was soll uns diese: Man solle beim Sprechen nicht mit den Armen fuchteln, als wollte man schwimmen; auch nicht den Finger ausstrecken, als wollte man fischen?[52] Hierbei stünde es einem nicht übel an, zu unterscheiden zwischen schönen Gesten und unschönen; und wer sich etwas auf seine Hände zugute tut, würde wohl ohnehin *den Himmel herunterholen,*[53] wenn man ihm verwehrte, sie zu bewegen. Nichts für ungut, aber ich möchte doch gerne das Gegenteil behaupten: Man rede und man rege sich, halte es nicht nur mit Worten; es soll auch Tun und Handeln geben, Ernst mache man mit dem Gesagten. Und allemal gilt doch: Besser Hand angelegt als auf den Mund gefallen.

Etliche Regeln also schmelzen dahin, so überflüssig sind sie. Andere sind eisesstarr, wie etwa diese: Man solle sich beim Gespräch dem andern nicht zu sehr nähern und ihn nicht feucht besprechen, denn wahrhaftig seien einige darin doch recht unachtsam, dass sie eigentlich, bevor sie den Mund auftun, *Kopf weg, Wasser!* rufen müssten, damit die Zuhörer ausweichen oder sich die Kapuze überziehen können;[54] und gemeinhin redeten diese Leute wie Sturzbäche. Verderblicher als die Wasserspeier, meine Herren,

50 Bei Rumpf S. 23.

51 Ebenda, S. 82.

52 Nur im *Galateo Español.*

53 »Sich sehr ärgern«.

54 »*¡Agua va!*« war der Warnruf aus der Zeit vor Einführung des Wasserklosetts…

finde ich allerdings die Feuerspucker, die die Flammen der Bosheit, der üblen Nachrede, der Zwietracht, Schändlichkeit und Frechheit aus dem Munde schleudern. Weit schlimmer ist doch: Geifer spucken, ohne vorher *Kopf weg, Galle!* zu rufen. Das Giftspritzen sollte man anprangern, das Speicheln und Spucken ist damit verglichen harmlos. Geringes Unheil nur richtet ein Schrothagel an, aber Gott schütze uns vor der glatten Kugel der Injurie, dem spitzen Pfeil der Stichelrede, den Piken der Pikanterien, den Kartätschen der Verräterei und den Pfündern aus den Wurfmaschinen der Verleumdung.

Es gibt auch etliche höchst lächerliche Vorschriften wie diese: Du sollst im Gespräch niemandem die Hand auf die Brust drücken, noch ihm die *Knospenknöpfe* seiner Jacke so weit reif drehen, dass sie abfallen.[55] Und wieder: Lass sie doch dem andern den Puls fühlen auf der Brust und das Herz abklopfen, lass sie tasten, ob es auch schlägt. Lass sie spüren, ob es in den Knöpfen auch einen Kern gibt, denn es gibt Menschen, die haben nicht einmal dort einen. Lass sie doch den am Ärmel ziehen, der so gern die Ellbogen gebraucht, und den am Schlafittchen packen, der sich in die Brust wirft, damit er nicht aus den Nähten platzt.

Die nächste, die jetzt folgt, die wird in keiner Republik mehr befolgt, nicht einmal in der Republik Venedig. Sie stammt aus grauer Vorzeit: Man solle nicht auf beiden Backen kauen, denn das sei ausgemacht hässlich.[56] Da seht ihr eine Regel, die wird gerade von den Schönsten am wenigsten beherzigt; vielmehr sagen sie, sie seien am ansehnlichsten und am glänzendsten, wenn sie es dennoch täten.[57]

Man solle nicht unablässig und nicht lautschallend lachen.[58] Nun, die Welt steckt so voller Monstrositäten, dass es nicht mehr genügt, nur leise *unter der Nase* zu lachen, auch wenn dort kühler Schatten ist.

55 Wieder nach dem *Galateo Español*, vom Autor freilich komisch überhöht.

56 Bei Rumpf S. 19. – *Venedig:* Anspielung auf die venezianische Schaukelpolitik.

57 Gemeint ist wohl nicht so sehr das Kauen als das Füllen der Backentaschen: Hab- und Prunksucht.

58 Bei Rumpf S. 112.

Eine ähnliche lautet: Man solle nicht mit geschlossenem Munde essen.[59] Aber gewiss doch. Was für eine gute Regel für heute, wo so viele um die Klostersuppe fechten gehen! Schon so ist kein Bissen davor sicher, dass ihn nicht einer aus dem Mund stibitzt; wie wäre das erst bei offenem Munde! Da würden sie keine Not mehr leiden, die Gratisesser und Freitrinker. Ganz abgesehen davon, dass es bei keiner Gelegenheit so wichtig ist, den Mund geschlossen zu halten, besser noch ein Schloss davor zu legen, wie beim Essen und Trinken: Der berühmte Graf Spinola hat dies beherzigt, als er von Heinrich so zuvorkommend zu Tische geladen war.[60]

Um auch noch ins Letzte und Kleinste zu gehen, wird dem Höfling empfohlen, auf keinen Fall zu rülpsen: Das sei zwar gesund, aber ungehörig.[61] Er glaube mir und lasse die Leute die Luft abblasen, die sie plagt: Je voller sie sind, desto leerer auch. Ach, könnten sie mit einem Mal all die Luft hinauslassen, die in ihren Köpfen weht! Denn ich halte dafür, wenn einer niest, so hilft ihm Gott, sich des Windchens seiner Eitelkeit zu entledigen, und wir sollen ihm *Helfgott* wünschen. Am üblen Atem mögen sie erkennen, wie die Luft verpestet wird, wenn sie nicht an ihrem Platz ist.[62]

Nur ein Rat aus dem *Galateo* hat mich sehr überzeugt und scheint mir ein neuerlicher handfester Beweis dafür, dass auch das schlechteste Buch etwas Gutes hat: Trägt es doch, als Grundmaxime seines gesamten höfischen Regelwerks, dem galanten Galateo an, sich um die Glücksgüter dieser Welt zu bemühen, wenn er in ihr glanzvoll und prächtig leben will, denn auf dieser Goldgrundlage wird ihm alsbald sein Standbild als höfisch vollkommener, kluger, galanter, gewandter, gebildeter Mann errichtet werden.

59 Nicht im *Galateo.* Man würde eigentlich das Gegenteil erwarten.

60 *Ambrogio Spìnola* (1569–1630), Genuese in spanischen Diensten, 1605 Sieger bei der Belagerung von Breda (vgl. das berühmte Bild von Velázquez, sowie Calderón, *Die Belagerung von Breda*), wurde danach von Heinrich IV. nach Paris eingeladen, der ihn vergeblich über seine weiteren Vorhaben in den Niederlanden auszuhorchen suchte.

61 Nur im *Galateo Español.*

62 In den Lungen, vermutlich.

Wäre er indes arm, so könnte er mit Sicherheit nicht umgänglich und nicht höflich, nicht galant und nicht vergnüglich werden.[63]

Und das ist meine Meinung über den *Galateo.*«

»Nun, wenn Euch das nicht zufriedenstellt«, sagte der Buchhändler, »weil es nur über das Materielle des Höfischen unterrichtet und nicht mehr gibt als die Umhüllung einer *Person,* als die Außenhaut eines Menschen, dann haben wir hier auch noch etwas Ernsthafteres und Tieferes, die Ratschläge, die der kluge Juan de Vega seinem Sohn mitgab, als er ihn an den Hof schickte. Diese Unterweisung wurde noch einmal geadelt durch den Kommentar, den der Graf von Portalegre ganz in der Art eines portugiesischen Herren, was sehr viel heißen will, aus ähnlichem Anlass seinem eigenen Sohne mitgab.«[64]

»Ein großes Werk«, meinte der Hofmann dazu, »ein übergroßes sogar, nur für übergroße Persönlichkeiten, und der wäre wohl ein schlechter Schuster, der einem Zwergen einen Riesenschuh verpassen wollte.«

»Glaubt mir, kein anderer Leitfaden ist besser geeignet; man möchte meinen, er habe beim Schreiben Madrid vor Augen gehabt.«

»Ich weiß schon, ihr haltet mich für einen Paradoxoiker, wenn nicht überhaupt für einen Stoiker; aber es geht doch um die Wahrheit. So sage ich euch denn, das Buch, das ihr euch beschaffen müsst und von einem Ende zum anderen durchlesen, das ist die berühmte *Ulixiade* von Homer. So wartet doch und tut nicht so verwundert, ich will's euch ja erklären! Sicher denkt ihr, die berüchtigte Meerenge, die darin beschrieben ist, liege bei Sizilien und die weibsgesichtigen, fischgeschwänzten Sirenen tummelten sich jenseits davon in den Syrten, die Circe treibe ihr Zauberwesen auf ihrer Insel und der ungebärdige Zyklop in seiner Höhle? So wisset:

63 Wofür auch Berufung auf Aristoteles möglich ist: »Indes gehören zum Glück doch auch die äußeren Güter« (*Nikomachische Ethik* I, 1099 b1).

64 *João de Vega:* Vizekönig von Sizilien unter Karl V. und Thronratsvorsitzender Philipps II. Diese Ratschläge werden noch öfter lobend erwähnt. – *Graf von Portalegre* (1528–1601) war Botschafter in Portugal, geriet mit König Sebastian auf dessen Afrikaexpedition in Gefangenschaft und wurde von Philipp II. losgekauft.

Die tückischen Wasser sind der Hof, mit der Skylla seiner Täuschungen und der Charybdis seiner Lügen. Seht ihr diese Frauenspersonen dort, die so irrend und girrend, so sittig und schnittig einherstolzieren?[65] Diese falschen Weibchen sind die wahren Sirenen, sie reichen erst Speermut, dann Wermut;[66] da verschlägt es auch nichts, wenn der wackere Ulixes seine Ohren verwachsen lässt – er muss sich an den festen Tugendmastbaum binden lassen und ihren Lockgesängen entsegelnd den Bugspriet seiner Vernunft in den sicheren Port manövrieren. Da sind die Zaubercircen, die gar manchen, der eintrat, vom Manne zum Tier konvertierten. Und was soll ich von den vielen Zyklopen sagen, die, so dumm wie arrogant, ihr Klopsauge umherschweifen lassen, Dünkel in der Seele, Dinkel im Kopf? Dies Buch, sage ich, sollt ihr euch zu Gemüte führen, damit es euer Gemüt führt und ihr gleich Ulixes genau so vielen Klippen entgeht, wie euch bedrohen, und so vielen Monstren, wie euch anstarren.«[67]

Sie nahmen seinen Rat entgegen, betraten die Hofstadt und erlebten buchstabengetreu, was der Hofmann ihnen vorausgesagt und jener Ulixes ihnen vorausgelebt hatte. Kein Verwandter, kein Bekannter, kein Freund ließ sich blicken, und das kam von der Paupertät. Felisinda, die begehrte, vermochten sie nicht zu finden. Da sie sich so allein und vernachlässigt sahen, entschloss sich Critilo, die Wirkung einiger sehr kostbarer orientalischer Steine auszuprobieren, die er aus seinem Schiffbruch gerettet hatte; insbesondere wünschte er einen hochfeinen Diamanten einzusetzen, um zu sehen, ob seine Kraft so große Hindernisse zu überwinden

65 Im Original ein zweifacher semantischer Doppelstöcker: *»tan prendidas de libres y tan compuestas de disolutas.«*

66 *Wermut:* nach *Sprüche* 5, 4.

67 Gewiss ist die Odysseus-Figur im *Criticón* vielfach gegenwärtig. Doch obwohl sie in der Anlage als Schiffbrüchiger und als Lebenswanderer *(peregrino)* Analogien zu Critilo aufweist, kommt es nicht zu einer vollen allegorisch-figuralen Identifikation des einen mit dem anderen, im Unterschied etwa zu Calderóns Fronleichnamsspiel *Los encantos de la culpa* (1649), in dem Ulises zum Jedermann wird: »Ich bin der Mensch, der Schläue zugeneigt, und daher hab ich heut Ulises mich genannt, was griechisch sagen will: der Schlaue ...« In jedem Fall ist dies ein Beispiel für die in *An den Leser* genannten Allegorien Homers (vgl. S. 12, Anm. 11).

vermöchte, und einen prächtigen Smaragd, ob er wohl Gemüter gewönne, wie die Philosophen schreiben. Er holte sie ans Licht, zeigte sie umher, und noch im selben Augenblick wirkten sie wahre Wunder, gewannen sie ihnen Freunde, alle wollten verwandt mit ihnen sein, sahen bestes spanisches Blut in ihnen, mit einem Schlag waren sie edel, verständig und klug. So großes Aufsehen erregte der Diamant, dass man sich zu Hunderten um sie bemühte und ganz Madrid davon hörte, woraufhin Schwärme von Bekannten und Verwandten bei ihnen einfielen, mehr Vettern, als der König, mehr Neffen, als der Papst hat.

Doch das erfreulichste Unvorhergesehene widerfuhr Andrenio zwischen *Calle Mayor* und Palast. Es trat ein junger Page auf ihn zu, mit schmucker Tracht und freiem Trachten, zog ein Blatt hervor, ein Briefchen, das Andrenio so verdutzte, eine Klinge, die ihn so *schnitt,*[68] dass es ihm unmöglich war, sich dem Ansinnen zu entziehen; er entzifferte nämlich in der Unterschrift etwas von *Deiner Kusine* und *Deiner Dienerin;* man hieß ihn willkommen in der Residenzstadt und beklagte sanft, dass er, der so nahe Stehende, so lange weit weg in der Fremde geweilt habe; man bat ihn angelegentlich, sich doch sehen zu lassen, der Page stehe ihm als Führer zur Verfügung. Andrenio war verwundert, als er das Lock- und Stichwort *Kusine* hörte, war er sich doch nicht bewusst, je eine Mutter gehabt zu haben. Und mehr noch von der eigenen Neugier bewegt als vom fremden Willkomm, schlug er unter dem Beistand des jungen Pagen die Richtung nach dem Haus ein.

Was er dort Wunderliches sah und was ihm Absonderliches widerfuhr, davon soll die folgende Krisis berichten.

68 *»Desenvainando una hoja en un billete le dexó tan cortado.«*

Zwölfte Krisis

Die Zauber der Falsirena

Salomon war der weiseste der Männer, und er war der Mann, den die Frauen am meisten betrogen; und da er auch der Mann war, der die Frauen am meisten liebte, war er schließlich auch der, der am meisten Böses über sie sagte. Beweis dafür, welches Übel das böse Weib für den Mann ist: sein größter Feind.[1] Stärker ist es als der Wein, mächtiger als der König und mit der Wahrheit lag es immerhin gleichauf, ist es doch ganz und gar Lüge.[2] Die Schlechtigkeit des Mannes ist immer noch mehr wert als das Gute am Weibe: So hat gesagt, der die Dinge am besten gesagt hat.[3] Wird dir doch ein Mann, der dich verfolgt, weniger Harm antun als ein Weib, das dir folgt. Das Weib ist aber nicht ein einzelner Feind, sondern alle Feinde in einem, denn alle haben sie ihr Heerlager in ihr aufgeschlagen. Aus *Fleisch* ist das Weib, um des Mannes Fleisch zu zersetzen; mit *Welt* bekleidet es sich, hat doch Welt, um den Mann zu

1 *Salomo:* »Er hatte siebenhundert Hauptfrauen und dreihundert Nebenfrauen; und seine Frauen verleiteten sein Herz« (*1. Könige* 11, 3). Salomo galt im Mittelalter als der Verfasser der *Sprüche (Proverbia)*, des *Prediger (Kohelet, Ecclesiastes)*, des *Hohelied (Canticum canticorum)*, weiterhin der Apokryphen *Weisheit (Sapientiae)* und *Jesus Sirach (Ecclesiasticus)*. Gracián kannte sicher auch den lateinischen Spottdialog *Salomo und Markolf*, der ihm sehr zusagen musste (*»Tu loquaris sicut prudens, Ego loquor sicut ludens«)*, allerdings wohl kein direktes Echo im *Criticón* hervorgerufen hat.

2 Nach dem sog. Pagenwettstreit aus dem *Dritten Esra-Buch* (2./1. Jh. v. Chr.): Auf die Frage, was wohl das Mächtigste in der Welt sei, nennt König Darius' erster Leibwächter den Wein, der zweite den König, der dritte die Frau, fügt jedoch hinzu: »Über alles aber siegt die Wahrheit« (Übers. K.-F. Pohlmann). Die interpolierte Erzählung setzt diesen dritten Pagen mit dem persisch-jüdischen Statthalter Serubbabel gleich, dem daraufhin von Darius die Genehmigung zum Bau des Zweiten Tempels erteilt worden sei. Gracián, der schon in *Agudeza* 39 auf die Geschichte verwiesen hatte, deutet sie hier in misogyner Absicht um, was er sich bei einem biblischen Text nur erlauben kann, weil das 3. Esra-Buch nicht kanonisch ist.

3 *»Melior est enim iniquitas viri, quam mulier benefaciens«: Sirach* 42, 14.

zerstören, sich dem Weib überantwortet; und über der Welt trägt es noch den *Dämon* mit seinen tückischen Liebkosungen: Ein Geryon des Feindlichen, der Freiheit ein dreifacher Fallstrick, nur schwer zu zerreißen.[4] Zweifellos rührt es von daher, dass alle Übel weiblich benannt sind: Furien, Parzen, Sirenen, Harpyien, denn all dies zusammen ist ein böses Weib. Auf verschiedenen Lebensstufen setzen dem Manne verschiedene Versuchungen zu, einige in der Jugend, andere im Alter, das Weib aber auf allen. Nie ist er sicher vor ihm, als Jüngling nicht, als Mann nicht, als Greis nicht, weder als Weiser noch als Held noch als Heiliger; ständig bläst sie allenthalben zum Kampf, diese doch so inhäusige Feindin, der sogar die Diener der Seele noch Vorschub leisten. Die Augen öffnen ihrer Schönheit die Tore, die Ohren lauschen ihren süßen Worten, die Hände ziehen sie heran, die Lippen bilden ihren Namen, die Zunge ruft sie, die Füße suchen sie, die Brust seufzt nach ihr, und das Herz will sie umarmen. Ist sie schön, wird sie begehrt; ist sie hässlich, begehrt sie selbst. Und hätte nicht der Himmel Vorsorge getroffen, dass die Schönheit für gewöhnlich auch Sitz der Dummheit ist, es bliebe kein Mann am Leben, wenn Freiheit denn Leben ist.[5]

Ach, wie sehr warnte der durch Schaden bereits klug gewordene Critilo den betörten Andrenio, und wie wenig fruchtete dies![6] Blind zog er aus, Licht zu suchen im Haus der Feuerbrände; keinen Rat holte er sich bei Critilo, aus Angst vor dessen Strenge, und so,

4 *Geryon:* dreiköpfiges Monster, dem Herakles die Rinder raubte (nach zahlreichen Erwähnungen, vor allem in Ovids *Metamorphosen,* hat er seinen Platz im 17. Gesang von Dantes *Inferno,* doch wird der *Göttlichen Komödie* im *Criticón* wenig Beachtung geschenkt). Zur Allegorie der Freundschaft vgl. S. 353, Anm. 21.

5 Mit Recht schrieb der französische Graciánforscher Benito Pelegrin, dass Graciáns ungewöhnlich starke Misogynie mit einer ungewöhnlich starken Sinnlichkeit einhergehe.

6 Auf den ersten Blick sind dies lauter Ungereimtheiten *in amoribus:* Nicht nur war das Verhalten Felisindas in Critilos Geschichte (Krisis I, 4) durchgängig positiv beschrieben worden, sondern die Suche nach ihr bleibt das konstante Motiv der Lebenswanderung bis zum irdischen Ende (Krisis III, 11), ganz abgesehen davon, dass Critilo eine ehrbare Kaufmannstochter liebte, Andrenio aber ins Bordell gerät. Doch diese Sichtweise wird der Sache noch nicht gerecht.

allein und schlecht geführt von einem kleinen Pagen – stets sind die kleinen Pagen der Zunder zum Liebesfeuer – irrte er eine gute Weile durch gewundene Gassen und bog um schiefe Ecken.

»Meine Herrin«, sagte das Bürschchen, »die hochehrbare FALSIRENA,[7] lebt ganz abseits der Welt, fern vom höfischen Getümmel, vielleicht aus natürlicher Scheu, vielleicht weil sie sich lieber ihrer heiteren Gärten auf dem Lande erfreut.«

Sie gelangten zu einem Haus, das ließ seinem Aussehen nach kaum Behaglichkeit erwarten, schon gar keinen Luxus, was Andrenio befremdete. Kaum stand er jedoch drinnen, da war ihm, als habe er der leibhaftigen Aurora Palast betreten, so ausladend und einladend öffneten sich die Zugänge zu einem geräumigen *Patio,* dem rechten Ort für wundervolles Schaugepränge, und auch das gesamte übrige Gebäude wirkte sehr üppig. Statt kräftiger Atlanten als Säulen war das Atrium von wohlgestalten Nymphen umstanden, gesucht ihr Material, ausgesucht die Kunst, die zarten Schultern feste Stützen für einen Himmel voller Seraphim, doch ohne Stern. Die Mitte zierte ein anmutiger Brunnen, ungewiss, ob von Fluten oder von Flammen, darauf tummelte sich ein kleiner Cupido, dem die Grazien reihum Pfeil und Bogen reichten und der brennende Kristalle abschoss, bald feurig, bald flüssig; die stürzten hinab über die schneeweißen Alabasterbecken, allezeit gleitend und fliehend vor dem, was nach ihnen kam, bald schon schmälend, wem sie eben noch schmeichelten.[8]

Wo der *Patio* zu Ende ging, begann ein ZYPERN von solchem Grün, dass auch der Grünste sich daran gütlich tun konnte, wenn auch alle seine Pflanzen eher üppig als nahrhaft waren, lauter Blüte und keinerlei Frucht. Es war besät mit herrlich duftenden Blumen, ganz aufs Verströmen aromatisch lockender Losungen angelegt. Die Vogelscharen empfingen ihn mit Harmoniesalven, doch mochte wohl auch die Spottdrossel ihr *salve* darunter mischen, säu-

7 FALSIRENA: Den Namen *(= falsa sirena)* übernahm Gracián aus dem Gesang XII von Giovan Battista Marinos Epos *Adone* (vgl. S. 53, Anm. 9).
8 Maliziös umspielt Gracián einen *romance* Góngoras *(»Castillo de San Cervantes…«),* den er in *Agudeza* 26 lobend hervorgehoben hatte.

selnd muteten Zephyr und Favonius ihn um die Wette an, und er nahm alles für Anmut. Der Garten war so recht ein Lusthängegarten, denn wer immer seinen Anblick genoss, blieb vor Entzücken in der Schwebe. Andrenio nahte sich dem Kernpunkt dieser Lieblichkeit, dort stand jasminblütenzupfend PRIMAVERA, will sagen die eitle VENUS dieses ZYPERN, denn Zypern ohne Venus gibt es nicht. Da trat FALSIRENA auf, ganz lachende Sonne, wenn auch schon halb tot vor Lachen, die Arme breitete sie aus zum Halbmond und zog ihn zwischen die Spitzen ihres Wonnehimmels. Liebenswürdig klagend, wiederholte sie ihm mehrmals:

»O mein *Primo* ohne *Secundo,* mein Vetter ohnegleichen! O mein allerwertester Andrenio! Ihr seid mir so willkommen, wie Ihr ersehnt wart. Doch wie«, fuhr sie fort, bei jedem Wort die Miene wechselnd, Perle um Perle zur Lügenkette fädelnd, »wie hat Euer Herz Euch erlauben können, wo doch dies Haus hier Euch völlig zu Eigen ist, in einem Gasthof abzusteigen wie ein Verbannter? Was sagt Ihr, Ihr wolltet auf bequeme Unterbringung verzichten? Aber das Band der Verwandtschaft gebot Euch doch, zu mir zu kommen! Ich kann es noch immer nicht fassen, dass Ihr so vor mir steht: wie so ganz Eurer schönen Mutter aus dem Gesicht geschnitten! Fürwahr, Ihr steht ihr in nichts nach; ich kann mich gar nicht sättigen an Eurem Anblick. Doch was seid Ihr so schüchtern? Nun gewiss, so frisch eingetroffen in der Hauptstadt...«

»Señora«, erwiderte Andrenio, »ich gebe zu, ich höre mit Staunen und Verwirrung, dass Ihr meine Kusine seid, wo ich doch von keiner Mutter weiß, wo ich sie doch nicht kenne, die mich so wenig kennen wollte. Ich wusste überhaupt nicht, dass ich irgendwelche Verwandte hatte, so sehr bin ich ein Abkömmling des Nichts. Seht nur genau zu, ob Ihr mich nicht mit einem anderen, Glücklicheren, verwechselt.«

»Aber nein, mein Herr Andrenio«, rief sie, »ganz gewiss nicht. Ich kenne Euch sehr wohl, weiß, wer Ihr seid und wie Ihr auf einer Insel mitten im Meere zur Welt kamt. Ich weiß sehr wohl, dass Eure Mutter, meine Muhme und Herrin... Ach, was war sie hold und anmutig, und gerade deswegen so wenig vom Glück begünstigt! Was für eine bedeutende Frau, und so gescheit! Doch welche Danae entging schon dem Verrat? Welche Helena der Entführung? Welche Lukrezia der Gewalt und welche Europa dem Raub? Und wie sollte da, als die Reihe an sie kam, Felisinda – denn das ist ihr glückverheißender Name...«

Hier nun erbebte Andrenio im Innersten, wie er als seine Mutter gerade Critilos viel gesuchte Angelobte nennen hörte. Augenblicklich bemerkte FALSIRENA dies und setzte alles daran, den Grund zu erfahren.[9]

»Ich habe diesen Namen eben schon viele Male gehört«, murmelte Andrenio. Und sie darauf:

»Oh, Ihr werdet sehen, ich belüge Euch nicht mit dem, was ich Euch erzähle. Es war ja Felisinda heimlich vermählt mit einem Manne, der die besten Anlagen hatte und sie sehr liebte, jedoch in Goa eingekerkert war, sie aber trug ihn im Herzen, und unter dem Herzen als Pfand seiner Liebe trug sie Euch. Die Wehen der Geburt nahmen sie in Beschlag auf einer Insel, und sie konnte dem

9 Vgl. S. 15, Anm. 6; dort *»secreto imán, si no de hierro«* – »geheimer Magnet, auch wenn nicht für Eisen«; zu lesen aber auch: *»si no de yerro«* – »wenn nicht wegen eines Fehltritts«. – Diesen romanesken Zug entnimmt Gracián dem Abenteuerroman in der Tradition Heliodors. Hinter dem romanesken Zug und jenseits der wortspielerischen Verschlüsselung wird indessen die Begrifflichkeit seines Menschenbildes erkennbar, die sich von Thomas von Aquin herleiten lässt. In dessen Psychologie sind *intellectus* und *sensitivitas* aufeinander angewiesen, so wie Critilo und Andrenio, die sich gegenseitig ihr Leben verdanken, nicht voneinander lassen können. Dahinter wiederum mag das Vater-Sohn-Verhältnis in theologischem Verständnis sichtbar werden. Die moderne Sexualpsychologie wird sagen, der Verächter ebenso wie der Verehrer des Weiblichen lässt Mutter und Geliebte gern zum »ewig Weiblichen« zusammenfließen. Die Evolutionsbiologie wird hinzufügen, eben dies verhindert die Wirklichkeit der Natur durch den Selektionsdruck. Der mehrfache Konflikt wird im *Criticón* spürbar.

Hinzunehmen muss man noch die jahrhundertealte allegorische Erzählpraxis, als Umstülpung der allegorischen Deutungspraxis, etwa wie Boccaccio über Orpheus schreibt: »Er hat Eurydike zur Gemahlin, das heißt, die naturgegebene Begierde, von der kein Sterblicher frei ist« (*Genealogia deorum gentilium* IV, 12), theoretisch gestützt auf Dantes berühmte Formel vom allegorischen Sinn als einer »unter einer schönen Lüge verborgenen Wahrheit« (*Convivio* II, 1, 4). Als Vorbild für die romanhafte Einkleidung von Allegorien kommt auch *Die Hochzeit der Philologie mit Merkur* von Martianus Capella (5. Jh.) in Betracht, die im 16. Jh. achtmal gedruckt worden war.

Himmel für doppelte Vorsehung danken, verhalf ihr dies doch zugleich zur Wahrung ihrer Ehre, denn sie brauchte sich nicht einmal ihren Dienerinnen anzuvertrauen, für gewöhnlich die Hauptfeinde alles Geheimen. Allein also, wenngleich aufs trefflichste gestützt von ihrer eigenen Kraft und dem unerschütterlichen Gefühl ihrer Ehrbarkeit, brachte sie Euch zur Welt, indem sie Euch aus ihrem Leib zu Boden gleiten ließ, wo es nicht weniger weich war als dort; notdürftig eingehüllt in ein paar Marderpelze, die ihr selbst kleidsamen Schutz und Mantel geboten hatten, empfahl sie Euch in Eurer gräsernen Wiege dem Erbarmen des Himmels, welcher sich auch nicht taub erwies und Euch ein Wildtier zur Amme besorgte; und es war dies nicht das erste und nicht das letzte Mal, dass die fehlende Mutter ersetzt wurde. Ach, wie viele Male hat sie mir dies erzählt und mir mit mehr Tränen als Worten geschildert, was sie dabei empfand! Wie wird sie sich freuen, wenn sie Euch erst sieht! Sie wird Euch in die Arme schließen und alle Zärtlichkeit nachholen, die sie Euch damals unter dem Zwang, ihre Ehre zu wahren, versagen musste.«

Andrenio konnte sich vor Staunen kaum fassen, als er den Hergang seines Lebens erzählen hörte und so persönliche Umstände mit dem verglich, was ihm schon berichtet worden war. Er brach in Tränen der Rührung aus, in flüssigen Bröckchen träufelte das Herz ihm aus den Augen.[10]

»Lassen wir«, sagte sie, »lassen wir vergangenen Kummer, nicht soll er uns wieder das Herz zu Tränen zerdrücken. Gehen wir nach oben: Ihr sollt meine Behausung sehen, bescheiden, aber angenehm. Heda, bereitet Leckereien! Daran darf es in diesem Hause niemals fehlen.«

Sie stiegen hinauf, über einige Stufen, das waren *pórfidos,* Porphyre, aber doch recht *pérfidos,* tückische, denn wenig später schon sollten es *agatas* sein, Achate, die man *a gatas,* auf allen vieren würde herabsteigen müssen; und sie gelangten in die Sphäre der Sonne, so gleißend bot es sich dar, in die Sphäre des Mondes, so unbeständig sollte es sich erweisen. Man gewahrte zahlreiche Ge-

10 *Flüssige Bröckchen:* grimmige Parodie sentimentaler Klischees.

lasse, samt und sonders sehr freizügig, die Decken so getäfelt, dass ihr Himmel gar manchen wider Willen die Sterne sehen ließ. Es gab Räume für alle Zeiten, nur nicht für die Vergangenheit, und alles waren köstliche Gemächer. Sie wiederholte:

»Alles gehört Euch ebenso wie mir.«

Solange die wundersüße *merienda* währte, entzückten ihn singende Grazien, berückten ihn zauberhafte Circen.

»Auf jeden Fall müsst Ihr hierbleiben«, sagte die Base zu ihm, »auch wenn Euch nicht alles zusagen mag. Eure Sachen sollen Euch unverzüglich gebracht werden; zwar wird es Euch hier an nichts fehlen, aber wenn es nun einmal Eure Sachen sind. Ihr braucht derhalben auch nicht wieder aufzubrechen, meine Diener werden sie, wenn Ihr ein Merkmal angebt, holen gehen und begleichen, was noch ausstehen mag.«

»Ich muss doch selbst gehen«, erwiderte Andrenio, »ich bin nämlich nicht allein, und Euer Anerbieten müsste wohl verdoppelt werden. Ich möchte erst Critilo davon erzählen, meinem Vater.«

»Was ist's mit diesem Vater?«, fragte FALSIRENA mit einem Anflug von Unmut zurück.[11]

Darauf er:

»Vater nenne ich den, der als Vater an mir handelt, und auf Eure Kunde hin bin ich nun auch gewiss, dass es mein wahrer Vater ist, denn er ist der Gatte Felisindas, der als Gefangener in Goa zurückblieb.«

»Ist das möglich!«, rief FALSIRENA. »Dann geht augenblicklich und kehrt noch augenblicklicher mit Critilo zurück, auf jeden Fall aber lasst Euch Eure Sachen bringen. Lieber Vetter, ich werde keinen Bissen anrühren und keine Minute ruhen, bis ich Euch wiederkehren sehe.«

Andrenio ging, wieder begleitet von dem kleinen Pagen, der für sie Spion, für ihn Weggedächtnis war. Er fand Critilo schon in

11 *Vater:* Es bleibt alles im Rahmen des Wahrscheinlichen. Falsirena hatte das Schicksal Felisindas in Erfahrung gebracht und daraufhin ihre Netze nach deren Sohn ausgelegt. Vom Überleben des Vaters konnte sie nichts wissen.

Sorge, warf sich ihm zu Füßen, küsste ihm inständig die Hände und rief ein ums andere Mal aus:

»O mein Vater! Mein Herr Vater! Mein Herz hat es mir doch längst schon gesagt!«

»Aber was ist das für eine Neuigkeit?«, rief Critilo.

»Für mich im Innern ist's nicht neu«, antwortete Andrenio, »dass ich Euch zum Vater habe: Das Blut in meinen Adern hat es mir zugerufen.[12] So wisset denn: Ihr, die Ihr mich zur *Person* erzogen habt, Ihr seid auch der, der mich gezeugt hat. Meine Mutter ist Eure Gattin Felisinda. All das habe ich von einer Kusine von mir, Tochter einer Schwester meiner Mutter, die ich soeben aufgesucht habe.«

»Was ist's mit dieser Kusine?«, fragte Critilo zurück. »Das klingt mir nicht gut.«[13]

»Doch, doch, es wird auch für Euch gut klingen: Sie ist sehr klug und wohlbesaitet. Kommt nur mit zu ihrem Haus, dort werden wir gleich noch einmal diese auf immer erfreuliche Nachricht hören.«

Critilo schwankte zwischen dem Wunsch, so ausgemacht persönliche Umstände zu erfahren, und der Befürchtung, so ausgemacht hauptstädtischem Schwindel zu erliegen. Doch da jeder nun einmal gern glaubt, was er wünscht, ließ er sich dazu überreden, es sich wenigstens anzuhören. So gingen sie gemeinsam zu FALSIRENA.

Diese war schon nicht mehr dieselbe, schien noch einmal zu ihrem Vorteil verändert, und obzwar jetzt sehr ernst und gesetzt, bot sie gleichwohl weiterhin einen himmlischen Anblick.

»Seid vielmals willkommen, Herr Critilo«, sprach sie, »in die-

12 Das Thema der »Stimme des Blutes«, die eine unerkannte »Bluts«-Verwandtschaft dem Gefühl vernehmbar werden lässt, auch in Cervantes' Novelle *Die Macht des Blutes* (als Tragikomödie von Alexandre Hardy auf der französischen Bühne vor Corneille sehr erfolgreich).

13 *Was ist's mit dieser Kusine?:* Die Wiederholung der gleichen Frage gehört zur Technik der Komödie. – *»Prima«* – »Kusine«, aber auch »erste Saite der Gitarre«, klingt für Critilo deswegen nicht gut, weil es ein Synonym für »Prostituierte« oder »Liebchen« war.

sem Eurem Haus, das nicht schon vorher beehrt zu haben nur der Umstand entschuldigen kann, dass ihr es noch nicht kanntet. Mein Vetter wird Euch dargetan haben, wie sehr wir uns durch die verwandtschaftlichen Beziehungen gegenseitig verbunden fühlen und dass seine Mutter, Eure Gemahlin, die schöne Felisinda, meine Muhme und Herrin war, mir Freundin weit mehr als Verwandte. Schmerzlich habe ich ihr Fehlen empfunden und beklage es noch immer.«

Da fuhr Critilo auf:

»Wie denn, ist sie tot?«

»Das nicht«, antwortete sie, »so schlimm steht es nicht; ihre Abwesenheit ist schon schlimm genug. Ihre Eltern allerdings sind verstorben, und zwar vor Kummer darüber, dass sie niemanden zum Gatten nehmen wollte, wo doch Hunderte um ihre Hand anhielten. Sie verblieb unter dem Schutz und Schirm jenes großen Fürsten, welcher derzeit als Botschafter des Katholischen Königs in Deutschland weilt.[14] Dort ging auch sie hin, mit der Markgräfin, als ihre Verwandte und Schutzbefohlene, und meines Wissens lebt sie dort auch sehr zufrieden; möge Gott sie uns wieder heimsenden, wie ich es erhoffe. Ich blieb hier zurück mit meiner Mutter, ihrer Schwester; zwar lebten wir allein, doch reichlich bedacht mit Wohlstand und Ansehen. Da aber ein Unglück, feige, wie es ist, nie allein kommt, starb meine Mutter bald, ohne Zweifel aus Kummer über die Abwesenheit der Schwester. Mich unterstützten nun die *Verwandten,*[15] und so manchem schulde ich mancherlei. Mein Geschäft ist die Tugend, ich trachte danach, die ererbte Ehre zu bewahren, verdanken doch die einen ihren Vorfahren viel davon, die andern weniger. Dies, meine Herren, ist mein Haus; von heute an das Eure fürs Leben, und währte es so lang wie bei König Nestor. Jetzt aber möchte ich Euch gern die schönste meiner Galerien zeigen.«

14 *Botschafter:* Spanischer Gesandter am Hof Kaiser Ferdinands III. war von 1634 bis 1641 Sancho de Monroy y Zúñiga. Mühelos mischt FALSIRENA Wirklichkeit und Erfindung.

15 *Verwandte:* die Besucher des Lupanars.

Sie ging voran und lotste sie in einen Port von Rosen und von Lilien. Dort zeigte sie ihnen an vortrefflichen Gemälden, Werken der kunstvollsten Hand, den gesamten Gang ihrer beider bisherigen Lebens und der Tragödien, die sie durchgemacht hatten, zum nicht geringen Erstaunen der beiden: Der höchste Grad der Kunst rief Bewunderung im höchsten Grad hervor.[16] Nicht mehr nur Andrenio, selbst Critilo war von ihrer Zuvorkommenheit überwältigt und schenkte ihren Reden Glauben. Unter vielen *Dankevielmals* und *Verzeihung* zog er sich zurück, um seine Sachen nachzuholen, darunter einige sehr kostbare Steine, Reststücke aus seiner einst so reichen Truhe. Diese Leckerbissen für Damen breitete er nun bereitwilligst vor FALSIRENAS Augen aus. Da lobte sie sie sehr, hieß ihn noch einmal so viele hervorholen und ließ ihn sodann sehr huldvoll wissen, sie finde Gefallen an ihnen allen. Critilo erwiderte, sie möge sie nur nach Gefallen behalten, und diesen Gefallen tat sie ihm gern.[17]

Critilo sehnte sich mit Seufzen nach seiner Felisinda, und so brachte er denn bald nach Tisch schon einmal die Sprache auf sein Vorhaben einer Reise nach Deutschland, wo sie doch weile. Andrenio indessen, schon ganz im Banne seiner Kusine, lenkte das Gespräch rasch auf anderes, ging ihm der Gedanke, sich von hier fortzubegeben, doch sehr gegen den Strich. Sie hingegen stellte es geschickter an, lobte sogleich den Entschluss und riet nur aus Gründen der Bequemlichkeit zu ein wenig Aufschub. Bald schon erwuchsen Gelegenheit und Anlass, sich Spaniens großem Phönix huldigend anzuschließen, als dieser sich anschickte, den Adler des

16 In den Epen aus Antike und Renaissance treffen die Helden gerne einmal auf Gemälde, die ihre bisherigen Taten und Tage bereits illustrieren; in parodierter Form auch im *Don Quijote* (Teil II, Kap. 71).

17 Dem Kompositionsschema des Heliodorschen (= äthiopischen) Romans gemäß ist FALSIRENA diejenige Instanz, die auf dem Höhepunkt des ersten Teils die noch ausstehenden Details aus der Biographie des Protagonisten nachträgt, ein Hinweis darauf, dass Gracián sein Werk ursprünglich auf zwei Teilen angelegt hatte. Weitere Baumuster: Der Beginn der Erzählung *medias in res* (von Gracián in *Agudeza* 56 gelobt); das Schicksal der Protagonisten vor Beginn der Erzählung birgt ein Geheimnis; ihr Streben nach Vereinigung wird stets von neuem durchkreuzt etc.

Reiches anzunehmen.[18] Andrenio wusste keinen Einwand, und während man die Abreise vorbereitete, machte FALSIRENA den wohl erwogenen Vorschlag, jene beiden Weltwunder zu besichtigen: das Kunstweltwunder Escorial und das Naturweltwunder Aranjuez, Wendekreise der *Habsburgischen Sonne* je nach Vorliebe und Jahreszeit.[19] Andrenio war freilich von seiner Leidenschaft so verblendet, dass er seine Augen auf nichts sonst richten wollte, und waren es auch Wunderdinge. FALSIRENA redete ihm zu, Critilo drang in ihn, doch vergeblich, vom Blinden wurde er nur zum Tauben. Schließlich entschloss sich Critilo, wenn auch allein, der so berechtigten Forderung der Schaulust nachzukommen, wäre sie sonst doch nur eingetrieben worden unter den Qualen der Reue, nicht gesehen zu haben, was alle preisen, und unter der Geißel der Phantasie, die sich lebenslang noch viel schöner ausmalt, was anzusehen man verabsäumt hat.

Allein brach er auf, bewundern würde er für viele. In der Tat fand er in des Katholischen Salomo großem Tempel, der den hebräischen erzittern ließ, seine Erwartungen nicht nur erfüllt, sondern zu seinem höchsten Staunen übertroffen;[20] was er dort erblickte, war sichtbarste Entfaltung königlicher Macht, Triumph

18 Maria Anna, Tochter Philipps III., die von Madrid zur Vermählung mit Erzherzog Ferdinand aufbrach. Dem Zug seien, so schreibt sie selbst in ihrem *Diario,* zweitausend Personen gefolgt. Dass dies bereits im Jahre 1631 geschah, Ferdinand jedoch erst 1637 als Ferdinand III. den Thron bestieg, kann unser allegorischer Erzähler vernachlässigen.

19 *Escorial:* Als die Spanier 1557 bei der siegreichen Belagerung von Saint-Quentin ein dem Hl. Laurentius geweihtes Kloster halb zerstörten, gelobte Philipp II. den Bau von San Lorenzo del Escorial im Norden von Madrid, dessen Grundriss er (angeblich) einem Rost, dem Marterinstrument des Heiligen, nachgebildet haben wollte. – *Aranjuez:* Das Parkschloss im Süden von Madrid wurde von den gleichen Architekten entworfen wie der Escorial, von nahezu allen späteren Herrschern jedoch nach ihrem Geschmack verändert. – *Wendekreis:* Zwischen beiden Orten bewegte sich der Monarch wie die Sonne zwischen den Wendekreisen des Krebses und des Widders.

20 Vom »zweiten Salomon« hatte auch Góngora in seinem Sonett *»Sacros, altos, dorados chapiteles«* auf den Escorial Philipps II. gesprochen, das Gracián in *Agudeza* 14 anführt. Gracián nennt diesen »Tempel« dort *»asombro del hebreo«* – »Schrecken des jüdischen [Tempels]«, im Sinne des Überbietungstopos.

katholischer Frömmigkeit, Obsiegen der Baukunst, prächtigster Grad all dessen, was in alter wie neuer Zeit des Sehens wert war, Gipfelanstrengung der Künste, bei der Größe, Reichtum und Herrlichkeit in einem Wurf alles andere übertrafen.

Von dort reiste er weiter nach Aranjuez, der beständigen Wohnstatt des Frühlings, Mutterort der Flora, Zuflucht für ihre Lieblichkeit zu allen Zeiten des Jahres, Schmuckkästchen der Blumen und Mittelpunkt aller Wonnen und Lustbarkeiten. Auf Lebenszeit hinterließ er an diesen beiden Orten Staunen und Bewunderung zum Unterpfand.

Erfüllt von so viel Wundern kehrte er nach Madrid zurück. Doch wie er sich zu FALSIRENAS Haus begeben wollte, um dort Wohnung zu nehmen, fand er es verschlossener als eine Schatzkammer und tonloser als eine Wüstenei; immer wieder versuchte es der Diener mit dem Türklopfer, doch jeder Schlag fand nur in Critilos Herzen sein banges Echo. Ärgerlich sagten die Nachbarn zu ihm:

»Plagt Euch nicht und strapaziert nicht unsere Ohren, hier lebt niemand, hier stirbt jeder.«

Erschrocken fragte Critilo zurück:

»Wohnt hier nicht eine vornehme Dame, die vor wenigen Tagen noch, als ich mich von ihr verabschiedete, gesund und munter war?«

»Munter vielleicht schon«, erwiderte einer und lachte.

»Mit der vornehmen Dame«, fügte ein anderer hinzu, »war es wohl nicht weit her. Deren Leben verging doch mit Kindstollheiten.«

Ein Dritter trat hinzu und sagte: »Das war doch überhaupt keine Frau, das war eine Megäre, wie es schlimmer keine gibt.«

Critilo brachte es einfach nicht über sich zu denken, was er nicht glauben wollte. Beharrlich fragte er wieder:

»Ihr Leute, wohnt denn hier nicht FALSIRENA?«

Darüber kam einer heran und sagte zu ihm:

»Müht Euch nicht und ärgert Euch nicht. Es ist wahr, hier hat einige Tage lang eine Zaubercirce gewohnt, eine Lügensirene, die viel Sturmgewitter verursacht hat, Schmachten und Schlachten.

Niederträchtig sei sie, hieß es, aber vor allem trächtig mit Hexereien und Betörungskünsten, verwandelt sie doch die Menschen in Bestien. Und nicht etwa in Goldesel, nein, in Esel mit all ihrer Dummheit und Grauheit. Erst verhandelt, dann verwandelt, wandeln sie nun in Unmengen durch diese Stadt. Ich kann Euch sagen, in der kurzen Zeit, die ich hier bin, habe ich viele als Menschen hineingehen und keinen einzigen als Menschen wieder herauskommen sehen. Und wen immer diese Sirene in ihrer Reuse eingefangen hat, dem fischt sie alles weg, Gold und Schmuck, Kleid und Schuh, Freiheit, Ehr' und alle Güter; und um nicht aufgetan zu werden, wechselt sie jeden Tag den Ort, keineswegs aber Griffe und Kniffe. Vom einen Ende der Stadt schnellt sie zum anderen, sie aufzufinden ist unmöglich, so verludert und verloren, wie sie ist. Der Kompass, mit dem sie auf dem Sargassomeer ihr Garn auslegt, ist gleichermaßen listig ausgedacht: Wenn ein reicher Fremder eintrifft, hört sie sich unverzüglich um, wer es ist, woher und wozu er kommt, forscht alles Intime aus, fragt nach Familie und Verwandtschaft. So lügt sie den einen etwas von Kusine vor, den andern von Nichte, allen von Verwandtschaft um irgendwelche Ecken. Namen wechselt sie so oft wie Wohnung: Hier nennt sie sich Cecilia, wegen der Skylla, dort heißt sie Serena, wegen der Sirene, anderswo Ines, weil sie *in* ist, Teresa, weil *traviesa* – mutwillig-quergängig, Tomasia, wegen des einnehmenden, Quiteria wegen ihres schröpferischen Wesens.[21] Mit solchen Künsten richtet sie sie sämtlich zugrunde, und sie gewinnt, und sie regiert.«

Critilo mochte sich damit nicht zufriedengeben, begehrte dennoch, das Haus zu betreten, und fragte, ob der Schlüssel zur Hand sei.

»Ja«, erwiderte einer, »ich habe ihn in Kommission, falls jemand es zu sehen wünscht.«

Er schloss auf, und gleich beim Eintreten rief Critilo:

»Meine Herren, dies ist gar nicht das Haus, oder aber ich bin blind; das andere war doch ein Palast, so zauberhaft war es.«

»Ihr habt Recht, von der Art sind sie meistens.«

21 *»Tomar«* – »nehmen«; *»quitar«* – »wegnehmen«.

»Hier gibt es keinerlei Gärten, nur Haufen moralischen Kehrichts; die Brunnen sind Kloaken, die Säle Schweinekoben.«

»Hat sie Euch etwas weggefischt, diese Sirene? Sagt uns die Wahrheit.«

»Ja, viel, Schmuck, Perlen und Diamanten; aber am meisten bekümmert mich der Verlust eines Freundes.«

»Oh, verloren wird der nicht durch sie sein, sondern durch sich selbst. Sie wird ihn in ein Tier verwandelt haben, und jetzt bietet man ihn hier in der Stadt feil.«

»O mein Andrenio«, seufzte Critilo, »wo magst du wohl sein? Wo kann ich dich finden? Was ist aus dir geworden?«

Er durchforschte das ganze Haus nach ihm, was für die anderen eine komische Einlage war, für ihn ein Tränenstück. Dann verabschiedete er sich und suchte wieder seine frühere Unterkunft auf; dabei nahm er tausend Seitenstraßen in der Stadt und fragte einen um den anderen, doch keiner konnte ihm Bescheid geben, keiner wusste etwas Vernünftiges zu sagen, denn das ist in der Stadt etwas gar Seltenes. Vor lauter Grübeln, wie er ihn wiederfinden könnte, wurde ihm ganz wirr im Kopf. Schließlich entschloss er sich, zu ARTEMIA zurückzukehren, um ihren Rat einzuholen.

Er verließ also Madrid, wie es für gewöhnlich geschieht: arm, enttäuscht, voller Reue und Schwermut. Nachdem er eine kurze Strecke Weges gegangen war, begegnete er einem Mann, der war sehr verschieden von denen, die er eben hinter sich gelassen hatte: Er war ein unbekanntes Wunder, verfügte er doch über sechs Sinne, einen mehr als gewöhnlich. Er versetzte Critilo mächtig in Erstaunen, denn Menschen mit weniger als fünf Sinnen hatte er schon gesehen, sogar viele, doch mit mehr noch nie. Da sind ja manche ohne Augen, die auch die klarsten Dinge nicht wahrnehmen, stets blind umhertappen oder an der Wand entlangtasten, dabei zu keinem Ende kommen und nie wissen, wo sie eigentlich hin wollen. Andere hören kein Wort, nur Luftgesäusel, Schmeichelklang, den Schall von Eitelkeit und Lüge. Etliche, die weder viel noch wenig riechen, am wenigsten, was in ihren eigenen vier Wänden vorgeht, wodurch sich allseits viel übler Geruch verbreitet, während sie indes von weitem riechen, was sie nichts angeht; diese empfinden weder, wie gut ein guter Ruf der Nase tut, noch wollen sie sehen oder riechen, wer ihr Gegner ist; zwar haben sie breite Nüstern für den schwarzen Qualm der *honrilla*, der Ehrkitzeligkeit, aber keinen Spaltbreit offen für die Düfte solcher Tugenden wie Anstand und Ehrlichkeit. Ebenso hatte er gar manchen angetroffen ohne jeden Geschmack, verloren für jegliches Gute, mutlos vor allem Gediegenen, fade im Umgang, verdrossen und verdrießlich; andere wieder mit schlechtem Geschmack, allezeit kindisch, immer aufs Unerquicklichste aus; noch andere, für die nur galt, was ihnen schmeckte, und was sie nicht kannten, war nichts. Noch merkwürdiger war, dass er auf Menschen gestoßen war (wenn man sie noch so nennen kann), denen alles Gefühl abging, am meisten in den Fingerspitzen, wo es am wichtigsten ist, und die daher selbst in den wichtigsten Angelegenheiten ohne Spürsinn vorgingen, von vornherein alles falsch machten, weil sie nicht Hand an die Dinge legten und nicht lernten, mit ihnen umzugehen.

Da war nun Critilos Mann ganz das Gegenteil, denn außer seinen fünf sehr wachen Sinnen hatte er einen sechsten, noch besseren, einen, der sich stark belebend auf die anderen auswirkt und die Dinge, so verborgen sie auch sein mögen, durchdenken und ergründen lässt. Er entwirft Pläne, ersinnt Mittel und Wege, schafft Abhilfe, lehrt sprechen, macht einem Beine, ja lässt Flügel wachsen, die Zukunft erraten. Und zwar war dies: der MANGEL. Eine recht seltsame Sache, dass ein Zuwenig an Materie einen Überschuss an Intelligenz bewirkt! Erfinderisch ist er, einfallsreich, umsichtig, aktiv, scharfsinnig, kurz: der Sinn aller Sinne.

Wie Critilo ihn deutlicher sah, rief er:

»Wir könnten doch zusammen gehen! Ich bin froh, dass ich dich treffe, denn wenn mir sonst auch alles misslingt, dies ist doch ein Glückstag.«

Und er erzählte ihm von seinem Trauerspiel in der Hauptstadt.

»Das kann ich mir gut vorstellen«, meinte darauf EGENIO, denn dies war sein Name, ja eigentlich seine Definition.[22] »Ich bin

22 EGENIO: allegorischer Name, den Gracián von lat. *»egenus«* – »notleidend«, »bedürftig« ableitet.

zwar unterwegs zu dem großen Weltjahrmarkt, dem großen Umschlagplatz des Lebens, der an der Grenze zwischen Jugend und Mannesalter anberaumt ist,[23] aber dir zuliebe will ich trotzdem in die Hauptstadt mitgehen, und ich versichere dir, ich werde alle meine sechs Sinne aufbieten, um ihn zu suchen, und ob nun Mensch oder Tier (Tier ist wahrscheinlicher), wir werden ihn ausfindig machen.«

Sie betraten erneut die Stadt, ganz Auge, und suchten zunächst in den *corrales,* den Schaubühnen für die Komödien, auf öffentlichen Plätzen, in Innenhöfen und an Klatschecken. Bald begegneten sie etlichen großen, hintereinander gebundenen Tragetieren, deren jedes genau in den Hufspuren des vorangehenden trottete und ihm in allem folgte, schwer beladen mit Gold und Silber, doch ächzend unter der Bürde, bedeckt mit goldseiden gesäumten Schabracken, einige auch mit Brokat; zahlreiche Federn prangten ihnen auf der Stirn, zieren sich doch auch die Tiere gerne mit dergleichen, und kräftig rasselte ihr Geschirr.

»Sollte er etwa eines von denen sein?«, fragte Critilo bang.

»Auf keinen Fall«, erwiderte EGENIO. »Das sind – ich sollte wohl sagen: waren – große Herrschaften, Leute mit Würden und Bürden, und wenn du sie hier auch so stattlich siehst, so zeigen sie sich doch, sobald man ihnen das reiche Zaumzeug abnimmt, voll mit den scheußlichen Schwären ihrer Laster, die das schimmernde Silber verdeckt.«

»Aber warte, wenn er eines von den andern da wäre, die vor die Wagen gespannt sind, wo alles so gemein knarrt?«

»Ebenso wenig. Die tragen die Augen tiefer als die Spitzen ihrer Hörner, und deswegen ergeht es ihnen so übel.«

»Mir ist, als hätte uns dort ein Papagei gerufen. Ob er das ist?«

»Glaub nur solches nicht. Das wird irgendein Schmeichler sein, der nie sagte, was er dachte, ein Politiker von der Sorte, die immer das eine im Schnabel führt und das andere im Busen verbirgt, irgendein Schwätzer, der nachplappert, was man ihm vorgesagt hat, einer von denen, die den Mann spielen und doch keiner sind: Sie

23 Siehe die folgende Krisis.

kleiden sich gern ins hoffnungsvolle Grün, sie hoffen wohl auf Lohn für ihre Lügnereien und streichen ihn tatsächlich auch ein.«

»Aber er wird doch auch nicht dieser artige Gleisner dort sein, der seinen Bart rauschen lässt, damit man nicht hört, wie seine Krallen kratzen?«[24]

»Von denen gibt es viele«, erwiderte EGENIO, »Beutelschneider mit der Miene des Seligen, Reißwölfe im Schafspelz, sie reißen nicht nur unrecht Gut an sich, sie zerren uns auch das rechtmäßig Erworbene heraus. Doch wollen wir nicht so vorschnell urteilen, sagen wir einfach: Es sind Amtsschreiber.«

»Und der alte Köter, der dort bellt?«

»Das ist ein böser Nachbar, irgendein Verleumder, ein Neidhammel, ein Gehässiger, ein Trübsinniger, wohl über die sechzig hinaus.«

»Ich bin sicher, er ist auch nicht der Affe dort auf dem Balkon, der uns Grimassen schneidet!«

»Ach, der alte Heuchler, der den Ehrenmann markiert! Irgend so ein Wichtigtuer, der sich bei jeder Kleinigkeit wer weiß wie hat, staatlich geprüfter Sprüchemacher, Phrasendrescher mit Lizenz, beständig vom Wind gebeutelt, weil kein Gran Substanz, ständig witzelnd, weil kein Fünkchen Witz.«

»Und wenn er nun unter den Löwen und Tigern des Buen Retiro steckte?«[25]

»Das bezweifle ich, denn das sind alles Vertreter der Willkür und der schrankenlosen Macht.«

»Auch nicht unter den Schwänen im Teich?«

»Auch dort nicht, das sind Sekretäre und Räte, mit denen es, sobald sie was Rechtes singen, aus und vorbei ist.«

»Dort sehe ich ein schmutziges Tier, das suhlt sich ausgiebig in einer höchst ekligen Lache, scheint aber zu meinen, es seien Blumen.«

»Wenn irgendeiner, dann wohl der«, erwiderte EGENIO. »Diese

24 Solche kleinen Fehler bei der Rollenverteilung – der Fragende scheint die Antwort schon zu kennen – stören den allegorischen Erzähler nicht.

25 *Buen Retiro:* Park in Madrid, der zur damaligen Zeit eine *Casa de fieras,* ein Raubtierhaus barg.

Geilen und Unzüchtigen, eingetaucht in den Unflat ihrer niedrigen Lüste, erregen Ekel bei allen, die da sind; sie halten den *cieno* für den *cielo,* der Schlamm ist ihr wahrer Himmel, und sie merken es nicht einmal, wie sehr sie anderen aufstoßen; sie nehmen vielmehr Gestank als Duft und jede Senkgrube als Paradies. Lass mich ihn einmal näher betrachten. Nein, das ist nicht er, sondern ein reicher Protz, der durch sein Ableben Erben und Würmern einen schönen Tag bereiten wird.«

»Wie ist das nur möglich«, klagte Critilo, »dass wir ihn nicht finden können, wo wir doch hier auf so viel niederes Getier stoßen? Weder zieht er eine Dirnenkutsche hinter sich her, noch trägt er einen Höherstehenden auf Händen, noch hat er sich ein Schwergewicht aufgehalst, noch schleppt er einen in schlechtem Latein in seiner *litera,* der doch auf gut romanisch völlig draußen steht,[26] und er karrt auch keinen Sittenkehricht weg. Wie kann das nur sein, dass sie einen Mann so sehr verunstalten, diese höfischen Circen, dass sie dermaßen die Söhne zu Narren machen und die Väter damit um den Verstand bringen? Weshalb begnügen sie sich nicht damit, ihnen Putz und Zaumzeug vom Körper zu reißen, warum halftern sie sie auch noch geistig und seelisch ab und lassen nichts von der *Person* übrig? Und sag mir, Freund EGENIO, wenn wir ihn nun wirklich finden und er zum Tier geworden ist, wie können wir ihn wieder zurückverwandeln?«

»Wenn wir ihn nur träfen«, antwortete dieser, »dann sollte das gar nicht so schwer sein. Viele sind ganz wieder zu sich gekommen, wenn freilich anderen auch ein gewisser Nachgeschmack des Gewesenen stets noch anhaftet. Apuleius war einst schlimmer dran als alle anderen und genas doch an der Rose des Schweigens:[27] ein

26 Spiel mit *»litera«* – »Sänfte« und lat. *»littera«* – hier »Bildung«, also ein reicher Banause.

27 In Apuleius' *Metamorphosen* (erschienen um 170 n. Chr. und von Augustin *Der Goldene Esel* genannt) wird der Held Lucius – den die Antike mit seinem im Ruche der Wundertätigkeit stehenden Autor gleichgesetzt hat – in einen Esel verwandelt. Im elften, dem Isiskult gewidmeten Buch (Kap. 13) frisst der Esel einer Verheißung gemäß von einem Rosenstrauch und erhält daraufhin seine menschliche Gestalt zurück.

herrliches Heilmittel für die Toren, wenn denn die materiellen Genüsse, wieder und wieder dem Gaumen zugeführt und in ihrer Erbärmlichkeit erkannt, den Wiederkäuer nicht schon vorher enttäuschten. Odysseus' Gefährten waren ausgemachte Tiere, aber als sie erst von den bitteren Wurzeln des Tugendbaums gegessen hatten, pflückten sie doch wieder die süße Frucht des *Person-Seins*. Wir würden ihm ein paar Blätter vom Baum der Minerva verabreichen, der im Garten des der Kunst und Wissenschaft wohl gesonnenen Herzogs von Orléans hohes Ansehen genießt;[28] sonst auch solche des klugen Maulbeerbaums,[29] und ich weiß, dass er dann rasch wieder zu sich zurückfände und ganz Mensch würde.«

Mit viel Mühe, doch ohne Frucht waren sie kreuz und quer gegangen, als EGENIO sagte:

»Weißt du, was mir einfällt? Gehen wir doch in das Haus, in dem er verloren gegangen ist: In dem Schweinekoben muss die Perle zu finden sein!«

Sie gingen hin, traten ein und suchten.

»Ach, es ist verlorene Zeit!«, rief Critilo. »Ich habe doch schon alles abgesucht.«

»Warte nur«, entgegnete EGENIO, »lass mich meinen sechsten Sinn gebrauchen, das ist das einzige Mittel gegen das sechste Gebrechen.«[30]

Er bemerkte, dass aus einem hohen Haufen Unzuchtskehricht beißender Qualm aufstieg.

»Hier«, sprach er, »ist Feuer.«

Beim Wegräumen all dieses moralischen Schmutzes wurde eine Tür sichtbar. Sie öffnete sich nicht ohne Schwierigkeiten, und sie blickten in eine schauerliche Höhle. Im trüben Zwielicht eines höllischen Feuers gewahrten sie zahlreiche ruchlose Leiber auf

28 Der Ölbaum, als Zeichen des Friedens und der Weisheit. – Den Herzog von Orléans, Bruder Ludwigs XIII., konnte Gracián im Hause Lastanosa kennen gelernt haben, wo dieser 1639 anderthalb Monate lang geweilt hatte.
29 *Maulbeerbaum:* In den *Emblemata* Alciatis wird der Maulbeerbaum (lat. *morus*) als Symbol der klugen Vorsicht dargestellt, weil er erst blüht, wenn keine Frostgefahr mehr besteht.
30 Anspielung auf das (zum Keuschheitsgebot umgedeutete) Sechste Gebot.

dem Boden hingestreckt. Da lagen jugendliche Galane, die Haare so lang wie der Verstand kurz; Leute mit Bildung und Wissen im Kopf, aber alles zu Stroh geworden; schließlich auch mancher betuchte Lustgreis. Sie hatten die Augen weit offen, aber sie sahen nichts. Anderen waren sie mit Tüchern verbunden, aber nicht eben aus Erbarmen. Von den meisten vernahm man nichts als ein gelegentliches Stöhnen. Allesamt waren sie stumpfsinnig und schläfrig und so nackt und bloß, dass die Fetzchen, die sie noch am Leibe trugen, nicht als Bahrtuch hingereicht hätten. Mitten unter ihnen lag Andrenio, aber so unkenntlich, dass Critilo, sein eigener Vater, ihn kaum wiedererkannte. Weinend warf er sich über ihn, rief ihn an, doch er hörte nicht. Er drückte seine Hände, doch aller Puls und alles Feuer waren daraus entwichen. Inzwischen hatte EGENIO bemerkt, dass das trübe Licht nicht von einer Fackel herrührte, sondern von einer Hand, die, weiß und kühl, aus der Wand hervorwuchs, geschmückt mit Perlen, die so manche Träne gekostet hatten, die Finger mit hochfeinen Diamanten besetzt, jeder mit einer Lüge erkauft; die Finger leuchteten wie Kerzen, doch strahlten sie weniger Licht aus als Feuer, das die Eingeweide verbrannte.[31]

»Welchem Galgenstrick gehört die Hand da?«, rief Critilo.

»Das ist nicht die Hand eines Gehenkten, sondern eines Henkers«, erwiderte EGENIO, »sie würgt und tötet.«

Er bog sie ein wenig zur Seite, und im selben Augenblick begannen die Leiber sich zu rühren.

»Solange die da brennt, werden sie nie aufwachen.«

Er versuchte, sie auszublasen, aber alle Anstrengung war umsonst, handelte es sich doch um das Teerfeuer des Liebesschmachtens, das durch Seufzerhauch und Tränennass nur immer stärker entfacht wird. Abhilfe konnte da nur schaffen, dass man Staub darüber warf und Erde dazwischen brachte;[32] so kam tatsächlich dies mehr als höllische Feuer zum Erlöschen, und augenblicklich er-

31 Entfernte Anklänge an Boccaccios *Corbaccio oder das Labyrinth der Liebe (»il porcile di Venere«)* und Petrarcas vierten *Triumphus Cupidinis* sind wahrnehmbar (zuzüglich einer antizipierten Dosis schwarzer Romantik oder einer Prise Buñuel).

32 *Staub:* wie am Aschermittwoch. – *Erde dazwischen:* Flucht.

wachten alle, die so tapfer geschlafen hatten, will sagen, die als Söhne des Mars Brüder Cupidos geworden waren. Die abgebrühten Veteranen sagten:

»Genug, dies elende Brunstfeuer verschont ja weder Grünholz noch dürren Span!«

Die Leute mit Wissen und Bildung verwünschten ihre Torheit und sagten:

»Als Paris damals Pallas Athene hintansetzte ... der war jung und dumm; aber Gebildete, das ist doppelt töricht.«

Aus den Benjaminen der Venus, den übel zugerichteten, kam, das Herz durch und durch getroffen, Andrenio, als er seinen Vater erkannte, auf ihn zu.

»Was meinst du wohl«, sagte Critilo zu ihm, »wie dich ein so böses Weib zugerichtet hat? Hab und Gut, Gesundheit, Ehre und Gewissen – nichts hat sie dir belassen. Jetzt wirst du wohl erkannt haben, wie es damit steht.«

Nun überboten sich alle in Verwünschungen: Der eine nannte sie Marmorskylla, der andere Smaragdcharybdis, geschminkte Pest, Gift als Nektar.

»Wo Schilf ist«, verkündete einer, »da ist auch Wasser; wo Rauch, da Feuer, und wo Weiber, da Dämonen.«

»Gibt es größeres Übel als ein Weib«, sprach ein Alter, »es sei denn deren zwei, womit es sich verdoppelt.«

»Sie haben weder Sinn noch Verstand, es sei denn fürs Böse«, schloss Critilo knapp.

Indessen Andrenio:

»Schweigt«, rief er ihnen zu, »denn trotz allem, was sie mir angetan hat, bekenne ich, dass ich die Frauen nicht verabscheuen kann, mir auch nicht aus dem Sinn schlagen. Ich versichere euch: Von allem, was ich auf der Welt gesehen habe, Gold und Silber, Perlen und Edelsteine, Paläste und Bauten, Gärten und Blumen, Vögel und Sterne, selbst Mond und Sonne, ist, was mich am meisten beglückt hat, das Weib.«[33]

33 Ähnlich in Calderón, *Das Leben ein Traum;* vgl. auch die »Parabel« vom Jungen, der erst mit zwölf Jahren sehen durfte, in *Agudeza* 57, gegen Ende.

»Halt ein!«, rief EGENIO dagegen. »Gehn wir weg, das hier ist *locura* ohne *cura,* ist Wahn ohne Wiederkehr, und des Bösen, das ich vom bösen Weib zu sagen hätte, wäre noch viel. *Wenden wir das Blatt um,* bis wir unterwegs sind!«[34]

Sie traten alle hinaus ans Licht des Gewahrwerdens, für die andern unkenntlich geworden, doch erkannt von sich selbst. Ein jeder machte sich auf zum Tempel seines *Escarmiento,* um dem edlen *Desengaño* Dank zu sagen, und hängte an den Wänden die aus dem Schiffbruch geretteten Habseligkeiten nebst den Ketten seiner Knechtschaft auf.[35]

34 Der Sinn des Ausdruck *»doblar la hoja«* ist »unterbrechen«, »aufsparen für später«, doch ist die Buchmetapher am Kapitelende nicht ohne Bedeutung.

35 *Escarmiento* – das »Durch-Schaden-klug-geworden-Sein« – und sein etwas allgemeineres Synonym *desengaño* – die »Desillusionierung« – sind Schlüsselbegriffe der Lebenswanderung, ja einer ganzen Epoche der Geistesgeschichte Spaniens (vgl. H. Schulte, *El desengaño,* 1969). *»Desengaño«* wird im Deutschen gerne in der Form »Ent-täuschung« wiedergegeben. Dazu ist zu sagen, dass das gegen Ende des 18. Jh. aufgekommene Wort »Enttäuschung« zunächst die kühlere Bedeutung »Bewusstwerden einer Täuschung« hatte (Lehnbildung nach frz. *désillusion*) und diese sich im Deutschen auch etwa ein Jahrhundert lang erhalten hat, allmählich aber durch die intimere Bedeutung »Betrübtheit über eine nicht erfüllte Hoffnung« verdrängt wurde (vgl. Grimm'sches Wörterbuch). Schopenhauers 1832 fertig gestellte Übersetzung des *Handorakels* verwendet »Enttäuschung« bereits nicht mehr in der älteren Bedeutung. Beispiel: *»Siempre el desengaño fue pasto de la prudencia«* – »Und doch war stets die Aufdeckung des Trugs die Nahrung des denkenden Geistes« (Nr. 100). Nur in einer Fußnote zu seiner Übersetzung des *Criticón*-Fragments aus III, 4 heißt es: »Der Entzifferer ist der *Desengaño,* d. h. die Enttäuschung« (vgl. dazu S. 704, Anm. 48 und Anhang). *Desengaño* meint also »Heraustreten aus dem – selbst verschuldeten – Wahn« und damit etwas wie »Aufklärung«. Freilich in einem eher burlesken Sinn, denn der Schluss ist eine *Hommage* an Góngora, der von einer glücklich überwundenen Liebesbetörung sprach: *»Noble desengaño,* ich danke dem Himmel, dass du die Fessel zerrissen hast, die mich gefangen hielt. Ob dieses großen Wunders will ich gehen und in deinem Tempel die schweren Ketten meiner schweren Irrtümer aufhängen.« (Beginn von *Romance* 16, in lockerer Abwandlung einer Stelle aus Herodot, *Historien* I, 66; vgl. auch S. 202, Anm. 4).

Dreizehnte Krisis

Der große Weltmarkt

Die Alten erzählten, bei der Erschaffung des Menschen habe Gott sämtliche Übel in einer tiefen Höhle auf einer weit entfernten Insel eingeschlossen, und sie fügten gerne hinzu, die Insel habe daher den Namen *Insel der Unseligen* erhalten.[1] Dort schloss er Verfehlung und Strafe ein, Schuld und Sühne, Krieg, Hunger, Seuchen, Schändlichkeit, Schwermut, Schmerzen, ja den Tod selbst, alle aufs schärfste in Ketten gelegt. Und da er dem entsetzlichen Gelichter noch immer nicht traute, ließ er diamantene Türen mit stählernen Schlössern davor anbringen. Den Schlüssel dazu händigte er dem Freien Willen des Menschen aus, damit dieser vor seinen Feinden besser geschützt und ihm bedeutet sein solle, wenn er sie nicht selbst herausließe, so würden jene nie und nimmer daraus hervorkommen. Frei über die Welt indessen ließ er das Gute sich verbreiten, die Tugenden, die Belohnungen, das Glück und die Freuden, Friede, Ehre, Wohlbefinden, Reichtum, ja das Leben selbst.

So lebte der Mensch aufs glücklichste. Doch lange hielt dieses Glück nicht an. Denn des Menschen Weib, getrieben von seiner Neugier und Leichtfertigkeit, fand keine Ruhe, ehe es nicht gesehen hatte, was es wohl in der Unheilshöhle gäbe. An einem Tag, verhängnisvoll ihm selbst und allen andern, raubte es dem Menschen erst sein Herz und danach den Schlüssel. Und ohne weiter nachzudenken – denn das Weib handelt erst und denkt dann – entschloss es sich zum Öffnen. Als es den Schlüssel ins Schloss steckte, so wird versichert, erbebte das Weltall. Es schob den Riegel zurück, und im Nu stoben zuhauf die Übel heraus. Augenblicklich suchte

1 In Abwandlung der Hesiod'schen Erzählung von der Büchse der Pandora (*Taten und Tage,* Vv. 79–105). – Den Namen *Insulae fortunatae,* den Plinius für die Kanarischen Inseln überliefert, verdreht Gracián zu *Inseln der Unseligen,* gemäß der Doppeldeutigkeit, die *»fortuna«* im Lateinischen und Altspanischen hatte.

nun jedes von ihnen, seine Macht über das ganze Erdenrund auszudehnen.

HOCHMUT, stets vorneweg bei allem Bösen, setzte sich an die Spitze und machte sich über Spanien her, erste Provinz Europas. Sie erschien ihm so sehr Geist von seinem Geiste, dass er sich dort dauerhaft niederließ; hier lebt und hier herrscht er nun mit all seinen Genossen: der Selbstüberschätzung, der Verachtung der anderen, der Neigung, allen befehlen, aber keinem dienen zu wollen, dem Don-Diego-Spielen[2] und dem Meine-Sippe-geht-bis-auf-die-Goten-zurück, dem Auftrumpfen, der Renommisterei und Wichtigtuerei, dem vielen lauten und hohlen Gerede, der Pomphaftigkeit, dem hochfahrenden Gehabe und allen Arten von Dünkel und Überheblichkeit; und zwar all dies vom Edelmann bis zum letzten Plebejer.[3]

HABGIER, ihm unmittelbar auf den Fersen, fand Frankreich unbesetzt und bemächtigte sich seiner ganz und gar, von der Gascogne bis zur Picardie. Sie brachte auch gleich überall ihre lausige Sippschaft unter: Schäbigkeit, niedrige Gesinnung, Engherzigkeit und die Bereitschaft, um elenden Sold bei den übrigen Völkern gemeinste Handlangerdienste zu verrichten; weiterhin Kleinkrämerei und die Neigung, auch bei bestem Auskommen in schlechtester Aufmachung, am liebsten halb nackt und barfuß mit den Schuhen unter dem Arm einherzugehen, schließlich jedwede Niedertracht um Mammons willen zu begehen; so dass es heißt, FORTUNA habe, aus Mitleid und um so viel Niedrigkeit aufzuhelfen, ihm seinen Adel zugeführt, nun aber gleich so glänzend ritterlich, dass man es mit zwei Extremen zu tun hat, doch nichts dazwischen.[4]

2 Das Gleiche wie Don-Juan-Spielen. Tirso de Molinas Held aus dem *Burlador de Sevilla,* 1630 geschaffen, war noch nicht zum Allgemeinbegriff geworden.

3 *Überheblichkeit:* »Was aber am kräftigsten war«, wird der nach Bulgarien verschlagene Sepharde Elias Canetti noch 1977 schreiben, »und für ein Kind unwiderstehlich, war eine spanische Gesinnung. Mit naiver Überheblichkeit sah man auf andere Juden herab« (*Die gerettete Zunge,* S. 8).

4 Aus diesen Zeilen spricht einerseits die im damaligen Spanien verbreitete Verachtung jeglicher Erwerbstätigkeit, andererseits sind sie ein Zeugnis unter vielen (zumindest ein Echo) für das Elend der Zeit nach den Religionskriegen, das viele

Betrug breitete sich über ganz Italien aus und schlug tiefe Wurzeln in den italischen Gemütern; in Genua beim Handel, in Napoli beim Wandel, allüberall in jenen Gefilden ist er stark und mächtig, unterstützt von seinen Ablegern: Lüge, List und Gaunertum, Manöver, Ränke und Finten; und all das, so heißt es, sei *Politik* und bedeute, *brava testa* zu haben.[5]

Jähzorn nahm eine andere Richtung, hinüber nach Afrika und seinen nahen Inseln, behagte ihm doch das Leben unter Barbaren und Bestien.

Gefrässigkeit, zusammen mit ihrer Schwester, der Trunksucht, habe, so versichert uns die treffliche Margarethe von Valois, sich Deutschland einverleibt, Ober- wie Niederdeutschland, tage- und nächtelang auf Banketten schlemmend und schwelgend, Vermögen verprassend und Gewissen dazu.[6] Manch einer dort war in seinem Leben nur einmal berauscht, und das hat für immer vorgehalten. Im Krieg fressen sie die Länder auf, stopfen die Schlachtfelder mit Soldaten voll, weshalb Kaiser Karl der Fünfte denn auch den Bauch seiner Armee mit Deutschen auffüllte.

Unbeständigkeit legte in England an, Einfalt in Polen, Untreue in Griechenland, Barbarei in der Türkei, Arglist in Moskowien, Grausamkeit in Schweden, Ungerechtigkeit in der Tartarei, Genusssucht in Persien, Feigheit in China, Tollkühnheit in Japan; Faulheit kam auch diesmal spät, und da sie alles besetzt fand, musste sie nach Amerika übersetzen und dort unter den Indios hausen.[7]

Franzosen zwang, sich im Nachbarland als Scherenschleifer, Wasserträger oder Grubenkehrer zu verdingen. – Die Bewunderung für den französischen Adel findet sich bereits im *Discreto*, Kap. 18: »In Frankreich gilt Sinn für Form *(aliño)* so viel, dass er zur edelsten Eigenschaft wird (*bizarría;* sinnwidrig Neumeisters Übersetzung der Stelle: ›... zur Gespreiztheit wird‹).«

5 *»Brava testa«:* Italienisch des 17. Jhs. Etwa »nicht auf den Kopf gefallen«.

6 *Margarethe von Valois:* Königin von Frankreich von 1589 bis 1599 (»La Reine Margot«). In ihren *Memoiren* (1646 auch auf Spanisch erschienen) sucht man nach der fraglichen Stelle allerdings vergeblich (doch gibt es reichlich andere Gewährsleute für diese Behauptung).

7 Seit den *Etymologiae* Isidors von Sevilla (Buch IX: *De gentibus*) aus dem 7. Jh. hat sich eine Topik der Völkercharakterisierung entwickelt. Das Bedürfnis nach Sche-

WOLLUST, die viel berufene, die famose, das reizende Stück, fand, wo sie doch so stark und mächtig sei, eine einzige Provinz zu eng für sich und dehnte sich über die ganze Welt aus, reckte sich von einem Pol zum anderen; sie tat sich mit den jeweiligen Lastern zusammen und verstand sich mit ihnen so prächtig, dass sich wahrhaftig nicht mehr leicht sagen lässt, wo sie nun am stärksten ist: Alles durchdringt sie, alles steckt sie an. Da aber das Weib als Erstes von den Übeln angefallen wurde, bemächtigten sie sich ihrer samt und sonders, und es blieb mit Bosheit vollgetrichtert von Kopf bis Fuß. –

Solches erzählte EGENIO seinen beiden Gefährten, während er sie durch das Tor des Lichts, das die Sonne selbst ist,[8] aus der Hauptstadt hinaus zu dem großen Weltmarkt führte,[9] der angesetzt war an jenem weitläufigen Umschlagplatz, welcher zwischen den lieblichen Auen der Jugend und den rauen Bergen des Mannesalters liegt und an dem von beiden Seiten Ströme von Leuten zusammenkamen, die einen zum Verkaufen, die anderen zum Kaufen, noch andere jedoch – es waren die Klügsten – zum Zuschauen.[10]

mata der Fremdwahrnehmung verstärkte sich zur Zeit der Kreuzzüge. Seit der Renaissance wurden diese Schemata zunehmend literarisch verfeinert und an der Antike orientiert. Graciáns Psychologie der Nationen beruht kaum auf eigener Anschauung, vielmehr auf diesen literarischen Traditionen, etwa auf dem Werk von Carlos García, *La antipatía de españoles y franceses* von 1616. »Das ganze Werk ist in die Erlebnisräume der großen Nationalkulturen eingegliedert«, schreibt Werner Krauss im 3. Kapitel seiner *Lebenslehre Graciáns*, der besten Darstellung dieses Themas. Von der »überschwenglichen Freude am Reichtum des Seins«, dem »ununterbrochenen Maskenball der zu ihrem eigenen Ergötzen verkleideten Menschheit« (Krauss), ist gerade im burlesk-satirischen Gewand bei Gracián viel zu spüren. Auch von Boccalini hat Gracián viel übernommen (siehe dazu U. Schulz-Buschhaus in dem Band *Europäischer Völkerspiegel*, hrsg. von F. K. Stanzel, 1999). – Vgl. auch S. 355, Anm. 29 (über Spanien); S. 468, Anm. 2; S. 470, Anm. 15 (über Frankreich); S. 663, Anm. 28 (über Deutschland); S. 680, Anm. 1; S. 846, Anm. 39 (über Italien).

8 Die *Puerta del Sol*.

9 *»La gran feria del mundo«:* Der Ausdruck wandelt einen Titel von Calderón ab, *»El gran mercado del mundo«*, ein Fronleichnamsspiel *(auto sacramental)* von 1635.

10 Die berühmte Definition des Philosophen und der *theoretischen* Lebenshaltung, wie sie Cicero, auf Diogenes Laertius fußend, im Gleichnis von den olympischen

Schon traten sie auf jenen großen Versammlungsplatz hinaus, das universale Tummelfeld, wo sich Wünschen und Gelüsten die Erfüllung bietet, wo die einen preisen, was die andern verabscheuen. Als sie einen der zahlreichen Eingänge durchschritten, kamen auch schon zwei *Ohrenwerber* auf sie zu, die als Philosophen bezeichnet wurden, und zwar der eine von der einen, der andere von der anderen Seite, ist doch alles nach Ansichten geteilt.[11] Sokrates nannte sich der Erste und sprach folgendermaßen zu ihnen:

»Kommt auf diese Seite des Marktes und ihr sollt alles vorfinden, was dienlich ist, um *Person* zu werden.«

Doch Simonides, so hieß sein Gegenüber, rief dagegen:

»Es gibt zwei Aufenthaltsräume auf Erden, der eine ist die Ehre, der andere der Profit; den Ersteren fand ich allezeit nur voller Schall und Rauch; den Letzteren aber angefüllt mit Gold und Silber, hier sollt ihr das Geld finden, welches ein Kompendium aller Dinge ist.[12] Demnach seht zu, wem ihr euch anschließen wollt.«

Sie waren noch unschlüssig, nach welcher Seite sie sich wenden sollten, waren sie doch geteilter Ansicht, ja schon geteilter Empfindung, als jemand auf sie zutrat, der eigentlich aussah wie ein Mensch, nur dass ihm ein großer Goldbarren zwischen den Händen steckte, und der, wie er bei ihnen war, ihre Hände fasste, sie an dem Gold rieb und anschließend genau betrachtete.

»Was bezweckt dieser Mann?«, fragte Andrenio.

»Ich bin«, erwiderte dieser, »der Personentaxator, der Münzwardein ihres Feingehalts.«

Spielen und dem sie begleitenden Markt dem Pythagoras in den Mund legt: »... *esset autem quodquam genus eorum idque vel maxime ingenuum, qui nec plausum nec lucrum quaererent, sed visendi causa venirent«* – »... und es endlich eine besondere Gruppe gebe, die die vornehmste sei und weder nach Beifall noch nach Gewinn strebe, sondern um des Schauens willen gekommen sei« (*Quaest. tuscul.* V, 9, Übers. O. Gigon). Montaigne (den Gracián ignoriert) hatte die Stelle aufgenommen (*Essais* I, 26; Übers. H. Stilett, S. 87); von ihm wird sie Rousseau übernehmen (*Emile*, Buch IV, ed. F. und P. Richard, p. 281).

11 *Ohrenwerber:* scherzhafter Ausdruck für »Zuhälter«.

12 Lat. *»compendium«* – »Einsparung«, »Abkürzung«. – *Simonides:* bedeutender griechischer Lyriker, dem von Platon und Pindar vorgeworfen wurde, er strebe mehr nach Gewinn als nach Ehre.

»Was aber dient dir als Prüfstein?«

»Das da«, sagte er und wies auf das Gold.

»Hat man dergleichen schon gesehen!«, rief Andrenio. »Bislang musste noch immer das Gold selbst geprüft werden; dafür hat man doch den lydischen Stein verwendet.«[13]

»So ist es, doch der Probierstein für Menschen ist nun einmal das Gold.[14] Wem es an den Händen kleben bleibt, der ist nicht wahrer Mensch, sondern falscher Mensch. Der Richter, den wir mit verklebten Händen antreffen, den verurteilen wir, weil er erst zugreift und dann zuhört, weil er erst nimmt, bevor er vernimmt;[15] der Prälat, welcher fünfzigtausend Pesos Rente einstreicht, aus dem wird, und wenn er noch so gut spricht, kein Goldmund, sondern nur ein Goldsack;[16] der Kriegskapitän mit bestickter Montur und reichem Federschmuck ist Zeichen dafür, dass er seine Soldaten nur rupft und ihnen nicht beisteht wie der wackere Burgunder Claude Antoine de Saint Maurice;[17] der Ritter, der seinen Adelsbrief mit dem Blute wucherisch ausgesaugter Armer unterfertigt, ist in Wahrheit überhaupt kein Edelmann; die Frau, die prächtig einherstolziert, während ihr Gatte in Sack und Asche geht, mit der steht es nicht zum Besten. Kurz: Alle, die ich mit unreinen Händen antreffe, die nenne ich falsche Menschen. Bei dir (sagte er zu Andrenio) ist das Gold an den Händen kleben geblieben: Du musst mir glauben, dass du so einer bist, du musst auf die andere Seite; dieser jedoch (und er deutete auf Critilo), bei dem nichts haften geblieben ist

13 *Lapis lydius* nennt Plinius (*Naturgesch.* XXXIII, 43) nach Theophrast einen Stein, der in Lydien (Kleinasien) mit seinem goldreichen Fluss Paktolos (König Krösus!) zur Anwendung kam.

14 Nach Diogenes Laertius I, III, 71: »Durch den Prüfstein wird das Gold untersucht (...) und durch das Gold wird die Gesinnung von guten und schlechten Menschen untersucht.«

15 Vgl. S. 103, Anm. 31.

16 Anspielung auf den Prediger Johannes, genannt Chrysostomos (»Goldmund«), aus dem 4. Jahrhundert. – Eine Rente in genannter Höhe ist für den Erzbischof von Zaragoza bezeugt.

17 *Saint Maurice:* Reiterführer aus der Freigrafschaft Burgund (die zu Zeiten Graciáns noch zum habsburgischen Reich gehörte), 1650 in den Orden von Alcántara aufgenommen.

und dessen Finger daher nicht auf ihn selbst zeigt, der ist *Person,* der soll auf die Seite der Redlichkeit treten.«

»Im Gegenteil«, hielt Critilo dagegen, »gerade damit er es auch werden kann, ist es wichtig, dass er mit mir geht.«

Sie gingen nun rechter Hand an einigen reich bestückten Läden vorbei. Sie lasen eine Aufschrift, die besagte: *Hier steht das Beste und das Schlechteste zum Verkauf.* Sie traten ein und stellten fest, dort wurden Zungen feilgeboten, die besten waren zum Schweigen, zum Sich-Draufbeißen und zum Am Gaumen-Klebenbleiben. Ein wenig weiter stand ein Mann, der mitnichten seine Ware laut anpries, den Leuten vielmehr über sein Mienenspiel bedeutete, sie sollten schweigen.

»Was will denn der da verkaufen?«, fragte Andrenio noch. Da hatte der ihm schon den Mund verstopft.

»Ja, wie sollen wir denn dann wissen, was du verkaufst?«, stammelte Andrenio.

»Es gibt wohl keinen Zweifel«, sagte EGENIO, »er verkauft Mundhalten und Schweigen.«

»Recht seltene und wichtige Artikel«, meinte Critilo. »Ich hätte eigentlich gedacht, das sei auf der Welt schon ausgegangen. Sie dürften wohl aus Venedig bezogen werden, insbesondere in Form von Geheimhaltung, denn hierzulande ist das nicht mehr erhältlich. Und bei wem besteht Bedarf dafür?«

»Das dürfte doch klar sein«, rief Andrenio eilfertig, »bei Anachoreten und Mönchen,[18] die wissen solches sicher am meisten zu schätzen.«

»Nun, ich denke«, sagte Critilo, »die meisten, die dies benutzen, gehören nicht zu den Guten, sondern zu den Bösen: Die Ehrlosen halten hinter dem Berg, die Buhlerinnen schweigen fein still, die Mörder haben Knebel im Mund, die Diebe kommen auf Filzsohlen, und desgleichen alle andern Übeltäter.«

»Nein, auch bei denen nicht«, entgegnete EGENIO, »ist doch die Welt bereits so weit heruntergekommen, dass diejenigen, die

18 *Mönchen:* im Original: *»monjes (con e digo)«.* Soll heißen: nicht bei *»monjas«,* bei den (ständig schwatzenden) Nonnen.

schweigen müssten, umso lauter reden und mit ihren Schurkereien auch noch prahlen. Ihr könnt manchen erleben, der lauthals sein Rittertum auf Raffertum zurückführt, dem kein Bubenstück gefällt, das nicht auch noch schamlos vor aller Augen vollführt wird. Der Messerstecher tut sich etwas darauf zugute, dass seine Heldentaten auch ihm selbst im Gesicht stehen; der schlappe Schönling, dass von seinem wallenden Haar Aufhebens gemacht wird; die Kokette, die sich pflichtvergessen nur um ihr wertes Antlitz kümmert,[19] trägt noch Putz und Schminke auf, wenn es sie schon längst verunziert; noch der übelste Spitzbube spitzt sich aufs Ordenskreuz, und manch einer sucht süchtig nach dem Titel, der ihm seine Gaunereien überschreibt. So sind die Erbärmlichsten auch die Lärmigsten.«

»Aber, ihr Herren, wer ist Käufer?«

»Käufer ist, wer sich zu ausführlich mit Edelsteinen eingelassen hat, jede Art von Heimlichtuer und schließlich Harpokrates, den niemand dafür tadelt.«[20]

»Lasst uns den Preis hören«, sagte Critilo, »denn ich möchte gerne ein paar Händevoll davon kaufen, zweifle ich doch, ob wir es anderswo noch finden.«

»Der Preis für Schweigen«, wurde ihm geantwortet, »ist ebenfalls Schweigen.«

»Wie kann das sein? Wenn Schweigen zum Verkauf kommt, wie kann das Entgelt auch Schweigen sein?«

»Das kann es sehr wohl, ein gutes Schweigen nämlich ist des anderen wert: Der eine schweigt, damit auch der andere schweigt, und alle sagen schließlich: *Schweigen wir.*«[21]

Sie gelangten zu einer anderen Butike, deren Schild besagte: *Hier ist Gesundheitsquintessenz erhältlich.*

»Beachtlich!«, meinte Critilo.

Er fragte nach und erfuhr, es handle sich um Speichel vom Feinde.

19 *»De su cara cara«.*
20 Harpokrates-Horus, Sohn von Isis und Osiris, Gottheit des Schweigens, dargestellt mit dem Finger auf dem Mund (vgl. Ovid, *Metamorphosen* IX, 692).
21 Zum Thema Schweigen vgl. S. 125, Anm. 26.

»Also das«, äußerte sich Andrenio, »nenne ich *quinta essentia* der giftigen Art, verderblicher noch als das Gift des Basilisken; lieber soll mich eine Kröte anspucken, ein Skorpion stechen oder eine Viper beißen. Speichel vom Feinde! Wer hat solches schon gehört? Ja, wenn es hieße, vom treuen und echten Freunde, das ließe ich mir eingehen, das wäre wirklich ein einmaliges Mittel gegen Gebrechen.«

»Ach, ihr versteht es nicht!«, sagte EGENIO. »Viel schlimmer wirkt die Schmeichelei der Freunde, jener Drang, alles gutzuheißen, jener Eifer, alles zu beschönigen, bis sie den Freund aus dem Siechtum seiner Verfehlungen in die Gruft seines Verderbens gestürzt haben.[22] Glaubt mir, der weise Mann tut besser daran, sich den bitteren *Liquor* seines Feindes wohl destilliert zuzuführen, tilgt er mit ihm doch die Makel seiner Ehre und die Flecken seines Leumunds; die Furcht davor, Widersacher und Rivalen könnten etwas erfahren und sich daran weiden, lässt viele in den Schranken der Vernunft verhalten.«

Aus einem anderen Laden rief man ihnen aufgeregt zu, die Ware gehe gleich aus. Und dem war auch so, denn es handelte sich um einige Posten *Gelegenheit.* Auf ihre Frage nach dem Preis sagte man ihnen:

»Jetzt bekommt ihr sie geschenkt, aber später kriegt ihr sie an keinem Haar mehr zu fassen, und wenn ihr euch ein Auge aus dem Kopf reißt, am wenigsten die, die für euch die wichtigste war.«[23]

Ein anderer schrie:

»Beeilt euch und kauft, denn je länger ihr zögert, desto mehr versäumt ihr und könnt es um keinen Preis mehr einholen!«

Was der losschlug, war *Zeit.*

»Hier«, tönte ein anderer, »gibt es ganz umsonst, was doch sehr viel wert ist.«

»Und das wäre?«

22 Barocke Entwicklung eines Satzes aus Ciceros Schrift über die Freundschaft: *»Assentatio, vitiorum adiutrix, procul amoveatur«* – »Das Reden nach dem Munde, das die Laster nur unterstützt, sei weit weg verbannt« (XXIV, 89).

23 Vgl. S. 167, Anm. 22.

»Das *Escarmiento.*«[24]

»Sieh mal an! Und was soll es kosten?«

»Die Toren erwerben es auf eigene Kosten, die Klugen auf Kosten anderer.«

»Wo, bitte, gibt es Erfahrung?«, erkundigte sich Critilo, »die ist doch auch viel wert.«

Da deuteten die Leute nach sehr weit hinten, zu einer Butike für Lebensjahre.

»Und Freundschaft?«, wollte Andrenio wissen.

»Die, lieber Herr, gibt es nicht zu kaufen, wenn sie auch viele verkaufen: Gekaufte Freunde taugen nicht zu Freunden.«

Goldlettern zierten einen weiteren Laden: *Aquí se vende todo y sin precio.*

»Da muss ich hinein«, sagte Critilo.

Sie fanden den Inhaber so ärmlich, dass er in Lumpen ging, und den ganzen Laden leer; man sah schier nichts darin.

»Geht das denn zusammen mit Eurem Schild?«

»Sehr wohl«, antwortete der Händler.

»Aber was verkauft Ihr denn?«

»Alles, was es auf der Welt gibt.«

»Und ohne Preis, *sin precio?*«

»Jawohl, weil mit *desprecio,* mit Geringschätzung. Schätzt ihr nur alles gering, was es gibt, so seid ihr bald Herr über alles; und wer umgekehrt auf Dinge hohen Wert legt, der ist nicht Herr über sie, sondern sie über ihn.«

»Hier behält, wer etwas gibt, das Gegebene für sich und hat großen Gewinn davon; die es bekommen, sind damit wohl vergolten.«

Schließlich brachten sie heraus: Es waren Höflichkeit und Ehre, die man aller Welt erweist.

»Hier ist im Angebot«, tönte ein anderer, »was wirklich eigen ist, nichts Fremdes!«.

»Ist das so besonders?«, fragte Andrenio.

»Jawohl, das ist es. Werden Euch doch viele die Mühe verkau-

24 Das »Durch-Schaden-klug-geworden-Sein« (vgl. S. 247, Anm. 35).

fen, die sie gar nicht aufbringen, die Gefälligkeit, die sie gar nicht erweisen können, oder falls sie könnten, nicht erweisen wollten.«

Sie gingen auf einen Laden zu, wo die Händler alles daran setzten, sie zur Umkehr zu bringen, und wer immer sich näherte, bei dem taten sie es ebenso.

»Verkauft ihr nun oder nicht?«, rief Andrenio. »Das hat es doch noch nie gegeben, dass der Händler selbst seinem Laden die Käufer fernhält. Was bezweckt ihr damit?«

Die aber riefen nur noch einmal, sie sollten sich entfernen und von weitem kaufen.

»Aber was habt ihr denn zu bieten? Das kann doch nur Trug oder Gift sein!«

»Weder, noch. Vielmehr ist es das am höchsten Geachtete von allem: die Achtung selbst, denn bei zu nahem Umgang nimmt sie Schaden, Vertraulichkeit ist ihr abträglich und die viele Plauderei lässt sie zuschanden werden.«

»Somit gilt«, bestätigte Critilo, »Ehre kommt fernher, keiner ist Prophet im Vaterland,[25] und es würden die Sterne selbst, lebten sie unter uns, binnen zwei Tagen ihren Glanz einbüßen. Deshalb stehen die früher Gewesenen erst bei den Heutigen in Ansehen und die Heutigen erst bei den Künftigen.«

»Das dort ist ein reicher Juwelierladen«, sagte Egenio. »Gehen wir hin, erstehen wir ein paar Edelsteine, nur in ihnen finden sich doch noch Tugenden und Feinheit.«

Beim Eintreten trafen sie auf den überaus klugen, welterfahrenen Herzog von Villahermosa,[26] der eben den Steinschneider bat, ihm einige der vorzüglichsten und geschätztesten Steine vorzulegen. Dieser sagte, ja, er habe einige sehr kostbare. Und während alle sich einen indischen Rubin betrachteten, einige aufs feinste gefasste Diamanten, einen Smaragd, der durch seine Verheißung erfreut, wie alle anderen durch ihre Wirkung, holte er ein

25 *Lukas* 4, 24.
26 Die geistigen und körperlichen Vorzüge von Don Fernando de Gurrea, achtem Herzog von Villahermosa (1613–1665), erwähnt auch Luis Vélez de Guevara in seinem Roman *Der hinkende Teufel* (1641).

Stück Gagat hervor, so schwarz und melancholisch, wie dieser nun einmal ist, und sagte:

»Dies, erlauchtester Herr, ist von allen Steinen, die es gibt, der schätzenswerteste; hier hat die Natur ihr Äußerstes getan, hier haben Sonne, Gestirne und Elemente zusammengewirkt, um alle Feinheit auf ihn zu vereinen.«

Derlei Übertreibungen hörten unsere Marktbesucher mit Erstaunen, doch schwiegen sie wegen der Anwesenheit des klugen Herzogs, der nun zu ihnen sagte:

»Ihr Herren, was soll das? Ist das etwa nicht ein Stück Gagat? Was will dieser Steinschleifer damit behaupten? Hält er uns für Indios?«

»Der Stein da«, ließ sich der Händler wieder vernehmen, »ist kostbarer als Gold, ergiebiger als Rubin, glänzender als Karfunkel; was bedeuten neben ihm schon Perlen? Dieses ist der Stein der Steine!«

Da fragte ihn der von Villahermosa, der das nicht mehr ertragen konnte:

»Lieber Mann, ist das nicht doch ein Stück Gagat?«

»Jawohl, mein Herr«, war die Antwort.

»Wozu dann solch übersteigertes Lob? Wozu dient denn dieser Stein in aller Welt? Welche Fähigkeiten hat man bislang an ihm entdeckt? Er ist doch weder eine Augenweide wie Brillanten und Kristalle, noch ist er der Gesundheit förderlich, er macht nicht froh wie der Smaragd, er bietet keine Stärkung wie der Diamant oder Läuterung wie der Saphir, ist auch kein Gegengift wie der Bezoar, erleichtert nicht die Niederkunft wie der Adlerstein, noch befreit er von irgendwelchem Schmerz. Wozu taugt er denn, außer zu Kinderspielzeug?«[27]

»Ach, gnädiger Herr!«, sagte der Juwelier, »Euer Exzellenz wollen mir verzeihen, aber er ist nur für Erwachsene da, für ganz und

27 Ein Echo der in Antike, Christentum und Islam entwickelten (esoterisch bis heute fortwirkenden) Steinkunde mit ihren abergläubischen, medizinischen, moralisch-allegorischen, theologischen und künstlerischen Komponenten (vgl. G. Friess, *Edelsteine im Mittelalter,* 1980). Vgl. auch S. 79, Anm. 11.

gar Erwachsene, denn es ist die *petra philosophalis*, die die höchste Weisheit lehrt und mit einem Wort zeigt, wie man zu leben hat, und darauf kommt es doch an.«

»Und wie?«

»Aller Welt die *Feige* zeigen und auf nichts auch nur einen Pfifferling geben,[28] den Appetit und den Schlaf nicht verlieren, sich nicht für dumm verkaufen lassen. Das und nichts anderes heißt leben wie ein König, nur versteht sich darauf noch kaum einer.«

»Gebt ihn mir her«, sagte der Herzog, »den muss ich mir zu Hause hinlegen, und zwar unveräußerlich.«

»Alles herhören!«, rief der nächste, »hier gibt's ein einzigartiges Heilmittel gegen alle Übel, so viele es auch seien.«

Es kamen so viele Leute gelaufen, dass der Platz eng wurde, allerdings nur für die Füße, nicht für die Köpfe. Auch Andrenio eilte ungeduldig herzu und verlangte sofort nach der Ware.

»Jawohl, der Herr«, wurde ihm geantwortet. »Man merkt sehr wohl, dass Ihr sie braucht: Habt Geduld.«

Kurz darauf drängte er von neuem, sie sollten ihm geben, was er verlange.

»Aber Señor«, erwiderte der Händler, »hat man es Euch denn noch nicht gegeben?«

»Wie denn gegeben?«

»Ja, ich hab's doch mit meinen Augen gesehen!«

Wütend stritt Andrenio dies ab.

»Er spricht die Wahrheit, und er hat doch nicht Recht«, sagte daraufhin der Händler. »Wohl hat man sie ihm gegeben, aber er hat sie nicht genommen. Wartet nur.«

Die Leute drängten heran, und der Ladenbesitzer rief ihnen zu:

28 Burlesker geht's nimmer… *»Echar una higa«* ist die in allen Mittelmeerländern verbreitete, durchaus obszön gemeinte Geste der Verachtung: eine Faust mit dem Daumen zwischen Mittel- und Zeigefinger geschoben. Die Beziehung zwischen Feige *(higa)* und Gagat *(azabache)* entnimmt Gracián einem Brauch, der darin bestand, Kindern Amulette aus Gagat (Pechkohle) um den Hals zu hängen, die die Form einer kleinen Hand hatten und *higas de azabache* genannt wurden.

»Herrschaften, verzieht euch gefälligst und macht den Nachkommenden Platz, denn ihr seid schon bedient.«

»Was soll das!«, rief Andrenio, »wollt ihr uns zum Besten halten? Eine schöne Gemütsruhe ist mir das! Gebt uns, was wir verlangt haben, und wir gehen.«

»Werter Herr«, erwiderte der Händler, »geht mit Gott, denn man hat Euch bereits bedient, und sogar zweimal.«

»Mich?«

»Ja, Euch.«

»Man hat mir lediglich gesagt, ich solle Geduld haben.«

»Ach, wie herrlich!«, rief der Händler und brach in schallendes Gelächter aus. »Aber lieber Herr, das ist doch der kostbare Artikel, den wir anbieten, das genau ist das einmalige Heilmittel gegen alles und noch mehr; und wer seiner entbehrte, vom König bis zum Turm,[29] der gehe hinweg aus dieser Welt: *Ich bin nur so viel wert, als wie ich hab gelitten.*«[30]

»Hier wird verkauft«, hieß es beim nächsten, »was kein Gold und kein Silber in der Welt aufwiegt.«

»Ja, wer soll es dann aber erstehen?«

»Wer es nicht verliert«, war die Antwort.

»Und das wäre?«

»Die Freiheit: Es ist schon ein beachtlich Ding, von keines andern Willen abhängig zu sein, zumal nicht von einem Schwachkopf, von einem Trottel; keine schlimmere Qual, als wenn über den Kopf noch ein Mensch gesetzt wird.«[31]

29 *Turm:* beim Schachspiel.

30 *»Tanto valí cuanto sufrí.«* Eine Maxime, die über all dem satirischen Spott des *Criticón* nicht übersehen werden darf, Travestie – eine der seltenen positiven! – der Redensart *»tanto vales cuanto tienes«* – »du bist so viel wert, wie du hast«.

31 Reminiszenz an Horaz' Gleichnis vom Hirsch und vom Pferd: *»Sic, qui pauperiem veritus potiore metallis / libertate caret, dominum vehet inprobus atque / serviet aeternum, quia parvo nesciet uti.«* – »So auch, wer aus Angst vor knappem Lose sich der Freiheit begibt, die kostbarer ist als alles Gold: zur Strafe wird er einen Gebieter im Nacken tragen und leibeigen sein immerdar, weil er sich nie bescheiden lernt.« (*Episteln* I, 10, 34 f., Übers. W. Schöne). – Abweichende Lesart: *»hombros«* statt *»hombres«*. Dies ergäbe: »... als wenn die Schultern (= die rohe Kraft) über den Kopf gesetzt würden.«

In einen Laden trat ein Kunde ein und fragte den Händler, ob er ihm nicht seine – des Händlers – Ohren verkaufen könne.[32] Alle lachten über ihn, außer EGENIO, der sagte:

»Das ist das Erste, was man sich zulegen sollte; einen wichtigeren Artikel gibt es gar nicht; und da wir doch bereits Zungen zum Nicht-Sprechen erstanden haben, wollen wir hier ruhig auch Ohren zum Nicht-Hören kaufen und vielleicht noch ein paar Lastenträger- oder Müllerrücken dazunehmen.«

Sogar das Verkaufen selbst, so entdeckten sie, wurde vermarktet, denn es ist viel wert, wenn einer versteht, seine Waren abzusetzen, schätzt man diese doch nicht nach dem ein, was sie sind, sondern was sie scheinen; die große Mehrzahl der Leute sieht und hört mit geliehenen Augen und Ohren, lebt von *Information* durch anderer Geschmack und Urteil.[33]

Es war ihnen nicht entgangen, dass alle berühmten Männer der Welt, ja Alexander in Person (denn *Person* war er, wie die beiden Caesaren Julius und Augustus und andere vom gleichen Rang, von den Modernen der unbesiegliche Don Juan de Austria[34]) in einem Geschäft aus- und eingingen, das ohne Schild war. Ihre große Neugier zog sie dorthin. Sie hörten sich bei diesem und jenem um, was es denn sei, das man dort verkaufe, aber keiner wollte es ihnen verraten. Das verdoppelte nur noch ihre Wissbegier. Sie wurden gewahr, dass die Verkäufer alles Weise und Verständige waren.

»Das ist aber sehr geheimnisvoll«, meinte Critilo.

Er trat auf einen zu, fragte ihn ganz unauffällig, was denn da verkauft werde, und erhielt diesmal zur Antwort:

32 Wegen der Redensart: *»hacer orejas de mercader«* – »Händlerohren machen«, d. h. »sich taub stellen«.

33 *»Información«,* was damals noch näher an seinem Ursprung war, nämlich »Einformen«, »Prägen«.

34 *Don Juan de Austria:* naheliegenderweise der Sieger der Seeschlacht bei Lepanto (1571); allerdings ist zu berücksichtigen, dass der – bald beginnende – II. Teil des *Criticón* einem anderen Juan de Austria gewidmet sein wird, nämlich dem natürlichen Sohn Philipps IV. Hat Gracián in schmeichelnder Absicht offen gelassen, welchen der beiden er meinte?

»Es wird gar nichts verkauft, es wird etwas sehr Kostbares verschenkt.«

»Was ist es?«

»Jener unschätzbare Tropfen, der die Menschen unsterblich macht und sie unter so vielen Tausenden, die da waren und noch sein werden, bekannt werden lässt, während die übrigen in dauernder Vergessenheit begraben bleiben, als hätte es sie überhaupt nie gegeben.«

»Äußerst kostbar!«, riefen alle aus. »Oh, welch treffliche Eingebung hatten doch Franz der Erste von Frankreich, Matthias Corvinus und andere![35] Doch sagt uns, könnten nicht auch wir ein kleines Tröpfchen davon abbekommen?«

»Das könnt ihr, wenn ihr ein anderes dafür gebt.«

»Ein anderes wovon?«

»Von eurem eigenen Schweiß, denn je nachdem, wie viel einer Anstrengung und Schweiß aufwendet, gelangt er zu Ruhm und Unsterblichkeit.«

Critilo war zu diesem Tauschgeschäft wohl imstande, und so erhielt er eine kleine Phiole Unvergänglichkeitssaft. Voller Neugier betrachtete er sie, und wenn er geglaubt hatte, es handele sich dabei um irgendein Sternenpräparat oder eine Quintessenz aus den Strahlen der Sonne oder um destillierte Himmelsstreifen, so musste er nun entdecken, dass es nur ein wenig Tinte war, untermischt mit Öl. Er wollte es schon weggießen, da sagte EGENIO zu ihm:

»Tu das nicht; sei dir vielmehr darüber im Klaren, dass das Öl aus den nächtens brennenden Lampen der Forscher, die Tinte der Schreibenden, im Verein mit dem Schweiß unternehmender Männer und bisweilen auch dem Blut aus ihren Wunden die Unvergänglichkeit ihres Ruhms bewirken. Dergestalt ließ Homer mit seiner Feder Achilleus unsterblich werden, Vergil den Augustus,

35 *Matthias I.*, gen. der Große: von 1458 bis 1490 König von Ungarn, bedeutender Gesetzgeber, Gründer der *Bibliotheca Corvina* in Ofen (1526 von den Türken zerstört) und der Universität Pressburg. In Spanien vor allem wegen seines Einsatzes gegen die Hussiten und die Türken angesehen.

Caesar sich selbst,[36] Horaz den Maecenas, Giovio den Großen Kapitän[37] und Pierre Matthieu König Heinrich IV. von Frankreich.«[38]

»Wie kommt es aber, dass nicht alle solch eine Auszeichnung zu vergeben haben?«

»Weil nicht alle so viel Glück und auch nicht so viel Talent haben.«[39]

Etwas weiter brachte Thales von Milet Werke ohne Worte zum Verkauf und erläuterte, Taten seien Männer, Reden aber Weiber.[40] Horaz waren soeben die letzten Torheiten ausgegangen; er versicherte indes, das seien die ersten Weisheiten.[41] Pittakos, jener andere Weise Griechenlands, veranschlagte Preise für alles, und zwar sehr gemäßigte, ließ die Waagschalen sich ausgleichen und legte allenthalben sein *ne quid nimis* hinein.[42]

Viele standen vor einem Laden, an dem groß angeschrieben stand: *Hier wird das Gute zu geringem Preis verkauft.* Kaum einer trat ein.

36 Cäsars *Commentarii* zu den Kriegen in Gallien und zum Bürgerkrieg sind die einzigen erhaltenen Memoirenwerke der Antike; seine Gedichte und seine Schriften zur lateinischen Grammatik sind bis auf geringe Reste verloren.

37 *Paolo Giovio* (1483–1552): bedeutender Historiker und Humanist, Verfasser der *Historiae sui temporis* (1550), aus denen Gracián mehrfach schöpft. – Zum *Gran Capitán* vgl. S. 89, Anm. 4. In *El Discreto* schreibt Gracián über ihn: »Er benahm sich bei Hofe, als wenn er nie an Feldzügen teilgenommen hätte, und im Felde, als wenn er nie Höfling gewesen wäre« (Kap. 7; zu den *cuentas de Gran Capitán* vgl. S. 723, Anm. 25).

38 *Pierre Matthieu:* gelehrter Polygraph (1563–1621), Chronist Heinrichs IV.; in seinen moralisch-pamphletären Schriften ein Geistesverwandter Graciáns.

39 Die Themen Ruhm und Ruhmzuweisung, die hier zum Ende des Ersten Teils anklingen, finden eine ausführliche Wiederaufnahme am Ende des Gesamtwerks (Teil III, Krisis 12), wenn die Wanderer zur *Insel der Unsterblichkeit* gelangen und sich erneut die Frage stellen: *Wer teilt Verdienst zu?*

40 *Thales von Milet:* einer der »Sieben Weisen Griechenlands« (etwa 625–545 v. Chr.); von seinem Denken und Wirken ist manches überliefert, doch keinerlei Schrift. – *Taten seien Männer...: »Los hechos son machos, y las palabras son hembras.«* Volksweisheit (unter Missbrauch des grammatischen Geschlechts), von Correas verzeichnet.

41 Horaz: *»Sapientia prima stultitia caruisse«* – »Abkehr von Torheit ist der Weisheit Anfang« (*Episteln* I, 1, 40–41).

42 Vgl. S. 82, Anm. 20.

»Wundert Euch nicht«, sagte EGENIO, »das ist doch eine Ware, die auf der Welt wenig gilt.«

»Sie ist speziell für die Weisen«, rief der Verkäufer, »die Böses mit Gutem vergelten und damit Handel treiben können, so viel sie wollen.«

Von einem anderen hörte man: »Hier traut man nicht, heute auch nicht dem besten Freund, morgen kann er schon Feind sein.«

»Hier haut man auch nicht«, wurde noch ergänzt.

In diesen Laden trat denn auch kaum einer aus Valencia ein, noch weniger als in die Läden mit Geheimem.[43] Zum Schluss gab es da noch einen gemeinschaftlichen Laden, zu dem man aus sämtlichen anderen gelaufen kam, um Wert und Ansehen aller Dinge in Erfahrung zu bringen. Freilich war das Verfahren der Bewertung recht seltsam, denn es bestand darin, dass man alles in Stücke schlug, in eine Grube warf, zu Asche verbrannte und schließlich in den Wind streute; und so verfuhr man gerade auch mit den kostbarsten Gütern wie Gesundheit, Vermögen und Ehre, kurz: mit allem, was Wert hat.

»Und das soll bewerten heißen?«, fragte Andrenio.

»Jawohl, der Herr«, wurde ihm zur Antwort, »denn bevor man sie nicht verloren hat, kann man auch nicht ermessen, was die Dinge wert sind.«

Sie gingen nun auch noch auf die andere Seite dieses großen menschlichen Lebensmittelmarktes, auf Drängen Andrenios und sehr gegen den Willen Critilos, doch wie oft tun die Vernünftigen nicht das Falsche, nur weil die Unvernünftigen sich so richtig aufführen! Auch hier gab es sehr zahlreiche Läden, aber doch von sehr anderer Art, wobei immer ein Laden auf dieser Seite mit einem entsprechenden auf der anderen im Wettstreit lag. So lautete denn das Schild beim ersten: *Wer hier kauft, wird verkauft.*

»Erste Albernheit«, meinte Critilo.

»Wenn es nur keine Bosheit ist«, erwiderte EGENIO.

43 Die Valencianer seien, meint Gracián (der eine Zeitlang in Valencia gelebt hatte), streitsüchtig und könnten nichts für sich behalten.

Andrenio stand schon fast drinnen, da hielt er ihn noch zurück:

»Wohin willst du? Hier wirst du verkauft!«

Sie schauten aus einiger Entfernung zu und sahen, wie immer einer den andern verkaufte, selbst die besten Freunde. Auf einem anderen hieß es: *Hier wird verkauft, was geschenkt wird.* Die einen sagten, das seien Gefälligkeiten, andere nannten es *zeitübliche Geschenke.*

»Offenkundig«, so meinte Andrenio, »gibt man hier nur sehr zögernd, was ja so viel ist wie gar nicht geben.«

»Wahrscheinlich soll es erst erbeten sein«, vermutete Critilo, »es kostet ja sehr viel, um etwas zu bitten, Überwindung nämlich, und noch viel mehr, wenn man sich dabei einem ›*Ich will nicht*‹ aussetzt.«

EGENIO indessen hatte erkannt, dass es sich um die Gaben handelte, mit denen man erleben konnte, wie der Teufel tanzte.[44]

»Oh, was für üble Ware!«, schrie einer an einer Türe.

Dennoch drängelte sich alles unablässig hinein; die wieder herauskamen, sagten durch die Bank:

»Oh, das vermaledeite Vermögen! Hat man's nicht, schafft es Begier; hat man's, schafft es Sorgen, hat man's nicht mehr, Verdruss.«

Sie wurden gewahr, dass da noch ein anderer Laden war, bis obenan mit leeren Gläsern und Kästen vollgestellt, und nichtsdestoweniger voller Leute und Lärm. Sogleich gab Andrenio dem Lockreiz nach und erkundigte sich, was denn dort verkauft werde, man sehe doch gar nichts. Die Antwort war: Windewehen und noch weniger.

»Und es gibt so viele, die zugreifen?«

»Und damit auch ihre gesamten Einkünfte vergeuden. Der Kasten dort ist randvoll mit Schmeicheleien, die sehr gut gehen; das Reagenzglas dort enthält glatte Worte, die sehr geschätzt sind; hier die Dose ist für kleine Gefälligkeiten, für die man tief in die Tasche greift; die Truhe dort drüben ist vollgestopft mit Lügen, bei

44 Bestechungsgelder.

denen der Absatz wahrlich besser ist als bei Wahrheiten, zumal solchen, die nicht schon nach drei Tagen verfallen, und *en tempo de guerra,* wie der Italiener sagt, *bugía como terra.*«[45]

»Ist das zu glauben!«, wunderte sich Critilo. »Man kauft dünne Luft und tut sich damit dick!«

»Das wundert Euch?«, hieß es daraufhin, »aber was gibt's denn auf der Welt weiter als Wind? Der Mensch selbst: Nehmt ihm die Luft weg, und ihr werdet sehen, was übrig bleibt. Sogar noch weniger als *aire,* Luft im Diminutiv, wird hier angeboten und erzielt treffliche Gewinne.«

Sie sahen, wie eben ein Gelbschnabel vielen und höchst kostbaren Schmuck, Putz und Schleckereien, wie sie stets zusammengehören, einem ausbündisch hässlichen Weib zum Geschenk machte, dem er rettungslos verfallen war. Gefragt, was ihm denn an ihr so gefalle, erwiderte er: ihr *airecillo,* das gewisse Lüftchen um sie her.

»Das heißt also, lieber Herr«, meinte Critilo, »sie ist weniger als Luft und entfacht doch Feuer?«

Ein anderer stand da und spendete reichlich Dukaten, damit man ihm einen Widersacher aus dem Weg räumte.

»Er hat Euch wohl Schlimmes angetan?«

»So weit ist er nicht gegangen; er hat mir nur beiläufig mit einem Wörtchen...«

»War es ein Schimpfwörtchen?«

»Nein, aber sein Mienchen, sein *airecillo,* sein Lüftchen dabei hat mich sehr geärgert.«

»Es ist also noch weniger als Luft und kommt euch beide doch so teuer zu stehen!«

Weiter war da ein großer Fürst, der verwandte seine Einkünfte auf Possenreißer und Hanswurste und behauptete, sich an ihren Gaukeleien und Späßchen zu ergötzen. Das war der Grund dafür, warum die Preise für Witzwörtchen, Grimässchen, Possierlichkei-

45 Sprachgemisch nach Art der in den spanischen *tercios* dienenden italienischen Söldner: *»In tempo di guerra, bugie come terra«* – »Ist der Krieg im Land, gibt es Lügen wie Sand.«

ten und Pusseligkeiten so heftig in die Höhe schnellten. Höchlichst erschreckte sie indessen der Anblick eines Weibes von solch wilder Hässlichkeit, dass es der reinste Furien- und Harpyienhöllenschlund war. Alle, die ihm in den Laden gerieten, schien es zu zerkrallen und kreischte sie an:

»Na, wer kauft da? Wer kauft denn da schönen Ärger und Verdruss, Schädelzersprenger und Schlafverscheucher, Realgare und Höhlenpulver, Magendrücker zu Mittag und Darmzersetzer zu Abend?«

Ganze Heerscharen strömten herbei. Beim Einzug war es wie auf der Parade, beim Auszug aber war es ein Spießrutenlaufen, und wer es lebend überstand, es waren wenig genug, der kam blutüberströmt heraus, von noch mehr Wunden durchsiebt als der Marqués del Borro.[46] Und obwohl sie es sahen, drängten die Neuankömmlinge unablässig hinein. Critilo stand bestürzt ob solcher Scheußlichkeit, und EGENIO sagte zu ihm:

»Du musst wissen: Es gibt kein Übel, das nicht einen Köder nach dem Menschen auslegte, um ihn besser aufzuspießen, HABGIER Gold, WOLLUST Wonnen, HOCHMUT Ehren, GEFRÄSSIGKEIT Speisen, TRÄGHEIT Ruhekissen; lediglich JÄHZORN teilt nur Schläge, Wunden und Tod aus, und all dem zum Trotz wollen *tantos* und *tontos*, die ach so vielen Dummen, das mit gutem Geld bezahlen.«

Einer verkündete:

»Hier gibt's die vorzüglichen *esposas!*«

Etliche kamen und fragten, ob sie aus Eisen seien oder aus Weiberfleisch.

»Das ist alles eins, sind allesamt Fesseln.«[47]

»Und der Preis?«

»Umsonst, oder sogar noch weniger.«

»Wie denn noch weniger?«

»Ja doch, man zahlt noch dazu, damit sie weggehen.«

46 *Alessandro del Borro:* italienischer General (1600–1656) in Diensten Philipps IV., am Katalonienkrieg beteiligt.

47 *»Esposas«* (vgl. S. 189, Anm. 23) – »Gattinnen« und »Handschellen«.

»Verdächtige Ware«, meinte einer, »Weiber, und dann auch noch öffentlich angepriesen? Da bin ich nicht dabei. Das Weib? Bei uns heißt es: *Ni vista ni conocida – ist uns gar nicht aufgefallen.*«

»Kann aber auch sehr *desconocida* sein, sehr undankbar: wie abgefallen.«

Einer kam und verlangte nach der Schönsten. Man gab sie ihm zum Preise heftiger Kopfschmerzen, und der Eheanbahner fügte hinzu:

»Ihr werdet sehen: Am ersten Tag gefällt sie Euch; an den Tagen danach allen anderen.«

Ein anderer kam, schon gewitzigt, und verlangte nach der Hässlichsten.

»Dafür könnt Ihr mit einem Dauerärger bezahlen.«

Einen jungen Burschen forderten sie auf, eine Frau zu nehmen, und er entgegnete:

»Es ist noch zu früh.«

Und ein Greis:

»Es ist schon zu spät.«

Ein anderer, der sich viel auf seine Klugheit zugute hielt, verlangte nach einer Verständigen. Man suchte ihm eine Grundhässliche aus, lauter Knochen, die sprachen eine beredte Sprache.

»Eine sollte sich doch einstellen, mein Herr, die in jeder Hinsicht meinesgleichen wäre«, sagte ein mit Vernunft Begabter, »denn man hat mir versichert, die Frau sei die andere Hälfte des Mannes und einstmals seien beide zusammen wahrhaft ein Ganzes gewesen, nur dass Gott sie trennte, weil sie seiner göttlichen Vorsehung uneingedenk waren. Das sei auch der Grund, weshalb der Mann einen so heftigen Drang zur Frau verspürt: Er sucht nach seiner anderen Hälfte.«[48]

»Eigentlich hat er Recht«, sagten sie, »aber es ist eine recht schwierige Sache, für jeden seine andere Hälfte herauszufinden. Gewöhnlich gerät eben alles durcheinander: Was zum Choleriker gepasst hätte, geben wir dem Phlegmatiker, was der Trübsinnige

48 Gemäß dem bekannten, so phantastisch ausschweifenden Mythos vom durchgetrennten Menschen in Platons *Gastmahl* (190).

gebraucht hätte, bekommt der Fröhliche, die für den Schönen geeignete Hälfte kriegt der Hässliche, und zum Jüngling von zwanzig Jahren geht das Gegenstück manchmal an den gebrechlichen Siebziger, weshalb denn auch die meisten ihren Entschluss lebenslang bereuen.«

»Dafür allerdings, Herr Ehestifter«, sagte Critilo, »gibt es keine Entschuldigung. Dass ein Mädchen von fünfzehn und ein Mann von siebzig Jahren nicht zusammenpassen, ist doch bekannt.«

»Was wollt ihr! Die Männer sind verblendet und wollen es so haben.«

»Aber die Frauen, wie kommen sie dazu?«

»Das ist so: Sie sind Kinder und wollen Frauen sein, und wenn die alten Männer hinfällig werden, dann treiben die Frauen wieder Bübereien. Das Schlimme ist, wenn sie erst keine Rotznasen mehr sind, wollen sie sich auch nicht um Schleimhuster kümmern; aber dagegen gibt's nun mal kein Heilmittel.« Und zu dem Manne gewandt sagte er: »Nehmt diese hier, sie dürfte Eurem Wunsch entsprechen.«

Dieser sah sie sich an und fand, sie sei in allem zwei oder drei Nummern zu klein: in Alter, Stand, Vermögen und allem Übrigen. Aber als er sich beschwerte, sie passe nicht so zu ihm, wie er es wünschte, sagte jener:

»Nehmt sie nur; mit der Zeit wird sie schon zu Euch passen; andernfalls würde sie dahinwelken und schier zu niemandem mehr passen. Und tragt Sorge, dass Ihr sie nicht mit allem Nötigen verseht, denn wenn sie das erst hat, wird sie nach Unnötigem verlangen.«

Sehr viel Beifall fand einer, der, als man ihm sagte, er solle sich diejenige ansehen, die seine Frau werden sollte, erwiderte, er heirate nicht mit den Augen, sondern mit den Ohren. Und so bekam er den guten Ruf als Mitgift.

Man lud sie ins Haus des GUTEN GESCHMACKS ein, wo es ein großes Gelage gab.

»Das wird ein Fresshaus sein«, meinte Andrenio.

»Ja, das wird es«, erwiderte Critilo, »nur sehen die, die hineingehen, verfressen aus, und die herauskommen, angefressen.«

Seltsame Dinge bekamen sie zu sehen. Ein großer Herr hatte sich dort niedergelassen, umgeben von Gefolgsleuten, Zwergen, Schmarotzern, Ganoven, Aufschneidern und Speichelleckern, dass es aussah wie die Arche Noah fürs Geschmeiß. Er zechte tüchtig, aber sie berechneten ihm die Zeche viel zu hoch, denn sie sagten sich, der habe ja hunderttausend Dukaten Rente zu verzehren; er jedoch ließ es sich ohne Widerrede gefallen. Als Critilo das mit ansah, sagte er:

»Wie kann denn das sein? Nicht den hundertsten Teil hat er verzehrt von dem, was sie veranschlagen.«

»Er selbst«, sagte EGENIO, »hat gewiss nicht so viel verzehrt, aber die, die um ihn herum scharwenzeln.«

»Nun, dann sollten sie aber nicht behaupten, der Herzog habe hunderttausend Dukaten Rente, sondern nur tausend, und das Übrige in Kopfschmerzen.«

Es gab rechtschaffene Salzkornfresser und andere, die Wind verspeisten und behaupteten, sie würden dick davon, wo doch am Ende alles in Luft aufging. Einige schluckten alles hinunter, andere ließen es sich eintrichtern; viele würgten an ihrem Speichel, und die meisten *bissen auf Zwiebeln;*[49] schließlich wurden alle, die da aßen, selber gegessen, und gar noch von den Würmern.

In all diesen Läden erhandelten sie nichts Brauchbares; wohl aber in den anderen, zur rechten Hand: wertvolle Güter, Wahrheiten von höchstem Feingehalt, vor allem aber sich selbst; hat doch der Weise an sich und an Gott Genüge. Darüber verließen sie nun den großen Markt und besprachen unter sich, wie es ihnen ergangen war.[50] EGENIO, ein anderer schon, weil reich, suchte sein Miethaus auf, denn eine uns wirklich gehörende Behausung gibt es ja in diesem Leben nicht.[51] Critilo und Andrenio machten sich auf zu

49 Fraßen Demütigungen in sich hinein.

50 Zum dahinterstehenden Sprichwort vgl. S. 732, Anm. 51.

51 Unbehaustheit, Wandern von Station zu Station und Andrenios *learning by doing* (nach seiner summarischen »Unterweisung in den edlen Künsten und den Sprachen« während der Überfahrt in I, 4 erfährt er keinerlei zusammenhängende Bildung oder Ausbildung mehr) sind Merkmale des pikaresken Romans, die Gracián in seinem Werk mit solchen des »byzantinischen« Romans verbindet, wie ihn auch

den Zollstationen des Mannesalters. Die lagen an der Grenze zu Aragón, von dem jener sein ruhmreicher König, von Geburt dazu ausersehen, als Eroberer vieler Reiche sehr oft Santiago anzurufen, beim Vergleich der spanischen Völker mit den Lebensaltern gesagt haben soll, die Aragonesen seien Spaniens Erwachsene.[52]

Cervantes' Spätwerk *Persiles und Segismunda* (1616) darstellt, welches als Epos einer doppelten menschlichen Lebensreise – auf der Nordinsel Thule beginnend, durch Spanien führend und in Rom endend – manche Analogie zum *Criticón* aufweist, von Gracián jedoch ebenso mit Schweigen übergangen wurde wie der *Don Quijote.*

52 Jaime I. (katalanisch: Jaume), der Eroberer (1208–1276), gewann die Balearen, Valencia und Murcia für Aragón.

*Zweiter Teil: Im Herbst des Mannesalters**

* Die Anlage von Teil I und Teil II in je dreizehn Kapiteln lässt sich verstehen als die Wahl einer absichtlich unvollkommenen Zahl und damit als Zeichen für die Unabgeschlossenheit eines Lebensabschnitts und die Notwendigkeit eines Übergreifens oder fortsetzenden Wiederbeginns. Am Ende von Teil III wird dies anders sein.

DAS KRITIKON

ZWEITER TEIL

gedankenreiche
WELTENHOFBETRACHTUNG
im
HERBST
DES
MANNESALTERS

von
LORENZO GRACIÁN

gewidmet
dem durchlauchtigsten Herrn
DON JUAN DE AUSTRIA
VOM ORDEN CHRISTI
General der Artillerie und
Statthalter von Tortosa

Mit Lizenz

—

Zu Huesca: bei IVAN NOGUES[1], Anno 1653.
Auf Kosten von Francisco Lamberto, Buchhändler.
Erhältlich in der Hieronymusgasse.

1 *Noguès:* Die Verlagsdruckerei von Juan Noguès, das Ordenshaus der Jesuiten, in dem Gracián wohnte, und das Wohnhaus seines Gönners Lastanosa (vgl. II, 2 und 4) mit seinen Sammlungen befanden sich in unmittelbarer Nachbarschaft auf dem »Coso« von Huesca. – *Lorenzo:* Bruder von Baltasar.

An den durchlauchtigsten Herrn Don Juan de Austria[2]

Prangender Bogen, erhaben und prächtig über so viel Stürmen gewölbt, schimmernder Strahl des Vierten Planeten[3] und Wetterstrahl des Krieges: Im Wettstreit mit den in Ew. Hoheit herkulischer Hand stets überlegenen, stets siegreichen stählernen Blättern Bellonas[4] erblühen Euch heute ebenso üppig die Blätter Minervas, in der Hoffnung auf dauerndes Gedeihen im Schatten solch unsterblich rühmlichen Glanzes. Blatt um Blatt eifern sie, und was Wunder, pflegen doch der streitbaren Pallas Mühen und der gelehrsamen Pallas Wonnen sich aufs glücklichste abzuwechseln, zumal bei solch neuem Cäsaren, Austrias Glorie und Hispaniens Glanz. Das Mannesalter, auf diesen Seiten ungelenk skizziert, vollendet gelungen in Ew. Hoheit glücklich ausgereifter Jugend, weiß sich Schutz und Gunst desjenigen verpflichtet, dem auch die Siegeszuversicht der ganzen Katholischen Monarchie gilt, im sicheren Bewusstsein, dass, wer schon in frühen Jahren so sehr Mann war, zum Manne geworden ein Riese der Tapferkeit, ein Heros der Tugend und ein Phönix des Ruhms sein wird.

Ew. Hoheit zutiefst ergebener
Lorenzo Gracián

Hiermit wird die Erlaubnis zum Druck erteilt, zu Zaragoza,
den 24. Februar 1653.
D. Sala, Offizial und Regent des Generalvikariats.[5]

2 *Don Juan José de Austria:* natürlicher Sohn Philipps IV. und der Schauspielerin María Calderón (1629–1679), war in Spanien allgemein beliebt und zeichnete sich in zahlreichen Feldzügen aus, wurde aber von Philipp IV. nicht als Thronfolger akzeptiert und bei dessen Tod 1665 sogar von der Regentschaft für den minderjährigen Karl II. ausgeschlossen (vgl. S. 262, Anm. 34).

3 *Vierten Planeten:* Anspielung auf Philipp den Vierten.

4 *Bellona:* Römische Kriegsgöttin.

5 *Diego Jerónimo Sala:* Provisor im Generalvikariat des Erzbistums Zaragoza, Rektor der Universität Zaragoza von 1633 bis 1641, auch Schriftsteller.

ZENSUR

Des Doktor Juan Francisco Andrés, Chronist seiner Majestät und des Königreiches Aragón,[6] *im Auftrag des erlauchten Herrn Don Luis de Ejea y Talayero, Mitglied des Kronrats und Vorsteher der Königlichen Kanzlei in ebendiesem Reich.*[7]

Die »gedankenreiche Weltenhofbetrachtung« von García de Marlones[8], die dieser ZWEITE TEIL fortführt, braucht von meiner Zensur nicht getadelt zu werden, denn sie enthält keinerlei dunkle Punkte, durch die der Glanz des Königshauses befleckt oder das helle Leuchten der Tugend beeinträchtigt würde; vielmehr gewährt sie im Gewand der einfallsreichsten Metaphern dem Leser zugleich Belehrung und Kurzweil: Der abwechslungsreichen Wanderung der beiden von ihr vorgeführten Helden muss der Leser mit Spannung folgen, doch wird seine Neugier stets von neuem genarrt, wenn das Ziel dieser ebenso seltsamen wie erbaulichen Reise wieder einmal hinausgeschoben wird. Solch fortgesetzter Aufreizung soll indes der DRITTE TEIL einen goldenen Riegel vorschieben, auch wenn dies dann im Grau des Alters geschieht, birgt doch das abgeklärte Zurückstehen von den Dingen des Lebens, obwohl es sich nach außen hin nur silbern zeigen mag, im Innern doch lauterstes Gold.

In seiner Unnachsichtigkeit geht dieses Buch für mein Empfinden mit einigen Personen sehr streng ins Gericht (doch darf wohl kritisches Stirnrunzeln seinerseits ein wenig streng betrachtet werden), wird doch alles, was nicht knapp und scharf ist, hier als ungenießbar abgetan: Manch einer verlegt sich derzeit auf einen solchen Stil, der auf Lakonismus aus ist und für den nur das

6 *Juan Francisco Andrés de Uztarroz:* humanistischer Dichter und Geschichtsschreiber aus Zaragoza (1606–1653), mit Gracián bekannt.

7 Vgl. S. 909, Anm. 13.

8 Vgl. S. 8, Anm. 4.

Konzise Beifall verdient. Von daher gelangt man dazu, ausführlichere Geschichtsdarstellungen als redselig zu bezeichnen, wie es Pater Possevino mit dem Chronisten Zurita getan hat,[9] den er für wortreich im Übermaß hielt; und Pater Juan de Mariana, der solche Kürze liebte, hat sämtliche Historiker vor ihm abgetan, ohne zu gewahren, dass sie ihm mit ihren Schriften doch Vorbild gewesen waren.[10] Mir jedoch erscheint der Stil, den Zurita in seinen *Annalen* benutzt, zur Darstellung bedeutender Vorgänge besser geeignet; werden solche nämlich in kurze Satzklauseln gepresst, so geraten sie bisweilen missverständlich, und es werden erinnernswerte Ereignisse verfälscht, denn die Kürze liegt oft arg nahe an der Dunkelheit. Im Übrigen war auch Plinius dieser Ansicht. Er schrieb an Tacitus, von den guten Büchern sei das beste dasjenige mit dem größten Umfang: *Ita bonus liber quisque melior est quo maior.*[11] Bei solch beredter Unterstützung dürfte dieser Ansicht wohl einige Überzeugungskraft zukommen, denn es lässt sich kaum leugnen, dass Plinius an Eloquenz und Urteilskraft den meisten überlegen war, wofür das unabweisliche Zeugnis jener große *Panegyricus auf Trajan* ist, der Inbegriff der Lobrede und Gegenstand der Bewunderung aller feineren Geister.[12]

Dass die in diesem Buch kritisierten Schriftsteller mir lieb und wert sind, war mir Anlass, mich darüber zu verbreiten, mehr eigentlich, als es eine kurze *approbatio*[13] erlaubt, doch würde ich meines Amtes nicht gehörig walten, wollte ich meine Auffassung nicht unumwunden ausdrücken, wobei ich bei alldem ja das Trefflichste unerwähnt lasse.

9 *Antonio Possevino:* Jesuit aus Mantua (1533–1611). – *Zurita:* vgl. S. 313, Anm. 54.

10 *Juan de Mariana:* Jesuit (1535–1624), Verfasser einer 20-bändigen lateinischen Geschichte Spaniens, die 1601 in kastilischer Übersetzung erschien. Gegenstand zahlreicher Polemiken (er stellte u. a. die Ankunft des Hl. Jakob in Spanien in Frage).

11 Plinius d. J., *Epistulae* I, XX, 4 (die zitierte Stelle spricht allerdings nicht vom Geschichtsschreiber, sondern vom Redner).

12 Plinius' *Preisrede auf Trajan* aus dem Jahre 100 n. Chr. wurde (in ihrer für die Veröffentlichung stark erweiterten Form) für alle späteren Panegyriker zum Vorbild. Zu Graciáns stilistischer Kritik daran vgl. S. 313, Anm. 52.

13 *approbatio:* Gutachten.

Doch ist dies ein Werk von so vorzüglicher Sorgfalt und von solchem Einfallsreichtum, dass sein Verfasser die Erlaubnis zur Veröffentlichung allemal verdient. Dies ist meine Ansicht.[14] – Zu Zaragoza, den 9. März 1653.

Don Juan Francisco Andrés
IMPRIMATUR

14 Ähnlich wie bei Teil I ist auch diese Zensur eher eine literarische Bewertung.

Kritische Zensur des Kritikon

von Lizenziat Josef Longo[15]

Nachdem mir dieser Zweite Teil des *Kritikon* zugegangen war, ohne weitere Kommission als einem Freiexemplar von Seiten des Druckers, habe ich mich ans Lesen gemacht, getrieben zunächst von meiner Neugier, sodann aber: weil ich auf den Geschmack gekommen war, geködert von der Lockspeise dieser Lektüre. Beim Lesen empfand ich, dass alles durchaus nach einer gewissen Hand schmeckte, von der auch andere Bücher unter großem Beifall im Umlauf sind und sich sogar in der Bibliothek des Hohen Herrschers huldvoll aufgenommen sahen,[16] und mir wurde klar, wie sehr es doch der Horazischen Empfehlung gerecht wird: *Omne tulit punctum, qui miscuit utile dulci,* was der gelehrte Pater Don Antonio Liperi bereits in seiner Approbation zum Ersten Teil bemerkt hatte.[17] So sah ich mit Freuden, dass ein neuer Bilbilitaner an die Stelle des alten trat.[18] Ihr glücklichen Wasser, ihr macht die Klingen scharf, doch nicht weniger scharf die Federn![19]

Wie sagt doch Martial in Epigramm 17 seines Ersten Buches? *Sunt bona, sunt quaedam meliora, sunt optima plura.* Und anstelle des

15 Offenkundig ebenfalls jemand aus Graciáns Bekanntenkreis.

16 In seinen Briefen vom April 1640 erwähnt Gracián, er habe in einem Bücherschrank auf Schloss Buen Retiro mit Stolz seine Schrift *El Héroe* stehen sehen; Lastanosa bezeugt, Philipp IV. habe die Schrift gelesen und zu bemerken geruht, es sei »ein sehr artiges *brinquiño* [Zuckerbäckerei]« und enthalte »große Dinge« (Vorwort zu *El Discreto*).

17 Gemeinplatz der Literaturkritik. Vgl. S. 7, Anm. 2.

18 *Bilbilitaner:* Der Satiriker Martial war im Jahre 40 n. Chr. im römischen Bilbilis, unweit von Zaragoza (lat. *Caesar Augusta*) und damit unweit von Graciáns Geburtsort Belmonte bei Calatayud, geboren worden und starb dort im Jahre 103.

19 In den Wassern des Ebro wurden die Schwerter von Bilbilis gehärtet, die seit der Antike berühmt waren. Außerdem Anspielung auf die Formel »Feder und Schwert« (*pluma y espada* bzw. armas *y letras,* Waffen und Wissenschaft), die aus dem Arabischen stammt (*as-saif wa 'l-qalam,* das letztere Wort von gr. kálamos – »Halm«) und im *Siglo de Oro* allgemein verbreitet war (vgl. E. R. Curtius, *Europ. Lit. und lat. Mittelalter,* Kap. 9, § 6).

Schlussverses stehe ein anderer aus dem Zweiten Buch: *Nihil est quod demere possis.* Ich sage hier dasselbe,[20] und mehr noch mit Erasmus, wenn dieser von seinem Lukian meint: *Sic ridens vera dicit, vera dicendo ridet.*[21] So sehr scheint er gleichermaßen mit Demokrit über die Torheiten des Geschöpfs zu lachen wie mit Heraklit über die Undankbarkeit gegenüber dem Schöpfer zu weinen,[22] und ich weiß nicht, was ich mehr bewundern soll: die Schärfe, Energie und Lebhaftigkeit seines schöpferischen Geistes oder die Klugheit, Umsicht und Besonnenheit seines Urteils, alles in herausragendem Maß und im höchsten Grade beifallswürdig. So äußerte sich auch eine gelehrte Feder aus dem Orden des Hl. Bernhard über eine große Persönlichkeit im Mailändischen, Senator des dortigen Areopags, als er dessen Erfindungsgabe verglich mit einem reinblütigen, edlen, wohlgezähmten Ross und sein Urteil mit einem geschickten Reiter, der es mit dem bloßen Mienenspiel, mit dem Schatten der Gerte, ohne Sporn und Zügel, bald im Schritt, bald im Trab, bald im Kreis, bald in Kurbette, bald im Galopp, bald im Sprung, bald im Reiterkampf, bald in der Schlacht führen kann, gewandt und locker, vielfältig und gelehrig.[23] Es schwingt sich ein Königsadler in die Lüfte, um der Sonnenbahn nachzufliegen und all die strahlenden Taten in der himmlischen Sphäre zu erkunden, nicht minder stößt er ins tiefste Innere der Erde hinab, um dort das

20 Nach humanistischem Brauch wandelt der Schreibende Martialverse ab: »*Sunt bona, sunt quaedam mediocria, sunt mala plura / quae legis hic.*« – »Einiges von dem, was du hier liest, ist gut, etliches mittelmäßig, aber mehr noch schlecht« (*Epigramme* I, 16). Daraus wird: »Einiges ist gut, etliches besser, das meiste sehr gut.« Und: »*Non sunt longa quibus nihil est quod demere possis*« – »[Ein Werk] ist dann nicht lang, wenn man nichts davon weglassen kann« (II, 77). Hier: »Nichts davon kann wegbleiben.«

21 »Da er die Wahrheit lachend sagt, lacht er auch, wenn er die Wahrheit sagt.« Die witzigen und spöttischen Dialoge des Lukianos aus Samosata (ca. 120 – 180) waren eine Lieblingslektüre von Erasmus, der mehrere davon ins Lateinische übersetzte (wie Wieland später ins Deutsche). Die Stelle steht in den Präliminarien zu den *Saturnalia Luciani.* Bekannter wurde der Satz in der Form: »*Castigat ridendo mores*« – »Lachend geißelt er die Sitten«, die der neulateinische Schriftsteller Jean-Baptiste Santeul im 17. Jahrhundert prägte. Zu Erasmus vgl. S. 393, Anm. 58.

22 Vgl. S. 84, Anm. 22.

23 Die Quelle dieses Vergleichs blieb dem Gelehrtenfleiß verborgen.

Kreißen der verborgensten Gesteine zu ergründen. Und ich habe darin auch nicht das kleinste Tipfelchen entdecken können, das unvereinbar wäre mit der Reinheit der katholischen Lehre oder mit der königlich-christlichen Politik. Doch was hätte ich auch finden können, wo alles doch bereits die Zensur des Titus Livius von Aragón passiert hatte, unseres großen Chronisten Don Juan Francisco Andrés, Nachfolger des hoch bedeutenden Gerónimo Zurita, der ihm Homer war? Die Alexander könnten (wenn es denn Alexander noch gäbe) den Ersteren beneiden, den Letzteren bewundern. Was hätte ich anderes finden können, sage ich, als Reichtum der Spracherfindung, Schätze an Feinsinn und erhaben gewirkte Kleinodien eines sublimen Denkens? Aus der sprödesten Materie, die sich ihm bot und die scheinbar überhaupt nur aus trockener Rinde besteht, holt er tief hineingreifend mit trefflichem Sinn für Moral das dem Menschen Zuträglichste hervor: Das soll der Gagat des Herzogs von Villahermosa im ERSTEN TEIL bezeugen,[24] und es soll uns auch Barclay sagen, ob der Steinschneider, der Euphormion betrog, ihm je einen solchen Stein reichen konnte.[25] Nichts wird bei ihm vernachlässigt, es gibt keinerlei Versehen oder Fehlgriff, denn gerade dem, was danach aussehen könnte, gilt seine größte Sorgfalt.

In der Vielfalt dieses Buches hat alles seinen Platz, die Viper verbeißt sich ins Laster, ohne doch dem Lasterhaften das Blut auszusaugen, aus der lakonischen Kürze der Worte erwächst der weit ausholende Satz, in Nachahmung zugleich der Knappheit des Tacitus und der Ausführlichkeit des Livius; und das bedeutet ja nicht nur, sich wie beim Homerplagiat mit fremden Federn zu schmücken, sondern es heißt regelrecht Herkules die Keule zu rauben, wie Vergil es, Petrarca zufolge, seinem Zoilos erwiderte.[26] Hier wird

24 Vgl. S. 258, Anm. 26.

25 Bezieht sich auf eine Stelle aus dem *Satyricon* von Barclay (vgl. S. 12, Anm. 11 und S. 398, Anm. 72), deren Bezug zu dem sehr besonderen Gagat des Herzogs von Villahermosa jedoch nicht ersichtlich ist.

26 Petrarca, *Familiarum rerum libri* XXII, 2, 27 und XXIV 12, 19. – *Zoilos:* gr. Rhetor aus Alexandrien, der die Gedichte Homers auf kleinliche Weise kritisierte, daher als Appellativ soviel wie »Beckmesser«.

der Leser in der Muße des Hofes mit der Geschäftigkeit des Höflings nicht die Satire nach Art des Persius und Juvenal vermissen; auch nicht Claudian, wegen des Panegyrikus vom *Platz des Universums,*[27] wo der aufgeweckte Andrenio mit der Gewöhnlichkeit Bekanntschaft macht, nämlich in der allergewöhnlichsten Bacchusbude, so wie er mit der Einzigartigkeit bekannt wird, in Gestalt der einzigartig wunderbaren Sammlungen Salastanos.[28] Ein Schneider, der Kleider macht, genießt hier ebenso viel Schutz, wie ein Tyrann, der sie den Leuten vom Leibe reißt, erschrecken muss, der *mechanische* Künstler ebenso viel wie der *liberale.*[29] Dem Kaiser wird gegeben, was des Kaisers ist, alles ist beiden Regalien, dem kirchlichen wie dem weltlichen, durch und durch konform. Und von Alpha bis Omega ein ernst zu nehmender Leitfaden der stoischen Moralphilosophie, der sich in der Epik zwar eher an Platon und Aristoteles hält,[30] doch für die Doktrin an den größten Meister der stoischen Moral, Seneca, und vorher noch Phokylides und Epiktet;[31] tadelsfrei wird die *eutrapelia* durchgehalten,[32] und mit hoher Meisterschaft wird die Hauptschwierigkeit auf dem menschlichen Lebensweg, auf dem Steilhang, wie dieser Autor sagt, bewältigt: das *Nosce te ipsum,*[33] hat er doch mit jener *Moralischen Anatomie* des ERSTEN TEILS und mit dem hundertäugigen Argos im ZWEITEN einen ganz gefahrlosen Pfad aufgezeigt,[34] wenn der Mensch (wie der wit-

27 Vgl. Krisis II, 5: »Der Platz des Pöbels«. – *Claudian:* lateinischer Schriftsteller um 400 n. Chr., bekannt u. a. durch seine *Panegyriken* (öffentliche Lobreden).
28 *Salastano:* Lastanosa (vgl. Krisis II, 2).
29 *Artes mechanicae:* die Handwerkskünste (auch Malerei und Bildhauerei); *artes liberales:* »freie Künste«, all die Betätigungen, die nicht dem Broterwerb dienten.
30 Mit »Epik« dürften die moralisch-allegorischen Erzählungen oder Dialoge gemeint sein, wie sie sich – in sehr weitem Sinn – auch bei den genannten Philosophen finden.
31 *Phokylides:* griechischer Lehrdichter des 6. Jh. v. Chr., unter dessen Namen seit dem 1. Jh. n. Chr. ein gnomisches Gedicht in Hexametern lief, das die Kenntnis des Alten Testaments voraussetzt. – *Epiktet:* stoischer Popularphilosoph (ca. 50–135), bekannt durch sein *Handbüchlein.* Die Verbindung beider Namen fand der Lizenziat wohl in einem Traktat Quevedos aus dem Jahre 1635.
32 *Eutrapelía* bedeutet im Gr. eigentlich »Gewandtheit«, »Witz«, meint jedoch in der stoischen Tradition soviel wie »Selbstbeherrschung«, »Mäßigung«.
33 Vgl. S. 157, Anm. 1.
34 In I, 9 bzw. II, 1 und 2.

zige Grieche schmunzelnd in seinen Fabeln sagte)[35] nur die eigenen Gebrechen von den Schultern in die Augen verlegt, wo er nur die fremden Fehler sah, damit er sich, seiner *philautia,* seiner Selbstischkeit zum Trotz, doch bessere. Was würde wohl Ariost sagen, der uns eine Falerina geschildert hat, wenn er die Falsirena des ERSTEN TEILS sähe,[36] und was Lukian durch Timon oder durch Damis, wenn er in diesem ZWEITEN TEIL dem Auf und Ab des Schicksals beiwohnte?[37] Und Xenophon möge verstummen mit seiner *Kyroupaideia,* denn wollte er uns mit jenem persischen Monarchen zeigen, wie ein großer Herrscher zu sein habe, so gelingt es dem *Kritikon* doch sehr viel glücklicher, uns mit Critilo zu zeigen, wie ein Mensch zu sein hat, um sich glücklich schätzen zu dürfen, einer zu sein.[38] Und ist Boccalini hoch gelobt worden, weil er die Fehler des Menschen als Volk, aber auch im einzelnen Menschen, in Peter, Franz und Hannes dargetan hatte, so steht diesem Autor hier noch mehr Lob zu für sein Vorhaben, den Menschen lieber zu korrigieren als ihn öffentlich bloßzustellen, die Schande, in die einer hineingeriet, zu verdecken und nicht mit Elogen zu sparen für den, der solche verdient: Erweis dafür sind viele hochverdiente Persönlichkeiten, denen er das Höchste gegeben hat, das ein Schriftsteller zu vergeben hat, nämlich Unsterblichkeit.

Schließlich: Bei der Süße dieser wohlgestalten Philosophie, die gewiss so süß ist, wie es der Heilige Geist sagt, *Favus mellis, composita verba,*[39] und mit einem solchermaßen, gemäß Plinius, süßen Symbol der Weltenmaschine,[40] muss sich auch der blasierteste und lustloseste Geschmack dem Appetit für diesen Kempis des Welten-

35 Äsops Fabel von den zwei Rucksäcken (CCCIII).

36 *Falerina:* vom Lizenziaten frei phantasiert. Zwar gibt es den Namen Falerina bei Ariost und Boiardo, doch hat er mit Falsirena (II, 12) nicht das Geringste zu tun.

37 Lukians Dialoge *Timon oder der Menschenfeind* und *Zeus, tragischer Darsteller.*

38 Xenophons *Erziehung des Kyros* (ca. 360 v. Chr.), eine Art historischer Roman mit pädagogisch-politischer Tendenz.

39 »Freundliche Reden sind Honigseim« (*Sprüche* 16, 24).

40 Wieder eine freie Phantasie des Lizenziaten: Er könnte an eine Stelle bei Seneca gedacht haben (*Epist.* 89, 1).

hofes öffnen,[41] mit diesem Gebinde von Apophthegmen der Moral und diesem üppigen Strauß handlicher Weisheiten, besteht doch keine Gefahr, in dieser Pflanzschule des Sprachwitzes und Blütenfülle der Amalthea auf ein plebejisches Kraut zu stoßen, das dem Auge Ärgernis wäre, dem Ohre Missklang, dem Geruch Beleidigung, dem Geschmack widerwärtig, der Berührung lästig; als einfallsreiche Biene nämlich schlürft er für den bitteren Tadel beim maurischen Ginster wie für die lautere Intention bei der katholischen Lilie, belässt der Rose die Heilkraft und entfernt ihr die Dornen, damit er sie in die Hand nehmen kann.[42]

Ich kenne den Verfasser dieses ZWEITEN TEILS nicht, und er muss mir wohl beim Gedanken an den Prolog zum ERSTEN als ein rechter Heimlichtuer vorgekommen sein, bedurfte es doch gewiss der höheren Kunst, um sich als Verfasser von *Arte de Ingenios* nicht zu erkennen zu geben; und so möchte ich auch nicht rundweg bestreiten, ihn in diesem ZWEITEN wiederzuerkennen, denn in der ausnehmenden Qualität des Werkes (fast kommt es der Sorgfalt des Phidias für seine Minerva gleich) porträtiert sich wie in einem Spiegel der Heros, der es schuf, und der Weise weist es mir mit dem Finger in seinen *Sprüchen: Doctrina sua noscetur vir.*[43] Wie Apelles sich durch seine unnachahmliche Linie zu erkennen gab, so lassen die Linien dieses Buches den Verfasser leicht erschließen.[44] Sei es nun anonym, mit Anagramm oder als Rätsel erschienen, ich verbürge mich dafür, dass ich zur Enträtselung nicht, wie beim *Saty-*

41 *Kempis:* Thomas a Kempis, Verfasser der *Imitatio Christi* (1470, von Fray Luis de Granada 1538 ins Spanische übersetzt, von Pierre Corneille 1651 ins Französische).

42 Die Biene als Gleichnis für die Nachahmung literarischer Vorbilder ist ein Topos der Antike; die Lilie als Symbol für den katholischen Glauben geht auf Augustin (und auf das *Hohelied*) zurück; die Gleichsetzung des Bitteren mit dem Maurischen, des Lauteren mit dem Katholischen ist die zeitübliche ideologische Diskriminierung.

43 »Eines weisen Mannes Rat wird gelobt« (*Sprüche* 12, 8).

44 Apelles, berühmtester Maler des Altertums (seine Werke sind sämtlich verloren), kam in das Haus eines befreundeten Malers, der abwesend war; zum Zeichen seines Besuchs zog er auf einer leeren Leinwand einen Strich; bei seiner Rückkehr erkannte der Freund, dass Apelles ihn besuchen wollte, denn nur er konnte einen so feinen Strich ziehen (nach Plinius, *Naturgesch.* 35, 36).

rikon von Barclay, eines Schlüssels bedurfte,[45] dass es bei weitem nicht so schwer war wie bei Homer und den Fischern[46] und dass ich nur Davus, nicht Ödipus zu sein brauchte.[47] So sage ich denn zum Schluss: *Nihil non laudabile vidi* und *omnia quae legi, redolent leporem et Gratian.*[48]

Zaragoza, den 20. März 1653.
JOSEF LONGO.[49]

45 Tatsächlich enthält das *Satyricon* (vgl. oben Anm. 25) einen Schlüssel zur Identifizierung der zeitgenössischen Personen.

46 Eine Herodot zugeschriebene Homer-Vita erzählt von einem Rätsel, das Fischer von der Insel Ios dem sterbenskranken Homer vorgelegt hätten und das dieser nicht habe lösen können.

47 Aus den *Adagia* des Erasmus: »*Davus sum, non Oedipus*« – »Ich bin nur ein gewöhnlicher Mensch, kein Ödipus«. *Davus:* Figur aus den Komödien Menanders und Terenz'.

48 »Ich sah nichts Tadelnswertes«; »Alles, was ich las, atmete Witz und Grazie« (mit einem Anklang an *Gracián,* versteht sich).

49 Die Ausführungen des beflissenen Lizenziaten Longo sind ein weiteres Beispiel dafür, dass die Grenzen zwischen Zensur und Literaturkritik im 17. Jh. häufig fließend waren.

ZWEITER TEIL

Erste Krisis

Universale Reform

Einmal alle sieben Jahre legt der Mensch seine Neigungen ab.[1] Um wie viel mehr wird er nicht in jedem seiner vier Lebensalter seine Gemütsart verändern! Anfänglich lebt er nur halb, nimmt noch kaum etwas wahr, während der Kindheit bleiben die Anlagen untätig, selbst die niederen (die höheren erst recht, die noch verschüttet liegen unter kindlicher Unbedarftheit); kaum wie das Tier lebt er, wächst auf wie die Pflanze, schwillt an wie die Knospe. Aber es kommt die Zeit, da entledigt sich die Seele ihrer Wickeltücher, bald regt sie sich zum sinnenfrohen Leben, tritt ein ins Jugendalter, das man denn auch das jubelnde nennt:[2] so voller Lust, so freudig im Genuss! Wem der Verstand noch abgeht, dem steht der Sinn nur nach Vergnügen, er ist ganz auf den genießenden *genio* aus, noch nicht auf den edlen *ingenio.* Er folgt seinen Wünschen und Begierden, und wenn er noch so schlecht dabei fährt. Schließlich gelangt er, wenn auch nur allmählich, zum vernünftigen, zum menschengerechten Leben, denkt nach, wird wach und aufmerksam. Und weil er sich als Mensch erkennt, trachtet er, *Person* zu werden, schätzt es, dass man ihn schätzt, sucht Wert, wählt Tugend, gewinnt Freundschaft, erstrebt Wissen, häuft Erkenntnis an und widmet sich jeglichem höheren Amt.

Treffend sprach, wer das Leben des Menschen dem Fließen des Wassers verglich, gehen wir doch alle dahin und entgleiten wie Wasser. Es ist die Kindheit ein lieblicher Quell: Aus Sanden rieselnd tritt er hervor, wie aus dem Staub des Nichts auch Schlamm und Kot des Leibes kommen.[3] Klar und lauter rinnt er dahin, er

1 Die Anschauung von den sieben Lebensstufen (Klimakterien) geht auf Varro zurück (bei Aulus Gellius III, 10). Zur Lebenstreppe vgl. S. 850, Anm. 4.

2 *»La jovial juventud«*, vielleicht mit Erklärung aus dem lautlichen Anklang.

3 Erweiterung eines Sprichwortes: *»De esos polvos vienen estos lodos.«*

lacht, wenn er gerade nicht grummelt und greint, er kost und tost, wie der Wind ihn klöppelt und glöckelt, er schlängelt und wiegt sich mit Wippchen und Schippchen, er windelt und wandelt durch Grün und durch Blau. Alsbald stürmt dann die Jugend dahin, ein ungestümer Gießbach: läuft und springt, schießt vorauf und vorüber, umsprudelt stolpernd die Steine, zankt und zaust noch die Blumen, trübt sich ein und tobt sich wieder aus. Im Mannesalter, nunmehr ein Fluss, kommt er zur Ruhe: strömt dahin, so still wie profund, reich und gemächlich, ganz lautlose Tiefe; nimmt zu an Breite und Bedächtigkeit, befruchtet die Felder, beschützt die Städte, bereichert die Länder und stiftet jederlei Nutzen. Doch ach, am Ende kommt er zum Stillstand im bitteren Meer des Alters, Sund der Gebrechen, statt Gischt nun Gicht, statt Wasserfreude nun Wassersucht; dort büßen die Flüsse, sie büßen ihr Feuer ein, ihren Namen und ihre Süße; es hält den Kurs nicht mehr, das wurmlichte Gefährt, es leckt an hundert Stellen und jeden Augenblick droht es zu kentern, seil- und heillos in entbundenen Böen, bis es zum Grunde geht, mit Weh und Geächz, hinunter zur Gruft, auf den Grund des dauernden Vergessens. –

Critilo und Andrenio, unsere beiden Lebenspilger, befanden sich nunmehr in Aragón, das von Ausländern das gute Spanien genannt wird, und mühten sich am steilsten Stück des Lebensweges. Sie hatten ohne *sentir,* aber mit um so größerem *sentimiento*[4] die heitern Gefilde der Jugend durchschritten, ihr liebliches Grün, ihre üppige Blüte, und schickten sich an, den strapazenreichen Hang des Mannesalters zu erklimmen, der voll ist mit Hindernissen und Gestrüpp. Gegen einen Berg von Schwierigkeiten gingen sie an. Andrenio erschien dies sehr steil, wie allen, die zur Tugend empor wollen, doch nie war Höhe ohne Steigung. Er keuchte und schwitzte. Critilo sprach ihm Mut zu und tröstete ihn über die fehlenden Blüten mit der großen Menge an Früchten, mit denen die Bäume beladen waren, zahlreicher als die Blätter, solche in Büchern mitgezählt. So hoch stiegen sie empor, dass es ihnen vor-

4 »Ohne Verstand und Bewusstsein, aber umso stärker erlebt.« Gilt natürlich nur für Andrenio.

kam, als geböten sie über alles, was die Welt enthält, und seien über alle erhaben.

»Wie scheint dir diese neue Gegend?«, fragte Critilo. »Spürst du nicht, welch reine Lüfte hier wehen?«

»Doch«, erwiderte Andrenio, »wir haben sicherlich schon ganz andere Windstriche. Aber welch guter Platz hier zum Rasten und Raten!«

»Ja, es ist an der Zeit, dass wir Platz finden.«

Sie überblickten den Weg, den sie bis heute zurückgelegt hatten.

»Betreten müssten wir sein«, meinten sie, »niedergetreten: Die grünen Auen, durch die wir gegangen sind, waren es noch mehr! Wie abgetrampelt und platt war doch alles, was wir bislang begangen haben! Nichts als Kindereien, im Blick auf die Provinz, die wir jetzt in Angriff nehmen. Wie dürftig und bescheiden nimmt sich alles aus, was hinter uns liegt! Wie tief liegt es vielmehr unter uns! Ein Zurück dorthin käme einem Sturz gleich. Wie wenig ersprießlich war unser Gang bis heute!«

So philosophierten sie beide, als sie einen Mann gewahrten, der sich von allen, denen sie bisher begegnet waren, gewaltig unterschied, schien er sich doch von weit her regelrecht Augen aufzusetzen, um sie zu betrachten, mit dem bloßen Anschauen ist es ja auch nicht weit her. Er kam näher, und sie kamen darauf, dass er von Kopf bis Fuß mit Augen bedeckt war, alles seine eigenen und alle sehr wach.

»Das ist mir aber ein großer Gaffer«, meinte Andrenio.

»Mitnichten, sondern ein Ausbund an Aufmerksamkeit«, widersprach ihm Critilo. »Sollte er Mensch sein, dann nicht von dieser Zeit; und falls doch, dann kann er weder Ehemann noch Ziegenhirt sein, kann weder Zepter noch Krummstab tragen.[5] Oder sollte er dennoch? Aber nein, der gehört den alten Zeiten an, so viel Wachsamkeit ist nicht mehr üblich.«

»Eben doch«, antwortete ihm dieser selbst, »denn wir leben in

5 *Weder Zepter noch Krummstab:* Hieb gegen Fürsten und Prälaten, die es an Wachsamkeit fehlen lassen.

Zeiten, da man die Augen gar nicht genug aufhalten kann. Hundert Augen muss man haben; nie war mehr Umsicht vonnöten als jetzt, da es so vielerlei Absicht gibt, handelt doch keiner gemäß seiner eigentlichen. Und merkt nur auf: Hinfort heißt es sich die Augen reiben, bisher habt ihr doch alle halb blind gelebt, und verschlafen obendrein.«

»So sag uns bei deinem Leben, du, der du für hundert siehst und für ebenso viele lebst, hütest du noch immer Schönheiten?«[6]

»Welch abgeschmackte Plattheit!«, rief dieser. »Wer mutet gerade mir solches zu? Ich hüte mich selber vor ihnen und schaue lieber auf Leute von Verstand.«

Andrenio war verdutzt und machte seinerseits Augen, sei es, um ihm heimzuzahlen, sei es, um ihn nachzuahmen. Wie Argus dies sah, sagte er zu ihm:

»Schaust du nur oder siehst du auch? Nicht alle sehen, was sie vor Augen haben.«

»Ich denke darüber nach«, gab Andrenio zurück, »wozu dir so viele Augen nutzen können. Die im Gesicht sind ja am Platz, um zu sehen, was vorgeht; die am Hinterkopf sicher auch, um zu sehen, was vorgegangen ist; aber an den Schultern – wozu dort?«

»Du hast es ja schon fast erfasst«, erwiderte Argus. »Augen an den Schultern sind die wichtigsten, und nicht von ungefähr hat sie Don Fadrique de Toledo am meisten geschätzt.«[7]

»Aber wozu sind sie gut?«

»Damit einer sich die Bürde ansieht, die er sich auf den Rücken lädt, insbesondere wenn er sich verehelicht und sich damit verschmähelicht, und zwar schon vor Empfang und Antritt! Da heißt es hinsehen und die Last richtig einschätzen, wieder und wieder, und an den eigenen Kräften messen, was man wohl zu schultern vermag. Denn wer nun mal kein Atlas ist, warum muss der die Sterne stemmen? Warum sich die Last der Welt aufhalsen, wenn

6 Argus hütete die in eine Kuh verwandelte schöne Io, eine Priesterin der Hera, der von Zeus nachgestellt wurde. – Abb. 8, S. 295.

7 *Fadrique de Toledo:* Erfolgreicher Flottenadmiral (1580–1634). Seine zahlreichen Ehrungen durch Philipp IV. erregten den Argwohn von Herzog Olivares, der seine Verbannung betrieb. Gracián war mit ihm persönlich bekannt.

Abb. 8: Pinturicchio, ARGUS.
Fresko, 1494.

man nicht Herkules heißt? Man wird doch nur mit allem zu Boden gehen.[8] Ach, wenn alle Sterblichen nur solche Augen hätten, ich bin sicher, sie würden sich nicht so lästige Verpflichtungen aufladen, von denen sie nachher nicht mehr loskommen. Und dann seufzen sie ihr Lebtag unter der unerträglichen Last, der eine über ein *Matrimonium* ohne *Patrimonium,*[9] der andere über *zu viel Punkt ohne Komma;*[10] diesem hier wird seine Straße zur Strafe und jenem kommt die Ehre in die Quere. Diese Schulteraugen mache ich stets erst weit auf, bevor ich etwas schultere, denn tut man's erst hinterher, kann man nur noch damit weinen.«

»Ach, wie gern nähme ich noch zwei dazu!«, rief Critilo; »nicht bloß, um mir nichts Untragbares aufzuladen, sondern um mich überhaupt mit nichts zu beschweren, was dem Leben Last wäre und das Gewissen ins Schwitzen brächte.«

»Ich muss zugeben, du hast recht«, pflichtete Andrenio bei. »An den Schultern stehen die Augen richtig, ein jeglicher ist doch zum Lastentragen geboren. Aber sag mir, die am Rücken, wozu sollten die wohl gut sein? Im Rücken hat man doch für gewöhnlich Deckung?«

»Dafür erst recht«, war Argus' Antwort, »damit der Rücken auch sieht, wo er sich anlehnt. Weißt du denn nicht, dass nahezu jeder Rückhalt auf der Welt trügerisch ist, Hohlräume hinter den Tapeten, dass selbst die Verwandten nicht fest hinter dir stehen und von den eigenen Brüdern Gefahr droht? Wehe dem Menschen, der einem andern traut, er sei auch, wer er sei! Was rede ich von Verwandten und Brüdern: Selbst auf Kinder ist kein Verlass, und der Tor von einem Vater, der sich bei Lebzeiten seiner Habe begibt![11] Durchaus nicht abwegig redete, wer da sagte, es sei besser, im Sterben etwas für die Feinde zu hinterlassen, als im Leben bei den Freunden betteln zu müssen. Nicht einmal den Vätern sollte man trauen, hat doch manch einer bei den Kindern mit

8 Mögliche Anspielung auf das Missregiment des Herzogs von Olivares.

9 Ehe ohne Erbe.

10 *»Demasiado punto sin coma«:* »zu viel Ehrpusseligkeit und zu wenig zu essen« (*comer*).

11 Nach *Sirach* 33, 20–22.

falschen Würfeln gewürfelt; und wie viele Mütter verkaufen nicht heutzutage ihre Töchter! An falschen Freunden ist die Ernte reich, schützende Scheunen bieten sie selten, und hinter Anhänglichkeit verbirgt sich doch meist Abhängigkeit. Im besten Fall lassen sie einen in der Patsche sitzen, in die sie einen gebracht haben. Was nützt es, dass uns einer bei der Übeltat den Rücken deckt, wenn er nicht bereit ist, auch den Kopf für uns hinzuhalten?«

»Probates Mittel«, meinte Critilo. »Nach keinem Ankerseil greifen, für sich allein bleiben, nach Philosophenart leben und glücklich.«

Da lachte Argus und sprach:

»Wenn einer sich keinerlei Halt verschafft, so lässt man ihn fahren, nicht leben. Niemand ist doch heute verlassener, als wer sich auf keinen verlässt. Auch wenn seine Verdienste riesig sind: Er wird in die Ecke geworfen. Er mag so bewährt sein wie unser Bischof von Barbastro, so ehrenwert wie selbst der Patriarch, so tüchtig wie Domingo de Eguía oder noch gelehrter als Kardinal Lugo: Kein Hahn kräht mehr nach ihm.[12] Deshalb empfiehlt es sich auch, jede *Conclusio*[13] an einem kräftigen Pfosten anzuschlagen und jedes Jubiläum an einer belebten Straßenecke. Glaubt mir, es kommt viel auf solche Rückenversicherung an.«

»Also solche Augen wünsche ich mir«, rief Andrenio, »aber nicht welche an den Knien; auf solche verzichte ich hiermit. Wozu sollten sie auch gut sein, am Boden kommt ja doch nur dauernd Sand hinein, oder man zerquetscht sie sich gar!«

»Das hast du aber schlecht überlegt«, entgegnete Argus. »Das sind heutzutage die praktischsten, weil *politischsten.* Ist es denn so gering zu veranschlagen, wenn ein Mann sehen kann, vor wem er sich neigt, vor wem er das Knie beugt, welchen Halbgott er verehrt, von wem er die Wunder erwartet? Gibt es doch veraltete Bilder, deren Kult überholt ist, denen nicht mehr gehuldigt wird, abgelegte

12 *Don Miguel de Escartín:* Bischof von Barbastro von 1647 bis 1656. – *Domingo Osorio de Eguía:* verteidigte 1638 Fuentarrabía gegen die Truppen des Prinzen von Condé. – *Juan de Lugo:* Jesuit aus Sevilla (1583–1660), bedeutender Theologe, 1643 Kardinal.

13 *Conclusio:* Mündliche Verteidigung einer Doktorthese.

Spielkarten, die Fortuna ausgesondert hat. Diese Augen sind dazu da, um rechtzeitig auszuwittern, wer triumphieren wird, um ganz Mann sein zu können und zu sehen, wer etwas gilt und wer etwas gelten wird.«

»Wahrhaftig, die würden mir zusagen«, ließ sich Critilo vernehmen. »An den Höfen werden sie denn auch besonders geschätzt. Da mir dergleichen Augen abgehen, stolpere ich immer von neuem; meine Geradheit schlägt mir immer erneut zum Nachteil aus.«[14]

»Eines kannst du mir aber nicht bestreiten«, bohrte Andrenio weiter. »An den Schienbeinen können doch die Augen nur dazu da sein, sich wehzutun. An den Füßen sind sie sicherlich am Platz, um zu sehen, wo man hintritt, wo man aus- und eingeht, wo es entlanggeht; aber an den Beinen, wozu dort?«

»Aber gewiss doch! Um nicht den Breitbeinigen zu spielen und sich nicht anzulegen mit den Mächtigeren, den Überlegenen.[15] Der Weise sollte gut Acht geben, mit wem er es zu tun hat, genau darauf sehen, mit wem er sich einlässt, und wenn er eingesehen hat, dass der andere ihm über ist, nicht Kirschen mit ihm teilen wollen und schon gar nicht Kiesel. Wenn er solche Augen gehabt hätte, der Erdensohn, dann hätte er sich nicht mit Herkules angelegt, hätte nie mit ihm zu kämpfen gewagt,[16] wie auch die aufrührerischen Titanen sich nicht erdreistet hätten, mit Spaniens Jupiter sich zu überwerfen;[17] schaffen doch diese törichten Aufsässigkeiten vielen nur großen Verdruss. Ich versichere euch, um leben zu können, muss ein Mann sich wappnen von Kopf bis Fuß, nicht so sehr mit den Maschenaugen der Kettenpanzer, sondern mit Augen, so groß wie Teetassen: Augen auf den Ohren, um all die Falschheit und Lüge

14 Nicht ausgeschlossen, dass Critilo hier ein wenig mehr noch als sonst zum Sprachrohr seiner Autors wird.

15 *Sirach* 8, 1.

16 *Erdensohn:* Antaios.

17 Anspielung auf die Erhebung der Niederlande gegen das Spanien Philipps II. Dass der Aufstand, der 1568 begonnen hatte, 1648 mit der Anerkennung der niederländischen Republik endete, übergeht unser Autor. – Der Mythos vom Titanenaufstand gegen Zeus geht zurück auf Hesiods *Theogonie* (7. Jh. v. Chr.), ist jedoch dort (Vv. 508–735) anders erzählt.

zu eräugen; Augen auf den Händen, um zu sehen, was man gibt, und mehr noch, was man nimmt; Augen auf den Armen, damit es nicht heißt: *Wer alles umfasst, der hält nichts fest;* Augen auf der Zunge, um lieber mehrmals hinzusehen, bevor man einmal spricht; Augen auf der Brust, um zu erkennen, wem man sie bieten muss; Augen auf dem Herzen, um abzusehen, wann es dort trifft; Augen sogar auf den Augen, um zu sehen, wie sie sehen; Augen und Aberaugen, Zeugaugen, fällig in diesem Jahrhundert augenfälliger Wischerei.«[18]

»Was soll aber einer anfangen«, wandte Critilo ein, »der nicht mehr hat als zwei, und auch diese nie recht offen, sondern halb verklebt, arglos dreinschauend, püppchenhaft aus ihren zwei Pupillen? Kannst du uns nicht ein Paar von denen, die du übrig hast, verkaufen (denn geschenkt wird einem ja von niemandem, es sei denn von Don Juan de Austria[19])?«

»Was heißt übrig haben?«, wehrte Argus ab. »Zum Hinschauen hat man nie genug. Davon abgesehen gibt es für sie keinen Preis, oder nur einen, und das wäre *ein Auge aus dem Gesicht.*«[20]

»Was würde ich dabei gewinnen?«, fragte Critilo zurück.

»Viel«, erwiderte Argus. »Dass du mit fremden Augen siehst, was ein großer Vorteil ist, ohne Leidenschaft und Voreingenommenheit, und das ist ja das wahre Schauen. Aber gehen wir, denn ich biete euch an, dass ihr, ehe wir uns trennen, in den Genuss von ebenso vielen Augen kommt, wie ich sie habe. Sie sind nämlich übertragbar, wie der Verstand, wenn man nur mit Leuten umgeht, die welchen haben.«

»Wo willst du uns hinbringen?«, fragte Critilo, »und was tust du hier in dieser *plaga,* in diesem Strich der Welt, die doch weltauf, weltab aus *Plagen* besteht?«

18 »*Ojos y más ojos y reojos, procurando ser elmirante* [»el mirante« – »der Schauende« und »almirante« – »Admiral«] *en un siglo tan adelantado* [»fortgeschritten« und »Oberrichter«]«. Der Mythos vom vieläugigen Argus auch bei Petrarca, *Bucolicum Carmen* II (der »umsichtige« König Robert I. von Anjou).

19 Kaum verschleierte Bitte an den natürlichen Sohn Philipps IV. und Widmungsträger dieses ZWEITEN TEILS, sich erkenntlich zu zeigen.

20 »*Un ojo de la cara*«: Ausdruck für einen unerschwinglichen Preis.

»Wächter bin ich«, war die Antwort, »an dieser Passstraße des Lebens, die so beschwerlich ist wie hoch gelegen. Alle, die sie als Burschen antreten, finden sich am Ende als Männer wieder, empfinden dies indes nicht so stark wie die weiblichen Wesen, die früher Mädchen waren und hernach Frauen sind, als Dueñas gar mehr Autorität haben, als ihnen lieb ist, und weil sie nichts dagegen tun können, Trost im Ableugnen suchen und auch, wenn sie schon ganz weißhaarig, ganz *canas* sind, trotzdem viele *canas,* viele Ellen weit auf der andern Seite verbleiben wollen und steif und fest behaupten, sie fingen jetzt erst an zu leben. Doch still, davon zu reden gilt für sie ja als verwerflich ungalant, und sie beteuern: ›Wir lassen uns lieber ein paar Jahre als unsere Illusionen rauben.‹«

»Somit bist du also«, sagte Critilo, »Menschenwächter?«

»Jawohl, Wächter bei denen, die recht eigentlich Menschen sind, den Wanderern, damit keiner Waren aus dem einen in das andere Land hinüberpascht. Es gibt vieles Verbotene, das man nicht aus dem Jugend- ins Mannesalter schmuggeln darf. Was dort noch erlaubt war, hier wird es mit strengen Strafen belegt, wird es verpönt. Unbeschadet der Tatsache, dass alles Tinnef und Tand ist, erschluderter Ramsch, kommen die Kindereien manchen sehr teuer zu stehen, denn wenn Schabernack und Unfug hinübergelangen, steht Ehrverlust darauf, wenn aber bei den Sinneslüsten noch über die Stränge geschlagen wird, kann es das Leben kosten. Um nun diesem dem Menschengeschlecht so unheilvollen Schaden vorzubeugen, sind wachsame Hüter eingesetzt, die diese Grenzbezirke durchstreifen und aufgreifen, wer vom Wege abkommt. Ich bin ihr Oberster, und so fordere ich euch denn auf, gut nachzusehen, ob ihr nicht etwas bei euch führt, das dem Manne nicht gut ansteht, und es abzulegen. Denn, wie gesagt, nicht nur, dass solches unnütz ist und verwirkt, falls man euch überführt, ihr wäret auch schimpfiert. Und seid euch auch darüber im Klaren: Ihr mögt es noch so tief verborgen tragen, es wird dennoch an den Tag kommen, denn vom Herzen selbst her wird euch der Mund davon übergehen und die Farbe ins Gesicht steigen.«

Daraufhin wechselte Andrenio die Farbe; Critilo aber wechselte, um vom Verdacht abzulenken, das Thema und sagte:

»Eigentlich ist der Aufstieg gar nicht so steil, wie wir vermutet hatten. Stets ist doch die Vorstellung der Wirklichkeit voraus. Wie reif und schmackhaft all diese Früchte hier sind!«

»Ja«, erwiderte Argus, »hier ist alles Reife; nichts mehr vom Säuerlichen und Faden, vom Albernen, Abgeschmackten und Unausgegorenen der Grünlingszeit. Hier sind sie genau am richtigen Punkt, weder so teigig wie im Alter, noch so roh wie in der Jugend, sondern in einer guten Mitte.«

Sie fanden manchen Ruheplatz mit Sitzen unter dicht belaubten Maulbeerbäumen, deren Blätter, wie Argus sagte, heilsamen Schatten spenden, der insbesondere den Köpfen sehr zuträglich ist, vielen den Kopfschmerz nimmt.[21] Er versicherte auch, sie seien von einigen berühmten Weisen gepflanzt worden, zur Erquickung auf der beschwerlichen Lebensreise. Das Bedeutsamste aber war, dass sie in Abständen Erfrischungen für ihre Anschauungen fanden, tüchtige Stärkungsmittel, die, wie es hieß, hier unter Einsatz ihres Schweißes von einigen außerordentlichen Männern gestiftet und mit einer philosophischen Dauerrente ausgestattet worden seien. So wurden ihnen an einer Stelle Quintessenzen von Seneca verabreicht, an anderer göttliche Einsichten von Platon, Nektar von Epikur und Ambrosia von Demokrit sowie zahlreichen weiteren Autoren, geistlichen wie weltlichen, wodurch sie nicht nur frischen Mut, sondern viel an *Person* gewannen und es darin bald allen anderen zuvortaten.

Sie hatten den erhabenen Mittelpunkt dieser Erhebungen erreicht, als sie ein großes Haus gewahrten, mehr dem Nutzen als der Zierde errichtet und sehr geräumig, jedoch keinesfalls prunkvoll; tief gegründet, die mächtigen Wände durch gediegene Pfeiler gesichert, doch keineswegs in schwindelnde Höhen getrieben und ohne den Luftraum mit Türmen und Zinnen einzunehmen; keine blinkenden Turmhelme, keine Wettergockel mit gereckten Hälsen. Alles massiv, aus soliden Quadersteinen, fest und widerstandsfähig. Und wenn es auch viele Öffnungen mit Fenstern und Luken nach den Lichtseiten hin hatte, so gab es doch keinerlei Fenster-

21 *Maulbeerbaum:* vgl. S. 244, Anm. 29.

oder Balkonstäbe, denn hinter *hierros,* hinter geschmiedeten Eisengittern, pflegen, auch wenn sie übergoldet sind, die größten *yerros,* die größten Irrtümer geschmiedet zu werden und zugleich schmelzen auch die ehernsten Überzeugungen in der Brust dahin. Die Lage war frei von allen Seiten einsehbar, es wirkte nach allen Seiten beherrschend, auf allen Seiten fiel das Licht ein, nirgends wurde es gescheut. Am auffälligsten waren zwei große Tore, die stets offen standen: das eine gen Osten, wo man herkommt, das andere gen Westen, wo man hingeht; und wenn auch dieses letztere sich ausnahm wie ein Scheintor, so war es doch das echteste und wichtigste, und wenn zu jenem alle eintraten, so traten zu diesem nur einige wieder heraus.

Da nun erregte Staunen und Verwunderung bei ihnen, wie verändert die Passanten daraus hervorkamen, wie gänzlich verschieden von denen, die sie waren. Sagte eine zu einem: »Ich bin die und die«, so bekannte dieser mit seiner Antwort: »Ich bin nicht der und der.« Die unbekümmert eingetreten waren, gingen sehr nachdenklich daraus hervor; die Oberflächlichen mit Tiefgang; nicht einer riss mehr Possen, alles war Würde und Verhaltenheit. Und so schritten denn die vormals Leichtfertigen nun gemessen einher, die Hitzköpfe gelassen, die Wankelmütigen, die vorher jedem auf den Leim gegangen waren, auf ihr Ziel los, die Springinsfelde und die mit den Stolperversen traten fest auf,[22] die Windbeutel mit Substanz. Fassungslos stand Andrenio angesichts solch ungeahnter Verwandlung.

»Schau doch nur«, rief er, »der dort als Cato herauskommt, ist das nicht der naseweise Klugschnack von vorhin?«

»Genau der.«

»So etwas von Verwandlung!«

»Siehst du nicht jenen dort, der hüpfend nach Franzosenart hineingetanzt ist, wie so düster und ernst auf spanische Manier er herauskommt? Und dieser Einfältige, merkst du nicht, wie gewitzigt und vorsichtig er sich verhält?«

»Hier muss«, meinte Andrenio, »irgendeine Circe hausen, die

22 »*Pie quebrado*« – »gebrochener Fuß«, in der Metrik Bezeichnung von Kurzversen.

die Leute derart verwandelt. Was sind dagegen all die Metamorphosen, die Ovid uns vorführt? Schaut mal diesen, der als ein Claudius hineinmarschierte, wie er nun als Odysseus wieder zum Vorschein kommt.[23] Alle haben sie sich vorher leichtfertig und unbedacht bewegt und gehen jetzt mit reifem Urteil zu Werke. Selbst die Farbe, die sie zeigen, ist verändert, und nicht nur in Schattierungen, sondern von Grund auf.«

Und wirklich, es war so, sahen sie doch einen Milchbart eintreten, und alsbald ging ein Schwarzbärtiger daraus hervor; die Rotwangigen wurden bleich, die Rosen waren zu Ginster geworden; mit einem Wort, ausgewechselt alle von Kopf bis Fuß, denn den Kopf drehten sie nicht mehr wie eine Wetterfahne nach allen Seiten, sondern hielten ihn so still, dass es schien, man habe in jeden ein Pfund Blei gefüllt. Auch die fahrigen Blicke wurden nun gemessen; und den Fuß setzten sie fest auf, fuchtelten nicht mehr mit den Armen, die *capa,* den Mantel, trugen sie um die Schultern, ganz *chapado,* ganz vernünftig und gesittet.

»Hier muss ein Zauber walten«, sagte Andrenio wieder, »irgendein Geheimnis steckt dahinter. Oder diese Männer haben alle geheiratet, so bedenklich schauen sie drein.«

»Welcher Zauber wäre stärker«, meinte Argus, »als dreißig Jahre auf dem Rücken? Dies ist der Lebenswandel. Macht euch nur deutlich: Der Abstand zwischen dem einen und dem anderen Tor ist gering, doch was sich dazwischen einstellt, ist ein Unterschied von dreißig Meilen, nicht geringer als der zwischen Knabe und Mann. Dies ist der Ort des Übergangs von den Jugendjahren ins Erwachsenenalter. Am ersten Tor dort lässt man Tollheit, Unbekümmertheit, Gedankenlosigkeit, Unbedachtheit, Zerfahrenheit, Albernheit, Achtlosigkeit und Leichtfertigkeit mit der Jugend zurück; und am zweiten Tor hier nimmt man Verstand, Ernsthaftigkeit, Strenge, Gelassenheit, Stetigkeit, Ausdauer, Bedachtsamkeit und Verantwortung mit dem Mannesalter auf. Und so werdet ihr erleben, dass einer, der redete wie eine Plappermühle, nunmehr so

23 Der Ruf Kaiser Claudius' als Trottel gründete sich auf Senecas Spottschrift *Apocolocynthosis* (»Verkürbissung«, 54 n. Chr.).

gemessen spricht, als erteilte er Audienz; und ein anderer, der gestelzt daherkam, gebt acht, wie gesetzt der nun heraustritt; und noch ein anderer, ein Korkenkopf, wie gewichtig der nun dasteht. Gewahrt ihr nicht jenen dort, so verhalten im Reden, so nachhaltig im Tun? Das war der Haltlose von vorhin. Schaut doch, da kommt noch solch ein Federfüßler! Gleich wird er wieder erscheinen, nun aber mit Blei in den Schuhen.[24] Seht ihr nicht, wie viel Valencianer hineingehen und wie viel Aragonesen herauskommen?[25] Am Ende allesamt höchst unterschieden von sich selbst, je mehr sie sich verwandeln in sich selbst: ihr Gang verstetigt, ihre Sprache verwesentlicht, ihr Blick verbindlich und ihr Handeln konzertiert, dass jeder schier ein Chumacero ist.«[26]

Argus drängte sie nun zum Eintreten, doch sie:

»Sag uns zuvor noch, wie es heißt, dies ungewöhnliche Haus.«

»Dies ist«, erwiderte er, »das Allgemeine Zollhaus, nicht Tollhaus, für den Lebenswandel. Hier hat jeder Lebensreisende sich einzufinden und die Ware vorzuzeigen, die er bei sich führt; sein Woher und sein Wohin werden dort überprüft.«

Sie traten ins Innere und fanden einen Areopag vor,[27] mit dem Vorsitzenden *Judicium,* einer bedeutenden Persönlichkeit, und den Beisitzern *Consilium,* einem ganzen Mann, *Modus,* einem sehr beredten, *Tempus,* von großer Autorität, *Concertus,* von hohem Ansehen, *Valor,* von starker Entschlusskraft, und weiteren wichtigen Personen. Vor sich aufgeschlagen hatten sie ein großes Buch, das Buch der Gründe und Rechenschaften, etwas, das Andrenio sehr betreten machte, wie alle seine Altersgenossen, die sich anschickten, ernstlich jemand zu werden. Sie kamen eben rechtzeitig zur Befragung einiger Wanderer, die angeben sollten, von welchem Flecken Erde sie kämen.

»Recht so«, meinte Critilo, »denn von Erde sind wir ja, und zu Erde werden wir wieder.«

24 *»Pluma«* – »Feder« und *»plomo«* – »Blei«, vgl. S. 123, Anm. 21.

25 Redselig die ersteren, ernsthaft die letzteren.

26 *Juan Chumacero y Carrillo:* Präsident des Obersten Rates von Kastilien (1580–1660); seine Autorität war sprichwörtlich.

27 *Areopag:* Der Athener Gerichtshof auf dem Areshügel.

»Jawohl«, bestätigte ein anderer, »und wenn wir gut wissen, woher wir kommen, dann wissen wir besser, wohin wir gehen.«

Viele kamen nicht auf die rechte Antwort, denn die Mehrzahl weiß sich ja nicht Rechenschaft abzulegen über sich selbst. Und so antwortete einer auf die Frage, wohin er unterwegs sei: wo die Zeit ihn hinführe, ohne sich um anderes zu kümmern, als Zeit hinzubringen und *Zeit zu machen.*[28]

»Ihr wollt *Zeit machen,* und dabei *zermacht* sie euch«, sagte der Vorsitzende.

Und er schickte sie zur Reform für diejenigen, die auf der Welt nur der Zahl nach gelten.[29] Ein anderer antwortete, er gehe voran, weil er nicht mehr umkehren könne. Die meisten gaben an, weil man sie zu ihrem großen Herzeleid aus den Landen ihrer Jugend vertrieben habe; wäre dem nicht so, sie würden ihr Lebtag mit Vergnügen sich am blühenden Grün dieser Lande gütlich tun. Diese wurden an die Reformanstalt für Unerwachsene überwiesen. Es kam ein Thronfolger und lamentierte, er selbst sei schon so weit und sein Vorgänger noch längst nicht weit genug, bisher habe er sich an den Lustbarkeiten der Jugend ergötzt und nicht daran gedacht, etwas zu werden; doch sei es mit diesen nun vorbei und er sehe mit Kummer, dass er an Jahren zu viel, an Aufgaben zu wenig habe. Diesem verordnete man eine Sonderübung in geduldigem Warten, um ihn vor der Versuchung zu bewahren, sich der Krone mit Gewalt zu bemächtigen, was seinen Sturz bedeutet hätte. Etliche, die sich da einfanden, gaben an, sie seien auf Ehre aus, sehr viele, auf ihren Vorteil, und nur einige wenige, aufs *Person-Sein;* diese allerdings wurden von allen beifällig und von Critilo sehr aufmerksam gehört.

Unterdessen kamen die Wächter mit einem großen Trupp Umherziehender, die sie abseits der Wege aufgegriffen hatten. Es erging Befehl, sie unverzüglich an ORDNUNG und SITTE zu übergeben, die feststellen sollten, wer sie seien, und untersuchen, was sie bei sich führten. Alsbald stieß man bei ihnen auf alle möglichen

28 »*Hacer tiempo*« – »sich die Zeit zu vertreiben suchen«.
29 Zum Horazzitat vgl. S. 200, Anm. 40.

Bücher, etliche davon tief im Busen verborgen. Nachdem man die Titel gemustert hatte, verlautbarte, es handle sich samt und sonders um Schriften, die von *Judicium* verboten seien, die den *Pragmatiken*[30] von VERNUNFT und ERNST zuwiderliefen, denn es waren Romane und Komödien. Ihre Träger wurden zur Reform für Tagträumer verurteilt. Die Bücher, so wurde angeordnet, seien Männern, die wirkliche Männer sein wollten, abzunehmen und den Pagen und Zofen zu überlassen. Ganz generell wurde jede Art von Dichtung in der Volkssprache, in Sonderheit burleske und amouröse Poesie, *Letrillas, Jácaras, Entremeses,* der ganze Frühlingsflitterkram, den Laffen und Gecken übermacht.[31] Was alle am meisten betreten machte, war, dass ERNST höchstselbst allen Ernstes befand, von dreißig Jahren an aufwärts habe niemand mehr *coplas* von fremder Hand, schon gar keine eigenen oder angeblich eigenen, vorzutragen, widrigenfalls er als Leichtfuß, Wirrkopf oder Reimschmied gelten müsse. Was die Lektüre des einen oder anderen Dichters von lehrreichem, heroischem, moralischem, zur Not auch noch satirischem Zuschnitt in ernsthaftem Versmaß angehe, so sei sie einigen wenigen zuzugestehen. *[Etliche allerdings,]* denen viel an ihrem Vergnügen und wenig an ihrer Glaubwürdigkeit lag, täten zwar nach außen so, als seien sie dergleichen Kindereien überdrüssig, im stillen Kämmerlein aber, ohne Zeugen, leckten sie sich die Finger danach.[32] Noch mehr beschämt freilich war einer, bei dem man ein Buch mit Rittergeschichten fand.

»Alter Plunder«, sagte ORDNUNG, »aus irgendeiner Barbierstube.«[33]

30 In der älteren Bedeutung von »Verordnung«, »Gesetz«, »Norm«.

31 *Letrillas:* Leichte Verse, meist in Achtsilbern und mit Kehrreim. – *Jácaras:* ursprünglich lockere Verse aus der Welt der Gauner und Dirnen, im Siglo de Oro als Einlagen zwischen den Akten der *comedias* gesungen, an Stelle der *entremeses,* der (längeren) Zwischenspiele. Alles von den besten Autoren verwendet: Lope de Vega, Quevedo, Góngora, Calderón, Cervantes …

32 Die Stelle ist logisch eine *crux*; sie ist hier versuchsweise so ergänzt, dass der Sinnzusammenhang des Ganzen gewahrt bleibt.

33 Für Romera-Navarro ist dies eine Anspielung, die einzige, auf Cervantes' *Don Quijote:* ›Ich will wetten‹, sagte Sancho, ›es vergeht nicht viel Zeit, so wird es keine (…) Barbierstube geben, wo nicht die Geschichte unsrer Taten gemalt zu sehen

Man tadelte ihn sehr darob und nötigte ihn, es wieder den Stallknechten und Krämern zu geben; die Verfasser von solcherlei Unsinn bekamen das Signet: *Verrückt.* Einige machten dagegen geltend, man könne ihnen doch die Erlaubnis geben, zum Zeitvertreib die Werke gewisser anderer Autoren zu lesen, die gegen diese Ersteren verfasst worden seien, in der Absicht, sich über deren Chimären lustig zu machen. VERNUNFT aber entgegnete: auf keinen Fall, das bedeute, vom Schmutz in den Kot zu kommen und eine Dummheit durch eine andere, noch größere aus der Welt schaffen zu wollen.[34] Anstelle von so viel unnützem Buch (Gott verzeihe dem Erfinder des Drucks!), Schwarten aus den Hinterläden und Zeitvertreib für Laienbrüder, händigten sie ihnen einige Bände Seneca, Plutarch, Epiktet und andere aus, die das Nützliche mit dem Angenehmen zu vereinen wussten.

Andere mussten sich vorhalten lassen, sie hätten nicht weniger müßig, doch noch weit weniger ersprießlich *die Sonne vor dem Aufgehen verspielt,* angeblich um die Zeit zu vertreiben, als ob nicht die Zeit vielmehr sie vertriebe und als ob die Zeit zu vertreiben eine Art wäre, seine Zeit hinzubringen. Nun guckten sie eben in den Mond. Tatsächlich fand sich bei einem von ihnen ein Spiel Karten. Sie ließen sie auf der Stelle verbrennen, wegen der Ansteckungsgefahr, denn wo man Karten mischt, da mischt man auch die Fäuste, auf alle Fälle die Gefühle, beim Ablegen legt man auch jedes Gefühl ab für Anstand und Ruf, Bescheidenheit und Würde, man wird verspielt und gar bald hat man es. Der sich so hatte in die Karten gucken lassen (schon viele hatten vorher ihre Zinken

ist.‹« (Teil II, Kap. 71). Man kann sich indes fragen, ob dies nicht eher ein Zufall ist, denn als Anspielung auf den sonst mit so auffälligem Schweigen übergangenen berühmten Zeitgenossen ist die Erwähnung der Barbierstube wenig ergiebig, wo doch bereits die satirische Verdammung der Ritterbücher aufs Ganze gesehen auf der Linie des *Don Quijote* liegt. In den Barbierstuben der Zeit fanden sich offensichtlich häufig Darstellungen von Rittertaten. – Die einzige sichere Anspielung auf Cervantes findet sich im 20. Kapitel des *Discreto:* »Nicht alle lächerlichen Figuren kommen aus der Mancha« (vgl. auch unten S. 385, Anm. 32).

34 Parodien auf Ritterbücher waren nicht selten, etwa *Las necedades y locuras de Orlando* von Quevedo.

drin), dem war tatsächlich Haus und Hof, Ehre und Ruhe auf Lebenszeit weggestochen.

Nach der Verhängung der Strafen hing Schweigen im Raume, als plötzlich jemand zu pfeifen begann. Alle Umstehenden nahmen daran Anstoß, am meisten die Spanier. Man ging der Ungehörigkeit nach und fand heraus, dass es ein Franzose war. Er wurde dazu verurteilt, niemals mehr unter *Personen* zu weilen. Noch anstößiger empfand man den Klingklang einer Gitarre, war doch das Spielen auf diesem Instrument mit strengen Strafen belegt. Und so soll sich *Judicium* geäußert haben, als es das Gezupfe vernahm:

»Was ist denn das für eine Narretei! Sind wir denn unter Männern oder unter Barbieren?«[35]

Es stellte sich heraus, dass es ein Portugiese war, der sich daran vergriffen hatte; und als alle schon glaubten, man würde ihm sechsmal die *cuerda* verpassen,[36] war zu hören, wie sie ihn baten (solche Leute bittet man nämlich), doch eine moderne Weise zu spielen und ein heiteres Liedchen dazu zu singen. Es war ein rechtes Stück Arbeit, bis man ihn so weit hatte, dass er spielte. Aber es war noch viel schwieriger, ihn dazu zu bringen, dass er wieder aufhörte.[37] Er fand viel Anklang, selbst bei den ernstesten Betreibern der Menschenreform, und allgemein wurde denen, die aus Jünglingen zu Männern wurden, nur bedeutet, es sollte hinfort keiner mehr selbst sich spielend oder singend betätigen, jedoch könnten sie sehr wohl beim Spielen oder Singen zuhören, was erfreulicher und schicklicher sei.

Mit solcher Strenge gingen die Wächter bei dem Geschäft vor, die heranwandernden Menschen zu durchsuchen, dass sie einige Verdächtige nackt auszogen. Einem nahmen sie das Bildnis einer

35 Gemäß der Rede: »*Los más de los barberos son guitarristas y copleros.*«

36 »*Cuerda*« – »Saite« und »*cuerda*« – »Seil«, Anspielung auf eine Foltermethode der Inquisition.

37 Horaz: »*Omnibus hoc vitium est cantoribus, inter amicos / ut numquam inducant animum cantare rogati, / iniussi numquam desistant.*« – »Alle Sänger haben diese Unart: Werden sie im Freundeskreis gebeten, zu singen, so können sie sich nicht entschließen; dann aber hören sie von selbst nicht mehr auf« (*Satiren* I, III, 1–3).

Dame ab, das ihm an einer Perlmuttschnur um den Hals hing. Es hing an ihm, und er hing an dem Bildnis, so rettungslos, dass alle Besonnenen bestürzt waren und sich auch nicht dazu herbeiließen, es länger zu betrachten, nur so lange, wie nötig war, um zu erkennen, wer wohl die Abgebildete war, ob eine bestimmte oder vielleicht eine bewusste. Einer der Wächter bemerkte dies und sagte:

»Das da habe ich doch schon einem anderen abgenommen, und zwar erst vor wenigen Tagen.«

Man ließ es heraussuchen und fand ein ganzes Dutzend gleiche.

»Also, man sieht es ja«, sagte der Vorsitzende, »eine Törin macht hundert Toren. Man ziehe sie ein wie Falschgeld, wie Dublonen mit vielen Gesichtern.«[38]

Und ihm wurde eingeschärft: entweder weniger Bart oder weniger Mätzchen. Und von wegen Pflastertreten, die Straße auf und nieder scharwenzeln, am Fenstergitter knabbern, Eckpfeiler oder Balkonputzer spielen, das überlasse man nun gefälligst den milchbärtigen Adonissen. Viel Gelächter erregte einer, der mit einem Zweig in der Hand daherkam, und als sich herausstellte, dass er weder Arzt war noch aus Valencia,[39] sondern nichts als ein Geck, raunzte ihn ORDNUNG an, das sei ein Narrenzweig, allenfalls als Wirtshauszeichen geeignet,[40] aber sonst sinnlos und albern. Einen anderen sah man, der schaute, ohne eigentlich flegelhaft zu sein, einfach niemanden an, starrte vielmehr beständig auf den Hut in seiner Hand.

»Schämt der sich vielleicht?«, meinte SCHARFSINN.

Wegen Verdacht auf Lüsternheit wurde er kontrolliert, und man entdeckte, dass er unter der Krempe seines Hutes ein Spiegelchen befestigt hatte; somit war erwiesen, dass er ein Narr erster Güte war, ein Nachfahre des Narziss. Mehr noch als über diesen

38 *Dublonen:* Goldmünzen. Doch steckt in dem Wort auch *»doble«* – »doppelzüngig«, »falsch«.

39 Weder ein Arzt mit Heilkräutern noch einer der ewig verliebten Valencianer.

40 »Ein grüner Zweig an der Tür einer Schenke besagte, dass ein neues Fass angestochen worden war«, heißt es in Miguel Delibes' Roman über die spanischen Protestanten des 17. Jhs., *Der Ketzer* (Übers. L. Grüneisen, 2000, S. 38).

wunderte man sich über den nächsten, der sich anschickte, ein Cato an Strenge zu werden und sich gar für das Amt eines Politikers abrichten lassen wollte. Er wurde von Kopf bis Fuß gemustert, und es kamen doch tatsächlich Schößchen eines grünen *jubón*, eines Unterkleids zum Vorschein, einer Farbe, die bei den Behörden gar nicht gern gesehen wird.[41]

»Oh, der hätte wahrlich einen anderen *jubón* verdient!«, meinten alle.[42]

Um aber beim Pöbel keinen Ärger zu erregen, schickten sie ihn in aller Stille zum *Nuntius von Toledo,* damit dieser ihn für vernunftfrei erklärte.[43] Wieder ein anderer, der unter einem Mantel von strengem Schwarz eine buntgeschlitzte Hose trug,[44] wurde dazu verurteilt, das Überkleid vom Hosenbund an hoch zu stecken, damit alle Welt seine *desgarros,* seine bunten Schlitze, und seinen *desgarro,* seine Dreistigkeit sehen konnte. Anderen wieder wurde sehr nachdrücklich bedeutet, fortan nicht mehr die Hutkrempe nach oben gestülpt zu tragen, es sei denn zu Pferde, wo keiner recht bei Sinnen ist,[45] noch auch den Hut schief auf dem Kopf, wodurch der Verstand auf der andern Seite ungeschützt bleibt; ferner beim Gehen nicht auf sich selbst zu sehen, auch nicht nach ihrem Schatten, bei Strafe, übel angesehen zu werden, ebenso wenig aber auf die Füße, denn es ist nicht gut, sich zu spreizen wie ein Pfau.[46] Federn und bunte Bänder wurden ihnen untersagt, weil nur den jungen Rekruten zustehend, beim ersten Gang ins Feld. Sämtliche Ringe schließlich seien den Ärzten und den Äbten auszuhändigen, dafür, dass die einen in den Himmel bringen, wen die andern unter die Erde bringen.

41 Weil Zeichen für Lüsternheit oder Obszönität.

42 *»Jubón«* – »Rock« und »Prügel«.

43 *Vernunftfrei: wie ein Beichtiger jemanden für sündenfrei erklärt. – Nuntius von Toledo* wurde ein großes Hospital für Geistesgestörte in Toledo genannt, das 1538 vom päpstlichen Nuntius gegründet worden war.

44 Jugendmode um 1630.

45 Eine Redensart: *»No hay hombre cuerdo a caballo«* – »Im Sattel ist niemand recht bei Verstand«.

46 Der Pfau hat nach herrschender Auffassung hässliche Füße (vgl. S. 163, Anm. 14).

Es gingen also die Amtswalter jenes großen Zollhauses der LEBENSZEIT an die allgemeine Reform derjenigen, die von Pagen der Jugend zu Edelleuten des Mannesalters übergingen.[47] Und das erste, was man vollzog, war, ihnen allen die Tracht der Jünglingsjahre, das goldgelbe Haar, zu entfernen und sie mit dunklem Haar zu versehen, ein Trauerkleid nach Melancholie und Länge, denn wie es die Schläfen erfasst, wird es zum *Haar auf der Brust.*[48] Man gebot ihnen nachdrücklich, nie mehr helles Haar zu kämmen, am wenigsten an Mund und Lippen,[49] eine ungehörige Farbe nunmehr und nicht gern gesehen, verbot ihnen zugleich jede Art von Flaum und Lockengekräusel, um dem Spott der Abgeklärten vorzubeugen. Alle materielle Farbe – nicht die geistige – wurde ihnen verboten, nicht einmal rot anzulaufen blieb erlaubt, nur bleich und fahl, zum Zeichen ihrer Sorgen. Die Rosen der Wangen verwandelte man ihnen in die Dornen des Bartes. So wurden sie von Kopf bis Fuß umgestaltet. Allen legte man ein Vorhängeschloss an den Mund, setzte ihnen ein Auge an jede Hand und ein neues, janushaftes Gesicht auf,[50] dazu übertrug man ihnen ein Kranichbein, einen Ochsenfuß, ein Katzenohr, zwei Luchsaugen, einen Kamelrücken, eine Rhinozerosnase und eine Natternhaut.

47 Der Gedanke des *Reformierens* im Sinne des Veränderns vom Schlechteren zum Besseren, sodann der Erhebung des Menschen vom niedrigen zum höheren Status ist neutestamentlich (*Römer* 12, 2) und mittelalterlich *(»normam rectitudinis reformare«)*, als »bewusstes Handeln in Richtung auf die gottgesetzte Weltordnung« (vgl. E. Wolgast, Art. *Reform, Reformation* in: Geschichtliche Grundbegriffe, hrsg. v. O. Brunner u. a.). Im Spanischen hatte das Verbum *»reformar«* auch die Bedeutung angenommen: »Jemanden in seinem Verhalten korrigieren«. In Graciáns satirischer Phantasie vom »Zollhaus« rückt die Vorstellung von »Reform« in beunruhigende Nähe zu den modernen »Umerziehungsmaßnahmen«.

48 Redensart: *»Hombre de pelo en pecho«* – »Ein Mann mit Haar auf der Brust«, ein ganzer Mann.

49 Weil »hellmündig« *(boquirrubio)*, was unserem »grünschnäbelig« entspricht.

50 *Auge an jede Hand:* nach einem Emblem aus Alciati, das eine *»oculata manus«* abbildet, eine Hand, die nur »glaubt, was sie sieht« (Henkel/Schöne 1010). »Vorhängeschloss« bedeutet also nicht Schweigen, sondern Enthaltsamkeit, Mäßigung oder auch »nicht alles schlucken«. *»Oculata manus«* geht zurück auf Plautus, *Asinaria*, V. 202. – Abb. 9, S. 312. – *Janus:* ebenfalls nach Alciati, *Prudentes. Problema* (Henkel/Schöne 1818; dort der Hinweis: »Umdeutung des Janus zu einem Prudentiatypus ist der Antike fremd und entstammt der scholastischen Moraltheologie«).

Abb. 9: Das Handauge. Alciati, Emblemata, 1550.

Selbst ihren materiellen Geschmack wandelte man ihnen um und hieß sie inskünftig keinerlei Verlangen mehr nach süßen Sachen zeigen, bei Strafe, als Kinder zu gelten, sondern sich ans Scharfe, Saure und Salzige zu halten. Und als man bei einem noch Zuckerwerk fand, wurde ihm nahe gelegt, sich doch bei jedem Essen den Sabberlatz umzubinden; so hüteten sich denn alle, etwa Kardonen gegen Zibeben einzutauschen, und alle aßen sie Eingesalzenes. Einer wurde dabei ertappt, wie er Süßkirschen aß, und sofort stieg ihm deren Farbe ins Gesicht: Er musste schnell Weichseln dafür holen. So ist also hier die Pfefferkirsche keineswegs verboten, sondern im Gegenteil mehr geschätzt als Zucker, eine anerkannte Ware, die einige durchaus auch für geistige Nahrung nutzen, insbesondere im Verein mit Zitronensäure. Auch das Salz ist sehr ratsam, und gewisse Leute essen es gleich fuderweise; ganz ohne das Nahrhafte ist es allerdings nicht zuträglich. Es salzt so mancher das Fleisch seiner Werke ein, damit sie ihm nicht angehen. Und tatsächlich gibt es kaum bessere Spezereien, um Bücher einzubalsamieren und vor dem Nagewurm zu schützen, als Würze und Salz.[51] Die süßen Zutaten sind derart in Misskredit geraten, dass selbst der *Panegyrikus* des Plinius nach vier Bissen schon schal schmeckt[52] und etliche Sonette von Petrarca und Boscán die gleiche Wirkung haben wie zu viel Karotten;[53] dass einige Titus Livius fetten Speck nennen und selbst bei unserem Zurita alsbald jemand auftrat, der behauptete, er verursache ihm Ekel.[54]

51 Welch ein Motto für *El Criticón!*

52 Zu Plinius' *Preisrede auf Trajan* vgl. S. 280, Anm. 12. Gracián beurteilt sie hier erheblich strenger als in *Agudeza* 26, wo er sie als »perfekte Anwendung der konzeptistischen Theorie« pries.

53 Die Vorbehalte des satirischen Temperaments gegen den Lyriker Petrarca hatten sich schon in *Agudeza* 63 angemeldet. – *Juan Boscán* (1487–1542): hatte zusammen mit (dem ihm überlegenen) Garcilaso de la Vega den italienischen Elfsilbler und das Sonett in die spanische Literatur eingeführt.

54 *Ab urbe condita,* das von den meisten bewunderte Geschichtswerk des Titus Livius (59 v. Chr.–17 n. Chr.), galt einigen in Antike und Neuzeit als zu »kremig« oder zu »seimig«. – *Jerónimo Zurita* (1512–1580): erwarb sich mit seinen *Anales de la Corona de Aragón* Verdienste um die Geschichtsschreibung (er ließ als Erster die spanische Geschichte nicht mehr mit Noah beginnen!), doch waren Teile seines Werks heftig angefeindet worden.

»Habe nur selber Geschmack und Urteil, lebe nicht immer vom fremden, finden doch die meisten auf dieser Welt das gut, was die anderen gut finden, loben das, was sie von anderen loben hören; und wenn ihr sie fragt, worin die Vorzüge dessen bestünden, was sie loben, so vermögen sie es nicht zu sagen; und so leben sie denn durch andere und lassen sich durch fremde Ansichten lenken. Habe also ein eigenes Urteil, und du wirst Gehör finden mit deiner *Zensur;*[55] suche den Umgang mit Menschen, denn nicht alle, die es scheinen, sind es auch; denke mehr nach, als du redest, und verkehre mit kenntnisreichen Männern, zuweilen magst du auch einen Scherz erzählen, der auf unterhaltsame Belehrung abzielt, jedoch mit der rechten Zurückhaltung, dass du nicht als Wichtigtuer, diplomierter Witzemacher oder Billigunterhalter erscheinst. Zuweilen kannst du, in Begleitung deiner selbst, in Gedanken umherwandeln, ohne etwas zu sagen. Sei, auch wenn du das Schwert trägst, ein Mann des *Museion,*[56] aber sei bedachtsam in der Auswahl der Bücher, dieser handgefälligen Freunde; fülle die Borde nicht mit gehaltlosen Schwarten an, es nimmt sich ja auch ein Straßenjunge nicht gut aus neben einem erlauchten Kopf, und wenn du dich entscheiden musst, so tue es eher für die inhalts- als für die geistreichen. Zeige dich als *Person* in allem, in Worten wie in Taten, tritt auf mit gewinnendem Ernst, sprich mit gefälliger Sicherheit, handle mit rücksichtsvoller Entschlossenheit, lebe mit Bedacht in allem und achte mehr auf einen guten Kopf als auf eine gute Figur. Bedenke, dass der aufs rechte Verhältnis bedachte Euklid den Punkt den Kindern zugeordnet hat, die Linie den Knaben, die Fläche den Jünglingen, den Erwachsenen aber die Tiefe und den Schwerpunkt.«[57]

55 *Zensur:* im Sinne von »Kritik«, »Beurteilung«.
56 *Museion:* »Musentempel«, hier: »Bibliothek«.
57 Gracián moralisiert selbst die Geometrie! Allerdings gibt es auch hier Vorstufen. Der byzantinische Neuplatoniker Proklos (410–485) erinnert in seinem Euklid-Kommentar an die pythagoreische Lehre, derzufolge »der Punkt der Zahl 1, die Linie der Zahl 2, die Fläche der Zahl 3 und der Körper der Zahl 4 entspricht«. Bei welchem Autor des Mittelalters die geometrischen Elemente dann über die ersten vier Grundzahlen hinaus den vier Lebensaltern zugeordnet wurden, bleibt noch zu erforschen.

So lautete die Bestandsliste für das Mensch-Sein, die Zolltarifliste für das Angesehen-Sein, die Statutenliste für das Person-Sein, wie sie von ORDNUNG auf Ersuchen des Vorsitzenden *Judicium* mit nicht zu lauter noch zu schleppender Stimme verlesen wurde.

Anschließend bereitete ihnen Argus mit einer ganz exquisiten Flüssigkeit, destilliert aus Adler- und Luchsaugen, aus großen Herzen und Hirnen, ein Bad von so nachhaltiger Wirkung, dass sie nicht nur ungemein gestärkt daraus hervorgingen, sondern auch ebenso unangreifbar dank KLUGHEIT wurden, wie es Roland dank den Zaubermitteln war.[58] Zugleich öffneten sich ihnen am ganzen Leib zahlreiche und ganz verschiedenartige Augen, denn sie waren ja blind gewesen vom Augentrief der Kindheit und den unbesonnenen Leidenschaften der Jünglingsjahre. Und so durchdringend und wach waren sie alle, dass ihnen nichts mehr entging: Alles nahmen sie wahr und hielten es fest.

Damit erhielten sie nun die Erlaubnis, voranzuschreiten und *Person* zu werden, und sie traten ganz aus sich heraus, um desto mehr in sich selbst einzugehen. Nicht etwa als Führer – denn von diesem Alter an ruft man weder nach dem Medikus noch bedarf es mehr eines Führers –, sondern als Begleiter ging Argus mit ihnen zur Höhe des Passes hinauf, den man überschreitet, um in eine andere Welt zu gelangen, und wo sie Halt machten, um den weitesten Ausblick zu genießen, der sich auf der gesamten Lebensreise bietet. Von den vielen wunderbaren Dingen, derer sie von hier oben ansichtig wurden, allesamt gewaltig und rühmenswert, wird die folgende Krisis berichten.

58 Roland und die Karlsepik waren Gracián u. a. durch Bernardo de Valbuena bekannt, der als Abt von Jamaika ein auf Boiardo und Ariost fußendes Versepos *El Bernardo o Victoria de Roncesvalles* verfasste (1624 erschienen).

Zweite Krisis

Die Wunder des Salastano

Drei Sonnen, oder soll ich sagen: drei Grazien nach Schönheit, Feinsinn und Anmut, wollten einst (so erzählt ein Herr vom Hofe, und zwar – o Wunder! – ein glaubwürdiger) das Schloss eines großen Fürsten, ja des Fürsten aller Fürsten, betreten. Die Erste, blendend anzusehen, trug eine Krone aus duftenden Blumen und blonden Flechten und hatte ihr grünes Gewand mit flüssigen Perlen übersät, so lieblich, dass sie eine ganze Welt entzückte. Doch man tat ihrer schimmernden Helle den Schimpf an, die Tore und Fenster schon von weitem vor ihr zu verschließen, und mochte sie es auch an hundert Stellen versuchen, sie gelangte nicht hinein. Man hielt sie für aufdringlich und versperrte ihr auch den kleinsten Durchlass. So musste sie vorübergehen, ihr Lachen verwandelte sich in Weinen. Es trat die Zweite heran, so schön wie feinsinnig, und mit der Ersten scherzend, wie nur Zapata zu scherzen verstand,[1] sagte sie zu ihr:

»So geh du nur, du verstehst dich wohl nicht darauf und weißt nicht, wie du's halten sollst! Gleich wirst du sehen, wie ich es anstelle, Einlass zu finden.«

Sie suchte hineinzugelangen, erprobte dieses Mittel, jenen Weg, doch nichts fruchtete, denn im selben Augenblick, wo man gewahrte, wie gut sie aussah, sah man sie auch schon schlecht an. Nicht nur die Türen und Fenster verschloss man vor ihr, sondern auch die Augen, um sie nicht sehen, und die Ohren, um sie nicht hören zu müssen.

»Ach, ihr habt ja kein Glück!«, rief die Dritte, die allerliebst anzusehen war. »Gebt nur Acht, wie ich durch die Pforte der Liebenswürdigkeit ins Schloss gelange. Eine andere steht nicht offen.«

1 Welchem Zeitgenossen dies Kompliment zugedacht war, wissen wir nicht: Es kommen mehrere in Frage.

Mit viel Anmut verschaffte sie sich Zutritt. Zwar traf sie anfangs auf Gegenliebe, doch bald schon erwies sich dies als Schein und Trug, und am Ende war die Zurückweisung noch weit kränkender. Da waren sie nun alle drei abgewiesen, abgelegt wie Karten, und wie es nahe liegt, fragten sie sich, warum sie bei so vielen Vorzügen so wenig Glück hätten. Daraufhin sei nun, von Neugier getrieben, der Hofmann an sie herangetreten, habe sie mit gebührender Artigkeit begrüßt und ihnen sein Begehr kundgetan, zu wissen, wer sie denn seien, denn was es mit dem Schloss auf sich habe, darüber wisse er gut Bescheid, er betrete und trete es ja ständig mit den Füßen.

»Ich«, erwiderte die Erste, »bin diejenige, die allen einen guten Tag darbringt; sie aber nehmen ihn schlecht auf und geben ihn noch schlechter weiter; bin diejenige, die alle Augen aufgehen und jedermann zu sich erwachen lässt; bin die, die von den Kranken ersehnt und von den Schurken gefürchtet wird, Mutter der neu belebenden Freude;[2] bin die viel besungene Gemahlin des Tithonos, die zu dieser Stunde dem Lager im perlmuttenen Gemach entsteigt.«[3]

»Nun denn, Herrin AURORA«, sagte der Hofmann, »so wundert es mich nicht, dass Ihr keinen Zugang zu den Schlössern findet, denn dort gibt es keine *hora aurea,* keine goldene Morgenstunde, so schwer eine jede auch wiegen mag. Morgen gibt es dort nicht, alles ist Abend und spät: Das bezeugen die vielen Gesuche. Und obwohl das so ist, geschieht nichts noch heute, alles erst morgen. So müht Euch nicht, hier hellt es nie auf, nicht einmal durch Euch, die so Helle.«

Er wandte sich der Zweiten zu, und diese sagte:

»Habt Ihr nie von ihr gehört, der guten Mutter eines bösen Sohnes? Das nämlich bin ich, und er ist HASS.[4] Ich, der, weil ich

2 Der Sonne.

3 *Gemahlin des Tithonos:* Den Mythos von Eos (Aurora) erzählt Homer zu Beginn des 5. Buches der *Odyssee,* später Ovid, *Metamorphosen* XIII, 581 f.

4 Terenz: »*Hoc tempore / Obsequium amicos, veritas parit odium*« – »Heutzutage bringt Willfährigkeit Freunde, die Wahrheit den Hass hervor« (*Andria,* Akt I, Vers 68); auch bei Ausonius, *Ludus septem sapientum* VIII, 191 und Petrarca, *Secretum,* Buch

so gut bin, alle übel wollen: Als Kinder nehmen sie mich gern in den Mund, aber ich bleibe ihnen im Halse stecken, und da es mit dem Schlucken nicht gelingen will, verlegen sie sich, kaum groß geworden, aufs Spucken, um mich loszuwerden. Aber strahlend bin ich wie das Licht selbst; denn wenn Lukian nicht lügt, bin ich nicht nur Tochter der ZEIT, sondern des Gottes selbst.«[5]

»Aber hohe Frau«, sagte daraufhin der Hofmann, »wenn Ihr doch die WAHRHEIT seid, wie könnt Ihr dann Unmögliches begehren? Ihr in den Palästen? Nicht auf tausend Meilen! Wozu, meint Ihr denn, dienen all die vielen geschliffenen Klingen? Sie schützen nicht so sehr vor Verrat als vor... von...[6] Ihr könnt getrost bis auf weiteres, ja für alle Zeiten, von Euerem Vorhaben ablassen.«

Darüber ließ sich die Dritte, die Anmutig-Zierlichste, Herzraubende, folgendermaßen vernehmen:

»Ich bin die, ohne welche kein Glück ist auf der Welt und mit der alles Unglück verfliegt. In den meisten Glückszeiten des Lebens finden sich die Vorteile sehr unterschiedlich verteilt, doch bei mir treffen sie alle zusammen: Ehre, Genuss und Nutzen. Zustande komme ich überhaupt nur unter Guten; denn unter Bösen bin ich,

II; besonders verbreitet, seitdem Pietro Aretino, die lautstarke »Geißel der Fürsten«, es zu seinem Wahlspruch erkoren hatte. Vgl. die folgende Anmerkung.

5 *»Veritatem temporis filiam esse«* – »dass die Wahrheit die Tochter der Zeit sei«: Aulus Gellius, XII, XI, 7, von Erasmus 1526 in die *Adagia* aufgenommen (II, 321). 1529 in Castigliones Vorwort zum *Cortegiano* zitiert. In seinem meisterhaften Aufsatz: *Veritas filia temporis* (in: Festschrift Cassirer, 1963) hat Fritz Saxl die Geschichte dieser Sentenz in der Kunst (Rubens, Domenichino, Bernini) und ihre Inanspruchnahme durch die Politik (Alessandro Medici, Elisabeth I., Richelieu) aufgezeigt. 1536 wurde sie zusammen mit *Veritas parit odium* bei Marcolino in Venedig gedruckt und fand mit ihr weite Verbreitung. Vgl. auch Henkel/Schöne, *Emblemata* 1816. Die Erwähnung Lukians (bei dem der Satz nicht vorkommt) könnte sich durch die Anwesenheit der CALUMNIA – VERLEUMDUNG auf den Stichen erklären, ausgehend von Lukians berühmter Schrift *Gegen die Verleumdung.* Vgl. S. 667, Anm. 32. – Abb. 10, S. 319 und 18, S. 669.

6 Die Auslassungspunkte dürften eine Anspielung auf den Monarchen enthalten, der von den »Klingen« – den Hellebarden seiner Wachen, aber auch den scharfen Zungen der Hofkamarilla – davon abgehalten wird, die Wahrheit über die Vorgänge im Lande an sich heranzulassen.

Abb. 10: William Marshall, WAHRHEIT, TOCHTER DER ZEIT.
Holzschnitt, 1535.

wie Seneca sagt, weder echt noch beständig.[7] Meinen Namen leite ich ab von *amor,*[8] man soll mich mithin auch nicht im Bauch suchen, sondern im Herzen, dem Sitz der Gewogenheit.«

»Dann weiß ich, du bist die FREUNDSCHAFT«, rief der Hofmann beifällig, »so süß, wie die Wahrheit bitter. Doch magst du noch so erquickend sein, die Fürsten kennen dich nicht, denn bei ihnen gilt: *Alle ihre Freunde sind dem König freund, Alexander keiner;* er selbst hat es so gesagt.[9] Zwar machst du aus Zweien eins, mit Majestätsverehrung indessen lässt sich Zuneigung nicht vereinbaren.[10] Mir will scheinen, meine Damen, Ihr könnt alle drei weiterziehen: du, MORGENRÖTE, zu den Werkleuten, du, FREUNDSCHAFT, zu den Gleichgestellten, den Ebenbürtigen, und du, WAHRHEIT, irgendwohin, wo, weiß ich nicht.«

Diese *kritische* Begebenheit erzählte der kenntnisreiche Argus unseren beiden Weltenpilgern und versicherte ihnen, der Hofmann selber habe sie ihm so erzählt:[11]

»Gerade an dieser Stelle hier«, sagte er. »Deswegen kam sie mir hier auch in den Sinn.«

Sie befanden sich nun ganz oben auf dem Saumpfad des Mannesalters, Scheitelpunkt des Lebens, in solcher Höhe, dass sie von dort aus das gesamte Menschendasein überblicken konnten: ein ebenso beeindruckendes wie erfreuliches Schauspiel, entdeckten sie doch nie betretene Länder, nie geschaute Gegenden wie WERTLAND und WISSENSLAND, die beiden großen Provinzen TUGEND und EHRE, die Reiche HABEN und KÖNNEN sowie die ausgedehnten Königtümer ERFOLG und MACHT, samt und sonders erwach-

7 In einem Brief Senecas an Lucilius (IX, 9) findet sich dieser Gedanke sinngemäß.

8 Span. *»amistad«* geht zurück auf vulgärlat. *»amicitate«,* das über *»amicus«* zu *»amare«* und *»amor«* gehört.

9 Sehr frei nach Plutarch, *Moralia, Regum et imperatorum apophthegmata,* 29. Dort das Wortspiel *»philobasileus« – »philalexandros«.*

10 *»Non bene conveniunt, nec in una sede morantur, majestas et amor«* – »Majestät und Liebe vertragen sich nicht gut und können nicht am selben Ort verweilen« (anonymer lateinischer Dichter).

11 *»Kritisch«* im Sinne des ganzen *Criticón:* zum Nachdenken, besser: zur Entscheidung auffordernd.

senen Männern zugedacht und daher für Andrenio noch recht befremdlich. Sehr förderlich waren ihnen hier ihre hundert Augen, die sie weidlich nutzten. Sie erblickten bald zahlreiche *Personen,* was der beste Anblick ist, den es überhaupt gibt, SCHÖNHEIT möge mir für heute verzeihen. Und doch, seltsam: Was den einen weiß schien, war den andern schwarz, so groß sind die Abweichungen in Meinung und Geschmack; und auch die buntesten Augengläser verändern die Gegenstände nicht so stark wie die Affekte.

»Gehen wir doch in eines hinein und sehen, was es dort alles gibt«, schlug Critilo vor. »Man soll alles anschauen und gerade das Ungewöhnlichste nicht auslassen.«

Und mit dem entferntesten beginnend, das, so sage ich, sich nicht nur von einem Ende der Welt zum andern, sondern vom frühesten Jahrhundert bis ins jetzige erstreckte:

»*Welch eyttel gebeue stahn dorten* (im Stile Pater Marianas gesprochen[12]), die sich aus der Ferne kaum abheben und *solchermaßen uf glorias geitzen?*«

»Das sind«, antwortete Argus, der in allem, was *Enttäuschung* war, Bescheid wusste, »das sind die Sieben Weltwunder.«

»Das sollen Wunder sein?«, rief Andrenio aus. »Wie denn das? Ein Standbild, wie man es dort sieht, ein Wunder?«

»O ja! Es war immerhin ein Sonnenkoloss.«[13]

»Und wäre es die Sonne selbst, ein Standbild ist für mich kein Wunder.«

»Es war nicht so sehr Standbild[14], dass es nicht eine rechtschaffen *politische* Maßnahme dargestellt hätte zur Verehrung der aufgehenden Sonne, zum Lobpreis der aufsteigenden Macht.«

»Von Stund an will ich es verehren. Das andere dort sieht aus wie ein Grabmal: Ist das vielleicht auch ein Wunder?«

»Ein höchst seltsames sogar.«

»Wie das, ein Grab für einen Sterblichen?«

»Oh, aber aus Marmor und Jaspis.«

12 Das heißt archaisierend. – *Mariana:* vgl. S. 280, Anm. 10.

13 Der Koloss von Rhodos, nach 305 v. Chr. errichtet, galt dem Sonnenkult.

14 Im Sinne von »empfindungslos«, »Ölgötze«.

»Und wenn es das Pantheon selbst wäre!«

»Seht Ihr denn nicht, dass es eine Frau für ihren Mann errichtet hat?«[15]

»Ach, wie herrlich! Anstatt ihn unter Porphyr oder wenigstens unter Diamanten zu begraben, unter Perlen, wenn schon nicht unter Tränen! Eine Frau wäre doch eher imstande, ihrem Mann den Scheiterhaufen zu errichten.«

»Schon, doch diese nahm den Namen *Mausolus* ernst, sie blieb *sola*, allein, wandelte sich zur Turteltaube und wurde wahrhaftig zu einem Wunder der Treue.«[16]

»Nun lassen wir aber doch die alten Wunder, die längst verfallen sind«, sagte Andrenio. »Gibt es nicht auch ein modernes? Geschieht denn kein Wunder mehr in der Welt?«

»Es trifft sicherlich zu, was gesagt wird, dass es mit der Menschheit bergab geht und sie mit der Zeit immer kleiner wird (sie schrumpft jedes Jahrhundert um einen Zoll und wird, wenn das so weitergeht, bald bei Puppen und Marionetten angelangt sein, wovon einige schon jetzt nicht mehr weit entfernt sind), und so hege ich auch den Verdacht, die Herzen werden ebenfalls kleiner und es ist darüber der Mangel an großen Gestalten entstanden, die Welten erobern, Städte gründen und ihnen ihren Namen verleihen als ihrem wahren *fecit*.«

»So gibt es keinen Romulus mehr, keinen Alexander, keinen Konstantin?«

»Einige strahlende Wunder finden sich doch noch«, erwiderte Argus, »nur dass sie, aus zu geringer Entfernung betrachtet, nicht zu erkennen sind.«

»Sie müßten aber eigentlich besser zu sehen sein, wo doch alles umso größer erscheint, je näher man daran ist.«

»O nein«, sagte Argus, »man schätzt mit dem Verstand sehr an-

15 Artemisia, Witwe des Königs Mausolos von Karien, ließ ihrem verstorbenen Gatten in Halikarnass ein prächtiges, 46 Meter hohes Grabmal (»Mausoleum«) errichten, das im Altertum als eines der sieben Weltwunder galt. Vgl. Werner Ekschmitt, *Die Sieben Weltwunder*, 1991.

16 *»Turteltaube«* in der Doppelbedeutung »verliebt« und »Symbol der Keuschheit im Witwenstand«.

ders, als man mit den Augen schätzt. Und außerdem: Denkt an jene erhabenen Nadeln, wie sie aus dem Haupt des Erdenkreises aufragen!«[17]

»Gemach!«, rief Critilo. »Dies so viel genannte Wunder sollte das Haupt des Erdenkreises sein? Wie ist das möglich, wo es doch zwischen den Füßen Europas liegt,[18] am Bein, das Italien ins Mittelmeer streckt, und hart über dem napolitanischen Stiefel?«

»Was dir erscheinen mag, als rollte es zwischen den Füßen der Erde, ist in Wahrheit der Himmel, das gekrönte Haupt der Welt, und ihre allgewaltige Herrscherin, die heilige Roma, triumphierend durch ihr Ansehen, ihre Weisheit, Größe, Macht und Religion; hoher Ort für Männer aus allen Landen, die, zur *Person* zurechtgeschliffen, von dort ihrer Heimat zurückgegeben werden; alle übrigen Staaten sind ihr botmäßig. Jene ragenden Obelisken, die sich majestätisch auf ihren Plätzen erheben, sind beifallswürdige moderne Wunder. Doch so überragend sie auch sein mögen: Ihre allerheiligsten Gebieter, das macht euch nur recht klar, sind es noch weit mehr.«

»Aber willst du mir nicht etwas kundtun? In welcher Absicht haben jene heiligen Heroen die strebenden Nadelsteine wohl aufgeführt, die doch sicher auf ein ihrer frommen Größe würdiges Geheimnis weisen?«

»O ja«, erwiderte Argus, »ihre Absicht war es, die Erde mit dem Himmel zu vernähen, ein Vorhaben, das selbst den Cäsaren unmöglich schien, sie aber haben es vermocht.[19] Was schaust du nun mit so klugem Bedenken?«

»Ich schaue«, sagte Andrenio, »denn allenthalben gibt es ja etwas zu entdecken, auf diese Fledermaus unter den Städten, diesen Lurch, der nicht richtig im Meer und nicht richtig an Land liegt und sich ständig windet und wendet.«

17 Die Obelisken in Rom.
18 Wohl die Mittelmeerhalbinseln.
19 In diesem bildlich-spirituellen Sinn ist wohl gemeint, dass es sich bei den Obelisken um »moderne« Wunder handle. Kaum anzunehmen, dass Gracián nicht wusste, dass sämtliche im Rom der Renaissance aufgeführten Obelisken antik waren.

»Und wie sehr«, rief Argus, »kommt ihr doch diese Politik aus ihren Anfängen, aus ihren Grundformen! Aus dieser recht eigentümlichen Daseinsweise hat schon der wackere Herzog von Osuna ihre Staatsräson erklärt. Die entspricht nämlich genau jenem viel gerühmten Kanal, mit dem sie selbst noch das Meer nach ihrer *Konvenedienz* kanalisiert hat.«[20]

»Gibt es denn keine Wunder in Spanien?«, fragte Critilo und lenkte den Blick auf dessen Mitte. »Welche Stadt ist dort, die so steil emporragt, dass sie den Himmel aufzuspießen scheint?«

»Das muss Toledo sein, welches so viel kluges Urteil in seinen Mauern birgt, dass es eigentlich an die Sterne schlagen dürfte, auch wenn es derzeit unter keinem guten mehr steht.«[21]

»Und was ist das dort für eine ungewöhnliche Anlage, die vom Tajofluss aus Kristallfluten bis zu seiner Burg hinaufströmen lässt?«

»Das ist das berühmte Wasserkunstwerk von Juanelo, eines der modernen Wunder.«

»Ich sehe nicht ein, weshalb«, meinte Andrenio, »wo doch beim Betrieb so kunstreich ersonnener Vorrichtungen mehr Kosten als Nutzen anfallen.«

»Das hat Kardinal Trivulcio aber ganz anders gesehen«, entgegnete Argus. »Der ausnehmend kluge Mann meinte, es habe noch nie auf der Welt ein so nützliches Kunstwerk gegeben.«[22]

20 *»Acanalado a su convene[n]cia«*. – Die »Windungen« der venezianischen Politik, die Gracián im »S« des Canal Grande verbildlicht sieht, wurden auch von Quevedo satirisch gegeißelt. Die Venezianer seien »die Schnüffelnasen unter den Nationen, die Kloaken der Monarchien, dorthin fließt aller Dreck aus Frieden und Krieg zusammen. Der Türke duldet sie, um dem Christen Abbruch zu tun; der Christ, um dem Türken zu schaden« (*Die Träume,* Übers. W. Muster, 1966, S. 144; siehe dort auch S. 229 f.). – Zum Herzog von Osuna vgl. S. 124, Anm. 23.

21 Toledo, das in I, 10 »Lehrwerkstatt der Urteilsfähigkeit« genannt wird, war seit 1560 als Hauptstadt von Madrid abgelöst worden.

22 Zu Juanelos Pumpwerk vgl.S. 118, Anm. 13. – Dass die Anlage unrentabel war, wird im Kapitel »Angeberei« des *Discreto* erwähnt (vgl. *Der kluge Weltmann,* Übers. S. Neumeister, S. 118). – Der Italiener Giangiacomo Trivulcio stand anfangs in spanischen Militärdiensten, wurde dann Geistlicher, später Vizekönig von Aragón (wo ihn Gracián wohl gekannt hat), spanischer Botschafter in Rom und schließlich Statthalter von Mailand. Er starb 1656.

»Wie konnte er dies sagen, wo er doch sonst immer so sehr zur Sache sprach?«

»Daraus könnt Ihr lernen«, meinte Argus, »was man *Wasser auf seine Mühlen lenken* nennt und wie man, ganze Ströme umlenkend, grundsätzlich alles auf den Palast des KATHOLISCHEN HERRSCHERS zufließen lassen soll, selbst den *Silberfluss*, die Perlenfischerei, alle Ozeane, mit den unermesslichen Reichtümern beider Indien.«[23]

»Was mag das Schloss dort sein«, fragte Critilo, »das als Einziges unter allen Schlössern Frankreichs sich mit Goldlilien schmückt?«

»Große *casa* und große *cosa*«, erklärte Argus. »Das ist der Königsthron, die glänzendste Sphäre, das vornehmste Palais des Allerchristlichsten Königs in seiner Hauptstadt Paris, und es heißt *Lobero.*«

»Lobero? Das lässt an *Wölfe* denken. Welch unhöfischer Name, welch roher Ton! Wo immer die Bezeichnung herstammen mag, sie klingt dürftig. Es müsste *Garten der Duftenden Lilien* heißen, *Quinthimmel des Höchstchristlichen Mars, Glücksgefährt vorm Winde der Fortuna;* aber *Wolfsschlucht* ist doch kein geziemender Name für so viel Majestät!«

»Ach, Ihr versteht das nicht!«, rief Argus. »Glaubt mir, der Name sagt mehr als sein Klang und enthält einen tieferen Sinn. Er meint (bei Eurer Bosheit will ich nicht mithalten) etwas wie *Wolfsgrube,* weil man den rebellischen Wölfen im Schafspelz hier stets die verdiente Falle aufgestellt hat, den schrecklichen Bestien: den Hugenotten.«[24]

23 *Silberfluss:* Rio de la Plata. – Die allegorische Lektion des Kardinals ist ökonomisch gewiß nicht unbedenklich.

24 Zu Graciáns Zeiten war im Spanischen die Form *Lobero* oder *Lobre* für den Louvre gebräuchlich. Gracián bringt den Namen zuerst nach Art Isidors mit *»lobo«* – »Wolf« in Zusammenhang, bevor er ihn allegorisch-dogmatisch ausdeutet (oder ausbeutet). Mit »Eurer Bosheit« *(»malicia«)* könnte gemeint sein: *»lobero«* als »Anführer der Wölfe« zu verstehen. – In Texten des Mittelalters ist der Name Louvre mit *»lupara«* angegeben, was tatsächlich »Hundezwinger für die Wolfsjagd« bedeutet haben kann, vielleicht aber auch von altsächsisch *»lower«* – »Festung« herstammt.

»Oh, und welch strahlende *Hofburg* steht dort noch!«, rief Andrenio, »Krone aller anderen Bauten, Born des Glanzes, der die Strahlen seiner immerwährenden Herrlichkeit auf jedermann verteilt! Sollte er dem erlauchten Dritten Ferdinand gehören, dem großen Cäsaren, der heute den Abglanz seiner beispielhaften Taten über den ganzen Erdkreis aussendet?[25] Sie könnte auch jenem so unbeirrbar glaubenstreuen Monarchen Johann Kasimir von Polen gehören, der erst Sieger über sich selber wurde und dann über so viel rebellische Monster.[26] Oh, welche Helle geht von diesem Schloss aus, und wie strahlt es nach allen Seiten! Es verdiente, der Sitz der Sonne selbst zu sein.«

»So ist es auch«, erwiderte Argus, »und zwar Sitz jener Königin, die einzigartig ist unter all den vielen: der unsterblichen VIRTELIA. Dorthin aber müsst ihr euch aufmachen, um den rechten Weg zu wählen«.[27]

»Auf der Stelle will ich hingehen«, sagte Critilo.

»Und ihr werdet dort sehen«, fügte Argus noch hinzu, »dass es bei allem majestätischen Glanz noch immer kein würdiger Umkreis für so viel Schönheit ist.«

Wie sie noch im erbaulichen Genuss solch großer Dinge begriffen standen, sahen sie etwas wie ein wandelndes Wunder auf sie zugelaufen kommen: einen Bediensteten, der sich beeilte. Noch mehr erstaunte sie, dass er auch nicht ungebührlich von seinem Herrn redete. Als er nämlich herangekommen war, fragte er, ob

25 *Ferdinand:* Kaiser Ferdinand III. (er regierte in Wien von 1637 bis 1657) wird noch ein weiteres Mal mit höchstem Lob bedacht: vgl. S. 554, Anm. 10.

26 *Kasimir:* In den Jesuitenorden eingetreten und zum Kardinal ernannt, erhielt Johann II. Kasimir 1648 päpstlichen Dispens, als er zum König gewählt wurde. Er dankte 1668 ab (vgl. auch S. 560, Anm. 24). – Die spanische Sympathie für Polen galt allgemein dem Hort des Katholizismus (1656 wird Johann Kasimir die Mutter Gottes zur Königin Polens erklären). Die Vagheit der Vorstellungen, die man in Spanien von Polen hatte, ließ es – hier wie in Calderóns *Das Leben ein Traum* (1636) – zu einem bevorzugten Ort für allegorische Aussagen werden.

27 Den Palast der VIRTELIA (von Gracián in Anlehnung an *virtus* gebildeter Allegoriename) werden die Wanderer in II, 12 erreichen. – Das allegorische »Schloss der Sonne« sollte für Ludwig XIV., dem die Residenz in der »Wolfshöhle« Louvre unlieb geworden war, zwei Jahrzehnte später mit Versailles zu einem realen Element eines politischen Mythos werden.

hier wohl der echte Argus zu finden sei, es gäben sich doch alle nur beflissen dafür aus.

»Weshalb verlangst du nach mir?«, fragte selbiger.

»Ein Edelmann schickt mich zu dir, dessen Name – ein Begriff schon! – Salastano ist, dessen Haus ein Museum der wundervollsten Dinge darstellt und dessen anspruchsvolle Tätigkeit darin besteht, alle Herrlichkeiten der Natur und der Kunst, aber auch die von FAMA und FORTUNA geschaffenen, dem genießenden Betrachten darzubieten. Zwar hat er bis heute von jedem, dem Alten wie dem Neuen, das Schätzenswerteste in seinen Hort gebracht, doch ist er unbefriedigt, solange er nicht eines deiner zahlreichen Augen hat, zur Bewunderung und zur Belehrung.«

»So nimm dies hier von meiner Hand«, sagte Argus, »überbringe es ihm in diesem Kristallkästchen und sage ihm dazu, er möge es dafür verwenden, sämtliche Dinge mit dem *Handauge* zu berühren, bevor er sie glaubt.«[28]

Dieser wollte schon hurtig und munter umkehren, als Andrenio rief:

»Warte, mich hat eine merkwürdige Passion ergriffen, dieses Haus des Salastano zu sehen und so viel Erstaunliches zu genießen.«

»Und mich, seine Freundschaft zu gewinnen«, fügte Critilo hinzu, »Gewinn und Glück fürs Leben.«

»Geht nur«, ermunterte sie Argus. »Die kurze Zeit wird euch euer Lebtag nicht reuen.«

Ungewöhnlich war die Wanderung, hörten sie doch erstaunliche Dinge berichten.

»Allein schon das, was ich für ihn besorgt habe, könnte einen Plinius, einen Gesner, einen Aldrovandi in Erstaunen versetzen.[29]

28 Zu Alciatis Emblem des »Handauges« vgl. S. 311 und Abb. 9, S. 312.

29 Die *Naturalis historia* von Plinius dem Älteren (23–79) ist eine Art Enzyklopädie des Wissens der Antike. – *Conrad Gesner:* Schweizer Humanist und Naturforscher, der »deutsche Plinius« (1516–1565); legte einen botanischen Garten und ein Naturalienkabinett an. – *Ulisse Aldrovandi:* italienischer Naturforscher (1522–1605), der »Aristoteles« seiner Zeit; auch er legte einen botanischen Garten an; gilt als Vorläufer Linnés.

Und außer den materiellen Naturwundern werdet ihr dort sämtliche bedeutenden Persönlichkeiten des Jahrhunderts in getreuen Porträts erblicken, Männer wie Frauen. Ja, durchaus auch Frauen! Weise und Tapfere, Cäsaren und Kaiserinnen, übrigens nicht in Gold, denn das ist alle Tage zu sehen, sondern in Gemmen und Kameen.«

»Mit Verlaub«, sagte Critilo daraufhin, »dies halte ich für unnützen Aufwand, denn ich sehe lieber ihre herausragenden geistigen Leistungen abgebildet als ihre leibliche Erscheinung, die bei großen Menschen meist zu wünschen übrig lässt.«

»Das eine wie das andere soll euch dargetan werden, denn ihre Taten, ihre Schriften und auch ihre Porträts weisen gemeinsame Merkmale auf; pflegt doch mein Herr zu sagen, nächst der Kenntnis des Geistes ist Teil des Vergnügens der Anblick des Äußeren, das für gewöhnlich mit dem Tun in Übereinstimmung steht. Und wenn man, um einen hervorragenden Mann aus der Nähe zu sehen, meilenweit gewandert ist, zu Herzog Alba die Klugen, zu Lope de Vega die vielen, so werden hier, um dem Außerordentlichen zu begegnen, Jahrhunderte durchschritten.«[30]

»Kluge Politik hat sich stets dadurch ausgezeichnet«, sann Critilo, »dass sie überragende Männer in Statuen, in Siegeln und Medaillen verewigte, sei es als Vorbild für die Kommenden, sei als als Ehrung für die Gewesenen. Man soll sehen, dass es Menschen waren und dass ihr Beispiel nicht unerreichbar ist.«

»Schließlich«, meinte der Bedienstete wieder, »hat die alte Zeit sie meinem Herrn übermacht. Da sie nun einmal nicht in sich selbst verewigt werden konnten, tröstet er sich damit, sie im Bilde zu bewahren. Was aber viele bestaunen und anschauen, sogar anfassen wollen, das sind die kleinen Ketten des Herkules, mit denen

30 *Fernando Álvarez de Toledo:* dritter Herzog von Alba (1507–1582), wichtigster Heerführer Karls. V., nach anfänglicher Gegnerschaft auch Philipps II.; Unterdrücker der Aufstände in den Niederlanden und in Portugal. – *Felix Lope de Vega Carpio* (1562–1635): bedeutendster und populärster Bühnenautor des Siglo de Oro (etwa 1800 *comedias* und 400 *autos sacramentales,* davon 470 bzw. 60 erhalten). Lob und Vorbehalte Graciáns: *Agudeza* 19 und 45.

er von der Zunge aus die anderen an den Ohren gefangen nahm; und man sagt gerne, er habe sie von Antonio Pérez.«[31]

»Das ist ja etwas ganz besonders Merkwürdiges«, meinte Critilo dazu, »Häkchen, mit denen man die Leute hinter sich herziehen kann – wie reizend!«

»Und woraus sind sie?«, wollte Andrenio wissen. »Aus Eisen werden sie kaum sein.«

»Dem Klang nach scheinen sie aus Silber und geschätzt werden sie wie die Perlen einer sehr glatten höfischen Rede.«

Dergestalt berichtete er ihnen von weiteren ausgefallenen Kuriositäten, als sie von einem hervorstechenden Punkt aus inmitten einer weiten Ebene eine Stadt gewahrten, die als nie besiegt galt.[32]

»Der prächtige Bau dort mit der Großzügigkeit eines Palastes«, sagte er, »ist das edle Haus Salastanos, und woran wir uns bereits hier erfreuen, das sind seine Gärten.«[33]

Er führte sie in einen ebenso lieblichen wie weitläufigen Park, den die dicht belaubten Bäume des Alkiden umstanden, welche mit ihren Blättern, die Tage symbolisierend, ihm nimmer endenden Ruhm verhießen.[34] Zu Beginn vermerkten sie duftende Wunder,[35]

31 Die Überlieferung, wonach Herkules mit dem Wort bezwang, wen er mit der Keule nicht bezwingen konnte, geht von Lukian aus *(Heracles § 3),* findet sich in Barclays *Satyricon,* in Alciatis *Emblemata* (Henkel/Schöne 1652) und bei Gracián bereits in *El Héroe* 15, in *El Discreto* 5 und in *Agudeza* 19. – Zu Antonio Pérez, dem Sekretär Philipps II., vgl. S. 141, Anm. 15.

32 Huesca trug in seinem Stadtwappen die Worte: *»Ciudad vencedora«* – »Siegreiche Stadt«.

33 *Salastano:* Anagramm für Juan Vincencio Lastanosa (vgl. S. 142, Anm. 18), der in Huesca bedeutende Kunst-, Waffen- und Raritätensammlungen, einen Gartenpark sowie eine reiche Bibliothek besaß. Nach dem Franzosen Nicolas-Claude Fabri de Peiresc (1580–1637) war er wohl der zweite Privatsammler von europäischem Format. Das Verzeichnis seiner Bibliothek weist über tausend Bücher und Handschriften auf (Hrsg. K.-L. Selig, 1960).

34 Nach Vergil ist die Pappel der Lieblingsbaum des Herkules: *»Populus Alcidae gratissima«* (*Bucolica* VII, 61). Ihre Blätter wurden, weil beständig in Bewegung, als Symbol der Zeit verstanden. Vgl. Alciatis Emblem *Populus Alba* (Henkel/Schöne 246).

35 Lastanosa stellte Gartenliebhabern in ganz Spanien, den König eingeschlossen, Blumensamen zur Verfügung; acht französische Gärtner versorgten die Blumenrabatten.

später stießen sie auf das wahre Labyrinth der *Zufallsblüten,* Kerker der Geheimnisse, wo demjenigen schon Gefahren drohen, der sie entdeckt, ganz offenkundig aber dem, der sie aufdeckt.[36] Weiter sah man einen Teich, großer Spiegel des Himmels, durchzogen von Schwänen mit tönendem Sang, und in der Mitte eine blütenreiche Felseninsel, ein rechter Ort des Musenkults. Der Blick schweifte über Wege, die mit Rosensträuchern gesäumt, und Gänge, die mit Teppichen aus Amarant ausgelegt waren, dem Kraut der Heroen, das ihnen Unsterblichkeit verleiht. Sie bestaunten den Lotos, gleichfalls ein erlauchtes Gewächs, das aus den bitteren Wurzeln der Tugend die schmackhaften Früchte der Ehre zieht. Sie erfreuten sich an mannigfaltigsten Blumen, alle von seltener Art, die einen fürs Sehen, die anderen fürs Riechen, wieder andere, von wundervollem Glanz, an geheimnisvolle Verwandlungen gemahnend. Nichts vermerkten sie, das nicht ausgesucht selten gewesen wäre, selbst die in anderen Gärten so gemeinen Kriechtiere, hier waren sie außergewöhnlich, lagen doch Chamäleons auf lorbeernen Falkenstangen und taten ihrer Eitelkeit Genüge.[37] Unablässig flatterten Ephemeriden vom Bosporus umher, mit ihren vier Flügeln nach Bequemlichkeit für Jahrhunderte trachtend, wo sie doch nur einen Tag zu leben hatten: ein lebendes Bild törichter Begehrlichkeit.[38] Hier hörte man sie singen, zumeist indes eher klagen, die bunten Paradiesvögel mit den Elfenbeinschnäbeln, aber ohne Füße, weil mit nichts Irdischem gemein. Sie hörten einen Laut wie von einem Glöckchen, und im selben Augenblick ergriff der Bedienstete auch schon die Flucht, Warnrufe ausstoßend beim Anblick der giftigen Hornviper, die selbst ein *pst! pst!* hervorzischt, damit auch jeder Vernünftige vor ihrem lasziven Atem flieht.[39]

36 Die Vorliebe der Renaissance- und Barockgärten für Labyrinthe ist bekannt. – *Zufallsblüten: »azares« und »azahares«.* – Das Aufdecken von Geheimnissen ist wohl Anspielung auf Antonio Pérez (vgl. S. 141, Anm. 15). In Quevedos *Buscón* ist die Rede von einer französischen Spionin, die für Antonio Pérez arbeitet (I, 6).

37 *Chamäleon:* nach Alciati (Henkel/Schöne 664; ohne Abbildung).

38 Offenkundig eine antitürkische Polemik.

39 *Hornviper:* wahrscheinlich einverständige Ehemänner, die Beihilfe zum eigenen Gehörntwerden leisten. – *Glöckchen:* möglicherweise Verwechslung mit der Klapperschlange.

Darüber betraten sie nun das Haus, in dem es sich ausnahm, als sei Noahs schwimmendes Gehäuse dort gelandet, und sie langten in diesem Theater der Wunder im glücklichsten Augenblick an, war doch der *diskrete* Salastano[40] just dabei, seine Sehenswürdigkeiten bestimmten Edelleuten vorzuführen, einigen der vielen, die wissbegierig seine Schatzkammern besuchen kommen. Es waren da Juan de Balboa, Feldoberst und Ritter des Santiago-Ordens, sowie Alonso de Mercado, Rittmeister der spanischen Kürassiere und ebenfalls Ordensritter, beide wohlberedt und gleichermaßen Jünger Minervas wie Bellonas, sowie einige andere mit nicht minder stattlichen Geistesgaben.[41] Der eine hielt mit artiger Geste eine Phiole hoch, die war angefüllt mit den Tränen und Seufzern jenes Klagephilosophen, der die Augen mehr zum Weinen als zum Sehen auftat und alles mit Jammern bedachte.[42]

»Was täte wohl Heraklit, wenn er bis in unsere Zeiten gelangt wäre!«, meinte Francisco de Araújo, auch er Rittmeister der Kürassiere, und was seinen Witz und Verstand anbetrifft, genügt es zu sagen: Portugiese. »Hätte er gesehen, was wir erlebt haben, eine solche Kette von Verhängnissen, eine solche Verschwörung von Ungeheuerlichkeiten, er hätte gewiss hundert Phiolen vollgeweint oder aber sich zu Tode gehärmt.«[43]

»Ich«, sagte darauf Balboa, »hielte sehr viel mehr von einem anderen Fläschchen, in dem das Gelächter sprudelt, das sein Antipode von sich gibt, der aufgeräumte Demokrit.«

»Die Lachphiole«, warf daraufhin Salastano ein, »die verbrauche ich rasch, die andere hält länger vor.«

40 Salastano/Lastanosa ist geradezu die Verkörperung des *discreto*, des klug-behutsamen, skeptisch-weltoffenen, über hohes moralisches wie ästhetisches Urteilsvermögen verfügenden Mannes, wie er in Graciáns gleichnamiger Schrift von 1646 entworfen ist.

41 *»Otros de su discreción bizarra«.* Im Italienischen wurde *bizzarro* von einem Pferd gesagt, das störrisch, aber auch feurig sein konnte. Daraus hat sich im Spanischen die Bedeutung »tapfer«, »edelmütig«, »stattlich« entwickelt, im Französischen die Bedeutung »wunderlich«.

42 *Heraklit:* nach Juvenal, *Satiren* X, 28 f. – Vgl. S. 84, Anm. 22 und Abb. 2, S. 83.

43 Die Aufstände in Portugal und Katalonien (1640), in Neapel (1647), die Verschwörung der Herzöge von Medina Sidonia und von Híjar, die den Abfall Andalusiens (1641) bzw. Aragóns (1648) von der spanischen Krone betrieben.

»Wie schön, dass wir zur rechten Zeit kommen«, rief der Bedienstete, als er ihnen das neue Augenwunder vorstellte. »So kann Critilo einsehen, dass es in der Welt doch viele dieser seltenen Dinge gibt, die er heute Nachmittag zu sehen bekam. Herr, du wirst, ich bitte dich sehr, reichlichst einlösen, was ich versprochen habe.«

»Nun, wem gelten Eure Zweifel?«, fragte Salastano, nachdem er den Neuankömmlingen seinen Gruß entboten hatte. »Was mag Euch wohl noch unmöglich vorkommen, wenn Ihr seht, was vorkommt? Was sollte denn noch zu bezweifeln bleiben im Rocksaum der Fortuna, das die Wunder der Natur und Kunst nicht schon vermuten ließen?«

»Ich gestehe Euch«, erwiderte Critilo, »ich habe stets gedacht, der Basilisk sei ein einfallsreicher Schwindel, und ich stehe damit nicht so allein, dass ich ein Dummkopf wäre; denn das mit dem Töten durch Blicke erscheint doch als recht schauerliche Übertreibung, und der Sachverhalt straft den angeblichen Augenzeugen Lügen.«

»Daran hegt Ihr Zweifel?«, entgegnete Salastano. »Dazu darf ich Euch sagen, ich erachte ihn nicht für ein Wunder, vielmehr für ein alltägliches Übel. Wollte der Himmel, es wäre weniger wahr! Aber so sagt doch an: Wenn ein Arzt einen Kranken ansieht, tötet er ihn etwa nicht? Welches Gift kommt der Tinte auf seinem Rezept gleich? Gibt es einen kriminelleren und zugleich eingebildeteren Basilisken als den Hermokrates, der Andragoras sogar im Traum tötete?[44] Ich sage Euch, sie tun es selbst den Basilisken zuvor. Hält man denen nämlich einen Spiegel hin, dann geben sie sich immerhin selbst den Tod; setzt man diesen aber ein Gläschen vor, das ein Kranker gefüllt hat, dann genügt schon ein Blick, den sie darauf werfen, und der Kranke sinkt ins Grab, selbst wenn er hundert Meilen entfernt ist. Und wie sagt nicht der Advokat? ›Ich muss mir erst den Prozess ansehen …‹, ›Ich will das Testament einsehen …‹, ›Schauen wir die Unterlagen an …‹; und er schaut so lange an, bis Hab und Gut des unseligen Mandanten aufgezehrt ist, der ja schon übel beraten war, überhaupt zu ihm zu gehen. Und

44 Nach einem Epigramm Martials (VI, 53); vgl. *Agudeza* 20.

weiter: Wenn ein Fürst auch nur verlauten lässt, er *wolle einmal sehen,* hat er dann nicht den Bittsteller bereits abgefertigt? Und eine Frauenschönheit, ist das etwa kein Basilisk, tödlich schon, wenn ihr sie nur anschaut, noch tödlicher, wenn sie euch anschaut? Wie viele sind nicht schier vergangen über dem banalen *Wir wollen sehen,* dem lastenden *Müssen wir erst sehen,* dem abwimmelnden *Werden wir schon sehen* und dem törichten *Sahen wir schon!* Das alles, *schlecht* besehen, tötet doch. Glaubt mir, ihr Herren, die Blicke, das sind die Basilisken, von denen die Welt voll ist; doch die ohne Blick und Sicht, die *Rücksichtslosen,* die töten erst recht. Ach, wären sie doch alle wie dieser hier!«

Und er wies auf einen Einbalsamierten.

»Ich meinerseits«, ließ sich nun Andrenio vernehmen, »hielt eigentlich immer für eine phantasiereiche Aufschneiderei, was da über das Einhorn erzählt wird, das angeblich nur seine Hornspitze in vergiftetes Wasser zu punkten braucht, und pünktlich sei das Wasser rein. Das ist doch sicher nur gut erfunden«.[45]

»Ganz so einfach steht es damit nicht«, antwortete Salastano, »denn Gutes zu wirken, das ist in der Welt sehr viel seltener als Böses; verbreiteter ist Leben nehmen als Leben schenken. Nicht von ungefähr verehren wir denn auch einige dieser wunderwirkenden Heilsbringer, welche mit ihrem inbrünstigen Einsatz die verderblichen Gifte vertrieben und die viel bevölkerten Wasser geläutert haben. Oder sagt mir doch: Hat etwa unser unsterblicher Heros, der Katholische König Ferdinand, Spanien nicht von Mauren und Juden gereinigt, so dass es heute das katholischste Land ist, das die Kirche kennt? Hat in unseren Tagen König Philipp der Glückliche, weil der Gute, vielleicht Spanien nicht ein zweites Mal vom Gift der Morisken purgiert?[46] Waren dies keine heilbringenden Einhörner?

45 Zur reichen Überlieferung des Einhorns vgl. Jürgen Werinhard Einhorn [sic!], *Spiritalis Unicornis,* 1996.

46 *Morisken:* nach der Rückeroberung im Land gebliebene, getaufte Araber. Ihre Assimilation gelang sehr unvollkommen. Im 16. Jh. kam es zu mehreren Aufständen, die Madrid blutig unterdrückte. 1609 befahl Philipp III. die Vertreibung der etwa vierhunderttausend verbliebenen Morisken (vgl. S. 481, Anm. 48), was etwa einer prosperierenden Stadt wie Ávila den Niedergang brachte. – Was Gracián

Gewiss finden sie sich in anderen Ländern nicht so häufig und wirksam wie in diesem hier; wäre dem anders, es gäbe in gewissen Gegenden keine Gottesleugnung und anderswo nichts von Häresien, Schismen, Heidentum, Abtrünnigkeit, Sodomie und tausend anderen Ungeheuerlichkeiten.«

»Oh, verehrter Herr Salastano«, rief Critilo, »wir haben in anderen Gegenden bereits einige von denen gesehen, die mit höchstem Christenmut die Giftküchen des Aufruhrs gegen Gott und König zu vernichten trachteten, wo dieses verderbliche Gewürm sich stark gemacht hatte.«

»Das will ich nicht bestreiten«, meinte Salastano, »doch fürchte ich, es geschah mehr aus Staatsräson; ich will sagen, nicht so sehr, weil es Aufrührer gegen Gott, als vielmehr gegen die irdische Herrschaft waren. Sonst sagt mir doch: In welche fremden Länder haben sie sie denn vertrieben? Welche Afrikas haben sie mit Ketzern bevölkert, wie Philipp mit Morisken? Was für Millionen an Tribut haben sie drangegeben? Welches Genf haben sie verheert, welches Mähren verwüstet, wie es derzeit durch den frommen Ferdinand geschieht?«[47]

»Ihr fragt wohl vergeblich«, meinte Balboa, »denn Reinheit des Glaubens, die keinerlei Mischung zulässt, die auch nicht ein Atom vom Gift des Unglaubens duldet, glaubt mir, in diesen Genuss gelangen nur die Staaten des Hauses Spanien und Österreich, und sie verdanken ihn ihren gekrönten Einhörnern.«

»Nach deren königlichem Vorbild«, ergänzte Salastano, »die christlichen Vizekönige die Provinzen, die sie regieren, und die Heerführer die Truppen, die sie befehligen, vom Gift der Laster

nicht erwähnt (wohl auch nicht begrüßt hätte): Im osmanischen Reich wurden Christen – freilich gegen Zahlung von Steuern – geduldet, nicht »purgiert«. – Ebenfalls nicht erwähnt: Von 1605 bis zur Inquisitionswelle von 1650 finanzierten aus Portugal eingewanderte Juden (Marranen) mit päpstlichem Dispens und gefördert von Herzog Olivares den Kreditbedarf der spanischen Krone und des Handels.

47 Die Morisken wurden größtenteils nach Afrika deportiert. Dass dadurch ein immenser wirtschaftlicher Schaden für Spanien entstand, fast so groß wie durch die Vertreibung der vielfach wohlhabenden Juden im Jahre 1492, scheint Gracián also bewusst zu sein. – Die mährischen Protestanten wurden 1627 von Ferdinand II. vertrieben (den Gracián mit dessen Sohn Ferdinand III. verwechselt).

säubern. Hat nicht Don Álvaro de Sande, der im Glauben so stark ist wie im kämpfen, das Fluchen als schimpflich aus der katholischen Streitmacht verbannt? Hat nicht Gonzalo de Córdoba den Heeresdienst von Grobheiten und Unflat gereinigt? Haben nicht der Herzog von Alburquerque und der Graf von Oropesa, als sie, der eine in Katalonien, der andere in Valencia, ihr Regiment übten, diese beiden Gebiete mit strenger Hand vom Gift der mörderischen und räuberischen Rotten befreit? Und welche Pest der Laster hat er nicht mit seinem vorbildlichen Einsatz aus unserem Aragón vertrieben, der unsterbliche Graf von Lemos?[48] Kommt her zu diesem Schrein, denn ich will Euch die vielen Schutzmittel und Gegengifte offenbaren, die ich aufbewahre. Hier aus diesem kostbaren Einhorngefäß hat das Katholische Königspaar von Spanien Reinheit des Glaubens getrunken.[49] Diese Ohrgehänge hier, auch sie vom Einhorn, trug Königin Isabel, um ihr Gehör vor Vergiftung durch gehässige Einflüsterungen zu schützen.[50] Mit diesem Ring stärkte seinen unbezwinglichen Mut Kaiser Karl der Fünfte. Und in diesem Kästchen aus Duftholz – kommt nur und riecht daran! – haben allezeit Spaniens erhabene Königinnen ihren Ruf der Ehrbarkeit und Sittsamkeit aufbewahrt.«

Er führte ihnen noch viele weitere Kostbarkeiten vor, und eine jede bewies ihre besondere Wirkkraft.

»Was sind das dort wohl für zwei Dolche?«, fragte Araújo. »Auch wenn sie am Boden liegen, scheinen sie doch recht geheimnisvoll.«

»Das waren«, lautete Salastanos Antwort, »die Dolche der beiden Brutus.«

48 Hier spricht der Feldprediger Gracián. – *Álvaro de Sande:* diente 53 Jahre lang unter Karl V. – Zu *Gonzalo Fernández de Córdoba,* gen. *Gran Capitán,* vgl S. 89, Anm. 4. – Zum *Herzog von Alburquerque* vgl. S. 139, Anm. 8. – *Graf von Oropesa:* Duarte Álvarez de Toledo, ab 1648 Vizekönig von Valencia. – Zum *Grafen von Lemos* vgl. S. 7, Anm. 1.

49 In einem der Anm. 33 genannten Verzeichnisse ist ein solches Gefäß tatsächlich aufgeführt. »*Unicornio*« bedeutet freilich auch »Nashorn«.

50 Gemeint ist Isabel von Bourbon, Gemahlin Philipps IV., Tochter Heinrichs IV. von Frankreich, die 1644 verstarb. Gracián erwähnt sie im 22. Kapitel von *El Discreto.*

Und er stieß sie mit dem Fuß an, denn mit seiner redlichen Hand wollte er nicht daran rühren.

»Dieser hier gehörte Junius, der andere Marcus.«[51]

»Zu Recht liegen sie bei Euch so schmählich am Boden, denn Verrat verdient nichts anderes, schon gar nicht Verrat am eigenen König und Herrn, und sei es auch ein Scheusal wie Tarquinius.«[52]

»Wohlgesprochen«, antwortete Salastano, »doch ist dies nicht der Hauptgrund, weshalb ich sie auf den Boden geworfen habe.«

»Weshalb denn? Sicher habt Ihr es Euch gut überlegt.«

»Weil sie kein Aufsehen mehr erregen. Früher hätte man sie als Besonderheit aufbewahren können. Doch jetzt bedeuten sie nichts mehr, sie erschrecken niemanden mehr; sie sind nur mehr Kinderspielzeug, seit die Hand eines Henkers nach irregeleitetem Rechtsspruch einem König das ruchlose Beil auf den Nacken gesetzt hat.[53] Was jene frevelnd taten, davon wage ich hier kaum zu reden; ob damals, heute oder künftig: wer immer davon hört, dem sträuben sich die Haare. Einmalig war dies, ein Vorbild des Ungeheuerlichen. Ich sage nur so viel: Selbst die beiden Brutus blieben an Brutalität weit dahinter zurück.«

»Einige Dinge finden sich hier bei Euch, verehrter Herr Salastano«, meinte Critilo, »die dies eigentlich nicht verdienen. Es herrscht viel Ungleichheit. Denn was soll etwa die lang gezogene Schneckenmuschel dort? Ein so gewöhnlicher Putz, dass sogar Bauern sich ihn an den Mund setzen, um ihr Vieh zusammenzublasen. Geht, nehmt ihn fort von hier, das ist doch keinen Schneck wert!«

Da seufzte Salastano und sagte:

»O Zeiten schlimm, o Sitten! Eben dies Horn, heute so herab-

51 *Lucius Junius Brutus:* war an der Ermordung des Tyrannen Tarquinius (578 v. Chr.) beteiligt, *Marcus Junius Brutus* an der Verschwörung gegen Caesar (43 v. Chr.).

52 *Tarquinius:* Gracián denkt wohl an Sextus Tarquinius, den Sohn des Tarquinius Superbus, der Lucretia vergewaltigte. – Lastanosas Verzeichnis führt zwei Dolche auf, mit deren einem ein Königsmord (an Peter I. von Kastilien) getätigt worden sein soll.

53 Die Hinrichtung Karls I. von England im Jahre 1649 wurde an allen Fürstenhöfen des Kontinents mit Schrecken vernommen.

gewürdigt, ertönte einst im Goldenen Weltalter über den ganzen Erdkreis hin, geblasen von einem Triton, der die hohen Taten pries und die Männer aufrief, *Personen* und Helden zu werden.[54] Doch da Euch das ein schäbiger Anblick scheint, will ich Euch ein Stück aus meiner Wundersammlung zeigen, das ich am meisten schätze: Heute sollt Ihr die prächtigen Reiherbüsche sehen, die stolze Kopfzier des leibhaftigen Phönix.«

Alle mussten sie da lächeln und sagten:

»Was mögt Ihr Euch da noch wieder Undenkbares ausgedacht haben?«

Doch Salastano:

»Ich weiß, ich weiß, viele leugnen, dass es ihn gibt, die meisten zweifeln. Ihr müsst es auch nicht glauben; aber ich bleibe bei meiner Überzeugung. Übrigens hatte auch ich anfangs Zweifel, insbesondere dass es ihn zu unserer Zeit noch gebe. Doch dann habe ich für diese Kuriosität weder Mühe noch Geld gescheut. Und da man mit Letzterem ja alles erreicht, selbst das Unmögliche, und sogar Phantasiewesen wirklich werden,[55] fand ich heraus, es gibt ihn wahrhaftig, und es hat ihn immer gegeben, wenngleich selten und nur einmal in jedem Zeitalter. Oder etwa nicht? Wie oft gab es denn auf der Welt schon einen Alexander den Großen, wie oft einen Julius oder gar einen Augustus, einen Theodosius, einen Trajan? In jeder Sippe werdet Ihr, recht betrachtet, nicht mehr als einen Phönix auftun. Hat es wohl mehr als einen Hernando de Toledo gegeben, Herzog von Alba?[56] Wie oft einen Ana de Memoransi? Einen Álvaro de Bazán, Markgraf von Santa Cruz?[57] Nur einen einzigen Markgrafen von Valle bewundern wir, einen Gran Capitán und Herzog von Sessa loben wir, einen Vasco da Gama und einen

54 *Triton:* nach Alciatis Emblem 132: *Ex litterarum studiis immortalitatem acquiri* (Henkel/Schöne 1795). – Abb. 11, S. 338.

55 *»Real«* – »wirklich« und »(königliche) Münze«.

56 Vgl. Anm. 30.

57 *Ana de Memoransi* (sic!): Anne de Montmorency, Konnetabel (Befehlshaber des Landheeres) von Frankreich (1493–1567). – *Álvaro de Bazán:* bedeutender spanischer Admiral (1526–1588), auch von Herrera, Lope de Vega und Góngora lobend erwähnt.

Abb. 11: TRITONS HORN. Alciati, EMBLEMATA, 1550.

Alburquerque preisen wir.[58] Selbst von Namen werdet Ihr nicht hören, dass sie zweimal berühmt wurden: Es gibt nur einen Manuel, den Ersten, König von Portugal, nur einen Karl, den Fünften, nur einen Franz, den Ersten von Frankreich. In jedem Geschlecht pflegt es nur einen Gelehrten zu geben, einen Feldherrn und einen, der es zu Reichtum bringt; Letzteres scheint mir auch ganz natürlich, denn Reichtümer währen nicht lang. In jedem Zeitalter hat es nur einen vollkommenen Redner gegeben, Tullius selbst räumt dies ein,[59] nur einen Philosophen, einen großen Dichter. In vielen Ländern hat es einen einzigen Phönix gegeben, so Karl in Burgund, Kastriota auf Zypern, Cosimo in Florenz und Alfons den Großherzigen in Neapel.[60] Und obgleich dieses unser Jahrhundert bislang wahrhaftig sehr arm an hervorragenden Leuten war, möchte ich Euch trotzdem auf einige wenige unsterbliche Phönixe hinweisen. Hier dieses (und er zeigte auf einen wunderschönen Federschmuck) ist der gefiederte Ruhm unserer Königin, der erlauchten Isabel von Bourbon. Tatsächlich bilden die beiden spanischen Isabellen eine Ausnahme von der Einmaligkeit. Mit diesem anderen dort erhob sich zur Sphäre der Unsterblichkeit die vortreffliche und huldreiche Margarita.[61] Mit denen dort drüben bekränzten sich die Helme die Grafen Spinola, Gallas und Piccolomini, Felipe da Silva

58 *Markgraf von Valle:* Hernán Cortés, der Eroberer Mexikos (1485–1547); zum *Gran Capitán* und zu Alburquerque vgl. Anm. 48, S. 335.

59 Cicero in seiner Schrift *Brutus orator,* § 97.

60 *Karl der Kühne:* von 1467 bis 1477 Herzog von Burgund. – *Gjergj Kastriota:* der albanische Nationalheld (1404–1468); am türkischen Hof als Geisel aufgewachsen und dort unter dem Namen *Skander-Beg* zum Heerführer ausgebildet, wechselte er die Front und verteidigte (mit wechselnder Unterstützung durch Venedig, Rom und Neapel) jahrzehntelang Albanien gegen die Türken (warum Gracián Zypern nennt, ist unerfindlich). – *Cosimo der Ältere:* der erste bedeutende Medici (1389–1464), Begründer der Platonischen Akademie und der Mediceischen Bibliothek. – *Alfons V. von Aragón* (vgl. S. 89, Anm. 4): siedelte nach dem Tod Skander-Begs dessen Anhänger in Unteritalien an.

61 *Isabel von Kastilien, gen. die Katholische* (1451–1504): Gemahlin und Mitregentin Ferdinands II.; Isabel von Bourbon, erste Gemahlin Philipps IV. (gest. 1644). – *Margarethe von Österreich:* Gemahlin Philipps III. (gest. 1611), allgemein verehrt wegen ihrer Mildtätigkeit, von Gracián mehrfach gepriesen (nicht zu verwechseln mit Margarethe von Österreich, Tochter Kaiser Maximilians I., Statthalterin der Niederlande, gest. 1530).

und Mortara.[62] Über diese hier schließlich schrieben Baronio, Belarmino, Barbosa, Lugo, Diana und Malvezzi.«[63]

Alle räumten ein, das sei die vollkommenste Wahrheit, und ihre Skepsis verwandelte sich in Beifall.

»Mit all dem hat es sein Gutes«, setzte Critilo hinzu. »Nur eines kann ich noch immer nicht glauben, auch wenn viele es behaupten.«

»Und was ist das?«, fragte Salastano.

»Eigentlich lässt sich darüber gar nicht sprechen, denn ich kann es nun einmal nicht zugeben. Ach nein, es geht nicht. Bemüht Euch nicht, es führt zu nichts.«

»Sollte es etwa ein bestimmtes Fischchen sein, ein ganz ordinäres ohne alle Würze und Wesen, das nur mit seinen schwachen Kräften zu so vielen Malen hochbordige Schiffe aufgehalten hat, ja selbst die königlichen Flaggschiffe, die mit vollen Segeln dem Hafen ihres Ruhmes zustrebten? Das habe ich hier in Salzlake eingelegt.«[64]

»Nein, es ist jene Ausgeburt der Lüge, jener Aufschnitt in der

62 Zu *Spínola* vgl. S. 222, Anm. 60. – *Matthias Gallas:* österreichischer General, erfocht im Dreißigjährigen Krieg Siege über die Franzosen. – *Ottavio Piccolomini:* Herzog von Amalfi (1599–1656), italienischer Heerführer in spanischen Diensten, bekannt aus Schillers *Wallenstein* (zu beiden vgl. auch Carl. J. Burckhardt, *Richelieu,* passim, und Golo Mann, *Wallenstein*). – *Da Silva:* portugiesischer General, 1643 in Katalonien eingesetzt. – Zu *Mortara* vgl. S. 106, Anm. 38.

63 *Cesare Baronio:* italienischer Geschichtsschreiber. – *Roberto Bellarmino:* Verfasser eines antiprotestantischen Werkes *De Controversiis* (1593). – *Barbosa:* vgl. S. 209, Anm. 17. – *Lugo:* vgl. S. 297, Anm. 12. – *Antonio Diana:* sizilianischer Moraltheologe (1585–1663). – *Virgilio Malvezzi:* italienischer Geschichtsschreiber, den Gracián sehr schätzte (vgl. S. 831, Anm. 11).

64 Gemeint ist der *Hemmfisch* oder *Schiffshalter* (Remora), ein mit einer Haftscheibe ausgestatteter Knochenfisch, der sich an größere Fische, aber auch an Schiffsrümpfe anheftet. Im Spanischen hat das Wort auch die Bedeutung »Hindernis«, »Zeitverlust«. In der Antike glaubte man, dass diese Fischchen in großer Zahl auch ganze Schiffe aufhalten konnten. Ausgehend von Plinius, *Naturgesch.* 32, 1,2 wurde daraus ein verbreiteter zoologisch-moralischer Topos. Er findet sich bei Isidor von Sevilla, *Etymologiae* 12, 6, 34; Vincenz von Beauvais, *Speculum naturalis* 17, 49; Petrarca, *Heilmittel,* ed. R. Schottlaender, 1988, S. 173; Petrarca, *Unwissenheit,* ed. A. Buck, 1993, S. 21; Luis de Granada, *Símbolo de la fe,* ed. BAE VI, 203 b; Saavedra Fajardo, *Empresas políticas,* ed. Clásicos Castellanos, IV, 69.

Potenz, das Allerunmöglichste: der Pelikan. Den Basilisken gebe ich zu, das Einhorn will ich glauben, den Phönix will ich preisen; alles lasse ich mir eingehen, aber den Pelikan, den kann ich nicht schlucken.«

»Aber woran stoßt Ihr Euch dabei? Vielleicht daran, dass er sich mit dem Schnabel die eigene Brust aufreißt, um mit seinen Eingeweiden die Brut zu ernähren?«

»Nein, gewiss nicht; ich sehe ja, dass er Familienvater ist und dass Vaterliebe bis zum Äußersten gehen kann.«

»Zweifelt Ihr vielleicht daran, dass er die Jungen, wenn sie vom Neid erstickt wurden, wieder zum Leben bringt?«[65]

»Noch weniger, denn gerät das Blut in Wallung, wirkt es Wunder.«

»Also was könnt Ihr nicht glauben?«

»Ich will es Euch sagen: Dass es in der Welt jemanden geben soll, der sich nicht mit seiner Person aufdrängte, dass sich einer finden soll, der nicht am liebsten von sich selber redete, der nicht löge, nicht lästerte, nicht hetzte, der ohne Trug lebte; das vermag ich nicht zu glauben.«

»Nun, so sollt Ihr wissen, wir haben diesen einsamen Vogel in unseren Tagen im *Buen Retiro* unter anderen geflügelten Wunderwesen gesehen.«[66]

»Wenn dem so ist«, sagte Critilo, »dann hat er es wohl aufgegeben, Einsiedler zu sein, dann drängt er nun wohl auch seine Person auf.«[67]

»Was für eine seltsame Waffe ist denn das dort?«, fragte Don Alonso, ganz der Soldat.

65 Vom Neid der Mutter... Weil die Jungen aus dem Schnabelsack des Pelikans fressen, entstand die christliche Fabel vom Pelikan, der seine Jungen mit dem Blut aus seiner Brust zum Leben erweckt. Er wurde somit zum Symbol für Christus. In einem berühmten Gedicht von Musset, *La Nuit de Mai*, wird er zum Symbol für den Dichter (vgl. *Französische Dichtung* 2, 1990, S. 344).
66 *Der einsame Vogel: Psalm* 102, 8 (Leopardi wird ihn, ähnlich wie Musset den Pelikan, auf den Dichter beziehen: *Il passero solitario*). – Zum *Buen Retiro* vgl. S. 242, Anm. 25.
67 Auffällig, dass Critilo hier nicht versöhnt wird und bei seiner Skepsis bleibt. Ein uneingestandener Groll seines Autors?

»Ein *Hestor*«, erwiderte Salastano. »Er gehörte der Amazonenkönigin, wurde zusammen mit dem *Balteum* Herkules' Trophäe und konnte in die Zwölfzahl aufgenommen werden.«[68]

»Und muss man denn glauben«, fragte Mercado nach, »dass es Amazonen gegeben hat?«

»Nicht nur, dass es sie gegeben hat, sondern dass es sie gibt, tatsächlich und tatweiblich. Und wie denn nicht? Ist es nicht heute die durchlauchtigste Anna von Österreich, Frankreichs blühende Königin, so wie es stets sämtliche spanischen Infantinnen waren, die diesem Reich Glück und Nachkommenschaft geschenkt haben?[69] Was ist sie anderes als eine streitbare Amazone, die erlauchte Königin von Polen, eine christliche Bellona, auf allen Feldzügen stets an der Seite ihres tapferen Mars?[70] Und Ihre Durchlaucht, die Herzogin von Cardona, betrug sie sich nicht ganz und gar als solche, in dem Augenblick, da sie ebendort eingekerkert wurde, wo sie bis dahin Vizekönigin war?[71] Wir wollen all dieser verehrungswürdigen Gestalten gedenken, sie gerade nicht vergessen, und daher möchte ich, dass Ihr noch andere Arten von ihnen seht, die alle als undenkbar gelten.«

Damit wies er sie auf jemanden hin, der auch in diesen Zeiten ein Ehrenmann war; auf einen Richter, der die Hand nicht aufhielt (nicht einmal seine Ehefrau tat es), sondern fest um die Palme geballt;[72] einen spanischen Granden ohne Schulden, einen Fürsten, der in dieser Ära glücklich war, eine Königin, die nicht bildschön

68 *Hestor:* die Streitaxt der Hippolyte, *Balteum:* ihr Gürtel.

69 *Anna von Österreich:* Tochter Philipps III., wurde 1615 im Alter von 14 Jahren mit Ludwig XIII. vermählt. Von 1643 bis 1651 führte sie die Regentschaft für ihren minderjährigen Sohn, Ludwig XIV.

70 *Maria Luisa di Gonzaga:* Gemahlin Johann Kasimirs (vgl. oben, Anm. 26; dass es streitbare Frauen in der Tat zu allen Zeiten und bei allen Völkern gab, hat Pierre Samuel in ausgedehnten Studien gezeigt: *Amazones, guerrières et gaillardes,* 1975).

71 *Catalina Fernández de Córdoba:* Gemahlin von Enrique de Aragón, Herzog von Cardona und seit 1640 Vizekönig von Katalonien, wurde 1641 zusammen mit ihren Söhnen von katalanischen Separatisten eingekerkert.

72 Im Original: »Ein Richter ohne Hände, aber mit *palmas*«, mit »Handflächen« bzw. »Palmblättern«, als Zeichen triumphierender Gerechtigkeit. Inspiriert wahrscheinlich von Alciatis Emblem *In senatum boni principis,* das einen Fürsten mit zwei Richtern ohne Hände darstellt (Henkel/Schöne 1039).

war, einen Herrscher, der auch Wahrheiten hören konnte, einen unbemittelten Rechtsanwalt, einen bemittelten Dichter, den Angehörigen eines Königshauses, der starb, ohne dass die Rede von Gift gewesen wäre, einen bescheiden auftretenden Spanier, einen ernsten und gelassenen Franzosen, einen Deutschen, der auch einmal Wasser trank (da beteuerte Balboa, das müsse der Baron von Sabach sein[73]); einen Günstling, den keiner verleumdete, einen christlichen Fürsten, der Frieden hatte, einen Gelehrten, der hohen Lohn sah, eine Witwe aus Zaragoza, die ganz abgemagert war,[74] einen Schwachkopf, der mit sich unzufrieden war, eine Ehe ohne Wehe, einen freigebigen Amerikafahrer,[75] ein Weib ohne Ränke, einen Landsmann aus Calatayud, der in der Hölle schmachtet,[76] einen begriffsstutzigen Portugiesen, einen Real vom achtfachen Wert, ein friedfertiges Frankreich, den Norden ohne Ketzer, das Meer beständig, die Erde eben und den *mundo mundo.*[77]

Sie bewunderten die Fülle des Wunderbaren, als ein anderer Diener eintrat, der soeben von weit her angelangt war. Salastano empfing ihn mit allen Anzeichen der Freude.

»Sei so willkommen, wie du erwartet wurdest. Du hast es gefunden, sag mir, das Wunder, an dem man so sehr zweifelt?«

»Ja, Herr.«

»Und du hast es gesehen?«

»Und mit ihm gesprochen.«

»Dass so etwas Herrliches sich auf Erden findet! Jetzt nun sage ich Euch, meine Herren: Alles, was Ihr bisher sahet, war nichts: Er soll erblinden, der Basilisk, verschwinden, der Phönix, verstummen, der Pelikan.«

73 *Sabach:* Österreicher in spanischen Diensten, den Gracián wohl 1646 bei der Belagerung von Lérida kennen gelernt hatte. Den Berichten nach war er sehr wenig begütert...

74 Eines der zahlreichen aragonesischen Sonderrechte *(fueros)* sah für verwitwete Frauen eine besonders günstige Erbregelung vor.

75 *Indiano:* in der Bedeutung »in Amerika reich gewordener und heimgekehrter Spanier«.

76 Warum seine Mitbürger dies für Gracián nicht eindeutig verdienen, steht in III, 6 zu lesen (vgl. S. 743, Anm. 16).

77 »Die Welt sauber und ordentlich« (vgl. S. 88, Anm. 1).

Verwundert und gespannt standen die klugen Gäste, als sie so hochgegriffene Worte vernahmen, und waren aufs höchste begierig zu vernehmen, wem solcher Lobpreis galt.

»Sag uns rasch, was du gesehen hast«, drängte Salastano, »spanne uns nicht auf die Folter.«

»So vernehmt, Ihr Herren«, begann der Diener, »das erstaunlichste Wunder, das Ihr je gesehen oder gehört habt.«

Was er ihnen indes berichtete, das werden wir getreulich wiedergeben, sobald wir erzählt haben, was Fortuna mit den *Hosenträgern* und den *Langhaarspaltern* widerfuhr.[78]

78 *»Los Bragados y Comados«:* die Franzosen, auf dem Umweg übers Lateinische. Cicero spricht von den *»bracatis nationibus«,* den Hosen tragenden Völkern jenseits der Alpen (*Ad familiares* IX, 15, 2). Daher *Gallia bracata,* weil seine Bewohner Hosen, aber auch *Gallia comata,* weil sie das Haar lang trugen.

DRITTE KRISIS

Goldene Kerker und Silberverliese

Man erzählt, und ich will es gerne glauben, die Franzosen seien einmal, wieder einmal, außer Rand und Band geraten und mit der ihnen eigenen Hitzköpfigkeit speichelschluckend und wutschnaubend vor FORTUNA erschienen.

»Was habt ihr über mich zu murren?«, fragte die Göttin höchstselbst. »Dass ich Spanierin geworden bin? So seid doch nur einmal gescheit: Mein Rad kommt eben nie zum Stillstand, sonst wäre es ja keines. Ihr haltet doch auch nie etwas still in den Händen, alles gleitet euch durch die Finger. Sehr wahrscheinlich guckt ihr euch nur die Augen aus nach dem Glück, das den Spaniern zuteil geworden ist.«

»O Fortuna!«, riefen sie daraufhin, »den Spaniern bist du Mutter, uns aber Stiefmutter. Wie kannst du dich nur bei gesundem Leib derart zur Ader lassen! Ist es möglich, wo doch Frankreich die Blüte der Reiche ist und dort von den ältesten Zeiten bis heute stets nur das Beste gedieh, wo seine Könige doch heilig, weise und stark waren, wo es eine Zeitlang Sitz des römischen Pontifex war, Thron der Tetrarchie,[1] Schauplatz echter Waffentaten, Schule der Gelehrsamkeit, Schmuckkästchen des Adels und Versammlungsort aller Tugend, all dies der höchsten Gunst und immer währenden Lohnes würdig, ist es da möglich, dass du uns die Blüten lässt, den Spaniern aber die Früchte gibst? Wie kannst du dich wundern, dass wir äußersten Groll auf dich hegen, wo du ihnen äußerste Bevorzugung angedeihen lässt? Ihnen übermachtest du die beiden Indien, uns ein nur dem Namen nach blühendes, in Wahrheit recht dürres Florida.[2] Und wenn du einmal ange-

1 Von 1305 bis 1378 war Avignon Sitz der Päpste. – Der Frankenkönig Chlodwig teilte bei seinem Tod 511 das Reich unter seine vier Söhne auf.

2 In »Westindien« gehörten den Spaniern die Vizekönigreiche Neu-Spanien und Peru, die sich von Santa Fé im heutigen Neu-Mexiko bis nach Buenos Aires er-

fangen hast, die einen zu verfolgen, die anderen zu begünstigen, so lässt du ja nicht ab, bis du damit ganz zu Ende bist, und so hast du bei ihnen wahr gemacht, was bislang allenthalben als Chimäre galt, hast noch das Unmögliche wirklich werden lassen wie Silberströme, Goldberge, Perlenküsten, Aromatenwälder und Ambrainseln; und vor allem hast du sie zu Herren gemacht über ganz Kukanien oder Schlaraffien, das Land, in dem die Flüsse aus Honig sind, die Felsen aus Zucker, die Schollen aus Biskuit: Bei soviel süßen Sachen ist doch Brasilien eine wahre Paradieskonditorei.[3] Alles für sie und nichts für uns, wie sollen wir das ertragen?«

»Sag ich's denn nicht«, rief FORTUNA aus, »ihr seid mir rechte Undankbare, noch mehr als Dummköpfe! Ich hätte euch kein Indien gegeben? Könnt ihr das wirklich bestreiten? Indien hab ich euch zuhauf gegeben, und zwar sehr billig, ja umsonst zum Schmarotzen, denn gekostet hat es euch überhaupt nichts. Andernfalls sagt mir doch: Gibt es für Frankreich bessere Indien als Spanien selber? Hört nur einmal her: Wenn die Spanier sich an den Indios schadlos halten, tut ihr denn dann nicht das gleiche an den Spaniern? Wenn diese die Indios mit Spiegelchen, Glöckchen und Stecknadeln blenden und ihnen mit *cuentas,* mit Glaskügelchen Schätze ohne *cuento,* ohne Zahl abschwatzen, tut ihr nicht das gleiche und zieht mit Kämmchen, mit Puderschächtelchen oder mit Pariser Maultrommeln den Spaniern ihr gesamtes Gold und Silber aus der Tasche? Und das ohne jedes Flottenaufgebot, ohne eine Kugel abzufeuern, ohne einen Blutstropfen zu vergießen, ohne Bergwerke auszubeuten, ohne in Abgründe einzudringen, ohne eure Lande zu entvölkern, ohne Meere zu überqueren. Geht erst einmal hin und macht euch klar, wie wahr das ist, und lernt mir diese

streckten, in »Ostindien« die Philippinen. Florida wurde 1513 entdeckt (um Ostern, im damaligen Spanisch *»Pascua florida«*). Spanische Siedler streuten das Gerücht aus, das Land sei sehr reich. In Wahrheit war es wenig wert. 1564 wurden zahlreiche Hugenotten, die dorthin gelangt waren, von Spaniern ermordet und mit einem Schild um den Hals: *»Nicht als Franzosen, sondern als Ketzer«* aufgehängt. Die Überlebenden gaben in gleicher Münze zurück, und das Schild lautete: *»Nicht als Spanier, sondern als Mörder«.*

3 Das zuckerreiche Brasilien war 1580 zusammen mit dem Mutterland Portugal an Spanien gefallen (seit 1640 jedoch bereits wieder verloren).

Gunst zu schätzen. Glaubt mir, die Spanier sind eure Indios, ja viel selbstloser noch als diese, bringen sie euch doch mit ihren Flotten das Silber schon geläutert und geprägt ins Haus und bleiben selber auf dem *vellón*, dem Kupferheller sitzen, haben umso mehr *vellón*, unverkäufliche Wolle, je mehr sie *geschoren* wurden.«[4]

So offenkundige Wahrheit konnten sie nicht leugnen. Trotzdem schienen sie noch immer unbefriedigt und murmelten weiter zwischen den Zähnen.

»Was soll das?«, rief FORTUNA. »Sprecht doch deutlich, heraus mit der Sprache!«

»Wir hätten gern, Madame, dass diese Gunst ganz ohne Makel sei und du uns nicht nur den Nutzen zuteil werden ließest, sondern auch noch die Ehre, dass wir das Silber nach Hause tragen könnten, ohne den Spaniern dienstbar sein zu müssen und uns bei ihnen so, wie jeder weiß, zu erniedrigen, ja so, wie hoffentlich keiner weiß, zu versklaven.«[5]

»Ach, wie hübsch«, erhob FORTUNA die Stimme, »ganz vorzüglich, bei meinem Leben! Mösjös, Ehre und Dublonen gehen nicht in einen Sack! Wisst ihr denn nicht, dass damals bei der Verteilung der Güter den Spaniern die Ehre zugefallen ist, den Franzosen der Nutzen, den Engländern das Vergnügen und den Italienern die Beherrschung?«[6] –

Wie heillos diese Wassersucht des Goldes ist, das darzutun beabsichtigt diese KRISIS, doch nicht bevor sie das Versprechen eingelöst hat, von jener so preiswürdigen Rarität zu berichten, was denn Salastanos Diener auch zum großen Gefallen aller in folgender Weise tat:

»Ich machte mich also, deinem Gebot gemäß, auf die Suche nach jenem so seltenen Wunder: einem wahrhaften Freund. Ich

4 Der europäische Handelsstreit von 1650: Die Wirtschaften der anderen europäischen Länder profitierten erheblich vom Gold der Spanier, während diese selber Manufakturen, Handel und Banken vernachlässigten.

5 Viele Franzosen verrichteten in Spanien Gastarbeiterdienste (vgl. S. 249, Anm. 4, und unten, Anm. 29).

6 *»A los italianos el mando«*: ergibt nur Sinn, wenn mit *»mando«* etwas gemeint ist wie »Virtuosität«.

fragte den und jenen danach, und alle antworteten mir eher mit Gelächter als mit Worten; den einen kam die Sache auffällig vor, den anderen befremdlich, allen unmöglich.

›Einen Freund? Und auch noch treu und ehrlich? Wie sollte es den geben, heutzutage und hierzulande?‹

Phönix wäre ihnen nicht seltsamer erschienen.

›Freunde bei Tisch, Freunde in der Überlandkutsche, Freunde im Theater, beim Schmaus, beim Feiern, beim Spaziergang, zum Hochzeitsfest, Freunde in Gunst und guten Tagen‹, antwortete mir Timon von Athen, ›die findet Ihr reichlich, und umso mehr, je reichlicher Ihr sie bewirtet, denn beim Zulangen werden sie regelrecht schwielig, nur beim Zufassen werden sie schwierig.‹[7]

›Solange ich Ansehen und Einfluss hatte‹, meinte ein Gestrauchelter, ›fehlte es mir an Freunden nicht, zahllos waren sie damals, zahllos sind sie auch jetzt, nämlich null.‹[8]

Ich ging weiter, und ein Kluger sagte zu mir:

›Wie das, Ihr sucht ja ein anderes Ich? Solches Mysterium kommt nur im Himmel vor.‹[9]

›Ich habe rund hundert Weinlesen erlebt‹, sagte mir einer, und er sprach wohl die Wahrheit, denn er schien aus der guten alten Zeit. ›Mein Lebtag habe ich nach einem wahrhaften Freund gesucht, aber ich habe nur einen halben finden können, und auch den nur auf Probe.‹

›Ja, anno dazumal, zu Zeiten von König Knall,[10] ich meine, als die Könige sich langweilten‹, erzählte eine Alte, ›soll es so etwas gegeben haben, bei einem gewissen Pylades und seinem Freund Orest. Doch bei meiner Seel', junger Mann, ich glaub', das ist doch

7 *Timon:* der Menschenhasser aus dem Dialog *Timon* von Lukian (um 180 n. Chr.), von dem auch Cicero in seinen *Tusculanen* und Plutarch in *Leben des Marcus Antonius* sprechen, den Erasmus in seinen *Apophthegmata* erwähnt und Shakespeare 1606, Molière 1667 aufnehmen. Wielands Verdeutschung in: Lukian, *Lügengeschichten,* 1985, S. 382 ff.

8 *»Est autem amicus socius mensae, et non permanebit in die necessitatis«* (*Sirach* 6, 10).

9 Cicero: *»Verus amicus (...) est enim is quidem tanquam alter idem«* (*De amicitia,* XXI, 80).

10 *»El Rey que rabiò«:* sprichwörtlich für »zu Olims Zeiten«; vgl. S. 538, Anm. 31.

eher *conseja,* eher Ammenmärchen, als *consejo,* brauchbarer Rat für Euch.‹

›Die Mühe könnt Ihr Euch sparen‹, schwor und beteuerte mir ein spanischer Soldat.[11] ›Ich habe zwar die ganze Welt bekriegt und besiegt, immer im Reich meines Königs, und habe viel Seltenes gesehen, wie die Riesen im Feuerland, die Pygmäen in der Luft,[12] die Amazonen im Wasser ihres Flusses,[13] die Kopflosen, massenweise, die mit nur einem Auge, und das auf dem Magen, die mit nur einem Fuß, nach Kranichart,[14] die Satyrn und Faune, die Batueken und die Tschitschimeken,[15] allesamt rechtes Gewürm, das im großen Haus der spanischen Monarchie nistet; doch das große Wunder, von dem ich jetzt höre, das habe ich nie angetroffen. Nur Atlantis habe ich nicht aufgesucht und auch nicht heimgesucht, denn man weiß nicht, wo es liegt. Kann sein, dass das Wunder sich dort findet, wie hunderttausend andere schöne Dinge, die es hier nicht gibt.‹[16]

›So weit weg ist es gar nicht‹, sagte ich zu ihm; ›es muss, so versichert man mir, innerhalb Spaniens zu finden sein.‹

›Das kann ich nicht glauben‹, replizierte ein Kritikus, ›denn zum Ersten kann es nicht dort sein, wo sie den Nagel zwar auf den Kopf treffen, aber sich niemals einer fremden Meinung anbequemen, und komme sie auch vom klügsten der Freunde. Noch weniger dort, wo von vier Teilen fünf in Worten bestehen, denn Freundschaft heißt nun einmal Taten, *obras son amores,* sagt das Sprichwort: *Wenn du mich liebst, so tu' etwas für mich.* Erst recht nicht

11 Dieselben Worte: *»juró y votó«* können auch bedeuten: »fluchte und lästerte«.

12 *Pygmäen in der Luft:* einmal (etwas ironisch) wegen der vier Elemente, zum andern wegen des in der Antike häufig genannten Kampfes der Pygmäen mit den Kranichen (z. B. *Ilias* III, 3).

13 Der Amazonas, 1543 von Francisco de Orellana so benannt, weil angeblich dort bogenbewehrte Frauen gesichtet wurden.

14 Anenzephalie, Zyklopie, Monopodie – Monstren, wie sie in dem verbreiteten Werk von Jean de Mandeville, *Les merveilles du monde et de la Terre,* von 1356 gezeichnet sind, das 1521 in spanischer Übersetzung gedruckt wurde. – Abb. 12, S. 350.

15 *Tschitschimeken:* merkwürdige Leute in den Bergen bei Salamanca bzw. vor-aztekische Bewohner Nordmexikos.

16 Platon, *Kritias* 113 f.

Abb. 12: Mandeville, MONOPODIE.
Holzschnitt, 1356.

dort, wo man nicht von Mensch zu Mensch, sondern nur über servile Wappenkönige mit sich sprechen zu lassen geruht, die Herren *fidalgos* geruhen wohl nicht einmal mit sich selbst zu sprechen.[17] Im Kargland, wo alles wenig taugt, zweifle ich auch (und sprechen wir leise, damit sie uns nicht hören, sonst machen sie sofort einen *Ehrenpunkt* daraus!). Wo schließlich alles in Blüte steht, aber ohne Frucht, da möchte man eher über so etwas lachen, und sämtliche Hidalgos halten es dort mit dem Knappen von Guadalajara: ‚*Und alles, was er abends sprach, am Morgen war's wie fortgeblasen.*'‹

›Und in Katalonien, werter Herr?‹, fragte ich nach.

›Da könnte es am Ende noch sein. Die Katalanen wissen, wie man des Freundes Freund ist.‹

›Sie sind aber auch übel zu ihren Feinden.‹

›Allerdings. Sie überlegen sich's lange, bevor sie Freundschaft schließen, aber einmal geschlossen, hat sie Bestand *bis vor den Altar.*‹[18]

›Wie kann das sein?‹, mischte sich ein Fremder ein. ›Dort ist doch die Feindschaft erblich, Rache verjährt nie, und die stärksten Bande finden sich bei den Räuberbanden.‹

›Eben deswegen‹, gab er zur Antwort. ›Wer keine Feinde hat, der hat gewöhnlich auch keine Freunde.‹[19]

Auf solche Kunde hin wagte ich mich ins Innere Kataloniens; ich hatte es bereits fast durchstreift, als ich mich im Herzen von den Magnetkräften einer anmutigen Wohnstatt angezogen fühlte, eines älteren, jedoch nicht hinfälligen Hauses. Ich betrat es, ganz wie Pedro dieses hier,[20] und betrachtete alles, was sich mir darbot,

17 Die Formen *»fidalgos«, »falar«* und *»mesmos«* zeigen an, dass Portugal gemeint ist (vielleicht Galizien). Die beiden ersten Anspielungen betrafen Aragón und Andalusien. Es folgen noch Navarra und Valencia.

18 *Bis vor den Altar:* »bis vor die Götter«, gibt Aulus Gellius (I, III, 20) einen dem Perikles zugeschriebenen Satz wieder. Das meint: Freundschaft hört erst dann auf, wenn menschliche oder gar göttliche Gesetze verletzt werden.

19 *Keine Freunde:* in starker Verkürzung eine von Plutarch (an mehreren Stellen) Chilon zugeschriebene Überlegung, überliefert auch bei Aulus Gellius, I, III, 31.

20 Redensart: »Eintreten wie Peter in sein Haus«; zur Erklärung vgl. S. 725, Anm. 35, hier aber mit Anspielung auf den Besuch Peters IV. von Aragón im Hause Lastanosa.

mit größter Aufmerksamkeit, lässt sich doch aus der Ausstattung eines Hauses auf den Geist seines Herrn schließen. Ich traf im ganzen Haus weder Kinder noch Frauen an; Männer ja, nicht viele, doch ganze, die mich zur Probe weiter hineinführten; Diener kaum, denn: *Wenn schon Feinde, dann besser nicht zu viele.* Die Wände waren mit Bildnissen bedeckt, zum Gedenken an die Abwesenden, alternierend mit einigen großen Spiegeln, doch keinem aus Kristall, um jeglichem Bruch vorzubeugen: aus Stahl wohl, und aus Silber, und so glänzend und klar wie getreu. Die Fenster mit ihren Vorhängen dienten nicht so sehr dem Schutz vor der Hitze als vor den Fliegen, denn hier wurden weder Lästige noch Aufdringliche geduldet. Wir drangen bis ins Innerste des Hauses vor, bis zum verborgensten Gemach, und dort fand sich ein dreifaches Wunder: ein Mensch, der aus dreien bestand, jawohl dreien, die ein Ganzes bildeten, denn es hatte drei Köpfe, sechs Arme und sechs Beine. Sobald er mich gewahrte, fragte er:

›Suchst du auch wirklich mich oder suchst du dich selbst? Kommst du, wie sie es alle machen, nämlich scheinbar auf der Suche nach einem Freund, in Wahrheit nach sich selber, und es hinterher erst erfahren, dass nur ihr Nutzen oder ihre Ehre oder ihr Vergnügen sie hierher zog?‹

›Wer bist du‹, fragte ich, ›dass du schon weißt, warum ich dich suche? Es hätte doch auch nur deiner Seltenheit wegen sein können.‹

›Ich bin‹, erhielt ich zur Antwort, ›der aus Dreien Eine, jenes andere Ich, Urbild der Freundschaft, Norm für das, was Freunde zu sein haben; ich bin der viel genannte Geryon. Drei sind wir und ein einziges Herz haben wir, denn wer gute, wahre Freunde hat, der genießt mehrfachen Verstand: Er weiß für viele, er wirkt für alle, er erkennt und denkt mit den *Verständen* aller; er sieht mit so vielen Augen, hört mit so vielen Ohren, schafft mit so vielen Händen, eilt mit so vielen Füßen, er tut so viele Schritte zu seinem Nutz und Frommen, wie sie alle zusammen tun. Doch haben wir alle miteinander nur ein einziges Wollen, ist doch die Freundschaft eine einzige Seele in mehreren Körpern. Wer keine Freunde hat, dem fehlen Füße und Hände, der lebt eigentlich kaum, blind taumelt er dahin. Und wehe dem, der allein ist, denn sollte er stürzen, er hat keinen, der ihm aufhilft.‹[21]

Kaum hatte ich ihn zu Ende gehört, da rief ich aus:

›O großes Wunder der wahren Freundschaft, dieses echten Lebensglücks, des einzigen, worum willen es sich lohnt, Mann zu sein und erwachsen! Dich suche ich, Diener bin ich dessen, der dich gleichermaßen kennt und schätzt und der heute Verbindung zu dir sucht, weil er sagt, ohne Freunde mit *Genius* und mit *Ingenium* könne kein Verständiger leben und keiner sein Glück genießen, denn selbst Wissen ist nichts, wenn die anderen nicht wissen, dass du weißt.‹[22]

›Und ich sage dir‹, erwiderte mir daraufhin Geryon, ›es ist gut, Salastano zum Freund zu haben. Er tut wohl daran, die Freundschaften zu pflegen, denn alles Übrige bedeutet, sich Besitz und Güter in unseliger Torheit gegenseitig zu neiden. Wie vortrefflich war es doch gesagt von jenem großen Freund seiner Freunde, dem Herzog von Nocera, der sich so gut auf die Freundschaft verstand: 'Ihr sollt mich nicht fragen, was ich heute essen will, sondern mit wem', denn *convite,* Gastmahl, leitet sich nun einmal her von *convivir,* zusammensein.‹[23]

Solcher Art pries er die Vorzüge der Freundschaft; schließlich sagte er:

21 Das große Lob der Freundschaft (auf dem Hintergrund der Frauenfeindlichkeit) ist einzureihen in eine illustre Galerie von Aristoteles über Montaigne bis Derrida (vgl. *Philosophie der Freundschaft,* hrsg. von Klaus-Dieter Eichler, 1999). – Zu *Geryon,* den der Mythos tatsächlich in Spanien ansiedelte, vgl. S. 227, Anm. 4. – Vgl. Cicero: *»Cujus animum ita cum suo misceat, ut efficiat paene unum ex duobus«* (*De amicitia* XXI, 81). – Vgl. Alciatis Emblem *Concordia insuperabilis* (Henkel/Schöne 1649).

22 *Ingenium:* Zu diesem Schlüsselbegriff vgl. den Artikel von H. Weinrich im *Historischen Wörterbuch der Philosophie,* hrsg. v. G. Ritter.

23 *Francesco Carafa e Gonzaga:* Herzog von Nocera, Vizekönig von Navarra und Aragón (1579–1642), Neapolitaner in spanischen Diensten, überzeugter Anhänger der Gegenreformation. Riet während des katalanischen Aufstandes 1640 zur Milde und fiel bei Philipp IV. deswegen in Ungnade. Gracián war ein Jahr lang sein Beichtvater und widmete ihm 1640 den *Político.* Noceras Tod im Festungsturm von Pinto hat ihn sehr erschüttert. Ungeachtet der gegen Nocera erhobenen Verratsvorwürfe hat er sich wiederholt für ihn eingesetzt (vgl. *Der kluge Weltmann,* hrsg. S. Neumeister, S. 91, und die Fabel vom Pferd und vom Hirsch aus *Agudeza* 55).

›Ich möchte, dass du meine Schätze besichtigst, es sind die besten überhaupt, und den Freunden stehen sie jederzeit offen.‹

Als Erstes zeigte er mir den Granatapfel des Darius und erläuterte mir dazu, die Schätze des Weisen seien nicht Saphire, sondern Zopyre:[24]

›Schau dir gut diesen Fingerring an: Wie angegossen muss er passen, der Freund, weder so eng, dass er schmerzt, noch so locker, dass er rutscht. Gib gut auf diesen Diamanten Acht, es ist ein echter, sauber gefasst und so hart, dass er bisweilen ins Fleisch sticht; zum andern so durchsichtig und klar, dass er wie ein sanftes Ruhekissen wirkt, mit viel Innenglanz und Feingehalt und so fest, dass er auch dann nicht bricht, wenn das Schicksal überm Amboss auf ihn einschlägt, und nicht schmilzt, wenn die Flammen des Zorns ihn versengen, und nicht glatt wird, wenn er mit dem Speichel des Schmeichels eingestrichen wird. Einzig das Gift des Argwohns kann ihn schartig machen.‹

So ließ er, glänzend bewandert, die treffendsten Sinnbilder der Freundschaft an mir vorüberziehen. Ganz zum Schluss holte er ein Riechfläschchen hervor, das einen stärkenden Duft verbreitete. Und als ich meinte, es sei wohl von einer mit Moschus versetzten Quintessenz aus Ambra, da sagte er mir:

›Nur von einem edlen alten Nektar,[25] aber einem Jubilierer, keinem Jubilar; etwas vom Besten für den Freund: Der stärkt ihm das Herz, der schafft ihm Erleichterung, der heitert ihn auf und heilt ineins damit selbst die moralischen Wunden.‹[26]

Beim Abschied überreichte er mir noch diesen herrlichen Stich mit seinem Konterfei, gewidmet dem Feingefühl unter Freunden.«

Alle betrachteten ihn mit Bewunderung und wurden gewahr, dass die Züge des Porträts wahrhaft sein Abbild waren, Anlass, die

24 Zopyros, ein Freund des Perserkönigs Darius. Gracián verknüpft zwei Stellen aus Herodots *Historien:* III, 160 und IV, 143.

25 *»De un rancio néctar«. »Rancio«* ist die Bezeichnung für den »Sherry-Ton« des gelagerten Weines, den Firnewein.

26 *»Amicus fidelis, medicamentum vitae«* (*Sirach* 6, 16).

bestehende Freundschaft zwischen allen zu bekräftigen, ganz wie sie Geryon angewiesen hatte: Privileg des Mannesalters.[27]

Nun verabschiedeten sich, ohne sich doch zu trennen, diese Soldaten, um ihre Quartiere aufzusuchen, denn in diesem Leben ist keine Bleibe auf Dauer. Unsere beiden Weltpilger setzten, da sie auf der Lebensreise nicht Halt machen konnten, ihren Weg fort und machten sich auf nach Frankreich.

Sie überwanden die Widrigkeiten der heuchlerischen Pyrenäen, die ihren Namen mit so viel Schnee Lügen strafen, breitet doch der Winter sehr früh seine weißen Laken über sie aus und legt sich dort nieder.[28] Nachdenklich betrachteten sie jene gigantischen Mauern, durch welche die fürsorgliche Natur es sich hatte angelegen sein lassen, diese beiden führenden Provinzen Europas, Spanien und Frankreich, zu trennen, die eine gegen die andere mit einem Trutzwall zu befestigen und sie damit politisch so weit voneinander zu entfernen, wie sie sie materiell benachbart sein ließ. Und sie erkannten nun auch, dass es gute Gründe gab, warum jener Kosmograph die beiden Provinzen auf seiner Landkarte an den beiden äußersten Enden des Erdkreises eingezeichnet hatte, etwas, worüber weidlich gelacht wurde, von den einen, weil sie es nicht, von den andern, weil sie es nur allzu gut verstanden.[29] In dem Augenblick, in dem sie den Fuß nach Frankreich setzten, verspürten sie sehr deutlich die Verschiedenheit in allem: Witterung,

27 Die Annahme liegt nahe, dass mit dem Freundesgruß aus Katalonien auf Pablo de Parada angespielt wird, den Militärgouverneur von Tortosa (vgl. S. 9, Anm. 5).
28 *Pyrenäen:* Gracián bringt den Namen mit gr. »*pyr*« – »Feuer« in Verbindung. Die mythologische Erklärung (Silius Italicus III, 420 und Plinius, *Naturgesch.* 3, 3, 8) führt den Namen auf Pyrene zurück, Tochter des Königs Bebryx, der in der Gegend von Narbonne herrschte. Von Herakles verführt, gebar sie eine Schlange, flüchtete in ihrem Schrecken in die Berge und wurde von wilden Tieren zerrissen. Herakles fand ihren Leichnam, bestattete ihn und gab seiner Geliebten zu Ehren dem Gebirge ihren Namen.
29 Welcher Kosmograph hier gemeint ist, wissen wir nicht. – Gracián liefert in dieser Krisis seinen Beitrag zur »*antipatía*« zwischen den beiden Pyrenäenanrainern, die vom 15. Jh. zunächst bis zur Thronbesteigung der Bourbonen (1715) anhielt, durch Heiraten zwischen den Dynastien und durch kulturelle Wechselwirkung lediglich gemildert. Mit Napoleons Einmarsch 1808 entflammte sie neu.

Klima, Luft, Himmel und Erde; weit mehr indes den völligen Gegensatz zwischen ihren Bewohnern in *Genius* und *Ingenium,* in Sitten, Neigungen, Naturell, Sprache und Kleidung.

»Wie ist dir Spanien erschienen?«, fragte Andrenio. »Hier oben, wo man uns nicht hört, können wir doch ein wenig lästern.«

»Und sollten sie uns auch hören«, brachte Critilo vor, »sie sind so großmütige Leute, die Spanier, sie würden uns ein wenig Schnödheit nicht verargen. Sie sind nicht so argwöhnisch wie die Franzosen, sind weitherziger.«

»Doch sag mir, was für einen Begriff hast du dir von Spanien gebildet?«

»Keinen üblen.«

»Also einen guten?«

»Ebenso wenig.«

»Demnach weder einen guten noch einen schlechten.«

»Das sage ich nicht.«

»Also was dann?«

»Süß-sauer.«

»Scheint es dir nicht recht dürr, das Land, und rührt nicht von daher eine gewisse Trockenheit im Wesen der Spanier, ihr melancholischer Ernst?«

»Ja, doch ist es in seinen Früchten auch würzig, und alles ist sehr deftig und gehaltvoll. Vor dreierlei, heißt es, hat man sich dort sehr in Acht zu nehmen, zumal die Fremden.«

»Nur dreierlei? Und das wäre?«

»Seine Weine, die benebeln; seine Sonnen, die versengen, seine Frauen, die betören.«

»Scheint es dir nicht sehr gebirgig, und auch deswegen wenig fruchtbar?«

»So ist es, doch dadurch auch sehr gesund und temperiert; wäre es flach, es wäre sommers unbewohnbar.«

»Es ist sehr entvölkert.«[30]

30 Kriege, Seuchen und Auswanderung hatten gegen Mitte des 17. Jahrhunderts die Bevölkerung Spaniens auf etwa sechs Millionen zurückgehen lassen. Frankreich hingegen verzeichnete nach Ende der Religionskriege einen starken Bevöl-

»Einer von dort zählt für hundert aus anderen Völkern.«

»Es ist wenig anmutig.«

»Es fehlt nicht an lieblichen Fluren.«

»Es liegt wie eine Insel zwischen beiden Meeren.«

»Dafür ist es geschützt und mit geräumigen Häfen gesäumt und reich bedacht mit Fisch.«

»»Es scheint weit abgelegen vom Verkehr mit den anderen Provinzen, recht am Ende der Welt.«

»Es sollte besser noch mehr abseits liegen. Alle greifen doch nach ihm und saugen ihm das Beste aus: England die edlen Weine, Holland die feine Wolle, sein Glas Venedig, seinen Safran Deutschland, seine Seide Neapel, seinen Zucker Genua, Frankreich seine Pferde und seine *patacones* alle Welt.«[31]

»Und sag mir: Seine Bewohner, was hast du dir von denen für ein Urteil gebildet?«

»Dazu ist viel zu sagen, besitzen sie doch solche Tugenden, als hätten sie keine Laster, und solche Laster, als hätten sie keine der großen Tugenden.«

»Du kannst mir nicht bestreiten, dass die Spanier sehr tapfer sind.«[32]

»Ja, aber daraus erwächst ihnen ihr Hochmut. Sie sind klug und besonnen, doch nicht ebenso geistvoll; sie sind mutig und beherzt, aber langsam; sie sind Löwen, doch mit Quartanfieber[33]; großzügig bis zur Verschwendung, doch sparsam im Essen und zurückhaltend im Trinken; allerdings treiben sie Aufwand bei der Kleidung; alle Fremden empfangen sie mit offenen Armen, von

kerungszuwachs und erreichte zur selben Zeit etwa 19 Millionen. Viele französische Saisonarbeiter, *»gavaches«* genannt, strömten nach Spanien, wo die Armensuppe an den Klosterpforten »französische Suppe« hieß.

31 *»Patacón«:* Fünfpesetenstück. – In Wirtschaftsfragen sind die Auffassungen unseres Jesuiten ebenso begrenzt wie die seiner meisten spanischen Zeitgenossen. Es gab durchaus Ansätze zu einem neuen ökonomischen Denken, doch setzten sie sich nur langsam durch.

32 *»Bizarros«* (vgl. S. 331, Anm. 41). Die Spanier kämpften in der Tat zu Land wie zu Wasser vielfach ohne Deckung.

33 *Quartanfieber:* Malaria mit Fieberanfällen an jedem vierten Tag; hier: »schwer von Entschluss«, wie auch bei Boccalini und anderswo behauptet.

den eigenen Leuten halten sie nicht eben viel; von hohem Wuchs sind sie nicht, doch von hoher Gesinnung; sie haben wenig Leidenschaft für ihr Vaterland, was sich aber ändert, wenn man sie nach außerhalb verpflanzt; zwar sind sie sehr der Vernunft zugetan, jedoch auch auf ihre Meinung versessen; besonders fromm sind sie nicht, aber an ihrer Religion halten sie unbeirrbar fest. Und sie sind eindeutig das führende Volk Europas: verhasst, weil beneidet.«

Sie hätten noch mehr gesagt, wurden jedoch in ihrem halbschnöden Schmäh unterbrochen von einem anderen Lebensreisenden, der es mächtig eilig hatte und sein Reiseleben sehr ernst nahm. Er lief geradenwegs auf sie zu, und Critilo rief aus:

»Das ist der erste Franzose, den wir treffen. Wir wollen sehr genau auf alles achten: seine Art, sein Reden und Benehmen, damit wir besser wissen, wie wir es mit den Übrigen halten sollen.«

»Wie denn: einen gesehen, alle gesehen?«

»Ja, denn es gibt einen *Genius,* der jedem Volk als Ganzem zu eigen ist, und bei diesem ganz besonders.[34] Die erste Verhaltensregel ist übrigens: *Du sollst in Rom nicht wie ein Ungar leben;* so halten es nämlich einige, die grundsätzlich das Gegenteil dessen tun, was ortsüblich ist.«

Die erste Frage des Franzosen, noch ehe er sie grüßte, war, als er sah, dass sie aus Spanien kamen: »Ist die Flotte angekommen?«[35] Sie antworteten ihm: »Ja, sie ist, und schwer beladen.« Sie nahmen nun an, er werde sich über die Nachricht verdrießlich zeigen, doch ganz das Gegenteil war der Fall, er machte Luftsprünge und stieß laute Freudenrufe aus.[36] Verwundert fragte ihn Andrenio:

»Und darüber freust du dich, wo du doch Franzose bist?«

Und er:

34 *Genius:* in der römischen Religion göttlicher Schutzgeist von Einzelwesen, aber auch von Orten und Völkern; im Spätlat. bisweilen in der Bed. »Charakter«, »Eigenart«. Übertragen auf ein ganzes Volk hier bemerkenswert früh, vielleicht erstmalig (*génie* im Frz. des 17. Jhs. noch nicht in dieser Bed.).

35 *Flotte:* mit dem Gold aus Amerika.

36 *Luftsprünge:* etwas, das Spaniern sehr gegen den Strich ging.

»Und wieso denn nicht, wo doch die entferntesten Nationen ihre Ankunft feiern.«

»Ja, aber was hat Frankreich davon, wenn Spanien reich wird und seine Macht sich mehrt?«

»Also so etwas!«, rief der *Mosiur.* »Wisst ihr das denn nicht? In einem Jahr, als wegen eines Zwischenfalls die Flotte nicht kam, da konnte keiner der Feinde des katholischen Königs gegen ihn Krieg führen. Und unlängst noch, als das Silber aus Peru etwas im Preis fiel, waren da nicht sämtliche Fürsten Europas verstört und all ihre Reiche mit ihnen? Glaubt mir, die Spanier bringen Gold- und Silberflotten dem Durst der ganzen Welt dar.[37] Und da ihr aus Spanien kommt, tragt ihr sicher viele Dublonen bei euch.«

»Nein, gewiss nicht«, versetzte Critilo. »Darum haben wir uns am wenigsten gekümmert.«

»Ach, ihr Ärmsten, was soll nur aus euch werden!«, rief der Franzose. »Dass ihr euch noch immer nicht im Leben einzurichten wisst, wo ihr doch schon so weit gegangen seid! Viele haben eben selbst im Alter noch nicht richtig zu leben begonnen. Wisst ihr denn nicht, dass der Mensch das Leben mit der Sinnenlust beginnt, sich als Mann dem Nutzen zuwendet und im Alter bei der Ehre endet?«

»Wir sind«, sagten sie, »auf der Suche nach einer Königin, bei der, falls wir sie je antreffen, so hat man uns versichert, wir alles nur erdenkliche Gute finden sollen. Einer meinte sogar, sämtliches Gute sei ihm mit ihr zusammen auf einmal zugefallen.«[38]

»Wie, sagt ihr, nennt sie sich?«

»Wohl benamt ist sie: die löbliche SOFISBELLA.«[39]

»Ich weiß schon, wen ihr meint. Die war in früheren Zeiten bei aller Welt hoch geschätzt ob ihrer Klugheit und Begabung. Nun aber, weil arm, gibt es keinen mehr für *caso* oder *casa,* niemanden

37 Diese Zeilen zitiert Carl J. Burckhardt (nach der Übersetzung von Hanns Studniczka, S. 100) im Spanien-Kapitel seiner Richelieu-Biographie, Band III, 1966, S. 150.

38 *»Et venit in me spiritus sapientiae (...) Venerunt autem mihi omnia bona pariter cum illa«* (*Weisheit* 7, 7 und 11).

39 SOFISBELLA: Allegorie aus gr. *sophia* und *bella.* Ein ähnlicher Allegoriename: LOGISTILLA schon in Ariostos *Rasendem Roland* (VI, 43).

mehr, der viel auf sie gäbe oder sie gar unter sein Dach aufnähme: Ohne Gold- und Silbermitgift erscheint sie den meisten töricht, allen unglücklich. Es ist eben alles *de cuento,* Phantasterei, was nicht *de cuenta* ist, was sich nicht rechnet. Eins müsst ihr euch klar machen: Es gibt kein Wissen, das dem Haben gleichkäme, und wer hat, der ist klug und weise, ansehnlich und angesehen, wichtig und mächtig; ist Fürst und Kaiser und was er nur will. Ihr dauert mich, dass ihr Männer seid und doch so wenig hermacht. Jetzt kommt mit mir, wir wollen sehen, was in euch steckt, noch kann euch Männern geholfen werden.«

»Wohin gedenkst du uns zu bringen?«

»Wo ihr als Männer finden könnt, was ihr als Burschen vertan habt. Ich wette, ihr wisst überhaupt nicht, in welchem Zeitalter ihr lebt. Gehen wir, ich sage es euch.«

Und er fragte:

»Nun, was glaubt ihr? Leben wir im goldenen oder im kotenen Zeitalter?«

»Ich würde sagen«, versetzte Critilo, »im eisernen, im Zeitalter der *hierros,* bei so viel *yerros,* geht doch alles in die Irre auf der Welt und alles läuft verkehrt; wenn es nicht gar das erzene Alter ist, das noch schlimmere, mit all den Kanonen und Bombarden, dem Kriegsbrand ringsumher; man hört von nichts anderem mehr als von Belagern und Bestürmen, von Gemenge und Gemetzel; die Gemüter selbst, scheint es, sind zu Erz erstarrt.«

»Bestimmt wird einer sagen«, fügte Andrenio hinzu, »es sei das Zeitalter des Kupfers, des *cobre,* in dem nur *cobre* gilt, aber nicht *pague,* nur Einkassieren, aber nicht Bezahlen. Ich sage aber, es ist das kotene Zeitalter, es ist doch alles voll damit: so viel Faules in den Sitten, alles Anständige am Boden, die Tugend darnieder und ein Schild daneben: *Hier ruht*... Der Unrat hoch zu Ross, die Mistgruben vergoldet, und am Ende schließlich ist ein jeder Mensch nur Müll.«

»Ihr faselt«, gab der Franzose zurück. »Ich versichere euch, es ist ganz eindeutig das *siglo de oro,* das Goldzeitalter.«[40]

40 Zum Epochenbegriff *Siglo de Oro* vgl. S. 642, Anm. 33.

»Sieh einer an, wer wollte dergleichen glauben!«

»Nur das Gold gilt doch etwas, wird gesucht, gepriesen, geliebt. Alles andere gilt nichts, zu ihm drängt, an ihm hängt doch alles; und gut sagt das, wenn auch schlecht, jener Janhagel: *Tuti tiramo a questo diabolo di argento.*«[41]

Aus weiter Ferne glänzte nun etwas wie ein Palast, groß, nicht eigentlich prächtig, lieblich wie Gold. Andrenio bemerkte ihn gleich und sagte:

»Was für eine reiche *cosa* und *casa!* Das scheint ja die reinste Goldglut, so gleißt und glimmt es.«[42]

»Na und? Das ist es doch auch!«, antwortete der *Mosiur* und erging sich *bailando,* tanzend vor Vergnügen: Dort sagen sie ja für »geben« *bailar,* deswegen sind sie wohl auch ständig am Tanzen.«[43]

»Ganz aus Gold, der Palast?«, wollte Critilo wissen.

»Ganz, vom Sockel bis zum First, von außen und von innen, und alles Gerät darin ist lauter Gold und Silber.«

»Sehr verdächtig«, meinte Critilo, »denn REICHTUM ist Gevatter von SÜNDE, und man sagt auch, sie hausen recht wild zusammen. Woher konnte man überhaupt so viel Gold und Silber zusammenbringen? Das scheint doch unmöglich.«

»Wieso woher? Hätte Spanien nicht die Abzapfer in Flandern, die Abgräber in Italien, die Absauger in Frankreich, die Abstecher in Genua gehabt, seine Städte wären doch heute mit Gold gefliest und mit Silber ummauert! Gibt es daran irgendeinen Zweifel? Überdies verfügt der mächtige Herr, der in diesem Palast residiert, über solche Kraft, ich weiß nicht, ob vom Himmel gewährt oder von der Erde bezogen, dass er alles, was er berührt, wenn mit der Linken, in Silber, wenn mit der Rechten, in Gold verwandelt.«

»Oh, *Mosiur!*«, rief Critilo dazwischen. »Das war die Fabel, so alt wie dumm, von König Midas, der so ohne *medida,* ohne Maß und Richtschnur in seiner Begierde war, dass er am Ende, wie alle Reichen, an Völle erkrankte und an Hunger starb.«

41 Landsknechtsitalienisch: »Alle sind wir hinter diesem Teufelsgeld her.«

42 *»Ascua de oro«:* idiomatische Wendung mit der Bedeutung »blitzsauber«, spöttisch auch »herausgeputzt«.

43 Spanisch *»bailar«* – »tanzen«; galloromanisch *»bailler«* – »geben«.

»Wieso Fabel?«, fragte der Franzose zurück. »Das ist die schiere Wahrheit, und wahrhaftig geschieht es noch heutigentages so. Ist es denn neu, dass einer in Gold verwandelt, was er anrührt? Nehmt den Advokaten: Ein Schlag mit der flachen Hand auf seinen *Bartolo,* und das Echo hallt nach im *bartolomico* des Mandanten, lässt ihm pünktlich hundert, zweihundert aus dem Beutel springen, die hundert, zweihundert Punkte seines Falles bleiben liegen.[44] Nie geht der Schlag ins Leere, nie bleibt die Hand leer; vielleicht studiert er auch im *Baldo,* aber sein Geschäft tut er nicht *de balde,* keineswegs umsonst.[45] Ein Doktor, der den Puls fühlt, macht er nicht sich selbst zu Gold und die anderen zu Staub? Gibt es einen Amtsstab mit ähnlicher Wirkung wie den des Gerichtsvollziehers oder eine Feder wie die des Amtsschreibers oder gar eines Sekretärs, die auch den verborgensten Schatz aus der Erde emporzaubert? Macht die Venusdame im munteren Putz denn nicht Gold aus Schmach und aus Schmutz?[46] Leute gibt's, die können mit nur einem Daumendruck schwer zu wiegendes Eisen in schwer wiegendes Gold verwandeln.[47] Wird die Trommel gerührt, die *caja,* und damit für uns auch Kasten und Kasse berührt, dann rafft der Soldat sich auf – zum Raffen. Macht nicht die Daumenarbeit des Kaufmanns Gold aus Seide und Hollandtuch? Glaubt mir, Midas gibt es vielfach auf dieser Welt: *midas* heißt *miss,* und der Kaufmann, wie oft und wessen vermisst er sich nicht in seinem Unmaß? EIGENNUTZ ist König der Laster, alle sind ihm untertan. Wundert euch daher nicht, wenn ich sage, der Fürst, der hier wohnt, verwandelt in Gold, was er anfasst; und einer der Gründe, weshalb ich jetzt weitergehe, ist, dass ich hingehen will zu ihm, damit er mich anfasst.«

44 *Bàrtolo:* Bartolus de Sassoferrato, berühmter italienischer Rechtsgelehrter des Mittelalters (1314–1357). – *»Bartolomico«* – vielleicht »Beutel, Magen«.

45 *Baldo:* Baldus de Obaldis, Schüler von Bartolus (1327–1400). Beider Kommentare zum *Corpus juris* waren zum Teil noch bis ins 18. Jahrhundert Rechtsautorität.

46 Mit paralleler Doppeldeutigkeit: *»Las Venus, cuando más tocadas y prendidas«. »Tocadas«* – »herausgeputzt«, und auch »berührt«; *»prendidas«* – »aufgemacht«, aber auch »genommen«.

47 *Verwandeln:* durch Nachhelfen an der Waage.

»Mosiur«, setzte Andrenio noch nach, »wie kann er denn leben auf solche Art?«

»Sehr gut.«

»Aber so sag mir, wird ihm nicht auch das Essen in der Hand zu Gold?«

»Ein gutes Mittel dagegen ist, sich ein paar feste Handschuhe anzuziehen; viele ernähren sich heute von ihnen und mit ihnen.«[48]

»Gut, aber wenn nun das Essen aufgetragen ist und er es zum Munde führt und kauen will, wird ihm dann nicht alles im Munde zu Gold? Wie kann er schlucken?«

»Ach, was du redest!«, rief der Franzose. »Mit solchen Bedenken haben die Leute sich früher aufgehalten. Inzwischen hat man schon Mittel und Wege gefunden, wie man das Gold trinkbar und essbar macht; heute brauen sie daraus Getränke, und die stärken ungemein das Herz; es hat auch schon einer die Kunst erfunden, wie man aus Dublonen Brühe macht, und man sagt, sie sei so deftig, dass man einen Toten damit aufwecken kann (denn dass sie das Leben verlängert, das ist doch wohl albern). Außerdem leben heute Tausende Elender davon, dass sie gar nicht essen wollen: Alles, was sie nicht essen, nicht trinken, nicht anziehen, verwandelt sich, behaupten sie, in Gold. Sie sparen ein, denn sie fahren nichts ein. Sie bringen sich um mit Hungern, sich und die Ihren, und davon leben sie.«

Darüber näherten sie sich dem Palast und gewahrten an den Toren viele Wächter, die alle mit kastilischen Rückenpanzern gegen galizische Brustharnische gewappnet waren,[49] abgesehen davon aber so unerbittlich grimmig, dass sie keinen auch nur auf hundert Meilen herankommen ließen; und wollte sich einer hindurchtrotzen, so schleuderten sie ihm aus ihren Eisenköpfen ein so eisernes *Nein!* entgegen, dass eine Kugel nicht schärfer treffen und es auch dem Beherztesten die Sprache nicht stärker verschlagen kann.

48 Anspielung auf die teuren Geschenke (vgl. S. 128, Anm. 33), aber auch auf die Redensart: »*echar el guante a algo*« – »lange Finger machen«.

49 »*Contra los petos gallegos*«: »*peto*« ist galizisch für »*pecho*« – »Brust«, lässt aber auch an lat. »*peto*« – »betteln« denken. »*Gallego*« bedeutet in der Gaunersprache »geizig«.

»Wie stellen wir es an, dass wir hineinkommen?«, fragte Andrenio, »denn von den Wächtern da scheint jeder ein synkopierter Nero oder noch grausamer.«[50]

»Lasst euch das nicht anfechten«, sagte der Franzose, »denn die Wächter hier halten Wache nur gegen die Jugend; junge Leute lassen sie nicht ein.«

Und so war es: Unter keinen Umständen fanden diese Einlass auf dem Gut. Man sicherte die Tore so lange ab, bis sie Männer waren, doch von dreißig Jahren an aufwärts gaben sie sie jedem Manne frei, wofern er nur kein Spieler, Leichtfuß, Verschwender oder Kastilier war, alles Leute von der Bruderschaft des Verlorenen Sohnes.[51] Den Älteren aber, den Franzosen und den Katalanen standen die Türen offen, man bot ihnen sogar die Mitverwaltung an. Da unsere Wanderer ja schon erwachsen waren und fast französisch wirkten, konnten sie anstandslos passieren. Doch gleich gab es ein neues, größeres Hindernis: Denn abgesehen davon, dass die Tore aus Bronze waren und härter als das Gemüt eines Reichen, eines Galeerenkapitäns, einer Stiefmutter, ja eines Genuesen (und noch härter geht es nicht mehr), waren sie verrammelt mit katalanischen Stäben und baskischen Vorhängeschlössern.[52] Und trotz wiederholtem Rufen war niemand da, der etwas sprach, geschweige denn ihrem Begehren entsprach.

»Hör«, rief einer von draußen, »ich bin doch dein Verwandter.«

Schließlich kam es von drinnen zurück:

»Lieber drei Panther als ein Verwandter. Als ich arm war, hatte ich weder Verwandte noch Bekannte, denn wer kein *Blut* hat, hat ja auch keine Sippe,[53] aber jetzt schießen sie aus dem Boden wie Pilze und hängen sich an mich wie Kletten.«

»Erkennst du mich nicht«, schrie ein anderer, »ich bin doch dein Freund.«

50 »N(er)o«.

51 Die Bewohner (Neu-)Kastiliens galten als verschwenderisch.

52 Anspielung auf die Stäbe im Wappen Kataloniens wie auf den angeblichen Geiz der Katalanen; auf die gute Qualität baskischen Eisens wie auf den hartnäckigen Widerstand der Basken gegen die spanische Zentralmacht.

53 *»Sangre«* – »Blut« bedeutet in der Gaunersprache Geld.

Und es tönte zurück:

»Bestimmt seid ihr zu neunt. Und feiger als Feigen.«[54]

Mit viel Höflichkeit fragte ein Edelmann an; Antwort erging ihm vom Bauern:[55]

»Jetzt, wo ich's zu etwas gebracht habe, sagt jeder zu mir: ›Meinen Glückwunsch, Peter!‹«

»Aber deinen Vater?«, rief ein guter Alter.

Und vom Sohne kam es zurück:

»In diesem Hause ist man niemandem verpflichtet.«

Umgekehrt wurde ein Vater vom Sohn gebeten, ihn doch einzulassen, und musste sich anhören:

»Nichts da, solang ich noch lebe.«

Keiner war bereit, mit dem andern zu teilen, nicht Geschwister mit Geschwistern, nicht Eltern mit Kind, schon gar nicht Schwiegermutter mit Schwiegertochter! Als sie dies hörten, ließen sie alle Hoffnung fahren, jemals hineinzugelangen. Schon versuchten sie, wenn schon keinen Gewinn, so doch *die Ehre zu haben,*[56] als der Franzose zu ihnen sagte:

»Wie schnell ihr verzagt! Die jetzt drin sind, sind doch auch hineingekommen. Gleich wird's Geld regnen, wir sind doch nicht auf den Kopf gefallen.«

Er zeigte auf eine kräftige Keule, die an einer goldenen Schelle hing.

»Schaut sie euch gut an«, sagte er, »denn sie schafft uns Abhilfe. Was meint ihr wohl, wie?«

»Wenn sie aus Eisen wäre und stählerne Stacheln hätte«, sagte Critilo, »ich würde glauben, es sei die Keule des Herkules.«

»Wie denn des Herkules?«, versetzte der Franzose. »Die war ein Spielzeug im Vergleich dazu, ein Marzipanbaiser, und alles, was Junos Stiefsohn damit vollbrachte, war Kinderei.«

»Wie kannst du, Mosiur, solches von einer so hochberühmten Keule sagen?«

54 *»En tiempo de higo, higas«:* »In Zeiten, in denen es nur Feigen gibt (also so gut wie nichts), hattet ihr nur eine ›Feige‹ übrig« (vgl. S. 260, Anm. 28).

55 *»Villano«* bedeutet im Spanischen »Bauer«, aber auch »Nicht-Adeliger«.

56 *Die Ehre haben:* »sich verabschieden«.

»Ich sage dir, nicht einen Kuller war sie wert im Vergleich zu dieser hier, und Herkules wußte auch nicht, was sich gehört, konnte sich nicht benehmen und verstand sich nicht auf den Kampf.«

»Wie denn nicht, wo er doch mit ihr über sämtliche Monster triumphiert hat?«

»Mit dieser hier wird selbst das Unmögliche besiegt. Glaubt mir, sie ist ungleich wirksamer, und ich käme nie zu Ende, wollte ich euch all die unsäglichen Hindernisse aufzählen, die mit ihr schon aus dem Weg geräumt wurden.«

»Dann muss sie wohl verhext sein«, meinte Andrenio. »Anders ist das nicht denkbar. Meisterstück eines mächtigen Schwarzkünstlers.«

»Nein, verhext ist sie nicht«, erwiderte der Franzose, »auch wenn sie selbst alle Welt verhext. Und mehr noch sage ich euch: Jene andere taugte nur in Herkules' Faust etwas, diese hier kann in jeder Hand, und sei es einer Zwergen-, Weiber-, oder Kinderhand, Wunder wirken.«

»Also, Mosiur«, rief Andrenio, »keine solchen Übertreibungen! Wie sollte das wohl sein?«

»Das will ich euch sagen: weil sie ganz und gar aus massivem Gold besteht, diesem mächtigen Metall, das stets entzweit und stets obsiegt. Oder glaubt ihr etwa, die Könige führten Krieg mit dem Erz der Bombarden, mit dem Eisen der Musketen und dem Blei der Kugeln? Ach nein, gewiss nicht, sondern mit *dinari, dinari e più dinari.*[57] Weh über das *Tizón* des Cid und das *Durendal* Rolands, angesichts einer dublonenschweren Keule.[58] Und damit ihr es seht, schaut her!«

Er nahm sie ab und führte mit ihr ein ganz leichtes Schläglein gegen die Tore, das aber solche Wirkung hatte, dass sie augenblicklich sperrangelweit aufsprangen, worüber beide Wanderer verblüfft waren und der *Mosiur* schwadronierte:

57 *Dinari:* verbreitete Rede im Italienischen, etwa bei Botero.

58 *Tizón:* die kostbaren magischen Schwerter aus dem Cid-Epos bzw. dem Rolandslied.

»Und wenn es die Tore zum Turm der Danae wären! Es sind allerdings die zu *Dame*, und das ist weit mehr.«[59]

Schien nunmehr alles geklärt und geebnet, so war es mit Critilos Zweifeln noch nicht so weit. Hinein würde man gelangen. Aber auch wieder hinaus? Als vorsichtiger Mann, der er war, sah er große Schwierigkeiten. Und doch: Beim Klingklang einer Geldsumme, die er hinzählen hörte (*moneta a monendo,* denn alles erreicht sie, und noch jeden hat sie gewonnen)[60], gab er sich besiegt. Auch ihn betörte der Lockruf des Goldes, hat doch nicht einmal Orpheus Klänge, die derart hinreißen. Als sie drinnen standen, schlossen sich die Türen wieder mit einer Vielzahl diamantener Riegel. Doch oh, welch seltsames, unfassliches Schauspiel! Wo sie einen Palast erwartet hatten, einen Hort der Freiheiten, fanden sie einen Kerker voller Gefangener, denn alle Eintretenden wurden gefesselt. Und was das Tollste war: Man gab an, ihnen damit gefällig sein zu wollen. Einer schönen Frau redeten sie ein, man kleide sie reich und vornehm, und man tat sie an mit der Kette der Knechtschaft fürs Leben, ja für den Tod, mit einem prächtigen Kollier als Halseisen, zwei kostbaren Armbändern als Handschellen, mit dem Stirnband ihrer Schuldigkeit, mit der emailbesetzten Brosche überm unauflöslichen Knoten, mit dem Halsband des Erstickens: Das war die Vereinehekerkerlichung.[61] Einem Hofmann legten sie etliche goldene Fußschellen an, mit denen er sich nicht regen konnte, und redeten ihm ein, er sei Herr seiner Bewegungen.[62] Was die Ankömmlinge sich als große Säle vorgestellt hatten, waren Verliese, bevölkert mit freiwilligen Gefangenen, sämtlich

59 *Danae:* Prinzessin von Argos, wurde einer bösen Weissagung wegen von ihrem Vater in einen Turm gesperrt, von Zeus aber in Form eines goldenen Regens besucht. – *Dame:* Kreuzung von Notre-Dame und sp. *»dame«* – »gib mir«.

60 Lat. *»Moneta«* (dt. »Münze«) komme von *»monere«* – »auffordern«, eine Etymologie nach Art Isidors (vgl. S. 30, Anm. 7).

61 *»Ello fue casa y miento, y càrcel verdadera«.* Das Wortspiel mit *»casamiento«* – »Heirat«, gespalten in *»casa«* und *»miento«* (von *»mentir«* – »lügen«) war ziemlich verbreitet, so auch bei Quevedo, *El mundo por de dentro,* und in den *Entremeses* (Zwischenspielen) von Quiñones de Benavente (1593–1651).

62 *Hofmann in Fußschellen:* nach Alciatis Emblem *In aulicos* (Henkel/Schöne 1047).

behängt mit güldenen Fesseln, Schnallen und Ketten, und sämtlich so zufrieden wie betört. Unter anderem trafen sie auf ein Individuum, das war von Katzen umgeben und fand seine ganze Lust daran, sie miauen zu hören.[63]

»Wie kann man nur so geschmacklos sein!«, redete Andrenio auf ihn ein. »Wären nicht ein paar Vögelchen im Käfig besser, die dir mit ihrem süßen Singen die Haft erleichterten? Aber Katzen, und gar noch lebendige, und du ergötzest dich an ihrem widerlichen Miauen, das jedem andern eine Qual ist!«

»Ach bewahre, das verstehst du nicht«, versetzte der. »Für mich ist das die lieblichste Musik, die sich denken lässt, sind es die süßesten und sanftesten Laute von der Welt. Was ist schon das Gezwitscher des Distelfinks, das Trillern des Kanarienvogels, das Flöten der Nachtigall gegen das Miauen einer Katze? Jedesmal, wenn ich sie höre, erfreut sich Herz und Geist. Verwünscht sei Orpheus mit seiner Leier und Correa mit seiner Kunst.[64] Was gilt aller Wohllaut der Instrumente neben dem Miauen meiner Katzen?«

»Wenn sie wenigstens tot wären«, entgegnete Andrenio, »dann würden sie mich ja noch reizen. Aber lebendig!«[65]

»Ja doch, lebendig. Und danach tot. Und nochmals sage ich: Es gibt keinen lieblicheren Laut unter allem, was tönt.«

»Nun sag uns schon, was findest du daran für ein Entzücken?«

»Was? Wenn sie so sagen *mío, mío,* und alles ist *mío* und immer nur *mío* und nichts für euch: Das ist für mich der süßeste Laut von allen.«

In dieser Tonart entdeckten sie noch viel Bemerkenswertes. Etliche zeigte man ihnen, ja die meisten eigentlich, von denen hieß es, sie hätten weder Herzen noch Gemüter, nicht nur im Umgang mit anderen, sondern mit sich selbst; und trotzdem lebten sie.

»Woher weiß man«, fragte Andrenio, »dass sie *herzlos* sind?«

»Ganz einfach«, wurde ihm zur Antwort, »sie sind auch frucht-

63 *Katzen:* Geldkatzen.

64 *Francisco Correa de Araujo:* zu seiner Zeit berühmter Komponist und Organist aus Sevilla (gest. 1663).

65 Tot sind es *Geldkatzen,* lebendig sind es *Taschendiebe.*

los.[66] Überdies stellte sich, als man nach ihren Herzen suchte, bei einigen heraus, dass sie in goldenen Grabmälern versenkt oder in Ba(h)rtücher gewickelt auf dem Grunde ihrer Truhen lagen.«

»Unglückliches Los des Geizigen!«, rief Critilo. »Keiner freut sich mit ihm im Leben, keiner betrauert ihn beim Sterben. Alles tanzt vielmehr beim Klang des Totenglöckchens: Die reiche Witwe weint mit dem einen Auge und blinzelt mit dem anderen.[67] Die Tochter straft ihre zu Quellen gewordenen Augen Lügen und sagt von dem *río de las lagrimas*, dem Tränenfluss, den sie weint: *Río de las lagrimas que lloro – Ich lache doch über die Tränen, die ich weine.* Der Sohn, weil Erbe; der Verwandte, weil dem Erbe näher; der Diener, weil unbedacht auch bedacht; der Medicus, weil, wenn auch wenig honorig, nun doch honoriert; der Messner, weil's bei ihm läutet; der Tuchhändler, weil er sein Barchent los wird; der Schneider, weil er es nähen kann; der Bettler, weil er damit ziehen kann.[68] Elendes Los des Elenden: übel lebt, übler noch stirbt sich's da.«

In einem großen Saal erblickten sie eine große Persönlichkeit. Sie waren verwundert über jemand so Unerwarteten an solchem Ort.

»Was tut denn dieser Herr hier?«, fragte Critilo einen von dessen unentbehrlichen Feinden.[69]

Und der:

»Was tut er wohl? Er betet an.«

»Aber was? Ist er Heide, der Edelmann?«

»Wenig edel und noch weniger Mann.«[70]

»Was aber betet er an?«

»Eine goldene Lade.«

»Wie, sollte er Jude sein?«

»Dem Naturell nach könnte er's, dem Blute nach nicht; er ist sehr vornehm, ein *rico hombre* von Spanien.«

66 *Fruchtlos:* vgl. S. 125, Anm. 25.

67 Ein Verschen: *»La viuda rica, con el un ojo llora y con el otro repica.«*

68 *Bettler:* Der Sitte gemäß mussten Wohlhabende den Armen Tuch für Trauerkleidung vermachen.

69 *Unentbehrliche Feinde:* Diener.

70 *»Gentil«* – »Heide« und »freundlich«; *»gentilhombre«* – »Edelmann«.

»Und ist trotzdem kein Hidalgo?«

»Umgekehrt: Weil er keiner ist, ist er ein *hombre rico,* ein reicher Mann.«[71]

»Und welche Lade betet er an?«

»Die seines Testaments.«

»Ist die denn aus Gold?«

»Innen ja, aber außen aus *hierro,* aus Eisen, will sagen aus *yerro,* Irrtum, denn sie weiß nicht, welchen sie birgt, noch wofür, noch weshalb, noch für wen.«

Hier nun wohnten sie jener äußersten Grausamkeit bei, die man eigentlich von den Vipern erzählt (wie nämlich das Weibchen bei der Paarung dem Männchen den Kopf abbeißt und danach die Jungen den Tod ihres Vaters rächen, indem sie ihr den Bauch durchlöchern und die Eingeweide aufreißen, um hinauszugelangen und zu gedeihen),[72] als sie nämlich mit ansehen mussten, wie die Frau, um ungeniert und ungedrosselt im Wohlstand zu leben, sich nicht genierte, ihren Mann zu erdrosseln; wie dann der Erbe, dem schien, die Mutter lebe zu sehr in Saus und Braus und er nicht genug, sie zu Tode ärgerte; wie diesen dann sein jüngerer Bruder, um ihn zu beerben, aus dem Weg räumte, so dass doch wahrhaftig wie bei den Vipern immer einer den anderen vergiftete und umbrachte. Der Sohn trachtet dem Vater und der Mutter nach dem Leben, weil er der Meinung ist, dass sie zu lange leben und er *Senior* sein wird, bevor er *Señor* ist; der Vater hat Angst vor dem Sohn, und während alle die Geburt des Stammhalters feiern, verdüstert sich ihm das Gemüt, denn er fürchtet ihn wie seinen intimsten Feind; doch der Großvater freut sich und sagt: ›Sei mir willkommen, o Feind meines Feindes!‹«[73]

Zur Erheiterung unter so viel Pein wurde ihnen, was einem die-

71 *»Rico hombre«:* Angehöriger des spanischen Uradels. – *Hidalgo:* meist verarmter Landadel.

72 Diese Tierfabel geht auf Apuleius (*Apologie* 85) zurück und ist im 16. Jh. mehrfach belegt. Die zoologische Erklärung dafür dürfte sein, dass einige Schlangenarten im Mittelmeerraum lebendgebärend sind (freundlicher Hinweis von Dr. Lücker, Direktor des Dresdner Zoos).

73 Auch hierfür stehen Quellenzeugnisse in der zeitgenössischen Literatur.

ser Wächter widerfuhr, als nämlich ein Dieb an einem andern Dieb zum Diebe wurde und ihn mit solcher Schlauheit täuschte, dass er ihn dazu brachte, sich selbst zu bestehlen und sich schließlich alles wegzunehmen, was er besaß. In der Tat lud dieser sich alle seine Habe auf den Rücken, das Gold und das Silber aus seinem Hause, und vergrub es an einem Ort, wo er es nie mehr sehen und sich daran erfreuen konnte. Hernach aber beklagte er sich und war doppelt verdrossen bei dem Gedanken, dass er ja der Dieb seiner selbst war, der Stehler und der Bestohlene.

»Oh, was die Habgier doch anrichtet!«, rief Critilo. »So bringt sie tatsächlich einen dazu, dass er elend sich selbst bestiehlt, dass er sein Geld vergräbt, es hortet für Undankbare, für Spieler und Luderjane, und er selbst isst und trinkt nicht, kleidet sich nicht, schläft und ruht nicht, genießt sein Gut nicht und nicht sein Leben: Zum Räuber wird er an sich selbst, verdient durchaus die hundert, rückwärts gezählt, und dass ihn der kluge Horaz in die Hölle verbannt gleichwie einen törichten Tantalus.«[74]

Sie hatten einen vollständigen Rundgang durch diesen Palast des Kerkerdaseins gemacht, ohne indes die Krönung aller Toren zu erblicken, ihren Herrn, als ganz zuletzt, während sie ihn sich doch in einem besonders großen Saal mit prächtig-herrscherlichem Brokatgewand angetan majestätisch auf reichem Thron sitzend ausgemalt hatten, sie ihn ganz im Gegenteil im engsten Verlies fanden, in das kein Licht drang, damit nur ja auch am Tage keines verschwendet werde und er nur ja nicht gesehen werde, er hätte ja etwas verleihen oder gar verschenken können. Trotzdem konnten sie seine verkniffene Miene erahnen, ganz das Gesicht dessen, der wenig Angehörige und noch weniger Freunde hat, dem gleichermaßen *deudos,* Verwandte, und *deudas,* Verliehenes, ein Greuel sind, das einzige Reichliche an ihm: sein reichlich verwilderter Bart, denn nicht einmal eine Schur gönnte er sich; reichlich auch die schwarzen Ringe um die Augen, von reichlich schlaflosen Nächten. So schauerlichem Äußeren half auch keine Kleidung ab: Die eine Hälfte war vom Alter schon ganz abgerissen, die andere

74 Horaz, *Satiren* I, 1, 64–79. – *Rückwärts gezählt:* von hinten auf den Rücken.

scheute alles, was hätte Kosten verursachen können. Er hauste allein, denn er misstraute aller Welt, und alle hatten sich von ihm abgewandt; nur Katzen mit Dublonenherzen strichen um ihn herum, wahrhaft herzlos und entseelt, denn nicht einmal tot vergessen sie Tücken und Krallen. So stand er Rhadamantys an Rohheit nicht nach.[75]

Eigentlich konnte er ja niemanden erkennen, doch wie sie eintraten, ging er auf sie zu und wollte sie umarmen, denn er hätte sie natürlich gerne aus Gold gehabt. Sie aber fürchteten so viel Werthaltigkeit, zogen sich rasch zurück und suchten nunmehr nach einem Ausgang aus diesem goldenen Gefängnis, Plutons Palast, denn jedes Haus eines Habsüchtigen ist die Hölle an Pein und die Vorhölle an Dummheit.[76] Mit solchem Begehren, um *Enttäuschung* von den Lastern im Allgemeinen, der despotischen Habsucht im Besonderen bittend, forschten sie nun eilends nach einem Ausweg. Doch wie der Unglücksvogel im Hause über allerlei Unvermutetes stolpert, geschah es den Flüchtenden, dass sie in eine verborgene Falle traten, die ganz überdeckt war vom goldenen Abrieb der Ketten, waren diese Schlingen doch so eng angelegt, dass sie, je mehr man daran zerrte, um sie loszuwerden, sich nur desto fester knüpften. Critilo beklagte ihre unbedachte Blindheit, Andrenio bejammerte ihre verschenkte Freiheit. Wie sie diese wiedererlangten, soll die nächste Krisis erzählen.

75 *Katzen mit Dublonenherzen:* nach einer *Letrilla* Góngoras. – *Rhadamantys:* altkretischer König, den der Mythos wegen seines gerechten Urteils zu einem der Richter des Elysion eingesetzt hat. Im Zuge der Dämonisierung des Jenseits wandelte er sich, zusammen mit Minos und Aiakos, zu einer Schreckensfigur. – Während im bürgerlichen Italien der Renaissance und selbst von einigen Päpsten bereits eine positive Einstellung zu Geld und Zins formuliert worden war (der Florentiner Gelehrte Bernardo Davanzati Bostichi sah in seiner *Lezione della moneta* von 1582 das Geld als das Blut im Körper des Gemeinwesens an), ist Graciáns Verteufelung, selbst wenn man die Satire in Rechnung stellt, mehr als mittelalterlich . – Vgl. E. Frenzels reiche Motivstudie zur *Goldgier.*

76 Die Verbindung von Geld und Hölle ist schon antik.

VIERTE KRISIS

Das Museum des Weltkundigen

An einem Ort urbaner Gesittung, der sogar den Hof aufgenommen hatte, suchte unlängst jemand, der doch nicht ohne Vernunft war, allenthalben nach einem Haus mit *Personen* darin.[1] Vergeblich, denn mochte er auch voller Zuversicht den Fuß in so manches Haus gesetzt haben, aus allen kam er unbefriedigt wieder heraus. An Kostbarkeiten waren sie reich, an Wertvollem waren sie arm. Endlich führte ihn sein Glück in eines, das war anders als alle anderen, und dort konnte er nun seinen Vertrauten zurufen:

»Jetzt sind wir unter *Personen;* dieses Haus atmet Menschen.«[2]

»Woran erkennst du das?«, fragten sie ihn.

Und er:

»Seht ihr nicht diese Anzeichen höherer Gesinnung?«

Und er wies auf einige Bücher, die dort griffbereit standen.

»Dies«, bekräftigte er, »sind die Kostbarkeiten der Einsichtsreichen. Welch ein Aprilgarten, welch ein Maien-Aranjuez ist doch eine wohlsortierte Bibliothek! Gibt es einen köstlicheren Schmaus für den Gaumen eines Erkenntnishungrigen als ein gepflegtes *Museum,*[3] das den Verstand erfrischt, das Gedächtnis bereichert, den Willen bestärkt, das Herz erweitert und den Geist befriedigt? Nichts verlockender, nichts betörender für ein *Ingenium* als ein neues Buch jeden Tag. Mit Ägyptens Pyramiden ist es vorbei, Babylons Türme sind zerfallen, Roms Kolosseum dahin, Neros goldene Paläste in Staub, alle Wunder der Welt verschwunden; einzig

1 Huesca, wo die aragonesischen Könige mehrfach Hof hielten.

2 Das Haus Lastanosas (vgl. S. 142, Anm. 18 und S. 329, Anm. 33).

3 *Museum:* Vom 16. bis 19. Jh. »Studierstube«, seit dem 17. Jh. »Kunst- und Altertumssammlung«, erst seit dem 19. Jh. metonymisch für das Gebäude. »Ach! Wenn man so in sein Museum gebannt ist«, sagt Wagner in Goethes *Faust* (V. 530). – Eine Idealbibliothek knapperen Zuschnitts hat Gracián im Schlusskapitel seines *Discreto* zusammengestellt (*Der kluge Weltmann,* übers. S. Neumeister, 1996).

bleiben die unvergänglichen Schriften der Weisen, die damals lebten, und die überragenden Männer, die von ihnen gerühmt wurden. O welch eine Lust, das Lesen, Beschäftigung für *Personen,* und wo sich keine solchen finden, da schafft es welche! Wenig frommt Reichtum ohne Weisheit, und gewöhnlich liegen die beiden auch miteinander im Streit: Wer am meisten hat, weiß am wenigsten, wer am meisten weiß, hat am wenigsten, und noch stets hat IGNORANTIA Schafsköpfe mit goldenem Vlies umhergeführt.«

Solches wurde den beiden im Kerker des INTERESSES, im Verlies ihrer Begehrlichkeit Gefangenen zu ihrer Aufmunterung und Aufklärung verkündet von einem Menschen, ja von einem, der noch mehr war als dies: Anstelle von Armen regte er Flügel mit solcher Kraft, dass er sich zu den Sternen erhob und in einem Augenblick dort war, wohin er wollte. Während nun alle anderen bei der Ankunft eng gefesselt und angekettet wurden und man ihnen auch nicht einen Schritt Freiheit ließ, wurde dieser nach seinem Eintreffen nur in der Weise in den Ruhestand versetzt, dass man ihm eine Kette am Fuß befestigte, die er nachziehen konnte und die ihn lediglich am Emporfliegen hinderte. Erstaunt fragte ihn Andrenio:

»Mensch oder Überwesen, wer bist du?«

Darauf jener unverzüglich:

»Gestern nichts, heut wenig mehr und morgen noch weniger.«

»Wieso weniger?«

»Ja, zuweilen wäre es besser, man wäre nicht gewesen.«

»Woher kommst du?«

»Aus dem Nichts.«

»Und wohin gehst du?«

»Zu Allem, zum Ganzen.«

»Wie kommst du so allein?«

»Meine eine Hälfte ist mir sogar noch zu viel.«[4]

»Dann muss ich sagen, du bist weise.«

»Weise: nein; begierig zu wissen: ja.«

»Doch aus welchem Grund kamst du hierher?«

4 Das Leben, das zu Gott geht, aber nur mit seiner Seele.

»Ich bin gekommen, um mich emporzuschwingen, allein wo ich doch auf den Schwingen meines Geistes mich in die höchsten Regionen erheben konnte, hielt Armut mich missgünstig beschwert.«[5]

»Demnach gedenkst du nicht, hier zu bleiben?«

»Keineswegs. Denn es ist nicht gut, gegen alles Gold der Welt auch nur ein Quäntchen Freiheit einzutauschen; vielmehr will ich mir von allem Aufwändigen nur das Notwendige nehmen und davonfliegen.«

»Und wirst du das können?«

»Wann immer ich will.«

»Könntest du auch uns befreien?«

»Alles hängt davon ab, ob ihr es wollt.«

»Und ob wir wollen!«

»Ich weiß nicht. Die Betörung der Sterblichen ist so stark, dass sie mit Lust in ihren Kerkern stecken und wunders meinen, wie gut sie's getroffen haben, wo doch alles verfehlt war. Dieser hier wirkt hohen Reiz und Zauber und schlägt sie am stärksten in Bann, weil in den Bann der Leidenschaften.«

»Wieso Reiz und Zauber?«, fragte Andrenio. »Dann ist also, was wir hier sehen, kein echter Schatz?«

»Mitnichten, sondern ein eingebildeter.«

»Was hier glänzt, ist kein Gold?«

»Ich nenne es Kot.«

»Und all die Feinheit?«

»Gemeinheit.«

»Diese Haufen sind keine Realen?«

»In keinem steckt etwas Reales.«

»Und was wir hier anfassen, sind keine Dublonen?«

»Sag lieber: Schablonen.«

»Und all diese prächtigen Einfälle?«

»Sind Ausfälle, am Ende fällt alles in nichts aus. Und damit ihr aus eurer Täuschung herausfallt und einseht, dass alles nur Schein

5 Vgl. Alciatis Emblem, *Paupertatem summis ingenijs obesse ne provehantur* (Henkel/Schöne 1022).

ist, macht euch nur recht klar: Sobald da einer ist, der den Mund zum letzten Mal auftut, und sei es auch der Allerwerteste und der Allermächtigste, wenn er erst ›Himmel!‹ murmelt und ›Gott steh mir bei‹ haucht, ist im Augenblick auch alles verschwunden, ist alles nur noch Glut und Asche.«

So geschah es, als einer mit ›Jesus!‹ seinen Geist aushauchte, da zerging all seine Pracht in nichts, so als war es ein Traum, und als die Herren von ihren Reichtümern erwachten und sich ihre Hände besahen, da fanden sie sie leer: Bloß noch Schatten und Schauder. Und es war ein erschreckendes Schauspiel, wie die, die vordem vergottet wurden, nun verspottet wurden; wie purpurschleppende Monarchen, galaverschleißende Damen, musterbestickte Herren weiß und kreidig wurden: Sie hatten eben nicht ins Schwarze getroffen und mussten es nun nachholen. Vorbei war's mit dem Elfenbeinthron, stattdessen die schwarze Trauer des Grabes; von ihren Steinen und Düften blieb ihnen nur mehr das Echo aus... Gebeinen und Grüften; Seide und Damast wurden zu Moder und Morast; statt weicher Matten nun kühle Platten; die Perlenschnüre vertauschte man gegen Tränenketten; das Haar, eben noch gekräuselt, sträubte sich und brach; was eben noch Prunk, war nun Gestank, was eben noch Hauch, wurde zu Rauch. Der ganze Zauberklang endete in Grabgesang, die Fülle des Lebens ward zur Fäule des Todes; aus Freudentrubel wurde Beileidsgemurmel beim Leibe des Verstorbenen (beileibe nicht für die Erben), und es dauerte nicht länger als einen Wimpernschlag, da hatte sich jener ganze Spukpalast in nichts aufgelöst.

Unsere beiden Pilger fanden sich umso lebendiger wieder, als sie vorher toter gewesen waren: *enttäuscht.* Sie fragten ihren geflügelten Nothelfer, wo sie sich befänden, und er sagte ihnen: gut aufgehoben, da wieder bei sich selbst. Er schlug ihnen vor, ihm zum Palast der klugen Sofisbella zu folgen, wohin er im Begriffe sei zu gehen und wo sie die vollkommene Freiheit finden würden. Sie, die nichts sehnlicher wünschten, baten ihn, er möge, da er ihr Befreier gewesen, nun auch ihr Führer sein, und wollten gerne wissen, ob er die weise Königin wohl kenne.

»Von dem Augenblick an, da ich mich geflügelt sah«, erwiderte er, »wo wir doch sonst zu gehen gezwungen sind, beschloss ich, ihr anzugehören. Es sind ihrer wenige, die sie suchen, und noch weniger, die sie finden. Ich habe die berühmtesten Universitäten durchforscht, ohne sie entdecken zu können, zwar sind dort viele bewandert in Latein, doch sind sie zumeist dumm und beschränkt in *Romanisch.*[6] Ich kam bei etlichen Leuten herum, die das Volk *Studierte* nennt,[7] doch da sie mich ohne Geld sahen, wollten sie mich nach dem Armenparagraphen behandeln. Ich redete mit vielen, die als Weise galten, doch unter zahlreichen Doktoren fand ich keinen einzigen Gelehrten. Endlich erkannte ich, dass ich verraten und verkauft war, und sah ein, dass es *von Weisheit und Güte kaum die Hälfte der Hälfte* gibt, ja von jeglichem Guten überhaupt.[8] Aber da ich nun viel umherfliege, habe ich einen Palast entdeckt, ganz aus Kristall, lichtüberströmt und in beständig wechselndem Glanz: Wenn je die große Fürstin irgendwo ihre Bleibe hat, dann in diesem Brennpunkt, seit es denn mit dem gelehrten Athen vorüber ist und das gebildete Korinth unterging.«

Darüber vernahm man verworrenes Geschrei, den pöbelhaften Beifall eines dreisten Haufens, der näher rückte. Sie blieben stehen und bemerkten ein plumpes Ungetüm, das in der ganzen Breite des Weges sich heranwälzte, gefolgt von ungezählter Menge. Merkwürdig das Äußere: die obere Hälfte Mensch, die untere Drache.[9] Von der Mitte aufwärts blickte es zum Himmel, abwärts wand es sich im Staub. Sogleich erkannte es der geflügelte Führer und bedeutete seinen Gefährten, sie sollten es vorüberlassen und nicht weiter beachten. Andrenio allerdings konnte sich nicht enthalten, einen aus dem großen Gefolge zu fragen, wer denn dieser Schlangenmensch sei.

»Wer wird es wohl sein?«, kam es zurück. »Natürlich der, der

6 *»En romance«:* gemeint ist »im Spanischen«, aber darüber hinaus in einer der Schulgelehrsamkeit entgegengesetzten Weltklugheit.

7 *Studierte: »letrados«,* speziell Juristen.

8 Abgewandeltes Sprichwort: *»De sabiduría* [statt: *dinero*] *y bondad, la mitad de la mitad.«*

9 Kekrops, Sohne der Erde, der sagenhafte Gründer Athens.

klüger ist als die Schlangen. Das ist der Allerweiseste, der Wundermann des Volkes, und er ist ein Ausbund an Wissen.«

»Du täuschst dich, und du täuschst ihn«, warf der Geflügelte ein, »er ist nur einer, der Wissen hat nach dem Maßstab der Welt, und all sein Wissen ist Torheit im Himmel.[10] Der gehört auch zu jenen, die über alle und jeden Bescheid wissen, nur nicht über sich,[11] die eben immer am Boden entlang kriechen. Er redet viel und weiß wenig; und alles, was er weiß, ist wissensunwert.«

»Und wo bringt er euch hin?«, wollte Andrenio noch wissen.

»Wohin? Er bringt uns dahin, dass wir Glücksritter der Weisheit werden.«

Sehr verwundert über diesen Ausdruck fragte Andrenio zurück:

»Was ist das wohl, ein Glücksritter der Weisheit?«

»Einer, der es nicht nötig hatte, zu studieren und sich anzustrengen, und dennoch als gelehrt und weise gilt, der sich nie die Brauen an der Studierlampe versengte, aber einen beeindruckenden Bart trägt, der nie den Staub von den Büchern blies, dafür umso mehr Staub aufwirbelt, der kaum die Augen aufgetan hat und doch erweckt ist, der ohne eine durchwachte Nacht oder ein früh begonnenes Tagwerk zu gutem Ruf gelangt ist; kurz, ein Orakel der Menge, von dem alle überzeugt sind, er wisse gar nicht, was er alles weiß. Hast du niemals gehört: ›Glück muss dir Gott geben, mein Sohn...‹?[12] Genau das ist sein Spruch, und wir schließen uns an.«

Andrenio wollte das mit dem Wissen ohne Lernen recht wohl gefallen: Bildung ohne Schweiß, Ruhm ohne Tränen, Preis ohne Fleiß, Geltung unentgeltlich! Und mitgerissen vom großen Gefolge des preiswürdigen Weisen, in dem auch Rösser, Karossen und Sänften nicht fehlten und aus dem alles ihm zuwinkte und aufs Nichtstun anstieß, wandte er sich seinen neuen Gefährten zu und rief laut aus:

10 *Torheit: »Sapientia enim huius mundi stultitia est apud Deum«* (*1. Korinther* 3, 19).

11 Cicero legt Ennius diesen Gedanken bei: *»Nequiquam sapere sapientem, qui ipse sibi prodesse non quiret«* (*De Officiis* III, 15).

12 Zu ergänzen: »... denn Wissen nützt dir wenig« (vgl. S. 50, Anm. 1).

»Freunde, lieber weniger wissen und dafür mehr leben!«

Er ging im Getümmel unter, und augenblicklich waren alle verschwunden.

»Tja«, meinte der Geflügelte zu dem verdutzten Critilo, »das wahre Wissen ist eben nur bei wenigen. Tröste dich, denn schneller wirst du ihn finden als er dich, auch wenn du der *hallado* bist, ich meine natürlich nicht der *Gefundene,* sondern der *Zufriedene,* und er der *Verlorene.*«[13]

Gern hätte sich Critilo auf die Suche nach ihm gemacht, doch da er den großen Palast, dem sie zustrebten, schon vor sich sah, ging er, nun auch seiner selbst vergessend und ohne die Augen noch von ihm abzuwenden, begeistert darauf zu. Weithin sichtbar stand er auf einer lichten Anhöhe und beherrschte alles umher. Seine Architektur war ein Äußerstes an Kunst und Schönheit, in Licht getaucht auf die einleuchtendste Art, denn abgesehen davon, dass die Wände und alles Material durchscheinend waren, gab es, um Helligkeit einzulassen, zahlreiche Luken im Dach und hohe Balkonfenster: Alles war Klarheit und Erleuchtung. Beim Näherkommen sahen sie einige Menschen (und es waren wirklich welche), die anscheinend die Wände anbeteten und küssten. Bei genauerem Hinsehen bemerkten sie jedoch, dass sie daran leckten und ein paar Krusten herauszogen, kauten und sich daran gütlich taten.

»Wofür mag das von Nutzen sein?«, fragte Critilo.

Und einer von ihnen:

»Zumindest ist der Geschmack vorzüglich.«

Als Critilo den ihm dargebotenen hellen, durchsichtigen Krumen an den Mund führte, erkannte er, dass es Salz war, und zwar ein sehr schmackhaftes, und auch was er für Kristalle gehalten hatte, waren wohlschmeckende Salze. Stets stand das Tor weit offen, obwohl nur wenige Leute zu Fuß dort eintraten, das aber waren *Personen.* Das Tor war von Efeu umrankt und von Lorbeer gekrönt, auf der majestätischen Fassade viele sinnreiche Inschriften. Sie traten ins Innere und staunten über einen ganz vorzüglichen,

13 Wie schon mehrfach: »*hallado*« – »gefunden« und »zufrieden«.

geräumigen *Patio,* umstanden von Säulen, die so fest und dauerhaft waren, dass sie, wie der Geflügelte ihnen versicherte, die Welt tragen konnten, einige sogar den Himmel, war doch jede von ihnen ein *non plus ultra* ihrer Epoche.[14] Alsbald vernahmen sie einen Wohlklang, so süß, dass er nicht nur die menschlichen Gemüter ergriff, sondern auch die Tiere und selbst die unbelebten Felsen. Sie wähnten, der Urheber davon müsse Orpheus selber sein, und in dieser Erwartung betraten sie einen majestätisch-weitläufigen Saal, in welchem Schneeflocken aus Elfenbein und Goldglut aus Tannenzapfen einander wundervoll temperierten und gemeinsam seine Schönheit ausmachten. Dort empfingen sie und warteten ihrer GUTER GESCHMACK und GUTER GENIUS und führten sie mit der ihnen eigenen Anmut in die gefällige Nähe einer menschlichen Sonne, die sich wie ein göttliches Weib ausnahm. Sie regte ein Plektron zu so lieblichem Saitenspiel, dass man hätte schwören mögen, es mache nicht nur Lebendige unsterblich, sondern rufe Tote ins Leben zurück, besänftige die Gemüter, beruhige die Geister, selbst wenn es sie manchmal zu kriegerischem Furor entflammte, wie Homer selbst es nicht besser vermocht hätte. Sie traten nun heran, um sie zu begrüßen, im reinen Genuss ihres Anblicks, noch mehr jedoch ihrer Laute, und sie entfaltete zu Ehren ihrer fernher gekommenen Gäste die ganze Fülle ihres Wohllauts. Um sie her standen mannigfache Instrumente, alle sehr klangvoll. Sie ließ die älteren, wenngleich sehr eingängigen, beiseite und griff zu den moderneren. Das erste, das sie anschlug, war eine zierliche Zither, die einen äußerst harmonischen Ton gab, den freilich nur wenige wahrnahmen, denn für viele war er nichts. Unbeschadet dessen nahmen die Ankömmlinge an ihr ein nicht unerhebliches Missverhältnis wahr, denn ihre Saiten waren zwar aus feinstem Gold und sehr zart, der Stoff indessen, aus dem sie bestand, war nicht, wie es doch hätte sein sollen, geschliffenes Elfenbein, poliertes Ebenholz, es war nur Buche oder noch gewöhnlicheres Holz. Dies Bedenken

14 Die – schon bei Platon überlieferte – Embleminschrift über den Säulen des Herkules beim späteren Gibraltar, in der positiv-triumphalen Form *»plus ultra«* (spanisch *»más allá«*) Bestandteil des spanischen Wappens.

verspürte die klangverständige Nymphe, und mit einem anmutigen Seufzer sagte sie zu ihnen:

»Hätte nur bei dieser zierlichen cordobesischen Leier die sittliche Unterweisung der Kühnheit ihrer Komposition entsprochen, der Ernst der Gegenstände der Kultur ihres Stils, der Stoff dem Wagemut ihres Verses und der Feinheit ihrer Sprachspiele, ihr Körper hätte verdient, ich möchte sagen: nicht nur aus Elfenbein, sondern aus dem edelsten Diamanten geformt zu sein.«[15]

Nun nahm sie eine italienische Hirtengeige zur Hand, die klang so süß, dass es beim Streichen mit dem Bogen war, als geböte sie sogar der Sphärenharmonie Einhalt, wenn sie auch dafür, dass es um einen Hirten – und einen so treuen – ging, schier im Übermaß geistreich erscheinen mochte.[16]

Sie hatte auch zwei Lauten zur Hand, so gleich gestimmt, dass es war, als seien sie Geschwister.

»Diese«, so erklärte sie, »sind aragonesisch ernst und gemessen, der gestrengste Cato könnte ihnen lauschen und würde keinen Anflug von Leichtfertigkeit vernehmen. Im Dreizeiler sind sie die ersten der Welt, in den Vierzeilern freilich nicht einmal fünfte.«[17]

Sie sahen eine Erzzither von vollendeter Anlage, von wundervoller Gestalt, und wenn sie gleich noch unter einer anderen stand, so stand sie dieser in der stofflichen Gestaltung doch nicht nach,

15 Der erste der hier allegorisierten Dichter ist Luis de Góngora (1561 in Córdoba geboren, 1627 ebendort gestorben). In *Agudeza* 5 noch uneingeschränkt als »Adler der *conceptos*« gerühmt.

16 Giambattista Guarini, *Il pastor fido* (Der getreue Hirte), mythologisches Hirtenspiel in 5 Akten, erschienen 1590, uraufgeführt 1596, berühmt über die Grenzen Europas hinaus, von Händel und Salieri vertont, auch Gegenstand der Polemik wegen seiner Abweichungen von der aristotelischen Poetik. In *Agudeza* 5 verwendet Gracián »geistreich« im Sinne des Konzeptismus *(»conceptuoso«)* noch rein positiv, allerdings mit Bezug auf Guarinis Lyrik. – Dass Guarinis Vorbild, Tassos *Aminta*, hier keine Erwähnung findet, dürfte mit ideologischen Vorbehalten zu tun haben.

17 *Die Brüder Lupercio und Bartolomé de Argensola* (1559–1613; 1562–1631): Lyriker und Geschichtsschreiber (Lupercio auch Theaterautor) aus Barbastro. – *Dreizeiler:* Lupercios Terzinendichtung *Descripción de Aranjuez. Vierzeiler:* die spanischen *redondillas.* – Vgl. *Agudeza* 14 und 22.

noch war diese ihr in der Erfindungskraft über; und so sagte denn die Seele der Instrumente:

»Hätte Ariosto ebenso auf moralische Allegorien gehalten wie Homer, er wäre ihm wahrhaftig nicht unterlegen.«[18]

Ein Instrument war da, zusammengehalten von Hanf und Wachs, das tönte viel und brachte viele in Verlegenheit.[19] Der ungleichen Länge wegen glich es einer Orgel und war aufgebaut aus dem Rohr der Syrinx, das man in der allerfruchtbarsten *Vega* gesammelt hatte; es war erfüllt vom Winde der Volksgunst, aber trotz all diesem Beifall befriedigte es sie nicht, woraufhin die poetische Schönheit sagte:

»Ihr müsst wissen, dieser Ton wurde in jenen ungehobelten Zeiten gern gehört und erfüllte mit seinem Tosen alle Theater Spaniens.«[20]

Nun nahm sie von der Wand eine *Vihuela*,[21] und es war eine Schande für den Schnee, so hell war deren Elfenbein, aber auch so kalt, dass ihre Finger im Nu daran erfroren und sie sie fahren lassen musste. So sagte sie denn:

»In diesen Gedichten Petrarcas vereinen sich zwei Extreme, nämlich seine große Kälte mit der Glut der Liebe.«[22]

18 Ariosts *Rasender Roland*, in endgültiger Fassung 1532 erschienen, hatte auf der Iberischen Halbinsel lebhaftes Echo gefunden. Er war zum ersten Mal von J. J. de Urrea, einem Offizier Karls V., ins Spanische übersetzt worden (Antwerpen 1549). Diese Übersetzung (natürlich in Stanzen) wie auch die späteren wurden von Cervantes im berühmten Bibliothekskapitel I, 6 des *Don Quijote* verworfen. – Die moralisch-allegorische Ausdeutung Homers reicht zurück bis ins 6. Jahrhundert v. Chr. und wurde in Spätantike und Mittelalter allgemeine Praxis.

19 *Hanf und Wachs:* aus Góngoras *Fabel von Polyphem und Galatea* (V. 89).

20 Der fruchtbare Lope de Vega (*»vega«* bedeutet »Flur«), der dank seiner Schule noch über seinen Tod (1635) hinaus den Geschmack der spanischen Bühne bestimmte, galt der nachfolgenden Generation als zu wenig gepflegt und zu volkstümlich. Schon in *Agudeza* 19 tadelt Gracián die Vielschreiberei. Seine Bewunderung galt Agustín Moreto (vgl. unten: S. 818, Anm. 38). – Die Nymphe Syrinx wurde, um sie vor den Nachstellungen Pans zu retten, in ein Schilfrohr verwandelt (Ovid, *Metamorphosen* I, 689–712). Der Üble konnte sich darauf nur noch ein Liedchen blasen.

21 *Vihuela:* Der Laute oder Gitarre ähnlich (das Wort entspricht ital. *»viola«*).

22 Kalt ↔ heiß ist ein inhaltlicher Topos des Liebesempfindens in Petrarcas Lyrik. Für Gracián scheint es ein Zug ihrer Wirkung zu sein. Das ist nicht leicht zu er-

Sie hängte sie neben zwei andere ihr sehr ähnliche, von denen sie sagte:

»Die hängt man lieber weg, als dass man sich an sie hängt.«

Und verstohlen gab sie zu, es seien die von Dante Alighieri und von dem Spanier Boscán.[23] Mitten unter so ernsten Plektren gewahrten sie allerdings auch einige recht schelmische Hohlziegel, worüber sie sich nicht wenig entrüsteten.

»Verschmäht sie nicht«, sagte die Spielerin, »sie sind sehr witzig; mit ihnen hat Marica im Spital ihre Schmerzen verscheucht.«[24]

Sodann ließ sie aber doch wieder mit innigem Wohllaut auf einfallsreicher Lyra einige *folias* erklingen, die von allen zu Recht gepriesen wurden, woraufhin sie sagte:

»Diese hier ist glücklich, portugiesische Laute zu sein, lieblich und zart, sagt sie doch selbst: *El que amo es.*«[25]

Sie freuten sich nicht wenig am Anblick einer *gaita,* und auch diese wusste sie aufs artigste zu beseelen, wenngleich ihre große Schönheit dabei ein ganz klein wenig litt. Und sie meinte dazu:

»Nun, das stammt wahrhaftig von einer fürstlichen Muse, zu deren Klängen Gila in der beliebten Nacht eines Heiligen zu tanzen pflegte.«[26]

klären, sind doch in Petrarcas Stil alle Elemente des konzeptistischen Schreibens bereits angelegt.

23 Gemeint ist Dantes Lyrik, deren Geringschätzung (obwohl in der *Raccolta aragonese* von 1476 noch an erster Stelle) vom 16. bis zum frühen 19. Jh. allgemein war. – *Boscán:* vgl. S. 313, Anm. 53.

24 *Schelmische* (pikareske) *Hohlziegel:* Anspielung auf den geistesverwandten Quevedo und dessen Romance auf eine gewisse Marica, die mit Syphilis im Seuchenspital Anton Martín lag (vielleicht ist auch ein *marica* – ein Homosexueller gemeint; vgl. S. 186, Anm. 18).

25 *El que amo es:* (»Er ist es, den ich liebe«): schmeichelndes Lautspiel mit dem Namen von Luis de Camões, Verfasser des Epos der *Lusiaden* (1572) und bedeutendstem portugiesischen Lyriker (1525–1580), den Gracián in *Agudeza* vielfach nennt. – *»Folias«:* portugiesischer Tanz zum Tamburin.

26 Romera-Navarro weist nach, dass damit Francisco de Borja, Fürst von Esquilache gemeint sein muss, Angehöriger des aragonesischen Königshauses und der Familie Borja (ital. Borgia, 1581 – 1658), Vizekönig von Peru und Gründer der (noch heute bestehenden) Universität San Marcos in Lima. Er war befreundet mit den Brüdern Argensola (siehe oben, Anm. 17) und verfasste neben höfischer Dichtung

Großen Unwillen erregte bei ihnen der Anblick einer italienischen Theorbe, die frisch und unbekümmert aus dem Schmutz zu kommen schien; sie wagte sie nicht zu berühren, die sittsame Nymphe, geschweige denn zu spielen, und so sagte sie:

»Betrüblich, wie dies kunstreiche Saitenspiel des Marino sich doch mit so viel Unrat abgegeben hat.«[27]

Es war da eine königliche Laute von sehr kundiger Machart, die zwar in einem dunklen Winkel stand, indessen aus sich selbst in hohem Glanz erstrahlte und überdies mit manch edlem Stein besetzt war.

»Diese hier pflegte«, erläuterte sie, »einen so herrlichen Ton zu geben, dass die Könige selbst ihr zu lauschen geruhten; und wenn sie auch noch nicht in gedruckter Form ans Licht gelangt ist, so leuchtet sie doch so sehr, dass sich von ihr sagen lässt: ›Das Morgenlicht hebt an.‹«[28]

Ein wenig weiter sahen sie ein hoch entwickeltes Instrument, das geradezu mit dem Lorbeer Apollos selbst bekränzt war, auch wenn einige nicht so recht daran glauben mochten.[29] Sie hörten

etwa dreihundert *Romances* im Volkston (daher *»gaita«* – Schalmei oder Dudelsack), in denen eine Gila auftritt, die in der Johannisnacht, der *Noche de San Juan,* tanzt.

27 *Giambattista Marino* (1569–1625; vgl. S. 53, Anm. 9): hielt mit seinen burlesken Sonetten *Murtoleide* und seinem hochmanirierten erotischen Riesenepos *Adone* seine Zeitgenossen in Atem, vor allem Franzosen und Spanier. Lope de Vega, aber auch Góngora stellten ihn über Tasso, ja über jeden anderen Dichter, Gracián selbst hatte ihn in *Agudeza* 5 und 16 noch »ebenso eingängig wie einfallsreich« und gar den »Góngora Italiens« genannt. Graciáns moralisch begründeter Urteilswandel geht der Abkehr seitens der französischen Klassiker voraus. In III, 9 wird er ihm jedoch als »Akademiesekretär« noch einmal hohen geistigen Rang einräumen.

28 Wiederum hat Romera-Navarro dartun können, dass hiermit Antonio Hurtado de Mendoza (1586–1644) gemeint sein muss, Lyriker und Dramatiker am Hof Philipps IV. (Molières *Schule der Männer* und *Gil Blas* von Le Sage gehen auf ihn zurück), von seinen Zeitgenossen *»El discreto de Palacio«* genannt. Der Vers *»El alba que sale«* findet sich in einem seiner *Romances.* Seine Werke wurden erstmals 1690 ediert.

29 Damit dürfte der sevillanische Lyriker Fernando de Herrera (1534–1597) gemeint sein, der am häufigsten mit dem petrarkischen Lorbeerkranz dargestellt wurde. Heute als Vorläufer Góngoras eingestuft, von den Zeitgenossen *»El Divino«* genannt, trotz mancher Vorbehalte gegen ihn, auch bei Gracián selbst (*Agudeza* 63).

eine gefällige Schalmei, allerdings hatte die dazugehörige Muse *cáncer,* soll heißen, sie litt an Kümmersucht, und bei jedem Gesang verwechselte sie die Stimmen.[30] Eine Leier schlug an oder vielmehr zu, *mediana* zwar, mittelmäßig, doch überlegen im Satirischen, und sie ließ sich latinisierend vernehmen.[31] Noch einen hörten sie, von glücklicher Kunst, und sie fragten sich dabei, ob seine Prosa nicht Vers sei und sein Vers Prosa.[32] In einer Ecke sahen sie viele weitere Instrumente, die sahen aus, als sei man eben erst mit ihnen zu Ende gekommen, und doch waren sie schon am Ende und über und über verstaubt. Verwundert fragte Critilo:

»Warum nur, o große Königin des Parnass, gabst du diese dort so schnell dem Vergessen anheim?«

Und sie:

»Weil alles nur kurzes Gereim. Anheimelnd finden das alle, weil so schön leicht. Wenige nur eifern Homer und Vergil nach mit heroisch schweren Gedichten.«

»Ich könnte mir denken«, meinte Critilo dazu, »dass es Opfer

30 *Cáncer:* Der Lyriker und Dramatiker Jerónimo de Cáncer y Velasco (1594–1654), von dem es zwar hieß, er sei einmalig in der Kunst des *retruécano,* des doppeldeutigen Wortspiels (»verwechselte die Stimmen«), was Gracián hätte gefallen können, doch war er ihm sicher künstlerisch zu leichtgewichtig.

31 *Mediana:* Juan de Tarsis y Peralta, Graf von Villamediana, satirischer Dichter (1582–1622), Bewunderer Marinos und Nacheiferer Góngoras, im kulteranistischen Stil latinisierend wie dieser. Gracián schätzte das Beißende seiner Verse (*Agudeza* 16), aber er sagt uns nicht alles über den Libertin: Der wurde zum Skandalpoeten, als er die schöne Gemahlin Philipps IV., Isabel von Bourbon, zu verführen versuchte, während der Aufführung eines seiner Stücke angeblich sogar das Theater von Aranjuez niederbrannte, um die Königin in seinen Armen daraus zu retten. Bald nachdem Philipp, siebzehnjährig, den Thron bestiegen hatte, wurde er eines Nachts ermordet.

32 Mit guter Sicherheit ist hier der Hofprediger Fray Hortensio Félix Paravicino (1580–1633) gemeint, dessen Predigtstil stark von Góngoras Metaphorik geprägt war und dessen Gedichtsammlung 1641 unter dem Pseudonym Félix de Arteaga erschien, worauf Graciáns Wendung *»de feliz arte«* – »von glücklicher Kunst« – anspielen dürfte (vgl. *Agudeza* 51). – Die Annahme mancher Kommentatoren, es sei Cervantes gemeint, kann nicht überzeugen: Cervantes ist in allen Schriften Graciáns der große Abwesende (vgl. S. 306, Anm. 33); falls er ihn hier hätte erwähnen wollen (ein herber Stolz scheint es ihm verwehrt zu haben), er hätte es niemals so spärlich knapp und am Ende einer langen Reihe von Autoren tun können.

von Horaz sind, der ihnen mit seinen strengen Vorschriften gerade dort den Mut nahm, wo er ihnen Mut machen wollte.«[33]

»Das ist es gar nicht einmal«, erwiderte der Schwanenglanz, »vielmehr sind etliche eben lediglich *Romanisten* und verstehen sich nicht auf die Kunst; für große Werke sind nun einmal besonders große Geister vonnöten.[34] Hier ist Tasso, das ist ein zweiter Vergil, ein christlicher, und zwar so sehr, dass er allenthalben Engel und Wunder aufbietet.«[35]

Eine Nische war leer. Als Critilo dies sah, sagte er:

»Hier müssen sie ein großes Plektron weggenommen haben.«

»Das trifft wohl nicht zu, vielmehr ist der Platz für einen Modernen vorgesehen.«

»Das könnte dann vielleicht einer sein«, meinte Critilo, »den ich kenne und für gut halte, aber nicht, weil er mein Freund ist, sondern ich halte ihn für meinen Freund, weil er gut ist.«[36]

Länger durften sie nicht mehr verweilen, denn ALTER trieb sie zur Eile,[37] und so mussten sie denn diesen ersten Raum des so wohl bestellten Parnass, ein duftendes Paradies, verlassen. Von ZEIT wurden sie in einen weiteren Saal gerufen, der war geräumiger, sein Ende gar nicht abzusehen. Eingeführt wurden sie von GEDÄCHTNIS, und sie trafen dort wiederum auf eine ausnehmende Nymphengestalt, die hatte die eine Hälfte des Antlitzes voller Runzeln wie ein altes Weib, die andere aber frisch wie ein junges Geschöpf, sie blickte aus zwei Gesichtern, aufs Gegenwärtige und

33 Horaz, *Ars poetica* V. 385 ff. Allerdings geht es dort nicht um »strenge Vorschriften«, sondern um den wohlgemeinten Rat, Gedichtetes im Zweifel zurückzuhalten.

34 *»Romancistas«:* Leute, die nur »romanisch« (spanisch) können, keine klassische Sprache.

35 *Engel:* Darin mag ein Tadel enthalten sein. Tasso, der das *meraviglioso* ausdrücklich für seine Poetik fordert, lässt im 10. Gesang seiner *Befreiung Jerusalems* etwa den Erzengel Gabriel in die Kämpfe eingreifen (höllische Kräfte tun dies auf Seiten der Gegner noch öfter, stets nach dem Vorbild Vergils).

36 *Freund:* ein Landsmann aus Aragón, Francisco Diego de Sayas y Ortubia, von Lope de Vega gelobt (vgl. *Agudeza* 60).

37 *Alter: »Edad«* – »Zeitalter«, »Epoche«.

aufs Vergangene, denn das Zukünftige überließ sie der Vorsehung. Als Critilo ihrer ansichtig wurde, sagte er:

»Dies ist die würzige, die ergiebige GESCHICHTE.«

Doch der Geflügelte:

»Es ist lediglich die Lehrmeisterin des Lebens, das Leben der Überlieferung, die Überlieferung der Wahrheit und die Wahrheit der Geschehnisse.«[38]

Sie war umringt von Männern und Frauen, von denen die einen alle Zeichen des Trefflichen, die andern des Schurkischen trugen, es waren Große und Kleine, Tapfere und Feige, Behutsam-Politische und Tollkühn-Draufgängerische, Kundige und Ahnungslose, Heroen und Elende, Riesen und Zwerge: kein Extrem fehlte. In Händen hielt sie einige wenige Federn, die aber so wunderwirksam waren, dass eine einzige davon, die jemand überreicht bekam, diesen bis an die Koluren hinaustrug.[39] Mit dem Saft, der aus den Federn träufelte, verlieh die Nymphe nicht nur Leben, sie verewigte auch die ruhmwürdigen Taten und bewahrte sie vor dem Altern. Freilich verteilte sie die Federn mit bemerkenswerter Zurückhaltung und gab eigentlich keinem die, die er begehrte; dies geschah auf Ersuchen von WAHRHEIT und REDLICHKEIT. So konnten sie mit ansehen, wie eine einflussreiche Persönlichkeit auftrat und eine große Summe bot, sie ihr aber nicht nur das Ansinnen abschlug, sondern ihr auch die Hand schwer werden ließ mit der Bemerkung, solche *libros*, solche Bücher, hätten, wenn sie gut sein sollten, *libres*, frei, zu sein und man könne keinesfalls den Flug in die Ewigkeit mit geborgten Federn antreten. Andere meinten allerdings, man solle sie ihm ruhig geben, seine Schändlichkeit würde dadurch wenigstens gebührend bekannt.

»Nein, das geht nicht an«, entgegnete die ewige HISTORIA. »Heute würden sie ihn wohl verspotten, in hundert Jahren aber vergotten.«

Dieselbe Zurückhaltung ließ sie walten, indem sie keinem eine

38 Barocke Ausformung von Ciceros »*Lux veritatis, vita memoriae, magistra vitae*« (*De Oratore* II, 9).

39 *Koluren:* äußerste Himmelskreise.

Feder reichte, dessen Tod nicht wenigstens fünfzig Jahre zurücklag; und jedem Toten eine lebendige Feder bestimmte; womit nämlich weder Tiberius, der Durchtriebene, noch Nero, der Entmenschlichte, mehr vermeiden konnten, von Cornelius Tacitus auf die Hörner genommen zu werden.[40] Sie holte eine besonders gute hervor, damit ein großer Schriftsteller über einen großen Herrscher schreiben konnte, doch als dieser sah, dass sie ein wenig in Gold getunkt war, warf er, obwohl dieselbe Feder über andere Dinge schon recht löblich geschrieben hatte, sie geringschätzig beiseite und rief:

»Glaubt mir, goldene Feder schreibt eiserne Fehler.«[41]

Ein anderer suchte sehr dringlich nach einer, die Gutes über ihn schreiben könnte; die Nymphe forschte nach, ob er sich auch verdient gemacht habe, und es stellte sich heraus, dass nicht; er erwiderte, er sei dabei; sie aber wollte, obwohl sie sein ehrenwertes Bemühen lobte, ihm die Feder nicht zubilligen und ließ ihn wissen, nicht fremde Worte könnten Menschen auszeichnen, nur eigene Taten, erst gut vollbracht, dann gut beschrieben. Hingegen bat ein anderer, ein berühmter Mann, man möge ihm seine nachbessern, denn die er bekommen habe, sei allzu hausbacken und einfältig; sie tröstete ihn damit, seine großen Taten stünden in diesem schlechten Stil noch immer besser da als die von anderen in rhetorischer Aufmachung.[42] Einige gefeierte Zeitgenossen beschwerten sich, ihre unsterblichen Leistungen würden mit Stillschweigen übergangen, während es für andere, weit weniger glänzende, Lobsprüche wie von Paolo Giovio gegeben habe.[43] Darüber wurde die

40 *Tacitus: »Escaparse de lo Cornelio de Tácito«.* Das Spiel mit dem Namen des Historikers war weit verbreitet. Hier nicht mit *»tacitus«* – »schweigsam«, sondern mit *»cornus«* – »Horn«.

41 Erneut die Homophone *»hierro«* – »Eisen«, *»yerro«* – »Fehler«. – Nach Romera-Navarro wird auf den Historiker Prudencio de Sandoval angespielt, dessen *Historia y hechos del imperador Carlos V* im Jahre 1606 erschienen war und den Gracián missbilligte (vgl. unten Anm. 57).

42 Romera-Navarro nimmt an, dass dies auf Hernán Cortés gemünzt ist und auf die schlecht geschriebene *Conquista de la Nueva España* von Bernal Díaz del Castillo (1632).

43 *Paolo Giovio:* zu dem italienischen Geschichtsschreiber vgl. S. 264, Anm. 37, sowie unten Anm. 73.

Nymphe, die viel bewanderte, sehr ungehalten und rief geradezu zornentbrannt:

»Wenn ihr mir meine liebsten Schreiber missachtet, verfolgt und gar einkerkert, wie sollen sie euch da verherrlichen? Die Feder, meine Herren Fürsten, wird nicht eingeschätzt, sie wird geschätzt.«[44]

Von den übrigen Nationen wurde der spanischen vorgehalten, sie habe keine lateinisch schreibende Feder gefunden, die sie befriedigend darstellte. Sie erwiderte, die Spanier seien eben mehr darauf bedacht, das Schwert zu führen als die Feder, Leistungen zu vollbringen, als sie herauszustreichen, und sie ausführlich zu begackern sei eher Sache des gallischen Hahns. Es half ihr nichts, vielmehr wurde sie wenig staatsklug und recht barbarisch gescholten, und man hielt ihr die Römer vor, die in allem vortrefflich gewesen seien, Cäsar habe Feder und Schwert gleichermaßen zu handhaben gewusst. Als sie dies hören musste und sich doch als Herrin des Erdkreises sah, entschloss sie sich endlich, nach einer Feder zu verlangen. Die Königin der Zeiten beschied, das stünde ihr zu, doch besann sie sich lange, welche sie ihr geben solle, damit sie sie nach so langem Schweigen gebührend von ihrer Verpflichtung entbinde, und obwohl sie den Grundsatz hochhielt, bei Strafe der Unglaubwürdigkeit nie einem Lande einen einheimischen Geschichtsschreiber zuzubilligen, entschloss sie sich angesichts des Hasses, mit dem die übrigen Völker dem spanischen begegneten, schließlich doch, ihm eine eigene Feder zu gestatten. Alsbald murrten die anderen Völker und zeigten sich gekränkt, doch die wahrheitsbeflissene Nymphe trug Sorge, sie zu beruhigen, indem sie sagte:

»Lasst es nur gut sein, denn da ist Mariana, und obwohl er zu vier Vierteln Spanier ist (was einige sich bemüßigt fühlen, in Zweifel zu ziehen), ist er doch so ingrimmig und wird so unnachsichtig

44 Der bedeutendste Geschichtsschreiber der Zeit, der Jesuitenpater Juan de Mariana (1535–1624), wurde wegen seiner Schrift *De monetae mutatione* (1609), in der er die Geldpolitik der Minister Philipps III. angegriffen hatte, zu Haft verurteilt.

schreiben, dass die Spanier selbst mit seiner Redlichkeit am wenigsten zufrieden sein dürften.«[45]

Dergleichen traute man den Franzosen nicht zu, und so gab jene für Frankreichs jüngste Begebenheiten und für seine Herrscher die Feder einem Italiener; und damit noch nicht genug, hieß sie ihn, zu ungehindertem Schreiben außer Landes nach Italien zu gehen; daher denn Enrico Caterino Davila eine so treffende Darstellung der Geschichte gab, dass Guicciardini sich in den Schatten gestellt sah, ja selbst Tacitus betroffen war.[46] Somit bekam jeder die Feder, die er sich am wenigsten erhofft hatte: Was nach dem einen Vogel aussah, war von einem andern, wie die *Vereinigung von Portugal und Kastilien,* die Conestaggio zugeschrieben war, aber recht besehen nicht von ihm stammte, sondern vom Grafen von Portalegre, um auch die Allerhöchste Umsicht im Unklaren zu lassen.[47] Einer begehrte die Federn des Phönix, um über ihn zu schreiben, und man legte ihm ernsthaft nahe, sie doch nur für die Phönixe des Ruhms zu verwenden.[48] Von einer Feder wusste man in voller Klarheit, dass sie dem Phönix gehörte, das war die Feder von jener in ihrer Schönheit außergewöhnlichen, dabei gar nicht törichten, nur unglücklichen Fürstin, der unschätzbaren Margarethe von Valois: Ihr allein und Cäsar war es verstattet, treffend über sich selbst

45 In den 30 Büchern seiner *Historiae de rebus Hispaniae* von 1592 wetterte der unerschrockene Jesuit (illegitimes Kind eines Dechanten aus Talavera) gegen Korruption und Schlamperei. In *De rege et regis institutione* (1599) polemisierte er gegen die Anschauung vom Gottesgnadentum der Monarchen.

46 *Davila: Historia delle guerre civili in Francia,* Venedig 1630, im selben Jahr ins Spanische übersetzt, über 200 Auflagen, wichtigstes Werk über die Hugenottenkriege in Frankreich (berühmte Schilderung der Bartholomäusnacht). Dàvila (1576–1631), der sich von 1583 bis 1599 in Frankreich aufhielt, war in der Analyse der machtpolitischen Motive der Glaubenskämpfe ein Fortsetzer Guicciardinis und Machiavellis (Tacitus stand oft für Machiavelli).

47 Girolamo de' Franchi Conestaggio, *Dell'unione del regno di Portogallo alla corona di Castiglia,* 1585, zahlreiche Übersetzungen. In *Agudeza* 62 noch Conestaggio zugeschrieben: mit Recht. Die Zuschreibung an den Grafen Portalegre (vgl. S. 223, Anm. 64) ist irrig. – »Allerhöchste Umsicht«: Philipp II.

48 *Phönix:* José Pellicer, aragonesischer Gelehrter (1602–1679), Góngora-Exeget, Verfasser eines Buches über die Naturgeschichte des Phönix (aber auch ein Spaßvogel, der Genealogien erfand).

zu schreiben.[49] Ein Fürst und Soldat verlangte nach einer Feder, der bestgeschnittenen von allen; aus dem gleichen Grunde jedoch gab man ihm eine noch ungespitzte mit den Worten:

»Euer Schwert selbst muss die Schärfe herstellen, denn schneidet es gut, so schreibt die Feder desto besser.«[50]

Ein anderer großer Fürst und sogar Monarch beanspruchte die beste von allen oder doch zumindest die glaubwürdigste, weil er durch sie unsterblich zu werden begehrte. Und da jene sah, dass er sie wahrlich verdiente, wählte sie sorgfältig und gab ihm eine aus den Federn eines Raben gerupfte. Damit war er nicht zufrieden und grollte, denn er hatte gedacht, er werde eine Königsadlerfeder bekommen und im Flug bis zur Sonne getragen werden, und nun bekam er lediglich diese unheilkrächzende.

»Ach, gnädiger Herr, das versteht Ihr nicht«, sagte HISTORIA, »das sind deswegen Federn von Raben, weil diese geheime Absichten erraten und aufpicken, die tiefsten Geheimnisse aus den Eingeweiden zerren. Commynes ist die glaubwürdigste Feder, die sich denken lässt.«[51]

Eine hohe Persönlichkeit wollte eine solche Feder verbrennen lassen. Man klärte den Betreffenden auf, das solle er besser bleiben lassen, denn sie seien wie die des Phönix, die sich im Feuer verewigen und, wenn man sie verbiete, durch die ganze Welt flögen.

Unter allen Federn die liebste, die sie Aragón zukommen ließ, war aus einer Sonnenblume geschnitten.

»Diese hier«, sagte sie, »wird allezeit nach den Strahlen der Wahrheit Ausschau halten.«[52]

Sie verwunderten sich darüber, dass die unsterbliche Nymphe,

49 *Margarethe von Valois:* vgl. S. 250, Anm. 6.

50 Hierfür kommen in Frage entweder Don Juan de Austria (der Zweite: vgl. S. 262, Anm. 34) oder Don Fernando de Austria, der Kardinal-Infant (vgl. S. 440, Anm. 14); von beiden gab es noch keine Biographie.

51 *Philippe de Commynes:* Berater Ludwigs XI. von Frankreich (1447–1511), gibt in seinen *Mémoires* (1491, spanische Übersetzung 1643) sehr kritische Einblicke in die Machtpolitik seines Herrschers (er wurde damit zu einem Geistesverwandten Machiavellis, was Gracián freilich nicht anzuerkennen vermag).

52 Gedacht ist sie für Graciáns Freund, den Chronisten Juan Francisco Andrés de Uztarroz (vgl. S. 279, Anm. 6).

wo es doch eine so große Menge moderner Geschichtsschreiber gab, keine von deren Federn in Händen hielt und allenfalls die eine oder andere kurz erblicken ließ, wie die von Pierre Matthieu, von Santorio, Bavia, vom Grafen de la Roca, von Fuenmayor und anderen.[53] Doch sie sahen ihren Irrtum ein, als sie merkten, dass sie von recht harmlosen Tauben herrührten, ohne die Galle des Tacitus, ohne das Salz des Curtius, die Würze des Sueton, die Schärfe des Justinus, die Bissigkeit des Platina.[54]

»Es haben eben nicht alle Völker ein *Numen* für die Geschichte:[55] Leichtfertig erfinden sie die einen, platt ebnen die andern sie ein. So sind denn die meisten dieser modernen Federn plump, abgeschmackt und in keiner Weise herausragend. Ihr werdet mancherlei Arten und Unarten von Geschichtsschreibern sehen: die *Grammatikalen,* die nur auf die Vokabeln und die Wortfolge versessen sind und darüber Seele und Wesen der Geschichte vergessen; die Pedanten, die sich allenthalben in Erörterungen von Fakten und Daten ergehen; die Altertümler, die Anekdotenschürfer, die Moritatenerzähler, allesamt mechanische Stoffansammler, ohne Urteilstiefe oder Geisteshöhe.«

Sie stieß auf eine Feder von Zuckerrohr, aus der Nektar träufelte, die wies sie alsbald von sich mit den Worten:

»Die da verewigen nicht so sehr die Taten, wie sie Untaten und Fehlgriffe überzuckern.«

Ihr höchster Abscheu galt jedweder gefärbten Feder, jeder parteilichen Voreingenommenheit, die doch alsbald entweder in Hass

53 *Pierre Matthieu:* vgl. S. 264, Anm. 38. – *Paolo Emilio Santorio:* italienischer Kirchenhistoriker. – *Luis de Bavia:* Kirchenhistoriker aus Granada (vgl. *Agudeza* 32 und 62). – *Graf de la Roca:* Gesandter in Rom, Verfasser eines Werkes über Karl V. – *Antonio de Fuenmayor:* Verfasser eines Werkes über Pius V. (vgl. *Agudeza* 62).

54 *Quintus Curtius Rufus:* Verfasser eines Geschichtswerkes über Alexander d. G. (1. Jh. n. Chr.). – *Gaius Suetonius Tranquillus:* schrieb Biographien der römischen Herrscher von Caesar bis Domitian (ca. 75–150). – *Marcus Junianus Justinus:* fertigte im 3. Jh. einen Auszug der *Historiae Philippicae* des Pompeius Trogus an. – *Platina:* Bartolomeo dei Sacchi, gen. Platina, schrieb 1497 eine Geschichte der Päpste, mit einigen Schärfen gegen Paul II. und andere.

55 *Numen:* im Lateinischen »göttliches Geheiß«, hat im Spanischen die Bedeutungen »Eingebung«, »Begeisterung«, »Begabung« angenommen.

oder in Schwärmerei ausarten muss. Eine holte sie gerade hervor und bemerkte dazu:

»Diese hier war schon einmal draußen, ich hatte sie bereits einem anderen gegeben; und wenn mich nicht alles täuscht, so war es Illescas, aber aus ihm hat Sandoval ganze Kapitel abgeschrieben. Genug, ich habe mich geirrt.«[56]

Lange hielten sie sich hierbei auf und am liebsten wären sie noch immer dort: So unterhaltsam ist das Haus der Geschichte.

Indes gingen sie nun, geleitet von INGENIUM, in die Räume der HUMANITAS. Dort erfreuten sie sich an vielen wohl riechenden Blumen, den Reizen der AGUDEZA, der scharfsinnigen Rede, die hier zugegen war, zierlich und schmuck, in Latein lasen ihnen das Erasmus, der Eborenser und andere vor,[57] auf Romanisch boten es ihnen in Auswahl die spanischen Blütenlesen, die italienischen Fazetien, die *Unterhaltsamen Stunden* von Guicciardini, die modernen Aussprüche von Botero, allein von Rufo sechshundert Blüten, die köstlichen Palmirenos, die Büchereien von Doni, Sentenzen und Sprüche verschiedener Verfasser, Elogien, *Theater*, *Tummelplätze*, Sylven, Offizinen, Hieroglyphen, Impresen, Charaktere, Polyantheen und Karsumpel.[58]

56 *Gonzalo de Illescas:* Kirchenhistoriker des 16. Jhs. – *Sandoval:* vgl. oben Anm. 41; der Plagiatsvorwurf besteht nach Romera-Navarro zu Unrecht.

57 Lastanosas Bibliothek birgt natürlich die Werke der Humanisten, allen voran Erasmus' *Adagia* (»Inventur der antiken Tradition im Dienste des Gegenwartsverständnisses«, so A. J. Gail), zwischen 1500 und 1533 auf 4251 Sentenzen angewachsen und von immensem Einfluss in ganz Europa (Romera-Navarro hält für erwiesen, dass Gracián, der sie bereits in *Agudeza* 55 erwähnt, sie für antike Zitate nicht als Quelle benützt hat; seine Folgerung, sie seien ihm gar nicht zugänglich gewesen, verwundert. Zu Erasmus vgl. S. 716, Anm. 10). – *Eborenser:* Andreas Rodrigues, Humanist aus Evora (Portugal), Autor der *Sententiae memorabiles* (1619).

58 Erasmus hat sich nicht selbst übersetzt, jedoch die Übersetzungen seiner Werke in die Volkssprachen sehr genau verfolgt. Vielfach entstanden Anthologien. – *Floresta española de apotemas y sentencias*, von Melchor de Santa Cruz (1574). – *Fazetien* (witzige Anekdoten) schrieben Poggio, Mainardi u. a. – Guicciardinis *Hore di recreazione* erschienen 1560. – Giovanni Botero schrieb *Detti memorabili di personaggi illustri* (1608; vgl. *Agudeza* 28). – Juan Rufo, *Las seiscientas apotegmas* (1596; vgl. *Agudeza* 11). – Juan Lorenzo Palmireno (Aragonese), *Adagia Hispanica* (1591). – Antonio Francesco Doni (Florentiner), *Prima e seconda Libreria* (1551). – Das Folgende

Nicht minder der Bewunderung wert war die Nymphe ANTIQUARIA, wenngleich mehr durch Wissbegier ausgezeichnet als durch Feinsinn. Sie bewohnte ein Aerarium, das bestellt war mit Statuen, Edelsteinen, Inschriften, Siegeln, Münzen, Medaillen, Insignien, Urnen, Amphoren und Tafeln, nebst all den Büchern, die von diesen aufschlussreichen Altertümern handeln, welche durch die gelehrten Dialoge Antonio Agustíns so vorzüglich dargestellt, durch die beiden Goltzius illustriert und schließlich mit Lastanosas Anmerkungen zu den antiken spanischen Münzen bereichert werden.[59]

Angrenzend fanden sie ein Gemach, das war so voll gestopft mit Materialien, dass sie erst dachten, es sei eine Mechanikerwerkstätte; doch als sie Himmels- und Erdgloben sahen, Zifferblätter, Astrolabien, Kompasse, Diopter, Sonnenzylinder, Zirkel und Pantometer, da erkannten sie, dies waren die Dachkammern der Weltenraumerkundung und das Atelier der Mathematik, als innere Seele dienten zahlreiche Bücher über all diese Künste wie auch über die *vulgären,* wobei es über die edlere Malerei und Architektur gehobenere Untersuchungen gab.[60]

Sie besichtigten all diese Nischen im Vorübergehen, gerade genug, um nicht ganz unwissend zu bleiben, desgleichen die erforschende NATURPHILOSOPHIE, die der Natur tausend Zeugen er-

sind Titel für Sammlungen von Sprichwörtern, Sentenzen oder Vermischtem, jeweils mit reicher Geschichte (vgl. Henkel/Schöne, Vorbemerkung).

59 Antonio Agustín, *Diálogos de medallas, inscripciones y otras antigüedades,* 1587. – *Hubert und Heinrich Goltzius:* holländische Archäologen und Kupferstecher; des ersteren *Romanae et Graecae antiquitatis monumenta* erschienen 1645. – Vincencio Juan de Lastanosa (hier als Autor mit seinem wahren Namen genannt), *Museo de las medallas desconocidas españolas,* verlegt bei Juan Nogués (dem Verleger des *Criticón*), Huesca 1645. An sechs Stellen erwähnt der Verfasser darin, dass Pater Baltasar Gracián ihm aus Valencia antike Münzen zugesandt habe.

60 Seit der Renaissance zählte die Malerei nicht mehr zu den »mechanischen« oder »gewöhnlichen« *(»vulgares«)* Künsten. – Lastanosa selbst nennt Dürer, Vasari, Leonardo, Alberti und Carducho; zur Architektur Vitruv, Serlio, Barbaro, Vignola, Catareo, Bredman und Fraet; zur Militärarchitektur Vegetius, Tritach, Goldman, Staravolcio, Melzo, Aguilar, Ramelli »und eine große Menge anderer, gedruckt und in Handschrift«.

hebt.[61] Als Ständer dienten den lehrreich-kuriosen Darstellungen die vier Elemente und in jedem von ihnen die Bücher, die von ihren Bewohnern handeln, so von Vögeln, Fischen und Landtieren, von Pflanzen und Blumen, seltenem Gestein und Mineral; beim Feuer von seinen Erscheinungsformen, von Meteoren und der Artillerie. So viel Materialität erschien ihnen allerdings eher ärgerlich und langweilig, und so ließen sie sich gerne von JUDICIUM hinausführen, das sie wieder zu sich selbst brachte. Nunmehr erwiesen sie einer Gestalt die Ehre, die an Ernst und Abgeklärtheit einer Halbgöttin glich und die den im Innersten gelegenen und am umsichtigsten eingerichteten Raum einnahm, wo sie damit befasst war, aus heilträchtigen Blättern ausgewählter Pflanzen Arzeneien und Quintessenzen zu destillieren, mit denen sich Geist und Gemüt kurieren lassen und in der sie alsbald MORALPHILOSOPHIE erkannten.[62] Sie erwiesen ihr angelegentlich ihre Reverenz, und sie wies ihnen unter ihren ehrwürdigen Gegenständen einen Sitzplatz an. Als Erstes holte sie einige Blätter hervor, die schienen von der Eschenwurz zu sein, ein starkes Gegengift; und sie gab zu verstehen, sie messe ihnen großen Wert bei, auch wenn sie manchem herb vorkämen und sogar frostig, und falls je gesund, dann jedenfalls nicht sehr schmackhaft. Sie bestand aber auf ihrer Wirksamkeit und versicherte, sie habe sie eigenhändig in den Gärten Senecas gepflückt.[63] In eine Schale, die recht wohl ein Weisheitsborn sein mochte, legte sie andere und sagte dazu:

61 Gemeint ist Naturgeschichte, bzw. Naturkunde. Außer Plinius nennt Lastanosa hier Dioscórides, Mattioli und Fuchsius. Ferner zur Landwirtschaft: Columela, Mizaldo, Herrera, Terencio und Linceo.

62 Im Gegensatz zur systematischen Moralphilosophie der aristotelisch-scholastischen Tradition von Gracián therapeutisch-praktisch verstanden, in Vorwegnahme der Denkweise der französischen Moralisten.

63 Es erübrigt sich beinahe, darauf hinzuweisen, dass Seneca und die Stoa das *Criticón* durchgängig beeinflusst haben. Zu der im 17. Jh. wieder aufgelebten Legende von Senecas Christentum (und seinem Briefwechsel mit Paulus) hat Gracián jedoch auffällig geschwiegen. Politisch war Seneca für viele spanische Autoren eine positive Gegenfigur zu den vielfach verhassten *privados*, den Günstlingen der Herrscher. Moralisch wird Seneca für Gracián der Inbegriff der *Prudencia*, der Lebensklugheit auf der Hut vor Illusionen (vgl. *Handorakel* 100; zur Bedeutung Senecas für Spanien: K. A. Blüher, 1969).

»Diese hier schmecken noch bitterer und sind doch göttlich.«

Da gewahrten sie Epiktets Rhabarber und weitere Mittel zum Purgieren des Gemüts und zur Linderung bei allen Exzessen der Stimmung.[64] Als Leckerbissen zum Appetitanregen bereitete sie aus den Dialogen Lukians einen so schmackhaften Salat, dass er selbst den Kostverächtern Lust machte, die Anregungen zur Lebensklugheit nicht nur zu sich zu nehmen, sondern beständig wiederzukäuen.[65] Nach diesen griff sie zu etlichen ganz gewöhnlichen Blättern, die sie jedoch über die Maßen pries; die Umstehenden waren verwundert, hatten sie darin doch eher Futter für Tiere als Speise für Personen gesehen.

»Da habt ihr nicht Recht«, rief sie, »denn in diesen Fabeln des Äsop reden die Tiere, damit die Menschen verstehen.«[66]

Und flugs flocht sie daraus eine Girlande und bekränzte sich das Haupt. Um eine allgemein gültige Quintessenz zu gewinnen, entnahm sie Alciati alles, was darin steckte, ohne auch nur ein Blatt zu verschmähen, und wenn andere ihm auch nacheiferten, so waren es doch nur Kontrafakturen, die der Wirksamkeit und reichen Phantasie seiner Moraldarstellungen entbehrten.[67] Plutarchs *Moralia* verwendete sie für gewöhnliche Heilmittel. Starken Duft ver-

64 *Epiktet:* Vulgarisator stoischer Grundsätze, erst in Rom, später in Epirus, gest. gegen 120 n. Chr. Wurde mit seiner Lehre von der Willensfreiheit und dem »Was bei uns steht«, der Enthaltsamkeit und Geduld, überliefert in den *Diatriben* und im *Handbüchlein,* in Spanien nicht minder wirksam als Seneca. – Aus dem Wurzelstock des asiatischen *Rheum barbarum* (mit dem der Gemüse-Rhabarber nicht mehr identisch ist) lässt sich ein Mittel gegen Darmträgheit gewinnen.

65 Mit seinen spöttischen Dialogen war Lukian von Samosata (um 120–180, schon in der Vorrede *An den Leser* erwähnt) Gracián wohl vertraut.

66 *Äsop:* Unter dem Namen des Aisopos, der im 6. Jh. v. Chr. gelebt haben dürfte, gab es eine Sammlung von Fabeln, überwiegend Tierfabeln, die zum Ausgangspunkt der europäischen Fabeldichtung wurde, uns allerdings nur in späteren Bearbeitungen überliefert ist.

67 *Andrea Alciati:* Rechtslehrer in Avignon und Bourges und Inhaber hoher Kirchenämter (1492–1550). 1531 erschien sein berühmtes *Emblematum liber,* das etwa zur Hälfte aus Übernahmen aus der *Anthologia Graeca* besteht (1549 und 1615 ins Spanische übersetzt). Das zweitwichtigste Emblembuch ist die *Iconologia* von Cesare Ripa (1593).

breiteten alle Arten von Apophthegmen und Sentenzen; doch da man von den um ihre Zusammenstellung Bemühten nicht allzu viel Aufhebens machte, gebot sie, dass einige von ihnen mit Hochachtung belohnt würden, weil sie sie sehr gefördert und, wie Lucina, ihnen anmutige und witzige Gestalt verliehen hätten.[68] Sodann stieß sie auf ein paar Riesenblätter, die waren indessen nicht sehr wirksam, und sie meinte dazu:

»Diese hier von Petrarca, Justus Lipsius und anderen, wenn die an Intensität ihrer Quantität nicht nachstünden, sie wären schlechterdings unbezahlbar.«[69]

Einige förderte sie zutage, die waren so beschaffen, dass augenblicklich alle Anwesenden danach verlangten; die einen zerkauten sie, die anderen zerrieben sie zwischen den Fingern und brachten den ganzen Tag damit zu, sich das Pulver an die Nase zu führen.

»Eigentlich«, meinte sie dazu, »sind diese Blätter von Quevedo ja wirklich wie Tobak, eher schädlich als zuträglich, eher Lachreiz als Erbauung.«[70]

Was die *Celestina* und dergleichen anbetraf, so verglich sie deren Blätter mit Petersilie: gut dafür, ohne Ekel die sinnliche Rohheit zu überstehen.[71]

»Die anderen hier sind zwar gewöhnlich, aber doch pikant, und gar mancher vornehme Herr vergeudet seine Renten mit ihnen. Die von Barclay und Ähnlichen sind wie Senfblätter, die

68 Die Rede ist von den Kompilatoren, den zahlreichen Bearbeitern der Sentenzensammlungen. – *Lucina:* römische Geburtsgöttin.

69 Petrarcas moralische Schrift *De remediis utriusque fortunae* (1366), eine Aufforderung zu stoischem Gleichmut in Glück und Unglück, war 1510 ins Spanische übersetzt worden. – *Justus Lipsius:* niederländischer Humanist (1547–1606), Verfasser zahlreicher politischer und moralischer Traktate.

70 Ein ungerechtes Urteil gegenüber Quevedo, von dem es zahlreiche sehr ernst zu nehmende Schriften aus dem Bereich der Moralphilosophie gibt.

71 Gewiss ein Urteil zwischen spröde und schnöde, das aber an Cervantes erinnert: »Also sagt die Celesti-, / Die ein göttlich Buch mir schie-, / Wenn's nicht gar so menschlich wä-.« (Vorrede zum *Don Quijote.*) – Die *Celestina,* genauer *(Tragi-) Comedia de Calisto y Melibea,* Prosa-(Lese-)drama von Fernando de Rojas (ausgenommen der 1. Akt), erschienen 1499.

zwar in die Nase stechen, aber doch mit ihrem scharfen Reiz Vergnügen schaffen.«[72]

Andere hingegen, im Stil wie im Empfinden äußerst süß, überließ sie mehr den Kindern und Frauen zum Kosten als den Männern zur Speise. Giovios *Unternehmungen* rechnete sie unter die wohl riechenden, die mit ihrem Aroma das Hirn erfreuen.[73] Sehr nachdrücklich wies sie auf einige Blätter hin, obwohl sie schlecht aufgemacht und so hässlich waren, dass sie Abscheu bei ihnen erregten; doch die kluge Nymphe sagte:

»Beim Infanten Don Juan Manuel soll man nicht so sehr auf den Stil achten, sondern auf den äußerst tiefen moralischen Gehalt und auf die Kunst, mit der er ihn vermittelt.«[74]

Zum guten Nachgeschmack holte sie eine Artischocke hervor, entblätterte sie aufs sorgfältigste und sagte:

»Diese *Ragguagli* des Boccalini sind sehr appetitlich, aber von einem ganzen Blatt isst man nur den Rand mit seinem Salz und seinem Essig.«[75]

72 *John Barclay:* Verfasser des lateinischen *Satyricon* (1603, ebenfalls in »An den Leser« erwähnt), eines teilweise autobiographischen Romans mit satirischen Spitzen gegen Religion und Politik. Der vierte Teil versucht sich in einer Beschreibung der verschiedenen »Nationalcharaktere«, was Gracián aufnimmt, nicht jedoch – wie behauptet wurde – wörtlich übernimmt. Der fünfte Teil ist unecht.

73 *Paolo Giovio:* vgl. oben, Anm. 43 und S. 264, Anm. 37. Der *Dialogo delle imprese militari ed amorose, nel quale si tratta delle divise, arma, motti o blasoni di lignaggio* wurde 1558 ins Spanische übersetzt.

74 *Don Juan Manuel:* Neffe Alfons' des Weisen, vielseitiger Schriftsteller (1282–1348). Sein von Eichendorff übersetzter *Graf Lucanor*, eine Sammlung von 51 didaktischen Erzählungen, abgeschlossen 1335, bildet eine Zwischenstufe zwischen den orientalischen Erzählungen und Boccaccios *Decameron* (vgl. *Agudeza* 23).

75 *Traiano Boccalini:* vgl. S. 12, Anm. 11. – *Ragguagli di Parnaso* (etwa: »Prozessberichte vom Musenberg«, erschienen Venedig 1612–1614) sind eine Sammlung von dreimal einhundert satirischen »Berichten« von einem Tribunal Apollos auf dem Parnass, vor dem so gut wie alle politischen und literarischen Fragen der Zeit verhandelt werden. Was Gracián nicht sagt: In der dritten »Zenturie« finden sich heftige Angriffe gegen die spanische Monarchie. Zwischen der Publikation der zweiten und der dritten Zenturie verstarb der Autor sehr plötzlich, was das Gerücht nährte, er sei auf spanisches Betreiben hin umgebracht worden. Dass man nur den schmackhaften Rand der Artischocke esse, erläutert *Agudeza* 51, wo von der Einförmigkeit seiner Allegorien die Rede ist.

Sehr nach ihrem Geschmack war dies alles, und bei solch trefflich männlicher Kirrung hatten sie nicht die geringste Lust zum Weitergehen. Einzig SCHICKLICHKEIT konnte sie loseisen, sie winkte sie zur Tür eines weiteren großen Saales, der dem letzten ähnelte, aber noch weitläufiger war, und wies sie mit den Worten ein:

»Hier sollt ihr das wichtigste Wissen finden, nämlich was lehrt, wie man sich im Dasein zu verhalten hat.«[76]

Aus *Staatsräson* traten sie ein[77] und trafen auf eine bekränzte Nymphe, die eher auf Bequemlichkeit und Eigennutz Wert zu legen schien als auf Schönheit, welch Letztere für sie ein Gut für die anderen war, und so hörte man sie bisweilen sogar das Sprichwort murmeln:

»Gebt mir Fleisch und Fett, dann werd' ich schön und nett.«

Woran man erkennen konnte, dass sie alle ihre Sorge darauf verwandte, es bequem zu haben. Doch sie mochte sich noch so sehr verstellen und verhüllen, Critilo erkannte sie und sagte:

»Die dort, da braucht man nicht weiter hinzusehen, das ist POLITIK.«

»Wie rasch du sie doch erkannt hast! Sie pflegt sich sonst nicht so leicht durchschauen zu lassen.«

Ihre Hauptbeschäftigung (auch hier keine Weisheit bei Müßiggang) war das Anfertigen von Kronen, neuen und zurechtgeflickten, und sie war wahrhaft perfekt darin. Aus jedem Material und in jeder Form hatte sie welche: aus Silber und aus Gold, aus Messing und aus Holz, weichem wie hartem, aus Früchten und aus Blu-

76 *»Enseña a saber vivir«:* der oft missverstandene Ausdruck der romanischen Sprachen (frz. *»savoir vivre«*) bedeutet nicht ein hedonistisches »Zu-leben-Verstehen«, sondern: »sich in (der) Gesellschaft zu benehmen wissen« (was immer im Einzelnen damit gemeint sein mag) und steht nicht von ungefähr hier am Eingang zum Saal des *Politischen.*

77 Mit ironischer Verwendung dieses verfänglichen Terminus (vgl. die »Stallräson« in I, 7, S. 130) im Sinne von »Konvenienz«. Da *»estado«* im Spanischen nicht nur »Staat«, sondern auch »Stand«, »Zustand«, »Sachlage«, »Stellung« u. Ä. bedeutet, kann *»razón de estado«* auch eine individuelle Verwendung haben, etwa: »Wie einer sein persönliches Handeln ausrichtet, in Fällen, in denen seine Ehrauffassung oder seine Interessen berührt sind« (nach einer Definition des *Diccionario de las Autoridades*).

men. Und die Verteilung nahm sie mit größtem Bedacht vor. Sie bot die erste dar: Sie war sehr kunstvoll, ohne jeden Schaden oder Bruch, jedoch eher zum Betrachten als zum Benutzen; und alle meinten, das müsse Platons *Staat* sein, gänzlich ungeeignet in Zeiten solcher Bosheit.[78] Hingegen sahen sie zwei andere, die waren zwar aus Gold und dem Scheine nach gut gearbeitet, aber im Grunde so geschludert und so zersetzt, dass sie sie sogleich zu Boden warf und mit Füßen trat.

»Dieser *Fürst* des Machiavell und diese *Republik* des Bodin können sich unter den Leuten nicht sehen lassen; sie sollten nicht behaupten, etwas mit Vernunft zu tun zu haben, wo sie doch durch und durch vernunftwidrig sind. Und macht euch nur recht deutlich, wie sehr beide Staatslehren den Niedergang dieser Zeiten anzeigen, die Schlechtigkeit dieser Epoche und wie weit es mit dieser Welt gekommen ist.«[79]

Die von Aristoteles war alt und gediegen.[80] Einem gut katholischen, klugen Fürsten empfahl sie eine ganz mit Perlen und Edelsteinen eingelegte: Das war Giovanni Boteros *Von der Staatsräson.* Er schätzte sie sehr, und sie stand ihm sehr gut.[81]

Hier nun bekamen sie etwas ausgemacht Seltsames zu sehen.

78 Platons *Politeia* entwirft das Ideal von der Herrschaft der Weisen, enthält aber auch scharfe Kritik an der athenischen Staats- und Gesellschaftsordnung. – Nach der lateinischen Platon-Übersetzung durch Ficino entstanden seit 1477 auch zahlreiche spanische Übersetzungen.

79 *Der Fürst* erschien 1532, die *Republik* 1576. Die Analyse der Macht im Ersteren wie die Theorie der Souveränität in der Letzteren waren in der staatstheoretischen Debatte des 16. und 17. Jhs. polemischen Verzerrungen ausgesetzt, an denen Gracián teilhat. »Vernunft« spielt an auf den Ausdruck *»razón de Estado«,* der sich aber wörtlich nicht bei Machiavelli findet (er sprach von »Nutzen«, »Notwendigkeit« und »Interesse«; Guicciardini spricht 1523 von »ragione degli stati«, den Singular verwendet erst Botero; vgl. W. Conze in: *Geschichtliche Grundbegriffe* 1990, S. 13). Der Ausdruck wurde nachgerade für alles und jedes »Interesse« in Anspruch genommen, auch von Gracián selbst, der in *El Político* (siehe unten, Anm. 86) Ferdinand den Katholischen »größtes Orakel der Staatsräson« nennt.

80 Aristoteles' acht Bücher über den Staat wurden 1584 ins Spanische übersetzt.

81 In *Della ragione di stato* (1589) bemüht sich der Jesuit Giovanni Botero (1544–1617) im reformkatholischen Geist um eine Widerlegung von Machiavellis Prinzip der Autonomie des Politischen durch Bindung des Herrschers an sein Gewissen und an die Gebote der Kirche.

Es war nämlich eine andere ans Licht gekommen, eine sehr vollkommene und nach den Regeln der christlichen *Polizey* erarbeitete.[82] Wie nun alle sie mit gutem Grunde lobten, trat eine hoch gestellte Persönlichkeit auf, die großes Verlangen bezeigte, sie in die Hand zu bekommen. Sie suchte alle Exemplare aufzukaufen und zahlte jeden Preis dafür. Und wie nun alle dachten, es geschehe aus Wertschätzung, um das Buch seinem Fürsten zu überreichen, geschah genau das Gegenteil: Damit es nur ja nicht in dessen Hände gelänge, befahl er, ein großes Feuer zu machen und sämtliche Exemplare zu verbrennen, Asche in den Wind. Doch obwohl dies heimlich geschah, kam es doch der aufmerksamen Nymphe zu Ohren, die, *politisch,* wie sie war, alle Welt durchschaute. Unverzüglich trug sie dem Verfasser auf, sie neu drucken zu lassen, ohne dass auch nur eine Tilde fehlte, verschaffte ihr in ganz Europa Verbreitung und Anerkennung und sorgte dafür, dass kein einziges Exemplar in die Hände jenes Politikers gegen die Politik gelangte.[83]

Hierauf zog sie eine so kostbare wie wohlriechende Büchse aus dem Busen, und als alle sie bedrängten, sie möge sie öffnen und zeigen, was darinnen sei, sagte sie:

»Ein ganz herrliches Kleinod. Es tritt nicht ans Licht, so viel es auch ausstrahlt: Es sind die Unterweisungen, die Karl der Fünfte aus dem Born seiner Erfahrung an seinen hoch befähigten, klugen Sohn weitergegeben hat.«[84]

Abseits stand eine, die erhob Anspruch auf ewige Dauer, freilich mehr durch Quantität als durch Qualität, ein kolossales Kopfstück. Keiner getraute sich, es zu stemmen.

82 *»Policía«* im Sinne von »Staatsordnung«.

83 Beschlagnahme und Verbrennung von Werken zur Staatslehre gab es öfter, insbesondere durch den Herzog von Lerma, Günstling Philipps III. Romera-Navarro sieht als wahrscheinlich an, dass auf das Werk *República y policía cristiana* des Franziskaners Juan de Santa María angespielt ist, das nach seinem Erscheinen 1615 in Madrid für Kastilien verboten, jedoch wenigstens siebenmal außerhalb davon nachgedruckt wurde.

84 In Auszügen konnte Gracián Kenntnis haben von: *Instrucciones y consejos del Emperador Carlos V a su hijo Felipe II* und ähnlichen Schriften, sämtlich erst in unserem Jahrhundert veröffentlicht.

»Das ist zweifellos die Bobadilla«, meinte Critilo, »da ermüdet jeder und lässt sie ruhen.«[85]

»Hier ist noch eine, klein, aber kostbar«, sagte die Nymphe. »An dieser *Politik* fehlt nichts, nur ein autorisierter Autor.«[86]

Es lagen noch viele Kronen übereinander gehäuft: wenig schmuck, wenig wert. Bei näherer Betrachtung stellten sie sich auch als hohl heraus, ohne eine Spur von Substanz.

»Dies sind die *Republiken* der Welt«, hieß es, »die von jedem Reich nur oberflächlich Zeugnis geben. Sie fördern nichts aus dem Innern, begnügen sich mit der Außenhaut.«

Sie machten den *Galateo* und ähnliches aus, und als sie äußerten, das gehöre doch nicht hierher, beharrte sie darauf und versicherte, das habe mit der Politik jedes Einzelnen zu tun, mit der speziellen Räson seines Person-Seins.[87] Sie gerieten an mancherlei Instruktionen großer Männer für ihre Söhne, diverse politische Aphorismen aus Tacitus und seinen Nachfolgern, vieles davon lag indes auf dem Boden. Und sie:

»Das sind allerlei schimärische Schriftchen von *Projektemachern,* nichts als Seifenblasen, zerplatzt an der Erde.«[88]

85 Gerónimo Castillo de Bobadilla, *Política para corregidores y señores de vasallos* (1597; 2600 Seiten).

86 Der letzte der Porträtierten ist der Maler selbst: *El Político,* Graciáns Panegyrikon von 1646 auf Ferdinand den Katholischen, eine allegorisch stilisierte Biographie des Begründers der – nunmehr bedrohten – Machtstellung Spaniens. – »Unautorisiert« kann Bescheidenheitstopos sein, aber auch Anspielung auf die nicht eingeholte bzw. nicht gewährte Druckerlaubnis durch den Jesuitenorden.

87 Zum *Galateo* vgl. S. 214, Anm. 34. – Die Übertragung der öffentlichen auf die private Moral ist ja allenthalben Graciáns Anliegen.

88 Die weitverbreiteten *arbitristas* oder *proyectistas,* die – vielfach aus Italien kommend – mit phantastischen Plänen (von der Beseitigung des Nebels in Valladolid bis zur Mondreise) die Zeitgenossen betörten, sind beliebtes Thema in der Literatur des Siglo de oro (etwa in Quevedos *Buscón,* II 1 oder *Die Fortuna mit Hirn,* Kap. 17) und noch im 34. der *Marokkanischen Briefe* José Cadalsos (1774; W. Hennis sieht es in Goyas berühmtem *Sueño de la razón produce monstruos;* in: W. H., *Politikwissenschaft und politisches Denken,* 2000, S. 350 f.). Gab es nicht auch noch im 20. Jh. in Deutschland allen Ernstes den Plan, das Mittelmeer trockenzulegen? Es wäre indessen verfehlt, sich ausschließlich an die Karikaturen der *arbitristas* bei den Satirikern zu halten. Es gab im 17. und 18. Jh. in Spanien sehr substantielle Beiträge zum ökonomischen Denken.

Ihren krönenden Abschluss fanden all diese der Ewigkeit zugedachten Gemächer in einem Allerheiligsten, ja einem Tabernakel, unvergängliche Mitte des Geistes, in der die Kunst aller Künste obwaltete, welche über die göttliche *Polizey* belehrt, sternstrahlende Helligkeit verbreitend in verehrungswürdigen Werken, in erhebenden und asketischen geistlichen Schriften.

»Dies tut euch kund«, sprach der Geflügelte, »es ist keine Stütze für Bücher, es ist Atlas für einen Himmel.«

Da rief Critilo aus:

»O Lust der Einsicht! O Hort des Gedenkens, Glanzlicht des Wollens, Befriedigung der Seele, Eden des Lebens! Mögen die einen sich an Gärten freuen, andere Bankette feiern, mögen diese der Jagd frönen, jene sich am Spiel ergötzen, Festkleider tragen, Liebeslockungen folgen, Reichtümer horten, nebst allen Arten von Vergnügung und Zeitvertreib: Für mich gibt es nichts Köstlicheres als das Lesen, nichts Mittigeres als eine ausgesuchte Büchersammlung.«

Der Geflügelte gab das Zeichen zum Aufbruch, doch Critilo dagegen:

»Nein, nicht ohne zuvor die herrliche SOFISBELLA zu sehen, kann doch ein Himmel wie dieser nur die Sonne selbst zur Herrin haben. Ich flehe dich an, du geflügelter Führer, geleite mich vor ihre göttliche Erscheinung, denn schon male ich sie mir aus als Inbegriff der Schönheit und Muster des Vollkommenen, schon ist mir, als bewunderte ich ihre erhabene Stirn, ihr durchdringendes Auge, ihr feines Haar, ihre sanften Lippen, ihren duftenden Atem, das Göttliche ihres Blickes, das Menschliche ihres Lachens, ihre gewinnende Rede, ihr kluges Gespräch, ihren erhabenen Wuchs, den Anstand ihrer Person, den Ernst ihres Umgangs, die Majestät ihrer Erscheinung. Heja, auf denn, was zauderst du? Jeder Augenblick, den du säumst, wird für mich zu nimmer endender Pein!«

Wie der Geflügelte sich dessen entledigte, wie Critilo zu seinem Glück gelangte, das werden wir sehen, sobald wir berichtet haben, was Andrenio auf dem großen Platz des Volkes widerfuhr.

Fünfte Krisis

Der Platz des Pöbels und Pferch des großen Haufens[1]

Es saß einmal Fortuna, so wird erzählt, unter ihrem erhabenen Thronhimmel, umstanden von ihren Höflingen, mit denen sie oft wenig Umstände macht, als zwei Glücksbitter zu ihr traten und um Vergünstigungen nachsuchten. Der Erste erbat für sich, sie möge ihm zu Glück unter *Personen* verhelfen, möge ihm Zutritt bei weisen und verständigen Männern verschaffen. Die Hofleute sahen einander an und meinten:

»Der wird es in der Welt zu etwas bringen.«

Fortuna aber gewährte ihm die Gunst nur zögernd und zog ein bedenkliches Gesicht.

Kam der Zweite und erbat für sich, sie möge ihm im Gegenteil zu Glück bei allen Ignoranten und Dummköpfen verhelfen. Da lachten die Leute aus dem Gefolge und fanden das seltsame Ansuchen höchst ergötzlich. Fortuna aber gewährte ihm die erbetene Gnade mit huldvoller Miene.

Beide schieden glücklich und zufrieden von hinnen, ein jeder in seinem Vorsatz gefestigt. Die *Aulier* allerdings,[2] allzeit die Miene ihrer Fürstin im Blick und ihre Stimmung berätselnd, bemerkten sehr genau diesen so befremdlichen Wechsel im Ausdruck ihrer Herrscherin. Sie wiederum geruhte ihr Bemerken zu bemerken und sagte sehr aufgeräumt zu ihnen:

1 Die Abfolge der Kapitel dieses Zweiten Teils des *Criticón* zeigt eine auffällige Alternanz der Werte: Krisis 3 handelte von Habsucht, Krisis 4 von Bildung, Krisis 5 wird von plebejischen Irrtümern handeln, Krisis 6 vom Schmieden des Glücks, Krisis 7 von Heuchelei, Krisis 8 von Tapferkeit, Krisis 9 von monströsen Lastern, Krisis 10 von Tugend, Krisis 11 von falscher, Krisis 12 von echter Ehre, Krisis 13 von der allgemeinen Verrücktheit. Positiv die geradzahligen, negativ die ungeradzahligen Kapitel (was nicht heißt, dass in den »positiven« Kapiteln keine Satire aufträte). Beim Kampf um die Seele halten sich im Mannesalter Gut und Böse die Waage.

2 *Aulier: »aulicos«,* im 17. Jh. für »Höflinge« verwendet (von lat. *»aula«* – »Fürstenhof«).

»Wer von den beiden, meint ihr wohl, meine lieben Hofleute, war der Klügere? Sicher denkt ihr, der Erste. Da irrt ihr euch durch und durch, müsst ihr wissen: Das war ein Tor, der wusste nicht, was er wollte, er wird nichts ausrichten in der Welt. Der Zweite, der versteht sich offenkundig aufs Geschäft: Der wird's zu etwas bringen.«

Alles wunderte sich verständlicherweise über solches Paradox, sie aber machte dem Rätseln ein Ende, indem sie sagte:

»Nun schaut: Weise gibt es wenige, es sind ihrer keine vier in einer Stadt; was sag' ich, vier! Keine zwei in einem ganzen Reich. Die Ignoranten aber sind Legion, die Zahl der Dummköpfe ist unendlich;[3] und so wird, wer sie auf seine Seite bringt, Herr über eine ganze Welt sein.« –

Kein Zweifel, diese beiden waren Critilo und Andrenio, und zwar als Letzterer unter Anleitung seines Kekrops sich mit den Dummen gemein machte.[4] Es war unglaublich, was dieser, der alles zu wissen glaubt und doch nichts weiß, für ein Gefolge hinter sich herschleppte. Sie betraten nunmehr die *Plaza mayor* der Welt, auf der die einzige unbegrenzte Fähigkeit die Aufnahmefähigkeit war: voll mit Leuten, doch *Personen* – keine, nach dem Wort des Weisen, der mit der Fackel in der Hand am helllichten Tag umherlief und nach einem wahren Menschen suchte, aber keinen fand, der es zur Gänze war.[5] Alle waren sie es nur zur Hälfte; denn wer einen Menschenkopf hatte, dem lief der Leib in eine Schlange aus, war's ein Weib, dann Fisch; wer hingegen Füße hatte, dem fehlte es am Kopfe. Auch manchen Aktäon sahen sie da, erst blind und dann zum Hirsch geworden.[6] Andere hatten Kamelköpfe, gerade passend für Bürdenträger; viele auch Ochsenköpfe, fest im Trott, wenn schon nicht so sicher im Tritt; nicht wenige Wolfsköpfe, wie

3 *»Et stultorum infinitus est numerus«* (*Prediger* 1, 15).

4 Vgl. S. 377, Anm. 9.

5 Diogenes der Kyniker, nach Diogenes Laertius VI, 2. 60 bzw. 41 (vgl. *El Discreto – Der kluge Weltmann,* übers. S. Neumeister, Kap. 5 und 16; *Agudeza* 47).

6 *Aktäon:* Ovid, *Metamorphosen* III, 138 f. Natürlich mit Doppelsinn: manchen Ehemann, der nicht mehr auf seine Frau aufpasste und daher gehörnt wurde.

es das Volk sich erzählt;[7] die meisten allerdings Eselsköpfe, schlicht und gemein.

»Seltsam eigentlich«, meinte Andrenio, »unter den Köpfen ist keine Schlange, kein Elefant und auch kein Fuchs.«

»Nein, mein Freund«, erwiderte der Philosoph, »dazu bringen sie es denn doch nicht, und wenn sie noch so tierhaft sind.«

Tatsächlich waren es alles Flickfiguren: Der eine hatte eine Löwenklaue, der andere einen Bärentatze, der Dritte redete mit einem Gänseschnabel,[8] der Vierte mit einem Schweineschnäuzchen; der hatte Ziegenfüße und jener Midasohren;[9] einige schauten mit Eulenaugen, die meisten aber mit Maulwurfslichtern; einer setzte sein Hundelachen auf, ich weiß schon, wer; und hernach zeigte er eben doch nur die Zähne.

Man hatte sie verteilt auf verschiedene Zirkel, in denen zwar nicht viel nachgedacht, aber umso mehr geredet wurde. So hörten sie sich selber beim Kämpfen zu: Im Handumdrehen hatte man Barcelona eingeschlossen und in nur vier Tagen erobert, ohne einen Heller und einen Mann einzubüßen;[10] man setzte locker nach Perpignan hinüber, während in Frankreich Bürgerkrieg herrschte, und vereinte überhaupt alles wieder mit Spanien, marschierte in zwei Tagen mal eben nach Flandern, teilte anschließend gleich Frankreich in vier Machtbereiche auf, die sich selbstverständlich gegenseitig bekriegten wie die vier Elemente, und zu guter Letzt kämpfte man noch das Heilige Grab frei.[11]

7 *»Es la cabeza del lobo«* (»Das ist der Wolfskopf«): Redensart in der Bed. »Das ist ein Vorwand, um zu etwas zu kommen« (geht zurück auf einen Brauch, wonach einer, der einen Wolf getötet hatte, mit dem abgetrennten Kopf umhergehen und Spenden einsammeln konnte).

8 *Gänseschnabel:* was ein anderer ihm einblies.

9 *Midasohren:* Eselsohren, nach Ovid, *Metamorphosen* XI, 178.

10 Sowohl 1641 als auch 1651 war die Belagerung Barcelonas sehr langwierig und verlustreich.

11 Die Stammtischkämpfer holen also – unter Ausnützung der Fronde-Wirren in Frankreich (1648–1651) – das Roussillon, Portugal und einige abgefallene Plätze in Flandern heim. – Die unbekümmerte Vierteilung eines Landes scheint ein Topos der *»proyectistas«* zu sein (vgl. S. 402, Anm. 88): Im 34. der *Marokkanischen Briefe* von Cadalso (1789) schlägt einer die gleiche Maßnahme für Spanien vor – durch Kanäle!

»Wer sind denn die da«, fragte Andrenio, »dass sie sich gar so tapfer schlagen? Sollte etwa der wackere Piccolomini darunter sein? Womöglich der Graf von Fuensaldaña oder der Herzog von Tutavila?«[12]

»Keiner von denen ist Soldat«, gab ihm der Weise zur Antwort, »oder hat jemals den Krieg auch nur von weitem gesehen. Du siehst ja, es sind vier Tölpel vom Dorf. Und der eine von ihnen, der mehr redet als alle anderen zusammen, der liest die Briefe vor, der setzt die Beschwerden auf. Wer das ist? Der Barbier natürlich, und er kommt gleich nach dem Herrn Pfarrer.«

Ungeduldig versetzte Andrenio daraufhin:

»Aber wenn diese Leute doch nichts anderes können als Erdklumpen zerkleinern, warum sind sie dann darauf aus, Reiche zu besiegen und Provinzen zu erobern?«

»Tja«, ließ sich der Kekrops vernehmen, »hier kann man eben alles.«

»Mit dem Munde«, ergänzte der Weise.

Sie trafen auf einen anderen Klüngel, dort war man damit beschäftigt, die Welt zu regieren: Da wurden Urteile gesprochen, Verordnungen erlassen, da wurde der Handel vorangebracht und der Haushalt reformiert.

»Ihren Reden nach zu schließen«, meinte Andrenio, »müssten sie wohl dem Parlament angehören.«[13]

»Dabei geht ihnen Rat und Einsicht gerade am meisten ab«, bemerkte der Weise. »Es sind alles Leute, die, weil sie kein Haus mehr haben, das Gemeinwesen umkrempeln wollen.«

»O elendes Gelichter!«, rief Andrenio aus. »Und warum wollen sie dann ihre Nase ins Regieren stecken?«

»Hier tragen eben alle ihr Votum bei«, erwiderte der Schlangenmensch.

12 *Ottavio Piccolomini:* vgl. S. 340, Anm. 62. – *Graf von Fuensaldaña:* befehligte von 1648 bis 1653 die spanische Kampagne in Flandern. – *Herzog von Tutavila:* besiegte 1646 im katalanischen Krieg die Franzosen bei Lérida.
13 *Parlament:* damals den »Landständen«.

»Oder ihre Haut zu Markte«, warf der Weise ein.[14]

Er näherte sich einem Hufschmied und meinte zu ihm:

»Ihr beschlagt Pferdehufe: Seid Ihr deswegen in allem beschlagen?«

Einen Schuster schlug er kurzerhand über seinen Leisten.

Ein Stück weiter stand ein anderes Grüppchen, das stritt über Stammbäume und darüber, welches das beste Blut in Spanien sei; ob der und der große Soldat wohl mehr Glück als Tapferkeit hatte und sein Erfolg daher rührte, dass er keinen Feind fand; sie verschonten auch die Fürsten nicht, erörterten vielmehr nach Länge und Breite, dass sie doch mehr menschliche Schwächen als staatsmännische Fähigkeiten hätten. Man hatte eben einen Kamm, und so schor man alles darüber.

»Na, was meint Ihr?«, rief der Kekrops. »Konnten die Sieben Weisen Griechenlands etwa besser reden? Und bedenkt, es sind alles *Mechaniker,* die meisten Zuschneider.«[15]

»Das will ich glauben«, war der Kommentar, »nur Abschneider gibt es noch mehr.«[16]

Und Andrenio:

»Aber wer bringt sie zu diesen Sticheleien?«

»Ach, ja, es ist nun einmal ihr Geschäft: Überm Maßnehmen werden sie vermessen und glauben dann, jedem drüberbügeln zu müssen. Im Übrigen ist schier jeder ein tüchtiger Schneider, wenn es um Durchstecherei geht oder darum, fremder Leute gutem Ruf am Zeug zu flicken.«

Obwohl hier Lärm ganz üblich und Getöse an der Tagesordnung war, fiel ihnen doch auf, dass es an einer Stelle lauter zuging. Das war zwar weder recht ein Haus noch schlecht ein Schweinestall, freilich gut bewachsen, denn wo begossen wird, sprießt der Zweig, der gibt den Stamm zum Tisch.[17]

14 *»Cuero«* – »Haut«, Leder«, Synonym für *»bota«* – »lederne Weinflasche«, welches lautähnlich mit *»voto«* ist.

15 *»Mecánicos«* in der doppelten Bedeutung von »Handwerker« und »vulgär« (vgl. S. 129, Anm. 37).

16 *»De sastres«* (»Schneider«) – *»desastres«*.

17 Über der Eingangstür der Schankstuben befestigte man Zweige (vgl. S. 309, Anm. 40).

»Was ist das hier für ein Gebäu, mit soviel Gebräu?«, erkundigte sich Andrenio.

Und der Kekrops, mit geheimnisvoller Gebärde:

»Das ist der Allerweltsareopag, hier ist jedermann Staatsratsmitglied.«

»Dann wird's gut laufen mit dem Staat, wenn er von hier aus regiert wird. Es sieht mir aber eher nach Taverne aus.«

»So ist es auch«, erwiderte der Weise, »je mehr es ihnen zu Kopf steigt, desto mehr wollen sie selbst einer sein.«

»Zumindest«, meinte der Kekrops, »treffen sie hier immer *en el blanco.*«

»Oder sogar *en el tinto*«, gab der Weise zurück.[18]

»Aber wirklich«, setzte der andere nach, »von hier sind berühmte Leute ausgegangen und haben hinlänglich von sich reden gemacht.«

»Welche waren das?«

»Na welche! Stammt denn nicht von hier der Tuchscherer von Segovia, der Wollschläger von Valencia, der Schnitter von Barcelona und der Schlächter von Neapel? Sie alle behaupteten, Haupt zu werden, und endeten enthauptet.«[19]

Sie hörten ein wenig zu und vernahmen, dass die einen auf Spanisch, die anderen auf Französisch, einige auf Irisch, allesamt aber auf *Teutsch* sich stritten,[20] wer von ihren Königen der mäch-

18 *»Dar en el blanco«* – »ins Schwarze treffen«.

19 Eine Serie von Steuerrebellionen, die sämtlich niedergeschlagen wurden und für die Gracián nichts, aber auch gar nichts übrig hatte: Antonio Casado löste 1520 in Segovia den gegen Karl V. und den Hochadel gerichteten Aufstand der *Comunidades de Castilla* aus; Juan Lorenzo führte 1519 die *Germanías,* die Zunftbruderschaften von Valencia an; ein Haupt der katalanischen *Segadors,* der Erntearbeiter, die im Zuge des *»Corpus de sang«,* des blutigen Fronleichnamtages 1640 in Barcelona den Vizekönig erschlugen und die Stadt brandschatzten, ist nicht namentlich bekannt (vgl. J. H. Elliott, *The Revolt of the Catalans,* Cambridge 1963, S. 445 f.); Masaniello (Tommaso Aniello), der 1647 die Erhebung gegen die Vizekönige von Neapel anführte (bekannt durch Chr. Weises Drama von 1682 und Aubers Oper *Die Stumme von Portici,* 1828), war nicht Schlächter, sondern Fischer, er wurde nicht hingerichtet, sondern, in Wahnsinn verfallen, von seinen früheren Anhängern ermordet.

20 *»En tudesco«:* im Ton der deutschen (oder flandrischen) Trunkenbolde.

tigste sei, wer die meisten Einkünfte habe, wie viel Kriegsvolk sie ins Feld führen könnten und wer die meisten Länder besitze; und jedesmal tranken sie tüchtig auf deren Wohl.

»Was von hier ausgeht«, meinte Andrenio, »ist also wohl die große Vulgarität: alles, was ständig herumläuft und zu allem seine Meinung abgibt. Ich dachte, die Leute seien nur rechtschaffen heruntergekommen, aber es sind ja wandelnde Schläuche.«[21]

»Allerdings«, bekräftigte der Weise. »Hier wirst du nur Saufsäcke sehen und sonst wenig Substanz. Schau den hier an: so aufgedunsen wie leer. Der andere dort: so sauertöpfisch wie ein Staatsdiener. Die kleinen Flaschen dort drüben: immer sofort voll, und schon übergelaufen. Da, die Plumpsäcke: plumps in der Ecke. Und schaut die Devoten: hoch mit den Pfoten![22] Viele stehen da, und man stopft sie mit Stroh voll: Sie haben's wirklich nötig. Etliche hängen auch, die Bälge von ganz grässlichen Menschen, denn selbst einem Barbaren zieht man das Fell ab und macht eine Trommel daraus, um noch mit dem Leichnam die Feinde zu schrecken: So weit schallt ihre schauerliche Scheußlichkeit.«[23]

Aus dem Innern dieser Kanaille quoll es hervor und bildete ringsumher weitere Debattierklüngel, und überall wurde auf die Regierung geschimpft, und zwar immer und unter allen Regimentern, auch im Goldenen Zeitalter und in der Ära des Friedens. Jeder konnte alles besser. Gemeine Söldner korrigierten den Kronrat, waren im Handumdrehen mit den Beratungen fertig, räumten mit der Bestechung auf, nahmen die Magistrate ins Gebet und machten mit den Gerichten kurzen Prozess. Umgekehrt war es aber auch ein possierlicher Anblick, wie die Gelahrten der Juristerei in den Kampf zogen, die Waffen schwangen, zum Angriff bliesen und feste Plätze einnahmen. Der Landarbeiter redete von Handel und

21 *»Andar en cueros«* – »abgerissen, halb nackt daherkommen« und *»cueros«* – »lederner Weinschlauch«.

22 Ähnlich wie Anm. 14: *»de voto«* – »Meinung«, »Stimme« und *»de bota«* – »Weinschlauch« und *»devoto«* – »untertänig«.

23 In die schon reichlich kakophone Pöbelbeschimpfung mischt sich noch der Spott über den arg »volkstümlichen« *romance*, dem zufolge man den toten Cid aufs Pferd band und damit die Feinde schreckte.

Verkehr, der Kaufmann von der Landwirtschaft; der Student vom Heerwesen und der Krieger von der Schulweisheit; der Laie erörterte die Pflichten des Geistlichen und der Geistliche die Versäumnisse des Laien. Jeder redete von dem, was er am wenigsten verstand. Ein paar Alte hockten da, sagten eine Menge Schlechtes über die gegenwärtigen Zeiten und nur Gutes über die vergangenen, konnten sich nicht genug aufhalten über die Dreistigkeit der Jungen, die Zügellosigkeit der Frauen, die Zerrüttung der Sitten und die Verderbnis allgemein.

»Ich«, sagte dieser, »verstehe überhaupt nicht mehr, wohin das geht mit der Welt.«

»Und ich«, sagte jener, »erkenne sie auch nicht mehr wieder. Das ist eine andere Welt als unsere früher.«

Da nun kam der Weise heran und sagte zu ihnen, sie sollten doch den Blick einmal nach hinten richten und dort sehen, wie viele Alte noch viel mehr Schlechtes sagten über die Zeit, die sie hier so gelobt hatten; und hinter diesen andere und noch andere, und so zurück bis zum ersten Alten: eine Kette aus törichtem Geschwätz. Ein Stück weiter in einer anderen Runde saß ein halbes Dutzend ehrwürdiger Männer mit viel Bart und wenig Zähnen, mit viel Muße und wenig Rente und befasste sich damit, Herrenhäuser schuldenfrei zu machen und ihnen ihren alten Glanz wiederzugeben.

»Was war das doch für ein Haus«, rief der eine, »als der Herzog von Infantado den König von Frankreich als Gefangenen bei sich beherbergte. Und wie hat Franz es gepriesen!«[24]

»Wie hätte er dann erst das Haus des Markgrafen von Villena preisen müssen«, rief ein anderer, »der so gut war im Aufbauen und Wiederabbauen.«[25]

24 *Infantado:* 1525 in der Schlacht bei Pavia zum Gefangenen gemacht, blieb Franz I. in der Hand der Spanier bis zum Vertrag von Madrid, ein Jahr später. Er war unter anderem »Gast« bei Don Iñigo López de Mendoza, viertem Herzog von Infantado, in Guadalajara.

25 *Villena:* Juan Pacheco, Markgraf von Villena (gest. 1474), Favorit König Heinrichs IV. von Kastilien, intrigierte erst für, dann gegen Prinzessin Juana, von der behauptet wurde, sie sei in Wahrheit von Beltraneja, dem Günstling des Königs gezeugt.

»Und erst recht das des Admirals zu Zeiten des Katholischen Königspaares, Großartigeres ließ sich doch gar nicht denken.«[26]

»Wer sind diese Leute?«, fragte Andrenio.

»Das«, antwortete der Schlangenmensch, »sind Ehrenmänner in den Palästen: Man nennt sie Kammerherrn oder Hofkavaliere.«

»Und auf gut Spanisch«, meinte der Weise, »sind es Leute, die erst ihr Vermögen vertan haben und nun ihre Zeit vertun. Erst zu Hause die Motten, jetzt woanders die Flotten. So ist es immer: Wer mit sich selbst nicht zurechtkam, will's bei den andern wissen.«

Was indessen Andrenio sehr befremdete: Es gab unter dieser Hefe des Volkes, in diesem Brackwasser des Pöbels, einige Leute, von denen es hieß, sie seien große Persönlichkeiten.

»Wie kommen denn die hierher, die Herrschaften? Dass sich hier mehr Körbeschlepper finden als in Madrid, mehr Wasserpanscher als in Toledo, mehr Bettelstudenten als in Salamanca, mehr Fischverhökerer als in Valencia, mehr Ährabschneider als in Barcelona,[27] mehr Karrenschieber als in Sevilla, mehr Erdschaufler als in Zaragoza, mehr Trossbuben als in Mailand, das erstaunt mich nicht; aber Leute von Stand, Edelleute, Titelträger, Granden – ich weiß nicht, was ich dazu sagen soll!«[28]

»Aber was denkst du denn!«, rief der Weise. »Meinst du wirklich, wenn einer sich in der Sänfte tragen lässt und aufwändig gekleidet geht, er sei deswegen schon von höherer Weisheit und Einsicht? Da sind etliche, die sich genauso gewöhnlich benehmen und genauso ungebildet sind wie ihre Lakaien. Und mach dir nur klar: Es kann einer auch ein Fürst sein, wenn er sich anheischig macht, bei etwas mitzureden, wovon er nichts versteht, so macht er sich damit selbst zum Plebejer; denn der *vulgus* ist nichts anderes als

26 *Admiral:* Das Amt des Großadmirals von Kastilien, das der Familie Enríquez erblich zustand und mit sehr hohen Einkünften verbunden war, hatte zu jener Zeit Fadrique Enríquez inne (»Admiral«, zu arab. *»emir«*, war noch nicht auf den Befehlshaber der Flotte eingeengt).

27 Zu den aufständischen Schnittern: vgl. Anm. 19.

28 Die drei Adelsschichten: *Hidalgos, Títulos, Grandes.*

eine Synagoge von eingebildeten Ignoranten, die umso mehr von etwas reden, je weniger sie davon verstehen.«[29]

Sie blickten zu einem hinüber, der sagte gerade:

»Wenn ich König wäre ...«

War aber ein Trossbube.

»Und wenn ich Papst wäre ...«, ließ sich ein Schmarotzer vernehmen.

»Nun, was tätet Ihr wohl, so Ihr König wäret?«

»Was? Als erstes würde ich mir meinen spanischen Zwirbelbart wieder schwarz färben, und... Sackschwerenot!«

»Nein, nein, nicht fluchen, jeder, der bei *Sack*... flucht, ist selber einer.«[30]

»Also dann sage ich, man müsste ein halbes Dutzend davon aufhängen, und ich weiß, dann würde es im Haus nach Mann riechen, und ein paar würden dreinschauen, als hätten sie Sieg und Heer verloren und alle Festungen dem Feind übergeben. Und weiter dürfte mir keiner eine Kommende kriegen, der nicht Soldat ist, und zwar einer mit Auszeichnung, denn für solche sind die schließlich gedacht, nicht für irgendwelche Federhutschwenker, sondern für Kommandanten wie Soto, wie Monroy und Pedro Estélez, die in hundert Schlachten und an tausend Plätzen dabei waren.[31] Wen ich zum Vizekönig machen würde, und zum Minister! Alles müssten Oñates und Caracenas sein.[32] Und was ich erst für Botschafter ernennen würde!«

»Oh, wenn ich nur mal einen Monat lang Papst wäre!«, rief ein Scholar. »Da würde aber alles sehr anders laufen. Kein Amt und keine Pfründe würden da mehr verteilt ohne öffentliche Ausschreibung; alles nach Verdienst; ich würde genau hinschauen,

29 *Synagoge:* Zur Frage eines impliziten Antijudaismus bei Gracián vgl. S. 151, Anm. 36.

30 *Sack:* Wie oben *»voto«* und *»cueros«* (vgl. Anm. 14, 21 und 22).

31 *Soto etc.:* Offiziere, die Gracián während der Belagerung von Lérida (1647) kennen gelernt hatte.

32 *Graf von Oñate:* vgl. S. 114, Anm. 6. – *Markgraf von Caracena:* nahm als Kavalleriegeneral an zahlreichen Feldzügen teil, 1659 Gouverneur der Niederlande.

wer mehr Empfehlungsbriefe als Wissen vorweist und wer sich die Brauen an der Studierlampe versengt hat.«[33]

Darüber tat sich eine Klosterpforte auf, und sie machten sich über die Armensuppe her.

Allenthalben auf diesem großen *mechanischen* Platz gerieten sie in die wahnwitzigsten Handwerkerläden.[34] Die Bäcker buken gewaltige Pasteten aus Hundefleisch; und es schwirrte dort genauso vor *Fliegen* wie anderswo vor *Mücken;*[35] die Kesselflicker hatten beständig etwas zu flicken;[36] die Töpfer freuten sich über alles, was zu Bruch ging; die Schuster suchten bei jedem die Mucken im Schuh, und die Barbiere balbierten rechtschaffen über den Löffel. Manches Handwerk war da zu legen.

»Ist es denn möglich«, fragte Andrenio, »dass wir unter so viel gewöhnlichen Butiken keine mit Arzneien finden?«

»Es genügt doch, dass es reichlich Barbierstuben gibt«, meinte der Kekrops.

»Und drinnen«, setzte der Weise nach, »reichlich Barbiere, die wie Barbaren über alles herziehen; aber was die wissen, wer weiß das eigentlich nicht?«

»Und trotzdem«, beharrte Andrenio, »bei so viel Gewöhnlichkeit ist es doch stark, dass da kein Medicus sein soll, der rezeptiert; zumindest gegen die *zivile* Maulseuche sollte doch einer etwas verschreiben.«[37]

»Dessen bedarf es nicht«, erwiderte der Weise.

»Wieso nicht?«

»Es gibt Mittel gegen jedes Übel (selbst die Verrücktheit findet

33 Unerwartet wird doch Volkes Stimme zu Gottes Stimme (siehe unten, Anm. 42), plötzlich hat Recht, wer vorher Unrecht hatte: eine nicht seltene Umkehrung bei Gracián.

34 *Mechanisch:* im Sinne von »niedrig«, vgl. Anm. 15.

35 *Fliegen: »moscas«* – »lästige, aufdringliche Leute«. – *Mücken: »mosquitos«* – »häufiger Gast in Tavernen«.

36 *Kesselflicker:* vielleicht Anspielung auf Kessel in den Wappen, als Zeichen alter Abstammung, vielleicht sogar auf die erotischen Dienste der »Kesselflicker«, von denen ein Volkslied zu singen weiß (die Vermutung stammt von französischen Kommentatoren!).

37 *Zivil:* im Sinne von »kümmerlich«, »gemein«, vgl. S. 65, Anm. 18.

Behandlung, in Zaragoza, in Toledo und an hundert anderen Orten),[38] nur gegen die Blödheit gibt es keines, und noch nie hat jemand einen Toren kurieren können.«

»Und doch sehen einige hier so aus.«

In der Tat waren gewisse Standesvertreter sogar in Wut geraten, weil jedermann ihnen ins Handwerk pfuschen und mit ein und demselben Mittel alle und jeden heilen wollte. Und das wäre für sie ja noch angegangen, wären nicht einige so weit gegangen, ihnen selbst Belehrung erteilen und mit den Ärzten über Sirup und Aderlass disputieren zu wollen.

»Schnickschnack!«, riefen diese, »die sollen gefälligst den Mund halten und sich artig zu Tode bringen lassen.«

Die Schmiede nun machten ein rechtes Geschmitte und standen den Kesselflickern in nichts nach. Wütend riefen die Schneider, sie sollten Ruhe geben und wenn sie schon nichts verstünden, die Leute wenigstens anhören lassen. Darüber kam es zum Streit, was an solchen Orten nicht neu war; sie taten sich heftig ab, taten sich aber nichts an, und nach Austausch von gepflegten Artigkeiten sagten die Schmiede zu den Schneidern:

»Packt euch weg, ihr seid gottlose Kerle!«

»Was heißt hier gottlos?«, schrien die empört zurück. »Gewissenlos, das ginge ja noch an; aber gottlos, das erklärt uns gefälligst!«

»Jawohl«, wiederholten die Schmiede, »ihr habt doch keinen Schneidergott, wie unsereins einen Schmiedegott hat und wie doch alle einen haben: die Schankwirte den Bacchus, auch wenn der auf Thetis eifersüchtig ist, die Kaufleute den Merkur, von dem sie sich mit dem Namen auch gleich die Mogeleien geholt haben, die Bäcker Ceres, die Soldaten Mars, die Apotheker Äskulap.«[39]

»Packt euch weg von hier«, schrien die Schneider zurück, »ihr seid doch Heiden.«

38 *Verrücktheit:* Die Einrichtung von Pflegeheimen für Gemütskranke begann in Spanien im 15. Jh. In Zaragoza begründete Alfons V. das *Haus unserer Lieben Frau.*
39 *Schmiedegott:* Hephaistos/Vulcan. – *Bacchus:* auf Thetis (Meeresgöttin) eifersüchtig, dass kein Wasser in den Wein gemischt wird. – *Kaufleute:* lat. *»mercatores«* (was mit dem Namen Merkur nicht zusammenhängt).

»Selber Heiden«, kam es zurück, »Heidenangsthasen!«

Darüber kam der Weise und sagte, um Frieden zu stiften, den Schneidern zum Trost, wenn sie schon keinen Gott hätten, so würden sie doch von allen einhellig zum Teufel gewünscht.

»Verwunderlich allerdings«, meinte Andrenio, »so viel Geschrei und Gestreite, und doch kein Sprechen!«

»Wieso nicht?«, fuhr der Kekrops auf, »sie sprechen doch ohne Unterlass und haben Worte im Überfluss.«

»Aber ich«, beharrte Andrenio, »habe nichts gehört, was Sprechen gewesen wäre.«

»So ist es«, bestätigte der Weise, »alles ist nur Gehäcksel, kein Korn.«

Gerade war einmal wieder etwas besonders Aberwitziges im Umlauf. An einem bestimmten Tag sollten viele tot umfallen; und tatsächlich verging mancher vor Angst schon zwei Tage vorher.[40] Oder ein Erdbeben sollte kommen und alle Häuser dem Erdboden gleichmachen.[41] Und wie schnell sich solcher Unsinn verbreitete! Wie viele ihn gierig aufsogen und sich gegenseitig weitererzählten! Trat aber ein Vernünftiger dagegen auf, so gerieten sie in Wut, eben weil sie nicht sagen konnten, wie und wo der Unsinn aufgekommen war. Was nicht hinderte, dass er jedes Jahr neu aufkam: Die jüngste *Enttäuschung* war jedesmal noch zu frisch, das Bratöl troff noch herunter. Und ganz unverkennbar war, dass Wichtiges und Wahres alsbald in Vergessenheit geriet, während abgeschmacktes Zeug von Großmutter zu Enkelin, von Tante zu Nichte weitergetragen wurde und durchs Weitertragen verewigt.

»Nicht nur keine Sprache haben sie«, fügte Andrenio noch hinzu, »sondern nicht einmal Stimme.«

»Wieso nicht?«, fuhr der Kekrops wieder auf. »Das Volk hat doch Stimme, man sagt sogar, seine Stimme sei Gottes Stimme.«

»Und ob«, sagte der Weise, »die Stimme von Gott Bacchus.[42]

40 So bei Lukrez III, 79–84, und in einem Brief Senecas an Lucilius (XXIV, 22).

41 *Erdbeben:* sind in Spanien nahezu unbekannt (anders in Portugal).

42 *»Vox populi vox dei«:* sinngemäß bei Hesiod, V. 763 f., dann bei Seneca, *Rhetorum Controversiae* I, 1; später bei Alkuin und Petrus von Blois; der Aufklärer Feijóo wird

Und glaubt ihr's nicht, so legt nur ein wenig das Ohr aus, und ihr werdet hören, wie sie sich das Allerunmöglichste ausdenken und dann unerschütterlich weiterposaunen. Hört doch nur einmal diesem Spanier zu, was der über den Cid erzählt, wie er durch einen Schlag mit dem Handrücken einen ganzen Turm zum Einsturz brachte und einen Riesen einfach davonblies. Hört euch den Franzosen dort an, was der sich nicht alles über Roland hat aufbinden lassen, wie er mit einem Schwertstreich einen gepanzerten Ritter samt seinem Ross in der Mitte durchhaute, als wär's ein Brotlaib; und ich sage euch, der Portugiese vergisst so schnell nicht die Backschaufel der unwiderstehlichen *forneira.*«[43]

Ein großer Philosoph unternahm es, auf dem Platz der Tierischen Dummheit einen Stand für *Personsein* aufzuschlagen, und legte eine Anzahl bedeutsamer Wahrheiten in handlichen Aphorismen aus. Doch die Einführung gelang ihm nie, er setzte keine einzige Wahrheit ab, auch nicht den geringsten Aufklärungsartikel,[44] und so musste er sich wieder zurückziehen. Ganz anders ein Schwindler, der tausend Albernheiten ausstreute, phantasievolle Prognosen feilbot, wie dass Spanien wieder einmal vor dem Untergang stehe oder das osmanische Fürstenhaus am Ende sei. Er verlas Prophezeiungen von Mauren und von Nostradamus: alles selbstverständlich, alles offenkundig.[45] Im Nu drängten sich die Leute um seinen Stand, seine Schwindeleien fanden reißenden Absatz. Ein Scharlatan gilt allemal mehr als ein Seneca.

1726 diesem Spruch den ersten Diskurs seines *Teatro crítico universal* widmen, der wie eine – gemäßigte – Fortsetzung der Gracián'schen Kritik an Volkes Stimme erscheint.

43 *Forneira:* Aus der Schlacht von Aljubarrota, in der 1365 Johann I. von Portugal über Johann I. von Kastilien siegte, wird berichtet, eine Bäckersfrau (port. *forneira*) habe mit ihrer Schaufel vierzehn Kastilier erschlagen, was traditionell zweimal jährlich durch einen Umzug gefeiert wird.

44 *»Desengaño«.*

45 *Nostradamus:* Michel de Notre-Dame, französischer Arzt und Astronom (1503–1566), veröffentlichte 1555 *Les Centuries,* Zukunftsvorhersagen für die Zeit von 1557 bis zu dem von ihm angenommenen Weltuntergang 3797; ab 1560 Hofarzt Karls IX.; gegen Ende des zweiten Jahrtausends in breiteren Kreisen wieder zu Einfluss gelangt.

Darüber gewahrten sie ein Monsterweib, dessen Gefolge war so groß, dass man annehmen musste, die meisten von früher und die allermeisten von heute machten ihr den Hof; jedenfalls lauschten ihr alle mit offenen Mäulern. Sie war dermaßen beleibt und abstoßend, dass überall, wo sie vorbeikam, die Luft zum Schneiden dick zurückblieb. Dem Weisen drehte es den Magen um, er begann zu würgen.

»Was für ein garstiges Ding!«, rief Andrenio. »Wer ist denn das?«

»Das ist«, sprach der Kekrops, »die Minerva dieses Athen.«

»Die Unwiderstehliche«, keuchte der Philosoph, »die Unumgängliche! Wahrhaftig die *pinguis Minerva.*[46] Wer so fett wird, wer kann das anders sein als die selbstzufriedene Einfalt? Was ihr jetzt wohl einfällt? Wo sie jetzt wohl einfällt?«

Von den Verkäuferinnen begab sie sich hinüber zur Cid-Bank und ließ sich darauf nieder.[47]

»Jene dorten«, ließ der Kekrops weiter verlauten, »ist die Weisheit gar manches Predigtlaien. Dort wird nämlich einem jeden sein Rang und seine Note zugeteilt; dort wird bestimmt, wer kann und wer nicht, ob der Gegenstand auch bedeutsam genug, ob die Predigt gelahrt war, ob gut entworfen und gut vorgetragen, ob der Gedankengang vollständig, ob meisterlich die Lektion.«

»Und wer«, wollte Andrenio wissen, »sind die, die da urteilen und Rang oder Note zuteilen?«

»Wer wird es schon sein, ein Ignorant und ein noch größerer, einer, der sein Lebtag kein Buch von innen gesehen hat, allenfalls eine *Silva de Varia Lección* und, wenn es hoch kommt, ein *Para Todos.*«[48]

46 *Pinguis Minerva:* Die fette Minerva meint nach einer Formulierung Ciceros die Unbedarftheit.

47 *Verkäuferinnen:* Sie mochten vieles verkaufen, vor allem wohl sich selbst. – *Cid-Bank:* darauf sitzen die Leute, die im Dorf das Sagen haben.

48 *Para Todos:* also eine Art »Reader's Digest« für alle. *Silva de varia lección:* ein sehr erfolgreiches Werk des Humanisten Pedro de Mejía, erschienen 1540, in den hundert Jahren danach nicht weniger als 32-mal auf Spanisch und 75-mal in Übersetzungen aufgelegt (auch deutschen; moderne span. Ausgabe von A. Castro, 1989), aber gerade in Graciáns Zeiten – seine abfällige Bemerkung ist symptomatisch –

»Aber seht ihr denn nicht«, rief der Kekrops, »dass dies die löblichsten Persönlichkeiten von der Welt sind! Alle sind sie Bakkalaureusse. Der sich da so ernsthaft gibt, der läuft immer in der Hauptstadt herum und erzählt Witze, alles macht er zur Schnurre, er beißt, aber zahnlos, nach allem, was er kriegen kann, speichelt Satiren hervor, speit Pasquillen aus, der Kobold aller Klatschzirkel. Der andere dort, das ist der Weiß-ich-doch-schon-längst, dem kann man nichts Neues mehr erzählen, der zieht jederzeit Gazetten aus der Tasche und schreibt sich mit aller Welt.[49] Aber da die Welt ihm als Ganze nicht reicht, muss er irgendwo sich ständig in einen Teil von ihr eindrängen. Dieser Lizenziat dort sorgt in den Universitäten dafür, dass die Frischlinge ihren Einstand geben, er verfertigt Verschen, hält den Klatsch in Gang, kauft Stimmen bei der Professorenwahl,[50] macht sich zum Sprecher für alle anderen, nur wenn es zu den Abschlussdisputationen kommt, sieht und hört man ihn nicht mehr. Der Soldat dort drüben, der fehlte bei keinem Feldzug, er schwadroniert von Flandern, war bei Ostende dabei,[51] kannte Herzog Alba persönlich, ging im Generalszelt ein und aus, ein wahrer Mittagsdämon,[52] er sorgt dafür, dass die Unterhaltung

aus der Gunst des Publikums verschwunden (lat. »silva« hat sich von »Wald« über »Menge« zu »Sammlung wenig verarbeiteten Materials« entwickelt«; *Silvae* sind eine Vorform des Essays). – *Para todos:* ein ebenfalls noch erfolgreiches Miszellenwerk von Pérez de Montalbán (1632), einem sehr produktiven Autor aus dem Umkreis Lope de Vegas.

49 *Gazetten:* seit dem Ende des 16. Jhs. gedruckte Einzelmeldungen über aktuelle Ereignisse aller Art (von *gazeta*, einer venezianischen Münze, dem Preis für das Produkt). In Spanien war die erste regelmäßig produzierte Zeitung (span. *»periódico«*) die *Gazeta de Madrid,* die ab 1661 erschien.

50 *Professorenwahl:* Im 16. Jh. stand den Studenten bei Berufungen von Professoren und sogar des Rektors neben den Dozenten ein Stimmrecht zu (1513 wurde die Berufung des nachmals berühmtesten spanischen Grammatikers, Antonio de Nebrija, auf einen Lehrstuhl in Salamanca durch das studentische Votum verhindert).

51 *Ostende:* Der Fall Ostendes im Jahre 1604, nach mehr als dreijähriger Belagerung durch die Spanier unter Spínola, verzögerte die Befreiung der spanischen Niederlande um geraume Zeit.

52 *Mittagsdämon:* In *Psalm* 90, 6 (iuxta LXX) heißt es: *»ab incursu et daemonio meridiano«* (spätere Übersetzungen ersetzen das Wort *daemonio* durch andere). In der Spätantike (Evagrios Pontikos, 4. Jh.) wurde der Ausdruck mit einem Begriff aus der Psychologie des Mönchtums verbunden, der AKEDÌA, lat. *accidia,* Vorläuferin

nicht stockt, heimst als erster seinen Sold ein, nur am Tage der Schlacht ist er nicht zu erblicken.

»Mir scheint«, meinte Andrenio, »das alles sind die Drohnen im Weltbienenstock. Und die also verteilen Noten über Tapferkeit und Weisheit?«

»Jawohl«, bekräftigte der Kekrops. »Und wen sie zum Ausbund der Weisheit erklärt haben, der ist es, ob er etwas weiß oder nicht. Sie machen Theologen und Prediger, gute Ärzte und tüchtige Rechtsbeistände, ja sie können einen Fürsten um seinen Ruf bringen: König Pedro kann ein Lied davon singen.[53] Und wie denn: Wenn der Barbier am Ort es nicht will, dann taugt auch die gelehrteste Predigt nichts, und Cicero ist ein Stümper. Alle anderen warten ab und trauen sich nicht, schwarz oder weiß zu sagen, bis diese sich geäußert haben, und dann ruft alles sogleich: ›Ein großer Mann, eine Persönlichkeit!‹ und rühmen ihn über den grünen Klee, ohne zu wissen, warum und weshalb, je ahnungsloser, desto überzeugter. Deswegen pflegt auch der geschickte Politiker tüchtig die Schelle zu schwingen, die den großen Haufen dahin führt, wo er ihn haben will.«

des modernen *ennui*, in der Theologie zur Todsünde erklärt. Im *Diccionario castellano* des Jesuiten Terreros (1786) findet sich für unsere Stelle der wohl entscheidende Hinweis: »mantenerse de mogollón« – »sich als Schmarotzer durchschlagen«. Für die witzigen Spanier des 17./18. Jhs. muss dieser *demonio meridiano* also ein ungebetener Gast gewesen sein, der sich stets zur Mittagszeit einzustellen drohte (der französische *démon de midi* hat die Bedeutung »affektive und sexuelle Heimsuchung um die Mitte des Lebens« angenommen).

53 *König Pedro:* Peter I. von Kastilien, dessen Herrschaftszeit (1350–1369) durch eine lange Reihe von Morden an Vasallen wie Angehörigen gekennzeichnet war, wurde der Grausame genannt. Sein Bild schwankt in der Geschichte. In López de Ayalas Chronik (1495) wird es in schwarzen Farben gemalt. Chaucers *Canterbury Tales* nennen ihn *»glory of Spain«*. Das Theater des *Siglo de oro* sieht in ihm überwiegend den gerechten Richter und Ahnder von Ehrvergehen. Graciáns Urteil könnte auch durch die Schrift des Historikers Vera y Zuñiga beeinflusst sein: *El rey don Pedro defendido,* Madrid 1648. In Voltaires Tragödie *Don Pèdre* (1730) finden wir einen sentimentalen, philosophierenden König. Spätere Bearbeiter, darunter Grillparzer, konzentrieren sich auf Königin Blanca von Bourbon, unschuldiges Opfer tyrannischer Leidenschaft. Auch Graciáns Urteil scheint zu schwanken: In III, 4 wird es negativ ausfallen (vgl. S. 695, Anm. 31 und 32).

»Und gibt es wohl jemanden«, war Andrenios bange Frage, »der an solchem Beifall der Menge sich labt?«

»Und ob es den gibt!«, rief der Weise. »Noch und noch. Leute niederer Gesinnung, Windbeutel, die nach Popularität haschen und faulen Zauber dafür aufbieten, den wir besser Narrenköder oder Bauernfänger nennen, plumpen Hokuspokus, denn Könnerschaft und Gediegenheit sind hier nicht gefragt. Viele laben sich an der Gunst der Menge, am Applaus des Pöbels. Doch meist bekommt es ihnen schlecht, denn Volkes Gunst hat die Hand weit von der Zunge. Wer sah sie nicht gestern noch beim Aufruhr in Sevilla prahlen und heute schon vor der Züchtigung verstummen![54] Wo blieben Hände zu den Hälsen, und wo Taten zu den Worten? Ihr Ungestüm gleicht dem des Windes, der, wenn am wütendsten, sich legt.«

Sie stießen auf einige, die schliefen, und nun gar nicht *mal rasch,* wie jemand seinem Diener aufgetragen haben soll, sondern ohne auch nur ein Glied zu rühren. Und so weit ging die Tumbheit, dass die Wachenden sich verträumten, wie die andern sich verschliefen, dabei schwelgten sie in großen Taten, und der ganze Platz hallte wider von Schwerterklang und Triumphgeschrei. Einer schlief besonders tief und fest, *mit hingestreckten Beinen,* und von ihm hieß es, er schlage sich die Nacht um die Ohren und versenge sich die Brauen beim Studieren. Solchermaßen tat man kund, es handle sich um die bedeutendsten Männer von der Welt und Leute mit vorbildlicher Führung.

»Wie kann es nur so viel Gewöhnlichkeit geben!«, rief Andrenio.

»Tja«, meinte der Weise, »wer hier sich einmal guten Ruf erwirbt, der wird beharrlich weiter gelobt, auch wenn er sich sofort auf seinen Lorbeern schlafen legt: Er bleibt ein toller Kerl. Auch wenn er nur noch Unsinn schwatzt – es sind die tiefsten der Gedanken, die höchsten der Gefühle, nur Lob und Preis für ihn. Um-

54 *Sevilla:* Ein weiterer Volksaufstand, diesmal unmittelbar vor der Fertigstellung des ZWEITEN TEILS des *Criticón,* am 22. Mai 1652. Er endete mit der Hinrichtung der Anführer.

gekehrt indessen, ist jemand hellwach und leistet Großes, so heißt es bald, er lässt ja nach, ist müde und will sich wohl zur Ruhe legen. Weißt du, was Apollo selbst hier widerfuhr mit seiner göttlichen Leier? Da wollte doch so ein ungehobelter Bauerntölpel ihn auf seiner Ziegenschalmei zum Wettspiel herausfordern. Der göttliche Spieler dachte nicht daran, gegen ihn anzutreten, obwohl selbst die Musen ihn darum baten. Der Lümmel höhnte, er habe wohl Angst, und prahlte schon mit seinem Sieg. Doch es fruchtete nichts: und zwar nur deswegen, weil Richter bei der Sache der Pöbel sein sollte und Apollo seinen Ruf nicht solchem *Urteil ohne Urteil* überantworten mochte.[55] Und weil sie es nicht ebenso halten wollte, wurde die holde Philomela zum Wettstreit mit dem Esel verdammt.[56] Und selbst die Rose, heißt es, war nahe daran, sich mit dem Oleander einzulassen, welcher seither seiner dreisten Unverschämtheit wegen zu den Hundsgiftgewächsen gehört. Weder ging der Pfau das Risiko ein, sich mit dem Raben an Schönheit zu messen, noch der Diamant mit dem Bachkiesel, noch die Sonne selbst mit dem Mistkäfer,[57] und mochten sie sich ihrer Überlegenheit noch so sicher sein: Sie wollten sich der Zensur eines so kopflosen *vulgus* nicht aussetzen. Schlechtes Zeichen, sagte ein Gescheiter, wenn meine Sachen allen gefallen; denn das Sehr-Gute ist Sache der wenigen, und folglich muss, was der Menge gefällt, den wenigen, welche die Verständigen sind, missfallen.«

Darüber erschien ein seltsames Wesen auf dem Platz – und machte sich auch gleich welchen. Alle begrüßten es beifällig und neugierig. Die Menge drängte herzu und man hörte:

»Es kommt soeben vom Jordan, dabei ist es schon über vierhundert Jahre alt.«

55 *»Un juizio tan sin él«.* – Die von Herodot bis zu Ovid (*Metamorphosen* VI, 383 f.) und öfter überlieferte Herausforderung Apollos durch Marsyas, die Gracián hier in seinem Sinn umakzentuiert, endete bekanntlich mit der Schindung des Marsyas.

56 *Philomela:* Die Verwandlung des attischen Königskindes Philomela in eine Nachtigall ist ebenfalls aus Ovid (*Met.* VI, 426 f.) und anderen bekannt. Woher Gracián den Wettstreit mit einem Esel nimmt, ist unerfindlich.

57 *Mistkäfer:* Reminiszenz oder vage Kunde vom ägyptischen Pillendreher?

»Erstaunlich«, meinte einer, »dass nicht Heerscharen von Frauen herandrängen, wenn es sich entrunzelt.«

»Ach nein«, ein anderer, »das tut es doch heimlich. Wenn das nicht so wäre, o je, dann wäre was!«

»Könnte man nicht wenigstens ein Fläschchen von dem Wasser dort hierher bringen? Ich bin sicher, man könnte jeden Tropfen für eine Golddublone verkaufen.«

»Es braucht kein Geld, denn jedesmal, wenn es in die Börse greift, findet es eine Silbermünze.«

»Noch so ein Glück. Ich weiß gar nicht, welches von beiden ich lieber hätte.«

»Wer ist denn das?«, fragte Andrenio.

Und der Weise:

»Das ist Hans-auf-ewig, denn ein Dummerjan muss es ja sein.«[58]

Es sprudelte allenthalben von solchen drolligen Ammenmärchen, alles wurde sehr gern geglaubt, und man brachte tausend Zeugnisse vor, dass alles durchaus im Bereich des Naturmöglichen liege. Am höchsten im Kurs standen die Kobolde; sie breiteten sich aus wie Hexenzauber; kein altes Haus, in dem nicht mindestens zwei von ihnen spukten. Bald waren sie giftgrün gekleidet, bald dunkelrot, ganz sicher aber gelbstichig; und stets sind es Winzlinge, oft mit Kapüzchen überm Kopf, wenn sie so auf dem Dachboden rumoren; beileibe nicht erscheinen sie alten Weibern, denn wo ein Poltergeist ist, kann kein anderer sein. Kein reicher Kaufmann kommt zum Sterben, ohne dass Äffchen und Meerkatzen um ihn her Grimassen schneiden. Da hat es Hexen, möglichst viel und möglichst alt, und alle die vom Teufel gerittenen Unzufriede-

58 *»Juan de Para Siempre«:* Eine Variante des Ewigen Juden (Ahasver), wohl die harmloseste dieser Figur. Die Legende vom Juden, der sich an den Wassern des Jordan immer erneut verjünge und nicht sterben könne, bis Christus zurückgekommen sei, war mit den Kreuzzügen aufgekommen. Im Spanien des 15. Jhs. war die Gestalt zu einem sehr populären Schuster geworden (vgl. E. Frenzel, *Stoffe der Weltliteratur,* Art. Ahasver). Es sei festgehalten, dass Gracián sie nicht antisemitisch akzentuiert, sondern als einen törichten Volksglauben unter vielen behandelt (vgl. hierzu S. 151, Anm 36).

nen;[59] da hat es verzauberte und verborgene Schätze, ohne Zahl, aber mit viel Erzählung, scharenweise graben die Toren den Boden nach ihnen um; da hat es toll ergiebige Gold- und Silberminen, nur leider sind sie zugemauert, bis Neu-Indien erschöpft ist; die Höhlengeister von Salamanca und Toledo – wehe dem, der sich erkühnte, an ihnen zu zweifeln![60]

Doch siehe da, im Handumdrehen geriet diese ganze auf engstem Raum zusammengepferchte Dummheit in Aufruhr, ohne zu wissen, wie und warum, wie es beim Pöbel nur allzu leicht geschieht, jedenfalls wenn er so leichtgläubig ist wie in Valencia, so barbarisch wie in Barcelona, so töricht wie in Valladolid, so zügellos wie in Zaragoza, so wankelmütig wie in Toledo, so aufsässig wie in Lissabon, so großmäulig wie in Sevilla, so schmutzig wie in Madrid, so lärmig wie in Salamanca, so hinterhältig wie in Córdoba oder so schändlich wie in Granada. Es geschah nämlich, dass an einem der Eingänge – nicht am Haupteingang, denn wo alles gemein ist, gibt es gar keinen solchen – sich ein Monster blicken ließ, seltsam zwar, doch recht vulgär: Einen Kopf hatte es nicht, wohl aber eine Zunge, keine Arme, aber Schultern wie das Höckerpack, *pecho* hatte es nicht, nur viele *pechos,*[61] auch keine Hände, um etwas in die Hand zu nehmen, nur Finger, um damit zu petzen und zu kratzen. Sein Leib war durch und durch ungestalt, und da ihm die Augen abgingen, stürzte es andauernd nieder; im Angreifen wild, war es alsogleich kleinlaut. In kürzester Zeit bemächtigte es sich des ganzen Platzes und erfüllte alles mit so schauerlicher Finsternis, dass nichts mehr zu erblicken war von der Sonne der Wahrheit.

59 *Hexen:* Wem gibt Gracián nun die Schuld am Hexenwahn? Gewiss hätte man sich ein deutlicheres Wort gegen Aufwiegler wie Verfolger gewünscht. Aber ihn den törichten *vulgaridades* zurechnen, gegen die er in dieser Krisis zu Felde zieht, war schon viel.

60 *Höhlengeister:* eine Absage an Schwarzkunstlegenden, die sich um diese beiden Höhlen gebildet hatten und im Volksglauben, aber auch in der Literatur heftig wucherten. Cervantes mokierte sich schon darüber in seinem Zwischenspiel *Die Höhle von Salamanca.* Wiederum wird Feijóo in seinem *Teatro crítico* diesen Phänomenen gleichsam auf den Spuren des *Criticón* einen kritischen Artikel widmen (VII, 7; vgl. Anm. 42).

61 *»Pecho«* – konkret: »Brust«, »Leib«; abstrakt: »Mut«, »Herz«.

»Welch fürchterlicher Poltergeist ist das denn«, rief Andrenio verängstigt, »dass er alles derart verdunkelt?«

»Das ist«, erwiderte der Weise, »der erstgeborene Sohn der IGNORANZ, Vater der LÜGE, Bruder der BLÖDHEIT, Ehemann der BOSHEIT: Es ist der viel genannte VULGACHO.«[62]

Wie er dies sagte, nahm der König der Kekropen ein gewundenes Muschelhorn vom Gürtel (er mochte es einem Faun entwendet haben[63]), blies eitel Wind hinein, und da war das Getöse so groß und so groß der Schrecken, den es hervorrief, dass alle außer sich vor *fanatischem* Entsetzen die Flucht ergriffen, und dies nur wegen eines Dinges, das nicht mehr war als ein *Hörnchen.*[64] Unmöglich, sie zur Vernunft zu bringen oder sie davon abzuhalten, sich haufenweise von Fenstern und Balkonen herabzuschmettern, noch blindwütiger als auf der Plaza Mayor zu Madrid.[65] Die Soldaten liefen davon und schrien:

»Wir sind abgeschnitten, wir sind abgeschnitten!«

Bald schlugen sie aufeinander ein und brachten sich um, barbarischer als bei heidnischen Bacchanalen. Andrenio konnte nicht anders als sich schleunigst davonzumachen, reuig und wieder einmal um eine Illusion ärmer. Er vermisste Critilo sehr heftig, indessen frommte ihm der Beistand jenes Weisen und das Licht, das die Fackel seines Wissens über ihn verbreitete. Wo er hingeriet, soll die folgende Krisis sagen.

62 *Vulgacho:* Despektivform zu *»vulgo«* – »Pöbel«.

63 *Faun:* vgl. Alciatis Emblem IN SUBITUM TERROREM (bei Henkel/Schöne 1835): »Als Faunus der WaldGott ersach / Ein hauffen Volcks fliehen, er sprach / Wer blast also mein Horn auff? / Das also fleucht ein grosser hauff?«

64 *Fanatisch:* vgl. S. 181, Anm. 3. – *»Caracol«* – »Schneckenhaus«, »Muschelhörnchen«, »wertloser Gegenstand«.

65 Am 7. Juli 1632 hatte eine Feuersbrunst Teile der Plaza Mayor zerstört. Am 16. August desselben Jahres fand dort ein Stierkampf statt. Als jemand *»Fuego en la Plaza!«* rief, entstand unter den 5000 Zuschauern Panik. Viele stürzten sich aus den Fenstern und von den Tribünen.

Sechste Krisis

Fortuna beschuldigt, Fortuna verteidigt

Vor den göttlichen Sternenthron traten der Mann und die Frau, um einmal mehr Gunst und Gnaden zu erbitten, gilt doch bei Gott und bei König: bitten und nochmals bitten. Und sie baten nun den, aus dessen Hand sie das Dasein empfangen hatten, er möge es ihnen noch besser einrichten. An erster Stelle sprach der Mann, und zwar als das, was er war, denn er sah sich als Haupt, und so erflehte er, es möge ihm doch die unschätzbare Gabe der Weisheit gewährt werden. Sein Anliegen erschien wohl begründet, und man beschloss sogleich, es gnädig zu bescheiden, mit der Auflage indes, die Hälfte seiner Jahreseinkünfte in Dank und Anerkennung abzustatten. Danach trat die Frau heran, und in Anbetracht der Tatsache, dass sie weder Hand noch Fuß war, sondern nur Gesicht, das ach so teure, erflehte sie mit viel Anmut vom göttlichen Schöpfer, er möge sie mit Schönheit ausstatten.

»Fata gratia«, sprach der große himmlische Vater, »du sollst schön sein, doch deine Auflage sei die Schwachheit.«[1]

Hochzufrieden schieden die beiden aus der göttlichen Nähe, aus der ja keiner unbefriedigt von hinnen geht, hielt doch der Mann für seine höchste Gabe den Verstand, die Frau die Schönheit, er den Kopf, sie das Gesicht. Dies gelangte nun Fortuna zu Ohren, die, wie es hieß, darüber recht ungehalten war und *schimerierte,* man hätte doch auch Glück und Zufall einbeziehen sollen.

»Ist das die Möglichkeit!«, so rief sie tief gekränkt, »sollte *er* wirklich noch nie von ›Glück muss dir Gott geben, mein Kind...‹

1 *»Facta«* (= »Die Gnade sei dir gewährt«) und *»fata«* (span. *»hada«*) – »Fee«, »Hexe«. – Die Quelle für den zweiten Teil dieser Definition (wie für Hamlets *»Frailty, thy name is woman«,* das Gracián nicht kannte) ist einerseits *Genesis* 3, andererseits die aristotelische Anschauung von der Unterlegenheit des weiblichen Geschlechts (*Politik* 1260 a). Vgl. Sister Prudence Allen, *The Concept of Woman. The Aristotelian Revolution 750 BC – AD 1250,* 1985.

gehört haben und *sie* auch nichts vom ›Glück der Hässlichen…‹?[2] Lasst sie nur machen, wir werden schon sehen, was er mit seiner Weisheit anfängt und sie mit ihrer Schönheit, wenn sie kein Glück dabei haben. Wissen sollen sie, der weise *Er* und die schöne *Sie,* dass sie mich von heute an zur Gegnerin haben: Hiermit erkläre ich mich gegen das Wissen und gegen die Schönheit. Zunichte machen werde ich ihnen ihre Gaben: Weder er noch sie sollen glücklich sein.«

Seit diesem Tage gilt als ausgemacht, dass die Gescheiten und Verständigen kein Glück haben: Alles missrät, nichts gelingt ihnen. Glück haben die Dummköpfe, begünstigt und belohnt finden sich die Ignoranten. Wenig frommt dem Manne Wissen, Besitz, Freunde und was es sonst noch gibt, wenn ihm das Glück abgeht; und es kann eine die Sonne selbst sein, sie hat nichts davon ohne den Stern des Glücks.[3] –

Solches tat dem melancholisch zuhörenden Critilo ein Zwerg dar, und mit seinen Illusionen raubte er ihm auch den Eifer, mit dem er danach getrachtet hatte, SOFISBELLA selbst zu erblicken. Der Geflügelte war es ja, der ihn zu diesem Trachten beflügelt hatte, doch der war nun, ohne dass ihm Befriedigung geworden wäre, verschwunden.

»Glaub mir«, sprach der Zwerg zu ihm, »alles in diesem Leben geht im Bilde vor sich, und wir bilden es uns ein. Selbst dieses Haus des Wissens ist ganz und gar Schein. Wie denn, dachtest du wahrhaftig, mit deinen Augen die Weisheit zu sehen und mit deinen

2 Zum ersten Sprichwort vgl. S. 50, Anm 1. – Das zweite Sprichwort lautet vollständig: »*Ventura de fea, la bonita la desea*« – »Glück der Hässlichen, die Hübsche erträumt sich's« (»*Ventura*« und »*Fortuna*« sind hier synonym).

3 Ein Apolog im Geiste Lukians. Einen geistesverwandten Vorläufer hatte Gracián hierin in dem Erasmianer Alfonso de Valdés (1490–1532), den er sicher kannte, aber ebenso sicher zu nennen vermied. Dieser hatte 1529 einen lukianisch-satirischen *Dialog über die Ereignisse in Rom* verfasst, in dem er – als Sekretär Karls V.! – die Missstände der Kurie geißelte. Er ging so weit, die Plünderung Roms von 1527 durch die kaiserlichen Truppen zu verteidigen. Miguel Delibes hat in seinem Roman *Der Ketzer* daraus die Satire über den Reliquienkult zitiert, an dem sich die Protestanten Valladolids erheitern (Teil II, Kap. 12; vgl. S. 309, Anm. 40). Das wäre durchaus auch nach dem Geschmack Graciáns gewesen.

Händen zu berühren? Viele Jahre schon ist es her, dass sie zum Himmel entfloh, zusammen mit den übrigen Tugenden, bei jener allgemeinen Flucht der Astraia.[4] In der Welt ist nichts verblieben als ein paar Skizzen von ihr, in jenen Schriften, die hier Ewigkeit beanspruchen. Wohl ist es wahr, dass sie ihren Platz hatte im tiefen Denken ihrer Weisen, doch sind auch die schon dahin; kein anderes Wissen ist mehr als das in den unvergänglichen Schriftzeichen der Bücher aufbewahrte: Dort magst du sie aufsuchen und erkennen, die Weisheit.«

»Wer aber«, fragte Critilo, war nun der Mann von so stattlich-umfassender Bildung, der so viel kostbares und auserwähltes Buch zusammentrug? Wem gehört ein so gelehrtes Museum?«

»Wenn wir in Aragón wären«, antwortete der Pygmäe, »würde ich meinen, es müsste Herzog Don Fernando von Villahermosa gehören; wenn in Paris, dann dem gelehrten Herzog von Orléans; wenn in Madrid, dann dem großen Philipp, und wenn in Konstantinopel, dann, aufbewahrt zwischen Kristall, dem gescheiten Osman.[5] Doch, wie gesagt, komm mit mir auf die Suche nach dem GLÜCK, denn ohne dieses ist weder Wissen noch Besitz zu etwas gut, und alles Können scheitert.«

»Erst möchte ich gerne jenen Gefährten von mir wiederfinden«, sagte Critilo, »von dem ich dir gesagt habe, dass er die Straße der Torheit eingeschlagen hat.«

»Wenn das hier im Umkreis war«, so die Vermutung des Zwerges, »dann wird er wohl schon im Hause GLÜCK sein, denn seinesgleichen gelangt dort viel rascher hin als ein Kluger; du kannst sicher sein, wir finden ihn an bevorzugter Stelle.«

4 *Astraia:* Als die Tochter des Zeus und der Themis (Gerechtigkeit), Schwester der SCHAM, die Erde verließ, um als VIRGO in die Sternzeichen einzugehen, war das Ende des Goldenen Zeitalters gekommen (Hesiod, *Werke und Tage* 197–200; Äsop, Erste Fabel; Ovid, *Metamorphosen* I, 149; Juvenal, *Satiren* VI, 19).

5 *Herzog von Villahermosa:* vgl. S. 258, Anm. 26. – *Gaston d'Orléans:* vgl. S. 244, Anm. 28. – Die Bibliothek Philipps IV. hatte Gracián bei seinem Madridaufenthalt 1640 betreten dürfen. – Mit Osman muss Sultan Murad IV. gemeint sein, der von 1623 bis 1640 regierte, Bagdad von den Persern zurückeroberte und die dortige Bibliothek in Istanbul nachbauen ließ.

»Und kennst du denn den Weg nach Glück?«, wollte Critilo wissen.

»Da liegt die große Schwierigkeit; sind wir erst einmal darauf, führt er uns auf den Gipfel der Seligkeit. Zuvor aber ist er recht steil und mühsam; umso mehr, als man mir als Merkmal diese Ranken angegeben hat, die durch Anklammern nach oben kommen und mit Aufdringlichkeit den Aufstieg schaffen.«

Darüber erschien ein Soldat, so recht ein frisch ausgehobener von der Sorte, die in den Tag hineinlebt, und fragte, ob er hier richtig sei auf dem Weg zum Glück.

»Welches suchst du?«, fragte der Zwerg, »das falsche oder das wahre?«

»Wieso? Gibt es denn ein falsches Glück? Das hab ich ja noch nie gehört.«

»Und ob es das gibt, gleisnerisches Glück! Es ist sogar heutzutage am meisten im Schwange: Da hält man jemanden für glücklich, weil er reich ist, dabei ist es meist ein Elender; ein anderer schätzt sich glücklich, weil er bei tausend Vergehen dem Zugriff der Gerechtigkeit entschlüpfen konnte, dabei ist das nun seine schlimmste Strafe;[6] ›ein Engel war dieser Mensch für mich‹, sagt jemand, und dabei war es doch ein Dämon, der ihn ins Verderben zog. Einer hält es für großes Glück, dass er noch nie einen Schicksalsschlag erlitten hat, und dabei ist das doch nichts als ein verächtlicher Backenstreich, weil der Himmel ihm keine tapfere Tat zutraut. Einer sagt: ›Mir ist Gott erschienen‹, und es war doch nur der leibhaftige Satan, der's ihn bald doppelt und dreifach büßen lässt. Einer nimmt als hohes Glück, dass er sein Lebtag noch nicht unpässlich war, dabei wäre dies das einzige Mittel gewesen, in der Seele zu genesen. Der Lüstling rühmt sich seines immer neuen Glücks bei den Frauen, und gerade dies ist sein schlimmstes Unglück; in ihrer Verblendung sieht eine ihr höchstes Glück in ihrem anmutigen Wesen, und genau das sollte ihr größtes Unglück werden. So irren denn die meisten Sterblichen in diesem Punkt und

6 So in Platons *Gorgias* (472 e): »Der Unrechttuende ist zwar elend, elender jedoch, wenn er keine Strafe erleidet für sein Unrecht.«

halten für ihr Glück, was ihnen Unglück bringt: Ist die erste Annahme irrig, so sind auch alle weiteren Schlüsse falsch.«

Ein Hofaspirant mischte sich unter sie (eine reichlich überflüssige Sorte Mensch) und begann unverzüglich zu murren und zu maulen. Schon war da auch ein Student, der etwas dagegen sagte, denn wer immer sich einbildet, er wisse etwas, der verfällt eben dem Widerspruchsgeist. Sie widersprachen einander auch über dies und über das und einigten sich schließlich dabei, sich über den Zwerg lustig zu machen.

»Du da«, höhnte der Student, »wo strebst du denn wohl hin?«

»Ich«, war die Antwort, »will Riese werden.«

»Ein hoher Drang! Aber wie willst du's anstellen?«

»Recht wohl, wie es FORTUNA, meine Herrin, bestimmt; denn wenn es ihr beliebt, sind die Pygmäen Riesen oder die Riesen Pygmäen. Da sind andere, weit kümmerlicher als ich, die werden heute angehimmelt, Tüchtigkeit zählt gar nichts mehr, und es geht auch nicht mehr um schlau oder dumm, um tapfer oder feige, um schön oder hässlich, sondern einzig um Glück oder Pech, um Stern oder Unstern; alles andere ist lachhaft. Fortuna wird sich am Ende schon etwas einfallen lassen, ob ich dabei nun stark bin oder es nur scheine, ist einerlei.«

»Das will ich aber wissen«, tönte der Soldat, »ob sie will oder nicht, sie wird mir Bescheid tun müssen!«

»Nicht so laut, Herr Soldat«, mahnte der Student.

»Bei mir ist das leise, ich kann noch sehr viel lauter, wenn's sein darf, auch im Saal von Contreras![7] Das Schlimmste ist doch, sich von Fortuna einschüchtern zu lassen. Besser ihr die Zähne zeigen; nur wer sich's gefallen lässt, mit dem treibt sie Schindluder. Ihr seht es doch: Ein paar Geriebene, ein Halbdutzend gewitzte Gauner, die kriegen, was sie wollen, und lassen alle Welt in die Röhre gucken; die kommen nach oben, und die anständigen Leute, nach denen kräht kein Hahn. Wir müssen uns, verflucht nochmal, mit ihr herumraufen, sie muss mir zu Willen sein, und wenn sie darüber krepiert!«

7 *Fernando Ruiz de Contreras:* Sekretär des Kriegsrats von 1643 bis 1652.

»Ich weiß nicht, wie das gehen soll«, erwiderte der Lizenziat, »Fortuna verstehen lässt sich gar nicht, sie schlägt zu und schlägt um, dass es nur seine Art hat. Da habe ich schon andere, weit Hochnäsigere, sagen hören, es sei unmöglich dahinter zu kommen, was sie vorhat.«

»Ich zumindest«, säuselte der Höfling, »gedenke mit meinem Katzbuckeln wohl nach oben zu kommen, mit Kratzfuß und Handkuss werd ich ihr sicherlich den Busen rühren.«

»Harkenbusen braucht sie«, schrie der Soldat, »Kratzhand und Fußschuss! Wenn sie die Holde sein will, mir auch recht! Wenn nicht, gesagt ist gesagt.«

»Mir ist, als sähe ich sie kommen«, ließ sich da der Zwerg vernehmen. »Sie sieht mich nicht, ich bin ja so klein, und sichtlich wird nur der Ansehnliche gesehen.«

»Mich wird sie noch weniger sehen«, meinte der Student, »ich bin ja so arm, und weil die Blassen ohnehin keiner sieht, auch wenn sie rot im Gesicht werden möchten.«

»Wie soll sie euch denn sehen«, sagte der Höfling, »wo sie doch blind ist.«

»Auch das noch«, stieß Critilo hervor. »Wieso ist sie denn erblindet?«

»Davon spricht doch alles in der Haupstadt schon seit langem.«

»Aber wie kann sie dann die Lose verteilen?«

»Wie? Blindlings eben.«

»So ist es«, sagte der Student. »Und so sah ein Weiser sie denn auch in einem dicht belaubten Baum thronen, von dessen Ästen anstelle der Früchte Kronen hingen, Tiaren, Diademe, Mitren, Kardinalshüte, Feldherrnstäbe, Troddeln, Schärpen, Quasten und tausend andere Insignien der Würde, aber dazwischen immer abwechselnd Richtbeile, Galgenstricke, Galeerenruder, Fußschellen und Büßerhauben. Unter dem Baum standen durcheinander Mensch und Tier, ein Guter ein Böser, ein Weiser ein Esel, ein Wolf ein Lamm, eine Natter eine Taube. Blindlings nun schüttelte sie die Äste und fuchtelte dabei mit ihrem Stab, *Mag's treffen, wo's trifft,* und *Gott bescher dir's recht:* Da fiel dem einen eine Krone auf den Kopf und dem andern ein Beil auf den Hals, eben auf gut oder schlecht

Glück; und meistenteils lief's quer, und sie gab einem einen Feldherrnstab in die Hand, wo ein Galeerenruder besser gewesen wäre; einem befähigten Kopf fiel eine Mitra weit drüben in Sardinien zu (oder hüben in Jaca), einem Schwachkopf aber ganz in der Nähe.[8] Alles völlig blind.«

»Und auch ganz verrückt«, fügte er noch hinzu.

»Wie das?«, fragte Critilo zurück.

»Alle sagen es: Sie ist närrisch geworden; man merkt es daran, dass nichts mehr zusammenstimmt.«

»Und wovon ist sie närrisch geworden?«

»Mancherlei wird erzählt. Die verbreitetste Ansicht ist, BOSHEIT habe ihr Zaubertränke eingeflößt und sich mit dem Vorwand, sie zu unterstützen, die Macht von ihr erschlichen. Nun lässt sie ihren Günstlingen zukommen, was ihr beliebt: dem Räuber Reichtum, dem Prahlhans Ehre, dem Streber Würden, dem Faulpelz Glück, der Törin Schönheit, dem Feigling Siege, dem Strohkopf Beifall und dem Gauner alles. Das mickrigste Schwein frisst die prächtigste Eichel, und so gibt es weder Lohn nach Verdienst, noch Strafe nach Verschulden. Die einen machen die Fehler, die andern halten dafür her. Kurzum, alles läuft verrückt, wie ich's sage.«

»Aber auch übel«, setzte der Soldat nach, »oder etwa nicht? Sie ist doch gemein und niederträchtig, begünstigt ständig die Jüngeren, benachteiligt die Älteren und Reiferen, ist allen Guten Rabenmutter, schürt den Neid auf die Wissenden, springt schlimm mit den Vortrefflichen um, ist grausam zu den Betrübten, wetterwendisch bei allen.«

»Ist es denn zu fassen«, meinte Critilo nachdenklich, »dass sie aus so viel blindem Zufall besteht und wir dessen ungeachtet von Kindesbeinen an ihr nachlaufen, immer blinder, immer verrückter nach ihr streben?«

8 *Mitra in Sardinien:* ein Bistum am untersten Ende der Rangliste (die Insel gehörte zu Spanien). – *Jaca:* nördlich von Zaragoza gelegenes Bischofsstädtchen (mehr augenzwinkernd gesagt). – Auf wen der »Schwachkopf« gemünzt ist, wissen wir nicht, jedenfalls muss der Gemeinte ein Bistum nahe der Hauptstadt bekommen haben.

Darüber wurden sie eines höchst wunderlichen Gebäudes ansichtig, das sich auf der einen Seite wie ein Palast ausnahm, auf der anderen wie eine Ruine, Luftschloss auf Sand gebaut, stolze *Maschine* ohne Untergrund. Und von all dem, was eigentlich Bauwerk hätte sein sollen, war nichts vorhanden als die Treppen; gab es doch in diesem gewaltigen Hause FORTUNAS nichts als Steigen und Stürzen. Die Stufen schienen aus Glas: Lagen sie doppelt, so brachen sie umso leichter, und glatte Stellen allenthalben. Geländer zum Festhalten gab es nicht, Gelegenheiten zum Absturz umso mehr. Die erste Stufe war mühsamer zu erklimmen als ein Steilhang, doch einmal bewältigt, ging es mit den anderen Stufen recht leicht; auf der andern Seite verhielt es sich mit dem Hinabsteigen umgekehrt, und es bestand da insofern ein Zusammenhang, als, wenn auf dieser Seite einer hinaufzusteigen begann, augenblicklich auf der andern Seite einer herabfiel, nur noch schneller.

Sie kamen justament hinzu, als einer die Treppen hinabstürzte, und alles klatschte in die Hände, ließ er doch in dem Augenblick, wo er zu stolpern begann, eine ganze Beute an Ämtern und Aberbeute an Pfründen aus der Hand: Posten, Würden, Titel, Kommenden der einträglichsten Sorte, alles kollerte hinunter; hier riss sich eine Komturei los, um alsogleich dort drüben einem seiner Erzfeinde in die Hand zu springen; ein anderer haschte noch in der Luft nach einer Charge, alle Welt riss sich darum und weidete sich zugleich am Misserfolg des anderen. Aber so geschieht es nun einmal. Bei Critilo fand dies alles höchste Zustimmung. Die anderen lachten alle und sagten:

»Da hat sich FORTUNA aber selbst überboten.«[9]

»Wenn ihr erst miterlebt hättet, wie Alexander der Große herabstürzte, wie eine ganze Welt sich damals auflöste und Kronen,

9 Neuerliche Anspielung auf Herzog Olivares (vgl. S. 196, Anm. 36), der es bei seinem Sturz 1643 auf wenigstens zehn einträgliche Ämter gebracht hatte. Gracián urteilt allerdings über den *Privado* nur vom Ende her: Zu Beginn der Herrschaft Philipps IV. hatte Olivares in einer *Denkschrift über die Vergünstigungen* die Verschleuderung des Staatsvermögens durch dessen Vorgänger Philipp III. in Worten angeprangert, die an Deutlichkeit nichts zu wünschen übrig ließen (*Memoriales del Conde Duque de Olivares,* ed. J. H. Elliott/J. F. de la Peña, 1978, S. 7 f.).

Reiche und Provinzen sonder Zahl herunterkollerten wie Haselnüsse: Greif zu, wer kann! Ich sage euch, es war ein Babel ohnegleichen.«

Critilo näherte sich nun mit seinen Gefährten der ersten Stufe, die die ganze Schwierigkeit des Aufsteigens barg, wurde hier der Dienst doch durch GUNST versehen, FORTUNAS erste Dienerin und engste Vertraute. Diese reichte die Hand, wem immer beim Aufstieg zu helfen ihr gefiel; in den Genuss kam nur, wer nach ihrem Geschmack war, und der musste sehr schlecht sein, denn bemerkenswerterweise förderte sie keinen, der es durch seine Tüchtigkeit verdient hätte, stets erkor sie das Schlechteste. Sah sie einen Ignoranten, schon rief sie ihn und überging tausend Fähige. Zwar murrte alle Welt darüber, sie aber gab überhaupt nichts darauf, denn ihre vielen Unverfrorenheiten hatten sie abgehärtet gegen das Was-werden-die-Leute-Sagen. Einen Scharlatan erspähte sie über Meilen, aber Männer mit Substanz und Rückgrat mochte sie nicht sehen, es schien ihr wohl, da würden ihre Torheiten aufkommen und ihre Fehlgriffe angeprangert. Einem Schmeichler, einem Lügner reichte sie nicht nur die Hand, sie umhalste ihn mit beiden Armen. Bei einem, der zu seinem Wort stand, war sie ein Maulwurf: Nie warf sie da auf, wo ein solcher stand. Stets hielt sie nur zu ihresgleichen. Bruder Leichtfuß und Vetter Windhund hatten es ihr angetan, denen vertraute sie an, was immer zur Hand war, und so entstand die ärgste Verwirrung. Tausende lungerten dort herum und warteten auf ihren Wink; sah sie aber einen Überlegenen, einen wirklich befähigten Mann, so rief sie mit schriller Stimme:

»Pfui, pfui, das ist ja ein Mann! Wie soll ich so jemandem beispringen? Kommt nicht in Frage!«

Von rechtschaffener Willkür also, diese Gestalt. Das ging so weit, dass sie bald alle, die sich in der Regierung, in den Waffen oder den Wissenschaften durch Größe und Adel hervortaten, ausgemerzt hatte. Und es waren ihrer durchaus viele. Niemand aber durfte sich wundern, dass sie dergestalt, von sämtlichen Leidenschaften verblendet, blindlings gegen die Wände der Welt torkelte und sie gänzlich zugrunde richtete.

Dies also war, wie gesagt, die Treppe nach oben, Weg und Mittel zum Aufstieg. Nicht allerdings für Critilo, weil unbekannt, auch nicht für den Höfling, weil allbekannt, noch auch für Student oder Soldat, weil verdient; lediglich der Zwerg, weil verwandt, hatte Glück und stand bald oben. Den Soldaten wurmte es, dass die Hennen flattern, und den Studenten, dass das Rindvieh laufen durften. Wie sie noch so belämmert standen, zeigte sich ganz oben auf der anderen Seite Andrenio: Der nämlich war ob seiner Gewöhnlichkeit so schnell aufgestiegen und hatte es zu so hohem Ansehen gebracht. Er erkannte Critilo, was nicht wenig war bei so viel Höhenunterschied, welcher ja oft bewirkt, dass Väter oder Söhne einander nicht mehr kennen; doch die Stimme des Blutes war stark.[10] Er streckte ihm die Hand herab, um ihm emporzuhelfen, und zu zweit konnten sie auch den Übrigen zum Aufstieg verhelfen. Nunmehr erklommen sie mit einiger Leichtigkeit die weiteren Stufen, Posten um Posten, eine Auszeichnung nach der andern. Auf der Mitte der Treppe fiel ihnen etwas recht Eigentümliches auf, dass nämlich alle diejenigen, die vor ihnen gingen und von oben auf sie herabschauten, viel größer aussahen, geradezu Riesen waren, so dass sie sich zu rufen bemüßigt fühlten:

»Welch großer König ehedem! Was für ein Heerführer damals! Was für ein Denker ist doch von uns gegangen!«

Und umgekehrt kamen ihnen alle Nachfolgenden recht unbedeutend vor, einige schier zwergenhaft.

»Es hat doch seine Bewandtnis damit«, murmelte Critilo, »ob einer vor einem geht, zuerst da war, oder ob er nach einem kommt. Alle Früheren waren anscheinend große Leute, aber die Zeitgenossen und alle, die noch kommen, scheinen uns nichts; es macht doch sehr viel aus, ob man jemanden von unten oder von oben sieht.«

Sie erreichten nun die letzte Stufe, auf der sich FORTUNA befand. Doch wie sonderbar, wie unglaublich! Als sie der Fürstin ansichtig wurden, konnten sie sich vor Verwunderung kaum fassen, so gänzlich anders war sie, als sie sich vorgestellt und als alle ver-

10 *Stimme des Blutes:* Zu Critilos Vaterschaft vgl. S. 230, Anm. 9.

kündet hatten. Nicht nur war sie nicht blind, wie es immer hieß, sondern sie hatte in ihrem Mittagshimmelsantlitz ein Paar Augen, die schärfer blickten als der Adler und durchdringender als der Luchs; ihre Miene war zwar ernst, aber keineswegs finster, ohne jeden Ansatz zu Rabenmutterrunzeln, die ganze Gestalt sehr wohlgeformt. Sie saß nicht schwer da, war vielmehr beständig im Aufbruch begriffen und in Bewegung. Beschuht war sie nicht nach Frauenart, sondern mit Rädchen; ihre Kleidung war zur einen Hälfte Trauer, zur anderen Hälfte Festgewand. Sie schauten sie an, schauten einander an, hoben die Brauen, hoben die Schultern, verwundert über den unerwarteten Anblick, im Zweifel, ob sie es denn wirklich war.

»Wer aber sollte es denn sonst sein?«, fragte AEQUITAS, die ihr mit einer Waage in der Hand zur Seite stand.

FORTUNA, die bereits mit einem Seitenblick ihre erstaunten Gesten bemerkt hatte, hörte dies nun selbst und sprach sie mit leutseliger Stimme an:

»Tretet nur näher; sagt an: Was hat euch in Verwirrung gebracht? Scheut euch nicht, die Wahrheit zu sagen, denn die Beherzten gefallen mir wohl.«

Alle standen stumm und verlegen da. Einzig der Soldat hatte den Mut zu ungeniertem Sprechen, erhob seine Stimme, dass alle Welt ihn hören konnte, und rief:

»Große Herrin der *Günste,* mächtige Fürstin der *Glücke,* heute will ich dir einmal die Wahrheit sagen. Die ganze Welt, von einem Ende zum andern, von der Krone bis zur Holzpantine, schimpft über dich und deine Methoden. Ich rede deutlich mit dir, ihr Fürsten seid doch nie über das Neueste unterrichtet und weit weg von dem, was so gesagt wird.«

»Ich weiß schon, dass sich alle über mich beklagen«, erwiderte sie daraufhin höchstselbst, »doch worüber und weshalb? Was wird denn gesagt?«

»Was wird nicht alles gesagt!«, antwortete der Soldat. »Also gut, ich will anfangen, mit deiner Erlaubnis, wenn schon nicht zu deinem Entzücken. Erstens heißt es, du seist blind, zweitens verrückt, drittens dumm, viertens...«

»Genug! Halt ein! Nur langsam!«, rief sie. »Heute will ich der Welt einmal rundum Bescheid sagen. Ich beteure, zum Ersten, ich bin guter Leute Kind, nämlich die Tochter Gottes und seiner göttlichen Vorsehung, und seinen Geboten leiste ich so strengen Gehorsam, dass sich kein Blatt am Baum bewegt und kein Halm am Boden ohne sein Wissen und Willen. Selbst habe ich freilich keine Kinder, denn es vererben sich weder Glück noch Unglück. Die schwerste Beschuldigung, die die Sterblichen gegen mich vorbringen und die mich am meisten bekümmert: ich begünstigte die Niedrigen und Gemeinen. Wie es mit der Blindheit steht, dafür seid ihr ja selbst Zeugen. Ich aber sage euch, die wahrhaft Üblen mit den gemeinen Methoden, das sind die, die alles an ihresgleichen weitergeben, an Leute, die genauso übel sind wie sie selbst. Der Geldscheffler vermacht sein Vermögen dem Meuchelmörder, dem gedungenen Häscher, dem zwielichtigen Gauner, überhäuft mit seinen Dukaten die Dirne. Daran verwendet er seine hohen Renditen, aber einen Engel von Tochter, einen Seraphen von Gattin entblößt er bis aufs Hemd. Die Mächtigen sind in Leute vernarrt und schanzen ihnen Ämter zu, die es wahrhaftig nicht verdienen, sie begünstigen den Ignoranten, belohnen den Schmeichler, unterstützen den Betrüger und fördern stets die Allerschlimmsten; für Leute aber, die es verdienen – keinen Gedanken, geschweige denn ein Eintreten. In den missratensten Sohn ist der Vater vernarrt, die Mutter in die törichtste Tochter, der Fürst in den unverschämtesten Minister, der Lehrer in den unfähigsten Schüler, der Hirte in das räudigste Schaf, der Prälat in den verkommensten Sprengel, der Hauptmann in die größte Memme. Wollt ihr's nicht glauben, so schaut doch nur, wenn einmal tüchtige und redliche Männer regieren wie jetzt, ob die Guten dann geschätzt, die Weisen belohnt werden.[11] Den Feind seiner eigenen Ehre nimmt man sich zum Freund und macht den Niederträchtigsten zum Vertrauten; wer einem Hab und Gut verdirbt, mit dem sucht man den Umgang. Glaubt mir nur: In den Menschen selbst steckt das Übel, sie selbst sind schlimm und immer noch schlimmer, sie preisen das

11 Eine etwas vage salvatorische Klausel in der großen Verdammungspredigt.

Laster und verachten die Tugend, welche heute verabscheut wird wie nichts anderes. Sollen sie sich doch einmal an die Rechtschaffenen halten: Mehr will ich gar nicht. Seht hier meine Hände: Schaut sie euch an, und ihr werdet erkennen, dass es gar nicht meine sind; diese hier gehört einem Kirchenfürsten und diese einem weltlichen; durch sie wird Segen gespendet, durch sie wird Gunst gewährt, durch sie wird Glück zuteil. Schaut, wen diese Hände bedenken, wen sie fördern, wen sie erheben; ich gebe doch alles nur durch Menschenhände, andere habe ich nicht. Und damit ihr seht, wie sehr dies zutrifft: Heda, holla! Ruft mir gleich einmal GELD her, EHRE soll auch kommen, STELLUNG, VERDIENST und LEBENSGLÜCK; was immer Wert und Geltung hat in der Welt, was immer sich FORTUNAS Güter nennt, soll sich hier bei mir einstellen.«

Alsbald eilte alles herbei, und sie herrschte sie rechtschaffen an:

»Kommt her«, rief sie, »erbärmliches Gelichter, elendes Pack, ihr bringt mich, infam, wie ihr seid, um die Ehre. Sag, du Erzgaunerin, sag doch, PECUNIA, warum liegst du mit allen anständigen Leuten in Fehde, warum kehrst du in den Häusern der Rechtschaffenen nicht ein? Ist das denn die Möglichkeit, dass du immer nur zu den Gemeinsten gehst, dich nur auf Kumpanei mit den Übelsten einlässt und dort schier gar nicht mehr herausfindest? Unerträglich ist das doch!«

»O Herrin«, gab PECUNIA zurück, »zunächst einmal hat von den Gemeinen, und das sind ja Zuhälter, Schmierenkomödianten, Schwertfresser und Dirnen, nie jemand einen Real, und wenn sie einmal einen haben, gleitet er ihnen durch die Finger. Zum Zweiten aber: Wenn die Anständigen auch keinen haben, so bin daran nicht ich schuld.«

»Wer denn wohl sonst?«

»Sie selbst.«

»Sie? Wie denn das?«

»Weil sie nicht wissen, wie man an mich herankommt. Sie bestehlen keinen, sie betrügen keinen, sie belügen keinen, sie lassen sich nicht bestechen, sie ziehen keinem armen Schlucker das Fell über die Ohren, sie saugen keinen aus, sie treiben keinen Unterschleif, sie sind keine Speichellecker, keine Kuppler, keine Intriganten. Wie sollen sie zu Geld kommen, wenn sie nicht die Finger nach mir ausstrecken?«

»Warum sollen sie die Finger nach dir ausstrecken? Marsch, lauf du zu ihnen hin, wo du doch sonst so viel herumläufst, sag höflich bitte sehr und sei ihnen zu Diensten!«

»Herrin, ich gehe ja immer wieder zu ihnen, als Belohnung oder als Erbschaft, aber sie können mich einfach nicht festhalten, sie werfen mich sofort wieder zum Fenster hinaus, sie geben Almosen, lindern Nöte, oft noch mehr als der Erzpriester von Daroca;[12] sie zahlen immer gleich, was sie schulden, sie verleihen, sind wohltätig, können keine Schlechtigkeit vollbringen; was Wunder, wenn meines Bleibens bei ihnen nicht ist?«

»Das heißt nicht, dich zum Fenster hinauswerfen, sondern dich hoch hinauftragen, bis an den Himmel. Und du, EHRE, was hast du zu antworten?«

»Dasselbe: dass die Guten nicht ehrgeizig sind, nichts verlangen, sich nicht selber loben, sich nicht vordrängen; vielmehr ihr Licht unter den Scheffel stellen, sich vom Trubel fern halten, niemanden mit Bittschreiben überschütten oder mit Kandidaturen behelligen; wie sollen sie zu Ehren kommen, wenn sie nicht zur Ehre kommen?«

»Und du, SCHÖNHEIT?«

»Dass ich viele Feinde habe; alle setzen sie mir zu, je mehr sie auf mich setzen; alle wollen sie mich fürs Irdische, niemand für den Himmel. Immer bin ich unter Törinnen und Närrinnen; die Eitlen prahlen mit mir, stellen mich zur Schau; die Gewitzten schließen mich ein, verstecken mich, lassen nichts blicken. Schön dumm sind sie alle, die so auf Schönheit aus sind.«

»Jetzt du, GLÜCKES GESCHICK.«[13]

12 *Daroca:* Diego de Urritigoyti (1602–1682), aus Zaragoza stammend, seit 1640 Erzpriester von Daroca (Aragón), 1648 Rektor der Universität Zaragoza, 1656 Bischof von Barbastro. Richtete zahlreiche mildtätige Stiftungen ein. Vgl. auch das Widmungsschreiben zu Teil III.

13 »VENTURA«: vgl. Anfang der folgenden Krisis.

»Ich, Herrin, halte es stets mit den Jungen, denn die Alten sind nicht wagemutig. Die Bedächtigen kommen vor Bedenklichkeit keinen Schritt voran; die Schneidigen sind tollkühn, die Verwegenen sind rücksichtslos, die Verzweifelten haben nichts zu verlieren. Was soll ich also noch sagen?«

»Also«, rief FORTUNA, »seht ihr nun, wie es zugeht?«

Alle erkannten sie die Wahrheit an, und das kam ihr zustatten. Lediglich der Soldat ließ noch nicht locker:

»Da ist aber doch vieles, was nicht vom Menschen abhängt, sondern was du restlos nach deinem Gutdünken verteilst, leider nur arg ungleich. Und am Ende sind eigentlich alle unzufrieden: gescheite Frauen, weil von dir unansehnlich gestaltet; schöne, weil nicht klug; reiche Männer, weil ohne Verstand, weise, weil arm; Mächtige, denen es an der Gesundheit gebricht, Gesunde ohne Auskommen, die Auskömmlichen ohne Kinder, die Darbenden zu viel davon; die Tüchtigen glücklos, die Glücklichen kurzlebig, die Unglücklichen ewig. Keinen stellst du so zufrieden. Kein vollkommenes Glück, keine reine Freude, alles verwässert. NATUR selbst beklagt sich darüber, oder entschuldigt sich damit, dass du ihr in allem entgegenwirkst. Ständig gibt es zwischen euch beiden Spannung, und ihr seid der Welt ein Ärgernis: Will die eine hierhin, will die andere dorthin. Einzig weil NATUR jemanden begünstigt, wird er von dir verfolgt; verleiht sie ihm Gaben, werden sie von dir verdorben und vernichtet. Unzählige sind dadurch zugrunde gegangen, große Geister ohne *Fortüne*, äußerst Tüchtige ohne Erfolg, ein *Gran Capitán* abgedankt, ein König Franz gefangen, ein Heinrich der Vierte erstochen, ein Markgraf von Valle vor Gericht gezerrt, ein König Sebastian geschlagen, ein Belisar erblindet, ein Herzog von Alba im Kerker, ein Lope de Hozes verbrannt, ein Kardinalinfant dahingerafft, ein Prinz Don Baltasar, Spaniens Sonne, verfinstert. Ich sage Euch, Ihr stellt die Welt auf den Kopf.«[14]

14 *Gran Capitán:* vgl. S. 89, Anm. 4; er wurde 1504 mit dem Vorwurf der Eigenmächtigkeit als Vizekönig von Neapel abgesetzt. – *Franz I.:* verbrachte 1525 nach der Schlacht von Pavia elf Monate in spanischer Gefangenschaft. – *Heinrich IV.:* wurde 1610 von dem Dominikaner Ravaillac ermordet. – *Hernán Cortés:* Der Er-

»Jetzt reicht's aber«, rief FORTUNA. »Wofür die Menschen mich am meisten schätzen sollten, das verleumden sie. Heda, AEQUITAS, bring die Waagschalen. Seht ihr sie, seht ihr sie? Ihr müsst euch klar machen, ich gebe nichts aus der Hand, das ich nicht erst gewogen und gegengewogen hätte, bis die Waage im Gleichstand ist. So kommt doch einmal näher, ihr Toren, ihr gedankenlosen: Wenn ich den Weisen alles gäbe, was tätet ihr denn dann? Würdet ihr nicht vollkommen leer ausgehen? Was täte eine Frau, die außer dumm auch noch hässlich und unglücklich wäre? Sie müsste verzweifeln. Und wer könnte sich mit einer messen, die außer schön auch noch glücklich und gescheit wäre? Und wollt ihr's nicht glauben, so machen wir einmal einen Versuch. Man bringe alle meine Gaben hierher! Es sollen die Hübschen kommen: Wenn sie wirklich so unglücklich sind, sollen sie einmal mit den Hässlichen tauschen. Die Gescheiten sollen kommen: Wenn sie wirklich so benachteiligt leben, sollen sie mit den beschränkten Reichen tauschen. Alles haben kann man nun einmal nicht.«

Sogleich ging sie daran, Gaben und Gebrechen gegeneinander abzuwägen. Und dabei stellte sich heraus, die Sorgen wogen so sehr die Ehren auf, die Schmerzen die Freuden, Reue die Genüsse, Gebresten die Vergnügen, Bürden die Würden, Unrast die Ämter, Schlaflosigkeit die Reichtümer, Sorgen das Wohlergehen, Zurücksetzung die Geschenke, Fallstricke die Siege, Schandflecke die Schönheit, Armut die Geisteskraft, dass ein jeder ausrief:

»Lassen wir's gut sein!«

»Diese beiden Waagschalen«, setzte FORTUNA ihre Rede fort,

oberer Neuspaniens verbrachte sein Alter auf einem Gut bei Sevilla mit Prozessen gegen seine Neider. – *Sebastian I. von Portugal:* kam 1578 in der Schlacht von Alcazarquivir ums Leben. – *Belisar:* Das Elend des byzantinischen Generals Belisar (494–565) war ein Topos für die Undankbarkeit von Herrschern (hier Kaiser Justinian). – *Alba:* Herzog von Alba war bei Philipp II. wegen der nicht genehmigten Heirat seines Sohnes in Ungnade gefallen; er war allerdings nicht im Kerker, sondern stand unter Hausarrest. – *Admiral Lope de Hozes:* kam 1639 in der Seeschlacht von Dunas in seinem brennenden Schiff um. – *Kardinalinfant Ferdinand von Österreich:* Sohn Philipps III. und Spaniens große Hoffnung, starb 1641 im Alter von 32 Jahren. – *Baltasar Carlos:* Der von ganz Spanien verehrte Sohn Philipps IV., dem Gracián zwei seiner Werke gewidmet hatte, starb 1646 im Alter von 17 Jahren.

»sind NATUR und ich, und wir bilden einen Ausgleich: Zieht sie nach der einen Seite hinüber, ziehe ich nach der anderen; begünstigt sie den Weisen, dann ich den Toren; sie die Schöne, ich die Hässliche; immer im Widerpart, zum Gleichstand der Güter.«

»Das ist schon alles recht«, meinte der Soldat nun noch, »aber warum kannst du nicht beständiger bei einer Sache bleiben? Warum von einem Tag auf den andern alles umwerfen? Wozu so viel Wechsel?«

»Beständigkeit – das könnte den Glücklichen so passen!«, rief FORTUNA. »Alles, was recht ist: Sollen etwa immer dieselben alles Glück genießen und die Benachteiligten nie zum Zuge kommen? Gott bewahre! Heda, ZEIT! Drehen soll sich das Rad, immer um und um, nimmer stillestehn! Herunter mit den Stolzen und empor mit den Demütigen! Immer hübsch umgewälzt! Die einen sollen erfahren, was Leid heißt, die andern, was Freude. Wo doch auch so schon die Mächtigen, die auf den Thronen, obwohl sie es wissen und mich die WENDISCHE nennen, nie an morgen denken, tiefer Stehende verachten, Schwache und Hilflose überrennen, was würden sie erst tun, wenn sie wüssten, ich kennte keinen Wandel? Heda, ZEIT! Drehen soll sich das Rad. Wo sie doch so schon unerträglich sind, die Protze, die Herrschsüchtigen, was wäre mit ihnen, könnten sie mir einen Nagel ins Rad treiben und so ihr Glück absichern? Das wäre nun wirklich verfehlt. Heda, ZEIT! Drehen soll sich das Rad, und alle Welt soll einsehen, dass nichts Bestand hat, es sei denn die Tugend.«

Dem wusste der Soldat nichts mehr zu entgegnen; vielmehr sagte er, zum Studenten gewandt:

»Ihr Klugscheißer, ihr witzelt doch sonst so viel über FORTUNA, warum kriegt ihr jetzt den Mund nicht auf? Sagt doch etwas. Wenn's drauf ankommt, muss man reden!«

Der allerdings gestand ein, es sei gar nicht an dem, ihm liege eigentlich nur an einer ganz einfachen Pfründe.[15] Doch FORTUNA:

15 *»Beneficio bobo«* – »einfältige Pfründe«, statt *»beneficio simple«* – »einfache Pfründe«, im Sinne einer bloßen Sinekure, ohne Verpflichtung zur Seelsorge.

»Ich weiß schon, die Weisen sind die, die mit der größten Verachtung von mir reden, und damit zeigen sie auch, dass sie welche sind.«

Darüber waren nun alle sehr entrüstet. Doch sie:

»Ich will euch schon klar machen, was ich meine. Die Weisen brauche ich nicht zu überzeugen, aber die Menge soll es spüren, die Hoffärtigen sollen in die Schranken gewiesen werden: Ich bin das Schreckgespenst der Mächtigen, durch mich kann ihnen bange werden. Die Reichen sollen sich fürchten vor mir, die Glücksritter sollen zittern vor mir, die Günstlinge sich in Acht nehmen vor mir, und jedermann soll an sich halten. Eines will ich euch verraten: Die echten Weisen, das sind die Zurückhaltenden und Redlichen, die stehen hoch über den Sternen. Gewiss, ich sorge dafür, dass sie nicht fett werden, um nicht in Trägheit zu verfallen, singt doch auch der Fink im Käfig nicht mehr, wenn er zu viel frisst. Und damit ihr seht, dass sie wissen, wie man es mit dem Glücklichsein anstellt: Heda, tragt einmal diesen Tisch dort herbei!«

Er war rund und bot Raum für alle Zeiten. Auf ihm waren ausgelegt vielerlei Zeichen des Glücks, wie Zepter, Tiaren, Kronen, Mitren, Stäbe, Insignien, Lorbeer, Purpur, Hüte, Vliese, Gewänder, Quasten, Gold, Silber, Edelsteine, alles auf einer prächtigen Decke. Alsbald gebot sie, sämtliche Anwärter auf Glück zusammenzurufen, und das war die Gesamtheit der Lebenden, denn wer wäre schon wunschlos? Als sie einen Kreis um den Tisch gebildet hatten, sprach sie folgendermaßen zu ihnen:

»Ihr Sterblichen, all diese Güter sind für euch. Auf, voran! Greift zu! Ich verteile nichts, ich will ja keine Klagen hören! Soll jeder nehmen, was er will; soll jeder nehmen, was er kann!«

Sofort streckten alle die Hände aus, und jeder reckte sich, um zu erhaschen, wonach ihn begehrte. Doch zu fassen bekam es keiner. Einer war schon drauf und dran, eine Mitra zu erreichen, auch wenn er sie nicht so sehr verdiente wie ein bestimmter Generalvikar, nämlich der Doktor Sala;[16] sein Lebtag war er hinter ihr her, doch in die Hand bekam er sie nicht, und er starb mit diesem from-

16 *Sala:* vgl. S. 277, Anm. 5.

men Wunsch. Ein anderer machte Sprünge nach einem goldenen Kammerherrenschlüssel, doch so sehr er auch sich und andere plagte, der Schlüssel wies ihn ab, als hätte er scharfe Zähne.[17] Einige reckten sich nach dem *Rot,* blieben aber schließlich *im Weiß.*[18] Keuchend, ja schwitzend war ein anderer hinter einem Kommandostab her, aber es kam eine Kugel geflogen und riss ihn um, als er eben danach griff. Einige nahmen für die Karriere einen langen Anlauf, schlugen auch Seitenwege ein, und blieben am Ende doch die Gefoppten. Eine gewisse Person in höherer Stellung ging, wenn auch verhohlen, an den Erwerb einer Krone; sie war es leid, stets nur Ersatzfürst zu sein, doch es blieb für sie bei der Hoffnung.[19] Es erschien auch ein Riesenkerl, ein Kastell aus Knochen, natürlich auch aus Fleisch; der ließ sich kaum dazu herbei, die anderen auch nur anzuschauen, setzte sich über jeden hinweg.

»Der muss es doch schaffen«, sagten alle, »mit seinen hundert Pranken.«

Er hob den Arm, das war eine Rahe am Mast, und alle Güter Fortunas gerieten darüber ins Zittern; aber er mochte ihn noch so dehnen und spannen und schon beinahe die Krone berühren, er bekam sie doch nicht zu fassen. Außer sich vor Wut fluchte und lästerte er über sein Schicksal.[20] Nun versuchte sich alles bald von der einen, bald von der andern Seite daran, drängte hartnäckig und wild und musste sich schließlich doch geschlagen geben.

»Gibt es hier keinen Weisen?«, rief FORTUNA. »Ein Kluger soll kommen und sich daran erweisen.«

Alsbald trat ein Mann hervor, gar klein von Wuchs, waren

17 *Kammerherrenschlüssel:* vgl. S. 190, Anm. 26. Es gab echte Schlüssel, mit »Zähnen«, die Funktionen im Königspalast entsprachen, und rein symbolische Schlüssel, »Kapaune« genannt.

18 *Rot:* Kardinalswürde; *im Weiß:* mit nichts.

19 *Ersatzfürst:* Gemeint ist wahrscheinlich der ältere Don Juan de Austria, Halbbruder Philipps II., dem man Ambitionen auf ein Reich in Tunis und anderswo nachsagte.

20 Romera-Navarro vermutet, dass die Anspielung Antonio de Portugal gilt, der 1580 knapp vor dem Gewinn der portugiesischen Krone stand, aber, durch Herzog Alba besiegt, Philipp II. weichen musste.

doch die Hochgewachsenen selten weise.[21] Alle lachten bei seinem Anblick und sagten:

»Wie soll wohl ein Zwerg vollbringen, was so viele Riesen nicht vermochten?«

Er jedoch mochte gar kein Riesenwerk vollbringen, sich nicht erheben, nicht überheben, überhaupt kein Aufhebens machen, er fasste mit artigem Griff die Decke, zog sie an sich und alles, was darauf lag, auf einmal. Ringsum erhob sich Beifall, und FORTUNA sprach:

»Nun werdet ihr den Triumph des Wissens erleben.«

In nächsten Moment fand er sich mit sämtlichen Gütern in Händen, Herr über alle. Er machte sich daran, sie einzuschätzen, und nachdem er sie gewogen hatte, nahm er die Krone nicht und auch nicht die Tiara, den Hut nicht und auch nicht die Mitra, vielmehr etwas von mittlerem Wert, das schien ihm das einzig Glückbringende.[22] Als der Soldat dies sah, trat er zu ihm hin und bat, er möge ihm doch zu einem jener Marschallstäbe verhelfen, desgleichen wünschte der Höfling sich ein Amt. Jener fragte zurück, ob er denn Kammerdiener werden wollte, und er sagte:

»In der Kammer, nein; bei Tische, ja.«

Doch eine solche tote Stelle fand sich nicht.[23] Er bot ihm einen Leutnantsposten bei der königlichen Garde an, doch auch die schlug er aus, weil es dabei Schläge setzte und mehr Getümmel gab als Sold.

»Nun, dann nimm diesen *Kapaunschlüssel.*«[24]

»Und wie soll ich denn essen ohne Zähne? Gib dir keine Mühe, mir ein Hofamt zu suchen, denn dort sind alles Lakaien. Such mir

21 *Wuchs:* Die Rache der Kleinwüchsigen hatte sich schon im Lateinischen ausgedrückt: *»Homo longus, raro sapiens«.* In Boccalinis *Ragguagli del Parnaso* I, 74 (vgl. S. 12, Anm. 11, und S. 398, Anm. 75) tragen die Großwüchsigen Apollo ihren Ärger über diesen Spruch vor. Dieser bescheidet sie salomonisch: damit seien nicht die Großen, sondern die Langsamen gemeint.

22 Die *»aurea mediocritas«* Horaz' (*Oden* II, 10, 5).

23 *Tote Stelle:* Unbesetzte Stelle beim Heer, für die der Kompanieführer den Sold einstrich.

24 *Kapaunschlüssel:* vgl. oben, Anm. 17.

einen Gouverneursposten drüben in Indien, je weiter weg, desto besser.«

Dem Studenten verhalf er zu seiner Pfründe. Für Critilo und Andrenio gab es einen *Spiegel der Enttäuschungen.* Indessen spielten nun auch alle schon zum Kehraus auf: ZEIT mit ihrem Hetzstab, TOD mit seiner Sense, VERGESSEN mit seiner Schaufel, VERÄNDERUNG mit ihrem bedenkenlosen Schieben, MISSGUNST mit ihren Fußtritten, RACHE mit ihren Schlägen. Die einen wie die andern begannen nach der einen wie der andern Seite hinabzufallen, gegen das Abstürzen gab es ja nur eine einzige Stufe, und das war eine Gleitbahn; sonst war nur Abgrund.

Wie unsere beiden Lebenspilger dieser Aller-Welts-Gefahr entgingen – ist doch das Wichtigste beim Lauf das Anhalten und das Schwierigste im Glück das Ablassen –, das soll der Beginn der folgenden Krisis uns zeigen.

Abb. 13: Laurent de la Hyre, Die Würflerinnen
oder: Der Ziegelstein.
Öl, um 1630.

Siebente Krisis

Die Scheinsiedelei der Hipocrinda

Es haben ja an der Schaffung des Menschen all die anderen Geschöpfe mitgewirkt und haben ihr Bestes auf ihn übertragen, doch nur als Leihgabe; im Wettstreit haben sie ihn mit Wohltaten überhäuft, doch muss alles zurückerstattet werden. Vom Himmel empfing er Seele, von der Erde Leib, vom Feuer Wärme, vom Wasser Säfte, von der Luft Atem, von den Sternen Augen, von der Sonne Antlitz, von Fortuna Besitz, von Fama Ehren, von Zeit Alter, von Welt Haus, von Freunden Gesellschaft, von Eltern Naturell und von Lehrern Wissen. Doch als er einsah, dass alles unfeste Güter waren, sämtlich geliehen und geborgt, da, so heißt es, habe er gefragt:

»Aber was wird mein sein? Wenn alles leihweise ist, was verbleibt mir?«

Die Antwort lautete: Tugend. Sie ist das eigentliche Gut des Menschen, niemand kann es zurückfordern. Ohne sie ist alles nichts, und sie ist alles; die übrigen Güter waren im Unernst gegeben, sie allein im Ernst. Sie ist Seele der Seele, Leben des Lebens, Gipfel aller Gaben, Krone der Vollkommenheit und Abschluss allen Daseins; ist Mitte jeden Glücks, Thron des Ansehens, Vollgenuss des Lebens, Erquickung des Gewissens, Atem der Seele, Festmahl der Geisteskräfte,[1] Quell der Zufriedenheit, Born der Freude. Kostbar ist sie, weil schwer erreichbar; wo sie je sich findet, ist sie schön, und daher hoch geschätzt. Alle möchten in ihrem Besitz scheinen, wenige trachten wahrhaft nach ihr. Noch die Lasterhaften hängen sich ihr Mäntelchen um und täuschen sie vor; auch die Allerschlimmsten wollen als gut gelten. Alle aber wünschen sie sich bei den anderen, nur nicht bei sich selbst. Da erwartet der eine, dass der andere ihm Treue im Umgang bewahre, ihn nicht verleumde,

1 Der *»facultates animae«:* Verstand, Wille und Gedächtnis.

belüge oder betrüge, es stets mit der Wahrheit halte, ihn nirgends schädige oder kränke; und dabei tut er selbst genau all dies. So schön und edel und friedfertig die Tugend ist, die ganze Welt hat sich doch gegen sie zusammengetan; und es ist so, dass die wahre Tugend gar nicht vor unserem Auge aufscheint, sondern nur, was von ihr erscheint; meinen wir, sie an einem Orte anzutreffen, so treffen wir nur auf ihren Schatten, und das ist HEUCHELEI.[2] So hebt sich ein wahrhaft Guter, Gerechter, Tugendsamer hervor wie der Phönix, der die Palme des Sieges davonträgt, weil er so einmalig ist. –

Solche Gedanken wurden Critilo und Andrenio vorgetragen von einer anmutigen jungen Frau, einer von FORTUNAS vertrautesten Dienerinnen. Diese war betrübt darüber, sie in dieser Aller-Welts-Gefahr zu sehen, schon hart am Abgrund, sie ergriff sie beim Schopf der Gelegenheit[3] und hielt sie fest; dann rief sie ZUFALL an, er solle die Zugbrücke herablassen, und versetzte sie so auf die gegenüberliegende Seite, von einer Anhöhe auf die andere, von FORTUNA nach VIRTUS, wodurch sie dem verhängnisvollen Sturz entgingen.

»Nun seid ihr in Sicherheit«, sagte sie, »ein Glück, wie es wenigen nur zuteil wird, saht ihr doch Tausende zur *einen* Seite herabstürzen, Zehntausende zur rechten.[4] Folgt nun diesem Pfad, ohne nach hier oder dort abzuweichen, und sagte euch auch ein Engel das Gegenteil, denn auf diesem Pfad werdet ihr zum Palast der schönen VIRTELIA gelangen, der großen Herrscherin über alles Glück. Bald werdet ihr ihn hoch oben auf den Berggipfeln gewahren. Seid beharrlich im Aufstieg, auch wenn ihr euch Gewalt antun müsst, nur den Ausdauernden gebührt die Krone. Und ist der Weg nach oben auch rau und steil, verzagt nicht, haltet immer den Blick auf das Ziel gerichtet: Dort winkt euch der Preis.«

2 *Heuchelei:* »*Hipocresía*« (von gr. *hypokrisis* – »Schauspielerei«, »Verstellung«); daher der Allegoriename HIPOCRINDA in der Überschrift der Krisis, ähnlich gebildet wie FELISINDA in I, 4.

3 *Gelegenheit:* Zu dem hier redensartlich gefassten Topos vgl. S. 167, Anm. 22.

4 *Psalm* 91, 7. »Ob Tausend fallen zu deiner Seite und Zehntausend zu deiner Rechten, so wird es doch dich nicht treffen« (unter Vermeidung von »*sinister*« – »links«).

Zum Abschied umarmte sie sie mit viel Anmut, ging wieder auf die andere Seite hinüber, und im gleichen Augenblick wurde die Brücke aufgezogen.

»Ach, wie stumpf waren wir«, rief Critilo, »dass wir sie nicht gefragt haben, wer sie ist! Das kann doch nicht sein, dass wir eine so große Wohltäterin nicht erkannt haben!«

»Aber es ist ja noch nicht zu spät«, meinte Andrenio. »Noch haben wir sie ja weder aus den Augen noch aus den Ohren verloren.«

Sie riefen ihr nach, und sie wandte ihnen einen Himmel in ihrem Antlitz zu und zwei Sonnen darin, von denen günstige Einflüsse ausgingen.[5]

»Verzeih, Herrin, unsere Unachtsamkeit«, rief Critilo, »es war nicht Unhöflichkeit, und möge dir deine Königin umso gnädiger sein, wenn du uns sagst, wer du bist.«

Darauf sie, mit einem Lächeln:

»Wünscht nicht, es zu erfahren, es würde euch bedrücken.«

Doch das machte sie nur noch begieriger, und sie beharrten darauf, es zu erfahren. Also sagte sie zu ihnen:

»Ich bin Fortunas älteste Tochter, bin die von allen Umworbene, bin die Gesuchte, die Ersehnte, die Begehrte: GLÜCKES GESCHICK.«[6]

Und augenblicklich entschwand sie.

»Ich hätte schwören können«, seufzte Critilo, »sowie du dich zu erkennen gäbest, würdest du entschwinden. Ist denn größeres Missgeschick im Glück denkbar! Und doch geschieht dies vielen jeden Tag. Ach, wie viele, die das Glück in Händen hielten, vermochten es nicht zu erkennen und wünschten es nachher zurück! Da verspielt einer seine fünfzig- oder hunderttausend Dukaten, und nachher dreht er jeden Real um; ein anderer verschmäht die keusche, kluge Gattin, die ihm der Himmel gab, und nachher seufzt er nach ihr, wenn sie tot ist, und verehrt sie in der zweiten;

5 *Einflüsse:* Das sehr »barocke« Bild macht Anleihen bei der Astrologie.
6 »VENTURA«: von lat. *»ventura«* – »das Künftige«, jedoch nur in positivem Sinn. Hier liegt eine kleine Unachtsamkeit vor: Unsere Pilger hatten VENTURA in der vorigen Krisis bereits kennen gelernt (vgl. S. 439, Anm. 13).

ein dritter bringt sich um Posten, Würde, Friede, Stand und Wohlergehen, und nachher bettelt er um sehr viel weniger.«

»Wahrhaftig«, sagte Andrenio, »uns ist es ergangen wie einem leidenschaftlichen Liebhaber, der einer Dame keine Achtung erweist, weil er nicht erkennt, dass es die Seine ist, und über der verpassten Gelegenheit den Verstand verliert.«

»Auf diese Weise hat mancher den Augenblick, die Gelegenheit, das Glück, den Wohlstand, das Amt oder das Königreich versäumt, der sich im Nachhinein bitter darüber beklagte; so schluchzte der König von Navarra, als er über die Pyrenäen musste, und so vergoss Rodrigo einen Strom von Tränen.[7] Bejammernswert indessen über alles, wer den Himmel verliert!«

In solchen Klagen ergingen sie sich auf ihrer Wanderschaft, als ihnen jemand begegnete (er hatte es wohl so eingerichtet, dass es wie Zufall wirkte), dessen Äußeres ehrfurchtgebietend erschien, angetan mit der ganzen Würde des Vollbarts, das Gesicht schon abgelebt und alle Züge daraus abgelegt, die Augen tief eingesunken, die Haut aller Farbe benommen, die Wangen nach innen gesaugt, der Mund entvölkert, die Nase abgeschliffen, der Hals wie eine schlaffe Lilie, die Stirn bedeckt und finster, die Lebensfreude heimgeschickt; sein Gewand recht zum Erbarmen geflickt, am Gürtel ein paar Geißeln, die mehr das Auge des Beschauers schmerzten als den Rücken dessen, der sie zur Schau trug; die Schuhe flickschusternd verdoppelt, nicht schön, aber bequem. Mit einem Wort: Er schien vom Kraut der Eremiten. Er grüßte sie recht beim Himmel (das brachte Zugewinn auf Erden) und erkundigte sich, wohin sie unterwegs seien.[8]

»Wir«, gab Critilo zur Antwort, »sind auf der Suche nach jener Blüte der Königinnen, der schönen VIRTELIA, von der man uns

7 *König von Navarra:* Juan de Albret konnte Navarra nicht gegen Ferdinand den Katholischen halten und wurde von ihm 1512 zum Verlassen des Landes gezwungen. – *Roderich:* letzter König der Westgoten, verlor 714 sein Reich in der Schlacht am Guadalete gegen die Araber. Seine Tränen wurden in zwei Romanzen überliefert. Gracián folgt Padre Marianas *Historia de España* (vgl. S. 860, Anm. 31).

8 Falsche Einsiedler waren, obwohl gesetzlich verboten, im 16. und 17. Jahrhundert häufig.

sagt, sie wohne hier hoch oben in den Bergen, an den Grenzen des Himmels. Solltest du zu ihrem Haus und Gesinde gehören, wie es den Anschein hat, so bitte ich dich inständig, uns zu ihr zu führen.«

Daraufhin brach aus dem Alten erst ein Sturmwind gewaltigen Stöhnens, dann ein tosender Tränenstrom hervor:

»O je, wie sehr ihr in die Irre geht«, rief er aus, »und wie leid ihr mir doch tut! Diese Virtelia, nach der ihr sucht, ist wohl eine Königin, doch eine verwunschene. Sie lebt – eigentlich stirbt sie eher dahin – auf einem Gebirge der Unzugänglichkeiten, auf dem es von wilden Tieren, giftigen Schlangen, reißenden Drachen nur so wimmelt. Vor allem dräut da ein Löwe am Wegrand, der alle Vorübergehenden zerfleischt.[9] Außerdem ist der Aufstieg gar nicht zu bewältigen, am Ende schier senkrecht, voller Gestrüpp und schlüpfriger Stellen, von wo die meisten abstürzen und zerschmettert unten liegen bleiben. Ganz selten nur kommt einmal einer unversehrt oben an. Und solltet ihr je diesen Berg der Unbilden bezwingen, dann bleibt noch das Schwierigste, nämlich ihr verzaubertes Schloss, dessen Tore von schrecklichen Riesen bewacht werden, die mit stählernen Keulen den Zugang verwehren. So entsetzlich sind sie, dass die bloße Vorstellung mir Furcht einjagt. Wahrhaftig, ihr bekümmert mich, dass ihr so töricht seid, so viel Unmögliches auf einmal zu wagen. Ich möchte euch einen Rat geben, und der wäre, dass ihr lieber den Abkürzungsweg nehmt, den heutzutage doch alle gehen, die bei Verstand sind und sich einzurichten wissen.[10] Ihr müsst nämlich wissen, hier ganz in der Nähe, ganz leicht, ganz locker zu erreichen, wohnt eine andere große Königin, VIRTELIA in allem ganz ähnlich, im Äußeren, in der leutseligen Art, selbst in den Bewegungen. Sie hat eben ihr Benehmen ganz und gar von ihr übernommen, ist ihr genaues Abbild, nur umgänglicher und zugänglicher, dabei nicht weniger mächtig und

9 *Löwe:* vgl. S. 511, Anm. 5.

10 *»Que saben vivir«:* der den romanischen Sprachen gemeinsame Ausdruck für das Wissen, »wie man sich unter Leuten zu benehmen hat« (frz. *»savoir vivre«*, vgl. S. 399, Anm. 76), hier im Sinne der glatten Anpassung.

wundertätig als sie. In der Wirkung ist sie ihr sogar vollkommen gleich. So sagt mir, warum wollt ihr unbedingt VIRTELIA aufsuchen? Wegen der Ehre? Der Auszeichnung? Weil sie fürs Erreichen eurer Ziele bürgt: Würde, Macht, Ansehen, Erfolg, Zufriedenheit? Das alles könnt ihr mit viel weniger Anstrengung auch hier bekommen, ohne dass es euch etwas kostet, *lockeren Fußes*, dazu braucht's kein Schwitzen, keine Plackerei, keine Erschöpfung wie dort. Ich sage euch, dies ist der Weg derer, die Bescheid wissen; wer immer klug ist, wählt diesen Abkürzungsweg, und deswegen steht er heute so hoch im Kurs, dass schier keine andere Lebensweise mehr üblich ist.«[11]

»Wirklich?«, fragte Andrenio zurück und wurde schon schwankend, »ist die andere Königin, von der du sprichst, genauso mächtig wie VIRTELIA?«

»Und steht ihr in nichts nach«, bekräftigte der Eremit. »Ihr Äußeres ist ebenso gut, wenn nicht besser, und sie ist stolz darauf und zeigt es gerne.«

»Und sie kann wirklich ebenso viel?«

»Ich sage euch doch: Sie wirkt Wunder. Noch einen Vorzug hat sie, und der ist nicht zu verachten: Ihr könnt die Freuden und Genüsse dieses Lebens, könnt Annehmlichkeit und Wohlstand zusammen mit dieser Art von Tugend genießen; das gestattet euch jene andere auf gar keinen Fall. Diese hier nimmt an nichts Anstoß, sie hat einen guten Magen, vorausgesetzt nur, nichts erregt draußen Anstoß und alles bleibt geheim. Den Himmel mit der Erde vernähen – hier wird es möglich, sie kann beide hübsch vereinen.«

Mehr bedurfte es nicht, dass Andrenio sich für überzeugt erklärte. Ohne weiteres Zögern schlug er sich auf die Seite dieses Eremiten, flugs gesellte er sich zu ihm, schon eilten sie dahin.

»Halt ein!«, rief Critilo. »Du läufst in dein Verderben!«

Doch dieser rief nur:

11 Die biblische Vorstellung vom steilen Lebensweg war nicht nur in den Devotionsbüchern, sondern auch in den Ritterromanen ausgeschmückt worden (etwa im *Amadís von Gallien*, III, 11). VIRTELIAS schwer zugängliches Schloss ist vorgeprägt im *»castillo interior«* der Hl. Therese von Ávila und wird sich im *»House Beautiful«* von Bunyans *Pilgrim's Progress* wiederfinden. Vgl. S. 514, Anm. 12.

»Ich mag keine Berge! Sollen mir gestohlen bleiben, Riesen und Löwen, gräulich!«

Schon waren sie in vollem Schwung, Critilo rief noch:

»Pass auf, du gehst in die Falle!«

Doch es kam zurück:

»Leben, leben! Lockere Tugend, Moral von heut'!«

»Kommt hierlang, hier!«, wiederholte der falsche Eremit. »Das ist der schnelle Weg zum Leben; alles andere ist doch nur Hinsiechen.«

Er führte sie einen verdeckten, ja verschlungenen Pfad entlang, durch ein tausendfach gewundenes Labyrinth von Bäumen und Gestrüpp, und am Ende stießen sie auf ein großes, recht stattliches Haus, das aber überhaupt erst sichtbar wurde, als sie schon drinnen standen. Der Stille nach schien es ein Kloster, der Zahl der Menschen nach schier die ganze Welt. Überall herrschte Schweigen und Arbeiten, Tun und nicht Reden, nicht einmal eine Glocke wurde geläutet: Um nur ja kein Aufhebens zu machen, hob man keine Hand dafür auf. So weiträumig war es, dass wohl Dreiviertel der Welt bequem darin Platz finden konnte. Die Berge ringsumher hielten die Sonne ab, und die Bäume standen so dicht und hoch, dass kaum Licht hineindrang.

»Wie dunkel dieses Kloster ist!«, wunderte sich Andrenio.

»So muss es sein«, erwiderte der Eremit, »denn wo man derlei Tugend übt, ist Aufhellung nicht angebracht.«

Das Tor stand offen, und der Pförtner saß recht gesetzt, hatte er doch mit dem Öffnen keine Mühe; an den Füßen trug er Latschen aus Schildkrötenschalen, das Übrige war unappetitlich schlampig und abgerissen.

»Also, wenn der eine Frau wäre«, meinte Critilo, »würde ich sagen, es ist FAULHEIT.«

»O nein«, antwortete der Eremit, »das ist nur GEMÜTSRUHE. Die rührt auch nicht etwa von Nachlässigkeit her, sondern von Bedürftigkeit; und es ist auch nicht etwa Schlampigkeit, sondern Weltverachtung.«

Der Pförtner grüßte sie salbungsvoll, wie zum Dank für die ruhige Kugel seines Lebens; sodann wies er, ohne sich zu rühren, mit einem Stock auf ein Schild oberhalb des Tors, auf dem in gotischen Lettern das Wort *Silentium* stand. Der Eremit gab dazu folgenden Kommentar:

»Er will damit sagen: Hier drinnen sagt man nicht, was man meint, niemand redet klar und deutlich, alles verständigt sich durch Andeutungen. Hier heißt es schweigen, und auch wir wollen es so halten.«

Sie betraten den Kreuzgang, ein recht verschlossenes *Claustrum,* was jetzt und immerdar von großem Vorteil ist. Dort trafen sie auf einige, die der Gewandung nach Mönche sein mussten. Und es war, wenn auch sehr verbreitet, doch sehr seltsam: Von außen sah man lauter Schafspelze, von innen aber, nicht sichtbar, waren es Wolfsnovizen, will sagen junge Reißwölfe. Critilo bemerkte, dass alle Mäntel trugen, und zwar wohl gepflegte.

»Das gehört dazu«, versetzte der Eremit. »Sie lassen sich gar nicht ablegen, und nichts lässt sich machen ohne den Mantel der Heiligkeit.«

»Das will ich glauben«, sagte Critilo, »unter dem Mantel der Barmherzigkeit wird gelästert, unter dem Mantel sittlichen Tadels wird sich gerächt, unter dem Mantel der Nachsicht ergibt man sich den Ausschweifungen, unter dem Mantel der Bedürftigkeit mästet sich mancher schön fett, unter dem Mantel der Gerechtigkeit ist der Richter grausam, unter dem Mantel der Glaubensinbrunst wendet der Neider alles ins Böse, unter dem Mantel der Umgänglichkeit ist manches Weib sittenlos.«

»Wart mal!«, rief Andrenio. »Wer ist die dort, die im Mantel der Dankbarkeit einhergeht?«

»Wer anders soll das sein als SIMONIE? Und der dort drüben, das ist WUCHER, vornehm gewandet. Unter dem Mantel des Dienstes am Gemeinwesen verdeckt er seine Habgier.«

»Wer mag jener dort sein, der den Mantel umnimmt, als wollte er zur Predigt ins Gotteshaus?«

»Das ist der Oberhofmacher.«

»Vermaledeiter Frevler!«

»Unter dem Mantel des Fastens knausert der Geiz; unter dem Mantel von Ernst und Würde will die Flegelei uns der Lüge zeihen.

Da tritt einer ins Haus und ist als Freund angetan, und in Wirklichkeit ist er ein sauberes Freundchen: Auch als Onkel oder Vetter bemäntelt schleicht sich der Ehebruch ein.«

»Solches«, sprach der Eremit, »sind die Wunder, wie sie tagtäglich von unserer Oberin vollbracht werden. Die Laster selber treten dank ihr an die Stelle der Tugenden, die Schurken gelten als Tugendbolde, aus Dämonen macht sie Engelsgleiche, und alles unter dem Mantel der Vortrefflichkeit.«

»Zu denken«, grübelte Critilo, »dass einst der Mantel des GERECHTEN selber verlost wurde, dass er einem dieser Üblen zugefallen ist und der seither mit der Tugend bemäntelt einhergeht, Gott selbst und den Seinen zum Verwechseln ähnlich.«[12]

»Merkt ihr nicht«, sagte der falsche Eremit und wahrhafte Betrüger, »dass sie umso straffer geschnallt gehen, je schlaffer bestallt sie sind?«

»Und mit der Hand auf dem Herzen.«

»Das geschieht«, war die Erklärung, »damit sie unter der Hand tun können, was ihnen beliebt. Oder aber sie schieben zur Vorsicht alles in den Ärmel, einschließlich der Hände.«

»Dann kann der Stein geworfen werden, ohne dass man die Hand sieht.«[13]

»Schaut mal diesen Gesegneten dort, wie weltentrückt er geht, ganz in sich versunken! Er denkt nicht an seine eigenen Dinge, nur an fremde, er hat wohl gar keine eigenen. Sein Gesicht sieht man nicht: Er hat nicht die Stirn, es zu zeigen.[14] Er schaut auch niemandem ins Gesicht, zieht nur vor jedem den Hut; barfuß geht er, damit man ihn nicht hört: So sehr scheut er Auftritt und Aufsehen.«

»Was ist er?«, wollte Andrenio wissen. »Ist er Profess?«[15]

»Ja, allerdings nimmt er täglich neu den Habit; was Disziplin ist, weiß er nur zu gut.[16] Es heißt, er sei ein Altarräuber und habe

12 *Matthäus* 27, 35.

13 Redensart: *»¡Échese una piedra en la manga!«* – »Schieben Sie sich einen Stein in den Ärmel« = »Fassen Sie sich an die eigene Nase«.

14 *»Cara«* – »Gesicht«, *»descarado«* – »unverschämt«.

15 *Profess:* Mönch, der das Ordensgelübde abgelegt hat.

16 *Disziplin:* Geißel.

daher viel von Gott. Er führt ein absonderliches Leben: Die ganze Nacht wacht er, ruht nie. Er hat weder eigene *cosa* noch *casa,* und daher herrscht er über alle fremden. Ohne dass man weiß, wie und wo, dringt er in alle Häuser ein und macht sich dort breit. So mildtätig ist er, dass er allen hilft, ihre Habe loszuwerden, insbesondere die Mäntel. So kommt es, dass ihn alle herzlich lieb haben und bei seinem Abschied Tränen vergießen und ihn nimmer vergessen können.«[17]

»Also der«, meinte Andrenio, »mit all den fremden Sachen, der riecht mir eher nach Dieb als nach Mönch.«

»Darin darfst du getrost ein Wunder unserer HIPOCRINDA sehen, denn obwohl er doch ist, was du sagst, steht er dank ihr im Ruche der Heiligkeit; so sehr, dass man ihn bereits für ein hohes Amt ausersehen hat, im Wettbewerb mit einem aus dem Hause VIRTELIAS, und es gilt als ausgemacht, dass er auch Palme und Segen davontragen wird; falls je nicht, kann er sich nach Aragón zurückziehen und dort ungestört alt werden.«[18]

»Was für ein Prachtmensch doch dieser andere dort ist!«, rief nun Critilo.

»Dies Ansehen verleiht ihm die Bußfertigkeit«, erklärte der Eremit. »Er ist über jeden Tadel erhaben, nur kann er sich kaum auf den Beinen halten und nicht einen Schritt vor den andern setzen.«[19]

»Dann will mir allerdings scheinen, er wird nicht sehr gerade gehen.«

»Dazu müsst ihr wissen, er lebt äußerst asketisch: Keiner hat ihn je essen sehen.«

»Dann lädt er wohl auch niemanden zu sich, teilt mit keinem. Er predigt nichts als Fasten, *ayuno,* und er lügt nicht, denn hat er einen Kapaun verzehrt, dann sagt er wahrheitsgemäß: *Hay uno.*«

17 Gut zehn Jahre später wird Molière eine so begabte Persönlichkeit *Tartüff* nennen.

18 *Aragón:* weil für Gracián die Aragonesen alles Schlauberger sind und man dem in Rede stehenden Tartüff nie etwas wird nachweisen können.

19 Vor lauter Wohlgenährtheit.

»Ich würde bei ihm schwören, dass er seit Jahren keine Rebhuhnbrust zwischen den Zähnen gehabt hat.«

»Ich auch.«

»Und bei aller Strenge, die er gegen sich selbst übt, ist er doch sehr sanft, sehr *suave.*«

»Das meine ich auch, tagsüber *suave,* zum Abend dann *su ave.*[20] Aber wie kann er so prächtig aussehen?«

»Dafür magst du getrost sein gutes Gewissen anführen. Er hat einen guten Magen, er übernimmt sich nicht an Brosamen; er wird beleibt mit ›*Gottes Gnade!*‹, weil alle ihm dafür tausend Segnungen zukommen lassen. Doch treten wir zu ihm in die Zelle, sie ist äußerst *devot.*«[21]

Er empfing sie mit viel Barmherzigkeit und öffnete ihnen auch eine Speisekammer, die so trocken nicht war, dass ihnen nicht das Wasser im Munde zusammenlief von all den Schinken, Süßigkeiten und anderen Leckerbissen.

»Wird so gefastet?«, fragte Critilo.

»Nun, das fasst auch noch ein feistes Fass«, antwortete der Eremit. »Solches sind die Wunder dieses Hauses: Vorher galt er als Epikur, doch dann hat er einen so guten Mantel umgelegt, dass er nun ein zweiter Makarios scheint.[22] Und das ist so wahrhaftig wahr, dass ihr ihn binnen kurzem auch in hohen Amtswürden erleben dürftet.«

»Gibt's solche Brüder vom Schönen Schein auch unter den Soldaten?«, wollte Andrenio wissen.

»Und ob!«, erwiderte der Eremit. »Das sind sogar die besten: so gute Christen, dass sie auch dem Feinde kein grimmiges Gesicht machen können, ja ihn am liebsten gar nicht zu Gesichte kriegen. Schaut doch einmal den dort: Wenn der ›*Santiago!*‹ ruft, dann heißt das, er begibt sich auf Pilgerfahrt.[23] Sein Leben lang hat er nie jemandem etwas zuleide getan, und keiner braucht Angst zu haben,

20 *Su ave:* »sein Geflügel«.

21 *Devot:* »*devota*« und »*de bota*« (»Weinfass«).

22 *Makarios:* Schüler des Hl. Antonius und selbst heilig gesprochen; zog sich in die ägyptische Wüste zurück und gründete ein Kloster; wurde 91 Jahre alt (301–392).

23 *Santiago!:* Schlachtruf der spanischen Heere.

dass er seinem Gegner das Blut aussaugt. Die Federn, die er flattern lässt, ich würde schwören, die gehören eher nach Santo Domingo de la Calzada als zum Heiligen Jakob.[24] Gibt es Parade, ist er Soldat, kommt es zur Schlacht, Eremit. Er leistet mit seinem Jakobsstab mehr als andere mit ihrer Pike. Stets waren seine Waffen zweischneidig, und seit er das Mäntelchen des Tapferen umgetan hat, ist er ein Ruy Díaz mit Tilde.[25] Er hat ein so starkes Herz, dass man ihn stets im Gesundheitsquartier findet;[26] er ist in keiner Weise ruhmredig und pflegt daher zu sagen, er habe lieber die *escudos* als die *armas;*[27] dem Feind zeigt er den Rückenpanzer, dem Kronrat den Brustharnisch. Somit gilt er als guter Soldat und wird hoch gepriesen, im Wettbewerb um ein Generalat hält er auch gegen zwei Bernardos durch,[28] und es heißt, in diesem Spiel sei er der Spielmann und die anderen hätten bald ausgespielt. Denn hierbei kommt es nun einmal mehr auf den Schein als auf das Sein an.[29]

24 *Federn:* Gemeint sind Hühnerfedern (also »Feigling«). In der Kathedrale von Santo Domingo de la Calzada (Rioja) werden außer dem Grab des Hl. Dominikus ein Hahn und eine Henne verehrt (lebend!), die, »obwohl schon gebraten, wieder lebendig wurden«. Die Legende will, dass ein Jakobspilger wegen einer falschen Anschuldigung gehenkt, aber von dem Heiligen ins Leben zurückgerufen wurde. Der Dorfrichter wollte die Nachricht nicht glauben und meinte, er sei wohl so lebendig wie der Hahn und die Henne auf seinem Teller. Daraufhin, o Wunder, flogen Hahn und Henne auf. – Auch Góngora spielt darauf an.

25 *Tilde:* ein Schreibwitz. Ruy Díaz ist der Cid, also der Held. Im Text steht: *»Rui Díaz atildado«.* »Rui mit Tilde« wäre *»ruĩ«* (die Tilde entstand als graphische Verkürzung des *n* in *nn,* ähnlich wie im Deutschen manchmal der »Faulheitsstrich« über dem *n*); *»ruĩ«* = *»ruin«* – »gemein«, »verächtlich«. Außerdem bedeutet *»atildado«* zugleich »herausgeputzt«.

26 *Gesundheitsquartier:* Soldatenausdruck für ungefährlichen Winkel.

27 *»Escudos«* – »Schilde« und »Geldstücke«; *»armas«* und *»escudos«* sind auch Ausdrücke aus der Heraldik.

28 *Bernardo Carpio:* legendärer Held des 9. Jhs.; vgl. S. 190, Anm. 25.

29 »Schein« und »Sein« haben allegorische Gestaltung gefunden in den *Aventures du Baron de Faeneste* des französischen Protestanten Théodore Agrippa d'Aubigné, erschienen zwischen 1617 und 1630: Dialog zwischen Faeneste (griech. *»phainestai«* – »scheinen«), einem gaskognischen Maulhelden, und seinem Gastgeber Enay (griech. *»einai«* – »sein«). Die assoziative Häufung grotesker Szenen dort hat viel mit dem *Criticón* gemeinsam, nicht zuletzt die Orientierung an Hieronymus Bosch, doch haben wir keinen Anhaltspunkt dafür, dass Gracián das Werk kannte.

Dort drüben ist einer, der gilt als Born der Weisheit, aber die ist eher tief in ihm verborgen als profund, und er sagt, gerade darin bestünden seine Wonnen.[30] Hier gilt eher Zopf als Kopf, eher Pergament als Argument. Nie wird er des Studierens müde, sein höchster Begriff, sagt er, sei der, den er von sich selbst habe, und er verkauft uns auch alle fremden als seine eigenen, denn zu diesem Behufe kauft er die Bücher. Belesenheit macht weniger als die Hälfte, das Übrige ist Mache, denn wo es hohl ist, hallt der Beifall stärker. Für tapfer, gut, gelehrt zu gelten ist eben billiger als tapfer, gut, gelehrt zu sein.«

»Wozu dienen wohl«, fragte Andrenio, »so viele Statuen, wie ihr sie hier habt?«

»Oh«, erwiderte der Eremit, »das sind Ausgeburten der Einbildung, Trugformen des Scheins: Alle sind sie innen hohl, und wir tun, als seien sie wohlgefüllt und fest. Dort schlüpft einer in die Gestalt eines Weisen und nimmt dessen Stimme an; ein anderer zieht sich das Gewand des angesehenen Herrn über, gebietet allen, und alle gehorchen sie ihm ohne Widerrede, der Meinung, es spräche ein Mächtiger, und es ist doch nur ein Schlitzohr. Die da hat eine Wachsnase, und man biegt sie ihr zurecht, je nach dem Stand der Untersuchung und des Interesses, bald nach rechts, bald nach links, und sie macht alles mit. Schaut ihn euch nur gut an, diesen Diener der Justiz dort, wie beflissen, wie gerechtigkeitsliebend er sich zeigt; keiner der gediegenen Alkalden kommt ihm gleich, sei es aus älterem Jahrgang Ronquillo oder aus jüngerem Quiñones;[31] auf niemanden nimmt er Rücksicht, auf jeden macht er Eindruck; einem jeglichen nimmt er die Gelegenheit, sich zu vergehen, und behält sie sich selber vor; unaufhörlich stellt er den Schlechtigkeiten nach und verschafft sich unter diesem Vorwand Zutritt zu allen üblen Häusern, entwaffnet die Tapferen und legt davon zu Hause

30 *Wonnen:* nach einer Redensart: *»Nuestro gozo en el pozo«* – »Unsere Wonnen sind im Bronnen« (= sind zerronnen).

31 *Rodrigo Ronquillo:* wurde wegen seiner Härte bei der Verfolgung der Kommuneaufstände von 1521 (vgl. S. 409, Anm. 19) sprichwörtlich als strenger Richter (gest. 1545). – *Juan de Quiñones:* stand als Richter am Hof Philipps IV. in hohem Ansehen (gest. 1646).

eine Rüstkammer an, vertreibt die Diebe so lange, bis nur er noch übrig bleibt, wiederholt unablässig: ›*Justitia*‹, doch für sein Haus gilt das nicht. Alles gewiss mit vollem Rechtstitel, ja sogar in hohen Farben.«[32]

Sie sahen zwei andere, die im Namen des Eifers für den Glauben von äußerster Zudringlichkeit waren: Alles wollten sie verbessern, nichts und niemanden ließen sie in Ruhe, die ganze Welt eile doch ins Verderben. Dabei waren sie selber die Allerverderbtesten. Die merkwürdigsten Auswüchse der Scheinhaftigkeit trafen sie in diesen Gefilden an, erstaunliche Wunder der Heuchelei, die auch den schlauen Odysseus noch genasführt hätten.

»Tagtäglich geschieht es«, erzählte der Eremit weiter, »dass ein in dieser Werkstatt gemodeltes Individuum in Wettstreit tritt mit einem ähnlichen von oben, aus der Schmiede der wahren Tugend. Bewerben sich dann beide um dasselbe Amt, so erscheint dieses hier tausendmal besser, gewinnt weit mehr Freunde und Gönner, während das andere betrübt zurückstehen muss. Meist wird in der Welt nicht geprüft, was einer ist, sondern was er scheint. Und glaubt mir: Von weitem glänzt Bergkristall nicht anders als Diamant, wenige vermögen die wahren Tugenden von den falschen zu unterscheiden. Schaut hier einen, der ist so windig wie ein Blasebalg und wirkt doch nach außen so wichtig wie ein Präsident.«

»Wie geht das zu?«, fragte Andrenio. »Wie bekommt diese Kunst des Scheinens so Erstaunliches zuwege?«

»Das will ich euch sagen. Hier haben wir die verschiedensten Passformen, um darin auch noch das unfähigste Subjekt von Kopf bis Fuß zurechtzumodeln. Steht ihm der Sinn nach einem Amt, so verschaffen wir ihm unverzüglich Stützung aus dem Hintergrund; geht es um Heirat, so zeigen wir ihm, wie man sich vorarbeitet mit der Geradheit einer Spindel; und ist er auch ein Luftikus,[33] wir bringen ihm Autorität bei, gravitätischen Schritt, gewichtige Rede, heftiges Stirnrunzeln, bedeutungsschwere Gesten und tiefe Blicke,

32 »Gefärbter Rechtstitel«: Anschein des Rechts.

33 *Luftikus: »chisgarabís«*. Das Spanische kennt Dutzende von Synonymen für den *»informal«*, den »Unsoliden«: *»chafandín«, »mamarrache«, »mequetrefe«, »zascandil«*...

wie es einem gut ansteht, der hoch hinaus will. Wir setzen ihm eine Brille auf, auch wenn er schon Luchsaugen hat, was besonders gut zur Wirkung kommt, wenn er sie aus dem Futteral holt, auf eine große Nase setzt und damit *vom hohen Ross herab* die Angeblickten zum Erzittern bringt. Des weiteren haben wir viele Arten von Tinten, die aus einem Raben über Nacht einen stummen Schwan machen können, und sollte er reden, so würden es nur Zuckerworte. Sollte er eine Schlangenhaut haben, wir würden ihn umbaden in ein Täubchen, dass er kein Gift mehr spritzt, auch wenn er es noch in sich hat. Wir machen, dass einer allen Jähzorn vergisst (verspielt man doch in einem Augenblick der Wut das lebenslang erworbene Vertrauen in sein Urteil), erst recht aber nicht den leisesten Anflug von Leichtsinn mehr zeigt, in Worten nicht und nicht in Taten.«

Einen gewahrten sie, der spie mehrfach aus, mit allen Anzeichen von Ekel.

»Was ist ihm?«, fragte Andrenio.

»Geh nur näher hinzu, und du wirst hören, was er alles über die Weiber zu sagen weiß und ihren Putz.«

Es stellte sich heraus, dass er die Augen schloss, um sie nicht zu sehen.

»Endlich einmal jemand«, meinte der Eremit, »der wirklich vorsichtig ist, *cauto!*«

»Besser stünde es um ihn, er wäre *casto,* keusch«, erwiderte Critilo, »denn auf diese Weise setzt mancher die Welt in Brand durch geheime Wollust.[34] Sie treiben es doch wie die Schwalben: Wenn sie ins Haus hineinfliegen, sind sie zu zweit; wenn sie wieder hinausfliegen, zu sechst. Doch wo wir jetzt die Frauen schon genannt haben: Sag mir, gibt es für sie hier keine Klausur? Denn wahrlich, im Verschleiern sind sie doch Meister.«[35]

»Doch gibt es dies«, sagte der Eremit. »Es gibt ein Kloster, und

34 Lat. Witzwort: *»Sis castior, sodalis, aut sis cautior«* – »Sei keuscher, Genosse, oder sei vorsichtiger!«

35 *»Pueden profesar de enredo«:* nach *»profesar de monja«* – »Nonne werden«. *»Enredo«* – »Betörung«, »Ränke«.

ein gar verderbliches. Der Himmel bewahre uns vor seinen Insassen! Hier ist es, hier drüben.«[36]

Und er ließ sie an ein Fenster treten, damit sie unauffällig zusehen konnten, was sich dort abspielte. Sie gewahrten einige, die waren sehr fromm, freilich verehrten sie nicht so sehr die Heiligen *Linus* oder *Hilarius,* denn für Andachten *al uso* hatten sie nicht viel übrig, wohl aber den Heiligen Alexos und das Umherpilgern.[37]

»Die sich dort drüben blicken lässt«, erläuterte der Eremit weiter, »ist die heimelige Witwe, die ihre Tür beim Ave-Maria zumacht.[38] Und seht mir dies Dämchen da, was die *en pretina* ist!«

»Hoffentlich nicht *en cinta!*«[39]

»Die andere dort ist Eheweib und schön; ihr Gatte hält sie für eine Heilige.«

36 *Kloster:* Um die Zuschreibung dieses Klosters wird in der Gracián-Forschung debattiert. Der Franzose Benito Pelegrin glaubt, darin eine Anspielung auf das Kloster Port-Royal und die Jansenisten zu erkennen. Auszuschließen ist dies nicht, denn im 17. Jh. war man mit dem Vorwurf der Heuchelei allenthalben schnell bei der Hand. Gegenüber der (sprichwörtlich gewordenen) strengen Moral der Jansenisten wäre dieser Vorwurf allerdings besonders abwegig. Für die These spräche, dass unsere Wanderer sich in Frankreich aufhalten, ferner dass der Streit zwischen Jansenisten und Jesuiten zur Entstehungszeit von Teil II des *Criticón* schon entbrannt war, auch wenn der schärfste Angriff gegen die Jesuiten, Pascals *Briefe an einen Provinzial,* erst 1656 erfolgte (zunächst anonym, namentlich ab 1659). Nach anderer Auffassung wären mit den Heuchlern die jesuitischen Glaubensbrüder in Valencia gemeint, mit denen Gracián 1644 schlechte Erfahrungen gemacht hatte. Unter anderem wurde er öffentlich gerügt, weil er mit seiner satirischen Verve in einer Predigt einen »Brief aus der Hölle« verlesen hatte, was wohl zu viel war für die dortigen Zuhörer. Die scharfe Attacke der *Crítica de reflexión* (vgl. S. 69, Anm. 24) sei gerade durch dieses *Hipocrinda*-Kapitel ausgelöst worden, eine Hypothese, die mit der Infragestellung der Autorschaft des Valencianer Jesuiten Rajas jedoch geschwächt wurde, überdies durch die Feststellung, dass dieses Pamphlet auf die Kritik an Valencia kaum eingeht. Gewissheit haben wir in dieser Frage noch nicht.

37 *Linus:* in dem Namen steckt *»lino«* – »Linnen«, in »Hilarius« *»hilo«* – Faden« (schon in einem Sonett Góngoras: *»Yace debajo desta piedra fría...«*); in *»al uso«* (»üblich«) steckt *»al huso«* – »mit der Spindel«, in »Alexos« *»a lejos«* – »weit weg«.

38 Von außen, zur Abendstunde. Die Witwe ist *»recatada«,* was »sittsam« aber auch »heimlich«, »scheu« bedeutet.

39 *»Pretina«* und *»cinta«* bedeutet beides »Gürtel«; *»poner en pretina«* oder *»en cinta«* – »zur Vernunft bringen«; *»encinta«* – »schwanger«.

»Und die Hüterin des Herdes bereitet ihm, wenn unbehütet, Feste, vor denen man sich besser hütet.«

»Die Dritte dort, der fehlt es nie an Schmuckstücken.«

»Wird wohl selbst so ein Stück sein.«

»Die Vierte wird von ihrem Ehemann verhimmelt.«

»Hoffentlich wird er dabei nicht verhammelt.«

»Bei ihr ist Putz verpönt, sie will ihn nicht um sein Geld bringen.«

»Sie bringt ihn nur um die Ehre; zum Umbringen genug.«

»Von der Fünften sagt ihr Mann, er würde die Hand für sie ins Feuer legen.«

»Besser, er legte Hand an sie und brächte ihre Wollust zum Erlöschen.«[40]

Eine war dabei, das Kammermädchen auszuzanken, weil sie bei ihr irgendwelche hochgezogenen Brauen vermutete; sie zog selbst die Brauen noch höher und rief:

»In diesem Hause dulden wir auch nicht den leisesten Verdacht!«

Worauf das Mädchen zwischen den Zähnen echote:

»Nimm du dich nur in Acht.«

Bei einer anderen ist die Mutter stets dabei, laut zu verkünden, was sie von sich selbst nicht beichten will.[41]

Eine andere Mama sagte von ihrer Tochter:

»Eine Selige ist sie.«

Und dem war auch so, denn stets wollte sie *in Glorie* stehen.[42]

»Wie kommt es, dass sie alle so bleich sind?«, wollte Andrenio wissen.

Und der Eremit:

»Das kommt von ihrer Frömmigkeit: Sie sind so bußfertig, dass sie sich Sand ins Essen streuen.«

40 Dass dieser Satz nicht nur doppeldeutig, sondern zweideutig ist, scheint unseren Autor nicht zu stören; ebenso wenig, dass der Erzähler hier kräftig aus der Rolle fällt.

41 *Beichten:* vermutlich *»hideputa!«* – »Hurentochter!«.

42 *Glorie:* So wurden bisweilen die Liebesfreuden umschrieben.

»Wenn's nur kein Lehm ist.«[43]

»Schau, wie eifrig und wach die dort sind!«

»Besser wär's, sie würden eifriger bewacht.«

»Aber bekommen wir denn«, fragte Critilo, »diese handsame Tugend nicht selbst zu sehen, diese sanftmütige Frau Oberin in ihrer leutseligen Huld?«

»Es geht nicht mehr lange«, erwiderte der Eremit, »wir betreten ja schon das Refektorium, wo sie sicherlich ein wenig *Buße tut.*«[44]

Sie traten ein und gewahrten Körper, Körper und nochmals Körper: schließlich ein Weib, ganz Fleisch und nichts von Geist. Ihr Gesicht war verkommen (nicht ihr Geschmack), dem Wohlleben zum Trotz; je mehr Goldenes im Spiel sei, hieß es, desto mehr belebe sich seine Farbe. Selbst ihr Rosenkranz war aus Rosenholz[45] und hatte am äußersten Ende (immer haben sie's mit den Extremen) ein Gerippe: Damit ließ sich dem Fleisch besser frönen. Man traf sie im Sitzen an, denn auf den Beinen halten konnte sie sich nicht, ihre Seufzer klangen wie Rülpser, und umgeben war sie von Weltnovizen, denen sie beibrachte, wie man sich's einrichtet auf dieser Welt.[46]

»Seid mir ja nicht einfältig«, sagte sie zu ihnen. »Nur den Eindruck, als wäret ihr's, den müsst ihr erwecken können; lernt die hohe Kunst, zu tun, als könntet ihr nichts. Vor allem aber empfehle ich: Haltet euch fein zurück und erregt keinen Anstoß.«

Und sie setzte ihnen auseinander, wie viel doch der äußere Schein vermag.

»Hier kommt alles darauf an, sich richtig zu zeigen, wird doch in der Welt nicht darauf geachtet, wie die Dinge sind, sondern wie sie scheinen. Schaut nur«, sagte sie, »es gibt Dinge, die *sind* nicht und *scheinen* auch nicht, und da wäre es doch recht töricht, dass

43 *Lehm:* verbreitete Redensart, auch bei Lope de Vega: *»Niña del color quebrado, / o tienes amor o comes barro ...«* – »Mädchen mit dem bleichen Antlitz, bist verliebt oder issest Lehm?« (= Heilerde).

44 *Buße: »hacer penitencia«,* höfische Redensart mit der Bedeutung: »ein bescheidenes Mahl zu sich nehmen«.

45 *Rosenholz:* Palisander *(»palo santo«),* im 17. Jh. als Heilmittel gegen Syphilis verwendet.

46 Vgl. oben, Anm. 10.

zum Beispiel etwas gesetzlich *erscheinen* soll, was gar nicht Gesetz *ist;* anderes gibt es, das *ist* und *scheint* auch, was es ist, aber damit ist es nicht weit her; noch anderes, das *ist* nur und *scheint* gar nicht, das ist nun äußerst töricht. Das Höchste ist doch: Etwas nicht *sein* und es dennoch *scheinen.* Das will wahrhaft gekonnt sein. Sorgt also für den richtigen Ruf und haltet ihn aufrecht, was im Übrigen leicht ist, denn die meisten leben von Kredit. Bringt euch nicht um mit Studieren, sondern lobt euch mit Verstand. Ob Arzt oder Anwalt, auf die Darstellung kommt es an. Viel vermag der Schnabel, und der ihn am schönsten und krummsten hat, der Papagei, hat auch am ehesten Zutritt zum Palast und sitzt auf dem besten Balkon. Hört auf das, was ich euch sage, damit ihr's euch einzurichten wisst;[47] dann bekommt ihr Aufwind ohne Aufwand, ohne Schwitzen und Hetzen mach' ich euch zu *Personen,* zumindest dass ihr als solche erscheint, dass ihr euch Seite an Seite zeigen könnt mit der allerechtesten Tugend, mit dem allerechtesten *hombre de bien.* Und wollt ihr's nicht glauben, so seht euch nur die Leute mit Persönlichkeit und Erfahrung an, was die davon hatten, dass sie meinen Ratschlägen nicht gefolgt sind, in welchem Ansehen sie allenthalben stehen und ob sie heute irgendwo hohe Posten einnehmen.«

Ganz benommen stand Andrenio da und wähnte sich teuer beschenkt mit so viel billigem Glück, mit so mühe- und zwangloser Tugend, ohne die Berge von Schwierigkeiten, ohne den Kampf gegen Bestien, ohne das Rudern gegen den Strom, ohne Schweiß und Plage. Schon war er drauf und dran, sich einen dieser famosen Mäntel für die große Sittenfreiheit als Mönchsgewand umzuhängen und die Heuchlergelübde abzulegen, als Critilo, zu ihrem Eremiten gewandt, fragte:

»Sag mir, bei deinem langen, wenn schon nicht guten Leben: Werden wir mit dieser erheuchelten Tugend denn je die wahre Glückseligkeit erlangen können?«

»Ach, ich Ärmster«, rief der Eremit daraufhin aus, »was soll ich sagen, wenn ihr mich so bestürmt? Ein andermal!«

47 Zum dritten Mal das *»saber vivir«.*

Achte Krisis

Zeughaus der Tapferkeit

Als Tapferkeit an ihr Ende kam, als ihre Kräfte verfielen, ihr Glanz erlosch und sie im Begriffe stand dahinzuscheiden, da, so heißt es, eilten alle Nationen bei ihr zusammen und eine jede bedrängte sie, ihr Testament zu ihren Gunsten aufzusetzen und sie bevorzugt mit Erbgut zu bedenken.

»Ich habe kein anderes als mich selbst«, antwortete sie ihnen. »Was ich euch hinterlassen kann, ist dieser mein elender Leichnam, Skelett dessen, was ich einst war. Kommt herbei, ich will es unter euch verteilen.«

Da die Italiener als Erste eingetroffen waren, kamen sie auch als Erste an die Reihe. Sie erbaten sich den Kopf.

»Ich vermache ihn euch«, sagte sie. »Ihr werdet *Steuerer* sein, werdet die Welt lenken wollen, nach allen Richtungen.«[1]

Unruhig drängten sich die Franzosen dazwischen, und begierig, alles in die Hand zu bekommen, verlangten sie die Arme.

»Ich fürchte nur«, sprach sie, »wenn ich sie euch überlasse, werdet ihr die ganze Welt damit in Unruhe versetzen. Fuchtler werdet ihr sein und keinen Augenblick stillhalten. Schlimm für die Nachbarn.«

Die Genuesen aber schnitten rasch, rasch noch die Fingernägel ab, dass ihnen nichts mehr blieb, um etwas zu packen oder an sich zu reißen; dennoch haben die Franzosen noch so heftig mit den Zähnen nach dem spanischen Silber geschnappt, wie keine Hexe im tiefsten Nachtschlaf schlimmer Blut saugen könnte.

»Item übermache ich mein Gesicht den Engländern. Ihr sollt wohlgestalt sein, rechte Engelländer; aber ich fürchte, wie alle Schönen werdet ihr jedem nur allzu leicht das Gesicht zuwenden:

1 »*A entrambas manos*« – »nach links wie nach rechts«. Sicher ironisch im Sinne von »willkürlich«.

einem Calvin, einem Luther, ja dem Teufel selbst.[2] Hütet euch vor allem, dass euch der Fuchs nicht sieht, damit er nicht sein berühmtes Sprüchlein anbringt: ›Schöne Fassade, kein Hirn dahinter‹.«[3]

Die Venezianer, sehr höflich, erbaten sich die Backen. Die andern lachten, doch TAPFERKEIT:

»Das versteht ihr nicht. Lasst sie, sie wollen mal auf der einen, mal auf der anderen Seite kauen, und mal auch auf beiden zugleich.«[4]

Die Zunge wollte sie den Sizilianern vermachen, schwankte aber zwischen diesen und den Neapolitanern und erklärte daher, sie solle an beide Sizilien gehen.[5] An die Iren die Leber;[6] an die Deutschen der hohe Wuchs.

»Edle Körper sollt ihr haben, doch seid bedacht, dass ihr sie nicht wichtiger nehmt als die Seelen.«

Die Milz den Polen, die Lunge den Moskowitern;[7] allen Bauch den Flamen und Holländern:

»Doch dass ihr ihn nicht zum Gott macht!«

Die Brust den Schweden, die Beine den Türken, die vor jedem Beine werfen wollen,[8] und wo sie einmal den Fuß hinsetzen, ihn nie mehr wegnehmen. Das Innere den Persern;[9] den Afrikanern

2 Zur Wohlgestalt der Engländer vgl. I, 6, gegen Ende. »Es ist ein eigentümlicher Zug, dass Gracián noch das mittelalterliche Wohlgefallen an dem somatischen Typus der blonden Rassen besitzt, um dann im Licht der auf diesen Gebieten durchgedrungenen Häresie den Abfall der Seelen umso krasser hervorzukehren«, schreibt Werner Krauss, *Graciáns Lebenslehre,* S. 59.

3 Nach Äsops 43. Fabel, vermittelt durch Alciatis Emblem *Mentem non formam plus pollere* (Henkel/Schöne 454).

4 Zur Politik Venedigs vgl. S. 324, Anm. 20.

5 *Beide Sizilien: Rex utriusque Siciliae* nannte sich Alfons von Aragón, als er 1443 Neapel und Sizilien unter seine Herrschaft brachte (mit der bourbonischen Restauration von 1816 wurde die Bezeichnung als *Regno delle Due Sicilie* wieder aufgenommen).

6 *Leber:* Sitz des Mutes.

7 Die Milz steht für Phlegma, die Lungen für Leichtgewichtigkeit, Bedeutungslosigkeit. Gracián folgt Giovanni Botero, *Le Relationi Universali* (vgl. S. 182, Anm. 6), Teil I, S. 116.

8 *Beine werfen:* anmaßend auftreten.

9 Die Eingeweide als Sitz des Gemüts; die Perser galten als besonders empfindsam und kunstliebend.

die Knochen, damit sie etwas zu nagen haben nach ihrer Art;[10] den Rücken den Chinesen,[11] das Herz den Japanern, sind sie doch die Spanier Asiens;[12] das Kreuz den Negern.

Als Letzte erschienen die Spanier, die damit beschäftigt gewesen waren, aus ihrem Hause Gäste zu entfernen, welche von jenseits des Meeres gekommen waren, um sie selbst daraus zu vertreiben.[13]

»Was hinterlässt du uns?«, fragten sie.

»Ihr kommt zu spät, es ist alles weggegeben.«

»Aber wir sind deine Erstgeborenen«, war die empörte Antwort, »du müsstest uns doch mindestens ein Majoratsgut hinterlassen.«

»Ich weiß nicht, was ich euch noch geben soll. Ja, wenn ich zwei Herzen hätte, das erste gehörte euch. Doch gebt Acht, was ihr tun könnt. Da alle Nationen euch bedrängt haben, so wendet euch jetzt gegen sie alle, und was einst Rom getan hat, das tut hinfort ihr: Überzieht sie alle mit Krieg, werft nieder, so viele ihr könnt, in meinem Namen und mit meiner Erlaubnis.«

Sie predigte keinen tauben Ohren: Sie fingen es so wacker an, dass bald kaum eine Nation auf der Welt blieb, der sie nicht ein Stück entrissen hätten, und mit wenigen kräftigen Rucken hatten sie sich zur vollen Größe der TAPFERKEIT erhoben.[14] –

Rühmend wurde derlei Critilo und Andrenio, die sich eben anschickten, Frankreich über die Pikardie zu verlassen, von einem Manne vorgetragen, einem wahrhaftigen und echten, denn so, wie manche hundert Augen zum Sehen und andere hundert Arme zum

10 Gemeint ist: »Hunde«, und gemeint sind Nordafrikaner, also Mauren. Mit »Hundesöhne« titulierten sich die Anrainer des Mittelmeeres gerne wechselseitig.

11 *Rücken:* als krummen Rücken, versteht sich.

12 Wegen ihrer Vorliebe für gravitätisches Zeremoniell (nach Botero, *Relationi* – vgl. oben Anm. 7 – Teil II, S. 97).

13 Reconquista.

14 Die organologische Vergleichsreihe geht zurück auf die Naturphilosophie und Temperamentenlehre von Hippokrates und Galen. Spanien aber gehört für Gracián nicht mehr zu diesem organischen Ganzen, es ist auf etwas Weiterreichendes hin angelegt.

Wirken haben, so hatte dieser hundert Herzen zum Standhalten, war ganz und gar Herz.

»Solltet ihr«, fragte er sie, »Frankreich mit Bedauern verlassen?«

»Nein, gewiss nicht«, antworteten sie ihm, »wo doch seine eigenen Bewohner es verlassen und die Umwohner sich nicht danach drängen.«

»Welch großes Land!«, rief der mit den hundert Herzen.

»Jawohl«, bestätigte Critilo, »wenn es nur an sich selbst Genüge fände.«

»Wie reich bevölkert!«

»Doch nicht mit Männern.«

»Wie fruchtbar!«

»Doch nicht gehaltvoll.«

»Wie lieblich und angenehm!«

»Doch durchblasen von Winden, daher der Leichtsinn seiner Bewohner.«

»Wie betriebsam!«

»Doch *mechanisch.*«

»Wie arbeitsam!«

»Aber vulgär, das plebejischste Land, von dem man weiß.«

»Wie kriegerisch und unternehmend seine Bewohner!«

»Doch ruhelos, Europas Irrwische zu Wasser und zu Land.«

»Ein Blitz beim ersten Angriff.«

»Und ein Witz beim zweiten.«

»Sie sind verständig.«

»Doch wetterwendisch.«

»Sind gefällig.«

»Aber kniefällig, dienen sich andern Nationen an.«[15]

»Sie wagen viel.«

»Aber bringen wenig zu Ende und behalten nichts; kaum gewonnen, schon zerronnen.«

»Wie einfallsreich, lebhaft und rasch!«

»Wie pflaumenweich, sprunghaft und lasch.«

15 Zu Franzosen, die in Spanien niedrige Arbeiten verrichteten vgl. S. 249, Anm. 4.

»Langweiler sind bei ihnen unbekannt.«

»Gelehrte ebenso, gelangen über Mittelmaß nicht hinaus.«

»Es sind Leute von großer Höflichkeit.«

»Aber von geringer Verlässlichkeit. Nicht einmal ihre beiden Heinriche blieben von ihren heimtückischen Dolchen verschont.«[16]

»Sie sind strebsam.«

»Soweit es ihre Habgier verlangt.«

»Ihr könnt nicht leugnen, dass sie große Könige hatten.«

»Doch meist haben sie ihnen sehr wenig genützt.«

»Sie machen unerschrockene Einfälle, um sich die Welt zu unterwerfen.«

»Aber auch erschrockene Ausfälle! Ziehen zum Morgenlob ein, ziehen zum Abendlob aus.«[17]

»Sie bringen allen Waffenhilfe, die sich ihnen anvertrauen.«

»Weil sie die Kuppler der buhlerischen Provinzen sind.«[18]

»Sie sind anstellig.«

»O ja, und sie stellen es so an, dass sie eher eine Unze Silber als einen Zentner Ehre erzielen. Am ersten Tag sind sie Sklaven, am zweiten Herren, am dritten unleidliche Tyrannen, sie fallen ohne Übergang von einem Extrem ins andere, von Wankelmut in Übermut, von Liebedienerei in Unverschämtheit.«

»Sie haben doch große Tugenden.«

»Aber auch so große Laster, dass sich nicht leicht entscheiden lässt, welches nun das Königslaster ist. Schließlich und endlich sind sie die Antipoden der Spanier.«

»Aber sagt mir bitte, wie das mit dem Eremiten war: Welche Antwort gab er auf Critilos tiefgründige Frage?«[19]

16 Heinrich III., 1589 von Jacques Clément, Heinrich IV., 1610 von Ravaillac ermordet.

17 *Morgenlob – Abendlob: »laudes«* und *»vesperae«*, Anspielung auf die *Sizilianische Vesper* zu Pfingsten 1282, bei der die Franzosen nach kurzer Herrschaft über die Insel den Aragonesen weichen mussten.

18 *Provinzen:* Frankreich unterstützte die Aufstände gegen Philipp IV. in Portugal, Katalonien und den Niederlanden (ausführliche Darstellung in Carl J. Burckhardt großer Richelieu-Biographie, vor allem Band III, Kap. XVI).

19 *Critilos Frage:* »Werden wir mit dieser erheuchelten Tugend denn je die wahre Glückseligkeit erlangen können?« (Ende von II, 7).

»Er räumte mir ein, dass der Scheintugend kein wirklich dauerhafter Lohn beschieden ist, dass man zwar den Menschen mit gezinkten Karten kommen könne, Gott aber seiner nicht spotten lässt. Als wir das hörten, wechselten wir Blicke, wechselten den Blick, erkannten unseren Augenblick, legten eilends das üble Heuchlergewand ab und übersprangen die hohen, dornenbesetzten Mauern der niedrigen HYPOKRISIA.«

»Oh, wie gut ihr daran tatet! Die Freude des Heuchlers währet nun einmal nur einen Augenblick.[20] Hört eine Wahrheit: Auf hundert Meilen lässt sich wahre Tugend von falscher unterscheiden, dafür ist das Augenmerk geschneuzt wie eine Kerze, sofort erkennt man, auf welchem Fuß einer läuft und auf welchem er lahmt. Mögen Lug und Trug *metaphysisch*[21] daherkommen, der schärfere Blick erkennt doch den Hintersinn; es mag einer sich noch so vortrefflich drapieren, das Laster kann er damit nicht bemänteln. Gediegen vollendete Tugend geht im Angesicht von Himmel und Erde einher, herrlich und ewig gültig. VIRTELIA gilt es zu suchen in ihrer hohen Schönheit und nicht innezuhalten, bis man sie gefunden hat, sei es auch durch Spießruten und Dolche. Sie nämlich wird euch auf den Weg bringen zu eurer FELISINDA, mit deren Suche ihr euer ganzes Pilgerleben zubringt.«

Er ermunterte sie sehr, jenen Berg der Schwierigkeiten anzugehen, vor dem Andrenio verzagte und versagte.

»Hola, nur zu!«, rief er, »deine feige Phantasie malt dir das Weglöwenungetüm viel grimmiger aus, als es ist. Denk daran, dass viele schwache Jünglinge und zarte Mägdelein ihm schon die Kinnlade ausgerenkt haben.«

»Wie haben sie das angestellt?«, wollte Andrenio wissen.

»Indem sie sich zunächst sehr gut wappneten und sodann noch besser kämpften. Ein tapferer Entschluss verhilft zum Sieg über alles.«

»Was sind das für Waffen und wo können wir sie bekommen?«

20 *Hiob* 20, 5.

21 *Metaphysisch:* in der Bedeutung »mit subtil verschleiernder Redeweise« im damaligen Spanisch nicht selten.

»Kommt nur mit, ich zeige euch, wo ihr sie aussuchen könnt, zwar nicht zum Ergötzen, aber doch zum Nutzen.«

Sie schlossen sich ihm an, und im Gehen sprachen sie weiter.

»Was nützt es«, sagte er, »wenn Waffen im Überfluss vorhanden sind, es aber an Tapferkeit gebricht? Das hieße ja schier, sie für den Feind tragen.«

»So ist es also mit TAPFERKEIT vorbei?«, fragte Critilo bang.

»Ja, vorbei«, war die Antwort. »Kein Herkules mehr auf der Welt, der Ungeheuer bezwänge, der mit Unrecht, Gewalt und Tyrannei aufräumte. Täter, die gibt es genug, und Helfershelfer erst recht, die jeden Tag hunderttausend Scheußlichkeiten verüben. Damals gab es in einer Stadt *einen* Cacus, *einen* Schwindler-Dieb; heute hat jede Straßenecke ihren eigenen, in jedem Hause haust einer.[22] Antaios, den Erdverhafteten, heute gibt es ihn -zigfach. Und erst krallende Harpyien, Hydren mit sieben Köpfen und siebenmal tausend Launen, plumpe Eber, hochmütige Löwen...! Allenthalben wimmelt es von mittelmäßigen Monstern, ohne dass sich einer fände, der stark genug wäre, die Säulen der Tapferkeit an den Grenzen menschlichen Strebens aufzustellen, zum Zeichen dafür, dass hier Schluss sein sollte mit den Schimären.«[23]

»Da ist TAPFERKEIT aber nur kurz auf der Welt gewesen!«, rief Andrenio.

»Ja, kurz, denn der tapfere Mann bleibt nicht lange. Auch die tapferen Frauen damals haben nicht lange ausgehalten.«[24]

»Was war die Todesursache?«

»Gift.«

»O je! Wenn es wenigstens in der Schlacht bei Nördlingen geschehen wäre, in der so mancher sterbend unsterblich wurde, oder bei der Belagerung von Barcelona, das ließe ich mir eingehen,

22 *Cacus:* vgl. S. 98, Anm. 19.

23 *Säulen an den Grenzen:* in Anspielung auf das *Nec plus ultra* (vgl. S. 380, Anm. 14). Im Grunde galt dies schon lange nicht mehr: Dante hatte (*Inferno* XXVI) seinen Ulisses zum Überschreiten aufgefordert; Pulci hatte 1478 geschrieben: »*Sappi che questa opinione è vana*« (*Morgante* XXV, 229), Jahrzehnte bevor das spanische Wappen in »*Mas allà*« geändert wurde.

24 *Tapfere Frauen:* die Amazonen.

denn ein gutes Ende krönt das ganze Leben.[25] Aber Gift! So etwas Schreckliches! Und worin hat man es verabreicht?«

»In Pülverchen, die noch todbringender waren als die von Mailand,[26] noch pestilenzialischer als ein Rotfuchs, ein Denunziant, ein Judas, eine Stiefmutter, ein Schwager, eine Schwiegermutter.«

»Das sagst du wohl, weil diese Tapferen immer Pulver und Staub aufwirbeln, was dann in Schmutz und Blut endet.«

»Nein, ich meine es ganz wörtlich. Ich sage, die menschliche Bosheit ist so weit fortgeschritten, dass den künftigen Generationen nichts mehr zu tun bleibt. Sie hat gewisse Pulver erfunden, die derart tödlich wirken, dass sie Pest und Ruin aller großen Männer wurden, und seit sie im Umlauf sind, ja sich im Fluge verbreiten, blieb kein tapferer Mann auf der Welt verschont, alle Vortrefflichen hat es getroffen. Von keinem Cid oder Roland ist mehr die Rede wie in anderen Zeiten. Ein Herkules wäre heute eine Farce, ein Samson würde von der Luft leben. Ich sage euch, man hat Mut und Tapferkeit aus der Welt vertrieben.«

»Und woraus ist dies heimtückische Pulver?«, fragte Critilo. »Vielleicht aus zermahlenen Basilisken, destilliertem Viperngedärm, zerriebenen Skorpionenschwänzen, klein gehackten Scheelaugäpfeln, Schnüffelnasen, Kratzhänden oder Lästerzungen? Ist noch einmal wieder eine Phiole in Delphi zerbrochen und hat ganz Asien verpestet?«[27]

»Schlimmer noch. Und wenn sie auch behaupten, es sei aus Höllenalkrebit, Styxsalpeter oder aus Pechkohle, vom Dämon beim Niesen angeblasen, so sage ich euch doch, es ist aus Menschenherz, welches an Unausstehlichkeit die Furien, an Unerbittlichkeit die Parzen, an Grausamkeit den Kriegsgott und an Tyrannei selbst

25 *Nördlingen*: Sieg der Kaiserlichen und der Spanier über die Schweden, 1634. – *Barcelona*: Verlustreiche Belagerung der Katalanen, 1651.

26 *Mailand:* Die große Mailänder Pest von 1630 (Manzoni wird sie im 32. Kapitel seiner *Promessi sposi* beschreiben) sei, so nahm man an, durch vergiftetes Pulver ausgelöst worden.

27 *Delphi:* Alexander inspirierte sich, bevor er nach Indien aufbrach, beim Delphischen Orakel, aber auch Julian Apostata, bevor er die christlichen Länder Asiens repaganisierte.

den Tod noch übertrifft. Denn anders kann es mit einer so gottverdammten, abscheulichen, ruch- und heillosen Erfindung, wie es das Pulver ist, doch gar nicht stehen, das ja so heißt, weil es das ganze Menschengeschlecht verpulvert. Es hat mit allen aufgeräumt, die waren wie Hektor in Troja, Achilleus in Griechenland, Bernardo in Spanien.[28] Mut im Herzen ist nichts mehr wert, Kräfte sind nichts mehr nütze, Kampfgeschick ist überflüssig: Ein Kind streckt einen Riesen nieder, eine Henne legt einen Löwen um, jeder Feigling kann den Tapfersten erschießen. Mit Kampfesglanz ist es für immer vorbei.«[29]

»Nun habe ich aber auch die Meinung gehört«, entgegnete Critilo, »dass heutzutage die Tapferkeit sehr viel höher entwickelt sei als früher, denn wie viel mehr Mut gehört doch dazu, sich vor hunderttausend Feuerschlünde zu stellen, einen Bombardenhagel zu erwarten und zur Zielscheibe von Blitzen zu werden! Das ist doch erst Tapferkeit, mit der verglichen alles Frühere Kinderei war! Heute erst ist doch die Tapferkeit am richtigen Fleck, nämlich in einem unerschrockenen Herzen, während sie früher in einem starken Arm lag, es nur darauf ankam, mehr Kraft zu haben als ein Viehtreiber, so viel Muskeln wie ein Wilder.«

»Eine exotische, verstiegene Ansicht! Wer solches behauptet, täuscht sich durch und durch. Denn was er da als Tapferkeit preist, kennt er offenbar gar nicht, es hat mit tapfer nichts zu tun, sondern ist tollkühn und verrückt.«

»Und ich sage«, pflichtete Andrenio bei, »der ganze Krieg ist etwas für Tollkühne, und deshalb dürfte auch jener große Mann, den man in Spanien den Vorsichtigen nennt, in der ersten und letzten Schlacht, der er in seinem Leben beiwohnte, gesagt haben, als

28 *Bernardo del Carpio:* vgl. S. 459, Anm. 28.

29 *Pulver:* Graciáns Formel ist sehr genau, denn Schwarzpulver besteht aus Schwefel (= Alkrebit), Kalisalpeter und Holzkohle. Als sein Erfinder gilt bekanntlich der Freiburger Mönch Berthold der Schwarze, der dafür 1388 zum Tode verurteilt worden sein soll. Verwendung von Schießpulver in Geschützen ist aber in Europa schon seit 1326 nachweisbar. Die Verwünschung des Pulvers (sp. *»pólvora«*, neben *»polvo«* – »Staub«) ist ein stehendes Thema der Renaissance-Epik (etwa Ariost, *Rasender Roland* XI, 22 f.).

er das Pfeifen der Kugeln hörte: ›Und daran hatte mein Vater Gefallen?‹[30] Viele sind ihm darin gefolgt und sind durch seine so feste Überzeugung in ihrer eigenen bestätigt worden. Stets habe ich sagen hören, TAPFERKEIT und KLUGHEIT hätten, seitdem sie sich entzweit hatten, nie mehr Frieden schließen können: Die eine *geriet aus dem Häuschen* oder fuhr aus der Haut ins Feld, die andere berief sich auf VERNUNFT.«

»Da hast du nicht Recht«, sagte der Tapfere. »Was täte die Tapferkeit ohne die Klugheit? Deswegen gelangt sie im Mannesalter auch zur höchsten Reife, und daher bedeutet Männlichkeit auch Tapferkeit; im Mannesalter ist eben Tapferkeit, was in Jugendjahren Verwegenheit und im Alter Ängstlichkeit ist, hier hält sie eine ausgewogene Mitte.«

Sie gelangten nun zu einem großen Haus, das so fest war wie geräumig. Sie gaben und empfingen das Losungswort, denn dort wurde nach gutem Namen gefragt. Sie traten ein und erschauten zahlreiche Wunder der Tapferkeit, erstaunliche Instrumente des Mutes. Es war eine umfassende Rüstkammer alter und moderner Waffen, sämtlich im Einsatz erprobt und bewährt in den Händen der kampferfahrensten Männer, welche jemals dem Kriegspanier gefolgt waren. Ein großartiger Anblick, all diese Trophäen, bei dem Genuss und Bewunderung wetteiferten.[31]

»Tretet herzu«, sagte er, »erkennt und ermesst solch gewaltiges und gewaltig wirkendes Wunderwerk des Ruhms.«

Im selben Augenblick aber überkam Critilo auch schon eine äußerst schmerzliche Regung, die ihm so sehr das Herz bedrückte, dass es ihm zu den Augen heraustrat. Dem Tapferen entging dies nicht, und er erkundigte sich nach dem Grund dieser Pein. Darauf er:

30 *Vater:* berühmtes Wort Philipps II. über Karl V. anlässlich der Schlacht bei Saint Quentin (span. San Quintín, in der Picardie) von 1557.

31 *Trophäen:* Den Anstoß für die folgende historisch-allegorische Waffenkammer bot wiederum Lastanosa mit seinen reichen Sammlungen. Das Sammeln von Waffen war zunächst vom Schwertadel aus Gründen der Pietät betrieben worden, mit der Verbreitung der Artillerie traten nostalgische Gründe hinzu, seit dem 16. Jh. kam die ästhetische Sammelleidenschaft an den Königshöfen auf (Maximilian, Karl V. u. a.).

»Ist es denn zu fassen, dass alle diese Unheilswerkzeuge gegen ein so schwaches und zerbrechliches Leben geschmiedet wurden? Ja, wenn es darum ginge, dies Leben zu bewahren, dann ließe ich es mir eingehen, dann verdienten sie jegliches Lob. Aber um es zu beschädigen und zu vernichten? Sollten gegen eine *hoja,* gegen ein Blatt, das der Wind verweht, so viele *hojas,* scharf geschliffene Klingen ihre Macht beweisen müssen?[32] Ach, unselige Menschheit, die du ein Siegeszeichen aus deinem Elend selbst machst!«

»Mein Herr, die Schneide dieses Krummschwertes hat den Lebensfaden von König Sebastian durchhauen, der es wert gewesen wäre, hundertmal länger als Nestor zu leben;[33] desgleichen diese andere hier beim unglücklichen Perserkönig Kyros;[34] dieser Pfeil hier durchbohrte König Sancho von Aragón die Flanke und dieser dort dem Sancho von Kastilien.«[35]

»Verflucht sei dergleichen Mordwerkzeug und verwünscht sein Andenken! Ich will sie nicht mit meinen Augen sehen. Gehen wir vorüber!«

»Dieses blitzende Schwert«, sprach der Tapfere unbeirrt weiter, »war das berühmte, das Georg Kastriota trug, und das dort gehörte dem Markgrafen von Pescara.«[36]

»Die möchte ich sehen, die sagen mir zu.«

Und nachdem er sie ausgiebig betrachtet hatte, sagte er:

»Sie kommen mir nicht so ungewöhnlich vor, wie ich dachte, unterscheiden sich nur wenig von den anderen; etliche sah ich von besserer Härtung, die nicht so berühmt waren.«

32 *Klingen:* Anverwandlung und Überhöhung von Hiob 13, 25: »*Contra folium. quod vento rapitur, ostendis potentiam tuam.*«
33 »*Filo*« – »Schneide« und seine Dublette »*hilo*« – »Faden«. – Zu König Sebastian von Portugal, der durch einen maurischen *alfanje* umkam (Corneille hatte das Wort in seinen *Cid*, V. 1297, übernommen), vgl. S. 81, Anm. 16.
34 *Kyros der Jüngere:* unterlag 401 v. Chr. seinem Bruder Artaxerxes II., wovon Xenophons *Anabasis* berichtet.
35 *Sancho Ramírez von Aragón:* kam 1094 bei der Belagerung von Huesca ums Leben. – *Sancho II. von Kastilien:* wurde 1072 vor den Mauern von Zamora ermordet.
36 *Kastriota* (Skander-Beg): vgl. S. 339, Anm. 60. – *Fernando de Ávalos:* Markgraf von Pescara, Gatte der Dichterin Vittoria Colonna, Sieger von Pavia, vgl. S. 105, Anm. 36.

»Du hast eben nicht die zwei Arme gesehen, die sie geschwungen haben: Von ihnen rührt die Berühmtheit.«

Zwei andere sahen sie, die waren von der Spitze bis zum Knauf mit Blut getränkt, und sie waren nahezu gleich.

»Diese beiden wetteifern miteinander, welches in mehr Feldschlachten siegreich war.«

»Und wessen sind es?«

»Das eine ist von König Jaime dem Eroberer, das andere vom Cid, dem Kastilier.«[37]

»Ich halte mich an das erste, weil nützlicher, mag das zweite, weil sagenhafter, mehr Anklang finden.[38] Wo ist das Schwert Alexanders des Großen? Ich möchte es zu gern sehen.«

»Das sucht ihr hier vergebens, es ist nicht da.«

»Wie denn nicht, wo es doch eine ganze große Welt bezwungen hat?«

»Weil es nicht in der Lage war, auch sich selbst zu bezwingen: die kleine Welt. Es siegte über Indien, aber nicht über seinen Jähzorn.[39] Ebenso wenig werdet ihr Cäsars Schwert hier finden.«

»War das denn nicht, wie ich dachte, das erste?«

»Eben nicht. Es setzte seinen Stahl allzu häufig gegen Freunde ein und schlug Köpfe ab, die sehr wohl zu leben verdienten.«[40]

»Einige sind hier, die sind wohl gut, aber scheinen zu kurz geraten.«

»Da wäre Graf von Fuentes aber anderer Ansicht: Für ihn war

37 *König Jaime I.:* vgl. S. 272, Anm. 52. Das Inventar des Hauses Lastanosa verzeichnet »in einem Wandschrank Waffen und Rüstung von König Jaime von Aragón«.

38 *Cid:* Auch wenn das Nachleben des Cid legendäre Züge bekam – der generelle Zweifel an der Geschichtlichkeit der Gestalt verwundert. Pater Mariana, von Gracián selbst in II, 4 als strenger Geschichtsschreiber bezeichnet, hat in seiner *Historia de España* von 1601die Ereignisse um Rodrigo Díaz und Jimena als historisch geschildert (Buch IX, Kap. 5). Ist der »Anklang« eine Spitze gegen Guillén de Castros Dramatisierung von 1618? Von Corneilles 1636 aufgeführten *Cid* (in dessen Vorwort Mariana im Original zitiert wird) dürfte Gracián kaum Notiz genommen haben.

39 *Jähzorn Alexanders:* Seneca, *Brief* 113.

40 *Cäsar:* Die Tat des Brutus ist für Gracián dadurch nicht gerechtfertigt (vgl. S. 336, Anm. 51).

keines zu kurz, man brauchte ja, so sagte er, nur einen Schritt vorwärts zu tun.[41] Diese drei hier stammen von den berühmten Franzosen Pippin, Karl dem Großen und Ludwig dem Neunten.«[42]

»Gibt es sonst keine französischen?«, erkundigte sich Critilo.

»Ich wüsste nicht, dass da noch mehr wären.«

»Aber es gab doch in Frankreich so viele herausragende Könige, so viele Pairs ohnegleichen[43] und so tüchtige Marschälle? Wo sind die Schwerter von Biron Vater und Sohn,[44] wo das Schwert Heinrichs IV.? Warum nicht mehr als drei?«

»Weil einzig diese drei ihre Tapferkeit gegen die Mauren aufgeboten haben, all die andern aber gegen Christen.«[45]

Eines sahen sie tief in der Scheide stecken, wo doch alle andern bloß waren, blitzend oder blutig. Sie machten sich weidlich darüber lustig, doch der Tapfere verwies es ihnen:

»In Wahrheit ist es heldenhaft und wird *per antonomasiam* schlichtweg ›das Große‹ genannt.«

»Wieso ist es nicht entblößt?«

»Weil der Große Kapitän, sein Herr, sagte, die höchste Tapferkeit eines Mannes bestünde darin, sich nicht herausfordern zu lassen und nicht gezwungen zu sein, es zu zücken.«[46]

41 *Pedro Enríquez de Acevedo:* Graf von Fuentes (1525–1610), Generalgouverneur von Flandern; 1595 gelang ihm gegen Heinrich IV. die Einnahme von Cambray. Die Anekdote ist ausführlich in *El Héroe,* Kap. 4, erzählt; sie endet: »Was an Stahl fehlt, wird durch Mut ersetzt.«

42 *Pippin:* wahrscheinlich Pippin der Jüngere, Frankenkönig 751–768, zwang die Langobarden zur Rückgabe der byzantinischen Gebiete in Oberitalien an den Papst (Pippinsche Schenkung). – *Ludwig IX., der Heilige:* schlug 1242 eine von England unterstützte Adelsrevolte nieder, unternahm 1249 den (erfolglosen) siebten Kreuzzug.

43 *»Pares sin par«.*

44 *Biron:* Armand de Gontaut, Baron von Biron (1524–1592), Marschall von Frankreich, in den Religionskriegen auf katholischer Seite, schloss sich später Heinrich IV. an; Charles de Gontaut, Herzog von Biron (1562–1602), zunächst Günstling Heinrichs IV., auch er Marschall von Frankreich, konspirierte mit Spanien und wurde hingerichtet.

45 *Gegen Christen:* der Markgraf von Pescara (oben, Anm. 36) nicht ebenso?

46 *Gran Capitán:* Gonzalo Fernández de Córdoba, dessen Aussprüche gesammelt vorliegen (vgl. S. 89, Anm. 4 und S. 264, Anm. 37).

Ein anderes trug ein glänzendes Ortband aus feinem Gold. Dazu bemerkte er:

»Hiermit schmückte seinen siegreichen Degen der Markgraf von Leganés, als er den *Unschlagbaren* aus dem Felde schlug.«[47]

Andrenio begehrte zu wissen, welches das beste Schwert auf der Welt sei.

»Das ist nicht leicht auszumachen«, meinte der Tapfere, »doch würde ich sagen: das des Katholischen Königs Ferdinand.«

»Und weshalb nicht Hektors oder Achilleus' Schwert«, wandte Critilo ein, »die doch viel berühmter sind und von den Dichtern besungen?«

»Das muss ich zugeben«, seufzte er, »der mangelnde Ruf ist verdrießlich, doch sein Einsatz war ersprießlich, und es erkämpfte die größte Monarchie, die der Weltlauf kannte. Diese Klinge des Katholischen Königs und jener Harnisch von König Philipp dem Dritten können auftreten, wo immer es Waffen gibt: Die eine erwirbt, der andere bewahrt.«

»Was hat es mit diesem heroischen Harnisch von König Philipp auf sich?«

Er wies auf einen solchen, der mit seinen Dublonen und Realen, die wie Schuppen übereinander angeordnet waren, einen prächtig-reichen Anblick bot.

»Dieser hier«, meinte der Tapfere, »war der wirksamste, der wehrsamste Schutzharnisch, den es auf der Welt gab.«

»In welchem Krieg hat ihn denn sein Besitzer angelegt, der doch nie Anlass hatte, sich zu bewaffnen, und sich nie gezwungen sah zu kämpfen?«

»Es war eben, um nicht zu kämpfen, um jeden Anlass zu meiden. Dies war, nach dem Beistand des Himmels, der wichtigste Grund, warum er seine große und glückliche Herrschaft bewahren konnte, ohne dass ihm auch nur ein Zacken aus der Krone gebro-

47 *Leganés:* Don Diego Felipe de Guzmán, Markgraf von Leganés (gest. 1655), Generalkapitän in Flandern, mehrfacher Sieger über die Franzosen in Italien, Oberbefehlshaber des Heeres in Katalonien, wo er 1646 den französischen Vizekönig, Graf d'Harcourt, den »Unbesieglichen«, zur Aufgabe der Belagerung von Lérida zwang (Gracián war als Feldgeistlicher zugegen: vgl. S. 9, Anm. 6).

chen wäre.[48] Bewahren ist nun einmal viel mehr als erobern.[49] Und so sagte denn auch einer seiner bedeutendsten Minister: ›Wer im Wohlstand lebt, braucht nicht zu raffen‹ und ›Handel spart Händel‹.«[50]

Zwischen so viel blitzendem Stahl stach ein recht roher, aber kräftiger Knotenstock ab. Das erregte Andrenios Neugier:

»Wer hat diesen Prügel hierher gebracht?«

»Sein Ruf«, war die Antwort. »Er gehörte nicht irgendeinem Hammelhirten, wie du denken magst, sondern einem König von Aragón, den man den Großen nannte. Er war der Franzosenknittel, er trieb sie zu Paaren.«[51]

Sehr verwunderte sie der Anblick zweier schwarzer, gekreuzter Schwerter inmitten so vieler todbringender blanker.[52]

»Wozu sind denn diese hier«, fragte Critilo, »wo doch sonst alles Ernst ist? Selbst wenn sie von dem brillanten Carranza oder dem geschickten Narváez stammen sollten, verdienten sie diesen Platz nicht.«[53]

48 *Philipp:* Philipp III. (von dem sein eigener Vater gesagt hatte, er sei unfähig zu regieren) wurde von seinen Untertanen der Gute, der Fromme, der Heilige genannt. Nach Carl J. Burckhardts Urteil hat er »während dreiundzwanzig Jahren ein Scheinkönigtum als stiller, trauriger Rollenträger mehr dargestellt als ausgeübt« (*Richelieu*, Bd. III, S. 157). Immerhin gab es ab 1609 einen zwölfjährigen Waffenstillstand mit den Niederlanden. Zu der unter seiner Herrschaft erfolgten Morisken- und Judenvertreibung vgl. S. 333, Anm. 46.

49 *Erobern:* ein von den Theoretikern der Politik vielfach wiederholtes Adagium (ursprünglich im erotischen Sinne bei Ovid, *Ars amatoria* II, 13: »*Nec minor est virtus, quam quaerere, parta tueri*«).

50 *Minister:* Philipp stand sehr weitgehend unter dem Einfluss seines Günstlings Lerma (1618 gestürzt). Dass Gracián gerade diesem vielgehassten Mann (den er nie namentlich erwähnt) zwei Volksweisheiten in den Mund legt, kann nur ironisch verstanden werden.

51 *Franzosenknittel:* Pedro III. (1239–1285) bekriegte die Franzosen in Süditalien (Sizilianische Vesper!). Von Karl von Anjou zum Zweikampf nach (dem damals englischen) Bordeaux gefordert, verkleidete er sich als Hirtenjunge und gab sich erst an Ort und Stelle zu erkennen.

52 *Schwarz:* So wurden die ungeschliffenen Übungsschwerter mit einem Knopf an der Spitze genannt.

53 *Gerónimo Carranza:* Fechtmeister des 16. Jhs., Verfasser einer *Philosophía de las armas*, die das Fechten mathematisch-geometrisch zu begründen suchte; mehrfach in der Bühnendichtung erwähnt; Cervantes spielt auf ihn an im *Don Quijote* II, 19

»Nein, nicht von diesen, sondern von zwei großen, sehr mächtigen Herrschern, die nach vielen Jahren Krieg und gegenseitigem Schädeleinschlagen mit reichlich Verlust an Geld und Leuten genau so dastanden wie zuvor, ohne dass einer dem andern einen Fußbreit Landes abgejagt hätte, so dass es am Ende eher ein Fechterspiel war als ein wirklicher Krieg.«[54]

»Was ich hier vermisse«, meinte Andrenio, »sind die Schwerter vieler Heerführer, die berühmt wurden, weil sie vom einfachen Soldaten zu großem Erfolg aufgestiegen sind.«

»Oh!«, rief der Tapfere, »einige davon finden sich hier durchaus und werden geschätzt: Hier ist das von Graf Pedro Navarro, das andere dort ist von García de Paredes; dort drüben haben wir das des Rittmeisters *Von den Nüssen,* der beileibe nicht so hohl war wie sein Ruf.[55] Und sollten ein paar fehlen, so deswegen, weil sie eher Schläger als Rapiere waren und weil einige eher mit Gold als mit Schwert triumphierten.«[56]

»Was wurde aus dem Schwert von Mark Anton, dem berühmten Römer, dem Rivalen des Augustus?«

»Dieses und andere seinesgleichen liegen auf dem Boden, in Stücke zerbrochen von schwächlichen Händen, weiblichen![57] Han-

und in der Novelle *Der Lizenziat Vidriera* (Übers. A. Rothbauer, S. 356). – *Luis Pacheco de Narváez:* sein Kollege und Konkurrent, Fechtmeister Philipps IV., ebenfalls Verfasser von Fechtschulen, focht mit Quevedo auch politische Sträuße, denunzierte ihn bei der Inquisition, wofür dieser sich in seinem *Buscón* rächte (II, 1).

54 *Herrschern:* Karl V. und Franz I.

55 *Pedro Navarro* (1460–1528): diente sich vom Hirtenjungen zum bedeutenden Heerführer empor, der in Italien und Nordafrika kämpfte; gilt als der Erfinder der Landminen. – *Diego García de Paredes* (1466–1530), der nach eigener Aussage bei seiner Ankunft in Rom niemanden hatte, der ihm zu essen gab, wurde wegen seiner Körperkräfte und seiner Verwegenheit als Heerführer sprichwörtlich. – *Von den Nüssen:* eine reine Sprichwortburleske: *»Fue más el ruido que las nueces«* – »Mehr Lärm als Nüsse«.

56 *»Ganchos«* (»Schläger«) mit dem Nebensinn: »Zuhälter«. – *»Gold«, »Schwert«:* Farben des Tarot.

57 *Mark Anton:* Damit ist römische Geschichte über Gebühr vereinfacht. Ronald Syme schreibt: »Antonius als versklavter Lüstling ist eine Figur der populären Erbauungsliteratur. Kleopatra war weder jung noch schön« (*Die römische Revolution,* S. 253).

nibals Schwert könnt ihr in Capua besichtigen: Es war stählern, doch das Lotterleben hat es wachsweich werden lassen.«[58]

»Was ist das für ein Schwert dort, so gerade und unbeirrbar, nach keiner Seite hin gewunden, dass es als Zünglein an der Waage der Gerechtigkeit erscheint?«

»In der Tat«, war die Antwort, »dieses hieb stets nur geradlinig. Es gehörte dem *non plus ultra* der Herrscher, Karl dem Fünften, der es stets nur für die gerechte Sache aus der Scheide zog. Ganz anders diese Säbel dort, die den Haudegen Mechmed, Süleiman und Selim gehörten: Die haben allweil nur gegen Glaube, Recht und Wahrheit gekämpft und ihre Tyrannei über fremde Staaten errichtet, weshalb sie denn auch so krumm sind.«[59]

»Doch schaut nur, was für ein herrlich vergoldetes Schwert ist denn dieses dort, mit einem smaragdenen Knauf und gänzlich mit Perlen besetzt? Ein prächtiges Stück! Dürfen wir nicht erfahren, wem es gehörte?«

»Dieses«, erwiderte der Tapfere und hob die Stimme, »gehörte dem später ebenso gefeierten wie zuvor befehdeten, doch nie genug geschätzten und belohnten Fernando Cortés, Markgraf von Valle.«[60]

»Ach, das ist es?«, staunte Andrenio. »Wie freue ich mich, es zu sehen! Und ist es aus Stahl?«

»Woraus sollte es wohl sonst sein?«

»Ich hatte gehört, es sei aus Rohr, weil es doch gegen Indios ge-

58 *Capua:* Die *»deliciae«* der Winterquartiere von Capua in Kampanien, in die Hannibal 215 v. Chr. seine Truppen schickte, wurden sprichwörtlich (noch Grillparzer spricht von Wien als dem »Capua der Geister«). Auch dies ist nur ein Allgemeinplatz der Moralprediger: Hannibal hat noch 32 Jahre weitergekämpft.

59 *Krumm:* In Lastanosas Sammlung befanden sich mehrere reich verzierte Krummschwerter, Geschenke des Sultans an spanische Gesandte. – *Mechmed II.* (1430–1481): eroberte Konstantinopel, Serbien und Griechenland. – *Süleiman II.*, gen. der Prächtige (1495–1566): eroberte Rhodos, Belgrad, Ungarn, belagerte Wien, organisierte in großem Stil sein Reich. – Unter seinem weniger bedeutenden Sohn Selim II. (1524–1574) wurde Zypern erobert.

60 *Hernán Cortés:* zum Eroberer Mexikos vgl. S. 440, Anm. 14. Im neunten seiner *Marokkanischen Briefe* (veröff. 1789) wird noch der Aufklärer José Cadalso ein vehementes Plädoyer für Cortés halten.

kämpft hat, die mit Holzschwertern fochten und Lanzen aus Schilfrohr schleuderten.«

»Nun, die Wohlbegründetheit eines Rufes hat noch immer über die Eifersucht gesiegt, da mögen diese oder jene sagen, was sie wollen. Dieses Schwert hat mit seinem Gold allen Schwertern Spaniens zu Stahl verholfen, und dank seiner haben sie alle anderen in Flandern und der Lombardei zerspringen lassen.«

Jetzt sahen sie eines, ganz neu und glänzend, das drang durch drei Kronen und bedrohte schon weitere.

»Das ist aber ein heldenhaft gekröntes Schwert!«, rief Critilo. »Und wer war der Kühne und der Glückliche, der es besaß?«

»Wer konnte es sein außer dem modernen Herkules, dem Sohn des Jupiters von Spanien, der der Monarchie Jahr um Jahr eine Krone zurückerobert?«[61]

»Welches ist dieser Dreizack, der inmitten der Wasser Feuerblitze schleudert?«

»Das ist der starke Herzog von Alburquerque, der durch seine Tapferkeit an den Ruf seines Vaters heranreichen möchte, den dieser sich durch sein Regiment in Katalonien erworben hat.«[62]

»Was für ein Bogen wäre wohl das dort, der in Stücken am Boden liegt und alle seine Harpunen stumpf oder abgebrochen? So klein, wie er ist, scheint er ein Knabenspielzeug, aber seiner Stärke nach muss er von einem Giganten sein.«

»Dies«, war die Antwort, »ist eine der heroischsten Trophäen der TAPFERKEIT.«

»Was ist aber dabei«, rief Andrenio, »einen Knaben zu besiegen und zu entwaffnen? Das ist doch keine Heldentat. Und schaut

61 Juan José de Austria hatte Neapel gegen den Herzog von Guise, Katalonien gegen Ludwig XIII. und Portugal gegen den Herzog von Braganza verteidigt (Letzteres erfolglos, doch die Schmeichelei gilt dem Widmungsträger dieses ZWEITEN TEILS. Vgl. S. 277, Anm. 2).

62 *Alburquerque:* vgl. S. 139, Anm. 8. – Dass die katalanische Revolte ihre Gründe vor allem in der Verarmung der Bevölkerung hatte, was Banditenwesen und Auswanderung nach sich zog, steht auf einem andern Blatt.

nur, da liegt ja Herkules' Keule zerbrochen, Jupiters Blitz zerspellt, Pablo de Paradas Schwert zerstückt!«[63]

»O ja! Der Knabe ist sehr stolz, und je nackter, desto bewehrter; je schwächer, desto stärker; umso grausamer, je mehr Tränen er vergießt; umso treffsicherer, je blinder. Glaubt mir, es ist ein großer Triumph, über den zu siegen, der alle besiegt.«

»Nun sag uns auch: Wer hat ihn besiegt?«

»Wer? Unter Tausenden einer: Phönix der Keuschheit, ein Alfons, ein Philipp, ein Ludwig von Frankreich.[64] Was sagt ihr wohl zu dieser Schale dort, die in Scherben über den ganzen Boden verstreut liegt?«

»Noch so ein Heldenstück«, meinte Andrenio, »obendrein aus Glas! Das machen doch die Pagen hundertmal am Tag.«

»In Wahrheit«, sagte der Tapfere dagegen, »musste das ein ganz besonders Starker sein, der mit dieser da ins Gefecht zog: Mehr als einen hat er damit niedergezwungen, und der größte Schwertschwinger war für ihn nicht mehr als eine Mücke.«

»Wie, war Zauberei im Spiel?«

»Nein, nur hat er etlichen den Verstand verzaubert und benebelt. Nie hat Circe so viele Zaubertränke verabreicht wie ein gewisser Alter mit dieser Schale.«

»Und worin hat er die Leute verwandelt?«

»Die Männer in Affen, die Weiber in Wölfinnen. Ein ganz spezielles Gift ließ er verströmen, das auf den Körper gezielt war und doch die Seele traf, für den Bauch gedacht war und doch aufs Gemüt schlug. Oh, wie so manchen Weisen hat er nicht irre reden lassen! Das Gute daran war noch, dass alle Besiegten sehr guter Dinge blieben.«

»Gut also, dass er am Boden liegt, der so viele niederzwang. Dies sei ein Ruhmestitel für die Spanier.«[65]

63 *Parada:* Wie dieser Heerführer und Freund des Autors (vgl. S. 9, Anm. 5) von Amor zur Strecke gebracht wurde, entzieht sich unserer Kenntnis.
64 *Alfons II.*, gen. der Keusche (759–842): König von Asturien und León. – *Philipp III.:* vgl. Anm. 48. – *Ludwig IX.:* vgl. Anm. 42.
65 *Gift:* In der Tat war und ist Trunkenheit in Spanien seltener als bei anderen Völkern.

»Und die dort drüben, was sind das für Waffen?«, fragte nun Critilo. »Man errät wohl ihren Wert an ihrem Ansehen, sie werden ja in goldenen Schränken aufbewahrt.«

»Ja das«, gab der Tapfere zur Antwort, »das sind wohl die besten, denn sie sind zur Verteidigung.«

»Was für stolze Schilde!«

»Dabei sind die meisten *escudos.*«[66]

»Der Erste hier scheint aus Kristall.«

»Jawohl, und wenn man ihn dem Feind entgegenhält, so blendet er ihn und zwingt ihn in die Knie. So war es wirklich und wahrhaftig, als der gute Kaiser Ferdinand der Zweite über den Stolz Gustav Adolfs und etlicher anderer triumphierte.«[67]

»Diese anderen dort, so kurz und mondförmig, von wem sind die wohl? Sie sehen recht mondig-wunderlich aus.«

»Die waren von Frauen.«

»Von Frauen?«, wunderte sich Andrenio, »hier, zwischen so viel Tapferkeit?«

»Ja, denn die Amazonen waren, weil ohne Männer, mehr als Männer; wie auch die Männer, wenn unter Frauen, weniger sind als Frauen. Den ihr hier seht, der muss verzaubert sein, denn man kann ihm noch so viele Hiebe versetzen, auch die Schläge des Schicksals selber machen ihn nicht schartig: Er hat die Geduldsprobe von Gonzalo de Córdoba ausgehalten.[68] Schaut auch noch diesen glänzenden hier an.«

»Der dürfte zeitgenössisch sein.«

»Und er ist undurchdringlich: der Schild des weitblickenden Markgrafen von Mortara, der mit seiner großen Ausdauer Katalonien zurückgeholt hat.[69] Dieser gestählte Rundschild, in den so viele Taten und Triumphe eingegraben stehen, gehörte dem ersten Grafen von Ribagorça, dessen besonnene Tapferkeit neben

66 *Escudos:* vgl. S. 459, Anm. 27.

67 *Gustav Adolf:* fiel in der Schlacht bei Lützen am 6. November 1632. Quevedo widmete ihm ein Sonett (ed. J. M. Blecua, Nr. 262).

68 *Gonzalo de Córdoba:* musste 1504 seine Absetzung als Vizekönig von Neapel durch Ferdinand den Katholischen verkraften.

69 *Mortara:* vgl. S. 106, Anm. 38.

einem solchen Vater und einem solchen Bruder durchaus bestehen konnte.«[70]

Neugierig machte sie die Inschrift, die auf einem Schild zu lesen war: *Aut cum hoc aut in hoc.*

»Das war der edle Wahlspruch jenes großen Königsbesiegers, der damit sagen wollte: entweder mit dem Schild siegreich oder auf ihm tot.«[71]

Mit Belustigung sahen sie auf einem anderen Schild ein Pfefferkorn als Wahrzeichen gemalt.

»Wie soll das denn der Feind erkennen können?«, fragte Andrenio.

»O doch«, lautete die Antwort, »der famose General Francisco Díaz Pimienta rückt dem Feind so dicht auf den Leib, dass er ihn seine beißende Stärke erkennen und durchaus auch schmecken lässt.«[72]

Ein Schild hatte die Form eines Herzens.

»Der muss wohl von einem rasend Verliebten stammen«, meinte Andrenio.[73]

»Es war nur ein durch und durch Beherzter; ich spreche von jenem großen Nachfahren des Cid, Erben seines trefflichen Mutes, dem Herzog von Infantado.«[74]

Dann gab es da einen Rundschild, der war aus recht ausgefallenem Material.

70 Auf die »Schildbeschreibung« (Ekphrasis), wie sie in antiken Epen üblich war, verzichtet Gracián. – *Alonso de Aragón, Graf Ribagorça* (1470–1520): Ihm werden »Strenge und Güte« als Vizekönig von Katalonien nachgesagt. Er war der natürliche Sohn von König Johann II. von Aragón, gen. der Große (1398–1479), für den er 1471 eine Schlacht gegen die Katalanen gewann. Sein Halbbruder war Ferdinand der Katholische.

71 Von Plutarch überlieferter Ausspruch einer spartanischen Mutter, den sich der Markgraf von Pescara, Sieger über Franz I. bei Pavia (vgl. S. 105, Anm. 36 und *Agudeza* 57) zur Devise erkoren hatte.

72 *Díaz Pimienta:* Admiral der Indienflotte, siegte 1641 über die Engländer, kam 1652 bei der Belagerung von Barcelona ums Leben.

73 *»Amartelado«* – »verliebt« gehört zu *»martillo«* – »Hammer«. Auch im älteren Italienisch hatte *»martello«* die Bedeutung »Liebesqual« angenommen (wörtlich: »behämmert«, »beklopft«!).

74 *Infantado:* vgl. S. 138, Anm. 3.

»Das ist«, so erfuhren sie, »Elefantenohr. Solches verwendet der Markgraf von Caracena, um gleichwertig mit seiner hohen Klugheit gewappnet zu sein.«[75]

»Der Helm dort ist aber glänzend!«, rief Critilo voller Bewunderung.

»Allerdings ist er das«, sagte der Tapfere, »und König Peter von Aragón tarnte damit so kunstvoll seine Absichten, dass für ihn gilt: Wären sie je mit dem Helm in Berührung gekommen, er hätte ihn unverzüglich vernichtet.«[76]

»Was für eine Sturmhaube ist das dort, so geräumig und so stark?«

»Die stand einem großen Haupte zu, niemand Geringerem als Herzog Alba, einem Mann von starkem Willen, der nicht nur seinen Feinden, sondern auch seinen eigenen Leuten zu widerstehen wusste, im Unterschied zu Pompeius, der sich gegen seinen Willen auf die Schlacht mit Cäsar einließ.«

»Was dort so schimmert, ist das womöglich der Helm des Mambrin?«[77]

»So undurchdringlich, wie er ist, könnte er es sein. Er gehörte Felipe da Silva, von dessen großem Haupte der wackere Marschall de la Mothe sagte, es bereite ihm mehr Sorge, als seine von der Gicht behinderten Füße ihm Sicherheit verschafften.[78] Schaut euch auch diesen Schutzhelm des Markgrafen Spinola an mit der vorzüglichen Nasenberge: So schützte ihn ja sein Spürsinn, als er das lebhafte Interesse Heinrichs des Vierten, ohne die Unwahrheit zu sagen, abzulenken vermochte.[79] Alle diese Rüstungen sind für den Kopf gedacht, passen eher zu Leuten mit Verstand als zu waghal-

75 *Caracena:* vgl. S. 413, Anm. 32.
76 *Peter von Aragón:* vgl. S. 219, Anm. 49.
77 *Mambrin:* Legendärer Maurenkönig, von Renaud von Montauban erschlagen. Der berühmte Helm, auch Tarnhelm, gelangte aus dem Umkreis der *Haimonskinder* in die italienische Epik, in das anonyme *Innamoramento di Rinaldo,* zu Pulci, Boiardo (*Orlando innamorato* I, 4, 82) und Ariosto (*Orlando Furioso,* XVIII, 151), von da in den *Don Quijote* (I, 21). Gracián hat dafür natürlich nur Spott.
78 *Felipe da Silva:* vgl. S. 340, Anm. 62. – *La Mothe-Houdancourt:* vgl. S. 9, Anm. 6.
79 *Spinola:* vgl. S. 222, Anm. 60. – Schönes Beipiel für Graciáns allegorische Phantasie: Die Nase ist der Sitz des Scharfsinns.

sigen Burschen. So bedeutsam sind sie, dass dieses Archiv deswegen im besonderen *Retrete del Valor* heißt.«[80]

Hier nun sahen sie zahlreiche Spielkarten zerrissen auf dem Boden liegen, ihre *Pferde* und ihre *Könige* zertrampelt.

»Mir will scheinen«, meinte Andrenio, »ich höre dich schon eine große Schlacht preisen, die hier geliefert wurde, und den großen Sieg, den man erfocht.«

»Zumindest wirst du mir nicht bestreiten«, erwiderte der Tapfere, »dass es hier *Zwist* gegeben hat, bei dem immer *Schwerter* und *Gold* im Spiel sind und es zu *Prügeleien* kommt. Scheint dir nicht auch, dass viel *Kraft* dazu gehörte, ein ganzes *Spiel Karten* in die Hand zu nehmen und es auf einmal zu *zerreissen?*«

»Das scheint mir doch eher ein *Kraftakt* von Don Gerónimo de Ayanzo zu sein als eine heroische *Tapferkeit.*«[81]

»Zumindest dürfte es der Tag seines größten Gewinns gewesen sein. Und sei versichert, es gibt keinen mutigeren Streiter als den, der Streit zu vermeiden weiß, und keinen besseren Weg aus der Gefahr als den, sich nicht zu gefährden. Willst du nicht vielleicht das größte Heldentum von der Welt sehen? Komm und schau dir diese Kleinodien an, diese Prunkgewänder, all diese stolze Pracht, die hier auf dem harten Boden liegt und mit Füßen getreten wurde.«

»Das sieht nach Frauenschmuck aus«, meinte Andrenio. »Was war das wohl für ein großer Sieg, ein Raub an weiblicher Schwäche, ein Triumph über liebliche Zartheit? Wo wurden denn hier Harnische zerhauen, wo Helme zerbeult?«

»O doch!«, rief der andere, »das hieß triumphieren über eine

80 *»Retrete«* (modern: »Ritirata«, »Toilette«) hier: »Gesonderter Raum«, »Kammer«. Solche Rüstkammern finden sich in dem Ritterroman *Palmerín de Inglaterra* des Portugiesen Francisco Morais Cabral (um 1544; Cervantes, *Don Quijote* I, 6, wird ihn als einen der wenigen Romane gelten lassen), später in John Bunyans *Pilgerreise* (1678).

81 Eine ganze Kette von Doppeldeutigkeiten: *»caballo«* – »Pferd« und »Dame«; *»barajas«* – »Zwist« und »Kartenblatt«; *»espadas«* – »Schwert« und »Pik«; *»oros«* – »Gold« und »Karo«; *»palos«* – »Prügeleien« und »Trümpfe«; *»valor«* – »Tapferkeit« und »Körperkraft«; *»tronchar«* – »zerreissen« und »schlichten«. – *Ayanzo:* wohl ein Bekannter Graciáns.

ganze Welt und sich zurückziehen in den Himmel von Seiten der hochgepriesenen Schönheit einer durchlauchtigsten Frau Infantin, Schwester Margarethe vom Kreuz, gefolgt von Schwester Dorothea, Österreichs höchster Zierde, welche nun keine Engel mehr waren, sondern Seraphim im seraphischen Orden.[82] Siegeszeichen großer Tapferkeit sind auch diese verstreuten Pfauenfedern und stolzen Reiherbüsche, Kopfschmuck der Überheblichkeit, nunmehr bloße Überbleibsel einer überwundenen törichten Eitelkeit.«[83]

Am allermeisten aber beeindruckte sie der Anblick einer scharf geschliffenen Sense, die in Stücke geschlagen war.

»Das ist ein wahrhaftiger Triumph!«, riefen sie, »dass es bei einem christlichen *Mohren* und einer schottischen Königin genug Tapferkeit gibt, um selbst den Tod zu verachten.«[84]

Nun gingen sie daran, sich zu wappnen, die beiden Eroberer des VIRTELIA-Berges. Sie wählten sich Waffen, starke Licht- und Wahrheitsschwerter, die gleich einem Feuerstahl Blitze sprühen konnten, undurchdringliche Standhalteschilde, unspaltbare Besonnenheitshelme, unbesiegliche Kraftharnische. Vor allem aber stattete der Klug-Tapfere sie mit zahlreichen hochgesinnten Kürassherzen aus, denn für den Bedrängten gibt es nun einmal keine bessere Gesellschaft.[85] Wie Andrenio sich so wohl gewappnet sah, rief er laut:

»Jetzt ist nichts mehr zu fürchten.«

82 *Margarethe:* Tochter Maximilians II. von Österreich. Späte Liebe Philipps II., entzog sie sich 1581 seinem Werben durch den Eintritt ins Franziskanerinnenkloster (= »seraphischer Orden«) von Madrid (vgl. *Agudeza* 6). – *Dorothea:* ihre Nichte, Tochter Rudolfs II., tat es ihr 1624 nach.

83 Wer hiermit gemeint war, muss offen bleiben.

84 *Mohren:* Thomas Morus, Lordkanzler Heinrichs VIII., wurde 1535 wegen Verweigerung des Suprematseides hingerichtet (über seine *Utopia* von 1516 äußert sich Gracián leider nicht). – *Königin:* Über das Schicksal der 1587 hingerichteten Maria Stuart konnten Spanier in dem Werk von Padre Rivadeneyra, *Historia del cisma del reino de Inglaterra,* 2. Bd, 1593, Kap. 40 lesen. Das geringe Echo des Ereignisses in der spanischen Literatur ist verwunderlich.

85 *»Coraza«* – »Panzer«, »Kürass«; *»corazón«* (»Herz«) als Augmentativ von *»coraza«* verstanden.

»Nur das Böse«, bekam er zur Antwort, »und das Ungerechte.«

Große Freude bekundete auch Critilo.

»Du hast Recht, dich zu freuen«, durfte er hören, »denn mögen auch bei einem Mann alle anderen Vorzüge zusammentreffen: Weisheit, Adel, Umgänglichkeit, Reichtum, Freundschaft, Intelligenz – wenn die Tapferkeit sie nicht begleitet, bleiben alle frucht- und nutzlos. Ohne *valor* hat nichts *Wert,* bleibt alles ohne Erfolg.[86] Da mag GUTER RAT diktieren, UMSICHT vorauseilen: Wenn TAPFERKEIT nicht ausführt, verschlägt nichts davon. Deshalb hat die weise Natur es so eingerichtet, dass Herz und Hirn bei der Ausbildung des Menschen zugleich einsetzen, damit Denken und Handeln vereint sind.«

Während er ihnen dies noch auseinander setzte, wurde seine Rede unversehens von lautem Alarm unterbrochen, der von allen Seiten ertönte. Schleunigst eilten sie, die Waffen aufzunehmen und sich auf ihre Posten zu begeben. Was es war und was ihnen da geschah, wird die nächste Krisis uns sagen.

86 *»Sin valor, nada vale«*. Das spätlat. *»valor«* hat das klassisch-lat. *»fortitudo«* ersetzt und in allen romanischen Sprachen sowie im Englischen Aufnahme gefunden; überall (mit Ausnahme des Englischen) ist dort auch das Nebeneinander der Bedeutungen »Tapferkeit« und »Wert« anzutreffen. Vgl. M. Wandruszka, *Der Geist der französischen Sprache,* 1959, Kap. V.

Neunte Krisis

Schaubühne der Abartigkeiten

Pasaba un río (y río de lo que pasa) – Ein Fluss floss zwischen zwei Ufern (er hatte gut fließen, alles verfließt doch für ihn), das eine mit Blumen besteckt, das andere mit Früchten bestanden: Gefilde der Wonnen das eine, das andere gesicherte Bleibe. Dort, auf der Blumenseite, wanden sich Vipern zwischen den Rosen, Nattern zwischen den Nelken, lauerte gieriges Getier, wem es schaden könnte. Inmitten so augenscheinlicher Gefahren aber lag und ruhte sich ein Mensch, falls denn ein Tor ein solcher ist, denn wo er den Fluss überqueren und sich ans andere Ufer retten konnte, blieb er unbekümmert hüben, pflückte Blumen, kränzte sich mit Rosen und warf von Zeit zu Zeit einen Blick auf den Fluss, um zu schauen, wie Kristall vorüberschwimmt. Wohl rief ein Verständiger ihn an, wies ihn auf seine Gefährdung hin und forderte ihn auf, doch besser heute als morgen zum andern Ufer zu wechseln. Doch töricht, wie er war, gab er zur Antwort, er wolle lieber abwarten, bis der Fluss aufhöre zu fließen, um trockenen Fußes hinüberzugelangen.

Du höhnst über diesen Fabeltoren? So wisse denn, der eigentliche Tor bist du! Du selber bist der, den du verlachst. Dein Wahn ist ungeheuer, denn wer dich dringlich bittet, die Gefahren des Lasters zu meiden und dich auf die Seite der Tugend zu retten, dem antwortest du, du wollest warten, bis der Strom des Bösen innehielte![1] Gefragt, warum er es nicht fertig bringe, mit der Vernunft ins Reine zu kommen, erwidert ein anderer, er wolle warten, bis der Sturzbach seiner Leidenschaften versiegt sei: wozu denn

1 Eine eigentlich gattungswidrige direkte Ermahnung an den Leser bei der Ausdeutung der Fabel: Hinweis auf die latente Präsenz der Kanzelrhetorik im *Criticón*, mit der Gracián nicht nur praktisch, sondern auch theoretisch aufs Beste vertraut war. Die aristotelische Empfehlung an den Redner: *Argument und Demonstrationsbeispiel*, wurde in der Predigt des 17. Jhs. gerne durch emblematische Techniken angereichert.

heute den Pfad der Tugend betreten, wo man morgen wieder zum Laster zurückmüsse? Eine andere, an ihre Pflichten erinnert, an die Schande, die sie daheim, und das Aufsehen, das sie draußen hervorruft, sagt lediglich, sie schwimme doch mit dem Strom, so sei es doch üblich, und mit dem Alter komme sicher auch ein wenig Vernunft. Da beruhigt sich mancher, der nichts fürs Studium tut, und fragt, wozu er sich denn mühen soll, wo doch Wissen nicht belohnt und Mühe nicht anerkannt werde. Da entschuldigt sich manch anderer, kein Mann von Substanz zu sein, und sagt, das sei doch niemand mehr, alles gehe doch dahin, Tugend sei außer Gebrauch, alle würden lügen und betrügen, schmeicheln und sich bereichern, er lasse sich nur mittreiben in der gemeinen, der allgemeinen Schlechtigkeit. Der Richter wäscht seine Hände in Unschuld: Angesichts der allgemeinen Verkommenheit sei Gerechtigkeit unmöglich, da wisse man ja nicht, wo anfangen. So warten alle ab, dass die Laster sich von selber legen, um aufs Tugendufer zu wechseln. Aber solange es noch Menschen gibt, werden eher die Flüsse stillstehen, als dass die Übel auf der Welt aufhörten und die Ärgernisse abflauten. Das Richtige, es lautet: dem Wasser entgegen und unerschrocken zum andern Ufer, dem Port glücklicher Geborgenheit. –

Nunmehr kämpften also die beiden Krieger unverzagt (ist doch das menschliche Leben nichts als *militia* gegen *malitia,* ist *Kampf* gegen *Krampf, Einsatz* gegen *Aussatz*[2]): *Denn es hatt' Alarm gegeben; und dreihundert wilde Monstren waren des Getöses Ursach'; doch mit des Verstandes Strahlen deckten sie die Ränke auf,* ihre Türmerwachsamkeit entfachte die Feuer ihres Eifers und diese wiederum beider Tapferkeit,[3] so dass sie sie unerschrocken attackierten und

2 Weiterentwicklung von *Hiob* 7, 1: »*Militia est vita hominis super terram*«. »*Malitia*« (sp. »*malicia*«) bedeutet »Schlechtigkeit«, »Bosheit« (erst später abgeschwächt auch »Schalk«, »Schelmerei« wie in »maliziös«). Vgl. *Handorakel* 13: »Ein Krieg ist das Leben des Menschen gegen die Bosheit des Menschen« (Schopenhauer). Die Paronomasie *milicia – malicia* ist mehrfach vor Gracián belegt. Es ist ein stoischer Gemeinplatz.

3 Paraphrase von Góngoras Romance Nr. 23 *Servía en Orán al Rey / un español con dos lanzas.* Der Spanier lag in den Armen einer »*gallarda africana*«, als Alarm er-

so lange vor sich herjagten, bis sie von ihrem Ungestüm getrieben sich vor den Toren eines wundervollen Palastes wiederfanden, der vornehmsten *Fabrik* der Welt, dem Kunstvollsten und Bestgebauten, das sie je sahen, und dabei hatten sie doch schon so manches gesehen. Er nahm die Mitte ein auf einer lieblichen Aue, einer von denen, die dem Paradies nacheifern und die Genuss sich ungern vorenthält; sein Baustoff war wohl Lehm, doch verleugnet von der Meisterschaft der Kunst, und so ließ er selbst den Sonnenball weit hinter sich. Erstellt von einem großen Künstler, war dies mithin ein Werk für einen großen Fürsten.[4]

»Sollte dies wohl«, mutmaßte Andrenio, »die so vielgepriesene Burg VIRTELIAS sein? Etwas so Vollkommenes kann schlechterdings nur ihrer großen Vollkommenheit zur Wohnstatt dienen, der Epizyklus ist nicht anders beschaffen als der Stern.«

»Aber nein!«, rief Critilo: »Dieser hier steht am Fuß des Berges, der andere oben am Haupt; der dort gipfelt zum Himmel auf, dieser hier rührt an den Höllenschlund; der dort steht im Kargen, dieser hier im Wonnepfuhl.«

Wie sie solches noch unter sich erörterten, schob sich aus dem stattlichen Tor des Palastes eine Nase von mehreren Ellen Länge hervor, an deren Ende ein kaum halbellenhohes Männchen klebte. Wie dieses sah, dass sie verwundert waren, hob es an zu sprechen:

»Ich weiß gar nicht, worüber. Es gibt doch auch Menschen mit großem Herzen oder mit großer Brust. So bin ich eben einer mit großer Nase.«

»Ein großer Rüssel«, meinte Critilo, »schien mir allemal ein Zeichen für viel Gerassel.«

»Oho!«, gab der Kleine zurück, »es ist durchaus auch ein guter Schlüssel: Ihr werdet sehen, wie er euch Wege öffnet. Kommt nur mit mir.«

tönte: »Und dreihundert wilde Berber / waren des Getöses Ursach; / in des Mondes nächtlich Strahlen / blinkten hell die blanken Schilde; / und die Schilde melden's weiter / an die stummen Wächtertürme, / von den Türmen zu den Feuern, / von den Feuern zu den Glocken; diese wecken den Verliebten...« (ähnlich wie in Rilkes *Cornet*).

4 Allegorie der ERDE.

Das Erste, worauf sie in der Vorhalle stießen, war ein Stall, aber kein bestellter, vielmehr voll gestellt mit allerlei glitterigen Leuten, die viel hermachten und noch mehr vormachten, alle aber sich behaglich mit dem Großvieh suhlten und sich vor dem schlechten Geruch dieses unappetitlichen Raumes keineswegs ekelten.

»Was soll das!«, rief Critilo. »Das sind doch *Personen.* Wieso halten die sich an so gemeinem Orte auf?«

»Nun, es macht ihnen Vergnügen«, antwortete der Satyr.

»Das macht ihnen Vergnügen?«

»Ja, denn die Mehrzahl der Menschen sucht sich für ihr Leben lieber drunten die eklen Koben ihrer tierischen Lüste aus als droben den goldenen Saal der Vernunft.«

Drinnen hörte man nichts als wildes Gekreisch und Gebrüll; was immer man verstand, waren Abartigkeiten. Unerträglich der Gestank, der von dort ausging.

»O trügerisches Haus!«, rief Andrenio. »Von außen hui, von innen pfui!«

»Ihr müsst wissen«, sagte der Satyr, »urspünglich war dieser schöne Palast für die Tugend geplant, doch das Laster hat sich darin breit gemacht und treibt nun Schindluder mit ihr. Und so werdet ihr's immer erleben, dass es sich da einnistet, wo am meisten Schönheit und Adel ist: Den zierlichsten und anmutigsten Leib, der Tugend zur schönen Wohnung geschaffen, ihr findet ihn voller Unzucht; den höchsten Edelsinn, voller Niedrigkeit; den höchsten Wohlstand, voller Schäbigkeit.«

Darüber waren sie schon nahe daran, weiteren Einlass aus Furcht vor Einlassung abzulehnen, als eines dieser Monstren sie anredete:

»Davor braucht euch nicht bange zu sein, hier gibt's für alles immer einen Ausweg, und ich bin der, der noch für jeden, der sich einlässt, einen findet. Dem Jüngferchen rede ich zu seiner Schande zu, indem ich ihm sage, es werde schon nicht an einer Freundin oder mitleidigen Tante mangeln, auf die Verlass sei; dem Mörder, er solle nur meucheln, da finde sich zuverlässig einer, der ihm den Rücken decke; dem Dieb, er solle nur stehlen, einer werde sicher hehlen; dem Straßenräuber, er solle tüchtig schröpfen, irgendeine mitleidige Seele werde sich bestimmt vor Gericht für ihn verwenden; dem Spieler, er solle kräftig setzen, da werde schon ein Freund, ein feindlicher, für ihn einstehen. Mag mithin der Abgrund, auf den sich einer einlässt, noch so tief sein, ich schildere jedem den Absprung leicht; mag der Irrgarten noch so tückisch sein, ich gebe jedem den goldenen Faden an die Hand. Keine Klemme ohne Ausweg. Also: Ihr könnt euch ganz auf mich verlassen. Nur herein mit euch, nur eingelassen, ich lasse euch wieder auf.«

Critilo hatte kaum den Fuß ein Stück hineingesetzt, da stieß er auch schon auf ein beängstigendes Untier. Das hatte nämlich die Ohren eines Advokaten, die Zunge eines Prokurators, die Hände eines Notars und die Füße eines Gerichtsvollziehers.

»Nimm Reißaus«, schrie der Satyr, »jeder Rechtsstreit ist ein Ausriss!«

Betroffen traten sie zurück, da näherte sich ihnen ein anderes Monster, das sie sehr artig und zuvorkommend bat, sie möchten nur gefälligst die Güte haben, sich herbeizubemühen, sie seien gewiss nicht die ersten, die aus schierer Gefälligkeit auf Abwege gerieten.

»Und wollt ihr's nicht glauben, so erkundigt euch nur bei diesem dort drüben, der doch ein gesetzter und verständiger Mann zu sein scheint, wie er seine Habe verspielt hat und danach Ehre und Frieden seines Hauses.«

Und der gab ihnen Bescheid:

»Ach ihr Herren, sie baten mich, den *cuarto* zu machen, den vierten Mann, der ihnen fehlte, und ich habe alle meine *cuartos,* meine Vierer von zu Hause dabei durchgebracht, damit sie mich nur ja nicht für einen Muffel hielten.[5] Ich habe mitgespielt, habe auch gestochen, freilich nur mich selbst, statt Aufsehen hatte ich nur das Nachsehen; ich wollte es wettmachen und machte doch nur bankrott. Aus schierer Gefälligkeit.«

»Erkundigt euch auch bei dem dort, der sich so viel auf seinen Verstand zugute hält, wie er über seiner närrischen Liebschaft Gesundheit, Ansehen und Habe verlor.«

5 *»Cuarto«:* »Münze«, aber auch »Zimmer«.

Und von ihm mussten sie hören, er habe sich, nur um nicht ungefällig zu erscheinen, auf erste Schritte eingelassen, dann auf Umgang und schließlich auf den Fehltritt, aus schierer Gefälligkeit. Sie ihrerseits gab an, sie sei, nur um nicht beschränkt zu erscheinen, auf Worte wie auf Briefchen eingegangen; der Ehegatte habe, nur um nicht tölpelhaft zu erscheinen, sich alles mit dem vielen Kommen und Gehen in seinem Hause erklärt; der Richter schließlich habe, nur um nicht ungefällig zu erscheinen, einem mächtigen Interzessoren zuliebe Unrecht gesprochen.

»Ihr seht, Unzählige in der Welt sind auf Abwege geraten, aus schierer Gefälligkeit.«

Unter solchen Reden und tausend Bücklingen nötigte er sie zum Eintreten. Es war dies ein so geräumiges Atrium, dass eine ganze Welt darin Platz fand, die berühmte Schaubühne der Abartigkeiten. Deren Ausmaß stand ihrer Zahl nicht nach, sie aber fanden an ihnen weit mehr Bestürzendes als Bestechendes, und sie mussten Dinge sehen, die sie wohl oft gesehen hatten und doch nicht sehen konnten. An erster Stelle, nein: es war die letzte, wälzte sich eine scheußliche, selbst für Hydra entsetzliche Schlange schon so lange in ihrem Gift, dass ihr Flügel gesprossen waren und sie sich in einen Drachen verwandelte, der mit seinem Pesthauch die Welt infizierte.

»Fürchterlich«, murmelte Critilo, »dass aus dem Schwanz der Schleiche noch der Basilisk hervorwächst und aus dem Nachlass der Natter noch der Drache kriecht! Was ist das für eine Scheußlichkeit?«

»Wie man deren auf Erden täglich erlebt«, antwortete der Satyr. »An dem Tag, wo so eine mit der eigenen Sittenlosigkeit aufhört, macht sie mit einer fremden weiter. Schluss mit den schönen Augen, weil Schluss... mit den schönen Augen. Die Flügel steckt sie einer jungen Flüggen auf und *wirft Schatten auf die neu erstrahlten Sonnen.*[6] Hat der Spieler sein reiches Erbe erst verspielt, flugs eröffnet er ein Spielhaus, teilt Karten aus, *putzt die entflammten Ker-*

6 Die Kupplerin. – Der Schluss der Satzperiode hat Verscharakter (Elfsilbler: »*y haze sombra a los soles que amanecen*«).

zen,[7] zieht allen das Fell über die tauben Ohren.[8] Der Possenreißer mausert sich gar bald zum Scharlatan und Gaukler; der Raufbold zum Meisterstecher; das Schandmaul zum Meineidigen; aus dem Müßiggänger wird endgültig ein Schildträger;[9] aus dem Neider ein Hauptdenunziant; der Niederträchtige endet im Grünen Buch,[10] und noch aus jedem Zecher ist ein Schankwirt geworden, der andern Zechern ihren Wein verpanscht.«

Im Umhergehen sahen sie ungeheuer Hässliches. Entsetzen empfanden sie beim Anblick eines Weibes, das aus zwei Engeln zwei Dämonen machte, ich will sagen, zwei vom Teufel gerittene Mädchen; sie zog ihnen die Haut ab und briet sie auf heißem Feuer, dann schlug sie ohne jeden Abscheu ihre Zähne hinein und schlang die besten Bissen hinunter.[11]

»Was ist denn das für eine entmenschte Bestie!«, entfuhr es Andrenio. »Kannst du mir vielleicht sagen, wer das fertig bringt, dass er selbst die Kannibalen in ihren Höhlen noch übertrifft?«

»Nun denn, vernimm: Es ist ihre Mutter.«

»Dieselbe, die sie hat das Licht der Welt erblicken lassen?«

»Und heute in die Nacht stößt. Das ist eine, die ihre Töchter – ihr habt ja gesehen, wie schön sie sind – ins Feuer ihrer Geilheit wirft; von ihnen nährt sie sich und verschlingt die guten Bissen.«

Ein anderes, nicht minder absonderliches Ungeheuer vertrat ihnen den Weg. Es war von so exotischer Beschaffenheit, von so unverhältnismäßiger Gemütsart, dass, wenn man es mit einem eichenen Knüttel schlug und ihm die Rippen oder einen Arm brach, es keinerlei Empfinden zeigte; gab man's ihm aber mit einem

7 *»Despabila«:* »putzt«, »schneuzt« (von Kerzen) und »stibitzt«, »beklaut«; *»velas«:* »Kerzen« und »(durchspielte) Nächte«; *»abrasadoras«:* »entzündet« und »(leidenschaftlich) entfacht«; also: »betrügt seine spielwütigen Kunden um ihren Gewinn«.

8 *»Corta tantos por tontos«.*

9 *Schildträger:* Der Schildknappe von einst war im 17. Jh. ebenso funktionslos geworden wie sein Herr, der Ritter.

10 *Grünes Buch:* im Sinne von »Sündenregister« (vgl. *Handorakel* 125). *El libro verde de Aragón* (1507) war das Werk eines Juden namens Anchias, eine *Chronique scandaleuse* illustrer aragonesischer Familien.

11 Eines der vielen Beispiele für Invention und Komposition nach Art von Bosch und Bruegel.

Rohr, selbst ganz leicht und ohne Verletzung, so war es derart aufgebracht, dass es alle Welt aufbrachte. Einer kam und versetzte ihm einen tiefen Stich mit dem Dolch: Das war ihm hohe Ehre. Doch wie ein anderer kam und ihm das Schwert mitsamt der Scheide nur einmal leicht über den Rücken zog, ohne einen Tropfen Blut zu vergießen, da rief es tief verletzt seine gesamte Sippschaft zur Rache. Schlug ihm einer mit der Faust den Mund blutig und die Zähne aus – es ließ sich's nicht anfechten. Streckte aber ein anderer die Hand nach ihm aus und hinterließ ein paar rote Streifen auf seinem Gesicht – es wollte in hemmungsloser Wut alles ringsum in Stücke schlagen. Und wie nicht erst, wenn einer ihm den Hut hinwarf: Das war schlimmer, als wenn ein Steinwurf ihm das Hirn zermalmt hätte! Lüge, Wortbruch, Betrug oder üble Nachrede galt nicht als Affront, doch es genügte, dass jemand *mentís* rief, und es barst vor Zorn, nahm keine Speise und Trank mehr zu sich, bevor es sich nicht gerächt hatte.[12]

»Welch merkwürdige Gemütsverfassung bei diesem Monster«, pflichtete Critilo bei, »wenn tumb und toll so verwachsen sind!«

»So ist es«, sagte der Scharfnasige. »Und wer möchte glauben, dass das heute sehr viel gilt auf der Welt?«

»Doch wohl nur unter Barbaren.«

»O nein, sondern unter Hofmenschen, unter ganz *ladinischen* Leuten.«[13]

»Und dürfen wir nicht erfahren, wer es ist?«

»Es ist das viel gerühmte DUELL; ich nenne es kopflos, so *zivil* wie kriminell.«[14]

Sie wechselten in einen anderen Gebäudeteil hinüber und registrierten dort die Abartigkeiten der Dummheit, die nicht weni-

12 »*Mentís*« – wörtlich: »ihr lügt« – wurde in der Zeit der sich verselbständigenden Ehrenhändel zum provozierenden Reizwort schlechthin.

13 »*Ladino*« bedeutete im Mittelalter »romanisch« im Ggs. zu »arabisch«, später »dem Lateinischen nahe«, »gelehrt«, noch später »klug«, »gewitzigt«. Gracián lässt die beiden letzteren Bedeutungen sich überlagern.

14 »*Civil*«: »zivilrechtlich« und »gemein«, »verwerflich«. – Die Kampagne gegen das Duellieren als Ausdruck des aristokratischen Kastenstolzes durchzieht das 17. Jh. in ganz Europa.

ger zahlreich waren. Sie erlebten, wie ein *Chamäleon* von Erblasser, nur um zu sparen, nicht zu essen wagte, auf dass späterhin das *Schwein* von einem Erben prassen und schlemmen konnte;[15] wie ein Melancholiker sich über der guten Laune der anderen zu Tode grämte; wie sich viele verbissen plagten, ohne Aussicht auf den Glücksstern; wie einer aller Welts Mann war, nur nicht sein eigener. Sie konnten nicht fassen, dass da einer war, der eine zur Frau begehrte, die ihren Ehe-Mann umgebracht hatte, und selber der Neu-Mann sein wollte;[16] dass ein Soldat, der einsam in einer Waldschlucht starb, sich damit tröstete, dass er nichts für Bader und Kirchendiener ausgeben musste; dass ein Befehlshaber anderen das Befehlen anempfahl. Da war einer, der *machte mit einer Zimtstange Feuer, um einen Rettich zu rösten;*[17] ein Reicher verlegte sich auf Bittstellerei, ein Gebrechlicher auf Liebesgetändel. Hier stießen sie auf den Mann mit den hundert Prozessen und auch auf den Prälaten, der vor ihm floh, damit er ihm keinen Prozess an seine Mitra hängte. Einen sahen sie, dem hatte man gesagt, er solle zum Schlafen nach Hause gehen, er aber irrte sich und ging ins Grab. Da war auch der, der sich FORTUNAS Pantoffel zum Ruhekissen nehmen, und daneben der, der sich den Schopf der GELEGENHEIT balbieren lassen wollte.[18] Aber auch der, der die Rebhühner offen im Korb umhertrug, sie aber keinem zum Kauf anbot. Einer ging doch wahrhaftig statt eines andern ins Gefängnis. Der Unausstehlichste freilich war ein grobklotziger, ungezogener Mensch. Einer beschäftigte sich damit, alten Füchsen Schlingen zu legen, ein anderer ging vom Schenken zum Betteln über; einer kaufte teuer auf, was ihm selber gehörte; einer ließ sich von den Schmeichelreden seiner Gäste durchfüttern; da war der, der in fremden Häusern den Gaukler machte, im eigenen aber die Kürbisflasche;[19] dann

15 *Chamäleon:* Nach dem Volksglauben ernährte sich das Chamäleon nur von Luft, im Gegensatz zum Schwein, dem Allesfresser.

16 Kalauer mit *»marido«, »ido«* und *»venido«* – »gegangen« und »gekommen«.

17 *Rettich:* sprichwörtlich für »hoher Aufwand bei geringem Nutzen«.

18 Vgl. S. 167, Anm. 22.

19 *Kürbisflasche: »cantimplora«* – »Kürbisflasche« oder »Weinheber«, zum Abkühlen. Also: Griesgram.

der, der behauptete, den Fürsten stünde das Wissen nicht gut an; und der, der alles hervorragend erledigte, nur nicht seine Amtspflichten; der wie ein Schwachkopf lebte und deshalb mehr galt, als wer wie ein Weiser starb; der in *seiner* Sphäre hätte Sonne sein können, sich dies aber verscherzte, weil er unbedingt in einer fremden leuchten wollte; der seine Dublonen zu Kugeln einschmolz; da waren zwei Spieler, der eine spielte ehrlich und stets mit Verlust, der andere tat das Gegenteil und gewann immer; ein Eingebildeter mit vier Riesenbuchstaben;[20] und einer, der sich einem andern restlos anvertraute, obwohl er wusste, dass es ein tollkühner Wagehals war; insbesondere jedoch einer, der zum Spaß lebte, aber im Ernst zur Hölle fuhr.

Diese und viele weitere Abartigkeiten bestaunten sie, als ihre Aufmerksamkeit von neuem durch ein Ungetüm gefesselt wurde, das, vor einem Engel fliehend, einem Teufel hinterdreinlief, dem es blind verfallen schien.

»Das ist ja nun wirklich gewaltige Dummheit«, meinten sie. »Damit verglichen waren die bisherigen nichts.«

»Dies«, so erklärte der Scharfnasige, »ist ein Mann, der, obwohl Gott ihm eine Gemahlin geschenkt hatte, die klug, reich, schön und tugendhaft war, einer anderen verfiel, die ihm der Teufel angehext hatte, einer drallen Stallmagd, einer gemeinen, widerlichen Dirne, unausstehlich hässlich und dumm, mit der er durchbringt, was ihm gar nicht gehört. Der Gattin zahlt er nichts Anständiges, der Kebse nur Aufwändiges; für Almosen keinen Real, für die Dirne Tausende; die Tochter geht abgerissen, die Buhlin trägt Goldbrokat. O das grässliche Monster, dem Schönen vermählt, dem Hässlichen verkuppelt! Es gibt Laster, die zerstören zwar die Ehre, belassen aber die Habe, andere verzehren die Habe und verschonen die Gesundheit; doch das Laster der Unzucht verschont nichts: Ehre, Habe, Gesundheit, Leben.«

Seite an Seite hausten zwei andere Ungeheuer. Sie waren äußerst gegensätzlich und doch eng benachbart, damit die Gegensätze umso mehr hervortraten. Das erste hatte schiefe Augen,

20 ASNO – ESEL.

auf jedermann warf es scheele Blicke. Verhielt einer sich still, war er ein Schwachkopf, sprach er, ein Klugschwätzer; hielt er sich zurück, war er ein Scheuling, mäßigte er sich, ein Stölzel; war er duldsam, dann ein Feigling, war er herb, ein Rohling; wer ernst war, wurde gleich der Arroganz geziehen, der Umgängliche galt als Leichtfuß; der Freigebige war Verschwender, der Sparsame ein Geizhals; wer sich anglich, war ein Heuchler, zwanglos war ruchlos; bescheiden war beschränkt, höflich nicht ernst zu nehmen. Was für ein bösartiger Blick! Dem gegenüber rühmte sich das andere seines geraden Blickes, alles sah es gutäugig an, ja mit solch rückhaltloser Zustimmung, dass es Schamlosigkeit als Galanterie bezeichnete, Unkeuschheit als guten Geschmack; vom Lügen sagte es, das sei doch erfinderisch; Tollkühnheit war Wagemut; Rachsucht Ehrgefühl, Schmeichelei Ergebenheit, üble Nachrede Witzigkeit, Durchtriebenheit Scharfsinn und Ränkeschmiede Klugheit.[21]

»Was waren denn das nun wieder für zwei Abwegigkeiten?«, rief Andrenio. »Beide gleich dumm. Immer müssen die Sterblichen den Extremen verfallen, nie können sie die vernünftige Mitte einhalten, und dabei nennen sie sich doch Vernunftwesen. Dürfen wir vielleicht erfahren, wer das ist?«

»Ja sicher«, sagte der Scharfnasige. »Die erste ist BÖSE ABSICHT, welche alles, was gut ist, missgünstig beäugt; die andere hingegen ist AFFEKTION, die blinde Ergebenheit, die da sagt: ›Wer immer mein Freund ist, ist in Ordnung.‹ Es sind dies die Brillen der Welt, anders sieht man gar nicht. Und man muss mithin ebenso sehr auf den sehen, der lobt oder der tadelt, wie man auf den Gelobten oder den Getadelten sehen muss.«

Ein über und über vermummtes Ungetüm wanderte umher.

»Das hier«, meinte Andrenio, »ist wohl ein schamhaftes Monster?«

»Im Gegenteil«, erwiderte der Satyr, »es ist das Monster der Schamlosigkeit, eine Frau ohne Scham.«

21 Bravourstücke wie dieses finden sich ähnlich bei Quevedo, Guevara und Lope de Vega.

»Ja, aber wie kann sie denn so vermummt gehen, wo die Frauen doch von Natur aus die Neigung verspüren, sich zu zeigen?«

»Nun, hier kannst du sehen: Schamlosigkeit hat sogar die Stirn, sich die Stirn zu verschleiern.«[22]

»Aber es ist doch wohl Scheu und Sittsamkeit?«

»Da wird nur ein Schleier über die Verfehlungen geworfen; gestern noch kam sie so tief ausgeschnitten daher, dass es aussah, als wollte sie noch mehr zeigen, wenn sie nur könnte. Immer treiben sie's ins Extrem.«

Nun kam ein sehr leutseliges Untierchen an, das machte selbst vor den Lakaien Verbeugungen und küsste den Küchenjungen die Füße; es begrüßte mit *Hochwohlgeboren* auch den, der keine *Gnaden* verdiente,[23] riss sich vor jedermann die Mütze vom Kopf und kam schon auf eine Meile dem Gruß zuvor; den einen bot es sich an als ihr höchster Bewunderer, den anderen als ihr geringster Diener.

»Das ist aber mal ein artiges Monster!«, rief Andrenio. »Wie freundlich und ergeben! Mein Lebtag habe ich noch kein demütiges Untier gesehen.«

»Das hast du aber scharf erkannt«, grinste der Satyr. »Ein ehrgeizigeres gibt es überhaupt nicht! Siehst du denn nicht? Je tiefer es den Rücken krümmt, desto höher will es hinaus. Um morgen dem Herrn zu gebieten, kriecht es heute vor dem Diener. Diese Bücklinge sind der Ball, der auf den Boden prallt, um in die ersehnten Höhen zu springen.«[24]

Am Ende, falls die Dummheiten denn eines haben, erschien nun noch die allerseltsamte Figur, ein Altersmonster, der Dekan der Monstren. Das entblößte Haupt war gänzlich kahl, ohne das Haar der großen Gedanken, weder schwarzem für das Tiefe noch

22 *»Descarado«* – »schamlos«, »unverschämt«; *»cara«* – »Gesicht«, Stirn«, »Dreistigkeit«, »Unverschämtheit«.

23 Der nicht die Anrede *»Vuestra merced«* – »Euer Gnaden« verdiente (heute *»Usted«*, abgekürzt »Vd.«, ähnlich wie im Dt. das Abstraktum »Euer Gnaden« oder »Euer Liebden« zu Ende des 17. Jh. zum Plural-Sie der Höflichkeitsform geführt hat).

24 Wörtlich: »um hinaufzuspringen in die Luft seiner Eitelkeit (Hohlheit)«.

weißem für das Kluge, ohne ein Härchen Substanz, und auf dem dünnen Hals fand es kaum noch Halt. Die Augen, einst so klar und weitblickend, jetzt so schwach und triefend, dass sie nicht mehr sahen, worauf es doch so dringend ankam, und auf Entfernung wenig oder nichts, um den Übeln vorzubeugen; die Ohren, früher so gute Lauscher, nun so taub und verstopft, dass sie die schwache Stimme des Armen nicht mehr hörten, nur noch das laute Getön des Reichen und Mächtigen; der Mund entleert und nicht mehr in der Lage, mit gehöriger Stärke zu rufen, ja zu ängstlich zum Sprechen, allenfalls zwischen den Zähnen, den kaum noch vorhandenen; die Hände, vormals tüchtig Schaffende und Wirker großer Dinge, nun zu Krallen gekrümmt, ein Haken an jedem Finger, mit dem sie alles packten und nichts mehr losließen; die unansehnlichen Füße so gichtig und verkrümmt, dass sie keinen sicheren Schritt mehr taten; an der ganzen Gestalt kein Stück mehr gut und gesund. Sie jammerte, und alle klagten Weh und Ach, doch niemand hatte Mitleid, keiner sann auf Abhilfe.

Ihr folgten drei weitere Monstren, die miteinander um die universale Tyrannis über die Sterblichen stritten.[25] Das erste hatte ein Antlitz von süßem Gift, eine Klippe war es aus Elfenbein, schöner Tod, ersehnter Absturz, wohlige Täuschung, erträumtes Weib und wahrhafte Sirene, dumm, töricht, dreist, unbarmherzig, hochmütig und trügerisch; es lockforderte, kommandierte, prahlte, wütete, tyrannisierte und ließ sich weidlich nach Wahngebilden gelüsten.

»Was kann auf der Welt schon geschehen«, so sprach es, »das nicht für mich geschähe? Alles, was da ist, es strebt am Ende zu mir, nach meinem Gefallen: Wird gestohlen, dann für mich; wird getötet, dann wegen mir; spricht man, dann von mir; begehrt man, dann mich; lebt man, dann in mir. Alles mithin, was an Ungeheurem in der Welt ist…«

25 Fleisch, Welt und Teufel. – Der französische Jesuit Louis Richeome (1544–1625) hatte eine (an Prudentius' *Psychomachie* angelehnte) Erbauungsschrift verfasst mit dem Titel *Der geistliche Krieg zwischen der einsichtigen Seele und ihren Feinden, dem Teufel, der Welt und dem Fleisch,* die noch im 18. Jh. in der *Bibliothèque bleue* vertrieben wurde.

»Das kann ich nicht hinnehmen«, sagte daraufhin diese selbst, so stattlich und so hinfällig, wie sie war, so reich und so töricht, so stolz und so gemein. »Alles, was da west und gleißt, all das ist für mich, alles dient mir zu Pracht und Prunk: Der Handelsmann, der prellt, er will sich in der Welt behaupten; der Ritter, der sich einsetzt, er will sich vor der Welt beweisen; die Frau, die sich schmückt und putzt, sie möchte vor der Welt erscheinen. Alle Laster halten einmal inne: Der Prasser isst sich über, der Lüstling langweilt sich, der Trinker fällt in Schlaf, der Quäler quält sich müde. Nur die Eitelkeit der Welt, sie kennt kein *basta,* ist Narrheit stets und noch mehr Narrheit. Und ihr da, wollet mich nicht ärgern, sonst übermache ich das Ganze noch dem Teufel.«

»Da bin ich schon«, rief dieser, »und ich nehme alles, denn da ist nichts, was nicht mein wäre, man hat mir doch längst alles zugedacht! Ist der Ehemann wütend, gleich heißt es ›Du Teufelsweib!‹, und sie gibt's ihm zurück mit einem ›Du Beelzebub von einem Mann!‹. Die Mutter flucht dem Sohn mit ›Der Satan soll dich holen!‹. Der Herr herrscht den Diener an: ›Tausend Teufel über dich!‹, und der Diener behält kaum sein ›Tausend Teufel über den!‹ bei sich. Einer ist gar so ungeheuerlich und ruft: ›Da soll mir doch eine Legion Dämonen dreinfahren!‹ Nichts gibt's also auf der Welt, das man mir nicht schon einmal oder viele Male übermacht hätte. Und du selbst, o Welt, kannst du leugnen, dass du ganz und gar mein bist?«

»Ich? Wieso das? Vermaledeit sollst du sein! Und wie wenig Scham du doch kennst!«

»Genau deswegen«, kam die Antwort. *»Wer keine Scham kennt, dem gehört die Welt.«*[26]

Dass er ihren Streit schlichte, wandten sie sich an das gekrönte Monster, den Fürsten des weltweiten Babel.[27] Dieser hörte sich ihr Gezänk an und sagte dann:

26 Als Sprichwort nachweisbar.

27 *Fürsten:* Damit kann nicht Satan gemeint sein, der ja zu den Streitenden gehört. Das »gekrönte Monster« dürfte wohl der Hausherr dieses »Amphitheaters der Monstrositäten« sein, den der Autor jedoch nicht genannt hat.

»Nun aber Schluss, lasst den Zwist fahren! Kommt herbei, wir wollen der Muße pflegen, wollen das Leben genießen, wollen uns an seinen Reizen, den kostbaren Düften und Salben ergötzen, an Gastmählern und Schmaus, an allen üppigen Lüsten. Schaut doch, wie uns die Blüte der Jahre verfliegt; wir wollen die Jahre mit Blüten verbringen,[28] wollen schwelgen und zechen, denn morgen schon können wir sterben; wir wollen wandeln von Flur zu Flur und grünend uns vergnügen. Ich will euch Richtamt und Gerechtsame aufteilen, damit ihr mir nicht jeden Tag erneut mit Klagen kommt. Du, FLEISCH, sollst alle Mäßigen und Müßigen anführen, alle Weichlinge und Schwächlinge, sollst Herrscherin sein über das Liebreizende und Lockere, das Lässige und Selige, sollst den Willen bemeistern. Und du, WELT, sollst alle Stolzen, Ehrgeizigen, Reichtum- und Machtbesessenen mit dir reißen, sollst herrschen in der Phantasie. Du aber, DÄMON, sollst König sein der Lügner und Aufschneider, der eingebildeten Weisen, das ganze Revier des Genies sei dein.[29] Und nun lasst uns sehen, woran es bei diesen beiden dort hapert«, fügte er hinzu, auf Critilo und Andrenio deutend, »diesen Lebenspilgern, damit auch sie dem Abartigen ihren Tribut erweisen, denn es gibt kein Wesen ohne Makel und keinen Menschen ohne Fehl.«

Was sie bei ihnen herausfanden, soll für die folgende Krisis bleiben.[30]

28 Mit dem Doppelsinn von »Gefälschtem«, »Unechtem«.
29 *»Todo el distrito del ingenio«.*
30 Ankündigung nicht ausgeführt (vgl. Anm. 3 der nächsten Krisis).

Zehnte Krisis

Die verzauberte Virtelia

Jene Gegenfüßlerin des Himmels, randlos rollend ohne Rast, Raubtiergehäuse, Windpalast, Herberge zum Verworfenen Mann, Haus zur Gerissenheit,[1] torkelndes Kind: Mundo die Welt, war nunmehr zu solch äußerstem Grade von *inmundo,* von schmutzig gelangt[2] und die Weltler auf ihr zu solchem Gipfel ungehemmter Tollheit, dass sie sich erdreisteten, durch öffentliche Erlasse jegliche Rechtschaffenheit zu untersagen und sogar mit schwerer Strafe zu belegen: keiner dürfe Wahrheiten sagen, wolle er nicht als verrückt gelten; keiner habe höflich und zuvorkommend zu sein, widrigenfalls er als Knechtsseele eingestuft werde; keiner solle sich des Studiums der Weisheit unterwinden, er würde sich den Spottnamen Stoiker oder Philosoph zuziehen; keiner solle sich unterfangen, ehrbar und schlicht zu sein, er müsse gewärtigen, naiv genannt zu werden. Und so mit allen weiteren Tugenden. Den Lastern hingegen gab man freie Bahn und einen Dauerpass fürs Leben. Dieser barbarische Widersinn wurde an die große Glocke gehängt, über die Weiten der Erde hin verkündet und heute so aufgenommen wie gestern aufgekommen. Doch oh, wie unerwartet, wie unglaublich! Wo man mit Sicherheit annahm, sämtliche Tugenden müssten eine gewaltige Trauerkundgebung veranstalten, trat das genaue Gegenteil ein, und sie nahmen die Neuigkeit mit gewaltigem Beifall auf, beglückwünschten einander und zeigten unsägliche Freude. Umgekehrt ließen die Laster beschämt die Köpfe hängen, unfähig, ihre Bestürzung zu verbergen.

Erstaunt ob solch ungeahnter Wirkungen teilte ein Gescheiter

1 »*Casa a malicia*« wurden in Madrid einstöckige Häuser genannt, die gebaut wurden, um die für mehrstöckige Häuser bestehende Auflage zur Unterbringung von Hofbediensteten oder Gästen zu umgehen.

2 *Mundo inmundo:* vgl. S. 88, Anm. 1.

seine Wahrnehmung Weisheit mit, seiner Herrin. Und sie darauf zu ihm:

»Wundere dich nicht über unsere unerwartete Freude, dieser pöbelhafte Widersinn kann uns nicht im Geringsten treffen, wir sehen das im Gegenteil als einen Vorteil. Sie haben uns eine Gunst erwiesen, keinen Schaden, Besseres konnten sie uns gar nicht antun. Die Laster indessen haben für dieses Mal den Kürzeren gezogen, sie können sich verstecken und haben allen Grund, niedergeschlagen zu sein. Heute ist der Tag, an dem wir allenthalben unseren Einzug halten und den Sieg über die Welt davontragen.«

»Ja aber worauf stützt du das?«, fragte der Wissbegierige.

»Ich will es dir sagen: weil die Sterblichen so sonderbar geartet sind, weil sie eine so merkwürdige Neigung zum Verbotenen haben, dass etwas, das man ihnen verwehrt, einzig aus diesem Grund ihr Begehren weckt und sie ihr Leben dafür drangeben. Damit etwas gesucht wird, genügt es, dass man es verbietet. Und so tief eingefahren ist dies, dass das Hässlichste, wenn nur verboten, heftiger begehrt wird als das Schönste des Erlaubten. Keine Frage: Falls das Fasten untersagt wird, werden Epikur und Heliogabal gleich hungers sterben wollen; falls Scham und Sittsamkeit dem Verbot anheim fallen, wird Venus ihr Liebeseiland verlassen und sich den keuschen Vestalinnen zugesellen. Vortrefflich! Dann gibt es keine Betrügereien mehr, keine üblen Machenschaften, keine Niederträchtigkeiten, keine Händel und Verrätereien; dann werden die Spiel- und die Schauspielhäuser geschlossen, eitel Redlichkeit wird herrschen, die gute Zeit von ehedem wird wiederkehren samt den Menschen, die sie schuf, die Frauen werden mit ihren Männern in Eintracht leben und die Jungfern sämtlich Ehrenjungfern sein; kein Aufgebot mehr für das Sechste Gebot; die Vasallen werden ihren Königen gehorchen, und diese werden ein gerechtes Regiment üben; bei Hofe wird nicht mehr geheuchelt und im Dorfe nicht mehr gemurrt. Große Seligkeit ist uns verheißen: Das wird das wahre goldene Zeitalter sein!« –

Die Bestätigung dafür erfuhren Critilo und Andrenio recht bald, nachdem sie den drei im Streit um ihre Freiheit Befangenen entronnen waren und nun bergauf zu Virtelias Zauberpalast schritten.[3] Sie fanden den steilen Weg, den sie sich ganz einsam vorgestellt hatten, voller Leute, die um die Wette zu ihr hinaufstrebten. Von jedem Stand, Geschlecht, Alter, Volk und Himmelsstrich hatten sie sich dort eingefunden; nicht etwa nur Arme, nein auch Begüterte und sogar Magnaten, was sie in größte Verwunderung versetzte. Der Erste, auf den sie zu ihrem Glück trafen, war ein Wundermann, besaß er doch die Fähigkeit, Licht zu sprühen, wann immer er wollte und so viel er brauchte, besonders in der größten Finsternis. Gleichwie jene wunderbaren Meeresfische und Erdwürmchen, denen die mannigfaltige Natur die Gabe des Leuchtens gewährt hat, das Licht in ihrem Inneren verhalten, wenn sie seiner nicht bedürfen, und im gegebenen Augenblick entfachen und nach draußen richten, so trug diese herrliche Gestalt etwas wie ein inneres Licht mit sich, ein hohes Himmelsgeschenk, tief eingelassen in die Höhlungen des Gehirns, das sie stets dann, wenn sie seiner bedurfte, durch Augen und Mund nach draußen sendete, ein immer währender Quell klärender Erhellung. Diese Lichtgestalt also, von der Strahlen der Einsicht ausgingen, schickte sich nun an, sie auf den wahren Weg zum vollendeten Glück zu führen. Rechtschaffen mühsam war der Aufstieg, auch noch nach aller Anfang Schwere. Rasch stellte sich bei Andrenio Ermüdung ein, er begann zu verzagen und fand damit auch bald Gefährten. Nach kurzer Zeit schon bat er, das Unternehmen doch auf später zu verschieben.

»Nicht so«, sagte der Lichtmensch, »auf keinen Fall; denn wagst du dich jetzt nicht daran, im besten Alter, dann vermagst du's später noch weniger.«

»O je!«, rief ein junger Kerl dazwischen. »Wir kommen doch gerade erst in die Welt und fangen an, uns an ihr zu erfreuen. Gönnt doch der Jugend, was ihr gebührt, für die Tugend bleibt Zeit.«

Dagegen bemerkte ein Greis:

»Ach, fände dieser steile Hang mich noch in der Kraft meiner

3 VIRTELIA: vgl. S. 326, Anm. 27. – Der zum Schluss der vorigen Krisis angekündigte Streit zwischen FLEISCH, WELT UND DÄMON hat also nicht stattgefunden, C & A sind nicht auf ihre Makel hin untersucht worden.

Jugend, wie wollte ich ihn rüstig und hurtig erklimmen! Schon kann ich mich nicht mehr regen, mir versagen die Kräfte zu jeglichem Guten; vom Fasten und Bußetun kann keine Rede mehr sein, mühsam genug ist das Leben mit so viel Gebresten; durchwachte Nächte sind nichts mehr für mich.«

Der Edelmann sprach:

»Ich bin zart besaitet, man hat mich im Wohlleben erzogen. Ich, und fasten? Da könnten sie mich wohl anderntags begraben. Ich vertrage kaum das cambresische Leinen auf der Haut: wie dann erst das härene Büßergewand!«[4]

Der Arme hingegen sagte:

»Gut fastet, wer schlecht isst. Mühsam genug suche ich Auskommen für mich und meine Familie. Der Reiche, der schlägt sich den Wanst voll; soll der doch fasten, soll der doch Almosen geben, soll der doch gute Werke tun.«

Alle bürdeten sie somit die Last der Tugend anderen auf, bei Dritten schien sie ihnen leicht, ja unbedingt vonnöten. Doch der lichtvolle Geleiter:

»Keiner soll sich mir davonstehlen! Es gibt nur den einen Weg. Auf, ein guter Tag erwartet uns!«

Und er sandte einen Lichtstrahl aus, mit dem er sie nachhaltig aufmunterte.

Da begannen die schauerlichen Wildtiere, die den Berg bevölkerten, zum Angriff zu blasen. Sie hörten sie brüllen, wütend und schnaubend, und hinter jedem Strauch hervor sprang eines sie an, sind doch des Guten Feinde sehr viele: die eigenen Eltern, die Geschwister, Freunde, Verwandte, alle sind sie Widersacher der Tugend, und das Hausgesinde ist der schlimmste.

»Geht doch, ihr seid ja närrisch!«, so höhnten die Freunde. »Lasst das viele Beten sein, die ewigen Messen und Rosenkränze; wir gehen auf den *Paseo,* wir gehen in die Komödie.«

»Wenn ihr diesen Schimpf nicht rächt«, so drängten die Verwandten, »dann gehört ihr nicht mehr zu uns. Ihr entehrt eure Sippe. Oho! Ihr wollt nicht tun, was eure Pflicht ist?«

4 *Cambresisch:* besonders feines Leinen aus Cambrai.

»Du wirst mir doch nicht fasten«, so schalt die Mutter die Tochter, »du bist ja schon ganz blass; pass auf, dass du mir nicht vom Fleisch fällst!«

So sind sie samt und sonders erklärte Feinde der Tugend.

Drohend erhob sich nun ihnen gegenüber jener Löwe, den die Feiglinge so fürchten.[5] Andrenio wollte zurückweichen, doch Lucindo, ihr Führer,[6] rief ihm zu, zum Flammenschwert zu greifen, und kaum sah dieses grimmigste der Wildtiere den Strahl aus dem Stahl hervorblitzen, da wandte es sich auch schon zur Flucht. Mancher hat sich schon eingebildet, er hätte es mit einem Leu zu tun, und das fahle Gelb war nur eine Honigwabe.[7]

»Wie rasch es sich zurückgezogen hat!«, wunderte sich Critilo.

»Dies gehört zu einer Gattung Wildtier«, erläuterte Lucindo, »die, wenn gesichtet, zurückscheut; wenn erkannt, flieht. Das mache es doch gerade aus, *Person* zu werden, so behauptet mancher.[8] Nein, in Wahrheit bedeutet es nur, dass man ein Tier ist. Darin liege doch gerade Gedeih: Nein, darin liegt Verderb, denn zuallermeist kommt der Wind der Eitelkeit gerade zu den Ritzen herein, zu denen er hinaus sollte.«

Sie gelangten zu einer der abschüssigsten Stellen, der sich alle nur widerstrebend näherten. Andrenio schauderte es, und er schlug Lucindo vor:

»Könnte nicht ein anderer für mich dieses Hindernis angehen?«

»Du bist nicht der Erste, der so etwas sagt. Ach, wie viele Böse kommen nicht zu den Guten und bitten sie, sie möchten sie Gott empfehlen, sie selbst aber empfehlen sich dem Teufel! Sie erwarten, dass man für sie fastet, selbst aber fressen und saufen sie; dass man sich kasteit für sie und auf einem Holzbrett schläft, sie selbst aber wälzen sich im Pfühl, nein im Pfuhl ihrer Lüste. Wie schön hat doch einem von denen der moderne Apostel von Andalusien ge-

5 *Löwe:* VERSUCHUNG. Vgl. S. 452, Anm. 9.
6 *Lucindo:* von *»luz«* – »Licht«.
7 *Löwe* und *Honigwabe:* frei nach der Geschichte Simsons aus *Richter* 14, 5–8.
8 Gemeint ist wohl: sich der Versuchung auszusetzen.

antwortet: ›Mein werter Herr, wenn ich für Euch bete und für Euch faste, dann komme ich auch für Euch in den Himmel.‹«[9]

Während Andrenio zauderte, schritt Critilo voran, nahm Anlauf und tat einen glücklichen Sprung. Dann blickte er sich um und rief:

»Nur zu, entschließ dich! Der Weg des Lasters führt breit bergab, aber die Unbilden sind viel schlimmer, und bergab geht es mit dir.«

»Das steht doch außer Zweifel«, bestätigte Lucindo. »Oder was würden denn wohl sonst die eitlen Weltleute sagen, wenn die Tugend ebenso unerträgliche Härten mit sich brächte wie das Laster? Enthielte man jemandem seine Besitztümer vor und erlegte ihm auf, sich Speise und Trank zu versagen, sich nicht zu kleiden und auch sonst seine mit so viel Schweiß erraffte Habe nicht zu genießen, nichts käme ihn härter an. Was würde solch ein Weltmensch sagen, ein versessener Geizhals, der so lebt, wenn Gottes Gebot ihm das alles vorschriebe? Und was würde jemand wie der Lüstling sagen, wenn es hieße, er müsse eine ganze Winternacht draußen in der Kälte stehen und viele Gefahren in Kauf nehmen, nur um ein paar süße Albernheiten zu hören, die er dann Gunstbeweise nennt, wo er doch sicher und sorglos in seinem Bett liegen könnte? Und der Ehrgeizling, dem man bedeutete, er dürfe sich keinen Augenblick Ruhe gönnen und habe keine Stunde für sich? Oder der Rachsüchtige, dem zur Auflage gemacht würde, ständig *eisenbeschwert und angstbedrückt* einherzugehen?[10] Was würden die Weltleute nicht für ein Gezeter anstimmen? So aber, da ihre Begierde es ihnen befiehlt, beugen sie sich ohne Widerrede.«

»Nur zu, Andrenio, Mut gefasst!«, rief Critilo. »Und mach dir klar: Der schlimmste Tag auf diesem Pfad der Tugend ist linder Lenz im Vergleich zu den Hundstagen des Lasters.«

9 *Juan de Ávila* (1500–1569): bedeutender Prediger, Verfasser eines *Epistolario espiritual;* statt in die Neue Welt ging er in die »innere Mission« nach Andalusien; 1894 heilig gesprochen.

10 *Eisenbeschwert und angstbedrückt:* variiert das Sprichwort *»cargado de hierro, cargado de miedo«* (drastischer auch: *»cagado de miedo«*).

Sie reichten ihm die Hand, und er konnte die schwierige Stelle bewältigen.

Zwiefach grimmig fiel ein Tiger sie an, auf seine üble Art und Weise. Da half nur eins: nicht erschrecken, nicht verzagen, ihn vielmehr mit Fassung erwarten. Auf große Tobsucht gehört große Ruhe, auf Berserkerwut feste Geduld. Critilo enthüllte nun seinen kristallenen Schild, den treuen Spiegel des Aussehens, und sobald die Bestie sich darin erblickte, in all ihrer plumpen Hässlichkeit, nahm sie Reißaus, entsetzt über sich selbst und beschämt über ihr läppisches Gebaren. Gegen die Schlangen, von denen es wimmelte, Drachen, Vipern und Basilisken, gab es ein vorzügliches Abwehrmittel: sich zurückziehen und Anlässen aus dem Weg gehen. Die gefräßigen Wölfe ließen sich verscheuchen mit der Peitsche täglicher Disziplin. Gegen Schuss- und Hiebwaffen jeglicher Art schützten sie sich mit dem berühmten Zauberschild, hergestellt aus einer prächtigen Masse, je weicher, desto härter, geschmiedet unterm Einfluss des Himmels, undurchdringlich in jedem Sinne: Das war, versteht sich, der Schild der Geduld.

Alsdann gelangten sie in die oberen Gefilde jenes steilen Berges, so hoch hinauf, dass ihnen war, als stünden sie in den Dielen des Himmels und seien Anrainer der Sterne. Deutlich war nun VIRTELIAS ersehnter Palast zu sehen, ragend inmitten jener erhabenen Gebirgskrone, vortrefflicher Schauplatz der herrlichsten Glückseligkeit. Doch hatte man vielleicht erwartet, unsere Pilger würden ihn dankbar und begeistert begrüßen und ihm bewundernd und ehrerbietig näher treten, so geschah ganz das Gegenteil: Man sah sie verstummen, von unsäglicher Enttäuschung ergriffen ob des nüchternen Anblicks. Wo sie sich in ihrer Vorstellung ausgemalt hatten, er sei aus kostbarem Jaspis, mit Rubinen und Smaragden besetzt, schimmernd und funkelnd in strahlendem Glanz, die Pforten mit Sternen beschlagen, da mussten sie erleben, dass er nur aus eintönigen, aschgrauen Quadern zusammengefügt war, unansehnlich und nachgerade trübselig.

»Also so etwas von *cosa* oder *casa!*«, rief Andrenio aus. »Dafür haben wir geschwitzt und uns abgerackert? Wie kümmerlich das aussieht! Wie mag das erst drinnen sein? Da lob ich mir aber das

Haus der Ungeheuer. Das machte doch etwas her! Wir sind betrogen!«

Darauf Lucindo, nicht ohne Seufzen:

»Ihr müsst wissen, die Sterblichen denken immer das Schlechteste auf Erden dem Himmel zu: Das geplagteste Drittel des Lebens (erst tief im siechen Greisenalter) widmen sie der Tugend, die hässlichste Tochter stiften sie dem Kloster, den missratensten Sohn dem Altar, die schlechteste Münze wird Almosen, die Nachernte ist gut genug für den Zehnten. Von der Glorie aber wollen sie dann das Beste. Überdies, ihr beurteilt die Frucht nach der Schale. Hier verhält sich alles umgekehrt wie in der Welt: wenn außen hässlich, dann innen schön; äußerlich arm, im Innern aber reich; von weitem trübselig, von nahem freudevoll, denn hier geht ihr ein in die Freude des Herrn.[11] Diese Steine da, so traurig anzuschauen, sind kostbar für die Erfahrung, denn allesamt sind sie Bezoare, die das Gift vertreiben; und der Palast ist ganz und gar aus Epithemen und Gegengiften zusammengesetzt, weshalb ihm keine Schlange und kein Drache etwas anhaben kann, und wenn sie ihn noch so drohend belagern.«[12]

Seine Tore standen offen bei Nacht und bei Tag, indes dort beständig Tag ist und der Eintritt ins Himmelreich allzeit jedem offen steht. Allerdings standen darin zwei ungestalte Riesen aufgepflanzt, breitspurige Grobiane, auf jeder Schulter eine eisenstar-

11 In *Virtelias* Palast sind die Wanderer moralisch auf dem höchsten Punkt ihrer Lebenskurve angelangt. In diesem Augenblick bedient sich der Autor einiger Formeln des christlichen Glaubens, hier *Matthäus* 25, 21, doch nur im Modus der Anspielung oder der Analogie, nicht in inhaltlicher Gleichsetzung.

12 *Bezoar* (persisch-arabischer Herkunft): Konkretion im Magen von Wiederkäuern, in der Volksmedizin eingesetzt, gerne mit magischen Kräften versehen, oft kostbar gefasst und in Raritätenkabinetten gezeigt. – *Epithem* (sp. *pítima*): Heilpflaster für Herzbeschwerden. – Bezeichnend, dass das *Castillo interior*, die »Seelenburg« der Teresa von Ávila (erschienen 1588, vgl. S. 453, Anm. 11), keineswegs »aschgrau« vorgestellt war, vielmehr »glänzend und schön, wie eine orientalische Perle« (*Las moradas o Castillo interior*, Clásicos castellanos. p. 14). Gracián nennt die große Schriftstellerin kein einziges Mal, ebenso wenig übrigens eine andere bedeutende Spanierin, die Humanistin Beatriz Galindo (1475–1543), wegen ihrer Beherrschung des Lateinischen *La Latina* genannt, immerhin die Präzeptorin Isabels der Katholischen.

rende, ringsum *überspitzte* Keule.[13] Damit bedrohten sie jeden, der einzutreten beabsichtigte, Todesblitze schleudernd mit jedem Schlag. Bei ihrem Anblick sagte Andrenio:

»Alle früheren Hindernisse waren winzig im Vergleich zu diesem. Schließlich hatten wir bisher nur mit Bestien von viehischer Gier zu kämpfen, diese aber sind *muy hombres,* durchaus Menschen, und sehr männliche.«

»So ist es«, erwiderte Lucindo. »Dies ist nun ein Kampf der *Personen.* Wenn alles schon niedergekämpft ist, müsst ihr wissen, dann treten mit frischen Kräften diese Monstren des Eigendünkels auf den Plan, derart von sich selbst eingenommen, dass darüber alle Triumphe des Lebens verblassen. Doch braucht man auch jetzt nicht am Sieg zu verzweifeln, denn es wird an Strategien nicht mangeln, ihrer Herr zu werden. Macht euch nur klar, dass auch die stärksten Riesen von Zwergen bezwungen werden können und überhaupt die Größeren von den Kleineren, sogar den Kleinsten. Die Art des Kämpfens muss freilich ganz das Gegenteil des Üblichen sein: Hier gilt nicht das *Beinewerfen*[14] und nicht das Schulterrollen; den starken Mann spielen kommt hier nicht in Frage, vielmehr kommt alles darauf an, ob man sich klein und demütig machen kann; und falls jene in ihrer Überheblichkeit die Fäuste gen Himmel ballen, so müssen wir eben, zu Würmern geschrumpft und an den Boden gequetscht, uns zwischen ihren Beinen hindurchwinden, haben doch die besten Vorkämpfer sich auf diese Weise den Eintritt erstritten.«[15]

Sie bewerkstelligten dies so glücklich, dass sie sich, ohne recht zu wissen, wie, ungehört und ungestört im Innern des himmelsgleichen Zauberpalastes wiederfanden. So*eben* eingetreten (ich sollte besser sagen: so steil),[16] fühlten sie auch schon alle ihre Sinne in Bann geschlagen vom genussvollsten Zusammenklang schöner

13 *»Sembradas de puntas para hazerla«* – »übersät mit Spitzen, um ›Spitze zu machen‹ (jemandem hartnäckig entgegenzutreten)«.

14 *Beinewerfen:* vgl. S. 468, Anm. 8.

15 *Vorkämpfer:* sp. *»adalides«*, von arab. *»dalîl«* – »Anführer«.

16 *Eben/steil:* im Original eine ähnliche Tmesis: *»Apenas«* – »kaum«, »mit Mühe«; *»a glorias«* – »zu ihrem Ruhm«.

Empfindungen, die dem Herzen Stärkung spendeten und die Geister erhoben. Zuvörderst wurden sie von einer so sanften, Wohlgeruch verströmenden Brise umflutet, dass es schien, als hätten sich Floras Gemächer, die Ankleidezimmer der *Primavera* weit geöffnet, als habe sich eine Bresche im Paradies aufgetan. Dazu ließ sich, im Wechsel von Stimmen und Instrumenten, süßeste Harmonie vernehmen, wie sie die himmlische gut eine halbe Stunde lang hätte verstummen lassen können. Doch wie seltsam! Man sah niemanden fiedeln oder tirilieren, keinem begegneten sie, niemand war zu erblicken.

»Wahrlich verzaubert scheint dieser Palast«, meinte Critilo. »Hier sind, scheint es, alle nur Geister, Körper zeigen sich keine. Wo mag sie sein, die himmlische Herrscherin?«

»Ach, wenn uns doch wenigstens«, meinte Andrenio, »eine ihrer herrlichen Dienerinnen vor Augen käme. – Wo bist du nur, JUSTIZIA?«, rief er laut.

Und augenblicklich antwortete von einer blumenüberdeckten Klippe her die geschehenskundige Echo:

»Im Hause der anderen.«

»Und VERITAS?«

»Bei den Kindern.«

»Und CASTITAS?«

»Auf der Flucht.«

»Weisheit?«

»Bei der Hälfte und davon wieder...«[17]

»Voraussicht?«

»Im Vorhinein.«

»Reue?«

»Hernach.«

»Höflichkeit?«

»Bei Verehrung.«

17 Die Stelle insgesamt ähnelt den beliebten Echogesprächen. Echos Antworten speisen sich vorwiegend aus gereimten oder ungereimten Sprichwörtern, sprichwörtlichen Redensarten, Sentenzen o. Ä.: *Gerechtigkeit, aber nicht in unserem Haus; Kinder und Narren sagen die Wahrheit; Keuschheit flieht die Versuchung; Von Weisheit und Güte, die Hälfte von der Hälfte.*

»Und Ehre?«
»Beim Erweis.«
»Treue?«
»In eines Königs Brust.«[18]
»Freundschaft?«
»Nicht unter Abwesenden.«
»Guter Rat?«
»Bei den Alten.«
»Tapferkeit?«
»Bei wahren Männern.«
»Glück?«
»Bei den Hässlichen.«
»Schweigen?«
»Bei den Stillen.«
»Geben?«
»Beim Nehmen.«
»Güte?«
»In guter alter Zeit.«
»Durch-Schaden-klug-werden?«
»In anderer Kopf.«
»Armut?«
»An den Türen.«
»Guter Ruf?«
»Schläft.«[19]
»Wagemut?«
»Bei Glück.«
»Wohlergehen?«
»Bei Mäßigkeit.«
»Hoffnung?«
»Bei Immerneu.«
»Fasten?«
»Beim schlecht Ernährten.«

18 »Geht die Treue verloren, so suche man sie in eines Königs Brust« – von Guicciardini überlieferter Ausspruch Franz' I.
19 *Schläft:* ähnlich wie *Ein gutes Gewissen ist ein sanftes Ruhekissen.*

»Klugheit?«

»Beim Vorherahnen.«

»Schuppen-von-den-Augen?«

»Spät.«

»Scham?«

»Einmal verloren, nie mehr gefunden.«

»Und Tugend überhaupt?«

»In der Mitte.«[20]

»Das bedeutet«, erklärte Lucindo, »wir sollen den Weg der Mitte nehmen und nicht umherschwanken wie die Unfrommen.«

Das war trefflich gesagt, denn in der Mitte jenes Palastes der Vollkommenheiten, in einem majestätischen Saal, erblickten sie zu ihrem Entzücken auf einem erhabenen Thron die einzigartige göttliche Königin. Sie war noch viel schöner und anmutiger, als sie es sich hatten träumen lassen, und übertraf ihre hochgespannte Erwartung noch vielfach. Denn wenn sie schon zu jeglicher Zeit und allenthalben ein so kostbares Gut schien, wie musste sie dann nicht erst zu ihrer eigentlichen Zeit und an ihrem eigentlichen Ort sein? Sie wandte allen ihr freundliches Gesicht zu, selbst ihren schlimmsten Feinden; sie blickte aus guten, ja aus göttlichen Augen; sie hörte gut hin und sprach noch besser zurück; immer lachte ihr Mund, und doch zeigte sie nie die Zähne; mit scharlachroten Lippen sprach sie Worte wie Seide, nie kam ein Missklang darin vor. Mit ihren zierlichen Händen war sie königlich gebefreudig, und woran immer sie sie anlegte, alles gelang vollkommen; von stattlich hohem Wuchs und ihrer ganzen Erscheinung nach göttlich *menschlich* und *menschlich* göttlich.[21] Ihr Kleid entsprach ganz ihrer Schönheit, und diese Schönheit war allem das Kleid;[22] sie trug Hermelin, denn das ist die Weiße der Reinheit; in ihr Haar flocht sie die Strahlen des Morgenlichts mit einem den Sternen entnommenen Band. Mithin war sie recht ein Himmel der Schönheit,

20 Cicero: *»Omnis virtus (...) mediocritas«* (*Brutus*, § 40, Aristoteles' *Nikomachischer Ethik* folgend; vgl. I, 5, Anm. 21).

21 *»Humano«* – »menschlich«, »menschenfreundlich«, »gütig«.

22 *Kleid: »Gala«.*

lebendiges Porträt ihres Ewigen Vaters, *ein Abbild seiner himmlischen Vollendung.*[23]

Sie erteilte gerade den vielen Audienz, die, obwohl es schon über die Zeit war, noch immer zu ihrem Thron drängten. Da kam unter anderen ein Vater, der wollte sie für seinen Sohn einnehmen, welcher arg lasterhaft sei, und er erhielt zur Antwort, er möge nur bei sich selbst anfangen und ihm ein Vorbild sein. Da kam auch eine Mutter auf der Suche nach der Ehrbarkeit für ihre Tochter, und sie bekam erzählt, wie es jener Schlangenmutter mit ihrem Schlangentöchterlein erging, mit dem sie wegen ihres schlängeligen Ganges heftig schalt und ihm befahl, gerade zu gehen: ›Lieb Mütterlein‹, antwortete es, ›ei, so zeigt ihr mir doch, wie ich gehen soll‹; so tat sie auch, und als sich zeigte, dass die Mutter noch viel schlängeliger ging, da sagte es: ›Fürwahr, mein Mütterlein, wenn ich krumm und gewunden gehe, so geht ihr ja krimm-kramm-krumm und obergewunden.‹[24] Ein Geistlicher begehrte die Tugend der Kampfbereitschaft, desgleichen verlangte ein Vizekönig nach Frömmigkeit und wollte gar die Messe lesen; beiden wurde Bescheid, jeder solle gefälligst nach der Tugend streben, die seinem Stande zukomme:

»Der Richter sei stolz aufs Rechtsprechen und der Kirchenmann aufs Predigen, der Fürst aufs Regieren, der Landmann aufs Ackern, der Familienvater kümmere sich ums Hauswesen, der Prälat ums Almosen und um die Nachtwachen. Ein jeder schreite in der Tugend fort, die ihm zukommt.«

»Demnach«, sagte eine Ehefrau, »genügt für mich die eheliche Sittsamkeit; um andere Tugenden brauche ich mich nicht zu kümmern?«

»Das nicht«, erwiderte VIRTELIA. »Sie allein genügt nicht, denn ihr würdet euch durch Hochmut unleidlich machen, zumal heutzutage.[25] Es verschlägt wenig, wenn einer Almosen gibt, aber

23 Einer der seltenen Elfsilbler: *»copiándole sus muchas perfecciones«.*

24 Nach der 151. Fabel Äsops, mit dem Unterschied, dass es sich dort um Krebse handelt.

25 Gemeint dürfte sein: wo eheliche Treue so selten ist. Romera-Navarro merkt an, dies sei nur eine der satirischen Spitzen, die sich der Autor nicht versagen

nicht keusch ist; wenn einer zwar klug und weise ist, aber alle anderen verachtet; wenn einer in den Rechten hochgelahrt ist, aber sich bestechen lässt; wenn einer ein großer Soldat, aber skrupellos ist: Sie sind eng verschwistert, die Tugenden, und sie müssen einträchtig einhergehen.«[26]

Es erschien eine Edeldame mit honigsüßem Gehabe und erklärte, auch sie wolle in den Himmel kommen, aber bitte auf dem Damenwege. Den Umstehenden war das gänzlich neu, und VIRTELIA fragte sie:

»Was ist das für ein Weg? Davon habe ich bis heute nie gehört.«

»Ja ist es denn nicht klar«, kam die Antwort, »dass eine feine Frau wie ich auf dem Wege der Annehmlichkeit zu gehen hat, in Marderpelz und Plüsch, und dass Fasten und Büßen nichts für mich ist?«[27]

»Hübsch, fürwahr!«, rief die Königin der Rechtschaffenheit aus. »Euch soll werden, was ihr verlangt, hohe Herrin, nicht anders als jenem großen Herrn, der dort eintritt.«

Es war dies ein Mann mit Vermögen und Macht. Höchst gravitätisch ließ er sich nieder und ließ verlauten, er liebe durchaus die Tugenden, freilich nicht die gewöhnlichen der gemeinen, plebejischen Leute, sondern recht eine nach der Herren Art, etwas ganz Exquisites; sogar die üblichen Namen der Heiligen, Johannes und Petrus, missfielen ihm, weil zu gewöhnlich, er wollte nur ganz ausgefallene, die in keinem Kalender standen.

»Das ist doch etwas«, sagte er: »Gastón! Das klingt doch: Perafán! Und erst Claquín, Nuño, Sancho und Suero!«

Er erwartete tatsächlich eine Extratheologie. VIRTELIA fragte ihn, ob er denn in denselben Himmel kommen wolle wie alle anderen. Er dachte lange nach und antwortete schließlich, wenn es keinen andern gebe, dann eben ja.

mochte, ohne dass dem im Alltag des 17. Jhs. eine besonders lockere Ehemoral entspräche.

26 Auf Aristoteles fußende Polemik gegen das amoralische Spezialistentum, vor allem des »virtuoso« italienischer Ausprägung.

27 *»Camino del regalo«:* »Luxus« ist ein Begriff des achtzehnten, »Komfort« des neunzehnten Jhs.

»Nun denn, werter Herr, die einzige Stiege, die dort hinaufführt, sind die Sprossen der Zehn Gebote. Auf denen müsst Ihr nach oben, denn bis heute habe ich noch nie einen Weg für die Reichen und einen für die Armen gesehen, oder einen für die Damen und einen für die Mägde. Es gibt nur *ein* Gesetz, und Gott ist derselbe für alle.«

Ein moderner Epikur, großer Freund der Bequemlichkeit, ließ sich vernehmen:

»Mir ist alles recht, nur kein Kasteien; vom Beten verstehe ich nichts; fürs Fasten bin ich nicht kräftig genug. Seht ihr doch zu, wie ich in den Himmel komme.«

»Mir scheint«, erwiderte VIRTELIA, »Ihr wollt mit Kleidern und Schuhen hinein, und das geht nun einmal nicht.«

Er bestand darauf, es gehe doch, und man solle doch eine bequemere und erträglichere Tugend praktizieren, eine solche erscheine ihm überdies dem Gesetz Gottes am meisten angemessen. Daraufhin fragte ihn VIRTELIA, worauf er dies gründe. Und er:

»Weil dadurch buchstabengetreu jenes ›Wie im Himmel, also auch auf Erden‹ erfüllt wird, insofern man ja dort oben nicht fastet, es kein Kasteien und kein härenes Hemd gibt und von Buße keine Rede ist. Deswegen möchte auch ich leben wie ein Seliger.«

Darüber ergrimmte VIRTELIA heftig und rief ihm in flammendem Zorne zu:

»Das grenzt an Ketzerei! So ein übler Fickfack! Zwei Himmel also wollt Ihr? Daraus wird nichts. Seht Euch nur vor, denn alle, die zwei Himmel wollen, bekommen für gewöhnlich zwei Höllen.«

»Ich bin«, sagte ein anderer, »auf der Suche nach dem guten Schweigen.«

Darüber lachten alle und sagten:

»Gibt's denn ein Schweigen, das schlecht wäre?«

»O ja!«, rief VIRTELIA, »und es richtet viel Schaden an. Wenn der Richter schweigt und nicht Recht spricht, wenn der Vater schweigt und den dreisten Sohn nicht zur Vernunft bringt, wenn der Prediger schweigt und die Laster nicht anprangert oder wenn der Beichtiger schweigt und die Schwere der Schuld nicht verdeutlicht. Es schweigt der Übeltäter, und es gibt weder Eingeständnis noch Besserung; es schweigt der Schuldner, und die Schuld wird in Abrede gestellt; es schweigt der Zeuge, und die Missetat bleibt unaufgedeckt. Es schweigen die einen wie die andern, und kein Übel kommt zur Sprache. Wenn also gilt, dass das gute Schweigen Gold ist, dann ist das schlechte Schweigen Kot.«[28]

»Mich wundert«, sagte nun Critilo, »dass keiner auf der Suche nach der Barmherzigkeit kommt. Wie steht es wohl mit den Almosen?«

»Da steht es so, dass alle sich nur zu gern darum drücken. Der Beamte, weil er angeblich nicht bezahlt wird; der Bauer, weil er ja nichts erntet; der Edelmann, weil er ohnehin verschuldet ist; der Fürst, weil ja niemand ärmer dran ist als er; der Geistliche, weil doch die ganze liebe Verwandtschaft rechtschaffen arm ist. Oh, die fadenscheinigen Ausreden! Wenn ihr dem Armen doch wenigstens den Abfall gönntet, was für euch nicht mehr zu gebrauchen ist! Aber nicht einmal das geschieht, denn Habsucht und Geiz sind zu *Projektemachern* geworden,[29] und der abgetragene Hut, den man eigentlich dem Armen geben sollte, wird auf ihr Betreiben noch zu Schulterwülsten verarbeitet, der abgewetzte Mantel dient noch als Futterstoff, und auch der schäbigste Umhang ist immer noch gut genug für die Magd. Nur den Armen nichts überlassen!«

Es trafen einige rettungslos Verkommene ein und verlangten sogleich nach allerhöchster Tugend. Man hielt sie für verrückt und bedeutete ihnen, sie sollten erst einmal mit dem Leichteren anfangen und dann nach und nach höher steigen. Doch VIRTELIA:

»Nicht doch, lasst sie nur jetzt schon viele Marken höher zielen, sie werden ohnehin dahinter zurückbleiben! Im Übrigen

28 Der ganze Abschnitt ist um eine Redensart aufgebaut: *»Al buen callar llaman Santo* (oder *Sancho*)«; im Original ist der Gegensatz zu *»Santo«* denn auch *»diablo«*. Gracián greift gerne eine sprichwörtliche Redensart auf, um zugleich ein wenig ihre Beschränktheit darzutun. Ausführlicher in III, 6, S. 757, Anm. 46 f. Vgl. zum Schweigen auch S. 125, Anm. 26.

29 *»Arbitristas«:* hier nicht in der Bedeutung »phantastisch-betrügerische Projektemacher« (wie in S. 402, Anm. 88), sondern »schlaue Erfinder von Methoden der Bereicherung«.

müsst ihr wissen, dass ich aus meinen schlimmsten Feinden häufig meine leidenschaftlichsten Anhänger mache.«

Es kam eine Alte mit mehr Jahren als Haaren, mit wenig Zähnen und viel Runzeln, die suchte auch noch nach der TUGEND.

»Was, so spät noch!«, rief Andrenio. »Ich könnte schwören, solche wie die kommen nur, weil die Welt sie wegschickt, und nicht, weil der Himmel sie anzieht.«

»Lasst sie!«, gebot VIRTELIA, »und haltet ihr zugute, dass sie keine Niedrige Schule mit Lehrstuhl für Seuchenkunde eröffnet hat.[30] Ich garantiere euch, so alt sie auch sein mögen, hierher kommt kein Spieler, kein Ehrgeizling, kein Geizhals, kein Trinker: Das sind alles Bestien, in denen das Laster Dauermieter ist, sie fallen tot um auf dem Weg ihrer Verderbnis.«

Das Gegenteil widerfuhr einem, der auf der Suche nach KEUSCHHEIT kam, ein Oberhofmeister der Venus, ein Amorpriester, der jetzt genug hatte von der Hurerei. Er bat um Aufnahme in die Bruderschaft der *Continentia,* doch er fand kein Gehör, sosehr er auch beteuerte, er verabscheue nunmehr die Geilheit, empfände Ekel über all seinen Unflat und wolle ihn ausspeien. Doch obwohl mehrere der Umstehenden sich für ihn verwandten, blieb EHRBARKEIT unerbittlich:

»Nichts da! Die verdienen kein Vertrauen. Nach der Völlerei ist leicht Fasten. Glaubt mir, diese Lüstlinge sind wie die Zibetkatzen, die, wenn man ihnen noch einmal den kleinen Beutel stopft, sich nur allzu gerne wälzen.«

Einige kamen an und waren dem Anschein nach ganz in den Himmel entrückt, denn sie blickten beständig zu ihm auf.

»Also die da«, meinte Andrenio, »die sind ja mit dem Körper auf der Erde und mit dem Geist im Himmel.«

»Glaub nur das nicht!«, rief SCHARFBLICK, VIRTELIAS wichtigster Minister. »Mach dir klar, dass es etliche gibt, die, je mehr sie zum Himmel aufschauen, desto fester auf der Erde stehen. Der

30 *Lehrstuhl für Seuchenkunde: »con cátreda* (cátedra) *de pestilencia«.* Eigenartige Abwandlung von *Psalm* 1, 1, in der Fassung der *Vulgata iuxta LXX: »(Beatus vir qui...) in cathedra pestilentiae non sedit«* (statt korrekt: »im Kreise der Spötter«).

Erste dort ist ein Kaufmann, der sehr viel Weizen absetzen will und deswegen umherläuft und die *Wolken* für die Augen seiner Gegner beschwört.[31] Ganz anders beim Nächsten: Das ist ein Ackersmann, der ganz süchtig nach Regen ist und nie genug Wasser bekam, weshalb er nun die Sturmwolken versöhnlich stimmen will.[32] Der Dritte da ist ein alter Lästerer, der nie des Himmels gedenkt, es sei denn, um bei ihm zu fluchen. Der Vierte erfleht Rache, und der Fünfte ist ein Nachtvogel, der auf die Dunkelheit wartet, für seine üblen Machenschaften.«

Einer fragte an, ob man ihm nicht ein paar Tugenden vermieten könnte, Seufzer, Halsverdrehen, Augenrollen und andere Alfanzereien der Schüchternheit. Darüber ergrimmte VIRTELIA wieder sehr und rief:

»Ja, ist denn mein Palast ein Ort für Geschäftemacherei?«

Er redete sich darauf heraus, dass doch viele sich mit der Tugend ihren Lebensunterhalt verdienten: Unter Berufung auf sie würden sie von der Gutsherrin vorgelassen, bei einer anderen dürften sie gar am Tische Platz nehmen, von Kranken würden sie gerufen, die Bittsteller empfählen sich ihrer Protektion, Minister zögen sie zu Rate, und so gingen sie von Haus zu Haus, äßen und tränken und täten sich gütlich; somit sei die Tugend, ja regelrecht ein Zapfhahn des angenehmen Lebens.

»Hebt Euch von hinnen«, rief VIRTELIA aus, »denn diese alle sind ebenso bar an Tugend wie die, die sie rufen, einfältig und dumm sind.«

»Wer ist aber wohl«, so wurde zum Schluss gefragt, »die große Persönlichkeit, Heros der Tugend, der wir überall da begegnen, wo Licht und Glanz ist? Sind wir bei WEISHEIT, so ist er da; sind wir bei VORTREFFLICHKEIT, so ist er auch dort; allenthalben sehen und bewundern wir ihn.«

»Kennt ihr ihn denn nicht«, sagte Lucindo, »unser aller Hei-

31 *Wolken:* Damit der Regen deren Weizen verdirbt; auch: damit das Augenhäutchen *(»nube«)* ihnen die Sicht trübt.

32 *Sturmwolken:* um seinen Kopf, der von zu viel Wein »umwölkt« ist.

ligsten Vater? Verehrt ihn und erfleht für ihn Äonen solch heroischen Daseins.«[33]

Die Umstehenden erwarteten nun, dass die erhabene Königin der AEQUITAS sich anschickte, einigen zum Lohn für ihre Taten einen Kranz aufzusetzen, doch wurde ihnen bedeutet, es gebe keinen höheren Lohn als sie selbst, ihre Arme seien die Kränze für die Guten. Und so sahen sich unsere beiden Pilger, die in scheuer Verehrung so großer Herrlichkeit abseits standen, von Lucindo ermuntert, näher zu treten und Umarmungen mit ihr zu tauschen, um eine so glückliche Gelegenheit nicht ungenützt verstreichen zu lassen. So geschah es auch: Sie krönte sie mit ihren königlichen Armen und verwandelte sie damit von Menschen zu Engeln, Anwärtern für die ewige Seligkeit. Viele wünschten, dort eine dauerhafte Bleibe zu bekommen, sie aber sagte zu ihnen:

»Es gilt, unaufhörlich vorwärts zu schreiten in der Tugend, denn Stillstand bedeutet Rückschritt.«[34]

Nun flehten die beiden Pilger sie an, sie möge sie auf den Weg zu ihrer ersehnten Felisinda beordern.[35] Daraufhin berief sie vier ihrer wichtigsten Ministerinnen zu sich und sagte, auf die erste deutend:

»Diese, nämlich JUSTIZIA, soll euch sagen, wie und wo ihr sie zu suchen habt; die zweite, PRUDENZIA, soll sie euch auftun; mit der dritten, FORTITUDO, sollt ihr sie erringen; und mit der vierten, TEMPERANZIA, sollt ihr sie genießen.«

Darüber erklangen wohl lautende Klarinen, ein harmonischer Chor von Instrumenten ließ Jubel in ihre Herzen strömen und Stärke in ihre Gemüter. Ein duftiger Zephir erwachte, und jener herrliche Schauplatz ward ganz und gar von Glanz überflutet. Un-

33 *Heiligster Vater:* Papst Innozenz X. (Giambattista Pamphili) hatte das Pontifikat von 1644 bis 1655 inne. Er ermittelte gegen die Veruntreuungen der Brüder Barberini, der Neffen seines Vorgängers Urbans VIII.; er ließ die von diesem vorbereitete Bulle gegen die Jansenisten (die schärfsten Widersacher der Jesuiten) erscheinen und setzte sich – erfolglos – gegen die Religionsklauseln des Westfälischen Friedens zur Wehr. Graciáns Huldigung, wenngleich etwas unvorbereitet, ist sicher ohne Hintergedanken.

34 *»Non progredi est regredi«:* lateinisches Sprichwort.

35 *Felisinda:* vgl. S. 62, Anm. 17.

widerstehlich fühlten sie sich vom milden Einfluss der Gestirne angezogen; der Wind frischte auf und trug sie zur Höhe des Firmaments, der Himmel hob sie zu sich empor, um sie mit Sternen zu bekränzen. Sie stiegen und stiegen, so hoch, dass man sie aus den Augen verlor. Wer wissen möchte, wo sie landeten, der muss sie ein Stück weiter suchen.[36]

36 Der Kapitelschluss als barocke Apotheose entspricht dem Höhepunkt der Lebensbahn, der Schau der TUGEND, doch verstummt auch an dieser Stelle, so scheint es, der skeptisch-maliziöse Ton des Satirikers nicht ganz.

Elfte Krisis

Das Glasdach und Momos, wie er mit Steinchen wirft

Eitel ist die Eitelkeit, und sie trieb es darin so weit, dass sie Anspruch erhob auf einen Platz unter den Tugenden, und zwar keineswegs den letzten. Zu diesem Behufe setzte sie eine Eingabe auf, worin sie dartat, sie sei doch die Seele allen Tuns, Antrieb jeden Unterfangens, Futter jeglicher Leistung, Mutter sämtlicher Entschlüsse.

»Niemand«, so sagte sie, »lebt das Leben des Körpers ohne *Respiration,* niemand das Leben des Geistes ohne *Aspiration.* Kein würzigeres Lüftchen, kein belebenderes Düftchen als Fama, welche Seele wie Leib gleichermaßen durchhaucht, und ihr allerfeinstes Wehen ist das *Selbstansehen.*[1] Ohne eine Portion Eitelkeit kommt doch nichts Rechtes zustande, noch geschieht Ansehnliches ohne Hoffen auf Applaus: Ihres Leibes Frucht sind die kühnen Wagnisse, ihre edlen Kinder die heroischen Taten. Ohne ein Gran Eigenliebe, ohne ein Fünkchen Einbildung leuchtet doch nichts auf, ohne einen Span Dünkel bleibt doch alles dunkel.«[2]

Solches Paradox kam gar nicht schlecht an, insbesondere bei den Freunden des ersten Eindrucks und bei den Grillenzüchtern. Voller Abscheu vor solch dreister Anmaßung ergriff jedoch Vernunft das Wort und ließ sich in wohl gereifter Rede folgendermaßen vernehmen:

»Ihr müsst wissen«, sprach sie, »dass jeglicher Leidenschaft ein Freiraum zugebilligt ist, in dem die bedrängte Natur sich Luft machen kann: der Wollust die Ehe, dem Jähzorn die Selbstkasteiung, der Gefrässigkeit die Speisung, dem Neid der Wetteifer, der Habsucht die Vorsorge, der Trägheit die Ruhepause

1 *»Honrilla«* (Diminutiv zu *»honra«* – »Ehre«) – »Eigenliebe«.

2 *»Humo«* – »Rauch«; *»humillo«* – »Dünkel«.

und so allem anderen Unmaß. Dem HOCHMUT indessen – so schaut doch, wie es damit steht, ob man dem je auch nur den kleinsten Freiraum erlauben konnte! Bei ihm ist nur Misstrauen am Platz, er ist durch und durch verabscheuenswert: Herab mit ihm und ab mit ihm! Gewiss ist die Sorge um guten Ruf etwas Lobenswertes, denn guter Leumund ist die Zierde der Tugend: Der Ruf ist der Tugend Sold, nicht ist die Tugend des Rufes Gold; Ansehen soll man schätzen, aber nicht danach hetzen. Gewiss: Guter Name ist mehr wert als sämtliche Reichtümer;[3] wo Tugend nicht mit hohem Ansehen einhergeht, da ist sie noch nicht bei sich selbst, und wer den Himmelsglanz eines guten Rufes verliert, der gerät unweigerlich in die Höllenqualen von Schimpf und Schande, umso unerträglicher, je bekannter. Doch die Ehre ist nur der Schatten der Tugend, sie folgt ihr, ohne sie je einzuholen; wer sie sucht, den flieht sie, wer sie flieht, den sucht sie; sie darf der Lohn der guten Werke sein, niemals ihr Ziel; nur krönendes Diadem für die höchste Schönheit der Tugend.«[4]

Eine Brücke, weithin berühmt, weil weithin gefürchtet, gewährte Zugang zu der hohen Stadt, der erlauchten Residenz der heroischen HONORIA, jener rühmlichen und darob allseits verehrten Herrscherin über Achtung und Ansehen. Es war dies ein Übergang voller Fährnisse, da gespickt mit allerlei widrigem ABER, über das die meisten strauchelten und viele in den *río del reír* fielen, in die Lache des Lachens, aus der sie triefnass und lehmverschmutzt herauskrochen, unter dem Riesengelächter der Menge, die ihr Missgeschick begaffte. Da mochte man sich wohl fragen, woher die einen, die Vertrauensseligen, wie die anderen, die Überheblichen, jeweils die Unbekümmertheit nahmen, einfach loszustürzen und aus den tiefsten Tiefen begierig nach den höchsten Höhen zu streben, so manches Mal auch aus größter Schande nach größter Herrlichkeit, aus Schwarz nach Weiß, ja selbst aus Gelb nach Rot;[5] und

3 *Sprüche* 22, 1.

4 Also wäre die Sorge um gutes Ansehen doch etwas wie ein »Freiraum« *(»ensanche«)* für die Sünde des STOLZES.

5 *Gelb nach Rot:* wahrscheinlich vom *Converso* (zwangsgetauften Juden) zum Santiago-Ritter.

stürzten doch meistenteils ab, sich selbst zum Schimpf und den Wissenden zum Gespött. Aus einem Bauerntölpel wollte einer zum Edelmann werden, ein anderer aus einem Befleckten zu einem Reinen, denn nach dem Sabbat, so hieß es, komme doch der Sonntag, nur innewendig gedachte er zu bleiben, was er war.[6] Manch einer strebte vom Schurz zur Schärpe, vom Blindenburschen zum Don Gonzalo,[7] und eine ganz besonders Eingebildete wollte ihren Dirnenflitter zum Reifrock blähen. Eine wollte als züchtige Jungfrau gefallen, aber sie fehlte und fiel, und ihr Fall wurde verlacht, nicht anders als einer, der als Ausbund von Wissen auftrat und doch nur ein Auswurf von Jauche war.[8]

Keiner war da, der nicht über sein ABER gestolpert wäre, jedem stand sein WENNNURNICHT im Weg. »Ein großer Fürst, der und der, aber mit allzu blauen Augen; erlauchter Prälat, ein anderer, wenn er nur auch so almosenfreudig wäre wie unser Erzbischof;[9] ein bedeutender Rechtsgelehrter der Dritte, wenn nur nicht gar so schmallippig. Welch tapferer Soldat, aber ach, ein Gauner! Welch ehrenhafter Ritter, dieser hier, nur völlig verarmt! Welch ein Gelehrter, jener dort, doch dermaßen eitel! Der Soundso, fast ein Heiliger, nur schrecklich simpel. Was für ein wackerer Mann, der Nächste, und so klug, aber schwerfällig: versteht viel von den Dingen, aber ohne Entschlusskraft. Dann ein Diener: emsig, aber nicht sehr verständig. Gleich darauf ein scharfer Verstand, aber wie

6 Bei Cervantes ist zu lesen: »Als Vidriera einst an einer Kirchentür stand, sah er einen von jenen Bauern in die Kirche gehen, die sich stets auf ihre altchristliche Herkunft besonders viel zugute tun. Hinter dem Bauern kam ein anderer, der nicht in so gutem Rufe stand wie der erste. Der Lizenziat rief dem Bauern zu: ›So wartet doch, Herr Sonntag, bis der Sabbat vorbei ist.‹« *(Der Lizenziat Vidriera).* Beide Äußerungen sind satirischer Witz: Graciáns Variante ist indessen für den konvertierten Juden missgünstiger.

7 *Don Gonzalo:* beliebter Name für Leute niederer Herkunft, die sich im Heer als Herren aufspielten. – Der Bursche eines Blinden lässt an *Lazarillo von Tormes* denken (1554 erschienen), für dessen Held dies die erste Station seines Pícaro-Lebens ist.

8 *Brücke:* lässt sich vielleicht als moralisierter Abkömmling der in den Religionen verbreiteten Brücke ins Jenseits verstehen. – Abb. 14, S. 530.

9 *Erzbischof:* Fray Juan Cebrián, seit 1644 Erzbischof von Zaragoza, stand in hohem Ansehen bei der Krone, überdies im Rufe großer Barmherzigkeit.

Abb. 14: Maarten van Heemskerck,
Die Gefahren menschlichen Ehrgeizes
(Brücke der Eitelkeit).
Radierung, 1549.

schlecht verwandt! Solch bedeutende Frau, aber wie sorglos und lässig! Welch eine Schönheit, und dabei so einfältig! Große Geistesgaben bei einem Individuum, aber was für ein Unglücksrabe! Ein fähiger Arzt, nur wenig glücklich: Alle sterben ihm weg. Ein schönes Gemüt, doch ohne Verstand: Es fehlt einfach das Urteil.« Und so stolperten sie denn sämtlich über ihr ABER; selten, dass einer darüber hinwegkam, und einmalig, dass er trocken blieb. Einer stieß auf sein ABER-*malig*, doch war die Frucht so ABER-*madig*, dass sie sich nicht mehr genießen ließ. Ein anderer traf auf den Gegenpart, sein WENNNURNICHT aus der Gegenwart. Und ausnahmslos endeten sie im allgemeinen Lachbach.

»Geschieht ihm recht«, meinte ein Nebenbuhler. »Was musste sich der Fußsoldat auch aufs hohe Ross schwingen?«

»Ein rechter Jammer mit dieser Sippe«, hieß es ein andermal, »so tüchtige Leute, wenn sie nur reinblütig wären.«

Die Frauen stolperten über ein winziges Steinchen: Diamant geheißen. Ganz schlimme ABER waren für sie die Perlen. Beim leisesten *airecillo* gerieten sie bereits aus dem Tritt, beim heftigen *donaire* stürzten sie vollends mit Schimpf und Schande.[10] Und ob man's glauben will oder nicht: Man half nicht auf, eher half man noch nach. Es verlor doch tatsächlich eine große Persönlichkeit den Halt wegen einer *Motte*, worüber sie äußerst ungehalten war, und darob entstand, so wurde versichert, arge Verwirrung.[11] Die gesamte Brücke war somit von einem Ende zum andern mit diesen unverdaulichen ABER besät, über die die meisten beim Überqueren ins Straucheln gerieten, wenn nicht beim ersten, dann beim zweiten Mal, und bisweilen sogar noch rückwirkend von früheren. Einer, der gar nicht ohne Verstand war, beklagte sich und sagte:

»Ihr Herren, wenn einer wegen eigener Dinge stolpert, so hat er's wohl verdient; aber wegen fremder? Wie soll man das verste-

10 *»Aire«* – »Miene«, »Luft«; *»airecillo«* – »Eitelkeit«; *»donaire«* – »Anstand«; *»don aire«* – etwa: »starker Luftzug«.

11 *Motte:* im Text *»Mota«*, mit großem Anfangsbuchstaben, was auf Eigennamen hindeutet. Das Wort *»mota«* bedeutet »Erdklumpen«. Aus der *Crítica de reflexión* geht hervor, dass es sich um einen spanischen Offizier handelt, der bei der Ausführung eines Befehls scheiterte oder versagte (vgl. S. 69, Anm. 24, dort S. 157).

hen? Wieso sollte ein Mann über eine Locke seiner Frau stolpern, oder über ein Haar in der Suppe seiner Schwester? Ist das denn gerecht?«

Einer kam daher und beteuerte bei seiner Ritterehre, er sei genauso gut wie der König, *tan bueno como el rei;* da dauerte es nicht lange und man warf ihm ein *r* zu, das ihn vom *rei* zum *reír* beförderte, zum König der Verlachten. Einem gewissen Rui hängte ein Boshafter eine Tilde an, das genügte für seinen Ruin.[12] Ein anderer stolperte über ein Viertel und brachte sich ums Ganze.[13] Einigen schwirrte der Kopf, und sie waren nur mehr ein X, weil sie beim Zutrinken abgeglitten waren.[14] Eine gewisse Dame, sehr elegant, schickte sich an zu passieren; alle machten ihr geflissentlich Platz, doch alsbald beging sie einen winzigen Fehltritt und schon fiel sie in den Schmutz mit all ihrer Pracht, die nur Flitter war. Die Mehrzahl der Damen stolperte über Edelsteine und galt von Stund an als recht unedel. Unter viel Schmeichelei setzte nun ein großer Fürst den Fuß auf die Brücke:

»Der kommt aber sicher hinüber«, sagten alle, »der hat nichts zu befürchten, vor dem haben die ABER selber Angst.«

Doch welch tragischer Fall! Er glitt über eine Feder aus, stürzte in den Fluss und kam begossen ans Ufer. Einem wurde eine Ahle zum Verhängnis, einem anderen eine Nähnadel: dabei waren sie doch von Adel;[15] ein tapferer General stürzte über eine feige Hennenfeder. Wie dann erst, wenn einer hinkend und krummbeinig auftrat? Dann war der Sturz sicher, denn falls beim Stolpern je noch Zweifel blieben, so gab die Schlechtigkeit den Ausschlag und zog ihn hinab in die Schande.[16] Einer war der Ansicht, ihm würde hier

12 *Ruin:* Der gleiche Schreibwitz wie in S. 459, Anm. 25.

13 *Viertel:* Wahrscheinlich war der Betreffende zu einem Viertel Indio.

14 *»X«* – »Betrunkener«, wegen der Beine oder des Ganges.

15 Unter den Vorfahren waren Schuster oder Schneider. – Man kann sich fragen, ob der Gegenstand von Graciáns Satire hier die Unehrlichkeit des Einzelnen ist oder aber der Kult um die Abstammung. Ersteres ist an dieser Stelle wahrscheinlicher. Letzteres wird in III, 7 zum Thema.

16 Zu Graciáns Physiologismus bei der Beurteilung Missgestalteter vgl. S. 159, Anm. 5.

sein Reichtum nützen, der doch sonst an den aussichtslosesten Engstellen seinem Besitzer aus der Klemme hilft; indessen musste er schon beim ersten Schritt seine Täuschung erkennen, gilt doch hier weder der goldene Sporn noch die silberne Brandsohle.[17]

»Ein tückischer Engpass«, sagten alle, »wo der Anstand zwischen den Stolpersteinen der Schlechtigkeit hindurch muss! Wie leicht ist doch das Ansehen dahin, wie rasch wird Glimpf zu Schimpf.« –

Hier nun wurden unsere beiden *peregrinos*, unsere Weltenwanderer, wirklich *peregrinos*, wirklich außergewöhnlich und vortrefflich, wie sie den Weg nahmen von VIRTELIA zu HONORIA, deren edler Freundin: obwohl benachbart, dennoch von ihr geliebt, ja sogar Wonne und Krone genannt.[18] Sie wünschten sehr, an ihren hohen Hof zu gehen, doch fürchteten sie zu Recht den unheilvollen ABER-PASS. Der jedoch war unumgänglich, einen anderen gab es nicht. Sie entsetzten sich beim Anblick so vieler, die stürzten, und ihnen zitterte der Bart, als sie erleben mussten, wie nass er bei ihren Mitwanderern war.[19] In diesem Augenblick trat einer auf und wollte passieren, das war ein Blinder. Von allen Seiten erhob sich lautes Rufen, als man ihn vorwärtstasten sah, und es galt als ausgemacht, dass er beim ersten Schritt stürzen müsste. Doch das genaue Gegenteil trat ein, unbeirrt ging der Blinde geradeaus. Es kam ihm zustatten, dass er sich auch taub zu stellen wusste, und während alle ihn von unten pfeifend und gestikulierend begleiteten, schritt er unbeeindruckt von fremdem Gehabe, auf nichts achtend als auf sein eigenes Tun, in großer Seelenruhe voran; ohne ein Spur von Unsicherheit gelangte er an das gewünschte Ziel und ward rechtschaffen um sein Glück beneidet. Sogleich sagte Critilo:

»Dieser Blinde soll uns Führer sein, in dieser Welt können sich

17 *Brandsohle:* beliebter und viel getadelter Luxus der Zeit.

18 Lat. *»peregrinus«* – »der Fremde«, mittellat. dissimiliert zu *»pelegrinus«* (= dt. »Pilger«), hat im Span. die Nebenbedeutung »ungewöhnlich«, »wunderbar« angenommen.

19 Sprichwortvariation: *»Cuando la barba de tu vecino vieres pelar, echa la tuya a remojar.«* – Etwa: »Siehst du Nachbars Barthaar fallen, mach deinen nass und lass ihn wallen.«

doch nur noch die Blinden, die Tauben und die Stummen halten.[20] Lassen wir uns das eine Lehre sein, seien wir blind und achten wir nicht auf die Makel der anderen; seien wir stumm und überschütten wir weder sie mit Tadel noch uns mit Lob, wir ziehen uns mit unserer Schelte ja nur ihren Hass zu; seien wir taub und geben wir nichts auf ihr Gerede.«

Solchermaßen belehrt konnten sie die Brücke passieren; zumindest waren sie passabel, viele bewunderten sie, wenige taten es ihnen nach. Nunmehr betraten sie jene berühmte Hochburg der Ehre, die über und über angefüllt ist mit stattlichen Bauten, prächtigen Palästen, ragenden Türmen, Bögen, Pyramiden und Obelisken, die zu errichten so viel Aufwand erfordert, die dafür aber ewig Bestand haben. Indessen wurden sie gewahr, dass die Dächer sämtlicher Häuser, ja sogar der Paläste aus Glas waren, aus feinem, schlichtem Glas, schimmernd, aber sehr zerbrechlich; weshalb denn auch nur wenige in gutem Zustand waren und nahezu keines völlig heil.[21] Bald entdeckten sie auch den Grund dafür: einen Hutzelmann, derart nichtswürdig, dass er auch vom Niederträchtigsten niemals genug hatte; seiner Fratze nach konnte er kaum Freunde haben, und selbst denen schnitt er noch ständig welche; die ganze Gestalt eine üble Knolle, mit Augen widerwärtiger als ein Medicus, vielleicht auch ein Kammerarzt,[22] die Ärmel voller Spelze wie ein Siebschüttler, die Wangen hohl wie ein Katalane, ja noch magerer, weil nie auf beiden vollen Backen kauend, nicht einmal auf einer.[23] Ganz schmächtig und ausgezehrt, obwohl

20 *Blinder als Führer:* Paradox nach *Matthäus* 15, 14 (vgl. S. 101, Anm. 25).

21 *Glas:* Die ganze folgende Fantasie ist entwickelt aus der (mit der Verbreitung des Fensterglases in der frühen Neuzeit aufgekommenen) Redensart: *»El que tiene el tejado de vidrio, no tire piedras al de su vecino.«* – »Wer ein Dach aus Glas hat, der werfe keine Steine auf das Dach seines Nachbarn.« In älterem Deutsch entsprach dem noch die Redensart »Glas auf dem Dach haben«, die dem heute geläufigen Sprichwort »Wer im Glashaus sitzt, soll nicht mit Steinen werfen« gewichen ist. Die Italiener sag(t)en: »Wer einen gläsernen Kopf hat, gehe in keine Schlacht, in der man mit Steinen wirft.«

22 *»Médico de cámara«* – »königlicher Leibarzt« und *»cámara«* – »Kammer«, »Stuhlgang«.

23 *Katalanen:* die Schwaben oder die Schotten Spaniens.

er doch an allem herumnagte; ganz bleich und fahl, obwohl er doch allem Guten die Farbe nahm. Wenn er sprach, klang es wie das Summen einer Schmeißfliege, die sich auf eine hübsche Hand setzt, aber, Perlmutt und Schneeweiß verschmähend, nur dort, wo ein Geschwür ist. Die Nase wie ein Satyr, nur noch viel höhnischer, der Buckel krumm, der Atem unausstehlich, Zeichen fürs zerfressene Innere. Auf alles Gute warf er ein scheeles Auge, in alles Schlechte schlug er seinen Zahn. Er rühmte sich, wie schlecht er sah, und rief andauernd: ›*¡Maldito lo que veo!*‹[24] Dabei stierte er doch jeden an.

Dieser nun fand, weil bei sich nichts Gutes, bei den anderen alles schlecht, hinterließ mit Behagen allenthalben Unbehagen, lief nicht den lieben, aber den langen Tag umher, stellte Beinchen und warf Steinchen, schonte nie sein krummes Händchen, schonte aber auch kein Dach. Ein jeder war überzeugt, sein Nachbar habe die Steinchen geworfen, und warf flugs genauso viele zurück: Jeder glaubte, der andere sei der Werfer, jeder verdächtigte den anderen, keiner war's gewesen. Im Zweifel warf man lieber mehrere, damit zumindest einer träfe, und bald janhagelte es dermaßen, vielmehr derart ohne Maßen, dass keiner mehr in Ruhe leben konnte; Spitzen und Pfeile kamen durch die Luft geflogen, ohne dass man wusste, wie und woher. Kein Dach blieb heil, kein Ruf ungeschmälert, kein Leben unbeschädigt: überall böse Zungen, Schmäh und Verleumdung, und die Stichelgeister schwärmten nur so aus.

»Ich sag ja nichts«, hieß es beim einen, »aber vom Soundso erzählt man sich manches.«

»Mir tut's ja leid«, hieß es bei einer anderen, »aber von der Soundso sagt man sich dies und das.«

Und unter solchem Mäntelchen der Anteilnahme kam ein Wurf hervor, der ein ganzes Dach zu Bruch gehen ließ. Im Gegenzug war man aber auch nicht faul und ließ einiges auf sie niedergehen. So wurde die Welt unablässig von dem vielgeschäftigen kleinen Stichelgeist aufgewiegelt. Er hatte sich auch noch einen übleren Sport

24 »*¡Maldito lo que veo!*« – »Ich sehe überhaupt nichts« und »Verdammt sei, was ich sehe«.

ausgedacht, und der bestand darin, den Leuten etwas ins Gesicht zu werfen, nicht Steinchen, sondern Kohlestückchen, die scheußlich schwärzten. So liefen denn schier alle beschmiert umher, schnitten die lächerlichsten Grimassen, der eine mit einem Rußfleck auf der Stirn, der andere auf der Wange, der Dritte mit einem Kreuz quer überm Gesicht; es lachte jeder über den andern, keiner dachte daran, sich selbst anzuschauen, jeder sah nur, wie hässlich der andere war. Ein ergötzliches Schauspiel, wie sie alle angeschwärzt waren und alle sich gegenseitig auslachten.[25]

»Seht ihr nicht«, rief einer, »was Soundso für einen Schandfleck auf seiner Sippe hat? Und da traut er sich, über andere herzuziehen!«

»Der X kann sich doch bei niemandem mehr sehen lassen«, rief ein anderer, »und da schämt er sich nicht, andere Leute anzuschwärzen; hat denn niemand mehr Anstand in der Zunge?«

»Ja schaut doch mal, wer da das große Wort schwingt«, so ereiferte sich ein Dritter, »bei *der* Ehefrau! Es wäre wirklich besser, der sähe zu Hause nach dem Rechten, wo denn so viel Putz wohl herkommt.«

Während sie so redeten, war da noch einer, der bekreuzigte sich allen Ernstes und meinte:

»Der Y merkt überhaupt nicht, dass er allen Grund hat, den Mund zu halten; schließlich hat er eine Schwester, die jeder kennt!«

Andere gaben ihres dazu:

»Der Z sollte doch besser mal daran denken, was er für einen Großvater gehabt hat! Immer reißen die das Maul am weitesten auf, die am wenigsten Grund dazu haben.«

»Das ist doch die größte Unverschämtheit von der Welt, der W, der hat's gerade nötig!«

»So ein freches Stück, die V, erdreistet sich doch tatsächlich und nimmt der anderen das Wort aus dem Mund!«[26]

25 Bei Kleist: »Das ist ein Spaß zum / Totlachen! Wein! Der Teufel hatt im Schlaf den beiden / Mit Kohlen die Gesichter angeschmiert. / Nun kennen sie sich wieder. Schurken!« (*Die Familie Schroffenstein*, Schluss).

26 *Wort:* das unmissverständliche Schimpfwort, das auf sie selbst gemünzt war.

Mit solchen Tönen beteiligte sich alle Welt am großen Verlachspiel, ist doch ständig die eine Hälfte dabei, die andere durchzuhecheln, belustigen sich die einen auf Kosten der andern, und alle tragen sie Fratzen statt Gesichter. Die einen lästerten über die andern und die andern über die einen, und überall war Hohngelächter, Schmäh, Klatsch, üble Nachrede und aufgeblasene Blödigkeit, und jener elende Hutzelmann triumphierte aufs prächtigste. Einige etwas Aufgeschlossenere, die freilich darob nicht glücklicher waren, nahmen wohl wahr, dass man sie verlachte, und liefen zu einem Brunnen in der Ortsmitte, einem Spiegel für alle, um sich zu vergewissern, wie sie aussähen, und als sie die Rußflecken gewahrten, streckten sie die Hände nach dem Wasser aus, das den Makel erst anzeigt und dann auch Hilfe beim Reinwaschen gewährt. Doch je mehr sie sich reinzuwaschen suchten, desto schlimmer wurde es mit ihnen, bis die andern, über ihr eingebildetes Gehabe erbost, loszeterten:

»Ist das dort nicht der, der immer verkauft und wieder zurückgekauft hat? Was fällt dem ein, uns hier jetzt Ehrenware feilzubieten?«[27]

»Moment mal, ist das nicht der Sohn von dem und dem? Und wegen der paar Kreuzer, die er hat, kommt er jetzt so unverschämt sauber daher,[28] dabei ist sein Hidalgotum mehr als fadenscheinig und riecht nach Scheiterhaufen.«[29]

Das Schlimmste war, dass gerade das klare Wasser etliche Makel ans Licht brachte, die eigentlich bereits vergessen waren. So kam bei einem, der sich ganz unbekümmert als frei geborenes

27 *Verkauft und wieder zurückgekauft:* verbreitetes Wuchergeschäft, bei dem eine Ware an einen Habenichts teuer gegen Schuldschein verkauft und anschließend billig zurückgekauft wurde; der Verkäufer konnte die Differenz zwischen Billigpreis und Schuldbetrag (so dieser sich eintreiben ließ) als Gewinn einstreichen, ohne gegen das Zinsverbot zu verstoßen.

28 *»Deslavado«* – »abgewaschen« und »dreist«.

29 *Hidalgotum:* kein alteingesessener Blutadel also, sondern eher Geldadel, womöglich bereichert an den Gütern eines als Ketzer Verbrannten. – *»No tanto al uso cuanto al aspa«: »uso«* – »Gebrauch«, »Alter« und *»huso«* – »Spindel«; *»aspa«* – »Haspel« und »Andreaskreuz der Inquisition« (vom selben Etymon).

Landeskind ausgab, ein S zum Vorschein, und damit galt: ›*Ésse es esse.*‹[30]

»Und ich weiß«, stänkerte ein anderer, »wo mit guter Tinte geschrieben steht, dass Soundso das und das ist.«

Und doch war die Tinte kläglich schlecht, die solche Flecken hinterließ. Sehr bitter empfand eine gewisse Dame, die sich mit dem blauesten Blute des Reiches brüstete, dass Verleumdung auch vor ihr nicht Halt machte, und sie sah nicht ein, dass, gleichwie eine Pustel auf schöner Haut, der Makel eines Fehltritts auf Brokat viel stärker hervortritt. Eine andere war zutiefst beschämt, dass man ihr, die doch schon eine reife Matrone war, noch irgendeine Torheit aus Kindertagen vorhielt. Da war einer im Begriffe, eine Amtswürde zu übernehmen, und auf seinem Gesicht trat plötzlich noch irgendein Dummerjungenstreich heraus. Am bittersten freilich beklagte sich ein Fürst, auf dessen erlauchte Stirn ein Geschichtsschreiber doch tatsächlich beim Federabtropfen einen Tintenfleck gespritzt hatte. Dass da überhaupt etwas gewesen sei, war für einen ganz unerträglich:

»Dass das Jetzt einem auf die Stirn tritt, mag ja noch angehen, doch was soll mir der Urgroßvater von damals?«

»Gibt es einen Grund«, grübelte ein anderer, »warum sie einen für das, was zu Zeiten von König Knall war, heute noch zum Knallen bringen?«[31]

Das Sicherste war, hübsch den Mund zu halten und nichts herauszuhängen, denn was man groß im Wappen führt, dient den anderen nur zu leicht als Waffe, die sie gegen einen kehren; und seit sie sich am Dünkelquell mit Anmaßungswasser gewaschen hatten, traten ihnen nur noch mehr Flecken aufs Gesicht. Die einen wie die andern hatten nun die Stirn, mit den Hässlichkeiten von Jahrhunderten aufzutreten. Dergestalt, nein: derungestalt,

30 »Dieser ist S (= Sklave).« – Sklaverei war von Spaniern intensiv betrieben worden, auch im Mutterland, wo es gegen Ende des 16. Jhs. an die hunderttausend Sklaven gegeben haben soll; im 17. Jh. wurden es weniger. Dies zum Gegenstand seiner Satire zu machen kommt Gracián nicht in den Sinn.

31 *»El Rey que rabiò«:* vgl. S. 348, Anm. 10.

dass keine Wange ohne Mal, kein Auge ohne Trief, keine Zunge ohne Pustel, Stirn ohne Runzel, Hand ohne Warze, Fuß ohne Schwiele, Rücken ohne Buckel, Hals ohne Kropf, Brust ohne Husten, Nase ohne Schnupfen, Finger ohne Kralle blieb, kein Augenlid ohne sein Gerstenkorn, kein Hinterkopf ohne Wirbel, kein Haupthaar ohne Spaltung: Bei allen gab es etwas, worauf er mit dem Finger wies, der üble Hetzerpetzer, und das die andern mit Argwohn beäugten. Und dennoch liefen sie vor ihm davon und schrien:

»Passt auf, der üble Knurz! Vorsicht, der Giftzahn! Oh, die widerliche Lästerzunge!«

Da war den beiden klar, dass es MOMOS sein musste, und auch sie wären vor ihm geflohen, hätte er ihnen nicht selbst den Weg vertreten und sie gefragt, was sie denn suchten, sie seien doch wohl Fremde und hätten sich verlaufen.[32] Sie erwiderten, sie suchten die gute Königin HONORIA. Prompt kam die Antwort:

»Ein Weib und gut, in dieser Zeit? Da habe ich Zweifel. In meinem Munde wenigstens wird sie's nicht sein. Ich kenne doch jede und jeden, und Gutes finde ich nichts.[33] Die gute Zeit ist längst vorbei (im Munde der Alten gibt's das Gute nur früher, das Schlechte

32 »Die Nacht aber gebar ... SCHMÄHSUCHT und peinvolles Elend« heißt es in Hesiods *Theogonie* (V. 214). MOMOS (gr. »Tadel«, »Makel«; vgl. S. 216, Anm. 37) ist überliefert als der Inbegriff des Sarkasmus, der durch seine Einflüsterungen sogar den Trojanischen Krieg ausgelöst hat. Noch mehr nach Graciáns Geschmack war Lukians Dialog *Hermotimos*, in dem MOMOS an dem von Hephaistos geschaffenen künstlichen Menschen bemängelt, dass er kein Fensterchen in der Brust habe, durch das man in sein Inneres schauen könnte (Kap. 20). Der italienische Manierist G. B. Bracelli ließ 1624 unter dem Titel *Bizzarrie di varie figure* seine »Schubladenfiguren« erscheinen, an denen sich später Salvador Dalí zu seiner *Anthropomorphen Kommode* (1936) inspirieren sollte (die 1999 gezeigte Ausstellung *Körperwelten* des Anatomen Gunther von Hagens beruft sich wiederum auf Dalí). – Sehr wahrscheinlich kannte Gracián auch Leon Battista Albertis Fürstensatire *Momos seu de principe* (1520), von der im 16. Jh. zwei spanische Editionen erschienen (vgl. die lat.-dt. Ausgabe von Michaela Boenke, 1993, S. XIII).

33 Hier wird Gracián aus leider durchsichtigen Gründen der antiken Überlieferung untreu: Momos, der alle Götter tadelte, platzte aus Ärger darüber, heißt es bei Philostratos, dass er an Aphrodite nichts auszusetzen fand.

nur jetzt).[34] Nichtsdestoweniger möchte ich euch heute gerne als Kompass dienen. Wir wollen ein wenig durch die Stadt gehen und unser Glück versuchen, ob wir HONORIA finden. Freilich braucht es viel Glück dazu, denn die Welt ist keineswegs voll von Honorigem.«

Sie hörten, wie einer einem anderen zuredete, er solle seinem Feind vergeben und von Rache abstehen, und wie dieser antwortete:

»Und die Ehre?«

Einem anderen redete man ins Gewissen, er solle doch von seinem Bettgenoss und Skandal so vieler Jahre lassen. Darauf er:

»Dann wäre die Ehre jetzt hin.«

Einem Gotteslästerer, er solle keinen Eid schwören und schon gar keinen Meineid, doch der sagte nur:

»Die Ehre geht vor.«

Einem Prasser, er solle doch an morgen denken:

»Das geht mir an die Ehre.«

Einem Machthaber, er solle Lumpen und Mördern keinen Unterschlupf bieten:

»Darin sehe ich meine Ehre nicht.«

»Ich sag es ja, ihr Schächer«, grinste MOMOS, »worin liegt sie wohl, die Ehre?«

Gegenüber hörten sie einen sagen:

»Schaut mal den Soundso an, worein der seine Ehre setzt!«

Und der Gemeinte gab zurück:

»Und der, worein setzt der sie?«

»Schaut doch den und schaut doch jenen; schaut nur, worein sie sie alle setzen!«

Einer, der aus seinem knorrigen Stammbaum hohes Ansehen bezog, sagte, für ihn käme sie von sehr weit her, von den Vorvätern, von deren Taten er zehre.

»Diese Ehre, verehrter Herr«, sagte MOMOS zu ihm, »riecht nicht mehr gut, sie ist ranzig. Seht zu, dass Ihr eine andere, brauchbarere findet. Alte Ehre verschlägt nicht viel gegen junge Schande.

34 Die Bemerkung in Klammern muss wohl als Autorintrusion gelten.

Ihr steckt Euren Leib doch wohl nicht in die Kleider Eurer Vorfahren und werdet nicht eines Tages mit der *Hosenklappe* Eures Urahns[35] auf die Straße treten und alle Welt mit Eurem *erbeguot* zum Lachen bringen[36]; so wollt bitte auch das Gemüt nicht mit seinen alten Ehrbegriffen ausstaffieren. Sucht Euch mit neuem Tun zeitgemäßere Ehre.«

Es fehlte nicht an Leuten, die ihnen sagten, sie würden die Ehre beim Reichtum finden.

»Das kann nicht sein«, meinte MOMOS, *»Ehre und Profit gehen nicht in einen Sack.«*

Sie wollten die Häuser ruhmvoller und angesehener Männer aufsuchen, doch immer wenn sie anlangten, hatten diese sich gerade schlafen gelegt. Sie trafen auf einen frisch gebackenen Edelmann, der hatte es auf altes Blut abgesehen, und sogleich sagten sie:

»Der wird etwas davon wissen.«

Es stellte sich heraus, dass er stöhnte und ächzte, als trüge er die Welt auf seinem Rücken.

»Was hat dieser Mann?«, fragte Andrenio. »Warum schwitzt er so?«

»Siehst du nicht diesen kleinen unteilbaren Punkt«, antwortete MOMOS, »der ihm auf den Schultern lastet? Der ist's, der ihn bedrückt.«

»Ja schaut euch das an!«, rief Andrenio. »Wie Atlas, der den Himmel stemmt! Wie Herkules, der die Weltenmonarchie ganz alleine schultert!«

»Nun, dieses winzige Pünktchen«, erklärte MOMOS, »bringt viele sehr ins Schwitzen und macht ihnen arg zu schaffen. Um die-

35 *»Martingala«:* Wenn die Etymologen Recht haben, leitet sich das Wort von der südfranzösischen Stadt Martigues her, deren Einwohner wegen ihrer isolierten Lage in dem Ruf standen, mit der Mode nicht Schritt zu halten. Jedenfalls trugen die Männer Hosen mit einer Bodenklappe für besonders eilige Bedürfnisse. Dass die Erfindung so unnütz nicht sein konnte, beweist die Entwicklung des Wortes, das sich im Frz. wie im Span. bis heute in der Bedeutung »Einfall«, »Trick« (vor allem beim Spiel) erhalten hat.

36 Gracián verwendet für seinen Spott ein altspanisches Wort: *»vejedad«*.

sen Punkt zu wahren, auf dem er steht oder auf den er gestellt wurde, bringt er ein Leben mit Seufzen hin, verausgabt er seine Kräfte, nimmt wachsende Lasten auf sich, scheut keine Kosten, nimmt alle Rückschläge in Kauf: Nur der Punkt darf nicht geschmälert werden.«[37]

»Wenn ihr sie finden wollt, die Ehre«, sagte ein anderer zu ihnen, »dann müsst ihr sie wohl bei den *Schleppen* suchen.«

»Ehre, die am Boden kriecht, unbeschmutzt nicht bleiben kann«, äußerte Critilo.

»Eben doch: Was schleppt, ehrt.«[38]

»Aber nein!«, fuhr Momos dazwischen. »Umgekehrt wird ein Schuh daraus: Was ehrt, schleppt, und die vermaledeite Ehre zieht so manchen dahin. Wie viele werden nicht vom Prunkgeschmeide ihrer Frauen, von den Livreen ihrer Pagen dahingezogen und stehen dann da, ebenso besessen wie betreten! Sie tun nur, was sie schuldig sind, behaupten sie. Umgekehrt wird's richtig: Sie schulden für alles, was sie tun, Krämer und Gesinde können's bezeugen.«

Einen anderen fanden sie, so manchen anderen, die keuchten sich die Lunge aus dem Leib, die spien sich die Galle aus dem Mund.

»Das ist ja noch schlimmer«, rief Andrenio.

»Wenn irgendwo«, meinte Momos, »dann muss die Ehre wohl in diesen stecken.«

»Wie denn das?«

»Na, sie platzen doch vor Ehrgehabe.«

»Wohl wahr, die unselige Ehrtümelei kommt sie teuer zu stehen.«

»Und das Schlimmste ist, je mehr sie die Hand danach ausstrecken, desto mehr entwischt sie ihnen, und sie verlieren Leib und Leben darüber.«

»Müht euch nicht«, sagte ein anderer, »ihr werdet sie nie im Leben finden, nur im Tod.«

37 Der *punto de honor* – der Ehren(stand)punkt.
38 Die bodenlangen Gewänder der Würdenträger.

»Wieso im Tod?«

»Ja, weil das doch der Tag der Lobreden ist, und dem Toten werden Ehren erwiesen.«

»Von wegen Ehre!«, rief Andrenio. »In ein Bahrtuch passt nicht viel davon. Teuer ist die Ehre, wenn der Preis sterben heißt. Und ist ein Toter Erde und Nichts, so war all seine Ehre nicht eben viel.«

»Es ist doch allerhand«, meinte Critilo, »dass wir weder HONORIA an ihrem Hof finden, noch die Ehre in so volkreicher Stadt.«

»Ehre und große Stadt«, gab MOMOS zurück, »das fügt sich schlecht. Zu anderen Zeiten kam Ehre wohl auch in den Städten vor, doch von dort ist sie längst schon fort. Ich versichere euch: Alles Gute war von dem Tage an weg, an dem man jene große Persönlichkeit daraus verjagte, die doch auf ewig verdient hätte, dass man sie hielte und auf sie hörte, die von allen geachtet war, weil sie fest und stark die Richtung wies. Sie ging zum einen Tor hinaus – welch ein Jammer! –, und zum anderen strömten alle Gemeinheiten herein – welch ein Unheil!«

»Was war das für ein Mann«, fragten sie, »der so viel Gewicht und Ansehen hatte?«

»Er war Gouverneur der Stadt, und er galt als HONORIAS ureigener Sohn. Kein Lykurg kam ihm gleich, und Platons Staatswesen war nicht so wohl geordnet wie sie; all die Jahre über, in denen er ihr diente, kannte man weder Laster, noch wurde ein Skandal ruchbar, kein Übeltäter oder Schurke hielt sich dort auf, denn alle fürchteten sie ihn, und zwar mehr noch als den Gouverneur von Aragón.[39] Mehr brachte die Ehrfurcht vor ihm zuwege als alle Gesetze, und man hatte mehr Respekt vor ihm als vor dem Henkersbalken. Doch sobald er fehlte, ging es mit allem Guten zu Ende.«

»Willst du uns nicht sagen, wer diese untadelige Person ist?«

»Eigentlich war sie doch recht bekannt, und ich wundere mich, dass ihr nicht draufkommt. Es war der kluge, der umsichtige, der respektheischende ¿QUÉ DIRÁN?, der WAS-WERDEN-DIE-LEUTE-

39 Pedro Pablo Zapata mit Namen, beim Erscheinen des *Criticón* Gouverneur von Cartagena de Indias (im heutigen Kolumbien). – *Lykurg:* Inbegriff des guten Gesetzgebers aus Sparta.

SAGEN, die allseits geläufige Figur, vor der selbst die Fürsten Angst hatten und sich fragten: ›WAS WIRD MAN SAGEN über einen Fürsten wie mich, der der Richtspiegel der Welt sein müsste und nicht ihr Zerrspiegel?‹. ›WAS WIRD MAN SAGEN‹, fragte sich der Lehensherr, ›wenn ich meinen Pflichten nicht mehr nachkomme, den vielfachen, wenn ich meinen Vorfahren aus der Art schlage, famosen Leuten, die mir gutes Handeln auferlegt haben, während ich mich auf Gemeinheiten verlege?‹ ›WAS WIRD MAN VON MIR SAGEN‹, fragte sich der Richter, ›wenn ich die Gerechtigkeit mit Füßen trete, die ich doch schützen soll, und statt Richter selber Delinquent werde? – Nein, das sollen sie von mir nicht sagen!‹ In dem Augenblick, wo man sie am meisten bedrängte, dachte die verheiratete Frau an ihn und rief sich selbst zu: ›WAS WIRD MAN VON MIR SAGEN, wenn eine reife Frau wie ich aus Penelope zu Helena wird und ich die gute Art meines Gatten auf so schlechte Weise vergelte? – Nein, Gott bewahre mich vor solchem Fehltritt!‹ Auch das verschämte Mägdelein wahrte sich auf diese Weise in der Abgeschiedenheit seines Gartens und sagte zu sich: ›Ich bin doch eine duftende Blüte, sollte ich so hässliche Frucht bringen? Ich, die Lilie, zum Gelach der Welt werden? Ich, nur weil ich gern schaute, mich nicht mehr sehen lassen dürfen? Ich, nur weil ich's gern sagte, zum Gerede werden?[40] Davor will ich mich doch hüten!‹ ›WAS WERDEN SIE SAGEN‹, so die Witwe, ›wenn ich, der Mann kaum verstorben, vom Freund schon umworben,[41] mit dem Nass meiner Tränen sogleich mein Lüstchen ergrünen lasse und, mir nichts dir nichts, das Requiem gegen ein Halleluja vertausche?‹ ›Ich werde mir nicht sagen lassen‹, rief der Soldat, ›ich hätte mir Wieselstiefel angezogen; WAS WERDEN SIE SAGEN von einem Spanier? Ich sei unter gallischen Hähnen die Henne?‹ ›WAS WERDEN SIE SAGEN von einem Mann mit meinen Geistesgaben‹, sagte der Weise, ›dass ich etwa aus einem kühnen Jünger der Minerva zu einem feigen Sklaven der Venus geworden sei?‹ ›Was werden die

40 Drei Sätze von unnachahmlicher Konzinnität: *»¿Yo, siendo una rosa, ser risa del mundo?; ¿yo, ver ni ser vista?; ¿yo, por hablar, dar que dezir?«*

41 Kalauerndes Wortspiel mit *»mar-ido«* und *»venido«* wie S. 500, Anm. 16.

Jungen sagen?‹, fragte der Alte; und ›was werden die Alten sagen?‹, fragte der Junge. ›Was werden die Nachbarn sagen?‹, sprach der Mann, der auf sich hielt. Und darüber hielten sich alle an die Gebote der Scham. ›Was würden meine Nebenbuhler sagen?‹, so der Vernünftige zu sich; ›soll ich ihnen einen so guten Tag bereiten und mir eine so schlechte Nacht?‹ ›Was würden die Untergebenen sagen?‹, so der Vorgesetzte; und ›was würde der Vorgesetzte sagen?‹, so die Untergebenen. Solcherart wurde *¿Qué dirán?* von jedermann gefürchtet und respektiert, und alles verlief, wenn schon nicht in herzlichem Einklang, so doch in geordnetem Gleichklang.[42] Mit seinem Abgang ging selbigentags auch jegliches Wertvolle ab: Alles verloren, alles dahin.«

»Was aber wurde aus solch strengem Cato, solch ordnungstiftendem Lykurg?«

»Was aus ihm wurde? Da die einen wie die anderen ihn nicht ausstehen konnten, ruhten sie allenthalben nicht, bis sie ihn hinausgeworfen hatten. Barbarischer, vulgärer Ostrazismus[43] verschwor sich gegen ihn, und weil er gut war, verwies man ihn heutigem Usus gemäß des Landes. Ihr müsst wissen: Mit der Zeit, die alles umwälzt, wuchs diese Stadt, es mehrte sich das Volk und mit ihm das Durcheinander, ist doch jede große Hof- und Hauptstadt ein Babel. Man kannte einander bald nicht mehr, der Makel aller großen Siedlungen. Erst maulte man über die Regierung, dann missachtete man ihre Gebote, schließlich begehrte man gegen sie auf. Da alle Welt schlecht war, verlor man jede Zurückhaltung voreinander, keiner nahm mehr von der Gegenwart des anderen Notiz, jeder schaute nur noch auf sich selbst, schwieg in sich hinein,

42 *»No de concierto, pero muy concertado«:* das ehrwürdige Gleichnis vom gesellschaftlichen *Konzert* (lt. *»con-certare«* – »streiten«) als hoher Form der Konfliktregulierung beschließt diese brillante utopische Allegorie über Gewissen und Rücksichtnahme als einzigem gesellschaftlichem Regulativ. Das *¿Qué dirán?* als (deutlich anti-absolutistisches) Motiv der Moraldiskussion kam im 17. Jh. auf; es hat sich als feststehender Ausdruck bis heute erhalten (frz. *»Le qu'en-dira-t-on«*), aber bezeichnenderwiese mit der negativen Konnotation von ängstlich-übertriebener Schamhaftigkeit, Furcht vor dem Gerede, mangelndem Mut zur »Selbstverwirklichung«, mangelnder Zivilcourage.

43 *Ostrazismus:* der Geist der Scherbengerichte.

und wenn er die Hand an die Brust legte, zog er sie so voller Krätze zurück, dass ihn anderer Leute Räude nicht mehr juckte. Es hieß nicht mehr *Was werden die Leute sagen?*, sondern *Was werde ich über den und den sagen, damit er nicht noch viel mehr über mich sagt?* Nur zu einem reichte noch die Gemeinschaft: sich zusammenzurotten und *¿Qué dirán?* hinauszuwerfen. Alsbald war es vollends um die Scham geschehen, war es vorbei mit allem Ansehen, verlor sich der letzte Rest Sitte, löste sich jedes Ehrgefühl auf. Pflichten wurden nicht mehr beachtet, und alles geriet in Verfall. Anderntags schon wurde die Ehefrau zur Wehefrau, war die Jungfrau nicht mehr vestalisch, sondern bestialisch, verkaufte der Kaufmann im Dunkeln, um besser blenden zu können, wurde der Richter parteilich zugunsten dessen, der ihn beteiligte, wurden die Weisen zu Verwesern, taten die Soldaten alles, nur nicht was sie zu tun hatten, und selbst der Spiegel, der bislang allgemein war, war nur noch gemein.[44] Somit gibt es keine Ehre mehr und auch nichts, was danach aussieht. Ach je, plagen wir uns nicht damit, am Abend noch etwas zu suchen, das andere am helllichten Tag nicht finden konnten.«[45]

»In einer Stadt mit solchem Ruf?«, wollte Critilo einwenden.

»Nunmehr verrufen und verrußt!«, rief MOMOS, »rauchgeschwärzt, ein rabenschwarzer Wirrwarr.«

»Da irrst du dich aber«, entgegnete mit lauter Stimme eine andere Person, die jetzt auftrat und jedem ins Auge fiel wegen ihrer Rundlichkeit und jedem gefällig schien wegen ihrer Glattheit, ganz das Gegenteil zu MOMOS, ja sein Widerpart nach Aussehen, Verhalten, Charakter, Aufzug, Tun und Treiben.

»Was ist denn das für ein Subjekt?«, wollte Andrenio wissen und wandte sich an jemanden aus dem bunt gemischten Gefolge.

Zur Antwort bekam er:

»Gut gesagt, Subjekt: jedem ergeben, allen zu Diensten.«

»Wie rosig die Wangen!«

»Harm und Gram stehen ihm nicht.«

44 Mit der letzten dieser Paronomasien ist möglicherweise der vorher genannte »Richtspiegel« gemeint: der Fürst.

45 Einen ganzen Menschen, gemäß Diogenes (vgl. S. 405, Anm. 5).

»Wie flink und wendig!«

»Er windet sich durchs Leben.«

»Er scheint ein Mensch mit gesunder Leber und noch besserer Milz. Wie ist er so füllig geworden bei diesen Zeitläuften?«

»Er isst das Brot aller.«

»Er scheint einfältig.«

»Ein Vorteil: Wer intelligent aussieht, wird gefürchtet und bald verabscheut.«

»Er weiß offensichtlich nur *von der Messe die Hälfte.*«[46]

»Oh, er weiß genug davon, er kann zu allem ja und amen sagen.«

»Und wie nennt er sich?«

»Er hat mancherlei Namen, und alle klingen schön: Die einen nennen ihn den guten Mann, andere den lieben Hannes, den Weihrauchschwenker, *Mangia con tutti,* Weichkäse oder Wabbelpaste. Aber sein eigentlicher Name ist auf Spanisch *sí, sí,* auf Italienisch *bono, bono.* Und wie man dem andern dort den Namen *no, no* gegeben hat und nur die beiden *n* aus Bosheit oder Ignoranz zu *m* verderbt sind und *mo mo* ergeben haben, so blieb bei ihm von *bono, bono* nur *bo bo* übrig, weil er doch alles lieb und nett findet.[47] Zur größten Albernheit sagt er *bueno, bueno!,* zum ungeheuerlichsten Unsinn sagt er *wie schön!,* zur schlimmsten Lüge *ja, ja;* zur abwegigsten Verstiegenheit *genau!,* zum ausgemachtesten Schwachsinn *gelungen!* Auf diese Weise leibt und lebt er einverständig mit allen, wird von allem fett und bezieht aus andrer Leute Dummheit eine nette Rente.

»Nun, wenn es so ist, mag man ihn gern auch ECHO DER TORHEIT nennen. Doch sag mir, wie kommt es, bei Gott, dass die Antike, der MOMO(s) geläufig war, von BOBO nichts wusste, wo er doch so viel näher liegt und eingängiger ist?«

»Dazu wäre viel zu sagen. Manche bedauern ihn, denn weil

46 *»No saber de la misa la media«* – »nichts auf dem Kasten haben«.

47 MOMOS wird auf Spanisch zu *»Momo«; »bobo«* bedeutet »blöd«. – Es dürfte keinem Leser entgangen sein, dass im Laufe der Krisis sich der Giftzwerg vom Beginn zu einer mehr als schmunzelnden Identifikationsfigur des Autors gewandelt hat. Man hat sogar in der Beschreibung ein Selbstporträt vermutet.

jedermann denkt, ihm komme doch durchaus zu, was er von BOBO gesagt bekam, erfährt er von keinem Dank; alle lassen sich seine Schmeicheleien gern eingehen, aber niemand lohnt sie ihm, und am Ende beißen ihn die Hunde. Andere sagen, er sei wirklich in der Welt zu nichts nütze, vielmehr höchst schädlich. Eines steht fest: So übel, wie die Menschen sind, haben sie BOBOS Einfalt weniger genossen, als sie MOMOS' Stachel gefürchtet haben.«

Bei seinem Anblick geriet MOMOS gewaltig in Zorn; zwischen den beiden entbrannte ein heftiger Streit. Beider Anhänger liefen herbei, und es bildeten sich zwei Gruppen: Die Gewitzten, Kritischen, Spöttischen, Zungenfertigen, Beißenden, Eigenwilligen, Satiriker und Lästerzungen hielten zu MOMOS; gegenüber die Tölpel, Einfaltspinsel, Amensager, Schmeichelspeichler, die Simpel und die Gimpel schlugen sich auf die Seite BOBOS. Critilo und Andrenio standen noch und schauten zu, als ein wunderliches Wesen sich ihnen näherte und zu ihnen sagte:

»Nichts dümmer, als hier herumstehen und denen zuhören. Seid ihr auf der Suche nach EHRE, so folgt mir, ich will euch dahin führen, wo die Ehre der ganzen Welt ist.«

Wohin er sie führte und wo sie sie wirklich fanden, das bleibt der nächsten Krisis vorbehalten.

Zwölfte Krisis

Der Thron der Herrschaft

Es wetteiferten die Künste und Wissenschaften, wem wohl der Titel einer höchsten Königin gebührte, Sonne der Erkenntnis und erhabener Herrscherin im Reiche der Bildung. Nachdem man zuvörderst der heiligen Theologie eine Sonderstellung gewährt und sie über aller Häupter, ja über die Sterne erhoben hatte (sie allein ist wahrhaft göttlich, weiht sie sich doch gänzlich der Erkenntnis Gottes und der Erforschung seiner ungezählten Attribute, mithin es ungehörig wäre, sie im Dutzend zu behandeln), nahm der Wettstreit seinen Fortgang unter allen Übrigen, die sich *unterhalb der Dächer,* will sagen in den irdischen Regionen, Morgenlicht der Wahrheit und Nordsterne der Erkenntnis nennen. Alsbald sah man sämtliche bedeutenden Geister sich einer der beiden Philosophien zugesellen: die Gedankenreichen der Naturphilosophie, die Urteilsstarken der Moralphilosophie. Dabei traten vor allen anderen Platon und Seneca hervor: Der eine schuf göttliche Wesenheiten, der andere Sentenzen von ewiger Dauer. Nicht minder zahlreich und erlesen war das Gefolge der Humanitas, alles Leute von hohen Anlagen;[1] allen voran ein verständiger Mann mit Mantel und Degen,[2] der eine Rede, die er auf sie gehalten hatte, soeben mit folgenden Worten beschloss:

»O beifallswürdige Enzyklopaedia! Auf dir ja beruht all unser praktisches Wissen, schon dein Name Humanitas besagt, wie sehr du die Würde des Menschen ausmachst; mit Recht haben die

1 *Humanitas:* Das spanische Wort *»humanidad(es)«* nimmt das ciceronianische *»humanitas«* im Sinne von »Bildung« auf. Im Deutschen stand dafür oft das neulateinische »Humaniora«: Beschäftigung mit der klassischen Antike.

2 *Mann mit Mantel und Degen (»Hombre de capa y espada«)* meinte den Welt- oder Hofmann, der nicht Kleriker und nicht Gelehrter war. »Mantel- und Degen-Komödie« hieß danach ein Stück, das in diesen Kreisen spielte und zumeist Ehrenkonflikte zum Inhalt hatte.

Verständigen dir auch den Namen *Bonae litterae* verliehen, nennst du dich doch unter allen Künsten mit Vorrang die GUTE.«[3]

Doch schon begannen Bartulus und Baldus für die Jurisprudenz zu plädieren;[4] zweihundert Texte aus dem Kopf zitierend bewiesen sie mit letzter Evidenz, dass diese das wunderbare Geheimnis berge, Ansehen und Einkommen zu steigern und die Leute zu den höheren, ja den höchsten Würden aufsteigen zu lassen.

Hippokrates und Galenus aber lachten darüber nur und meinten:

»Meine Herren, es geht hier um nichts Geringeres als das Leben: Kann denn irgendetwas Wert haben ohne die Gesundheit?«

Und Pedro García von der Universität Complutense, der die Gewöhnlichkeit seines Familiennamens durch seinen außergewöhnlichen Ruf wettmachte, betonte sehr nachdrücklich, dass der Göttliche Weise doch die Mediziner zu ehren befohlen habe, nicht die Juristen und auch nicht die Poeten.[5]

»Ruhm und Ehre gibt es *hier!*«, ließ sich selbstbewusst ein Geschichtsschreiber vernehmen. »Nur hier wird Personen wahrhaft zu Leben und Unsterblichkeit verholfen!«

»Ja, aber für Geschmack und Bildung kommt nichts gegen die Poesie an«, glossierte ein Dichter. »Meinethalben mag die Jurisprudenz mit Ansehen, die Medizin mit Profit groß geworden sein; das Schöne und Angenehme muss doch den lieblich singenden Schwänen vorbehalten bleiben.«[6]

»Aber die Astrologie«, rief ein Mathematicus, »sollen der die

3 *»Buenas Letras«*, das später dem französischen *Belles Lettres – Bellas Letras* wich, entspricht dem lateinischen *bonae artes*, die Schönen Künste. Den Begriff ENZYKLOPÄDIE setzt Gracián damit gleich.

4 *Bartulus:* Zu den beiden Rechtsgelehrten vgl. S. 362, Anm. 44 und 45.

5 *Pedro García* (ein in Spanien alltäglicher Name baskischer Herkunft: »Bär«): berühmter Mediziner der Universität von Alcalá (dem antiken *Complutum;* im 19. Jh. wurde die Complutense unter Beibehaltung ihres Namens nach Madrid verlegt). Die Stelle benutzt *Sirach* 38, 1: *»Honora medicum propter necessitatem: etenim illum creavit Altissimus«* (Überlieferung unsicher).

6 Die Dichtung ist zuständig für *»gusto«*, was sich modern mit »Sinn für das Ästhetische« umschreiben lässt. Die »singenden Schwäne« sind nicht ohne Selbstparodie: vgl. I, 1, zweiter Absatz.

Sterne nicht hold sein, wo sie doch mit allen in Tuchfühlung steht und bisweilen sogar die Sonne streift?«

»Ach woher!«, rief ein *ateista* dazwischen – ich meine ein *estadista*, ein gottloser Politiker also. »Ich halte mich an die Politik, das ist die Wissenschaft der Fürsten, mithin die Fürstin der Wissenschaften.«

Dergestalt wogte der Streit durch alle Fakultäten, bis der Großkanzler der Wissenschaften und würdige Präsident der Gelehrtenakademie, nachdem er alle Parteien gehört und ihre wohl formulierten Ansichten erwogen hatte, sich zur Urteilsverkündung anschickte. Mit einer Handbewegung stellte er in dem Stimmengewirr Ruhe her, und alsbald herrschte gespannte Erwartung. Da sah man so manchen Pedanten den Storchenhals recken, das Kranichbein strecken, das Kauzenauge aufsperren und das Hasenohr spitzen. Inmitten solch andächtiger Erwartung – keine Fliege war zu hören – knöpfte der gestrenge Präsident sich das Jackett auf und förderte aus der Brusttasche ein winziges Büchlein von kaum mehr als zwölf Seiten zutage, keinen Wälzer, keinen *tomo,* nur ein *atomo,* hielt es weithin sichtbar in die Höhe und sagte:

»Dies hier ist wahrhaft die Krone des Wissens, dies ist *scientia scientiarum,* der Kompass für sämtliche Jünger der Erkenntnis.«

Verblüfft sahen alle abwechselnd ihn und sich gegenseitig an und begehrten voller Skepsis zu wissen, welches wohl diese Kunst sei, die so gar nicht danach aussah. Er aber hob erneut mit überschwänglichem Preisen an:

»Dies ist fürwahr der Inbegriff des praktischen Wissens, dies ist das Grundbuch eines jeglichen Gebildeten, es verleiht seinem Tun Hand und Fuß, es stärkt ihm auch Rücken und Schultern. Dies Büchlein verhilft einem Pygmäen aus dem Erdenstaub auf den Thron der Herrschaft. Da mag sich das *Corpus juris* des Juristen verstecken, da mögen sich die *Aphorismen* der Medizin verkriechen, die doch nur so heißen, weil sie *des-aforados,* widerrechtlich und rabiat sind und weil sie die Lebenden *fuera del mundo,* hinaus aus der Welt befördern. Oh, welch eine Schule für Gedeih und Ansehen! Die Politik nicht und nicht die Philosophie, noch alle Wissenschaft zusammen können leisten, was diese allein zuwege bringt.«

Über dieser neuerlichen Anpreisung wuchs die Neugier ins Maßlose, zumal dergleichen sich in so maßvollem Munde befremdlich ausnahm.

»Um zum Schlusse zu kommen«, sprach er weiter, »dies goldene Büchlein verdankt sein Dasein Luis Vives, es ist die Frucht der edelsten Sorgfalt jenes berühmten Grammatikers, und es heißt *De conscribendis epistulis:* die Kunst des Brief...«

Er kam nicht mehr bis ... *schreibens,* denn in der gelehrten Versammlung brach ein solches Gelächter los, ging ein solches Gewitter von Lachsalven nieder, dass er geraume Zeit nicht mehr zu Worte kam, um sich zu erklären. Am Ende machte er Miene, das Büchlein wieder einzustecken, so streng, dass das Gelächter sich nun doch legte und er, sehr gesetzt, zu ihnen sagen konnte:

»Mit Bedauern muss ich erleben, wie ihr euch gemein macht. Der einzige Weg, mir Genugtuung zu verschaffen, wird das Eingeständnis eures Irrtums sein. Seid euch nur im Klaren darüber, dass kein Wissen auf der Welt so wichtig ist wie die Fähigkeit, Briefe zu schreiben. Und wer immer sich anschickt, Herrschaft auszuüben, für den ist es entscheidend, die Maxime zu beachten: *Qui vult regnare, scribat,* Wer herrschen will, muss schreiben können.«[7] –

Diese Geschichte einer Wertung wurde ihnen erzählt von einer Kaum-Person, einem Fast-nicht-Menschen, eher einem Schattenwesen, einer Dünnfigur, recht eigentlich einer Ungestalt, hatte sie doch weder eine Hand, die sie anlegen, noch eine Stimme, die sie

7 *Vives:* In dieser Einleitung verbindet sich die Bewunderung Graciáns für den großen (als *Converso* in Spanien nicht geduldeten!) Humanisten Juan Luis Vives (1492–1540) mit der Satire auf die Eitelkeit der Wissenschaftsvertreter. Der Traktat, den Vives 1536 in Basel erscheinen ließ, steht nach Erasmus' gleichnamiger Abhandlung von 1522 an zweiter Stelle unter den Renaissance-Traktaten über die Briefschreibekunst, ist aber knapper gefasst und auch für nicht-lateinische Briefe geeignet, weswegen Gracián ihn hier wohl bevorzugt hat (kritische Ausgabe mit englischer Übersetzung von Ch. Fantazzi, 1989). Unüberhörbar indessen die satirische Wendung gegen den Einsatz des Briefes bei politischen Intrigen. Die Schlussmaxime *»Quien quiere reinar, escriba«* (sie steht nicht bei Vives, ist dessen Geist eher entgegengesetzt) muss wohl auch doppeldeutig gelesen werden: *»Quien quiere reinar, es criba«* (= »Wer herrschen will, ist ein Sieb«, ein hohler Charakter ohne Persönlichkeit). – Von Gracián selbst sind uns 33 Briefe erhalten (vgl. *Obras completas,* p. 1123–1164), er zählt mithin nicht zu den großen Epistolografen.

erheben konnte, hatte keinen Rücken zum Decken, kein Bein zum Stellen, keine Schulter zum Rollen, geschweige denn einen Bart, um den man ihr hätte gehen können. Da war so wenig, dass dem verwunderten Andrenio die Frage entfuhr:

»Bist du nun, oder bist du nicht? Und wenn du bist, wovon lebst du?«

»Ich«, so kam die Antwort, »bin Schatten und gehe daher stets nur *im Schatten der Dächer.*[8] Wundere dich nicht weiter, die allermeisten auf Erden wurden zu nichts anderem geboren, als Schatten im Gemälde zu sein, keine hellen Partien, erst recht keine Glanzlichter. Nimm einen jüngeren Bruder: Was ist er anderes als der Schatten des Erstgeborenen? Wer nur zum Dienen taugt, wer nur zum Nachmachen fähig ist, wer sich nur treiben lässt, wer weder Ja noch Nein sagen kann, wer keine eigene Meinung hat, all die vielen Unselbständigen – was sind sie, wenn nicht anderer Leute Schatten? Glaubt mir, die meisten sind Schatten, denn jene werfen ihn, und diese alle folgen ihnen. So kann von Glück sagen, wer zu einem guten Baum gehört und nicht zu einem Dornbusch, einem Korkbaum oder einer Zwerglatsche.[9] Deswegen bin ich auch auf der Suche nach einem großen Mann, damit ich sein Schatten werden kann und über die Welt herrschen.«

»Du?«, erwiderte Andrenio. »Du, und herrschen?«

»Und ob! Da war schon mancher, der sehr viel weniger war, ja eigentlich gar nichts, und hat es so weit gebracht, dass er über alles herrschte. Ich bin vollkommen sicher, dass ihr mich in kürzester Zeit auf dem Thron sehen werdet. Wartet nur ab, bis wir in der Residenz sind. Noch bin ich nur Schatten, bald bin ich *Schaudern.* Gehen wir nur hin, dort werdet ihr die Ehre der Welt schauen in Gestalt des erlauchten, gerechten und kühnen Ferdinand Augustus: Er ist die Zierde unseres Jahrhunderts, die zweite Säule des *non plus ultra* des Glaubens, Thron der Gerechtigkeit, Fundament der Stärke und Ruhepunkt jeglicher Tugend. Und glaubt mir nur,

8 *»Im Schatten der Dächer«:* »scheu«, »verstohlen«; vgl. S. 204, Anm. 8.

9 *Korkbaum: »Alcornoque«; Zwerglatsche: »quejigo«.* Die Bäume sind nicht »gut«, weil der erste etwas mit Dornen zu tun hat, der zweite mit Hörnern *(»cuernos«),* der dritte mit Klagen *(»quejas«).*

keine andere Ehre gibt es, als die auf der Tugend ruht, kann doch beim Laster Großes nicht sein.«[10]

Beide Pilger freuten sich sehr, als sie gewahr wurden, dass man sich jener Stadt näherte, in der ihr lang gesuchtes Liebstes weilte und ihr ersehntes Glück sich einstellen würde.[11] Alsbald wurden sie, hoch gebaut in ragender Erhabenheit, einer kaiserlichen Stadt ansichtig, der Ersten unter allen, die die Sonne krönt mit ihren Strahlen. Beim Näherkommen staunten sie über die Unmenge Leute, welche alle die steile Anhöhe zu ihrer Mauerkrone keuchend zu erklimmen suchten. Sicherheitshalber erkundigten sich unsere beiden Wanderer, ob dies auch wirklich die Hof- und Hauptstadt sei.[12]

»Ja, ist sie denn nicht deutlich zu erkennen«, gab man ihnen zur Antwort, »an so viel Zudringlichen? Natürlich ist dies der Hof, sogar der Hof aller Höfe; dies ist der Thron der Herrschaft, zu dem alle Welt bis zur Erschöpfung hinandrängt: Die einen sind dann die Meisterschöpften, die andern die Zweitmeisterschöpften, nur zu den Letzterschöpften will keiner gehören.«

Einige wenige sahen sie den Umweg über Leistung und Verdienst einschlagen, doch dieser Umweg war ein Unweg, und man verendete, bevor er endete. Der am leichtesten gangbare, anders als der über Bildung, Einsatz und Anstrengung, war der über das Gold; die ganze Schwierigkeit bestand darin, sich eine Stiege zu schaffen, sind doch gewöhnlich die Verdienstvollsten auch die Ungeschicktesten. Einem warfen sie – es war mehr Gefälligkeit als Wahl – von oben eine Strickleiter zu, doch der zog sie, als er erst oben stand, schnell zu sich herauf, damit nur ja kein anderer nachstiege. Umgekehrt warf ein anderer von unten einen goldenen Widerhaken hinauf, der hakte sich bei Zweien oder Dreien, die oben standen, so fest, dass er mühelos emporklettern konnte. Unter

10 *Kaiser Ferdinand III.:* vgl. S. 326, Anm. 25. – Das Herrscherlob im Munde der Schattenfigur scheint nicht recht zu stimmen: ein unkorrigiertes Versehen?

11 Unsere Wanderer sind also vor Wien angelangt und vermuten dort Felisinda, wie in I, 12 angekündigt.

12 Gracián beschrieb nicht etwa aus eigener Anschauung. Die »hochgebaute« Stadt Wien erscheint hier kaum anders als Jerusalem auf Gemälden des Mittelalters.

ihnen gab es wahre Akrobaten des Ehrgeizes, die auf goldenen Seilen federleicht hinanschwebten.[13] Einer war da, der stieß laute Verwünschungen aus.

»Was hat denn der?«, fragte Andrenio.

Und die Antwort lautete:

»Der schimpft auf die, die ihn nicht für voll nehmen.«

Am meisten verwunderte sie, dass, obwohl doch der Abhang bereits sehr glitschig war und voller schlüpfriger Stellen, einer erschien und sich daranmachte, ihn mit einer silbrig glänzenden, seifigen Salbe einzuschmieren.

»Das ist doch ausgemachte Torheit!«, riefen sie.

Doch der Schattenmann wehrte ab:

»Wartet nur, ihr werdet gleich sehen, was das für Wunder wirkt.«

Und das tat es wahrhaftig, denn dank diesem Aufwand vermochte jener nun leicht und sicher emporzusteigen, ohne das geringste Auf und Ab.

»Oh, das große Geheimnis«, rief Critilo, »den anderen die Hände zu schmieren, damit einem selbst nicht die Füße wegrutschen!«

Gar manche führten ihre wallenden Bärte umher, Sturzbäche gelehrter Autorität: Je mehr Weisheit sie damit zur Schau trugen, desto mehr offenbarte sich ihre Unbedarftheit.

»Warum«, fragte Andrenio, »lassen die sich wohl den Bart so lang stehen?«

»Oh«, erwiderte der Schattenmann, »damit man ihnen besser darum gehen kann.«

Einer fiel ihnen auf, der sah nicht nur dumm aus, er war es auch tatsächlich, womit er nur jenen Aphorismus bestätigte, der da lautet: *Dumm sind alle, die so aussehen, und die Hälfte derer, die nicht so aussehen.*[14] Und er mochte so unfähig sein, wie er wollte, es gab doch etliche Schlauberger, die halfen ihm beim Aufstieg, ebneten ihm sämtliche Wege und arbeiteten unaufhörlich (aber völlig ge-

13 Sicherlich eine Anspielung auf politische Vorgänge, den Zeitgenossen verständlich, uns nicht.

14 *Dumm:* ein Ausspruch von Graciáns Freund Pablo de Parada; vgl. *Agudeza* 28.

gen ihre Überzeugung) an seinem Ruf als einem starken Kopf und tüchtigen Mann, der zu jeglichem Amte befähigt sei.

»Was bezwecken diese klugen Leute«, fragte Critilo, »wenn sie diesen Hohlkopf so fördern und ihn allen Ernstes auf den Thron zu heben suchen?«

»Oh«, meinte der Schattenmann und war nun ganz Schauder- und Schlaffemann, »seht ihr denn nicht ein, dass, wenn dieser einmal zur Herrschaft gelangt ist, sie ihn dann beherrschen? Er ist die *Eisenspitze,* und sie sind sicher, dass er völlig in ihrer Hand sein wird.«[15]

»Ach, was gälte hier nicht eine Unze echter Zuneigung! Ein Freund wäre ein *Peru.* Vor allem ein Verwandter, und sei es nur ein Schwager! Stets hieß es doch: ›... hab um dich deine Sippe‹.«[16]

Critilo jedoch suchte daraufhin in weiser Vorhersehung so zahlreicher und unüberwindlicher Schwierigkeiten sich zurückzuziehen, tröstete sich wie der Fuchs bei den Trauben[17] und sagte:

»Ach, das Herrschen! Es gehört zwar dazu zu den Menschen, aber Glück bringt es nicht. Und ganz gewiss«, fügte er nachdenklich hinzu, »braucht man bei Toren viel Verstand und bei Dummköpfen großes Wissen. Bei so viel Bürden verzichte ich auf Würden.«

Schon zuckte er die Achseln, schon drehte er den Rücken. Da hielt ihn der Schattenmann zurück mit jenem paradoxen Satz, der den einen Leben, den anderen Tod bedeutete: dass ein Mensch entweder als König geboren werde oder als Narr. Dazwischen nichts: *Aut Caesar aut nihil.*[18]

»Welcher weise Mann«, fuhr er fort, »kann schon in Abhän-

15 *Eisenspitze:* Der port. Ausdruck *»testa de ferro«* mit der Bedeutung »vorgeschobene Person«, »Strohmann«, ist in der Form *testaferro* ins Spanische übernommen worden.

16 *Peru:* »Goldschatz«. – »Schwager« hatte, wie zahlreiche Sprichwörter belegen, einen kaum besseren Beiklang als »Schwiegermutter«. – *»De los tuyos hayas«:* Zweiter Teil des Sprichworts: *Por donde vayas, de los tuyos hayas.* Nachgebildet etwa: »Gehst fern du von der Hütte, hab um dich deine Sippe« (vgl. S. 760, Anm. 57).

17 *Fuchs und die Trauben:* Äsop, Fabel XXII, Phaidros, Fabel IV, 3, bald La Fontaine III, 11 (1668).

18 *Aut Caesar aut nhil:* Den Satz soll Cesare Borgia sich als Devise erkoren haben.

gigkeit von jemand anderem leben, noch dazu von einem Toren? Da wäre er besser gleich selber ein Narr, nicht so sehr, um die Zeichen der Geringschätzung weniger zu spüren, als vielmehr, um sich unbeschwert als Phantasiekönig zu fühlen und im Traum zu herrschen.[19] Was mich angeht, so bin ich zwar ein Schatten, aber es steht durchaus noch nicht so schlecht um mich, dass ich mir nicht noch Hoffnung machen könnte, an die Macht zu gelangen.«

»Aber worauf stützt du diese Hoffnung?«, wollte Andrenio eben zurückfragen, als von ganz hoch oben eine Stimme ertönte:

»Da kommt es, da kommt es!«

Gespannt blickten alle nach oben, was da wohl kommen mochte, und sahen, wie dem SCHATTEN ein Paar Schultern vor die Füße fielen, starke Mannesschultern mit kräftigen Rippen daran. Wieder ertönte die Stimme:

»Es kommt noch mehr!«

Und es fielen zwei Hände herab, mit zwei so festen Armen daran, dass es wie Eisenschienen aussah. Gleichermaßen kam nun alles herab, was zur Ausstattung eines Kraftmannes gehörte. Die Umstehenden sahen mit Verblüffung, wie der Boden sich mit menschlichen Gliedmaßen bedeckte, doch der SCHATTEN sammelte sie eilends auf und setzte sie sich eins nach dem andern ein, wodurch er ganz und gar zur *Person* wurde, zu einem Mann von Macht und Ansehen; und er, der vorher nach nichts aussah, nichts konnte und nichts galt, stand nun als ein so stolzer Gigant da, dass ihm nichts unmöglich war. Woraufhin denn auch der eine ihm *Schultern bot,* der andere *den Bart machte,* ein dritter ihm eilfertig *die Hand reichte,* ein vierter *sein Fuß wurde,* mit dem er mannhaft das *Bein ausstellen* konnte; zum Abschluss übermachte ihm einer gar den Verstand. Wie er sich nun so als Mann sah, trachtete er nach Höherem und erreichte es auch alsbald, ja er vermochte seinen Gefährten sogar noch zu Gefallen zu sein und ihnen bei ihrem Aufstieg die Schulter zu bieten.

19 Vélez de Guevara, der Dramatiker aus der Schule Lope de Vegas (1579–1644), schrieb 1625 eine *comedia* mit dem Titel *Der eingebildete König (El rey en su imaginación).*

Auf der ersten Stufe des Gedeihens fanden sie einen Quell von der besonderen Art, an dem alle sich für den großen Durst des Ehrgeizes eindeckten, jedoch mit den unerwartetsten Wirkungen. Eine der auffälligsten war ein Vergessen alles Früheren, welches so tief griff, dass sie nicht nur ihre Freunde und Bekannten von ehedem aus dem Gedächtnis verloren und es ihnen ungeahnte Pein verursachte, Zeugen ihrer einstigen Niedrigkeit zu sehen, sondern sogar die eigenen Geschwister, und einer ging wahrhaftig so weit in seiner barbarischen Überheblichkeit, dass er den Vater, der ihn gezeugt, nicht mehr kennen wollte. Alle empfangenen Wohltaten, jegliche Dankesschuld tilgten sie aus dem Gedächtnis, liefen allerlei neuen Gestalten nach und wollten lieber Gläubiger sein als Schuldner, lieber selber borgen als Schuld abtragen. Was Wunder, wenn die meisten sich bald ihrer selbst nicht mehr erinnerten, wenn sie nun, wo sie hoch auf den Meereswellen ritten, nichts mehr wissen wollten von dem Pfuhl, aus dem sie stammten, und von allem, was sie an den Unrat gemahnen konnte, über dem sie ihr Pfauenrad geschlagen hatten. Der Quell flößte ihnen eine kaum glaubliche Undankbarkeit ein, eine äußerst befremdliche Steifheit, ein bemerkenswert abstoßendes Verhalten, und war einer schließlich in hohe Stellungen gelangt, so hatte der Quell den Inthronisierten durch und durch verändert, ließ ihn gleichsam ekstatisch in der Luft schweben, so dass weder er selbst sich mehr kannte noch die anderen ihn wiedererkannten. So sehr verändern die Ehren Sitte und Gebaren.[20]

Sie erreichten die Höhe gerade, als dort bei Hofe alles in Sorge und Unruhe war ob des Verschwindens eines der großen Monarchen Europas. Obwohl man ihn an hundert Orten gesucht hatte, blieb er unauffindbar. Einige vermuteten, er werde sich wohl auf der Jagd verirrt haben (er wäre nicht der Erste gewesen) und im Hause irgendeines Bauern zur Nacht geblieben sein; am andern Morgen werde er dann wohl aus seinem großen Traum erwacht sein und zum Frühstück reichlich Enttäuschungen aufgetischt bekom-

20 Lat.: *»Honores mutant mores.«* Dt. etwa: »Wächst die Ehre spannenlang, wächst die Torheit ellenlang.«

men haben, er, der doch mit Wahrheit so kurz gehalten wurde.[21] Doch der neue Tag brach an, und er erschien nicht. Die Bestürzung war groß und allgemein, wurde er doch von allen wegen seiner guten Gaben geliebt und sogar Sternenfürst genannt, was nicht wenig ist. Da blieb kein Yuste, kein Saint Denis, kein Landschlösschen, kein Wäldchen und kein Garten undurchsucht,[22] bis man ihn schließlich dort fand, wo man ihn nicht einmal im Traum vermutet hätte, nämlich auf einem Markt, mitten unter den rauen Packträgern, gekleidet wie einer von ihnen, Lasten schleppend und seine Schultern für einen Real verdingend. Sie waren fassungslos, wie sie ihn so verwandelt sahen, einen Kanten Brot mit größerem Behagen verspeisend als in seinem Schloss die Fasane. Sie wollten ihren Augen nicht trauen, standen längere Zeit unschlüssig und wagten nicht, ihn anzusprechen. Dann beklagten sie mit gebührendem Bedauern, dass er dieserart seinen königlichen Thron im Stich und sich zu solch niedrigem Gewerbe herbeigelassen habe. Er aber entgegnete ihnen:

»Bei meinem Wort, weniger beschwerlich ist die größte Last hier, auch wenn sie schwer wie Blei wiegt, als das, was ich hinter mir gelassen habe; das gewaltigste Bündel, das ich hier schleppe, ist ein Strohhalm im Vergleich zu der Welt, die ich schultern muss, und mein Rücken hat mir's gedankt. Welches Brokatbett käme dem sorgenfreien Lager auf dem Erdboden gleich, auf dem ich diese vier Nächte besser geschlafen habe als in meinem ganzen Leben?«

21 Giovanni Botero, der italienische Polygraph (1542–1617), erzählt in seinen *Detti memorabili di personaggi illustri* (1608), Franz I. habe sich auf der Jagd verirrt, in einer Kate Zuflucht gefunden, sei nach Kräften bewirtet worden und habe danach von dem Bauern hören wollen, was man bei den Leuten wohl über den König rede. Er erfuhr, man habe wohl eine gute Meinung von ihm, doch verlasse er sich zu viel auf seine Günstlinge, die keinen Heller wert seien. Als die Hofleute ihn am andern Morgen fanden, seien seine Worte gewesen: »Seit ihr in meinen Diensten steht, habe ich kein einziges wahres Wort über mich gehört, bis gestern abend.« – Bezeichnend, wie Gracián die Anekdote pointiert und allegorisiert.

22 *Yuste:* Kloster in Estremadura, in dem Karl V. die zwei letzten Jahre seines Lebens verbrachte (keineswegs in karger Abgeschiedenheit, sondern noch mit aller Welt in Verbindung). – *Saint Denis:* Basilika in der gleichnamigen Stadt nahe Paris, Grabstätte der französischen Könige seit den Merowingern. Hier wohl im Sinne von »Rückzugsort«, »Eremitage«.

Sie flehten ihn an, er möge doch zu seiner Thronherrlichkeit zurückkehren. Doch er:

»Lasst mich in Ruhe. Jetzt erst fange ich an zu leben. Jetzt werde ich meiner selbst froh und bin mein eigener König.«

»Aber Eure Majestät«, so flehten sie beharrlich weiter, »wie konnte ein Fürst von so hohem Genius sich so weit *vermenschlichen,* mit diesem niedrigen Gesindel zu verkehren, mit diesem Abschaum des Pöbels?«

»Ach, wisst ihr, das war für mich gar nicht so neu. War ich im Schloss etwa nicht ständig von Gaunern, Tölpeln und Krüppeln umgeben, und vor allem von Schmeichlern, dem schlimmsten Ungeziefer, nach den Worten eines hochgesinnten Königs?«[23]

Die einen wie die anderen baten ihn inständig, doch den Thron wieder einzunehmen, er aber bedeutete ihnen unwiderruflich entschlossen:

»Geht! Wer dieses Leben einmal gekostet hat, der wäre verrückt, wenn er wieder zum alten zurückkehrte.«

Nun suchten sie einen anderen zu wählen (so hatte es zu geschehen in Polen[24]) und richteten ihre Blicke auf einen, der, keineswegs mehr Kind, vielmehr sehr wohl Mann, mit großen Fähigkeiten, Intelligenz, Tatkraft und zahllosen weiteren herausragenden Eigenschaften als Mensch wie als König ausgestattet war. Dem trugen sie die Krone an. Er aber wägte sie in den Händen und sprach dann, zu ihr gewendet:

»Wo viel Schwere ist, ist auch viel Beschwer. Wer wird ein Le-

23 Alfons V. von Aragón (vgl. S. 89, Anm. 4).

24 Die Anekdote spielt also in Polen (was nicht unbedingt einleuchtet, die Pilger sind ja in Wien). Mit dem im polnischen Reich geltenden Wahlkönigtum mochte mancher Spanier insgeheim liebäugeln, der die Adelsrivalitäten dort nicht vor Augen hatte. Die Figur des 1648 gewählten, gutwilligen, aber glücklosen und später regierungsmüden Johann II. Kasimir (aus der katholischen Linie der Vasa, die mit ihm erlosch) hatte Gracián, seinen Ordensbruder, viel beschäftigt: vgl. S. 326, Anm. 26. Gewiss haben wir es hier jedoch mit imaginären Herrschern zu tun, halb Stoikern, halb Romantikern (die Kosakenaufstände, deren Johann nicht Herr wurde, bleiben außer Betracht, erst recht das durch die Kosaken verübte Pogrom, dem nach der Jahrhundertmitte eine Viertelmillion Juden zum Opfer fielen).

ben lang den Kopfschmerz ertragen können, *du wiegend und ich wägend?*«[25]

Er bat sich aus, es möge wenigstens ein kräftiger Mann sie mit beiden Händen stützen, damit nicht das gesamte Gewicht auf seinem Haupte laste; doch der ehrwürdige Präsident der Reichsversammlung erwiderte ihm:

»Das würde bedeuten, Sire, es hielte eher der andere die Krone in der Hand, als dass Ihr sie auf dem Haupte trüget.«

Wie er im Begriffe stand, den prunkvollen Purpur anzulegen, fand er ihn mit Futter ausgeschlagen, freilich war es nicht schmeichelnder Marder, sondern schleißende Marter, und so schnürte er ihn sich etwas locker.[26] Als aber der Zeremonienmeister ihm zu verstehen gab, er müsse ihn stramm gürten, begann er sich nach einem Schafspelz zu sehnen. Sie gaben ihm das Zepter in die Hand, und es wog so schwer, dass er fragte, ob es denn ein Ruder sei, schlimmere Stürme befürchtend als im Löwengolf. Es lastete so sehr, denn es kostete so viel, und es lief aus nicht in die *hojas,* die Blätter einer Blüte, sondern in die *ojos,* die Augen der Früchte: ein sehr wachsames Auge, das für viele galt.[27] Er erkundigte sich, was dies bedeute, und der Großkanzler gab ihm zur Antwort:

»Das Auge macht Euch Zeichen und will Euch sagen: ›Sire, habt ein Auge für Gott und für die Menschen, ein Auge für Schmeichelei und eines für Redlichkeit, ein Auge für die Beendigung des

25 *»Tu pesando y yo pensando«* (= »denkend«; die beiden Verben, *pesar* und *pensar,* haben dasselbe Etymon). Wieder pointiert Gracián aufs Äußerste eine längere Anekdote nach einem italienischen Autor des 16. Jhs., Antonio Francesco Doni.

26 *»No en martas de piedad, sino en erizo de pena«* – »Nicht aus dem Marderfell des Mitleids (mit Anspielung an *Marta la piadosa – Die fromme Martha,* Theaterstück von Tirso de Molina, ähnlich in einem Sonett Góngoras), sondern aus der Stachelschale der Pein«.

27 *Zepter mit Auge am Ende:* fand sich in dem Emblembuch von Bartolomaeus Anulus (Lyon 1565), mit drei Augen in den *Empresas políticas* von Diego de Saavedra Fajardo (München 1640, über das Lateinische auch ins Deutsche übersetzt, Amsterdam 1655). Das Motto lautet PRINCEPS IUSTITIAE ADVIGILANS bzw. HIS PRAEVIDE ET PROVIDE, eine Aufforderung an den Fürsten, Hüter der Gerechtigkeit zu sein. Im Text bei Anulus wird erwähnt, dass das Zepter mit dem darübergesetzten Auge von Osiris, dem ägyptischen König, geführt wurde. Vgl. Henkel/Schöne 1266–67.

Krieges und für die Bewahrung des Friedens, ein Auge für den Dank an die einen und für den Zwang bei den andern, ein Auge für die Leute in der Ferne und mehr noch für die Leute in der Nähe, ein Auge für die Reichen und ein Ohr für die Armen, ein Auge für alles und allüberall; schaut den Himmel und schaut die Erde, schaut für Euch und für Eure Vasallen.‹ All dies und noch vieles mehr will es Euch bedeuten, das wache Auge. Doch wollet nicht übersehen: Wie das Zepter ein Auge hat, so hat es auch eine Seele, wovon Ihr Euch überzeugen möget, indem Ihr mit der Hand an seinem unteren Ende zieht.«

Er tat so und brachte sogleich einen blitzblanken Stockdegen zum Vorschein, ist doch die Gerechtigkeit die Seele des Regierens.[28] Man verlas ihm die Regeln und Auflagen seines Amtes, die da lauteten: Als Wichtigstes nicht für sich selbst, sondern für die anderen da sein; keine eigene Zeit haben, stets Zeit für die anderen; aller Welt Sklave sein, keinen persönlichen Freund kennen, keine Wahrheiten erfahren (was ihn sehr bekümmerte), auf alle eingehen, Gott und die Menschen zufrieden stellen, aufrecht und in den Sielen sterben.

»Genug«, rief er, »auch ich flüchte mich an den geweihten Ort der Freiheit und übe von Stund an Verzicht auf eine Krone, die ihren Namen, *corona,* nur von *coraçón,* vom Herzen und seinen Sorgen bezieht,[29] auf einen Purpur, der mit Stacheln ausgelegt ist, auf ein Zepter, das einem Galeerenruder gleicht, auf einen Thron, der zur Folterbank wird.«

Nun nahte sich ihm ein Monster... nein: ein Minister, und flüsterte ihm ins Ohr, er möge doch einfach die Würden ohne die Bürden übernehmen. Seine Mutter rief:

»Er soll herrschen, und wenn es mein Leben kostet!«

Tosend applaudierten die Korybanten und umtanzten ihn mit frenetischem Lärm, woraufhin er denn voranschritt, flankiert vom Adel in seiner Stattlichkeit und beklatscht vom Pöbel in seiner Vul-

28 »Seele« heißt bekanntlich auch das Innere des Laufs einer Waffe.

29 *Coraçón:* Zur Etymologie von »Herz« und »Sorge« vgl. S. 30, Anm. 7 und speziell S. 175, Anm. 34.

garität. Mitten unter diesem lief Andrenio, die erhabene Glückseligkeit des neuen Fürsten preisend, als ein *Mann von extremen Ausmaßen* auf ihn zutrat und ihn fragte:

»Glaubst du wirklich, der, den du da siehst, sei der Fürst, der die Herrschaft innehat?«

»Ja, wer denn sonst, wenn nicht dieser?«, fragte Andrenio zurück und musste hören:

»Ach, da irrst du dich aber gründlich!«

Und indem er auf einen gemeinen Sklaven deutete, der, das Eisen am Hals, die Kette am Fuß, eine große Kugel hinter sich herschleppte, fügte der andere hinzu:

»Wenn einer die Welt beherrscht, dann der da.«

Andrenio hielt dies für eine Torheit oder für einen Scherz und wollte ihm ein spöttisches Kompliment machen. Der aber blieb in vollem Ernst bei seiner Behauptung.

»So schau doch«, sagte er, »die große Eisenkugel, was kann sie anderes sein als die Welt, die von ihm im Kreis herum gezogen wird? Siehst du die Kettenglieder? Na, das ist die Abhängigkeit: Das erste Glied, das ist der Fürst, auch wenn er, recht betrachtet, oft nur das dritte oder das fünfte ist, ja manchmal das dreizehnte;[30] das zweite, das ist ein Günstling, und den beherrscht seine Frau; die hat ein Söhnchen, das sie vergöttert; das Söhnchen ist in einen Sklaven vernarrt, der von dem Bürschchen verlangt, wozu er Lust hat; dieser quengelt bei seiner Mama, die liegt ihrem Mann in den Ohren, der bläst es dem Fürsten ein, welcher schließlich eine Verfügung erlässt. Mithin also die Welt von Glied zu Glied zwischen den Füßen eines an seine Leidenschaften geketteten Sklaven hindurchgleitet.«

Vorüber zog der Triumphzug, denn über alles triumphiert die ZEIT, und unter Führung des *Mannes von extremen Ausmaßen,* der in der Tat nur Extremes vollbrachte, gelangten sie auf einen großen Platz, auf dem vier oder sechs Personen höchst unbekümmert und

30 Sehr wahrscheinlich eine Anspielung auf Ludwig XIII. von Frankreich (gest. 1643), den eher unselbständigen Monarchen (die Zahl vier ist hier übersprungen – wegen Philipps des Vierten?).

in erleichterter Aufmachung – sie kümmerten sich ja auch um niemanden und erleichterten jeden – Pelota spielten. Der Erste warf den Ball dem Zweiten zu, dieser dem Dritten und so fort, bis er zum Ersten zurückkam, nachdem er so den politischen *circulus* durchlaufen hatte, welches der *vizioseste* von allen ist, immer unter denselben Leuten rollend, ohne dass sie ihn jemals aus der Hand gegeben hätten. Alle Übrigen standen dabei: Sie taten nichts anderes als dem Spielchen zusehen. Auch Critilo sah es sich mit an und meinte dann:

»Mir will scheinen, der Ball ist die Welt: *zwischen Leder und Wind oder Füllhaar.*«[31]

»Und so verläuft«, bestätigte der *Mann von extremen Ausmaßen,* »das Spiel der Macht, so verläuft das Regieren in sämtlichen Gemeinden und Republiken. Es sind stets ein und dieselben, die bestimmen, ohne die anderen an den Ball zu lassen, denn es gibt keine Politik, in der nicht *getrickst* und *geschubst* würde.[32] Doch wenn ihr mir glauben wollt, so lasst die Hände von aller unlauteren Herrschaft und kommt mit mir, ich verspreche euch, ihr werdet die echte, die wahre Souveränität zu sehen bekommen.«

»Dort wollen wir einkehren«, erwiderte Critilo. »Die größte Gunst wäre, wenn man uns zu jenem vortrefflichen Markgrafen, dem spanischen Botschafter, führte, dessen Haus unser Ziel ist, an dem wir mit unserer langen Pilgerfahrt an ein Ende zu kommen und unser ersehntes Glück zu finden gedenken.«[33]

Was ihnen dort bevorstand, soll die folgende Krisis berichten.

31 *»Entre cuero y viento o borra«:* vielfache Doppeldeutigkeit. *»Entre cuero y carne«* bedeutet etwa: »in den kleinsten Spalt hineinschlüpfen, um einen Vorteil zu ergattern«. Der Ball kann entweder mit Wind, also mit nichts, gefüllt sein oder mit *»borra«,* was »wertloses Füllzeug« bedeutet, aber auch »Geschwätz«. – Abb. 15, S. 565.

32 *»No hay política que no tenga sus faltas y sus hazares«: »faltas«* und *»hazares«,* »Fehler« und »Zufälle« sind auch Sportausdrücke (Pelota) in der Bed. »Regelverstöße« und »Hindernisse, die den Ball abfälschen« (sie mögen daher die sonst allzu moderne Wiedergabe rechtfertigen).

33 Zum spanischen Botschafter am Habsburgischen Hof, Sancho de Monroy y Zúñiga, vgl. S. 234, Anm. 14.

Abb. 15: Iacopo del Sellaio, Triumph der Zeit (nach Petrarca).
Öl, ca. 1490.

Dreizehnte Krisis

Aller Welts Käfig

Der Körper wächst bis zum fünfundzwanzigsten Lebensjahr, das Herz bis zum fünfzigsten, die Seele aber unaufhörlich: ein schöner Beweis ihrer Unsterblichkeit.[1] Es ist das Mannesalter das beste Drittel des Lebens, da es in seiner Mitte liegt; der Mensch gelangt nun zum höchsten Punkt, sein Geist zur Reife, seine Rede nimmt Gehalt, sein Wesen Gestalt an, sein Urteil richtet sich an Vernunft aus; alles an ihm ist nun ausgegoren und besonnen. An diesem Punkt sollte das Leben beginnen, doch mancher begann es nie, und andere beginnen jeden Tag neu. Dies ist die Krone der Lebenszeiten, und wenn schon nicht durch und durch vollkommen, so doch weit weniger unvollkommen als die anderen, nicht so unwissend wie die Kindheit oder so töricht wie die Jugend, nicht so lastend und so lästig wie das Alter; strahlt doch auch die Sonne zu Mittag am hellsten. Dreifach verschieden gewandet Natur in drei verschiedenen Altern ihre Zöglinge: zuvörderst mit dem Goldrot im Morgenglanz der Kindheit, dann beim Aufgang der Jugend mit sonnenfroher, bunter Tracht; ins Schwarz der Ernsthaftigkeit jedoch kleidet sie im Mannesalter Bart und Haupthaar, Zeichen tieferen Denkens und gewichtigerer Anliegen; sie endet mit dem Weiß, zu dem das Leben schließlich sich entfärbt, ist doch die richtige Tracht der Tugend, das passende Gewand des Alters, die weiße Farbe der Redlichkeit.[2] –

1 Plinius d. Ä. schreibt: »Dass das Herz beim Menschen jedes Jahr wachse und an Gewicht bis zum fünfzigsten Jahr zunehme, dann aber abnehme (...), glauben die Ägypter« (*Naturgesch.*, 11, 70, übers. R. König, 1990). Man sieht, was Gracián seinen Quellen abgewinnt.

2 *»Lo cándido«.* – Gracián fasst Kindheit und Jugend zu einem Lebensalter zusammen: Das entspricht seinem Entschluss, den beiden ersten Teilen seines *Criticón* noch einen dritten folgen zu lassen und die Reise seiner Wanderer, wie wir gleich erfahren werden, über Wien hinaus bis Rom auszudehnen (vgl. S. 12, Anm. 13).

Andrenio hatte den Gipfel des Mannesalters erreicht, während Critilo schon auf der anderen Seite des Lebens abwärts schritt und schier von Gebrechen zu Gebrechen taumelte. Begleitet wurden sie von jenem seltsamen Mann, der ihnen wahrhaft einmalig vorkam, denn obschon sie im Laufe ihres so wechselvollen Lebens manchem Erstaunlichen begegnet waren (wer viel lebt, erfährt auch viel), versetzte dieser sie gewaltig in Erstaunen, konnte er doch ganz nach Belieben größer und kleiner werden, konnte sich nach Bedarf recken und strecken, den Kopf hochschrauben, die Stimme verstärken und derart mit den Muskeln spielen, dass er wie ein Riese wirkte, so ungeheuerlich, dass er es ohne weiteres auch mit Hauptmann Plaza, ja sogar mit Pepo aufnehmen konnte;[3] im Gegensatz dazu schrumpfte er, wenn ihm danach zumute war, so weit zusammen, dass er klein war wie ein Pygmäe und gefügig wie ein Kind. Andrenio war verblüfft beim Anblick von so viel Wandlungsfähigkeit.

»Wundere dich nicht«, sagte dieser zu ihm, »ich kann eben denen, die allzu hoch hinaus wollen, sich über andere erheben und dabei nur Unheil anrichten, notfalls auch die Stirn bieten; wer sich aber demütigt und damit das Heil vermehrt, dem füge ich mich, so dass ich mich für ihn anfühle wie Wachs und ihn mein *Wachstum* nicht beunruhigt.[4] Meine Devise lautet nämlich: ›Demut verschonen, Hochmut entthronen‹.«

Nachdem dieser nun, der Mann der Extreme, sie zunächst darüber aufgeklärt hatte, dass der Markgraf und Botschafter, den sie aufsuchen wollten, nicht mehr am kaiserlichen Hof in Diensten stand, sondern am römischen, und zwar in Geschäften von außerordentlicher Bedeutung, sie sich daraufhin mit viel Kummer und Verdruss entschlossen hatten, ihre Lebensreise weiter fortzusetzen, bis sie das ferne Glück endlich erreichen würden, und sich dazu nach dem ränkereichen Italien zu begeben, bot ihnen der

3 *José de Plaza:* tapferer Kavallerist im Katalonienkrieg, 1656 ermordet. – Der Riese Pepo hat sich bislang allen gelehrten Nachforschungen entzogen.

4 *»Cera«* und *»sincera«*. – Man möchte diese Gestalt, an Voltaire denkend, den Mikromegas (»Kleingroß«) der Moralistik nennen.

Willensriese seine Begleitung bis zu den weißhäuptigen Alpen an, die das Gebiet GREISENIENS einleiten und einläuten.[5]

»Und da ich mir nun einmal zur Aufgabe gemacht habe«, fügte er hinzu, »euch zu zeigen, was wahre Herrschaft ist, so wisset, dass sie nicht darin besteht, andere zu beherrschen, sondern sich selbst.[6] Was nützt es, wenn einer sich die ganze Welt unterwirft, sich selbst aber nicht der Vernunft? Je mehr einer beherrscht, desto unbeherrschter ist er oft selber. Das Herrschen ist nicht Glück, sondern Pensum. Doch Herr seiner eigenen Triebe sein verschafft unschätzbare Überlegenheit. Ich versichere euch, keine Tyrannei ist so schlimm wie eine Leidenschaft, welche es auch sei, kein Sklave beim barbarischsten Afrikaner ist so schlimm dran wie einer, der sich einem Begehren ausliefert. Wie viele Male möchte der verliebte Tor nicht lieber sorglos schlafen, aber seine Leidenschaft flüstert ihm ein: ›Hinaus mit dir, Hund, nicht dieser Himmel ist für dich da, sondern eine Hölle: Die ganze Nacht sollst du schmachten auf der Schwelle deiner hochmütigen Schönen!‹ Betäuben, wenn schon nicht befriedigen möchte ein Elender sein hündisches Begehren, und seine Habgier flüstert ihm ein: ›Nur zu, Hund, nicht einmal Durst nach Wasser, immer nur Geld!‹ Der Ehrgeizling sehnt sich nach dem Glück in Ruhe, doch sein Geltungsdrang ruft ihm zu: ›Heda, Hund, qualvoll soll es sein für dich, ein Hundeleben lang!‹[7] Kann es eine barbarischere *Berberei* geben als dies?[8] Ach, dabei gibt es doch auf der ganzen Welt keine solche Herrschaft wie die Freiheit des Herzens: Ja, das heißt Herr sein, Fürst, König und Monarch über sich selbst! Einzig dies Privileg ging Euch ab, um den Gipfel unsterblicher Vollkommenheit zu erklimmen; alles andere mögt Ihr erreicht haben: redliches Wissen, auskömmlichen Besitz, ergiebige Freundschaft, bedeutende Tap-

5 *Greisenien:* »VEJECÍA«. – Der Weggang des Botschafters an dieser Stelle dient ganz offenkundig den Zwecken der Erzählung.

6 Seneca: *»Imperare sibi maximum imperium est«* (*Epist.* CXIII, 30).

7 *»Perro«* – »Hund«; *»aperreado«* – »qualvoll«.

8 Keinen Deut besser als seine Zeitgenossen in ganz Europa, sah Gracián Sklaverei fast nur bei den andern, den Berbern und Mauren Nordafrikas (vgl. S. 213, Anm. 32).

ferkeit, erstrebenswertes Glück, auszeichnende Tugend, unantastbare Ehre, doch nur hiermit die wahre Herrschaft.[9] – Wie scheinen Euch übrigens«, fragte der riesenhafte Kamerad, »die wackeren Deutschen?«

»Große Leute«, wollte Critilo eben sagen, doch er wurde von seiner Wesensbestimmung abgehalten durch einen, der heil- und atemlos vor etwas Reißaus zu nehmen schien und immer wieder kaum verständlich schrie:

»Vorsicht, wildes Tier! Vorsicht, üble Bestie!«

Der Schreck fuhr ihnen in die Glieder, und mehr noch, als sie hörten, wie andere und noch andere dasselbe riefen und alle sich voller Entsetzen abwandten.

»Ja, ist das denn zu glauben«, schrie Andrenio, »dass wir nie Ruhe haben vor Monstren und Untieren, dass das ganze Leben Kampf sein soll?«

Sie versuchten zu fliehen und sich in Sicherheit zu bringen, doch als sie sich nach ihrem Kamerad Riesen umwandten, konnten sie ihn nicht gleich erblicken, wurden dann aber gewahr, dass er klein und winzig in einem seiner Schuhe steckte. Ihre Angst wuchs noch, glaubten sie doch, dies sei aus Furcht geschehen; er indessen rief ihnen ohne eine Spur von Erschrockenheit zu:

»Fürchtet Euch nicht, nein, das ist kein Unheil, sondern Glück!«

»Wieso Glück«, schrie einer von den Fliehenden, »wenn eine Bestie kommt, so grausam, dass sie keinen verschont, und sei er noch so sehr *Person?*«

Und auch Critilo drang in ihn: »Wozu führst du uns hierher?«

Darauf er:

9 Ein knapper Rückblick auf die Stadien des Zweiten Teils: von »redlichem Wissen« haben sie erfahren in Krisis 4 (»Das Museum des Weltkundigen«), von »auskömmlichem Besitz« war indirekt in Krisis 3 die Rede (»Goldene Kerker und Silberverliese«), von »ergiebiger Freundschaft« zu Beginn von Krisis 2 und 3, »bedeutende Tapferkeit« sahen sie in Krisis 8 (»Zeughaus der Tapferkeit«), »erstrebenswertes Glück« in Krisis 6 (»Fortuna beschuldigt, Fortuna verteidigt«), »auszeichnende Tugend« in Krisis 10 (»Die verzauberte Virtelia«), »unantastbare Ehre« in Krisis 11 (»Momos«) und nun noch die »wahre Herrschaft«, das heißt die Herrschaft über sich selbst.

»Weil dies die Straße der Überlegenen ist, der Weg der großen Menschen, und dieses so gefürchtete Wildtier ist für mich kein Schrecken, sondern Triumph.«

Als Andrenio dies hörte, geriet er ganz außer sich. Er fragte einen der weniger Erschrockenen:

»Könntest du mir nicht sagen, was das für ein Tier ist? Hast du es gesehen?«

»Ja, und ich habe sogar, Unglück im Glück, seine Wildheit am eigenen Leibe erfahren«, war die Antwort. »Dies Monster ist ebenso unbarmherzig wie niederträchtig, und es nährt sich ausschließlich von Menschen, die sehr *Person* sind. Tag für Tag muss ihm der beste Mann, von dem man weiß, zum Fraß vorgeworfen werden, ein Heros, und eben aus dem Grund, weil er berühmt und angesehen ist, der Hervorragendste sei's im Waffendienst, sei's in den Wissenschaften, sei's im Regieren; und wenn eine Frau, dann die anmutigste, die schönste, und alsbald zerreißt und verschlingt es sie Rose um Rose, Stern um Stern, denn aus Garstigen und Grässlichen gleich ihm macht es sich nichts. Sämtliche berühmten Leute sind gefährdet: Ist irgendwo einer mit besserem Verstand, gleich wittert es ihn auf tausend Meilen und zerrüttet die ganze Umgebung so gründlich, dass ihn die eigenen Freunde geschleppt bringen, ja manchmal die eigenen Brüder, war doch der erste Mensch, den es zerstörte, ihm von seinem Bruder zugeführt worden. Es ist ein Jammer, mit anzusehen, wie ein großer Soldat, mag er noch so tüchtig und erfolgreich gewesen sein, seinem niederträchtigen Wüten zum Opfer fällt.«

»Ja wagt es sich denn auch an die Tapferen heran?«

»Und ob es sich heranwagt! Selbst an Torrecuso, an den mutigen Cantelmo, sogar an den Herzog von Feria und andere ebenso treffliche Männer.[10] So hämisch ist es auf Vernichtung alles Guten

10 *Torrecuso:* zu dem Neapolitaner vgl. S. 209, Anm. 19. – *Andrea Cantelmo* (geb. 1598 in Neapel, gest. 1645 in Alcubierre, Huesca): General in spanischen Diensten, schlug im Auftrag Philipps IV. den katalanischen Aufstand nieder. – *Herzog von Feria* (geb. 1587, gest. 1634 in München): Botschafter Philipps III. in Rom und Paris, als Heerführer im Mailändischen erfolgreich. – Inwiefern die drei Opfer von Neid und Verleumdung wurden, ist nicht klar.

aus. Und mit ansehen zu müssen, wie es all dies zugrunde richtet, mit Zähnen und Zunge, mit Winken und Ränken und auf alle Arten!«

»Da muss es aber ein sehr gutes Geschmacksurteil haben«, meinte Critilo.

»Eben nicht, alles, was gut ist, schmeckt ihm schlecht, und es kann es nicht schlucken, gerade am Besten verbeißt es sich am meisten. Und wenn es das doch einmal schluckt, weil es glaubt, es könne ihm eingehen, so muss es daran würgen oder es platzt ihm der Magen. Miserabel ist sein Geschmack und noch übler seine Nase, denn es riecht auf hundert Meilen etwas Überragendes und hechelt sogleich, um es zu zerfleischen. Deswegen rufe ich: Zieht euch zurück, alle, die ihr schön seid! Flüchtet, ihr Klugen! Hütet euch, ihr Tapferen! Sei auf der Hut, Fürst! Denn es wütet heran, das elende, rasende Untier! Vorsicht! Vorsicht!«

»Nachsicht, Nachsicht«, ließ sich da der Riese im Schuh vernehmen. »Zumindest kannst du nicht leugnen, dass groß sein muss, wer sich derart von lauter Großem ernährt.«

»Eben nicht, nichts ist dran an ihm, und schlägt es auch seinen Giftzahn nur ins Herausragende, so ist es doch in jeder Hinsicht erbärmlich und zerreißt sich jeden Tag neu das Maul. Nichts ist so pestilenzialisch wie der Atem aus diesem Schandmaul, das eine Lästerzunge anfüllt und stinkende Gedärme speisen. Ich habe gesehen, wie er die Sonne am helllichten Tage verdunkelte und nachts den Sternen ihr Licht nahm; jedes Kristall trübt er und befleckt das glänzendste Silber. Wenn immer das Ungeheuer etwas Ausgezeichnetes oder Seltenes sieht, eifert und geifert es dagegen an.«

»Kommt denn kein Paladin und schlägt diesem Oger das Haupt ab?«, fragte Andrenio.

»Wer sollte ihn wohl töten? Von den kleinen Leuten niemand, denen tut er ja nichts, vielmehr verhilft er ihnen zu Rache und Trost; von den großen auch keiner, die bringt er alle zur Strecke. Wer sollte sich also mit ihm anlegen?«

»Ist es denn ein Tier oder eine Person?«

»Ein wenig Mensch steckt wohl in ihm; vieles ist Frau und das meiste Tier.«

Darüber schoss auch schon ein Blitz in Tiergestalt auf sie zu, grimmige Bisse austeilend, giftigen Schaum versprühend.

»So könnt ihr euch retten«, hörten sie den Jetzt-nur-mehr-Zwerg-oder-noch-weniger ihnen zurufen. »Nur nicht auffallen, nicht glänzen und sich nicht hervortun, keinerlei Talent zeigen!«

So hielten sie es auch, und was da mit den Fangzähnen knirschte und sich den Giftschaum leckte, das ließ sich, als es sah, dass sie so wenig hervorragten und der vermeintliche Riese ein Pygmäe war, nicht einmal zu einem Blick herbei, bezeugte vielmehr seine Verachtung, indem es ihrer Dürftigkeit und Erbärmlichkeit den Rücken kehrte.

»Nun, was denkt ihr von dem alten Monster?«, fragte der Nun-wieder-Riese.

Und Critilo:

»Ich habe mich gefragt, ob dies wohl die moderne Form des Ostrazismus sei, der sämtliche bedeutenden Männer des Landes verweist und sie nur deswegen aus der Welt schaffen will, weil sie bedeutend sind. Wo er einen Gelehrten wittert, zieht er ihn alsbald wegen Überragens zur Rechenschaft und verurteilt ihn zu Nichtbeachtung, den Glänzenden zu Schattendasein, dem Tapferen wird der Prozess gemacht, und man verkehrt ihm seine Taten in Untaten, den größten Minister mit der besten Regierung verschreit man als untragbar, die größte Schönheit darf sich nicht mehr zeigen, schließlich hat jegliche Überlegenheit das Feld zu räumen und zu verschwinden.«

»Und das brachten in Athen vernünftige Leute fertig?«, fragte Andrenio.

»Und es geschieht heute noch wirklich und tatsächlich«, war die Antwort.[11]

»Und wo halten sich all die Tüchtigen auf?«

»Wo? Die Tapferen in Extremadura und der Mancha, die Einfallsreichen in Portugal, die Vernünftigen in Aragón, die Recht-

11 *Ostrazismus:* Der ursprüngliche Sinn des in der Athenischen Demokratie praktizierten Scherbengerichts war, Personen, die im Verdacht standen, nach der Tyrannis zu streben, auf zehn Jahre zu verbannen.

schaffenen in Kastilien, die Redegewandten in Sevilla, die Fähigen in Córdoba, die Großzügigen in Neukastilien, die klugen Frauen in Toledo, die schönen in Granada, die ehrbaren und sittsamen in Katalonien und alles Glänzende am Madrider Hof.«[12]

»Was mich betrifft«, meinte nun Andrenio, »so wollte es mir bei diesem bösen Blick, bei diesem schiefen Maul, bei diesen Winken und Ränken und dem ganzen Verdruss so vorkommen, als handele es sich um den NEID.«

»Genau der ist es«, bestätigte der Riese, »auch wenn er stets alles bestreitet.«

Unbehelligt von Neidern und Beneideten gelangten sie nunmehr zu einem Durchlass, einem unausweichlichen Pass, an dem, sehr sicher, sehr im Lot, ein Mann seinen Dienst verrichtete. Es war derjenige, welcher das rechte Maß für Verstand und Urteil in Händen hielt, so wie sie sein sollten. Und es fiel auf, dass von all denen, die in jedem Augenblick sich dort messen ließen, es bei keinem in allen Punkten stimmte. Die einen erwiesen sich um drei oder vier Finger zu kurz, den Toren fehlte es mal an diesem, mal an jenem; einer wusste zwar in einer Materie gut Bescheid, versagte aber in einer anderen völlig; dieser war einfallsreich, aber naiv; jener gelehrt, aber ungehobelt; keiner war rundum vollständig. Andere schossen übers Maß hinaus, trieften vor Klugheit, warfen mit ihrem Schulwissen um sich und waren doch nur Narren. Etliche redeten gut, hörten aber nur sich selbst zu; andere wussten viel, taten sich aber ebenso viel darauf zugute; alle waren sie gleichermaßen ärgerlich. Knappte es bei den einen, stand es bei den andern über; die einen taten des Guten zu viel, die andern zu wenig, den einen fehlte ein ganzes Stück Verstand, die andern wussten mit ihrem Überschuss nichts anzufangen. Kaum einer unter tausend erfüllte das Maß, und auch da blieben Zweifel. Wie der Herr der Maße sah, dass der eine ungar, der andere übergar war, ließ er sie in ALLER WELTS KÄFIG stecken, der deswegen so hieß,

12 *Glänzende:* Gemeint dürfte sein »alles nur Glänzende«, im Gegensatz zu den echten Werten an den übrigen Orten (die sämtlich etwas unprogrammgemäß in Spanien liegen, nicht in Österreich).

weil Unzählige ihn ständig bevölkerten; denn dass einer zwischen übergeschnappt und blöd hindurchgelangt, geschieht recht selten, immer schießen die einen zu kurz, die andern übers Ziel hinaus, und alle richten sie sich auf diese Weise selbst, ob dumm oder närrisch. Einer rief sie von drinnen an:

»Kommt nur herein, ihr braucht kein Messen, *wir sind doch alle gleich dumm – in Armut oder Reichtum!*«

Sie ließen sich's nicht verdrießen, im Lande der Schwachköpfe ist der Narr nun einmal König. Unter Führung des Herrn der Maße traten sie ein. Sie sahen, wie die meisten zwar gingen, aber auf nichts kamen. Jeder ritt ein oder zwei seiner Steckenpferde, mancher auf allen vieren. Da gab es manchen schrulligen Trupp, und jeder führte sich auf, so gut er konnte: der eine als Alleswisser, der andere als Schönschwätzer, dieser als Galan, jener als Maulheld, hier ein Ahnenstolzer, dort ein Laffe; vernarrt waren die meisten, verdrossen noch viel mehr. Die Witzigen waren geschwätzig, die Lockeren kaltherzig, die Hartnäckigen unleidlich, die Berufenen ruchlos, die Tapferen tobend, die Bereitwilligen verführbar, die Lobspender verdächtig, die Eigenwilligen verdrießlich, die Volksnahen verächtlich, die Schwörer bedrohlich, die Ungezwungenen aufdringlich, die Streitlustigen unausstehlich, die Gepflegten und Geleckten zum Fürchten. Verwundert ob solch ausufernder Torheit begehrte Andrenio den Grund zu erfahren, und man gab ihm Bescheid:

»Versucht Euch klar zu machen, dass dies die Saat ist, die heute am meisten auf der Erde gedeiht, denn sie trägt hundertfache, strichweise tausendfache Frucht: Ein jeder Narr bringt deren hundert hervor, und jeder von denen wieder so viele, und so ist im Handumdrehen eine Stadt voll. Ich habe erlebt, wie abends eine Verrückte in höchst geschmacklosem Aufzug ihren Einzug hielt in einem Ort und am andern Morgen schon Hunderte sich genauso geschmacklos kleideten wie sie. Und es ist schon bemerkenswert, dass hundert Kluge nicht ausreichen, um einen Toren klug zu machen, ein Tor aber hundert Kluge zu Toren macht. Die Klugen nützen den Toren gar nichts; sie machen unter Umständen alles noch schlimmer. Einmal steckte man einen Toren unter viele Kluge, um zu sehen, ob ihm dies helfen könnte. Wie er nun bei allem, was er sagte und tat, von ihnen verbessert wurde, begann er zu toben und zu schreien, man solle ihn schleunigst von diesen Verrückten fortbringen, wenn man nicht wolle, dass er in kürzester Zeit den Verstand verliere.«

Es war beeindruckend, wie alle umherliefen, ohne einen Augenblick innezuhalten und bei irgendetwas zu verweilen, wie keiner recht bei sich war, alle neben sich standen und erpicht waren auf etwas anderes als das, was sie waren, oftmals das genaue Gegenteil. Denn der Ignorant sah sich als Wissenden, womit er nicht bei sich war, der Nichtsnutz hielt sich für einen großen Mann, der gemeine Kerl für einen edlen Ritter, die Hässliche träumte, sie sei schön, die Alte, jung, der Schwachkopf, sehr gescheit. So war wirklich niemand bei sich, niemand erkannte sich selbst im *caso* noch in der *casa,* soll heißen, niemand war sich über den eigenen Fall im Klaren und über die Tatsache, dass er im Tollhaus steckte. Und das Tollste war noch, dass jeder den anderen fragte, ob er denn bei Sinnen sei:

»Beim Teufel, Ihr seid wohl verrückt?«

»Sind wir denn hier im Irrenhaus?«

»Du bist wohl nicht bei Troste?«

Worin der andere wohl wenig Trost gefunden hätte. Jeder sah in jedem seinen Antipoden und war überzeugt, er gehe richtig herum und die andern mit dem Kopf nach unten, er würde mit dem Haupt an die Sterne schlagen, die andern aber kopflos umherirren.

»Soundso geht aber eisern in die Irre!«, sagte einer.

Und musste sich anhören:

»Der sollte mal besser nicht mit Lederschuhen durchs Wasser gehen.«

Alle machten sie sich gegenseitig über einander lustig: der Geizkragen über den Beutelschneider und umgekehrt, der Spanier über den Franzosen, der Franzose über den Spanier.

»Alle Welt ist auf je eigene Weise verrückt«, philosophierte Critilo. »Wie Recht hatte man doch, von ALLER WELTS KÄFIG zu sprechen.«

Sie gingen umher und trafen in einem Winkel des Käfigs, in dem es besonders lustig zuging, auf die Engländer.

»Das ist aber ein fideles Gefängnis!«, rief Andrenio.

Er hörte, sie seien hier wegen ihrer Eitelkeit.

»Das ist nun einmal die Schwäche der Schönen.«[13]

In einem anderen Käfig steckten die Spanier, weil boshaft, wieder in einem andern die Italiener, weil Flunkerer, die Deutschen, weil Wüteriche, die Franzosen, aus hundert Gründen, schließlich die Polen, die gehörten aber eher zu den Beschränkten von der anderen Seite. Jedes Element hatte sein *Geziefer:* Luftnarren waren die Hochmütigen, Feuernarren die Choleriker, Erdnarren die Geizigen und Wassernarren die Narzisse; im fünften Element aber, der *quinta essentia,* waren die Schmeichler in ihrem Element: Ohne dieses, so sagten sie, könne man nicht leben, weder bei Hof noch sonst in der Welt. Manche hatten es weit gebracht mit ihren Verrücktheiten, ihren *caprichos.* Einer war da, der hatte sich darauf kapriziert, niemandem irgendetwas Gutes zu tun, und mit Erfolg. Andrenio fragte ihn nach dem Warum und bekam zur Antwort:

»Werter Herr, ich will mich doch nicht jedesmal totärgern.«

»Aber ganz im Gegenteil«, wurde ihm bedeutet, »wenn Ihr allen Gutes tut, wünschen Euch doch alle langes Leben.«

»Da liegt ihr falsch«, antwortete jener, »Gutes tun geht allemal schlecht aus. Wenn ihr's nicht glaubt, so leiht nur einmal euer Geld her, und ihr werdet sehen, was passiert. Die größten Nutznießer sind auch die Undankbarsten.«

»Ach was, das sind eine Handvoll Schufte, deretwegen sollen doch nicht all die zu kurz kommen, die dankbar sind und sich erkenntlich zeigen.«

»Wer sind denn die?«, kam die Rückfrage, »auf die wollen wir ein Loblied anstimmen. Aber spart Euch Eure Mühe, Herr, ich habe nicht vor, so bald zu sterben, und Ihr wisst ja: *War einer da, der dir Gutes tat – entweder zieht er davon oder er stirbt dir weg.*«

Neben diesem stand ein Seher, ein großer Schwarzseher, und zwar ein Mann mit Haltung: Traf der auf einen Schielenden, so

13 *Die schönen Engländer:* vgl. S. 468, Anm. 2.

eilte er heim und ging vierzehn Tage nicht mehr aus dem Haus; war's ein Einäugiger, dann ein ganzes Jahr. Einmal war er völlig in Melancholie versunken, kein Mittel half mehr, obwohl er alles schluckte. Da fragte ihn ein Freund:

»Was habt Ihr? Was ist vorgefallen?«

Und er:

»Schlimmer Fall.«

»Was denn?«

»Das Salzfass auf dem Tisch, umgefallen!«

Da musste der Freund sehr lachen und sagte zu ihm:

»Gott behüte, dass Euch nicht der Fleischtopf umfällt, für mich gäb's kein schlimmeres Schwarzsehen als in den schwarzen Topf gucken.«

Nun wurde ihre Aufmerksamkeit gefesselt von einem Käfig voll Leuten, die alle als weise und erfindungsreich galten. Critilo meinte dazu:

»Dass die *amantes,* die Verliebten hier stecken, will mir ja einleuchten, die sind schon bis auf einen Buchstaben an den *amentes,* an den Verrückten; auch dass die Musiker, die sich ständig an ihren Saiten vergreifen, hier sind, mag angehen; aber Leute von Verstand!«

»O ja!«, antwortete der Seneca, »es gibt kein großes Genie ohne ein Quäntchen Verrücktheit.«[14]

Ein Deutscher und ein Franzose hatten, statt Argumente zu wechseln, einen Wortwechsel, gerieten aneinander und bald auch außer sich, der Franzose nannte den Deutschen Saufsack, der Deutsche den Franzosen Tollkopf; der Franzose tat sehr gekränkt, er stürzte auf den andern los (sie sehen ja immer zu, dass sie die Angreifer sind, was ihnen dann zum Sieg verhilft) und schwor Stein und Bein, er werde ihm das reine Blut abzapfen, aber das sei keine leichte Sache; der Deutsche gab zurück, er werde ihm den Verstand aus dem Hirn blasen, auch wenn er gar keinen hätte. Ein Spanier wollte sich ins Mittel legen, doch obwohl auch er etliche Kraftworte fahren ließ, konnte er den Franzosen nicht besänftigen.

14 So tatsächlich bei Seneca: *»Nullum magnum ingenium sine mixtura dementiae fuit«* (*De Tranquillitate animi* XVII, 10).

»Ihr seid im Unrecht«, rief er ihm zu. »Er hat Euch zwar Tollkopf genannt, Ihr ihn aber auch Saufsack: Somit seid ihr quitt.«

»Nein, Mosjö«, ließ sich der Franzose vernehmen, »ich bin schwerer beleidigt: Tollkopf ist schlimmer als Saufsack.«

»Schlimm sind wohl alle beide«, erwiderte der Spanier, »nur ist bei Tollheit etwas zu wenig, bei Trunkenheit etwas zu viel.«

»Stimmt«, sagte der Franzose, »aber ein Zacken in der Krone ist ein großer Vorteil, ist Zeichen von Geschmack.«

»Nicht doch! Wenn ein Tollkopf König oder Papst wird, kann er auch ein schönes Leben verbringen. Ich weiß gar nicht, warum Ihr so empfindlich seid.«

»Keinen Fingerbreit gehe ich davon ab«, beharrte der Franzose, »Tollkopf und Trunkenbold sind für mich himmelweit verschieden.«

»Gewiss, Narr im Trockenland der eine, Narr im Rieselland der andere.«

Eine Frau tat völlig verrückt mit ihrer eigenen Schönheit, wie denn die meisten von ihnen keine Unze Verstand haben.

»Die da«, meinte Critilo, »wird noch hundert um ihren Verstand bringen.«

»Hundertundeinen«, seufzte Andrenio.

Und so war es: Sie war verrückt, ihretwegen war ihre Mutter verrückt, verrückt vor Eifersucht war ihr Mann, verrückt waren alle, die sie sahen.

Ein Hochmögender machte ein Geschrei und rief:

»Einen Mann wie mich, einen Mann von meinem Rang, einen Magnaten will man hier einsperren! Das gibt es doch nicht! Wenn das wegen der bewussten Angelegenheit ist, dafür habe ich meine Gründe gehabt. Man ist schließlich nicht jedem Rechenschaft schuldig. Sollte es wegen der anderen Sache sein, dann täuscht man sich. Was wissen denn die Leute schon von den Entscheidungsnöten der mächtigen Personen! Die verstehen sie doch überhaupt nicht! Wie kommen sie dazu, darüber zu rechten? Wo doch sogar die Geschichtsschreiber meist keine Ahnung haben, wie es im Himmel und auf Erden zugeht.«

So verteidigte er sich nach Kräften, doch die Aufseher des Käfigs, die sehr unsanft mit ihm umgingen und ihn sogar misshandelten, brachten ihn trotz aller Gegenwehr herein und sagten:

»Hier geht es nicht nach der guten Absicht im Innern, sondern nach der Tollheit im Äußern. Wer so viel Krummes tat, soll geradenwegs in den Käfig.«

Critilo trat hinzu, und als er sah, dass es sich um eine bekannte Persönlichkeit handelte, sagte er zu ihnen, sie täten Unrecht daran, einen solchen Mann hier unterzubringen.

»O nein!«, wurde ihm erwidert. »Diese großen Leute begehen immer entsprechend große Verrücktheiten, je größer, desto größere.«

»So steckt ihn wenigstens nicht in den Gemeinschaftskäfig«, sagte Critilo noch, »sondern bringt ihn getrennt unter; für solche Leute gibt es doch Sonderzellen.«

Da sagten sie unter großem Gelächter:

»Bester Herr, wer die Welt als Ganze zugrunde richtete, für den soll sie auch als ganze Gefängnis sein.«

Im Gegensatz dazu bat ein anderer inständig um die Ehre, eine Narrenzelle angewiesen zu bekommen, doch die Leitung lehnte dies ab; vielmehr wurde er zu den Einfältigen auf der anderen Seite überstellt, und zwar deswegen, weil er Anspruch auf ein Herrscheramt erhoben hatte. Alle solche Prätendenten wurden einen Fingerbreit vom Limbus untergebracht. Es gab Gedächtnisnarren, was etwas Neues und nie Gesehenes darstellte (gewöhnlich sind ja alles Willens- und Verstandesnarren),[15] und zwar waren dies die Erfolgreichen und Satten, die sich nicht mehr an die Hungernden erinnerten, die Anwesenden, die die Abwesenden vergaßen, die Heutigen, die die Gestrigen aus dem Gedächtnis tilgten; weiterhin solche, die bei ein und demselben Schritt gleich zweimal stolperten, solche, die sich zweimal hintereinander auf See begaben, und solche, die sich zum zweiten Mal verheirateten, das waren unter den Einfältigen die Betrogenen, und es galt: *Für jedes Zweimal gibt's doppelt Gefängnis.* Die ›Dacht'iche‹ bekamen

15 *Gedächtnisnarren:* zusammen also die Narren der drei *facultates animae.*

›Denk'ich‹ als Nahrung verschrieben.[16] Zwei waren am Streiten, wer der Welt größter Narr gewesen sei, den Ersten kenne man ja;[17] sie nannten viele und gewaltige, antike und moderne, in Frankreich *gerade* und in Spanien *ungerade.*[18] Zum Beschlusse ihres Disputs beschlossen sie, das Gedicht vom verliebten Medoro zu wählen.[19]

Andrenio wollte wissen, warum man die Überschwänglichen mit den Traurigen zusammenlegte, die Trägen mit den Ungeduldigen, die Selbstzufriedenen mit den Ehrgeizigen. Einer antwortete, das sei zum Ausgleich von Last und Leid; ein anderer, besser noch, zur wechselseitigen Heilung.

»Wie denn, werden auch welche geheilt?«

»Ja, der eine oder andere, aber auch dann nur unter Zwang, wie man bei jenem sah, der den großen Arzt, der ihn geheilt hatte, nicht bezahlen wollte. Der Arzt verklagte ihn vor dem Richter, und dieser, über solche Undankbarkeit verwundert, warf die Frage auf, ob er nicht vielleicht rückfällig geworden sei. Jener antwortete, es sei weder mit ihm abgesprochen worden, noch habe der Arzt gut an ihm gehandelt, vielmehr sehr schlecht, als er ihn wieder zu Verstand brachte, denn nie habe er ein besseres Leben geführt als in

16 *»Señalaron pienso a los de ›penséque‹.«* Das Spanische kennt viele lustige Redensarten mit *»penséques« [pensé* und *que* und *s]* – »ich hab' gedacht«, z. B. *»Los creíques* [*creí que* – »ich glaubte«] *y penséques equivalen a burreques* [*burro* – »Esel«]«. – *»Pienso«* – »ich denke« und »Futter«. – In der Schrift *Zensur der menschlichen Dummheit und deren Vorzüge* des Erasmianers Jerónimo de Mondragón (1598) zeugen der ZEITVERSCHWENDER und die IGNORANZ das Söhnchen *»Penséque«*. In einer Farce (mit Spitzen gegen Cervantes) hat Tirso de Molina daraus eine Bühnenfigur gemacht: *El castigo del Penséque* (1614). Den Anstoß bezog er aus dem 3. Kapitel von Quevedos *Sueños,* wo alle Liebenden wegen des *penséque* in der Hölle sind; aber schon 1585 hieß es in der *Philosophia secreta* von Juan Perez de Moya, Kap. 42: »Es wird erzählt, dass VERLORENE ZEIT sich mit UNWISSENHEIT vermählte, sie hatten einen Sohn, welcher PENSÉQUE hieß, der vermählte sich mit JUGEND, und sie hatten die Kinder: ICH-WUSSTE-NICHT, ICH-DACHTE-NICHT, WER-HÄTTE-DAS GEDACHT ...«.

17 Luzifer? Adam?

18 *»Pares«* – »Pairs (de France)« und »gerade Zahl«. – *»Jugar a pares y nones«* – »gerade oder ungerade spielen«. – *»Nones«* – »ungerade Zahl« und »Personen ohne Beschäftigung«.

19 Aus Góngoras berühmtem *romance: »En un pastoral albergue«,* der auf Ariosts *Rasenden Roland* zurückgeht (Gesänge XIX, XXIII und XXIV).

der Zeit, wo er verrückt war, da habe er keinerlei Schimpf und Geringschätzung verspürt, über nichts habe er sich gegrämt: Den einen Tag wähnte er sich König, den andern Papst, war bald ruhmreich, siegreich und überhaupt reich, bald in der Welt, bald im Paradies, und beständig obenauf; jetzt jedoch, als Geheilter, gräme er sich über alles, alles bereite ihm Verdruss, wenn er sehe, wie alles so läuft. Ihm wurde bedeutet, er müsse entweder zahlen oder wieder verrückt werden, und er wählte das Letztere.«[20]

Mit viel Aufhebens rief sie nun einer aus dem Käfig der Unzufriedenen an. In sehr zusammenhängender Rede beklagte er sich darüber, dass man ihn hier ohne Grund festhielte. Er führte so gute Gründe dafür an, dass bei ihnen Zweifel entstanden, ob es nicht vielleicht doch Gründe gab, drückte er sich doch folgendermaßen aus:

»Meine Herren, wer kann denn schon zufrieden mit seinem Schicksal leben? Ist einer arm, leidet er tausend Nöte; ist er reich, Sorgen; verheiratet, Ärger; ledig, Einsamkeit; klug, Erbitterung; unwissend, Täuschungen; ehrbar, Kummer; niedrig, Beschimpfungen; jung, Leidenschaften; alt, Gebresten; allein stehend, Hilflosigkeit; verschwägert, Verdruss; höher gestellt, Unbotmäßigkeiten; Vasall, Bürden; zurückgezogen, Schwermut; gesellig, üble Nachrede. Also was soll einer tun, als Mensch, und mehr noch, wenn er *Person* ist? Wer kann denn zufrieden sein, es sei denn ein Spinner? Meint ihr nicht, dass ich Recht habe? Ach, ich müsste doch auch das Glück erfahren, denn am Verstand mangelt es mir ja nicht.«

Hier sahen sie ein, wo es mangelte und wie sehr: ein so häufiger Fehler, mit seinem Verstand ebenso zufrieden zu sein wie unzufrieden mit seinem Glück.

»Ach«, sagte Critilo, »wie viele schieben doch die Schuld an zu viel Torheit auf zu wenig Glück!«

In seligem Vertrauen wollte einer sich die Zeit vertreiben und die Käfige besichtigen, aber sofort packte man ihn, um ihm die Livree überzuziehen. Er wehrte sich und fragte, warum sie das tä-

20 Eine Quelle dieser pirandellesken Geschichte ließ sich nicht ermitteln.

ten, er sei doch weder Musiker noch verliebt noch dünkelhaft, noch sei er Bürge für Krösus, noch habe er sich je auf Männer verlassen oder sich mit Frauen eingelassen, schon gar nicht aus Frankreich, habe sich auch nicht auf alte Art über die Augen verheiratet oder auf neue über die Finger, indem er Mitgift zählte, habe auch keinen Helmbusch getragen und keinen Doktorstab, habe sich nie deswegen umgebracht, weil andere lebten, oder geseufzt, weil andere lachten, auch nicht um eines Witzes willen den Freund preisgegeben, er gehöre auch zu keinem der vier Völkerstämme und überhaupt zu keiner Gruppe. Alles vergebens.

»In den Käfig mit ihm!«, schrie der Oberaufseher.

Und er:

»Warum aber?«

»Weil nur er sich für vernünftig hält, und obwohl er nicht verrückt ist, dafür gehalten werden kann, wie es jeden Tag geschieht. Und es soll nur jeder verstehen, dass, wenn er noch so vernünftig ist, die andern auf ihn zeigen und rufen: ›Haltet den Narren, haltet den Narren!‹, und ihn aus der Fassung und um seinen Ruf bringen wollen.«

Andrenio fiel auf, dass so ziemlich alles Erwachsene waren; es gab keine Kinder und keine Jungen.

»Weil die sich noch nicht verliebt haben«, antwortete ihm einer.

Aber ein anderer sagte:

»Wie können die verlieren, was sie noch gar nicht haben?«

Ein Arzt behauptete, weil sie noch feucht im Hirn seien, ein Philosoph aber besser, weil sie frei von Sorgen lebten. Die Häscher schleppten einen Teutschen herbei, der aber beteuerte, es sei ein Irrtum, denn sein Übel rühre nicht von zu trockenem Hirn, sondern von zu viel Feuchtigkeit her, und er versicherte, er sei nie klarer bei Verstand, als wenn er betrunken sei. Sie fragten ihn, worauf er dies stütze, und er antwortete ihnen ganz unverpanscht, wenn er in diesem Zustand sei, so erschiene ihm alles umgekehrt, das Unterste zuoberst, und da ja in der Wirklichkeit wahrhaftig alles auf der Welt verkehrt herum liefe, sei er nie seiner Sache sicherer, als wenn er sie so ansehe, denn dann sehe er sie ja richtig herum, wie man sie sehen müsse. Trotzdem *fiel er aus dem Haus,*[21] und man sagte ihm, auch wenn er dies verkehrt herum sehe, aufrecht gehen könne er offenkundig nicht, und so steckten sie ihn unter die fröhlichen Gröler.

Wo immer sie sich auch hinwandten, überall stießen sie auf Verrückte oder Tolle, die ganze Welt war voll mit Leere.

»Ich dachte eigentlich«, sagte Andrenio, »alle Narren passten in einen Winkel der Welt und seien dort in ihrem *Nuntius* untergebracht, jetzt aber sehe ich, dass sie das ganze Erdenrund anfüllen.«[22]

»Wir könnten darauf mit dem antworten«, sagte einer von ihnen, »was jemand in einer gewissen sehr edlen und sehr blühenden Stadt antwortete, als er einen Fremden herumgeführt und ihm alle Sehenswürdigkeiten gezeigt hatte (deren Schönheit ihrer Zahl nicht nachstand, herrliche Gebäude, weitläufige Plätze, liebliche Gärten und prächtige Kirchen) und der Fremde schließlich bemerkte, es stehe noch eine aus, die er besonders gern gesehen hätte. ›Welche ist das? Auf der Stelle führe ich Euch hin.‹ ›Das Haus derer, die *nicht drinnen* sind.‹ ›O je, mein Herr‹, war die Antwort, ›für diese gibt es hier kein besonderes Haus, die ganze Stadt ist ihr Haus.‹«

Was Andrenio sehr verwunderte, waren Verrückte mit klarem Verstand.

»Diese«, sagte einer zu ihm, »sind die Schlimmsten, denen ist nicht mehr beizukommen. Hier ist einer, der hat den besten Verstand, den man sich denken kann; aber bei einem Verstand, der seinem Träger so wenig nützt, muss ich zweifeln, ob er ihn wirklich hat.«

»O das Haus Gottes«, entfuhr es Critilo, »wie viele *orates* hat es doch, Narren, wo es *orantes,* Betende haben müsste!«

Kaum hatte er dies gesagt, da fielen sie auch schon von allen Gruppen und Stämmen über sie her. Im Nu sahen sie sich umgeben von lauter Irrsinnigen, derer sie sich nicht erwehren konnten

21 *Fiel er aus dem Haus:* war er verrückt.

22 *Nuntius:* zum Toledaner Hospital vgl. S. 310, Anm. 43.

und die sich auch nicht zur Vernunft bringen ließen. Da griff der Riese in seinen Gürtel und zog ein Horn aus geglättetem Marmor hervor, setzte es an den Mund und brachte damit einen so schauerlichen Ton hervor, dass allesamt augenblicklich kehrtmachten und zum Rückzug ansetzten, wenn auch gewiss nicht in guter Ordnung. So waren sie von dem Wüten und Toben erlöst und sahen den Weg vor sich frei. Voller Bewunderung fragte Andrenio, ob das vielleicht Astolfos berühmtes Horn sei.[23]

»Es ist sein nächster Verwandter, freilich etwas mehr dem Geistigen zugehörig. Ich kann sagen, ich habe es von WAHRHEIT selbst. Es hat mich schon aus den übelsten Lagen befreit, weil ja jeder, wie ihr gesehen habt, beim Hören der Wahrheit auf und davon flieht und mich in Ruhe lässt. Alle, so werdet ihr sehen, verstummen, wenn sie vernehmen, was die Wahrheiten ihnen zu sagen haben, und suchen schleunigst das Weite. Erfährt ein Adelsstolzer, dass es mit ihm nicht weit her ist, auch wenn er sich darauf etwas zugute tut, so erstarrt er augenblicklich; bekommt ein Magnat gesagt, lasterhaft sei doch kein Adjektiv zu Größe, verzieht er sofort das Gesicht; hört eine Schöne, die Wirkung ihrer Schminke sei nicht die beste, schneidet dir der Engel sogleich eine Teufelsfratze; wird der Reiche ans Almosen erinnert und an die Verwünschungen der Armen, schüttelt er seinen Mantel und in eins damit euch ab; hört der Soldat, der Sold sei nicht alles und sein Gewissen bedürfe der strammen Haltung; hört Baldo, der Advokat, er solle nicht so käuflich sein und sich um jede Sache reißen; hört der Ehegatte, er dürfe kein Zuschauer und erst recht kein Wegschauer sein; hört der Arzt, er solle sich nicht umbringen, um andere umzubringen; hört der Richter *Judex,* er dürfe sich nicht mit *Judas* verwechseln; hört die *doncella,* sie fange besser nicht mit *don* an, mit der Hingabe, noch auch die *Dame* mit *dar,* mit der Verschwendung; hört die *bella casada,* die schöne Ehefrau, sie solle besser das *vella* vermeiden, sich nicht den Blicken preisgeben – so kehren sie euch alle stracks den Rücken zu. Wenn somit das verhasste Wahrheitshorn erschallt, werdet ihr erleben, dass der Verwandte euch ver-

23 *Astolfos Horn:* aus Ariosts *Rasendem Roland,* Gesang XV, Stanze 15.

leugnet, der Freund sich zurückzieht, der Herr euch die Gunst entzieht, alle Welt euch im Stich lässt und jeder nur schreit: ›Flieht, flieht – *a huir, a huir!*‹, um nur ja nichts zu hören, *por no oír.*«

Da der Lebensweg nunmehr frei war, nahmen sie ihn unter die Füße in Richtung auf die weißhäuptigen Alpen, das gefürchtete Gebiet GREISENIEN. Was ihnen dort oben widerfuhr, das zu berichten erbietet sich der DRITTE TEIL, im rauen WINTER DES ALTERS.

DAS KRITIKON

DRITTER TEIL

im
WINTER
DES
ALTERS

von
LORENZO GRACIÁN

gewidmet
dem Doktor Don
LORENZO FRANCÉS DE URRITIGOYTI
Dechant der Hl. Kirche
von Siguenza

Mit Privileg

—

Zu Madrid. *Bei Pablo de Val.* Anno 1657.
Auf Kosten von Francisco Lamberto, erhältlich in seinem Haus
in der Hieronymusgasse.

An Don Lorenzo Francés de Urritigoyti

Ehrwürdigster Dechant der Hl. Kirche von Siguenza.

Wem Besseren könnte ich diesen Dritten Teil des menschlichen Lebenslaufes, in dem das Alter geschildert werden soll, antragen als jemandem, dessen Alter von so viel Ernst, Einsicht und Klugheit geprägt ist? So erfolgt diese Zueignung denn auch keineswegs wahllos, sondern als bewusster Ausdruck der Ehrerbietung. Liegt doch die Zeit schon geraume Weile zurück, zu der Euer Gnaden die Stufe der reifen Vollendung erreichte. Sonst verlagern sich ja oftmals die Zeiten des Lebens, und die eine gerät unter die Botmäßigkeit der anderen: Der Herbst geht schon in den Winter über oder der Frühling nimmt einen Teil des Sommers in Beschlag. Nicht selten tritt aber auch das siechende Alter verfrüht ein und belegt schon ein Stück der Mannesjahre, wo diese sich über die Jugendzeit schoben.

Wenn nun in diesem letzten meiner *kritischen Bücher* ein rüstigreifes Alter frei von Gebrechen und Verfall beschrieben werden soll, so ist es Euer Gnaden abgeschaut. Welchen Inbegriff vollkommener Lebensführung Euer Gnaden ausmachen, ist wohl allgemein bekannt, doch nicht hinreichend gewürdigt. Da sich meine Feder indessen nicht anheischig machen kann, sämtliche heroischen Eigenschaften im Porträt zu versammeln, die eine gewogene Natur im Wettstreit mit anhaltendem Bemühen in Euch zur Ausfaltung gebracht hat, fasste ich den Entschluss, jenem einfallsreichen Maler nachzustreben, welcher angesichts der Aufgabe, eine in jeder Hinsicht vollendete Person zu konterfeien, einsehen musste, dass auch die größte Anstrengung seines Pinsels nicht zu einer angemessenen Wiedergabe aller vier Ansichten würde gelangen können (denn welches Profil er auch wählte, immer fehlten die drei anderen), und daher auf Wege sann, wie sich der vollständige Ausdruck bewerkstelligen ließe. Er malte die Vorderansicht mit der gebührenden Kraft der Darstellung und brachte sodann im Rücken der Person einen klaren Quell an, in dessen kristallener Oberfläche sich die abgewandte Seite in all ihrer edlen Grazie spiegelte; auf der einen Seite stellte er danach einen großen, hellen Spiegel auf, in dessen Tiefe das Profil zur Rechten zu entdecken war, und brachte schließlich auf der anderen einen glänzenden Harnisch an, der der linken Seite zum Abbild verhalf. Mit einem so schönen Einfall vermochte er den Blicken des Betrachters den Verbund dieser außergewöhnlichen Schönheiten vollständig darzubieten, kann es doch geschehen, dass die Bedeutung des Gegenstandes das künstlerische Verfahren nicht nur fordert, sondern sogar fördert.[1]

So möchte ich denn, um nichts Vollkommenes zu verlieren, um nichts Erhabenes zu verderben, wovon ich an Euer Gnaden so viel bewundere (das eine aus Euch selbst, das andere von außen kommend, doch immer noch aus Eurer Sippe), nachdem ich alles Tüchtige, Kluge, Gelehrte, Verständige, Friedfertige, Großherzige, Beifallswürdige, Edle und Erlauchte, das in ungetrübtem Glanze Euer Gnaden innewohnt, abzuschildern mich bemüht habe, Euch im Rücken eine nicht erdachte, sondern wirkliche Quelle aus der Reihe Eurer hochgeborenen Vorfahren anbringen, und zwar mit Señor Martín Francés, durch Tugend, Gesinnung, Klugheit und Tüchtigkeit Zierde seines Hauses, aber auch Glanz dieser herrscherlichen Stadt Zaragoza, war doch alles an ihm groß und hatte er doch zur Mutter das Vorbild einer edlen christlichen Matrone, deren Trefflichkeit sich sehr wohl an ihren Früchten erkennen ließ, an den so zahlreichen vorzüglich geratenen Söhnen, zu denen sie mit vollem Recht sagen konnte wie jene Römerin: *Mein Schmuck und Putz sind meine Söhne.*[2]

Zu Eurer Rechten möchte ich nicht nur *einen* Spiegel aufstellen, sondern deren vier, nämlich Eure vier Brüder, alle gleichermaßen an den illustresten Kirchen Spaniens im Dienste des Herrn

1 Der so geschickt gewendete Gedanke ist dem sechsten der *Dialoge über die Malerei* von Vicente Carducho entnommen, in dem es um die Abhebung der Malerei von der Bildhauerei geht (Madrid 1633, fol. 95; Neudruck, hrsg. von F. Calvo Serraller, 1979, S. 292).

2 *Römerin:* Cornelia, Tochter des Scipio Africanus und Mutter der beiden Gracchen, nach Valerius Maximus IV, 4, wie Gracián in *Agudeza* 16 selbst anführt.

stehend: den durchlauchtigsten Don Diego Francés, Bischof von Barbastro, ob des heiligmäßigen Lebens, das er führt, des Glaubenseifers, den er an den Tag legt, der Gelehrtheit, die seine gedruckten Werke aufweisen, und der Barmherzigkeit, die seine Almosen kundtun, ein Spiegel der trefflichsten Prälaten. Der Zweite sei der Erzpriester von Valpuesta, tätig an der Heiligen Kirche zu Burgos, auch er ein Spiegel der geistlichen Pfründner, ob auf dem Katheder, der Kanzel oder im Konfessional, mit beispielhafter Pünktlichkeit beim Gottesdienst, ohne sich einen Tag Ruhe zu gönnen, obwohl seine Beschwerden ihm doch keine Stunde Ruhe gönnen. Der Dritte (er könnte auch der Erste sein) ist der Herr Erzdechant von Zaragoza, der große Wohltäter aller, der dem Adel mit Rat, den Armen mit Tat zur Seite steht, den Kirchenmännern mit seinem Beispiel, den Weisen mit seinen Werken, allen mit den prächtigen Kirchen, die er hat erbauen, mit Kapellen, die er hat ausmalen lassen, mit einem Wort, ein zum Wohle aller Geborener, ein nach Meinung aller Verehrungswürdiger. Die Krone der Frömmigkeit schließlich gebührt Ehrwürden Pater Fray Tomás Francés, leuchtende Fackel des Seraphischen Ordens, der seine Christenlehre von der Kanzel erstrahlen lässt (wovon zwei Fastenpredigten zeugen, die er an der Pflanzstätte der größten Talente, dem Königlichen Hospital zu Zaragoza hielt), nicht anders als lange Jahre seine Theologie vom Katheder, seine Gelehrtheit in seinen zahlreichen gedruckten Werken, seine Erfahrenheit in den ihm angetragenen Ämtern und Würden, als Sekretär zweier Ordensgenerale, doppelter Beweis seiner hohen Verdienste.[3]

Auf der andern Seite werde ich einen Harnisch für drei weitere, weltliche Brüder anbringen, alles edle Ritter: Don Martín, Don Marcial und Don Pablo, die ebenfalls Glanz und christliche Haltung zu verbinden wussten. In geringem Abstand und nur wenig verkleinert sollen auch die Vettern zu erblicken sein, Kanoniker und weltliche Ritter. Was ich jedoch am meisten herausstellen möchte, ist, dass sie alle, als Christen wie als Ritter, zu den hervor-

3 Der erste und der dritte der Brüder waren auch Rektoren der Universität Zaragoza, der vierte war Prinzipal des Franziskanerordens.

ragendsten Persönlichkeiten ihres Landes und ihrer Zeit gezählt werden dürfen.

So sei das Bildnis allseitig mit Ruhm und Ehre umstellt und damit der Blick gelenkt auf Euer Gnaden als auf den Mittelpunkt, den alle schätzen. Der Himmel aber möge Euch schützen.

Euer Gnaden ergebenster und in Ehrerbietung zugetaner
LORENZO GRACIÁN

Zensurbericht

Von Predigerpater Fr. Estevan Sánchez.

Dies Buch, betitelt *Das Kritikon,* Dritter Teil, verfasst von Lorenço Gracián und mir von Euer Gnaden zur Zensur zugestellt,[4] habe ich mit besonderer Aufmerksamkeit gesehen und finde es aller Zensur enthoben auf Grund des hohen Ansehens, das der Verfasser sich in der Einschätzung der gelehrtesten Personen durch seine geistvollen Schriften erworben hat, welche da sind: der *Héroe,* der *Político,* der *Discreto,* die *Arte de Ingenio,*[5] der Erste und der Zweite Teil des *Kritikon* und nun dieser Dritte, in dem er sich selbst übertrifft bei Metaphern, Gleichnissen, Exempeln, Verwandlungen, Moralitäten und Anspielungen, deren er sich mit Geschick zur Verurteilung der Laster und zum Lobe der Tugend bedient, welches Ziel nämlich die zwölf Krisen verfolgen, aus denen sich die sinnreiche Gestalt dieses Schriftkörpers aufbaut, wobei er gewinnend und anmutig träumend zu ergötzen vermag, insofern er wie der erfahrene Arzt zu Werke geht, der dem Kranken mit bitterer Arznei nicht beikommen kann und daher zum Süßstoff greift, um mit dem Angenehmen das Nützliche zu erreichen: Vermag doch bisweilen ein Kunstgriff, was der Kraft versagt bleibt. Kurz, er schreibt mit so treffendem Geschick, dass ein jeder Buchstabe als wohl überlegte Frucht höchster Aufmerksamkeit erscheinen muss, womit er sich auch vor jedem Abgleiten, das christlicher Lehre gemäß etwa zu beanstanden wäre, bewahrt. So erachte ich ihn denn vorbehaltlich besserer Einsicht für wert, die erbetene Lizenz gewährt zu bekommen.

Im Convento de la Vitoria zu Madrid, am 6. Mai 1657.

Fr. Estevan Sanchez.

4 Gerichtet an Don Pedro Fernández de Parga, Vikar von Madrid, der im Folgenden die Lizenz erteilt.

5 *Arte de Ingenio:* Die Neufassung dieses Werks von 1648 unter dem Titel *Agudeza y arte de ingenio* war dem Zensor anscheinend nicht bekannt; merkwürdigerweise lässt er auch das *Oráculo manual* (von 1647) unerwähnt.

Wir, Doct. D. Pedro Fernández de Parga y Gayoso, Lektoralkanonikus der Hl. Apostolischen Erzbischöflichen St. Jakobskirche und Vikar dieser Stadt Madrid und ihres Bezirks etc., erteilen hiermit, soweit es an Uns liegt, die Lizenz zum Druck und zum Verkauf des Buches betitelt *Dritter Teil des Kritikon,* verfasst von Lorenço Gracián, unter Berufung darauf, dass der von P. Fray Estevan Sánchez auftragsgemäß vorgelegte Zensurbericht nichts zu enthalten scheint, was gegen unseren Heiligen Katholischen Glauben und die guten Sitten verstößt.

Gegeben zu Madrid, am 5. Mai des Jahres 1657.
DOKTOR PARGA
In seinem Auftrag,
JUAN BAPT. BRAVO.

Approbation

Von P. Alonso Muñoz de Otalora, vom Orden der Clerici Minores, Gutachter der Hohen Inquisition.

Der *Dritte Teil des Kritikon* von Lorenço Gracián, ein schöner Abschluss dieses Werks und eine leuchtende Zier seines Ingeniums, wurde im Auftrag Eurer Hoheit[6] von mir gesichtet, und unbeschadet der Name des Verfassers für seine Vertrauenswürdigkeit bürgte, bin ich der Ansicht, dass er sich das beste Urteil aufgrund dessen verdient hat, was er in seinem Werk lehrt, in dem er die Lebensalter der Reihe nach vorführt und jedem zuweist, was ihm gebührt, von den zarten Jahren der Kindheit über die blühende Jugend und die kräftigen Mannesjahre bis nunmehr zur Souveränität des Alters, dem reifen Denken, der gewichtigen Rede, der ernsten und sentenzenreichen Erörterung; bringt er doch in seinen abwechslungsreichen Verkleidungen das Lob der Tugend vor, verurteilt das Laster, gibt der Wahrheit Raum, verbannt den Irrtum, fördert die Uneigennützigkeit und tadelt die Schmeichelei. Nicht nur hat er sich für den Beginn des Lebens etwas Glänzendes ausgedacht, er führt es auch beim Tode zum glücklichsten Abschluss, somit die Vielgestaltigkeit des Menschen von der Geburt bis zum Sterben umfassend. Und wie in Jahrhunderten sich Anfang und Ende verschwistern, so verlieh er ihm nach dem Glück des Geborenwerdens im Sterben den Ruhm des Unsterblichen, bedachte zugleich aber die Unbeständigkeit der Zeitläufte, in denen sein Leben verlief. Und die zwölf Kapitel scheinen allesamt einen Reigen um einen Satz von Seneca aus dem fünften Buch, Kap. 8 von *De Beneficiis* bilden zu wollen: *»Ganz wie es bei der Kugel oder dem Ball kein Unten und kein Oben gibt, kein Erstes und kein Letztes, weil das Rollen jede Ordnung verändert und das Hintere nach vorne kommt, das Untergehende*

6 *Hoheit:* Diese Anrede ergeht an den Hohen Rat der Inquisition als Ganzen.

aufgeht und alles, wie es auch laufen mag, stets wieder zum Selben zurückkehrt, so musst du es dir auch beim Menschen denken: du magst ihn noch so oft verwandeln, er bleibt doch ein und derselbe.«[7]

In reizvoll eingekleideten Bildern, die uns schonend darauf vorbereiten, bringt der Autor uns diese Wahrheit nahe, dass der Hochmütige sich nicht obenauf halten kann, der Demütige aber auch nicht in den Niederungen zu verzagen braucht, bringt doch das Rad der Fortuna alleweil den Zeitläuften das Unerwartete, macht den Letzten zum Ersten, den Ersten zum Letzten, siehe Matthäus Kap. 20. Und daran wird sich beim Verteilen der Preise und Belohnungen auch der kluge Familienvater, der weise Statthalter, der gerechte Gesetzesstifter oder der unparteiische Richter halten. Wer indessen, wie das Sprichwort sagt, dem Rad der Fortuna einen Nagel eintreiben will, wird hier aufs glücklichste belehrt, wie man, den Blick aufs Höchste gerichtet, von einem Aufgang zum nächsten gelangen kann, ohne beim Untergang in den Abgrund zu stürzen. Und so gibt es ein großes Interesse daran, das Werk im Druck zu sehen, um das Handeln rechtschaffen an der Vernunft auszurichten und im Sturm sich des Hafens zu vergewissern, was das wichtigste Anliegen unseres heiligen Glaubens ist und in diesen Kapiteln sehr angemessen abgehandelt wird. So ist mein Empfinden.

In unserem Haus des Heiligen Geistes,
bei den Clerici Minores, am 10. Juni 1657.
ALONSO MUÑOZ DE OTALORA.[8]

7 Im Original erst lateinisch, dann spanisch.
8 Die rührenden, aber sich vielfach wiederholenden Anstrengungen des wackeren Zensors, sich moralisierend zur Höhe des Werkes zu erheben, wurden hier gekürzt wiedergegeben.

Druckerlaubnis und Steuern

Francisco Lamberto, Buchhändler, besitzt das Privileg zum Druck der *Werke* von Lorenço Gracián, wie aus dem Original eindeutig hervorgeht. Er wurde dafür von den Mitgliedern des Rates von Kastilien mit einer Steuer von vier Maravedís pro Bogen belegt. Entrichtet im Amt von Pedro Hurtiz de Ipiña.

Errata[9]

Dies Buch mit dem Titel *Dritter Teil des Kritikon, im Winter des Alters,* entspricht mit diesen Errata dem Original.

Madrid, den 30. Juli Eintausendsechshundertsiebenundfünfzig.
LICENCIADO D. CARLOS MURCIA DE LA LLANA.

9 *Errata:* An dieser Stelle sind sechs Druckfehler berichtigt. Die Ausgabe enthält jedoch erheblich mehr, so viele, dass die Annahme nahe liegt, Gracián habe die Druckfahnen nicht selber korrigieren können.

An den Leser

Große Menschen sind nur durch Fülle und Reichtum zufrieden zu stellen. Deshalb richtet sich meine Bitte nicht an den großen Leser, ich lade lediglich den wohl gesonnenen und bereitwilligen ein und biete ihm diesen Traktat über das Alter mit einer nicht unbeträchtlichen Neuheit dar. Niemand bemängelt, wenn etwas nicht geschieht, wohl aber, wenn es nicht gut geschieht. Ich räume ein, es wäre zuträglicher gewesen, dieses Werk gar nicht erst in Angriff zu nehmen, jedoch nicht, es unfertig zu lassen. Dieser dritte Teil mag also den beiden anderen das Abschlusssiegel aufdrücken.

Manchen Makel wirst du finden, wenn du es darauf anlegst: So mache besser gleich aus allen einen. Zum Korrigieren lasse ich dir diesmal die Ränder frei,[10] denn diese sind ja eigentlich dazu da, damit der kluge Leser ergänzt, was der Autor vergessen hat oder was ihm entging, mithin verbessert, wo jener nicht genügte. Nur eines hätte ich gerne, das du mir zugute hieltest, nämlich dass ich mich in diesem Werk bemüht habe, jene Meisterregel des Horaz zu beachten, die er in seiner unvergänglichen *Redekunst* aufstellt: *Denique sit quod vis simplex dumtaxat et unum.*[11] Wie immer Rede und Erfindung eingesetzt sein mögen, ob episch, komisch oder rhetorisch, es gilt dafür Sorge zu tragen, dass ein Ganzes entsteht, ein zusammenhängender Körper, dass nicht jedes Stück für sich bleibt, vielmehr alles zu einer Einheit vollendet wird.

Ebenso habe ich es mir bei diesem dritten Teil angelegen sein lassen, den Makel der meisten Autoren zu vermeiden, bei denen der erste Teil gut war, der zweite schon etwas schwächer, der dritte

10 Der Dritte Teil führt in der Tat nicht mehr, wie die beiden ersten, Stichwörter in der Randspalte auf (in der Übersetzung ist auf diese Epigraphen, die nicht immer sehr ergiebig sind und überdies zum Teil nicht vom Autor, sondern nur vom Verleger stammen können, verzichtet worden zugunsten einer detaillierteren Inhaltsangabe).

11 *Horaz:* »Es sei schließlich, was du willst, nur einheitlich soll es sein.« (*Ars poetica,* Vers 23).

aber in jeder Hinsicht abfiel. Ich habe das Gegenteil angestrebt, ob es mir gelungen ist, vermag ich nicht zu sagen: Jedenfalls sollte der zweite Teil nicht so schlecht sein wie der erste und der dritte nicht so schlecht wie der zweite.[12]

Einmal sagte ein großer Leser über ein großes Werk, er finde nur einen Mangel daran: Es sei nicht kurz genug, um es im Gedächtnis behalten, aber doch nicht lang genug, um mit dem Lesen nie mehr aufhören zu können. Sollte man von meinem sagen, es sei lang genug, dann gewiss nicht wegen seiner Vorzüge, sondern wegen seiner Langweiligkeit und Weitschweifigkeit. Andere, kürzere will ich dir vorlegen, und wenn ich auch nicht das bieten kann, was der bedeutende Humanist und Rechtsgelehrte Tiraqueau seinen Bewunderern bot, so soll doch ein Büchlein jedes Jahr meine Dankbarkeit bezeugen.[13] *Vale.*

12 Romera-Navarro weist darauf hin, dass solcher Qualitätsabfall wohl nur bei Werken festzustellen ist, deren zweite oder dritte Teile von anderen Verfassern stammten als der erste. – Im Übrigen darf man wohl sagen, dass der Dritte Teil gegenüber den beiden ersten keineswegs abfällt.

13 Eine Absicht, die sich nicht mehr verwirklichen ließ. – *André Tiraqueau:* französischer Jurist (1480–1558), Freund und Beschützer Rabelais'; soll der Legende nach 30 Werke und ebensoviele Söhne hervorgebracht haben (in Wahrheit 14 Werke und 15 Söhne). – Im Jahr nach der Veröffentlichung des Zweiten Teils war eine poetische Anthologie mit dem Titel *Poesías varias de grandes ingenios españoles* erschienen, an der Gracián wahrscheinlich mitgearbeitet hatte, wenn er nicht sogar der Herausgeber war. 1655 hatte er, nach eigenem Bekunden einem Gelübde gehorchend, die Erbauungsschrift *El Comulgatorio* (Die Kommunionsbank) erscheinen lassen, das einzige seiner Werke, für das er die Publikationserlaubnis seiner Ordensoberen eingeholt hatte (auf die er aber zwei Jahre warten musste) und das er mit seinem richtigen Namen versah. Die wiederholte Unbotmäßigkeit brachte ihm ernsthafte Schwierigkeiten ein. Es ist anzunehmen, dass keines seiner anderen Werke das Placet der Ordensleitung bekommen hätte.

DRITTER TEIL

Erste Krisis

Würden und Bürden Greiseniens

Kein Irrtum ohne Vater, keine Dummheit ohne Pate, je größer die Torheit, desto närrischer ihre Verfechter: so viele Köpfe, so viele Schrullen, denn Meinungen möchte ich das nicht nennen.[1] Es lästerten doch wirklich einige Neunmalkluge, sich zu Sachwaltern des Menschengeschlechts aufwerfend, über die fürsorgliche NATUR, weil sie an den Beginn des Lebens die Kindheit gesetzt habe.

»Das überflüssigste«, so murrten sie, »und das ungeeignetste ihrer vier Alter: Zwar setzt das Leben sorg- und mühelos ein, aber auch recht albern und unverständig. Und wenn jede Unwissenheit Gefahr birgt, wie viel mehr erst am Beginn! Niedliche Art und Weise, den Fuß in die Welt zu setzen, diesen Wirrgarten aus Tücken und Stricken, wo hundertfache Achtsamkeit nicht ausreicht. Nein, das war nicht gut vorbereitet, eine Täuschung, die wir anfechten sollten. Man sinne auf Abhilfe!«

Es dauerte nicht lange, da kam das menschliche Aufbegehren dem Obersten Richterstuhl zu Ohren, vernehmen ja schon die irdischen Herrscher so manches. Man bedeutete ihnen, sich in Ehrfurcht vor Seiner Erhabenheit einzufinden, und nachdem man ihre Beschwerde dort, wie es heißt, wohlwollend angehört hatte, wurde ihnen freigestellt, selbst das Alter zu wählen, das ihnen für den Beginn des Lebens am besten zusage; enden müssten sie freilich stets mit dem entgegengesetzten. Falls sie also etwa mit dem saftig-reifen Herbst des Mannesalters zu beginnen wünschten, so hätten sie mit dem unmäßig-heißen Sommer der Jugend abzutreten. Es wurde ihnen auch eine Frist gewährt, um sich zu bedenken und zu beraten, und sie wurden erneut beschieden, wenn sie sich

1 Nach Terenz: »*Quot homines tot sententiae*« (*Phormio,* 454, auch bei Cicero, *De finibus,* 1, 5, 15, bei Horaz, Ovid und Góngora).

einig geworden und zu einer Entscheidung gelangt seien, die sodann unverzüglich ausgeführt werden sollte. Daraufhin aber setzte ein Wirrwarr von Meinungen, ein wahres Babel der Ansichten ein, traten ihnen doch nach jeder Richtung hunderttausend Schwierigkeiten entgegen. Einige waren dafür, mit dem Jugendalter zu beginnen, denn bei der Wahl zwischen zwei Extremen wäre *toll* doch besser als *töricht*.

»Ausgemachte Torheit!«, erwiderten andere. »Das hieße nicht ins Leben treten, sondern ins Unheil rennen; nicht auf Gedeih, sondern auf Verderb, weil durch die falsche Tür: nicht durch die Pforte der Tugenden, sondern durchs Schlupfloch der Laster. Und hätten die erst einmal die Wehrtürme der Seele genommen, wer wäre imstande, sie wieder aus der Burg zu vertreiben? Bedenkt doch: Ein Kind ist ein zartes Gewächs, neigt sich's leicht nach links, so lässt sich's auch leicht wieder zurechtbiegen; ein Jüngling aber, oft ein Wüstling schon, nimmt keinen Rat mehr an, verweigert sich jeder Vorschrift, setzt sich über alles hinweg und stürmt ins Verderben. Nein, von den zwei Extremen ist die *Tollheit* bei weitem gefährdeter als die *Torheit*.«

Über das gebrechliche Alter fanden sie nicht viel zu streiten. Dennoch trat auch hier einer auf und dafür ein, mit diesem Abschnitt anzufangen, damit nur ja kein Stein mehr auf dem anderen bliebe und alles anders werde.

»Ach was«, sagten die weniger Beschränkten, »das ist doch keine Zeit für den Lebensbeginn, das ist eine Zeit für den Kehraus, da häufen sich die Gebresten und machen den Tod erträglich. Da sind die Leidenschaften schon entschlafen und nur ENTTÄUSCHUNG noch wach; da fällt die Frucht ab, weil hinüber, und weist auch dorthin.«

Die beste Position hatte die Partei des Mannesalters.

»Das ist doch wahrhaftig«, wussten die Klugredner, »ein großer Einstieg, der Mittag, der Zenith der Vernunft, im hellsten Lichte des Verstandes! Ein einmaliger Vorteil, so bei vollster Sonne ins wirre Lebenslabyrinth zu treten. Das ist die Krone der Lebensalter und der beste Moment des Daseins. Damit hat doch der erste der Menschen begonnen, so hat der erhabene Schöpfer ihn in die

Welt gebracht, als gemachten Mann, vollendet und mit allem Drum und Dran. Haltet ein! Streitet nicht weiter! Dies wollen wir vom hohen Autor als die beste Lösung erbitten.«

»So wartet doch!«, schaltete sich da ein besonnener Mann ein. »Wo hat man denn schon erlebt, dass mit dem Schwierigsten begonnen wurde? Das lehrt weder die Kunst, noch zeigt es die Natur; vielmehr steigen beide in allen ihren Werken vom Leichteren zum Schwereren auf, vom Weniger zum Mehr, bevor sie zum Vollkommenen gelangen. Wer hat denn je einen Aufstieg an der steilsten Stelle begonnen? Kaum dürfte der Mensch ins Leben finden, wenn er, kaum eingefunden, sich schon von Sorgen bedrängt, unter Pflichten erstickt fände, eher dem Ende nahe als vollendet, erschöpft von der Anstrengung, *Person* zu werden, was das Schwerste im Leben ist. Und wenn die Gebrechen des Greises für einen Beginn nicht geeignet sind, so sind es die Plackereien des Mannes noch weniger. Wer wird das Leben lieben, wenn er weiß, was es ist, wer wird den Fuß in die Welt setzen, wenn er sie kennt? Ach, lasst doch den Menschen eine Weile für sich leben, nur seine Kindheit gehört ihm ja ganz, vielleicht noch ein Teil seiner Jugend, und rascher vergehen ihm die Tage nie mehr im ganzen Verlauf seiner Jahre.«

So wurde die Frage um und um ventiliert, ohne dass man zu einer Einigung gelangt wäre und mit der Antwort zum erhabenen Schöpfer hätte zurückkehren können, welcher weiterhin den Menschen sein Leben mit der unwissenden Kindheit beginnen und mit dem wissenden Alter enden lässt. –

Es waren nun unsere beiden Weltwanderer, unsere Lebensgänger, am Fuße der schlohigen Alpen angelangt, auch Andrenio begann schon Weiß anzusetzen (dafür traf er nun öfter ins Schwarze), Critilo aber setzte zum Nachgesang des Schwanen an. So unwirtlich war die Gegend und so abweisend, dass ihnen allen beiden das Blut in den Adern stockte.

»Das hier«, meinte Andrenio, »scheinen eher die Tore zum Tode als die Luken zum Leben.«

Und es war festzustellen: Wer früher die Pyrenäen im Schweiß passiert hatte, durchhustete nun die Alpen. Was man in der Jugend schwitzt, hustet man eben im Alter.[2] Einige der Häupter sahen sie weiß werden, andere mächtig behaart, und es fielen ihnen die Felszähne aus. Nicht mehr flossen rauschend die Adern der Bäche, bei grimmer Kälte war ihnen Lachen und Rauschen vergangen. Alles war nahezu tot unter dem Zugriff des Frostes. Entkleidet erschienen die Pflanzen ihres früheren Grüns und ungeschützt von ihrem schmucken Blattwerk; und wenn sie ein paar wenige Blätter behalten hatten, so erwiesen diese sich als so gefährlich, dass sie nicht wenige beim Herabfallen töteten.[3] Freilich erwiderte eine bedrohte Alte: »Ich halt' mich an meinen Orangenbaum.«[4] Wenn die Wasser schon nicht mehr lachten, weinen taten sie allemal, und in den Eiszapfen krachte es. Nicht mehr sang die verliebte Nachtigall; nur seufzen konnte sie noch, alles war Nacht und Galle.

»Was ist denn das für eine humorlose Gegend!«, klagte Andrenio.[5]

»Und so ungesund!«, fügte Critilo hinzu. »Das Labsal des Jungbluts wurde eingetauscht gegen die Trübsal der Melancholie, das Lachen gegen *Achen:* Die Leichtmut gegen Schwermut.«

Solches beredeten sie niedergeschlagen miteinander, als sie unter den wenigen, die überhaupt noch den Fuß auf diesen Schneestaub setzten, einen gewahrten, der so merkwürdig einherging, dass sie sich beide fragten, ob er nun kam oder ging, welche Verwirrung sehr wohl ihren Grund hatte, stimmte doch sein Aussehen gar nicht mit seinem Gang überein. Zwar wandte er ihnen das Gesicht zu, bewegte sich aber dabei von ihnen weg. Andrenio wollte wetten, er kam, Critilo, er ging, denn wenn zwei auch dasselbe sehen, so haben sie noch lange nicht dieselbe Ansicht davon. Die Neugier setzte ihrem Gang die Sporen, so dass sie ihn binnen kurzem erreicht hatten und merkten, dass er tatsächlich zwei Gesichter hatte und so zweideutig auftrat, dass, wenn er auf sie zuzu-

2 *Husten:* falls Anspielung auf die Syphilis, das *»mal gálico«,* dann etwas ungeschickt, denn Husten verursacht sie nicht.

3 Vielleicht sind mit »Blättern« *(»hojas«)* »Dolche« gemeint; eher wohl die nicht ungefährlichen Anwandlungen *grüner* Greise.

4 *Orangenbaum:* dessen Blätter nicht welken.

5 *»Mal humorada«* – »schlecht gelaunt« und »ohne Feuchtigkeit«.

kommen schien, er vor ihnen floh, und wenn sie ihn näher glaubten, er weiter entfernt war.

»Habt keine Angst!«, rief er ihnen zu, als er ihre Unschlüssigkeit bemerkte. »In diesem Endstück des Lebens laufen wir alle im Zwielicht, tragen wir alle ein Zwiegesicht: Mit dem einen lachen wir uns zu, mit dem andern knurren wir uns an, mit dem einen Mund sagen wir ja, mit dem andern nein, und wir fahren dabei ganz gut. Und will uns jemand beim Wort nehmen, und will uns das nicht so recht passen, so machen wir gerne geltend, dass doch das Reden eines, das Handeln ein anderes, das Versprechen leicht, das Halten schwer sei, dass zwischen Zunge und Hand zwei Meilen lägen, und zwar katalanische.[6] Wir gehen locker hin und behaupten etwas nach spanischer Art, um es anschließend auf französisch zu widerrufen, ganz wie Heinrich, der mit ein und derselben Feder zwei verschiedene Frieden unterzeichnete, ohne dazwischen auch nur einzutauchen.[7] Wir reden in zwei Sprachen zugleich, und wer da sagt, er verstehe uns nicht, dem antworten wir, *wir* verstünden uns sehr wohl. Es gibt ein erstes und ein zweites Gesicht, das eine für *cumple,* das andere für *miento:* mit dem ersten stellen wir alle zufrieden, mit dem zweiten niemanden.[8] Wie oft weinen wir nicht mit einem Weinenden und mokieren uns gleichzeitig über seine Dummheit! Wie oft machte nicht jener große Herr, den wir alle kennen, dem Besucher, der es geschafft hatte, zu ihm vorzudringen, mit der einen Hand die leutseligsten Gesten und drohte mit der anderen dem Pagen, der ihn eingelassen hatte.[9] Ihr sollt euch eben auf kein Schöntun verlassen und nicht auf gefällige Grimas-

6 *Katalanische Meile:* knapp ein Fünftel größer als die kastilische.

7 *Zwei Frieden:* Romera-Navarro denkt an Heinrich III. In den französischen Konfessionskriegen um Ausgleich bemüht, hatte dieser 1576 dem Frieden von Beaulieu zugestimmt, der, ohne dass die katholische Partei das Gesicht verlieren musste, den Hugenotten freie Religionsausübung zugestand, aber alsbald Makulatur wurde. »LESO« denkt an Heinrich IV. Dieser hatte 1598 den Protestanten im Edikt von Nantes freie Religionsausübung zugestanden und gleichzeitig im Frieden von Vervins sich mit Philipp II. arrangiert (beiden Versionen wäre die Unduldsamkeit gemeinsam).

8 *»Cumplimiento«* – »Kompliment«; *»cumple«* – »erfüllt«, *»miento«* – »lüge«.

9 Sicher der Herzog Olivares (vgl. S. 196, Anm. 36).

sen hereinfallen. Geht einen Schritt weiter und seht euch das andere Gesicht an, das wahre; das erste ist das Gesicht für Worte, das zweite für – nein, nicht für Taten, sondern fürs Verraten: überflüssig, nicht mehr nötig! War die eine Stirne glatt und heiter, ist die andere gerunzelt und umwölkt. Der zweite Mund lästert, was der erste pries. Sind die Augen im einen vom Blau des Himmels, sind die Augen im andern vom Schwarz der Hölle; ruhig die einen, blinzelnd die andern. Vorne ein leutseliges Antlitz, hinten ein grimmiges; so jovial das eine, so saturnisch das andere. Mit einem Wort, alle sind wir im Alter Janus, wenn wir in der Jugend Jannies waren.[10] Das sei die erste Lektion, die uns die berühmte Tyrannin dieses Gebiets erteilt, und die wichtigste, die sie zu vergeben hat.«

»Was ist das für eine Tyrannin?«, fragte Andrenio ängstlich.

Und der Janus darauf:

»Ist sie dir etwa neu? Sie ist doch schon so alt, und jeder kennt sie, auch wenn sie sich bei keinem erkenntlich zeigt. Die Menschenkinder fürchten sie ob ihrer Unerbittlichkeit und flüchten darum aus ihrem Reich, dem gebrechlichen, sie suchen rückwärts zu gehen im Leben, sie suchen auf das weiße Papier der Haare Flecken hässlicher Tinte zu spritzen; und gerät einer doch hierher, dann von der Zeit vorwärts gestoßen und sehr gegen seinen Willen. Seht diese Weibsperson dort, was für ein böses Gesicht sie macht, mit jedem Tag, der verstreicht, noch böser, mehr Jahre stecken auf ihr als Spangen im Haar. Hier fangen die grimmen Häscher der hässlichen VEJECIA jeglichen Durchziehenden ein, und keiner entgeht ihnen, ob reich, ob mächtig, ob liebe- oder kampferprobt, allenfalls der eine oder andere derer, die *zu leben wussten*.[11] Alle ziehen sie sie an den Haaren herbei und packen rauer zu als bei der guten GELEGENHEIT.[12] Einige kommen in Tränen daher, andere hüstelnd und alle zusammen unter ständigem *Ach!* Kein Wunder, behandelt sie doch alle unsagbar schlecht. Unglaublich,

10 Zu Juan, dem leichtgläubig-unbedarften »Hannes« vgl. S. 744, Anm. 18, und S. 752, Anm. 34.

11 Im Sinne des mehrfach genannten *»saber vivir«* – der klugen Lebensführung.

12 GELEGENHEIT: Zur Herkunft der Redensart vgl. S. 167, Anm. 22.

die Scheußlichkeiten, die sie ihnen antut, schlimmer als Gefängniswächter! Man möchte sogar meinen, sie ersetzt samt ihrem ganzen Gefolge, was ihr an Reizen abgeht, durch Hexenhaftes: Sie saugt ihnen das Blut, mergelt die Wangen aus, verabreicht mehr Schläge als Brot. Sie sei, wird versichert, mit dem TOD verwandt, und nicht nur um ein paar Ecken, allerdings nicht bluts-, sondern knochenverwandt, mehr befreundet noch als verschwistert, leben sie doch Wand an Wand, die Türe steht offen zu jeder Tages- und Nachtzeit, und so heißt es denn auch: *Der Alte isst seine Suppe schon im Grab. Von den Jungen sterben viele, von den Alten kommt keiner davon.* Ich brauche sie euch nicht näher zu schildern, denn gleich bekommt ihr sie zu sehen – und könnt von Glück sagen.«

Eine Schöne in der Nähe aber stammelte:

»Lieber will ich gleich tot umfallen!«

Solches setzte der DOPPELTE Andrenio auseinander, als dieser bemerkte, dass der mit dem anderen Mund ja VEJECIA nach dem Mund redete, ganz und gar ihre Vorzüge herausstrich und zu Critilo von allem das Gegenteil sagte: Er pries sie als die Weise, Friedfertige und Verständige, die ihre Vasallen achtete und sie zuverlässig mit den angesehensten Posten der Welt versorgte, ihnen zu höchsten Ehren verhalf und die größten Privilegien einräumte. Er fand kein Ende, in hohen Tönen zu rühmen, wie prächtig sie ihnen Empfang und Aufenthalt gestalten werde.[13]

»Ach, wie Recht hatte doch jener Satyr bei Äsop, wenn er dergleichen Subjekte verabscheute, die mit demselben Atem das eine Mal wärmen, das andere Mal kühlen, ein und dasselbe loben und tadeln![14] Gott bewahre mich vor derlei Leuten!«, sagte Andrenio.

Und der Janus:

13 Cicero lässt Cato darauf hinweisen, dass das höchste Gremium in Rom nicht ohne Grund *Senatus* genannt wurde (von *senex;* vgl. *De senectute* VI, 19).

14 Die berühmte Fabel vom »Doppelbläser« bei Äsop: *Mensch und Satyr* (Halm 64), in älteren deutschen Schullesebüchern als »Heiß und kalt aus einem Munde«. Zur reichen Überlieferungsgeschichte von Avianus (Nr. 29), über Pierre Charron, Hans Sachs, La Fontaine (V, 7) bis zu Hofmannsthals *Der Schwierige* (I, 13) vgl. Martin Stern in: *Antiquitates Renatae,* Fs. für R. Böschenstein, 1998.

»Das bedeutet es, zwei Münder zu haben. Und mach dir nur klar: beide sagen die Wahrheit. Ich spreche aus Erfahrung.«

Doch darüber merkten sie nun, wie allenthalben, Ehrenämter und Privilegien hin oder her, VEJECIAS unbarmherzige Häscher auftraten. Und mochten sie sich auch noch so verstohlen einschleichen, sie machten sich recht bald schon bemerkbar, die Kundschafter des Todes, sie drückten den Betroffenen Krücken in die Hand, mit denen diese das Laufen verlernten, aber dem Grabe zueilten. Gemeinschaftlich ging man von Sechzig bis Siebzig, ein kleinerer Trupp auch bis Achtzig, der aber war am übelsten dran, denn von da an war alles nur noch Mühe und Plage.[15] Hatten sie sich einen gekrallt, so brachten sie ihn ohne viel Federlesens mit der Maultierpost an den Ort des Fallens und Faulens. Wer sich davonstehlen wollte, und das waren die meisten, dem warfen sie treffsicher Steine nach, die den meisten Vorder- und Backenzähne ausschlugen, sich aber auch unausweichlich in Galle und Nieren festsetzten. Landauf, landab hallte es in diesen Einöden wider von Ach und Weh. Janus aber meinte wie zum Trost:

»Hier ist das Ach so häufig wie das Weh, denn ein Alter wacht jeden Morgen mit einem neuen Wehwehchen auf.«[16]

In diesem Augenblick machten sich siebzig von diesen Peitschenschwingern (nach Ansicht von Zapata sind sie schlimmer noch als die Teufel, denn sie lassen sich durch Beschwörungen nicht austreiben[17]) über eine Greisin her, übrigens mit der einzigen Begründung, dass sie alt war. Diese nun ging zwar tief verschleiert unter einer Dunstgaze einher (in Teufelsdunst enden ja auch für gewöhnlich die Überbleibsel von Welt und Fleisch), benahm sich indessen um so unverhüllter schamlos, je verhüllter sie war, und behauptete, sie sei noch kaum dem *cascarón,* der Eierschale entschlüpft, worauf jene höhnisch lachend fragten:

15 *Psalm* 90, 10. – Die »Krücken« dürften, nicht anders als die »Häscher«, für die Gebrechen des Alters stehen.

16 Wie der Volksmund sagt: *Solltest du einmal morgens ohne ein Gebrechen erwachen, so weißt du, dass du tot bist…*

17 *Zapata:* vgl. S. 316, Anm. 1.

»Wieso hast du dir dann schon so früh den *mascarón* aufgesetzt?«[18]

Sie versuchte mit kläglicher Geziertheit zu lispeln, wurde aber durch ihr hartnäckiges Husten bloßgestellt.[19] Man zog ihr den Schleier weg, und es kamen statt eines Gebrechens deren drei oder vier zum Vorschein: Die Perücke fiel ihr ab, statt eines Wunders stand ein Monster da, statt der Sirene, die so viele angelockt hatte, eine Vettel, vor der alles die Flucht ergriff.

Abgedreht spazierte ein gewisser Herr vorbei, sich in die Brust werfend, die er nicht mehr hatte. Einer von jenen triefäugigen Luchsen nahm ihn ins Visier und stellte fest, dass er ohne Diener war, woraufhin er mit artigem Scherz meinte:

»Das ist der mit dem Diener.«

»Wieso, wo er doch keinen hat?«, fragte ein anderer zurück.

»Eben deshalb. Ihr müsst nämlich wissen: Den ersten Abend, als der Diener bei ihm in Dienst getreten war und es ans Ausziehen ging, ging besagter Herr daran und entledigte sich seiner Kleider – und seiner Glieder. ›Leg das Haar dorthin‹, sagte er zu ihm – und stand als Kahlkopf, ja fast als Kehlkopf da. Dann entnahm er sich zwei Reihen Zähne, was den Mund als Wüstenei zurückließ. Doch des Entflickwerks war noch kein Ende: Mit einer raschen Bewegung fingerte er sich ein Auge heraus und übergab es ihm, damit er es auf den Tisch legte, wo sich bereits die Hälfte des besagten Herrn befand. Außer sich rief der Diener: ›Bist du Herr oder Gespenst? Der Teufel wohl gar?‹ Indessen setzte jener sich nieder, um sich die Schuhe ausziehen zu lassen, und nachdem er die Bändel gelöst hatte, sagte er zu ihm: ›Zieh nun an dem Stiefel hier!‹ Dieser tat, wie ihm geheißen, hatte aber bald Stiefel und Bein in der Hand. Völlig verstört sah er seinen Herrn derart versehrt. Doch dieser, dessen *Humor* besser als seine *Humores*, will sagen: dessen Laune besser als sein Gesundheitszustand sein musste, sagte nur: ›Kein Grund zur Aufregung: Lass das Bein und fass den

18 *Mascarón:* Die Maske, den Schleier über dem Gesicht.

19 Zahnlosigkeit.

Kopf an!‹[20] Und als wär's ein Schraubenkopf, machte er im gleichen Moment Miene, ihn sich abzudrehen. Das war für den armen Burschen zuviel, entsetzt floh er davon, und in dem Wahn, seines Herrn Kopf käme hinter ihm dreingerollt, machte er nicht eher Halt, als bis das Haus und vier Straßen zwischen ihnen lagen. – Trotzdem ist der Herr gekränkt, wenn man ihn für alt hält: Alle wollen es ja werden, aber keiner will es sein.[21] Alle streiten sie's ab und verhehlen es mit solchem Trugwerk.«

Krächzendes Husten, widerwärtiges Schleimgeschlechze ließ sie aufblicken, und sie gewahrten ein morsches Gemäuer, zur Hälfte schon zusammengefallen, zur anderen nahe daran, jeden Augenblick vom völligen Einsturz bedroht. Das Herz erzitterte ihnen beim Anblick all des Gerankes von Günstlingen, Schützlingen und Emporkömmlingen, das sich dort festkrallte. Es war von marmornem Weißgrau und auch so eisgrau, zwar abgestützt, aber nicht von Atlanten, vielmehr stockunsicher. Und obwohl es offene Gräben, klaffende Scharten und *Barbakanen* aufwies, fehlte ihm doch so ziemlich alles zu einer Festung.[22] Was Wunder, wenn es rissig und runzlig war, rinnig und traufig?

»Hier habt ihr«, sagte Janus, »Greiseniens altehrwürdigen Herrscherpalast.«

»Der ist wahrhaftig nicht schwer zu erkennen«, erwiderten sie ihm, »so trübselig und freudlos, wie er dasteht.«

»Das Lachen dürfte wohl daraus verbannt sein«, mutmaßte Andrenio.

»Ja, lange schon sind ALTER und LACHEN einander Feind, wechseln keinen Blick und kein Wort.«

»In Wahrheit ist Alter allein schon traurig genug, doch wird das Übel gewöhnlich vervielfacht: SCHMÄHUNG und BOSHEIT sind meist nicht weit.«

»So ist es, dort stehen sie, und recht rüstig, unter all den Me-

20 *Humor:* zu dieser Stelle und zur Bedeutungsgeschichte von *humor* im Spanischen vgl. W. Hempel in: *Europäische Schlüsselwörter*, 1963.

21 Cicero: *»Senectus, quam ut adipiscantur, omnes optant, eandem accusant adepti.«* (*De senectute*, 2, 4) – Ähnlich schon bei Vélez, Kap. II, vgl. S. 258, Anm. 26.

22 *»Barbacanas«* – »Verteidigungswerke« und *»barbas canas«* – »graue Bärte«.

thusalems, und es fehlt ihnen nie an Stoff fürs Spötteln und Bekritteln, wenn die Sonne nicht wärmt, dann am Kamin. Es ist schon witzig: Die Worte, die dem Mund nicht mehr gelingen, die nehmen sie zum Sticheln. Und wo die Hände nichts mehr schaffen, setzt der Gaumen Schwielen an.«

Nun richtete sich ihr Augenmerk auf die Überbleibsel des einst ehrwürdig-strengen Frontispizes: Zwei antike Tore wurden bewacht von zwei betagten Hunden, die unentwegt knurrten, ganz im Ton ihrer Herrin. In naher Ferne lagen diese Tore zueinander: Vor dem einen stand ein Wächter, um niemanden einzulassen, vor dem andern einer, der jeden hereinholte. Kam einer heran, so entwaffneten sie ihn erst einmal, und war es auch der Cid. So rigoros verfuhren sie dabei, dass sie dem berühmten Herzog von Alba sein hartes Schwert abnahmen und ihm statt dessen eine Seidenschärpe anlegten. Den einen entzogen sie mit der Rüstung die Rüstigkeit, den andern die Steigbügel, bisweilen mussten sie wie beim Kaiser durch Taftstreifen ersetzt werden.[23] Den Erfinder der Muskete, Antonio de Leiva, nötigten sie zum Platznehmen in einem Tragestuhl, den zwei Schwarze schulterten; und er, zornentflammt wie in der Hitze der Schlacht, schrie:

»Tragt mich dorthin, ihr Teufel! Ihr Dämonen, wollt ihr mich wohl endlich dorthin bringen!«[24]

Eben waren sie damit beschäftigt, einem gewissen Marschall seinen Stab zu entwinden, mit dem er die Welt hatte erzittern lassen; sie gaben ihm dafür einen andern Stab an die Hand, er aber zitterte nur vor Empörung und schrie, er sei doch noch von Nutzen.

»Für sich selbst, ja!«, sagten die Soldaten.

Schließlich überredeten sie ihn mit guten Worten, lieber gute Werke zu tun, nicht mehr zu töten, sondern sich aufs Sterben vorzubereiten.

Einzig denen, die mit Zepter und Hirtenstab eintrafen, wur-

23 Karl der Fünfte litt im Alter an Gicht.

24 *Antonio de Leiva:* Heerführer (1480–1536); erfand 1521 die Muskete mit Platinlunte, die erstmals 1526 in der Schlacht bei Pavia zum Einsatz kam.

den sie belassen. Mochten sie auch noch sie wurmstichig sein, es waren doch, so versicherte man, die festesten Stützen des Allgemeinwohls. An die anderen verteilte man Stöcke, viele dachten dabei eher an Prügel, und etliche wurden gesehen, die schwangen sie lieber in der Luft, als dass sie sich damit aufstützten.[25] Jemand meinte dazu boshaft, sie wollten wohl jedes Geräusch vermeiden und nicht an die Tür zum andern Leben klopfen müssen.

Wie verschieden die Welt angeschaut wird und wie närrisch Einfälle sein können, wurde ihnen deutlich, als sie sahen, dass nicht wenige sich auch von selbst auf den Weg nach Greisenien machten, ohne abzuwarten, bis die Häscher sie in das Gebrestenland zerrten. Aus freien Stücken suchten sie die Unfreien auf und baten inständig um Stöcke, die man ihnen jedoch auf keinen Fall gewähren wollte. Noch weniger ließ man sie ein in die gräuliche Herberge, nach der sie sich so sehr sehnten, wie die andern sie fürchteten. Sprachlos über so viel Verkehrtheit sprach man sie an und fragte sie:

»Was bezweckt ihr damit?«

Und sie darauf:

»Lasst uns doch, wir wissen schon, was wir meinen.«

Und erbaten erneut Einlass bei den Wachen:

»Ach, lasst uns doch zu euch hinein! Ein so schöner Ruheposten!«

»O ganz gewiss!«, sagten die Türhüter unter sich. »Für die da ist er wie geschaffen, die reinste Sinekure. Hört nicht auf sie, ihr andern: Die wollen nicht aus Not am Stecken gehen, sondern aus Bequemlichkeit. Sie klopfen nicht ans Törchen um des Todes willen, sondern weil sie noch mehr Leben wollen, noch ein bisschen Ansehen, Würde, und Präsente.«

So langte denn auch einer an, dessen Nacken durchaus noch glänzte, so hart war er, der aber begehrte, in die Greisenschaft aufgenommen und als bresthaft anerkannt zu werden. Mit Hüsteln und Jammern unterstrich er seinen Anspruch. Den nun trieben sie

25 Wohl zur Drohung.

zehn Meilen weit zurück, will sagen zehn Jahre nach hinten, und riefen:

»Solche wie der scheuen die Arbeit und machen sich alt längst vor der Zeit, fügen sich selber Jahre und Krankheiten zu.«

Und so war es wahrhaftig. Einer bequemte sich zu dem Spruch: Willst gesund und lang du leben, musst du früh zum Alter streben,[26] und das heißt *all'italiana* leben.

So kommt denn alles auf der Welt vor: Die einen sind alt und wollen jung erscheinen, die andern sind jung und wollen alt erscheinen.

Einer war da, der konnte kaum mehr gehen – nur noch auf die Achtzig zu. Er behauptete steif und fest, er sei weder alt, noch fühle er sich so. Sie sahen ihn sich näher an und stellten fest, dass er eines der höchsten Ämter inne hatte. Jemand anderes sinnierte darüber:

»Die Inhaber meinen stets, sie hätten erst viel zu kurz, die Anwärter, sie hätten schon viel zu lange gelebt.«

Ein anderer musste sich anhören, er habe als junger Mann sich wie ein Alter benommen, trage jetzt im Alter aber Jugendlichkeit zur Schau; es stellte sich heraus, dass er früh nach einem bestimmten Posten gegiert hatte und sich jetzt darauf jung halten wollte. Ein anderer aus der Schar der Gebrechlichen machte sich anheischig zu beweisen, er sei gar nicht alt, und zwar so:

»Das Gnadenbrot des Alten besteht doch darin: wenig sehen, noch weniger laufen, befehlen gar nicht. Ich im Gegenteil sehe mehr, denn meine Augen sehen alles doppelt, ein Mann kommt mir vor wie ihrer zwei und eine Mücke wie ein Elefant. Ich laufe doppelt so viel, denn ich mache heute hundert Schritte, wo früher fünfzig genügten. Und ich befehle heute drei oder vier Mal, ohne dass etwas geschieht, während mir früher aufs Wort gehorcht wurde. Ich habe verdoppelte Kräfte, denn wenn ich früher vom Pferd stieg, dann tat ich es allein, heute ziehe ich noch den Sattel hinter mir her. Auch bringe ich mich mehr zu Gehör, denn ich

26 Correas ergänzt: »... und die Wintersachen schon im Sommer anziehen.« Cicero zitiert ein (sonst nicht bezeugtes) Sprichwort, das dazu auffordere: *»Mature fieri senem, si diu velis senex esse«* (*De senectute* 10, 32).

schleppe schlurfend die Welt hinter mir drein, und Husten und Krückstock kann keiner überhören.«

»Da habt Ihr ja wahrhaftig viel vom Alter«, sagte man ihm, »mag es Euch ein Trost sein.«

Wie sie nun dem alten Palastgemäuer näher kamen, gewahrten sie über den Pforten zwei große Inschriften. Über der ersten stand: *Dies ist die Pforte der Würden.* Über der zweiten: *Dies ist die Pforte der Bürden.* Und in der Tat zeigte sich die eine auch gleich in all ihrer Stattlichkeit, die andere in ihrer Verfallenheit. Mit großer Strenge überprüften die Türhüter jeden Eintreffenden, und stießen sie auf einen, der obszön aufstieß und sich die Herkunft von den grünen Auen seiner Lüste anmerken ließ, den schickten sie sogleich zur Pforte der Schrecken und Bürden und lieferten ihn der körperlichen Pein aus, indem sie darauf verwiesen, dass eine liederliche Jugend den Körper in geschwächtem Zustand an das Alter übergebe.[27]

»Die Lüstlinge«, so hieß es, »sollen durch die Pforte der Beschwernis eintreten, nicht aber durch die Pforte des Ernstes und der Achtung.«

Und diese gehorchten denn auch willfährig, hat man doch oft feststellen können, dass Schlemmer und Prasser nicht eben viel Mumm in den Knochen haben. Hingegen wurde all denen, die von den rau-erhabenen Gefilden der Rechtschaffenheit, Bescheidung und Tapferkeit her kamen, die Tür der Gunst weit aufgetan. Dasselbe Alter ist nun einmal für die einen Beglückung, für die andern Bedrückung, schafft den einen Ansehen, den andern Qual. Als sie Critilo erkannten, öffneten die wachsamen Türhüter ihm sogleich den Ehreneingang, Andrenio jedoch nötigten sie, durch die Peintür zu gehen. Er stolperte schon an der Schwelle, und sie riefen ihm zu:

»Hüte dich, das Prassen oder das Straucheln ist hier dein Verderben.«

27 Cicero: *»Ista defectio virium adulescentiae vitiis efficitur saepius quam senectutis; libidinosa enim et intemperans adulescentia effetum corpus tradit senectuti«* (*De senectute* 9, 29).

Beide gingen sie nun in ganz verschiedene Richtungen. Kaum war Andrenio eingetreten, da sah und hörte er auch schon, was er sich nimmer gewünscht hätte: schauerliche Szenen, fürchterliche Gesichte. Das Schlimmste aber war eine Furie oder Bestie, Prototyp des Ungeheuers, Ausbund von Schreckgespenst, Inbegriff aller Kobolde und, was noch viel mehr war: alte Vettel. Sie hockte auf einem Sitz aus verblichenem Gerippe, einstmals Elfenbein, zuoberst einem Throngerüst aus Folterbänken, Marterböcken und Streckbetten, als Vorsteherin eines Quälhauses, in dem tagaus, tagein schwarzer DIENSTAG war.[28] Rings um sie her zahllose Henkersknechte, erklärte Feinde des Lebens und Zutreiber des Todes, keiner von ihnen müssig, alle damit befasst, den gealterten Missetätern durch peinliche Befragung das Eingeständnis abzupressen, dass sie Hörige jener tyrannischen Herrscherin waren, und gaben diese das zu, bekamen sie eine üble Last auf die Brust gedrückt, die sie zum Husten brachte. Und obwohl der Ort so mühevoll und lästig war, die Lager so hart, zögerten sie mit viel Phlegma ihre Tage hin und waren auch voller Phlegma, will sagen voller Schleimauswurf.

Einen hielten sie in den Klauen, dem bereiteten sie für seine lang vergangenen Jugendsünden nun sehr unangenehme Augenblicke auf der Streckbank: grausam die Qual eines lang hingezogenen Sterbens.[29] Und er wies alles von sich, schüttelte beständig den Kopf und sagte zu allem Nein, gehört doch das Neinsagen zum Alter wie das Jasagen zur Jugend. Sie fragten ihn, woher er käme, und er, zwiefach taub (er hörte nicht nur schwer, sondern stellte sich auch noch taub), verstand alles falsch und erwiderte:

»Ich und alt sein? Kein Gedanke!«

Und schüttelte den Kopf. Sie zogen die Stricke noch enger an und fragten wieder:

»Wohin werdet Ihr gehen?«

28 Unser »Freitag der Dreizehnte« ist in den Mittelmeerländern der Dienstag, span. *martes,* als Tag des Kriegsgottes Mars (an dem z. B. niemand heiratet).

29 Dantes Anschauung vom *contrappasso,* einer materiellen Entsprechung von Schuld und Sühne, wirkt hier, ins Diesseits geholt, nach.

Und er:

»Ich und sterben? Kein Gedanke!«

Und schüttelte beide Ohren. Seinen eigenen Kindern antwortete er, wenn sie ihn befragten:

»Ich soll euch meine Habe übermachen? Viel zu früh!«

Und wieder flog der Kopf hin und her.

»Dem Geld sag ich nicht früher ade als der Welt.«

Ein anderer wehrte sich und rief, er fühle sich doch noch jung, habe einen Magen wie ein Franzose, einen Kopf wie ein Spanier und Beine wie ein Italiener. Mit reichlich Zeugen suchten sie ihm in allen Stücken das Gegenteil zu beweisen. Als er einwandte, davon sei nichts ersichtlich, antworteten sie ihm:

»Hier, Großväterchen, die Abwesenden sind die Kronzeugen: Die Sehkraft, die Euch mangelt, die Zähne, die Euch fehlen, die Haare, die Euch ausgingen, die Kräfte, die Euch schwanden, das Brio, das Euch verließ.«

Und VEJECIAS Urteil gegen ihn lautete beinahe auf Tod.

Einer, der sich vor Sehnsucht nach dem Alter verzehrte, wollte sich damit herausreden, der Fehler liege doch nicht bei ihm, sondern bei den andern.

»Ihr Herren«, ließ er sich vernehmen, »die Menschen haben sich heutzutage aufs Leisereden verlegt, als trieben sie Hochverrat; sie hören einander nicht und sprechen auch nicht vernehmlich; zu meiner Zeit sprachen alle laut und deutlich, denn sie sagten Wahres. Selbst die Spiegel spiegeln heute falsch, denn früher führten sie einem das Gesicht frisch, fröhlich und rosig vor, dass es eine Lust war, sich zu beschauen. Mit den Moden wird es täglich schlimmer: Die Schuhe trägt man jetzt schmal und kurz, das Kleid so eng, dass ein Mann nicht weiß, wo er bleiben soll. Die Böden müssen wohl schlecht bestellt sein, denn die Früchte schmecken bei weitem nicht mehr so nahrhaft und saftig wie ehedem. Selbst das Klima hat sich zum Schlechteren gewandelt, denn während es früher hier bei uns sehr gesund war, mit linden Lüften und wolkenlosem Himmel, ist es jetzt so schädlich, dass nur noch Katarrh, Stockschnupfen, Harnträufeln, Augenreizungen, Schädelbrummen und hundert andere Gebrechen umgehen. Am allermeisten aber verdrießt mich, dass die Bedienung so verkommen ist und die Leute nichts mehr richtig machen: Die Diener sind ungehorsam, verlogen und unzuverlässig; die Dienerinnen faul, liederlich und schnippisch. Da schmeckt dann das Essen nicht, der Tisch ist schlecht gedeckt, das Bett nicht glatt, die Kissen nicht geschüttelt, das Haus ungefegt, alles ist schmutzig, überall liegt es im Argen. Es kommt also alles zusammen, man hört schlecht, isst noch schlechter, kann sich nicht richtig kleiden, nicht ruhig schlafen und überhaupt nicht richtig leben. Und beklagt man sich dann, so heißt es gleich, man sei eben alt, voller Schrullen und Wehleidigkeit.«

Halb zum Lachen, halb zum Erbarmen war es, in welchem Aufzug diejenigen hier an der Grenzstation anlangten, die sich einst als Galane und Stutzer gebrüstet hatten, die Narzisse und Adonisse, die sich jetzt nur noch mit Entsetzen betrachten konnten; ebenso die Floras und Helenas, ja die Venusse selbst, wie sie jetzt alle kahlköpfig und zahnlos heranwandelten. Denn gleichwie die bäurisch derbe Hand den plebejischen Stahl schwingt gegen den dichtestbelaubten Baum, den Prunk der Gefilde, die Lust des Jahres, den stolzen Schmuck des Frühlings, und ihm die üppigsten Zweige abschlägt, die grünen Schösslinge kappt, die frischen Triebe zuschanden macht, alles zu Boden wirft und ihn nur mehr als unnützen Stumpf stehen lässt, den Blumen ein Gespenst, ein Skelett den Auen: so zieht auch die ZEIT, die arge Tyrannin, alles herab, zerkratzt und zerfurcht noch die fleckenloseste Schönheit, bringt die Rose der Wangen, die Nelke der Lippen, den Jasmin der Stirne zum Welken, rüttelt die perlenden Zähne aus dem Mund, die Zähren einer lächelnden Lebensfrühe,[30] durchzaust das buschige Haarlaub, fällt die Kraft, fleddert die Anmut, zersetzt das Mannestum, tilgt jeden Reiz, kommt mit allem herab in den Grund.[31]

30 »*Aljofar*« – »Perle« und »Träne« und »Perlzahn«: ein Gipfel barocken Sinnspiels innerhalb des epischen Gleichnisses, das zugleich eine fröhlich-burleske Parodie Góngoras ist (Sonett 339 und *Soledad I,* Vv. 876 und 691 f. In Italien hätte man von Antipetrarkismus gesprochen).

31 Ovid: »*Tempus edax rerum, tuque, invidiosa vetustas, / omnia destruitis vitiaque dentibus aevi / paulatim lenta consumitis omnia morte*« (*Metamorphosen* XV, 234–236). – Abb. 16, S. 618.

Abb. 16: Maarten van Heemskerck, TRIUMPH DER ZEIT (nach Petrarca).
Radierung, 1565.

Bei einem gewissen Herrn entstanden Zweifel, ob er auch wirklich alt war, er hatte viel zu viel Zeit dafür und viel zu wenig Verstand; alle waren sich einig, dass er noch sehr *grün* schien.[32] Doch VEJECIA sagte:

»Solche wie der gehören zu den töricht wuchernden Feigen, die nie die Frucht zur Reife bringen: Sie zeigen aller Klugheit die Feige.«

Ein Kahlkopf und ein Weißhaariger beteuerten, sie seien doch noch jung an Jahren, und mussten sich anhören:

»Das kommt vom schnellen Leben: früh herangegangen, früh gealtert. Wäret ihr nicht so jung gewesen, ihr wäret jetzt nicht so alt.«

»Wie wenig weißes Haar doch vom Hofe kommt!«, bemerkte Andrenio.

Und die Antwort gab ihm Martial mit zwei Worten und einem Vers:

»Schaut sie bei Nacht an, da sind sie Schwäne, die den Tag über Raben waren.«[33]

Einer kam hinkend daher und schwor, es sei beileibe kein Tröpfchen übler Saft in ihm, er sei lediglich gestrauchelt;[34] und jemand sagte unter Gelächter zu ihm:

»Hütet Euch ja vor solchem Straucheln, denn jedes Mal seid Ihr, auch wenn Ihr nicht stürzt, doch dem Grabe ein gut Stück näher.«

Gern gesehen und gut behandelt wurde jemand, der die Jahre zwar auf dem Buckel, aber nicht in den Haaren hatte, nachdem sein Geheimnis dargetan war, nämlich mit jeder abgelegten Ver-

32 *»Verde«* – »jung« und »schlüpfrig, wollüstig«.

33 Berühmtes Epigramm Martials: *»Mentiris iuvenem tinctis, Laetine, capillis, / tam subito corvus, qui modo cycnus eras. / non omnes fallis; scit te Proserpina canum: personam capiti detrahet illa tuo.«* (III, 43). Von Opitz verdeutscht: »Letin du machst dich jung und streichst das Haar dir an; / Jetzt bist du Rabenschwartz, vor warest du ein Schwan. / Du machst nicht alle blind, der Tod weiß deine Jahre. / Er wird die Larve dir bald ziehen von dein Haare.« (*Weltliche Poemata* 1644, II, S. 17). Gracián, der so gut wie keinen Vers geschrieben hat, gibt auch dieses Epigramm in seiner Prosa wieder.

34 Gicht, die ihren Namen von *»gutta«* – »Tropfen« hat, weil als Ursache ein Tropfen schädlicher Flüssigkeit galt.

suchung eines davon abzulegen. Ihm wurde vergönnt, die Privilegien des Alters und die Freiräume der Jugend zu genießen, und VEJECIA sprach dazu:

»Es lebe, wer zu leben wusste!«

Im Gegensatz dazu kam ein anderer mit wenig Jahren und viel weißen Haaren, bei näherem Hinsehen aber stellte sich heraus, dass sie doch eher gelbgrün waren.

»Die dürften ihm wohl nicht von selbst gewachsen sein«, kommentierte einer, »sondern man hat sie ihm hervorgetrieben. Ihr«, wandte er sich an diesen, »kommt vermutlich aus einer Bruderschaft (nicht eben aus einer sehr brüderlichen), wo so mancher Mutter Sohn dazu beiträgt, schon einem Säugling graue Haare wachsen zu lassen.«[35]

Eine riefen sie Großmutter, und sie rief erbost zurück:

»Enkelin und nur Enkelin!«

Und Martial, der sich – er oder sein boshafter Genius – gerade in der Nähe aufhielt, meinte:

»Wenn sie nicht mehr Jahre zählt als Haare, möchte ich schwören, sie bringt es nur auf vier.«[36]

Eine andere behauptete steif und fest, das Gold ihrer Locken und der Schnee ihrer Zähne seien ihre eigenen, und keiner wollte ihr glauben. Da nahm sich der gleiche, stets höfliche Poet ihrer an und sagte:

»Doch, doch, sie gehören ihr, es steckt ja ihr Geld drin.«[37]

Der unerträglichen Pein entsprach erbärmliches Geschrei. Wofern sie überhaupt so lange ausgehalten hatten, durften die Säufer jetzt nur mehr durch das Tischtuch trinken, die Fresser mussten beständig an demselben nagen. So allgemein war der Jammer, dass

35 Romera-Navarro äußert zurückhaltend die Vermutung, dass der Jesuit Gracián hier von seinen eigenen Ordensbrüdern spricht. Allerdings nahm der Jesuitenorden keine Kinder auf.

36 Martial: *»Toto vertice quot gerit capillos / annos si tot habet Ligeia, trima est.«* (XII, 7).

37 Martial: *»Iurat capillos esse, quos emit, suos / Fabulla: numquid ergo, Paule, peierat?«* (VI, 12). In *Agudeza* 33 bekommt Martial den Ehrentitel *»agudo universal«* – »Mann des höchsten sprachlichen Scharfsinns«; für den als »unübersetzbar« geltenden Zweizeiler, großes Beispiel für »witzigen Doppelsinn«, führt Gracián dort eine »völlig angemessene und elegante« Hispanisierung durch Manuel Salinas an.

die meisten vom ständigen Heulen Gesichtsverzerrung bekommen hatten. Durch VEJECIAS üble Behandlung waren sie statt zu Verehrten zu Versehrten geworden, gingen buckelig und wackelig, schiefmäulig und triefäugig dahin und spürten immer neue Lasten auf der Brust.

Nun stießen die rauen Angestellten auf den nicht sehr reifen Andrenio und nahmen ihn sich vor. Doch bevor wir erzählen, was sie mit ihm vornahmen und was er sich so gar nicht vorgenommen hatte, wollen wir einen Blick zu Critilo hinüber tun, der, durch die Pforte der Würden getreten, alsbald zu höchstem Ansehen gelangt war. Er wurde von KLUGHEIT und AUTORITÄT in ein geräumigehrwürdiges Rund eingeführt, in dem sich viele ebenso ehrwürdige Herren aufhielten. Auf einem erhabenen Thron präsidierte eine achtunggebietende Matrone mit allen Anzeichen der Größe. Ihre Miene zeigte keinerlei finsteren Grimm, vielmehr gelassene Heiterkeit, das weißgraue Metall genügte, sie zur Königin der Lebensalter zu krönen. Als solche erwies sie den Angehörigen ihres Hofes hohe Gunst und gewährte ihnen ungewöhnliche Privilegien. Sie war soeben im Begriff, eine hoch angesehene Persönlichkeit zu ehren, deren Gewicht nur noch von dem übertroffen wurde, das auf ihren Schultern ruhte, und der alle Umstehenden ihre Huldigung erbrachten. Critilo erkundigte sich bei dem Janus, der nicht von seiner Seite wich, wer denn diese viel geachtete Gestalt sei.

»Dies ist«, so wurde ihm Bescheid getan, »ein politischer Atlas. Wovon glaubst du wohl, geht er so niedergebeugt? Er trägt eine Welt auf seinen Schultern.«

»Wie kann das sein«, fragte Critilo zurück, »wo er doch offenkundig sich selbst kaum aufrecht halten kann?«

»Nun, du musst wissen, solche Leute sind umso standfester, je älter sie werden, je mehr Jahre, desto mehr Kräfte, ganz anders als die Jungen, die unter der Last ihrer Aufgaben gleich zu Boden gehen.«

Einen anderen sahen sie herankommen, der setzte seinen Stock an einem Berg von Schwierigkeiten an und hebelte ihn unverzüglich hoch, wo etliche kräftige Jungmannen ihn keinen Zoll hatten bewegen können.

»Du merkst also«, sagte Janus zu ihm, »was ein kluger Alter mit seinem Geschick vermag. Siehst du diesen anderen hier? Während ein gewaltiges Gefüge aus Kronen am Einstürzen ist, tritt er auf, setzt seinen schon wurmstichigen Knotenstock an und stützt sie mit Bestimmtheit und Willensstärke.[38] Dort drüben der, dem zittern die Hände und doch zittern die Heere vor ihm; und so sagte der französische Trompeter zu Don Felipe de Silva: ›Mein Befehlshaber, der Marschall de la Mothe, fürchtet nicht Eure gichtbrüchigen Füße, sondern Euren ungebrochenen Kopf‹.«[39]

»Was für verkrümmte Finger hat doch jener dort, den sie den ALTEN KÖNIG nennen!«

»Nun, ich versichere dir, an ihnen hängen noch immer zwei Welten.«[40]

»Wie dieser gekrönte Blinde aus Aragón seinen Stock schwingt und wie er damit rebellische Schwerter und Lanzen in Stücke schlägt!«[41]

Gleichzeitig damit traten sechs weißhaarige Männer auf: je höher der Berg, desto mehr bedeckt ihn ja der Schnee; und Critilo erfuhr, sie seien von VEJECIA an den königlichen Areopag entsandt. Weitere vier sollten einem großen Fürsten zur Seite stehen, der als Kind bereits zur Regierung gekommen war, und da man ihn bartlos sah, umgab man ihn mit Weißhaar.[42]

38 Kardinal Jiménez de Cisneros, der nach dem Tode Ferdinands des Katholischen 1516 mit eiserner Hand die Regentschaft bis zur Thronbesteigung Karls V. übernahm (der ihn freilich alsbald in seine Diözese zurückschickte, wo er aus Gram wenig später verstarb).

39 Als der portugiesische General Felipe de Silva 1643 in Katalonien eingesetzt wurde (vgl. S. 340, Anm. 62), litt er bereits an der Gicht. – *Marschall de la Mothe-Houdancourt:* vgl. Präliminarien I, Anm. 6.

40 Karl der Fünfte, auch er, wie erwähnt, an Gicht leidend, übte noch nach seiner Abdankung 1556 großen Einfluss auf die Staatsgeschäfte aus (die häufige Erwähnung der Gicht in zeitgenössischen Berichten dürfte sich ursächlich durch Diätfehler erklären, diagnostisch aber auch durch Verwechslung mit Arthrose).

41 Juan II. von Aragón hatte sich, bereits erblindet, gegen Adelsaufstände in Katalonien und gegen Ludwig XI. im Roussillon zur Wehr zu setzen, kurz bevor er 1479 starb.

42 Vermutlich Ludwig XIV., zur Abfassungszeit etwa 15 Jahre alt (aber denkt Gracián an Mazarin?).

Hier lernten sie die Nachthellsten und die Geheimnisdunkelsten kennen, große Tiefe bei so viel Klarheit.[43]

»Schau dir diesen Halbblinden an«, sagte Janus zu ihm. »Mit einem Blick nimmt er mehr wahr als viele Junge, die sich guter Augen rühmen, denn in dem Maße, wie solche Leute ihre Sehkraft einbüßen, gewinnen sie an Verstand: Ihr Herz ist frei von Leidenschaften, ihr Kopf von Torheiten. Der sich dort hingesetzt hat, weil er anders nicht bestehen kann, durchmisst in einem Augenblick die halbe Welt, und es heißt sogar, er halte sie in Gang und treibe sie mit seinem Stock um und um: Man spürt es eben sehr in ihr, wenn Alte ihr befehlen. Der keuchende Asthmatiker dort sagt mit einem Wort mehr als andere mit hundert. Du solltest auch diesen dort nicht übersehen, dessen Körper so voller Gebrechen steckt, dass man schier keine gesunde Stelle mehr findet: Sein Verstand ist nämlich völlig heil und sein Urteil durch und durch gesund. Die mit den kranken Füßen treten sehr fest auf, und mögen sie selbst auch hinken, sie veranlassen manch einen zu aufrechtem Gang. Es ist kein Schleim, was diese *Senatoren* aus der verschlossenen Brust heraufholen, es sind nur die gruftfeuchten Geheimnisse derer, die zu schweigen verstehen.«

»Eines wundert mich sehr«, sagte Critilo, »dass nämlich Pöbel sich hier weder sehen noch hören lässt.«

»Aber siehst du denn nicht«, erwiderte Janus, »dass es unter diesen Alten gar keinen gibt, weil bei ihnen keine Unwissenheit herrscht? Sie wissen viel, denn sie haben viel gesehen und viel gelesen.«

»Wie gemessen sich jener dort bewegt!«

»Aber wie rasch macht er jetzt im Alter wieder gut, was er in der Jugend vergeudete!«

»Welch meisterliche Unterhaltung die beiden Alten dort auf der Cid-Bank führen![44] Jeder scheint ein Orakel.«

43 Also Leute, die Licht ins Dunkel zu bringen und Geheimnisse zu wahren wussten.

44 *Cid-Bank:* Bank, auf der angesehene ältere Leute sitzen (vgl. S. 418, Anm. 47).

»Es ist ein großes Vergnügen, ihnen zuzuhören, ergiebig und lehrreich für die Jugend.«

»Welch glückliche Ruhe!«, bemerkte Critilo.

»Hier stellen sich eben Gelassenheit, Ausgeglichenheit und Reife ein, zusammen mit Einsicht, Ernst und Festigkeit. Nie hört man hier Unhöflichkeiten, erst recht keine Anwürfe oder Zwist; kein aufreizendes Musikinstrument ertönt hier, VERNUNFT und RUHE haben es verwiesen.«

Nun schickte sich der doppelsichtige Janus an, seinen zur Reife gelangten Critilo zu der ehrwürdigen VEJECIA zu führen. Bereitwillig schloss dieser sich ihm an, und sie war auch sogleich bereit und willig, ihn zu empfangen. In dem Augenblick indessen, in dem er sich ihr zu Füßen warf, geschah das Unerwartete: Die Vorhänge zu beiden Seiten ihres Throns taten sich auf, und man konnte auf einen Blick Andrenio unter den Bürden, Critilo unter den Würden erkennen, wie sie in der Doppelnatur VEJECIAS ihren Platz fanden, vermochte diese doch kraft ihrer Januskopfigkeit sehr wohl beiden Orten zu präsidieren, drückend und drängend am einen, am anderen lobend und labend. Sie befahl nunmehr, laut und deutlich zu verlesen, was in Anerkennung ihres wohl abgestimmten Lebens den einen zustand und was im Gegenteil den anderen an lastender Fron gebührte: ehrend für die einen, zehrend für die andern, sehr wohl wert indessen, dass man es wisse und erfahre. Wer in diesen Genuss wohl kommen wollte, der sollte sein Wohlwollen mit in die nächste Krisis hinübernehmen.

Zweite Krisis

Im Sammelbecken der Laster

Sinnreich hat der göttliche Philosoph das Gefüge des Menschen ein wohl tönend beseeltes Instrument genannt, das, wenn richtig gestimmt, von wunderbarer Harmonie ist; wenn aber nicht, in allem nur Verwirrung und Missklang.[1] Es setzt sich aus vielen verschiedenen Griffen zusammen, die schwierig einzurichten sind und sich leicht verstimmen. Die Zunge, so sagen einige, ist am schwersten zu beherrschen;[2] für andere ist es die gierige Hand. Dieser nennt die Augen, die sich nicht sättigen können am Eitlen und Wertlosen; jener die Ohren, die nie genug bekommen an Schmeichelreden über einen selbst, an Unglimpf über andere. Bald ist es die närrische Phantasie, bald die unersättliche Begierde. Es fehlt auch nicht an Stimmen, die die Tiefe des Herzens erwähnen, oder auch die Windungen des Gemüts. Ich aber möchte mit Verlaub behaupten, am schwersten zu beherrschen ist der Bauch, und zwar in allen Lebensaltern: in der Kindheit aus Naschhaftigkeit, in der Jugend aus Lüsternheit, im Mannesalter aus Gefräßigkeit, im Alter aus Trunksucht. Der Bauch ist der Bass, der gemeine Brummton in dieser menschlichen Konsonanz; und dessen ungeachtet gibt es für etliche keinen anderen Gott.[3] Immer erneut machte er selbst Weise zu Abtrünnigen;[4] wie viele es sind, die da ohne jede Vernunft gegen die Vernunft zu Felde ziehen, darüber will ich mich gar nicht auslassen. Die Trunkenheit ist aller Übel Ur-

1 Anklang an Platon, *Phaidon* 92. Doch der Moralist bedient sich des Philosophen nur zur Ausschmückung: Sokrates legt an dieser Stelle gerade dar, dass die Seele keine Harmonie sein könne; es geht auch nicht um das »Gefüge des Menschen« *(»compuesto humano«)*, sondern um die Frage, ob die Seele etwas Zusammengefügtes sein könne wie die Harmonie. Platons spekulative Seelenlehre ist Graciáns Sache nicht.

2 *Jakobus* 3, 8: »Die Zunge aber kann keiner der Menschen zähmen.«

3 *Philipper* 3, 19: »Ihr Gott ist ihr Bauch.«

4 *Sirach* 19, 2: »Wein und Weiber machen die Weisen zu Abtrünnigen.«

quell, Labung aller Laster, Sickergrund für jeden Frevel, Born aller Abscheulichkeiten, und sie verfährt so abwegig, dass, wenn sämtliche anderen Laster im Alter abnehmen und Abschied nehmen, sie erst richtig einsetzt und die anderen, die schon begraben waren, neu belebt. So hat man es dann nicht mit *einem* Laster zu tun, sondern mit allen gemeinschaftlich. Große Gevatterin der Häresie im Übrigen: das bezeuge der Norden mit seinem Siebengestirn, welches nicht so sehr wegen der sieben Sterne so heißt, die ihn beleuchten, als vielmehr wegen der sieben Todsünden, die ihn verdüstern. Förderin der Zwietracht: Das mögen die beiden Deutschland rufen, die allzeit aufrührerischen.[5] Gefährtin der Grausamkeit: Das beklage England mit seinen enthaupteten Königen und Königinnen. Landsmännin der Angriffswut: Das soll Schweden öffentlich eingestehen, welches schon so lange ganz Europa in Unruhe versetzt. Unzertrennliche Genossin der schmachvollen Lust: Das soll die ganze Welt bekennen. Und endlich Kupplerin jeglicher Verruchtheit, Zuträgerin jeder Untugend; Schicksalsklippe des Alters, an der der morsche Nachen des Menschen zerschellt und in den Abgrund sinkt, wo er eben im Hafen landen sollte. Der Erweis dieser Wahrheit soll erfolgen, wenn erst über die strengen Gesetze berichtet ist, die VEJECIA für die gesamte Seniorenschaft zu verkünden befahl, für die einen Vergünstigung, für die anderen Maßregelung.

Der Sekretär erklomm einen erhöhten Platz und verlas folgende Verlautbarung:

»Unseren viel geliebten Senioren, rechtschaffenen Menschen, allen im Leben Verdienten und vorm Tode Unverzagten, verordnen, gebieten und erlegen wir auf:

Erstens, dass sie die Wahrheit sagen, und zwar nicht nur, wenn ihnen genehm, sondern immer, ohne Rücksicht darauf, ob es Torheit sein könnte, denn hat die Wahrheit auch viele Feinde, so haben die Alten ihre Jahre hinter sich und nicht mehr viel Leben zu verlieren. Streng untersagt sind ihnen hingegen aktive und passive Schmeicheleien, das heißt, sie sollen solche weder sagen noch

5 Ober- und Niederdeutschland, wie S. 661 näher ausgeführt (bei Anm. 23).

hören, denn so billige Art der Täuschung und so plumpe Weise, sich täuschen zu lassen, sind einem aufrechten Charakter unangemessen.

Item ist ihnen geboten, wie von Amtes wegen Ratschläge zu erteilen, als Magister für Klugheit und Kanzelinhaber für Lebenserfahrung; und zwar ohne zu warten, bis man sie bittet, was ja Dünkel und Torheit doch nicht tun. Da jedoch Worte unfruchtbar bleiben ohne Taten, sind sie gehalten, Rat nie ohne Beispiel zu erteilen. Zu allem sollen sie ihr Votum abgeben, auch ungefragt, denn mehr wiegt ein einziger verständiger Alter mit seinem Wort als hundert Jungschwätzer mit ihren Grillen. Was schlecht scheint, sollen sie auch schlecht nennen, erst recht, was schlecht ist, denn das bedeutet nicht nörgeln, sondern die Gerechtigkeit fördern; und scheues Schweigen würde vom jungen Volk nur als Zustimmung aufgefasst. Stets sollen sie das Vergangene loben, denn in der Tat: *Das Gute war, das Üble ist; das Gute vergeht, das Schlechte besteht.* Sie dürfen sich unzufrieden zeigen, insofern sie das Gute gekannt haben und ihnen Besseres zusteht. Sie dürfen sich auch erlauben, in Gesellschaft einzuschlafen und sogar zu schnarchen, wenn niemand um sie her Bedeutsames sagt, was meist der Fall sein wird. Beständig sollen sie die Jüngeren korrigieren, nicht weil sie höher gestellt wären, sondern weil dies ihre Pflicht ist, und beständig sollen sie sie am straffen Zügel halten, damit sie nicht in den Abgrund des Lasters stürzen, noch im Sumpf der Unwissenheit verkommen. Durchaus erlaubt sind ihnen Schelten und Schimpfen, denn unbestreitbar geht ein Haus bald zugrunde, in dem es keinen Alten gibt, der schilt, und keine Schwiegermutter, die schimpft.

Item soll ihnen erlaubt sein, Dinge zu vergessen, denn die meisten Dinge dieser Welt verdienen es nicht besser. Ungehindert sollen sie in fremde Häuser eindringen, sich am Herd niederlassen, zu trinken verlangen, in die Schüssel greifen dürfen, denn für ehrbare Weißhäupter darf es keine verschlossenen Türen geben. Man soll ihnen auch erlauben, von Zeit zu Zeit und in Maßen zornig zu werden, ohne dass es der Gesundheit schadet, denn nie in Zorn geraten, das tun nur die Tiere.

Item, dass sie viel reden dürfen, wenn gut; und wenn unter den vielen besser als alle. Zu dulden ist, dass sie sich wiederholen und siebenmal die gleichen Geschichten erzählen, wenn sie denn erfreulich, und noch öfter, wenn sie einprägsam sind, als Philosophie fürs Haus. Sie mögen Sorge tragen, nicht zu freigebig zu sein, vielmehr nur darauf achten, dass ihnen die Habe nicht ausgeht und genug fürs Leben verbleibt. Es sei ihnen nachgesehen, wenn sie sich nicht verbeugen, nicht aus Schonung, sondern weil sie ja die Leute, die sie von früher gewohnt waren, nicht mehr sehen und die Leute von heute nicht kennen.[6] Sie sollen sich getrost zwei oder drei Mal wiederholen lassen, was andere ihnen sagen, damit diese alle besser darauf achten, was sie reden. Sie sollen nichts mehr leichtgläubig hinnehmen, denn sie hatten Zeit, sich durch Lug und Trug zu witzigen. Keinem werden sie Rechenschaft von ihrem Tun und Lassen ablegen und niemandes Rat einholen, es sei denn um ihn zu bewerten. Sie brauchen auch nicht zu dulden, dass im Hause jemand anders bestimmt als sie, denn das wäre ja, als sollten die Füße dort herrschen, wo ein Kopf ist. Es soll keinen Zwang für sie geben, sich nach der Mode zu kleiden, nur die Bequemlichkeit soll gelten, auch mit weitem Schuhwerk, hat sich doch herausgestellt, dass schmaler Schuh nicht eben fest auftritt.

Item sollen sie mehrmals am Tage wenig und gut speisen und sich gütlich tun dürfen, ohne sich den Vorwurf der Völlerei zuzuziehen, zur Erhaltung eines Lebens, das mehr wert ist als das von hundert jungen Burschen zusammengenommen. Auch soll für sie gelten: *Zur Messe und zum Mahle mit Weile statt mit Eile.* Sie sollen allerorten in der ersten Reihe sitzen, auch wenn sie zu spät kommen, denn sie sind ja zuerst auf die Welt gekommen, und versäumt man, ihnen Plätze anzubieten, so sollen sie sich welche nehmen dürfen. Die weißen Haare bringen dem Gemeinwesen Ehre, und so ist es nur recht und billig, dass sie auch von allen geehrt werden. Ihnen wird aufgetragen, in all ihren Angelegenheiten bedächtig

6 Romera-Navarro liest (sinngemäß): »... weil sie ja die Leute, die sie gewohnt waren, nicht mehr so sehen wie früher und die Leute von heute dies nicht erkennen.« Wir entscheiden uns für die *lectio facilior.*

vorzugehen und sich durchaus phlegmatisch zu zeigen, nicht aus Ermattung, sondern aus Gelassenheit und Umsicht. Nicht soll sich mehr mit Stahl rüsten, wer mit bleiernen Füßen gehen muss, doch den Stock soll er benutzen, nicht nur zur eigenen Tüchtigung, sondern zu anderer Züchtigung, auch wenn derlei Kusshände den Bürschchen nicht behagen. Sie dürfen hustend einhergehen, mit den Füßen schlurfen, die Stöcke aufstoßen und überhaupt draußen in der Welt Lärm machen, denn zu Hause wird ihnen ohnehin verheimlicht, was sich tut. Aus demselben Grund sollen sie getrost alles erfragen dürfen, und um nicht ganz ahnungslos ins andere Leben zu treten, soll ihnen verstattet sein, sich nach allem zu erkundigen, ganz abgesehen davon, dass es jeder Person wohl ansteht zu wissen, was auf der Welt vor sich geht. Einen barschen Ton halte man dem harschen Alter zugute, ihre Herbe ist Ausgleich fürs Gehabe der Jungen. Von ihren Jahren sollen sie getrost ein paar abstreichen dürfen, zum Ausgleich für die ihnen noch auferlegten oder für die, die sie sich selbst in ihrer Jugend auferlegt haben. Sie sollen befugt sein, zu rügen und Klage zu führen, wenn sie sich vom säumigen Gesinde, das ihnen – als Herren und als Alten – doppelt Feind ist, schlecht bedient fühlen: Der untergehenden Sonne wenden doch alle den Rücken zu. Insbesondere auch, wenn sie sich von undankbaren Schwiegersöhnen und alternden Schwiegertöchtern gehasst fühlen. Sie werden sich Achtung und Gehör verschaffen, wenn sie sagen: ›Hört einem Greis zu, ihr Jungen, der, als er jung war, Greisen zuhörte.‹ Schließlich wird ihnen auferlegt, keine Witzbolde zu sein, sondern ernsthafte Leute, stets bedacht auf ihre Reife und eingedenk ihrer Würde.»

Diese Gebote fürs Öffentliche und weitere, behutsamer abgefasste fürs Private wurden ihnen verkündet, und sie empfanden sie als verbindlich, auch wenn andere sie als Privilegien bezeichneten.[7]

7 Die ganze Passage ist eine burleske Verkehrung der *Fünfzig Privilegien der Alten* aus den *Epístolas familiares* des Ciceronianers Fray Antonio de Guevara, erschienen 1539, vergleichbar der raubauzigen Komik, mit der in I, 11 die höfischen Manierenbücher verdreht wurden.

Hier aber wandte der Sekretär das Blatt um und las, zur anderen Seite hin gewandt, mit schärferer Stimme weiter:

»Den Zwangsgealterten, denen, die schon faul sind, aber nie reif waren, denen, die schon vergreist sind, aber nie alt waren, denen, die in vielen Jahren wenig gelebt haben, machen wir zur Auflage:

Erstens, dass sie einsehen und sich überzeugen, dass sie wirklich alt sind, wenn schon nicht gereift, so doch fällig, wenn schon nicht weise, so doch unverschämterweise; wenn schon nicht in Stärke, so doch in Schwäche.

Item dass, ganz wie man bis zu einem bestimmten Alter den Jungen das Heiraten verwehrt, man es von einem bestimmten Alter an auch den Alten verwehrt, und zwar bei Todesstrafe mit einer jungen Frau, und falls hübsch, obendrein bei Verlust von Habe und Ehre. Auch verlieben dürfen sie sich nicht, noch viel weniger es sich anmerken lassen oder gar Liebhaber spielen, bei Strafe allgemeinen Gelächters. Wohl dürfen sie sich auf dem Friedhof ergehen, wo einst eine artige Dame sich mit jemandem verabredete, als habe sie ein Stelldichein mit dem Tode.

Item wird ihnen verboten, sich Jahre hinzuzurechnen, wenn sie in die Jahre kommen, wo sich die Scham verliert, und gleich bis auf neunzig oder hundert zu gehen, denn abgesehen davon, dass sie ein paar Einfaltspinsel täuschen, geben sie vielen erbärmlichen Wichten Auftrieb, die dann meinen, bis sie ihr Lotterleben bessern müssten, habe es noch geraume Weile. Die nach dem Leichentuch riechen, sollen kein Festkleid tragen und einsehen, dass ein kunterbunter Aufzug einem jungen Menschen steht, bei ihnen aber Firlefanz ist. Deswegen sollen sie sich auch nicht als Popanze kleiden, mit winzigen Mützchen oder spitzen Hütchen, auch nicht mit Halskräuschen und Pluderhosen den Hanswurst spielen. Sie sollen auch nicht heute Trübsal blasen, die sich vorzeiten hemmungslos gebärdeten, oder wie der vollgefressene Wolf das Fasten predigen. Vor allem sollen sie nicht geizig und filzig sein und kärglich leben, nur um reich zu sterben. Sie seien auch überzeugt, dass es eine törichte Grausamkeit gegen sich selbst ist, wenn sie darben, nur damit hernach die undankbaren Erben sich gütlich tun, wenn sie alte Sachen tragen, um ihnen die neuen in der Truhe zu hinterlassen.

Ferner verurteilen wir sie jeden Tag zu neuen Gebresten, unter Beibehaltung der alten. Ihr Wehklagen sei das Echo ihrer einstigen Genüsse, diese zum Verschwinden, jenes zum Bleiben bestimmt. Waren die Vergnügungen vergängliche Güter, werden die Kümmernisse dauerhafte Übel sein.[8] Unablässig sollen sie mit dem Kopf wackeln, nicht so sehr, um Nein zu den Jahren zu sagen, wie um dem Tode zuzunicken, ständig zitternd, einmal vor seiner fürchterlichen Miene, zum andern Ekelzins entrichtend für frühere Ausschweifungen; und ihre Pflicht ist nicht, sich der Welt zu erfreuen, nein, die Grabstätten zu bevölkern. Weinend sollen sie gehen unter Zwang, die allzu ungezwungen sich dem Lachen hingegeben hatten. Heraklit sei im Alter, wer in der Jugend Demokrit war.[9]

Item dass sie den Spott der Jungen über sich ergehen lassen müssen, wenn sie von Tattergreis, Schrullen und Bart hören: Das ist nur gerecht, denn sie haben es früher nicht anders gehalten. Sie sollen sich nicht wundern, wenn man sie wie Kinder behandelt, sie, die niemals Männer geworden sind, und sie sollen auch nicht klagen, dass die eigenen Kinder nicht viel auf sie geben und keinen *caso* mit ihnen machen, wo sie selbst ihnen so wenig zu geben hatten und nicht imstande waren, *casa* mit ihnen zu machen.[10] Die mit einem Fuß bereits im Grabe stehen, sollen nicht den andern auf den Tummelplatz der Lüste setzen, und es soll niemand sich eine *grüne* Kondition zutrauen, der seinem körperlichen Zustand nach schon ganz trocken ist. Auf jeden Fall soll sich keiner als *Grüntreter*, als Geck aufspielen, der schon unter die Gelbhäuter und *Grautreter* gehört. Schließlich: Sie sollen sich verhalten, wie sie auch aussehen, gekrümmt, vornüber gebeugt zur Erde, ihrer Endstation, die

8 Ein berühmter Vers Quevedos sagt es so: »*Que todo tiene fin, si no es mi pena*« – »Denn alles hat ein Ende, nur nicht mein Leid« *(Octavas glosando)*.

9 *Demokrit:* vgl. S. 84, Anm. 22.

10 Noch heute können in der span. Umgangssprache Verbindungen dieses Typs zum Ausdruck des Ärgers verwendet werden: »*¡Vete a paseo con tu caso y tu casa!*« – »Geh mir doch mit deinen Geschichten!«

Schultern schwer beladen, nicht den Kopf, ihr Husten der Brustzoll ans Altern.

All diese Fron wird ihnen auferlegt, und noch vieles andere mehr, begleitet von den Verwünschungen der Angehörigen, Schwiegertöchter zwiefach.«

Als dieser feierliche Spruchakt[11] beendet war, bedeutete die faltenreiche Königin Critilo und Andrenio, näher zu ihrem schwankenden Thron zu treten, von beiden Seiten her, den so gegenseitigen. Critilo reichte sie die Hand, Andrenio bekam einen Schlag mit ihr. Critilo überreichte sie ein Holz, das glich einem Zepter, Andrenio überreichte sie eines, das glich einem Prügel. Critilo krönte sie in Weiß, Andrenio hüllte sie damit ein wie mit einem Leichentuch; jenem gab sie den Ehrentitel *Senior,* diesen nannte sie einen Alten und sogar einen Abgelebten. Damit entließ sie die beiden in den letzten Akt der Tragikomödie ihres Lebens, Critilo führend voran, Andrenio trottend hinterdrein.[12] VEJECIA gab ZEIT, ihrer vertrautesten Dienerin, einen Wink, sie hinauszubringen; denn wenn auch ihre Verliese schwer erträglich waren, viele nahmen sie doch als Paradiese, solange sie nur nicht weiter zur Schlachtbank mussten.

Nach wenigen Schritten, sehr gemessenen Schritten, stießen sie auf einen Wimmerling von der Art wie gemeinhin an jeder Straßenecke, oder auch wie eine Figur aus dem *Enfado,*[13] bei dem sie es, wie Andrenio wohl sah und Critilo noch besser durchschaute, mit einer *durchlöcherten* Zunge zu tun hatten, bei dem Wortfluss einherging mit Denkverstopfung. Es gibt ja Subjekte, denen etwas zum einen Ohr hinein- und zum andern wieder hinausgeht, aber es gibt noch schlimmere, denen geht, was zu beiden Ohren hineinging,

11 *»Auto«,* von lat. *»actus«,* hat als Grundbedeutung »Verfügung«, »Beschluss«; *»auto de fe«* (lat. *fides*) meinte zunächst »öffentliche Verkündung eines Inquisitionsurteils«, dann auch dessen Vollstreckung (»Autodafé« entspricht der port. Form *»auto da fé«*).

12 *Tragikomödie:* Aus dem Prolog zu Plautus' *Amphitruo* übernommen, wird der Ausdruck im Spanischen mit der *Celestina* geläufig (1502).

13 *Enfado:* Spätmittelalterliche (aus dem provenzalischen *enueg,* frz. *ennui* hervorgegangene) Dichtungsform, in der sich diverser Verdruss äußert und deren Strophen meist mit *»Enfádome...«* (»Ich ärgere mich...«) beginnen.

gleich zum Mund wieder hinaus, mit solcher Zungenfertigkeit, dass ihnen nichts im Schlund stecken bleibt, so schwer es auch wiegen mag, weder das dringlichst anvertraute Geheimnis noch ihr intimstes Inneres, sie können nichts für sich behalten, weder eigenes noch fremdes Missgeschick, zumal wenn ihnen der Mund von irgendeiner Leidenschaft übergeht, sei es Zorn oder Freude, ohne dass es irgend nötig wäre, bei ihnen das schlaue *Remissiv* vorgespielter Ahnungslosigkeit einzusetzen, oder auch das unfehlbare Entwindemittel des kalkulierten Widerspruchs.[14] Dieser hier kannte in der Tat keinerlei Retention, er bekannte selbst, er könne nie ein Geheimnis auch nur einen halben Tag lang bei sich behalten, und deswegen heiße er allgemein Herr von der Löcherzunge. Alle, die etwas wissen und ganz schnell von ihm hören wollten, liefen zu ihm hin wie zu einem Trompeter ohne Verstand. Nun aber erst, wenn man ihm Geheimes anvertraute! Dann platzte er vor Ungeduld, es auszuposaunen. Unselig, wer aus Leichtsinn sich ihm anvertraute, denn der fand sich alsbald am Pranger wieder, wenn nicht gar gevierteilt. Die ihn schon kannten, benutzten ihn hingegen gern überall dort als Anstifter, wo es ihnen selbst nicht gut anstand. Mit einem Wort, er war Faktotum und Universalmarktschreier, kein *bello dicitore,* sondern hässlicher Nichtssager.

Dieser, ob nun Andalusier wegen der Redseligkeit oder Valencianer wegen der Großmäuligkeit oder *Chichiliano* wegen der *chacharronia,*[15] schickte sich jetzt an, sie zu führen, ohne dass ihm die törichte Klappermühle einen Augenblick stillstand. Wer zählt das Bohnenstroh, das er im Laufe seines Daseins drosch? Nie fragte er etwas, damit nur kein anderer antworten konnte, nie spuckte er aus, damit ihm nur ja keiner ins Wort fiel. Bei solchen Leuten möchte man denken, ihr ganzer Speichel verwandelt sich in Worte, denn was ihnen aus dem Mund kommt, ist Auswurf.[16]

14 *Remissiv:* medizinisches Mittel mit weichmachender (hier: zungenlösender) Wirkung.

15 Spott auf die Italiener: *siciliano* und eine Kreuzung aus ital. »*chiacchierone*« – »Klatschmaul« und span. »*chacharón*« – »Schwätzer«.

16 In Anlehnung an *Matthäus* 15, 11.

»Kommt mit mir«, sagte er zu ihnen. »Heute will ich euch in den größten Palast der Welt führen, von dem viele gehört, den alle ersehnt, den ein paar Glückliche schon erschaut und ganz wenige gefunden haben. Na, was mag das wohl für ein Palast sein?«, fragte er mit geheimnisvoller Miene und antwortete sich wichtigtuerisch gleich selbst: »Es ist der Palast der Fröhlichkeit.«

Erheitert gaben sie ihm zurück:

»Warum nicht gleich der Lachpalast! Mit deinem Fröhlichhaus bleibst du uns besser vom Hals. Bis heute haben wir noch keinen getroffen, der uns von dergleichen Palast erzählt hätte. Von Zauberpalästen, randvoll mit Traumschätzen, das genügte schon!«

»Das ist nicht erstaunlich«, sagte der andere. »Wer einmal dort hineingegangen ist, der kommt nur durch ein Wunder wieder heraus. Er wäre ja auch dumm, wenn er das Behagen drangäbe und wieder die Trübsal hier draußen aufsuchte.«

»Und du?«, wollten sie wissen.

»Ich bin eine Ausnahme. Ich laufe heraus, um nicht überzulaufen, lieber *überrede* ich mich und führe glückliche Reisende hinein. Kommt, kommt, ihr sollt die Heiterkeit in Person sehen, mit einem Gesicht, so rund wie die Sonne. Ich versichere euch: Rundgesichter bleiben zehn Jahre länger schön als Langgesichter. Rot und lachend geht die Sonne auf für alle in diesem Serail, denn dort drinnen lebt man, weil man trinkt, alle haben sie Farbe im Gesicht, die Augen glänzen und der Mund strahlt: lauter linde Leute, alles vorzügliche Gaumensegler, die Blüte des Mundschenk-Adels.«

»Und enthalten ihm wohl nichts vor, dem Mund«, meinte Critilo ergänzend. »Aber sag an, hat jeder Tag dort seinen Spaß und seine guten Neuigkeiten?«

»O ja! Mit schlechten gibt sich keiner ab. Sie hören gar nicht hin, niemand darf überhaupt welche bringen. Wehe dem Pagen, der das nicht bedenkt: Er hat auch schon den Laufpass. Alles ist Kurzweil, vergnügtes Treiben. Ja, jeder Tag hat seinen Spaß, oder sogar viele, und endet in *piaceri, piaceri* und nochmals *piaceri.*«

»Aber treibt nicht auch Fortuna ihre Späße, vergnügt sich nicht auch die Zeit und weilt nur kurz? Herrscht dort ständig Vollmond? Wechselt dort nicht auch Freude mit Verdruss, spielt man dort nicht *Herzbecher* gegen *Kreuzknüppel* aus, *Karogold* gegen *Pikschwerter* wie anderswo?«[17]

»In keiner Weise, denn dort gibt es keine Verdrussberger, Querschießer, Rechtbehalter, Gradausköpfe, Schiefblicker, Grantpfleger, Maulaufreißer, Miesmacher, Grabstichler, Gewissensbissler, Leidhämmel, Flurbereiniger und andere Nachbarn. Quälgeister, Plagegeister, Weingeister oder Verneingeister verkehren dort nicht. Nie werdet ihr schlechtes Essen zu Mittag bekommen, und wenn die Welt untergeht: Immer gibt es Verschnitt, ich meine Kapaun, und immer sind Rebhähne da, rebenfrohe Kampfhähne eben. In diesem Gemach gibt es kein Ungemach, Reblosigkeit bleibt ausgeschlossen. Kurzum und um: Alles dort sind gute Schlucker, denn wahrhaftig, es gibt kein verlässlicheres Schnelldorado auf der Welt, kein lässlicheres Schlaffland, als sich über nichts und *niente* zu ärgern.«

»Es ist eigentlich viel«, sann Critilo, »dass Vergnügen Wurzeln hat und Ankertaue das Behagen.«

»Jawohl, sage ich euch, und das liegt daran, dass Lust eben ein ewiger Born ist; und Genuss, der auf wohl befeuchtetem Boden wächst, welkt nimmer. Ihr müsst wissen, und ihr werdet es auch gleich erleben, dass mitten auf dem großen Patio dieses gefälligen Schlosses ein Brunnen sprudelt, so süß wie unversieglich, und sich allen ohne Unterschied in wunderschönen Schalen darbietet (die obersten golden, die mittleren silbern, die untersten, gewiss nicht minder wohlschmeckend, aus Kristall), aufs zierlichste geformt: Aus ihnen ergießt sich mit lieblichem Klang (zum Unglück für die beste Musik, und seien es Melodien von Florián!)[18] ein so köstliches Nass, und so labend, dass einige versichern, es fließe über geheime Leitungen direkt aus den Elysischen Gefilden; andere meinen, es träufle aus dem Nektar der Götter. Und ich glaube dies auch, denn alle, die davon trinken, werden sogleich in Selige nach menschlicher Art verwandelt. Einige freilich behaupten, es sei eine

17 Alle vier Farbnamen des Kartenspiels (*»copa«*, *»basto«*, *»oro«* und *»espada«*) sind doppeldeutig verwendet.

18 *Florián Rey:* Geiger, später Dirigent an der Hofkapelle Philipps IV.

Ader vom Helikon, und dies mit guter Begründung, denn Horaz, Martial, Ariost und Quevedo schrieben alle, nachdem sie davon gekostet hatten, überragende Verse.[19] Doch damit auch alles gesagt sei und mir kein Skrupel mehr das Herz beschwere: Nicht wenige sind überzeugt und murmeln es auch zwischen den Zähnen, dass der Saft ein lebhaft wirksames Gift ist. Sei dem, wie ihm sei, das eine weiß ich: Er zeitigt wundersame Wirkung, und zwar durchaus stärkende. Sah ich doch eines Tages, wie man eine große Fürstin brachte, eine Land- oder Pfalzgräfin, die war in Schwermut versunken, ohne zu wissen, warum und weshalb, denn sie war sonst nicht trübe. Man hatte schon tausenderlei Mittel bei ihr versucht, als da waren Hoffeste, Gastereien, Bälle, Ausfahrten und Komödien, schließlich auch noch stärkere wie Schalen mit Trinkgold,[20] will sagen mit Dublonen, Kästchen mit Juwelen, Körbchen mit Perlen; sie aber blieb weiterhin traurig und trüb, langweilte sich bei allem und langweilte alle, lebte nicht und ließ nicht leben, war bei ihrem Eintreffen rechtschaffen unausstehlich. Nun, ich versichere Euch, kaum hatte sie von dem hochwirksamen Nektar getrunken, da legte sie alle zeremonielle Steifheit ab, begann zu tanzen, zu lachen und zu singen und rief, sie wolle in alle Höhen auffahren. Da pfeife ich doch, sagte ich zu mir, auf alle deine Thronsessel und Baldachine und halte mich an einen tüchtigen Krug. Ja, wollt ihr noch mehr? Selbst den gestrengen Cato, selbst den Ernstesten der Spanier sah ich nach seinem Genuss in freudiges Gelächter ausbrechen, weshalb ihn die Italiener denn auch *allegracuore* nennen, Herzenserquicker.«[21]

Sie begegneten vielen Wallfahrern mit der Lederschlauchpele-

19 Die drei Erstgenannten waren große Sänger des Weins; beim Satiriker Quevedo ist dies eher Teil der Gegensatire seiner Opfer. Schmerzhaft bemerkbar macht sich hier Graciáns Unkenntnis Rabelais', doch blieb dieser in Spanien, von ganz wenigen (sehr negativen) Erwähnungen abgesehen, bis zum Beginn des 20. Jhs. unbekannt.

20 *Trinkgold:* In der Alchemie verwendet; hier natürlich ironisch.

21 Dass selbst Cato (der Jüngere) bisweilen dem Wein zusprach, bezeugen Horaz, Martial und Plinius d. J. – Mit dem Ernstesten der Spanier könnte Philipp II. gemeint sein, der bei Besuchen in Flandern seine gewohnte Strenge vergaß.

rine, die alle dorthin unterwegs waren. Die meisten gehörten der Veteranengarde an, denn, mochte die Gegend auch rau und trocken und sie ermattet und durstig sein, sie marschierten in Reih und Glied auf und waren, obwohl halb tot vor Durst, gleich wieder sehr lebendig.

»Dies ist«, erklärte ihnen ihr famoser Vorführer, »der Jordan der Gealterten: Hier verjüngen sie sich und schöpfen Lebenslust, frischen das Blut auf und erlangen die verlorene Farbe wieder.«

Gleich darauf, als ihnen fröhliches Gelärme an die Ohren drang, ließen sie die Augen schweifen und entdeckten ein Haus, nicht eben sehr erhaben, dafür umso beschwingter, die rechte Bleibe fürs Wohlsein und Palast der Pläsiere, statt mit Jasmin und Lorbeer mit blattreichen Weinreben umrankt und die Wände sämtlich mit Efeu bewachsen; und heißt es auch immer, der Efeu richte die Häuser, an denen er sich festkrallt, zugrunde, so sage ich, ein Weinstock ruiniert sie weit nachhaltiger.

»Schaut«, sagte er zu ihnen, »wie schön der Anblick der natürlichen Wandbehänge! Dahinter bleiben doch die prächtigsten Gobelins des Herzogs von Medina weit zurück,[22] die feinsten Tapisserien aus Flandern, und seien sie von Rubens gezeichnet. Glaubt mir, alles Künstliche ist nur ein Schatten der Natur und nichts als Imitation.«

»Wirklich lieblich und köstlich«, sagte Andrenio. »Ich bereue überhaupt nicht mehr, dass ich gekommen bin. Doch sag mir, hält sich dies ewig, welkt es nie?«

»Ich sage euch, es grünt immer während, denn es fehlt ihm nie an Befeuchtung; eher trocknet ganz Zypern aus und die Hängenden Gärten legen sich hin, das Babylon ist ja auch hier.«

Sie näherten sich der großen Türe, die stets sperrangelweit offen stand, wie auch das Haus stets sternhagelvoll war, und bemerkten, dass, gleich wie an der Wutpforte Tiger angekettet sind, an der Mutpforte Löwen, an der Weisheitspforte Adler, an der Klugheitspforte Elefanten, an dieser hier schläfrige Wölfe dienten,

22 *Medina:* Schwiegersohn des Conde-Duque de Olivares und Teilerbe von dessen märchenhaften Reichtümern.

aber dafür umso wachere Füchsinnen.[23] Etliche Fiedler spielten auf und waren alle gut zu hören: Demnach mussten sie aus fremden Landen kommen.[24] Es wimmelte von Nymphen, die keineswegs besonders zart und zimperlich waren, vielmehr durchaus drall und unverschämt, auf flämische Art. In schwankenden Händen schwenkten sie prächtige Kristallschalen, angefüllt mit dem edlen Nektar, den sie jedem durstigen Wanderer um die Wette kredenzten, stand dies Haus der Erquickung doch unmittelbar an der Straße des Lebens. Ausgedörrt langte man dort an, nur ganz überronnen mit Rheuma, vom Durst erschöpft schöpfte man aus den Krügen, die einem vor den Augen tanzten; man trank ohne Maß wie Leute ohne Verstand, und es war recht zum Lachen, wie man ständig Bescheid tat, aber nie Bescheid wusste. War einer mäßiger und hielt sich im Zaum, schnitt man ihm Gesichter, taufte seine Zaumhalterei Zimperlichkeit und Ziererei und ließ dem *Zäumigen* unter vielen Trinksprüchen das Nass vor den Augen funkeln. Um ihn zu reizen, rief man ihm zu:

»Heda! Was soll das noch in Eurem Alter! Da entschuldigt Euch doch der trockene Leib. Das ist die Milch der Greise.«

Doch dies logen sie, denn es war nur ihr Gift.

»Also auf, noch einmal! Der Saft ist kostbar, kein Reiz fehlt ihm: die Farbe tut den Augen wohl, wohler noch der Duft in der Nase, am wohlsten der Geschmack auf der Zunge. Allen Sinnen wird geschmeichelt. Schüttet das Wasser weg, nur Langweiler schätzen es, weil farblos, geruchlos, geschmacklos. Ganz das Gegenteil, dieser hier, und überdies noch gut für die Gesundheit, ja das Einzige, was wirklich hilft, hat doch schon Mesue versichert, keine Mixtur gefunden zu haben, die das Herz wirksamer und schneller stärkt, auch nicht Hyazinth- und Perlengetränke.«[25]

Sie reizten den Geschmack, indem sie Trank und Farbe wech-

23 *»Lobo«* – »Wolf« und »Trunkenheit«. *»Füchsinnen«:* Dirnen.

24 *Fiedler:* Zigeuner?

25 *Mesue:* Abu Zakariya Yuhanna ibn Masawaih, von den Spaniern Juan Mesue genannt, syrisch-christlicher Arzt des 9. Jhs., der zahlreiche Übertragungen aus dem Griechischen ins Arabische vornahm; in lat. Übersetzung noch 1624 in Madrid gedruckt. Als herzstärkend empfahl er freilich nur – *Succus pomorum.*

selten, einmal das feurige Rot, das sich dem Blute verband,[26] ein andermal das helle Gelb, das als Trinkgold gelten mochte, dann wieder die Tönung der Sonne, glühendes Kind ihrer Strahlen, schließlich den feinsten Granat und den herrlichen Rubin, entsprechend seiner herrlichen Sympathie. Die Klugen begnügten sich mit einer Schale, um dem Bedürfnis Genüge zu tun, was darüber hinausging, nannten sie Besäufnis: Mit dieser einen Schale erfrischten sie das Blut, stärkten das Herz und gewannen Mut zur Fortsetzung ihres geraden Weges. Die meisten jedoch brachten es nicht fertig, sich mit einer Schale zu begnügen, auch nicht mit zweien, wie eine Herde Vieh warfen sie sich darauf, machten nicht Halt, bevor sie an das größte Becken kamen, und taten sich dort bäuchlings schlürfend gütlich. Ihrer einer war auch Andrenio, den zurückzuhalten Critilo weder mit Rat noch Beispiel vermochte. Nach Art der Tiere lagen sie dort auf dem Boden, lässt einen doch jedes Laster an der Erde enden, wie jede Tugend im Himmel.

Während Andrenio so sein Menschsein verschlief, des wichtigsten seiner drei Leben beraubt,[27] begehrte Critilo jenen *teutschen* Palast genauer zu betrachten, wo er so manchen Schaden sehen sollte, aus dem er klug zu werden gedachte.[28] Zunächst entdeckte er, dass die bacchische Behausung durchaus kein goldstrotzender Saal war, sondern eine verräucherte Spelunke, nicht aus ansehnlichen Gemächern bestand, sondern aus schäbigen Gelassen. Auf eines stieß er, da machten sich alle, die eintraten, unweigerlich ans Tanzen, mit solcher Hingabe, dass eine Dame, die zornig mit einem Stock hineinwollte, um ihre Dienerin herauszuprügeln, ei-

26 *Verband: »convinándose«.* Ein Schreibwitz: In älterer Graphie konnte *combinar* auch *convinar* geschrieben werden, worin *vino* steckt.

27 Des Lebens nach der *ratio:* Die Lehre von den drei Lebensformen – vegetativ, sensitiv, rational – geht über Thomas von Aquin zurück auf Aristoteles, *De anima;* vgl. S. 42, Anm. 6.

28 »Teutsch« *(»tudesco«)* wegen unserer schon mehrfach genannten Reputation der Trunksucht (der Ausdruck umfasst Deutsche, Holländer und Österreicher). Graciáns Quelle übrigens: Boccalini, *Ragguaglio* (»Prozessbericht«) II, 28, ebenso wie dessen Quelle, nämlich Tacitus, *Germania* 22, gewinnen der germanischen Neigung zum Pokulieren durchaus positive Seiten ab.

lends selbst mittanzte und, nachdem sie Stock und Zorn abgelegt hatte, die Kastagnetten anlegte und zu schlagen begann; nicht anders ihr Ehemann, als er, noch zorniger, eindrang, um mit dem Knüttel den Takt zu schlagen. Und wer immer den Fuß in dies vergnügliche Gelass des Weltwirtshauses setzte, hätte sich, alles andere vergessend, am liebsten die Glieder aus dem Leib getanzt. Einige behaupteten, dies rühre von einem burlesken Zauberbann her, den ein durchtriebener Reisender, welcher hier einmal über Nacht geblieben war, hinterlassen hatte, doch Critilo nahm dies als Gefasel von Trunkenen und sah zu, dass er weiterkam.

Er fand sich bald in einem Gelass, wo alle, die dort eintraten, augenblicklich in derart wütende Raserei gerieten, dass sie Dolche und Schwerter herausrissen und über einander herfielen wie wilde Bestien, jegliche Vernunft vergessend. Er sah dort eine hoch gestellte Persönlichkeit, angetan mit einem sehr schönen Purpurmantel, und sein stets zu Scherzen aufgelegter Führer raunte ihm zu:

»Wundere dich nicht, bei dem sagt man: ›*Unter gutem Mantel steckt ein schlechter Trinker*‹.«[29]

»Wer ist das?«

»Er war Herr über die Welt, aber der Trank war Herr über ihn.«

»Ziehen wir uns zurück«, rief Critilo, »er hat einen blutigen Dolch in der Hand!«

»Damit hat er seinen besten Freund im Rausch getötet.«

»Und trotzdem hieß er der Große?«

»Ja, als Feldherr, nicht als Herrscher.«[30]

Ein Neuerer, dem es auch sehr rot von den Händen troff, hatte sich, so wurde erzählt, nur ein Mal betrunken, aber das reichte ihm für sein Leben, in welchem er Wein und Ketzerei innig verquickte. Hier zeigte man ihnen die Schale, die der Achte der englischen Heinriche in seiner unseligen Todesstunde anstelle des heiligen Kruzifixes zur Hand und zur Brust nahm, bevor er ausrief:

29 Umkehrung von *Unter schlechtem Mantel steckt ein guter Trinker.*

30 *Der Große:* Alexander. Meist wird die Tötung des Freundes Clytus seinem Jähzorn zugeschrieben, bei Plinius (*Naturgesch.* 14, 7) auch der Trunkenheit. Die Formel »... war Herr über ihn« variiert den Topos vom besiegten Sieger (*»victor victus«*), der zumeist Amor meint (etwa Petrarca, *Triumphus Cupidinis* I, Vers 92).

»Wir verlieren alles auf einmal, das Reich, den Himmel und das Leben.«[31]

»Und dies alles waren Herrscher?«, fragte Critilo.

»Ja, alles. Zwar hat es Trunksucht in Spanien niemals auch nur zu *Gnaden* gebracht, in Frankreich aber doch zu *Wohlgeboren,* in Flandern zu *Exzellenz,* in Deutschland zu *Durchlaucht,* in Schweden zu *Hoheit,* in England sogar zu *Majestät.*«

Einem wurde gesagt, er müsse vom Trinken ablassen, widrigenfalls er sich auch vom Sehen zu verabschieden habe; er jedoch antwortete unbeeindruckt:

»Sagt mir, diese Augen werden doch eines Tages von den Würmern gefressen?«

»Das schon.«

»Also dann ist es doch besser, sie werden jetzt gleich von mir vertrunken.«

Ein anderer antwortete:

»Was zu sehen ist, habe ich gesehen; was zu trinken ist, noch nicht getrunken. Also sei's getrunken, auch wenn bald nichts mehr gesehen wird. Den Farbunterschied werden wir schon noch spüren: Sind wir schläfrig und schlapp, haben wir Roten geladen; sind wir fröhlich und frech, war's Weißer.«

Darüber nun gelangten sie auch schon ..., nein, nicht ins verschlossenste Stübchen, denn Innerlichkeiten kennt man hier keine, sondern in den Hauptraum des Lachens, in die große Trinkhöhle, allwo sie auf einem Podest aus Fassreifen eine rundliche Königin thronen sahen, nicht eben würdig, aber sehr gewichtig. Und obwohl es ihr an Leibesfülle nicht mangelte, behauptete sie, sie bestünde nur aus Haut und Leder, sei arm und schutzlos und habe außer ihrem Fell nichts, was sie sich über die Ohren ziehen könne. Sie sah aus wie mehrere Fässchen übereinander gestülpt, war frischfröhlichen Gesichts, hatte insgesamt freilich mehr von einem Weingarten als von einem Ziergarten. Statt frühlingsgrün war sie herbstbunt gekleidet, auf dem Kopf trug sie eine Rubintrau-

31 Graciáns Quelle ist die *Historia eclesiástica del scisma de Inglaterra* von Pedro de Rivadeneyra, 1588, I, 47.

benkrone, die Augen glänzten ihr und versprühten flüssige Funken, die Lippen waren gefeuchtet und gedunsen vom lieblichen Nektar; statt eines Palmzweigs schwang sie in der einen Hand einen laubumwundenen Thyrsusstab, mit der anderen trank sie allen Ankömmlingen aus einer üppigen Trinkschale zu und achtete darauf, dass ausnahmslos Bescheid getan wurde. Sie konnten beobachten, dass bei jedem Schluck sich ihre Miene veränderte, von scherzhaft über lasziv bis zu tollwütig, ganz gemäß der allgemeinen Ansicht, wonach der erste Becher notwendig ist, der zweite vergnüglich, der dritte lasterhaft und jeder weitere Wahnsinn.[32] Als sie Critilo sah, ließ sie lautes Jubellachen erschallen und hielt ihm herausfordernd den unverlangten Trank hin. Critilo wollte sich gegen ihre Zudringlichkeit wehren.

»Das schlägt bei mir nicht an«, sagte er.

»Das kannst du ihr nicht abschlagen«, rief ihm sein Schabernack von Gefährte zu, »bei deiner Mannesehre!«

Es blieb ihm nichts anderes übrig, als zu kosten. Kaum hatte er genippt, rief er aus:

»Das ist wahrhaftig Gift für den Verstand, ein *Toxikum* für jedes Denken, dieser Wein. O Zeiten, ihr, o Sitten! Der Wein, früher, im Goldenen Säkulum (denn golden war es und noch eher ein Säkulum der Perlen, nämlich der Tugenden[33]), er wurde dort als Arzenei in den Apotheken verkauft, ganz wie die Drogen aus dem Orient. Die Ärzte verschrieben ihn als *Cordiale:* ›Man nehme eine Unze Wein und mische sie mit einem Pfunde Wasser.‹[34] Und

32 Apuleius: *»Prima cratera ad sitim pertinet, secunda ad hilaritatem, tertia ad voluptatem, quarta ad insaniam«* (*Florida*, XX, 1).

33 *Goldenes Säkulum:* Die Vorstellung vom Goldenen Zeitalter geht auf Hesiod zurück (um 700 v. Chr.); Gracián meint hier unbestimmt die römische Frühzeit, für welche Mäßigung beim Weingenuss von Valerius Maximus, Plinius, Diogenes Laertius u. a. bezeugt ist (für die große spanische Epoche, in der Gracián schreibt, also etwa von 1500 bis zum Tode Calderóns 1681, wurde der Ausdruck *Siglo(s) de Oro* erst im 19. Jh. üblich, vor allem dank dem französischen Hispanisten Ernesto Mérimée).

34 *Wasser:* Das wäre das Sechzehnfache! Plinius (*Naturgesch.* 23, 25) spricht vom Zweifachen, Alciati in seinem Emblem *In statuam Bacchi* von einem Viertel: *»Zu eim Becher mit gutem Wein / Thu das viertheil Wasser darein«* (Henkel/Schöne 1827).

so erzielte man hervorragende Wirkungen. Andere berichten, der Verkauf des Weines sei nur in den dunkelsten Winkeln erlaubt gewesen, weit draußen in den Vorstädten, damit er die guten Leute nicht infizierte, und es habe als Schande gegolten, dort gesehen zu werden. Doch jetzt ist dieser gute Brauch natürlich dahin, jetzt verkauft man den Wein an jeder Straßenecke, und die Stadt ist voll mit Tavernen; jetzt geht man den Arzt nicht mehr um ein Rezept an, seit zu einem Suchtmittel wurde, was einst als Heilmittel vortrefflich war.«

»Aber ganz im Gegenteil!«, scholl es von einem Zwangsinsassen des Hauses zurück. »Heute ist der Wein Universalmedizin: Das können all die Sprüche bezeugen, die im Umlauf sind.«

»Die stammen von alten Weiblein!«

»Deswegen sind sie nicht schlechter. Wein ist das verbreitetste Gegenmittel gegen den Schaden, den alle möglichen Früchte anrichten. So heißt es: *Auf Birnen sollst du Wein trinken; Ist die Melone reif, heischt sie puren Wein; Auf Feige Wein, auf Wasser die Feige; Reis, Fisch und Schwein leben im Wasser und sterben im Wein.* Bekanntlich sprach die Milch zum Wein: *Willkommen sollt Ihr mir sein. Wein auf Honig mundet schlecht, tut aber gut.*

Daher gilt: *Wo Mangel an Wein und Überfluss an Wasser, ist's mit der Gesundheit schlecht bestellt.* Zu allen Jahreszeiten ist er Medizin, wie das Sprichwort sagt: *Bei Winterfrost und Sommerhitze ist gleicherweis der Wein uns nütze.* Ein anderes heißt: *Gestriges Brot und jähriger Wein lassen den Menschen wohl gedeihn.* Er heilt nicht nur den Leib, sondern ist auch vortreffliche Stärkung für die Seele, Linderung für die Schmerzen, denn *Was nicht in Wein geht, geht in Tränen und Seufzer.* Er ist der armen Leute Unterfutter, denn *Dem Abgerissenen schafft er Wärme.* Er ist aller Herrscher Labsal, heißt es doch: *Das Wasser für die Ochsen, den Wein für die Könige.* Guter Wein ist der Alten Milch, denn *Wenn der Alte erst nicht mehr trinken kann, bereite ihm das Grab.* Die Hälfte des Lebens macht er aus, denn *Das halbe Leben ist Kerzenlicht, das andere halbe der Wein.* Mithin ist er Heilmittel gegen sämtliche Übel, denn dem *Lasst euch zur Ader, Nachbarin* entspricht *Der Wein ist Medizin,* und zwar sehr zu Recht, denn diese Medizin bringt siebenfache Frucht: Sie reinigt den Leib, säubert die Zähne, tötet den Hunger, stillt den Durst, schafft Farbe, heitert das Herz auf und bringt guten Schlaf.«[35]

»Auf alle diese Sprüche«, erwiderte Critilo, »will ich nur mit einem einzigen antworten: *Wer dem Wein freund ist, ist sich selbst feind.* Es wäre mir ein Leichtes, ebenso viele, wie Ihr zugunsten des Weins angeführt habt, auch gegen ihn zu finden, für jetzt nur noch diesen: *Wein mit Wasser bringt Gesundheit für Körper und Seele.*«

»Oho!«, ließ sich da ein leidenschaftlicher Weintrinker vernehmen. »Wisst Ihr denn nicht, dass Ihr den Wein, wenn Ihr ihm Wasser beimischt, verderbt, insbesondere wenn es weißer ist?«

»Genau wie Ihr, wenn Ihr keines beimischt, Euch verderbt.«

»Wie lautet also der Ausweg?«

»Keinen trinken.«

Noch viele weitere Wahrheiten sagte Critilo gegen die Trunkenheit, den Umstehenden zum Spott, sich selbst zum Nutzen. Schließlich fiel Critilo auf, dass nur wenige Spanier im Gefolge der dionysischen Herrscherin waren, auf einen von ihnen aber gewiss hundert Franzosen und vierhundert *Teutsche* kamen.

»Oh!«, meinte daraufhin der Schwätzer, »weißt du nicht, was sich am Anfang dieser *bella invenchione* zugetragen hat?«[36]

»Nämlich?«

»Da lud ein Maultiertreiber, der auf seinen Gewinn bedacht war, die neue Ware auf und kam damit nach *Teutschland,* und da der edle Trank in höchster Reife stand, kosteten sie ausgiebig von ihm, die *Teutschen:* Er wirkte gewaltig auf sie und übermannte sie gänzlich. Jener zog weiter nach Frankreich, aber damit die Schläuche nicht halb leer blieben, füllte er sie aus der Schelde nach, wodurch der Wein nicht mehr so stark war und den Franzosen weiter nichts tat, als dass er sie lustig machte, sie zum Pfeifen und Hüpfen brachte, des Weiteren wohl noch dazu, dass sie sich in einem Kreis gemessener Spanier die Kehrseite kratzten, wie jüngst in Bar-

35 Eine erste »Sprichwortdebatte«, Vorspiel zur großen »Sprichwortkritik« in III, 6 (S. 757, Anm. 46).

36 Verballhornt für *bella invenzione.*

celona gesehen.[37] Als er dann nach Spanien hinüberzog, blieb ihm nur noch recht wenig, und erneut mit Wasser aufgefüllt, war dies eigentlich kein Wein mehr, sondern Bottichspülwasser. Damit tat er keine Wirkung auf die Spanier, ließ sie vielmehr durchaus so ernsthaft bleiben, wie sie immer waren, weshalb sie alle andern gern Trunkenbolde nennen. So haben dann alle diese Völker weitergetrunken: die *Teutschen* pur, nachgeahmt von den Schweden und den Engländern, die Franzosen spülen schon einmal die Trinkschale mit Wasser, die Spanier aber trinken dünnen Trester. Allerdings wollen die andern darin eine Schläue wittern: Angeblich tun sie es nur, um nicht unter der Gewalt des Weines das Geheimnis ihres Herzens preiszugeben.«

»Zweifelsohne ist dies der Grund gewesen«, überlegte Critilo, »weshalb die Ketzerei in Spanien nicht Fuß fassen konnte wie in anderen Provinzen, weil die Trunksucht dort nicht Einzug gehalten hat. Das sind unzertrennliche Kumpaninnen, nie werdet ihr die eine ohne die andere sehen.«

Doch, oh, was geschah denn da! Welch ein Schauspiel, nicht eben erlesen, aber erschröcklich! Begann da doch jene in schauerliche Tiefen abgeteufte Rauschkönigin aus dem gärenden Bottich ihres Leibes ein solches Rülpsgewitter hervorzustoßen, dass es das ganze Bacchanalsgelass mit Abscheulichkeiten überschwemmte. Recht betrachtet waren nämlich ihre Maulaufreißer nichts anderes als Anrufe an ebenso viele scheußliche Lastermonster. Sie wandte das gequollene Gesicht nach allen Seiten, und auf ein Rülpsen hin sprang jedesmal sofort eine grimme Bestie aus diesem trüben Weintümpel empor, ein infames akrokeraunisches Ungetüm,[38] das jeden Vernünftigen in Schrecken versetzte. Aus einem der ersten sprang justament KETZEREI hervor, TRINKEREIS erstgeborene

37 *Barcelona:* Möglicherweise nach einer »Abreibung« durch spanische Soldaten im Oktober 1651.

38 *Akrokeraunisch:* vgl. S. 201, Anm. 3. Nach einem Vers aus Horaz: *»Infames scopulos Acroceraunia«* – »Die berüchtigten Klippen Akrokeraunias« (*Oden* I, 3, 20). LESO vermutet daher in dem Ausdruck *»infame acroceraunio«* wohl zu Recht einen Scherz der Lateinschüler.

Unfrucht, die Verderberin der Reiche und der Städte, der Republiken und der Monarchien, Anstifterin zum Ungehorsam gegen ihre wahren Herren: Doch was Wunder, wenn diese zuvor den ihrem Gott und Herrn schuldigen Glauben verleugnet hatten, Heiliges mit Profanem vermischend und allenthalben das Oberste zu unterst kehrend! Auf einen weiteren Rülpser streckten die Harpyien die Köpfe hervor, will sagen VERLEUMDUNG, mit ihrem schändlichen Hauch Ehren und Rufe befleckend; HABGIER, mitleidlos den Armen noch das Blut aussaugend und die Untertanen schröpfend; der joelische NEID,[39] Gift speiend, anderer Leute Fähigkeiten infizierend und ihre heroischen Leistungen herabwürdigend. Ein neues Maulauf ließ den trugreichen Minotaurus hochschnellen und die Faselsphinx, die sich so viel auf ihren Verstand zugute tat und gar nicht ahnte, wie albern sie war. Die drei HÖLLENFURIEN wurden alsbald heraufgerülpst, KRIEG, ZWIETRACHT und GRAUSAMKEIT, wie sie selbst das Paradies zur Hölle machen; die verderblichen SIRENEN, aufs Leben trinkend und den Tod bringend; SKYLLA und CHARYBDIS, jene bösen Extreme, an denen die Toren zerschellen, ins eine verfallend, um dem andern zu entgehen; SATYRN und FAUNE räkelten sich hoch, Menschen dem Anschein nach, Bestien in Wahrheit.

Dergestalt machte sie in kurzer Frist aus dem Pfuhl der Monstren das Sammelbecken der Laster,[40] waren es doch alles Ausgeburten der *untrunkierten* TRUNKSUCHT. Und obendrein: Waren diese Bestien reichlich wild und scheußlich, so kamen sie ihren berauschten Liebhabern als Schönheiten vor, die lasziven SIRENEN nannten sie engelshaft, den wutschnaubenden ZYKLOPEN nannten sie unerschrocken; die HARPYIEN scharfsinnig, die FURIEN stattlich, den MINOTAURUS erfinderisch, die SPHINX tief

39 *Joelisch:* nach Joel, dem Unheilspropheten.
40 *Sammelbecken der Laster: »Estanco de vicios de un estanque de monstruos«. »Estanco«* bedeutet »Alleinhandel«, »Monopol«, »Regieladen«. *»Estanco de los vicios«:* Titel dieser Krisis, durch Paronomasie entstanden aus *»estanque«* – »Tümpel«, »Becken«. Die beiden Wörter sind wurzelverwandt in der Bedeutung »Stauung«. Gemeint ist selbstverständlich das Wirtshaus.

blickend, die FAUNE ritterlich, die SATYRN galant und jede Ausgeburt ein Wunder.

Eine der verderblichsten näherte sich Critilo. Dieser wollte schon voll Entsetzen die Flucht ergreifen, doch der Schwätzer hielt ihn auf.

»Warte doch, hab keine Angst!«, rief er ihm zu. »Die tut dir nichts Böses, im Gegenteil viel Gutes!«

»Wer ist das?«, fragte er.

Und jener:

»Das ist die in der ganzen Welt, zumal an den Höfen, so Bekannte und Gefeierte, ohne die man gar nicht leben kann, zumindest nicht ohne ein Quäntchen von ihr. Was die Müßigen sich ausdenken und worüber die Einsichtigen dann nachdenken, das alles ist diese große Kurtisane.«

»Und wie wird sie geheißen?«

Was er ihm zur Antwort gab und welche Ausgeburt dies war, soll uns die nächste Krisis sagen.

Abb. 17: Monogrammist A P, WIRTSHAUS.
Holzschnitt, ca. 1540.

Dritte Krisis

Die Wahrheit in Kindsnöten

Der Mensch war erkrankt und litt an Selbstbeschwerden: Eine bösartige Gier hatte ihn befallen, und von Tag zu Tag nahmen die Schwellungen im Bereich seiner unbeherrschten Leidenschaften zu. Es traten akute Drang- und Sehnschmerzen auf. Jäh nahm sein Verlangen nach Gutem ab, der Tugenddruck wies starke Schwankungen auf, innerlich verzehrte er sich im Feuer böser Regungen, in den Extremitäten war aller Sinn für rechtes Tun erkaltet, rasend schmachtete er vor zügellosen Begierden, die ihm ungestillt in der Kehle brannten, die Zunge verdorrte ihm für jede Wahrheit: allesamt lebensbedrohende Symptome. In solcher Bedrängnis habe ihm, so wird erzählt, der Himmel seine Ärzte geschickt, aber ebenso die Welt. Sie wetteiferten nun mit unterschiedlichen, ja entgegengesetzten Methoden um seine Heilung, ließen sich doch die Himmelsärzte nicht im Mindesten auf die Wünsche des Kranken ein, während die Weltärzte ihm in allem willfahrten, wodurch Letztere sich ebenso beliebt machten wie Erstere verhasst. Die von droben verordneten ihm viele sehr probate Mittel, die von drunten kein Einziges ließen sich vielmehr so vernehmen:

»Ach, fürs Verschreiben brauchten wir genauso viele Semester wie fürs Nicht-Verschreiben.«

Die Himmlischen zitierten Texte der Autoritäten, die Irdischen zitierten nichts und sagten:

»Probieren geht über Studieren.«

»Er soll auf den Gaumen achten«, sagten die Ersteren.

»Er soll essen und trinken, so viel er begehrt«, sagten die andern.

»Er soll ein Brechmittel gegen das Lustweh nehmen, das wird ihm zuträglich sein.«

»Nichts dergleichen, das führt zu Magenbeschwerden und stumpft den Geschmack ab.«

»Man verordne ihm ein Mittel zur Linderung der Gier.«

»Kein Gedanke, sondern Genuss in kräftigen Zügen, damit sich sein Blut erfrischt.«

»Diät, Diät!«, wiederholten jene.

»Schmausen und nochmals Schmausen!«, hielten die andern dagegen, was dem Kranken wohl behagte.

»Purgieren«, verschrieben ihm die Himmlischen. »Wir wollen dem Übel an die Wurzel und die verderblichen Säfte, die die Oberhand gewonnen haben, ausscheiden.«

»Nicht doch!«, fuhren die Weltleute auf. »Süße Sachen soll er zu sich nehmen, zur Stärkung und zur Freude.«

Der Kranke hörte sich diesen Meinungsstreit an und sagte:

»Ich halte mich an den Spruch, der lautet: ›Raten drei Ärzte dir zu und einer ab, so lass das Purgieren.‹«[1]

Ihm erwiderten die vom Himmel:

»Ein anderer Spruch lautet aber: ›Raten drei Ärzte dir ab und einer zu, so lass dich zur Ader.‹ Ohnehin musst du gleich zur Ader, zur Goldader nämlich, und die Forderungen begleichen.«

»Nicht doch!«, protestierten die anderen. »Das würde ihn nur noch weiter schwächen und ihm die letzten Kräfte rauben.«

Dem pflichtete der Patient lebhaft bei:

»Wie gering die mein Blut achten! Ihr ganzer Sinn steht auf Zapfen und Schröpfen.«

»Er sollte besser nicht mit dem Übel zur Ruhe gehen«, rieten jene.

»Er soll es ruhig ausschlafen«, so die anderen.

Da nun die vom Himmel sahen, dass man keines ihrer Rezepte bei ihm anwandte und dass der Kranke mit Eilpost dem Grabe zu fuhr, drangen sie in ihn und erklärten ihm unumwunden, er werde sterben. Der jedoch fand sich keineswegs damit ab, vielmehr rief er einen Diener und fragte ihn:

»Heda, sind diese Ärzte schon bezahlt?«

1 *Purgieren:* Dies entspräche dem Rat des Hippokrates: »In hitzigen Krankheiten ist selten und nur ganz in ihrem Anfang ein Abführungs-Mittel dienlich, welches jedoch mit vieler Vorsicht gegeben werden muß« (*Aphorismen* I, 24, übers. von Lichtenstein, Helmstedt 1778, Ndr. Leipzig 1996).

»Nein, Herr.«

»Ach, deswegen wollen sie mich schon aufgeben. Bezahlt sie und schickt sie fort!«

Letzteres geschah. Damit schieden also die Tugenden, die Laster blieben, und der Kranke blieb unter ihnen. Sie machten ihm denn auch schnell ein Ende, nicht so freilich er ihnen. Er starb an ihnen allen und kam ganz tief unter der Erde ins Grab. –

Der Critilo von diesem Vorfall erzählte, wie er sich jeden Tag ereignet, war ein Mann aus unvordenklichen Zeiten.

»Leider nur allzu richtig«, sagte Critilo. »Die Laster heilen nicht, sie töten, nur die Tugenden schaffen Abhilfe. Man kuriert weder die Habgier durch Anhäufen von Reichtümern, noch die Gefräßigkeit durch leckeres Essen, den Sinnenreiz durch tierische Genüsse, den Ehrgeiz durch Ämter und Würden. Vielmehr nährt man sie alle dadurch noch viel mehr, und sie nehmen täglich zu. Durch solche Anfälligkeiten konnte die schändliche TRUNKSUCHT zum Lager der Laster werden – und was für hässlicher, was für abscheulicher Laster! Doch sag mir: Was sich da so an mich drängen und an mich hängen wollte, dass ich mich gewaltig wehren musste, welches war das?«

»Es ist umso höflicher, je gemeiner es ist,[2] umso normaler, je ausgefallener.«

»Und wie nennt sich solche Ausgeburt?«

»Wohl benamt ist sie und weithin berufen, zudringlich und ausgelassen ist sie und wird nur allzu gern eingelassen. Überall zieht sie hindurch und überall hinterlässt sie Verwirrung, in den Palästen geht sie ein und aus, denn an den Höfen hat sie ihre liebsten Schlupfwinkel.«

»Das macht es mir nicht klarer; noch immer komme ich nicht drauf, was du meinst, denn von diesem Zuschnitt gibt es viele, und am Hofe wimmelt es von ihnen.«

»So sollst du wissen: Es ist die Anführerin aller, die viel beklatschte SCHIMÄRE. O du Modemonster, o du Allerweltslaster,

2 »*Civil*« – »bürgerlich«, »gesittet«, aber – wie schon mehrfach – auch »niedrig« (ähnlich wie dt. »gemein«).

o du Jahrhundertseuche, o du Epochentorheit!«, rief der neue Kamerad aus.

»Deswegen habe ich ihr«, pflichtete Critilo bei, »als ich sie mir so nahe auf den Pelz rücken sah, auch gleich beschwörend zugerufen: ›O du Ausgeburt der Höfe! Was suchst du bei mir? Scher dich fort, troll dich in dein Allerweltsbabel, wo so viele Tröpfe mit dir und von dir leben, wo alles Spiegelfechterei, Aufschneiderei, Durchstecherei, Seifensiederei, Gleisnerei ist: SCHIMÄRE. Fort mir dir, geh zu denen, die sich groß wähnen und doch nur Blähfiguren sind, Leute ohne jede Substanz und voller Dreistigkeit, Hohlköpfe, überquellend von Einbildung, alles Hochstapelei, Traumtänzerei, Angeberei, Wichtigtuerei: SCHIMÄRE. Geh hin zu den falschen Schmeichlern, den Fuchsschwänzern, den schamlosen Lobhudlern, die überall loben und überall lügen, und zu den Gimpeln und Simpeln, die ihnen alles abnehmen, die für Schall und Rauch bezahlen, das ist doch alles Lug und Trug und Blödigkeit: SCHIMÄRE. Lauf zu den betrogenen Bittstellern und den betrügenden Mandarinen, wo die einen alles erflehen und die andern nichts erfüllen, wo sie sie hinhalten, Ausflüchte, läppische Versprechungen und leere Komplimente machen: SCHIMÄREN. Fort zu den erbärmlichen Projektemachern, die anderer Leute Glück erfinden, sich einfallen lassen, wie sie einen zum Krösus machen, selber dabei natürlich Iros bleiben, sich ausdenken, wie die andern schmausen, sie selbst natürlich fasten, nichts als Schwindel, Hirngespinste, Schnurrpfeifereien: SCHIMÄREN. Lauf doch hin zu gewissen launenhaften Politikern, die gerne auf riskante Neuerungen aus sind, zu Listen und Kniffen greifen, die aber schlecht durchdacht sind und daher nur Verwirrung stiften, nicht nur nichts Neues erwerben oder das Alte bewahren, sondern das Bestehende verspielen, eine Welt zugrunde richten, ja deren zwei, alles Verderben und SCHIMÄRE. Lauf hin zum modernen Babel mit seinem schwülstigen, gezierten Geschreibe, wo die Werke nichts als Gaukelzauber sind, Phrasen ohne Idee, Blattwucher ohne Frucht, Bücher ohne Rücken, Körper ohne Seele, alles Gedankenlosigkeit und SCHIMÄRE. Lauf zu den Gerichten, wo nichts betrieben wird als Rechtsverdrehung; zu den Schulen der Sophisterei; zu den Börsen der Übertölpelung; allenthalben das gleiche wie in den Palästen: SCHIMÄREN. Gesell dich zu den Vielversprechern und Nichtshaltern, zu den flinken Neuheitsmaklern, den ungenierten Drauflosrednern, den eingebildeten Adelsträgern, den windigen Heiratsvermittlern, den läppischen Prozesshanseln, den scheintiefen Weisheitsverkündern: alles Schwindel und SCHIMÄRE. Fort mit dir zu den Menschen von heute, alle sind sie aus auf Beute, und die Frauen allzumal. Die Kinder schwindeln, die Alten gründeln, die Vettern versagen, die Freunde verzagen. Lauf hin zu all dem, was wir von einem *mundo inmundo* – um diese Welt ist's schlecht bestellt! – hinter uns lassen, diesem Labyrinth der Ränke, der Falschheiten und der SCHIMÄREN!‹ Damit suchte ich ihr, und das hieß: der ganzen Welt, zu entkommen und schlug diesen Weg der Wahrheit ein, genau im richtigen Augenblick, um dich hier zu finden – zu meinem Glück.«[3]

»Schwierig war es wohl«, meinte der TREFFER (so nämlich hörte er ihn nennen, den neuen Kameraden aus unvordenklichen Zeiten[4]), »dein ganzes Du herauszubringen.«

»Nicht so ganz«, antwortete Critilo, »dass mir nicht die Hälfte drinnen geblieben wäre, denn mein anderes Ich ist noch dort, Andrenio, mehr noch mein Freund als mein Sohn, nicht gehört er sich selbst, ganz ist er einer fremden Macht unterworfen, der Sucht, einer menschenunwürdigen Trunksucht.«

Hier nun gab er, unfähig weiterzusprechen, nur noch Zeichen äußersten Schmerzes.

»Nun, nun, du solltest dich nicht verzehren, weil andere sich

3 *Iros:* der nimmersatte Bettler aus dem 18. Gesang der *Odyssee,* der den als Bettler verkleideten Odysseus von der Schwelle seines Hauses verdrängen will und von ihm im Boxkampf besiegt wird. Von Ovid in Gegensatz zu Croesus gebracht: *»Irus et est subito, qui modo Croesus erat«* (*Tristien* III, VII, 42). – Die Kritik am Bittstellerwesen als dem Inbegriff der alten »konzentrischen Sozialordnung«, wie die Soziologie dies heute nennt, ist ein aufklärerischer Zug Graciáns. – Zu den *Projektemachern (arbitristas)* vgl. S. 402, Anm. 88. – *Launischer Politiker:* mit Sicherheit auf Herzog Olivares gemünzt (vgl. S. 196, Anm. 36, und S. 433, Anm. 9), der den Zeitgenossen für den Abfall der Niederlande sowie die Erhebungen in Katalonien und Portugal verantwortlich erschien. – Zu *»mundo inmundo«* vgl. S. 88, Anm. 1.

4 »TREFFER«: »EL ACERTADOR«, ein Seelenkenner.

mästen«, meinte der andere zu ihm.[5] »Um dich zu trösten und deinem Kummer abzuhelfen, will ich mit dir zusammen dorthin gehen und das wirksamste Gegengift gegen den Wein erproben, das ich bei mir habe. Die Trunkenheit ist ja«, so sagte er nachdenklich, »die letzte und schärfste Waffe, mit der die Laster auf den Menschen zielen, ihr heftigster Affront gegen die Vernunft. So erzählt man sich denn, es hätten sich alle diese feindlichen Ungeheuer gegen einen Menschen, kaum war er geboren, zusammengetan. Bald habe ihn das eine, bald das andere angefallen, ganz nach ihrer Ordnung, damit sein Leben nur ja unordentlich werde: die Gefräßigkeit den kleinen Fratz, die Geilheit den Jüngling, die Eitelkeit den erwachsenen Mann, der Geiz den alternden. Und als sie mit ansehen mussten, wie er von Lebensalter zu Lebensalter unbeirrbar weiterging und schon triumphierend die Schwelle zum Greisenalter überschritt, als es für sie unerträglich wurde, dass er ihnen entgehen sollte und sie zum Gespött machte, da riefen sie die Trunksucht zu Hilfe und betrauten sie mit ihrer späten Rache. Und das war kein Fehlgriff, dann da sie ihn unter dem Deckmantel der Bedürfnisstillung anging, den Wein als seine Milch ausgab, seinen Schutz und seinen Trost, konnte sie Zug um Zug und Schluck um Schluck bei ihm eindringen und sich seiner bemächtigen, bis sie ihn restlos unterworfen hatte: Sie verschloss ihm die Augen vor der Vernunft, ließ ihn jeglichem Laster die Türe öffnen, so dass er, der doch sein ganzes Leben lang tugendhaft und stark geblieben war, zu seinem Elend im Alter plötzlich doch noch zum Zecher und Lüstling, zum Zornigel und Lästermaul, zum Kannegießer, Gernegroß, Geizkragen, Hanswurst und Schwafler wurde. Und all das nur, weil dem Trunk ergeben.«

Darüber gelangten sie auch schon – nein, nicht zum Pfuhl, zum Morast der Laster. Sie traten beide ein und fanden Andrenio, wie er sich auf dem Boden sielte, begraben unter Wein und Träumerei. Sie riefen ihn bei seinem Namen, doch er grunzte nur unwirsch:

5 Zugespitzte Verwendung eines Sprichworts: »Niemand soll sich grämen über das, was andere tun.«

»Lasst mich doch, ich träume von großen Dingen!«

»Das kann wohl nicht sein«, erwiderte der TREFFER, »nur große Leute haben große Träume.«

»Pah, lasst mich doch, ich sehe wunderschöne Dinge!«

»Wenn das nur keine Ungeheuer sind. Was kannst du schon sehen ohne Gesicht?«

»Ich sehe«, kam es zurück, »die Welt ist nicht mehr rund, alles zieht sich in die Länge; die Erde ist nicht mehr fest, alles dreht sich und schwankt; der Schlamm ist für die meisten gar nicht schlimm, sondern ganz himmlisch, denn Person sind doch die wenigsten; alles auf der Welt ist Luft, und alles wird vom Wind verweht; das Wasser, das rauscht, und der Wein, der berauscht;[6] der *sol* ist doch nicht *solo,* und die *luna* ist auch nicht *una;*[7] in den Sternen steht kein Glück, und der Nordstern ist ein Mordstern; das Licht, das sticht mir ins Auge, und das lachende Morgenrot weint sich über mir aus; die Lilien auf dem Felde sind Delirien und die Blumen stacheln und sticheln; das Recht geht krumme Wege, und das Unrecht sonnt sich im Licht; die Wände haben Ohren, wenn auch nur einer sich dort kratzt; den Nachtisch gibt's vor Tisch, und mancher Zweck entbehrt der Mittel; das Gold wiegt nicht schwer, die Federn dagegen sehr; wer mehr kann, erreicht weniger, die Schwächlichen werfen sich in die Brust, die Niedrigen kreischen in den höchsten Tönen; gegen die Spitzbuben sind alle abgestumpft, weshalb niemand behält, was er hat; die Herren sind Knechte, und die Mägde haben das Sagen; Rücken bringt's weiter als Brust, und wer *Eisen* hat, dem fehlt's am *Stahl;*[8] Verdienst ist scheel angesehen, wer aber versehen ist, heimst noch mehr davon ein; Scham ist Schande, Hemmungen sind Hemmnisse, für Leid gibt's kein Mitleiden, nur Mitlachen; vom Prahlen macht man Aufhebens, die Lügen lässt man liegen; die Verständigen will keiner verstehen, die Hehren will keiner hören; die Stunde wird gevierteilt, der Tag wird ver-

6 *»El agua que fue y el vino que vino«* – »Das Wasser, das ging, und der Wein, der kam«. Spätestens hier wird deutlich, dass die *Agudeza* auch Affinität zur Trunkenheit hat (und zur Sponti-Sprache, bzw. zum Lacanismus…).

7 Zu dieser ehrwürdigen Etymologie vgl. S. 30, Anm. 7.

8 *»Hierro«* – »Eisen« und *»yerro«* – »Irrtum«; *»aceros«* – »Stahl« und »Mut«.

hackstückt; die Uhren nehmen beim Geben, und die guten Tage werden zu schlechten Jahren; die *Erste* kommt nach der *Dritten,*[9] und die Ungnade ist eine Gnade; die Perlenzucht ist für Paris, die Unzucht für Frankreich...«

»Jetzt reicht's aber«, fuhr ihm der TREFFER dazwischen, »bestimmt ist der Teufel so verteufelt, weil er Tag und Nacht Heu fällt und nicht mehr aufhört zu reden.«

»Schlimmer noch ist *Schlecht singen und Recht haben wollen.* Ich sage: Alles geht verkehrt, man kehrt das Oberste zuunterst; die Guten gelten wenig, die sehr guten gar nichts, die Ehrlosen genießen Respekt; die Tiere spielen Mensch, und die Menschen halten's wie die Tiere; wer etwas in Händen hält, den trägt man auf Händen, wer dort nichts hat, den lässt man unter der Hand fallen; Vermögen gilt als Weisheit, Denkvermögen als Wahn; die Greise albern, den Kindern hängen die Köpfe; die Löwen blöken,[10] der Hirsch geht auf die Pirsch; die Hennen gackern, die Gockel schlafen weiter;[11] wer Format hat, passt nicht in die Welt, der Ansehnliche hat kein Ansehen; viele können vor Beschlagenheit nicht mehr durch die Brille gucken; Bräuche füllen keine Bäuche; Kinder werden noch verzogen, Mienen nicht mehr; die Taugenichtse sind Alleskönner, die letzten Wanzen sind plötzlich die ersten Lanzen; einige sind schon vor der Geburt elend, andere noch glücklich, wenn sie schon gestorben sind; einer verbrannte sich die Zunge und redete dann mit zweien; im Übrigen ist allezeit Unzeit.«[12]

Er wäre mit seinem Unsinn noch fortgefahren, hätte ihm der TREFFER jetzt nicht sein hochwirksames Mittel verabreicht, ihm nämlich in seine Trinkschale – nein, nicht einen Aal getan (was Ignoranten für wirksam halten[13]), vielmehr eine kluge Schlange, die

9 *»Tercera«* – »Dritte« und »Kupplerin«; *»primera«* – »Erste« (Ehefrau).

10 Derselbe Satz *(»los leones dan balidos«)* kann auch bedeuten: »Die Zuhälter geben Günstlinge ab.«

11 *Hennen:* Feiglinge; *Gockel:* Starke.

12 Es gibt keine Hinweise, dass Abraham a Santa Clara dies gekannt hätte (ebenso wenig Ionesco!).

13 Immerhin in einer spanischen Plinius-Ausgabe von 1603 und bei Covarrubias, *Tesoro de la lengua castellana* (1611) erwähnt.

ihn augenblicklich wieder zur Person werden und jenes Toxikum des Urteils und tödliche Verstandesgift verabscheuen ließ. Damit führte sie der TREFFER nun auch heraus aus jenem Monstrenpfuhl und *Sammelbecken der Laster*, hin zu einer hohen Stätte des Wahr-Sagens. Dort fand sich eine der Persönlichkeiten, wie man ihnen auf der bunten Lebensreise nur selten begegnet, jemand von so außergewöhnlichem Scharfblick, dass er jedem, der ihm vor die Augen kam, auf den Kopf zusagen konnte, welchen Verlauf und welchen Schluss sein Leben haben würde. Unsere Pilger waren verblüfft, als sie hörten, wie treffsicher er alles erriet.[14] Gleich unter den Ersten stießen sie auf einen, der sehr verdrießlich dreinblickte, und sogleich sagte er:

»Von dem da ist nichts Gutes zu erwarten.«

Und er täuschte sich nicht. Bei einem Schielenden sagte er voraus, er werde nichts Geradliniges tun, und das traf zu. Bei einem Buckligen wusste er bereits die krummen Touren, bei einem Hinkenden die zu erwartenden Fehltritte, bei einem Linkshänder die üblen Kniffe, bei einem Kahlkopf, wie oft er blank sein, bei einem Zungenstoßer, wie oft er sich im Ton vergreifen würde. Auf jeden von der Natur Gezeichneten zeigte er mit dem Finger und warnte sie vor ihm.[15] Sie trafen auf einen großen Verschwender, der mühsam Erworbenes in kürzester Frist verspielte, und sofort sagte er:

»Der hat das Vermögen nicht selbst zusammengebracht: *Wer's nicht verdient hat, achtet's nicht.*«

14 Der TREFFER *(»Acertador«)* und der nun folgende RATER *(»Adevino«)* gehen im Original ineinander über.

15 Zu diesem – hier eindeutig – primitiven Physiologismus vgl. S. 159, Anm. 5 und S. 690, Anm. 20. Zu Graciáns Entlastung kann gesagt werden, dass sich auch bei Lope de Vega, Cervantes, Tirso de Molina, Moreto, Solórzano, vor allem aber bei Quevedo zahlreiche Stellen finden, wo krummer Wuchs, platte Nase, kahler Kopf, rotes Haar (Judas!), runde Backen, zusammengewachsene Brauen oder Muttermale als Zeichen für seelisch-moralische Defekte gelten. Doch der Rückfall in vorhumanistisches Denken bei unserem Moralisten ist unbestreitbar. Hatten nicht Cicero und in seinem Gefolge Petrarca deutlich genug gesagt, das Selbst eines jeden sei sein Denken, »nicht die Gestalt, auf die man mit dem Finger zeigen kann« (*De re publica* 6, 26; *Itinerarium ad sepulcrum Domini nostri* 7)?

Doch das war noch gar nichts: Viel Ungewöhnlicheres und Verborgeneres konnte er sehen, als hätte er es vor Augen. So, als er einmal eine Kutsche traf, in der der Herr so *mitgenommen* und liederlich saß wie seine Dame hochmütig, sagte er:

»Seht ihr diese Kutsche? In ein paar Jahren nur wird sie ein Karren sein.«[16]

Und es sollte so kommen. Als er sah, wie man ein sehr aufwändiges, ja protziges Gefängnis errichtete, mit viel vergoldeten Gittern, das für einen Palast hätte stehen können, da rief er:

»Wer möchte glauben, dass daraus bald ein Spital wird?«

Und tatsächlich kam es so, denn bald schon suchten dort Arme und Elende Zuflucht.[17] Von einem gewissen Jemand, der viele gute Freunde hatte, sagte er, der dürfte sicher gut tanzen, und er musste es getroffen haben, denn alle klatschten Beifall. Hingegen meinte er von einem andern, der nicht eben nach sehr viel Freunden aussah:

»Diesem da dürfte kaum etwas von dem gelingen, was er sich vorgenommen hat.«

Aber damit nicht genug. Kam doch wahrhaftig einer daher und fragte ihn, wie viele Jahre er noch zu leben hätte; dem sah er ins Gesicht und sagte: hundert Jahre, und wenn er noch weiter so dumm frage, würde er auch zweihundert sagen. Einem andern, der zu absolut nichts nutze war, versicherte er, er würde noch so lange leben, dass Methusalem dagegen jung gestorben sei. Das Tollste aber war: Wenn er irgendjemanden sah, so sagte er ihm auf den Kopf zu, aus welchem Land er kam. So von einem Flunkerer:

»Unbesehen – das ist ein Italiener.«

Und so munter weiter, von einem Hochnäsigen: ein Engländer; von einem Plumpsack: ein Deutscher; von einem Einfältigen: ein Baske; einem Stolzen: ein Kastilier; einem Missmutigen: ein Galizier; einem Barbaren: ein Katalane; einem Nichtsnutz: ein Valen-

16 *Karren:* Mögliche Anspielung auf Syphilis, gemäß einer Redensart: *»Den hat der Karren erwischt.«*

17 1638 war ein Teil des Madrider Hofgefängnisses in ein Hospital umgewandelt worden.

cianer; einem aufgeregten Krakeeler: ein Mallorquiner; einem armen Teufel: ein Sarde; einem Dickschädel: ein Aragonese; einem Leichtsinnigen: ein Franzose; einem Maulaffen: ein Däne; und immer weiter so von allen anderen. Nicht nur das Land, sondern auch Stand und Beruf erriet er. Er sah jemanden sehr Höfliches, der unablässig den Hut zog, und sagte:

»Dem sieht man aber nicht an, dass er ein Hexenmeister ist.«

Und wieder traf es zu: Er behexte tatsächlich alle. Von einem Verzückten wusste er: das war ein Astrologe;[18] von einem Hochtrabenden: ein Kutscher; von einem Barschen: königlicher Türsteher; von einem Abgerissenen und Abreißer: Soldat; von einem Lüsternen: Witwer; von einem Vollbärtigen: Hidalgo. Von einem Hochgestellten, der allen viel Versprechungen und schöne Worte machte, sagte er:

»Der wird jedem Tölpel nach dem Mund reden.«

Von einem, der kein böses Wort sagte, prophezeite er, er werde auch kein gutes Werk tun. Von einem anderen: viel Süßes im Mund, viel Saures im Beutel. Von einem, der ein Haus betrat, als sei er dort zu Hause, wusste er:

»Der geht kassieren.«

Da war ein Mensch, der wollte die Wahrheit sagen: Dem sagte er viel Ärger voraus. *Wes die Zunge locker, des der Kopf schmerzt,* meinte er zu jemand anderem. Einem jeglichen sagte er aufs Tüpfelchen genau voraus, was ihn erwartete: den Prasser das Spital; den Gewinnsüchtigen die Hölle; den Unruhestifter der Kerker; den Aufrührer der Schandpfahl; den Verleumder die Prügel; den Frechen das Tintenfass im Gesicht; den Zudringlichen Verachtung; den Manteldieb die Staupe; den Fassadenkletterer die Leiter zum Galgen; die üblen Weiber das Rosenholz;[19] den Aufsehenerregenden die Aufseher; den Gauner die Gautsche; den Landkranken das

18 *Astrologe:* vielleicht nach der Legende von Thales, der in einen Brunnen fiel, als er in die Sterne schaute.

19 *Rosenholz:* als Mittel gegen venerische Krankheiten. Vgl. S. 465, Anm. 45.

Meer;[20] die schrägen Vögel der Ast; die Geier das Fußeisen; die Strolche der Ochsenziemer; nur die Anständigen erwarteten Ehren, die Guten Freude und Glück.

»Das ist aber eine ungewöhnliche Fähigkeit!«, staunte Andrenio. »Dafür gäbe ich wer weiß was. Könntest du sie mir nicht auch beibringen, deine Astrologie?«

»Also mir scheint«, meinte Critilo, »dafür braucht man keine großen Astrolabien und auch gar nicht viele Sterne.«

»Ganz meine Meinung!«, rief der RATER. »Doch gehen wir weiter voran. Ich biete dir an, Andrenio, dich binnen kurzem ebenso gut im Erraten zu machen, wie ich es bin, mit all meiner langen Erfahrung.«

»Wohin führst du uns?«

»Von wo alle fliehen.«

»Wenn sie aber doch fliehen, warum sollen wir dann hingehen?«

»Gerade deswegen, um all diesen zu entgehen, obgleich ich euch vorher noch in die meistgerühmte Provinz Europas führen möchte: das famose Italien.«

»Es heißt, Italien sei das Land der *Personen.*«

»Aber auch der *Personaden.*«[21]

»Einen ganz besonderen Nachgeschmack hat uns Deutschland hinterlassen«, sagte Andrenio. Und Critilo:

»Ich hatte es mir ganz so vorgestellt.«

»Was denkt ihr von dieser Provinz, die doch wohl die ausgedehnteste in Europa ist? Sagt es unumwunden.«

»Mir«, antwortete Andrenio, »hat sie am meisten zugesagt von allen.«

Und Critilo:

20 *Meer: »probar mal la tierra«* – »sich nach einer Reise, einem Ortswechsel nicht wohl fühlen«. *»Tierra«* – »Gegend« und »Land« (im Gegensatz zu Meer). Aber wem eine Landreise nicht bekommt, der dürfte sich auf dem Meer kaum wohler fühlen. Wie so oft endet eine Aufreihung in burleskem Überschwang.

21 *Personaden:* Eigenbildung Graciáns im Sinne von »Maskeraden«, unter Rückgriff auf die Etymologie von *»persona«* = »Maske«. – Das folgende Stück ist ein Beispiel für die in spanischer Literatur beliebten Echodialoge.

»Mir am wenigsten.«

»Deswegen lebt man in der Welt auch nicht nur mit einer Meinung.«[22]

Und zu Andrenio gewandt:

»Was hat dir am meisten an ihm gefallen?«

»Eigentlich das ganze Deutschland, von oben bis unten.«

»Du willst sagen: Ober- wie Niederdeutschland.«

»Genau dies.«

»Ohne Frage war sein Name auch seine Definition: Es nannte sich Germanien *a germinando:* Land, das alles keimen und wachsen lässt, ist es doch eine fruchtbare Erzeugerin von Lebenden wie von Mitteln zum Leben und von allem, was sich für das menschliche Leben nur erdenken lässt.«[23]

»Jawohl«, meinte Critilo, »viel Extensives und wenig Intensives, viel Quantität und wenig Qualität.«

»Aber wo«, setzte Andrenio dagegen. »Es ist ja nicht nur eine einzige Provinz, sondern viele kleine, die eine große ausmachen; recht betrachtet ist jeder kleine Potentat nahezu ein König und jede Stadt eine Residenz, jedes Haus ein Schloss, jeder Burgturm eine Zitadelle und das Ganze eine Anhäufung von volkreichen Ortschaften, glanzvollen Höfen, prächtigen Kirchen, stattlichen Bauten und uneinnehmbaren Vesten.«

»Eben dies ist nach meiner Auffassung der Hauptgrund für sein Verderben und seinen totalen Untergang«, beharrte Critilo. »Je mehr Potentaten, desto mehr Köpfe; je mehr Köpfe, desto mehr Narretei; je mehr Narretei, desto mehr Streiterei; und, wie schon Horaz sagte, was die Fürsten Tolles treiben, müssen die Vasallen leiden.«[24]

»Nicht abstreiten kannst du mir seinen Reichtum und Über-

22 Zu diesem multikulturellen Urwort von Persius: vgl. S. 201, Anm. 2.

23 Eine wohl einmalige Erklärung des Namens Germanien, nach dem Muster Isidors von Sevilla; inhaltlich inspiriert von Giovanni Boteros *Relationi universali,* Venedig 1612, Teil I, S. 71: »Pieno di Prencipati potentissimi, di città grossissime, di popoli & di vettovaglia [Viktualien] infinita.«

24 *Horaz: »Quicquid delirant reges, plectuntur Achivi«* (*Epist.* I, II, 14).

fluss. Halte dir doch einmal vor Augen, wie gut es mit allem versorgt ist. Wenn man sagt: Spanien, das reiche, Italien, das edle, so Deutschland, das übervolle. Wie häufen sich dort Getreide und Vieh, Wild und Fisch, Gemüse und Früchte! Wie ergiebig die Erze! Wie üppig die Wälder, von Auen umgrünt! Von mächtigen Strömen durchzogen das Land, und alle schiffbar! Alemannien hat doch mehr Flüsse als andere Länder Bäche, mehr Seen als andere Länder Quellen, und mehr Paläste gibt es dort als anderswo Häuser, mehr Residenzen als anderswo Städte.«

»Das mag so sein«, erwiderte Critilo, »ich räume es ein, doch gerade darin sehe ich sein Unglück, und gerade sein Überfluss richtet es zugrunde, liefert er doch beständig das Holz zu den Bränden, in denen es sich verzehrt, indem es gleichzeitig mit vielen mächtigen Heeren Krieg gegen sich selbst führt. Das können andere Länder sich nicht leisten, am wenigsten Spanien, das keine Unbotmäßigkeit duldet.«

»Doch um auf seine stattlichen Bewohner zu kommen«, warf der TREFFER ein, »wie steht ihr zu den Deutschen?«

»Ich sehr gut«, antwortete Andrenio. »Mir erschienen sie sehr angenehm, sie sind von meiner Art und meinem Schlag; die anderen Völker sind im Irrtum, wenn sie die *Alemannen* die *Animalen* nennen, und ich wage zu behaupten, sie sind die größten Leute Europas.«

»Wohl«, meinte Critilo, »aber nicht die bedeutendsten.«

»Jeder Deutsche hat einen Leib wie zwei Spanier.«

»Schon, aber sein Herz ist nicht halb so mutig.«

»Sie sind doch gewaltige Kerle.«

»Aber ohne Gemüt.«

»So frisch sind sie.«

»Eher doch frostig.«

»So tapfer.«

»So ungebärdig.«

»So gut aussehend.«

»Und so gar nicht ritterlich.«

»So hoch gewachsen.«

»Und so wenig hochherzig.«

»Ganz rotblond.«

»Ganz *rotmündig.*«[25]

»Was für Kräfte sie haben.«

»Aber ohne Feuer: Riesenleiber, Zwergenseelen.«

»Ihr Aufwand für die Kleidung ist gemäßigt.«

»Nicht so fürs Essen.«

»Sie sind anspruchslos bei Betten und Hausgerät.«

»Aber unmäßig beim Trinken.«

»Ach, das ist bei ihnen kein Laster, sondern Bedürfnis: Was sollte wohl solch ein Hüne von einem Deutschen anfangen ohne Wein?«

»Es wäre ein Leib ohne Seele: Der Wein erst gibt ihnen Seele und Leben.«

»Sie sprechen die älteste Sprache von allen.«[26]

»Dann sag auch: die barbarischste.«

»Sie sind begierig, die Welt zu sehen.«

»Andernfalls wären sie nicht von ihr.«

»Sie sind große Handwerker.«

»Aber keine großen Gelehrten.«[27]

»Bis in die Fingerspitzen haben sie Feingefühl.«

»Besser wäre, sie hätten es im Hirn.«

»Die Heere können ohne sie nicht auskommen.«

»Genauso wenig wie der Körper ohne den Bauch.«

»Ihr Adel steht glänzend da.«

»Wollte Gott, ihre Frömmigkeit auch! Aber zum Unglück hat man dort nicht wie in anderen Ländern Europas berühmte Patriarchen und Ordensgründer hervorgebracht, sondern nur diese... *etcetera.*«[28]

25 *Rotmündig:* einfältig.

26 *Älteste Sprache:* Wie es zu dieser Behauptung gekommen sein mag, ist unerfindlich. Vielleicht steht die Erklärung in III, 9, S. 845, Anm. 36.

27 *Keine Gelehrten:* Albertus Magnus, Cusanus, Celtis, Paracelsus, Regiomontanus, Behaim, Reuchlin, Petrus Canisius SJ (wenn schon nicht Melanchthon)...?

28 Das *etcetera* meint natürlich Luther und andere »Häretiker«. – In Krisis III, 4 wird zu lesen sein: »Wir setzen ein *etcetera,* wenn wir verstanden werden wollen, ohne uns bis zu Ende erklärt zu haben.« – *Patriarchenämter* gab es nur in Venedig,

Sie konnten nicht weiterreden, denn in wilder Hast kamen Haufen von Leuten auf diesen Wegen gelaufen, es waren jedoch keine Abwegelagerer, vielmehr rannten sie atem- und kopflos einander über den Haufen. Das Erstaunlichste daran: Die Großen waren auf der Flucht ganz vorne, die noch Größeren machten Riesenschritte, und die Allergrößten hatten Siebenmeilenstiefel an; aber auch die Krummgliedrigen waren keinesfalls die Letzten. Verblüfft suchten unsere gemächlichen Wanderer zu erfragen, wie es sich mit diesem fanatischen Verhalten verhielt, doch wollte keiner verhalten.

»Ja, kann es denn so viel Verwirrung geben! Hat man je solche Tollheit gesehen!«, riefen sie.

Schließlich blieb doch einer, über ihre Verblüffung verblüfft, stehen und sagte:

»Ihr müsst entweder große Weise sein oder aber große Narren, dass ihr gegen den allgemeinen Strom angeht.«

»Weise sind wir nicht«, erwiderten sie ihm, »wünschten uns freilich, welche zu sein.«

»Dann seht zu, dass ihr nicht euren Wunsch mit ins Grab nehmen müsst.«

Und spannte hundert Schritte aus.

»Lauft weg, lauft weg!«, schrie ein anderer im Herankommen. »Es scheint, es geht los.«

Und sauste vorbei wie der Sturmwind.

»Was soll denn da losgehen?«, fragte Andrenio.

Und der Rater:

»Ach, ich ahne schon mehr oder minder, was da losgeht.«

»Nämlich was?«

Lissabon und Goa, dazu den spanischen Armeebischof für Westindien. – *Keine Ordensgründer:* der Hl. Bruno von Köln stiftete 1084 den Kartäuserorden; der Deutsche Orden (Deutschherren) ist 1190 in Akko entstanden. – Eine freie Übertragung dieser Deutschlanddebatte (ebenso der entsprechenden Abschnitte über Frankreich, Spanien und Italien) findet sich in Werner Krauss' *Lebenslehre* (vgl. I, 13, Anm. 7), S. 61 f. Dort auch die Erörterung der negativen Sonderstellung Deutschlands (womit immer auch Österreich gemeint ist) gegenüber Frankreich (vgl. S. 470, Anm. 15), Italien (vgl. S. 846, Anm. 39) und insbesondere Spanien (vgl. S. 355, Anm. 29).

»Ich will es euch sagen: Die hier sind sicherlich auf der Flucht aus dem Reich der WAHRHEIT, wo wir gerade hinwollen.«

»Das solltest du nicht Reich nennen«, rief im Vorüberlaufen einer der Überläufer, »sondern Plage und Geißel, ja wahrhaftig, denn so viel Schaden bringt es. Und am meisten heute, wo sie die ganze Welt gegen sich aufgebracht hat und universaler Unwille über sie herrscht.«

»Aber was ist der Grund? Gibt es Neues hierzu?«

»Und ob es Neues gibt! Davon wisst ihr gar nichts? Bei euch kommt's aber spät an. Wisst ihr wahrhaftig nicht, dass dieser Tage die WAHRHEIT in Kindsnöten ist?«

»Wie denn, in Kindsnöten?«

»Ja, der Bauch steht ihr bis zum Mund. Sie platzt nur so vor Platzdrang.«

»Na, was weiter?«, sagte Critilo. »Was tut's, wenn sie gebiert? Deshalb gerät die Welt in Wallung? Seht ihr nur zu, dass sie zur rechten Stunde gebiert, und der Himmel mag herabkommen, wenn sie niederkommt.«

»Wieso, was tut's?«, erhob der Höfling die Stimme. »Ihr seid vielleicht von hübschem Phlegma! Ein rechter deutscher Phlegmatikus seid ihr mir! Wenn es heute schon niemanden mehr gibt, der mit der einen Wahrheit leben und sie ertragen kann, wie wird es erst sein, wenn diese anfängt, andere zu gebären, und diese wieder andere, und jede noch neue Wahrheiten gebiert? Überfüllt wird die Welt sein mit Wahrheiten, und bald wird man sich umschauen, wer sie noch bewohnen will: Ich sage euch, sie wird sich entvölkern.«

»Weshalb?«

»Weil keiner mehr da ist, der lebte: weder Ritter noch Handwerksgesell noch Kaufmann, weder Herr noch Knecht; wer Wahrheit sagt, wird nicht leben können. Ich sage euch, von allen vier Weltteilen wird kein halber übrig bleiben. Mit einer Wahrheit, die man ihm sagt, kann ein Mensch genug haben fürs Leben: Wie wird es sein mit so vielen? Da wird man bald die Schlösser schließen und die Burgen verpachten können; da bleiben weder Fürsten- noch Meierhöfe. Schon an einer kleinen Portion Wahrheit hat sich mancher den Magen verdorben: Wie wird es erst sein, wenn wir mit Wahrheiten völlig übergessen sind? Einen tüchtigen Pansen wird es brauchen für das *Jedem Tag seine Wahrheit und nichts dazu.* Bitter werden sie schmecken!«

»Aber nicht doch!«, erwiderte Critilo. »Es wird viele geben, die die Wahrheiten nicht fürchten, denen sie wie angeboren vorkommen.«

»So sag mir, bitte, wer die sind! Sag es mir, wir werden ihnen Statuen errichten. Wer mag sich wohl einbilden, dass man nicht auch ihm die eine oder andere Wahrheit unter die Nase halten müsste, ja jede Menge davon an den Kopf werfen? Und das kann, weiß Gott, heftig schmerzen, viele Tage lang. Der Himmel bewahre euch vor einer tüchtigen Tracht Wahrheiten: das beißt und brennt schamhaftiglich. Und wollt ihr's nicht glauben, so sollt ihr's gleich sehen. Man sage nur zu einer Frau, wie Don Pedro von Toledo einmal sagte: ›Gebt Acht, Ihr seid was Schlimmeres als *so eine*‹, und als sie zurückfragte: ›Was denn wohl?‹ – ›Alt!‹. Man setze einer Füchsin oder Teufelin eine Wahrheit auf ein Plakat, und man wird erleben, wie sie fuchsteufelswild wird. Man erinnere einen Ahnenstolzen an das, wovon er keine Ahnung haben will, man steche ihn zum Beispiel mit der Schusterahle; man zeige einem von den *Sauberen* die Flecken auf seiner Weste; man sage einem, der im Geld schwimmt, dass sein Großvater noch im Schlamm gewatet war; man sage einem, der nach Vormacht drängt, dass er sich etwas vormacht; wer bei Fasan die Nase rümpft, der soll zurück ans Hackfleisch denken; auch der Löwe hatte einmal Fieber, und der Phönix begann als Wurm. Wundert euch nicht, dass wir vor der Wahrheit davonlaufen: Sie liegt quer und geht uns kreuz durch's Herz. Dort könnt ihr einen Riesen am Boden sehen: Den hat ein Knabe mit einer Nadel getötet, und manche wollen wissen, er hatte sie aus dessen Vaters Trödlerladen; aber schuld war er selber: warum musste er auch *Krämerohren* machen![29] Ich sag's euch also noch einmal: Wundert euch nicht zu sehr, dass alle betreten abtreten.«

29 *Krämerohren:* sich taub stellen.

»Aus welchem Grund fliehen aber die Soldaten dort?«, wollte Andrenio wissen.

»Damit sie nicht hören müssen, dass sie geflohen sind und zur *Fugerunt*-Armee gehören.«[30]

Einer kam daher und schrie:

»Wahrheit, Wahrheit! Nur nicht durch meinen Mund, noch weniger durch meine Ohren!«

»Von der Sorte wimmelt es. Alle wollen, dass man ihnen Wahrheit verabreicht, nur in den Mund wollen sie sie nicht nehmen.«

»Nun gut«, sinnierte Andrenio, »wenn die Knilche fliehen, sei's drum, ab mit ihnen zu Beelzebub. Aber auch die Sonnen?«

»Ja, damit man ihnen nicht heimleuchten kann mit ihren Schandmondmalen.«

In der Tat wurden die Rufe gerade lauter:

»Es ist soweit! Fort, fort, sie kommt nieder! Flieht, ihr Fürsten! Lauft, ihr Mächtigen!«

Und da war mancher, bei dem auf diesen Schrei hin die Post abging.[31] Kein *Aufgesessen!* hatte so viel Wirkung. Mehr als ein Potentat trieb daraufhin sechs Kutschpferde zuschanden. Freilich muss bedacht werden, dass all dies sich in Italien zutrug, wo man vor der Wahrheit mehr Angst hat als vor der Kugel aus einer osmanischen Feldschlange, weshalb man denn auch nur höchst sparsamen Gebrauch von ihr macht.

»Seit wann geht denn diese WAHRHEIT schwanger?«, fragte Andrenio. »Ich dachte immer, sie sei alt und abgelebt, und nun kann sie plötzlich gebären!«

»Seit Jahr und Tag schon«, war die Antwort, »und es heißt, mit am Werk war ZEIT.«[32]

30 *Fugerunt:* »Sie sind entfleucht«, Formel der Teufelsaustreibungen.

31 Sic! – *»había hombre que tomaba postas.«*

32 *»El Tiempo«:* Maskulinum. Im Spanischen zur Redensart geworden: *Dar tiempo al tiempo, padre de verdades.* Gracián liefert die satirische Variante des Topos *Veritas filia temporis,* bei dem die Wahrheit entschleiert wurde (vgl. S. 318, Anm. 5). In Berninis berühmter *Verità* (1652) scheint sie zeitenthoben, »ekstatisch«, doch ist bezeugt, dass auch Bernini *Il Tempo* als fliegenden Alten mit Sense gestalten wollte, das Ganze übrigens als *memoria* seiner selbst für seine Erben. Zur christologischen Deutung unter Berufung auf *Psalm* 84, 12: *»Veritas de terra orta est«* (daher der Fuß

»Demnach wird viel das Licht der Welt erblicken.«

»Jedenfalls etliches Ungewöhnliche.«

»Und alles wird Wahrheit sein?«

»Alles.«

»Also gilt jetzt *Die Mühsal jener langen Nacht hat nur ein Mädchen hervorgebracht.* Aber warum nicht laufend gebären, statt dass ein Riesenwanst sich anhäuft?«

»O ja, man brauchte nur regelmäßig den Kropf zu leeren. Statt dessen empfängt sie im einen Jahrhundert und trägt aus bis ins nächste.«

»Dann sind die Wahrheiten aber schon ranzig.«

»Nein, wahrhaftig, sondern ewig. Weißt du nicht, dass die Wahrheiten zur Gattung der Vogelbeeren gehören, dass die fauligen am süßesten schmecken, die hochroten aber noch bitter? Diejenigen, die die Farben ins Gesicht schießen lassen, sind ungenießbar, sie kann lediglich ein Baske schlucken.«[33]

»Sicherlich musste aber einst in jener Goldenen Zeit WAHRHEIT jeden Tag aufs neue niederkommen.«

»Sie musste gar nicht, denn es gab nichts zu enthüllen. Sie brauchte gar nicht erst zu empfangen: Alles war gesagt. Jetzt jedoch kann sie nicht sprechen und will daher schier aus der Haut fahren. Sie hält mit der Niederkunft an sich wie die trächtige Igelin, die immer stärker die Stacheln der Jungen spürt und sich daher vor dem Augenblick fürchtet, wo sie sie austreiben muss.[34] Jetzt birgt sie in den Buchten und Bäuchen ihres Merkens und Mahnens wer weiß was für rare Geschöpfe! Deshalb riet auch ein kluger Mann: *Sich neigen und schweigen.* Was wird nicht Herrliches zur Welt kommen, bei solchem Kreißen!«

»Ich vermute eher«, sagte Critilo, »es werden schauerliche Missgeburten sein, unsägliche Fehlentwicklungen, gewaltige Verirrungen, Gebilde ohne Hand und Fuß. Wären sie gelungen, es würde vor Lobpreis nur so sprudeln.«

auf der Weltkugel) vgl. M. Winner in: *Bernini scultore,* Rom 1998, S. 290. – Abb. 10, S. 319 und Abb. 18, S. 669.

33 *Baske:* Weil einfältig und gutmütig.

34 *Igelin:* ein Volksglaube, dem der TREFFER hier anhängt.

Abb. 18: Gian Lorenzo Bernini, VERITÀ.
Marmor, 1646–52.

»Sei dem, wie ihm sei«, erwiderte der RATER, »heraus müssen sie. Besser, es hätte nie Empfängnis gegeben, doch einmal schwanger, gibt es nur mehr Gebären oder Platzen; denn, wie der Größte der Weisen sagte, wer könnte das in ihm keimende Wort zurückhalten?«[35]

»Sag mir«, bat Andrenio, »hat sich denn nie etwas herumgesprochen, hat man nicht wenigstens eine Vermutung, was sie gebären wird, diese WAHRHEIT? Wird's Junge oder Mädchen? Was lügen denn die Ammen zurecht, was säuseln denn die Physici daher? Sollte zu einem so gut gehüteten Geheimnis nicht irgendein Klatsch im Umlauf sein?«

»Darüber gäbe es viel zu reden und noch mehr zu schweigen. Kaum hatte sich diese Trächtigkeit herumgesprochen, da saht ihr die Betroffenen auch schon sehr betroffen, da wurde es den Entbrannten sehr heiß, und das waren doch so gut wie alle leidenschaftlich Sterblichen. Alsbald suchte man die Orakel zu dem Vorfall zu befragen. Vom ersten kam die Antwort, sie werde ein grimmes Untier hervorbringen, so hassenswert wie hässlich. Den tödlichen Schrecken der Sterblichen könnt ihr euch ausmalen. Vom zweiten erhofften sie sich Trost und Zuspruch, und sie bekamen ihn auch, lautete dessen Spruch doch ganz im Gegenteil, es werde ein Ausbund an Schönheit, ein Söhnchen, so liebenswert wie lieblich. Darüber war die Verwirrung natürlich komplett, und sie beschlossen, wie auch immer, sie zu erdrosseln. Doch daraus wurde nichts, denn es heißt ja, sie sei unsterblich, und alle Welt sollte dies wissen. Die WAHRHEIT, so wird versichert, sei wie der Fluss Guadiana, der an einer Stelle im Erdboden verschwindet und an anderer Stelle wieder hervorkommt:[36] Heute traut sie sich nicht

35 *»La palabra concebida«* – »durch Zeugung empfangen« und »konzipiert«; die ganze Frage gemäß der Vulgata: *»Conceptum sermonem tenere quis poterit?«* (*Hiob* 4, 2; der »Größte der Weisen« wäre eigentlich Salomo).

36 *Guadiana:* Die Episode in der Höhle des Montesinos bei Cervantes: »Da Guadiana, Euer Schildknappe, gleichfalls Euer Unglück beweinte, so ward er in einen Fluß des Namens Guadiana verwandelt. Als er aber an die Oberfläche der Erde gelangte und die Sonne an dem weiten Himmel droben erblickte, empfand er so großen Schmerz darob, Euch verlassen zu haben, daß er sich in den Busen der Erde

zu mucksen, scheint sogar schon im Grabe zu liegen, und morgen aufersteht sie wieder, mal in dunklen Winkeln, mal in Debattiervereinen, mal auf dem freien Platz. Er wird kommen, der Tag der Geburt, wir werden es erleben, das Geheimnis, und werden befreit sein von der Spannung.«

»Und du, du tust dir doch etwas darauf zugute, alles zu erraten, was meinst du denn, was spähst du aus? Kommst du nicht darauf, was dies Monster oder Wunderding sein wird?«

»Doch«, erwiderte er, »zumindest was das Erstere den Toren und das Letztere den Klugen sein könnte: Ich würde sagen, das erstere ist...«

In diesem Augenblick aber erschien ein höchst sonderbares Wesen, das nicht eigentlich auf der Flucht war, eher zur Flucht trieb; es brach sich nicht nur Bahn, sondern machte sich gleich einen ganzen Platz frei, erhob ein gewaltiges Geschrei und rief:

»Ich, ein Narr, wo ich so viele klug mache? Ich, ein Faselhans, wo ich so vielen zum Richtigen verhelfe? Ausgerechnet ich soll ein Wirrkopf sein, wo ich doch so viele erst zu Verstand bringe?«

»Wer ist denn das?«, fragte nun auch Critilo.

Und die Antwort war:

»Das ist ein *hablativus absolutus,* der weder regiert wird, noch selbst regiert:[37] Das ist der Narr des Fürsten von Daundda.«

»Aber wie ist das möglich?«, fragte Critilo zurück, »dass ein so fähiger Herrscher, der *per antonomasiam* sogar der Kluge genannt wird (nur bitte nicht der ›Seneca Spaniens‹, als ob Seneca selbst aus Äthiopien stammte), sich mit einem Perennalidioten umgibt?«[38]

»Eben deswegen, weil er klug ist.«

hinabstürzte...« (*Don Quijote,* II, 23). – Der Guadiana entspringt in der Mancha, setzt sich als unterirdischer Strom fort, bevor er in den *Ojos del Guadiana* wieder zu Tage tritt.

37 Bekanntlich *regieren* manche Präpositionen im Lateinischen den Ablativ, mit dem der *Schwätzer (hablar, hablador)* hier verbunden wird (den *absoluten Ablativ* jedoch *regiert* keine Präposition).

38 König Philipp II. trug den Beinamen »der Kluge«; ein historisches Drama des Lope-Nachfolgers Pérez de Montalbán trägt den Titel: *Comedia famosa del Gran Séneca de España, Felipe II* (ca. 1632).

»Doch was bezweckt er damit?«

»Wenigstens ab und zu die Wahrheit zu hören, die kein anderer Mund ihm je sagen will. Wundert euch nicht, wenn ihr die Könige von Narren und Einfältigen umgeben seht. Sie tun das mit Bedacht, nicht um sich zu unterhalten, sondern um sich zu unterrichten: Oft hört man Wahrheit ja aus dem Papageienschnabel. – Jetzt wollen wir aber ausschreiten, denn eigentlich kann es bis zum Hof nicht mehr weit sein.«

»Das mit dem Hof schlagt euch besser aus dem Sinn«, rief jemand dazwischen, der ihm sehr feindlich gesonnen war.

»Weshalb denn?«

»Wenn man noch nie bei Hofe Wahrheit vernahm, wie soll es da für WAHRHEIT eine Hofstadt geben? Wie kann man von Hof sprechen, wo nicht gelogen und nicht geheuchelt wird, wo es keine Lügenecke gibt, wo nicht tagtäglich hundert Lügen, so dick wie Fäuste, umlaufen, und keineswegs nur mit kurzen Beinen?«

»Wie denn?«, erkundigte sich daraufhin Andrenio, »kann man an diesem Hof wirklich nicht lügen?«

»Wie sollte man, wo es der Hof der WAHRHEIT ist.«

»Auch keine kleine Notlüge sagen?«

»Kein Gedanke.«

»Auch nicht bei Gelegenheit, wenn es einmal so schön weiterhilft?«

»Gewiss nicht.«

»Auch keine, für die man sich drei Tage lang einsetzt, nach Art der Franzosen, was doch so viel nützt?«

»Nicht einen Tag.«

»Aber doch wenigstens ein Vierte...!«[39]

»Keinen Augenblick.«

»Auch keine Zweideutigkeit nach Art der Hypokriten?«

»Ebenso wenig.«

»Auch kein Verhehlen der Wahrheit, nicht die volle Wahrheit sagen, was ja nicht Lüge ist?«

39 ...telstündchen. Aber vielleicht auch »für einen Vierten« *(»por un cuarto«)*, nämlich einen Philipp IV.!

»Nicht einmal das.«

»Gott steh' dir bei mit deiner Wahrheit, wie punktgenau du es nimmst! Am liebsten würde ja auch ich die Flucht ergreifen. Wie denn, keine Ausrede beim Bittsteller, keine Schmeichelei beim Fürsten, keinerlei Kompliment beim Höfling?«

»Nichts, gar nichts von alledem. Alles offen, alles klar.«

»Also dann muss ich sagen: Ich gehe dort nicht hinein. Mich unter solch strikte Observanz zu zwängen, traue ich mir nicht zu. Ich, ohne die übliche Entlastung leben? Das wird nicht gehen. Von Stund an stehe ich ab von dem Gedanken, an so einen Hof zu gehen, und bestimmt werde ich nicht der Einzige sein. Es soll keine Intrigen geben? Da sage ich: Das ist kein Hof. Es soll keine Intriganten geben, keine Schmeichler, keine Lobhudler? Dann gibt es auch keine Höflinge. Es soll keine wortbrüchigen Adelsleute geben und keine müßiggängerischen Granden? Dann kann das auch kein Palast sein. Es soll keine Häuser *zur Gerissenheit* und keine Gassen *zum Elend* geben?[40] Das kann, ich sage es noch einmal, keine echte Hofstadt sein. Meine Herren, wer soll leben in diesem Paris, in diesem Stockholm? Wer, in diesem Krakau? Wer macht dieser Königin den Hof? Einsam muss sie sein, wie der Phönix.«

»Es fehlt eben nicht an Menschen, die ihr beistehen und ihr den Hof machen«, gab der TREFFER zurück. »Denn du sollst wissen, Andrenio, dass damals, als die Weltleute WAHRHEIT aus der Welt vertrieben und an ihre Stelle LÜGE gesetzt hatten, wie es ein Freund Lukians uns berichtet,[41] das Höchste Tribunal Anstalten machte, sie wieder in die Welt zurückzuholen, und zwar auf Ersuchen derselben Menschen, auf inständiges Bitten der Weltleute selber, die nicht ohne sie leben konnten. Weder mit dem Gesinde, noch mit den Handwerkern, noch auch mit den eigenen Ehefrauen kamen sie zurecht; alles ging dahin in Betrug, Hinterlist und Chaos. Ein einziges Babel schien die ganze Welt, niemand konnte sich dem andern mehr verständlich machen. Ein Ja war

40 *Gerissenheit:* vgl. S. 507, Anm. 1.

41 *Freund Lukians:* Mateo Alemán, der Verfasser des *Guzmán de Alfarache.* Vgl. S. 103, Anm. 29.

Nein, ein Schwarz war Weiß, nichts war mehr gewiss. Alle waren außer sich und schrien: ›Wir wollen unsre WAHRHEIT wiederhaben!‹ Das Unterfangen war schwierig, und jedermann fürchtete nichts so sehr, als mit Erfolg daraus hervorzugehen, weshalb sich keiner fand, der sie gern als Erster gesagt hätte. Wer möchte schon die erste Wahrheit sagen? Hohe Belohnung bot man demjenigen, der den Mut dazu fände, doch niemand stellte sich ein; es gab keinen Menschen, der den Anfang hätte machen wollen. Man versuchte verschiedenste Mittel, erwog allerlei Auswege, nichts verschlug. ›Sie muss doch zurückkehren, also muss sie in die Gemüter der Menschen einziehen und in ihren Herzen Wurzeln schlagen, ganz gleich, wie!‹ Die Politiker hielten dies für ausgeschlossen, und sie sagten: ›Mit wem soll der Anfang gemacht werden? Mit Italien? Lächerlich! Mit Frankreich? Ammenmärchen! Mit England? Keine Rede! Mit Spanien? Vielleicht noch am ehesten, aber mühsam wird es sein.‹ Schließlich entschloss man sich nach langen Debatten, sie mit viel Zucker anzusetzen, um über ihre Bitterkeit hinwegzutäuschen, und viel Amber hineinzutun, gegen den beißenden Geruch, den sie verbreitete. Und solchermaßen versüßt und ambriert sollte sie in einer goldenen Schale (beileibe keiner gläsernen, da hätte man ja hineinsehen können!) allen Erdverbrauchern als erlesenstes Blendwerk dargebracht werden, als köstliches Getränk aus China oder noch weiter, im Geschmack unübertroffen durch *Chocolatl, Tscha* oder *Scherbet,* so dass es nicht nur als lässlich, sondern als lässig gelten konnte, davon zu schlürfen. Nun entsandte man sie der Reihe nach an die einen und die andern. Zuerst sollte sie zu den Fürsten gelangen, damit durch deren Beispiel auch alle übrigen zum Schlucken angeregt würden und so der Erdenkreis in Ordnung käme, doch schmeckten diese schon meilenweit die Bitterkeit (sie haben eben sehr wache Sinne, sie riechen so gut, wie sie hören) und fingen an aufzustoßen. Einer musste nach einem einzigen Tropfen schon speien, und es dauert noch immer an bei ihm. Alle riefen beim bloßen Nippen: ›Was für ein bitteres Zeug!‹ Und es fiel die Bemerkung: ›Das ist die Wahrheit‹. Daraufhin beschickte man die Weisen: ›Diese‹, sagten sie, ›verbringen ja ihr ganzes Leben damit, sie zu erforschen.‹ Doch kaum hatten sie von ihr gekostet, schoben sie sie auch schon beiseite und sagten, sie seien genug mit der Theorie beschäftigt und trügen kein Verlangen nach der Praxis: Spekulation ja, Applikation nein. ›Jetzt wollen wir zu den Männern gehen, alten wie jungen, die doch gewöhnlich von ihr zehren.‹ Sie täuschten sich, denn diese schlossen beim ersten Riechen die Lippen, murmelten nur noch: ›Durch meinen Mund nicht, durch einen andern, meinem Nachbarn ins Ohr!‹ und bissen dann fest die Zähne aufeinander. Nun wurden die Handwerker aufgefordert – erst recht ohne Erfolg. Vielmehr hieß es, sie würden binnen vier Tagen Hungers sterben, wenn sie sie in den Mund nähmen, allen voran die Schneider. Die Kaufleute: Nur nicht sehen! Deshalb halten sie ja ihre Läden dunkel, und ihre Truhen scheuen das Licht. Die Hofleute: Nur nichts davon hören! Auch Frauen, die davon hätten kosten wollen, fanden sich keine. Eine rief nur: ›Geht mir doch weg! *Weib ohne Trug ist wie Henkel ohne Krug.*‹ Solchermaßen gingen sie alle Stände und Stufen durch, und keiner war bereit, die Wahrheit ins Auge zu fassen oder gar in den Mund zu nehmen. Als sie dessen inne wurden, entschlossen sie sich, es mit den Kindern zu versuchen, damit diese sich schon frühzeitig daran gewöhnten. Dafür mussten sie sie aber noch ganz klein nehmen, denn schon die etwas Größeren kannten sie sehr wohl und verabscheuten sie nach dem Beispiel ihrer Eltern. Nun blieben noch die Narren und die Toren: Die tranken sie alle. Die kleinen Kinder also, von jener Anfangssüße getäuscht, und die Einfältigen, die nicht weiter darauf achteten, ließen die Sache bis zur Neige über sich herabkommen, füllten sich den Magen mit Wahrheiten an und begannen alsbald, sie wieder auszustoßen. Bitter oder nicht: Sie sagen sie. Ätzend oder nicht: Sie werfen sie aus und uns vor, halblaut oder geschrien. Sie sollten sie besser nicht wissen, denn was sie wissen, das sagen sie auch. Somit gehen denn heute Kinder und Narren dieser Königin zur Hand, sie stehen ihr bei, sie machen ihr den Hof.«

Nunmehr befanden sie sich am Eingang zu einer Stadt, die nach allen Seiten offen stand. Man sah ihre geraden, breiten, frei zugänglichen Straßen, ohne Windungen, Krümmungen oder gar Fallen, keine davon eine Sackgasse. Die Häuser waren aus Kristall, mit weit geöffneten Türen und Fenstern; Jalousien des Argwohns oder Dächer des Verdeckens gab es keine. Selbst der Himmel war ganz hell und heiter, ohne die hinterhältigen Schneewolken, und das ganze Firmament lag aufgeräumt und überschaubar.

»Wie anders doch diese Gegend ist«, staunte Critilo, »als die ganze übrige Welt!«

»Aber wie klein die Hofstadt!«, rief Andrenio.

Und der TREFFER:

»Deswegen behauptete jemand, der größte Hof bis heute sei Babylon gewesen, ungeachtet des triumphierenden Rom mit seinen sechs Millionen Bewohnern oder des chinesischen *Pangking*, in dessen Mitte jemand auch vom höchsten Turm aus nichts als Häuser erblickt, obgleich das Land ringsumher flach ist.«[42]

Sie wollten schon eintreten, da sahen sie, dass viele, und zwar Leute mit Autorität, bevor sie den Fuß hineinsetzten, etwas Bemerkenswertes taten, nämlich sich die Ohren fest mit Watte verstopften. Damit noch nicht zufrieden, drückten sie auch noch beide Hände darauf.

»Was soll das bedeuten?«, fragte Critilo. »Die finden wohl nicht sehr viel Gefallen an der Wahrheit?«

»Im Gegenteil, sie sinnen auf nichts anderes«, erwiderte der TREFFER.

»Wozu dann die Mühe?«

»Das ist völlig unverständlich für mich«, sagte einer von ihnen, der dies gehört hatte.

»Das ist völlig verständig von ihnen«, erwiderte jemand anderes. »Sie tun es zur Vorsicht.«

»Dafür haben sie doch keinen Grund!«

Darüber schien es zwischen den beiden zu heftigem Wortwechsel zu kommen.

»Nur die Toren streiten«, sagte aber der Erste.

»Die Klugen disputieren«, gab der Zweite zurück.

42 Das antike Rom hatte zu Spitzenzeiten etwa eine Million Einwohner, das Rom von 1650 etwa hunderttausend. Peking war zur selben Zeit von etwa 1,2 Millionen Menschen bewohnt. Graciáns Quelle ist Giovanni Botero, *Relationi* II, 2.

»Also, ich sage: Die Wahrheit ist das Süßeste, was es gibt.«

»Und ich sage: das Bitterste.«

»Die Kinder mögen das Süße, die Kinder sagen die Wahrheit, folglich muss die Wahrheit süß sein.«

»Die Fürsten verabscheuen das Bittere, die Fürsten speien die Wahrheit aus, folglich muss die Wahrheit bitter sein. Ein Tor, wer sie ausspricht.«

»Ein Weiser, wer sie vernimmt.«

»Sie ist nicht *politisch.*«

»Dafür ist sie auch nicht verlogen.«

»Sie lastet schwer.«

»So schwer wie Gold.«

»Sie ist garstig.«

»Sie ist bildschön.«

»Alle gehen rüde mit ihr um.«

»Dabei tut sie allen gut.«

So verbissen sie sich in Gegensätze und fanden zu keinem Ausgleich, bis der TREFFER sich ins Mittel legte und rief:

»Freunde, weniger Brunft und mehr Vernunft! *Distinguite textus et concordabitis canones!*[43] Macht euch nur klar: Im Mund ist die Wahrheit süß, im Ohr ist sie bitter. Gesprochen ist sie Zucker, gehört, Galle. Nicht beim Hinausschicken der Wahrheit könnt ihr Stärke zeigen, sondern beim Hereinlassen. Und so finden denn auch die Alten ihr ganzes Vergnügen im Dahin-Nörgeln; Tag und Nacht verbringen sie damit. Nur selbst hören müssen, das schmeckt ihnen nicht. Konklusion: Aktiv, beim Schmälen, ist die Wahrheit äußerst angenehm; passiv, beim Geschmältwerden, ist sie die Quintessenz des Abscheulichen.«

Sie betraten nun jene Straßen, wenngleich Andrenio bei jedem Schritt zögerte und sich vor allem fürchtete. Sah er auch nur einen Knaben, begann er zu zittern. Beim harmlosesten Menschen fiel

43 Kleine Burleske über scholastische Rechtssprache (im Kontext mit den beiden Syllogismen wenige Zeilen vorher und der »Konklusio« gleich danach). Das *Decretum* des großen Kirchenrechtlers und Namensvetters Gratianus (12. Jh.) trägt den Untertitel: *Concordia discordantium canonum.* Sein Inhalt ist in *distinctiones* gegliedert. Der Sinn ist etwa: »Studiert eure Texte, und ihr werdet euren Streit beilegen.«

er schier in Ohnmacht. Sie hörten nämlich Dinge, die sie noch nie gehört, sie sahen Leute, die sie noch nie gesehen hatten. Hier war ein Ja ein Ja, ein Nein ein Nein, das hatten sie trotz ihrer fortgeschrittenen Jahre noch nirgends angetroffen. Hier stand der Mann zu seinem Wort, das hatten sie kaum je erlebt. Sie sahen es und konnten es doch nicht glauben: den Mann von Wahrhaftigkeit und Anstand, den Mann aus *Offen und Ehrlich,* den Mann mit der *Maurenwahrheit,* allesamt Riesenwunder.[44]

»Deswegen haben wir sie auch nirgendwo sonst getroffen«, meinte Critilo. »Sie sind alle hier beisammen.«

Tatsächlich fanden sie die Männer ohne Verstellung, die Frauen ohne Ränke, alles Leute ohne Falsch, ein Schauplatz ohne Hinterbühne.

»Was sind das für Menschen?«, rief Critilo. »Wo kommen sie her? Sie sind ja das ganze Gegenteil von denen, die sonst so herumlaufen. Ich kann mich gar nicht satt sehen, satt hören und satt sprechen. Das nenne ich *leben!* Das ist ja der Himmel, nicht mehr die Welt! Jetzt kann ich ja alles glauben, was man mir sagt, ohne Bedenken und ohne Furcht vor Täuschungen, sonst musste ich doch stets ein Jahr Bedenkzeit nehmen, bevor ich etwas glaubte. Gibt es ein größeres Glück als unter Menschen von Anstand und Rechtschaffenheit, Gewissen und Wahrhaftigkeit zu leben? Der Herrgott erspare mir erneuten Umgang mit den andern!«

Doch währte das Glück nicht lange, denn wie sie noch auf die Plaza Mayor zugingen, an der sie das offene Schloss der VERITAS *triumphans* erblicken sollten, vernahmen sie gellendes Rufen wie aus Riesenkehlen:

»Vorsicht, das Ungeheuer, nehmt alle Reißaus! WAHRHEIT hat

44 *Maurenwahrheit (»La verdad por un moro«):* 1. Dass ein Maure die Wahrheit sprach, kam nach Auffassung der Zeitgenossen selten vor. 2. Thomas Morus *(moro)* stand wegen seiner Unbeirrbarkeit bei den Spaniern in hohem Ansehen (wenn dies Teil des Wortspiels ist, so hätte Erasmus das Modell geliefert: *Morias enkomion / Lob der Torheit,* mit Anspielung an Thomas Morus, seinen englischen Gastgeber). 3. Philipp II., der als »Mann der Wahrheit« galt, war von Antonio Moro gemalt worden (Bild im Escorial).

geboren! Einen abscheulichen Balg! Er kommt näher, er stürmt heran, gleich ist er da!«

Auf dieses schreckliche Geschrei hin ergriff alles die Flucht, keiner achtete mehr auf den anderen, den Letzten bissen die Hunde. Vom Getümmel der Menge, wenn schon nicht von ihrem Beispiel, davongerissen, wandte sich – wer hätte das gedacht? – selbst Critilo zur Flucht, sosehr der TREFFER ihn auch mit Gründen und guten Worten zurückzuhalten suchte:

»Wo willst du denn hin?«, rief er ihm nach.

»Wohin sie mich treiben.«

»Aber du fliehst aus einem Himmel!«

»Ich suche das Weite!«[45]

Wer nun wissen möchte, was für ein Monster, was für eine Spottgeburt dieser hässliche Spross einer so schönen Mutter war und wo unsere entsetzten Wanderer zum Stillstand kamen, der möge versuchen, ihnen noch bis in die nächste Krisis zu folgen.

45 *»Pongamos cielo en medio«*, nach *»poner tierra en medio«* – »sich davonmachen«.

Vierte Krisis

Die Entzifferung der Welt

Antlitz der Welt ist Europa, das die Blicke auf sich zieht, ernst in Spanien, lind in England, munter in Frankreich, klug in Italien, frisch in Deutschland, faltig in Schweden, sanft in Polen, lieblich in Griechenland und düster in Moskowien.[1]

Dies hörten unsere flüchtenden Wanderer von ihrem neuen Führer, der nach dem Verlust des Raters ein überraschender Gewinn für sie war.[2]

»Gutes Urteil habt ihr«, sagte er, »und ein guter Gedanke war es, euch auf den Weg zu machen und die Welt zu besehen, vor allem die Höfe, die Schulen weltläufigen Anstands. Zu gebildeten Menschen werdet ihr im Umgang mit solchen, die es schon sind: Das bedeutet recht eigentlich sich die Welt besehen. Es besteht, müsst ihr wissen, ein großer Unterschied zwischen Sehen und Gaffen, und wer keine Sicht hat, der sieht auch nichts. Viel mit den Augen sehen bringt wenig, wenn der Verstand nicht vorgearbeitet hat und das Gesehene nicht festhält. Wohl gesprochen hat, wer da sagte, das beste Buch von der Welt sei die Welt selber, verschlossen, auch wenn noch so offen daliegend. Ausgespannte Häute, und das bedeutet: beschriebene Pergamente, so nannte der größte der Weisen diese Himmel, die mit Strahlen statt Federzügen und mit Sternen statt Lettern illuminiert sind.[3] Leicht sind diese leuchtenden

1 Anders in *El Discreto:* »Das liebliche Russland« (*Der kluge Weltmann,* übers. S. Neumeister, Kap. 25, S. 147).

2 *Neuer Führer:* Wer dieser Führer ist, erfährt der Leser – aus pädagogischen Gründen – erst in der nächsten Krisis.

3 *Häute:* Mit ausgebreiteten Häuten wird der Himmel in der Vulgata verglichen: *»extendens caelum sicut pellem«* (*Psalm* 103 (104), 2a iuxta LXX). Die Gleichsetzung von »Häuten« mit »Pergamenten« könnte einem Psalmenkommentar entstammen. – *Größter der Weisen:* Salomo. – Zur Verbreitung des Topos vom »Buch der Welt« vgl. E. R. Curtius, *Europäische Literatur und lateinisches Mittelalter,* Kap. 16, vor allem

Schriftzeichen zu verstehen, mögen sie manche auch schwierige Rätsel nennen. Schwierig zu verstehen finde ich, was *unterhalb der Dächer* zu lesen steht. Derart chiffriert, wie alles ist, derart versiegelt und undurchdringlich, wie die Herzen der Menschen sind, versichere ich euch, dass auch der beste Leser bald nicht mehr weiterweiß. Und auch das sage ich euch noch: Habt ihr nicht die Gegenchiffre für alles gut parat, so müsst ihr in die Irre gehen und könnt kein Wort lesen, keinen Buchstaben, keinen Strich und kein Tüpfelchen.«

»Wie denn das?«, wunderte sich Andrenio. »Wieso sollte die ganze Welt chiffriert sein?«

»Da bist du aber reichlich spät dran! Eine so wichtige Wahrheit geht dir erst jetzt auf, wo du schon alles durchgemacht hast? Du musst mit einer hübschen Vorstellung von den Dingen durch die Welt gelaufen sein!«

»Ja, steht denn wirklich alles in Chiffren?«

»Alles, sage ich dir, bis zum letzten Strichlein. Und damit du es besser einsiehst: Wer war denn wohl deiner Ansicht nach jener erste Spross der Wahrheit, vor dem alle Reißaus nahmen, zuallererst ihr selber?«

»Wer sollte es wohl sein«, erwiderte Andrenio, »wenn nicht ein so schauerliches Ungeheuer, dass mir der Schrecken von seinem Anblick jetzt noch in den Knochen sitzt?«

»Dann tue ich dir hiermit kund: Es war der HASS, der Erstgeborene der WAHRHEIT: Wenn andere ihn erzeugen, trägt sie ihn unter Schmerzen aus.«[4]

»Einen Augenblick aber!«, warf Critilo ein. »Es gab doch noch jenen andern Sohn der Wahrheit, der so erfreulich sein soll und den wir weder sehen noch sprechen durften: Wer war das?«

»Das ist der Nachgeborene, der kommt erst später. Zu ihm will ich euch nunmehr führen, damit ihr ihn kennen und seinen Takt und respektvollen Umgang schätzen lernen könnt.«[5]

S. 323. – Luis de Granada schrieb: »Was ist diese ganze sichtbare Welt anderes als ein wunderbares Buch, das Du, Herr, geschrieben hast?« (*Símbolo de la Fe,* I, 11).

4 Zum Terenz-Zitat vgl. S. 317, Anm. 4.

5 Nicht vor der nächsten Krisis.

»Aber dass wir auch diesmal WAHRHEIT nicht sehen durften«, klagte Andrenio, »wo wir ihr doch so nahe waren, geradezu in ihrem Element, und wo sie so schön sein soll, darüber kann ich mich nicht trösten!«

»Wie denn nicht sehen durftet?«, rief der ENTZIFFERER, denn so nannte er sich.[6] »Das ist der Irrtum vieler, dass sie die Wahrheit nie bei sich erkennen, immer nur bei den andern; so erfassen sie gleich, was beim Nachbarn, beim Freund verkehrt ist, und sie sagen gleich und gerne, was sie besser machen müssten; bei sich selbst jedoch wissen sie nichts und sehen sie nichts. Wenn es um ihre Dinge geht, greifen sie gerne daneben. Bei fremden Angelegenheiten sind sie Luchs, bei eigenen Maulwurf. Beim Nachbarn wissen sie genau, was die Tochter treibt und auf welchen Wegen die Gattin wandelt, bei den eigenen sind sie ahnungslos. Doch sagt, habt ihr nicht eine von den wunderschönen Frauen gesehen, die hier umhergingen?«

»Doch viele, und sehr liebliche.«

»Nun, all das waren Wahrheiten, je älter, desto schöner, denn wenn die Zeit alles andere verblassen lässt, die Wahrheiten macht sie schöner.«

»Dann war sicherlich«, fügte Critilo hinzu, »jene mit Pappellaub als Königin der Zeiten gekrönte, mit weißen Blättern am Tage und schwarzen zur Nacht, die WAHRHEIT.«

»Sie selbst.«

»Ich habe ihr«, rief Andrenio, »die eine ihrer weißen Hände geküsst und fand sie so bitter, dass ich noch jetzt den scharfen Geschmack auf der Zunge spüre!«

»Ich«, sagte Critilo, »habe ihr gleichzeitig die andere Hand geküsst und fand sie süß. Mehr als lieblich war die Gestalt und taghell; alle dreiunddreißig Dreiheiten der Schönheit zählte ich an ihr, die eine um die andere: Sie war weiß in drei Dingen, rot in drei anderen, gut gewachsen in wieder dreien und so bei allem weite-

6 Der Titel der Krisis: *»Die Entzifferung der Welt«* hat den Sinn von »Enthüllung der Welt«.

ren; doch all dies Vollkommene übertraf noch ihr feiner süßer Mund, Springquell des Ambra.«[7]

»Mir«, entgegnete Andrenio, »kam es ganz als das Gegenteil vor, und selten hat mir etwas so sehr missfallen wie dies.«

»So will mir scheinen«, ließ sich daraufhin der ENTZIFFERER vernehmen, »ihr beiden seid einander im Geiste sehr entgegen: Was dem einen behagt, ist dem andern zuwider.«

»Mich«, meinte Critilo, »stellt überhaupt nur sehr wenig zufrieden.«

»Bei mir ist es so«, erwiderte Andrenio, »dass mich nur sehr wenig ärgert, denn ich finde an allem viel Gutes und suche mich an den Dingen zu erfreuen, so wie sie sind, solange sich keine besseren finden. Das ist meine Art zu leben, nach Art der Angepassten.«

»Und auch der Toren«, brummte Critilo.

Der ENTZIFFERER legte sich ins Mittel:

»Ich sagte es euch ja schon, was irgend ist auf der Welt, begegnet uns verschlüsselt: Gutes wie Böses, Unwissenheit wie Weisheit. Den Freund werdet ihr chiffriert finden, sogar den Verwandten und den Bruder, selbst Eltern und Kinder für einander, bei Eheleuten steht es ohnehin außer Zweifel, erst recht bei Schwiegereltern und Schwägern: *Die Mitgift auf Borg, die Schwiegermutter auf die Hand.* Die meisten Dinge sind nicht das, als was man sie liest; unter Brot darf man nicht mehr Brot verstehen, sondern vielmehr Sand, unter Wein nicht mehr Wein, sondern eher Wasser, selbst die Elemente sind in ihren Elementen verschlüsselt: Um wie viel mehr die Menschen! Wo ihr denkt, es sei das Mark, da ist es nur die Hülle, und was am gediegensten scheint, ist in Wahrheit am hohlsten, ist leer und nichtig. Lediglich die Frauen scheinen, was sie sind, und sind, was sie scheinen.«

»Wie kannst du denn das behaupten«, rief nun Andrenio, »wo sie doch allesamt von Kopf bis Fuß nur Lüge und Schöntuerei sind?«

7 Hintergrund für Critilos überraschendes Schwärmen ist die in der Literatur der Zeit weit verbreitete – hier nur leicht durch Übertreibung parodierte – Preisung weiblicher Schönheitsmerkmale in Dreiergruppen.

»Das will ich dir sagen: Die meisten erscheinen doch böse, und sie sind es auch. So muss einer schon ein recht guter Leser sein, um nicht alles verkehrt herum zu lesen, muss die Gegenchiffre stets zur Hand haben, um zu sehen, ob einer, der uns sehr hofiert, uns nicht eher nur balbiert, ob der Handkuss nicht eher ein Handbiss sein soll, ob in der besten Prosa, die einer bietet, auf Lohn nicht eher Hohn reimt, ob auf große Versprechen auch nur ein klein wenig Verlass ist, ob der Hilfsbereite nicht den Löwenanteil für sich selbst will. Das Bekümmernde ist, dass es miserabel schlechte Leser gibt, die immer C für B halten, wo doch besser D stünde.[8] Sie beherrschen einfach die Chiffren nicht, sie haben nie das Fach *Absichtenerklärung* studiert, das anspruchsvollste von allen. Ich bekenne ganz offen, ich habe viele Jahre lang so blindlings drauflos gelebt wie ihr, bis ich das Glück hatte, an diese neue Kunst des Entzifferns zu geraten, die Eingeweihte auch die Kunst des *Diskurrierens* nennen.«[9]

»Ja, aber«, fragte Andrenio, »sind das, was wir so antreffen, denn nicht Menschen von dieser Welt, und das andere, sind das nicht Tiere?«

»Oh, wie trefflich erkannt!«, rief der andere viel sagend und noch mehr lachend. »Du liest es eben nicht richtig herum. Mach dir klar, dass die meisten, die nach Mensch aussehen, in Wahrheit nur Diphthonge sind.«

»Was ist denn das, Diphthonge?«

»Ganz besondere Mischungen. Diphthonge sind etwa ein Mann mit der Stimme einer Frau oder eine Frau, die klingt wie ein Mann; Diphthonge sind ein Ehemann, der schöntut, oder ein Eheweib, das Hosen anhat; Diphthonge sind ein Kind von sechzig Jahren oder ein seideknisternder Habenichts; Diphthonge sind Franzosen, die man auf Spanier gepfropft hat, die schlimmste Mischung von allen; es gibt auch Diphthonge aus Herr und Diener.«

8 *C für B:* zu lesen *»ce por be«*, im Sinne der Chiffrierung, d. h. Buchstabenvertauschung oder Verschiebung längs des Alphabets. Aber auch *»be« (ve)* – »komm«; *»ce«* – »psst« (Anruf); dazu *»de«* – »gib« (so der Vorschlag LESO; eigentlich aber nur bei mündlicher Kommunikation möglich, nicht bei »schlechten Lesern«).

9 *»Discurrir«* – »vermuten«, »nachdenken«, »herausfinden«.

»Was soll das?«

»Wohl übel, ein Herr im Dienste seines eigenen Knechts. Sogar aus Engel und Dämon gibt es welche, Seraphim im Antlitz, Kobold in der Seele. Diphthonge gibt es aus Sonne und Mond, so schön und so wechselhaft; Diphthonge findet ihr aus *Ja* und *Nein,* und Diphthong ist die lustgrün unterfütterte Nonnentracht. Die allermeisten auf der Welt sind solche Doppellauter, die einen gekreuzt aus Mensch und Raubtier, die andern aus Mensch und Packtier; mal aus *Politikus* und Fuchs, mal aus Wolf und Geizhals; aus Mann und Hase mancher Eisenfresser, aus Ross und Flügeln manche Kupplerin, etwas von der streunenden Wölfin steckt in vielen unserer lammfrommen Nichten, die Zwerge sind halb Mensch, halb Affe, die Riesen sind halb Mensch, halb Elch. Ihr werdet welche finden, die sind leer von Substanz, dafür voll von Impertinenz, ist doch die Unterhaltung mit einem Schwachkopf so gut wie einen Abend lang dem Esel Stroh aus der Nase ziehen. Eingebildete Nichtswisser sind wie *buñuelos* ohne Honig, sittlich Angefaulte wie Galeerenzwieback. Dieser steife Langweiler dort ist ein Diphthong aus Mann und Bildsäule, solche trefft ihr auf Schritt und Tritt; jener andere, der euch vorkommt wie Herkules mit der Keule, ist nur ein Herkules am Spinnrad, gibt es der weibischen Dipththonge doch viele. Die Schlimmsten sind die Anstandsmienen, wohlgesetzt aus Tugend und aus Laster: Sie verheeren die Welt, denn es gibt keinen schlimmeren Feind der Wahrheit als die *Wahrähnlichkeit.* Desgleichen die Heuchler aus Bosheit und frommer Tünche. Aristokraten werdet ihr sehen, aus denen sich Plebejer schälen, in edlen Geistern *mechanische* Charaktere.[10] Auch wenn ihr ein paar Leute in goldenes Vlies gehüllt seht, müsst ihr euch doch klar machen, dass es nur Schafsköpfe sind, dass die *Cornelios* durchaus *Tácitos* sind und die *Lucios* oft genug *Apuleyos.*[11] Aber wen wundert's? Stecken doch Diphthonge sogar in den Früchten: Ihr kauft Äpfel, und wenn ihr hineinbeißt, sind's Birnen, beziehungsweise ihr ver-

10 Zu »*mecánico*« – »niedrig«, »gemein« vgl. S. 129, Anm. 37.

11 »*Cornelio*« – »gehörnt«; »*tácito*« – »stumm«; »*lucio*« – »leuchtend«; »*Apuleyos*« = goldene Esel (Nebentitel der *Metamorphosen* von Lucius Apuleius); vgl. S. 388, Anm. 40.

langt die Birnen, und man behauptet, es seien Äpfel. Die Artgenossen der Diphthongen sind die Parenthesen: Was soll ich zu jenen Parenthesen sagen, die manche Leute in ihren Reden machen, aber weder klar auf noch klar wieder zu, weil sie zu denen gehören, die *weder binden noch lösen,* die einfach nicht wissen, was sie sagen wollen? Da zählen einige in ihren illustren Häusern als Graf Soundso der Vierte oder Herzog Soundso der Fünfte, fügen aber nur Quantität hinzu, nicht Qualität; es gibt nun einmal Parenthesen des Wertes und Digressionen des Ruhms. Ach, wie viele davon erschienen zum falschen Zeitpunkt!«

»In der Tat«, meinte Critilo, »mir sagt diese Kunst des Entschlüsselns zu, ich möchte sogar sagen, man kann keinen Schritt tun ohne sie.«

»Wieviele Chiffren mag es wohl geben in der Welt?«, fragte Andrenio bang.

»Ungezählte, und sehr schwer zu erkennen, doch ich verspreche, euch einige zu erklären, wenigstens die geläufigsten, alle wäre unmöglich. Die universal verbreitetste von ihnen, die alle Welt umfasst, die jeden schier umschlingt, ist das *&cetera.*«

»Das habe ich schon ein paarmal gehört«, sagte Andrenio, »aber wohl eher überhört, jedenfalls keinen Anstoß daran genommen.«

»Ach, es sagt so wenig und spricht doch Bände! Habt ihr nie erlebt, wie zwei im Gespräch waren und ein Dritter vorbeikam? ›Wer ist denn das?‹ ›Das? Das ist doch Soundso.‹ ›Ich verstehe nicht.‹ ›Na, das ist doch der …, der *&cetera.*‹ ›Ach so, natürlich, jetzt weiß ich!‹ Seht ihr, das macht das *&cetera.* ›Und die dort drüben, wer ist das?‹ ›Wie, die kennt ihr nicht? Das ist doch die …, mit der *&cetera.*‹ ›Ja richtig, jetzt ist mir alles klar.‹ ›Das dort ist der, dessen Schwester *&cetera.*‹ ›Genügt, ich bin schon im Bilde.‹ – Das alles macht das *&cetera.* Zwei bekommen Streit, und der eine sagt zum andern: ›Macht, dass Ihr wegkommt, Ihr *&cetera!*‹ ›Ich werd's Euch gleich zeigen, von wegen *&cetera!*‹ Tausend Sachen kann man darunter verstehen, und was für schöne! Schaut doch mal das Scheusal dort drüben, das so eng mit dem Engel daneben verschlungen geht: Dächtet ihr, das sei ihr Ehemann?«

»Was sollte er sonst sein?«

»Ach, köstlich! Er ist es eben nicht.«

»Ja, was sonst?«

»Kann man nicht sagen: ein *&cetera!*«

»Großartig, diese Chiffre, und wer sie löste!«

»Die dort nennt sich Tante, aber sie ist keine.«

»Was denn?«

»*&c!* Und die angebliche Jungfrau, und der Vetter der Kusine, und der Freund des Ehemanns: ach woher! Sind alles nur Etzeteras. Und Neffe des Onkels will der sein! Etzetera und Mordio: Der Neffe des Bruders ist er, und sonst gar nichts![12] Hundert Dinge sind da, die durchaus nicht mit der Sprache herauswollen, und deshalb setzen wir ein *&cetera,* wenn man uns verstehen soll, ohne dass wir zu Ende sprechen. Und ich versichere euch, es sagt stets sehr viel mehr, als sich sonst ausdrücken ließe. Einen gibt es, der spricht überhaupt nur in *etceteris* und füllt ganze Briefe damit an; doch wenn sie nicht gerade bedeutungsschwanger sind, dann sind sie simpel und eigentlich nur albern. So kannte ich einen, den nannten sie Diplom-Etcetera, ganz wie ein anderer Diplom-Witzbold war. Schaut nur genau hin: ich garantiere euch, fast jedermann ist ein *&c.*«

»Gewaltig, diese Chiffre«, meinte Andrenio, »Kürzel für Schlimmstes und noch Schlimmeres. Gott bewahre uns davor, dass auch wir betroffen sind! Den kleinen Bauch so voller Anspielungen! Was da nicht alles für Geschichten drinstecken, und jede einzigartig! Ich will sie mir besonders gut hinter die Ohren schreiben.«[13]

»Doch gehen wir ein Stück voran«, sagte der Entzifferer. »Ich will euch noch eine andere, schwierigere Chiffre zeigen, sie ist zwar nicht so allumfassend, aber dennoch sehr bedeutsam.«

»Und wie heißt sie?«

»*Qutildequé.* Oh, bei ihr ist ausgeprägter Scharfsinn nicht fehl

12 Gemeint sind Folgen von Verstößen gegen das Keuschheitsgelübde bei Priestern.

13 Zum *etcetera* vgl. S. 100, Anm. 22.

am Platz, legt man doch mit ihrer Hilfe viel ärgerliches Getue bloß und deckt alberne Angeberei auf. Hört ihr nicht, wie der dort tönt, wie seine Worte hallen, aber kaum Sinn mitführen?«

»Dabei scheint er sogar ein kluger Mann.«

»Ist er aber nicht, sondern ein affektierter, eingebildeter Kerl, mit einem Wort ein *Qutildequé.*[14] Seht euch dazu noch den dort an, der so ernsthaft einherstolziert und den Gemessenen markiert, und den dahinter, der sich eingeweiht gibt und in Mysterien spricht, und gleich den nächsten, der Geheimnisse feilbietet.«

»Eigentlich sehen sie alle wie große Männer aus.«

»Sind sie aber nicht, wollen sie nur scheinen; sind nichts als chiffrierte *Qutildequés.* Schaut euch doch nur diesen Stoppelkratzer an, der sich die Brust streicht und verkündet: ›Was für ein bedeutender Mann hier doch heranwächst, Prälat, Präsident!‹ Und dort der Bruder Leichtfuß, den die Frage, warum er auf der Welt ist, wenig quält, der ist genau ein solcher *Qutildequé.* Der Aufgeputzte, der Amtsmienenträger, der Flötentöner mit den drei *b* vor der Stimme, der Fistellispler, der Zeremonienmacher, der Steifspießer,[15] der Magerkünstler und viele weitere aus dem Unterverzeichnis der Schwererträglichen, sie alle lassen sich mit *Qutildequé* öffnen und durchschauen.«

»Ja tatsächlich«, rief jetzt Andrenio. »Da versteht einer sich gelehrt zu geben: Wie gut der doch die Wissenschaft zu Markte trägt!«

»Zeichen dafür, dass er sie nur gebunden, nicht gefunden hat. Und dir fällt sicher auf, dass er in nichts vom Fach ist: Sein Fach ist *Qutildequé.* All diese *atildados* wollen etwas herausstellen, aber am Ende stellt sich heraus, es ist nichts.[16] Und habt ihr erst das Lösungswort gefunden, so entpuppt sich das X als das, was es war: die X-Beliebigkeit.«

14 *Qutildequé: q* und darübergesetzte *tilde (~)* und *que,* was dem Schriftkürzel für *que* entspricht, aber von einem leicht blöden Scholaren Stück für Stück gelesen wird. Auch bei Góngora: »Was gibt's, Señor Q. tildequé?« (*Romance* 65).

15 *»Espetado«* – »der so steif einhergeht, als hätte er einen Spieß verschluckt«.

16 *»Atildado«* – »herausgeputzt«, »geschniegelt« und »mit Tilde versehen« (= *Qutildequé*).

»Aber so warte doch!«, rief Andrenio. »Da gehen ja welche und tragen die Nase so hoch, dass man denken möchte, die Natur selbst habe sie auf Stelzen gestellt oder ihr Stern sie vor allen anderen begünstigt, jedenfalls blicken sie einen nur über die Schulter herab an und sagen ständig: ›Na, wer ist denn das da unten!‹. Das müssen doch ganze Männer sein, wenn auf jeden von ihnen drei oder vier andere kommen.«

»Da hast du dich aber wieder gewaltig verlesen«, erwiderte der ENTZIFFERER. »Was die am wenigsten sind, ist ganze Männer. Nie wirst du erleben, dass die Hochgerümpften auch die Hochgerühmten wären. Sosehr sie sich auch recken, zur *Person* erheben sie sich nimmer. Sie sind eben keine *Buchstaben,* aus ihnen erfährt man nichts, denn es gilt: *Spannenlang ist selten klug.*[17]«

»Wozu aber sind sie gut auf dieser Welt?«

»Zum Imwegstehen! Sperrmenschen! Langstielige! Die Chiffre, mit der sie verschlüsselt sind, heißt *Stelz,* und das soll bedeuten, dass man einen nicht nach der Länge seiner Stelzen messen soll, sondern nach der Menge, die er im Kopf hat, denn für gewöhnlich hat Natur oben weggenommen, was sie unten hineingesteckt hat; Überschuss im Körper, Mangel im Gemüt.[18] Überlange Glieder erheben den Leib, nicht aber den Geist. Der schafft es bei ihnen nur bis zum Hals, höher nicht; gelangt er aber durch ein Wunder doch einmal bis zum Mund, so treten dort für gewöhnlich nur noch Blasen aus. Schau, mit welchen Riesenschritten dieser Laban da Straßen und Plätze durchstelzt. So viel er die Beine gebraucht, so wenig den Kopf.«

»Aber dort ist einer, der greift doch wirklich viel *suelo,* viel Boden«, beharrte Andrenio.

»Das wohl, aber wenig *cielo,* wenig Himmel. Den Kopf, den trägt er hoch, aber das Haupt, das schlägt er deswegen noch lange nicht an die Sterne.[19] Dergleichen Gestelzte findet ihr scharenweise

17 Zur Redensart vgl. S. 445, Anm. 21.

18 *Stelz:* »*zancon*«, wahrscheinlich von den oft exzessiven »Stielen«, den Unterlängen der Buchstaben bei manchen Schreibern.

19 Nach Horaz, *Oden* I, 1, 36.

in der Welt; ihr erkennt, was sie wirklich sind, wenn ihr die Gegenchiffre ansetzt. Außerdem werdet ihr erleben, dass die breite Masse umso mehr von ihnen eingenommen ist, je beleibter sie sind. Sie denkt, das Wesen liege im Fett, sie will Qualität an Quantität ermessen, und wenn das Äußere nur füllig ist, so stellt die hohe Meinung sich von selber ein. Auch wenig mit Verstand gesegnet, scheint mancher wie verdoppelt, besonders in höherer Stellung. Ich aber sage euch, richtig entziffert sind sie meist nichts als Stelzenläufer.«

»Demnach also«, wollte Andrenio folgern, »werden ihre Gegenstücke dort, diese Winzlinge, diese Kümmerwichte, die doch eigentlich längst verkümmert sein müssten, diese Möchtegernmänner, diese zappelnde Puppenbrut, die wohl mit Quecksilber angerührt wurde, die nie ruht und nie ruhen lässt, diese Türflügelwedler, diese Pulverköpfe, diese Platzpatrone – der da zum Beispiel, der sich reckt und streckt, weil ihm sonst die Seele aus der Haut fährt; das Blähmännchen dort, das immer *Person* spielen will und doch nie übers Persönchen hinauskommt, das im Nu vollgeraucht ist *(ein enger Ofen ist schnell voll Rauch)* – das werden demnach doch alles richtige Buchstaben sein?«

»Ich sage dir, sie sind es in keiner Weise.«

»Was denn sonst?«

»Allenfalls Tüttelchen zu Buchstaben, i-Punkte und Tilden. Deswegen muss man bei ihnen auch so Acht geben, weil sie ständig auf Zehenspitzen steigen und so ehrtüttelig sind; solchen Knirpsen, Zirpsen oder Wirpsen wird man nicht viel zutrauen. Sie sind nun einmal Winzlinge, Stümpflinge und Pimpflinge, oder wie der Katalane sagt: *Poca cosa pera forsa.*[20] Ich kannte einen großen Minister, der wollte nie mit kleinwüchsigen Menschen sprechen, sie nicht einmal anhören.[21] Sie sind ja auch erbärmlich: Beim Gehen berühren sie nicht die Erde, weil sie auf Zehenspitzen laufen, beim Sitzen aber reicht's auch weder für den Himmel noch für die Erde. Die Bosheit ist in ihnen konzentriert bis zur Herzlosigkeit,

20 *»Poca cosa pera força«* – etwa: »Ein kleiner Kerl für eine große Aufgabe«.
21 *Großer Minister:* der Herzog von Nocera (vgl. S. 353, Anm. 23).

sie gehören zur Kaste des kleinen Gewürms, das sich festbeißt. Kurz, sie sind nur Kürzel, nur Abbreviaturen von Menschen, sind Chiffren für *Schrumpfpersonen.*[22] Eine andere Chiffre habe ich noch vergessen, die ihr unbedingt kennen solltet, eine der am meist verwendeten und am wenigsten bewussten; tausend Dinge werden damit gemeint und allesamt mit dem Gegenteil dessen, was sie vorstellen, weshalb sie denn auch verkehrt herum zu lesen sind. Ihr seht doch den Schiefhals dort drüben? Würdet ihr meinen, das sei ein Mann von aufrechter Gesinnung?«

»Aber sicher doch«, antwortete Andrenio.

»Würdet ihr glauben, das sei ein Frommer?«

»Das nehmen wir doch an.«

»Nun, ihr müsst wissen: Das ist er nicht.«

»Was aber sonst?«

»Ein *alterutrum.*«

»Was ist denn das, ein *alterutrum?*«

»Eine große Chiffre, die die gesamte Welt verschlüsselt, und zwar alles ins Gegenteil ihres Anscheins verkehrt. Der mit der großen Mähne dort, von dem werdet ihr doch meinen, er sei ein Löwe?«

»Dafür halte ich ihn.«

»Im Räuberischen könnte er wohl einer sein, aber ich halte mich mehr an den Hasenfuß, der da zittert, als an die Schmachtlocken, die da wogen. Der andere mit dem vollen Rauschebart dort drüben, meinst du wohl, er habe ebenso viel im Sinn wie am Kinn?«

»Der kommt mir aber vor wie ein moderner Bartulus.«[23]

»Eben das ist er nicht, vielmehr ein *alterutrum,*[24] ein stüm-

22 Gewiss sind alle diese Aussagen über zu groß oder zu klein Gewachsene *(»personillas«)* in irgendeiner Weise allegorisch-humorvoll gemeint. Dennoch berühren auch sie das bedenkliche Kapitel physiologistischer Vorurteile (vgl. die Äußerungen über Missgestaltete: S. 159, Anm. 5 und S. 657, Anm. 15).

23 *Bartulus:* der italienische Rechtsgelehrte (vgl. S. 362, Anm. 44).

24 *Alterutrum:* lat. »das eine oder das andere«, »gleichviel welches«. Der Spott geht also gegen Herrn Jemand, der in Wahrheit nur Herr Irgendwer ist. Man kann auch lesen: »das jeweils andere«, »das Entgegengesetzte«.

pernder Bocksbart, über den ein Blechschmied aus der Nachbarschaft sagte: ›Sollte es stimmen, dass der Herr Lizenziat studiert ist, dann ziehe ich sofort ein paar Straßen weiter.‹ Und was führt sich der dort nicht geziert auf, weil er doch Minister ist! Im Dienste des Königs legt er sich ins Zeug, dann ist sein eigenes bald aus Silber, auch nur so ein *alterutrum,* so ein Kauzenstreicher aus Salamanca, prasst heute so, wie er damals schmarotzte, verzehrt eine Rente von zwanzigtausend, wo seine besten Soldaten sich darbend die Krätze holen und selbst die Erstgeborenen des Ruhms schier am Hungertuch nagen. Ich versichere euch, die Welt steckt voll von solchen *alterutrums,* die so gar nicht das sind, was sie vorweisen, bei denen alles Repräsentation ist: Komödie für die einen, Tragödie für die andern. Wer immer auch weise scheint, tapfer, klug, eifrig, fromm oder vorsichtig (wenn schon nicht keusch[25]), allesamt laufen sie unter der Chiffre *alterutrum.* Haltet sie euch gegenwärtig, andernfalls stolpert ihr bei jedem Schritt darüber. Prägt euch die Gegenchiffre ein, damit ihr nicht jeden, der grobes Linnen trägt, für einen Mönch haltet und nicht vergesst: Auch wer in Seide geht, kann ein Affe sein. Auch in getäfelten Sälen könnt ihr Raubtiere antreffen, und selbst aus Rom ist schon mancher als Schafskopf zurückgekehrt, oft sogar in goldenem Vlies. Den Kesselflicker könnt ihr unter der Chiffre des Ritters sehen, den Ritter als Adelsträger, den Adelsträger als Granden, den Granden als Fürsten. Heute trägt auf der Brust das rote Schwert, wer gestern noch den Maurerskittel trug.[26] Der Enkel trägt das grüne Kreuz, wo der Großvater noch im gelben Hemd steckte.[27] Mancher schwört noch bei seiner Ritterehre und müsste doch Edelmannsehre sagen.[28] Wo ihr einen hört, der alles verspricht, so versteht: ein *alterutrum,* er wird gar nichts halten; und wenn einer auf eure Bitte *Ja, ja* antwortet,

25 *Keusch:* zur Redensart vgl. S. 462, Anm. 34.

26 *Rotes Schwert:* Zeichen des Santiago-Ordens (man denke an Velázquez' Selbstporträt in *Las Meninas*).

27 *Grünes Kreuz:* Zeichen des Alcántara-Ordens. – *Gelbes Hemd:* Büßerhemd der Inquisitionsopfer.

28 Wohl weil er sich diesen Titel anmaßt; aber auch weil *»gentil«* – »adlig« und »heidnisch«.

so rechnet mit einem *alterutrum,* denn doppelt behaupten ist verneinen, wie doppelt verneinen behaupten. Erhofft euch mehr von einem schroffen *Nein, nein* als von einem doppelzüngigen *Ja, ja.* Sollte der Medicus, wenn es ans Zahlen geht, einmal *Nein, nein* sagen, so spricht er chiffriert und in Wirklichkeit nimmt er. Wenn einer zu euch sagt: ›Wir wollen uns bald wiedersehen‹, so heißt das zumeist, ihr sollt ihm nicht wieder unter die Augen kommen. Das ›Ich komme euch besuchen‹ ist so gut wie ›Bei euch setz' ich keinen Fuß mehr über die Schwelle‹. Das ›Hier ist mein Haus‹ verrammelt die Türen. Und wo einer fragt: ›Braucht ihr vielleicht noch etwas?‹, da meint er in Wahrheit: ›Kümmert euch selbst um euren Kram!‹ Sagt einer etwa: ›Wollen wir mal schauen, ob noch etwas übrig ist für euch‹, so macht er noch einen Knoten in seine Börse. Nach diesem Muster müsst ihr auch die schönstgedrechselten Komplimente auflösen: ›Ganz der Euere‹ heißt dann eben: Ganz an mich gedacht. ›Ach, wie ich mich darauf freue, euch wiederzusehen!‹ meint: Hoffentlich erst wieder in zwanzig Jahren. ›Verfügt über mich‹ meint: Verfügt doch bitte für mich – in Eurem Testament! Nur der Tor glaubt allen alles, und soll die Chiffre dann aufgelöst werden, so sieht er sich betrogen. Noch viele andere Chiffren gibt es, die aber gehören zur höheren Kunst und sind besonders schwierig, deshalb davon lieber ein andermal.«

»Gerade diese«, ließ sich nun Critilo vernehmen, der zu alledem geschwiegen hatte, »würde ich besonders gerne erfahren, denn die anderen, die du uns genannt hast, lernen die Kinder doch schon in der Fibel.«

»Daran kannst du sehen«, erwiderte der ENTZIFFERER, »dass, auch wer sie frühzeitig lernt, sie erst spät versteht. Die Kinder nehmen sie zwar fast mit der Muttermilch auf, aber die Erwachsenen kennen sie nicht mehr. Nehmt euch fürs Erste nur diese vor und übt euch in der Anwendung der Gegenchiffren, ich erbiete mich, euch die anderen in einer *Kunst der Rede* zu erklären, die das Gegenstück bilden soll zur *Kunst des Concepto.*«[29]

29 *Kunst der Rede:* »*Arte de discurrir*« vs. »*arte de concebir*«. Der ENTZIFFERER scheint hier für seinen Autor zu sprechen und als Pendant zur *Agudeza y Arte de ingenio,* der

Solchermaßen ins Gespräch vertieft, wurden sie gar nicht gewahr, dass sie mitten auf einen großen Platz gelangt waren, berühmter Umschlagplatz des *Anscheins* und weitläufige Szenerie für Zurschaustellung der Dinge, den viele besuchen, um die heute so weit verbreiteten menschlichen Gaukeleien und Machinationen in Augenschein zu nehmen. Sie sahen auf den Gehsteigen verschiedene Werkstätten aufgebaut, die übrigens, wenngleich sie als *mechanisch* gelten, keineswegs verachtenswert sind, wenigstens nicht für Kenner und Könner. In einer davon war man dabei, verschiedenste Dinge, eigentlich eher Undinge, törichte Missgriffe, mit so viel Aufwand und Geschick zu vergolden, dass sie als prächtig gelungen gelten konnten: Man übergoldete Eselsbacken, Trümmer, Klumpen, Geröll und Brocken, ja selbst Kuhfladen und Misthaufen. Zunächst machte sich das alles sehr hübsch, doch mit der Zeit blätterte das Gold ab und zum Vorschein kam der Schmutz.

»Aber man weiß doch«, brummte Critilo, »dass nicht alles Gold ist, was gleißt.«

»Hier«, erwiderte der ENTZIFFERER, »gilt es nachzudenken und gehörig zu *entziffern*. Glaubt mir: Man mag die Missgriffe noch so sehr übergolden, sie bleiben doch Makel und werden später zutage treten. Wer uns da einreden will, ein Fürst, welcher mit eigener Hand – grässliche Tat! – seinen edelbürtigen Schwager erdolcht hat, und dies aus bloßen Verdachtsgründen, ein ganzes Reich damit verdüsternd, habe aus Gerechtigkeitsdrang gehandelt – wer solches zu Papier bringt, dem mache man klar, dass er damit einen *yerro*, eine Versündigung übergoldet, ja in der Tat einen *hierro*, ein Eisen![30] Wer da behauptet, jener andere König sei

Erfindungslehre von 1648, eine Abhandlung über die Redekunst in moralisch-pragmatischer Absicht anzukündigen. Eine solche kam jedoch nicht zur Ausführung.

30 *Verdachtsgründe:* Der Verdacht war durchaus nicht unbegründet. Johann II. (1455–1495), der als der fähigste Herrscher Portugals gilt (er stärkte die Krongewalt, förderte die Entdeckungen in Afrika, war überdies hochgebildet) hatte sich wiederholt gegen Verschwörungen seitens des Hochadels zur Wehr zu setzen. Eine davon zielte darauf ab, ihn zu ermorden und seinen Vetter und Schwager, den Herzog von Viseu, auf den Thron zu setzen. Johann erfuhr von dem Komplott, lockte

nicht grausam gewesen und sei auch nicht so zu nennen, vielmehr gerechtigkeitsliebend – wer solches druckt, dem mache man klar, dass seine Hand zu klein ist, als dass er der ganzen Welt den Mund stopfen könnte![31] Wer da sagt, den eigenen Sohn zu verfolgen und zu befehden, ihn einzukerkern und umzubringen, das sei Notwendigkeit und nicht Leidenschaft gewesen, dem antworte man, er könne der Gerechtigkeit noch so sehr den goldenen Deckmantel überwerfen, es blieben doch Untaten.[32] Wer da öffentlich verkündet, die gleichgültige Nachsicht, die doch den Tod von mehr Granden und Edlen herbeigeführt hat als die Grausamkeit selber, sei nur der Güte und Milde entsprungen – wer solches tut, dem sei be-

den Herzog in eine Falle und tötete ihn eigenhändig. – Gracián bezieht sich auf einen Kommentar zu Commynes *Memoiren* von Juan Vitrián (1643).

31 *Grausam:* Es geht um König Peter I. von Kastilien, von den einen der Grausame, von den anderen der Gestrenge genannt. Offensichtlich hat Gracián sein Urteil über ihn geändert: In II, 5 lautete es noch positiv (vgl. S. 420, Anm. 53).

32 *Den eigenen Sohn:* sehr wahrscheinlich Anspielung auf Philipp II. und Don Carlos – und eine gewaltige Behauptung! Es muss zunächst befremden, dass auch der sonst so wenig zur Sentimentalität neigende Gracián sich der Legende anschloss, Philipp habe seinen Sohn vergiften lassen (der körperlich und seelisch schwer leidende, von habsburgischer Inzucht gezeichnete Thronfolger starb 1568 mit 23 Jahren als Inhaftierter, wahrscheinlich an den Folgen längerer Nahrungsverweigerung). Diese Behauptung findet sich zum ersten Mal 1618 bei dem hugenottischen Dichter und Geschichtsschreiber Agrippa d'Aubigné und wurde in der Folge obligater Bestandteil der anti-spanischen *Leyenda negra,* der Gracián damit ungewollt Vorschub leistet, vollends ohne zu ahnen, welche Dimensionen das Thema als phantasiegeschichtlicher Vater-Sohn-Konflikt noch gewinnen sollte: von Saint-Réal (1672) über Otway, Alfieri und Schiller bis zu Verdi. Doch ist Graciáns Kritik an der Politik Philipps II., mit der er zu seiner Zeit nicht allein stand, wohl beeinflusst von seiner Enttäuschung durch Philipp IV.

Wer da sagt...: Gegen welchen Apologeten Philipps sich Graciáns Polemik richtet, wäre noch zu ermitteln. Die erste ausführliche Biographie Philipps II., die *Historia de Felipe II.* von Luis Cabrera de Córdoba aus dem Jahr 1619 (Neuauflage 1998), enthält zu dieser heiklen Frage (Buch VIII, Kap. V) weder Apologetik noch Polemik. –

Zwischen Graciáns Bemerkung zu Peter I. und der zu Philipp II. kann eine Verbindung bestehen: Anekdoten zufolge soll Philipp selbst befohlen haben, an einer Statue Peters den Beinamen »El Cruel« durch »El Justiciero« zu ersetzen [der Kommentator ist den Historikern Horst Pietschmann, Hamburg, sowie José Martínez Millán und Carlos J. de Carlos Morales, Madrid, für Rat in diesen Fragen zu Dank verpflichtet].

deutet, dass er damit eine Missetat übergoldet.[33] Doch letztlich verschlägt all dies nicht viel, wird doch die Zeit dem Golde den Glanz nehmen, darunter wird *yerro/hierro* zum Vorschein kommen, und die Wahrheit wird triumphieren.«[34]

In einer anderen Werkstätte wurden allerlei herbe, saure oder unschmackhafte Früchte mit Zuckerguss kandiert, um kunstvoll über ihre Fadheit oder Bitterkeit hinwegzutäuschen. Man brachte ihnen eine große Schüssel voll dieser Süßigkeiten und sagte dazu, sie sollten sie nicht abweisen, sondern genießen, dies stünde ihrem Alter zu. Andrenio tat sich gütlich an ihnen und geriet ins Schwärmen, doch der ENTZIFFERER sagte, indem er eine davon hochhielt:

»Wenn ihr wüsstet, was dieser Leckerbissen ist!«

»Was soll er denn sein«, erwiderte Andrenio, »wenn nicht ein Stück Zucker aus Kandia?«[35]

»Nun, dann sollt ihr erfahren, dass es ein Stück fader Kürbis war, ohne das Beißende der Moral und ohne die Bitterkeit der Satire. Das andere dort, was so schön zwischen den Zähnen knackt, war ein Kohlstrunk. Schaut doch, was sich mit Kunst alles machen lässt und wie viele Mucker ohne Saft und Kraft sich dergestalt verkleiden und als große Leute feiern lassen: Sie kandieren einfach ihre säuerliche Herkunft; andere verzuckern ein *Nein* oder ein *Unmöglich* und wimmeln so den harrenden Bittsteller ab, der ist darüber zwar nicht entrostet, aber auch nicht entrüstet. Dies hier war einmal eine Pomeranze vom Hofe, mit so bitterer Schale wie saurem Innern. Wer hätte gedacht, wie süß sie sich verkauft, wenn man es richtig anstellt! Das dort waren ungenießbare Sauerkir-

33 *Gleichgültige Nachsicht:* Hier könnte Karl IX. von Frankreich gemeint sein, der widerwillig dem Massaker an Hugenotten in der Bartholomäusnacht zustimmte, oder auch sein Nachfolger Heinrich III., dem man in den Konfessionskämpfen vielfach Schlaffheit vorwarf.

34 Bei wechselnden Akzenten und unterschiedlichem Glück in der Auswahl ist den angeführten Beispielen gemeinsam eine wohl frühaufklärerisch zu nennende Tendenz, ohne Schonung des eigenen Lagers historischer Verklärung entgegenzutreten.

35 *Kandia:* Andrenio scheint anzunehmen, dass »Kandieren« und »Kandiszucker« aus Kandia (= Kreta) stammt. In Wahrheit kommt das Wort aus dem Arabischen.

schen, die haben sie so lange aufbereitet, bis sie köstlich mundeten. Dies hier ist jetzt eine Orangenblüte, eine *flor de azahar,* und war doch bislang eine Zufallsblüte, eine *flor de azar,* aus der man sogar noch eine Nascherei gemacht hat, und mancher ist daran so gewöhnt wie Mithridates an sein Gift.[36] Die Leckerei hier war eine saure Gurke, ein rechter Magenskandal, und jene dort eine grüne Mandel. Manche mögen's ja auch hart und holzig, so als ob sie, wie die andern zum Chiffrieren, schier zum Dechiffrieren und Dartun neigten.«[37]

Daneben waren die Färber platziert, die färbten die Tatsachen schön ein. Sie griffen zu verschiedenen Farbstoffen, um den Vorgängen die gewünschte Tönung zu verleihen, tauchten übel Getanes in vorteilhafte Tinktur und wandelten übel Gesagtes in bunte Rede, bei Bedarf auch Schwarz in Weiß. Da arbeiteten die Historiker des Pinsels, nicht der Feder, Ausmaler und Ummaler, die Neubedufter, die noch den Kot wohl riechend machten und den Gestank der Sitten und den üblen Mundgeruch mit Moschus und Ambra überdeckten.

Einzig die Seiler pries der ENTZIFFERER hoch, tun sie doch das Gegenteil von allen andern.[38]

Als sie hier anlangten, fühlten sie sich schier am Ohr gezerrt und ihre Aufmerksamkeit fortgerissen. Sie schauten nach allen Seiten und gewahrten auf einem rohen Podest einen lautstarken *dicitore,*[39] den ein ganzes Mühlrad von Leuten umstand. Gemahlen wurden allerdings sie selber. Er hielt sie Gefangenen gleich an den Ohren gekettet, nur nicht mit den goldenen Kettchen des Theba-

36 *Mithridates* (auch Mithradates) *VI.:* Der König von Pontos und hartnäckige Gegner Roms (120–63) fürchtete, erzählt Appian (XII 107–11), vergiftet zu werden, und nahm zur Vorbeugung täglich kleine Dosen Gift (im Jahre 63 von Pompeius besiegt, wollte er sich selbst vergiften, ohne Erfolg: ein Soldat musste ihn töten).

37 *Hart und holzig:* Damit ist wohl an Lakritze gedacht. Der letzte Satz in dieser Reihe von »Verzuckerungen« scheint logisch etwas schwierig.

38 *Seiler:* Beim Verdrehen der Fasern ging der Seiler rückwärts. – Zur nachfolgenden, von Schopenhauer übersetzten Scharlatan-Episode vgl. Anm. 48.

39 *Dicitore:* ital. »Vortragender«, hier »Schmierenkomödiant«, »Scharlatan«.

ners,[40] sondern mit eiserner Fessel. Unter gewaltigem Redeschwall, wie er ihn aufzubieten wusste, bot er Wunderdinge feil.

»Jetzt nun möchte ich«, tönte er soeben, »ein geflügeltes Wunder vorführen, einen Ausbund an Verstand! Ich freue mich, dass ich es mit verständigen Personen zu tun habe, mit wirklich klugen Menschen. Ich darf aber auch sagen: Falls jemand da sein sollte, dessen Aufnahmevermögen nicht so großartig ist, so täte er besser daran, sich gleich von hier zu verabschieden, denn so hohe und anspruchsvolle Dinge würde er nicht fassen können. Herbei, herbei also, ihr meine Klugen! Es wird auftreten ein Adler des Zeus, der wird reden wie nur einer, der wird so scharf sprechen wie Zoilos und so kritisch wie Aristarch.[41] Kein Wort wird er sagen, das nicht voller Geheimnisse steckte, das nicht ein *concepto* enthielte, mit hundert Anspielungen auf tausend Sachen.[42] Was immer seinem Mund entfleucht, werden bedeutungsschwere Sentenzen sein.«

»Dann dürfte das wohl«, dachte Critilo bei sich, »irgendjemand Reiches und Mächtiges sein, denn wäre es jemand Armes, so hätte sein Wort keine Geltung, was immer er sagte. Es singt sich nun einmal gut mit silberner Stimme, und mit Gold im Schnabel redet sich's noch besser.«

»Nur zu«, rief der Scharlatan indessen, »alle hier, die keine Adler an Verstand sind, mögen sich empfehlen, sie können dem Schauspiel nicht beiwohnen. Na, was ist denn das: Keiner will gehen? Keiner rührt sich von der Stelle?«

Tatsächlich wollten sie in ihrem Unverstand sich keinesfalls dazu verstehen, als unverständig zu gelten, jeder wollte vielmehr

40 *Thebaner:* Herkules (vgl. S. 329, Anm. 31).

41 *Zoilos:* kynischer Philosoph des 4. Jhs., bekannt wegen seiner scharfen Angriffe auf Homer, Platon u. a. – *Aristarch:* berühmter Philologe des 2. Jhs., dessen Name gleichbedeutend mit »scharfem Kritiker« geworden war.

42 *Concepto:* Hier gewiss nicht ohne Selbstironie (auch Quevedo, der große *conceptista,* gebraucht den Ausdruck bisweilen ironisch). Als frühes Beispiel für das anspielungsreiche Reden in Gedankenbildern, wie es Gracián und seine gesamte Epoche so intensiv pflegten, kann vielleicht ein Satz aus einem Streit zwischen zwei Athenern bei Lukian dienen: »Ich will dir in die Zähne hinein beweisen, dass du Dinge getan hast, die ein ehrlicher Mensch nicht auf die Zunge nehmen mag« (in Wielands Übersetzung aus: *Der doppelte Angeklagte,* Sämtl. Werke, Bd. 5, S. 188).

bekunden, wie hoch er von sich dachte. Der auf dem Podest zog nun an einem derben Strick, und es erschien das dümmste der Tiere, das auch nur zu nennen sich verbietet.

»Wir sehen hier«, trompetete der Schwindler, »einen Adler in jeglichem Sinn, im Denken wie im Reden! Und dass mir keiner sich erdreistet, das Gegenteil zu behaupten, er würde damit lediglich seine mangelnde Urteilsfähigkeit unter Beweis stellen.«

»Jawohl, ich kann's beschwören!«, rief da einer. »Ich sehe doch seine Flügel, mit denen kann er mächtig hoch fliegen! Ich kann ja seine Federn zählen, jede einzelne! Seht ihr das denn nicht?«, fragte er den neben sich Stehenden.

»Aber natürlich«, antwortete der, »ganz genau!«

Doch ein anderer, der nicht auf den Kopf gefallen war, sagte:

»Ich schwöre als Mann von Ehre: Ich kann nicht sehen, dass das ein Adler wäre, noch dass er Federn hätte, ich sehe vier plumpe Haxen und einen sehr beachtlichen Schwanz.«

»Na, na, sagt das lieber nicht so laut«, raunte ihm ein Bekannter zu. »Das kann bös enden. Die halten euch am Ende für einen *&c.*.. Merkt ihr denn nicht, was die andern alle sagen und tun? So steht doch nicht abseits!«

»Ich will Gift darauf nehmen«, ließ sich ein anderer vernehmen, der sich ebenfalls nichts vormachen lassen wollte, »dass das nicht nur kein Adler ist, sondern sogar das krasse Gegenteil davon. Ich sage, es ist ein großer *&c.*«

»Sei still, sei still!«, stieß ihn ein anderer Bekannter in die Seite. »Sollen denn alle über euch lachen? Ihr braucht doch nur zu sagen, es ist ein Adler, selbst wenn ihr das Gegenteil denkt. So machen wir es doch alle.«

»Nun, was habe ich euch gesagt?«, schrie jetzt der Scharlatan. »Er gibt die gescheitesten Dinge von sich! Ein Trottel, wer's nicht merkt!«

Prompt sprang ein junger Scholar in die Höhe und jubelte:

»Wie wahr! Wie tief! Das Größte von der Welt! Das muss jedem einleuchten! Lasst es mich aufschreiben. Es wäre jammerschade, wenn auch nur ein Jota verloren ginge!«

Darüber ließ das wundervolle Tier nun seinen unsäglichen Gesang erschallen, der geeignet war, eine ganze Bürgerversammlung aus der Fassung zu bringen, und es goss einen solchen Sturzbach von Albernheiten aus, dass alle wie betäubt dastanden und einander ungläubig ansahen.

»Seht ihr wohl, seht ihr, meine klugen Köpfe?«, rief da der lachhafte Bauernfänger eilends. »Gelt, da stellt ihr euch auf die Zehenspitzen? Das nenne ich reden! An den kann doch kein Apoll heran! So etwas von Scharfsinn im Denken, so etwas von Ausdruck im Reden! Lässt sich etwas Intelligenteres denken, irgendwo auf der Welt?«

Die Umstehenden sahen einander noch immer an, und keiner wagte zu mucksen und zu äußern, was er dachte und wie es wirklich war, aus Angst, für einen Schwachkopf zu gelten. Vielmehr begann die Menge alsbald, ihn zu bejubeln und zu beklatschen.

»Also mich«, schwärmte ein albernes junges Ding, »mich entzückt sein Schnabel, keinen Tag kann ich mehr sein, ohne ihn zu sehen!«

»Der T... soll mich holen«, murmelte ein Schlauer hübsch leise bei sich, »das ist ein Esel und bleibt ein Esel. Aber ich werde mich hüten, das laut zu sagen.«

»Zum Donnerwetter«, fluchte ein anderer in sich hinein, »das ist kein Räsonieren, das ist Ia-nieren! Aber wehe dem, der damit herauskommt. So läuft es heute nun einmal: Der Maulwurf gilt als Luchs, der Frosch als Nachtigall, der Hase als Löwe, die Grille als Amsel und der Esel eben als Adler. Aber was schert mich dieser Mäuseklau?[43] Für mich allein kann ich's bedauern, aber mit den andern will ich's nicht verderben, und die Hauptsache ist schließlich, man lebt.«

Critilo war betreten angesichts solcher Tumbheit auf der einen und solcher Doppelzüngigkeit auf der andern Seite.

»Kann man sich denn einer solchen Narretei anheim geben!«, grübelte er.

43 *»Aguilucho«.*

Der Schelm von Aufschneider lachte sich derweilen eins im Schatten seiner ansehnlichen Nase und feixte beiseite nach Art der Komödianten:

»Wie herrlich ich denen was aufbinde! Das könnte auch die Mutter Kupplerin nicht besser. Die schlucken mir noch den letzten Blödsinn!«

Und krakeelte munter weiter:

»Dass mir nur ja keiner sagt, dem sei nicht so! Er stünde unweigerlich als Dummkopf da.«

Darüber wurde der Beifall noch stürmischer. Und Andrenio tat mit allen mit. Critilo aber war nahe am Platzen. Dem stumm dabeistehenden ENTZIFFERER zugewandt, rief er:

»Wie lange noch soll der unsere Geduld missbrauchen, und wie lange noch willst du stumm bleiben? Was soll diese abgeschmackte Posse?«

»Hab Geduld«, antwortete ihm dieser. »Die Zeit wird es weisen. Sie wird sich der Wahrheit wieder zuwenden, sie hat es noch immer getan. Warte ab, bis das Scheusal dort kehrtmacht, und du wirst erleben, wie dieselben, die es jetzt beklatschen, ihm die Hölle wünschen.«

Das geschah auch pünktlich. Als der Schwindler sich mit seinem *Diphthongen* aus Adler und Grautier zurückzog (der eine so erlogen wie das andere erwiesen), fand dieser und jener augenblicklich wieder zu klarer Sprache.

»Ich schwöre«, meinte einer, »das war kein Genie, das war ein Vieh.«

»Was haben wir uns da aufbinden lassen!«, rief ein anderer.

Mit eins rafften sich alle auf und riefen:

»Wie konnte man uns so an der Nase herumführen!«

»Er hat kein einziges brauchbares Wort gesagt, und wir haben ihm alle applaudiert! Letztlich war es doch ein Esel, und wir haben den Packsattel verdient.«

Darüber kam der Scharlatan schon wieder zurück und kündigte ein noch größeres Wunder an:

»Was ich euch jetzt zeigen will, ist nicht weniger als ein hochberühmter Riese, ein weithin bestauntes Wunder! Enkelados und

Typheus waren Schatten dagegen.[44] Ich will aber auch sagen: Wer ihn durch Zuruf als Riesen begrüßt, dem wird das Glück hold sein, dem wird er zu großen Ehren verhelfen und ihn mit Schätzen überhäufen, mit tausend oder auch zehntausend Dukaten Rente, mit Amt, Würden und Rang. Unselig aber der, der ihn nicht als Riesen anerkennen sollte: Nicht nur wird er leer ausgehen, nein, mit Unheil und Strafen wird er es büßen. Alles aufgepasst, hier kommt er, hier erscheint er, der alles Überragende!«

Der Vorhang ging auf, und es erschien ein Winzling, der, selbst wenn er auf einem Kranich gesessen hätte, kaum zu erkennen gewesen wäre.[45] Er war so lang wie vom Ellenbogen bis zur Hand, ein Pygmäe, ein Garnichts nach Art und Wesen.

»Was habt ihr denn, dass ihr nicht schreit? Wieso klatscht ihr nicht? Redner, belobigt ihn! Dichter, besingt ihn! Genies, beschreibt ihn! Stimmt alle ein im Chor: Wir haben unsern großen Riesen, einzig und einmalig!«

Alle standen verdutzt und fragten einander mit den Augen: »Ihr Leute, was hat der wohl von einem Giganten? Was ist an dem Heroisches?« Doch schon begann die Schar der Schmeichler loszuschnattern:

»Ja, ja, der Gigant, der Gigant, der größte Mensch der Welt! Ein Großfürst, ein Feldmarschall, ein Superminister!«

Alsbald regnete es Dublonen über sie. Die Geschichtsschreiber machten sich ans Werk, schrieben freilich keine Geschichten, sondern Panegyriken, auch Pierre Matthieu machte keine Ausnahme,[46] die Poeten kauten sich die Fingernägel wund, um zu Brot zu kommen. Keinen gab es, der das Gegenteil zu sagen gewagt hätte. Vielmehr schrien alle, so laut sie konnten: »Der Riese, der Gigant, der Allergrößte!«, dabei erhoffte ein jeder für sich ein Amt oder eine Pfründe, und insgeheim, tief in ihrem Innern, da sagten sie: »Was ich doch zusammenlüge! Natürlich ist es ein Zwerg. Aber was soll ich machen? Geht ihr nur hin und sagt, was ihr denkt: Ihr werdet

44 *Enkelados, Typheus:* von Zeus unter den Ätna geschleuderte Giganten.
45 *Kranich:* die Schlacht der Pygmäen und der Kraniche.
46 *Pierre Matthieu:* Zu dem französischen Historiker vgl. S. 264, Anm. 38.

schon sehen, was euch das einbringt! So habe ich wenigstens etwas anzuziehen, kann essen und trinken, kann auch aufsteigen, kann etwas werden, mag der doch sein, was er will. Der ganzen Welt zum Trotz, wenn's sein muss: Er ist ein Riese!«

Andrenio suchte mit dem Strom zu schwimmen und übte sich im Schreien: »Riese, Riese, Riesenkerl!« Unverzüglich regneten auch über ihn Gulden und Geschenke, und er sagte:

»Das nenne ich Lebensart!«

Critilo aber hielt kaum noch an sich und presste hervor:

»Ich platze, wenn ich nicht rede.«

»Tu das nicht«, warnte ihn der ENTZIFFERER, »oder du richtest dich zugrunde. Warte, bis der angebliche Riese abtritt, und du wirst sehen, was geschieht.«

Tatsächlich begannen im selben Augenblick, als er seine Rolle als Riese ausgespielt hatte und sich in die Kabine zurückzog (da, wo man die Kleider gegen das Leichenhemd tauscht), allesamt zu rufen:

»Was waren wir doch dumm! Ach je, der war doch gar kein Riese, der war ein Zwerg. Der war ein Nichts und taugte zu nichts.«

Und sie zogen übereinander her.

»Wie anders es doch ist«, meinte Critilo, »ob man über jemanden spricht, solange er noch lebt, oder nachdem er gestorben ist! Wie sehr ändert sich die Sprache mit der Abwesenheit! Wie groß ist nicht der Abstand von über unsern Köpfen bis unter unsern Füßen!«

Die Vorspiegelungen des modernen Sinon waren hier noch nicht zu Ende;[47] vielmehr verfuhr er auch umgekehrt und führte wirklich hervorragende Männer vor, die er als Zwerge ausgab, welchen aller Nutzen abgehe, die nichts seien und noch weniger Wert hätten. Und auch hierbei stimmten regelmäßig alle bei, jene aber mussten es sich gefallen lassen, ohne dass die Leute mit kritischem Verstand zu mucksen gewagt hätten. Er führte den Phönix vor und

47 *Sinon:* Teilnehmer an der Belagerung Trojas, der sich nach dem Scheinabzug der Griechen gefangen nehmen ließ und die Trojaner mit Lügengeschichten überredete, das hölzerne Pferd in die Stadt zu holen (*Aeneis* II, 79, 195, 329).

verstieg sich zu der Behauptung, es sei ein Mistkäfer, alle schrien sie: »Ja, ja, er ist einer!«, und er musste es hinnehmen.[48] Wo indessen Critilo vollends in Verzweiflung geriet, war, als er ihn einen großen glänzenden Spiegel hervorholen sah und glänzend ungeniert reden hörte:

»Hier seht ihr das Kristall aller Kristalle! Was ist denn dagegen noch der Leuchtturm von Pharos?[49] Wofern es nicht gar von dort stammt, denn einer Überlieferung zufolge ist es so, wie der berühmte Juan de Espina bezeugt, der es für zehntausend Dukaten erworben und neben dem Amboss des Vulkan aufgestellt hat.[50] Hier führe ich es euch vor, nicht so sehr als den Ankläger eurer Hässlichkeiten, vielmehr als wundersames Spektakel. Aber ich muss euch darauf hinweisen: Wer etwa gemeiner Herkunft wäre, niedrig geboren, von schlechtem Stamme, unehrenhaft, Sohn einer verrufenen Mutter, wer etwa einen Makel an seinem Blute haben sollte, wem seine schöne Gattin etwas Hässliches antäte (bringen doch auch die Vortrefflichsten dergleichen zustande), ohne dass er es ahnte, denn es genügte ja, dass alle ihn anschauen wie den Stier, wer immer dumm oder töricht ist, der soll nicht in diesen Spiegel schauen, denn er wird nichts darin erkennen. Achtung, jetzt enthülle ich ihn, jetzt halte ich ihn euch vor! Na, wer schaut hinein? Wer sieht etwas?«

Die einen wie die andern blickten hinein, schauten einmal und noch einmal, und keiner sah etwas. Doch – o Gewalt des Truges! o Tyrannei des Blendwerks! – um sich nicht bloßzustellen, um

48 Bis hierher hat Arthur Schopenhauer, der große Bewunderer Graciáns und Übersetzer des *Handorakels* (1832, erschienen postum 1862), die Scharlatan-Episode, diese »Spanische Rhapsodie«, wie er es nennt, übersetzt und an das Ende der Vorrede zur ersten Auflage seiner *Preisschrift über die Freiheit des Willens* (1840) gestellt. Der Leser findet eine Probe dieser Version im Anhang (S. 972). Außer diesem längeren Stück hat Schopenhauer nur noch die zwei kurzen Abschnitte aus dem Ersten Teil übertragen: vgl. S. 87, Anm. 27 und S. 93, Anm. 9.

49 *Pharos:* ehemals Insel vor Alexandria mit dem um 280 v. Chr. vollendeten Turm, der als eines der Sieben Weltwunder galt (im 14. Jh. durch Erdbeben zerstört).

50 *Juan de Espina:* Hofprediger in Madrid, der in seinem Haus ein Kunst- und Raritätenkabinett eingerichtet hatte, das Gracián 1640 besuchte. In Vicente Carduchos *Diálogos de la Pintura* (vgl. S. 590, Anm. 1) ausführlich erwähnt.

nicht als niedrig geboren, von schlechtem Stamme, unehrenhaft, schwachköpfig oder verrückt zu gelten, fingen sie an, tausend erzdumme Schwachheiten zu sagen.

»Ich sehe etwas, ich sehe etwas!«, rief einer.

»Was siehst du?«

»Den Phönix leibhaftig, mit seinen goldenen Federn und seinem Perlenschnabel.«

»Ich sehe«, rief ein anderer, »den Karfunkel funkeln, mitten in der Dezembernacht.«

»Ich höre«, so ein dritter, »wie ein Schwan singt.«

»Ich«, sagte ein Philosoph, »höre die Harmonie der Sphären in Bewegung.«

Und etliche Gimpel glaubten ihnen. Einer war da, der wollte das Vernunftwesen leibhaftig erkennen, so deutlich, dass er es mit der Hand berühren konnte.

»Ich sehe den festen Punkt der Längengrade des Erdballs.«[51]

»Ich die Proportionalteile.«

»Und ich die unteilbaren«, so ein Anhänger des Zenon.[52]

»Aber ich die Quadratur des Kreises«.[53]

»Ich noch mehr!«, rief einer.

»Was denn?«

»Was? *Das Seelenland liegt auf der Hand,* die Linien, kinderleicht!«[54]

»Das ist alles nichts, wo ich doch tatsächlich einen redlichen

51 *Fester Punkt* (der natürlich nur durch Konvention bestimmt werden konnte): Nach langer Unklarheit galt in Spanien bis zur Festsetzung des Nullmeridians in Greenwich (1911) der Längengrad von San Fernando bei Cádiz.

52 *Zenon von Elea:* der Erfinder der berühmten Paradoxien von der Unteilbarkeit der Zeit am Beispiel des Wettlaufs von Achilleus mit der Schildkröte.

53 *Quadratur:* Die flächengleiche Umwandlung eines Kreises in ein Quadrat hat die Mathematik seit der Antike und durchaus noch im 17. Jh. beschäftigt. Ihre prinzipielle Unlösbarkeit ist erst im 20. Jh. gezeigt worden.

54 *»El alma en la palma«.* – Die Handlesekunst (Chiromantie) stand in Antike und Mittelalter in hohem Ansehen, wurde gerade im 16. und frühen 17. Jh. unter Einbeziehung der antiken Götterlehre (*»Mons Jovis«* etc.) in großem Stil als Versuch einer Charakterologie praktiziert und fand unter zunehmendem Verzicht auf Zukunftsvorhersage noch bis Ende des 19. Jhs. ernsthafte Anhänger. Für Gracián ist sie – obwohl durch eine Bibelstelle (*Hiob* 37, 7) autorisiert – schon suspekt.

Menschen in diesem Jahrhundert sehe, der die Wahrheit spricht, der ein Gewissen hat, der rechtschaffen handelt, der mehr auf das öffentliche Wohl achtet als auf sein privates.«

Von dieser Art nannten sie hundert unmögliche Dinge. Und da alle wussten, dass sie nicht wussten, und überzeugt waren, dass sie nichts sahen und nicht die Wahrheit sagten, wagte keiner, sich zu erklären, um nicht der Erste zu sein, der das Eis brach. Alle schimpfierten sie die Wahrheit und leisteten dem Triumph der Lüge Vorschub.

»Für wann sparst du wohl deine Fähigkeit auf«, drängte Critilo seinen Entzifferer, »wenn du sie jetzt nicht einsetzt? Los, nun sag schon, entziffere uns endlich diesen Schwindel, wie er da im Schwange ist. Sag uns, bei deinem Leben, wer das ist, dieser famose Flunkerer!«

»Das ist...«, wollte dieser antworten.

Doch weiter kam er nicht. In dem Augenblick, wo der gewiefte Gaukler ihn die Lippen bewegen sah (er hatte die ganze Zeit über den Blick nicht von ihm gewandt, denn er fürchtete wohl, seine Spielchen könnten aufgedeckt und all sein Blendwerk zunichte gemacht werden), begann er dichten Rauch aus dem Mund zu blasen, denn er hatte vorsorglich Mengen von derbem Werg geschluckt, und er spie so viel davon aus, dass er die gesamte helle Hemisphäre verdunkelte. Gleichwie der Tintenfisch, ein bemerkenswertes Wassertier, wenn er in Gefahr gerät, gefischt zu werden, die Gewohnheit hat, große Mengen Farbstoff auszustoßen, den er in seinen inneren Schößchen angesammelt und für die Gelegenheit wohl aufgespart hat, womit er die Fluten trübt und die Kristalle verdunkelt und damit der Gefahr entgeht – so fing auch dieser an, Tinte fabulierender Skribenten und offenkundig unwahrhaftiger Geschichtsschreiber zu verspritzen, und es war doch tatsächlich ein französischer Autor darunter, der sich erdreistete, die Gefangennahme König Franzens bei Pavia in Abrede zu stellen, und auf die Frage, wieso er eine derart unverschämte Lüge zu Papier brächte, zur Antwort gab:

»Ach, in zweihundert Jahren wird man mir ganz genauso glauben wie den anderen. Zumindest werde ich einige Zweifel hervorgerufen und die Wahrheit in Frage gestellt haben, denn solchermaßen trägt man Verwirrung in die Materie.«[55]

Unaufhörlich verspritzte der Scharlatan weiter die Tinte der Lügen und Falschheiten, stieß den dichten Qualm der Konfusion aus und erfüllte die Luft mit Wähnen und Meinen, wodurch allenthalben die Richtung verloren ging. Und ohne zu wissen, wem er folgen sollte, noch wer denn nun die Wahrheit sagte, ohne jemanden zu finden, an den er sich mit Gewissheit halten könnte, ging jeder seinen eigenen Holzweg, und die Welt wimmelte von Sophistereien und willkürlichen Ansichten. Sollte indessen jemand erfahren wollen, wer dieser *politische* Schwindler wirklich war, so möge er in der nächsten Krisis weiterlesen.[56]

55 *Franz I.:* Seine Gefangennahme durch die Spanier 1525 in der Schlacht bei Pavia (vgl. S. 411, Anm. 24) war unter anderem Gegenstand einer Reihe von Tapisserien, die 1531 in Brüssel angefertigt wurden (heute im Museum Capodimonte, Neapel). Graciáns Bemerkung spiegelt das verbreitete Misstrauen insbesondere der Spanier in die Glaubwürdigkeit der französischen Geschichtsschreibung der Epoche. – Abb. 20.

56 Dies ist Graciáns beträchtlich vertiefte Fassung des Motivs vom leeren Bild, in dem man erkennen lassen kann, was immer man will, wenn nur der sozialpsychologische Druck groß genug ist. Schopenhauer fand sie 1840 »wundervoll zeitgemäß«, meinte aber in seiner Abneigung gegen Hegel damit nur: »als ob sie nach Hegeln und seinen Anhängern gemacht wäre« (*Nachlass* 4, I, S. 32). Wir spätere Leser werden sie noch ganz anders zeitgemäß empfinden können. – Bei diesem Motiv konnte das leere Bild durch einen Stoff, durch Kleider oder, wie hier, durch Gestalten ersetzt werden und das schamvolle Hemmnis beliebig von bloßer Dummheit über Hörnertragen, illegitime Kindschaft bis zu rassereiner Abstammung wechseln; die erlösende Aufklärung, die bei Gracián hinausgezögert ist, kam oft von einem Kind oder einem Narren. Es findet sich zuerst in deutschen Schwänken (Stricker, *Pfaffe Amîs*) und italienischen Exempeln (Gonnella), dann in der 27. Geschichte des Till Eulenspiegel-Volksbuchs (um 1515), seit 1564 auch in Spanien, in der 49. Erzählung des *Buen aviso* von Timoneda, am schönsten im *Conde Lucanor* von Don Juan Manuel (Nr. 32, von 1575), von dem es – wahrscheinlich unabhängig voneinander – Cervantes in seinem Zwischenspiel *Das Wundertheater* (*El Retablo de las maravillas,* 1615; dt. von F. R. Fries und von A. M. Rothbauer) und Gracián übernahmen (bereits in *Agudeza* 27), bevor Hans Christian Andersen, der den *Conde Lucanor* in Eichendorffs Übersetzung las, in *Des Kaisers neue Kleider* ihm die bekannteste (aber auch schwächste) Fassung gab. Vincenzo Consolo hat in seinem Roman *Retablo* (1987, S. 53 f.) wieder darauf zurückgegriffen; entferntere Ähnlichkeit damit haben Ionescos *Nashörner,* die jüngste Version ist das weiße Bild mit weißen Streifen in Yazmina Rezas Erfolgsstück *Art* (1994). – Vgl. Stith Thompson, *Motif-Index,* K445 und Mauricio Molho, *Cervantes: Raíces folklóricas,* 1976, p. 46–105.

Abb. 19: Maarten van Heemskerck, DIE ANBETUNG DES IDOLS.
Radierung, 1549.

Abb. 20: Bernard van Orley, GEFANGENNAHME FRANZ I., Detail aus SCHLACHT VON PAVIA. Tapisserie, 1531.

Fünfte Krisis

Palast ohne Pforten

»Vielförmig und beträchtlich sind die Absonderlichkeiten, die sich Tag für Tag auf der gefahrvollen Wanderung durchs menschliche Leben kundtun. Das Verwunderlichste von allem jedoch ist, dass am Eingang der Welt *Engaño* steht, das Täuschen, am Ausgang aber *desengaño,* das Enttäuschen,[1] ein so misslicher Umstand, dass er allein genügt, den ganzen Lebensgang dem Unheil auszusetzen. Wenn denn Irrtümer zu Beginn allen Beginnens folgenschwer sind, weil sie mit dem Fortgang der Zeit weiterwachsen und anschwellen, bis das Unheil jedes Maß übersteigt, wie sollte dann der Irrtum zu Lebensbeginn anderes bewirken als ein heillos sich beschleunigendes Voranstürzen, das unausweichlich in einem Abgrund von Verderben endigt? Wer hat dies so verfügt? Wer hat dies so angeordnet? Mir will sich darüber bewahrheiten, dass die Welt auf dem Kopf steht und alles in ihr sich verkehrt. Der Enttäuscher müsste, wenn es gut gehen sollte, gleich am Eingang der Welt stehen, an der Schwelle des Lebens, und dem Menschen vom ersten Schritt an, den er in die Welt tut, zur Seite stehen und ihn

1 Zu »Ent-täuschung« als dem Gegenteil von »Täuschung« vgl. S. 247, Anm. 35. – An dieser Stelle ist die Nähe zu der Schrift *Pinax* des griechischen Autors Kebes (1./2. Jh.) besonders deutlich, der (literarisch unbedeutenden) Beschreibung eines gedachten allegorischen Bildes, das den Weg des Menschen zur *Eudaimonia* versinnbildlicht (gr. *»pinax«* – »Tafel«, »Gemälde«; lat. *Tabula Cebetis = Cebestafel*). Dieser Weg führt durch konzentrisch angeordnete Ringmauern mit jeweils einem Tor. Am ersten Tor steht ein Daimon, der jedem Eintretenden rät, den Glücksgütern zu mißtrauen. Später kommen »Täuschung« *(Suadela),* »Meinung«, »Begierde«, »falsche« und »wahre Bildung« etc. Die Schrift wurde von Agostino Mascardi 1562 ins Italienische übersetzt (vgl. III, 9, Anm. 15), von Hans Sachs 1570 ins Deutsche, 1606 wird in Nürnberg eine Übersetzung von Pirkheimer gedruckt. 1599 nahmen die Jesuiten sie in ihren Lehrplan auf, die *Ratio studiorum.* Die bildlichen Darstellungen zählen nach Dutzenden. Die bedeutendste ist die von Holbein d. J., vermutlich angeregt durch Erasmus. Vgl. R. Schleier, *Tabula Cebetis,* 1973. – Abb. 21, S. 711, und Abb. 24, S. 833.

Abb. 21: Vietor, Cebestafel (Pinax Kebes, Tabula Cebetis).
Holzschnitt, Krakau 1519.

leiten, ihn vor all den Fallstricken und Fährnissen bewahren, die auf ihn lauern. Bedachter Erzieher und Helfer müsste er sein, der ihn keinen Augenblick aus den Augen lässt. Wegegott müsste er sein, der ihn auf dem Pfade der Tugend geradewegs dem ihm bestimmten Glücke zuführt. Stattdessen trifft der Mensch zu Anfang auf den TÄUSCHER, der ihn sogleich über alles verkehrt ins Bild setzt, ihm den Kopf verdreht und ihn auf dem Wege linker Hand unrettbar ins Verderben treibt!«

So klagte Critilo, während er nach allen Seiten spähte, auf der Suche nach seinem ENTZIFFERER, den sie in jenem allgemeinen Wirrwarr aus Rauch und Unwissenheit verloren hatten.[2] Zum Glück jedoch war da ein anderer, der sie hörte, der ihre Drangsal vernahm, näher zu ihnen trat und sie folgendermaßen ansprach:

»Zu Recht beklagt ihr euch über die Zerrüttung der Welt. Doch zu Unrecht fragt ihr, wer dies so angeordnet habe. Die richtige Frage ist, wer diese Unordnung gestiftet hat. Nicht, wer dies so verfügt hat, sondern wer dies so aus den Fugen gebracht hat. Denn wissen müsst ihr, dass der höchste Baumeister sie in völligem Gegensatz zum heutigen Zustand entworfen hat, denn er setzte den ENTTÄUSCHER ganz dicht an die Eingangsschwelle der Welt und vertrieb den TÄUSCHER weit davon weg, wo er gar nicht zu sehen und zu hören war, wo die Menschen ihn niemals angetroffen hätten.«[3]

»Wer hat sie dann aber vertauscht? Welcher frevlerische Sohn Jafets hat sich erkühnt, sie so umzustellen?«[4]

»Wer? Die Menschen selbst, die kein Ding an seinem Platz las-

2 Als hätte sich Schopenhauer diese Klage zu Eigen gemacht, schreibt er in einer Notiz zu seiner Übersetzung des *Handorakels,* dieses Buch sei geeignet, »das Handbuch aller Derer zu werden, die in der großen Welt leben, ganz vorzüglich aber junger Leute, die ihr Glück darin zu machen bemüht sind, und denen es mit Einem Mal und zum voraus die Belehrung giebt, die sie sonst erst durch lange Erfahrung erhalten« (*Handschriftlicher Nachlaß,* hrsg. von Eduard Grisebach, Bd. 1, Leipzig, 1890, S. 168).

3 *Enttäuscher:* Vielleicht eine – sehr unorthodoxe – Ausdeutung von *Genesis* 2, 17, dem »Baum der Erkenntnis«.

4 *Jafet* (»Ausbreitung«): der dritte Sohn Noahs.

sen können. Überall haben sie doch das Oberste zuunterst gekehrt, in dem Durcheinander, das wir heute beklagen. Ich sage also, auf der ersten Stufe des Lebens, in der Vorhalle dieses gemeinsamen Hauses der Welt, stand dieser so zuträgliche ENTTÄUSCHER und verfuhr mit jedem, der eintrat, so wachsam, dass er gleich auf ihn zu trat, klar mit ihm sprach und ihn *enttäuschte:* ›Schau‹, sagte er zu ihm, ›du bist nicht für die Welt geboren, sondern für den Himmel; die Lockungen des Lasters bringen den Tod, die Härten der Tugend das Leben. Verlass dich nicht auf die Jugend, sie ist aus Glas. Du brauchst dir nichts einzubilden‹, sagte er zum Anmaßenden, ›auf das, was du bist. Wende die Augen zurück auf das, was du warst, erkenne dies gut, damit du dich selbst nicht verkennst.[5] Bedenke‹, sagte er zum Spieler, ›dass du dreierlei verlierst: die kostbare Zeit, deine Habe und dein Gewissen.‹ Die Überkluge gemahnte er an ihre Hässlichkeit, die Schöne an ihre Unterklugheit; die Männer von Geist an die Kürze ihres Glücks und die Glücklichen an die Kürze ihres Geistes; den Einsichtigen an sein geringes Ansehen, an seine Ohnmacht den Mächtigen. Dem Pfauen rief er seine peinlichen Füße ins Gedächtnis, der Sonne selbst ihre Finsternisse;[6] den einen ihre Anfänge, den andern ihre Ziele; den Schwingenstolzen ihren Sturz, den Gestürzten ihr Verdienst. Er ging von einem zum andern und streute Wahrheiten aus: Dem Alten sagte er, es stehe nicht mehr gut mit seinen Sinnen, dem Jungen, er sei überhaupt von Sinnen; dem Spanier, er sei zu zögerlich, dem Franzosen, er sei zu draufgängerisch; dem Bauern, er solle weniger gerissen, dem Höfling, er solle weniger schmeichlerisch sein. Niemanden schonte er. Auch dem großen Herrn gab er zu verstehen, es stehe ihm nicht gut an, alle Welt mit *vos* anzureden, er könne sich damit auch einmal seinem Fürsten gegenüber vergessen und ihn auf die gleiche Weise anreden oder gleich gar keine Anrede

5 Wie kann einer, der ins Leben tritt, eine Vergangenheit haben? Die Unlogik muss man um der Gesamtallegorie der ENTTÄUSCHUNG willen wohl überlesen.
6 *Sonne:* natürlich nur im übertragenen Sinn von »Stern« oder »Star«. Dass die Sonne nichts für ihre Finsternisse kann, war bekanntlich schon den Chaldäern geläufig (vgl. S. 182, Anm. 4).

gebrauchen.[7] Einem andern, der stets mit albernen Scherzen zur Hand war, machte er klar, dass man ihn womöglich Herzog Bernardino nennen könnte.[8] Stets trug er den Spiegel der Selbsterkenntnis bei sich und hielt ihn allen vor; das behagte dem *mal carado*, dem Hässlichgesichtigen, gar nicht, noch weniger dem *mascarado*, dem Rußgeschwärzten, weder dem Schieläugigen, noch dem Schiefmäuligen, weder dem Grauhaarigen, noch dem Kahlkopf. Dem einen führte er sein Gehampel vor, dem andern sein Gezucke. Die Hässlichen schauten nicht eben freundlich hinein, die Alten runzelten zur Haut noch die Brauen. In drei, vier Tagen machte er sich damit ringsum unbeliebt, mit drei, vier Wahrheiten so verhasst, dass ihn keiner mehr sehen wollte. Man begann, ihn *von der Hand zu weisen*, und auch vom Fuß. Teilte er tüchtige Schläge aus mit seinen Wahrheiten, so bezog er üble Prügel mit dem Ärger. Er wurde gestoßen, geschoben und verschoben, immer von einem zum andern und auf immer später, bis man ihm schließlich nur noch im Alter und zum Ende der Tage begegnete; am liebsten hätte man ihn noch darüber hinausgeschoben. Stattdessen begann ein jeder, vom TÄUSCHER, dem trefflichen Hexenkünstler, weidlich umschmeichelt, ihn immer mehr zu sich hinzuziehen, womit dieser mehr und mehr in die Mitte des Lebens rückte und allmählich sogar an seinen Anfang. Mit ihm setzt es jetzt ein, mit ihm setzt es sich fort. Allen verbindet er die Augen, mit allen spielt er Blindekuh, ein beliebteres Spiel findet sich heutzutage keines. Alle kommen sie kopflos daher, torkelnd von Laster zu Laster, blind vor Liebe die einen, vor Habgier die andern, vor Rachsucht, vor Ehrgeiz, blind sämtlich in ihren Trieben und Gelüsten, bis sie ins Alter kommen, wo sie auf den ENTTÄUSCHER stoßen. Dieser nimmt sich dann ihrer an, löst ihnen die Binde vom Kopf und öffnet ihnen die Augen, wo eigentlich nichts mehr zu sehen ist, denn nun sind sie ja mit allem am Ende: Ehre, Besitz, Gesundheit und Leben, und

7 *Vos:* statt mit *»Vuestra Merced«* (abgekürzt *usted*, geschr. *Vd.*). Einige Vertreter des Hochadels nahmen sich dies Recht heraus, das nur dem König zustand.

8 *Bernardino:* etwas wie ein »Juxbaron«. *»Bernardina«* – »Aufschneiderei«, wahrscheinlich nach einem Mann namens Bernardino.

was noch schlimmer ist, mit dem Gewissen. Das ist der Grund, warum heute der TÄUSCHER am Eingang des Lebens steht, der ENTTÄUSCHER aber am Ausgang, die Lüge am Anfang, die Wahrheit am Ende, hier die Unwissenheit und dort, nutzlos nunmehr, die Erfahrung. Am bedenklichsten ist allerdings, dass der ENTTÄUSCHER, obwohl er so spät auftritt, noch nicht einmal erkannt wird, wie es bei euch der Fall war, die ihr zwar Umgang und Berührung mit ihm gehabt, ihn aber nicht erkannt habt.«

»Was sagst du da, Mann?«, riefen alle wie aus einem Munde. »Wir hätten ihn gesehen, hätten Umgang und Berührung mit ihm gehabt? Wann denn und wo?«

»Das will ich euch sagen. Ihr erinnert euch doch an den, der alles entziffern konnte, sich selbst aber nicht entzifferte? Der euch alle Dinge zu erkennen gab, sich selbst aber nicht?«

»Ja«, erwiderte Critilo, »und ich trauere ihm sehr nach.«

»Nun, dies war der ENTTÄUSCHER, der ob seiner Schönheit und seines Glanzes geliebte Sohn der WAHRHEIT; der die Schmerzen erst verursacht, wenn er schon zur Welt gebracht ist.«[9]

Darüber nun war Critilo aufs äußerste betrübt und beklagte sich bitterlich, dass man all das, worauf es ankomme, nicht erkenne, wenn man es habe, und nicht schätze, wenn man es genieße, hernach aber, wenn der rechte Augenblick vorüber sei, sich seufzend danach sehne: Wahrheit, Tugend, Glück, Weisheit, Frieden und eben auch *Enttäuschung*. Andrenio hingegen zeigte sich nicht nur nicht bekümmert, sondern trumpfte regelrecht auf:

»Ach je, was hat er uns nicht gelangweilt und uns in den Ohren gelegen mit seiner ewigen Wahrheit am Tage! Abschütteln hätten wir ihn müssen, den aufdringlichen Plagegeist, die lästige Mücke. Das wäre das Richtige gewesen! Mag er doch Kind der Wahrheit sein, so viel er will, für mich war er Rabenvater des Lebens! Was hat er uns nicht für Verdruss bereitet, was hat er uns nicht im Nacken gesessen mit seinem dauernden Gerede vom *Ent-*

9 ENTTÄUSCHER: »DESENGAÑO« ist also der – naturgemäß nachgeborene – Sohn der Wahrheit. Der erstgeborene war, wie erinnerlich (vgl. S. 317, Anm. 4), HASS – aufs Ganze gesehen unzweifelhaft ein Fortschritt.

täuschen jeden Morgen, mit seinem *Aufklären* und nochmals *Aufklären* schon zum Frühstück! Das waren doch nichts als läppische Schwachheiten, was er da als Wahrheiten ausgab: ›Ein Unbesonnener bist du‹, warf er einem mir nichts dir nichts an den Kopf; ›einfältig‹, tönte es von hoch oben und aus heiterem Himmel; ›du bist ein albernes Ding und du ein hässliches.‹ Ja, da soll doch einer mal sagen, ob er das gerne hört, so eine Wahrheit; das ist wirklich nicht listig, das ist nur lästig! Ständig lief er umher und salbaderte: ›Das hast du aber schlecht gemacht; das hast du aber nicht durchdacht; das ist aber kein guter Entschluss von dir!‹ Gestohlen bleiben kann er mir, nicht mehr vor die Augen kommen soll er mir!«

»Mich bekümmert nur«, sagte Critilo sehr nachdenklich, »dass wir ihn gerade da verloren haben, wo wir ihn am meisten gebraucht hätten: als er uns hätte den Gaukeldeuter entlarven sollen, der sein Schwindelkolleg hielt, mitten auf dem Markt der Trugbilder.«[10]

»Nun, wie kam euch das denn vor, dass die einen dabei so platt alles glaubten, was man ihnen vorspielte, die anderen so beflissen alles bestätigten, was sie gar nicht glaubten, dieses törichte Beipflichten? Das ist die Tyrannei der künstlichen Fama, das Monopol des Hochlobens. Vier oder fünf durchtriebene Schönschwätzer treten auf, erschleichen sich jedermanns Vertrauen und halten die Wahrheit draußen mit dem trickreichen Einfall, jeden für dumm zu erklären, der das Gegenteil von dem behauptet, was sie den Leuten weismachen wollen. Und so könnt ihr erleben, wie die Ignoranten es schlucken, die Schmeichler applaudieren und die Klü-

10 Der Ausdruck »Markt der Trugbilder« (*»gran plaza de las apariencias«*, in III, 4) erinnert an die *Idola fori* aus Francis Bacons 1620 erschienenem *Novum Organum*, das Gracián indessen kaum gekannt haben dürfte. – Der Part, den Gracián in diesem Dialog Andrenio zuweist, lässt an Erasmus denken: Es ist, wenn schon kein Selbstlob der Torheit, so doch eine heftige Behauptung des Rechtes auf Torheit, die freilich nach Critilos Entgegnung bereits wieder sehr verlegen dasteht. Man kann ja bedauern, dass Gracián nirgends näher auf *Das Lob der Torheit*, das er mit Sicherheit kannte, eingeht (erschienen 1511), sondern es bei einer Erwähnung der *Adagia* belässt (vgl. S. 393, Anm. 58). Sein Schweigen kann sich kaum aus Scheu vor der Zensur erklären, denn sein eigener Zensor führt, offenbar ohne Bedenken, Erasmus an (vgl. S. 284, Anm. 21).

geren nicht zu mucksen wagen, wodurch denn Arachne über Pallas, Marsyas über Apoll triumphiert, die Dummheit als Scharfsinn gilt, die Unwissenheit als Schneid.[11] Ach, wie viele Autoren stehen nicht heute in höchstem Ansehen dank dieser *communis opinio,* ohne dass einer zu widersprechen wagte! Wie viele Bücher werden nicht gepriesen, die es bei näherer Prüfung keineswegs verdienen! Aber ich werde mich sehr wohl hüten, an einem etwas auszusetzen, dem der Glücksstern leuchtet. Wie viele wert- und gehaltlose Individuen werden doch nach dieser Manier gefeiert, ohne dass ein verzweifelter Boccalini dagegen aufsteht.[12] Verfallen die Leute darauf, es sei eine hübsch, dann ist sie's eben, und wär's eine Vogelscheuche; soll einer unbedingt weise sein, dann bleibt er's eben, und wär's ein Schwachkopf; soll etwas große Kunst sein, dann gilt sie's eben, und wär's das letzte Geschmier. Tausendfach trefft ihr auf solch bodenlose Schwachheit. Das macht die Tyrannei der künstlichen Fama aus, den Zwang, etwas ganz anderes zu behaupten, als was die Dinge sind. So ist heute alles auf Meinung angewiesen, alles kommt darauf an, wer die Dinge wie nimmt.«

»Aber dieses Entziffern ist doch eine hohe Kunst«, beharrte Critilo. »Ich weiß nicht, was ich gäbe, um sie zu beherrschen, mir schien sie eine der wichtigsten für das menschliche Leben.«

Hier lächelte der neue Gefährte und setzte hinzu:

»Ich erlaube mir, euch noch eine andere mitzuteilen, eine noch sehr viel höhere, noch schwerer zu meisternde.«

»Wie sagst du«, fragte Critilo zurück, »kann es denn eine noch höhere geben in der Welt?«

»Ja«, war die Antwort, »denn tagtäglich geht es ja mit den Materien voran und werden die Formen verfeinert. Viel mehr *Personen* sind es heute als gestern und werden es morgen sein.«

11 Die lydische Färberstochter Arachne tat sich so viel auf ihre Web- und Stickkünste zugute, dass sie Athene, die Schutzpatronin dieser Künste, herausforderte, welche sie aus Rache in eine Spinne verwandelte (Ovid, *Metamorphosen* VI, 5–145); der Phrygier Marsyas (vgl. S. 422, Anm. 55) tat sich so viel auf sein Flötenspiel zugute, dass er Apollon zum musikalischen Wettstreit herausforderte, welcher ihm aus Rache die Haut abzog (ebenda, 383 f.).

12 Zu dem Satiriker Boccalini vgl. S. 12, Anm. 11; S. 398, Anm. 75.

»Wie kannst du dies behaupten, wo doch alle sich einig sind, dass alles bereits den Gipfelpunkt erreicht hat und zur höchsten Stärke gediehen ist, dass Natur und Kunst so weit vorangekommen sind, dass sie gar nicht mehr besser werden können?«

»Wer solches sagt, der täuscht sich ganz und gar, denn alles, was die Alten sagten, ist Kinderei im Vergleich zu dem, was heute gedacht wird, und wird es morgen noch viel mehr sein. Das bisher Gesagte ist nichts gegenüber dem, was noch zu sagen bleibt, und glaubt mir, alles, was in Kunst und Wissenschaft bisher geschrieben wurde, ist nur ein Tropfen aus dem Ozean des Wissens. Da stünde es ja schön um die Welt, wenn die Geister bereits alles Gewerbe, alle Erfindung und alles Wissen erschöpft hätten! Nicht nur sind die Dinge noch nicht zum Höhepunkt ihrer Vollkommenheit gelangt, sie haben noch nicht einmal die Hälfte dessen erreicht, wozu sie aufsteigen können.«

»So sag uns bei deinem Leben (und es soll so lang währen wie das Leben Nestors!): Was mag das für eine Kunst sein, von der du sprichst, was für eine Fähigkeit, die das Sehen mit hundert Augen, das Hören mit hundert Ohren, das Schaffen mit hundert Händen noch überträfe? Willst du vielleicht mit zwei Gesichtern vorgehen und den Scharfblick auf das, was in einem Weltganzen zu entschlüsseln ist, noch verdoppeln?«

»Du machst viel Aufhebens davon, aber das ist alles noch Stümperei, dringt nicht unter die Oberfläche, ist ein Reden von draußen vor der Tür. So weit zu kommen, die Tiefen der menschlichen Brust zu erforschen, *die Scheidewände des Herzens aufzutrennen,*[13] dem größten Behältnis auf den Grund zu gehen, ein Gehirn zu vermessen, so unermesslich es sein mag, das verborgenste Innere auszuloten: Das wäre wirklich etwas, das bedeutete Köpfchen, eine solche Kunst lohnte den Versuch, wäre des Schweißes der Edlen wert.«

Beide Pilger waren verblüfft über so viel Beredtheit. Andrenio konnte nicht an sich halten und platzte heraus:

»Wer bist du, Mensch oder Wunder, wenn du schon kein Arg-

13 Redewendung mit der Bedeutung: »Ins Innerste vordringen«.

listiger bist, kein Böswilliger und auch kein Nachbar, welcher ja am meisten sieht?«

»Nichts von alledem bin ich.«

»Also wer sonst? Da bleibt ja eigentlich nur noch Politiker. Venezianischer Gesandter vielleicht?«

»Ich bin«, sagte der andere, »der ÜBERSEHER des Ganzen.«

»Erkläre dich näher, ich verstehe dich nicht recht.«

»Habt ihr noch nie von den *Zahoríes* gehört, den Hellsehern?«

»Was, von diesen Faselhänsen, diesen hochgelobten Schwätzern?«

»Wieso Schwätzern? Es gibt sehr zuverlässige, scharfsichtige Hellseher. Zum Beweis dafür brauchst du nur mich zu nehmen.[14] Ich sehe aufs deutlichste in aller Herzen, auch die verschlossensten, als wären sie aus Kristall, sehe alles, was in ihnen vorgeht, als griffe ich es mit Händen. Für mich gilt: *Das Seelenland liegt auf der Hand.*[15] Euch, die ihr solchen Vorzug nicht genießt, euch versichere ich, dass ihr von den Dingen nicht die Hälfte seht und nicht ein Hundertstel dessen, was es auf der Welt zu sehen gibt. Ihr seht nur die Oberfläche, euer Blick dringt nicht tiefer, und so geht ihr siebenmal am Tag in die Irre, wie oberflächliche Leute eben. Uns aber, die wir Einblick haben in das, was sich jenseits davon in den Buchten des Innern, weit drinnen in den Tiefen der Willensbildung abspielt, uns kann man keine falschen Würfel vorführen. In Sachen Denken und Reden sind wir so spielerfahren, dass wir auch noch die leiseste Regung des Gemüts am Gesicht ablesen; ein kurzes Zucken genügt uns völlig.«[16]

14 Span. *Zahorí* – »Sternenseher«, »Geomantiker«, »Wünschelrutengänger« kommt von arab. *zuharî*, welches sich von *zúhara* – »Planet Venus« ableitet. Es ist im Spanischen erst seit 1611 belegt. Gracián entwindet mit seinem *Zahorí* den Astrologen ihre Leitfigur und wendet sie zu einem halb aufklärerischen, halb romantischen Seeleninspizienten um, der entfernt verwandt ist mit Vélez de Guevaras *Hinkendem Teufel* (1641). Auch Quevedo kennt die Figur (Sueños, 5. Teil).

15 Zur Redensart vgl. S. 705, Anm. 54.

16 Diesen gewiss etwas inquisitorisch getönten Traum des *Zahorí* haben Psychiater unseres Jahrhunderts der Verwirklichung näher gebracht. Über den klassischen Lügendetektor hinaus hat man eine computergestützte Zeichenlehre der Gesichtsausdrücke mit feinster Abstufung entwickelt, das *Facial Action Coding System.*

»Was aber«, fragte Andrenio dagegen, »kannst du über das hinaus sehen, was wir sehen?«

»Sehr viel. Ich vermag mit einem Blick die wahre Substanz der Dinge zu erkennen, und nicht nur die Akzidentien und Äußerlichkeiten wie ihr. Ich erkenne sofort, ob ein Individuum Substanz hat, ermesse den Fundus, über den es verfügt, lege frei, wo es hinzielt und was es erreichen kann, wie weit sich die Sphäre seines Handelns erstreckt, wie weit sein Wissen und Verstehen reicht, wie tief seine Klugheit geht. Ich sehe, ob einer beherzt ist, ob er eine *tüchtige Leber* hat oder ob sie bei ihm in Milz verwandelt ist.[17] Den Verstand erkenne ich bei ihm so deutlich, als steckte er in einer Phiole: ob er am rechten Fleck sitzt (manch einer hat ihn ja weggedrängt), ob reif oder grün. Sobald ich ein Individuum sehe, erkenne ich, was es wiegt und was es wagt. Noch etwas: Vielen bin ich begegnet, bei denen war die Verbindung zwischen Zunge und Herz gestört, oder auch zwischen Auge und Hirn. Wieder andere hatten keine Galle.«

»Aber diese müssen doch ein geruhsames Leben führen«, meinte Critilo.

»Ja, weil sie nichts empfinden, sich über nichts erregen und durch nichts in Melancholie verfallen. Bemerkenswerter ist aber noch, dass einige auch kein Herz haben.«

»Die können aber dann auch nicht leben?«

»Im Gegenteil, länger und besser, der Sorgen ledig, denn *corazón* kommt doch von *cura.*[18] Solchen bereitet nichts Pein, sie können sich nicht innerlich verzehren wie der berühmte Herzog von Feria, dessen so großes Herz beim Einbalsamieren ganz zergangen und ausgezehrt vorgefunden wurde.[19] Ich sehe, ob es gesund ist und von welcher Farbe, ob gelb vor Neid oder schwarz vor Bosheit; ich kann seine Bewegungen wahrnehmen und vermuten, in welche

17 *Tener bravos hígados* – »Mut haben«. Die Anschauung von der Leber als Sitz des Lebensmutes spiegelt sich in der Entwicklung des Wortes: lat. *iecur ficatum* – »die (mit Feigen) gemästete Leber (der Gänse)«. Die Milz galt als Sitz des Phlegmas, d. h. der Unentschlossenheit.

18 Zu dieser Etymologie vgl. S. 173, Anm. 30.

19 *Feria:* vgl. S. 570, Anm. 10.

Richtung es sich neigt. Vor meinen Augen liegen die geheimsten Windungen des Innern bloß, und ich kann feststellen, ob sie verdorben oder heil sind; das Blut sehe ich, wie es in den Adern rinnt, und merke, bei wem es rein ist, edel und echt. Dasselbe kann ich vom Magen sagen: Auf der Stelle erkenne ich bei jedermann, ob die Ereignisse ihm auf den Magen schlagen oder ob er sie verdaut. Und meistenteils lache ich über die Ärzte, denn steckt das Übel tief im Innern – sie kleben ein Pflaster über den Knöchel; kommt es aus dem Kopf – sie verschreiben eine Salbe für die Füße. Aufs deutlichste unterscheide ich die Säfte, und zwar bei jedem Einzelnen, ob er *bei gutem Humor* ist oder nicht, um für eine Übereinkunft mit ihm die geeignetste Stunde abzupassen, ob etwa die schwarze Galle vorherrscht und ich die Angelegenheit besser auf einen günstigeren Zeitpunkt verschiebe, ob er die *chole* des Zorns oder das *phlegma* der Gelassenheit erzeugt.«[20]

»Mein Gott, bist du mir ein Hellseher«, rief Andrenio, »und was du tief blicken kannst!«

»Warte nur, das ist noch gar nichts. Ich sehe auch, ob einer Seele hat oder nicht.«

»Ja, gibt es denn jemanden, der keine hat?«

»O ja, viele, und auf vielerlei Art.«

»Und wie leben die?«

»Als Diphthong aus Leben und Tod: Sie gehen ohne Seele einher wie *Henkelkrüge* und ohne Herz wie Huronen.[21] Mit einem Wort, ich erfasse ein Individuum von Kopf bis Fuß, von außen wie von innen kann ich es erkennen und definieren, wenngleich mir etliche recht undefinierbar vorkommen. Was haltet ihr von dieser Fähigkeit?«

»Das ist großartig.«

»Ich möchte aber gerne fragen«, sagte Critilo, »geht sie aus Kunst hervor oder aus Natur?«

20 Zur Humorallehre, hier als Theorie der Stimmungen und Launen verstanden, vgl. S. 160, Anm. 8.

21 »*Alma de cántaro*« – »Nichtsnutz«, »Faulenzer«, »Versager«. – »Huronen«: galten als grausam. – Zum Diphthong vgl. S. 684.

»Der Erwerb hat mich Mühe gekostet. Ihr müsst euch klar machen: Alle solche Kunst kann man sich nur im Umgang mit Leuten aneignen, die sie beherrschen.«

»Also ich verzichte hiermit darauf«, erklärte Andrenio. »Ich werde nicht versuchen, Hellseher zu werden.«

»Weshalb nicht?«

»Weil du uns das Schlimme daran verschwiegen hast.«

»Was findest du so Schlimmes dabei?«

»Ist das vielleicht nicht schlimm, die Toten in ihren Gräbern zu sehen, selbst wenn sie zwischen Marmor liegen oder sieben Ellen tief in der Erde, diese fürchterlichen Leichenmienen, das wimmelnde Gewürm, die Schreckbilder der Verwesung? Geh mir damit! Bewahre mich Gott vor so tragischem Anblick, und sei es auch ein König! Ich sage dir, ich könnte einen Monat lang nicht essen und nicht schlafen.«

»Was du nicht sagst! Wir, wir sehen das gar nicht, denn dort gibt es gar nichts mehr zu sehen, alles endet doch in Erde, in Staub, in Nichts.[22] Mich, mich erschrecken die Lebenden, die Toten machten mir niemals Pein. Die wahren Toten, die unsereins sieht und flieht, das sind die auf ihren Füßen.«

»Wenn doch tot, wieso auf Füßen?«

»Das sollst du sehen: Sie gehen unter uns und stoßen den Pesthauch ihrer ekelhaften Fama aus, ihrer sittlichen Verrottung. Viele sind das, die schon faulen, dass ihnen der Atem stinkt; anderen sind die Eingeweide zerfressen, Männer ohne Gewissen, Frauen ohne Scham, Menschen ohne Seele; viele scheinen Personen und sind doch *tote Stellen*.[23] Das sind für mich Schreckbilder der Verwesung, und oft genug stehen mir die Haare zu Berge.«

»Demnach müsstest du ja auch sehen können«, sagte Critilo, »was in jedem Haus so gekocht wird.«

»Ja, und bei Gott so manches üble Zeug. Da sehe ich eingemachte Scheußlichkeiten aus dem Vorratskeller,[24] abgelagerte Ge-

22 *Nichts:* vgl. S. 135, Anm. 46.

23 Zu den »toten Stellen« beim Heer vgl. S. 445, Anm. 23.

24 *»Maldades emparedadas«* – »eingemauert« und »Doppelschnitte«, »Sandwich«.

meinheiten aus den hintersten Winkeln, wie sie zum Fenster hinausduften und Stadtklatsch werden, zur Schande ihrer Besitzer und Benutzer. Vor allem aber sehe ich, ob einer Geld hat, und oft genug muss ich lachen, wenn ich miterlebe, wie jemand als reich und vermögend gilt, wo ich doch weiß, dass sein Tresor nur Spuk ist und seine Truhen nur *Rechnungen wie vom Großen Kapitän*.[25] Andere sehe ich, die als Born des Wissens gelten, und wenn ich hineinschaue, stellt sich heraus, dass sie verdorrt sind. Von Güte, versichere ich euch, sehe ich nicht halb so viel wie angeblich vorhanden. So gibt es denn nichts, was meinem Blick verborgen bliebe: Billetts und Briefe, sie mögen noch so gut versiegelt sein, sehe ich und errate schon, was drinsteht, wenn ich nur Absender und Empfänger lese.«[26]

»Jetzt wundere ich mich nicht mehr«, sagte Critilo, »dass die Wände hören, vor allem die Palastwände müssen ja mit Ohren tapeziert sein. Am Ende wird alles sichtbar und ruchbar.«

»Was siehst du in mir?«, wollte Andrenio wissen. »Ist da etwas von Substanz?«

»Das werde ich dir nicht sagen«, erwiderte der *Zahorí*, »denn ich sehe zwar alles, aber ich schweige auch zu allem. Wer am meisten weiß, pflegt am wenigsten zu reden.«

Sie *prozedierten*[27] und sahen ihm noch mit Vergnügen bei seinen erstaunlichen Einblicken zu, als sie auf einer Seite der Straße ein seltsames Gebäude gewahrten, das so verzaubert wirkte wie ein Palast, so geschäftig und laut wie eine Winkelbörse und so verschlossen wie ein Gefängnis. Es hatte weder Fenster noch Türen.

»Was für ein Diphthonghaus ist denn das nun wieder?«, fragten sie.

Und der *Zahorí*:

»Das ist der stärkste Skandal von Haus.«

25 Redensartlich für weit überhöhte Rechnungen. Zum Gran Capitán vgl. S. 89, Anm. 4.

26 Die Stelle ist eine kleine *Hommage* an den *Hinkenden Teufel* von Luis Vélez de Guevara (vgl. oben, Anm. 14).

27 *Prozedierten: »procedían«.* Latinismus für »sie gingen weiter«. Von Zeit zu Zeit leistet sich Gracián solche Latinismen, wie vor ihm Góngora und Herrera.

Doch bevor er noch fortfahren konnte, kam aus dem Gebäude, ohne dass sie gemerkt hätten, wie oder wo, ein überlebensfürchterliches Monster heraus, halb Mensch, halb Pferd, was die Alten einen Zentauren nannten, *Pfensch* oder *Merd.* Mit zwei Sätzen war es bei ihnen, vollführte einige Volten, drängte sich an Andrenio heran, packte ihn beim Schopf (der bekanntlich für Gelegenheit hinreicht, für Ergebenheit nicht[28]), hob ihn auf die Kruppe seines geflügelten Halbpferdes (alle Übel haben ja Flügel) und sauste im Nu mit ihm zurück zu seinem nur allzu gewohnten Labyrinth und geläufigen Wirrenhaus. Die Gefährten riefen um Hilfe, aber vergeblich, denn es ließ noch den Wind hinter sich, und auf dieselbe rätselhafte Weise, wie es herausgekommen war, verschwand es mit ihm drinnen und ließ ihn gefangen im Gelass neuer Abwegigkeiten zurück.

»Wie kann man so gewalttätig sein!«, klagte Critilo. »Was ist das für ein Haus mit so viel Saus und Graus?«

Seufzend antwortete ihm der *Zahorí:*

»Das ist kein Gebäude, das ist ein höchst unerbauliches Zeugnis so manches Vorüberkommenden, das Haus der hundert Gerissenheiten,[29] Sandbank des Alters, Seminar für Verlogenheit und, um es auf einmal zu sagen, dies ist der Palast des Cacus und seiner Kumpane, die schon längst nicht mehr in Höhlen hausen.«[30]

Mehrfach gingen sie um das Haus herum, ohne doch Vorder- und Rückseite unterscheiden und ohne Ein- oder Ausgang finden zu können. Von drinnen hörte man Lärmen und Toben, Critilo meinte gar, Andrenios Stimme auszumachen, konnte aber nicht verstehen, was er sagte, und sich auch nicht erklären, wie er hineingekommen war. Er grämte sich sehr und wollte verzweifeln, weil er keinen Einweg sah.

»Halt den Kopf hoch«, sagte der *Zahorí* zu ihm, »wir werden schon ganz bald mühelos hineingelangen.«

28 Das heißt zum schnellen Zugreifen geeignet, zum liebevollen Verweilen nicht. – Zur Herkunft der Redensart vgl. S. 167, Anm. 22.

29 Zur Bedeutung von *»casa a malicia«* vgl. S. 507, Anm. 1.

30 Cacus als der personifizierte Betrug, gemäß der Cacus-Episode aus Vergils *Aeneis* VIII, 193–261; vgl. S. 98, Anm. 19.

»Aber wie denn, wo es doch kein Hinein und kein Hinaus gibt, auch nicht den kleinsten Spalt Hoffnung?«

»Hier nun sollst du erkennen, was *Weltenhofgesinnung* vermag.[31] Hast du nicht so manchen in die Paläste eintreten erlebt, ohne recht zu wissen, wie er da hineinkam und wie er anschließend Macht und Herrschaft an sich riss? Hast du nicht miterlebt, wie in England der Sohn eines Metzgers auf den Thron gelangte und eine Metzelei unter dem adligen Blut anrichtete?[32] Wie in Frankreich ein gewisser *Nones* mit den *Pares* sein Spiel trieb?[33] Hast du nie ein paar Dümmlinge fragen hören: ›Bitte, meine Herren, wie kam jener in den Palast, wie kam er zu seiner Stelle, mit welchen Diensten und Verdiensten?‹ Und jedermann zieht die Schultern hoch, während diese die Schultern anstemmen und sich selbst hochziehen. Ich muss dich wohl dort einführen.«

»Wie denn, wo ich doch kein *schüchterner Jüngling* mehr bin?«[34]

»Dann musst du eben eindringen wie Pedro in Huesca.«

»Was war das für ein Pedro?«

»Der berühmte, der es einnahm.«[35]

»Aber ich sehe doch weder Tür noch Fenster.«

»Ganz wird es daran nicht fehlen. Wer nicht durch die offenen hineinkommt, geht durch die geheimen.«

»Auch davon kann ich keine entdecken.«

»Ich sage es dir: Du musst mit den Eindringlingen eindringen, ich meine mit den Zudringlichen, das sind doch die meisten.«

Und wirklich gelang ihnen so der Eintritt ganz mühelos: Sie

31 Zu diesem Ausdruck vgl. S. 11, Anm. 9.

32 Cromwell.

33 Zu dem Spiel *»Pares y nones«* vgl. S. 580, Anm. 18. Der Herzog von Epernon, der hinter dem von Ravaillac verübten Mord an Heinrich IV. stand, trieb sein Spiel mit den Pairs de France.

34 ... *den der Teufel in den Palast führt.* Zu diesem Sprichwort vgl. S. 764, Anm. 80.

35 Nach jahrelanger Belagerung konnte König Peter I. von Aragón im Jahre 1076 die von den Mauren nur mehr schwach verteidigte Stadt Huesca einnehmen. Er zog dann ein »wie in sein Haus«.

mischten sich einfach ein. Drinnen angelangt, machten sie sich eilends daran, den Trugpalast zu durchforschen. Dabei fielen ihnen recht merkwürdige Dinge auf, wie sie wiederum in der Welt gar nicht so unüblich sind: Sie hörten viele und sahen keinen, und sie wussten nicht, mit wem sie eigentlich sprachen.

»Merkwürdiger Zauber«, murmelte Critilo.

»Du musst wissen«, meinte der *Zahorí* zu ihm, »dass die meisten, wenn sie hier eintreten, auf eigenen Wunsch unsichtbar werden und am Werk sind, ohne gesehen zu werden. Tagtäglich wirst du erleben, wie es böse Anwürfe hagelt und sofort alle Hände verschwinden, wie erste Steine geworfen werden, ohne dass sich herausfinden lässt, woher sie kommen, und Gerüchte umgehen, die reiner Spuk sind. Das meiste geschieht ohnehin *unter dem Ärmel.* Man macht die Verschen, aber man singt sie nicht selbst. Da bei mir aber nun einmal schon lange die richtige Pupille im Auge sitzt, durchschaue ich alles, denn darin besteht vornehmlich das Dasein des *Zahorí.* Komm nur mit, du sollst beachtliche Täuschungskünste und wahrhaft einmalige Lebensformen kennen lernen, und wir vergessen darüber auch nicht, deinen Andrenio zu suchen.«

Er geleitete ihn in den ersten Saal, der von recht stattlichen Ausmaßen war. Er mochte seine vierhundert Schritte breit sein, wie einmal ein Herzog beim Vorführen seines Palastes sich zu sagen verstieg, und als die ihm zuhörenden Herrschaften lachten und fragten: ›Na, und wie lang ist er wohl?‹, da wollte er seine Übertreibung wieder gutmachen und antwortete: ›In der Länge mag er wohl so seine hundertfünfzig Schritte haben...‹ Ihn zierten Tische nach französischer Art, mit deutschen Klöppelspitzendecken und spanischen Gerichten, ohne dass man sehen konnte, woher die Köstlichkeiten kamen. Man sah lediglich von Zeit zu Zeit schöne, weiße Hände, reich beringt und die Ringe mit Sträußen von Diamanten besetzt, viele davon fein, noch viel mehr unecht, welche mit Anmut und Grazie die üppigen Speisen auftrugen. Die geladenen Gäste nahmen an den Tischen Platz, entfalteten zwar die Mundtücher, öffneten aber die Lippen zu keinem Wort. Sie aßen und sie schwiegen: Kapaun, Rebhuhn, Pfau, Fasan, selbst ihren Phönix, doch der trug die Kosten, sie kostete es keinen roten Heller, und sie kümmerten sich auch nicht darum, woher der Schmaus kam oder wer ihn spendierte.[36]

»Wer sind denn diese«, fragte Critilo, »die essen wie die Wölfe und schweigen wie die Lämmer?«

»Das sind«, antwortete der Seher *Zahorí,* »die vor nichts Abscheu empfinden, die alles dulden, selbst Schmeißfliegen auf ihrer empfindlichen Ehre. »

»Wie? Haben denn die zu leiden, die so bewirtet werden?«

»Das ist es ja gerade.«

»Wo kommt solcher Überfluss her, mein lieber *Zahorí?*«

»Aus dem Füllhorn der Amalthea.[37] Doch lass sie jetzt, das alles ist ein Zauber mittelmeerischer Sirenen.«

Sie gingen zu einem anderen Tisch und sahen dort andere, wie sie Leckerbissen verspeisten, das Beste, was auf den Markt oder in die Kammern fand, frisches Wild, ausgesuchten Fisch; und dies, ohne Renten oder *juros,* Pensionen, zu haben, allerdings *juros,* Flüche, umso mehr.

»Das ist nun wirklich ein sonderbarer Zauber«, wunderte sich Critilo. »Diese hier speisen wie die Fürsten und sind doch arme Tröpfe, und was noch mehr ist, ohne Hab und Gut, ohne Renten, ohne einen Flecken, auf den der liebe Gott es regnen lassen könnte, auch ohne zu arbeiten oder sich zu mühen, vielmehr den lieben langen Tag mit Müßiggang beschäftigt. Wie erklärt sich so etwas, lieber Herr Hellseher, der Ihr doch alles so hell seht?«

»Warte einen Augenblick«, erwiderte dieser, »und du wirst das Geheimnis verstehen.«

Darüber wurden auch schon wieder ein paar Hände sichtbar, allerdings keine schneeigen Pfötchen mehr wie die ersten, sondern Raubfalkenklauen, die aus der Luft, wahrhaft im Vorüberfliegen, Tauben und Kaninchen herabholten. Critilo entfuhr es:

»Das nenne ich Jagen! Da wird nicht erst vorgeschlagen, da

36 *Phönix:* meint einerseits das kostbarste Geflügel, andererseits wohl die Ehre der hier speisenden Gehörnten.

37 *Amalthea:* Amme des Zeus, meist als Ziege dargestellt, ein weiteres (recht subtiles) Indiz für das Thema der Stelle, die Hörner.

wird gleich zugeschlagen, und das große Zaubermahl kann beginnen!«

»Hast du nie davon gehört«, fragte der *Zahorí,* »dass einigen ihr Mahl von Raben und Hunden gebracht wurde?«[38]

»Das waren Heilige, und diese hier sind Teufel. Bei jenen war es mirakulös.«

»Bei diesen ist es mysteriös. Aber das sind nur Knabenhäppchen im Vergleich zu dem, was dort weiter hinten verschlungen wird. Gehen wir näher heran, und du wirst sehen, was der Wunderzauber wirkt. Da sitzt mancher und verzehrt Renten von zehn- oder zwanzigtausend Dukaten, der, bevor er hier zu Tisch und Stuhl kam, kaum einen löcherigen Mantel sein Eigen nannte.«

»Starker Zauber!«

»Dabei noch immer nur Brosamen. Schau erst einmal die dort an«, und er deutete auf einige Bedeutende, »was die hinunterschlucken, zählt nach Millionen.«

»Müssen die Mägen haben, die reinsten Straußensilbermägen!«[39]

Sie wechselten in einen anderen Saal hinüber, der eine Kleiderkammer zu sein schien, und sahen dort auf moskovitischen Fellen indische Weidenkörbchen voll prächtiger Gewänder, Mailänder Goldlahn, neapolitanischem Linnen, Brokat und Stickereien, doch war nicht ersichtlich, wer sie genäht hatte, noch wie sie dorthin gelangt waren. Es ging die Rede, sie seien für die keusche Gattin Penelope gedacht gewesen, gewandeten aber jetzt Thais und Flora, die Dirnen. Alles geschah unsichtbar, bei Nacht und unter Zauber. Es waren da einige verwunschene Springbrunnen, die sollen den Dirnen Perlenschnüre dargeboten, der rechtmäßigen Gattin, der ehrbaren Tochter aber Ketten von Tränen aus den Augen geholt haben, wahre Diamantenströme, *chorrillos de diamantes,* wie es treffend heißt, sagt man doch auch, jemand habe sich *chorrillos*

38 So in der Antonius-Vita von Hieronymus und in der Paulus-Vita von Athanasios (bildliche Darstellungen von Pinturicchio, Dürer und Velázquez).

39 Der Strauß gilt in der Bibel als unreines Tier, das alles frisst, was ihm hingeworfen wird – am liebsten Silber...

aus dem bitteren Betteln gemacht.[40] So ging eine aus Guinea in eine aus Indien verwandelt hervor, rubinen- und smaragdenbehängt, ohne dass es ihren Ehemann oder Bruder auch nur ein Wörtchen gekostet hätte.[41]

»Woher solcher Reichtum, mein *Zahorí?*«

»Woher? Aus diesen Brunnen springt und quillt er, Springquell der Perlen, sprudelt empor aus Goldsand, perlt lachend über so viel Albernheit wieder herab.«

Nun traten die Ehemänner herzu und kleideten sich fürstlich ein: Sie setzten sich Bieberhüte auf und zahlten dafür manchen Preis.[42] Die Damen ließen im Lüftchen ihrer törichten Eitelkeit die Klöppelspitzen wehen, und alles verflog in einem Windhauch. Hier trafen sie auch den Ritter vom luftigen Wunder an, und nicht nur einen, sondern viele von denen, die sich putzen und schmausen, umherspazieren und sich verlustieren, ohne zu wissen wie und wovon.

»Wie denn das?«, wollte Critilo wissen. »Wer da stattlichen Besitz hat, fette Renten, Pensionen und Possessionen, dem ist das Leben ein Graus, und die da, die nicht so viel Land haben, dass sie darauf tot niederfallen könnten, leben unbekümmert, stolz und glücklich?«

»Verstehst du nicht«, erwiderte der *Zahorí,* »dass bei denen niemals Steine im Weingarten liegen, nie der Mehltau das Korn befällt, das Hochwasser die Mühlen wegspült, die Seuche das Vieh dahinrafft, dass sie wunderbarerweise eben keinerlei Rückschläge kennen und daher stets Aufschlag und Vorteil haben?«

Sehr sehenswert war der Geschenke- und Gabensalon, der Einschenk- und Übergabesalon, und hier wurden ihnen die verschiedenen Arten der Kontaktpflege deutlich, die diversen Wege, auf denen die Schmiermittel flossen, der kostbare Kupferstich als Ausdruck der Ergebenheit, die edle Münze wg. der Liebhaberei, das Goldbesteck als kleine Erkenntlichkeit, das Perlenetui als Aufmerk-

40 *»Tener chorrillos de pedir«* – »sich mit dem Betteln abfinden«.

41 *Guinea:* steht für Armut, Indien für Reichtum.

42 *Bieberhüte:* teure Zweispitze, mit denen sie aussahen wie Fürsten, aber auch wie Gehörnte.

samkeit, die Dublonen auf dem Silbertablett zum Trost für den Aderlass (die Venen geschröpft, die Börse gepfröpft[43]), der Schinken zum Glätten, der Kapaun zum Büßen und das Konfekt zum Versüßen.

»Lieber Herr Hellseher«, sagte Critilo, »wie kommt es wohl, dass es im Geschenkesalon früher so eiskalt war und jetzt so regenwarm ist?«

»Nun, Ihr wisst doch«, kam die Antwort, »je mehr Würden, desto mehr Bürden.«

Bemerkenswert war, dass alles durch die Luft kam und wieder in die Luft ging.

»Merkwürdiger Palast«, sinnierte Andrenio,[44] »wo die Leute in aller Muße essen und trinken, in aller Ruhe ihre neuen Kleider vorführen. Toller Zauber! Und dabei haben immer einige gewettet, es gebe gar keine Zauberpaläste, und sich über jeden mokiert, der ihnen solche schildern wollte. Über die kann ich mich jetzt nur mokieren: die möchte ich hier einmal erleben!«[45]

»Was mich am meisten beschäftigt«, sagte Critilo, »ist die Frage, wie sich die Leute eigentlich unsichtbar machen, und zwar nicht nur die Kleinen und Schwachen, da gehört ja nicht viel dazu, auch die ganz Großen, die so gerne im Geheimen bleiben; nicht nur die Schmächtigen und Ausgelaugten, sondern auch die so beliebten Beleibten, die zwar Moses und die Propheten haben, aber nie zu erblicken sind.«

»Braucht ihr jemanden ganz besonders dringend, so macht er sich unerreichbar und ist nie zu Hause. Wie einer so richtig sagte: ›Isst und schläft dieser Mensch denn nie, dass er zu keiner Zeit anzutreffen ist?‹ Und erst recht, wenn er zahlen oder leihen soll: Dann trefft ihr ihn das ganze Jahr nicht!«

43 Anscheinend eine verbreitete Gepflogenheit, wichtigen Personen, wenn sie zur Ader gelassen wurden, ein Geldgeschenk »zur Stärkung« zu machen.

44 Sic! Merkwürdiges Versehen unseres Autors: Andrenio steckt doch, vom Zentauren entführt, irgendwo im Palast und wird nicht vor der Mitte der nächsten Krisis wieder aufgetan! *»Quandoque bonus dormitat Homerus«*, sagte Horaz...

45 Im Hintergrund stehen die vielen Zauberpaläste vor allem der italienischen Epenerzähler: Boiardo, Ariosto, Tasso.

Da war ein Mensch, der hörte, dass man ihn sprechen wollte, und rief selbst durch die Tür:

»Sagt ihm, ich sei nicht zu Hause!«

Die Frauen bargen unter Dunstgaze manches Verworrene und machten sich so unsichtbar, dass ihre eigenen Gatten sie nicht mehr erkannten, oder die Brüder, wenn sie ihnen beim *paseo* begegneten. Es liefen Gerüchte um, bei denen überlief es viele, man wusste aber nicht, wer sie in Umlauf gebracht hatte; vielmehr war überall zu hören:

»Man sagt so, aber glaubt nicht, dass es von mir stammt.«

Es gelangten Bücher und Pamphlete zur Veröffentlichung und wurden ein ums andere Mal nachgedruckt, ohne dass man das Original kannte, und es gab einen Autor, von dem viele Jahre nach seinem Begräbnis plötzlich wieder sehr geistvolle Werke erschienen.[46] Sie drangen in die innersten Gemächer, Alkoven und Kemenaten vor, wo sie auf verschiedenste Spuren von Spuk- und Poltergeistern stießen, Nachtmahren, welche, auch wenn es hieß, sie seien harmlos, doch nicht unbeträchtliche Ruf- und Ehrschädiger waren. Im Finsteren lauerten sie den *Sonnen* auf,[47] die Spukgeister den Engeln unter den Frauen (auch wenn irgendjemand gesagt hat, die Schönen seien Teufel mit Frauengesichtern und die Hässlichen Frauen mit Teufelsgesichtern); die Poltergeister warfen unbarmherzig Steine in die Luft, *al aire,* und auch *al desaire,* zur Herabsetzung, Steine, wie sie zur Empörung aller eine Ehre von vorne bis hinten aufschlagen konnten. Und es war festzustellen, dass die abgeschmacktesten Aktionen unter der Hand erfolgten, so dass sich weder Arm noch Kopf dingfest machen ließen. Immer waren

46 Die Geschichte des Buches ist voll von Apokryphen, usurpierten Autorschaften und Fälschungen (berühmt sollte in Spanien *El buscapié* werden, eine Cervantes zugeschriebene Schrift über Don Quijote von 1849). Gracián dehnt offensichtlich seine Kritik nicht auf Anonymie und Pseudonymie allgemein aus (er hätte sich selbst einbeziehen müssen: vgl. S. 8, Anm. 4), obwohl diese seit dem 16. Jh., insbesondere seit dem Konfessionsstreit, keineswegs unumstritten waren (vgl. das *Diccionario de Seudónimos literarios españoles* von P. P. Rogers und F. A. Lapuente, Gredos 1977, das etwa 5000 Pseudonyme aufführt und 28 Motive für Pseudonymie!).

47 *Sonnen:* den Leuten mit untadeligem Ruf.

ja die Aufschriften solcher Sachen etwas sehr anderes als die Motive für sie. Es rollten viele schwarze Bohnen,[48] die bei vielen vieles anschwärzten, aber wer sie warf, war nicht zu ermitteln, manchmal kamen sie sogar aus der Hand des Vertrautesten; weshalb denn der Weise zu Recht vom Verzehr dieser unverdaulichen Nahrung abrät.[49]

»Jetzt kannst du ermessen«, sagte der *Zahorí* nach diesem Einblick in die Verworrenheit des Unsichtbaren, »ob er im Recht war, jener andere Philosoph, auch wenn die Frischlinge über ihn höhnten und johlten.«

»Und was sagte er, der Stoiker?«

»Dass es keine wahren Farben an den Dingen gibt, dass das Grün nicht grün ist und das Rot nicht rot, dass vielmehr alles davon abhängt, in welcher Lage sich die Oberfläche befindet und das Licht auf sie fällt.«

»Beachtliches Paradox!«, meinte Critilo.

Und der Seher:

»Aber du musst dir deutlich machen, dass dies die Wahrheit selbst ist. Jeden Tag erlebst du doch, wie von ein und derselben Sache der eine behauptet, sie sei schwarz, der andere, weiß. Je nachdem, wie einer etwas erfasst oder auffasst, gibt er dem die Farbe, die ihm nahe liegt. Die Farbe ist das Affektive, nicht das Effektive. Die Dinge sind nicht mehr als das, wofür man sie nimmt. Was Rom bewunderte, hat Griechenland belächelt. Die meisten auf dieser Welt sind Färber und verleihen den Dingen die Färbung, die ihnen genehm ist für Handel, Geschäft, Unternehmen und Erfolg. Jeder *informiert* auf seine Art, die Bestimmung folgt der Stimmung.[50] *Ein jeder spricht so vom Markt, wie er ihm zugeschlagen.*[51] Man schildert, wie es einem beliebt: *pintar como querer.* Noch mehr als dem Gelobten oder dem Getadelten muss das Augenmerk daher dem Lobenden

48 *Bohnen:* als Nein-Stimmen bei Bürgerentscheiden verwendet.

49 So Pythagoras, nach Diogenes Laertius VIII, 1, 24.

50 Gracián ist die ursprüngliche Bedeutung von *informare:* »gestalten«, »in Form bringen« noch geläufig.

51 Das Sprichwort schon beim Marqués de Santillana (vgl. die Sprichwortkritik in der nächsten Krisis).

oder dem Tadler gelten. Dies ist der Grund, weshalb die Dinge zur einen Stunde so beschaffen sind, zur nächsten anders, und erst recht die Farbe.«

»Ja, was braucht es denn nun aber, um einen festen Begriff zu bekommen von dem, was man so redet und raunt und was so umläuft?«[52]

»Das ist das größte Geheimnis. Es lässt sich nichts Gewisses ausmachen. Weswegen denn auch unabdingbar ist, die *Kunst der Rede*[53] und gerade auch des Durchschauens oder Erahnens oder Erspürens zu beherrschen, nicht weil in einer anderen Sprache als der des Landes gesprochen würde, sondern weil durch die kunstreiche Art,[54] wie die Rede in Umlauf und das Wort auf den Markt gebracht wird, alles wie Kauderwelsch erscheint.«

Umgekehrt gab es welche, die machten sich zu bestimmten Zeiten unsichtbar, gerade an den Tagen, wo sie am meisten gebraucht wurden: bei der Arbeit, bei Krankheiten, bei Verhaftungen, in der Stunde, wo es auf sie als Bürgen angekommen wäre. Sie rochen das Übel auf hundert Meilen und machten sich ebenso weit aus dem Staub; hatte sich der Sturm erst gelegt, so traten sie als Santelmo auf.[55] Kam die Zeit des Essens, so wurden sie sehr sichtbar, am meisten, wenn sie den Milchkapaun von Caspe witterten,[56] zur Vesper, zur großen Jause, bei der Spielausschüttung, da wurde man sie gar nicht mehr los, da hatte man dann vorn und hinten je drei von ihnen.

»Zweifellos sind das *Mittagsdämonen*«, meinte Critilo, »wenn sie

52 *Fester Begriff: »para hacer verbo«*. Das Wort *»verbo«* meint – unter Rückgriff auf Definitionen der Scholastik – »Begriff« (im Gegensatz zu *»palabra«* – »Wort«). Critilo stellt hier eine, wenn nicht *die* Grundfrage der Sprachphilosophie.

53 *Kunst der Rede: » arte de discurrir«* (vgl. S. 693, Anm. 29).

54 *»Artificio«*.

55 *Santelmo:* als Retter, gemäß einer ironischen Bemerkung des Gran Capitán, die Castiglione im *Cortegiano* wiedergibt (Buch II, Kap. 74). Zu einem Ritter, der nach der Schlacht in voller Rüstung zu ihm stieß, sagte er: »Jetzt brauchen wir keinen Sturm mehr zu fürchten, Sankt Elmos ist da.« Die Anspielung bezog sich darauf, dass die Elmsfeuer immer erst nach dem Gewitter auftreten.

56 Amüsante Verquickung von Historie und Küche: Durch den *Schiedsspruch von Caspe* (bei Zaragoza) kam 1412 die *Krone Aragón* (sie hatte eine Zeitlang Mallorca,

tagsüber im Schatten bleiben und uns zur Essenszeit die Haare vom Kopf fressen.«[57]

Sie hörten Andrenio lallen, konnten ihn jedoch nicht erblicken, denn beim Eintreten hatte auch er sich hier unsichtbar gemacht, wohlig zufrieden mit dem Zauber des Ortes und daher um so verlorener im allgemeinen Trügen und Treiben. Es schmerzte Critilo, ihn nicht aufzufinden, noch auch zu erfahren, welche Farbe er jetzt trug und welchen Gang es mit ihm nahm, denn keiner wollte den andern kennen, waren doch alle darauf bedacht, sich von niemandem in die Karten schauen zu lassen. Der Sohn verschloss sich vor dem Vater, die Frau hegte Argwohn gegen ihren Mann, der Freund vertraute sich dem Freunde nicht ohne Rückhalt an, selbst gegen den engsten Bekannten verhielt sich niemand offen und ehrlich. Alle scheuten das Licht, die einen weil Heuchler, die andern weil *politisch,* die Dritten weil übel gesinnt und mit vollem Kerbholz. Critilo war nahe am Verzweifeln, in dieser scheinhaft verstellten Lebensform seinen so bang gesuchten Andrenio je wieder aufzutun.

»Was bringt es wohl«, sagte er vorwurfsvoll zu seinem tief blickenden Gefährten, »sein ganzes Leben lang *Zahorí* zu sein, wenn es gerade bei dieser Gelegenheit versagt? Was kannst du denn, wenn du hier nicht hineinblicken kannst?«

Doch dieser tröstete ihn und erbot sich, ihn sehr bald zu finden, darüber hinaus auch mit all dem Zauberspuk kurzen Prozess zu machen. Wer das Wie erleben und wer lernen möchte, Häuser und Menschen zu entzaubern, was ihm vielleicht sehr nützen wird, wenn er es einmal braucht, der möge seine Geduld, wenn nicht gar sein Wohlwollen noch bis zur nächsten Krisis bewahren.

Sardinien, Sizilien, Teile Griechenlands und Nordafrikas umfasst) an Ferdinand I. von Kastilien. Der unter fünf Bewerbern mühsam gefundene Kompromiss (die Vorstufe zur Vereinigung von Kastilien und Aragón 1479) wurde natürlich gebührend gefeiert...

57 *Mittagsdämonen:* Im Sinne von Schmarotzer (zur Herkunft vgl. S. 419, Anm. 52).

Sechste Krisis

Die Herrschaft des Wissens

Es gibt keinen Meister, der nicht noch Schüler sein, es gibt nichts Vortreffliches, das nicht noch übertroffen werden könnte. Die Sonne selbst ist einem Käfer unterlegen, denn dieser lebt. So steht der Mensch denn auch im Sehen dem Luchs nach, im Hören dem Hirsch, im Klettern der Gemse, im Wittern dem Hund, im Schmecken dem Affen und in Langlebigkeit dem Phönix. Was ihn allerdings am neidischsten macht, den Menschen, das ist die Fähigkeit des Wiederkäuens, die er bei manchen Tieren bestaunen kann, nachahmen jedoch nicht. ›Wie großartig‹, sagte er sich, ›all das ein zweites Mal vorzunehmen, was beim ersten Mal halb gekaut in den Magen wanderte, all das gemächlich zu zerkleinern, was man in Eile verschlang.‹ Das musste, so meinte er (und er irrte sich nicht), doch dem Geschmack wie der Gesundheit äußerst zuträglich sein. So sehr war er davon angetan, dass er, so wird versichert, beim Allmächtigen Schöpfer eine Bittschrift einreichte und ihm antrug, er möge ihm, da er ihn doch zum Epilog seiner vollkommenen Schöpfung bestimmt habe, nicht dieses eine vorenthalten, seine hohe Meinung davon werde nur mehr von seiner Sehnsucht danach übertroffen. Im göttlichen Konsistorium nahm man die menschliche Petition vor, und es erging Antwort, jene Gabe, um die er einkomme, sei ihm bereits vorweg von Geburt an bewilligt worden. Darüber verwirrt fragte er zurück, wie dem sein könne, er habe doch nie dergleichen bei sich ausprobiert oder praktiziert. Diesmal lautete der Bescheid, er möge bedenken, dass er das Ersehnte sehr viel glorreicher erlangen könne, indem er nicht die stoffliche Nahrung, die den Körper stärkt, wiederkäue, sondern die geistige, von der sich die Seele nährt; er möge nur seine Gedanken erheben und er werde erkennen, dass Wissen seine Speise und edle Erkenntnis sein Futter sei; er möge aus dem Schoße des Gedenkens die Dinge hervorholen und dem Verstande zuführen; er möge gründlich wiederkäuen, was er bedenkenlos und ohne Prüfung geschluckt, er möge bedachtsam durchdringen, was er leichtfertig aufgenommen habe. Durchdenken, meditieren, ergründen, vertiefen, abwägen: das solle er, ein ums andere Mal die Dinge in Gedanken durchgehen, solle sich klar darüber werden, was er zu sagen, noch viel mehr, was er zu tun habe. Sein Wiederkäuen also sei das Wiederdenken, vom *Noch-und-nochmals* lebe man in Überlegtheit und Vernunft.

Solches legte der Klarseher Critilo dar, während dieser alle Zuversicht verloren hatte, seinen verschwundenen Andrenio wiederzufinden.

»Gräme dich nicht«, sagte er zu ihm, »so wie wir durch Denken den Eingang fanden zu diesem Zauber, so müssen wir durch Wiederdenken auch zum Ausgang kommen.«

Bald schon vermochte er an einer Stelle einen Spalt zu öffnen, durch den ein Lichtstrahl eintreten konnte, ein Schimmer der Wahrheit. Und im selben Augenblick, als die Helligkeit hereinstrahlte, stürzte – o Wunder! – das ganze Verwirrgebäude zu Boden, wie denn aller Trug beim Sichtbarwerden verschwindet. Der Zauber zerstob, es fielen jene verbergenden Wände, und alles lag offen und entwirrt am Tage; jeder sah des andern Gesicht und die vorher verhohlenen Hände; die Art, wie jeder vorging, wurde deutlich. Wie der Morgen der *Enttäuschung* anbrach, kam die Nacht für jegliche Arglist. Doch wurde darüber erst deutlich, wie wohl sich die meisten in der Betrügerei fühlen, insbesondere wenn sie davon leben. Kaum sahen sie sich aus ihrem gemeinsamen Babel vertrieben und mit ihren Unsitten am Ende, konnten sich nicht mehr wie gewohnt an den gedeckten Tisch setzen, die Hände gewaschen, die Ehre noch beschmutzt, kaum vermissten sie *gala* und *gula*, Prunk und Völlerei, oder auch die schmucken Kleider, die sie doch nur eine Kappe gekostet hatten,[1] da fielen sie auch schon wutentbrannt über den her, der ihnen so viel Jammer eingebracht hatte, den Klarseher, den Aufdecker ihrer Machenschaften, und erklärten ihn

1 *Kappe:* gemeint sein dürfte der Biberhut aus der vorigen Krisis, der Fürstenzweispitz, der sie zu Gehörnten gemacht hatte.

zum Leutefeind. Als dieser sich derart bedrängt sah, da drängte es ihn in den Füßen, will sagen in den Flügeln, und er rettete sich ins Refugium *Schauen und Schweigen,* den beiden Gefährten, die sich schon erkannt und umarmt hatten, rief er noch zu, sie sollten dasselbe versuchen und ihre Lebensreise fortsetzen bis an den Hof der GEKRÖNTEN WEISHEIT, den er angelegentlich empfahl und den alle Weisen aufs höchste lobten.

»Was für ein Eintritt nach Italien!«, rief Critilo. »Wie viel Labyrinthe erwarten uns wohl auf dieser Straße! Es gilt uns mit Vorsicht zu wappnen, wie es die Erfahrenen tun beim Betreten der Provinzen, in Spanien gegen die Bosheit, in Frankreich gegen die Gemeinheit, in England gegen die Niedertracht, in Deutschland gegen die Grobheit und in Italien gegen die Lügnerei.«

Ihre Befürchtung sollte sich als nicht unbegründet erweisen, denn nach wenigen Schritten bereits gelangten sie an einen ungewöhnlichen Scheideweg, eine zweifelsvolle Gabelung, an der der eine Weg sich in zwei aufteilte, wodurch die Gefahr drohte, ganz nach dem Brauch der Welt sich zu verlieren. Sie überlegten also angestrengt, welchen der beiden Pfade sie einschlagen sollten, schienen sie doch äußerst gegensätzlich. Erst trafen ihre Ansichten aufeinander, dann auch ihre Affekte, doch plötzlich gewahrten sie in den Lüften eine Schar weißer Tauben, am Boden dagegen einen Haufen Schlangen. Die Tauben schienen mit ihrem sänftigenden Flug gekommen, um ihnen den Frieden zu bringen und mit solch glücklichem Vorzeichen den rechten Weg zu weisen. Beide verharrten in gespannter Erwartung, auf welchem der beiden Pfade sie wohl niedergehen würden. Da ließen diese doch tatsächlich den zur Rechten und flogen nach links.

»Nun ist es entschieden«, sagte Andrenio. »Wir brauchen nicht mehr zu zweifeln.«

»O doch!«, entgegnete Critilo. »Wir wollen erst noch sehen, wohin die Schlangen kriechen, denn du musst gewärtig sein, dass die Taube nicht so sehr zur Klugheit als vielmehr zur Einfalt führt.«[2]

2 *Matthäus* 10, 16: »Seid klug wie die Schlangen und ohne Falsch *(simplices)* wie die Tauben.«

»Das stimmt nicht«, erwiderte Andrenio. »Ich sage, und habe schon oft gesagt, dass es gar keinen scharfsinnigeren und welterfahreneren Vogel gibt als die Taube.«[3]

»Worauf stützt du dies?«

»Darauf, dass sie am besten *zu leben weiß.*[4] Sie hat ja keinerlei Galle und findet deswegen überall freundliche Aufnahme; jedermann sieht sie mit Sympathie und begrüßt sie mit Freude. Sie wird nicht gefürchtet wie die Raubvögel, noch auch gehasst wie die Schlangen, vielmehr ruhen, wo immer sie flattert, die Blicke zärtlich und wohlwollend auf ihr. Sie fliegt stets nur zu neu geweißten Häusern und zu hell leuchtenden Türmen. Und wer beweist mehr Geschick im Umgang mit dem anderen Geschlecht als die Taube? Mit ein paar Zärtlichkeiten nur weiß sie den Tauber zu gewinnen, Brut und Aufzucht der Jungen mit ihr zu teilen, sie verträgt sich aufs Beste mit ihrem Gatten und zeigt den starken, ungebärdigen Ehefrauen, wie man sich mäßigt und mit dem Manne auskommt. Ihre höchste Kunst aber entfaltet sie bei ihren Küken, denn selbst wenn man sie ihr wegnimmt und vor ihren Augen umbringt, so bringt sie sich deswegen doch nicht selbst um und schlägt sich auch nicht zu ihrer Verteidigung; sie leidet keine Pein, sondern frisst und lebt von ihnen.[5] Und was soll ich dir noch zu der Art und Weise sagen, mit der sie ihre Federn zur Schau stellt, dabei das Gesicht wechselt und glänzt wie Silberzeug? Es gibt mithin keine bessere *Staatsräson* als die Ehrlichkeit und Sanftmut der Taube; eigentlich wäre sie der beste Staatsmann.«

Darüber wurden sie gewahr, dass die Schar der Schlangen sich auf dem entgegengesetzten Weg rechter Hand fortbewegte, was ihre Verblüffung noch steigerte.

3 *Welterfahren: »ave política«*, sagt Andrenio.

4 *Zu leben weiß: »sabe vivir«* (vgl. S. 399, Anm. 76).

5 *Starke Ehefrauen:* Sie dürften aus dem 35. Exemplum des *Conde Lucanor* von Don Juan Manuel stammen, in dem ein zarter Jüngling eine *»mujer muy fuerte y muy brava«* heiratet. – Die Annahme, die Taube würde ihre getöteten Jungen fressen, geht vermutlich auf einen Volksglauben zurück, ähnlich wie die Rache der jungen Vipern an ihrer Mutter (vgl. S. 370, Anm. 72). Man weiß jedoch heute, dass es dergleichen in der Natur gibt.

»Das sind sicher die Meisterinnen des Spürsinns«, sagte Critilo. »Sie weisen uns den Weg der Klugheit; ihnen wollen wir folgen, denn ohne Zweifel werden sie uns zur HERRSCHAFT DES WISSENS führen.«

»Das will ich lieber nicht tun«, sagte Andrenio, »ich bin ja nicht sicher, ob alles Wissen der Vipern jemals auf anderes ausgerichtet ist, als lebenslang allen Leuten um die Beine zu gehen.«

Schließlich entschlossen sie sich, jeder seinen eigenen Weg zu gehen: der eine den der Schlangenklugheit, der andere den der Taubenehrlichkeit; und sie machten ab, wer als erster den Hof des TRIUMPHIERENDEN WISSENS fände, sollte es dem andern melden. Bald schon nachdem sie sich aus den Augen – freilich nicht aus dem Sinn – verloren hatten, traf jeder für sich in seinem Gefilde ein, das sich vom anderen gründlich unterschied und von Leuten bewohnt war, die entgegengesetzt lebten zu anderen. Critilo befand sich inmitten der *reagudos* Genannten, lauter äußerst scharfäugigen Leuten, die etwas im Busen verbergen, Absichten geheim halten können und mit Berechnung zu Werke gehen, im Umgang keineswegs brav und bieder, vielmehr schlau und doppelzüngig. Gleich gesellte sich einer zu ihm, der war eben gar nicht schafsnasig, vielmehr scharfnasig, und er wollte ihn nicht so sehr führen als anführen, begann auch alsbald mit seltenem Geschick bei ihm *die Furt zu loten,* will sagen auf den Busch zu klopfen, kurz: ein Merker, einer, der durchschaute und vorschaute. Er ließ ihn wissen, er sei mit allem engstens vertraut, was kunstvoll erfunden sei, behandelte ihn sehr zuvorkommend und erbot sich, ihm zu Diensten zu sein. Critilo freilich betrachtete ihn eher zurückhaltend und hielt sich bedeckt. Das Erste, was er bemerkte, war, dass sie zwar vielen begegneten, die durchaus gebildet schienen, keiner ihn jedoch höflich grüßte oder auch nur beachtete. Er meinte, das sei doch ungezogen oder unverschämt.

»Nichts davon«, erwiderte ihm der neue Gefährte.

»Wieso nicht?«

»Ich will es dir sagen: Dies sind Leute, die auf ihr Geschäft achten und sich nicht um andere kümmern; ihnen gilt nur etwas, wer ihnen zu Gewinn verhilft; sie beachten einen nur, wenn sie auf ihn angewiesen sind, und all die Höflichkeit, die sie anderen vorenthalten, verwenden sie dann reichlich auf diesen. Es sind Kinder dieser Zeit, und daher auch so gut in sie eingepasst; alle wollen sie sich in ihr so einrichten, als hätten sie für alle Zeiten hienieden zu verbleiben.«

Danach gerieten sie an ein sonderbares Wesen, das begnügte sich nicht damit, einen Blick auf sie zu werfen, sondern warf gleich ein halbes Dutzend. Und obwohl hier alles sehr wach und vorsichtig war, schien dieses die Wachheit selber.

»Wer ist das?«, fragte Critilo.

»Ich weiß nicht, ob ich dich so mit ihm bekannt machen kann, wie ich es gerne täte; ich habe schon seit Jahren Umgang mit ihm, aber durchschaut habe ich ihn noch immer nicht und wüsste ihn nicht zu bestimmen. Für jetzt sollte es genügen zu wissen: Er ist der große GERISSENE.«

»Ah so«, meinte Critilo, »dann bin ich ja schon *am Ende des Wegs.*«[6]

»Wieso am Ende? Kaum am Anfang! Wenn schon bei anderen gilt, dass man erst einen Scheffel Salz mit einem gegessen haben soll, bevor man näheren Umgang sucht, dann bei diesem Verschlagenen erst recht, denn er ist es sehr.«[7]

Einen anderen hörten sie, der sagte vor sich hin:

»Die Hälfte des Jahres mit List und Tücke, die andere Hälfte mit Tücke und List.«[8]

6 *Am Ende des Wegs: »estar al cabo (scil. de la calle)«* – »alles verstanden haben«.

7 *Salz:* »Eh' du den Scheffel Salz mit dem neuen Bekannten verzehret, / Darfst du nicht leichtlich ihm trauen«, heißt es in *Hermann und Dorothea.* Cicero kennt bereits ein sinngleiches Sprichwort (*De Amicitia* XIX, 67; vgl. L. Röhrich, *Lexikon der sprichwörtlichen Redensarten,* Art. »Salz«). Gracián mochte es in Boccalinis *Ragguagli di Parnaso* gelesen haben (I, 17). – Mit dem »Gerissenen« hatte es offenkundig eine persönliche Bewandtnis: Mit einem Kanonikus aus Huesca, Salinas y Lizana, der u. a. Martial übersetzte, hatte sich Gracián nach Jahren der Freundschaft wegen einer harschen Kritik an einem von dessen lateinischen Gedichten überworfen; möglicherweise war dieser an der kurz darauf erfolgten Denunziation Graciáns beim Jesuitengeneral wegen unautorisierten Publizierens beteiligt; im Schlusssatz »denn er ist es sehr« bringt Gracián wohl eine boshafte Anspielung von *»sal«* (Salz) auf Salinas unter.

8 *List und Tücke:* vgl. S. 178, Anm. 39.

»Stimmt gar nicht«, glossierte Critilo, »ich habe schon gehört, wie dieser Aphorismus verworfen wurde, und zwar am meisten von den ganz Geriebenen, bei denen man mit der Wahrheit selber Täuschung betreibt, wenn nämlich schon niemand mehr glaubt, dass ein anderer noch die Wahrheit sagen könnte. Der hier mit seinen Halbjahrestücken, der ist doch wohl nur ein Kleinschwindler.«

»Genau das, und er tut gewaltig geheimnisvoll und profund mit jenem anderen dort, der sein Zwillingsbruder ist.«

»Und wer ist das?

»Den nennen sie Bobico, den Oberschlauen, und gemeinsam basteln sie an irgendeiner Teufelei. Doch so wahr sie sich darauf verstehen, so wahr genügt es, sie zu kennen und sie in dieser Meinung zu lassen. Deswegen sagt man ja auch: ›Schon gut, *Unter Tölpeln läuft das Spiel*‹.[9] Und damit lassen sie sie keinen Stich machen.«

Ein anderer vom selben Kaliber trat auf.

»Wen mag der vorstellen?«

»Das ist Dropo der Tagedieb, so bekannt wie gefürchtet.«

»Und jener dort?«

»Zaino der Hinterlistige, vom selben Schlag.«

»Glaubst du mir, dass ich keinen von denen sehen kann, ohne dass mir bange wird? Mein Argwohn wächst ins Grenzenlose.«

»Das wundert mich nicht, denn allen, die sie ansprechen, geht es ebenso. Jeder fürchtet sie und nimmt sich vor ihnen in Acht. Daher wird auch von der Füchsin erzählt«, fuhr der Scharfnasige fort, »die, als einmal ihre Jungen erschrocken zu ihr in den Bau gelaufen kamen und sagten, sie hätten ein fürchterliches Tier mit ein paar hässlich verbogenen Hauern aus Elfenbein gesehen, ihnen zurief: ›Ach woher denn, da braucht ihr keine Angst zu haben, das ist der Elefant, ein großes Tier, das tut euch nichts.‹ Anderntags kamen sie wieder angelaufen und sagten, sie seien vor einem anderen Tier geflohen, einem mit zwei spitzen Hörnern auf der Stirn. ›Das ist doch auch nicht gefährlich‹, sagte sie, ›ihr seid ja Dum-

9 *Spiel:* zu ergänzen: »... und dabei war doch jeder ein Mogler.« Auch Titel einer Komödie von Rojas Zorrilla (1637), in der das Sprichwort mehrmals zum Aktschluss wiederholt wird.

merchen.‹ ›Aber diesmal haben wir eins getroffen mit Nägeln wie Dolchen, das hat schrecklich die Mähne geschüttelt.‹ ›Das war doch der Löwe, macht euch nichts draus, der ist nicht so schlimm, wie ihr ihn schildert.‹ Schließlich kamen sie einmal sehr vergnügt nach Hause, denn sie hatten, sagten sie, etwas anderes gesehen, kein Tier, schon gar kein böses, sondern ganz anders als die anderen, ohne scharfe Waffen, zahm, friedlich und freundlich. ›Also diesmal‹, sagte sie, ›diesmal müsst ihr Angst haben. Seid auf der Hut vor ihm, Kinder, flieht hundert Meilen weit.‹ ›Warum denn, wo es doch keine Krallen hat und keine Hörner und auch keine Hauer?‹ ›Es genügt, dass es schlau ist. Das muss der Mensch sein. Hütet euch, ich sage es noch einmal, vor seiner Bosheit.‹[10] Und du dich vor dem, der dort drüben geht, hinter dem alle mit den Fingern Storchschnäbel machen:[11] Das ist ein ganz schräger Kerl, ein Teufel, heißt es, oder noch Schlimmeres. Der neben ihm geht, der würde dich glatt sieben Mal am Tag verkaufen. Und erst der andere da, der einem dauernd zuzwinkert und deswegen FUCHS genannt wird: Er ist es wirklich in Rat und Tat! Ausgefuchste Streifzüge macht er, und alles dies hier sind Nepper und Fallensteller.«

»Nun sag mir«, bat Critilo, »was ist der Grund, weshalb jeder streng für sich geht, man sich niemals zusammentut und eine Kameradschaft bildet, ganz wie auf einem bestimmten Platz, wo ich einmal viele Städter spazieren sah, und jeder ging allein, keiner traute sich zum andern, alle hatten sie Scheu voreinander?«

»Tja«, meinte der Scharfnasige, »bei solchen und Ähnlichen sagt man immer: *Jeder Wolf auf seinem Weg.*«[12]

Sehr bemerkenswert war, wie der Begehrliche und der Schwindler aufeinander trafen, ließ sich dieser doch tausend Gaunereien einfallen, auf die der andere, obwohl er sie kannte, sogleich hereinfiel, eben weil er so begehrlich war. Und das Tollste daran war,

10 Unnötig zu sagen, dass dieses Märchen in der Literatur unbekannt ist.

11 *Storchschnäbel:* vgl. S. 91, Anm. 7.

12 *Wolf:* Ironisch, denn der Sinn des Sprichworts ist (nach Sbarbi) positiv: Jeder möge seinen eigenen Weg gehen und sich nicht um das kümmern, was die andern tun.

dass jeder vom andern sagte: ›Was das für ein Trottel ist, wie ich den hereingelegt habe!‹[13]

»Siehst du nicht diesen Schelm, diesen Schnapphahn dort? Der ist durchtrieben von vorne bis hinten: Nichts von dem, was du sagst oder denkst, entgeht ihm. Und daneben ist einer vom gleichen Schlag, dem kannst du keinen gezinkten Würfel anbieten.«

»Dann sag mir aber auch noch, wer hat den dort hingestellt, der so aussieht, als könnte er kein Wässerchen trüben? Man weiß doch: *Dumm sind alle, die so aussehen, und die Hälfte derer, die nicht so aussehen.*«[14]

»Du merkst schon: Der ist nicht dumm, der weiß nur, wie man so aussieht. Ganz wie jener andere dort, der den Trottel markiert: Es gibt ja keinen Unwissenderen als den, der sich dumm stellt.«[15]

Critilo fragte sich, und er fragte auch ihn, ob sie nicht vielleicht zufällig an der Warenbörse von Venedig seien, oder aber in der Ratsversammlung von Córdoba, oder gar auf dem Marktplatz von Calatayud, der alles andere übertrifft und wo ein Auswärtiger einem Einheimischen gegenüber bekannte, er sei in einnehmendster Weise ausgenommen worden, und sagte: ›Also deswegen, lieber Mann, heißt es, der Dümmste in Calatayud sei dem Klügsten in meiner Vaterstadt überlegen, ja?‹ ›Nein, gewiss nicht‹, war die Antwort. ›Wieso denn nicht?‹ ›Weil es in ganz Calatayud keinen Dummen gibt und in Eurer Vaterstadt keinen Klugen.‹«[16]

»Aber du hast gar nichts gesehen«, sagte ihm nun der Kamerad, »solange du nicht einen Blick in die *Satrapie* geworfen hast.«[17]

Und er geleitete ihn dorthin. Beim Eintritt sagte er zu ihm:

13 Die Stelle geht aus von einer Gruppe Sprichwörtern, die auch Quevedo im 16. Bild seiner *Hora de todos* verwendet bzw. verdreht hatte: *Der Begehrliche und der Schwindler finden leicht zusammen.* Oder aber: *Mit dem Begehrlichen hat der Schwindler leichtes Spiel.* Oder: *Der Begehrliche und der Schwindler trafen aufeinander: Zeichen dafür, dass sie sich zusammentaten.*

14 *Dumm:* vgl. S. 555, Anm. 14.

15 Variation über: *Es gibt keinen Schwerhörigeren als den, der sich taub stellt.*

16 *Calatayud:* zu diesem nicht eben unzweifelhaften Kompliment Graciáns an seine Geburtsstadt vgl. S. 343, Anm. 76.

17 *Satrapie:* Bereich der »*satrapos*« – der »Schlauberger« (diese Bedeutung hat das pers.-gr. »*satrapes*« im Span. angenommen).

»Hier heißt es Augen auf, besser noch hundert, und nach allen Seiten!«

Sie trafen auf einen verschmitzten Alten, und nicht nur einen. Hier hatte Critilo Grund zum Staunen, was er alles an Finten und Tricks, an Geriebenheit und Durchtriebenheit sah, wie schwarz das Weißhaar in der Seele war, wie scharfohrig und scharfnasig sie alle waren, ebenso falten- wie listenreich, mit wie viel schlauer, *politischer* Berechnung sie zu Werke gingen. –

Doch während Critilo hier wandert, immer abwechselnd gekauft und verkauft, wird es gut sein, wenn wir uns nach Andrenio umsehen und ihm folgen, wie er die entgegengesetzten Gefilde durchirrt: Neigen doch nahezu alle Sterblichen zu den Extremen, wo die Kunst des Lebens darin besteht, die Mitte zu halten. Er befand sich also im Lande der guten Leute. Wie anders war es doch dort! Sie erschienen von ganz anderer Art, friedlich und schiedlich, durch sie geriet die Welt nicht in Aufruhr, der Marktplatz nicht in Tumult. Unter den Ersten, die er traf, war Hans Gutseel;[18] der hatte erst halb gegrüßt, da wusste er schon nicht mehr, was er sagen wollte, doch das hinderte ihn nicht, sich gleich treuherzig anzubiedern. Ein anderer gesellte sich zu ihnen, der nannte sich auch Hans: Hier waren eben die meisten solche Hänschen, alles brav und bieder, wo dort alles aufsässige Peter waren.[19]

»Wer ist das hier, der so grinst?«

»Das ist der gute Mann, der vor lauter Gutartigkeit missraten ist; wie es heißt, ist er so gut wie ein Nichtsnutz. Genau wie der andere dort, der *Schön-Schön;* mit dem steht es jetzt ziemlich unschön. So geht's mit den lieben Gesellen.«

»Wie geradean sie doch aber sind«, meinte Andrenio, »sagen alles rundheraus, ohne höfliches Drumherum.«

»Zu Lug und Trug wären sie auch gänzlich unfähig.«

Darüber stieß noch *Boncompagno,* der *Gefährte Liebundrecht* zu

18 *Hans:* vgl. S. 606, Anm. 10.

19 *Peter:* In vielen spanischen Sprichwörtern sind die *Pedros* Aufsässige oder Nichtsnutze.

ihnen, zusammen mit *Meinertreu* und *Meinseel.*[20] Zwischen ihnen hörte man weder ein Ja noch ein Nein; bei nichts widersprachen sie einander oder forderten sich gar heraus, redeten vielmehr geflissentlich aneinander vorbei. So sehr waren sie *Lieber-Friede* und *Schweig-fein-still*, dass selbst Andrenio Zweifel kamen, ob sie überhaupt aus Fleisch und Blut seien.

»Du zweifelst völlig zu Recht«, erwiderte ihm der *Mann, der zu seinem Worte stand,* welchen kennen zu lernen ihm, weil so selten, große Freude machte, und es war ganz bestimmt kein Franzose.[21] »Denn die meisten sind nur Teigmasse mit ein bisschen *ehrlicher Haut* drum herum. Und damit du es auch glaubst, schau dir den dort an, wie angeknabbert der ist, Don Soundso von Marzipan, in den beißt einfach jeder gern einmal hinein. Da ist übrigens noch einer, das ist Kanonikus Schmeichelweich, der allen immer alles recht macht.«[22]

Einen sahen sie, der war über und über mit Fliegen bedeckt.

»Das ist Gevatter Honigseim.«[23]

»Wie gut all diese Leute doch für ihre Vorgesetzten sind! Solche Wachsköpfe wünschen sich die Oberen: Man kann sie nach Belieben hin und her drehen und die Nasen in jede Richtung drücken.«

Dann trafen sie auf FROMMENMILCH, der dachte über niemanden schlecht, glaubte auch nie etwas Schlechtes.

»Der da ist neunmalgut und deswegen immer neunmal von

20 *Meinertreu:* im Original jeweils Teile von Redensarten, die einfältig-subalterne Ergebenheit ausdrücken: *»(Tal sea tu salud,) tal sea mi vida«* und *»Mi alma con la suya (si al cielo va).«*

21 *Franzose:* Redensarten vom Typ: *Ein Franzos', der sein Versprechen nicht bricht, ist kein richtiger Franzos'* waren im Schwange. Gonzalo Correas führt sogar Titus Livius an, der den »Franzosen« bereits Wortbrüchigkeit vorgehalten habe; im Übrigen sei König Franz I. das beste Beispiel, habe er doch sein den Spaniern gegebenes Wort nach seiner Freilassung nicht gehalten.

22 *Kanonikus:* möglicherweise eine weitere Spitze gegen den in Anm. 7 genannten Kanonikus Salinas.

23 Sprichwort: *»Hacéos miel, y paparos han moscas«* – »Macht euch zu Honig, und es werden euch die Fliegen fressen«.

gestern. Und er schließt beständig von sich auf andere: Nein, was wäre die Welt doch gut, wenn alle so wären wie er!«

Mit ihm zusammen kam LÄSSIG, der war für kaum einen verlässlich.

»Wie wohlbeleibt der Mann doch ist!«

»Das ist der berühmte PUMMELPATSCH, dem nichts den Schlaf rauben kann, und sei es das tragischste Ereignis. Hat er doch tatsächlich eines Nachts, als man ihn aufweckte, damit er von einem die ganze Welt bewegenden Vorfall erführe, seinen Dienern zugerufen: ›Packt euch fort, dafür ist doch morgen noch Zeit! Glaubt ihr vielleicht, ich hielte mich nicht bis dahin?‹«

Vor allem aber konnte Andrenio gar nicht genug über ein Kleid staunen, das in keiner Weise praktisch war, ohne Nähte, ohne Futter, ohne Taschen. Er hatte nämlich Herrn ALLERWELTSMANN vor sich, den Mann für alle und keinen, der wiederum begleitet war von einer erklecklichen Zahl von Leuten.

»Der rechter Hand ist der *Erste Beste* und der zur linken ist der *Letzte Dümmste.* Den gleich dahinter *gewinnt, wer ihn hereinlegt,*[24] und den nächsten *mag man genau so gern als eigenen wie als fremden.*[25] Dort drüben kommt der, der nichts ablehnen kann, gleich danach der, der nichts Eigenes hat, weder in Tat noch Wort. Jener schließlich sagt einfach zu allem Ja, das ist der Zustimmer EIGEWISSDOCH, Gegenfüßler von Signor *No li po far.*[26] Alles gern gesehene Leute: langes Leben, reicher Segen.«

Andrenio kam die Frage unter, ob dies vielleicht die Region der Unsterblichen sei.

»Warum fragst du das?«, fragte einer zurück.

»Weil ich keinen sehe, der sich hier verzehrte oder umbrächte. Ich weiß wirklich nicht, woran diese Leute sterben.«

24 *»El que le pierde le gana.«* Gemeint ist der Vertrauensselige, unter Anspielung auf eine Variante des Damespiels, bei dem gewinnt, wer zuerst die Steine verliert, genannt *»ganapierde«* – »Wer verliert, gewinnt«.

25 Ironisch für jemanden, der einem gleichgültig sein muss.

26 *No li po far:* »geht leider nicht« (warum in – angenähertem – Italienisch, ist nicht ersichtlich).

»Sie sterben nicht, sie sind schon tot.«[27]

»Ich würde aber eher sagen, das ist die Lebenskunst, wohl belebt und wohl beleibt, rund und gesund, gute Leber, kräftiger Pansen. Andere machen ihr Herz zur Mördergrube, diese ihren Magen zur Fördergrube.«

So verlangte der Umgang mit ihnen nicht viel, schon gar kein Umgehen. Keiner nahm je ein Blatt vor den Mund, Ränke kannten sie nicht, sie legten die Hand aufs Herz und das Herz auf die Zunge und ließen es dort höher schlagen. Betrüger gab es keine, Höflinge auch nicht und Cordobeser gleich gar nicht. Zwar war man nach Italien gekommen, doch hier gab es gar keine Italiener, wohl aber schön viele Bergamotten;[28] von den Spaniern nur ein paar Altkastilier; von den Franzosen diesen oder jenen Auvergnaten; außerdem viele Polen. Arglos gingen sie auf alle zu, und von allen wurden sie hintergangen. Man sollte eigentlich nicht mehr *Bauernfängerei* sagen, sondern Bravenfängerei: Nicht die Bauern werden übertölpelt, sondern die Braven, die sind eben am leichtesten hereinzulegen.

»Was für linde Luft aber in diesem Erdstrich«, rief Andrenio, »und der Himmel erst recht so mild!«

»Zu anderen Zeiten hättet Ihr kommen müssen«, sagte da ein Alter zu ihm, der solche noch erlebt hatte, »als alle sich noch mit *vos* anredeten, wie der Cid.[29] Ja, damals war Gutland noch bevölkert, war Argland noch nicht entdeckt! Man hätte nicht gedacht, dass es so böses Land überhaupt geben könnte, oder man hielt es für unbewohnbar wie die Wüste. Gott sei dem gnädig, der es als Erster betreten hat: Je, was für ein Indien! Leute mit doppelter Zunge fanden sich damals nur ganz ausnahmsweise, alle Welt kannte sie, man warnte schon meilenweit vor ihnen, und alle liefen davon wie vorm Tiger. Heute ist alles verdorben und verkommen, selbst das Klima, und wenn es so weitergeht, wird Deutsch-

27 *Tot: Offenbarung* 3, 1.

28 *Bergamotten:* weiche Birnen aus Bergamo.

29 *Vos:* Die Anrede *vos* war zu Zeiten des Cid (11. Jh.) oder auch zu Zeiten der Cid-Romanzen (14. Jh.) freilich gerade eine Höflichkeitsform, später ersetzt durch *vuestra merced* > *Usted.*

land in wenigen Jahren ein zweites Italien sein und Valladolid ein zweites Córdoba.«

Doch obwohl Andrenio sich nun an dieser Stätte der Gutmütigkeit und Biederkeit, der Arglosigkeit und Schlichtheit recht wohl fühlte und keineswegs verkauft, suchte er von dort wegzukommen, denn es schien ihm schließlich doch allzu einfältig. Und es war recht bemerkenswert, dass Critilo und er, obwohl so weit voneinander entfernt, nun offensichtlich einer für den andern ein Ohr hatten, denn sie ließen beide gleichzeitig jeder von dem Extrem ab, in das er geraten war, von der Durchtriebenheit der eine, von der Einfalt der andere, und ihr Augenmerk auf die Mitte richtend, gewahrten sie beide den Hof des KLUGEN WISSENS und machten sich beide dorthin auf den Weg. An einer Stelle, an der sich ihre Wege vereinten, konnten auch sie wieder zusammenfinden und vermochten die Extreme auszugleichen. Hier nun schien bereits eine seltsame Gestalt ihrer zu harren, eine jener Merkwürdigkeiten, mit denen die Lebensreise aufwartet. Denn so wie manche ganz und gar *zu Zungen werden,*[30] andere zu Augen, so bestand dieser vollständig aus Hirn und Verstand, so dass er hundertfache Klugheit, hundertfache Umsicht, hundertfache Bedachtsamkeit und ähnliche Wahrnehmung besaß. Er war recht eigentlich Kastilier nach Wesen, Aragonese nach Vernunft, Portugiese nach Besonnenheit und überhaupt ganz und gar Spanier nach Gediegenheit und Substanz. Andrenio betrachtete ihn eingehend, und nachdem er sich mit Critilo ausgetauscht hatte, sprach er ihn an:

»Mein Herr, dass einer vielfachen Verstand im Kopf hat, ist ja recht, denn dort befindet sich der Thronsitz der Seele. Aber Zunge aus Verstand, wozu soll das gut sein? Wenn schon die Zunge aus kräftigem Fleisch so gern ausrutscht und dabei die ganze Person in Gefahr bringt (denn zehnmal mit dem Fuß ausgleiten ist weniger schlimm als einmal mit der Zunge), wie wird es dann erst bei einer so flüchtigen und vergänglichen Masse sein? Wer soll sie noch beherrschen?«

»Da irrst du dich aber gewaltig!«, erwiderte der *Vernunftete* (so

30 *Zungen: »hacerse lenguas«* = »mit Lob überschütten«.

hieß er nämlich).[31] »Hier gilt es im Gegenteil mehr Verstand einzusetzen, mit mehr Umsicht zu Werke zu gehen. Am besten ist ein Wort doch artikuliert, solange es noch in der Brust steckt.«

»Nase aus Verstand, wer hat solches erfunden und wozu?«, fragte Andrenio zweifelnd weiter. »Bei den Augen ginge das ja noch an, damit man nicht blindlings alles angafft. Aber bei der Nase, da kann doch der Verstand nichts ausrichten?«

»O doch, sehr viel sogar!«

»Aber was denn?«

»Er soll verhindern, dass *einem Rauch zu Kopfe steigt* und alles schwarz macht oder gar die Innenwelt in Glut bringt. Bis in die Füße hinab muss man Verstand haben, und nicht so knapp, am meisten bei den Fehltritten. Deswegen sagte einst ein wacher Kopf, als er eine gefährliche Treppe hinabstieg: ›Hier muss man all seinen Verstand in den Fersen haben.‹ Wenn Reiter ihn in den Füßen hätten, würden sie nicht so leicht den Halt verlieren; vielleicht säßen dann auch ein paar Vernünftige im Sattel. Mithin müsste der ganze Mensch, soll es gut mit ihm gehen, aus Verstandteilen bestehen: Verstand in den Ohren, um nicht so viel Lüge und Schmeichelei zu hören, die ihm den Kopf verwirren; Verstand in den Händen, damit die Zügel nicht entgleiten und um richtig zu deuten, worauf er sie legt. Vor allem das Gemüt braucht Verstand, um sich nicht hinreißen zu lassen von seinen Regungen. Verstand und nochmals Verstand, damit sollte man beschlagen, bestückt und gepolstert sein.«

»Wie wenige habe ich doch von dieser Art angetroffen!«, rief Critilo.

»Und mir«, ergänzte Andrenio, »hat sogar jemand erzählt, es gebe auf der Welt insgesamt nicht mehr als eine Unze Verstand, und von dieser Unze gehöre die Hälfte einer gewissen Person (die ich nicht nennen will, um mich nicht unbeliebt zu machen), die andere Hälfte aber sei über den Rest verteilt. Denkt nur, was da auf jeden entfällt!«

31 *Vernunftete: »el Sesudo«.*

»Wer dergleichen gesagt hat, war im Irrtum. Nie gab es mehr Verstand auf der Welt, und er ist auch noch nicht zugrunde gerichtet, wenngleich man ihm arg zugesetzt hat.«

»Aber sag mir«, drängte Andrenio weiter, »woher hast du so viel Verstand, er sei dir ja gegönnt, aber wo hast du ihn aufgetrieben?«

»Wo? In den Werkstätten, in denen er hergestellt, und in den Läden, in denen er gehandelt wird.«

»Wie sagst du, es gibt Läden, wo man Verstand kaufen kann? Dergleichen habe ich noch nie gefunden, auf all den Wanderschaften.«

»Bist du nicht vor allem darin bewandert zu schauen, wo man Essen und Kleidung bekommt, aber nicht, wo man *Person-Sein* ersteht? Es gibt Geschäfte, da wird Einsicht und Urteil feilgeboten. Wahr ist freilich: Um das zu finden, muss man es schon haben.«

»Und zu welchem Preis wird es verkauft?«

»Nach Wertschätzung.«

»Auf welche Weise?«

»Je nachdem, wie viel einer hat.«

»Nach Gutdünken?«

»Nein, sondern nach Gewicht und Maß.[32] Doch lasst uns jetzt gehen, ich will euch heute geradewegs in die Schmieden führen, wo man gutes Urteil und bessere Einsicht anfertigt, in die *Person-Schulen.*«

»So sag uns auch, in diesen Schmieden, von denen du sprichst, wird dort wirklich jeden Tag Verstand zurechtgeschliffen?«

»Das ist keine Sache von Tagen, sondern von Jahren, und um eine Unze davon fertig zu stellen, braucht es ein Leben.«

Er führte sie nun auf einen ansehnlichen Platz, da gab es reichen Raum und bunten Saum, war er doch von Gebäuden umstanden, welche abwechselnd majestätisch wie Königsschlösser und karg wie Philosophenkaten waren; es standen dort sogar Sol-

32 *Gewicht und Maß: »Du hast alles nach Maß, Zahl und Gewicht geordnet«* (*Weisheit* 11, 21).

datenzelte neben Hohen Schulen. Unsere Wanderer standen staunend ob der Verschiedenartigkeit der Gebäude, und nachdem sie alles genau gemustert hatten, fragten sie ihn, wo denn wohl die Verstandesschmieden und die Vernunftläden zu finden seien.

»Das sind die, die ihr hier seht. Schaut euch nur um.«

»Aber dort stehen doch Paläste, und darin wird vernünftiges Urteilen meist eher verlernt als erlernt, und daneben Militärzelte, wo man eher Tollkühnheit als Klugheit schätzt? Und die *Patios* voller Studenten sind es doch wohl erst recht nicht? Grüne Schale birgt nichts Reifes.«

»Ihr müsst wissen, dies sind die Essen, in denen die festen Formen gewonnen werden; hier gießt man die großen Gestalten; in diesen Ateliers werden die groben Klötze behauen, aus denen die besten Figuren entstehen. Schaut diesen Palast gleich hier, wie prächtig und erhaben er dasteht: In ihm entstanden die größten Leute jenes Zeitalters, das nach Augustus seinen Namen hat, die tüchtigen Senatoren, die fähigen Ratgeber, die bedeutenden Schriftsteller. Und wie anderswo stumme Statuen zwischen gewichtige Säulen eingelassen sind, Zierde der herrlichen Fassaden, so seht ihr hier lebendige Giganten, überragende Männer.«

»Tatsächlich«, sagte Critilo. »Der rechter Hand scheint Horaz zu sein, der mit den vielen treffenden Sätzen; links, das ist sicher Ovid, von dem es heißt, er sei mehr *fecundus* als *facundus,* soll heißen, er schreibe zu viel und feile zu wenig; darüber aber steht der allen überlegene Vergil.«

»Demnach«, staunte Andrenio, »wäre dies also der Palast des Augustus, des Erhabensten der Cäsaren?«

»Sag einfach die Heldenschmiede seiner Zeit. Jener große Kaiser verlieh ihnen Verstand mit seinen Urteilen, und sie ihm Unsterblichkeit mit ihren Schriften. Nun richtet den Blick auf dieses Atelier dort: Das ist nicht für seelenlose Marmorstatuen, sondern für lebendige Säulen, die Stützen der Reiche, die höfische Schule für höchste Einsichten, und sie waren zahlreich in jener Ära.«

»Da musste der Herrscher wohl bedeutend sein.«

»Und großherzig, es war nämlich der unsterbliche König Alfons, dessentwegen man Aragón auch die Gussform der Könige nannte.«[33]

Ein anderes sahen sie aus belebten Steinen, die redeten mit eingeschriebenen Zungen; keine platten Marmortafeln waren das wie in anderen Prunkbauten, nichts von Tabula rasa, vielmehr gemeißelte Weisheit und in Stein gehauenes Heroentum.

»Dem Himmel sei Dank«, rief Critilo, »ich sehe ein Haus, das wohltuend nach *Personen* aussieht!«

»Eine solche war auch in hohem Maße sein Herrscher: Johannes der Zweite von Portugal, der den schlechten Ruf der anderen Johannes wettmachte.[34] Nicht minder bewundernswert freilich ist das dort drüben, welches abwechselnd mit Schwert und Feder bestückt ist: Franz der Erste von Frankreich hält dort die königlichen Hände gleichermaßen über den Mann des Krieges wie über den Mann des Geistes, nicht aber über Schwindler und Schwänzler. Doch gewahrt ihr nicht das mit den Palmen- und den Lorbeerkränzen, das die höchste Spitze des Erdenkreises und der Zeiten einnimmt? Das ist der unsterbliche Thron Leos des Zehnten, auf dem die Adler des Ingeniums noch unfehlbarer nisten als auf dem Thron des fabelhaften Jupiter, wenngleich es ein ingenioser Einfall des Letzteren war, allenthalben zu verkünden, dass Fürsten es sich angelegen sein lassen sollten, die Männer des Geistes zu fördern, diese Adler des Fluges und der Schau.[35] Jenes dort schließlich gehört dem erzklugen König aller Hispanien, Philipp dem Zweiten, und es ist die Grundschule der politischen Klugheit, in der die großen Staatsdiener, die hervorragenden Statthalter, Generäle und Vizekönige herangebildet werden.«

»Was ist das für ein Militärzelt dort, das sich zwischen die prächtigen Paläste hineingedrängt hat? Hat es denn Sinn, das Militärische mit dem Höfischen zu vermischen?«

33 *Alfons:* zu Alfons V. von Aragón vgl. S. 89, Anm. 4.

34 *Johannes:* zu Johannes II. von Portugal und seinen leichtgläubigen Vorfahren vgl. III, 1, Anm. 10, aber auch zum Mordvorwurf III, 4, Anm. 30.

35 *Männer des Geistes:* Ariost, Machiavelli, Bramante, Michelangelo, Raphael und viele andere erfuhren unter dem Pontifikat des Medicäers Leo X. (1513–1521) großzügige Förderung.

»O ja«, erwiderte der Vernunftmann. »Du musst wissen, auch die Militärzelte sind Offizinen großer Männer, die genauso einsichtig sein können wie tapfer. Darinnen kann man viel lernen: Der Marchese Grana del Carreto soll es bezeugen.[36] Was man dort aufnimmt, bezieht man nicht aus der Phantasie, sondern aus der Erfahrung. Hier steht das Zelt des *Gran Capitán,* der zum Tische der Könige gebeten wurde, und zwar vom König von Frankreich persönlich, mit den Worten: ›Wer Könige besiegt, darf auch mit Königen speisen.‹[37] Der war als Hofmann so vollkommen wie als Kriegsmann, sein Verstand war nicht minder stark als sein Arm, in Taten wie in Worten war er gleichermaßen überzeugend. Das andere dort drüben ist Herzog Albas Zelt, eine Schule der Klugheit und der praktischen Erfahrung, so wie sein Haus im Frieden eine Herberge großer Männer war, weshalb denn auch Juan de Vega es so angelegentlich seinem Sohn empfahl, als er ihn in die Hauptstadt schickte.«[38]

»Daneben sind noch andere, die sehen zwar nicht prächtig aus, doch immerhin mit Anstand gepflegt. Was mag an ihnen wohl vorbildlich sein?«

»Dort ist nicht Mars untergebracht, wohl aber Minerva. Das sind die Studienstifte der renommiertesten Universitäten Europas. Die Vierergruppe dort gehört zu Salamanca, das Einzelne zu Alcalá, das dahinter ist San Bernardino in Toledo, dann Santiago in Huesca, Sancta Barbara in Paris, Albornoz in Bologna und Santa Cruz in Valladolid: alles Offizinen, in denen die führenden Leute der Zeit herangebildet werden, die künftigen Stützen der Reiche, die in den Kronräten und in den obersten Gerichtshöfen sitzen.«[39]

36 *Carreto:* kaiserlicher Botschafter in Madrid (vgl. S. 111, Anm. 47).
37 Das Wort fiel 1507 bei einem Treffen zwischen Ludwig XII. und Ferdinand dem Katholischen, während eines gemeinsamen Mahles im ligurischen Savona.
38 *Juão de Vega:* Vizekönig von Sizilien (vgl. S. 223, Anm. 64).
39 *Studienstifte:* Gracián nennt renommierte studentische Kollegien der Zeit. Dass er auch Salamanca mit seiner berühmten Fassade im plateresken Stil »nicht prächtig« nennt, erklärt sich wohl damit, dass es ihm nicht um Beschreibung, sondern um den moralisch-allegorischen Sinn geht: Den »Tempeln der Minerva« kommt a priori Schlichtheit zu. Zugleich spricht er sehr konkret aus jesuitischer Sicht: Das Bursenwesen war im Bereich der protestantischen Universitäten weitgehend auf-

»Was aber sind das dort für jämmerliche Ruinen, deren bröckelnde Steine sich ausnehmen wie rollende Tränen?«

»Die da jetzt weinen, gaben zu anderen, zu goldenen Zeiten balsamischen Duft von sich, oder besser: Sie schieden Schweiß und Tinte ab. Dies waren die Paläste der preiswürdigen Herzöge von Urbino und Ferrara, Schutzorte der Minerva, Schaustätten der schönen Literatur, Sammelbecken überlegener Geister.«[40]

»Und woran liegt es, dass die Adler nicht mehr nisten wollen in solch königlichen Horsten?«

»Nicht daran, dass es keine mehr gäbe, aber nicht jeder Vergil begegnet eben seinem Augustus, nicht jeder Horaz seinem Maecenas, nicht jeder Martial seinem Nerva und nicht jeder Plinius seinem Trajan. Glaubt mir, jeder große Mann bedarf der großen Männer.«

»Etwas anderes beschäftigt mich noch mehr«, sagte nun Andrenio, »warum eigentlich die Fürsten stets sehr viel stärker für Maler und Bildhauer eingenommen sind und sie mit Ehren und Auszeichnungen überhäufen als für Geschichtsschreiber, Dichter und Schriftsteller, und seien sie noch so glänzend. Dabei ist doch deutlich, dass der Pinsel nur das Äußere wiedergibt, die Feder hingegen das Innere, und das eine sich zum anderen verhält wie der Körper zur Seele. Durch den Pinsel kommt zum Ausdruck, was immer an Wohlgestalt und Anmut, an Gefälligkeit und Stolz zu erblicken ist; die Feder hingegen schildert Verstand und Mut, Tüch-

gehoben worden, während das pädagogische Ideal der Jesuiten die Internatserziehung blieb. – Das Kollegium San Clemente in Bologna wurde 1367 von Kardinal Albornoz für spanische Studenten gegründet.

40 Das Urbino der Herzöge von Montefeltro, vor allem Federico und della Ròvere, war Anziehungspunkt für zahlreiche Humanisten, Schriftsteller und nahezu alle großen Maler des Quattrocento, ob Masaccio, Justus von Gent oder Piero della Francesca; es besaß um diese Zeit die größte Handschriftensammlung Europas; Castiglione hat die Hofatmosphäre festgehalten. Das Ferrara der Herzöge von Este stand dem nicht nach, man denke an Ariost und Tasso, überdies war es ein Mittelpunkt des Musiklebens. Der Niedergang setzte in Urbino 1631 ein, und zwar – war dies Gracián bewusst? – mit der Eingliederung in den Kirchenstaat; in dem ebenfalls eingegliederten Ferrara freilich schon etwas früher.

tigkeit und alles denkwürdig Geleistete. Der Pinsel mag diesen Gestalten für einige Zeit Leben verleihen, solange eben Holz, Leinwand oder auch Bronze Bestand haben; die Feder aber für alle künftigen Zeiten, was Aufhebung der Sterblichkeit bedeutet. Der Pinsel zeigt sie den wenigen, die ihre Porträts betrachten können; die Feder jedoch den vielen, die ihre Schriften lesen, von Land zu Land, von Sprache zu Sprache, von Epoche zu Epoche.«

»Ach, Andrenio!«, rief der Verstandesmann. »Du weißt doch: Gemälde kann man ab und zu ansehen, Statuen auch einmal anfassen, alles materielle Dinge. Ich bin nicht sicher, ob du mich recht verstehst.«[41]

Sodann konnten sie zusehen, wie im *Tempel der Exempel* ein großer Mann geformt wurde, den man mit ebenso glücklicher Hand aus sieben Heroen gewann wie Apelles sein Bildnis aus den sieben Schönheiten.[42]

»Wen stellt das dar?«, erkundigte sich Andrenio.

Und der Verstandesmann:

»Das ist ein moderner Heros, es ist…«

»Halt!«, unterbrach ihn Critilo, »nenn ihn uns nicht.«

»Warum denn nicht?«, begehrte Andrenio auf.

»Weil es nicht von Belang ist.«

»Wieso nicht, wo er uns doch bisher alle berühmten Leute mit Namen genannt hat?«

»Das bedauere ich ja auch.«

»Aber weshalb?«

»Weil sie denken können, das Rühmen sei eine Pflicht, und nichts mehr unternehmen, um der Huldigung würdig zu sein; sie meinen, es stünde ihnen zu, dabei geschieht es doch aus Überzeugung. Daher war denn jener Autor wohl auch gut beraten, der eine

41 Behutsame Fürstenkritik.

42 *Apelles:* Kleine Verwechslungen! Plinius zufolge malte Alexanders Hofmaler Apelles sein Bild der *Schaumgeborenen Aphrodite* nach der Favoritin seines Auftraggebers; der Maler, der fünf Modelle (nicht sieben) zum perfekten Bild Helenas zusammenführte, war Zeuxis (*Naturgesch.* 35, XXXVI; 64 bzw. 86). Vgl. auch Boccaccio, *De mulieribus claris* 37.

Widmung aus der ersten Auflage seines Werkes bei der zweiten unter *Errata* aufführte.«[43]

In einer anderen Werkstatt konnten sie miterleben, wie umgekehrt aus einem Manne deren hundert gezogen wurden, hundert Könige aus einem Ferdinand dem Katholischen, und es blieb genug Stoff für noch einmal so viele.[44] Hier wurde der wertvolle Grundstock erstellt, hier wurden die großen Köpfe gegossen, hieraus gingen die beschlagenen Leute, die Personen mit festem Kern hervor. Andrenio bemerkte, das Schwierigste sei offenkundig das Einrichten der Nasen.

»Das habe ich auch schon manches Mal beobachtet«, bestätigte Critilo, »dass der Natur die übrigen Gesichtsteile leicht von der Hand gingen. Ein paar gute Augen gelangen ihr mühelos, auch eine hohe und heitere Stirn oder ein gut geschnittener Mund, doch wenn sie an die Nase kam, missglückte sie ihr gewöhnlich.«

»Es ist dies eben der für Klugheit zuständige Gesichtsteil«, erläuterte der Verstandeskundige, »Aushängeschild am Gasthaus der Seele, Witterungsnehmer für Spürsinn und Umsicht.«

Auf einmal ertönte wildes Trompetengeschmetter und Trommelwirbel.

»Was gibt es denn?«, wurde von allen Seiten gefragt.

»Der Herold! Der Herold!«

»Was hat er zu verkünden?«

»Vom Thron des WISSENS ergeht ein Bannruf über das gesamte Reich.«

»Und wer oder was soll verbannt werden? Etwa die ZERKNIRSCHUNG, die sich nicht mit der Vernunft verträgt, oder vielleicht ihre große Feindin, die SELBSTZUFRIEDENHEIT?«

»Wird vielleicht der missgünstigen FORTUNA endlich der Kampf angesagt?«

43 *Errata:* So viel Sarkasmus ist kaum ohne persönliche Ranküne denkbar. Romera-Navarro nimmt an, dass es sich um die Widmung von Graciáns *El Héroe* an den Conde Duque de Olivares handelt, die nach der ersten Auflage von 1637 verschwand.

44 Ferdinand dem Katholischen (er regierte von 1469 bis 1516) gilt Graciáns Schrift *El Político* von 1640.

»Nichts dergleichen«, hieß es, »vielmehr eine kritische Reform der gebräuchlichen Sprichwörter.«

»Wie denn das«, wunderte sich Andrenio, »wo die doch heutzutage so verbreitet sind, dass man sie kleine Evangelien nennt?«[45]

»Verbreitet oder nicht, kommt her und hört, was der Herold vermeldet.«

Neugierig traten sie hinzu und hörten, wie der Herold, nachdem er zu Beginn verkündet hatte, dass über eine Anzahl Sprichwörter ein allgemeines Verbot verhängt sei, folgendermaßen fortfuhr:[46]

45 *Kleine Evangelien:* Ruiz de Alarcón, Lope de Vega, Blasco de Garay und andere hatten die Sprichwörter »kleine Evangelien« genannt. Wieder andere sprachen von *filosofía popular.* Im 18. Jh. wandte sich der Aufklärer Feijoo gegen diese einseitige Sicht.

46 *Sprichwörter:* Mit den hier aufgefädelten, besser aufgespießten 74 *refranes* (»verkehrungswürdige Redensarten« wird Karl Kraus spotten, ein in dieser Hinsicht Geistesverwandter) greift Gracián, der im *Criticón* insgesamt etwa 500 Sprichwörter anführt (zusammengestellt am Ende des 3. Bandes der Ausgabe von Romera-Navarro), ohne es ausdrücklich zu erklären, in den »Sprichwortkrieg« der spanischen Literatur ein, wie er vor allem zwischen Cervantes und Tirso de Molina tobte. Einerseits liefert er uns damit ein beunruhigend modernes Stück utopistisch-totalitärer Sprachregelung, andererseits macht er uns deutlich, dass die Lust an »Verdrehten Weisheiten«, »Verkehrten Worten« und »Antiredensarten«, wie sie Wolfgang Mieder für die deutschsprachige Gegenwart dokumentiert hat, in Spanien, dem sprichwortfreudigsten Land, fast so alt ist wie die Leidenschaft des Sammelns und Sichtens der Humanisten. Diese setzt (nach Lullus' *Liber proverbiorum*) mit einer dem Marqués de Santillana zugeschriebenen Sammlung des 15. Jhs. ein: *Sprichwörter, die sich die alten Weiblein am Feuer erzählen;* sie wird im 16. Jh. (unter dem Eindruck von Erasmus' *Adagia*) mit Núñez de Guzmán fortgesetzt, im 17. Jh. mit Correas; im 19. und 20. Jh. legen Sbarbi, Rodríguez Marín und andere Sammlungen an, die nach Zehntausenden zählen. Graciáns burleske »Sprichwörterreform« ist auch eine besondere Hommage an Quevedo: Dieser hatte in seinen *Premáticas* die Flut der Verordnungen, die den habsburgischen Kanzleien entströmte, grimmig parodiert und dabei auch Hunderte von sprichwörtlichen Redensarten kurzerhand »verboten«; auch der fünfte Teil der *Sueños* enthält Satire auf den Sprichwortgebrauch. Dass Rabelais im 11. Kapitel seines *Gargantua* (1535) bereits Redensarten zuhauf persifliert hatte, war den Spaniern unbekannt geblieben. Graciáns Verfahren der burlesken Verkehrung ist das Gleiche wie bei den Benimmregeln (vgl. S. 214, Anm. 34) und den Privilegien des Alters (vgl. S. 629, Anm. 7). – Für die Übersetzung wertvoll waren vor allem das riesige *Deutsche Sprichwörterlexikon* von K. F W. Wander (1866, Ndr. 1964) und das *Lexikon der sprichwörtlichen Redensarten* von L. Röhrich (1991).

»Item ordnen wir an, dass inskünftig kein Mensch, der noch als vernünftig gelten will, mehr sagen darf: *Wer Feinde hat, der schlafe nicht;*[47] er soll im Gegenteil sich früh schlafen legen, soll spät aufstehen und das Haus nicht verlassen, bevor die Sonne hoch steht.

Item soll nie mehr gesagt werden: *Wer keinen Großvater kennt, der kennt nichts Rechtes;* vielmehr kennt er nichts Schlechtes, denn er weiß dann nicht, dass der Großvater womöglich ein gemeiner Mützenmacher, Abdecker, Wollschläger oder noch Schlimmeres war.[48] Dass sich keiner je wieder erkühne zu sagen: *Willst du heiraten oder dich schlagen, so tue es rasch,* denn es gibt nichts, womit man sich mehr Zeit lassen sollte als mit dem Heiraten und mit dem Töten, und es gilt als ausgemacht, dass die Mehrzahl der Verheirateten, wenn sie es heute noch einmal zu tun hätten, es sich sehr gründlich überlegen würden, ganz wie jener, der da sagte: ›Lasst mich doch bitte noch ein paar Jahrzehnte darüber nachdenken.‹ Weiter wird untersagt: *Mehr weiß der Tor im eigenen Haus als der Weise im fremden,*[49] denn der Weise weiß überall und der Tor nirgends. Niemand soll sich vor allem mehr unterstehen zu sagen: *Raten, raten, aber keine Dukaten,* denn ein guter Rat ist mehr wert als ein Geldschatz, und wer ohne Rat ist, dem genügt auch kein Indien oder deren zwei. Jedermann soll sich klar machen, dass das Sprichwort, welches da lautet: *Gut gemacht ist schnell gemacht* und das vielleicht auf die Spanier gemünzt ist, mehr die Faulheit des Burschen fördert als den Dienst am Herrn; weshalb denn auf Ersuchen der Franzosen und der Italiener Befehl ergeht, es umzudrehen und zugunsten rascherer Bedienung zu sagen: *Schnell gemacht ist gut gemacht.* Keinerlei Anlass kann den Satz rechtfertigen: *Volkes Stimme ist Gottes Stimme,* sondern es ist die Stimme der Ignoranz, und durch den Mund des Pöbels sprechen gewöhnlich alle Teufel.[50]

47 Correas ergänzt: *Wer Feinde hat, der schlafe nicht, denn selbst der Käfer rächt sich am Adler.* Nach Äsops höchst unterhaltsamer Fabel *Der Adler und der Mistkäfer* (deren unterhaltender Teil hier wegfällt).

48 Mackensen kennt: »Zu beneiden sind die Knaben, welche einen Onkel haben.«

49 Vgl. *El Discreto,* Kap. 8, das schon eine kleine Vorübung zur »Sprichwortkritik« enthält (*Der kluge Weltmann,* übers. S. Neumeister, S. 52).

50 *»Vox populi vox dei«:* Seit dem 9. Jh. nachweisbar. Zu Bedeutung und weiterer Literatur vgl. Lutz Röhrich (Anm. 46), Art. »Vox«. – Feijoo hat sein *Teatro crítico uni-*

Item wird mit sofortiger Wirkung aufgehoben: *Ehr' und Gewinn wohnen selten in einem Hause drin,* denn wer heute nichts hat, der gilt auch nichts. Als große Blasphemie muss gelten: *Gott schenke dir Glück, mein Kind, Wissen nützt dir nicht viel,* denn Wissen kann es nie genug geben, und welches Glück ist größer als Wissen und *Person*-Sein?[51]

Ist bei einigen Sprichwörtern der Gebrauch gänzlich untersagt, so werden andere in Teilen verbessert. In der Redensart: *Gut Schweigen nennt man Sancho* ist inskünftig das *Sancho* gegen *Santo* auszutauschen: Schweigen ist nicht nur Gold, sondern heilig, ja bei den Frauen ein echtes Wunder (es sei denn, man meinte mit *Sancho* das Allerheiligste, nämlich was die Sentenz nicht sagt).[52] Wer konnte so etwas sagen: *Vieler Leute Esel frisst der Wolf;*[53] eher frisst doch der Esel den Wolf, frisst wie ein Wolf und sagt dazu: *Ich spiel' den Esel und fress allen das Brot weg;* es ist doch so beschwerlich, ein Mann zu sein, aber den Narren zu spielen ist die Weisheit aller Weisheiten. Sehr schlecht gesagt war: *Den Bursch und den Hahn, nicht länger als ein Jahr,* denn wenn schlecht, dann keinen Tag, wenn aber gut, dann das ganze Leben.

Item sind als Dreistigkeit zu verurteilen andere wie etwa: *Gefangen für tausend, gefangen für fünfzehnhundert;*[54] oder *Dem besten Freund den besten Schuss.*[55] Und jenes *Mir ist warm, sollen die Leute nur*

versal von 1726 mit einem bedeutenden – und sehr viel toleranteren – Essay über dieses demokratische Urwort eröffnet.

51 Vgl. S. 50, Anm. 1.

52 Dieses Sprichwort hat sich natürlich auch Cervantes nicht entgehen lassen. In *Don Quijote* II, 43 findet es seinen Platz in der großen Ermahnung an Sancho Pansa, in seinem neuen Amt als Inselgouverneur die Sprichwörter nicht mehr so wahllos zu gebrauchen wie bisher (*Don Quijote,* ed. F. Rodríguez Marín, Bd. VII, S. 119). Was Graciáns Herold verlangt, ist im Übrigen nur die Richtigstellung einer Verballhornung. Das Sprichwort lautete ursprünglich: *Al buen callar llaman santo.* Doch enthalten bereits die *Refranes glosados* vom Ende des 15. Jhs. (Neudruck Barcelona 1955) die Form *Sancho.*

53 Wander kennt: »Ein Esel der gemein wird bald von Wölfen gefressen sein.«

54 Sinn etwa: »Jetzt kommt's auch nicht mehr darauf an…«, oder: »Ist der Ruf erst ruiniert, lebt sich's gänzlich ungeniert.«

55 Gegen Verräter.

lachen ist von recht unverschämter Kälte;[56] einzig die Frauen, die mit weitem Ausschnitt gehen, sollen sagen dürfen: ›Mir ist kühl, und alle Welt lacht.‹ Andere Sprichwörter müssen eingeschränkt werden, wie jenes *Wohl dem, der den Seinen nachschlägt,* das sich besser nicht auf Kinder und Enkel von Bütteln, Schreibern, Steuereintreibern, Possenreißern, Schankwirten und dergleichen Gesindel erstrecken sollte. Wieder andere sind erst noch auszulegen, wie das *Gehst fern du von der Hütte, hab um dich deine Sippe*[57]; denn eigentlich muss seine Sippe meiden, wer in Ruhe und Frieden leben will, und seine Landsleute, wer auf Ehre und Ansehen aus ist.

Item soll als müßig des Landes verwiesen werden: *Schaff dir guten Ruf, und du kannst lange schlafen,* denn die meisten schlafen doch schon vorher lange. Nicht uneingeschränkt darf weiter gelten: *Nester vom letzten Mai, dieses Jahr ohne Ei.* Wollte Gott, der Buhle und der Ehebrecher lägen nicht mehr im Bett herum wie die Wanzen, noch auch die Spieler in den Spelunken! Ins Feuer mit den Nestern der Hehler und den Spinnennetzen der Amtsschreiber, die nur auf die *Fliege* der unbedarften Rechtssuchenden warten![58] Jenes *Gott schicke mir Streit mit einem, der mich verstehen will* war ohne Zweifel von einem schlichten Gemüt gesagt; *politische* Leute sagen nicht so, sondern: ›Wer mich nicht verstehen will, der soll nichts von meinen Absichten erfahren, nicht einmal von weit her in meine Pläne schauen.‹ Das *Darüber muss ich erst schlafen* ist eine Torheit und faul obendrein. Es darf nur noch heißen: *Darüber wachen.*

Item fällt unter das Verbot die folgende Redeseuche: *Das Übel vieler ist der Trost aller;* ursprünglich lautete dies nicht *de todos,* sondern *de tontos: Das Übel vieler ist der Trost der Schwachköpfe;* das aber hat man verballhornt. Auf Ersuchen Senecas und anderer Philosophen soll als gewaltiger Unsinn gelten: *Tu Gutes und schau nicht, wem;* vielmehr wird man sehr wohl schauen, dass der *Wem* kein Un-

56 *»Ándeme yo caliente y ríase la gente«:* von Góngora als Motto für eine satirische *letrilla* verwendet (in unserer Zeit von Paco Ibáñez vertont).

57 Vgl. S. 556, Anm. 16. Bei Wander findet sich: »Von Hause fern ist nahe bei Schaden.«

58 Das Sprichwort gebraucht Don Quijote, als er sich zum Sterben niederlegt (II 74). – *»Mosca«:* »Fliege« und *»Moneten«.*

dankbarer ist, dass er sich nicht mit dem Einsatz davonmacht, dir nicht mit dem *Guten* die Augen aushackt, dass kein Lump sich damit dicktut, kein Bauer dich damit übertölpelt, keine Ameise damit Flügel ansetzt, kein Niedriger damit nach Höherem strebt, keine Schlange sich an deinem Busen wärmt und dich hernach vergiftet. Nicht mehr soll man sagen: *Was schleppt, bringt Ehre,* sondern vielmehr im Gegenteil: *Was ehrt, schleppt,* denn manchen hat die Ehre mehr mitgenommen als die Kutsche.[59]

Item darf auf Ersuchen der Gärtner in Zukunft niemand mehr schlecht von seinem Hund reden, wohl aber von seinem Esel, der *den Kohl frisst und ihn fressen lässt.*[60] Zu verbessern ist das Folgende: *Mit deinem Herrn sollst du nicht Birnen teilen,* und zwar soll es nicht *peras,* Birnen, heißen, sondern *piedras,* Edelsteine: Er lässt dir nämlich keinen übrig.[61] Unnütz ist auch zu sagen: *Wer alles will, kriegt gar nichts,* insofern man es auf alles anlegen muss, um wenigstens etwas zu erreichen; man wird vielmehr sagen wie einer, den ich kenne: ›Herr, wenn ich alles kann, so will ich auch alles.‹ Falsch ist ebenfalls: *Schön singt Marta, sobald sie satt gegessen hat.* Von wegen! Weder schön noch schlecht, denn satt gegessen singt weder Marta noch kämpft Mars: Sie lassen sich aufs Lager gleiten. *Jedem Toren sein Thema* ist zu wenig. Es muss heißen: *zwei,* und übers Jahr schon hundert. *Gewohnheit, die man findt im Lande, hält man für keine Schande.*[62] Torheit! Gerade das ist Schande, denn üblich ist weder das Gute, noch die Tugend, noch die Wahrheit, noch die Scham,

59 Vgl. S. 542, Anm. 38; »*arrastrado*« – »fortgeschleppt« und »heruntergekommen«; Kalauer: »*más arrastrados que sillas*« – »mehr abgenützt als Stühle«.
60 Correas: »Wie der Hund des Gärtners, der den Kohl nicht frisst, aber auch keinen anderen heranlässt«. – *Der Hund des Gärtners:* Liebeskomödie von Lope de Vega (1618): Gräfin Diana ist in ihren Sekretär verliebt, versagt sich aus Standesrücksicht den Genuss, verhindert aber zugleich, dass das Objekt ihres Verzichts sich ihrer Zofe nähert. Die Lösung bringt der Diener des Sekretärs...
61 Santillana Nr. 301: »Weder im Scherz noch im Ernst sollst du mit deinem Herrn Birnen teilen.« Entspricht dem deutschen »Mit großen Herren ist nicht gut Kirschen essen, sie werfen dir die Kerne ins Gesicht.«
62 Bei Wander auch: »Gewohnheit macht den Fehler schön.« Lat. »*Ab assuetis non fit passio*«.

noch irgendetwas, das sich so anhört.[63] *Sagst du's ihm einmal, sagt's der Teufel ihm zehnmal.* Eine Redensart vom Teufel selber! Wenn es schlecht ist, wozu es ihm sagen? Wenn gut, wird's der Teufel ihm nie sagen. Im Irrtum war, wer da nachplapperte: *Der Geduldige ist der Letzte.* Vielmehr will man doch in allem der Erste sein und voraneilen.[64] Wegen Dummheit wird außer Kraft gesetzt: *Ein treuer Freund am rechten Ort ist mehr wert als viel Gold im Hort.* Denn zum einen: Wo finden sich schon wahrhaft treue Freunde? Zum andern: Wer Gold im Hort hat, dem fehlt es nirgends an Gefolgsleuten. Das Folgende: *Weder für Gute gewinnen, noch Schlechten etwas lassen* stammt sicher von jemand sehr Unbedachtem, muss man doch die Guten lassen und die Schlechten gewinnen, damit sie gut werden.[65] *Auch ein Übel hat sein Gutes.*[66] Nein! Schritt für Schritt schreitet das Übel voran, und einem Übel die Tür öffnen heißt hundert hereinlassen, denn das Übel geht dahin, wo schon die meisten anderen sind.

Item ist zu berichtigen: *Wo immer du bist, mach's, wie du's siehst.* Es muss heißen: *wie du musst.*[67] Restlos auszumerzen ist: *Schlecht steht es mit dem Haus, in dem kein tonsurierter Kopf ist,* vielmehr sehr gut, und sehr schlecht, wo es einen solchen gibt, denn das Vermögen der Kirche richtet das andere ganz und gar zugrunde und rui-

63 *Sich so anhört: »virtud«, »verdad«, »vergüenza«* beginnen alle mit *vir-* oder *ver-*, woraus die Gruppe LESO schließt, dass das nicht gesagte Wort *»virgo«* sein musste – *»Jungfernschaft«.*

64 Vermutlich meinte das Sprichwort etwas ganz anderes: *»Wer die Hörner kriegt, merkt's als Letzter.«*

65 Das Sprichwort rät, sich für die Erben nicht krumm zu legen: Tüchtigen Nachkommen braucht man nichts zu vererben, missratene werden ohnehin jedes Erbe vergeuden. Graciáns Korrektur bedient sich – etwas gesucht – der Polysemie von *»ganar«* – »erwerben« und »gewinnen« und *»dejar«* – »lassen« und »hinterlassen«.

66 Auch Titel einer Komödie von Ruiz de Alarcón (ca. 1625), dt. von Kurt Thurmann, in: *Mantel und Degen,* 1969.

67 Meist in der Form: *»Wenn du in Rom bist, so tue, wie du siehst«* (Wander); lat. *»Si fueris Romae, romano vivito more«;* frz. *»A Rome comme à Rome«.* Der Sinn ist doppeldeutig: »sich den herrschenden Gewohnheiten anpassen« oder »mit den Wölfen heulen«. So schon in Quevedos *Buscón:* »›Mach, wie du's siehst‹, sagt das Sprichwort, und es hat Recht. Da ich das wohl bedachte, beschloss ich, ein Spitzbube unter Spitzbuben zu sein.« (I, 6; übers. W. Muster).

niert das beste Haus.[68] *Wie früh man auch aufsteht, der Tag bricht darum doch nicht eher an* ist die Rede von Langschläfern; sie mögen sich klar machen, dass Arbeiten Tagwerden bedeutet und dass der Frühaufsteher anderthalb mal so viel vom Tag hat, der Langschläfer aber den ganzen Tag hasten muss. *Wo einer nicht will, können zwei nicht streiten.* Das gilt nicht in Valencia, denn dort wird auch einer, der sich auf gar nichts einlassen will und vor Vernunft nur so überquillt, zum Streit gezwungen. Man soll nicht mehr sagen: *Das Geben geht mit dem Nehmen,* denn das versteht sich gar nicht von selbst; man könnte eher die Rätselfrage stellen: ›Was war zuerst: Geben oder Nehmen?‹ *Wer nicht bitten kann, kann auch nicht ›leben‹.* Welch ein Irrtum! Betteln heißt für den anständigen Menschen sterben. Man soll nur noch sagen: ›Wer nicht leiden kann...‹[69] Schlimmer noch ist jenes: *Wer Silber hat, hat alles Gut.* Nein: alles Übel! Desgleichen: *Wille ist Leben.* Nein: ist nichts als Tod![70]

Item wird wegen Lächerlichkeit untersagt: *Streit an Johannis, Friede fürs ganze Jahr.* Was ist an Johannis denn anders als an Sankt Anton? Und wer den Johannistag schlecht begeht, wie will der auf gute Ostern hoffen?[71] *Hart ist Peter als Hirt'.*[72] Nun, weich wär' er noch schlimmer. *Wer sich bessert, dem hilft Gott* war wohl gemeint: wer sich verbessert. Wenn es im Spiel schlecht läuft, tauschen die Gewitzten ihre Karten aus. *Geduld bringt Huld.* Nein, sondern Unhuld, je länger, je übler.[73] *Papst willst du werden? Setz es dir in den Kopf.* Viele setzen es sich dorthin und bringen es doch nur zum

68 Laut Correas konnte das Sprichwort zweierlei bedeuten: »Ein Haus, das einen Kirchenmann aufnimmt, ist gut dran.« Oder aber: »Ein Haus, aus dem ein Kirchenmann hervorgeht, ist gut dran, weil ein Mitglied in den Genuss der Rente gelangt.« Gracián nimmt die zweite Bedeutung aufs Korn – nicht eben schonend.

69 Zur »Reform« wird der sprichwörtliche Ausdruck, wie so oft, wörtlich genommen: *»saber vivir«* – »zu leben wissen«, d. h. »sich zu benehmen wissen« (vgl. oben, Anm. 4).

70 Entspricht etwa »Des Menschen Wille ist sein Himmelreich (und öfter noch seine Hölle...).«

71 Am 24. Juni wurde auf dem Land das Gesinde gedungen. Die allgemeine Bedeutung der Redensart war: »Eine gute Regelung der Bedingungen, auch wenn hart erstritten, kann den Landfrieden für später sichern.«

72 »Hart« = »zu alt«. Wander: »Alte Bienen geben wenig Honig.«

73 *»Sufrido«* – »geduldig« und »nachsichtiger Ehemann«.

Küster; besser in die Hände setzen, mit Werken und Taten.[74] *Wer einen Mund hat, kommt nach Rom* kann nur bedeuten: zur Buße für sein sündiges Reden.[75] Auf keinen Fall darf man mehr sagen: *Sich gutes Grün gönnen.* Nein, nur ganz schlechtes Schwarz, denn am Ende wird alles weiß und das Gesicht schamrot und die Haut gelb und die Lippen blau, zur Rache an aller Farbe.[76] Ebenso wenig trifft zu: *Schlechte Gewohnheiten verlieren sich spät oder nie.* Nein: vielmehr sehr bald schon, denn wer ihnen nicht den Garaus macht, den richten sie zugrunde mitsamt seiner Habe und seiner Ehre. Falsch lag auch, wer zum Manne sagte: *Ehe macht zahm.*[77] Ganz im Gegenteil muss die Frau erst zahm werden, um heiraten zu können, und man hat oft beobachtet, dass der Mann dabei wilder wird, denn auf die Frage: ›Warum schilt dein Herr nicht?‹ erging die Antwort: ›Weil er nicht verheiratet ist.‹ Die gegenteilige Lesart wird befohlen für: *Narrenmund tut Wahrheit kund,* denn das bedeutet ja, dass alle, die Wahrheiten sagen, als Narren gelten müssen, und über dieser Schwachheit sind häufig sogar Wahrheiten verdunkelt worden, die manchen hätten erhellen können. Dem, der da sagte: *In Toledo, Gevatter, ist nicht gut heiraten,* hätte man sofort entgegnen müssen: Ist's anderswo etwa besser?[78] *Toledo* kann man getrost immer synkopiert lesen, dann heißt es *todo* und meint die ganze Welt.[79] *Schüchternen Jüngling bringt der Teufel zu Hof.* Ein solcher ist dort nicht mehr zu erblicken, vielmehr sein Gegenteil: Prahler und Schmeichler.[80] *Arzt und Advokat sollst du nichts verschweigen.* Sollst

74 Wander: »Um Papst zu werden, darf man nur wollen.«

75 Lehman (bei Wander): »Mit Fragen kommt man gen Rom«; frz. *»En demandant on va à Rome«;* it. *»Dimandando si va a Roma.«*

76 Zu *»darse un (buen) verde«* – »sich auf der Weide tummeln« vgl. S. 125, Anm. 25.

77 Wander: »Heirathe nur, sollst's Müthel wol sinken lassen.«

78 Correas ergänzt: »... da geben sie dir weder Haus noch Weingarten, dafür kriegst du eine Schwangere oder eine Wöchnerin zur Frau«, worauf Graciáns Gegenfrage anspielt.

79 Diese *»agudeza«* durch Herauslassen der Mittelsilbe hatte Tirso de Molina bereits praktiziert, jedoch in lobender Absicht: »Synkopiert man *Toledo,* so wird daraus *todo,* und wie sehr dies zutrifft, kann man an seinem Genius sehen, Religion, Schönheit, Adel, Tapferkeit, Reichtum, Klima, Wasser und Früchte« (*Cigarrales de Toledo,* ed. L. Vázquez Fernández, 1996, S. 189; *cigarral* bedeutet »Landvilla«).

80 Critilo hatte auf dieses Sprichwort schon angespielt: vgl. S. 725, Anm. 34.

du doch, denn für gewöhnlich verkehren sie alles ins Gegenteil und haben damit Erfolg.[81] *Forellen fängt man nicht mit trockenen Hosen.* Ich sage: doch, die großartigen Fischer fangen sie ja immer schon blau. *Es ist keiner so taub, wie der nicht hören will.* Schlimmer noch ist der, bei dem es zum einen Ohr hinein- und zum andern wieder hinausgeht. *Wo der König es reitet, macht das Gesetz Sprünge.* Nur wenn es schlechte Minister gesattelt haben. *Abschüssige Bahn soll man als Letzter begehen.* Auf keinen Fall, weder als Letzter noch als Erster, sondern gar nicht.[82] *Wenn du siehst, dass dem Nachbarn der Bart abfällt, sollst du deinen einweichen.* Wozu das, wenn sie dich dann umso leichter zausen und rupfen? *Der Harte gibt mehr als der Nackte.* Gemach, gemach, dieser gab schon seinen Mantel, der andere zögert meist noch und sagt vor sich hin: ›Wer Geld haben will, muss es festhalten.‹

Item wird untersagt: *Diener sind* enemigos no escusados*, unentbehrliche Feinde.* Sie sind im Gegenteil *muy escusados,* sehr überflüssig, und sie haben für alles, was sie sich zuschulden kommen lassen, hundert *escusas,* Entschuldigungen;[83] auch von den Kindern sollte man sagen, sie seien *süße Feinde,* denn solange sie klein sind, bringen sie einen zum Lachen, wenn groß, zum Weinen. *Großer Fuß und großes Ohr, Zeichen für den großen Tor.* Aber nicht doch! Ein Füßchen ist Zeichen für einen Klugschnack ohne Halt und Grund, und ein großes Ohr ist ein Kleinod für einen Fürsten, um alles zu hören.

Item soll niemand mehr der Überzeugung anhängen, *Warme Ärmel sind auch nach Ostern noch zu brauchen.* Je *weiter* sie sind, desto schlimmer, wenn Ostern da ist.[84] *Wer schweigt, bejaht.* Im Gegenteil ist dies ein probates Mittel des Ablehnens, und wenn einer seine Zustimmung zu etwas gibt, was zu seinem Nutzen ist, dann begnügt er sich ja doch nicht mit einem Ja, sondern wiederholt es

81 Das Sprichwort enthielt außer Arzt und Anwalt auch den Beichtiger!

82 »*Mal paso*« – »schwierige Stelle« und »Fehltritt«.

83 Lat. »*Quot servi tot hostes*«.

84 *Ärmel:* gemeint sind Beichtiger »mit weiten Ärmeln«, die bereitwillig die Absolution erteilen, insbesondere um Ostern *(»Pascua Florida«),* wenn die Fastenzeit vorbei ist.

gleich ein halbes Dutzend Mal. Die Rede: *Auf die Art von Aragón: Gut im Dienst und schlechter Lohn*[85] verstehen die Aragonesen gerne umgekehrt: Schlechte Dienste sollen auch noch gut belohnt werden. *Zur Schulzenwahl trat keiner an, da nahmen sie meinen Ehemann.* Irrtum! Die Wahl fiel auf ihn, weil er bekanntermaßen ungeeignet war, sucht man doch immer die Schlechtesten aus. *Wer ein Maultier ohne Makel haben will, muss zu Fuß gehen.* Torheit, es ist doch leichter, den Makel zu entfernen. *Wer gleich gibt, gibt doppelt* wird nicht richtig verstanden: nicht nur doppelt, sondern drei- und vierfach, denn während er noch gibt, wird er bereits wieder angebettelt, und er gibt erneut, mithin gibt der Hartherzige einmal, während der Freigebige viermal gibt.«

Solchermaßen fuhr der Herold noch lange mit seinen Verboten fort, unsere Wanderer aber, der endlosen Aufzählung müde, überließen das Urteil darüber lieber Kundigeren, schon auch weil der VERNUNFTBEGABTE sie zur Eile antrieb, damit sie zur Hauptwerkstatt gelangten, wo der Verstand geschärft und das Urteil verfeinert werden sollten. Wie und wo, das mag der nächsten Krisis vorbehalten bleiben.

85 Dies nach: Otto Freiherr von Reinberg-Düringsfeld, *Internationale Titulaturen,* Bd. 2, Leipzig 1863 [Ndr. 1992], S. 5.

Siebente Krisis

Die Tochter der Luft in den Blähkammern der Welt[1]

Einige Weise haben ja bereits die Ansicht geäußert, der Mensch sei zwar das kunstreichste und vollendetste Gebilde, doch zur restlosen Vollkommenheit fehle ihm noch vieles. Der eine vermisste das Fensterchen in der Brust, der andere ein Auge an jeder Hand, dieser ein Schloss vor dem Mund, jener ein Ankertau für den Willen.[2] Ich aber vermisse bei ihm einen Schornstein oben im Kopf, oder auch deren zwei, wodurch der viele Dunst abziehen könnte, welcher sich beständig in seinem Hirn bildet. Und zwar besonders im Alter. Recht besehen hat ja jede Lebenszeit ihren Höcker, manche auch mehrere, aber das Alter hundert. Die Knabenzeit ist albern, die Jugendzeit durch den Wind, die Manneszeit voll Plackerei, die Greisenzeit aber von sich selbst eingenommen: Unaufhörlich dampft es da vor Anmaßung, qualmt vor Prahlerei, köchelt vor Anerkennungsbedürfnis und röchelt nach Beifall. Da alle diese unruhigen Dämpfe nur durch den Mund nach draußen finden, rufen sie bei den Zuhörern rechtschaffenen Verdruss hervor (sollten es je kluge Dämpfe sein, dann freilich nur Gelächter).

Wer hätte auch gedacht, dass Andrenio und erst recht Critilo, eben erst in der Esse der Klugheit zurechtgeschmiedet, frisch aus dem moralischen Wasserbad der Einsicht und Umsicht hervorgegangen, je noch den Trampelpfad der Tugend, den Gehsteig der Rechtschaffenheit verfehlen könnten? Gleichwie aber im feinsten Korn die Mehlmotte entsteht, die es anfrisst, und im Kern des Zedernstammes der Wurm, der ihn zernagt, so bläht sich im Inners-

1 Zur Überschrift vgl. unten Anm. 21 und 22.

2 Der mit dem Fensterchen war Momos: vgl. I, 11, Anm. 37 und II, 11, Anm. 32. Zur *manus oculata* und zum Vorhängeschloss vgl. II, 1, Anm. 50; das Schloss vor dem Mund im übertragenen Sinne findet sich in den *Emblemata politica* von Juan Solórzano Pereira, 1655 (Abb. 22, S. 768). Das Tau zum Andocken des Willens ist diffuser.

Abb. 22: CONSILIA OCCULTANDA, Juan de Solórzano, Emblemas políticos, 1653.

ten der Weisheit der Dünkel auf, der sie verdunkelt, und in den Tiefen der Klugheit die Einbildung, die sie entstellt.[3]

Es gingen also beide Pilger in Gesellschaft des VERNUNFTETEN auf dem Wege nach Rom, näher zu ihrer ersehnten FELISINDA. Sie fanden kein Ende, die Wunder der Einsicht zu rühmen, die sie in den Palästen des gekrönten Wissens angetroffen hatten, jene großen, ganz und gar aus Verstand geformten Leute, aus denen man Saft für zehn und Kraft für zwanzig weitere holen konnte: wahrhafte Giganten an Mut und Weitblick, die Grundleger der Monarchien (nicht die Grundstürzer), mit den hundert Ohren für das Wissen und den hundert Händen für das Handeln; jene ungewöhnliche Garküche, wo mit Kunst und Erfahrung fünfzig oder sechzig Herbste lang die großen Gestalten zubereitet werden. Hier hatten sie auch sehen dürfen, wie ein großer König herangebildet wurde, wie man ihm die Arme Kaiser Karls des Fünften gab, den Kopf Philipps des Zweiten, das Herz Philipps des Dritten und den Religionseifer König Don Philipps des Vierten.[4] Soeben hörten sie von ihrem Begleiter noch die letzten Klugheitsregeln:

»Ihr sollt wissen«, sagte er zu ihnen, »auf vier verschiedene Arten gelangt der Mensch zu großem Wissen: entweder wenn er viele Jahre gelebt hat, oder wenn er durch viele Länder gezogen ist, oder wenn er viele gute Bücher gelesen hat, was am leichtesten, oder wenn er mit klugen Freunden Umgang gehabt hat, was am angenehmsten ist.«

Als letzte Vollendung der Klugheit trug er ihnen schließlich noch die Verbindung von spanischer Beharrlichkeit mit italienischem Scharfsinn an. Vor allem aber sollten sie alles daransetzen,

3 *»Die Erkenntnis macht aufgeblasen, die Liebe dagegen baut auf«* (*1. Korinther* 8, 1).

4 *Herangebildet:* Nach Lage der Dinge kann es sich hierbei nur um den 1657 geborenen Philipp Prospero handeln. Man muss sich den kleinen Mann von zwei Jahren auf Velázquez' wundervollem Bild anschauen (*Felipe Próspero,* 1659), um zu ermessen, welche Hoffnungen in ihn gesetzt wurden, nachdem schon Baltasar Carlos, Sohn aus Philipps IV. erster Ehe, im Kindesalter verstorben war. Diese Enttäuschung, vielleicht der größte *desengaño* des Jahrhunderts für die Spanier, blieb Gracián erspart. Philipp Prospero starb drei Jahre nach Graciáns Tod, 1661, dem Geburtsjahr Karls II., den man das »Desaster Spaniens« nannte. – Abb. 23, S. 770.

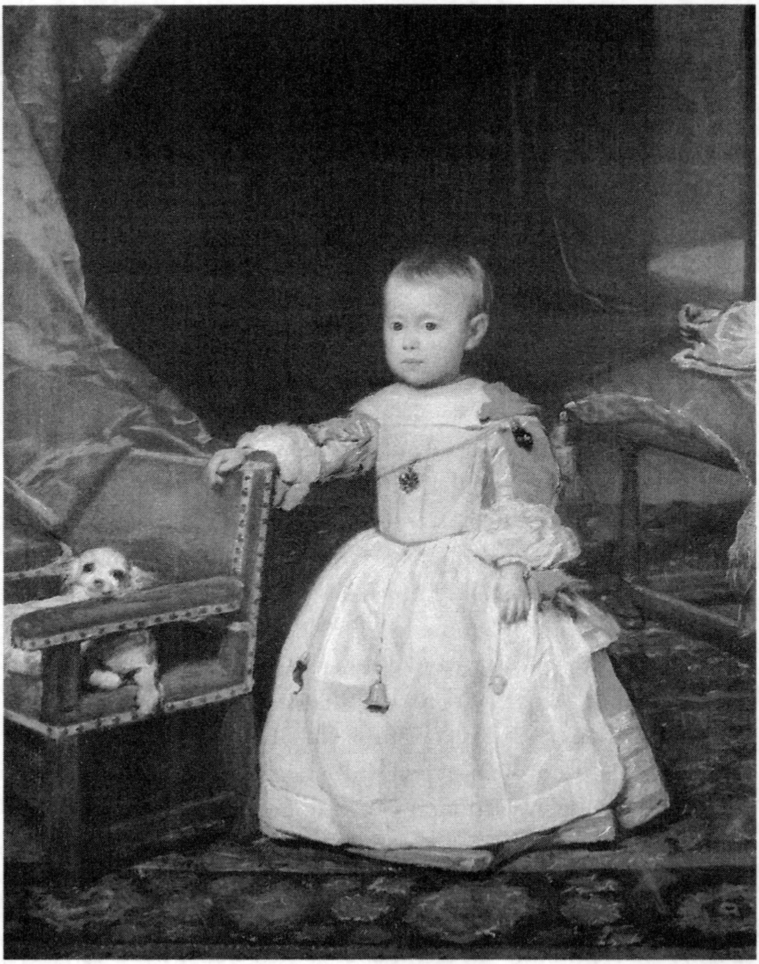

Abb. 23: Velázquez, FELIPE PRÓSPERO, Sohn Philipps IV. (1657–1661). Öl, 1659.

bei den größten und wichtigsten Handlungen des Lebens, die gleichsam die Schlüssel zu Dasein und Wert sind, nicht zu irren.

»Denn schaut«, fuhr er fort, »wenn jemand einen Zahn oder einen Nagel einbüßt, selbst einen Finger, dann ist das nicht sehr schlimm, es lässt sich ersetzen oder verbergen. Aber einen Arm zu verlieren, ein Auge oder ein Bein, das ist ein großer Schade: Jeder merkt es, denn es entstellt die ganze Person. Ebenso sage ich: Wenn jemand bei einer geringfügigen Handlung irrt, so fällt das nicht sehr ins Gewicht, es lässt sich leicht verbergen, doch bei den großen Handlungen, den wichtigen Entscheidungen des Lebens, bei denen es um die ganze Substanz des Daseins geht, zu irren, das kann schlimme Folgen haben, das kann die Ehre ins Wanken bringen, kann das Ansehen beflecken, das Leben nachhaltig beschädigen.«

In solchen Überlegungen begriffen, sahen sie ein Stück weit vor sich mitten auf der großen Heerstraße zwei Krieger heftig miteinander streiten, und gewiss nicht nur mit Worten, sondern durchaus mit Hieben. Ihr vernunftgeführter Führer machte Halt und sagte zu ihnen, um nicht in die Händel verwickelt zu werden, wolle er, mit Verlaub, sich auf sein geschütztes Selbst zurückziehen, den Zufluchtsort der Lebensklugheit. Doch sie klammerten sich heftig an ihn und flehten, er möge sie doch in dieser Lage nicht im Stiche lassen, vielmehr sollten sie alle drei auf die Kämpfenden zugehen, sie trennen und den Streit schlichten.

»Tut das ja nicht«, warnte er sie. *»Wer bei Streit und Hader schlichtet, wird selber übel zugerichtet.«*[5]

Doch beharrten beide auf ihrem Willen und gingen weiter auf den Kampfplatz zu, hielten ihren Führer sogar zwischen sich fest. Als sie näher kamen, mussten sie feststellen, dass die beiden Streitenden keineswegs, wie sie angenommen hatten, übel zugerichtet und von ihren eigenen *hierros* oder *yerros*[6] tödlich getroffen waren, ihnen vielmehr kein Tröpfchen Blut und kein Härchen auf dem Kopfe fehlten.

5 Wander (vgl. S. 757, Anm. 46) kennt: *»Wer schlichten will, bekommt rechts und links Prügel die Füll.«*

6 »Eisen« und »Irrtümer«, wie schon mehrfach.

»Gewiss sind diese Krieger verzaubert wie Orrilo«, meinte Andrenio, »und können nicht sterben, es sei denn, man schnitte ihnen ein bestimmtes Haar ab, gewöhnlich das Haar der Gelegenheit, oder man durchbohrte ihnen die Fußsohlen als das Fundament des Lebens, wie der phantasiereiche Ariosto erzählt, der bis heute noch immer unverstanden ist, seine italienischen Ausleger mögen mir verzeihen.«[7]

»Weder verzaubert noch Orrilos«, erwiderte der *Vernunftete*. »Ich ahne schon, was sie sind. Der eine gehört zu denen, die man gefühllos nennt, die nichts beeindrucken, denen nichts etwas anhaben kann, weder die Schläge des Schicksals noch die Stiche der eigenen Natur, noch die boshaften Hiebe anderer. Auch wenn sich alle Welt gegen sie verschwört, bringt sie das nicht aus dem Tritt, auch nicht um den Appetit oder den Schlaf, und sie nennen das dann Gleichmut, wenn nicht gar Seelenstärke.«

»Und der andere«, wollte Andrenio wissen, »der mit der hübschen Leibesfülle, der so aufgebläht scheint?«

»Der gehört zu der anderen Gattung von Menschen, die man Phantasten und Luftikusse nennt, ihre Körper bestehen nur aus Luft. Das ist keine solide Leibesfülle, sondern nur schwammige Aufgedunsenheit, daran erkennbar, dass kein Blut herauskommt, wenn man hineinsticht, sondern Wind, und dass sie schon vom kleinsten Ritzer gewaltig viel Aufhebens machen, wegen der Reputation, die sie verlieren.«

Am bemerkenswertesten war indessen, dass sie beim Näher-

7 *Orrilo:* wegelagerndes Monster in der Nilmündung, dem jedes abgeschlagene Glied sofort wieder nachwuchs, das aber ein Haar auf dem Kopf unsterblich machte. Der Ritter Astolfo schlägt ihm den Kopf ab und rasiert ihn mit dem Schwert kahl ... (Ariosto, *Rasender Roland,* XV, Stanze 65 f., in Fortführung von Boiardo III, II, 46). »Haar der Gelegenheit« (vgl. S. 167, Anm. 22) und »Fußsohlen als Fundament« sind Graciáns Zutaten. – »Noch immer unverstanden« ist reine Lust am Polemisieren, denn Gracián kann ja nicht gemeint haben, dass seine allegorische Deutung auch die Autorintention Ariosts war. – Das Motiv des »verhängnisvollen Haares« hat lange Tradition: Euripides, *Alkestis* V. 76; Vergil, *Aeneis* IV, 698 (Dido); Ovid, *Metamorphosen* VIII, 10 (Nisus und Skylla); Petrarca, *Triumphus mortis* II, 114. Es ist auch Märchenmotiv: vgl. S. Thompson, *Motif-Index of Folk Literature* D 1831.

kommen der drei nicht etwa in ihrer törichten Rangelei innehielten, sondern mit verdoppeltem Ingrimm weiterkämpften. Die beiden Pilger stürzten hinzu, um sie auseinander zu bringen, wobei sie den Herrn der Vernunft loslassen mussten, welcher (in Treue zu sich selber die eigenen Belange wahrnehmend, von den fremden ablassend) sich in Sicherheit brachte und sie ihrem Einsatz überließ, fehlen doch Klugheit und Vernunft stets dann am meisten, wenn sie am dringendsten gebraucht werden.[8] Mit großer Mühe gelang es ihnen, die beiden ein wenig zu besänftigen. Sie riefen ihnen zu, sie sollten doch sagen, aus welchem Anlass sie sich eigentlich schlugen, und erfuhren, es sei für sie. Das schien ihnen natürlich erst recht verwunderlich:

»Wie denn für uns, wo ihr uns doch gar nicht kennt, und wir nicht euch?«

Hier nun lässt sich ermessen, wie wenig es bedarf, damit zwei Toren aneinander geraten.

»Wir wohnen in zwei verschiedenen Gebieten. Wir streiten darum, wer euch in sein Gebiet mitnehmen darf.«

»O je, wenn es darum geht, so legt eure Eisen nieder und sagt uns erst einmal, woher ihr seid und wohin ihr uns mitzunehmen gedenkt, damit wir uns dann entscheiden können.«

»Ich«, sagte der Erste, der auch gerne der Erste in allem sein wollte, »bin der, der die sterblichen Wanderer dahin führen möchte, wo sie unsterblich sind, in die höchste Region des Ansehens, in die Sphäre von Glanz und Ruhm.«

»Groß!«, sagte Critilo. »An diese Seite will ich mich halten.«

»Und du, was hast du vor?«, fragte Andrenio den anderen.

»Ich«, erwiderte dieser, »bin der, der in diesem Lebensabschnitt die ermüdeten Wanderer dem ersehnten Stand der Ruhe zuführt, wo sie Erholung und Friede finden.«

Das klang nun sehr verlockend in Andrenios Ohren: Ruhestand, die Beine von sich strecken, dem Nichtstun obliegen, da er-

8 Ein Beispiel dafür, dass Graciáns Allegorien keine Verkörperungen fester Maximen des Handelns sind, sondern eher formbarer Stoff zur Veranschaulichung wechselnder Aspekte der Moral.

klärte er sich gleich mit von der Partie. Darüber schwoll der Streit an, griff von den beiden Kriegern auf die beiden Pilger über und wurde nun umso erbitterter zu viert geführt.

»Also ich«, erklärte Andrenio, »ich will mich dem süßen Nichtstun ergeben. Die Zeit zum Ausruhen ist doch da. Sollen jetzt die Jungen arbeiten, die in die Welt treten, sollen schwitzen, wie wir geschwitzt haben,[9] sollen werkeln und rackern für Wohlstand und Glück! Einem Alten wie mir soll erlaubt sein, sich der Muße zu widmen, ein Wohlleben zu führen, das Leben war anstrengend genug.«

»Wer sagt denn so etwas!«, rief Critilo dagegen. »Je älter der Mensch, desto würdiger, und je würdiger, desto mehr Streben nach Ehre und Ansehen. Nicht von Erde hat er sich zu nähren, sondern von Himmel; nicht das materielle, sinnliche Leben der Jungen oder der Tiere hat er zu leben, sondern das höhere, geistige der Alten und der Himmlischen. Die Früchte des Ruhms soll er genießen, die er mit so viel Mühe und Plage errungen hat, die Arbeit des früheren Lebens soll gekrönt werden mit den Ehren des Alters!«

Den lieben langen Tag brachten sie hin mit diesem törichten Streit, beide sekundiert von ihren Zeugen, Critilo vom EITLEN, Andrenio vom FAULEN, und konnten sich nicht einigen. Vielmehr waren sie drauf und dran, sich zu trennen und jeder bei seiner Meinung zu bleiben. Doch da besann sich Andrenio, dass er eigentlich nicht immer den Quertreiber und Widerborst spielen wollte, und gab für diesmal nach, fügte allerdings hinzu, er tue es nur Critilo zuliebe und nicht aus Überzeugung. Daraufhin übernahm der EITEL-FANTASTISCHE die Führung, der MÜSSIGE schloss sich an, im Vertrauen darauf, dass sie hernach schon noch in seine Region kämen; dass sie mit der anderen nicht zufrieden sein würden, war für ihn ausgemacht. Schon nach kurzer Wegstrecke wurden sie eines aufragenden, ja wahrhaft hoch stehenden Berges ansichtig, den der DÜNKELMANN sogleich mit allen Epitheta der Hochwürde pries:

9 *Geschwitzt:* Der Leser wird sich nicht erinnern können, dass davon die Rede war...

»Schaut doch«, rief er, »welche Exzellenz, welche Eminenz, welche Hoheit!«

»Und wo bringst du den Serenissimus unter?«, spottete der MÜSSIGE.

Die Stirn des Berges wurde von einem recht extravaganten Bauwerk gekrönt, das bestand gänzlich aus Kaminen, nicht nur sieben,[10] nein: sieben mal hundert, und aus jedem davon quoll unaufhörlich dichter Rauch, der sich in der Luft zu stolzen Panaschen auftürmte, bevor der Wind alles davontrug.

»Welch unvergänglicher Höhenflug!«, rief Critilo bewundernd.

»Welch unausstehliche Bleibe«, rief Andrenio verdrießlich. »Wer soll denn dort leben können? Ich keine Viertelstunde lang!«[11]

»Du ahnst gar nicht, wie Recht du hast«, antwortete der PRAHLER. »Dies ist ja auch den bedeutenderen Personen vorbehalten, die allseits beliebt und belobt sind.«

Es waren Kamine verschiedener Art, zum einen französische, die waren sehr diskret und ließen wenig durch, zum andern spanische, die luden sehr weit aus und hatten viel hohlen Raum, so dass sich auch auf diesem Gebiet die natürliche Abneigung der beiden Völker erwies, die einander doch in allem entgegengesetzt sind, Kleiden und Essen, Gehen und Reden, Geist und Temperament.

»Hier seht ihr den leuchtendsten Schlossbau auf dem Erdenrund!«, erklärte ihnen der EITLE.

»Wieso aber?«, fragte Andrenio.

Und der MÜSSIGE:

»Besser hättest du gesagt, den geräuchertsten!«[12]

10 *Sieben Kamine:* vielleicht Anspielung auf die sieben Äolischen Inseln mit ihren Vulkanen.

11 Critilo erweist sich auf dieser Etappe als ähnlich verführbar wie Andrenio und hat streng genommen seinen Namen verwirkt. Er wird (ein Komödienmotiv!) zum kritisierten Kritiker. Ein Element der Selbstkritik des Autors?

12 *Geräuchert:* Die folgende Satire auf die – vielfach mit sehr hohen Kosten erworbenen – Titel und Würden (Teil der »Domestizierung« des Adels durch die Krone) hat als sprachliche Voraussetzung, dass *»humo«* sowohl »Rauch« als auch »Eitelkeit« bedeutet.

»Aber gibt es denn heutzutage etwas, das mehr gilt und stärker begehrt ist als Rauch?«

»Was sagst du da? Wozu soll der wohl gut sein, außer dass man sich das Gesicht schwärzen, dass man die Augen zum Tränen bringen und einen rechtschaffenen Mann aus seinem Haus, wenn nicht gar aus der Welt treiben kann?«[13]

»Ach woher denn! Nicht nur, dass die Leute ihm nicht aus dem Weg gehen, sie gehen ihm sogar nach. Es gibt einen, der gibt für ein bisschen Rauch alles Gold von Genua und Tibar dran;[14] ich habe erlebt, wie er anderen mehr als zehntausend Pfund Silber für eine einzige Unze Rauch gab. Heute gilt Rauch sogar als der größte Schatz einiger Fürsten und ist für sie so viel wert wie ein ganzes Indien, denn mit ihm bezahlen sie die wichtigsten Dienste und stellen die ehrgeizigsten Bewerber zufrieden.«

»Wie geht denn das, mit Rauch bezahlen? Ist das denn eine Einnahme?«

»Jedenfalls sind sie sehr von ihm eingenommen. Hast du nie davon gehört, dass man mit dem Rauch für Spanien sich in Rom zurechtschminkt? Weißt du nicht, was es für einen Caballero bedeutet, schön rauchige Titel zu führen, eine Freifrau oder Gräfin zu ehelichen und sich mit *Euer Gnaden* anreden zu lassen? Rauchschwaden ziehen um den Feldmarschall, den Pair de France, den spanischen Granden, den deutschen Pfalzgrafen, den polnischen Woiwoden! Glaubst du vielleicht, das gelte nichts, diese Panasche, die so bedeutsam über bedeutsamen Mienen in der Luft zittern? Von diesem Ehrenräuchlein nährt sich der Soldat, es labt sich daran auch der Studierte, alle sind hinter ihm her. Was, glaubst du, waren und sind all die Orden und Insignien, die man erfunden hat, um sich und andere auszuzeichnen und von den Übrigen abzuheben, die römischen Koronen, Bürger- oder Mauerkränze, aus

13 Sprichwort: *»Humo y gotera, y la mujer parlera, echan al hombre de su casa fuera.«* – Lat.: *»Sunt tria damna domus, imber, mala femina, fumus.«* Wander kennt: *»Rauch, bös Weib und Regen sind einem Haus überlegen.«*

14 *Tibar:* arabisch *»tibr«* – »lauteres Gold« – wurde als Eigenname missverstanden.

Eichenlaub oder Gras,[15] die persische Kidaris, der arabische Turban, die spanischen Ordenstrachten, die englischen Hosenbänder, die weißen Schärpen? Ein bisschen Rauch, mal rot, mal grün, Hauptsache sichtbar und ansehnlich.«[16]

Sie waren dabei, mit viel Wind im Gepäck die Anhöhen und Steigen zu erklimmen, als aus dem Innern des Rauchpalastes ungewöhnlicher Lärm drang.

»Auch das noch!«, schimpfte Andrenio. »Zum Rauch noch Lärm? Muss wohl eine Blechschmiede sein. Da hätten wir ja schon zwei von den drei Dingen, die jedes für sich genügen, einen rechtschaffenen Mann aus dem Haus zu treiben.«[17]

»Auch dies«, beeilte sich der EITLE zu bekräftigen, »gehört zu den Dingen, die in der Welt geschätzt und begehrt sind.«

»Der Lärm, geschätzt und begehrt?«, begehrte Andrenio auf.

»Jawohl, denn alles sind hochtönende Leute hier, alle sind darauf aus, möglichst viel Getöse zu machen, damit man von ihnen spricht. Sie wollen gehört werden, und deswegen klappern sie laut, die Männer, die den Beifall suchen, die Frauen, die Aufsehen erregen, die Personen, die gefeiert werden möchten. Anders wird nun einmal die Welt nicht aufmerksam auf sie: Schellen tragen muss das Pferd in der Arena, sonst sieht keiner hin, selbst der Stier wendet sich ab. Da mag einer noch so bedeutend sein, wenn er nicht die Trommel rührt, gilt er keine zwei *chochos*.[18] Ob gelehrt oder gepanzert: ohne Schall kein Hall, kein Beifall, kein nichts.«

15 Über die (griechisch-) römischen Kranzsitten unterrichtet uns Plinius (*Naturgesch.* 22, 6). Die *corona civica*, der »Bürgerkranz« aus Eichenlaub (gr. *stephanos politikós*), stand dem zu, der in der Schlacht einem Bürger das Leben rettete, die *corona muralis*, der »Wallkranz« aus Gold, dem, der als Erster eine Stadtmauer erstieg, die *corona obsidionalis*, der »Belagerungskranz« aus Gras, war als höchste, seltenste Auszeichnung dem Befreier eines ganzen Heeres vorbehalten. Es gab zahlreiche weitere.

16 *Kìdaris:* Kopfschmuck der persischen Könige nach *3 Moses* 8, 9. – Das Kleid der spanischen Ritterorden, vor allem Santiago, Calatrava und Alcántara, stand auch im 17. Jh. noch in sehr hohem Ansehen und wurde vom König selten, aber gegen hohe Bezahlung vergeben. – *Weiße Schärpen:* Auszeichnung für französische Offiziere. – Die ganze Stelle fußt auf Boccalini (vgl. S. 12, Anm. 11).

17 Rauch und Gerede, gemäß dem Sprichwort in Anm. 13.

18 *Chochos:* Zuckerwerk für Kinder.

Das Stimmengewirr schwoll nun so stark an, als würde ein babylonisches Spektakel im Abgrund versinken.

»Was ist das nur?«, fragte Critilo. »Dort muss etwas Sensationelles vor sich gehen.«

»Sicher lässt man jemand ganz Bedeutenden hochleben«, erwiderte der FANTASTISCHE.[19]

»Und was ist das wohl für einer?«, fragte Andrenio. »Vielleicht eine Kathederberühmtheit oder ein siegreicher Heerführer?«

»Nein, so hoch brauchst du nicht zu gehen!«, antwortete laut lachend der MÜSSIGE. »Für Hochrufe genügt in diesen Zeiten weit weniger. Da wird nur irgendein Schandmaul seine Posse gerissen haben, wie es gerade im Schwang ist, oder einer dieser Rollenspieler war besonders bei Laune, schon ist die Berühmtheit da.«

»Wie«, riefen sie empört, »für solchen Firlefanz wird man jetzt bejubelt!«

»Ein Jux wird allemal mehr beklatscht als eine gute Tat. Ob sie von da kommen oder von dort, sie haben nichts Eiligeres zu tun, als uns die neuesten Geschichtchen, Anekdötchen und Witzchen zu erzählen, das lenkt ab davon und verschleiert, wie übel es bei ihnen aussieht. Eine schlaue Intrige schafft mehr Renommee als das erfahrenste Strategem. Zu anderen Zeiten pries man gewichtige Worte von Fürsten und Feldherrn; jetzt den Schnickschnack der Gaukler und die Zoten der Kurtisanen.«

Durch diese höchst unalltäglichen Lüfte erklang nun das herzerfrischende und gemütserhebende Geschmetter einer Kriegsdrommete.

»Was ist das?«, fragte Andrenio. »Wozu spielt es auf, das edle Instrument, Belebung der Lüfte, Vorklang des Ruhms? Ruft es womöglich zur Schlacht oder zum Triumph errungenen Sieges?«

»I wo«, antwortete der MÜSSIGE, »ich kann mir schon denken, was es ist, ich habe da Erfahrung: Irgendein Obermajor wird Zutrinken befohlen haben, oder eine von den Herrschaften, die sich dort herumsielen.«

19 *»Fantástico«* oder *»fantasioso«* bedeutet im Spanischen neben »fantastisch« auch »eingebildet«, »dünkelhaft«.

»Was redest du da, Kerl?«, empörte sich Critilo. »Sag: Jemand hat eine unsterbliche Heldentat vollbracht. Sag: Jemand hat einen glorreichen Sieg davongetragen. Sag: jetzt trinkt er das Blut seiner Feinde! Und sag mir ja nicht mehr, da will einer zum Gelage blasen, denn erhabene Trompeten für so banale Zwecke zu verwenden ist eine Schande: Sie sind dem Triumph, der heroischen Fama vorbehalten!«[20]

Sie wollten schon eintreten, als Andrenio stehen blieb und beim Anblick des prunkvoll ragenden Gebäudes verweilte.

»Was schaust du?«, wollte der FANTASTISCHE wissen.

»Oh, ich schaute nur und dachte so bei mir, für solch ein majestätisches Haus, das ja allen illustren Häusern anderswo ebenbürtig ist, mit so stolzen Türmen, wie es sich hier in die Lüfte erhebt und das herrliche Zaragoza weit unter sich lässt, hat es eigentlich nur ein recht schwaches Fundament.«

Hier lachte der MÜSSIGE, der stets ein Stück weit hinter ihnen zog, wieder laut auf. Andrenio drehte sich nach ihm um und fragte ihn arglos, ob er wisse, von wem dieses Schloss stamme und wer es bewohne.

»Ja«, kam die Antwort, »und besser, als mir lieb ist.«

»So sag es uns, und es sei dir dafür dein *Lasst-mir-meine-Ruhe* stets vergönnt. Wer steckt in diesem Schloss, wenn er denn schon nicht herauskommt?«

»Dies«, kam die Antwort, »sind die berühmten *Blähkammern* jener viel genannten Königin, der Tochter ohne Eltern.«[21]

Das konnte ihre Verwunderung nur noch vergrößern.

»Tochter ohne Eltern, wie kann das sein? Das birgt doch Widerspruch: Ist sie Tochter, muss sie Vater haben, und Mutter ebenso, von der Luft kommt sie nicht.«

»Eben doch. Und ich sage euch, sie hat weder den einen noch die andere.«

20 Glaubt man nicht für einen Augenblick, Don Quijote sprechen zu hören?

21 *Blähkammern: »Desvanes«* (auch im Titel der Krisis) – »Dachkammern«, »Rumpelkammern«; dazu assoziativ: »Hochmut« (von *»desvanecido«* – »dünkelhaft«). »Ich habe mich zu hoch gebläht«, sagt Faust (I 1744).

»Aber von wem oder was ist sie dann Tochter?«

»Von wem oder was? Vom Nichts, und sie denkt, es sei alles und alles sei nichts für sie und Alles stünde ihr zu.«[22]

»Ja, kann es solch ein Weib auf Erden geben – und wir kennen sie gar nicht!«

»Wundert euch nicht darüber. Ich versichere euch, sie kennt sich selbst nicht, und gerade ihre Vertrautesten verstehen sie am wenigsten, verkennen auch sich selbst, wollen indes, dass alle sie kennen. Und glaubt ihr's nicht, so fragt doch einmal den oder den, worauf er eigentlich so stolz ist, nicht den, der aus dem Staub der Erde kommt, der *in den Malven* geboren ist,[23] sondern den, der die Nase so hoch trägt, der immer nur saubere Windeln gehabt haben will. Fragt nur alle, die da sind: Es sind doch alles Kinder des Kots und Enkel des Nichts, den Würmern verschwistert, der Verwesung vermählt. *Heute noch Blumen, morgen schon Dung, gestern noch Wunder, heute schon Schatten, hier erschienen, dort verweht.*«[24]

»Dem zufolge«, schloss Andrenio, »wäre diese stolze Königin also SUPERBIA, die mächtig aufgeblasene EITELKEIT, oder möchte es wenigstens sein.«

»Punktgenau diese. Tochter des Nichts, die sie ist, maßt sie sich

22 *Tochter:* Von Calderóns Drama *Tochter der Luft* dürfte Gracián zumindest den 1650 gedruckten Zweiten Teil gekannt haben (Uraufführung beider Teile 1653 in Madrid; verkürzte deutsche Fassung von H. M. Enzensberger 1992). Seine legendäre Heldin Semiramis hat mit Andrenio gemeinsam, dass sie in der Wildnis aufwächst und von den Tieren ernährt wird (hier den Vögeln: daher der Titel). Als Verkörperung von Macht durch Eros aufgefasst, trifft Graciáns Definition sehr wohl auf sie zu: »Sie kommt aus dem Nichts und denkt, sie sei Alles.« Daher unsere Übersetzung des Titels der Krisis: *»La hija sin padres«* – »Die Tochter ohne Eltern«.

23 *»In den Malven geboren«* – »von sehr niederer Abkunft« (einer der Ausdrücke, die Quevedo »verbieten« wollte: vgl. S. 757, Anm. 46).

24 Hommage an einen berühmten Vierzeiler Góngoras, Kehrverse eines Gedichts an den Marqués de Flores : *»Aprended, Flores, en mí / lo que va de ayer a hoy, / que ayer maravilla fui, / y sombra mía aun no soy.«* – »Lernt, Flores, an mir, was von gestern auf heute kommt, denn gestern noch war ich Wunder, heute bin ich kaum mehr mein Schatten.« Die Rede ist von der Wunderblume (Mirabilis). Vielleicht mit Reminiszenz an *1. Petrus* 1, 24: »Denn alles Fleisch, es ist wie Gras und alle Herrlichkeit des Menschen wie des Grases Blumen.«

an, etwas zu sein, viel, alles! Merkt ihr nicht, wie viel Hohlheit und Schwulst in all denen ist, die hier hineindrängen, ohne etwas in Händen zu halten und ohne zu wissen, wozu? Oh, sie hätten Grund genug, schamrot zu werden, und wenn sie nur hörten, was man über sie redet, würden sie lieber sieben Klafter tief in der Erde begraben sein. Wie ich gerne sage, dringt der Wind der Anmaßung gerade zu den Ritzen und Öffnungen herein, zu denen er hinaus sollte. Viele rechnen sich auch noch zum Ruhme an, was sie doch demütigen müsste. Ihr aber, haltet ihr nur für jetzt euer Lachen zurück, ihr werdet es bald noch gebrauchen können!«

Sie traten ein, und wie ihre Blicke nach allen Seiten schweiften, trafen sie nichts, das sie hätte halten können. In dem ganzen tiefen Rund gab es weder feste Stützpfeiler noch goldene Saalwände, wie in Palästen üblich, sondern nur Höhlungen und Wölbungen, Schwellungen und Quellungen, bar aller Substanz, dafür gebläht voll Impertinenz. Der EITLE geleitete sie in die erste dieser *Blähkammern*, so weitläufig wie hohl, und schon stürzte sich jemand auf sie und legte ungefragt los:

»Meine Herren, ich darf als bekannt voraussetzen, dass mein Ur-Ur-Großvater väterlicherseits, Graf Claros, die Ehe einging mit...«

»Gemach, guter Mann«, unterbrach ihn Critilo, »wenn das mal nicht der Graf Obscuros war, die Anfänge der Sippen liegen zumeist tief im Dunkeln. Halten wir uns damit an Alciati und sein Proteus-Emblem, das macht uns deutlich, wie es um die Ursprünge eines Hauses bestellt ist.«[25]

»In direkter Linie«, behauptete ein anderer, »kann ich meine Abstammung vom Infanten Don Pelayo nachweisen.«

»Das glaube ich gern«, erwiderte Andrenio, »die meisten Ah-

25 *Claros von Montalbán:* galanter Held einer Reihe volkstümlicher Romanzen, stammte angeblich von Renaud de Montauban ab, einem der zwölf Pairs de France. – Alciatis Emblem *Antiquissima quaeque commentitia apologesis* stellt Proteus dar und erklärt, dass ihm von seinen vielen Formen die ältesten die liebsten seien, weil jeder in ihnen nach Belieben träumen könne (vgl. Henkel/Schöne 1794). Gracián wendet es gegen die Abstammungsversessenen.

nenstolzen leiten sich von Pelayo her, von wegen *pelón,* von Laín wegen des *calvo* und von Rasura wegen *raído.*«[26]

Ein anderer tat sich etwas darauf zugute, dass in sechzehnhundert Jahren in seinem Hause nie der männliche Nachkomme, um nicht zu sagen das Männchen, ausgeblieben sei. Darüber lachte Andrenio herzlich und sagte zu ihm:

»Mein liebwerter Herr, das kann jeder Schelm aufweisen. Ihr wollt es nicht glauben? Nun, dann überlegen wir doch: Stammen die Packträger wohl von Menschen ab oder von Kobolden? Seit Adam sind wir alle von Mann über Mann herabgekommen, und nicht von Nöck über Nöcknöck.«

»Ich«, flötete eine besonders Eingenommene, »stamme wahrhaftig, und aller Welt müsste dies bekannt sein, von der Infantin *Doña Toda* ab.«[27]

»Das dürfte Euch wenig frommen, meine gnädigste Frau Kürbis, wenn diese Ahnin *Doña Nada* war.«

Viele brüsteten sich mit ihrer altadeligen Scholle, machten grund- und bodenlose Ansprüche geltend, und niemand erhob Einspruch, denn die Scholle war nur eine Sohle.[28] Einer verstieg sich dazu, seine Herkunft bis zu Hercules Pinarius zurückzubeten, denn das mit dem Cid oder Bernardo del Carpio, das war ja erst gestern.[29] Auf die Palme gebracht wollten es einige nun wissen,

26 Wie »Karl der Kahle« ... *Don Pelayo:* Westgote des 8. Jhs., ältester König Asturiens. – *Laín Calvo und Nuño Rasura:* altehrwürdige kastilische Richter des 10. Jhs. *»Pelon«, »calvo«* und *»raído«* bedeuten allesamt »kahlköpfig«.

27 *Toda:* im 9. und 10 Jh. mehrfach belegt, wahrscheinlich zusammengezogen aus Theodora, aber versehen mit dem Prestige des Gotischen!

28 *Sohle: »casa solar«* – »Stammsitz«, »Herrenhaus« und *»Sohle« (suela).* In Wahrheit stammten sie von Schustern ab.

29 *Hercules Pinarius:* altrömischer Priester des Herkuleskults. – *Bernardo del Carpio:* zum legendären Helden des 9. Jhs. vgl. S. 190, Anm. 25. *Cid:* 11. Jh. – Lope Félix de Vega Carpio machte übrigens bei der allgemeinen Titelsucht mit (bei der ganze Landschaften, wie Guipúzcoa, kollektiv die *hidalguía* beanspruchten) und suchte sich das Wappen derer von Carpio beizulegen, nur aufgrund der Namensvetternschaft. Góngora hat ihn dafür weidlich verspottet. Lope selbst spottet aber im 3. Akt von *Cortesía de España* über diese Manie, ähnlich wie Vélez de Guevara im dritten *Tronco* seines *Hinkenden Teufels* (1641).

und sie wiesen ihm nach, dass er nur von Cacus abstammte und seiner Gattin *&cetera.*[30]

»Meine Vorfahren waren keineswegs Hidalgos von der dünnen Sorte«, rief eine andere höchst aufdringlich, »sondern durchaus von der wohl beleibten!«[31]

Und sie musste hören:

»Und sogar von der aufgeblasenen.«

»Das ist ja wirklich eine schöne Kammer hier«, meinte Critilo jetzt. »Könnten wir nicht erfahren, wie sie heißt?«[32]

Man antwortete ihm, dies sei die Luft- und Windkammer.

»Das will ich glauben, es ist ja auch alles, was so läuft in der Welt.«

»Alles bestes *Gewächs* des Reiches«, sagte jemand.

»Dann aber weder weiß noch rot, sondern *Muskateller.*«[33]

Sie stießen auf einen Mann von großer Wichtigkeit, der fertigte einen solchen Riesenbaum aus seiner Ahnenschaft, dass das mit den Gewächsen dagegen ein Kinderpflänzchen war. An allen Ecken und Enden pfropfte er Zweige auf, aber trotz dem vielen Blattschmuck endete das Ganze in Raschellaub ohne jegliche Frucht.

»Sie mögen von ihrer Einbildung lassen«, sagte der DÜNKEL-

30 *Cacus:* Die Gattin des Herrn Cacus ist unvermeidlich Frau C.... Und es gab sie tatsächlich! Allerdings nicht als Frau, sondern als Schwester des Betrügers Cacus (vgl. S. 98, Anm. 19 und S. 724, Anm. 30). Lactanz erwähnt sie I, xx, 36. Auch Quevedo konnte der Versuchung nicht widerstehen: *»caca en los versos y en garitero* [Spielhöllenbetreiber] *Caco« (Epitafio).*

31 *»Hidalguillos«* – »Dorfjunker«. – *Wohl beleibt: »muy de los gordos«,* aber eigentlich wollte sie sagen: *»muy de los godos«* – »schon aus den Zeiten der Goten«.

32 Ein schöner Zug: Längst haben angesichts des Rauchpalastes Vater und Sohn ihren Antagonismus vergessen und ziehen am selben Strang... – Es ist nicht ganz ausgeschlossen, dass in der besonders herben Satire des Ahnenstolzes ein wenig deutlicher als sonst persönliche Züge des Autors erkennbar werden, falls die Vermutung von Diaz-Plaja, Gracián sei jüdischer Abstammung, denn zutrifft und Gracián selbst sich dessen bewusst war (er müsste dann anlässlich seiner Aufnahme in den Jesuitenorden bei der Überprüfung der »Reinheit des Blutes« geheuchelt haben; vgl. *Obras completas* S. XVII und CCXXIX).

33 *»Cepa«* – »Weinstock« und »Stamm«, »Sippe«. – *»Moscatel«* – »Muskateller« und »ungebildeter Trottel«.

HAFTE, »denn es gibt gar kein besseres Haus auf der Welt als das Haus Enríquez.«[34]

»Das ist gut«, erwiderte der MÜSSIGE, »doch ich halte mich an das Haus Manrique.«[35]

Mit besonderem Ergötzen sahen sie, wie oft große *Escudos*, Wappenschilder, über den Haustüren angebracht wurden, wo drinnen kein *Real* mehr zu finden war. Weswegen denn auch ein gewisser Jemand gesagt hat: »Es gibt kein Blut außer dem *realen*, und mein Wappen sind die *Realen*.«[36] Bei den Wappenschildern gab es artige Schimären, wurden von manchen dort doch Bäume eingesetzt, wo es ebenso gut *Stümpfe* sein konnten, von anderen Tiere, die aber auch nur Esel sein mochten, von vielen windgefüllte Türme, ganz wie in Babylon, dem windgetürmten. Ein *Cuarto* aus Eisen war hier schon ein Schatz, zumal wenn es hieß, es sei baskisch, dem *Galizischen Uhu* zum Trotz, der kalt und herzlos daran herumpickt.[37]

»Ihr merkt doch wohl«, sagte der TRÄGE, »die Anhängsel, die sich alle an ihre Namen heften, Gonçáles von Soundso, Rodríguez von Irgendwie, Pérez von Dortenstein und Fernández zu Hinderberg? Will denn gar niemand von hier sein?«[38]

Alle trachteten sie danach, sich auf Stämme von Format aufzu-

34 *Haus Enríquez:* vgl. S. 412, Anm. 26.

35 *Haus Manrique:* Ebenfalls ein angesehenes Adelshaus, zu dem auch die Dichter Gómez und vor allem Jorge Manrique gehörten (*Coplas por la muerte de su padre,* 1476). Beide Namen aber hier kalauerhaft: *»enriquecer«* – »sich bereichern«; *»más rica (Manrique)«* – »noch reicher«.

36 *»Escudos«* – »Wappen« und »Geld«; *»real«* – »königlich« und »Münze« und »real«. – Auf französischen Münzen des 13. Jhs. war das Wappenschild von Frankreich abgebildet, frz. *»écu«* (von lat. *»scutum«* – »Schild«), daher die Bezeichnung für die Münzen selbst, die als *»escudo«* ins Spanische und Portugiesische übernommen wurde. Die Doppelbedeutung wurde weidlich genossen, z. B. in Quevedos bekannter satirischer *letrilla: »Poderoso caballero / es don Dinero«* (Str. 6).

37 *»Cuarto«* – »Geviert im Wappen« und »Münze« (von sehr geringem Wert). – *Baskisch:* Eisen aus dem Baskenland war von guter Qualität, zugleich galten die Basken als besonders ahnenstolz. – *Galizischer Uhu:* apologetisch-satirische Schrift zur Bedeutung Galiziens aus der Zeit Philipps III., in der andere Provinzen verspottet wurden (unter anderem wird mit dem Namen *Aragón* und *»haragán«* – »Faulpelz« gespielt, was Gracián nicht eben gerne las); eine baskische Schrift antwortete mit entsprechenden Artigkeiten.

38 Also ein Angehöriger derer von *Luftenau* oder von *Eitelhausen*...

propfen, dabei wurde viel geäugelt und mancher Schnitt gemacht. Einige gaben (damit) an, von den *ricos hombres* herabzukommen, und das traf gewiss auch zu, waren sie doch zuvor über Leitern und Balkone hinaufgestiegen.[39]

»Also *mein* Blut wird nicht rot«, meinte ein Edelbiedermann.

Und ein anderer gab ihm zurück:

»Gewiss doch, nicht einmal jungmädchenfarben.«

»Das beste Wappen ist demnach der Real«, schloss Andrenio, »und bevorzugt der achtfache.«

»Oh, diese Kammern!«, seufzte Critilo. »Schon nach der ersten bin ich so müde.«

»Aber uns bleiben noch viele weitere, und erfreulicher werden sie nicht! Gleich hier die nächste.«[40]

Diese bot sich sehr prachtvoll dar, sie barg Prunksessel, Throne, Baldachine und Baldower.

»Solltet ihr euch unterfangen, hier einzutreten«, sagte der DÜNKLER, schon ganz zeremoniös, »so befleißiget euch größtmöglicher Höflichkeit: nach drei Schritten eine Verbeugung, nach drei weiteren einen Bückling, lasset ja keine Geste ohne Zeremonie, sprechet ja kein Wort ohne Ehrerbietung, ganz als begäbet ihr euch in König Don Pedros des Vierten von Aragón Audienz, welchen man ob seines aufs sorgfältigste geregelten gravitätischen Gebarens den Zeremoniösen zu nennen pflegte.[41] Hierinnen werdet ihr erleben, wie Menschlichkeiten sich Göttlichkeiten annähern, werdet manch unnahbares Ölgötzenbild zu verehren haben.«

Schon sahen sie auch auf einem Podest eine gewaltig aufgeblasene Weibsperson, welche, bar jedweder Berechtigung, sich auf

39 *Hinaufgestiegen:* und damit zu *hombres ricos* geworden.

40 Unsere Pilger sind also durch die »Kammer« der Titelanmaßungen gegangen. Real dahinter zu besichtigen gewesen wäre die wirtschaftliche Krise des Adels als Teil der Krise der gesamten Gesellschaft infolge von militärischer Überanstrengung, Misswirtschaft, Epidemien, Missernten, Geburtenrückgang und weiteren Faktoren. Die allgemeine Verarmung, die ja in den Jahrzehnten nach Graciáns Tod sich noch verschlimmern sollte, rief Banditen-, Vagabunden- und Abenteurertum hervor. Darüber ist freilich von der Moralsatire kein Aufschluss zu erwarten.

41 *Pedro IV., der Zeremoniöse* (katal. *Pere el Cerimoniós*): regierte in Aragón und Katalonien von 1336 bis 1387.

Knien bedienen ließ, was sehr schlecht gelang, denn wenn der Page schon bei voller Verfügung über seinen Körper so oft daneben greift, wie muss das erst ausfallen, wenn er nur den halben hat, den Rücken buckelt und das Knie beugt, zur großen Gefährdung der Krüge und Gläser?[42] Bei diesem Anblick bemerkte Critilo:

»Ich fürchte, ich fürchte, dieses Knien vor Podesten wird beim Knien in der Küche enden.«

Und so kam es tatsächlich, denn all dieser Anbetungswahn endete gar bald in Demütigungen, und aus affektierter *Grandezza* wurde beschämende Dürftigkeit. Was sie indessen sehr belustigte, war eine drei Häuser füllende Sippschaft, deren Angehörige mit einem einzigen Adelstitel sämtlich Anspruch auf die Anrede *Señoría* erhoben, die einen qua Tanten, die anderen qua Schwägerinnen, die Söhne qua Erben, die Töchter qua Hofdamen; so dass sie mit allen Onkeln, Schwägern und Schwippschwägern schließlich auf über hundert kamen. Daher denn auch eine Dame witzig bemerkte, diese *Señoría* gleiche einem Hundert- oder Tausendfüßler. Es war zum Lachen, wie sie sich bemühten, geziert und vornehm zu reden, mit so viel Geschraubtheit, dass ein gewisser hoher Herr angeblich einmal eine Gruppe von *Physici* versammelte, um sich beraten zu lassen, wie man mit dem Hinterhaupte reden könne, denn das Sprechen durch den Mund sei doch allzu vulgär und gewöhnlich. Was sie an Artigkeiten von sich gaben, war sehr genau bemessen (nur leider nicht, was sie sonst noch taten), jeder Schritt beim Eintreten und Verlassen des Raumes war geregelt (nur leider nicht die außerhalb ins Laster); all ihre Sorgfalt galt den Komplimenten (nur leider nicht dem Anstand), all ihr Sinnen betraf Fragen von solch metaphysischem Gewicht wie: Wem ist ein Stuhl zu reichen und wem nicht, wo und wann die Hand, denn anders hätte mancher gar nicht mehr gewusst, wo ihm eigentlich die Rechte saß. Herzlich lachen musste Andrenio (wobei er sein Vergnügen frei-

42 Gemeint sind die in Mode gekommenen, erhöht stehenden Sitzgelegenheiten in Salons, von denen aus die Damen Besucher empfingen, von heute aus betrachtet natürlich ein Fortschritt für die Frauen, wie vieles aus dem »Preziösentum« des 17. Jhs.

lich aus dem Verdruss bezog), wie er einen sah, der, zum Umfallen müde, den ganzen Tag über auf den Füßen stehen blieb, nur um nicht zurückstecken zu müssen.

»Warum setzt er sich nicht, dieser Herr«, fragte er, denn auf Bequemlichkeit gab er ja viel.

Die Antwort war:

»Damit die andern sich nicht setzen können.«

»So etwas von verquer! Nur damit ihm kein anderer vorgesetzt wird, setzt er sich nicht vor den andern?«

»Und das Tollste dabei ist, dass die anderen Schlauberger ihn gemeinschaftlich hereinlegen, indem sie sich ablösen und einer nie länger als eine halbe Stunde dasteht, er aber den ganzen Tag stehen muss.«

»Und jener andere dort, warum bedeckt er sich nicht, wo doch alle Welt vor Kälte zittert?«

»Damit die anderen sich nicht vor ihm bedecken.«

»Also da kriegt man ja eine kalte Nase! Vor lauter Taktgefühl bleibt er den ganzen Tag barhäuptig, und wo er so gravitätisch sein wollte, holt er sich nun einen Schnupfen?«

Forderten sie nach langem Geziere jemanden zum Sitzen auf und wollte der Betreffende sich dann näher heran begeben, um vor aller Ohren zu sagen, was eigentlich hätte geheim bleiben müssen, so musste er spüren, wie der Page von hinten den Stuhl festhielt und ihm ›Bis hierher und nicht weiter‹ ins Ohr zischelte. Und vielleicht war dem ja auch besser so, damit der schlechte Geruch der Schminke nicht so auffiel, die man aus Sorge um die Konvenienz aufträgt, oder aber die verfallenden Züge, die man aus Sorglosigkeit nicht mehr überschminkt. Was die Höflichkeiten angeht, so konnte es geschehen, dass man Morgen für Morgen eine Schale voll Ärger zu sich nahm, denn es gab da welche von ganz besonderem Humor, die gingen von Haus zu Haus, von Podestchen zu Podestchen, und verstörten die Leute, indem sie unversehens mit der *»Señoría!«* geizten oder mit der *»Excelencia!«* knauserten; weshalb denn auch eine dieser Exzellenzen treffend bemerkte, die Verordnung, der gemäß ihnen *Señoría* oder *Excelencia* zustand, sei wohl eine besonders abgefeimte Methode gewesen, ihnen Unannehmlichkeiten zu bereiten.[43] Umgekehrt brachte ein anderer, als er sie aufsuchen kam, weil er ihrer bedurfte, einen großen Sack voll Füllhaar mit, und als er gefragt wurde, wozu so viel Vorrat, antwortete er:

»Als Stroh für Geschmeichel, als Süßholz für Gesäusel, so viel man nur will, bis die Raufe voll ist, denn das kostet mich wenig und nützt mir viel, vor allem wenn ich in Geschäften komme: Dann ist der Sack mit *señorías* leer und mit *mercedes* voll.«[44]

Doch wo Lachen nicht mehr verschlug, vielmehr schon Hohngelächter am Platz war, wo Critilo ausrief: ›O Demokrit, wo bist du hingekommen!‹,[45] das war der Anblick der affektierten weiblichen Gottheiten. Wenn Männer eitel sind, so Frauen eitel Einbildung: in allem sind sie extrem. ›Kein Zorn‹, sagte der Weise, ›ist dem der Frauen über‹,[46] und er könnte hinzufügen: ›und kein Hochmut‹. Eine Einzige ist aufgeblasen wie zehn Männer. Wohl können die Männer Windchamäleons sein, aber dann sind die Frauen Rauchfalter. Vergöttert saßen sie auf Füllhaarthronen, auf Pluderkissen, hohler noch als Glocken, fächelnd und wedelnd, Bälge der eigenen Aufgeblasenheit, Luft mampfend, denn ohne diese können sie ja nicht leben. Gingen sie, dann auf Hohlsohlen; schliefen sie, dann auf Luftmatratzen;[47] aßen sie, dann Zuckerschaum; kleideten sie sich, dann in Lufthauchspitzen und Gazemäntel, alles hohl, alles durchlässig, alles eitel. Je göttlicher, desto profaner, angebetet von servilen Liebedienern oder Amorknechten, die dieses leeren Kultes wegen eigentlich *gentiles hombres* heißen müssten, nicht wegen ihrer männlichen Würde.[48] Sie unterhielten sich nicht etwa mit allen, vielmehr nur mit ihresgleichen:

43 Inspirierend der Streit zwischen Herzögen und Doktoren um den Titel *Eccellenza* bei Boccalini (I, 49): Der Adel beklagt sich vor Apollo, das *»Eccellenza«* sei ihnen von den *»spelati dottorucci«* entrissen worden…

44 *»Merced«* – »(Ew.) Gnaden« und »Lohn«, »Gunst«.

45 *Demokrit:* zum Philosophen des Lachens vgl. S. 84, Anm. 22.

46 *Sirach* 25, 15 (Gracián führt aus diesem apokryphen Buch der Bibel hartnäckig nur die frauenfeindlichen Verse an).

47 Matratzen aus aufblasbarem Leder sind bei Covarrubias belegt!

48 *»Gentiles hombres«* – »Edelleute« und »Heiden«.

»Meine Cousine, die Herzogin ... meine Nichte, die Marquise ...« (Sie ist keine Fürstin? Dann kommt sie nicht in Frage!)

»Man bringe mir die Tasse des Herzogs, den Anis des Admirals!«

»Mich darf nur der Leibarzt der Prinzen und Granden behandeln!« (Mochte er noch so viele auf dem Gewissen haben.)

»Man verschreibe mir den Sirup des Königs!« (Ob er nun wirkt oder nicht, Hauptsache, er ist vom König.)[49]

»Man rufe mir den Schneider der Prinzessin!«[50]

Die Geduld ging ihnen aus, und sie gingen weiter in die Kammer der WISSENSCHAFT, wo es nun in der Tat auch gewaltig bläht: Es gibt ja keine schlimmere Verrücktheit, als wenn einer, der es eigentlich besser wissen müsste, ihr verfällt. Die größten Dummheiten sind Abkömmlinge von Wissen und Weisheit.[51] Hier trafen sie auf seltsames Luftgewürm, die angeblich Urteilsfähigen, die Bakkalaureaten aus dem Bauch, die Laiendoktoren, die Konzeptisten,[52] die neunmalklugen Frauenzimmer,[53] die Rechtsgeleerten, die Weisheitslöffler und die Expertinenten. Doch alle diese wurden in Wichtigtuerei dreifach und fünffach übertroffen von den reinen und rein von sich selbst eingenommenen *Grammatikern.* Da behauptete doch einer dieser Pedanten und Literasten allen Ernstes, er und nur er sei imstande, den Leuten mit seiner Schreibe zur Unsterblichkeit zu verhelfen und M's aus ihnen zu machen; er sah sich als Fanfare des Weltruhms, während alle Welt ihn als Kuhglocke des Erdenrunds empfand.[54]

49 *Sirup:* galt als Heiltrank (aus dem Arabischen).

50 Fast im gleichen Jahr, 1659, führt Molière die *Précieuses ridicules* vor.

51 Gemäß dem Sprichwort: *»La ciencia es locura, si buen seso no la cura«* – »Wissenschaft ohne Verstand hat wenig Wert im Land« (so Wander s. v. »Wissenschaft« Nr. 34; Wander – vgl. S. 757, Anm. 46 – zitiert die spanische Fassung, und zwar nach P. Ch. Cahier, *Quelque six mille proverbes,* Paris 1856, Nr. 3717).

52 *Konzeptisten:* hier abschätzig »Pseudogelehrte«, »Manirierte«.

53 Molières *Femmes savantes:* 1672; die englischen »Blaustrümpfe«: 1750. Frauenbildung war nicht eben ein Anliegen Graciáns, aber auch viele andere Autoren, darunter Lope de Vega, zogen satirisch über Frauen her, die nach Bildung strebten (anders, wenn auch noch in sehr engen Grenzen, Juan Luis Vives mit seiner Schrift *De institutione feminae christianae* von 1523).

54 *M's:* »*M*ajestäten«, »*M*eister«, aber auch Unflätiges, das mit *m* beginnt ... –

»Also wenn man das sieht«, murmelte Critilo, »wie die irgendein kümmerliches Schriftchen zum Druck bringen, wie großspurig sie dabei auftreten, wie selbstbewusst sie daherreden! ›Aristoteles und seine Metaphysik? Seneca und all sein Tiefsinn? In den Orkus!‹ ›Lass doch Vergil verzagen und seine *Aeneis* ins Feuer werfen, lass doch Boccalini sich in Skrupeln ergehen – das ficht uns Jungdichter nicht an!‹[55] Wenn man hört, wie ein Astrologe sich mit einem Winzig-Horoskop von sechs Seiten Umfang und sechstausend Schwachsinnigkeiten groß tut, als sei es das Hauptwerk von Tostado!«[56]

Hier fanden sie auch die Luftspiegel-Narzisse, das war etwas Neues, denn die Wasserspiegel-Narzisse sah man ja schon so oft: Immer waren es die Gleichen. Artig glossierten sie sich selbst bei allem, was ihnen aus dem Munde kam, meistenteils fades Gestammel.

»Sage und singe ich nicht?«, ertönte es mit hochgewölbten Brauen. »Sagt' ich's nicht schön?«

»Grammaticus« ist der Sprach-, Literatur- und Rhetoriklehrer, der humanistische Philologe und Pädagoge, auch als Historiograph und Panegyriker tätig, von Berufs wegen zur Allwissenheit verpflichtet und daher in Gesellschaft rasch unausstehlich: *pedante*, wie das italienische Wort dafür lautete. Pedantensatire ist ebenso verbreitet wie Klerikersatire (mit der sie bisweilen zusammenfällt). Eine der schärfsten findet sich in Erasmus' *Lob der Torheit:* »Kein Stand [kommt] ihnen an Jämmerlichkeit, Elend und Unbeliebtheit bei den Göttern gleich« (Übers. A. J. Gail, Reclam, S. 64), vielleicht doch ein Grund zur Annahme, dass Gracián diese Schrift besser kannte, als er zugibt (vgl. S. 716, Anm. 10).

55 Vergil habe – so (mit Varianten) Sueton, Plinius d. Ä., Donat und Servius – vor seiner Abreise nach Griechenland im Jahre 19 v. Chr. Varius gebeten, falls ihm etwas zustieße, die *Aeneis,* weil nicht vollendet, zu verbrennen, was Augustus dann verhindert habe (Hermann Brochs Roman *Der Tod des Vergil* handelt von diesen Ereignissen). – Zu Boccalini, der im Vorwort zu seinen *Ragguagli di Parnaso* eine *captatio benevolentiae* unternimmt (sie geht freilich kaum über das Übliche hinaus), vgl. S. 12, Anm. 11.

56 *Alonso de Tostado:* Bischof von Ávila (1400 – 1455), Verfasser umfangreicher Schriften, vor allem Bibelkommentare. – Das Erstellen von Horoskopen *(»alzar figuras judiciarias«)* stand seit langem unter Strafe, wurde jedoch im 17. Jh. unbekümmert praktiziert. Im Kampf gegen die (auch damals einträglichen) astrologischen Torheiten stand Gracián in einer Reihe mit vielen Autoren seiner Zeit, darunter Cervantes (*Don Quijote* II, 25) und Lope de Vega, und – mit der Inquisition.

Einer von denen, die sich so gern selbst lauschen, diktierte ein Memorial für den König, und er sagte zu dem Schreiber (zum Sekretär reichte es nicht):

»Schreib: *Sire*...«

Der hatte es noch kaum niedergeschrieben, da wurde ihm schon befohlen:

»Lies vor!«

Er las: *Sire*..., und vor Verzückung geifernd rief jener aus:

»Großartig! *Sire*... Einfach großartig!«

Es gab viele von denen, die, als ob sie Kostbarkeiten aus dem Mund beförderten, schlimmer noch als die, die sich im Sacktuch beschauen, was sie aus der Nase befördern, bei jedem Wort innehielten, um nach Applaus zu heischen. Und hielt der Zuhörer aus Ärger oder Gleichgültigkeit damit zurück, so gemahnten sie ihn sogleich an seine Unterlassung:

»Nun, wie denkt Ihr? War es nicht gut gesagt?«[57]

Den Vogel aber schossen einige Lobredner ab, die in allen Stimmlagen riefen:

»Also das nenne ich geredet! Da muss all mein Talent verstummen!« – immer wenn das Gesagte am wenigsten hielt, wenn die Sprachwitzchen am dürftigsten waren.

Und so ließ sich einer von denen vernehmen:

»Seneca sagte dies, ich aber sage etwas, das noch weit darüber hinausgeht.«

»Kann man so ungeheuerlich dumm sein!«, rief Andrenio. »Und so etwas sagt ein *weißer* Mann.«[58]

»Lasst ihn, er ist Andalusier«, rief ein anderer dazwischen, »die haben Sonderdispens.«

57 Wie der Sonettist Oronte in Molières *Misanthrope* (I, 2). – *Sacktuch:* zu dieser Unsäglichkeit im Zusammenhang mit dem *Galateo* vgl. S. 217, Anm. 40.

58 *Weißer Mann:* Das *Diccionario de Autoridades* von 1726 definiert (allen Ernstes): *»Weißer Mann, weiße Frau: Dasselbe wie ehrbare, edle, angesehene Person. Denn da Neger, Mulatten, Berber und andere Völker, die bei uns als minderwertig und verachtenswert gelten, gewöhnlich der weißen Farbe ermangeln, wie sie die Europäer nahezu immer haben, gilt die Tatsache, ein weißer Mann oder eine weiße Frau zu sein, als ein natürliches Vorrecht, mit welchem diejenigen, die es besitzen, als von guter Veranlagung bezeichnet werden«* (zitiert von LESO, zur Stelle).

»Das bringt die größten Weisen in Verlegenheit«, tönte der Erste weiter, »ich aber werde die Lösung liefern, ich werd's euch sagen, da werden euch die Augen übergehen!«

»Ich schwör's, so wahr es VERNUNFT gibt«, rief Critilo jetzt, »die träumen und glauben, es sei Denken. Wie Recht hatte doch der große Monarch, der bei so etwas ausrief: ›Ach, bringt mir doch mal einen, der mit Verstand predigt!‹«

Einen andern von der Sorte belegte er mit dem Spitznamen *Buñuelo de Viento*[59] und sann weiter:

»Schade, dass es nicht etwas gibt wie einen klugen Melder, der den Mund verzieht, die Lippen vorschiebt, ein Auge zukneift oder sich sonst gebärdet wie ein Lizenziat aus Salamanca. Aber selbst Momos drückt sich ja schon an die Wand und schickt an seiner Stelle APPLAUS vor, der dem Eingebildeten zunickt und so schön schmeichelt, dass selbst Apuleius' Esel davon der Kamm schwellen muss.«

»Meine Herrschaften«, pflichtete Andrenio bei, »wenn wahrhaft große Leute nicht eben klagen, dass sie geboren sind, wenn Könner auch gekannt sein wollen, so soll man es ihnen nicht vergargen. Wenn aber die Nichtse und die Garnichtse etwas darstellen wollen, nicht nur etwas, sondern viel, wenn der Nihilote sich als Universalgenie aufspielt, der Eckensteher sich aufplustert, der Jämmerling in die Brust wirft, wenn sich hervortun will, wer sich zu verstecken hätte, wenn herumlästert, wer eigentlich zu schweigen hätte, dann muss uns doch der Geduldsfaden reißen!«

»Da hilft nur nachlassen und abrollen«, meinte der EITLE, »denn hier ist kein Mann ohne Panasch und keine Frau ohne Kopfputz, viele sogar mit Turnierfederbüschen von zwölf Handspannen Höhe; und die *Straußenvögel* tragen die größten, denn denen sind sie schon angeboren.[60] Als sie übrigens das Gewedel einmal abzuwerfen schienen, steckten sie es sich sogleich hinten wieder fest: Aus Schopf wurde Schwanz.[61] Die Kleingeratenen laufen alle auf

59 *Buñuelo:* »Schaumgebäck«, »Windbeutel«, damals wohl noch weniger geläufig.

60 *Straußenvögel:* Dummköpfe.

61 Unter Philipp II. ging die Mode der steilen Hutfedern zurück; unter Philipp IV. kamen dafür die herabhängenden auf.

Zehenspitzen, damit man sie ja nicht übersieht, und helfen dabei mit *Zugbrücken* nach, mit denen sie auch zackig auftreten können.[62] Viele stemmen die Schultern an und recken den Hals, um sich zur Geltung zu bringen; andere treten gravitätisch und geschwollen auf, als hätten sie einen Blasebalg in sich; wieder andere geben sehr viel auf ihr stattliches Äußeres, denn die Mageren und Hageren, sagen sie, müssen doch wertlos und ohne Substanz sein.«

»Oh, eine gute Körperfülle ist doch nicht zu unterschätzen!«, sagte einer von ihnen, »sie verleiht Autorität gegenüber all den Leichtgewichtigen, nicht nur im Umgang mit dem gemeinen Volk, sondern auch in der Ratsversammlung; sie täuscht über manchen Charaktermangel hinweg, eine wandelnde Glocke macht immer Eindruck. Großer Name, großer Same bürgen für große Persönlichkeit.«

»Was begänne die Welt ohne mich?«, fragte im Vorüberziehen ein Soldat, der nicht einmal Spanier war.

Bald darauf kam einer, der es war, und sagte:

»Wir sind doch zum Angeben geboren.«

Ein übler Schmarotzer strich vorüber, strich sich auch über die Brust und murmelte:

»Was für ein Patriarch wächst doch hier heran, Bischof von Toledo, Hochwürden!«

»Ich werde einmal ein großer Arzt«, so ein anderer. »Ich sehe gut aus und rede noch besser.«

Kein spanischer Soldat in Italien, der nicht alsbald Don Diego oder Don Alonso gewesen wäre. Was einen Italiener zu der Frage veranlasste:

»Signori, wer hütet in Spanien eigentlich die Schafe?«

»Was denn!«, wurde ihm erwidert. »In Spanien gibt es doch keine Schafe und schon gar kein gemeines Volk wie anderswo!«[63]

62 *Zugbrücken: »ponlevíes«*, scherzhaft nach frz. *»souliers à pont-levis«* – »Schuhe mit hohen Absätzen«, im 17. Jh. auch bei Männern beliebt.

63 Der Satz: *»Se tutti siete cavalieri, chi guarda la pecora?«* findet sich in Kap. III des 1602 erschienenen apokryphen II. Teils von Mateo Alemáns Schelmenroman *Guzmán de Alfarache,* wo die bekannten Vorwürfe gegen die Spanier: Überheblichkeit, Ignoranz und speziell Titelanmaßung, formuliert und anschließend zurückgewie-

Eben war man dabei, einer reichlich beschränkten und nicht eben großzügigen Persönlichkeit überschwängliche Glückwünsche zu präsentieren. Deren Antwort war:

»Hier ist *Brust* für alles!« – schlug sich zweimal darauf und warf sich hinein.

Ein anderer kam daher, blies wunderlich die Backen auf und stieß Rauch hervor.

»Also bei dem«, meinte Andrenio, »passen Wind und Wolken wohl nicht mehr in den Schädel, dass ihm alles zum Mund herausquillt?«

Darüber lief ein anderer vorbei, der hatte ein riesiges Brandscheit in der Hand und rauchte selber gewaltig.

»Wer ist denn das?«, wollten sie wissen.

Und bekamen Antwort:

»Das ist der, der den berühmten Tempel der Diana von Ephesos in Brand gesetzt hat, nur damit die Welt von ihm redet.«

»O der Hirnverbrannte!«, rief Critilo. »Wie konnte er glauben, dass nicht alle auch ihn oder seine Statue verbrennen wollten, unheilvollen Angedenkens?«

»Das war ihm wohl einerlei; er wollte eben nur, dass über ihn geredet würde, ob gut oder schlecht.[64] Ach, wie viele andere haben es nicht genauso gemacht, haben Städte und Reiche niedergebrannt, nur um *in die Schlagzeilen zu kommen,* die Ehre dahin, nicht aber der üble Ruf! Wie viele opfern ihr Leben dem Idol der Eitelkeit, barbarischer als die Kariben, werfen sich ins Getümmel der Schlachten und Sturmangriffe, nur um in den Gazetten erwähnt zu werden, nur um die *Neuen Blätter* zu füllen!«[65]

sen werden. Man ermisst daran, wie viel schärfer Gracián mit seinen Landsleuten ins Gericht geht (vgl. auch S. 249, Anm. 3).

64 *Tempel der Diana:* Von dem Tempelanzünder aus Geltungsdrang berichtet Valerius Maximus im Kapitel »Ruhmesverlangen« seiner *Denkwürdigen Taten und Worte* (VIII, 14, externa 5). Die Ephesier suchten bei der Verurteilung des Täters die Absicht des Mannes damit zu vereiteln, dass sein Name nie genannt werden dürfe. Daran haben sich die Autoren lange Zeit gehalten, mit Ausnahme von Strabo, der ihn mit *Herostratos* angibt (14, 1, 22).

65 *Kariben:* Das Antillenvolk galt den Spaniern als besonders grausam. – Zum Aufkommen der Zeitungen vgl. S. 419, Anm. 49. »*Cartas novas*« – »Neue Blätter« war

»Teures Aufsehen!«, meinte Critilo. »Ich nenne das ausgemachte Torheit.«

Doch sie wunderten sich schon nicht mehr über all diese Luft- und Rauchkammern, diese Oberstübchen der närrischen Phantasie, wie sie sich von einem Ende der Welt zum andern hinzogen, angefangen mit England, dem Äußersten an Einbildung und überhaupt an Unnatur, wo die Schönheit der Körper nur noch von der Hässlichkeit der Seelen übertroffen wird. Sie wunderten sich nicht mehr über die Dachkammern mit den albernen Ahnenstolzen, den eingebildeten Emporkömmlingen, den aufgeblasenen Wissenschaftlern, den unerträglichen Weibspersonen und all den anderen. Überraschend war für sie allerdings doch noch eine Kammer, die *Altenrumpelkammer,* die voller Nörgelmäuse war, denen Weißhaar oder Kahlkopf Ansehen verschaffen sollten.

»Dabei habe ich immer gedacht«, sagte Andrenio, »das Weißwerden sei ein Hervorsickern des vielen Verstandes, der sich gebildet hat, und jetzt muss ich erkennen, dass es meistenteils nur bedeutet, dass eben das Urteilsvermögen blass wird.«

Sie hörten sich an, was dort so gesprochen wurde, und alles lobte nur sich und das Frühere.

»Ja, zu meiner Zeit«, hüstelte einer, »als ich noch dabei war, als ich noch auf die Pauke hauen konnte, ja, da gab's noch Männer. Jetzt sind's doch nur Hampelmänner!«

»Ich hab' ihn noch gekannt, ich war noch mit ihm zusammen«, mümmelte ein anderer, »wisst ihr nicht mehr, der berühmte Prediger, der große Soldat? Was für Männer gab's damals noch in allen Sparten! Was für Frauen! Eine Frau von damals wog doch zehn Männer von heute auf.« –

»So geht das den lieben langen Tag: Nur über die Gegenwart herziehen. Man fragt sich, wie sie die erträgt. Niemand weiß irgendetwas außer ihnen. Alle anderen sind für sie Grünschnäbel oder noch nicht trocken hinter den Ohren, auch wenn sie schon

ein Ausdruck aus Valencia, der (lt. Covarrubias) Nachrichten in Versen oder in Prosa meinte, die von Blinden, Scharlatanen oder Marktschreiern auf Straßen und Plätzen verkauft wurden.

auf die Vierzig zugehen, und solange sie leben, werden die anderen nie erwachsen, dürfen nie zu Ansehen und Macht gelangen. Dann kommen sie ihnen gleich damit, dass sie ja erst gestern auf die Welt gekommen sind, dass ihnen ja noch die Milch an den Lippen hängt, dass sie ja noch Wickelkinder sind: ›Mein Gott, als ihr auf die Welt kamt, da hatte ich das Dickste schon hinter mir.‹ Und es stimmt wirklich: Sie sind auf jede Weise von sich selbst eingenommen, ruhmrednerisch, und sie bewohnen eine der am meisten hochgelobten Kammern.«

Schließlich gelangten sie noch zu einer anderen, die war in solch äußerstem Grade verstiegen, dass sie alle Übrigen weit hinter sich ließ. Sie hatte zwei riesige Säulen an der Tür, gleichsam als *non plus ultra* der Eingebildetheit. Sie verwehrten ihnen den Eintritt, und dies wäre eigentlich für sie von Vorteil gewesen, denn als nach langem vergeblichen Bitten und Verhandeln sich diese Prachtpforte – was sage ich! dieser Bergdurchlass für die Wirbelwinde der Aufgeblasenheit endlich öffnete, da fiel sie in so breiter Front Rauch und Schmauch an, dass sie im Zweifel sein mussten, ob nicht ein neuer Vesuvausbruch stattgefunden hätte. So heftig wurde ihr Ungemach, dass sie es nicht länger ertragen konnten und, vernünftigerweise, kehrtmachten. Was diese Kammer aller Kammern indessen sein mochte, das verspricht die folgende Krisis zu erzählen.

Achte Krisis

Die Höhle des Nichts[1]

In jedem Lichte fehlerleuchtet waren sie, die da behaupteten, die Welt könnte mit den gleichen Bestandteilen, die sie heute hat, besser eingerichtet werden, als sie heute ist.[2] Befragt nach dem Wie, antworteten sie, es müsste nur alles gegenüber heute verkehrt herum sein, will sagen, die Sonne hätte hier unten zu stehen und den Mittelpunkt des Weltalls einzunehmen, die Erde dort oben, wo jetzt der Himmel ist, in wohlbemessener Entfernung. Alles, was heute noch stört, könnte dann zur Annehmlichkeit werden. Es herrschte beständig heller Tag, zu jeder Stunde könnten wir unsere Gesichter erkennen und allezeit ohne Besorgnis einhergehen. Es warteten keine endlosen Nächte mehr auf den Grübler oder den Kranken, die Gauner und Schufte verlören ihren Deckmantel. Wir wären nicht mehr den wechselnden Wettern ausgesetzt, den Unbilden des Himmels, den Schwankungen des Klimas. Es gäbe keine trüben Winter mehr mit Nebel, Schnee und Raureif, kein Schnupfen müsste geschnäuzt, kein Katarrh mehr ausgehustet werden. Weder Frostbeulen im Winter noch Hitzepickel im Sommer.[3] Man müsste nicht mehr an dunklen Morgen die Zeit hinbringen und tagelang am Kamin den Ruß einatmen, buckelwärts gebraten, bauchseitig frierend. Sommernachts brauchten wir uns nicht schwitzend und ächzend im Bett zu wälzen, uns nicht des unerträglichen Geziefers zu erwehren, unsrer erbärmlichen Feinde, der Stechmücken und Schmeißfliegen. Beständig herrschte heiter er-

1 Im Augenblick seiner tiefsten Enttäuschung über die Welt wollte sich Andrenio in die »Höhle seines Nichts«, aus der er gekommen war, zurückziehen: vgl. I, 6. Doch meint der Ausdruck hier, wie man sehen wird, etwas anderes.

2 Vor allem auf Alfons den Weisen gemünzt, der meinte, »das Weltengebäude verbessern« zu können (vgl. S. 47, Anm. 12).

3 So erstaunlich es sein mag, auch dies sind zwei Verse aus Góngora (*Romance* 38: *»Murmuraban los rocines«*).

quickender Frühling, die Rosen blühten nicht nur vierzehn Tage, die Blumen nicht nur zwei Monate, die Nachtigallen sängen das ganze Jahr, ohne Unterlass könnte man sich an den Kirschen gütlich tun. Wir kennten keinen unflätigen Dezember, keinen verlotterten Juli. Alles wäre grünender April und blühender Mai nach Art des Paradieses, und dergleichen Annehmlichkeiten bewirkten bei uns eine eiserne Gesundheit und ein goldenes Glück. Weiterhin wäre, wenn erst der Himmel herunterkäme, die Erde hundertmal größer als jetzt, es gäbe dann viele große Länder, in denen zivilisierte und *politische* Völker lebten, nicht so viel unförmige, sondern alles gleichförmige, hätten wir doch dann weder Neger noch *Tschitschimeken*[4] noch Pygmäen noch andere Wilde. Dann wäre auch Spanien nicht so trocken, Frankreich nicht so windig, Italien nicht so feucht, Deutschland nicht so kalt, England nicht so neblig, Schweden nicht so frostig und Mauretanien nicht so verdorrt. Kurz, die Erde wäre ein Paradies, die Welt ein Himmel.

In solchen Reden ergingen sich doch tatsächlich *weiße* Leute, die sogar für weise gehalten wurden.[5] Recht besehen kann ja diese Art, drauflos zu schwätzen, nicht als Meinung gelten, sondern nur als Grille. Einige Geister wollen eben unbedingt originell sein, lieben nichts mehr als alles auf den Kopf zu stellen, aus eckig rund zu machen, und liefern damit dem klugen Venusiner reichlich Gelegenheit zum Spott.[6] Um einige Nachteile zu vermeiden, handelten sie sich zahlreiche und schwerwiegende andere ein, indem sie alle Abwechslung beseitigten, darüber aber auch alle Schönheit und alles Vergnügen, indem sie die Ordnung des Zeitengefüges zerstörten, der Jahre, Tage, Stunden, den Kreislauf der Pflanzen, das Reifen der Früchte, die Ruhe der Nacht, die Rast der Geschöpfe.[7] Und bei alledem handelten sie ohne guten Stern, denn Sterne könnten sie ja nicht mehr anbringen und müssten sie sämt-

4 Vgl. S. 349, Anm. 15.

5 *Weiße Leute:* vgl. S. 791, Anm. 58.

6 Horaz (geb. in Venusia, Apulien): *»Mutat quadrata rotundis«* (*Episteln* I, 1, 100), für einen unruhigen Geist.

7 *Abwechslung:* Die banalste und doch fundamentalste aller Sentenzen, *variatio delectat*, geht zurück auf Phaidros und auf Euripides' *Orestes*.

lich als unnütz verbannen. Doch von all diesen Störungen einmal abgesehen, was hätte denn die Sonne tun sollen, wenn man sie unbeweglich und bequem im Mittelpunkt der Welt festsetzte, gegen ihre natürliche Pflicht und Neigung, wo sie doch nach wachsamer Fürsten Art unablässig bestrebt ist, in Bewegung zu bleiben und ein ums andere Mal ihre Bahn zu ziehen *durch all ihre erlauchte Monarchie?*[8] Nein, so lässt sich das gewiss nicht machen. Bewegen soll sich die Sonne und ihre Bahn ziehen, auf einer Seite soll sie aufgehen, auf der anderen sich verbergen, alles soll sie aus der Nähe sehen, soll kräftig einstrahlen, tüchtig erwärmen, für mäßige Abkühlung sorgen, soll mit wechselnder Wirkung verschwinden; hier soll sie Dunst bringen, anderswo Winde bewegen, Regen und Schnee, bald bedeckt, bald heiter. Von einem Indien bis zum andern soll sie wandeln, Länder besuchen, Räume durchmessen, Leben spenden, sich bald in Flandern zeigen, bald in der Lombardei und damit den Obliegenheiten des Universalmonarchen nachkommen. Wenn nämlich Nichtstun allenthalben sträfliches Laster ist, so wäre solches Verhalten beim Fürsten der Gestirne unerträglich, ungeheuerlich.[9] –

Der Streit war zwischen dem DÜNKELMANN und dem MÜSSIGEN hin und her gegangen; jener immer noch vorneweg, dieser hinterdrein.

»Verschont uns jetzt mit spitzfindigen Fragen«, bat Andrenio, »und sagt uns bitte, was das für eine Kammer war, die letzte, die mit dem stärksten Rauch.«

»Das war«, erwiderte der PHANTASTISCHE, »die Blähkammer der ersten Menschen der Welt, derer, die Europas Scheitel innehaben, sogar seine Krone sein wollen und deswegen den Kopf so hoch tragen. Tüchtig sind sie, doch tüchtig eingebildet auch; gut

8 Elfsilbler: *»por toda su lucida monarquía«.* – Zur Kosmologie vgl. S. 30, Anm. 8.
9 Flandern und Lombardei: beides habsburgische Territorien. Die kosmologische Spekulation endet also in politischen Bahnen, in der Aufforderung an den spanischen Monarchen, Präsenz zu zeigen (unter erneuter Benutzung der Metapher vom »Sonnenkönig«, die im Übrigen als Schmeichelei am Hofe schon sehr verbreitet war; vgl. S. 326, Anm. 27).

sind sie, doch tun sie sich darauf sehr viel zugute; sie meinen es ernst, doch sie spielen sich auf.«

»Gewaltig groß schien mir die Kammer«, meinte Critilo.

»Allerdings, die hohlste von allen, weil Aggregat aus allen anderen. Macht euch nur klar, dass ihr vor den Toren des ruhmreichen Lissabon standet.«

»Aha!«, riefen sie aus, »die Blähkammer der portugiesischen *fidalgos*. Gewiss *famos*, die Leute, nur etwas arg *fumos*. Auch wenn sie sich zugute halten können: Wo viel Feuer, da viel Rauch. Gewöhnlich gelten sie als talgig, doch können sie auch anders, wie ihre Grausamkeit in Schlachten bewiesen hat.[10] Sie haben viel von ihrem Gründer Ulisses, weshalb sich denn kaum je ein dummer oder feiger Portugiese fand.«

»Schade, dass ihr nicht tiefer hineingelangt seid«, sagte nun der MÜSSIGE. »Ihr hättet das Letzte an Phantasieaufgebot erlebt. Wie sich anderswo das *non plus ultra* der Tapferkeit niedergelassen hat, so dort das *non plus ultra* der Überheblichkeit. Geschlechter hätten sich euch dort präsentiert, *a par de Deus* – gottgleich! Stammhäuser, die hinter Adam zurückreichen! Perennalliebhaber![11] Donnerpoeten! Engel-verstummt-Musiker! Tolle Köpfe, die den Geist so in sich aufgesogen haben, dass auch nicht eine Spur davon zurückgeblieben ist. Mit klaren Worten: Wenn die anderen Provinzen Spaniens, selbst die Kastilier, ihre Sache, und sei sie noch so vorzüglich, nur *lativ*, mit etwas Scheu und Zurückhaltung preisen: ›nicht übel; ganz gelungen; scheint gut‹, so rühmen die Portugiesen alles, was sie machen, *superlativ* über den grünen Klee: ›Einmalig, großartig, das Beste von der Welt! So etwas findet sich auf dem ganzen Erdkreis kein zweites Mal, Kastilien kann sich dahinter verstecken!‹«

»Nun halt aber ein!«, rief Critilo. »Wo führst du uns eigentlich

10 Zur Überheblichkeit der Portugiesen vgl. S. 183, Anm. 8; S. 351, Anm. 17. – Zur Schlacht von Albujarrota vgl. S. 417, Anm. 43. – »*Portugués seboso, portugués rabudo*«*:* so die Redensart sexualneidischer Spanier (»talgig«, im Sinne von »schmalzig« oder »schmelzend«, und noch dazu »langschwänzig«).

11 »Dauerhaft« und »verrückt«.

noch hin? Mir will scheinen, es geht immer mehr bergab, und das Letzte war immer nur das Vorletzte.«

»Macht euch keine Sorgen«, erwiderte der phlegmatische Führer. »Ich verspreche euch, ihr sollt nun ohne jede Anstrengung in das bequemste Land der Welt gelangen, wo alles gemächlich zugeht und die Leute das Leben genießen. Die viel besungenen Elysischen Felder sind nur ein Schatten davon.«

Kaum hatten sie die Schluchten der Berge im Rücken, da sahen sie mit Juchzen die anmutig-heiteren Gefilde vor sich, Zentrum der Wonnen, Wahlstatt des Wohlseins, sei es im blumenbestandenen Lenz, sei es im früchtebehangenen Herbste. Sie betraten die aprilteppichbedeckten Fluren, auf denen Flora ihre bunten Reize darbot und die die schönen Töchter der allerfröhlichsten Aurora mit flüssigen Perlen bestickt hatten, wenngleich daraus nun keinerlei Frucht erwuchs.[12] Sie nahmen all diese blühenden Landschaften in Augenschein, in denen sich Gärten, Parks, Haine und Pflanzungen abwechselten und dann und wann stattliche Gebäude erhoben, die ganz der Lustbarkeit gewidmet schienen: Allenthalben war Tapada wie in Portugal, Buena Vista wie in Toledo, Troya wie in Valencia, Comares wie in Granada, Fontainebleau, Aranjuez, Pausilypon und Belvedere.[13] Sie ließen sich auf einen erquicklich weitläufigen Spazierweg ein, auf dem sie manche stattlich-statische Person antrafen, mehr gescheitelt als gescheit, und unter vielen, die etwas Besonderes sein wollten, keine einzige, die es war. Alle brachten sie ihren Weg höchst gemächlich hinter sich.

»Pian piano«, sagten die Italiener.

»Nur nicht hetzen«, sagten Spanier und andere es ihnen nach.

»Denn schaut doch«, glossierte ein *bel poltrone,*[14] »am Ende un-

12 Leicht parodistisches Lob Italiens, untermischt mit Anspielungen auf das Dirnenwesen (»Flora, la belle romaine«, hatte Villon gesungen).

13 Anlagen, von den Gracián keine mit eigenen Augen gesehen hatte, außer wahrscheinlich Troya bei Valencia, von der wir jedoch nichts wissen. *A Tapada* (im Besitz des Grafen von Braganza) war ihm aus Lope de Vega, *Buenavista* aus den *Cigarrales de Toledo* von Tirso de Molina bekannt (vgl. S. 764, Anm. 79), *Pausilypon* (gr. »schmerzlindernd«, ital. *Posillipo*) war eine Villa des Epikureers Pollio bei Neapel.

14 Faulpelz.

seres Lebensbummels kommen wir ja alle an dasselbe Ziel, aber die Deppen früher, die Schlauen später. Die einen kommen zerschlagen an, die andern locker. Die Klugen enden heil und ganz, die Blöden gehen in Stücke. Und wenn man einiges später hingelangen kann, wäre man schön dumm, zwanzig Jahre oder auch nur eine Stunde zu verschenken.«

»Lieber weniger wissen und dafür mehr leben«, riet einer.

»Lasst euch nur nicht um die schönen Stunden bringen!«, empfahl ein anderer.

»Piaceri, piaceri, piaceri!«, fistelte ein Italiener.

»Fiesta, fiesta!«, frohlockte ein Spanier.

Auf Schritt und Tritt erlebten sie Stätten des Verlustierens (doch eher des Verlustes), wo man sich gern an *einem Grün und zwei Blauen* gütlich tat, und wer zwei Frühlinge genießen konnte, begnügte sich gewiss nicht mit einem. Dort sahen sie die französischen Ballette, wie die *Messiös* sich Liedchen pfiffen und die Glieder aus dem Leib tanzten, sahen die spanischen Stierkämpfe und die Ringelstechen, die flämischen Bankette, die italienischen Komödien, die portugiesischen Musikfeste, die englischen Hahnenkämpfe und die nordischen Trinkgelage.

»Welch ein Wonneland!«, rief Andrenio aus. »Und wie ich mein Behagen daran finde! Das nenne ich leben und nicht sich umbringen.«

»Aber ihr merkt auch«, sagte der FANTASTISCHE, »dass dieser ganze Klamauk in der Welt recht wenig nachhallt und nachhält.«

»Mit so viel Gaukelei sollten diese Leute nicht berühmt sein?«

»Sie treten nicht sehr geräuschvoll auf«, erwiderte der LÄSSIGE, »sie erregen nicht gern Aufsehen.«

»Ach, deswegen sehe ich auch niemand Bekannten, und obwohl doch Fürsten und hohe Herrschaften kutschwagenweise hereinfahren, kann ich keinen erkennen, der irgendwie berühmt wäre.«

»Es ist eben so, dass sie sich gerne tarnen.«

Sie sahen ein großes Mühlrad von Leuten, nur keine *Personen.* Sie umstanden ein Monster, das war so fettleibig, dass man die Augen gar nicht fand, sondern nur einen dicken Pansen, der am Hals hing, als wär's eine Schärpe.

»Das muss aber ein gewichtiger Mann sein«, meinte Andrenio.

»Und ich versichere dir, es ist weit eher ein Kärgling, ein Verschmachtlappen, eine Zehrpuppe, ein Kümmerrochen, ein Ausgetropfter; zumeist sind ja die Wohlbeleibten am leichtesten zu tragen, ich meine: zu *er*tragen.«

Die Wabbelmasse erließ soeben Regeln für das *accomodabuntur,*[15] war sie doch das Orakel der eigenen *Kommodität.*[16]

»Was stellt das dar?«, fragte Critilo.

»Das ist«, so wurde ihm geantwortet, »die Schule, in der Wohlleben Pflichtfach ist. Tretet nur näher hinzu, wie es euch beliebt, und ihr werdet lernen, wie man die Jahre dehnt und das Leben streckt.«

Da trat so mancher heran und wollte wissen, wie er sich schön konservieren könnte, und man war mit Rat und Tat zur Hand. Gerade wurde verkündet:

»E yo volo videre quanto tempo potrá acampare un bel poltroni.«[17]

Und ließ sich auf ein Faulbett gleiten.[18]

»Da möchte man schier meinen«, sagte Andrenio, »das sei die Schule Epikurs?«

»Wohl kaum«, entgegnete Critilo. »Dieser Philosoph sprach nicht Italienisch.«

»Das machte doch nichts aus, wenn er nur entsprechend handelte und lebte. Aber sei dem, wie ihm sei, der hier kommt, von dem kann der andere wohl noch lernen.«

Und tatsächlich kam einer daher, der musste der Oberphlegmatikus sein, und er sagte zu ihm:

»*Messere,* wie stell ich's wohl an, dass ich allzeit gute Tage und noch bessere Jahre habe?«

15 Etwa: Regeln zur Erlangung eines Höchstmaßes an Bequemlichkeit im Dasein.

16 Im Text französisch: *»commodité«.*

17 Verballhorntes Italienisch: *»Ed io voglio vedere quanto tempo potrà accampare un bel poltrone.«* – »Und ich möchte doch gerne sehen, wie lange ein hübscher Nichtstuer so zubringen kann.«

18 *»Poltrón«* (nach ital. *»poltrone«*) – »Faulpelz«; *»poltrona«* – »Lehnsessel«.

Da riss der seinen Mund zu einem Goliath'schen Klafterlachen auf, und nachdem er ihn so grußgegurgelt hatte, gab er zur Antwort:

»*Bono, bono,* lasst Euch erst einmal nieder, denn wo Ihr sitzen könnt, solltet Ihr niemals stehen. Ich will Euch die beste Regel von allen verraten, das Sahnehäubchen der Lebenskunst, doch bezahlen müsst Ihr mir's in katalanischen Trentinen.«

»Das wird nicht gehen«, erhielt er zur Antwort.

»Warum nicht?«

»Weil die *Messiös* auch nicht einen davon übrig gelassen haben.«[19]

»Dann wäre ein Ausweg, mit den Trentinen des Herzogs von Alburquerque zu bezahlen, bei denen gebe ich mich schon mit einer Hand voll zufrieden.[20] Also *attenzione,* jetzt kommt die *regola:* SICH ÜBER NICHTS UND NIENTE ÄRGERN!«

»Über nichts, *Messere?*«

»*Di niente.*«

»Auch wenn mir eine Tochter stirbt, eine Schwester?«

»*Di niente!*«

»Die Frau?«

»Erst recht nicht!«

»Eine Erbtante?«

»Ach, wozu! Und wenn euch eine ganze Galerie von Stief- und Schwiegermüttern stirbt, markiert den Gefühllosen und sagt, es sei Seelenstärke!«

»*Messere*«, fragte ein anderer, »und wenn ich immer gut zu essen haben will, wie stelle ich das wohl an?«

»Legt in guten Töpfen an, was ihr euch an schlechten Nachrichten erspart.«

»Und wie stelle ich es an, dass ich sie nicht höre?«

»Weghören! Macht es wie der wackere Mann, der seinen Die-

19 Im Krieg um Katalonien, der 1640 begonnen hatte und sich bis 1653 hinzog.
20 Trotz der verlorenen Schlacht von Rocroi, 1643 (vgl. S. 139, Anm. 8), genoss der Herzog von Alburquerque hohes Ansehen für seine als Vizekönig von Katalonien durchgeführte Politik.

ner, als der sich einmal gehen ließ und ihm etwas mitteilte, das ihn auf tausend Meilen hin verstimmen konnte, auf der Stelle entließ.«

»*Padrone mio caro*«, schob sich ein anderer Adept der Behaglichkeit dazwischen, »das sind alles nur Kindereien im Vergleich zu meinen Zielen. Ich bin ja notfalls bereit, auf eine halbe Stunde Schlaf oder eine Siesta zu verzichten, doch sagt mir bitte, wie fange ich es an, dass ich mein Leben ausdehne auf... na, vielleicht...«

»Hundert Jahre?«

»Mehr!«

»Hundertundzwanzig?«

»Das wäre noch nicht viel.«

»Also dann, wie lange wünscht Ihr zu leben?«

»Wie die Vorbilder von ehedem.«

»Wie denn, neunhundert Jahre?«

»Ja, ja.«

»Ihr habt es gut vor!«

»Sagt mir doch wenigstens, wie ich bei achthundert ankomme.«

»Ankommen, sagt Ihr? Aber wenn Ihr erst einmal angekommen seid, was macht es, ob es tausend oder hundert waren?«

»Auch wenn es nur fünfhundert wären!«

»Nein, das geht nicht an«, war die Antwort.

»Und weshalb nicht?«

»Weil das nicht mehr Brauch ist.«

»Aber wenn doch alle anderen Bräuche wiederkehren, warum nicht auch dieser, nach tausend oder nach viertausend Jahren?«[21]

»Seht Ihr denn nicht, dass die guten Bräuche nie mehr wiederkehren?«

»Aber, *Messere,* wie haben es denn die ersten Menschen damals angestellt, dass sie so lange lebten?«

»Wie? Es müssen wohl, und wenn uns das zu glauben noch so schwer fällt, gute Menschen gewesen sein. Sie brauchten sich ja auch über nichts totzuärgern, denn damals gab es noch keine Ver-

21 Gemäß den Kirchenannalen die Zeit von der Schöpfung bis zur Geburt Christi. »Neunhundert Jahre«: »biblisches« Alter.

logenheit, nicht einmal aus Verlegenheit, noch keine Ausflüchte für Eheversprecher oder säumige Schuldner; noch keine Fragensteller, die einen um-, Schwätzer, die einen ab-, Sturköpfe, die einen auf-, Langweiler, die einen zur Strecke bringen konnten; noch keine Quälgeister, weder schnippische Ehefrauen noch maulige Hausdiener; keine unehrlichen Handwerker, nicht einmal die Beutel-Schneider; weder Advokaten noch Büttel noch – und das wiegt am allermeisten – Medikusse. Und wenn man auch schon tausend Dinge erfunden hatte, Jubal die Musik, Tubal das Eisen,[22] so wäre doch kein Mensch auf den Gedanken verfallen, Apotheker zu werden.[23] Mussten die Menschen da nicht acht- oder neunhundert Jahre alt werden? Es waren eben *Personen!* Nehmt mir all diese Widerlinge weg, und ich bürge euch für tausend oder zweitausend Jahre, denn jeder Einzelne davon verkürzt einem doch das Leben um ein Jahrhundert und kann einen auch in vier Tagen vor Wut und Galle unter die Erde bringen. Daher scheint es mir sogar ein Wunder, dass Menschen überhaupt so lange leben, und erst recht, dass einige wenige, die sich bemühen, gut zu sein, leben können, obwohl die Welt ja eigentlich für solche geschaffen wurde. Noch etwas kann ich euch sagen: Da ja von Tag zu Tag die Materie sich verschlechtert, das Gute abnimmt und das Böse wächst, die schlechten Sitten sich verbreiten, wird, fürchte ich, das Leben immer kürzer werden und der Mann schon kaum mehr dazu kommen, das Schwert zu gürten oder auch nur die Hosen anzuziehen.«

»Messere«, erwiderte ihm der andere, »es dürfte unmöglich sein, Zwist, Unrecht, Falschheit, Gewalt, Räuberei, Gottlosigkeit und Abfall vom Glauben allenthalben auszumerzen, zumal in un-

22 *Genesis* 4, 21–22 (elegant vereinfacht).

23 Gracián ist sicher nicht der einzige Ärztesatiriker, aber einer der grimmigsten. Die möglichen Gründe wurden viel erörtert, meist unter der Alternative: Übernahme von Topoi aus den Vorgängern (von Martial bis Quevedo) oder mehr oder minder überzeichnete Realität, also Scharlatanismus und schlechte Ausbildung. Ein dritter Erklärungsvorschlag konzentriert sich auf den Autor, sei es seine Subjektivität, also Schrecken vor Ärzten, vor dem Körperlichen, vor dem Tod (wovon wir bei Gracián kaum etwas wissen), sei es seine moralische Einstellung, also vor allem den Stoizismus, für den Krankheit des Körpers stets Krankheit der Seele ist und ein Eingreifen von außen daher eher unwürdig.

seren Zeiten. Und es wird auch nie ein Ende haben mit den verheerenden Kriegen, Hungersnöten, Seuchen und Blitzschlägen.«

Niedergeschlagen wollte er schon abgehen, als der *bel poltrone* ihn anrief:

»Schaut hierher, Euer Gnaden, ich möcht's nicht leiden, dass Ihr in meiner heiteren Gegenwart traurig seid, und deswegen will ich Euch ein Rezeptchen verpassen, das heute das wirksamste in ganz Italien ist, aber auch das verbreitetste auf der ganzen Welt. Und hier haben wir es: *Cena poco, usa il foco, in testa cappello e pochi pensieri nel cervello. O la bella cosa!*«

»Euer Gnaden raten mir also: wenig Sorgen?«

»*Pochissimi.*«

»Demnach steht es mir nicht gut an, mich um öffentliche Geschäfte zu kümmern?«

»Keinesfalls.«

»Minister zu werden?«

»Noch viel weniger.«

»Flotten auszurüsten, Bücher zu prüfen, Lieferungen zu betreiben, Häuser zu verwalten?«

»Mitnichten.«

»Gar zu studieren, zu plädieren, zu karrierieren?«

»*Nihil, nihil* von alledem, niemals Kopfarbeiten, kurz: *non curare di niente.*«

So kamen die einen wie die andern und konsultierten ihn *de tuenda valetudine,*[24] und allen erteilte er höchst sachgemäß seinen Rat: *Festa!* dem Ersten, *buona vita!* dem nächsten, und allen zusammen: *andiamo allegremente!* Einer sehr wohl gesetzten Persönlichkeit verschrieb er nachdrücklich sechzig Fleischtöpfe im Monat, je einen mittags und abends.

»Mir will es so vorkommen«, sagte Critilo, »dass die ganze Wissenschaft vom Leben und Genießen darauf hinausläuft, dass man nichts mehr denkt, nichts mehr tut und nichts mehr taugt. Da ich aber nach wie vor versuche, etwas zu tun und zu taugen, setzt diese Faulbetterei bei mir nicht an.«

24 Lat.: »zur Gesundheitsfürsorge«.

Und damit strebte er eilig voran, zögernd gefolgt von Andrenio, der schier krank am Herzen war, ganz besäuselt von jenen Lektionen, und beständig seine Devise vor sich hinmurmelte: ›*Non curare di niente, si no del ventre.*‹ Sie schritten aus und unter mancherlei Geschmacksbetörungen, Fress- und Spielhäusern stießen sie auf ein großes Gebäude, das mit seinen Treueidtürmchen und Bastiönchen angestrengt einer Burg nacheiferte und über seinem mächtigen Portal, genau auf dem Architrav, die Inschrift trug: HIER RUHT FÜRST VON FÜRSTENSTEIN.

»Wieso ruht?«, empörte sich Andrenio. »Ich habe ihn doch vor ein paar Stunden noch gesehen, lebendig und ohne Todesgedanken.«

»Das will ich wohl glauben«, erwiderte der EHRGEIZIGE. »Und es trifft auch zu, dass hier viele seiner heldenhaften Ahnen lebten. Doch der jetzt darin lebt, der lebt nicht, der ist schon tot, und er riecht so schlimm, dass alle sich die Nase zuhalten, wenn sie der Ekel über seine verdorbenen Sitten ankommt. Und nicht nur er liegt schon lebendig begraben, viele andere mit ihm, die in Watte und Wonne gebettet im Leichentuch der Lüste liegen.«

»Woher weißt du, dass sie tot sind?«, zischte der MÜSSIGE.

»Woher weißt du, das sie lebendig sind?«, fauchte der EITLE.

»Ich sehe doch, wie sie essen.«

»Und essen ist leben?«

»Hörst du nicht, wie sie schnarchen?«

»Das besagt doch nur, dass sie tot sind, seit sie auf die Welt kamen, und als verschieden gelten, weil abgeschieden von ihrem *Person-Sein*. Leben heißt sich regen, diese aber haben keine eigene Tätigkeit und tun nichts, das Wert hätte. Wie tot müssen sie für dich denn noch sein?«

Critilo bekümmerte die Grausamkeit, dass Menschen lebendig begraben sein sollten,[25] aber der STREBSAME lachte darüber:

25 Nach dem Sprichwort: »*El vivir ocioso es enterrarse en vida*« – »Müßiggang heißt begraben sein im Leben«. Diese Variante des bekannten und so europäischen Diktums (lat.: »*Otia dant vitia*«) scheint dem Spanischen eigentümlich. Wander kennt an noch Stärkerem nur: »Müssiggang ist dess Teuffels schulter Küssen«...

»Du musst doch sehen, dass sie selbst, um sich nur ja nicht umzubringen, hingehen und sich im Leben begraben, sich bestatten in den Gräbern des Müßiggangs, sich einäschern in den Urnen der Schlaffheit, bedeckt mit dem Staub des ewigen Vergessens.«

»Wer mag er sein, der Herr, der hier liegt in der Gruft der eklen Verworfenheit?«

»Jedenfalls einer, der niemals *mehr* sein wird, als was er bis heute schon war. Und von jenem anderen dort wusste man, dass er tot war, noch bevor man erfuhr, dass er lebte, mit seiner Geburt begann auch schon sein Sterben. Hier ist übrigens noch so ein Fürst, bei dem der erste Schrei, mit dem er zur Welt kam, auch das Letzte war, was man von ihm vernahm.«

»Mir fällt auf«, bemerkte nun Critilo, »dass unter all den lebenden Leichnamen kein französischer Ritter ist, wo es doch von den andern Nationen so viele sind.«

»Dies«, gab der EHRSÜCHTIGE Bescheid, »ist in der Tat ein einzigartiger Vorzug der französischen Nation, und dem Guten muss man ja Beifall zollen. Ihr müsst wissen, dass in diesem kriegslustigen Reich kein Edelfräulein einen zum Gatten nehmen wird, der nicht in mehreren Kampagnen gedient hätte. Niemand wird dort vom *tumulus* des Nichtstuns zum *thalamus* der Ehe geholt, vom Faulbett ins Brautbett. Sie verschmähen Adonis bei Hof und schenken Mars im Felde ihre Gunst.«[26]

»Oh, der treffliche Sinn bei diesen Damen! Dieselbe Einstellung förderte die Katholische Königin Doña Isabel bei ihren Palastdamen, war sie doch die Erste, die die Töchter großer Herren in ihre Dienste nahm. Freilich hielt dies nicht lange vor.«

Angefüllt waren diese Lungergräber nicht mit lebendigen To-

26 Um diese eher propagandistisch gehaltene Behauptung zurechtzurücken, lohnt ein Blick etwa in die gegen Ende des 16. Jhs. entstandenen *Dames galantes* von Brantôme: »Voilà comment les dames quelquefois aiment bien autant les hommes hardis pour l'amour comme pour les armes, non qu'elles veuillent qu'ils soient effrontés et hardis, impudents et sots, comme j'en ai connu; mais il faut qu'ils tiennent en cela le *medium*« *(Cinquième Discours)*. Da erst 1666 erschienen, konnte Gracián dies nicht kennen, und Brantôme war gewiss nicht sein Fall, doch den Sinn für gesunde Mittellage, den er mit ihm teilt, hätte er an ihm schätzen können.

ten, sondern mit toten Lebendigen; und nicht nur mit Erstgeborenen der erlauchten Häuser, sondern auch mit Zweit-, Dritt- und Viertkömmlingen oder Ersatzerben, ohne dass diese je sich bei den Waffen oder den Wissenschaften zu bewähren gesucht hätten. Alle lagen sie im Sumpf der Spielhöllen, im Schlamm der Lusthäuser, im weichen Schoß des Müßiggangs, einzigem Gefährten des Lasters; und, was noch schlimmer ist, unter den gerührten Augen ihrer Verziehväter und Verzeihmütter, die sich härmten, sobald ihnen ein Fingernagel weh tat, aber nichts darauf gaben, dass Ehre und Gewissen durch so viel Rührlässigkeit viel schlimmer leiden mussten.

Nachdem sie nun diese ausgedehnten Gefilde der Otiumjünger, die Auen der Lustbarkeit und Freistätten der Laster durchmessen hatten, gelangten sie zum Anblick einer düsteren Grotte, der unheilvollen Mündung einer schauerlichen Höhle, welche am Fuße jenes stolzen Berges lag, am untersten, niedrigsten Saum seines Abhangs, genau entgegengesetzt dem ragenden Alcázar der Ehrsucht, in jeder Hinsicht sein Gegenteil, denn wenn jener aufgipfelte und zur Krönung durch die Sterne strebte, so zog diese sich hinab und vergrub sich in den Tiefen des Vergessens; dort ein Emporstreben zum Himmel, hier ein Hinunterbohren in den Abgrund, finden sich Neigungen doch zu allem, nur zum Üblen mehr als zum Guten. Der Abstand vom einen zur anderen war der vom Höchstmaß der Anmaßung zum Höchstmaß der Nichtigkeit und Erbärmlichkeit. Der Eingang fiel umso mehr ins Auge, als er besonders finster war: Der Schatten der Schande fällt besonders auf. Er war riesig groß, ohne jede Zier und Ebenmaß, plump und roh; und obwohl so schreckenerregend hässlich, fuhr durch ihn eine ganze Welt ein: dreispännige Luxuskutschen, sechsscheckige Karossen (soll heißen: gezogen von sechs geschickt geflickten Gescheckten), Tragesessel, Sänften und Schlitten; alles, nur kein Triumphwagen. Andrenio sah das alles an und war schier sprachlos vor Verblüffung. Critilo, angetrieben von seiner großen, doch nie gewöhnlichen Neugier, erkundigte sich, was dies für eine Höhle sein mochte. Daraufhin stieß der Ehrgeizige aus der Tiefe seines Gefühls einen Seufzer aus und sagte:

»Oh, die Sorgen der Menschen, oh, wie so viel ist doch das Nichts![27] Wissen sollst du, o Critilo, dies ist die sehr bekannte, aber kaum genannte Höhle, Begräbnis zahlloser Lebender, Endstelle dies für drei Viertel der Welt; dies ist, und du sollst jetzt nicht erzürnen, die HÖHLE DES NICHTS.«

»Wieso des Nichts?«, rief Andrenio dazwischen. »Wo ich doch den großen Strom des Lebens und der Zeiten hier hineinstürzen sehe, volkreiche Städte, stattliche Höfe, ja ganze Reiche?«

»Versuche dir vorzustellen: Wenn all das, was du nennst, einmal hindurchgezogen ist, bleibt sie in gähnender Leere zurück.«

»Aber schaut doch, wie viele hineingehen!«

»*Personen* wirst du drinnen keine finden.«

»Was wird aber aus all denen?«

»Was sie aus sich gemacht haben.«

»Wie enden sie?«

»Wie sie's begonnen haben: Sie waren nichts, sie wirkten nichts, so enden sie nun auch in nichts.«

Darüber trat jemand auf, der dort eintreten wollte, und sprach sie an:

»Werte Herren, ich habe alles ausprobiert und habe nichts gefunden, kein Amt und keine Beschäftigung, was dem Nichtstun gleichkäme.«

Und weg war er. Da kam schon ein anderer auf die Höhle zu, ein großer Herr mit zahlreichem Gefolge von Lakaien und Edelleuten, er rannte seiner Lust nach, weder die Bitten seiner treuesten Diener noch die Warnungen seiner Freunde konnten ihn zurückhalten. Der EHRGEIZIGE vertrat ihm den Weg und redete auf ihn ein:

»Exzellenz, Durchlaucht, oder was immer Ihr sein möget, wie

27 Persius, I, 1: »*O curas hominum, o quantum est in rebus inane!*« Walter Kißel übersetzt: »Ach, der Menschen Bemüh'n, ach wie viel auf der Welt ist eitel!« Zum Eröffnungsvers der Persius-Satiren, seiner sehr langen Vorgeschichte und Nachwirkung (wahrscheinlich aus Lucilius übernommen, überdies mit Verlagerung aus der Atomlehre Demokrits in die Moralphilosophie bzw. -satire) vgl. den Kommentar von W. Kißel, Heidelberg 1990. Das Zitat (schon in *Agueza* 43) ist Selbstfundierung Graciáns als Satiriker. Persius fährt fort: »Wer wird das je lesen?«...

können Euer Gnaden dies tun, wo Ihr doch ein vortrefflicher Fürst sein könntet, die Zierde Eures Hauses, der Stolz Eures Jahrhunderts, wo Ihr mutvolle und denkwürdige Taten verrichten, den Adel Eurer Sippe erhöhen könntet? Warum nur wollt auch Ihr Euch im Leben schon begraben?«

»Weg mit euch!«, rief der da. »Ich will nichts von alledem, ich mache mir nichts aus nichts, ich mache mir, bei meinem Leben, nur einen Spaß daraus, mein Leben zu genießen! Plagen sollte ich mich? Mühen sollte ich mich? Dass ich nicht lache! Nichts da, gar nichts!«

Und so redend, und nichts tuend, stürzte er nach drinnen und ward nie mehr genannt. Hinter ihm schlenderte ein schlaksiger Schönling heran, in den dünnbeinigen Hosen immer noch mehr Gewicht als auf den Schultern. Der machte, dass er hineinkam, so resolut wie dissolut, doch der EHRBEDACHTE rief ihn an:

»Jungherr Wiedenngleich (da war ein Name und wies auf ein Werk), will denn wahrhaftig der Sohn eines so großen Vaters, dessen Heldenruhm die Welt erfüllt, nach so viel Blüte sich verwelken und vermodern lassen im *otium* und im *vitium?*«

Doch der schlakste über alles hinweg und gab nur von sich:

»Macht mich nicht krank, behaltet eure Ratschläge. Meine Ahnen haben so viel geleistet, mir bleibt *null* zu tun übrig. Ob etwas wird aus mir oder nicht, mir ist das egal.«

Und drinnen war er, auf Nimmerwiedersehn. So kopflos und so glücklos taten es ihm viele nach, und die Welt entvölkerte sich, und nie wurde der unselige Schlund, in dem Taten und Tage verschwanden, voll.[28] Ritter gingen dort ein, Junker, Hochadel und sogar Fürsten. Mit Verblüffung sahen sie einen besonders Mächtigen und riefen ihm zu:

»Auch Ihr, Herr, geht an diesem Ort Eure Tage beschließen?«

»Nicht ich gehe«, scholl es zurück. »Ich werde gegangen!«

»Da gibt es bessere Ausreden, ehrlich.«

Wert der Menschen verfiel beim Eintritt, Geistes Blüte ver-

28 Schiller wird es kaum anders sagen: »Denn das Gemeine geht klanglos zum Orkus hinab.«

welkte, Begabung vergab sich für immer. Vom Tummeln und Tollen wechselten sie hinüber ins Unbeachtete, vom Sportplatz in die Dunkelgrotte, verurteilt zu ewigem Vergessen. Da war jemand, dem Persönlichkeit und Bedeutung nicht abzugehen schienen, der hatte gerade den einen Fuß auf die Schwelle der Höhle gesetzt, als ein anderer erschien, der war so herb im Barte, wie es sein Amt sein musste: Regieren nämlich. Er zog ihn am Mantel und händigte ihm von Seiten seines Herrschers eine Botschaft aus, die ihn mit einem Botschafteramt Erster Klasse betraute, das ihm manch anderer geneidet hätte. Er aber mokierte sich nur und wies das Anerbieten mit den Worten zurück:

»Ich verzichte auf jegliche Würde mit Bürde.«

Erneut drang der andere in ihn, er möge doch einen Marschallstab annehmen. Darauf er:

»Kein Gedanke! Ich will nichts annehmen, ich will nur mich selbst, und das ganz und gar.«

»Auch kein Vizekönigtum?«

»Nichts, gar nichts. Ich will von allem kosten, nur kosten darf es mich nichts.«

Und nichts konnte ihn abbringen von seinem Nichts.

»Dann soll eben das Nichts dir Höhle sein«, rief Critilo, »mit allem, was du schluckst und schlürfst!«

Da waren zwei üble Schrumpffiguren, für die ein Fußtritt noch zu schade war, die taten sich genau damit hervor, dass sie per Fußtritt viele große Leute dort hinein beförderten, Figuren aus der Masse ohne Masse, die nicht einmal Hand anlegten, denn Hände, um etwas anzulegen, hatten sie nicht.

»Ab damit«, johlten sie, »Adel, Schönheit, Anmut, Blüte der Jahre, edler Sinn, erlesener Geschmack, festliche Vergnügen, gepflegte Geselligkeit, alles ab ins Loch, rein damit ins Nichts!«

»So etwas von Barbarei!«, empörte sich Critilo. »Und wer ist diese gemeine Kanaille?«

»Der eine ist *Ocio,* der andere *Vicio,* unzertrennliche Kumpane.«[29]

29 *Otium* und *vitium.*

Sie hörten, wie ein Erzieher dem Zweitgeborenen eines der größten Häuser des Reiches vorhielt:

»So seht doch, junger Herr, auch Ihr könnt es noch weit bringen!«

»Aber wie denn?«

»Ihr müsst nur wollen.«

»O je, ich bin doch zu spät geboren.«

»Ihr braucht nur mit Fleiß und Ausdauer voran zu streben und durch Eure Leistung wettzumachen, was das Schicksal Euch vorenthielt; dies war der Weg, den der Gran Capitán und einige andere beschritten, die ihre bevorzugten Brüder überflügelten.[30] Ein Löwe in der Schlacht könntet Ihr sein und wollt Euch hier als Ferkel in der Unzucht suhlen? Hört doch, wie die Kampfdrommeten rufen, die Posaunen des Ruhms. Verschließt vor allem Eure Ohren vor den Sirenen der Bühne, die Euch dahin locken, wo bald nichts mehr von Euch übrig sein wird.«[31]

Er jedoch machte sich nur lustig über Tapferkeit und Heldentum und erwiderte:

»Ich und Kanonenkugeln? Ich und Festungen stürmen? Wo ich doch Spazierfahrt und Spiel haben kann, Komödien und Bälle? Ich wäre schön dumm!«

»So seht doch ein, dass Ihr nichts, gar nichts gelten werdet!«

»Aus Geltung mach' ich mir nichts.«

So brachte er es denn auch zu nichts und wurde zu nichts. Erfolg hingegen hatte mit seinem Einschreiten ausnahmsweise der EHRBEWUSSTE, der erlebt hatte, wie ein Vater, einer, der dies wirklich war, seinen hoffnungsvollen Sohn mit viel Voraussicht auf die Universität Salamanca schickte, damit er über das Studium der Rechte (in der Tat ein Erfolgsweg, nicht anders als der Waffendienst) eine hohe Stellung erlangte, dieser aber, statt die Vorle-

30 Zu Gonzalo Fernández de Córdoba, dem Gran Capitán, der seinen ebenfalls militärisch erfolgreichen älteren Bruder Alonso in den Schatten stellte, vgl. S. 89, Anm. 4.

31 »*Las cómicas sirenas*«... Gefeierte Schauspielerinnen gab es durchaus auch im Spanien der Zeit. Philipp IV. verehrte die Calderona, ein ganzer Schwarm von hohen Adligen die Jusepa Vaca.

sungen zu besuchen, sich dem Vergnügen ergab und wie üblich auf die Endstation Wertlos zutrieb. Bekümmert darüber, dass einer von so guter Veranlagung so vorsätzlich ins Verderben lief, suchte er ihn auf und redete ihm zu:

»Mein werter junger Herr und Rechtsadept, wie schlecht wart Ihr beraten! Ihr konntet studieren, konntet eines der besten Kollegien besuchen und hattet, wenn Ihr Euch ins Zeug legtet und hervortatet, Aussicht auf eine Stellung am Obergericht oder im Kronrat; es gibt doch keine bessere Brücke als eine solche Burse. Ihr aber vergesst all das, wollt die kostbare Zeit vergeuden, das Stipendium durchbringen und die Hoffnung Eurer Eltern frustrieren. Wirklich schlecht beraten wart Ihr!«

Die Mahnung wirkte, die Aufklärung fruchtete, der junge Mann war Argumenten zugänglich und verschloss sich nicht der Wahrheit. Wir wissen aus sicherer Quelle, dass er, wachend und werkend, Stufe um Stufe erklomm und es bis zum Gerichtspräsidenten brachte, zur Ehre für Haus und Vaterland. Freilich war er der Phönix im Entenstall, ist doch das Übliche, dass man das Buch hinwirft und ins Spielhaus geht, das Amphitheater schwänzt und das Schmierentheater aufsucht, statt zur Mappe lieber zur Gitarre greift, weshalb das Recht dann krumm und blind dahertorkelt, die Digesten schlecht digeriert werden[32] und alles, weil's nichts ist und weil's nichts taugt, in der Höhle des Nichts verschwindet.

»Ihr Herren«, meinte Critilo, »dass ein gewöhnlicher Mensch, ein Plebejer, in diese Allerwelts-Höhle strebt, mag hingehen und wundert mich nicht, denn tatsächlich kostet es viel Anstrengung, so weit zu kommen, dass man etwas gilt; Ansehen ist nicht umsonst, Ruhm fordert Einsatz. Aber Leute höherer Abkunft, aus gutem Blute, aus illustren Häusern, die, wofern sie sich nicht ganz ungeschickt anstellen, doch leicht zu Geltung und Einfluss gelangen (alles reicht ihnen doch im Spiel die Hand, da können sie die Hand auch bei allem im Spiel haben), dass diese sich so korrum-

32 Digesten: Zusammenstellung des römischen Rechts; digerieren: verdauen ... Derselbe Scherz bei Góngora (Ausgangswort für beides ist lat. *digerere* – »auseinander bringen«, »einteilen«).

pieren, herabziehen und bei lebendigem Leibe begraben lassen wollen in der elenden Höhle des Nichts, das ist wahrhaftig ein Elend. Bei gewöhnlichen Menschen sind die Kugeln aus Blei, bei Adligen aus Gold; oder Bildung und Wissen sind bei den Übrigen Silber, beim Adel Gold, bei Fürsten Edelsteine.[33] Ach, wie viele haben nicht die Mühe gescheut, sich für ein halbes Dutzend Kurse einzutragen, und trugen noch drei Dutzend Jahre daran! Für eine kurze Spanne Arbeit waren sie sich zu schade, der Schade beim Ansehen währte Äonen.«

Unter all diesen Handlangern des Lasters, die die Nichtigkeitshöhle beschickten, war auf einmal auch eine Frau zu erblicken, ein wunderschönes Weib, das, sehr geschäftig, mit ihren Jasminfingern alles in *Blüten* verwandelte, was sie berührte.[34] Ihre Hände waren Schnee, alles ließen sie gefrieren, das zarteste Anrühren genügte und der kräftigste Mann, der klügste Kopf konnte darüber Marmor oder Porphyr werden. Keinen Augenblick hielt sie inne in ihrem Geschäft, die Leute in jenen abominablen Schlund zu befördern; und es bedurfte gar keiner Fallstricke und keiner Hanfschnüre, es reichte ein einziges Haar. Was Wunder also, wenn sie sie scharenweise hinabzog? Umso größer waren die Verheerungen, je wundervoller ihre Schönheit schien.

»Wer ist das?«, wollte Andrenio wissen. »Es hat ja den Anschein, als wollte sie die Welt entvölkern.«

»Wie, die kennst du nicht?«, rief der Ehrgeizige. »Das ist ja noch schöner! Das ist mein Widerpart, meine Gegnerin, die Göttin Zyperns in Person, nein: in Sirenenform, in *corpore,* nicht in *spiritu.* Flieht vor ihr, es gibt nichts anderes! Denn hätte das nur jener Fürst getan, nach dem sie mit ihrer Schneehand und Falkenklaue fasste, er wäre nicht so rasch herabgestürzt von seiner Heldenhöhe, zu der er doch schon aufgestiegen war.«

»Was für ein Jammer«, klagte Critilo, »dass die ragendste der

33 Ausspruch Papst Julius' II. (1503–1513), u. a. von Botero, Mateo Alemán und Saavedra Fajardo zitiert; vgl. *Agudeza* 30.

34 Hier dieselbe Homonymie von *»azar«* – »Zufall« und *»azahar«* – »Orangenblüte« wie S. 697, bei Anm. 36.

Zedern, der schattenreichste der Bäume sich doch von dieser geilen, unfruchtbaren Ranke hat erklettern lassen! Sie umschlingt ihn nicht, sie schlingt ihn ein; sie ziert ihn nicht, sie zehrt ihn aus; sie leiht ihm nicht ihre Blätterpracht, sie bringt ihn um seine Früchte, entblößt ihn ganz und gar, lässt ihn vertrocknen, saugt ihn aus, raubt ihm das Leben, richtet ihn zugrunde. Und nicht genug damit! Wie viele Bescheidene hast du nicht zu eitlen Gecken, wie viele Luchse blind werden, wie viele Adler aus den Lüften stürzen, wie viele Pfauen das Rad zur selbstgefälligsten Ostentation schlagen lassen! Ach, so vielen, die stark und mutig begonnen hatten, hast du Weichheit in die Brust geschmeichelt! Du bist am Ende doch die Vernichterin für alles Weise, Heilige und Tapfere gleichermaßen.«

Auf der anderen Seite des Höhleneingangs gewahrten sie nun ein seltsames Monster mit Menschengesichtern, die alles grimmig anblickten. Es musste außerordentlich viel Kraft haben, denn mit nur zwei spitzen Fingern, wie man Ekles anfässt, nahm es ein paar prächtige Gebäude und schleuderte sie hinab, mitten ins Nichts.

»Hinunter mit Neros Goldpalast«, schrie es, »hinunter mit den Thermen des Domitian, mit den Gärten des Heliogabal! Das alles war doch zu nichts nütze.«

Nicht so indessen mit den festen Burgen, den uneinnehmbaren Zitadellen, die starke Fürsten errichtet hatten, als Riegel ihrer Reiche und Zügel ihrer Gegner; ebenso wenig die herrlichen Tempel, die die frommen Monarchen verewigten, die zweitausend Kirchen, die König Don Jaime der Mutter Gottes weihte.[35]

»Hinunter mit dem Serail des Amurates«, tönte es weiter, »hinunter mit den Lustschlössern Sardanapals!«[36]

Am meisten betroffen waren sie jedoch, als sie mit ansehen

35 *Jaime der Eroberer:* vgl. S. 272, Anm. 52.

36 *Amurates:* spanisch für Murad. Hier wohl vager Sammelname für osmanische Sultane (der zeitlich nächstliegende war Murad IV., genannt der Grausame, 1623–1640, der nach der Rückeroberung von Bagdad, 1638, einen hübschen Kiosk im Serail bauen ließ; wahrhaft verschwenderisch war dessen Bruder Ibrahim, 1640–1648). – *Sardanapal:* assyrischer König, 9. Jh. v. u. Z., Inbegriff des luxusliebenden, verweichlichten Herrschers.

mussten, wie man nach Werken des Geistes griff und sie mit unverhohlener Verachtung hinunterwarf. Critilo litt insbesondere bei einem davon, einem stark vergoldeten, das dem ewigen Vergessen überantwortet zu werden drohte, und er bat, man möge doch davon absehen. Doch das Monster lachte nur und sagte:

»Das verdient es nicht besser, nur Schmeichelei, kein Krümchen Wahrheit oder Substanz!«

»Aber den hohen Herrn, der darin vorkommt und dem es gewidmet ist, den will es doch unsterblich machen.«

»Das wird es nicht schaffen«, war die Antwort. »Nichts fällt so schnell zusammen wie verlogene, grundlose Schmeicheleien. Was es schafft, ist Ärger und Überdruss!«[37]

Es flog in den Abgrund, und viele andere Bücher hinterdrein. Wieder schrie das Monster:

»Hinab mit all diesen Romanen, kalt und gemacht, diesen Ausgeburten des Schwachsinns, diesen abgeschmackten Komödien, die voller Unwahrscheinlichkeiten stecken und sämtlich ausgepfiffen gehörten!«

Ein paar davon wurden indessen beiseite getan, und es hieß dazu:

»Diese hier nicht, die sollen aufbewahrt werden für alle Zeiten, weil sie voller Witz und Anmut sind.«

Critilo dachte eigentlich, es müssten die Stücke von Terenz sein, er las aber auf dem Titelblatt: *Moreto, Der Komödien Erster Teil.*

»Das ist«, hörte er sagen, »der spanische Terenz.[38] Aber diese ganzen italienischen Autoren müssen hinunter!«

Critilo versuchte, sich zu verwahren:

37 Romera-Navarro vermutet, dass es sich bei dem Werk um eine panegyrische Schrift auf Philipp IV. von José Pellicer handelt, die 1640 erschienen war (vgl. S. 390, Anm. 48 und *Agudeza* 19).

38 *Agustín Moreto* (1618–1669), Priester, Theaterautor aus der Schule Calderóns, zu Lebzeiten wenig, später von vielen seiner Eleganz wegen geschätzt. Am bekanntesten die 1654 erschienene Liebeskomödie *El desdén con el desdén* – »Verachtung (der Männer) wider Verachtung (der Frauen)«, dt. Übers. von H. Schlegel 1964. Graciáns Urteil greift voraus. Befremdlich allerdings, dass er als Einzigen ihn nennt und nicht einen der großen Dramatiker, vor allem Calderón.

»Was tust du? Die Welt wird entsetzt sein. Heute stehen doch die italienischen Federn ebenso hoch im Ruf wie die spanischen Schwerter!«

»Ach«, meinte der andere, »die meisten haben doch nur hochtönende Titel, aber wenig Wirklichkeit und Substanz dahinter, sind schwach und ohne Pfeffer, ja manche verschleudern regelrecht gute Titel wie der Autor der *Piazza universale:* Sie versprechen viel und halten doch nur den Leser zum Narren, am meisten, wenn er Spanier ist.«[39]

Er streckte die Hand nach einem anderen Bücherstapel aus und zog mit reichlich verächtlicher Geste Bücher heraus, um sie wegzuwerfen. Critilo konnte eben noch einige Titel lesen und sah, dass es spanische waren, worüber er nicht schlecht staunte, erst recht als er erkannte, dass es sich um Geschichtsschreiber handelte. Er hielt nicht mehr an sich und rief:

»Warum tust du diesen Schriften solchen Tort an? Sie sind doch voll mit unsterblichen Taten!«

»Gerade das ist ja das Unglück«, wurde ihm erwidert. »Was dort geschrieben steht, ist keineswegs auf der Höhe dessen, wie anderswo gehandelt wurde. Ich versichere dir, es hat nirgendwo so viel Heldenhaftes gegeben wie bei den Spaniern, doch nirgendwo auch so schlecht Geschriebenes wie bei ihnen.[40] Die Masse dieser

39 *Tommaso Garzoni, La Piazza universale di tutte le professioni del mondo,* Venedig 1584. Was Gracián an diesem sozialgeschichtlich sehr ergiebigen Werk, das in 154 *discorsi* sämtliche Berufe der Zeit – ob Bankiers, Inquisitoren, Banditen, Scharlatane, Grammatiker, Zuhälter, Kastratoren oder Würfelmeister – beschreibt, so enttäuscht hat, ist unerfindlich, umso mehr, als Cristóbal Suárez de Figueroa 1615 ein spanisches Werk nach seinem Vorbild veröffentlichte. – Dem Leser dürfte nicht entgangen sein, dass wieder einmal eine zu Beginn der Szene abschreckende Figur unerwartet zum Agenten des Autors wird, hier erneut in der Rolle des Buchkritikers. – Buchkritik mit brachialer Geste gab es im Übrigen bereits in Martianus Capellas *Hochzeit der Philologie mit Merkur* (vgl. S. 230, Anm. 9): PHILOLOGIE muss dort erst eine Menge von Büchern erbrechen, um der Unsterblichkeit würdig zu werden.

40 Klage über die Sterilität der Historiographie auch bei Lope de Vega oder Suárez de Figueroa. Spanien hat jedoch auch einige bemerkenswerte Federn aufzuweisen, wie Diego Hurtado de Mendoza (1503–1575), dessen *Guerra de Granada* allerdings noch unvollständig ediert war, oder Padre Mariana, den Gracián zwar

Historien sind wie fetter Schmer, bei dem es einen nach zwei Bissen ekelt. Sie reichen nie an die Tiefe und politische Eleganz der italienischen Geschichtsschreiber heran: Guicciardini, Bentivoglio, Caterino Davila, Siri und Birago mit ihren *Mercurios,* die allesamt Tacitus nacheifern.[41] Glaubt mir, sie haben kein Talent zur Geschichtsschreibung, ebenso wenig wie die Franzosen zur Poesie.«[42]

Immerhin legte er von einigen einige Blätter zurück; aber andere warf er so, wie sie waren, ohne sie auch nur aufzuschneiden, nach rückwärts in das Nichts und sagte dazu:

»Nichts wert, gar nichts!«

Critilo stellte zu seinem Erstaunen fest, dass er kein Werk eines portugiesischen Autors verwarf.

»Das«, so sagte er, »sind große Geister gewesen, alles Körper mit Seele.«[43]

schätzte (vgl. S. 280, Anm. 10), dessen monumentale Geschichte Spaniens aber mit dem Tod Ferdinands des Katholischen (1516) endet.

41 *Politische Eleganz: »garbo político«.* – Am bekanntesten ist der Florentiner *Francesco Guicciardini* (1483–1540), seine *Storia d'Italia* umfasst den Zeitraum von 1492 bis 1534. – *Guido Bentivoglio* (1579–1644): Kardinal, Autor eines 1639 in Köln erschienen Werkes über den *Krieg in Flandern* (1559–1609), das großen Erfolg hatte und 1643 ins Spanische übersetzt wurde. – *Dàvila:* vgl. S. 390, Anm. 46. – *Vittorio Siri* (1608–1685): Benediktiner, Professor in Venedig, von Mazarin nach Frankreich gerufen; sein *Mercurio* umfasst die Jahre 1635 bis 1649. – *Giambattista Birago Avogadro* (genaue Lebensdaten unbekannt): aus Genua stammender Kosmopolit und Polygraph, Autor des *Mercurio verìdico* (1648). Beider Werke sind eher politisch-journalistisch als historiographisch (*Mercurio* bedeutet »regelmäßige Publikation«, Vorform der *Gazzetta,* der Zeitung). Zwischen beiden entbrannte eine feindselige Polemik (vgl. V. Castronovo, Art. »Birago« im *Diz. Biografico degli Italiani;* zur Historikerdebatte J. v. Stackelberg, *Tacitus in der Romania,* 1960). In der nachfolgenden Krisis wird Gracián eine Zusammenkunft dieser Historiker in einer römischen *accademia* anberaumen.

42 Von den französischen *Trobadors* und *Trouvères* des Mittelalters war im 17. Jh. auch in Frankreich selbst kaum etwas bekannt. Die Lyriker der Renaissance: Marot, Scève, Louise Labé, Ronsard, Du Bellay u. a., ebenso die der 1. Hälfte des 17. Jhs.: Malherbe, Théophile de Viau oder Saint-Amant, waren in Spanien kaum zur Kenntnis genommen worden.

43 *Portugiesische Autoren:* ein erstaunlich positives, wenn auch summarisches Urteil. Worauf es sich bezieht, ist nicht leicht zu sagen, zumal unter den von Gracián ausdrücklich genannten Vorbildern für sein Schreiben (vgl. S. 12, Anm. 11) kein Portugiese ist. Die *Agudeza* erwähnt Camões und Sá de Miranda, das *Criticón*

Mit Bestürzung sah Critilo ihn jedoch auch nach einigen Theologen die Hand ausstrecken, Scholastikern nicht anders als Ethikern oder Exegeten.[44] Auf seine Vorhaltungen musste er hören:

»Schau, die meisten von denen tun nichts anderes mehr als abschreiben und umschreiben, was schon längst gesagt worden ist. Sie leiden heftig an *cacoethes imprimendi,* an Druckreiz, und es ist recht wenig, was sie sich neu dazu einfallen lassen.«

Allein an Kommentaren zum Ersten Teil von Thomas von Aquin wanderte ein halbes Dutzend in den Orkus:[45]

»So geht dahin!«

»Was sagt Ihr?«

»Gesagt ist: Getanes tue man ein weiteres Mal.[46] Fort mit diesen Auslegern, die sind so trocken wie Esparto und knüpfen nur ein weiteres Mal, was schon tausend Jahre gewebt wurde.«

Von den Rechtsgelehrten warf er ganze Bibliotheken fort und fügte hinzu, wenn man ihn nur machen ließe, er würde sie allesamt verbrennen, mit ganz wenigen Ausnahmen. Von den Medizinern aber warf er ohne Unterschied alles hinein, denn sie hätten, so beteuerte er, beim Schreiben keinerlei Maß und Ordnung.

»So schaut doch, wie viel!«, rief er. »Die können ja nicht einmal einen Index erstellen, und dabei haben sie ein so großartiges Vorbild wie Galen.«[47]

Während Critilo mit alldem beschäftigt war, näherte sich Andrenio dem Eingang der Höhle und setzte seinen Fuß auf die rut-

Camões und Francisco Rodrigues Lobo. Nicht erwähnt wird der portugiesisch-spanische Theaterautor Gil Vicente (ca. 1465–1537), auch nicht García de Resende, der Herausgeber des *Cancioneiro geral* (1516), was beides kaum erstaunen kann. Eher schon das Fehlen des Jesuiten Padre António Vieira (1608–1697), der spätestens seit 1642 als Lissaboner Prediger berühmt war.

44 *Scholastiker:* Hier die für theologischen Disput und Argumentationslehre zuständigen Universitätslehrer, im Gegensatz zu den Moraltheologen und Bibelkommentatoren.

45 Gemeint ist der Erste Teil der *Summa theologiae* (1273 abgeschlossen), der von der Gotteslehre handelt (eine Spitze Graciáns gegen die Dominikaner ist dabei nicht auszuschließen).

46 Sarkastische Verdrehung von Plautus, *Cistellaria* 703 oder Terenz, *Phormio* 419: *»Actum, aiunt, ne agas«* – »Getanes soll man kein zweites Mal tun«.

47 *Galenos:* vgl. S. 137, Anm. 1.

schige Schwelle. Augenblick jedoch stürzte der EHRBEWUSSTE herbei und redete auf ihn ein:

»Wo denkst du hin? Willst du vielleicht auch gern einmal ausprobieren, wie das ist, wenn man nichts ist?«

»Lass mich nur«, antwortete Andrenio. »Ich will gar nicht hinein, ich will nur von hier einmal schauen, was dort vor sich geht.«

Der andere lachte ihn aus:

»Was willst du wohl schauen, wo doch alles, was da eingeht, zu nichts wird?«

»Ich will nur gern einmal hineinhören.«

»Auch nicht anders: Man sieht nie wieder etwas und man hört nie wieder etwas.«

»Ich kann doch nach jemandem rufen.«

»Was erwartest du dir davon? Es hat doch keiner mehr einen Namen. Und willst du mir's nicht glauben, so sag mir doch einmal: Von der unendlichen Zahl von Leuten, die in so vielen Jahrhunderten dort eingegangen sind, was ist von ihnen geblieben? Nicht einmal die Erinnerung, dass sie da waren und dass es diese bestimmten Menschen gab. Einzig genannt werden noch die, die hervorragend waren in den Waffen oder in den Wissenschaften, als Herrscher oder als Heilige. Und damit wir uns dies noch ein wenig näher ansehen, sag mir doch bitte einmal: Wie viele aus dieser unserer Zeit, unter den Millionen, die heute in sämtlichen Provinzen und Reichen den Erdball beschweren, nennt man wohl mit Namen? Ein halbes Dutzend Tapfere, wenn es hoch kommt, und Weise noch weniger; man spricht bestenfalls von zwei oder drei gekrönten Häuptern, ein paar Königinnen, einem Heiligen Vater, der Leo oder Gregor zu neuem Leben erweckt.[48] Alles Übrige ist Masse, ist Mitesser, gerade genug zum Verzehren der Nahrung und zum Steigern der Quantität, nicht der Qualität.[49] Aber was schaust du jetzt noch eifriger, wo du doch nichts siehst?«

48 Den Papststuhl hatte zu dieser Zeit Alexander VII. inne (1655–1667), von dem Gracián wohl zu verstehen geben will, er komme Leo X. (1513–1521) oder Gregor XIII. (1572–1585) gleich.

49 *»Todo lo demas es número, es broma«:* »Alles Übrige ist Zahl, ist Bohrwurm« (das Wort *»broma«* bedeutet im Griechischen »Zerfressen«, »Karies«; im Spanischen des

»Ich schaue«, sagte er, »weil es doch noch weniger gibt in der Welt als nichts. Sag mir bei deinem Leben: Wer sind die da, die selbst im Nichts noch im Winkel stehen?«

»Oh!«, erwiderte der andere, »zu diesem Nichts gibt es viel zu sagen! Das sind...«

Doch lassen wir sie, wenn es dir recht ist, bis zur folgenden Krisis.

17. Jhs. »Schiffsbohrwurm« und, übertragen, »unnützer Ballast«, »Ärgernis«; im modernen Spanisch »Scherz«). Die ganze Stelle frei nach Horaz, wie in I, 10, Anm. 39.

Neunte Krisis

Die Entdeckung Felisindas

Man erzählt, es habe einmal ein wissbegieriger Wunderling, den ich indessen eher als missbehaglichen Sonderling bezeichnen möchte, den ausgefallenen Einfall gehabt, die Welt zu durchqueren, so verquer, wie sie ist, auf der Suche nach nichts Geringerem als der Zufriedenheit. Er kam in ein Land und fragte zuallererst die Reichen nach ihr, in der Annahme, sie sei bei ihnen, wo doch der Reichtum alles erreicht und das Geld alles vergilt. Doch er sah sich getäuscht, denn er fand sie allesamt vor Sorgen um den Schlaf gebracht. Das gleiche widerfuhr ihm mit den Mächtigen, die allesamt bedrückt und mürrisch waren. Er ging zu den Weisen und fand sie voller Schwermut und Klage über die Kürze ihres Glücks; die Jungen voller Zukunftsangst, die Alten voller Gebrechen. Alle aber antworteten ihm übereinstimmend, sie sei nicht bei ihnen, sei auch nicht gesehen worden, allerdings habe man von den Vorfahren gehört, sie lebe wohl ein Stück weiter im nächsten Land. Er begab sich also auch dorthin, suchte die Bestunterrichteten auf und erfuhr dasselbe, nein, hier sei sie nicht, sondern eins weiter. So ging er von einem Land zum nächsten, und überall sagte man ihm: »Hier nicht, aber weiter in der Richtung, immer weiter.« Er fuhr bis nach Island, von dort auch nach Grönland, schließlich nach Tile, das der Welt als Tilde dient,[1] und da er dort das gleiche Lied hörte wie allenthalben sonst, gingen ihm endlich die Augen auf und er sah, wie blind er war in seinem Irrtum, und alle Sterblichen mit ihm, die vom Zeitpunkt ihrer Geburt an unaufhörlich auf der Suche nach der Zufriedenheit sind und sie doch nie antreffen, rastlos von einer Altersstufe zur nächsten, von einer Tätigkeit zur nächsten hastend. Die in dem einen Staat wissen, dass sie hier nicht ist, denken, im andern müsse sie sein, und nennen die Leute dort

1 *Tile:* Thule.

glücklich, die aber nennen die andern glücklich, und alle beide leben sie in dem ach so verbreiteten Irrtum, der nicht vergehen will und nicht vergehen wird, solange es noch Toren gibt. –

So verhielt es sich auch mit unsern beiden Weltpilgern und Lebensreisenden, die weder beim eitlen Dünkel noch im gemeinen Müßiggang verweilen konnten, weshalb denn auch der eine nicht im Eitelkeitspalast Quartier nehmen konnte, der andere nicht in der Höhle des Nichts. Mitten auf der Schwelle hatte vielmehr Andrenio verharrt und zu wissen begehrt, wer wohl jene dort waren, die im hintersten Winkel des Nichts steckten.

»Das sind«, erklärte ihm der FANTASTISCHE, »gewisse Subjekte, die noch weniger sind als nichts.«

»Wie denn das? Können sie denn noch weniger sein als nichts?«

»Sehr wohl.«

»Aber was sind sie dann?«

»Was? Garnichtse sind sie, für die selbst nichts noch zu viel ist, und so heißen sie denn auch Wimmerlinge und Dingerlinge und Engerlinge und Jämmerlinge. Schau doch mal, schau, wie der eine dort das Bein ausstellt, dabei hat er weder Hand noch Fuß; wie der andere maniriert ist, dabei ist er überhaupt kein Mann.«

»Ja, und was ist das für ein Dingelchen, das Früchtchen da, das da hinten so nichtelt und wichtelt?«

»Bei meiner Immertreu, das übt sich redlich für sein schwarzes Seelchen; Magermenschenfleisch kannst du viel sehen, und Mumienbälge, das sind die staatlich Ersten; schau doch, wie viele schlaffe Schatten ohne Körper und Karat! Manchen Titel triffst du an, der auf nichts steht, und mehr als *ein* Ding ist nur Aufschrift. Schau doch, alle diese Personen ohne Persönlichkeit, alle diese Statuen ohne Statur. Siehst du dort die Magnaten? Ihr Nachtgeschirr ist Gold, ihr Benehmen Kot und Unflat. Viele Geborene, die noch immer nicht leben, viele Gestorbene, die nie gelebt haben. Das dort waren Löwen, die gerieten ins Lotterbett und sind jetzt Hasen; die andern sind emporgequollen wie die Pilze, keiner weiß, woher und wie; die hier markieren den Stoiker und sind doch Epikuräer, die Faulenzerei gilt als Filosofei. Aller Glanz hinter den

Bergen, das Elend vor der Tür. Die Hochstehenden stehen niedrig im Kurs, und mancher Sohn eines Hochvermögenden vermag nichts und nochmal nichts; viel ansehnliche Schönheit verliert sich aus den Augen, die Schönsten verlieren vom vielen Ansehen; wes der Mund voll, des geht das Herz nicht über, und so manchen Satten kannst du Hungers sterben sehen; wer nichts verdient, der nimmt sich's eben, und viele werden wohlhabend genannt, die wohl kaum den eigenen Namen haben. Kein *Ja* ohne *Aber,* und wenn *jawohl,* dann ja wohl erst recht makaber. Die Häuser sind nicht ausgesucht, sondern haus- und heimgesucht, für Burgen bürgt dir keiner, und da vieles wenig umsorgt wird, wird alles bald zu nichts. Die Oberhäupter richten alles auf den Boden, nur den Feind nicht zu Grund, und oberhauptursächlich deswegen kommen die Kriege an kein Ende. Was immer grünte, bleibt ohne Frucht, und Üppig-Geiles körnte gleich gar nicht; die unreife Traube runzelt schon sehr, die Schrumpelbeere hingegen will noch glatt sein; das Bestgesagte war leider nicht das Bestgewagte, an Anmut herrschte Armut, die großen Geister sahst du ganz entgeistert, entdoktort liegen ganze Bibliotheken; zum Schreien sind einige Törinnen und Toren, abgegriffen auf überspannten Saiten, wie abgemacht nur Aufmachung. Vor die Wahl gestellt, ob Cäsar oder nichts, entschied man sich für Letzteres, und die größten Häuser liegen dunkel, weil ohne Heller. Die meisten Windtüchtigen sind in Wahrheit Schwindsüchtige und müssen bald zugeben, dass sie mit dem, was sie angaben, angaben. Suchst du nach Menschen, triffst du nur Kobolde, und was du für Samt hieltest, ist billiger Barchent. Einer schien einer Stelle wert, doch was ihm abging, war Stellenwert, denn wer nicht klatscht, der wird auch nicht beklatscht. Gaben und Geschenke sind gerade gut genug zum Laben in der Schenke. Schließlich und endlich erkennst du, wie viel nichts ist und dass alles nichts lieber hat, als nichts zu sein.«

Er hätte noch viel mehr gesagt, denn übers Nichts hatte er viel zu sagen, wäre jetzt nicht der MÜSSIGE herangeschlichen und hätte versucht, Andrenios stoßweise auftretenden Nachlässigkeiten zu nutzen, um ihn stoßweise in die unselige Höhle hinabzubefördern und ihn doch noch im trüben Grundsatz des Nichts versinken zu lassen. Als das aber der FANTASTISCHE sah, griff er schnell nach Critilo und zerrte ihn, den Schädel mit Wind gefüllt, noch heftiger zum Palast der Eitelkeit hin. Das einzige Mittel, um dieser Doppelklippe des Alters zu entgehen und zwischen Ehrgeiz und Faulheit hindurchzusteuern, war, sich fest an den Händen zu fassen und in der Mitte zwischen so gefährlichen Extremen zu halten. Gemeinsam griffen sie nach der Gelegenheit, die nun zwar grau-, aber nicht kahlköpfig war,[2] und mit der reinen Kraft der Vernunft und Klugheit gelang es ihnen, dem offenkundigen Verderben zu entgehen.

Solchermaßen siegreich machten sie sich nun auf zum Triumph nach dem allzeit erhabenen Rom, heroischem Schauplatz unvergänglicher Taten, Krone der Welt, Königin der Städte, Sphäre großer Geister, tat es doch zu allen Zeiten auch den Größten, auch den Königsadlern Not, dorthin zu fliegen und sich römischen Schliff für ihre Schnäbel zu holen, auch den Spaniern, auch Lukan, Quintilian, den beiden Seneca aus Córdoba, Lician und Martial aus Bilbilis;[3] Gipfel des Glanzes, denn was dort erglänzt, tut

2 Zur Redensart von der kahlköpfigen Gelegenheit vgl. S. 167, Anm. 22.
3 *Marcus Annaeus Lucanus:* geb. 39 in Corduba (Córdoba), Günstling Neros, auf dessen Geheiß er sich i. J. 65 in Rom – etwa gleichzeitig mit Seneca – den Tod geben musste; Verfasser der *Pharsalia,* des unvollendeten Epos über den Bürgerkrieg zwischen Cäsar und Pompejus. – *Marcus Fabius Quintilianus:* geb. um 30 in Calagurrix (Calahorra), am Oberlauf des Ebro, gest. 96 in Rom; Verfasser der *Institutio oratoria,* der maßgeblichen Erörterung der antiken Rhetorik. – *Lucius Annaeus Seneca,* der Ältere, der Rhetor: geb. um 55 v. Chr. in Corduba, gest. um 40 in Rom; Verfasser von Werken zur Rhetorik und Rechtsprechung. – *Lucius Annaeus Seneca,* der Jüngere, der Philosoph: geb. um 4 v. Chr. ebenfalls in Corduba (über seine spätere Bedeutung für das spanische Geistesleben siehe K. A. Blüher, *Seneca in Spanien,* 1969). – *Licianus* (Licinianus): ein nur aus Martial (I, 49 und I, 61) bekannter Jurist aus Bilbilis. – *Marcus Valerius Martialis:* geb. um 40 in Bilbilis, gest. 103 ebenda, lebte etwa von 64 bis 98 in Rom; Verfasser der *Epigrammata.* – Dass Prudentius (vgl. S. 114, Anm. 4), der ebenfalls aus Spanien stammte, hier nicht erwähnt wird, liegt wohl daran, dass man sehr wenig über seine Leben weiß. – *Bilbilis:* Römische Stadt an der Heerstraße von Caesar Augusta (Zaragoza) nach Emerita (Mérida), seit maurischer Zeit Calatayud, in deren unmittelbarar Nähe auch Gracián geboren wurde, der freilich nie Gelegenheit hatte, sich in Rom »den Schnabel zu wetzen«. Nach Plinius, *Naturgesch.* 10, 4, wächst Adlern, die das nicht tun, manchmal der Schnabel so krumm, dass sie ihn nicht mehr öffnen können ...

sich in der ganzen Welt hervor; Phönix der Zeiten, denn wenn andere Städte untergehen, so ersteht diese neu und währt ewig; erhabener Sitz allen Guten, Hofstadt der ganzen Welt, denn die ganze Welt hat Platz in ihr. Wer Madrid sieht, sieht nur Madrid, wer Paris sieht, nur Paris, und wer Lissabon sieht, nur Lissabon; wer jedoch Rom sieht, sieht sie alle miteinander und hat Teil an der ganzen Welt auf einmal, erreicht den Zielort des Irdischen und die katholische Pforte des Himmels.

Und hatten sie Rom schon von ferne verehrt, so bewunderten sie es nun aus der Nähe. Sie drückten die Lippen auf seine geheiligten Schwellen, bevor sie ihren Fuß darauf setzten, betraten ehrerbietig dies *non plus ultra* der Erde und Äquivalent des Himmels. Voll Staunen durchwanderten sie seine Neutümer, die so altehrwürdig erscheinen, und seine Altertümer, die stets neu wirken. Die so Aufmerksamen bemerkte ein aufmerksamer Mann, der auf sie zuging und sich höflich erkundigte, ebenso wie sie bei ihm. Mit wenigen geschickt platzierten Fragen hatte er schon herausbekommen, dass sie Pilger waren, sie ihrerseits, dass sie es mit jemand Ungewöhnlichem zu tun hatten,[4] von dem gut und gerne auch ARGUS noch lernen konnte, der den MERKER ZAHORÍ noch durchschaute, der JANUS an Umblick noch zuvorkam und den ENTZIFFERER noch an Einblick übertraf.[5] Was Wunder freilich, wo es sich doch um einen alterfahrenen Höfling handelte, der manchen Rom-Lehrgang hinter sich hatte, eine Kreuzung von Spanier und Italiener, mit anderen Worten ein Wundertier. Ein wohlinformierter Mann überdies, mit Verstand wie mit Geschmack begabt, der erfreulichste Umgang, den sie sich in der Hofstadt wünschen konnten.

»Soviel ich sehe«, sprach er zu ihnen, »seid ihr viel herum-, aber wenig vorangekommen. Ihr hättet besser daran getan, von vornherein diesen Epilog der politischen Welt hier anzustreben, dann wäret ihr gleich zu Beginn zum höchsten Gut gelangt, euer

4 *»Peregrino«* – »Wanderer«, »Pilger« und »ungewöhnlich«.

5 Also die Führerfiguren aus II, 1 (Argus); III, 5 (Zahorí); III, 1 (Janus) und III, 4 (Entzifferer).

Leben hätte auf dem kürzesten Weg den Gipfel des Ansehens erklommen.[6] Denn ihr müsst wissen, wenn andere Städte als Schmieden mechanischer Wunder berühmt sind (Mailand härtet stichfeste Harnische, Venedig schleift Kristalle, Neapel webt kostbare Stoffe, Florenz fasst Edelsteine, Genua hortet Dublonen) – Rom ist die Schmiede der großen Männer, hier wird Geist geschärft, hier schleift man Menschen zu *Personen.*«[7]

»Und wenn die Bewohner großer Städte glücklich zu preisen sind«, fügte ein anderer hinzu, »weil sich in ihnen vom Guten das Beste findet, so lebt man in Rom zweifach und gedeiht vielfach. An dieser pracht- und wundervollen Stätte werdet ihr finden, was immer ihr euch wünschen könnt. Nur eines werdet ihr dort nicht auftun.«

»Und das wird sicherlich das sein«, erwiderten sie, »was wir gerade suchen. Die übliche Posse des Schicksals.«

»Und was ist es, das ihr sucht?«

Und Critilo:

»Ich, eine Gattin.«

Und Andrenio:

»Ich, eine Mutter.«

»Und wie heißt sie?«

»Felisinda.«

»Da zweifle ich, ob ihr sie finden werdet: Im Namen hört man ›Glück‹. Wo soll sie denn wohnen?«

»Beim Botschafter des Katholischen Königs.«[8]

»Oh, bei dem, der zugleich auch der König der Botschafter ist!

6 *Epilog:* im Sinne von »Zusammenfassung«, »Inbegriff«, »Quintessenz«.

7 Den besonders in Italien beliebten Städtevergleich konnte Gracián in Boccalinis *Ragguagli di Parnaso* finden (vgl. S. 12, Anm. 11; auch Swift las übrigens den Italiener gerne); in *Agudeza* 16 gibt er einen Auszug wieder, der sich auf Rom und Neapel bezieht: »Napolitanische Geister und Weine (so urteilt Apollo) müssen erst nach Rom fahren, um dort zur Vollkommenheit zu gelangen.«

8 *Botschafter:* Gracián hat sich wohlweislich gehütet, einen Namen zu nennen. Es müsste sich um den Grafen Siruela handeln, der, als unsere Wanderer in Wien ankamen, von dort nach Rom versetzt worden war (vgl. S. 568, Anm. 5, und S. 909, Anm. 13).

Da kommt ihr im günstigen Augenblick, was schon einen Teil des Glückes ausmacht: Dorthin bin ich heute Nachmittag auf dem Weg, dort stellen sich Leute von Geist ein und genießen das Beisammensein in geselliger Klugheit. Der Botschafter ist ein hochgebildeter Mann und eine starke Persönlichkeit. Während andere Fürsten ihre Lust an guten Pferden haben, die aber doch nicht mehr sind als Tiere, oder an Windspielen, womit sie ja den Hunden ergeben sind, viele auch an Bildern auf Holz oder Leinwand, was aber doch nur gemalte Dinge sind, an stummen Statuen, an teuren Steinen, so dass, sollte eines Tages die Vernunft sich in der Welt zeigen, viele von ihnen mittellos dastünden, so findet dieser Herr Gefallen einzig daran, verständige Leute um sich zu haben, mit *Personen* Umgang zu pflegen, denn *sage mir, mit wem du verkehrst, und ich sage dir, wer du bist.*«

Sie gelangten nun zu der Stätte, an der der Geist seine Behausung fand, sie betraten einen schön geschmückten, geräumigen Saal, Theater Apollos, Wohnung seiner galanten Grazien, Chor seiner eleganten Musen. Sie waren sehr angetan, dort die Bekanntschaft der besten Köpfe unserer Zeit zu machen, alles hervorragende Leute, jeder Einzelne die Ehre einer Epoche, der Stolz einer Nation. Der Höfling nannte ihnen die Namen und tat ihnen kund, wer sie seien.

»Der dort, der Französisch auf Lateinisch spricht, ist Barclay, dem Gunst und Beifall sicher sind, weil er nicht in der Volkssprache schreibt.[9] Jener andere mit den wohlgesetzten Invektiven ist der, der sich aufs böse Reden so gut wie kein anderer verstand,

9 *John Barclay:* vgl. S. 12, Anm. 11; S. 398, Anm. 72. Barclay war kein Franzose, sondern als Sohn eines Schotten 1582 in Frankreich geboren; er hielt sich am englischen Hof auf, musste nach Streitigkeiten mit der englischen Kirche das Land verlassen und ließ sich in Rom nieder, wo er 1621 starb. Sein *Euphormionis Satyricon,* ein lateinisch geschriebener pikaresker Roman von 1607 (ed. D. A. Fleming, 1973), ist jesuitenfeindlich, was Gracián offensichtlich überging; sein zweiter Roman, *Argenis,* von 1621 (übers. von G. Waltz, 1891), ist eine Schlüsselsatire auf das Hofleben, nichtsdestoweniger Ludwig XIII. gewidmet. Gracián scheint ihm hier das Publizieren auf Lateinisch zu neiden. Er selbst hat es nie getan.

Boccalini.[10] Weiter könnt ihr Malvezzi erkennen, in der Geschichtsschreibung philosophierend, Staatsmann durch sich selbst.[11] Jener gar nicht verschwiegene Tacitus dort ist Enrico Caterino Davila.[12] Der andere, der mit reicher Füllung aus Memorialien, Briefen und Berichten den goldenen Kanevas seines *Mercurio* ausstopft, ist Siri; hart auf den Fersen ist ihm sein Antagonist Birago, weniger wehrhaft, dafür wahrhafter.[13] Seht auch den Góngora Italiens, ganz als wäre er es selbst, Achillini.[14] Und jener höchst beredte Polyantheist ist Mascardi.«[15]

10 *Boccalini:* vgl. S. 12, Anm. 11. Traiano Boccalini (1556–1613), der zunächst in päpstlichen Diensten stand und sich dann nach Venedig zurückzog, verfasste außer seinen satirischen »Berichten vom Parnass« eine heftige Invektive gegen die spanische Monarchie, *Pietra del paragone politico* (»Politischer Prüfstein«), die jedoch erst 1615 erschien, dann aber weite Verbreitung fand.

11 *Malvezzi:* vgl. S. 340, Anm. 63. Virgilio Malvezzi (1599–1654), Historiker und Moralist aus Bologna, entstammte einer spanientreuen Familie, kämpfte in spanischen Heeren und unterstützte (im Gegensatz zu Boccalini) den spanischen Absolutismus, was ihm die Berufung in den spanischen Kriegsrat durch Olivares und die Ernennung zum Hofhistoriographen durch Philipp IV. einbrachte. 1640 wurde er spanischer Botschafter in London, wo er den gewaltsamen Tod Karls I. vorausgesagt haben soll. Nach Olivares' Sturz hielt er ihm die Treue, was den Olivares-Gegner Gracián nicht hinderte, ihn in *Agudeza* 62 mit hohem Lob für die Mischung aus Philosoph und Geschichtsschreiber zu bedenken, die er erreicht habe. Mit seinen *Discorsi sopra Tacito* von 1622 griff er in den durch Machiavelli ausgelösten Streit der Historiker um das Verhältnis von Politik und Moral ein. Einige seiner Schriften wurden in alle europäischen Sprachen übersetzt, ins Spanische von Quevedo. Als Anhänger Senecas und kritischer Moralist ist sein Einfluss auf Gracián nicht gering, allerdings auch als erbitterter Feind der Protestanten und als Verächter der Frauen (deren Geringschätzung indessen mehr oder minder die gesamte intellektuelle Männerwelt der Epoche teilte).

12 *Tacitus:* span. *»tácito«,* bedeutet »verschwiegen« und eignete sich daher vorzüglich zu Wortspielen bei der Frage nach der Legitimität der *dissimulatio* (Verstellung), wie sie in der Ära des Tacitismus, der oft für Machiavellismus stand, debattiert wurde. – *Dàvila:* vgl. S. 390, Anm. 46.

13 *Siri, Birago* und ihre *Mercurios:* vgl. S. 820, Anm. 41.

14 *Claudio Achillini* (1574–1640): Lyriker aus dem Umkreis Marinos (welchen Gracián in *Agudeza* 16 ebenfalls den »Góngora Italiens« genannt hatte). Zu seinem Sonett auf die Schönheit einer Bettlerin vgl. Hugo Friedrichs Ausführungen und Übersetzung in *Epochen der italienischen Lyrik,* 1964, S. 575. Achillini schätzte Malvezzi als einen Seneca ebenbürtigen Moralisten.

15 *Agostino Mascardi* (1591–1640): Verfasser diverser Schriften zur Geschichte und Ästhetik, darunter eine zur Cebestafel von 1627; vgl. S. 710, Anm. 1 und

Und so noch weitere herausragende Geister von eindrucksvoller Gestalt und großer Eleganz. Sie nahmen ihre Plätze nicht nur ein, sie füllten sie auch aus, und nachdem er sich die Aufmerksamkeit, sogar die gespannte Erwartung aller gesichert hatte, nahm in Erfüllung seiner Amtspflicht als Sekretär Giambattista Marino das Wort. Er begann mit dem berühmtesten seiner moralischen Epigramme, welches lautet:

Apre l'uomo infelice, allor che nasce
in questa vita di miserie piena, etc.

Freilich konnte er nicht ganz dem Vorwurf entgehen, sein Schluss sei nicht folgerichtig, denn nachdem er erst davon gesprochen hat, wie vielfältig sich das Elend über das gesamte Leben des Menschen hinzieht, sagt er am Ende:

Da la cuna a la tomba è un breve passo.[16]

Als er sein Sonett vorgetragen hatte, fuhr er folgendermaßen fort:

Abb. 24, S. 833 (den Merianstich von 1638, den Gracián kennen konnte, hatte noch Goethe in seiner Kunstsammlung). – Polyantheist: Blütensammler.
16 Das zu seiner Zeit berühmte Sonett Marinos (erschienen 1602) lautet in Hugo Friedrichs Übersetzung:

Unselig ist der Mensch: betritt er diese
leidvolle Welt, so öffnet er das Auge,
noch ehe es die Sonne sieht, zu Tränen,
und enge Windeln sind sein erster Kerker.

Als Knabe, und der Milch entwöhnt, verlebt
er seine Tage unter scharfer Rute;
in männlich festrem Alter dann bringt Liebe,
bringt Schicksal ihm halb Sterben, halb Erwachen.

Und später, wieviel Mühe muß er tragen,
Wievielen Tod, ein Bettler, bis er krumm,
An schwachem Stab, die müden Glieder schleppt!

Und endlich: seine Erdenhülle birgt
Der enge Stein; wie schnell geschah's, wie kurz
Ist von der Wiege bis zum Grab der Schritt.

(*Epochen der italienischen Lyrik,* S. 730)

Da es von Marinos Sonetten keine spanische Übersetzung gab, ist anzunehmen, dass die spanische Version der drei Verse, die Gracián anführt, seine eigene ist.

Abb. 24: Matthaeus Merian d. Ä., CEBESTAFEL.
Kupferstich, 1638.

»Alle Sterblichen sind doch auf der Suche nach dem Glück, Zeichen dafür, dass keiner es besitzt. Keiner lebt mit seinem Los zufrieden, weder mit dem, das der Himmel ihm zugedacht, noch mit dem, das er selbst sich ausgesucht hat. Der Soldat, allzeit arm, lobt sich die Gewinne des Händlers und dieser umgekehrt das Glück des Soldaten; der Prozesskundige neidet dem Landmann den schlichten und redlichen Wandel und dieser dem Stadtmenschen sein bequemes Leben; der Verheiratete sehnt sich nach der Unabhängigkeit des Ledigen und dieser nach der trauten Gesellschaft des Verheirateten; immer nennen die einen die anderen glücklich, und keiner findet sich, der sich in sein Geschick finden möchte. Solange er jung ist, denkt der Mann das Glück im Vergnügen zu finden und wirft sich ihm blind in die Arme, doch die Erfahrung kommt ihn teuer zu stehen, wenn er erst aus seinem Irrtum erwacht. Erwachsen geworden, wähnt er es in Gewinn und Reichtümern, im Alter dann in Ehren und Würden, beständig nach neuen Tätigkeiten verlangend, ohne bei einer von ihnen das wahre Glück zu finden. All dies hat der sentenzenreiche Dichter ansprechend für uns erwogen, hat freilich, nachdem er das Wild aufgestöbert, es auch nicht zur Strecke gebracht, keinen Ausweg aus dem Dilemma gewiesen. So sei dies nun heute Eurem Verstand und Urteil unterbreitet: Erörtert werden soll an diesem Abend, worin das menschliche Glück bestehen mag.«[17]

Nach diesen Worten wandte er das Gesicht dem Ersten zu, das war Barclay, und eher Zufall als Absicht. Dieser begann, nachdem

17 *Der sentenzenreiche Dichter:* Horaz, mit den zwölf Eingangsversen seiner ersten Satire. Die Berufspaare Kaufmann / Soldat und Landmann / Rechtsbeistand, die einander jeweils das leichtere Leben neiden, sind um das Paar Junggeselle / Verheirateter erweitert. Außerdem ist diese Thematik (griech. *mempsimoiria* – »Klage über das Schicksal«) verschränkt mit den drei Lebensstufen aus Marinos Sonett, gleichsam einem *Criticón* en miniature. All das unbekümmert um die stilistischen Gegensätze zwischen Horaz und Marino. H. Friedrich meint, Marino habe seine Aufgabe, das *Miseria-hominis*-Thema zu behandeln, »als eine formal-künstlerische, nicht als eine ideelle« angesehen. Gracián empfand dies offenkundig anders (vgl. zu Marino auch S. 384, Anm. 27).

er vom Vorsitzenden das Wort erbeten und sich nach allen Seiten verneigt hatte, folgendermaßen zu sprechen:[18]

»Über Geschmacksfragen, so habe ich stets gehört, lässt sich nicht rechten, wo wir doch sehen, dass die eine Hälfte der Welt über die andere lacht. Jeder Einzelne hat seinen *gustus* und seinen *gestus*, und so kann ich nur lachen über die Weisen der alten Art, von denen der eine das Glück in der Ehre zu finden behauptet, der andere im Reichtum, der Dritte in der Sinnenlust, der Vierte in der Geselligkeit, der Fünfte im Wissen, der Sechste in der Gesundheit. Ich sage, ich kann nur lachen über alle diese Philosophen, wenn ich sehe, wie entgegengesetzt die Auffassungen sind, wenn der Eitle nach Ehren geizt, der Sinnliche sich über ihn und über sie lustig macht, wenn der Habsüchtige nach Schätzen giert, der Weise sie verachtet. Deswegen möchte ich sagen, dass das Glück jedes Einzelnen weder im einen noch im anderen besteht, sondern darin, dass jeder Einzelne dasjenige erlangen und genießen kann, worauf seine Neigung geht.«

Diese Rede wurde mit viel Beifall aufgenommen, und man tauschte sich geraume Zeit darüber aus, bis Birago sich zu Wort meldete und so zu den Versammelten sprach:

»Bedenkt aber, ihr Herren, dass die Mehrzahl der Sterblichen ihre Neigungen schlecht einsetzt, oft genug auf die niedrigsten

18 Die Debatte ist also in einer *accademia* angesiedelt, einem der literarischen Zirkel (in Spanien *tertulias*), von denen es zu Beginn des 17. Jhs. in Italien etwa 160 gegeben hat. Dem Vorsitzenden einer solchen *accademia* stand der Titel *principe* – »Fürst« zu. Im Übrigen waren dies rein private Zusammenschlüsse mit eher lockerem Reglement, im Unterschied zu der auf Betreiben Richelieus 1635 gegründeten *Académie française*. Marino verkehrte in der *Accademia degli umoristi*, einer der bekanntesten Roms, war jedoch nicht deren Sekretär. Der Ort des Treffens, die spanische Botschaft, ist fiktiv, ebenso die Zusammensetzung der Personen, die nur Graciáns persönliche Wertschätzung wiedergibt, real aber nicht möglich war. Jede der ausgewählten Personen hätte dort verkehren können, aber der älteste Teilnehmer, Boccalini, starb 1613, als der jüngste, Siri, erst fünf Jahre alt war. – Die Argumentation des Dialogs gehorcht rein den Gesetzen einer akademischen *dissertatio* über das Thema *Glück* (das im 18. Jh. zum Universalthema werden sollte), sie bemüht sich nirgends um Übereinstimmung mit dem Denken der hier versammelten historischen Personen. Stilistisch ist diese Erörterung zwar ein Bravourstück, jedoch ein Fremdkörper im Ganzen des *Criticón*.

Dinge lenkt, die der vernünftigen Natur unwürdig sind; wenn *einer* sich für Bücher interessiert, so hundert fürs Kartenspiel; wenn einer die Musen pflegt, so schon der nächste die Sirenen. Und daher müsst ihr einsehen, dass für jemanden das Glück oft ganz und gar nicht darin bestehen kann, seinen Neigungen zu folgen, wenn er so schlechte hat. Überdies wird er, auch wenn etwas noch so vorzüglich ist, daran kein Genüge finden und bei nichts verweilen können; kaum dass er etwas erlangt hat, wird er vielmehr der Sache überdrüssig werden und etwas anderes suchen. Die Unbeständigkeit zeigt an: Das Glück blieb aus. Besonders häufig müsste das Glück den Fürsten und Herrschern zuteil werden, doch jemand hat einmal sehr zu Recht gesagt hat, deren Glück sei eher das Glucksen von Gelüsten:[19] Sie ekelt heute, was sie gestern reizte, und morgen verabscheuen sie schon, was sie heute noch begehrten. Jeder Tag soll Neues bringen, jeder Augenblick nie Gewesenes.«

Wie weggewischt war damit der Eindruck, den die vorher geäußerte Meinung hinterlassen hatte, alle waren gespannt, wie er die seinige weiter vortragen würde, und er fuhr fort:

»Es ist ein wohlbegründetes Prinzip unter den Weisen, dass ein Gutes alle seine Bestandteile vollständig enthalten muss, dass auch nicht der kleinste Umstand fehlen darf. Denn es gilt ja: für Gutes braucht es alles und noch mehr, für Übles genügt bereits, dass eines fehlt. Und wenn dies für jedes beliebige kleine Glück gilt, um wie viel mehr dann erst für ein ganzes, vollendetes Glück! Aus dieser Voraussetzung ergeben sich für uns nun weitere Folgerungen. Was nützt dem Mächtigen, wenn er sämtliche Bequemlichkeiten hat, es ihm aber an der Gesundheit gebricht, um sie zu genießen? Was hat der Geizige von seinen Reichtümern, wenn ihm der Sinn fehlt, sich daran zu erfreuen? Was nützt dem Gebildeten sein vieles Wissen, wenn er keine Freunde hat, mit denen er es teilen kann? Ich erkläre also, ich will mich nicht mit einigem Wenigen zufrieden geben; ich erhebe Anspruch auf alles, und ich bin der Meinung, wer immer sich glücklich nennen will, der muss alles haben,

19 *Gelüste: »ganicas«,* ein seltener, wahrscheinlich aragonesischer Diminutiv von *»ganas«* – »Lust«, »Appetit«.

damit er nichts mehr ersehnt. Das menschliche Glück besteht folglich in einem Aggregat aus allem, was sich Gut nennt, Ehren, Vergnügen, Reichtümer, Macht, Kraft, Gesundheit, Weisheit, Schönheit, Adel, Erfolg und Freunde, mit denen sich all dies genießen lässt.«

»Das nenne ich reden!«, rief alles. »Da bleibt den andern nichts mehr zu sagen.«

Doch nun hob Siri, Aufmerksamkeit heischend, die Hand, um der Kontroverse auch sein Siegel aufzudrücken.

»Gewaltig hat euch diese schimärische Menge von Neigungen und Geschmäckern, dieses fantastische Aggregat von Gütern beeindruckt«, sagte er. »Aber das ist doch alles ebenso leicht auszudenken wie unmöglich zu verwirklichen. Welcher Sterbliche konnte denn jemals zu diesem erträumten Glück gelangen? Reich war Krösus, aber nicht weise; weise war Diogenes, aber nicht reich. Wem wurde je alles zuteil? Aber gesetzt den Fall, es sei so: Am Tage, an dem einer nichts mehr zu ersehnen hat, muss er doch schon unglücklich sein. Außerdem gibt es durchaus beklagenswerte Glückliche: Etliche stöhnen doch, ja ekeln sich vor lauter Sattsein, und es geht ihnen schlecht, weil es ihnen zu gut geht. Als Alexander sich zum Herrn über diese Welt gemacht hatte, verlangte es ihn sogleich nach weiteren, ausgedachten Welten, von denen er einen Philosophen hatte fabulieren hören. Ich wünsche mir das Glück leichter, und deswegen halte ich es genau mit der umgekehrten Meinung. Dass das Glück darin bestehen sollte, alles zu besitzen, weise ich so weit von mir, dass ich lieber sage: Nichts besitzen, nichts ersehnen, alles verachten, das ist Glück. Und zwar das einzig sichere Glück, mit Sicherheit das der Klugen und Weisen. Wer am meisten hat, ist auch am meisten abhängig, und am unglücklichsten ist, wer am meisten benötigt, wie der Kranke mehr benötigt als der Gesunde. Das Heilmittel für den Wassersüchtigen besteht nicht darin, ihm noch mehr Wasser zu geben, sondern ihm seinen Durst zu verringern. Dasselbe gilt für den Ehrgeizigen und den Habgierigen. Nur wer mit sich selbst zufrieden ist, ist klug und kann glücklich werden. Wozu Schalen, wenn man aus der Hand trinken kann? Wer sein Verlangen auf einen Brocken Brot und ein wenig Wasser einzuschränken versteht, der kann sich im Glück mit Jupiter selbst messen, sagt Seneca.[20] Und ich besiegele mein Votum, indem ich sage, das wahre Glück besteht nicht darin, alles zu haben, sondern nichts zu wünschen.«

»Da ist alles gesagt!«, erscholl wieder der allgemeine Beifall.

Doch dann ebbte auch der ab, und alles schwieg still, um Malvezzi zu hören, der folgendermaßen philosophierte:

»Ich meine, ihr werten Herren, diese Art zu denken entspringt doch eher melancholischem Paradox als *politischem* Urteil und bedeutet eine Reduzierung der edlen Menschennatur auf nichts.[21] Denn nichts wünschen, nichts erstreben, nichts genießen, was bedeutete dies anderes als Lust und Freude aufheben, das Leben abtöten und alles auf nichts zurückdrehen? Leben ist doch nichts anderes als ein Genießen alles Guten, mit dem Wissen davon, wie man all dies Gute, aus Natur wie aus Kunst, recht genießt, mit Art und Form und Mäßigung. Ich kann nicht finden, dass der Mensch besser würde, wenn man ihm alles Gute vorenthielte, das hieße ihn vielmehr zugrunde richten. Wozu ist das Vollkommene? Wozu das tätige Schaffen? Wozu schuf der Schöpfer solche Vielfalt der Dinge in solch vollendeter Schönheit? Wozu gibt es das Ehrenvolle, das Nützliche, das Erfreuliche? Wenn das Nichtswünschen uns vom Unanständigen abhielte und das Anständige gewährte, dann ließe ich mir das noch eingehen; doch Gutes wie Schlechtes alles über einen Kamm scheren, das ist wahrhaftig rechter Unsinn. Deswegen würde ich sagen (und ich sehe schon, es ist eine akademische Kühnheit, aber in schwierigen Lagen kommt es darauf an, sich ins Getümmel zu stürzen), ich würde also sagen: Der kann sich glücklich und zufrieden nennen, der glaubt, es zu sein; und umgekehrt wird der unglücklich sein, der sich dafür hält, so viel Erfolg und Glück auch um ihn sein mögen. Was ich meine, ist: Mit Lust zu leben bedeutet leben, und nur wer Lust hat, lebt. Was hat einer davon, wenn er viele herrliche Glücksgüter besitzt, sich ihrer aber

20 *Seneca: Moralische Briefe* XXV, 4 (Seneca sagt: »...wie Epikur sagt«, was Gracián nicht sagt!).

21 *Politisch:* heute wäre dies »gesellschaftlich«, »soziologisch«.

nicht bewusst ist und sie eher als Unglücksgüter empfindet? Und umgekehrt, wenn einem andern auch alles abgehen mag, er aber zufrieden lebt, so ist das für ihn genug. Lust und Vergnügen sind das Leben, und das Leben mit Lust ist das wahre Glück.«[22]

Alle zogen die Augenbrauen hoch und sagten:

»Das war aber ins Schwarze getroffen. Damit ist das Problem geklärt.«

Die jeweils letzte Meinung erschien ihnen eben immer unumstößlich und alles weitere Debattieren überflüssig. Und sicher hätte man diese Meinung angenommen, wäre nicht jener Adler dagegen angetreten, jener Schwan, sage ich besser, der gelehrte Achillini, der so redete:

»Wartet ab und bedenkt, ihr Herren, dass doch nur Dumme sich mit dem zufrieden geben, was sie haben, und dass volles Genügen am Eigenen die Glückseligkeit der Einfalt ist. ›Du Glücklicher‹, sagte der berühmte Buonarotti zu einem, der mit seinen Klecksereien zufrieden war, ›mich befriedigt nichts von dem, was ich male.‹[23] So habe ich mich immer über die Schlagfertigkeit und den Witz gefreut, womit Dante (er hieß nicht von ungefähr Alighieri, wegen seines geflügelten Genius[24]) einmal auf eine Frage antwortete, als er sich zu Karneval verkleidet hatte, aber der Medici, sein großer Patron und Mäzen, nach ihm suchen ließ und, um ihn in der Menge der Maskierten zu erkennen, befohlen hatte, man solle jeden fragen: ›Wer kennt das Gute?‹, woraufhin alle irgendetwas daherredeten, er aber, als die Frage an ihn erging: *›Chi sa del bene?‹*, prompt zurückgab: *›Chi sa del male.‹* Woran sie ihn auf Anhieb erkannten und sagten: ›Du bist Dante.‹[25] Welch großes Wort:

22 Das spanische Wort für »Lust«, »Freude« oder »Vergnügen« ist jedesmal *»gusto«*.

23 Romera-Navarro hat nach der Herkunft der für Michelangelo so charakteristischen Anekdote bei Vasari und Condivi geforscht – vergebens.

24 *Alighieri:* Gracián möchte den Namen Alighieri mit *»ala«* – »Flügel« verbinden, in Wahrheit ist er germanischer Herkunft: *Aldiger* oder *Adalger;* Dante selbst schrieb sich allerdings stets *Alaghieri*.

25 Dieselbe Anekdote in *Agudeza* 41. Sie entstammt dem *Galateo español* von Lucas Gracián de Dantisco (vgl. S. 214, Anm. 34). – Ein Medici als Mäzen Dantes:

Das Gute kennt, wer das Schlechte kennt! Wahrhaft schmeckt doch das Essen nur dem Hungrigen, wahrhaft labt das Trinken nur den Durstigen; wahrhaft erquickend ist der Schlaf nur dem Übernächtigten, die Ruhe nur dem Erschöpften; den Überfluss des Friedens wissen nur die zu schätzen, die die Entbehrungen des Krieges durchgemacht haben; wer arm war, weiß reich zu sein; wer eingekerkert war, genießt die Freiheit; wer schiffbrüchig war, den Hafen; wer verbannt war, die Heimat, und wer das Elend erfahren hat, genießt das Glück. Viele werdet ihr antreffen, die sich im guten Leben ungut fühlen, weil sie schlechtes Leben nie kannten. So möchte ich denn sagen: Glücklich kann sein, wer zuvor unglücklich war.«

Auch diese Rede fand viel Zustimmung, doch trat sogleich Mascardi dagegen an und legte dar, dass doch Glück nicht gut das sein könne, was Unglück voraussetze, noch wahre Zufriedenheit das, was auf Pein folge.

»Das Üble geht doch dann voran, und das Leid kommt vor der Freude. Das wäre kein vollständiges Glück, nur ein halbes, wenn das Unglück dazugehört. Wer wollte dann noch glücklich sein? Doch wenn ich nun zu meiner Meinung kommen darf: Da ich, mit vielen anderen, die Ansicht vertrete, dass es weder Glück noch Unglück gibt, sondern nur Klugheit und Unklugheit, behaupte ich, dass alles menschliche Glück oder Unglück davon abhängt, ob man Klugheit besitzt oder nicht.[26] Der weise Mann fürchtet das Schicksal nicht, macht sich vielmehr zu dessen Gebieter und lebt jenseits der Sterne, über jegliche Abhängigkeit erhaben.[27] Nichts vermag ihm Schaden zuzufügen, solange er es nicht selbst tut. Und ich will

Anachronismus, auf den schon Schopenhauer hingewiesen hat, der die Stelle in der Einleitung zu seiner Schrift *Über den Willen in der Natur* (1835) überträgt (Arthur Schopenhauer, Werke in fünf Bänden, hrsg. von L. Lütkehaus, Band III, Zürich 1988, S. 193).

26 Ähnlich schon in der Fabel vom Esel vor Jupiter: »Die Kunst, glücklich zu sein«, aus *El Discreto* (*Der kluge Weltmann,* übers. S. Neumeister, S. 136; die Quelle ist Giovanni Botero).

27 Mehrere antike Quellen.

schließen, indem ich sage: Wo immer Vernunft und Besonnenheit herrschen, ist für Unglück kein Platz.«

Jeder *Politiker* nickte beifällig, wie mit *Wein von einem Ohr,* und jeder *Kritiker* urteilte:

»Gut!«[28]

Im selben Augenblick aber sah man jemanden, der heftig beide Ohren schüttelte. Es war der kapriziöse Capriata, der rief:[29]

»Wann hat man wohl je einen Weisen glücklich gesehen, wo doch noch immer die Melancholie Hauptnahrung der gar so Einsichtigen war? Deswegen heißen ja auch die Spanier, die als die Besonnensten und Nachdenklichsten gelten, bei den anderen Völkern düster und ernst, die Franzosen hingegen heiter und stets am Hüpfen und Tanzen. Die am tiefsten blicken, kennen am besten die Übel und wissen, wie viel ihnen zum Glücklichsein fehlt. Die Weisen verspüren die Widrigkeiten am stärksten, sind empfindlich für jede Misshelligkeit; ein Tropfen verwässert ihnen die schönste Freude. Ohnehin sind sie zumeist schon nicht sehr vom Schicksal begünstigt, doch tragen sie gerade mit ihrem Tiefblick selbst noch zu ihrem Ungemach bei. So dürft ihr auf dem Gesicht des Denkers nicht nach Freude und Lachen suchen. Wenn ihr das sucht, könnt ihr es finden – auf dem Gesicht des Narren.«

In dem Moment, wo dieses Wort fiel, sprang einer auf, ein Unikum, das alle kannten, weil der gesetzte Botschafter es gern als Nachrichtengans bei sich hatte, aber durchaus auch als Wahrheits-

28 *Politiker:* hier in der Bed. »Mensch, der – über sich und andere – zu herrschen versteht.« – *Wein von einem Ohr:* »zustimmend«, nach »Wein von zwei Ohren« (starker Wein, der den Kopf schwanken lässt): »ablehnend«. – *Kritiker:* Zensor.

29 *Capriata:* Das Zeremoniell war, wie erwähnt, nicht streng, und so muss dieser Redner, schon um seinem Ruf gerecht zu werden, mit Verspätung eingetroffen sein. Pier Giovanni Capriata (geb. gegen Ende des 16. Jhs., gest. zwischen 1656 und 1663), Jurist und spanienfreundlicher Historiker aus Genua, Verfasser einer dreiteiligen Geschichte Italiens von 1613 bis 1650, die ihm die Verfolgung durch Savoyen, den Ruf der Käuflichkeit und die Gegnerschaft des Turiner Historikers Emanuele Tesauro (1591–1675) einbrachte, auch Verfasser der Barockrhetorik *Cannocchiale aristotelico* (1655), des italienischen Gegenstücks zu Graciáns *Agudeza.* Aufgrund seiner Bekanntheit hätte man Tesauros Auftreten in unserem Akademiedisput erwarten können, doch war er wohl zu offen spanienfeindlich.

schnatterer. Ohne weitere Umstände, laut und lachend, rief dieser in den Saal:

»Werter Herr, diese Eure Weisen sind aber wirklich rechte Toren, die suchen ja auf der Erde, dabei ist es doch im Himmel!«

Und schon war er ab durch die Tür.

»Ein starkes Stück«, so mussten alle zugeben, »dass ein Narr wieder einmal das einzig Richtige getroffen hat.«

Und zur Bestätigung perorierte Mascardi so:

»Im Himmel, meine Herren, ist alles Glück; in der Hölle ist alles Unglück. In der Welt, als der Mitte zwischen diesen Extremen, hat man Teil an beidem, da mischen sich Sorgen und Freuden, da wechselt Gutes und Schlechtes ab, da setzt der Kummer seinen Fuß an die Stelle, die das Vergnügen eben geräumt hat, da wird die gute Kunde von der üblen verdrängt; bald im Wachsen, bald im Schwinden, ist der Mond der große Vorsitzende der sublunaren Versammlung, und auf einen Glücksfall stellt sich alsbald ein Unheil ein, wie Philipp von Mazedonien es fürchtete, nachdem er hintereinander volle drei gute Nachrichten erhalten hatte.[30] Es gibt, so zeigt der Weise an, eine Zeit fürs Lachen und eine Zeit fürs Weinen.[31] Der eine Tag bricht heiter an, der andere umwölkt; das Meer ist einmal Milch, das andere Mal Galle;[32] nach schlimmem Krieg kommt guter Friede. Daher es denn keine reinen Freuden gibt, sondern nur verwässerte, und verwässert trinken sie alle. Ihr solltet euch nicht abmühen auf der Suche nach dem Glück in diesem Leben, das *militia* ist auf dem Antlitz der Erde. Dort ist es nicht, und das ist gut so. Denn wenn schon jetzt, wo alles voller Sorgen steht, wo das Leben umlagert ist vom Elend, trotzdem keine Macht der Welt die Menschen wegbringt von den Brüsten dieser schofelen Amme und sie die Arme der himmlischen Mutter und Königin verschmähen – was täten sie erst, wenn alles eitel Freude wäre, Lust, Wonne, Glück und Labsal?«

30 *Philipp von Mazedonien:* Sein Feldherr Parmenion hatte die Illyrer besiegt, sein Lieblingspferd hatte bei den Olympischen Spielen gewonnen, seine Frau hatte einen Knaben geboren – Alexander (Plutarch, *Leben Alexanders,* Kap. V).

31 *Prediger* 3, 4.

32 Lat: *»Ubi mel, ibi fel.«*

Damit erklärten sich auch unsere Wanderer einverstanden und mit ihnen alle weiteren Sterblichen in der Runde, während der Hofmann hinzufügte:

»Umsonst, ihr Weltengänger, müht ihr euch lebenslang auf der Suche nach eurer eingebildeten FELISINDA, die der eine Gattin nennt, der andere Mutter. Sie ist für die Welt schon gestorben, sie lebt für den Himmel. Dort werdet ihr sie finden, wenn ihr sie euch hier auf Erden verdient habt.«[33]

Die erlauchte Runde löste sich auf, alle gingen sie davon, spät erst, nach Art der Welt, aus ihrer Täuschung getreten, aufgeklärt, abgeklärt. Der Hofmann lud sie ein, ein wenig von dem vielen, das Rom bietet, anzusehen.

»Das Beste, was es wohl zu sehen gibt«, sagten sie zu ihm, »sind die vielen *Personen.* Wir sind zwar durch die ganze Welt gewandert, doch so viele, das können wir versichern, haben wir nirgends angetroffen.«

»Wie könnt ihr sagen, ihr seiet durch die ganze Welt gewandert, wenn ihr doch nur in vier Provinzen Europas wart?«

»O doch«, erwiderte Critilo, »ich will es dir sagen. In einem Haus zählt man ja auch die Hühnerhöfe und die Viehställe nicht zu den Wohnräumen. Die meisten Teile der Welt sind doch nichts anderes als Pferche voll ungebildeter Menschen, barbarischer und wilder Völker, Provinzen, wo die Monstren der Häresie hausen, Leute, die nicht Personen genannt werden können, sondern nur Tiere.«

»Bleiben wir einen Augenblick bei diesem Punkt«, erwiderte der andere. »Ihr habt nun die *politischsten* Länder der Welt vermerkt: Wie erschien euch das kultivierte Italien?«[34]

»Ihr habt es selbst gesagt mit dem Wort *culto,* was dasselbe

33 Auch Critilo/Andrenio befanden sich also, einer langen Tradition gemäß, auf einer Liebessuche, einer *peregrinatio amoris,* nicht anders als Don Quijote oder der jugendliche *peregrino* aus Góngoras *Soledades* (erschienen 1631). An dieser Stelle spätestens weitet sich die *peregrinatio amoris* zur *peregrinatio vitae* (umfassend zu diesem Thema Juergen Hahn, *The Origins of the Baroque concept of* Peregrinatio, 1973).
34 Eine weitere Bedeutung von *»político«:* »zivilisiert« (das römisch-katholozentrische Bild dieser Welt lohnt keinen Kommentar).

meint wie gepflegt, höfisch, *politisch* und weltklug, in jeder Hinsicht vollendet. Denn es gilt festzustellen, dass Spanien heute noch immer in dem Zustand ist, in dem Gott es geschaffen hat, ohne dass seine Bewohner es in irgendetwas verbessert hätten, abgesehen von dem Wenigen, das die Römer dort geschaffen haben. Die Berge stehen noch immer genauso stolz und abweisend da wie am Anfang, die Flüsse, nicht schiffbar, fließen noch immer im selben Bett, das die Natur ihnen bereitet hat, die Felder sind Ödland, ohne dass man Gräben zu ihrer Bewässerung gezogen hätte, die Ländereien sind unbebaut, kein Gewerbefleiß hat sich betätigt.[35] Im Gegensatz dazu ist Italien so verändert und verbessert worden, dass seine ersten Bewohner es kaum mehr wiedererkennen würden. Die Berge sind geebnet und in Gärten verwandelt, die Flüsse schiffbar gemacht, die Seen bergen Fischreichtum, an den Meeresküsten erheben sich bedeutende Städte, von Molen und Kaien gesäumt, allesamt verschönt durch ansehnliche Bauten, Tempel, Paläste und Kastelle, die Plätze geschmückt mit Brunnen und Wasserspielen, die Fluren sind elysische Gefilde. In einer einzigen italienischen Stadt gibt es mehr zu sehen und zu genießen als anderswo in einer ganzen Provinz. Italien ist die *politische* Mutter der schönen Künste, die sämtlich in höchstem Rang und Ansehen stehen, Politik, Poesie, Historie, Philosophie, Rhetorik, Gelehrsamkeit, Eloquenz, Musik, Malerei, Architektur, Bildhauerei, und in jeder dieser Künste finden sich wunderbare Leute. Deswegen heißt es wohl, als die Göttinnen die Länder der Welt untereinander aufteilten, wählte Juno sich Spanien, Bellona Frankreich, Proserpina England, Ceres Sizilien, Venus Zypern und Minerva Italien. Hier blüht die schöne Literatur, gefördert von der wohllautendsten, reichsten und beredtesten Sprache. Deswegen hat man wohl auch in jenem beifallswerten Bühnenspiel vom Sündenfall unserer Ureltern, das in Rom aufgeführt wurde, die Personen so ansprechend verteilt und Gottvater auf Deutsch, Adam auf Italienisch *(»lo mio signore«),* Eva auf Fran-

35 Naheliegenderweise ist wohl an Passstraßen und Kanäle gedacht. Diese – bei einem Gracián vielleicht unerwartete, sonst häufige – Forderung nach wirtschaftlicher Erschließung des Landes wird erst nach der Thronbesteigung durch die Bourbonen allmählich verwirklicht.

zösisch *(»oui, mössiö«)* und den Teufel auf Spanisch sprechen lassen, obendrein Flüche und Verwünschungen ausstoßend.[36] Die Italiener sind den Spaniern in den Akzidentien und den Franzosen in der Substanz überlegen, sie sind weder so liebedienerisch wie diese, noch so hochmütig wie jene, sie kommen den Spaniern an Geist gleich und übertreffen die Franzosen an Urteil, bilden überhaupt einen beachtlichen Mittelwert zwischen diesen beiden Völkern. Wären indessen *die Indien* in italienische Hände gekommen, wie hätten sie sie zu nutzen verstanden![37] ITALIA steht inmitten der Länder Europas, alle reichen sie ihr die Krone und behandeln sie als Königin, dient ihr doch Genua als Schatzmeister, Sizilien als Speisemeister, der Lombarde als Weinmeister, Neapel als Tischmeister, Florenz als Palastmeister, Latium als Haushofmeister, Venedig als Lehrmeister, Modena, Mantua, Lucca und Parma als Hofgesellinnen – und Rom als Oberhofmeister.«

»Nur eines finde ich schlecht«, meinte jetzt Andrenio.

»Nur eines?«, erwiderte der Höfling. »Und das wäre?«

Andrenio hatte Bedenken, es zu sagen. Am liebsten wäre ihm gewesen, der andere hätte es erraten. So hielt er ihn hin, und der andere fragte nach:

»Vielleicht, dass es so verdorben ist, weil es so köstlich war?«

»Das ist es nicht.«

»Vielleicht, dass es noch so nach Heidentum riecht, dass alle Welt noch Scipio und Pompejus, Cäsar und Alexander, Julius und Lucrezia heißt, die antiken Standbilder vergöttert, dass Aberglaube und Wahrsagerei herrschen? Das kommt ja alles aus dem Heidenerbe.«

»Das ist es auch nicht.«

»Also dann vielleicht, dass es so aufgesplittert ist und von so vielen Groß- und Kleinfürsten regiert wird, so dass seine ganze

36 Romera-Navarro hat eine *Comedia Tinellaria* von Torres Naharro von 1615 ausfindig gemacht, sowie eine *Farsa del Sacramento, llamada de Los Lenguajes,* aus dem 16. Jh., die hierfür in Frage kommen. Zu »Gottvater auf Deutsch« vgl. S. 663, Anm. 26.

37 *Die Indien: »las Indias«* – Lateinamerika. Eine für Italien äußerst schmeichelhafte Überlegung (und nahezu die einzige, die Gracián auf die Neue Welt richtet).

Politik unfruchtbar bleibt und seine ganze Staatsräson ihm nichts nützt?«

»Ebenso wenig.«

»Du liebe Zeit, was denn sonst? Ist es womöglich, dass es ein so offenes Feld für die fremden Nationen darstellt, Tummelplatz für Spanier und Franzosen?«

»Ach nein, gar nicht!«[38]

»Sollte es am Ende sein, dass es Meister im Erfinden von Schimären ist? Das kam ja tatsächlich von Griechenland nach Latium, zusammen mit dem *Imperium.*«

»Nein, ganz und gar nicht.«

»Also was kann es dann sein? Ich komme nicht darauf.«

»Was es sein kann? Dass es so viele Italiener hat! Denn wenn es die nicht hätte, wäre es unbestritten das beste Land der Welt.[39] Und dabei muss man berücksichtigen, dass Rom mit seiner Ansammlung von Völkern sich noch mäßigend auswirkt. Deswegen sagt man ja auch, dass Rom nicht Italien ist, auch nicht Spanien oder Frankreich, sondern ein Konglomerat von allem. Eine großartige Stadt zum Leben, freilich nicht zum Sterben. Es heißt, Rom ist voll mit toten Heiligen und lebenden Dämonen; Pilgerziel alles Ausgefallenen, Sammelstätte für alles Wunderbare, Wunderhafte und Wunderliche. An einem Tag erlebt man dort mehr als anderswo in einem Jahr, denn von allem bekommt man das Beste.«

»Ein Geheimnis möchte ich schon seit langem gerne von Italien erfahren«, sagte nun Critilo.

»Welches wohl?«, fragte der höfliche Höfling.

»Ich will es dir sagen: Was mag der Grund dafür sein, dass, wo die Franzosen, die doch für Italien so verhängnisvoll sind, die es schädigen, schlagen, mit Füßen treten, plündern, Jahr für Jahr aufs

38 Machtkämpfe zwischen Spanien und Frankreich auf italienischem Boden ziehen sich vom späten 13. Jh. (Rivalität zwischen Aragón und Anjou in Sizilien; »Sizilianische Vesper«, 1283) über die Feldzüge Karls VIII. (1494) und seiner Nachfolger (Gefangennahme Franz' I. bei Pavia, 1525) bis ins 17. Jh., kommen erst mit dem Machtverlust Spaniens im Pyrenäenfrieden 1659 zum Stillstand.

39 *Italiener:* wie in Vorwegnahme des berühmten Wortes von Massimo d'Azeglio nach 1860: »Italien ist geschaffen, die Italiener noch nicht.«

Neue malträtieren und ruinieren, wo im Gegensatz dazu die Spanier doch Italien bereichern, hochhalten, ihm Frieden und Ruhe gewähren, es ehren und die Atlanten der katholischen römischen Kirche bilden, dass trotzdem die Italiener den Franzosen ergeben sind, ihr Herz an sie hängen, ihre Schriftsteller loben, ihre Dichter mit unverhohlener Leidenschaft preisen, die Spanier indessen verabscheuen, hassen und unablässig über sie herziehen?«[40]

»O je!«, rief der Höfling. »Da hast du ein weites Feld betreten. Ich weiß nicht, wie ich dir das erklären kann. Hast du nicht öfters erlebt, dass eine Frau ihren getreuen Gatten, der sie ehrt und schätzt, der sie ernährt, kleidet und sogar verwöhnt, dass sie den verabscheut, sich aber blind einem Gauner hingibt, der sie tagtäglich mit Ohrfeigen und Fußtritten traktiert, sie peitscht, bis aufs Hemd ausraubt und schändet?«

»Doch.«

»Nun, so denk dir dein Teil bei dem Gleichnis.«

Eher ging ihnen jetzt das Sehlicht aus als die Sehenswürdigkeiten, weshalb sie denn ihre gewaltig angewachsene Neugier bis zum folgenden Tag bändigen mussten.

»Morgen«, sagte der Höfling zu ihnen, »lade ich euch ein, nicht nur Rom zu besichtigen, sondern den ganzen Erdenkreis auf einmal, von einer bestimmten Stelle aus, wo man alles überblickt. Da werdet ihr nicht nur dieses Jahrhundert, unsere heutige Ära sehen, sondern auch die künftigen.«

»Was sagst du da, du mein Hofherr?«, erwiderte Andrenio. »Vor eine andere Welt willst du uns laden, eine andere Zeit?«

»Jawohl, denn ihr sollt sehen, was geschieht und weiterhin geschehen wird.«

»Das wird ein großer Tag, vor großen Dingen!«

Wer dorthin gelangen möchte, der stehe beizeiten auf, für die nachfolgende Krisis.

40 Ein Seufzer, der von Herzen kommt. Sein Generaltitel heißt: *leyenda negra*. Doch der zu wiederholten Malen sehr starke Druck der spanischen Krone auf Rom, bis hin zur Beteiligung spanischer Söldner am *Sacco di Roma* von 1527 (vgl. S. 427, Anm. 3), und so manches andere aus der Epoche der spanischen Machtentfaltung vor allem in Süditalien bleibt unberücksichtigt.

Zehnte Krisis

Das Rad der Zeit

Wirklich hingen doch manche älteren Philosophen der Anschauung an, es hätten die sieben Wandelsterne sich die sieben Lebensalter des Menschen untereinander aufgeteilt, damit ihm nur ja von der Türangel des Lebens bis zur Schwelle des Grabes einer helfend zur Seite stehe. Jedem Lebensalter ordneten sie einen der Planeten zu, ganz nach ihrer Abfolge und Bedeutung, als Aufforderung für jeden Sterblichen, sich stets darüber klar zu sein, welcher Stern gerade über ihm stehe und in welchem Lebensabschnitt er sich befinde. In der ersten Kindheit käme ihm, so wollten sie es, Luna zu, und zwar unter dem Namen Lucina,[1] die ihm mit ihren Einflüssen auch ihre Mängel und Unzulänglichkeiten vermittelte, was bedeutet, mit dem Feuchten, das sie einflößt, auch das Nachgiebige und Weiche, und mit diesem das Wechselhafte und Wankelmütige, dieses Umschlagen von Lachen in Weinen, ohne dass man wüsste, woher im einen Augenblick der Zorn, woher im nächsten die Besänftigung rührt, ein Wachsklümpchen für jeden Eindruck, Tonteig für jede Knethand, aus der Finsternis des Unwissens heraufdämmernd zum ersten Merken. Vom zehnten Jahr bis zum zwanzigsten sollte der Planet Merkur über ihm stehen und ihn mit allerlei Wissbegier beträufeln, die ihn wachsen lässt und in dem Maße voranschreiten, das jedes seiner jungen Jahre ihm gestattet; da beginnt er zu lernen und zu verstehen, durchläuft Schulen, hört in Fakultäten und reichert den Verstand an mit Wissen und Erkenntnis. Doch ist er zwanzig, zeigt unverhüllt sich Venus und herrscht mit Tyrannengewalt bis zu den dreißig, führt grausam Krieg gegen seine Jugend, gießt ihm glühendes, sehrendes

1 *Luna* und *Lucina* sind zwar über *lucere* und *lux* etymologisch verwandt, doch war *Lucina* für die Römer die Geburtsgöttin, die »ans Licht Fördernde«.

Feuer ins Blut, und all dies mit bezwingendem Reiz.[2] Mit dreißig Jahren erscheint SONNE, verbreitet strahlenden Glanz, und auch der Mensch strebt nun nach Glanz und Geltung, wirft sich mit Eifer auf Unternehmungen, die sein Ansehen steigern, ist gleichsam Sonne für sein Haus und für sein Land, bringt alles zu Frucht und Reife. Mit vierzig Jahren bestürmt ihn MARS, haucht ihm Mut und Glut ein; da wappnet und stählt er sich, zeigt *Brio,* schlägt sich, rächt und rechtet. Die Fünfzig erreicht er im Zeichen JUPITERS, der Souveränität verströmt; nun ist der Mensch Herr seines Tuns, spricht mit Würde, handelt mit Autorität, leidet es nicht, von andern regiert zu werden, will vielmehr in allem selbst bestimmen, zieht die Entscheidungen an sich, führt seinen Willen aus, kann sich aber auch selbst bemeistern; und dieses Alter, das so beherrschende, gilt als die Krönung aller Alter und wird oft als der beste Lebensabschnitt bezeichnet. Mit sechzig zieht SATURN auf, dämmert düster und bleiern der Abend der Melancholie; mürrisch und verdrießlich wird der Alternde unter seinem trübseligen Einfluss; und wie es mit ihm zu Ende geht, so möchte er selbst mit allem und allen ein Ende machen, lebt vergrault und selbst ein Gräuel, murrend und schimpfend; wie ein alter Hund zerbeißt er, was um ihn ist, und beleckt, was früher war, unentschlossen und ängstlich im Handeln, schleppend und mühsam im Sprechen, grantig und schroff im Umgang, schäbig und unappetitlich in der Aufmachung; und fühllos und kraftlos geworden, klagt er fortwährend und allenthalben Stein und Bein. Bis siebzig währt das Leben, bei den Starken bis achtzig, doch von da an ist alles Mühsal und Plage, kein Leben mehr, sondern Sterben.[3] Sind die zehn Jahre SATURN

2 »*Con bizarra galantería*«.

3 *Psalm* 89 (90), 10: »Unser Leben währet siebzig Jahre, und wenn's hoch kommt, so sind's achtzig Jahre, und wenn's köstlich gewesen ist, so ist es Mühe und Arbeit gewesen« überlagert sich hier mit der von Ptolemaios (1. Hälfte des 2. Jhs.) kanonisierten Zuordnung von Himmelskörpern und Lebensaltern. Diese Lehre kam über arabische Zwischenstufen (Ibn Tufail) in den Westen. Für Art und Reihenfolge der Beeinflussung (Letztere weicht ab von der Reihenfolge unserer Wochentage: *Sonne, Mond, Mars, Merkur, Jupiter, Venus, Saturn*) hält sich Gracián sehr genau an Ptolemaios' *Tetrabiblos,* das ihm in lat. Übersetzung oder auch in einem der zahlreichen Predigt-Kompendien vorlag. Im 17. Jh. war diese Lehre längst Ge-

vorbei, zieht von neuem der MOND auf und der Hinfällige und Gebrechliche benimmt sich wieder kindisch und äffisch, womit die Zeit sich im Kreis beschließt, die Schlange sich in den Schwanz beißt: einfallsreiche Hieroglyphe für das Rad des menschlichen Lebens.[4] –

Darüber trat auch der Hofmann wieder ein, nicht so sehr, um sie noch zu wecken, sondern um ihnen einen guten Tag zu wünschen, ja den besten ihres Lebens, sie würden sich vorzüglich unterhalten beim Maskenspiel der Welt, beim Tanzumzug der Zeit, beim Zwischenspiel Fortunas und bei der Farce des Lebens schlechthin.

»Doch nun kommt!«, rief er ihnen zu. »Es gibt sehr viel zu sagen, zu dieser Welt hier und zur anderen.«

Er brachte sie aus dem Haus, um sie besser zu sich zu bringen, und er ging mit ihnen zum höchsten der Sieben Hügel Roms, der so hoch aufragt, dass sie von dort nicht nur diese Universalhofstadt überblickten, sondern die gesamte Welt und die gesamten Zeiten.[5]

»Von dieser Anhöhe herab«, erklärte er ihnen, »betrachten wir regelmäßig mit höchstem Interesse, was in der Welt vor sich geht

meinplatz (die medizinische Anwendung, insbesondere in der Embryologie, lässt Gracián völlig beiseite). Eine verächtliche Einstellung dazu hatte schon Isidor von Sevilla (sie hindert Gracián nicht an intensiver Darstellung!), im Übrigen geht sie konform mit der römischen Orthodoxie, die den Sternenglauben seit langem bekämpfte. – Die beste moderne Untersuchung des Komplexes ist die von Elizabeth Sears, *The Ages of Man. Medieval interpretations of the Life,* 1986, S. 47 f.

4 *Rad des Lebens:* Das weit verbreitete Bild der Lebenstreppe als Veranschaulichung der Lehre von den Lebensaltern, nun nicht mehr im Septimal-, sondern im Dezimalsystem angesiedelt, gegen Ende geradezu synkretistisch überlagert mit dem Schlangensymbol Ouroboros und dem eigentlichen Thema der Krisis: dem Rad der Zeit. Vgl. R. Schenda u. a., *Die Lebenstreppe,* 1985; E. Sears, *The Ages of Man* (vorige Anm.). Zur Lebensalterlehre als Vorstufe der Jahrhundertzählung vgl. A. Brendecke, *Die Jahrhundertwenden. Eine Geschichte ihrer Wahrnehmung und Wirkung,* 1999. – Abb. 25, S. 851.

5 Ein Blick, den nur der Vatikan gewähren kann – unbeschadet der Tatsache, dass er weder zu den klassischen Sieben Hügeln gehört, noch den höchsten Aussichtspunkt auf Rom bietet. – Eine Tatsache der römischen Gegenwart bleibt übrigens völlig außer Betracht: die Pest, die 1657/1658 in Rom wütete (Nicolas Poussin hat bei ihrem Abklingen sein Bild gemalt: *La Sainte Françoise Romaine annonçant à Rome la fin de la peste,* das seit 1999 wieder im Louvre zugänglich ist).

Abb. 25: Guariento, MOND UND ERSTES LEBENSALTER. Monochrom gemaltes Fresko, ca. 1370.

und wie alles geschwind wie die Post dahineilt. Wir – das sind ein paar Freunde, einer so aufgeräumt, ja aufgezäumt wie der andere –, wir spähen von hier aus auf die Städte und die Reiche, die Monarchien und die Republiken, wir wägen Reden und Tun aller Sterblichen, und, was noch bedeutsamer ist, wir sehen nicht nur das Heute und das Gestern, sondern auch das Morgen, wir gehen über alles hin und übergehen nichts.«

»Ach, was gäbe ich nicht darum«, rief Andrenio, »wenn ich einmal sehen könnte, wie die Welt in ein paar Jahrzehnten aussieht, was aus den verschiedenen Reichen geworden ist, was der liebe Gott aus *fulano* und *zutano* hat werden lassen.[6] Was kommt, jawohl: was da kommt, möchte ich wissen! Was da ist und was da war, das weiß doch jeder, das können wir nicht mehr hören, wenn wieder und wieder irgendein Sieg, irgendein Ereignis aufgetischt wird, wenn die Franzosen etwas zum -zigsten Mal in ihren Gazetten begackern, die Spanier sterbenslangweilig in ihren amtlichen Berichten berichten, wie den Seesieg gegen Selim, bei dem der Aufwand an Salut und Freudenfeuern offenkundig größer war als aller Gewinn, der daraus erwuchs.[7] Und erst kürzlich hat ein kluger Mann noch wieder gesagt: ›Diese Franzosen mit ihrer ewig wiederholten Entsetzung von Arras langweilen mich derart, dass ich keinen Wandteppich mehr sehen kann, nicht einmal mitten im Winter!‹«[8]

»Nun, dann erbiete ich mich«, erwiderte der Hofmann, »dir alles Zukünftige so vor Augen zu führen, als stündest du davor.«

»Das wäre eine rechte Kunst der Magie!«

»Überhaupt nicht! Deren bedarf es nicht, ist doch nichts leichter, als die Zukunft zu wissen.«

6 *Fulano y zutano:* »Soundso«, »der und der« (Wörter arabischen Ursprungs).

7 *Seesieg:* höchst ungeduldige, respektlose Einschätzung des von Juan de Austria gegen Sultan Selim II. erfochtenen Seesieges bei Lepanto (1571), der ja allenthalben als die Rettung des christlichen Abendlandes gefeiert wurde. Moderne Historiker schätzen in der Tat die psychologische Wirkung des Sieges höher ein als die tatsächlich eingetretene Schwächung der osmanischen Flotten.

8 *Arras:* Das flandrische Arras war seit 1640 in französischer Hand, 1654 wurde es von den Spaniern unter Führung von Fuensaldaña belagert, aber von Turenne entsetzt, 1659 endgültig von Frankreich annektiert. Seine Gobelins waren seit dem Mittelalter berühmt.

»Wie denn das, wo sie doch so verborgen ist und einzig der göttlichen Einsicht vorbehalten?«

»Ich sage noch einmal: Nichts leichter, nichts zuverlässiger als das. Denn du musst wissen: Was da war, das ist auch weiterhin und wird so bleiben, ohne ein Atom abzuweichen. Was vor Urzeiten vor sich ging, das sehen wir genauso heute. Und willst du's nicht glauben, so warte nur einen Augenblick.«

Er griff in eine seiner vorderen Rocktaschen und holte ein Etui mit Gläsern heraus, die er Andrenio mit bedeutsamer Miene hinhielt.

»Ist an diesen Brillen denn etwas anders als sonst?«, fragte Andrenio.

»O ja, die reichen weiter!«

»So weit wie Galileos Fernrohre?«

»Viel weiter, bis zu hundert Jahren weit! Diese Gläser hat Archimedes geschliffen, für seine gleichgesinnten Freunde. Nehmt sie nur, aber setzt sie euch vor die inneren Augen, die Augen der Seele.«

Sie taten, wie ihnen geheißen, und setzten sie dahin, wo die Klugheit sitzt.[9]

»Jetzt schaut Richtung Spanien. Was seht ihr?«

»Ich sehe«, antwortete Andrenio, »dass dieselben inneren Zwistigkeiten wie schon vor Urzeiten sich noch immer abspielen, dieselben Rebellionen, dieselben Verhängnisse, von einem Ende zum andern.«

»Was siehst du Richtung England?«

»Was ein Heinrich gegen die Kirche getan hat, hat ein anderer ihm noch schlimmer nachgetan; und wie sie bereits eine Stuart enthauptet haben, so heute deren Enkel Karl.[10] In Frankreich sehe ich, wie sie erst einen Heinrich ermorden und darauf noch einen,

9 Auf die Nase, von der es in I, 9 geheißen hatte, sie sei »der Sinn der klugen Witterung«.

10 Die Abtrünnigkeit Heinrichs VIII. von England: 1533; das Hugenottentum Heinrichs IV. von Navarra und sein rein politisch bedingter Übertritt zum Katholizismus: 1593; die Hinrichtung Maria Stuarts: 1587; die Hinrichtung Karls I.: 1649.

und wie der Hydra der Häresie wieder die Köpfe nachwachsen.[11] In Schweden sehe ich, wie das, was Gustav Adolf in Deutschland geschah, in ebensolchem Waffengang auch seinem Neffen im katholischen Polen widerfahren wird.«[12]

»Und hier in Rom?«

»Dass jene goldene Zeit wiederkehrt und jenes vergangene Glück, das es unter Gregor und Pius genossen hat.«[13]

»Hier werdet ihr erkennen, dass die Dinge dieselben sind wie früher, dass es nur am Gedächtnis mangelt. Es wird sich nichts ereignen, das nicht schon da gewesen wäre oder das neu unter der Sonne genannt werden dürfte.«[14]

»Wer ist denn dieser kleine Alte dort«, wollte nun Critilo wissen, »der nie stehen bleibt, dem alle folgen und der auf niemanden

11 Ermordung Heinrichs III. durch den Mönch Jacques Clément: 1589; Ermordung Heinrichs IV. durch Ravaillac: 1610; Zugeständnis der freien Religionsausübung an die Hugenotten durch Heinrich IV. im Edikt von Nantes: 1598.

12 *Gustav II. Adolf von Schweden:* kam 1632 in der Schlacht bei Lützen ums Leben (sein Gegner war Wallenstein, den Gracián nie erwähnt, wohl wegen seiner Ächtung durch Kaiser Ferdinand II.). Karl X. Gustav, sein Neffe, marschiert 1655 in Polen ein, wird 1660 sterben, jedoch nicht im Feld. – Dass Gustav Adolfs Tochter und Nachfolgerin auf dem schwedischen Thron, Christine, 1654 abgedankt hatte, um zum Katholizismus überzutreten, erwähnt Gracián weiter unten (vgl. Anm. 66); dass sie nach ihrer Übersiedelung nach Rom 1655 noch eine bedeutende Rolle im italienischen Kulturleben spielen würde, war dem »Zukunftsglas« natürlich nicht erkennbar.

13 Wie S. 822, Anm. 48 erwähnt, hatte von 1655 bis 1667 Fabio Chigi als Alexander VII. den päpstlichen Stuhl inne. Unter seinem Pontifikat wurden die Kolonnaden des Petersplatzes errichtet. Er war Nuntius in Köln gewesen, sodann Vertreter des Hl. Stuhls bei den Verhandlungen zum Westfälischen Frieden, mit dem freilich der außenpolitische Einfluss der Kurie geschwächt wurde. Was Gracián für ihn einnehmen musste, war seine abweisende Haltung gegenüber den Jansenisten, aber auch sein gespanntes Verhältnis zu Mazarin und die daraus resultierende spanienfreundliche Politik. – *Gregor:* wahrscheinlich Gregor XIII. (1572–1585). – *Pius:* sehr wahrscheinlich Pius V., unter dessen Pontifikat (1566–1572) die Kirchenreform vorangetrieben, Thomas von Aquin zum offiziellen Lehrer der Kirche erklärt, Elisabeth I. von England exkommuniziert und die Inquisition verschärft wurde; nach anfänglichen Spannungen mit Philipp II. unterstützte Pius Spanien in den Niederlanden und führte die *Christliche Liga* gegen die Türken zusammen; in Rom umgab er sich mit zahlreichen Gelehrten und praktizierte in großem Umfang Mildtätigkeit (vgl. auch Anm. 43).

14 *Prediger* 1, 10.

wartet, nicht auf König oder Kaiser, sein Werk vollbringt und schweigt? Du siehst ihn doch auch, Andrenio?«

»Ja, er hat sich Beutel um den Hals gehängt, wie ein Wanderer.«

»Oh«, sagte der Höfling, »das ist ein Alter, der viel weiß, weil er viel gesehen hat, und der am Ende stets alles sagt, ohne Einschränkung der Wahrheit.«

»Hat er viel darin, in seinen Beuteln?«

»Ihr werdet es nicht glauben, eine ganze Stadt passt da hinein, mehrere, ganze Reiche! Die einen trägt er vorne, die andern hinten, und wenn er nach einer Weile genug hat, hängt er die Beutel um, ja, dann hängt er einfach die Welt um, keiner weiß, wie und warum, nur zur Abwechslung. Was glaubt ihr eigentlich, was das ist, dieser Übergang der Herrschaft, dieser Wechsel des Befehls von einer Nation auf die andere? Da hängt der ZEITENMANN seine Beutel um! Heute ist hier das Imperium und morgen dort, heute hängen sie hinten, die gestern vorne waren, und die Vorhut wird zur Nachhut. So könnt ihr etwa sehen, dass Africa, einstmals Mutter außerordentlicher Gestalten wie Augustin, Tertullian, Apuleius, heute, so unglaublich es klingt, ein Barbarismus ist, *Rabarberland!*[15] Und was noch bedauerlicher ist, Griechenland, das die größten Geister hervorgebracht, das die Wissenschaften und Künste erfunden, das der ganzen Welt die Regeln des Denkens geschenkt hat und zur Mutter der Redekunst wurde, ist heute ein Solözismus in der Hand der barbarischen Thraker.[16] Und in dieser Art wird alle Welt ausgetauscht. Italien, das einst über alle anderen Völker und Provinzen herrschte, ist heute aller Welts Magd. So hat der Zeitenmann die Beutel umgehängt.«[17]

15 Gracián verwendet *»alarbes«*, ein sehr verächtliches Wort für »Araber« (aus *alárabe*), das die Bedeutung »roh«, »ungeschlacht«, »unzivilisiert« angenommen hat. – Mit *»Africa«* ist das römische Nordafrika gemeint, in dem die Kirchenväter Augustin 354, Tertullian schon ca. 160 geboren wurden, der (durchaus heidnische, dem Isis-Kult ergebene) Apuleius, Verfasser der *Metamorphosen,* um das Jahr 125.
16 *Solözismus:* eigentlich »Sprachverstoß«; hier parallel zu »Barbarismus« scherzhaft gebraucht für »in Barbarenhand«. – *Thraker:* Türken. – Griechenland war im 14. Jh. unter osmanische Herrschaft gekommen und sollte dort bis 1830 verbleiben.
17 *Zeitenmann:* weil *»el Tiempo«*.

Einen großartigen Anblick aber und ein fesselndes Schauspiel bot ein riesiges Rad, das sich über das gesamte Rund der Erde drehte, vom Aufgang bis zum Untergang der GELEGENHEIT.[18] Auf ihm befand sich Sämtliches, was es auf der Welt gibt, gegeben hat und geben wird, und zwar so, dass je die eine Hälfte deutlich überm Horizont sichtbar war, die andere aber unterm Horizont verborgen blieb, so dass sich nichts von ihr erkennen ließ. Es drehte sich indessen ohne Unterlass, immer hinunter und wieder hinauf, ein Mühlentretrad, und getreten von der ZEIT, die, ständig von einer Tagessprosse zur nächsten springend, es in Bewegung hielt, und in eins damit alle Dinge. Die einen kamen neu herauf, die anderen gingen, alt geworden, hinunter und entzogen sich den Blicken, um nach einer Weile erneut emporzusteigen. So blieben es immer dieselben, nur dass die einen vorüberzogen, andere schon vorübergezogen waren und ihr erneutes Auftreten erwarteten. *Selbst das Wasser floss nach tausend Jahren wieder dort, wo es gewohnt war.*[19] Freilich nicht gerade aus den Augen, dort kehrt es sehr viel öfter wieder: Zu weinen gibt es viel.[20]

»Hier ist aber viel zu sehen«, meinte Critilo.

»Und zu beachten«, bekräftigte der Hofmann. »Das sollte euch wohl klar werden. Schaut doch, wie alles und alles mitfährt auf dem Wandelrad: Das eine geht, das andere kommt. Reiche erscheinen und verschwinden wieder, denn nichts hat Bestand, alles ist ein Auf und Nieder.«[21]

18 *»Al ocaso de la Ocasión«:* zum Bild der GELEGENHEIT vgl. S. 167, Anm. 22.

19 Sprichwort. Wander (vgl. S. 757, Anm. 46) kennt: *Alles Wasser fließt ins Meer und kommt daraus auch wieder her.*

20 Als ein anderer Rompilger im Geiste, Albano aus Jean Pauls *Titan,* auf die Ewige Stadt blickt, sieht er »die stille Walstatt, worüber der Winter der Zeit gegangen, ohne einen Frühling nachzuführen (...), auseinandergerissen waren die Riesen-Speichen des Schwungrads, das einmal der Strom der Zeiten selber trieb.« (26. Jobelperiode, 103. Zykel; Jean Paul scheint das *Criticón* nicht gekannt zu haben.)

21 Im Bild des Rades der Zeit vereinigt Gracián also *Rad der Fortuna* (das zurückgeht auf Boethius' *Trost der Philosophie,* 6. Jh.), *Lebensrad* (im 13. Jh. aus dem *Fortuna-Rad* entwickelt), *Glücksrad* und sogar, vorweggenommen, *Riesenrad.* Die Symbolik des Rades ist nahezu universell (Mandala, Rosette, Svastika); allegorische

Auf der anderen Seite des Rades, schon vorher an ihnen vorbeigekommen, sahen sie nun ein paar Gestalten, Fürsten wohl gar, die schienen, wenn schon nicht ärmlich, so doch karg; verschwenderisch mit ihrem Blut, mit ihrer Habe sparsam; sie trugen raue Wolle und wussten auch, wie man anderen die Wolle raut, an Festtagen ließen sie die Seidenärmel knistern, das Jahr über nur das Panzerhemd.

»Wer sind die dort«, fragte Critilo, »die so *gut* aussehen, wie sie schlicht aussehen?«

»Das waren«, erwiderte der Hofmann, »die Konquistadoren der Reiche. Dass du es dir nur recht deutlich machst: Hier findest du keine Geringeren als Don Jaime von Aragón, Don Fernando von Kastilien, den Heiligen, und Don Alonso Enríquez von Portugal. Vom Ansehen arm, im Ansehen reich. Die füllten ihre Rolle aus, die füllten die Geschichte an mit ihrem Tun und gaben dann die Kostüme in der Kleiderkammer ab wie alle anderen, nicht aber im Saal des Vergessens.«[22]

Gleichzeitig stiegen auf der entgegengesetzten Seite des Rades andere auf, sehr andere, üppig, stolzgeschwellt und verschwendungssüchtig. Die verschlissen Seide, zerrissen Linnen und brach-

Bildgebung in Radform findet sich etwa in den *Tugenden und Lastern* eines Nürnberger Stiches von 1490 oder in Boschs *Hauptsünden* (vgl. K. Weinhold, *Glücksrad und Lebensrad,* 1892; J. Baltrušaitis, *Il medioevo fantastico,* 1973, p. 248; P. Grimley Kuntz, Art. *Fortune, The Wheel,* in : *Encycl. of Comp. Iconography,* ed. H. E. Roberts, 1998, sowie die in Anm. 3 genannte Arbeit von E. Sears, *The Ages of Man,* S. 144 f.); als Emblem für Geschichtsauffassung dient es Gracián zum Ausdruck seines Empfindens von der Verderbnis der eigenen Zeit, des »Korruptionsdenkens«, das er mit zahlreichen Zeitgenossen – auch außerhalb Spaniens – teilt, aber auch einer unbestimmten Hoffnung auf Wiederkehr guter Vergangenheit (vgl. die große Untersuchung von J. Schlobach, *Zyklentheorie und Epochenmetaphorik,* 1980, vor allem Kap. 5). – Für die Weltausstellung 2000 in Hannover baute der Mexikaner Gabriel Orozco ein Riesenrad, das zur Hälfte im Boden versank.

22 *König Jaime I. von Aragón,* genannt der Eroberer: vgl. S. 272, Anm. 52. – *Ferdinand III.,* der Heilige: König von Kastilien von 1217 bis 1252, vereinte León mit Kastilien, bestimmte das Kastilische zur Amtssprache, eroberte Córdoba und Sevilla von den Almohaden zurück, machte Granada tributpflichtig. Nach seinem Tod stockte die Reconquista für zweieinhalb Jahrhunderte. – *Alfons I. Enríquez,* Graf von Portugal: nahm nach seinem Sieg über fünf Maurenkönige 1139 den Königstitel an, der ihm 1179 vom Papst anerkannt wurde. 1147 eroberte er Lissabon.

ten das Erbe ihrer Vorfahren durch. Doch durchmaßen auch sie nur ein knappes Stück Bahn, und als am Ende alles unterging, gingen sie mit unter, und die Ersten kamen wieder nach oben und traten erneut ins Spiel. Und in diesem Wechsel vollzogen sich die Dinge der Menschen, allesamt am Ende zeitlich.

»Kann das denn wahr sein, so viel Wechsel!«, rief Andrenio. »Und so war es schon immer?«

»Schon immer«, antwortete der Hofmann, »in jeder Provinz, in jedem Reich. Wende doch nur den Blick zurück und schau, wie genügsam die ersten Goten waren, die spanischen Boden betraten, Leute wie Athaulf, Sisenando, und noch König Wamba; am Ende aber kommt der verweichlichte Rodrigo und richtet die blühendste der Monarchien zugrunde.[23] Das Rad dreht sich weiter, erneut kommt mit dem anspruchslosen Pelayo Tapferkeit nach oben, nur mühsam wird wieder hergestellt, was so rasch verloren war.[24] Es folgt neuer Niedergang, doch auch neuer Aufstieg mit König Ferdinand dem Katholischen. So schwankt es zwischen Gewinnen und Verlieren, zwischen Gunst und Ungunst.«

»Oh, das muss man geschaut haben«, rief Critilo, »die Frühen im rauen Kleid, die Späten im weichen Brokat, eisenklirrend die einen, seidenraschelnd die andern, dort die Seele schmuck geputzt, am Körper kaum die Blößen bedeckt, hier in Pomp und

23 *Athaulf:* erster König der Westgoten, Schwager und Nachfolger Alarichs I., romfreundlich eingestellt, erobert das südliche Gallien, vermählt sich mit Gallia Placidia, der Halbschwester Kaiser Honorius', wird 415 in Barcelona ermordet. – *Sisenando:* nicht unter den Ersten, sondern 26. König der Goten, 631 bis 636. – *Wamba:* letzter mächtiger Gotenkönig, 672 bis 680. Redensart: *En tiempos del rey Wamba* – »in uralten Zeiten«. – Zu *Roderich,* dem letzten König der Goten, vgl. S. 451, Anm. 7.

24 *Pelayo:* westgotischer Adliger, schlägt die Muslime bei Covadonga, begründet das Königreich Asturien, stirbt 737. – Die Vorgänge um Rodrigo, den Grafen Julian, dessen geschändete Tochter Alacaba und Pelayo wurden Gegenstand zahlreicher Darstellungen in Chroniken, Ritterromanen, Romanzen, Oden und Theaterstücken. In der absolutistischen Epoche wurde Rodrigo allgemein herabgewürdigt zugunsten Pelayos; die Romantik mit ihrer Vorliebe für letzte Glieder einer Dynastie nahm sich seiner erneut an (W. Scott, V. Hugo, E. Geibel). Felix Dahn, dem Verfasser des *Kampf um Rom,* blieb es vorbehalten, ihn im Zeichen des Bismarck'schen Kulturkampfes zu einem Kirchenhasser zu machen (*König Roderich,* 1875).

Puder, dafür bar allen Tatenruhms, und nützliches Können so rar wie üppiges Wollen verbreitet!«

Dem Blick entschwanden gerade etliche Frauen aus Volk und Adel, Fürstinnen gar, alten Brauch mit dem Rocken am Gürtel fortspinnend, und andere trug es herauf, aufwändige Fächer mit Diamantstäbchen schwenkend, Faltenbälge ihrer Eitelkeit.[25] Bei jenen waren die Manschetten aus Tuch, bei diesen aus Marder – Marter und Mörder der Nächstenliebe.[26] Jene schienen ausgepresst wie eine Zitrone, diese dickbauchig wie Glocken, und trotzdem klangen jene besser.

»Aus diesem Grund sage ich«, ließ sich Critilo vernehmen, »immer war das Vergangene besser.«

Andrenio reckte den Hals zum Aufgang des Rades hin, und der Hofmann fragte ihn:

»Was suchst du, was vermisst du?«

Und er:

»Ich wollte schauen, ob nicht vielleicht der treffliche König Pedro von Aragón wiederkehrte, der Franzosenknittel, der sie zu Paaren trieb.[27] Oh, wie würde der Spanien Genugtuung verschaffen! Wie würde der austeilen! Wie würde der den gallischen Hähnen den Kamm beugen! Aber der ZEITENMANN hat eben die Beutel umgehängt.«

Unablässig kreiste das Rad weiter und zog mit sich, was immer da war. Es erschien eine Stadt mit ihren Lehmhütten und den schlicht verputzten Steinhäusern; die Edlen fuhren noch mit Ochsenkarren durch die Straßen, selbst Nuño Rasura;[28] die Damen waren ohnehin so zurückhaltend, dass man sie weder hörte noch sah; allenfalls gingen sie zu einer *romería,* einer Kirmes, das war aber noch keine *ramería,* kein Hurenplatz.[29] Ein einziger Mann ließ da-

25 *Fächer:* Die faltbare Variante des Fächers hatte sich gegen Ende des 16. Jhs., wohl vom französischen Hof aus, in ganz Europa verbreitet.

26 Zur Anspielung an *Marta la piadosa* vgl. S. 561, Anm. 26.

27 *Peter III. von Aragón:* vgl. S. 481, Anm. 51.

28 *Rasura:* Oberrichter des 10. Jhs.; vgl. S. 782, Anm. 26.

29 Bis in die Herrschaftszeit Heinrichs IV. von Kastilien (1454–1474) sollen die Frauen in der Öffentlichkeit das Gesicht mit dem Mantel verhüllt haben.

mals eine Frau stärker erröten als heute eine ganze Kompanie;[30] und überhaupt gab es noch keine andere Röte als die Scham und kein anderes Weiß als die Unschuld. Sie schienen von anderer Art, sie waren schweigsam, genügsam, sittsam, arbeitsam, vor allem aber Frauen, die sich auf alles verstanden und nicht, wie jetzt, auf gar nichts. Doch das Rad drehte weiter, diese Stadt ging unter und nach einiger Zeit trat eine andere nach oben, eigentlich dieselbe, und doch nicht wiederzuerkennen.

»Was ist denn das für eine Stadt?«, fragte Andrenio.

»Dieselbe«, antwortete der Hofmann.

»Wie kann das sein, wo doch diese Häuser heute aus Marmor und Jaspis sind, die Veranden vergoldet statt aus Holz? Was haben denn diese Prachtläden noch mit denen von vor zweihundert Jahren zu tun? Damals, werter Herr Hofmann, da gab es noch keine Lederhandschuhe mit Ambraduft, da waren sie bloß aus Wolle, keine goldbestickten Wehrgehänge, da tat es ein Riemen. Hüte aus Biberpelz? Nicht einmal im Traum, höchstens Mützen und Kappen. Manschetten zu hundert Realen das Stück? Tollheit! Bestenfalls aus Tuch, und die Fächer aus Stroh, und auch die trugen nur Edelfrauen und Gräfinnen (Herzoginnen gab es ohnehin noch nicht), selbst Königin Konstanzes ganzer Schmuck war nur vier Maravedís wert.[31] Also nicht wie heute alles aus französischen Spitzen und Späßen. Von einem Real konnte ein Mann früher Hut, Strumpf, Schuh und Handschuh kaufen und bekam noch etwas zurück. Was hier Gold- und Brokatbänder sind, war dort grobes Buriel, und ein Stückchen *Contray*[32] etwas sehr Kostbares für die Schleier der reicheren Damen von einst. Was dort Schiebekarren

30 Die Umkehrung der rhetorischen »Fortschrittsformel« aus dem ersten Satz des *Handorakels:* »Mehr gehört jetzt zu Einem Weisen, als in alten Zeiten zu sieben; und mehr ist erfordert, um in diesen Zeiten mit einem einzigen Menschen fertig zu werden, als im vorigen mit einem ganzen Volke.«

31 Die Herzogswürde wurde in Spanien erst 1371 eingeführt. – In Marianas *Historia de España* (vgl. S. 280, Anm. 10) wird von Königin Konstanze von Portugal berichtet, sie sei während der Regentschaft für ihren minderjährigen Sohn, den späteren Alfons XI., in so großen Geldnöten gewesen, dass sie ihren privaten Schmuck versetzen musste.

32 *Contray:* feines Tuch aus Courtray in Flandern.

waren, sind hier Kutschen und Karrossen; die Tragestühle aus rohem Holz, jetzt sind es ausgeschlagene Sänften. Hier sieht man nichts mehr wie den schlichten Karren von Laínez,[33] den nur *ein* Tier zog, denn auch Tiere gab es damals nicht so viele. Ist bei den Frauen auf der Straße jetzt die Dreistigkeit so tief eingerissen wie das Kleid ausgeschnitten, so war damals ein freies Handgelenk genug für Schimpf und Schande. Heute Podestchen und Kisschen allenthalben, Nähkissen nirgends mehr. Von wegen den Hausstand vermehren: eher den Hausstand verhehren!«

»Aber ich versichere dir«, entgegnete der Hofmann, »es ist dieselbe Stadt, wenn auch so sehr verändert gegenüber der früheren, dass die ersten Bewohner sie gar nicht wiedererkennen würden. Da siehst du, wie die Zeit baut und wieder abbaut.«

»Hilf Himmel!«, rief Critilo aus. »Was würden erst Camillus und Dentatus sagen, wenn sie heute nach Rom zurückkehrten, wenn der wackere Sancho Minaya wieder nach Toledo käme, Gracián Ramírez nach Madrid, Laín Calvo nach Burgos, Graf Alperche nach Zaragoza und Garci Pérez nach Sevilla?[34] Wenn sie durch diese Straßen gingen und sie voller Kutschen und Karossen fänden, wenn sie diese Luxusläden sähen und all diese Verderbnis?«[35]

33 *Laínez:* Unsichere Lesart.

34 *Marcus Furius Camillus:* altrömischer *Censor* und *Dictator*, von Livius einer (wohl unhistorischen) Rettungstat wegen als »zweiter Gründer Roms« bezeichnet (Perugino hat ihn auf den Fresken des Audienzsaales in Perugia unter den *uomini famosi* der Antike gemalt). – *Marcus Curius Dentatus: Censor* des 3. Jhs., wegen seiner militärischen Tüchtigkeit und selbst gewählten Armut oft gerühmt. – *Sancho Minaya:* Gracián scheint Minaya Albar Fáñez, Statthalter von Toledo, der die Stadt 1110 gegen die Almoraviden verteidigte, zu verwechseln mit Sancho Minaya oder Bienaya, nach dem in Toledo ein Platz benannt ist, an den er sich nach seinem Besuch in der Stadt wohl erinnerte. – *Gracián Ramírez:* In Gerónimo de Quintanas 1629 erschienener Stadtgeschichte von Madrid konnte Gracián den Namen dieses *Caudillo* lesen, der im VIII. Jh. die Stadt von den Mauren erobert haben soll (das älteste Zeugnis des Namens Madrid, das wir haben, stammt jedoch erst aus dem Jahr 931: *Medina Magerit*). – Zu dem Richter *Laín Calvo* vgl. III, 7, Anm. 26. – *Rotrón Graf von Alperche* aus der Gascogne war an der Eroberung Zaragozas im Jahre 1118 beteiligt. – *Garci Pérez de Vargas* zeichnete sich bei der Eroberung Sevillas aus (vgl. oben, Anm. 22), ging als Held in die *Primera Crónica General* und in zahlreiche *Romances* ein, findet auch im *Don Quijote* Erwähnung (I, 49).

35 *Luxusläden:* Im 17. Jh. vor allem die Madrider *Calle Mayor.*

Das Rad drehte weiter, die alte Zeit versank, und alles Gute mit ihr, jene Menschen ohne Falsch, ohne Falte in der Kleidung, ohne Falte im Gemüt, das Herz in der offenen Brust, das Gewissen am Tage, *ihr Seelenland frei auf der Hand,* da nahm kein Trug jemals überhand; Menschen aus ärmeren Zeiten und dennoch reich und kühn, schmucklos, doch nicht glanzlos; als die Menschen noch einfacher waren, hatten sie, so wird versichert, mehr Dublonen. Sie also traten ab und herauf kamen ihre Antipoden, lügnerisch, trügnerisch, geizig, spreizig, die alles sein wollten, nur nicht *gute Leute,* verschrumpelt am Leib, verkrumpelt in der Seele, und sie konnten die Wörter nicht halten, und Wort halten schon gar nicht: Die Lüge in jeder Lage, viel Akzidenz und kaum Substanz, wenig Wissen, Gewissen gar keins.

»Also das«, meinte Critilo, »ich würde schwören, das sind keine Menschen.«

»Was denn?«

»Schatten. Die Schatten derer von vorher. Halbmenschen, ohne jede Ganzheit. Ach, wann kommen sie wieder, jene ersten, frühen, riesenhaften Söhne des Ruhms!«

»Lasst nur«, sagte der Hofmann. »Sie kehren gewiss einmal zurück.«

»Aber wie lange wird das dauern, wenn erst noch die üble Brut von diesen hier vergehen muss!«

Was Andrenio belustigte, und zwar so sehr, dass er laut lachen musste, war zu sehen, wie auch die Kleidertracht beständig weiter gedreht und um und um gesponnen wurde, zumal beim Blick auf Spanien, wo nichts davon beständig bleibt. Bei jedem Ruck des Rades mutierte die Mode, bei jedem Mal wurde es noch einen Zahn schlimmer mit dem Aufwand und der Ziererei. Den einen Tag trug man die Hüte breit und flach, dass sie aussahen wie Bauernmützen; den andern Tag aufgetürmt wie Sturmhauben; dann wieder klein und spitz, als wären es neckische Puppenhäubchen. War das vorbei, so folgten erneut platt gedrückte, mit zwei Finger breiter Krempe, was nach Almosenteller aussah, tags darauf aber waren es schon wieder die reinsten Nachttöpfe, und sie rochen auch so. Auch diese waren bald verflossen, und es traten die *gaviones* auf,

Zylinderhüte mit ellenhohem Kopf und spannenbreiter Krempe. Das eine Mal also winzige Käppchen, das andere Mal Gebilde von solchen Ausmaßen, dass es für drei von der anderen Sorte gereicht hätte. Und das Tollste daran: Gerade die, die damit am lächerlichsten aussahen, machten sich über die vorigen lustig und nannten sie Nippesfiguren; von den Nachfolgenden wurden sie dafür auch prompt Großkopfige genannt. In der kurzen Zeit, in der die Wanderer dem zusahen, konnten sie mehr als ein Dutzend verschiedene Hutformen zählen. Wie musste es da erst mit der übrigen Kleidung bestellt sein! Die *capas* waren das eine Mal so ausladend, dass man sich mehrmals in sie einwickeln konnte, das andere Mal so knapp und so gut gezogen, dass sie stehen blieben, wenn die Herren sich setzten. Lassen wir die Beinkleider, sie waren entweder dick geplustert oder strack anliegend; die Schuhe entweder rund und stumpf oder so spitz, dass sie stachen.

»Ja, das ist aber mal etwas Schmuckes!«, rief Andrenio. »Meine Herren, wer erfindet sie, diese Trachten, wer bringt sie heraus, diese Moden?«

»Tja, dabei gibt es so manches zu lachen. Du musst nämlich wissen, da kommt so ein Rheumatikus, der muss unbedingt bequem gehen, und so lässt er sich eben einen Breittreter verpassen und sagt dazu: ›Was schert mich die weite Welt, wenn mein Schuh zu eng ist?‹ Die andern sehen das, wollen das auch haben und tragen bald sämtlich die Breittreter an ihren rheumatischen Krummbeinen. Oder eine klein gewachsene Frau braucht hohe Absätze, um mit Kork das auszugleichen, was die Natur ihr versagt hat, und schon tragen alle andern auch Korkabsätze, selbst wenn sie so groß sind wie die Giralda in Sevilla oder der Neue Turm in Zaragoza.[36] Darüber kommt eine besonders hoch Aufgeschossene, die findet das nun doch hinderlich, gibt ihnen einen Tritt mit dem Fuß und steckt denselben lieber in ganz flache Sandalen. Wieder wollen alle andern es ihr nachmachen, selbst wenn es Zwerginnen sind, und nützen die Gelegenheit, um leichtfüßiger und kindlicher zu er-

36 *Neuer Turm:* Hoher Glockenturm an der Plaza San Felipe, 1504 erbaut, 1894 wegen Einsturzgefahr abgerissen.

scheinen. Da läuft das hübsche Zigeunermädchen[37] weitläufig ausgeschnitten und will ihren Alabaster feilbieten, von der anderen Seite kommt die Frau aus Guinea und tut das Gleiche mit ihrem Gagat, was die beiden gleichermaßen schlampig und zerlumpt aussehen lässt. Es ist nun einmal so, dass das Hässlichste und Unanständigste immer am längsten hält. Aber wenn ihr wirklich vergnügt lachen wollt, dann schaut euch diese Frauen dort an, die aufgefädelt wie Paprika hintereinander durchs Zeitenrad trippeln. Die Erste trägt diese Admiralsfrisur,[38] die ganz sicher von einer Kahlköpfigen erfunden wurde. Die Zweite hat das gegen den Schwalbenschwanz eingetauscht und macht damit sehr viel her. Die Dritte kommt mit einem *bobo,* der passt recht gut zu ihr.[39] Die Vierte hat sich zur Abwechslung Zöpfe geflochten und erbettelt nun *kein fremdes Haar* mehr von ihrer Schönheit.[40] Die Fünfte in der Reihe ging über zum Dienstmädchenstil, sie warf ihr Haar nach hinten zu einem schwellenden Pferdeschweif. Die Sechste hat den Knoten erfunden, der überdeckt ihr den Kahlkopf. Die Siebente hat sich einen Würfelbecher im Nacken gebaut, das scheint anzudeuten, man solle ihr den Buckel herunterrutschen. Die Achte kommt mit einem großen Winkelzopf, mal schief, mal gerade. Die Neunte schließlich geht als Henkelkrug, wer weiß, wie oft noch zum Brunnen. So wechseln sie immer toller die Tollen, bis sie wieder bei der ersten Tollheit sind.«

Was jedoch nicht zum Lachen war, vielmehr sehr betrüblich: Alles dreht sich stets zum Schlechteren. Mit dem, was heute eine Frau für ihren Schmuck ausgibt, konnte sich früher, das steht fest, ein ganzes Dorf einkleiden. Eine Hofdame behängt sich heute mit mehr Silberflitter, als es vor der Entdeckung der *Indias* in ganz Spanien gab. Unbekannt waren die Perlen jenen Herrinnen der Früh-

37 *Zigeunerin: »flamenca«.*

38 *Admiralsfrisur:* Hochgestecktes Haar nach Art der alten Römerinnen.

39 *Bobo:* hochgestecktes Haar nach Art der Infantinnen bei Velázquez; *»bobo«* – »dumm«.

40 Soll wohl heißen: Sie kommt sich (beim Blick in den Spiegel) so schön vor, dass ihr nicht das Geringste *(»no un pelo«)* mehr zu wünschen bleibt, am wenigsten fremdes Haar (*»pelo ajeno«* – Perücke).

zeit, vielmehr waren sie selbst Perlen der Feinheit. Die Männer waren Gold und kleideten sich in Rohstoff; jetzt sind sie Unflat und tragen Brokat. Und seit es derart viele Diamanten gibt, ist es mit Härte, aber auch mit Facetten vorbei.

»Bis hinein in das Sprechen bringt jeder Tag seine Neuheit, musste doch die Sprache von heute vor zweihundert Jahren wie Kauderwelsch erscheinen. Wer's nicht glauben will, der lese nur die alten *Fueros* von Aragón oder die *Partidas* von Kastilien, die doch schon niemand mehr versteht.[41] Hört doch einen Augenblick zu, wie sie sprechen, die da nacheinander im Zeitrad gehen!«

Sie horchten aufmerksam und vernahmen, wie der Erste *fillo* sagte, der Zweite *fijo,* der Dritte *hijo,* der Vierte sagte sogar schon *gixo,* auf andalusische Art, und der Fünfte noch wieder anders, allerdings konnten sie das noch nicht richtig hören.

»Was soll das bedeuten?«, rief Andrenio. »Ihr Herren, wo soll das noch hinführen, so viel Wechsel? War denn das erste Wort *fillo* nicht sehr gut und wohllautend, außerdem näher an seinem Ursprung, dem Lateinischen?«[42]

»Ja.«

»Warum also hat man nicht daran festgehalten?«

»Einzig und allein, um zu verändern; den Wörtern ergeht es nicht anders als den Hüten. Die Sprecher von heute empfinden die

41 Die *Fueros de Aragón* stammen, soweit sie nicht noch lateinisch sind *(Forum Regni Aragonum),* aus dem 15. Jh., die *Siete Partidas de Castilla* aus dem 13. Jh. Dass die Sprache dieser Gesetzessammlungen unverständlich sei, gehört zur satirischen Übertreibung: Sie war es keineswegs. – Für »Kauderwelsch« (= Churer Welsch) steht im Spanischen *»algarabía«,* was »arabisch« bedeutet.

42 Auch diese kleine Geschichte der Lautentwicklung von lat. *filiu(s)* zu span. *hijo* steht »unterm Rad« der Satire und ist lauthistorisch (vor allem wegen des Fehlens einer eindeutigen Lautschrift) nur bedingt gültig. Immerhin ist *fillo* als aragonesisch zu erkennen, *fijo (= fiyo)* als asturisch, die andalusische Aussprache würde man heute [iho] wiedergeben. Der entscheidende Punkt: Die Formen mit *f* im Anlaut gehören dem Altspanischen an, bzw. dem Aragonesischen, der heimatlichen Mundart des Schreibenden (von König Ferdinand von Aragón wird berichtet, er habe sich nach der Heirat mit Isabel von Kastilien deren »Stil« angepasst, zumindest beim Schreiben). Die fünfte Variante könnten unsere Wanderer übrigens noch immer nicht hören, denn die kastilische Aussprache von *hijo* hat sich nicht verändert.

Sprecher von ehedem als barbarisch fremd, als ob die zukünftigen nicht die von damals rächen und die heutigen auslachen würden.«

Jetzt stellte sich Critilo auf die Zehenspitzen und äugte angelegentlich zum Osten des Rades hinüber.

»Was spähst du so eifrig?«, fragte ihn der Hofmann.

»Ich schaue, ob nicht jene *Fünften* wiederkommen, die so viel guten Ruf und Zustimmung in der Welt hinterlassen haben: der fünfte Ferdinand, der fünfte Karl, der fünfte Pius.«[43]

»Ach, dass dem so wäre und dass für Spanien ein fünfter Philipp emporkäme! Er muss doch kommen! Welch großer König wird er einst werden, wenn er allen Mut und alle Weisheit seiner Vorgänger in sich abbildet![44] Aber es ist ja bekannt, dass das Üble immer früher zurückkehrt als das Gute. Wo dieses zögert, eilt jenes herbei.«

»O ja«, pflichtete der Hofmann bei, »die goldenen Zeiten zögern sehr, die bleiernen und die eisernen haben es eilig. Verderbliches kehrt weit sicherer wieder als Gedeihliches;[45] so, wie die üblen Dünste eines Terzian- oder Quartanfiebers ihren festen Tag, ihre genaue Stunde haben und keine Minute davon abweichen, die guten Dünste aber, die Freude, die Heiterkeit, sich keiner Regel anbequemen. Krieg oder Aufruhr warten kein Lustrum, Seuchen

43 Ferdinand V. von Aragón, der 1475 durch die Heirat mit Isabel I. von Kastilien und León (»los reyes católicos« – »das katholische Königspaar«) Spanien einte. – Zu Pius V. vgl. oben Anm. 13.

44 Zur Hoffnung auf einen tüchtigen Thronfolger vgl. S. 769, Anm. 4. Noch mehr freilich dürfte hier an einen neuen Herrscher gedacht sein, der den derzeitigen, Philipp IV., ablöst. Zwar sollte es einen Philipp den Fünften geben, und er sollte länger regieren als alle seine Vorgänger (1700–1746), doch es wurde ein Bourbone von Frankreichs Gnaden, er konnte den Spanischen Erbfolgekrieg nicht verhindern und stand unter dem Einfluss des Kardinals Alberoni und vor allem seiner Frau Isabella Farnese.

45 Alciati, *Emblemata: »Remedia in arduo, mala in prono esse«* (Henkel/Schöne 1791). – Äsops 1. Fabel, *Agathà kai kakà:* »Die guten Dinge wurden, weil schwächer, von den schlechten verjagt. Sie stiegen zum Himmel. Dort fragten sie, wie sie es mit den Menschen halten sollten. Ihnen wurde zur Antwort, sie sollten sich den Menschen nicht alle zusammen zeigen. Daher denn die Übel die Menschen weit öfter besuchen als die guten Dinge, die erst vom Himmel herabsteigen müssen.«

nicht einmal ein Jahr, Dürren stellen sich pünktlich ein, Hungersnöte, Massaker und Katastrophen haben ihren festen Takt.«

»Wenn dies so ist«, sann Andrenio, »könnte man dann nicht den Veränderungen den Puls fühlen, dem wechselnden Rucken des Rades voraufspüren, um Mittel zu ersinnen, wie dem Übel im Verzuge vorzubeugen wäre?«

»Das könnte man schon«, erwiderte der Hofmann. »Da jedoch die Lebenden von früher dahingegangen sind und andere nachfolgen, die ohne Erinnerung an das Unheil sind, ohne Erfahrung des Verderblichen, bleibt dem *escarmiento,* dem Lernen aus Schaden, kein Raum. Es traten Neuerungssüchtige auf, Freunde des gefahrvoll Anderen, die die Verheerungen der Kriege nicht erlebt haben, die anrennen wollten gegen den Frieden in Wohlstand und Überfluss und ihm dann sterbend nachtrauerten. Es gibt durchaus ein paar Leute mit gutem, gesundem Urteil, kluge Ratgeber, die die Stürme von weitem wittern, sie vorhersagen, sogar laut und vernehmlich. Nur hört sie niemand, denn zu Anfang allen Übels raubt uns der Himmel die unschätzbare Gabe der Vernunft.[46] Sehr wohl können Besonnene ein drohendes Verhängnis bestimmen: Aus dem Verfall der Sitten im Gemeinwesen leiten sie sicheren Blickes die Auflösung des Staatsverbandes ab; im Verfall der Tugenden erkennen sie den Fall der Herrschaft. Doch sie rufen es für taube Ohren. So werdet ihr sehen, dass in bestimmten Abständen eben alles verloren geht, danach aber alles wiedergewonnen wird. Seid also nur gefasst, denn alle Dinge haben ihre Zeit, schlechte wie gute, Glück wie Unglück, Gewinn wie Verlust, Elend wie Triumph, fette wie magere Jahre.«

»Schon«, beharrte Andrenio, »aber was bedeutet es mir, wenn später glückliche Zeiten folgen, mich jetzt aber stets nur Unglück und Missgeschick heimsucht? Das heißt doch, alles Pech ist für mich, das Glück für die andern!«

»Das beste Mittel dagegen: wachsam sein, Augen offen halten, frühzeitig merken. Lass den Mut nicht sinken! Bald wird Anstand

46 *Vernunft: »Quos deus perdere vult, dementat prius«* – »Die Gott verderben will, die schlägt er zuerst mit Wahnsinn« (nach den Scholien zu Sophokles, *Antigone* 620).

wieder geschätzt, Weisheit wieder gepriesen, Wahrheit wieder geliebt und alles Gute hochgehalten werden.«

»Aber wann?«, seufzte Critilo. »Bis dahin sind wir längst am Ende, und nichts wird mehr von uns übrig sein. Ach, wer die Männer im schlichten Gewand und die Frauen mit ihren Hauben und ihren Spinnrocken noch wiedersehen könnte, denn seit die Spindeln im Winkel stehen, wird doch nichts Rechtes mehr gesponnen! Wann wird Königin Isabel die Katholische wiederkehren und bestellen lassen: ›Richtet *Doña Fulana* aus, sie möge heute den Abend mit mir verbringen, aber ihre Kunkel nicht vergessen, der Gräfin ***, sie möge mit ihrem Nähkissen dazukommen‹? Wann werden wir wieder den König hören, der vor den Cortes eingestand, dass er sich kein Hühnchen leisten könne – was der Wahrheit entsprach! – und dass eines, welches er letzten Donnerstag gegessen habe, ein Geschenk war? Oder jenen anderen, der sagte, sein Leinenwams halte gut und gerne drei Seidenärmel aus? Wie gern würde ich nicht statt Unrat und Unflat jenes Gold der Zeiten wieder heraufkommen sehen, statt Talmi jene Diamanten von Männern, statt Perlen aber lieber jene Margeriten von Frauen, die keine Perlen brauchten,[47] all die Hermesindas und Jimenas, auch wenn es an Urracas nicht fehlte,[48] jene nie verrückten, vielmehr stets unverrückten Gestalten, die von rauer Rede, aber warmem Wort,[49] mit wenig Getue, aber klarem Tun, mit viel Substanz und wenig Akzidenz, Leute mit gediegenem Stand, nicht mit verstiegenem Tand, Leute von Wesen und Sein, nicht von Unwesen und Schein, steht doch nichts der Wahrheit mehr entgegen als die Wahrähnlichkeit! Was für Kämpfer waren das nicht damals, in Felle gekleidet, mit Häuten beschuht, in Nachahmung der wilden Tiere?«

47 *»Margaritas«:* »Margeriten« und »Perlen«.

48 *Hermesinda:* Name verschiedener Damen des Hochadels in Aragón und anderswo. – *Jimena:* Gattin des Cid. – *Urraca:* ihre unterlegene Rivalin (*urraca* bedeutet auch »Elster«).

49 Unsicherer Wortlaut: *»de Tasso lenguaje«.* Torquato Tassos Sprache in der *Befreiung Jerusalems* soll als rau und karg gegolten haben (was verwundert). Trotzdem bliebe die Lesart problematisch.

»Das waren die *Almugavaren*, die Miliz des Königs Jaime und seines wackeren Sohnes;[50] nicht wie die Herren Heerführer von heute, die sich in Taft kleiden und nur noch Seide schlitzen.«[51]

»Schau, was für Stäbe waren das dort, so fest und stark?«

»Das waren die Amtsstäbe der Justiz in den alten Zeiten: kräftig, aber nicht grob. Die bogen sich nicht bei jedem Lüftchen und knickten auch unter schwerster Belastung nicht ein, wenn jemand einen dicken Beutel mit Dublonen daran hängen wollte.«

»Was waren sie doch verschieden!«, meinte Andrenio. »Jetzt sind sie schwankend wie Schilfrohr, geben jedem Gunsthauch nach und biegen sich willig, wenn auch nur ein paar Kapaune daran gehängt werden. Wer spricht dort übrigens so rau?«

»Das ist bei Gott nicht rau, sondern klar und hell, wie sein Ruf. Das ist der tüchtige Richter Ronquillo, eine Zierde der Justiz.«[52]

»Und wer ist das dort, der allem so auf den Grund geht?«

»Das ist der aus der Redensart, um dessentwillen der Katholische König bei jedem Skandal, der eintrat, sagte: ›Da muss Vargas ran!‹[53] Alles klärte er, nie stiftete er Verwirrung, dabei gab es damals in der Justiz auch Leute wie Quiñones.«[54]

Allmählich wurden sie des Schauens müde, nicht jedoch das Rad des Drehens; vielmehr rief jeder Ruck in der Welt einen Umsturz hervor. Es stürzten die erlauchtesten Häuser, andere, ganz obskure, gelangten nach oben, so fanden sich Königskinder hinterm Pflug wieder, das Zepter eingetauscht gegen den Ochsenziemer, bisweilen gegen den Pferdestriegel. Umgekehrt stiegen La-

50 *Almugavaren:* eine für Überfälle und Streifzüge geschaffene Truppe von Jaime I., dem Eroberer (vgl. Anm. 22), und dessen Sohn, Pedros III. von Aragón (vgl. Anm. 27). Die Almugavaren (das Wort kommt natürlich aus dem Arabischen!) bestanden aus Katalanen und Aragoniern, die im 14. Jh. »Streifzüge« bis nach Griechenland und Kleinasien unternahmen.

51 *Seide:* die Mode der geschlitzten Ärmel.

52 *Richter Ronquillo* (*»ronco«* – »rau«): vgl. S. 460, Anm. 31.

53 *Vargas:* Der Lizenziat Francisco de Vargas soll als Sekretär Ferdinands des Katholischen dessen Mann für verwickelte Aufgaben gewesen sein.

54 *Quiñones:* zum Richter Juan de Quiñones vgl. S. 460, Anm. 31 (*»quiñón«* bedeutet auch »Gewinnanteil«). Kleiner Widerspruch: dieser Richter war ein Zeitgenosse, er lebte bis 1646.

kaien zu Bethlen Gábors und zu Taikosamas auf.[55] Sie sahen den Neffen eines Hufschmieds hoch zu Ross, sahen manchen umgeben von Stallknechten, dessen Großvater vielleicht noch selbst im Stall gestanden hatte. Das Rad drehte weiter und Türme und Zinnen begannen zu wanken, ganze Burgen stürzten ein, Zeltdörfer kamen empor, und nach Ablauf von ein paar Jahren waren die Edlen Gemeine.

»Wer ist denn der dort«, fragte Andrenio, »der auf dem Stammsitz der Grafen von *** wohnt?«

»Ein Bäcker, der mit schlechtem Mehl gute Dukaten machte; seine Kleie muss wohl mehr wert sein als das Mehl vieler Leute von Adel.«[56]

»Und in dem anderen, weiter hinten, das den Herzögen von *** gehörte?«

»Einer, der immer günstig kaufte und noch günstiger verkaufte.«

»Ist das denn zu glauben!«, rief Critilo. »Die Unverschämtheit dieser Leute begnügt sich nicht damit, ihre eigenen Häuser zu errichten, sie müssen ihren Fuß sogar auf die Sitze der Alteingesessenen setzen.«

Es traten etliche Neutöner und Neumeiner mit Altreden und verquarkten Ansichten auf; sie hatten aber alles hübsch mit sprachlichem Spiritus rektifiziert,[57] boten es als ihre Erfindung an, und Fundgut war es in der Tat. Ein Dutzend Pedanten und Klugschwätzer waren auf der Stelle beschwatzt; doch kamen kluge und belesene Männer hinzu und sagten:

55 *Bethlen Gábor* und *Taikosama:* Zum Fürsten von Transsylvanien und zum japanischen Machthaber vgl. S. 146, Anm. 27 (Leo Spitzer hat der Verwendung der allegorischen Eigennamen eine erhellende Studie gewidmet: Romanische Stil- und Literaturstudien 2, 1951, S. 181–188).

56 *Bäcker:* vielleicht Anspielung auf den Condottiere Gattamelata (1370–1443), der es in venezianischen Diensten zu Ruhm und Reichtum gebracht hatte (Donatello-Statue in Padua): Er war Sohn eines Bäckers aus Narni. – *Kleie: »salvado«* bedeutet auch »Rente«.

57 Alkohol wurde für Lidschwärze, aber auch zur Augenwäsche verwendet, damit die Augen größer und glänzender aussahen. Auch die Bedeutung: »bis zur Wiederverwendung in Alkohol aufbewahren« spielt mit.

»Das ist doch die altbekannte Anschauung. Das steht doch in einer Spalte bei Tostado schon viel garer und würziger, was diese Suppenköche hier als Originalrezept verkünden![58] Was die tun, ist nichts anderes, als den Inhalt aus den gotischen Lettern herausholen und ihn in *Romana* neu setzen;[59] das ist flüssiger lesbar, dabei wird alles Eckige rund; dazu nehmen sie neues weißes Papier, und schon haben sie neue Konzepte. Aber glaubt uns, es sind nur Echos von der alten Leier, das ist keine Schrift, das ist Klaue.«

Das Gleiche wie auf dem Katheder trug sich auf der Kanzel zu. In der kurzen Weile, die sie dem Rad zusahen, hatten sie schon ein Dutzend verschiedener Arten zu predigen miterlebt. Man kam ab von der substantiellen Erörterung des heiligen Textes und verlegte sich auf kalte Allegorien und abgerittene Metaphern, alle Heiligen wurden zu Sonnen oder Adlern, alle Tugenden zu Meeren, eine geschlagene Stunde hielt man die Zuhörer mit einem Vogel oder einer Blume in Atem. Bald kam man auch davon ab und erging sich in phantasievollen Erzählungen oder malte sich Schauplätze aus. Danach wiederum wurde Gelehrsamkeit beliebt, man untermischte Sakrales mit Profanem, mancher Effekthascher begann seine Ansprache mit einem Seneca-Zitat, als ob es keinen Paulus gäbe, hielt sich an den Aufbau, wenn es ihm gerade gefiel, verband die Gedanken oder verband sie nicht, gab die Geschlossenheit hin für lockere Glossen oder garnierte gar alles nur mit artigen Sprüchlein und Witzchen, um den unreifen Seminaristen die Ohren zu kitzeln, unbekümmert um die gehaltvolle Predigtlehre jenes *goldenen Mundes* oder die süße und dennoch nahrhafte *Ambrosia* des großen Prälaten aus Mailand.[60]

58 *Bischof Tostado* (= »geröstet«): vgl. S. 790, Anm. 56.

59 *Romana:* runde Schrifttype, Form der Antiqua.

60 Polemik gegen die Exzesse des pseudogelehrten *culteranismo,* der gerade den Predigtstil am wenigsten verschonte. Beispiele: »Auf jenem felsensprießenden Berg, dessen Bäume wie Schießbudenfiguren der Luft schienen, beging der erste der Lebenden jenen Erzinsult, der dem Menschengeschlecht zum Verderben gereichte« (Adam und der Sündenfall). Oder: »Und siehe, es erlöste mit den Strahlen seines gehörnten Hauptes Israels trefflicher Anführer einen Wasserscheck aus der Steinbank« (Moses schlug Wasser aus dem Felsen). Die Klagen sind zahlreich. Für ein Seneca-Zitat in der Predigt hätte man sich bei einem Gracián mehr Nach-

»Mein lieber Hofmann«, wollte Andrenio nun wissen, »wird einst ein neuer Alexander kommen, ein Trajan oder einer wie der große Theodosius?[61] Was wäre das doch für eine große Sache!«

»Was soll ich dazu sagen!«, seufzte dieser. »Einer wie diese kommt nur alle paar Jahrhunderte, und wo *ein* Augustus, *ein* Kyros auftritt, treiben sich vier Neros, fünf Caligulas, acht Heliogabale und zehn Sardanapale herum. Ein *Gran Capitán* erscheint nur einmal, danach wimmeln hundert *capitanejos* durch die Lande, und jedes Jahr gibt einen neuen Kopf. Um ganz Neapel zu erobern, genügte noch ein Gonzalo Fernández, für Portugal ein Herzog Alba, für das eine Indien Fernando Cortés, für das andere Albuquerque;[62] heute aber haben, um eine Hand breit Boden zurückzugewinnen, ein Dutzend Befehlshaber nicht ausgereicht.[63] Im Sturmschritt gewann Karl der Achte Neapel, im Handumdrehen und mit vier leeren Schiffen holte der entmachtete Fernando es sich zurück.[64] Mit einem einzigen ›Santiago!‹ nahm der Katholische König Granada, sein Enkel Karl der Fünfte ganz Deutschland.«[65]

»Gewiss, mein Herr«, ließ sich nun Critilo vernehmen. »Das ist nicht erstaunlich, es zogen ja auch die Könige selbst ins Feld, nicht ihre Ersatzleute, und es ist ein großer Unterschied, ob der Herr

sicht erwartet. – *Goldener Mund:* Johannes Chrysostomos, der bedeutendste Prediger der griechischen Kirche (344–407); *Prälat aus Mailand:* Ambrosius (340–397), Hymnendichter und Verfasser der christlichen Ethik *De officiis ministrorum.* – Bemerkenswert, dass Gracián gerade die beiden Vorbilder des Attizismus und Ciceronianismus nennt, deren exegetischer Stil ohne Allegorien auskommt. Zur Barockpredigt vgl. U. Herzog, *Geistliche Wohlredenheit,* 1991, v. a. S. 170 (»Concettipredigt«).

61 *Theodosius I.:* aus Spanien stammend, römischer Kaiser 379–395, stellte ein letztes Mal die Reichseinheit wieder her, erklärte die katholische Lehre zur Staatsreligion.

62 *Gran Capitán:* eroberte 1503 Stadt und Reich Neapel; vgl. S. 89, Anm. 4 und öfter. – *Herzog Alba:* vgl. S. 328, Anm. 30. – *Cortés:* eroberte Mexiko, das »eine Indien«. – *Afonso de Albuquerque* (1453 – 1515): sicherte von Goa aus die portugiesische Stellung im »anderen« Indien.

63 *Befehlshaber:* Im Katalonienkrieg wechselten die Heerführer mehrfach.

64 *Karl VIII.* von Frankreich: zog 1494 in Eilmärschen nach Süditalien, ein Jahr später bereits gewann König Ferdinand II. sein Reich zurück.

65 Patriotische Übertreibungen, wie sie spätestens seit dem 17. Jh. allgemein verbreitet waren.

kämpft oder der Knecht. Ich versichere Euch, keine Batterie verstärkter Artillerie kann es mit einem königlichen Blick aufnehmen.«

»Nach einer Doña Blanca«, fuhr der Hofmann fort, »kommen zumeist hundert *doñas negras*. Doch heute blüht jene in einer anderen Spanierin wieder auf, und in einer katholischen Christine von Schweden ersteht die Kaiserin Helena erneut.[66] Und doch sage ich euch, dass auch Alexander wiederkehren wird: Ich sehe ihn, ich verehre ihn schon jetzt; es wird kein Heide sein, vielmehr durchaus ein Christ, kein Weltlicher, ein Heiliger, kein Tyrann der Provinzen, ein Vater der ganzen Welt, die er erobern will für den Himmel.[67] Geht doch einmal«, fügte er hinzu, »mit einem Tuch über diese Gläser – sollte es vielleicht ein Bahrtuch sein, umso besser, so werden sie reiner werden vom Staub der Erde, der ihnen anhaftet – und schaut dann wieder ein Weilchen zum Himmel.«

Sie richteten den Blick wieder nach oben und dank jener durchdringenden Sehkraft erblickten sie Dinge, die sie nie zuvor bemerkt hatten: Sie sahen eine große Anzahl Fäden von feinster Sorte, die sich mit den Drehungen des Himmels aufwickelten, und hervor kamen sie, einem Knäuel gleich, aus jedem einzelnen Sterblichen.

»Wie fein die Himmel spinnen!«, rief Andrenio.

»Dies«, erwiderte der Hofmann, »sind die Fäden unserer Leben. Ihr könnt sehen, wie zart sie sind und woran wir alle hängen.«

Es lohnte das Schauspiel, wie die Menschen da umher rollten und hüpften wie Wollknäuel und niemals zur Ruhe kamen, wie nach und nach die himmlischen Sphären die Substanz aus ihnen zogen und sie aufbrauchten, bis sie schließlich ganz abgewickelt

66 Die *Doña Blanca* (»Die Weiße«) steht wohl nur ihres Namens wegen hier, ohne historische Referenz. In jedem Fall begrüßt Gracián ihre Wiederkunft in Marianne von Österreich, der zweiten Gemahlin Philipps IV. – Die Konversion Christines von Schweden (1654; vgl. oben, Anm. 12) lag noch nicht lange genug zurück, als dass die zahlreichen Skandale um ihre Person bereits ihre Gleichsetzung mit Kaiserin Helena (vgl. S. 13, Anm. 1) hätten verbieten müssen. Die Nachricht von der Tötung ihres Oberstallmeisters Monaldesco in Fontainebleau im Sommer 1657 scheint Gracián nicht mehr erreicht zu haben.

67 *Vater:* Gemeint ist Papst Alexander VII. Vgl. oben Anm. 13.

und leer waren, so dass von jedem nur ein kläglicher Fetzen Tuch übrig blieb, mit dem ja alles endet. Allerdings zogen sie aus den einen feines Seidengarn, aus den anderen Goldfäden, aus den Dritten nur Hanf oder Werg.

»Bestimmt stammen die Goldfäden von reichen Leuten«, meinte Andrenio.

»Da irrst du dich.«

»Von vornehmen?«

»Auch nicht.«

»Von Fürsten?«

»Da liegst du ganz falsch.«

»Ja, sind es denn nicht die Fäden aus jedem Leben?«

»Doch.«

»Aber so, wie jedes Leben war, müssen doch auch die Fäden sein.«

»Da gibt es Adlige, aus denen holen sie Werg, und Plebejer, aus denen holen sie Silber oder sogar Gold.«

Hier war einer zu Ende, dort ein anderer; diesem fehlte erst ein Stückchen, jener war noch ganz vollständig. Was die Natur an Leben spinnt, der Himmel wickelt es auf; wie er sich dreht, nimmt er uns die Tage. Und wo die Sterblichen sich am eifrigsten regen, kullernd und hüpfend, da wickeln sie sich am schnellsten ab.

»Wie heimlich, still und leise man uns doch den Tod webt, während man so unser Leben abwickelt!«, meinte Critilo. »Jener Philosoph muss sich wohl geirrt haben, der da sagte, diese elf himmlischen Sphären brächten mit ihrer Bewegung eine süße Musik hervor, einen wohltönenden Klang.[68] Ach, wäre es doch so, dass er uns aus unserem Träumen aufweckte, ach, wäre es doch in jedem Augenblick ein Mahnen an das Ende! Es wäre keine Musik

68 *Musik:* Der Gedanke der Sphärenharmonie ist pythagoreisch; Platon und Cicero führten ihn aus, das Mittelalter variierte ihn vielfach, Fray Luis de León dürfte ihn Gracián nahe gebracht haben (für Milton war er später von Bedeutung, noch Hindemith hat ihn seiner Oper *Harmonie der Welt* zugrunde gelegt). – *Elf Sphären:* die sieben Planeten (einschließlich Sonne und Mond), der Fixsternhimmel, das *primum movens* und zwei weitere, von Alfons dem Weisen angenommene.

zu unserer Unterhaltung, sondern ein Aufruf zu unserer *Enttäuschung.*«[69]

Nun sahen sie sich selbst an und stellten fest, wie wenig noch abzurollen blieb, was für Critilo herbe *Enttäuschung* bedeutete, für Andrenio Kümmernis und Trübsal.

»Das wird fürs Erste genügen«, sagte da der Hofmann zu ihnen. »Gehen wir hinunter zum Essen, es soll kein schlichter Leser sagen können: ›Wovon leben denn eigentlich diese Leute, die uns nie essend vorgeführt werden, immer nur philosophierend?‹«

Zufällig kamen sie über den Platz mit dem meisten Gedränge, das musste wohl die Piazza Navona sein. Dort trafen sie auch auf eine große Menschenmenge, die, als wären es mehrere schwärmende Bienenvölker auf einmal, voller Spannung eine jener beliebten Volksbelustigungen erwartete. Der Hofmann vermochte, während sie zusahen, das rüde Spiel durch seine moralischen Betrachtungen aufzuwerten, sie selbst hingegen durch spezielle *Enttäuschung.* Was dies aber für ein Schauerstück war, das zu erklären verspricht uns die folgende Krisis.

69 *Enttäuschung:* Wie die Sphärenmusik von Fray Luis de León in seiner Ode an den blinden Organisten und Professor für Musik der Universität Salamanca, Francisco de Salinas, zum Thema gemacht wurde (*A Francisco de Salinas,* um 1570; dt. von R. Grossmann, in: *Spanische Gedichte,* hrsg. und übers. von R. Grossmann, Bremen 1960, S. 107), so dieser letztere Gedanke in *Noche serena,* seiner berühmtesten Ode, in der es heißt (Strophen 5 und 6): »Der Mensch überlässt sich dem Träumen, / sorgt sich nicht um sein Geschick, / aber mit leisem Schritt / raubt der Himmel sich drehend / ihm nach und nach die Stunden des Lebens. // Ach, wachet auf, ihr Sterblichen; / betrachtet aufmerksam euer Unglück; / können die unsterblichen Seelen, / geschaffen für solches Gut, / denn nur von Schatten und Täuschung leben?«

Elfte Krisis

Die Stiefmutter des Lebens[1]

Sterben muss der Mensch, wenn er eigentlich zu leben beginnen sollte, wenn er am meisten *Person* geworden ist, wenn er Einsicht und Umsicht gewonnen, Lebensklugheit und Erfahrung gesammelt hat, gereift und *gemacht* ist, allseits vollkommen, gerade dann, wenn er von größtem Nutzen für sein Haus und sein Land wäre. Denn er kommt als Tier auf die Welt, und er verlässt sie als *Person.* Man sage indes nicht, er müsse erst jetzt sterben, vielmehr gelangt er jetzt mit dem Sterben ans Ende, ist doch leben nichts anderes, als Tag für Tag aufs Sterben zugehen.[2] Oh, das um und um schreckensvolle Gesetz des Todes, das einzige, das ohne Ausnahme gilt, das keinem ein Vorrecht einräumt! Dabei sollte es doch eine Ausnahme machen bei den großen Menschen, den herausragenden Gestalten, den vollendeten Herrschern, den unübertrefflichen Männern, mit denen Tugend, Klugheit, Tapferkeit, Wissen und manches Mal eine ganze Stadt, ein ganzes Reich dahingehen. Ewig müssten sie leben, die unerschrockenen Helden, die famosen Streiter, die so viel darangesetzt haben, den Zenith ihrer Größe zu erreichen. Doch das genaue Gegenteil tritt ein. Die am wenigsten wert sind, leben am längsten. Ewig bleiben solche, die keinen einzigen Tag verdient hätten, und die Trefflichen vergehen im Augenblick wie leuchtende Kometen. Da verdient der Entschluss König Nestors Beifall, von dem erzählt wird, er habe die Orakel befragt, wie lange ihm noch zu leben bliebe, und zur Antwort erhalten, noch reichlich tausend Jahre; daraufhin soll er ausgerufen haben: »Dann lohnt es nicht, ein Haus zu bauen!« Als daraufhin seine

1 Zur Überschrift vgl. Anm. 12.

2 Seneca: *»Quid est enim novi hominem mori, cuius tota vita nihil aliud quam ad mortem iter est?«* – »Was ist denn erstaunlich daran, wenn ein Mensch stirbt, dessen ganzes Leben doch nichts anderes ist als ein Gang zum Tod?« (*Ad Polybium de Consolatione* 11, 2).

Freunde drängten, es müsse sogar ein Palast, ja deren viele sein, für viele Zeiten und viel Zeitvertreib, da habe er geantwortet: »Für nur tausend Jahre Leben sollte ich ein Haus bauen, für so kurze Zeit einen Palast? Geht mir doch, dafür genügt ein Zelt oder eine Hütte, wo ich stehenden Fußes hausen kann, es wäre doch eine ausgemachte Torheit, mir im Leben Sitz zu verschaffen.«[3]

Wie gut passt dies nicht auf die Gepflogenheiten von heute, wo die Menschen, wenn es hoch kommt, hundert Jahre leben, davon keinen einzigen Tag in Sicherheit, aber Bauten errichten, die tausend Jahre halten sollen, Häuser erstellen, als hätten sie sich auf dem Antlitz der Erde zu verewigen! Der Tollste von denen dürfte einer gewesen sein, der behauptete, auch wenn er wüsste, dass er nur ein Jahr zu leben hätte, würde er ein Haus bauen; wenn es nur ein Monat wäre, würde er immerhin heiraten; wenn nur eine Woche, immerhin Bett und Stuhl anschaffen; und wenn nur einen Tag, dann wenigstens *Olla* kochen. Oh, wie muss sie sich über diese alle lustig machen, die FRAU TOD (sie muss ja klug sein, schon weil sie so hässlich ist). Die Leute eröffnen sich geräumige Häuser und sie ihnen enge Gräber, ganz nach dem Sprichwort: *Fertig Haus, geöffnet Grab.*[4] Glaubt einer, er hat's besorgt, dann besorgt sie's ihm erst richtig. Palast zu Ende, Leben zu Ende, und aus den sieben Säulen des stolzen Baus werden sieben Fuß Erde oder auch sieben Spannen Marmor, eine besonders verbreitete Torheit, denn was verschlägt es wohl, ob man zwischen Marmor und Porphyr zergeht oder zwischen Erdschollen? –

Dieser so schlichten Wahrheit sollte nun der kluge Hofmann als Kontrapunkt noch eine ganz besondere *Enttäuschung* für unsere beiden Rompilger hinzusetzen. Sie gelangten zu einem Platz, auf dem eine riesige Menschenmenge gespannt auf eines dieser albernen Spektakel wartete, wie sie das Volk gern bestaunt.

»Was soll hier denn werden?«, erkundigte sich Andrenio.

3 Die Quelle dieser Anekdote war nicht auszumachen.

4 *Grab: »A casa hecha, sepultura abierta.«* Wander (vgl. S. 757, Anm. 46) kennt: »Mancher baut ein Haus und muss zuerst hinaus«; oder: »Und als das Haus gebauet war, da lag er nieder und starb.«

Und er bekam zur Antwort:

»Geduld wird euch klug machen.«

So warteten sie und sahen nach einer Weile, wie ein Monster auftrat und sich über ein Seil tanzend und springend vorwärts bewegte, scheinbar leicht wie ein Vogel, jedenfalls tollkühn wie ein Narr. Je verblüffter die Menge gaffte, desto unbekümmerter hüpfte das Monster auf dem Seil; unten Zittern und Zagen beim Sehen, oben toller Tanz beim Gesehenwerden.

»Recht schön verwegen!«, rief Andrenio. »Bestimmt verlieren solche Leute erst den Verstand und danach die Angst. Schon mit dem Fuß auf der Erde sind wir unseres Lebens nicht sicher, und der da setzt es Abgründen aus.«

»Und über den bist du erschrocken?«, meinte der Hofmann zu ihm.

»Über wen sonst, wenn nicht den?«

»Über dich selbst.«

»Über mich selbst? Warum aber?«

»Weil das dort oben ein Kinderspiel ist verglichen mit dem, was bei dir geschieht. Weißt du überhaupt, worauf deine Füße stehen? Weißt du, worauf du gehst?«

»Was ich weiß«, antwortete Andrenio, »ist, dass ich mich nicht für alles in der Welt dort oben hinstellen würde, dass der aber für schnöden Gewinn sich solcher Gefahr aussetzt.«

»Was du nicht sagst!«, rief der Hofmann. »O je, wenn du sehen könntest, dass dein eigener Gang noch weit gefährdeter ist, was würdest du dann erst empfinden, was würdest du dann erst sagen!«

»Ich?«

»Ja, du.«

»Warum denn?«

»Sag mir, tippelst du nicht jede Stunde und jeden Augenblick auf dem Faden deines Lebens, der bei weitem nicht so stark ist wie das Tanzseil, vielmehr so zart wie Spinnweb, und doch tanzt und springst du auf ihm herum? Du isst darauf, du schläfst darauf, du ruhst dich darauf aus, sorglos und ohne jeden Schauder. Glaub mir, wir Sterblichen sind samt und sonders Seiltänzer auf dem hauchdünnen Faden eines hinfälligen Lebens, mit dem Unterschied, dass die einen schon heute abstürzen, die andern erst morgen. Große Gebäude errichten die Menschen darauf, Windtürme und Schimären, und meinen, es sei der Grundstock ihrer Hoffnungen. Erschrocken starren sie auf den vermeintlich Tollkühnen, wo der doch ein dickes und fest geflochtenes Seil hat; über sich selbst aber erschrecken sie nicht, dabei stützen sie doch ihre Zuversicht blind, nein – sehenden Auges auf ein Seidenfädchen, weniger noch, auf ein Haar; ein Spinnenfaden ist noch viel, der Lebensfaden ist rein gar nichts mehr. Darüber müssten sie entsetzt sein, darüber müssten sich ihnen die Haare sträuben, wenn sie in den Abgrund blicken, in den sie die Last ihrer vielen Verfehlungen hinunterstürzen muss.«[5]

»Ich will weg von hier«, schrie Andrenio jetzt, »weg will ich, sofort weg von hier!«

»Du kannst wohl die Augen verschließen«, bemerkte Critilo, »aber deswegen bist du nicht aus der Gefahr. Vergessen ist möglich, vermeiden nicht.«

Ungeachtet dessen kehrten sie nun zu ihrem Quartier zurück, das da hieß: HERBERGE ZUM LEBEN. Hier verließ sie der Hofmann, nicht ohne sie auf einen weiteren großen Tag bestellt zu haben, sofern ihnen in der Nacht nichts zustieße, ein nicht überflüssiger Vorbehalt. Mit angenehmer Gefälligkeit wurden sie von ihrer Wirtin begrüßt, die es bei der Sorge um ihr Wohl an nichts fehlen ließ. Zum Abendessen bat man sie mit den Worten:

»Auch wenn man nicht lebt, um zu essen, so isst man doch, um zu leben.«

Der Abend schloss, und sie versuchten, die Augen zu schließen, geht doch ein Gutteil des Lebens im Blinden und Dunklen dahin. Und wenn es heißt, der Schlaf sei eine Vorprobe des Todes, so sage

5 Spanische Kommentatoren haben die Vermutung geäußert, diese Stelle habe Nietzsche zu seiner Erzählung vom Seiltänzer in der Vorrede zu *Zarathustra* angeregt (3–6: »Der Mensch ist ein Seil, geknüpft zwischen Thier und Übermensch, – ein Seil über einem Abgrunde«). Die Vermutung geht fehl: Nietzsche, der sich zum *Handorakel* in seiner üblichen apodiktischen Weise einmal preisend, einmal verdammend geäußert hatte, kannte das *Criticón* nicht, und die genannte Stelle hat, außer einem allgemeinen Allegorismus, nichts mit Gracián gemein.

ich, der Schlaf ist nur ein Vergessen des Todes. Sie waren schon drauf und dran, sich arglos in die Gruft des Schlafes zu legen, als einer der zahlreichen anderen Reisenden, die hier nächtigten, es ihnen verwehren kam. Unauffällig trat er zu ihnen und sprach sie mit gedämpfter Stimme an:

»Ihr unvorsichtigen Pilger![6] Was seid ihr doch weltfremd! Ihr ahnt ja gar nicht, in welcher Gefahr ihr schwebt. Sagt einmal, wie könnt ihr denn, wo ihr doch schon gebunden und gefesselt seid, so locker euch Schlaf und Traum hingeben? Jetzt ist doch nicht die Zeit, die Augen zu verschließen, sondern sie aufzumachen: Stündlich schwebt ihr in größter Gefahr.«

»Du träumst wohl eher selbst«, erwiderte ihm Andrenio. »Hier soll Gefahr sein, in der Herberge des Lebens, im Haus der Sonne, wo alles hell und heiter ist?«

»Eben deswegen«, beharrte der Reisende.

»Aber wo, das glaubt doch keiner! Hinter so viel Anmut soll Verrat lauern, Scheußlichkeiten soll es geben hinter so viel Lieblichkeit?«

»Dann macht euch nur klar, dass unsere Wirtin, so höflich und so freundlich, wie ihr sie da seht, zu einem Stamm von Kannibalen gehört, sie ist die Tochter eines grimmigen Menschenfressers, der sich nach den eigenen Kindern die Finger leckt.«

»So ein Unsinn! Kannibalen! Mitten in Rom? Wie soll denn das gehen?«[7]

»Na, ist das vielleicht neu, dass auf diesem Haupt des Erdenkreises sich die wildesten Völkerstämme tummeln, borstige Äthiopier, struppige Sikamber, Alarben, Sabäer und Sarmaten,[8] solche, die für den Durst immer die Quelle mit sich führen, die angezapf-

6 *Ihr unvorsichtigen Pilger: »o inconsiderados peregrinos«,* eine Formel Góngoras.

7 *Kannibalen:* im Original *»trogloditas«,* was im Span. außer »Höhlenbewohner« auch »Barbar«, »Menschenfeind« bedeutet.

8 *Sikamber:* bei Vergil erwähntes germanisches Volk aus dem Siegerland. – *Alarben:* verächtlich für Araber oder Barbaren. – *Sabäer:* Das Volk aus Sabà, im heutigen Jemen (nicht als besonders barbarisch bekannt, eher im Gegenteil). – *Sarmaten:* Iranisches Reitervolk, dehnte seine Herrschaft zwischen Don und Dnjepr aus (von den Goten verdrängt).

ten Adern ihrer Pferde? Ihr müsst wissen, diese liebreizende Wirtin rast ihre tierische Wildheit aus auf Kosten unseres Menschentums.«

»Das ist ja zum Lachen«, entgegnete Andrenio. »Nach unserer Erfahrung hat sie einzig und allein unser Wohlsein im Sinn.«

»Wenn ihr euch da nur nicht irrt!«, rief der Reisende. »Habt ihr nie gesehen, wie man die getäuschten Vögel mästet, bevor man sich mit ihnen mästet, und ihnen dazu die Augen aussticht? Genau so treibt es diese gemeine Hexe hier, keine Alcina kann es ihr gleichtun.[9] Schaut nur genau hin, schaut durch sie hindurch, und ihr werdet sehen, dass sie nicht so schön ist, wie sie sich macht; vielmehr werdet ihr sie eher unmutig finden als anmutig, eher tückisch als neckisch; ihre Beteuerungen sind Betörungen, ihre Schwänke sind Ränke; die Züge ärmlich, die Lüge reichlich, fein das Bein, karg das Mark. Habt ihr wirklich in den Tagen, die ihr hier seid, nicht bemerkt, dass die Reisenden, die hier Quartier genommen haben, fast alle verschwunden sind? Was ist denn aus dem jungen Mann geworden, den ihr so schmuck und hochgemut, reich, witzig und verständig fandet? Man sieht und hört nichts mehr von ihm. Und jene Pilgerin der Schönheit, die allen so vollkommen schien? Sie tritt schon nicht mehr auf. Ich frage: Warum ist es mit diesen Fahrenden so schnell vorbei? Die einen kommen zur Nacht und erblicken den Morgen nicht, bei den andern ist es umgekehrt. Allesamt, einer nach dem andern, verschwinden sie, das Lämmchen so schnell wie der Bock, der Herr so schnell wie's Gescherr, der tapfere Krieger wie der kluge Höfling; dem Fürsten nützt seine Hoheit nichts, dem Weisen nichts sein Wissen; dem Säbel nützt sein Rasseln nichts, dem Kästchen nichts sein Klimpern: Hier wird kein Passierschein anerkannt.«

»Doch, mir war es aufgefallen«, fiel nun Critilo ein, »dass sie sich einer nach dem andern davongestohlen haben, und ich versichere euch, es hat mich sehr besorgt gemacht.«

Hierauf mit hochgezogenen Brauen und Schultern der Reisende:

9 *Alcina:* Die schöne Magierin aus Ariosts *Rasendem Roland.*

»Die Sache ist nämlich die: Furcht und Argwohn haben mich dazu gebracht, jeden Winkel dieser hochverdächtigen Herberge zu durchstöbern, und darüber habe ich entdeckt, dass man hier mit äußerster Heimtücke unsere unbedachte Art zu leben ausnützt. Freunde, wir sind verraten und verkauft! Man hat uns Gesundheit und Heil mit *Stummpulver* erschüttert, hat unserem Glück, das so sicher schien, einen verderblichen Hinterhalt gelegt.[10] Aber kommt mit, damit ihr mir auch glaubt; ihr müsst es mit eigenen Augen sehen und mit eigenen Händen berühren, ohne euch das Geringste anmerken zu lassen, andernfalls wir von vornherein verloren wären.«

Während er noch redete, hatte er schon gehandelt und gleich unter seinem Lager eine große Bodenfliese angehoben: Genau am Ort der Entspannung war die Falle gespannt. Da tat sich denn auch ein Schlund auf, finster und angsterregend, in den er sie aufforderte hinabzusteigen. Er selbst ging voran. Und im Licht einer verhüllten Laterne führte er sie in solche unterirdischen Tiefen hinab, dass man mit gutem Recht von Höllen sprechen konnte. Dort angekommen eröffnete sich ihnen ein so schauerlicher Anblick, dass die bloße Vorstellung davon genügt hätte, um die Knochen erzittern und die Zähne aufeinander schlagen zu lassen. Erblickten sie doch hier alle die Herbergsgäste, die sie oben vermisst hatten, und erkannten sie wieder, wenn auch mit Mühe, denn sie lagen schwer entstellt am Boden. Geraume Weile standen sie so, konnten kein Wort hervorbringen und wagten nicht zu atmen, kaum minder leblos und entseelt als die am Boden Liegenden selber.

»So etwas von Fleischbank«, keuchte Andrenio mehr als er sprach. »Barbarisch, ruchlos! Hat man je schon solche Katastrophe erlebt? Das dort ist bestimmt der Prinz, den wir vor vier Tagen sahen, da war er noch begnadet schön, die Wonne der Welt, von allen umschwärmt und verehrt. Jetzt sieh einer an, wie er da liegt, ganz allein und verlassen. Sein Andenken ist verloschen mit dem Aufsehen: Wer keines mehr macht, ist doch alsbald vergessen.«

10 *Stummpulver:* Pulver, das ohne Knall wirkt; übertragen: Person, die im Geheimen Schaden zu stiften sucht.

»Der andere dort«, schloss Critilo an, »ist jener Feldherr, der Heerscharen ins Kampfgetümmel führte. Schaut doch, wie er jetzt ohne Begleitung daliegt und einsam; früher hat die Welt vor seiner Kühnheit gezittert, jetzt zittern wir vor Schreck bei seinem Anblick; über so manchen Feind hat er triumphiert, jetzt wird er zur Trophäe des Gewürms.«

»Und schaut auch«, fügte der Reisende und Führer hinzu, »wie hässlich und entstellt jene Frau ist, die unlängst noch so schön war. Ihr blühender Mai ist gewandelt in starren Dezember. Und wie viele hatten nicht, um dies Antlitz zu genießen, sich um das Antlitz Gottes gebracht und den Genuss des Himmels!«

»Freund«, sagte nun Andrenio, »sag uns jetzt, bei deinem Leben, wer derlei Gräuel verübt. Sind es vielleicht Räuber, die an ihr Geld wollen und ihnen deswegen das kostbare Leben nehmen? Dass sie derart entstellt sind, deutet auf noch schlimmere Bosheit hin, manche sind ja halb zerfressen und im Innern angenagt. Hält sich denn hier eine grausame Medea verborgen, die ihre Brüder zerstückelt, oder irgendeine teuflische Megäre? ›Kannibalin‹ ist da ja noch harmlos.«[11]

»Habe ich es euch nicht gesagt?«, höhnte der Reisende. »Nun könnt ihr ja die Gefälligkeit eurer sauberen Wirtin preisen!«

»Aber ich kann es noch immer nicht glauben«, beharrte Andrenio. »So viel Grausamkeit soll in so viel Anmut Platz haben, so viel Scheußlichkeit in so viel Schönheit?«

»Meine werten Herren, dies geht in ihrem Haus vor, wir hier sind Zeugen, wir hier haben dies zu beklagen. Seht nun aber weiter, wer dies alles ausführt; jedenfalls geschieht es mit ihrer Billigung. Dies hier steht offensichtlich hinter der guten Aufnahme, damit wartet sie in Wirklichkeit auf, das ist die Erklärung für die übergroße Gastlichkeit. Jetzt seht ihr, wie teuer dies erkauft ist,

11 *Medea:* Sie hat, erzählt die Argonautensage, bei ihrer Flucht mit Jason aus Kolchis ihren eigenen Bruder als Geisel genommen und, um die Verfolgung durch ihren Vater zu verzögern, ihn zerstückelt ins Meer geworfen. – *Megäre:* eine der drei Rachegöttinnen der griechischen Mythologie (Erinyen, römisch: Furien), deren Sitz in der Unterwelt und deren Hauptaufgabe die Bestrafung von Verbrechen vor allem an Familienmitgliedern war.

jetzt merkt ihr, womit dies alles endet, die seidenen Tapeten, das silberne Besteck, die weichen Betten mit dem Goldbeschlag, die üppige Bewirtung und das Verwöhnen mit Geschenken.«

Während sie dem noch zusahen und es doch nicht glauben konnten, ließ sich auf einmal ein schreckliches Getöse vernehmen, ein angsterregendes Gedröhn wie von vielen Glocken. Dem antwortete ein jammervolles Stöhnen und Klagen. Unsere Pilger wollten fliehen und sich in Sicherheit bringen, konnten es aber nicht, denn nun betraten, immer zwei und zwei, unheimliche Gestalten in Trauerkleidung den Raum, die Gesichter unter Kapuzen verborgen. Sie trugen gelbliche Fackeln in Händen, nun gewiss nicht, um den Toten zu leuchten, sondern um die Lebenden aufzuklären, die dessen so dringend bedürfen. Erschrocken wichen die Pilger in eine Ecke zurück und wagten nicht, sich zu rühren, achteten aber umso gespannter auf das, was vor sich ging, und vor allem, was zwei der Trauerkapuzen, die ihnen am nächsten standen, halblaut zueinander sagten.

»Wirklich schauderhaft«, murmelte der eine, »was das grausame Scheusal hier anrichtet. Ist eben Weib, wie alle größeren Übel: die Not, die Zwietracht, die Seuche, die Harpyie, die Sirene, die Furie, die Parze.«

»Ja«, gab der andere zurück, »aber keine ist so schlimm wie diese. Die andern setzen euch auch zu und quälen euch, aber nicht in solchem Ausmaß. Wem eine Plage die Habe raubt, dem lässt sie vielleicht die Gesundheit; wem eine Seuche die Gesundheit nimmt, dem lässt sie vielleicht das Leben; wen eine Not um die Würde bringt, dem lässt sie vielleicht noch Freunde, die trösten; wer durch Niedertracht die Freiheit verliert, der hat doch noch die Hoffnung. Keine Kalamität bringt das völlige Ende; mit jeder kommt auch etwas Rettendes. Nur diese eine hier, sie ist schlimmer als alle anderen, so viele es auch seien, sie rafft alles dahin, sie räumt auf einen Schlag mit allem auf: Hab und Gut, Heimat, Freunde, Eltern, Geschwister, Freude, Gesundheit, Leben. Erzfeindin des Menschengeschlechts, die Töterin aller.«

»Ihr Trachten ist«, sagte der andere wieder, »schlimmer zu sein als eine Schwägerin, schlimmer noch als eine Schwiegermutter, also ist sie Stiefmutter des Lebens. Was kann sie wohl anderes sein, die FRAU TOD?«[12]

Doch kaum war ihr Name gefallen, da eilte sie, böse, wie sie ist, auch schon herbei, umgeben von ihrem Hofstaat, und der ist nicht klein, einige vorab, andere hinterdrein. Voller Entsetzen schwiegen unsere Pilger wie die Toten selber, doch wo sie Scharen von Gespenstern einziehen wähnten, Schwärme von Lemuren, Heere von Schattengeistern, Brigaden von Fratzen und Schwadronen schauerlicher Ungeheuer, da sahen sie ganz im Gegenteil, dass viele ihrer Gefolgsleute durchaus Farbe im Gesicht hatten, dickleibig und glänzig waren, nicht nur nicht fahl und bleich, sondern lachend und scherzend , singend und tanzend, zu Witz und Schabernack aufgelegt. Munter verteilten sie sich über das ganze unterirdische Gelass, so dass unsere Pilger erleichtert aufatmeten. Als Andrenio sich etwas ermannt hatte, näherte sich er sich einem von ihnen, der ihm besonders vergnügt und umgänglich schien.

»Werter Herr«, sprach er ihn an, »was sind das wohl für gute Leute?«

Der andere musterte ihn kurz, und als er ihn eher schüchtern und verängstigt sah, gab er zurück:

»Geh du nur aus dir heraus, denn auch im Haus der FRAU TOD ist der scheue Junge fehl am Platz. Besser eine dreiste Lippe. Du siehst doch, dies hier ist der Hofstaat Ihrer Majestät der Weltenkönigin. Dort naht sie: FRAU TOD. Und wir hier sind alles ihre erbarmungslosen Handlanger.«

»So seht ihr aber nicht aus«, warf nun Critilo ein, der sich ebenfalls von seinem Schrecken erholt hatte. »Ihr kommt doch offensichtlich vom Feiern und vom Schmausen, ihr singt und lacht. Ich dachte immer, ihre Häscher seien wild und grausam, hart und unerbittlich, gequälte Quäler, so ungemütlich anzuschauen wie sie selbst.«

12 *La Muerte.* – Im Original lautet die Stufenfolge der weiblich definierten Schlimmheit: Schwägerin, Stiefmutter, Schwiegermutter. Daher auch die Kapitelüberschrift: »*La suegra de la vida*« – »Die Schwiegermutter des Lebens«, was entsprechend abgeändert wurde.

»Ach je!«, rief der andere unter lautem Lachen, »das waren die von früher. Die sind außer Dienst, alles ist völlig umgestaltet. Jetzt sind wir ihre Leute!«

»Und wer bist du?«, wollte Andrenio wissen.

»Ich bin, ihr werdet's nicht glauben, ein Schlemmerfraß, deswegen auch so rundbäckig.«

»Und der dort?«

»Ein Riesenschmaus. Der zu meiner Linken ist ein Gabelfrühstück, der hinter mir ein Mittagsfestmahl, dahinter die, das ist eine Zwischenjause, und dann kommt das Nachtgelage, das so viele nicht überstanden haben.«

»Und dort der niedliche Galan?«

»Das ist ein französisches Übel.«

»Und die Hübschen dahinter?«

»Sind Nachteulen, oder Nachtbeulen.[13] Und mit den Übrigen steht es nicht anders, denn die meisten der Sterblichen sterben doch jetzt für das, was ihnen den Tod bringt, verzehren sich nach dem, was sie verzehrt. Früher starben die Menschen an einem Groll, einer Verzweiflung, einer Erschöpfung; jetzt sind sie darin viel gewitzter, Kummer und Herzeleid bringen sie nicht mehr um. Wer mag denn glauben, dass diese Hellhäutige dort eine Mandelmilch ist, an der nicht wenige sterben?[14] Überhaupt kann ich dir verraten, dass die wenigsten von den Tötern der DAME TOD ums Leben gebracht werden, sondern dass sie sich selbst darum bringen; sie nehmen es sich mit ihren Händen. Schaut euch doch die Unmäßigkeiten an, mit denen die Jugend sich umbringt: Diese junge Frische hier ist eine Flasche eiskaltes Wasser, die Schönen

13 *»Buhas« bzw. »bubas«:* Anspielung auf das damals verbreitet mit Pusteln auftretende *»mal frances«*, die Syphilis (deren Herkunft, ob aus Frankreich, Neapel, generell Eurasien oder aber Amerika, entgegen einer verbreiteten Meinung nach wie vor ungeklärt ist).

14 *Mandelmilch:* Bittermandel enthält bekanntlich giftige Blausäure (genauer: Amygdalin, das im Magen in Blausäure umgewandelt wird), die jedoch nur in höheren Dosen tödlich wirkt. Freilich wurde dem Gebräu in der Volksphantasie auch fruchtabtreibende Wirkung zugeschrieben, was vielleicht zu exzessiver Einnahme führte und so Graciáns Bemerkung erklären könnte.

dort sind die spanischen Sonnen, die *Serenissime* Italiens, die *Monde Valencias,* die Schmerzen Frankreichs, allesamt artige Leute.«[15]

Unablässig traten weitere Gefährdungen hinzu, ohne dass man recht wusste, woher, jedenfalls von allen Seiten. Darauf Andrenio:

»Mein lieber Rundback, wo, bitte, kommen die alle her?«

»Woher? *Mag der Tod noch ausstehen, die Gebrechen stehen schon an.*[16] Doch gebt Acht, jetzt kommt sie selber, die TODIN, wenn schon nicht in Person, so doch in Schatten und Knochen.«

»Woran zu erkennen?«

»Daran, dass jetzt die Ärzte kommen, welche ihr am nächsten stehen, ihre verlässlichsten Diener, nach denen sie unfehlbar eintritt.«[17]

»Verlass mich noch nicht, lieber Rundback, ich möchte doch meine Neugier noch stillen. Außerdem zittere ich jetzt schon vor ihren bösen Zügen.«

»Dazu musst du wissen: Ihre Züge sind weder böse noch gut, damit sie umso zügiger handeln kann.«[18]

»Mit was für Augen wird sie uns ansehen?«

»Mit gar keinen, ohne Ansehen geht sie vor.«

»Was für ein böses Gesicht wird sie uns machen?«

»Machen wird sie uns gar keines, zermachen wird sie es uns.«

»Sprechen wir leise, dass sie uns nicht hört.«

»Keine Angst, sie hört ohnehin niemanden, ist taub für Gründe und Klagen.«

Schließlich trat sie ein, die gefürchtete Königin, und bot ihren

15 Allegorische Serie von Todesursachen: *»Serenissime«* – »kalter Nachttau« *(serena)* und »Erhabenste« (in Italien großzügig gebrauchte Anrede, im Unterschied zu Spanien, wo sie nur Königskindern zustand); *»quedarse a la luna de Valencia«* – »in seinen Erwartungen enttäuscht werden«; »Schmerzen Frankreichs« – »französische Krankheit«.

16 *»Muerte no venga, que achaque no falta.«*

17 *Ärzte:* Graciáns Invektiven gegen die Ärzte stehen denjenigen Quevedos kaum nach. Vgl. *Der Traum vom Tode (Das Treffen der witzigen Wendungen)* oder auch *Fortuna mit Hirn oder die Stunde aller,* in *Die Träume,* übersetzt vom Wilhelm Muster (1966), S. 121 und S. 212.

18 *»Descarada«: »des-« – »cara«* (»ohne Gesicht«) und *»descarado«* – »unverschämt«.

so seltsamen halbseitigen Anblick: Blumen die eine Seite, Dornen die andere; zarte Haut die eine, Knochen die andere; jene Rosen mit Jasmin, diese trocken und welk. So groß war der Gegensatz, dass in dem Augenblick, wo sie sie sahen, Andrenio ausrief:

»Wie hässlich!«

Und Critilo:

»Wie schön!«

»Ungeheuerlich!«

»Herrlich!«

»In düsterem Schwarz.«

»Nein, in Grün.«

»Rabenmutter muss sie sein.«

»Nein, Anverlobte.«

»Wie abweisend!«

»Wie anziehend!«

»Armselig!«

»Reich!«

»Trübselig!«

»Lachend!«

»Das kommt daher«, legte sich jetzt der Mit(t)gänger ins Mittel, »dass ihr sie von verschiedenen Seiten aus betrachtet, da hat sie verschiedene Gesichter, ruft verschiedene Effekte und Affekte hervor. Jeden Tag geschieht das Gleiche: Dem Reichen erscheint sie unerträglich, dem Armen wird bei ihrem Anblick leichter zumute, für den Guten kommt sie in grüner, für den Bösen in schwarzer Kleidung, dem Mächtigen ist sie trostlos, dem Unglücklichen trostreich. Habt ihr nicht schon einmal die Art Malerei gesehen, die von einer Seite her Engel scheint, von der anderen Dämon?[19] So ist sie, die TODIN. Ihr werdet euch sehr rasch an ihr schlimmes Gesicht gewöhnen, denn auch das Allerschlimmste verliert seinen Schrecken durch Gewöhnung.«

19 Als Mode der »Mehransichtigkeit« (auch Dame/Galan, Dame/Tod, Narziss/sardonisch lachender Greis) dieser in Anamorphosen und Vexierbilder vernarrten Epoche mehrfach bezeugt. Vielleicht von Plinius' Schilderung eines Bildnisses der Diana beeinflusst, »deren Gesicht die Leute beim Eintreten traurig, beim Hinausgehen aber sehr fröhlich fanden« (*Naturgesch.* 36, 13).

»Das wird Jahre dauern«, entgegnete Andrenio.

Nunmehr stieg sie hinauf zu ihrem Skelettenthron, nahm Platz auf einem Rippenstuhl mit beinernen Armlehnen und Kissen aus Hirnschalen, unter einem trüben Baldachin aus drei oder vier Trauertüchern, welche Tränentraufen bildeten und mit Seufzerspitzen besetzt waren. Und so triumphierte sie über Souveränität und Schönheit, Tapferkeit und Reichtum, Klugheit und Ansehen. Sobald sie sich niedergelassen hatte, forderte sie von ihren Ministern die Rechenschaftsberichte an, beginnend mit dem Günstling. Und hatten unsere Pilger sie sich vorher als eine Furie vorgestellt, die Schrecken und Entsetzen verbreitete, so lernten sie sie im Laufe der Sitzung als umgänglich, gefällig, aufgeräumt und geradezu erquickend kennen. Hatten sie erwartet, sie würde bei jedem Wort einen Blitz schleudern, so hörten sie nun sogar den einen oder anderen Scherz. Und statt dass mit jedem Satz ein vergifteter Pfeil abging, verlief die Unterhaltung wohlgelaunt etwa folgendermaßen:

»Tretet näher, KÜMMERNISSE, aber bitte nicht zu nahe, nein: etwas weiter zurück. Lasst hören, wie ergeht es euch beim Torentöten? Und ihr, SORGEN, was macht das Tölpelmorden? Kommt auch dazu, ÄNGSTE, wie läuft es bei euch mit dem Herbeischaffen von Treuherzigen?«

»Sehr schlecht, Herrin«, antwortete man ihr. »Alle sind ja jetzt dahintergekommen, wie man sich bettet, ohne ins Grab zu sinken. Das einfache Dahinsterben ist einfach nicht mehr üblich, alles geschieht mit Schläue und Berechnung.«[20]

»Also dann tretet ab, ihr Dummentöter, und ihr, kommt herzu, die ihr zuständig seid für Verwegene, Tollkühne und Verrückte!«

Augenblicklich trat KRIEG auf mit seinen Begleitern STOSS und STURM.

»Na, mein Freund«, rief sie ihm zu, »wie steht es bei dir? Du löschst mir doch Hunderttausende Franzosen in Spanien und Spanier in Frankreich aus, oder nicht? Wenn man zusammenzählte, wie viel die französischen Gazetten und die spanischen Kampfberichte haben fallen lassen, käme man ohne Zweifel auf zweihun-

20 *»Todo va a la malicia.«*

derttausend Spanier jedes Kriegsjahr und noch einmal so viele Franzosen, denn keiner, der eintrifft, bleibt doch unter Verlusten von zwanzig- oder dreißigtausend Mann.«

»Das sind Fälschungen, Herrin, am Jahresende sind auf beiden Seiten zusammen nicht mehr als achttausend im Kampf gefallen. Die Berichte lügen, die Gazetten noch mehr.«

»Wie das, wo von all denen, die ins Feld ziehen, kaum einer zurückkehrt? Was wird denn aus denen?«

»Was aus denen wird? Die rafft der Hunger dahin, Herrin, Krankheiten, Unbilden, Not, Entbehrung und Elend.«

»Nun, mir ist das einerlei«, rief FRAU TOD. »Am Ende gehen sie doch alle zugrunde, ob vom Kämpfen oder vom Nicht-Kämpfen oder wovon auch immer. Wisst ihr, wie es mir vorkommt? Der Kriegsdienst, das ist wie ein Spielhaus, alles Geld geht darin spurlos verloren, fürs Prellen und Zinken, für Fusel und Funzel. Das war mir ein guter Fürst, ein wahrer Freund des Hauses, der zwanzigtausend Spanier in einem festen Platz zusammenpferchte und sie alle durch Hunger umkommen ließ, ohne dass sie die Hand ans Schwert legen durften! Hätten sie es nur getan, die Franzosen hätten sich das Blankziehen sparen können! Den Spaniern fehlten doch nur entschlossene Führer, nicht sturmbereite Soldaten.[21] Und erst jener andere, der eine noch größere Zahl im Angesicht des Feindes hat umkommen lassen, alles durch Hunger und schlechte Führung![22] Jetzt geh mir aus den Augen, mach, dass du fortkommst, KRIEG, du bist missraten und missbraucht, denn ein Heer, das nicht kämpft, ist kein Heer.«

»Aber ich, Herrin, ich töte und zerstöre und vernichte in diesen Zeiten alle Welt.«

»Wer bist du denn?«

»Ach, du willst mich nicht kennen! Damit kannst du mir nicht kommen, ich stand schon mehrfach hoch in deiner Gunst.«

21 Gemeint ist sicher die Belagerung von Lérida durch den Fürsten von Condé (1646/47).

22 Hier kommen mehrere langwierige Belagerungen in Betracht, vor allem aber die von Barcelona 1641 (vgl. S. 406, Anm. 10).

»Ich komme nicht darauf.«

»Ich bin die PEST, ich brause durch die Lande und fege alles leer, durch ganz Europa rase ich, verschone auch nicht das gedeihliche Spanien, das darniederliegt unter Krieg und Unglück, denn ein Übel will zum andern. Ist übrigens noch immer nicht genug Strafe für seinen Hochmut.«

Augenblicklich sprang ein Trupp von Aufdringlichen vor und rief:

»Was sagst du, was maßt du dir an? Weißt du nicht, dass diese Ernte uns zu verdanken ist?«

»Wer seid denn ihr?«

»Wer? Die Ansteckungen.«

»Aber worin unterscheidet ihr euch von den Seuchen?«

»Wieso, worin? Das sollen die Mediziner sagen; sonst kann das auch mein Gefährte hier klären, der ist von schlichterem Verstand.«

»Soviel weiß ich, dass, während sich die Ärzte in ihrer Ignoranz noch streiten, ob es nun Pest oder Ansteckung sei, schon eine halbe Stadt umgekommen ist; und am Ende läuft ihr ganzer Disput darauf hinaus, dass das, was man zu Anfang gläubig oder ungläubig für Ansteckung hielt, wenn es an die Kostennoten geht, sehr wohl amtlich bestätigte Seuche ist und vor allem unheilbare Geldbeutelpestilenz. Einerlei, ob Seuchen oder Ansteckungen, die so etwas wären wie deren Kupplerinnen: Verschwindet, ihr! Ihr macht nichts richtig und vollständig, ihr gebt euch nur mit den Unglücklichen und Hilflosen ab, an die Reichen und Mächtigen kommt ihr nicht heran, denn die entwischen euch auf den Flügeln der drei ›l‹: *luego, lejos, largo tiempo.* Soll heißen: schnell fliehen, so weit es nur geht und erst nach langer Zeit zurückkehren. Und deswegen seid ihr nichts als Armeschluckervertilger und Großkopfverschoner, keine treuen Diener der göttlichen Gerechtigkeit.«[23]

23 Die Unterscheidung zwischen »Seuchen« *(»pestes«)* und »Ansteckungen« *(»contagios«)* war wohl rein akademisch. Zum Begriff *Contagio* vgl. das Vorwort von G. Wöhrle zu Girolamo Fracastoro, *Lehrgedicht über die Syphilis* (von 1520), 1993.

»Ich doch, Herrin, denn ich bin der Quälgeist der Reichen, bin die, die den Mächtigen nichts schenkt.«

»Und wer bist du, die so aussieht, als sei sie die *Phönix* unter den Plagen?«

»Ich, ich bin die GICHT, und ich schenke nicht nur den Reichen nichts, sondern verbeiße mich auch in Fürsten und höchste Monarchen.«

»Landpartie!«, spottete FRAU TOD. »Nicht nur nimmst du ihnen nicht das Leben, sondern verlängerst es ihnen womöglich noch um zwanzig oder dreißig Jahre, wenn du einmal eingesetzt hast.[24] Und man sieht ja, dass alle Welt es sich dank dir bequem macht, du lieferst den schönsten Vorwand fürs Nichtstun und dienst als Kupplerin für Müßiggang und Faulheit. Allen kund und zu wissen: Ich werde schlechte Diener entlassen und sie überall da als unnütz und entbehrlich einsparen, wo Ärzte am Werk sind. Ich fange an bei dieser großen Faulpelzin, der QUARTANA, die nie ein Totenglöckchen zum Läuten bringt und nur dazu gut ist, die Menschen zu Weichlingen zu machen, die Weißweinpreise sinken und die Rebhuhnpreise steigen zu lassen. Schaut euch doch diese Heuchlermiene an: Sie isst gut und trinkt noch besser, und ohne mir irgendwelche Dienste zu leisten, verlangt sie Lohn und Extravergütungen. Heda, ihr meine tapferen Vollstrecker, wohin wollt ihr? Brustenge, Scharlachfieber, Harnverhaltung, lauft schnell und macht ein Ende mit diesen Dukatenprotzen, mit diesen Machtinhabern, die glauben, sie könnten sich lustig machen über Seuchen, lachen über Gicht, grinsen über Quartanfieber und Migräne!«

Die aber weigerten sich, den Befehl auszuführen, und bewegten sich nicht von der Stelle.

24 *Gicht:* Ob dem Verfasser das Thema aus eigener Anschauung bekannt war, wissen wir nicht. Mit Gewissheit aber kannte er Lukians Spottdrama *Tragopodagra,* in der zu Beginn der »Podagrist« sagt (in Wielands Übersetzung): »O du den Menschen und den Göttern selbst / verhasster Name, Podagra, wehvolle Tochter / des Kozytus«, und später die Göttin Podagra: »Wem auf dem ganzen weiten Erdenrunde / bin ich, die unbezwingbare Beherrscherin / der Schmerzen, unbekannt?« (Lukian, *Sämtliche Werke,* Darmstadt 1971, Bd. V, S. 421 und 428).

»Was soll das?«, rief die TODIN. »Ihr habt wohl Angst vor dem Unternehmen? Seit wann denn das?«

»Herrin«, erwiderten sie, »befiehl uns lieber, hundert arme Schlucker umzubringen als einen Reichen, lieber zweihundert Darbende als einen, der prosperiert, schon gar nicht einen wie Prospero Colonna.[25] Denn, abgesehen davon, dass an seinesgleichen sehr schwer heranzukommen ist, wir würden uns den Hass aller anderen zuziehen.«

»Dass ich nicht lache!«, rief diese Herrin. »So steht es also mit uns? Wenn wir darauf Rücksicht nehmen, gelten wir bald gar nichts mehr. Dazu will ich euch jetzt ein Exempel erzählen, und so lange soll den Sterblichen Aufschub gewährt sein; es gibt doch keine wirksamere Unterbrechung der Pein, die ich bringe, als ein Weilchen Vergessen, während das Gedenken an den Tod sonst das ganze Leben vergällt.[26] Ihr müsst nämlich wissen, als ich in diese Welt kam (geraume Zeit ist es her, mein Noviziat), bereitete mir, ich muss es zugeben, das Töten, auch wenn es mit Amtsstab und gleichsam als Bevollmächtigte Gottes geschah, doch einigen Schrecken, und anfänglich überlegte ich und zögerte, ob ich den einen nehmen sollte oder nicht lieber einen andern, ob den Reichen, den Mächtigen, ob die Schöne und nicht lieber die Hässliche, ob den feschen jungen Mann und nicht lieber den Greis. Am Ende aber rang ich mich durch, mit Qual im Herzen, auch wenn es immer heißt, ich hätte weder Herz noch Gemüt und sei so hart – was Wunder übrigens, wo ich doch nur Knochen bin? Ich beschloss, mit einem stattlichen, wohlgestalten Burschen anzufangen, einem von

25 *Prospero Colonna:* sehr erfolgreicher Condottiere aus dem römischen Adelsgeschlecht der Colonna, kämpfte zuerst auf französischer, dann auf spanischer Seite; gest. 1523.

26 Erzählen als Hinhalten: lässt an Scheherazade denken. – *Exempel* als eine im Rahmen der Predigt oder zur Verdeutlichung einer Lehre häufig genutzte Kurzerzählung war dem Prediger Gracián geläufig. Die *Exempla*-Literatur geht zurück auf Valerius Maximus (1. Jh. n. Chr.) und ist im Mittelalter besonders verbreitet. Sie mündet in die Novelle und ins Geistliche Schauspiel. Spanische Sammlungen waren die *Disciplina clericalis* des Petrus Alfonsí (um 1110) und der *Libro de los enjiemplos del Conde Lucanor* von Don Juan Manuel (1335). Mit der Ursprungsfabel der *Frau Tod* führt Gracián sie hier auf einen einsamen Höhepunkt.

denen, die sich gerne eins lachen, wenn sie von meinen Geschossen hören. Mir schien, der würde in der Welt und bei sich zu Hause nicht so sehr vermisst werden wie ein ausgewachsener Mann mit Aufgaben und Verantwortung. Ich legte meinen Bogen auf ihn an (der Gebrauch der Sense war mir damals noch unbekannt[27]) und ich gestehe, mir zitterte der Arm, ich weiß nicht, wie ich zielen konnte, doch am Ende lag er hingestreckt am Boden. Im gleichen Augenblick aber erhob sich von allen Seiten ein Geschrei gegen mich: ›Die Grausame, die Barbarische! Schaut, wen sie hingemordet hat: einen Jüngling, den hübschesten von allen, wollte eben zu leben beginnen, in der schönsten Blüte der Jahre! So etwas von Heimtücke! Wie viel Hoffnung hat sie zunichte gemacht, wie viel Schönheit hat sie zerstört! Hätte sie nicht warten können, bis die Frucht vom Baum fiel, statt sie dermaßen zur Unzeit zu pflücken? Ach, er kam nicht dazu, seine Jugend zu genießen!‹ Die Eltern beweinten ihn, die Freunde klagten um ihn, die Mädchen verzehrten sich vor Kummer, eine ganze Stadt war in Trauer versetzt. Und ich war tatsächlich betroffen von dem Vorfall und bereute meine Tat. Ein paar Tage lang wagte ich nicht mehr zu töten oder mich auch nur zu zeigen. Doch es war nun einmal aus mit ihm für hundert und ein Jahr.[28] Ich versuchte es nun mit einem anderen Kurs und legte den Bogen auf einen uralten Mann an. ›Also diesen kann ich doch wohl‹, sagte ich zu mir, ›diesem wird doch keiner nachweinen, bei dem werden sie sogar froh sein.‹ Schließlich war er ihnen arg lästig geworden mit seinem Gezänk und seiner Besserwisserei. Auch ihm selbst dachte ich einen Gefallen zu tun, denn er siechte nur noch dahin: Wenn Sterben für die Jungen Schiffbruch ist – die Alten landen damit im Hafen. Mein Pfeil brachte ihm einen Katarrh, der ihn binnen zwei Tagen dahinraffte. Als ich aber nun dachte, für dies Tun würde mich niemand verurteilen, man mir vielmehr Beifall und Dank spenden, geschah wieder das genaue

27 *Mors* benutzte, ebenso wie *Amor*, Pfeil und Bogen (jener Pfeile aus Knochen, dieser vergoldete Pfeile; vgl. Alciatis Bogentausch-Emblem in S. 51, Anm. 5). Zur Sense (oder Sichel) als dem Attribut von Kronos/Chronos, Saturn und Tod vgl. E. Panofsky, *Studien zur Ikonologie der Renaissance,* 1997, S. 109 f.

28 *Für hundert und ein Jahr:* Vertragsformel, »für alle Zeit«.

Gegenteil, alle verübelten es mir in höchstem Maße, schmähten mich, und hatten sie mich vorher grausam gescholten, so war ich jetzt die Törichte, weil ich jemanden getötet hatte, der für das Gemeinwesen noch so wichtig war. ›Diese Alten im weißen Haar‹, so hieß es nun, ›sind die Ehre der Gemeinde und unterstützen sie mit ihrem Rat. Jetzt hätte er zu leben beginnen sollen, ein rechtschaffener Mann, verantwortungsbewusst und lebenserfahren. Diese Altersgebeugten sind die Stützen des öffentlichen Wohls.‹ Ich wurde, als ich das hörte, ganz verzagt und wusste nicht mehr, wen ich in Zukunft holen sollte. Einen Jüngeren? Das war schlimm ausgegangen. Einen Älteren? Noch schlimmer. Erneut ging ich mit mir zu Rate und fasste den Entschluss, eine Weibsperson aufs Korn zu nehmen, jung und reizend. ›Diesmal werde ich aber richtig gezielt haben‹, sagte ich zu mir, ›darüber kann mir keiner gram sein‹, war dies doch jemand recht Eingebildetes, die ihren Eltern ständig schlaflose Nächte bereitete und anderen Eltern Verdruss, denn sie verdrehte den jungen Männern den Kopf (so verdreht sie auch schon waren) und versetzte alle Einwohner in Unruhe; ihretwegen blitzten die Messer, ihretwegen gab es nächtens Gelärm,[29] wurden die Nachbarn aus dem Schlaf gerissen, wenn sie scheinbar verängstigt nach der Polizei rief. Für sie musste es doch eine Gunst sein, was ich vorhatte, wohingegen es üble Rache gewesen wäre, sie alt und hässlich werden zu lassen. So verpasste ich ihr schließlich die Pocken, und noch Diphtherie dazu, dass sie binnen vier Tagen dahinschied. Diesmal aber war der Aufruhr allgemein, diesmal verschwor sich alle Welt gegen mein Schießen. Keiner war mehr, der nicht aufbegehrt hätte, ob Groß, ob Klein, und hundertfach überhäufte man mich mit Flüchen. ›Was der einfällt!‹, riefen alle. ›So etwas von Torheit! Da gibt es im ganzen Dorf nur eine einzige Schönheit, und gerade die muss sie holen! Hundert Hässliche hätte sie nehmen können, und wir wären geschmeichelt gewesen!‹ Am meisten Zorn und Wehgeschrei kam von den Eltern. Die beweinten sie Tag und Nacht und jammerten: ›Die allerbeste Tochter, unser Lieblingskind, und allseits so gern gesehen, und fast verlobt

29 *Gelärm:* Von den Serenaden oder Schlimmerem.

war sie auch schon! Hätte die Gemeine sich doch die Einäugige geholt, die Lahme, die Bucklige, aber die halten ja ewig, wie gesprungenes Geschirr!‹ Die Liebhaber waren so wütend, sie wären über mich hergefallen, wenn sie gekonnt hätten. ›So etwas von Grausamkeit! Dass nicht einmal die zwei Sonnenhälften ihrer Augen sie besänftigen konnten oder die zwei Blumenmonde ihrer Wangen sie milder zu stimmen vermochten, jener Morgenglanz der Perlen ihres Mundes, noch jene Mutter der Sonnen ihrer Stirn, im Strahlenkranze ihrer Locken![30] Neid muss es gewesen sein, oder Tyrannei.‹ Diesmal war ich wie betäubt, ich wollte den Bogen in tausend Stücke zerbrechen. Doch ich konnte ja nicht von meiner Aufgabe lassen. Die Menschen mussten leben, und ich hatte zu töten. Ich änderte erneut mein Vorgehen und nahm mich einer Hässlichen an. ›Jetzt wollen wir doch sehen‹, sagte ich bei mir, ›jetzt müssen sie doch still und zufrieden sein.‹ Aber weit gefehlt! Es kam noch schlimmer, denn diesmal riefen sie: ›So etwas Ruchloses! Wie kann man so gemein sein! War es nicht genug, dass die Natur sie so benachteiligte, musste sie auch noch vom Unglück verfolgt sein? Soll doch keiner mehr vom Glück der Hässlichen reden!‹[31] Die Eltern jammerten: ›Unsere innig Geliebte, der gute Geist des Hauses! Alle diese niedlichen Frätzchen wollen sich doch ständig nur putzen, im Spiegel begucken und bewundern lassen!‹ ›Sie war so mitfühlend‹, klagten die jungen Burschen, ›so verständnisvoll!‹ Ich versichere euch, ich wusste nun nicht mehr, was ich tun sollte. Ich tötete einen armen Schlucker, denn mir schien, ich könnte ihm eine Gunst erweisen, er führte ja ein elendes Leben. Vergebens, alle waren mehr denn je gegen mich. ›Hätte sie einen Geldsack getötet, so einen, der genug hatte vom Prassen, das wäre angegangen; aber einen armen Teufel, der nie gute Tage erlebt hat, das ist doch herzlos!‹ ›Nun seid nur ruhig‹, sagte ich dagegen. ›Ich will mich ja bessern. In kürzester Frist soll ein Mächti-

30 Natürlich Parodie auf verschlissene Liebesformeln (die sämtlich mit dem *erklärenden Genitiv* gebaut sind).

31 Sprichwort: »*Ventura de fea la bonita la desea.*« – »Glück der Hässlichen, die Hübsche begehrt's.«

ger sterben.‹ Und so tat ich. Aber es war, als hätte ich damit die ganze Welt gegen mich aufgebracht, denn der Dahingegangene hatte zahllose Verwandte, Freunde, Diener und Abhängige. Ich tötete einen Weisen, und ich hielt mein letztes Stündlein für gekommen, so sehr wurde ich mit Schmähreden und Satiren überhäuft. Daraufhin brachte ich einen ausgemachten Dummkopf zur Strecke, und es erging mir noch schlimmer, denn dieser hatte eine Menge Gleichgesinnter, die mir übel mitspielten. ›Meine Herrschaften, wie lange soll das noch so weitergehen?‹, rief ich. ›Was soll ich denn tun? Wen soll ich denn töten?‹ Ich beschloss nun, mich über die Todesschüsse mit eben denen zu beraten, denen sie gelten sollten, damit sie selbst das Wie und das Wann bestimmen könnten. Doch damit scheiterte ich noch ärger. Keiner wollte sich darauf einlassen, keiner sich bequemen, Art oder Tag zu nennen. Für Vergnügen und Zeitvertreib – ja; fürs Sterben – keinesfalls. ›Lass mich erst diese Angelegenheiten zu Ende bringen,‹ sagten sie alle, ›ich bin im Moment zu beschäftigt.‹ Oder: ›Ach, das ist gar nicht die Zeit: Ich will doch meine Kinder versorgen, mein Haus in Ordnung bringen.‹ So fand niemand den rechten Zeitpunkt, nicht jung, nicht alt, nicht reich, nicht arm, ja selbst ein hinfälliger Greis, den ich fragte, ob es denn wohl Zeit sei, erwiderte mir, nein, vielleicht ein Jahr später. Beim nächsten war es nicht anders, denn es mag einer noch so alt sein, keiner ist da, der nicht dächte, er könne eigentlich noch ein Jahr leben.[32] Als ich sah, dass ich auch damit nicht zum Ziel kam, verfiel ich auf einen anderen Ausweg, nämlich nur diejenigen zu töten, die sich nach mir sehnten und mich riefen, damit ich einen Vertrauensvorschuss bekäme und sie sich etwas darauf zugute tun könnten. Doch gab es keinen, der auf so etwas gekommen wäre. Einer nur war da, der ließ gleich drei oder vier Mal nach mir rufen. Ich ließ mich absichtlich länger bitten, um zu sehen, ob Nichterfüllung sein Begehren steigern würde, und als ich mich schließlich hinbegab, musste ich hören, wie er zu mir sagte: ›Es war nicht meinetwegen, es war um meiner Frau wil-

32 Cicero: »*Nemo enim est tam senex, qui se annum non putet vivere.*« (*De senectute*, VII, 24).

len.‹ Als diese das hörte, rief sie wutentbrannt: ›Ich habe doch wohl selber einen Mund, um nach ihr zu rufen, wenn es später mal Not tut! Was hat der sich denn da einzumischen? Ach, ach, der fürsorgliche Gatte!‹ Niemand schickte eben nach mir um seiner selbst willen, immer nur um anderer willen: Schwiegertöchter der Schwiegermütter wegen, Frauen ihrer Männer wegen, Erben der Eigentümer wegen, Bewerber der Amtsinhaber wegen, und alle führten sie mich prächtig an, schickten mich hin und her, und nie wurde größere Plage schlechter belohnt. Als die Verwicklung mit den Sterblichen derart vertrackt geworden war und ich mich schlechterdings nicht mit ihnen verständigen konnte – denn wie ich's auch anstellte, immer war es falsch –, da rief ich ihnen zu: ›Verwünschtes Geschlecht! Werdet euch doch endlich einmal einig, wen ich töten soll! Ihr seid nun einmal sterblich, und ich bin die Töterin. Ich habe meine Pflicht, und die muss ich erfüllen.‹ Doch als ich schließlich einsehen musste, dass es keinen Ausweg gab und wir uns nicht einigen konnten, da warf ich den Bogen weg und griff nach der Sense, schloss die Augen, packte fest zu und mähte unterschiedslos ab, Grünes wie Dürres, Rohes wie Reifes, Blüte wie Frucht, Glattes wie Raues, Rüben wie Kraut, Rosen wie Ginster, was immer gerade kam. ›Jetzt wollen wir doch sehen, ob ihr zufrieden seid!‹ Mit dieser Methode fuhr ich gut, denn kleiner Schrecken macht ängstlich, großer Schrecken macht sanft. Dabei bin ich geblieben, so werde ich's weiterhin halten, jetzt sollen sie sagen, was sie wollen, sollen murren, so viel sie wollen, büßen müssen sie es allemal: Sie reden, ich handle. Und auch ihr sollt es mir so halten.«

Zur Bestätigung dessen rief sie einen ihrer grimmigen Helfer zu sich und erteilte ihm eine knappe Weisung zur Ausweisung: Er solle gehen und einen Mächtigen töten, der keinerlei Rücksicht kannte. Der Büttel wurde darüber verlegen und wollte sich sperren.

»Wovor hast du Angst?«, fragte sie ihn. »Scheust du vielleicht den Zusammenstoß mit ihm?«

»Nein, Herrin, aber dergleichen Leuten geht es den ersten Tag schlecht, den zweiten besser, am dritten war es gar nichts, und am vierten sterben sie dann plötzlich.«

»Also was? Ist dir bange vor den vielen Arzneien, die man ihm verabreichen wird?«

»Das nicht so sehr, die helfen uns ja eher. Bevor die erste wirken kann, wird sie schon von der zweiten vertrieben, weil der Patient ungebärdig ist und mit dem Kopf durch die Wand will.«

»Fürchtest du vielleicht die vielen Fürbitten, die man für ihn bestellen wird?«

»Auch nicht, der Himmel lässt sich dadurch kaum verpflichten. Und selbst wenn sie sich manchmal in geweihtem Gewand bestatten lassen – der Teufel erkennt sie trotzdem.«

»Woher dann deine Bedenken? Wegen des Hasses, den du dir zuziehst, weil er so viel Haus und Gesinde hat?«

»Das wäre das Geringste. Im Gegenteil: Kein Schuss kommt besser an als einer, der solche trifft, denn im Hause der Welt sind sie die Schweine, und am Tage, an dem sie getötet werden, sind sie es, die grunzen und kreischen, die andern lachen und freuen sich. An diesem Tag fällt für alle etwas ab, die Verwandten erben, der Küster streicht ein, und nicht nur die Glockenseile, der Krämer setzt Trauerstoff ab, der Schneider macht seinen Schnitt, die Lakaien ziehen ab, die Schuldner werden befriedigt, die Bettler kriegen Almosen. Alles weint Krokodilstränen und lacht sich ins Fäustchen.«

»Fürchtest du, in Verruf zu kommen?«

»Bestimmt nicht, die Leute nehmen eher noch für uns Partei und erklären: Er hat sich zu Tode gebracht, er hat die Schuld. Unmäßig war er, nicht nur als Gesunder, auch als Kranker. Als er hohes Fieber hatte, hat er sich hundert Mal am Tag den Mund gespült und jedesmal den Becher gewechselt; zwölf Betten hatte er im Schlafzimmer, eins neben dem andern, und in jedem hat er sich hin- und hergewälzt und das Rad auf- und wieder zugeschlagen. Sie leben schnell, diese Leute, und so sind sie bald am Ende.«

»Nun sag schon, was sind deine Bedenken?«

»Ich will es dir sagen. Ich habe deswegen Bedenken, Herrin«, und hier wurde er ausgesprochen betrübt, hatte schier Tränen in den Augen, »weil wir mit all unserem Töten mehr Verheerung als Nutzen stiften, die Sterblichen bessern sich ja doch nicht und lassen nicht von ihren Lastern. Die Erfahrung zeigt vielmehr, dass es nach einer großen Pest und schon währenddessen noch mehr Sündhaftigkeit gibt als vorher. Ich kam in eine Stadt voller Straßendirnen, und für eine, die umgekommen war, traten fünf oder sechs neue auf. Da töten wir, was wir können, und von denen, die übrig bleiben, will auch nicht einer etwas daraus lernen. Stirbt ein Jüngerer, so sagen die Älteren: ›Das war ein Liederjahn.‹ Die verlassen sich auf ihre Robustheit und rennen gegen alles an, da braucht man sich nicht zu wundern. ›Wir, wir leben ja weiter‹, sagen sie, ›wir schonen uns und fallen irgendwann vom Baum, da ist noch viel Zeit.‹ Deswegen sterben auch viel mehr junge Leute als alte. ›Hauptsache, man hat die Dreißig geschafft, danach hält der Mensch ewig.‹ Stirbt umgekehrt ein Alter, so sagen die Jungen: ›Was war von dem schon anderes zu erwarten? Er kann doch zufrieden sein; so geht es allen. Dass es überhaupt so lange gegangen ist!‹ Stirbt ein Reicher, tröstet sich der Arme: ›Das sind eben Vielfraße, die mästen sich, bis sie platzen, sie bewegen sich nicht, sie verdauen nicht, sie scheiden die üblen Säfte nicht aus, sie arbeiten nicht, sie schwitzen nicht wie unsereins.‹ Stirbt aber ein Armer, sagt sich der Reiche: ›Diese Hungerleider ernähren sich eben so schlecht, laufen zerlumpt herum, schlafen auf der harten Erde. Wen wundert's also? Sie stecken sich ja ständig an, und Medizin kennen sie gar nicht.‹ Stirbt ein Begüterter, hatte er zu viel um die Ohren; stirbt ein Fürst, war's sicher Gift; beim Gelehrten lag es an der Kopfarbeit, beim Advokaten am vielen Plädieren. Ein Student? Hat eindeutig zu viel studiert, hätte er doch ein wenig mehr das Leben genossen und etwas weniger gebüffelt! Ein Soldat? Ja, der hatte doch sicher sein Leben *aufs Spiel* gesetzt – und es dabei eben verwürfelt! Stirbt ein Gesunder, heißt es, er hat sich zu sehr auf seine Gesundheit verlassen; stirbt ein Kranker, war das ohnehin schon angesagt. Kurz: Jeder ist überzeugt, was die andern unter die Erde gebracht hat, kann für ihn nicht gelten. Die richtigen Schlüsse will keiner ziehen.«[33]

33 Stilistisch ausgefeilter Abschnitt aus einer Fastenpredigt von Hernando de Santiago aus dem Jahre 1597, den Gracián bereits in *Agudeza* 27 anführt, dort lediglich als Beispiel für *»crisis irrisorias«* – »lächerliche Urteile«.

»Dagegen gibt es ein gutes Mittel«, erwiderte DAME TOD, »und das ist, immer paarweise töten, Junge und Alte, Reiche und Arme, Gesunde und Kranke, damit der Reiche, wenn er sieht, dass nicht nur die Armen sterben, der Junge, dass nicht nur die Alten gehen müssen, alle in sich gehen und jeder Furcht bekommt. Dann werfen sie nicht mehr den toten Hund vor Nachbars Haustür und berufen sich nicht mehr auf die vorgehende Uhr, wie der Kapaunenschlemmer beim Nachtessen vor dem Fasten. Deswegen mache ich tüchtige Sprünge von der Hütte ins Schloss und von der Kate zum Burgfried.«[34]

»Herrin, ich weiß nicht, was ich tun soll«, ließ sich da ein fratzengesichtiger Diener vernehmen. »Ich weiß einfach nicht, wie ich gegen einen gewissen Jemand vorgehen soll, dem ich seit Jahren schon auf den Fersen bin, um ihn zur Strecke zu bringen, und er ist unverwüstlich.«

»Willst du damit sagen, er ist nicht totzukriegen?«

»Nichts verschlägt bei ihm, kein Kummer, kein Unglück, keine Hiobsbotschaften, nicht die herbsten Verluste, Tod der Kinder oder Verwandten – nach wie vor quicklebendig!«

»Ist es ein Italiener? Das allein würde genügen: Die können leben.«

»Nein, Herrin, wenn es das wäre, würde ich mich nicht anstrengen.«

»Ist es ein Tölpel? Solche bringen einen ja eher um, als dass sie selbst umkommen.«

»Ich glaube nicht, denn wer leben kann, kann eigentlich viel. Dieser ist überhaupt nur auf eines aus: Genießen. Kein Fest, bei dem er nicht mitmachte, kein *paseo,* auf dem man ihn nicht träfe, kein Theater, das er versäumte, kein Grün, auf dem er sich nicht tummelte, kein schöner Tag, an dem er sich nicht freute. Wie sollte das ein Schwachkopf sein?«

34 Horaz: »*Pallida mors aequo pulsat pede pauperum tabernas, / regumque turres*« – »Mit gleichem Fuß betritt der bleiche Tod die Hütten der Armen und die Burgen der Könige« (*Oden*, I, IV, 13–14); in *Agudeza* 48 noch als Beispiel für geistreiche Synekdoche angeführt.

»Sei er, was er wolle«, beschied die TODIN, »das Beste ist, ihm einen Arzt zu schicken, oder gleich mehrere, um ganz sicherzugehen. Gebt acht, ihr meine Minister«, rief sie, »verwendet keine Mühe darauf, die Gesunden und Kräftigen zu töten, die Trefflichen, denn diese täuscht ihr eigenes Selbstvertrauen. Richtet all euer Augenmerk auf die Schwächlichen, die Kränklichen, die Morschen, die Weicheieresser. Die bilden die Hauptaufgabe, denn die verschwinden jeden Tag und werden jeden Tag wieder neu. Und deswegen müsst ihr mit ansehen, wie in der gleichen Zeit, in der sie um einen abnehmen, hundert der Stärksten abtreten und schier keiner mehr übrig bleibt.«

Sie wollte zwei Sbirren losschicken, den ÜBERFRESSER für einen Armen, den FASTER für einen Reichen. Beide antworteten, das sei doch verkehrt aufgezäumt.

»Ach, ihr versteht ja nichts!«, rief sie. »Habt ihr nicht gehört, wenn ein Armer krank wird, wie dann alle sagen, das komme vom Hunger, und ihm etwas zu Essen schicken, ja ihn mästen, bis er vor Überladung stirbt? Und umgekehrt beim Reichen, da komme alles Übel von der Völlerei, und ihm das Essen entziehen, bis er vor Hunger stirbt?«

Von verschiedenen Seiten trafen nun Diener der grimmen Königin ein, und sie fragte sie:

»Wo wart ihr tätig, woher kommt ihr?«

Daraufhin antworteten die WETTERSTÜRZE, aus Rom; die LETHARGIEN, aus Spanien; die SCHLAGFLÜSSE, aus Deutschland; die DYSENTERIEN, aus Frankreich; die BRUSTENGEN, aus England; die KATARRHE, aus Schweden; die SEUCHEN, aus Konstantinopel, und die RÄUDEN, aus Pamplona.[35]

»Und auf der Pestinsel, wer ist dort gewesen?«

»Dort ist es so schlimm, dass wir alle geflohen sind. Sie soll übrigens nicht so sehr der Übel wegen so heißen, die dort verbreitet sind, als wegen der Bewohner.«[36]

35 *Räuden:* wohl eher im übertragenen Sinne von »Knauserigkeit«.
36 *Pestinsel:* Sardinien, das seit dem Altertum in schlechtestem Ruf stand. Die Zeugnisse reichen von Cicero und Martial bis zu Botero und Cervantes (übergehen allerdings bessere Perioden).

»Also geht ihr jetzt alle zusammen und lasst mir keinen am Leben, weder Bewohner noch Verbannte.«

»Auch keine Prälaten?«

»Erst recht nicht. Sie haben ja nicht das Vulgärmittel.«[37] –

Solches also sahen und hörten unsere Pilger mit an, nicht etwa im Traum oder in der Phantasie, sondern wirklich und wahrhaftig, ihrer selbst vergessend, als die TODIN nunmehr einer ALTERSSCHWÄCHE winkte und zu ihr sagte:

»Begib dich dort hinüber, geh ohne Umschweife auf sie zu – bei Alten tun wir es ja Auge in Auge, bei Jüngeren gewiss aus dem Hinterhalt – und mach nun ein Ende mit diesen beiden Lebenswanderern und ihrer Reise, sie langweilen und verdrießen inzwischen alle Welt. Sie waren nach Rom gekommen auf der Suche nach dem GLÜCK, aber vorfinden sollten sie dort nur das ELEND.«

»Hier kommen wir um, dagegen gibt es kein Mittel«, wollte Andrenio flüstern, doch die Stimme gefror ihm in der Kehle, die Tränen an den Wimpern, und er umklammerte heftig den Reiseführer.

»Sei unverzagt«, sagte dieser zu ihm, »und noch mehr, wenn die höchste Bedrängnis da ist, denn es wird doch ein Mittel geben.«

»Aber welches denn«, erwiderte er, »wo es doch heißt, gegen alles außer dem Tod?«

»Wer das gesagt hat, der irrte. Es gibt dennoch eins, ich weiß es, und jetzt soll es sich zeigen.«

»Was mag das aber sein?«, fragte Critilo dringlich. »Was ist das Mittel? Etwa, wenig taugen, zu gar nichts nutze gewesen sein in der Welt, nur das Unkraut, das nicht verdirbt? Oder die Ungeduld der Erben, die unser Ableben nicht erwarten können? Oder vielleicht, dass wir den Tod gerade ersehnen, weil er Erlösung bringt? Oder alles verwünschen und verfluchen? Oder einfach unglücklich sind?«

»Nichts, nichts von all dem.«

37 *Vulgärmittel:* Die Ausrede, sie seien zu beschäftigt.

»Aber was dann?«

»Ein Mittel zum Nicht-Sterben.«

»Ich komme um vor Neugier!«

»Nur gemach! Das Sterben pflegt bei alten Leuten nicht so plötzlich zu geschehen.«

Dieses einzige Mittel, hoch gelobt und heiß begehrt, soll Gegenstand unserer letzten Krisis sein.

Zwölfte Krisis

Die Insel der Unsterblichkeit

Ein verständlicher Irrtum, ein bedenkenswerter Fehlspruch war jene oft erwähnte Klage des König Xerxes, dem, als er von einer Anhöhe aus seine unermesslichen Heerscharen überschaute, die einen Strom leeren und eine Ebene füllen konnten, statt der Freude die Tränen im Gesicht standen. Verwundert über solch ungewöhnliches Gefühl suchten seine Gefolgsleute den Grund zu erfragen, und der war in der Tat so tief verborgen wie ungeahnt. Vom Schluchzen erstickt war die Stimme des Königs, als er ihnen erwiderte: »Ich muss weinen, weil ich heute so viele sehe, die ich morgen nicht mehr zu sehen bekomme, denn wie der Wind meine Seufzer davonträgt, so wird er ihren Lebensatem verwehen. Mir steht vor Augen, wie in wenigen Jahren alles, was heute die Erde bedeckt, von ihr bedeckt sein wird.« Kenner und Liebhaber guter Aussprüche schätzen dieses Dictum.[1] Ich aber lache über seine Klage, denn ich würde ihn gerne einmal fragen, den großen Monarchen Asiens:[2] »Sire, hieße dies nicht, dass diese Leute alle unbedeutender Pöbel wären? Sind sie nämlich famos, so sterben sie nie; sind sie aber gewöhnlich, sollen sie doch ruhig sterben!« Die großen Menschen verewigen sich im Gedächtnis der Nachwelt, doch die gewöhnlichen, die ja schon unter der Geringschätzung der Mitwelt zu ersticken drohen, werden unter der Nichtachtung kommender Geschlechter zwiefach begraben. Unvergänglich sind nur die Helden, unsterblich nur die Herausragenden. –

1 In der Tat eine berühmte Anekdote aus Herodot (VII, 45–46): Xerxes mit seinem Onkel Artabanos, im Jahre 480, am Hellespont. Xerxes' Klage freilich lautet dort: »Keiner wird in hundert Jahren mehr leben.« In Aischylos' *Persern* findet sie sich nicht, dafür bei Seneca, *Über die Kürze des Lebens* (XVI).

2 *Ich:* eine der ganz wenigen Stellen, an denen der Autor in der ersten Person spricht.

»Dies ist das einzig wirksame Mittel gegen den Tod«, so setzte Critilo und Andrenio nun ihr Reiseführer auseinander, der seinerseits sich vom Gewöhnlichen abhob, denn er alterte nicht mehr, auch mit den Jahren war sein Gesicht nicht von den Runzeln des Vergessens durchzogen oder sein Haupt nicht ins Leichentuch des Grauhaars gehüllt: ein Anwärter auf Unsterblichkeit.[3] »Kommt mit mir«, sprach er weiter, »denn heute will ich euch aus dem Haus des Todes in den Palast des Lebens führen, aus der Region der schweigenden Schrecken in die Region des rühmenden Rufs. Sagt mir, habt ihr niemals von der berühmten Insel gehört, auf der keiner, der sie einmal betreten hat, mehr sterben kann? Viel gepriesen ist sie wahrhaftig und vor allem stark begehrt.«

»Ich habe schon hin und wieder davon gehört«, erwiderte Critilo, »doch stets als von etwas weit jenseits Gelegenem, dort unten bei den Antipoden: Die Ferne fördert ja die Fabel, oder, wie die Großmütter sagten: Lange Wege, kurze Lügen.[4] Deswegen hielt ich das auch immer für ein Ammenmärchen, das man schlichteren Gemütern überlassen sollte.«

»Ach, ihr meint, im Sinne des *ben trovato!*«, gab der Peregrino zurück. »Es gibt sie aber, die Insel der Unsterblichkeit, ganz gewiss und ganz nah, denn nichts ist unmittelbarer dem Sterben benachbart als Unsterblichkeit: Vom einen gleitet man ins andere hinüber. Daher ist denn auch zu beobachten, dass kein Mensch, so weit er auch die andern überragen mag, zu seinen Lebzeiten beachtet wird; weder Tizian in der Malerei, noch Buonarroti in der Bildhauerei, noch Góngora in der Poesie, noch Quevedo in der Prosa.[5] Niemand tritt hervor, bevor er nicht abtritt; vor dem Fall kein Beifall. Was für die anderen Tod, ist für die Herausragenden denn auch Leben. Ich versichere euch, ich habe sie gesehen, die Insel, ich habe sie begangen, habe mich oft und oft an ihr er-

3 *Anwärter auf Unsterblichkeit:* erneut eine Formel Góngoras.

4 Die Großmütter sagten: *Lange Wege, lange Lügen.* So bei Santillana (vgl. S. 757, Anm. 46), Nr. 185.

5 Auf keinen der vier Genannten trifft diese Behauptung zu, doch geht es ja hier um den Leitgedanken: *Mein Ende ist mein Anfang.*

freut, es ist sogar meine Aufgabe, die berühmten Männer dorthin zu führen.«[6]

»Langsam«, sagte Andrenio, »lass mich einen solchen Glücksgedanken erst ein Weilchen genießen! Es gibt wahrhaftig eine Insel auf der Welt, und noch dazu so nah, und wenn man die betritt, dann Tod ade?«

»Ich sage dir, du wirst es erleben.«

»Langsam, und es herrscht dort nicht einmal die Furcht vor dem Sterben, die doch noch schlimmer ist als der Tod selbst?«[7]

»Nicht einmal die.«

»Und man altert auch nicht weiter, wie es die Narzisse am meisten fürchten?«

»Gar nicht, nichts von all dem.«

»Und die Menschen werden nicht kindisch und faselig und verfallen auch in kein affiges Gehabe, was einen doch so unangenehm berührt, wenn sie vorher besonnen waren?«

»Überhaupt nicht. Dergleichen ist dort unbekannt. *Oh, la bella cosa!* Wer dorthin gelangt, ich sage es dir, für den bleiben sie draußen, die grauen Haare. Kein Husten, keine Hühneraugen, und Buckel ade! Da wirst du straff, bekommst Glanz und Farbe, verjüngst dich und wirst wieder zwanzig, nein, besser: dreißig.«

»Na, da kenne ich aber einen, der gäbe manches dafür, wenn er es auch so halten könnte. Ach, wenn man doch hier schon dort wäre, so ohne Fußwärmer, Muff und Krückstock! Eine Frage übrigens: Gibt es dort Uhren?«

»Ganz gewiss nicht. Uhren sind nicht nötig, für die Personen gehen die Tage nicht vorüber.«

»Oh, das ist ja vorzüglich! Schon allein deshalb wird es sich dort leben lassen. Ich muss dir sagen, mich zermürbt jede Viertel-

6 *Führen:* Dieser Führer, eine Variante des Seelengeleiters Hermes, ist der letzte in der Reihe der Führer, die C & A begleitet haben, von Chiron über Proteus, Janus, Argos, Kekrops, den Geflügelten, den »Vernunfteten«, den Extremen, Lucindo usw., und die jeweils mit einem Merkmal bereits die allegorische Gestalt verkörperten, zu der sie hinführten (vgl. S. 89, Anm. 3).

7 Lat. Sentenz: *»Timor mortis morte pejor«* – »Furcht vor dem Tod, schlimmer als der Tod«.

stunde, jede Minute bringt mich um. Herrlich, so in einem Stück zu leben, ohne Stundenschlag zu hören, wie wenn man mit Wechseln spielt und gar nicht merkt, was man verliert. Wie abwegig, Uhren auf der Brust zu tragen, die einem das Leben verkürzen und beständig an den Tod erinnern! Aber, lieber Unsterblicher, sag mir noch etwas: Wird denn auf dieser Insel nicht gegessen, nicht getrunken? Ohne Trinken kann man doch nicht einmal hinken, ohne Essen sich mit niemandem messen. Was soll das für ein Leben sein? Hier haben wir ja eingesehen, dass die weise Natur aus den Lebensmitteln selber Leben gemacht hat: Essen ist leben, und es ist genießen. Gerade das zum Leben Notwendigste hat sie mithin auch am schmackhaftesten und begehrenswertesten gemacht.«

»Also über das Essen«, wandte der Unsterbliche ein, »wäre manches zu sagen.«

»Und zu denken«, fügte Critilo hinzu.[8]

»Es heißt ja, die Heroen ernährten sich von Phönixleber, die Unerschrockenen, Leute wie Pablos de Parada und Borro, von Löwenmark.[9] Die aber am meisten davon verstehen, versichern einem, sie begnügten sich, wie die Menschen vom Berg Amanos,[10] mit Wind: mit dem Lüftchen des Beifalls, mit dem Atem des Ruhms, wenn sie etwa sagen hören: ›Einmalig, ein Schwert wie Don Juan de Austria; einen Degen wie Caracena, den gibt's nicht noch einmal; Oñate, das ist ein Kopf; was der Santillán doch für einen Schnabel hat!‹[11] Solche Anerkennung lässt ihr Herz höher schlagen, Reden wie diese: ›Ein wirklich bedeutender Vizekönig, der Herzog von Monte León! Einen besseren hatten wir nie![12] Nie sah man einen besseren Botschafter in Rom als den Grafen von Siruela, nie eine bessere Robe als Luis de Ejea, keine Bischofs-

8 *»Pensar«:* »denken« und »den Tieren Futter vorwerfen«.

9 *Pablos de Parada:* vgl. Präliminarien I, Anm. 5, und II, 3, Anm. 27. – *Alessandro del Borro:* vgl. S. 268, Anm. 46.

10 *Amanos:* Berg in Syrien, bei Plinius erwähnt (*Naturgesch.* 12, 125).

11 *Don Juan de Austria:* vgl. S. 277, Anm. 2. – *Caracena:* vgl. S. 413, Anm. 32. – *Oñate:* vgl. S. 114, Anm. 6. – *Alonso de Santillán:* Hofprediger Philipps III.

12 *Monte León:* Héctor Pignatelli, Herzog von Monteleón, Vizekönig von Aragón von 1652 bis 1659.

mütze kam Santos von Siguenza gleich und drei Barette wie die drei Brüder, der Dekan von Siguenza, der Erzpriester von Valpuesta und der Erzdechant von Zaragoza, finden sich gleich gar nicht!‹[13] Solch rühmendes Erwähnen lässt graues Haar und Falten verschwinden und sichert Unvergänglichkeit. Viel gilt, wenn allgemein gesagt wird: ›Was für ein bedeutender Minister ist doch der Oberpräsident! Und erst der Großinquisitor! Einmalig, eine Tiara wie Alexander Maximus, der zwiefach Heilige![14] Ja, und es gibt auch kein zweites Zepter wie…!‹«[15]

»Einen Augenblick!«, fiel jetzt Critilo ein. »Ich hätte aber nicht gerne, dass es sich mit dieser Unvergänglichkeit so verhielte wie mit jenem Mann, der das Geheimnis des unzerbrechlichen Glases kannte und von dem es hieß, irgendein Herrscher habe ihn selber in Stücke springen lassen, damit Gold und Silber nicht ihren Wert einbüßten.[16] So sagten auch die Indios zu den Spaniern: ›Wo ihr doch in eurer Welt drüben das Glas habt, was kommt ihr da und sucht nach Gold in unserer? Ihr habt Kristalle, warum legt ihr

13 *Graf von Siruela:* Botschafter in Rom 1644–1645 (vgl. S. 829, Anm. 8). – *Luis de Ejea:* Regent von Aragón von 1652 bis 1660 (vgl. S. 279, Anm. 7). – *Urritigoyti:* zu den drei Brüdern vgl. S. 591, Anm. 3.

14 *Oberpräsident:* Premierminister Luis Méndez de Haro, dem Gracián das *Handorakel* widmet (vgl. S. 107, Anm. 40). – *Großinquisitor:* war von 1643 bis 1665 Diego Arce y Reinoso. – *Papst Alexander VII.:* vgl. S. 854, Anm. 13 (zwischen Alexander und Arce herrschten starke Spannungen, die u. a. auf Exorzismusvorgänge in dem Madrider Kloster San Placido zurückgingen, das Gerónimo de Villanueva, Protonotar für Aragón, gegründet hatte. Arce hatte sein Bischofsamt in Plasencia niederlegen müssen. Die Affäre zog sich über viele Jahre hin).

15 *…:* Der letzte und höchste in der Hierarchie kann nur König Philipp IV. sein. Gracián formuliert im *Criticón* nur ein einziges Mal Herrscherlob für ihn (S. 769, bei Anm. 4), und zwar nur für seinen Glaubenseifer, nicht für seine Leistungen als Monarch (ihn als Kunstförderer zu loben, konnte er sich nicht entschließen). So sind die Auslassungspunkte wohl als Ausdruck seiner Vorbehalte gegenüber diesem Herrscher zu verstehen. – Zu dem bisweilen sehr heftigen Machtkonflikt zwischen Papst, König und Inquisitor vgl. H. Ch. Lea, *Geschichte der spanischen Inquisition,* Bd. I, Leipzig 1911, S. 438 f.

16 *Glas:* eine Anekdote nach Plinius (*Naturgesch.* 36, 195), aus der Zeit von Kaiser Tiberius, nacherzählt im *Tesoro de la lengua castellana* von Covarrubias (1611), Art. »*Vidrio*«.

Wert auf Metalle?‹[17] Was hätten sie erst gesagt, wenn es sich als unzerbrechlich erwiesen hätte? Mir will scheinen, es muss genauso schwierig sein, Haltbarkeit für das zerbrechliche Leben zu erzielen wie für das spröde Glas; für mich ist es ein und dasselbe: ein Knacks, und aus ist es mit Glas wie Mensch!«

»Auf, folgt mir!«, ermunterte sie nun ihr wundertätiger Führer. »Noch heute sollt ihr über den großen Platz, das Amphitheater der Unvergänglichkeit gehen.«

Durch einen geheimen Stollen, den direkten Übergang vom Tod zur Ewigkeit, vom Vergessen zum Nachruhm, führte er sie nun ans Licht hinaus. Dabei kamen sie vorbei am Tempel der ARBEIT, und er sagte zu ihnen:

»Lasst den Mut nicht sinken, damit sind wir schon ganz nah am Tempel der FAMA.«[18]

Schließlich brachte er sie ans Gestade eines Meeres, das war so sonderbar, dass sie glaubten, sie kämen zum Hafen, wenn schon nicht von Hostia, so doch eines Opfers des Todes,[19] und umso mehr, als sie der Wasser ansichtig wurden, die derart schwarz und düster waren, dass sie fragten, ob dies vielleicht das Meer sei, in das Lethe, der Strom des Vergessens, einfloss.

»Keineswegs«, erwiderte er ihnen, »das ist nicht der Golf des Vergessens, sondern im Gegenteil der Golf des Gedenkens, und zwar des immerwährenden. Seid euch dessen bewusst: Hier treffen die Ströme ein, die vom Helikon herabrinnen, die Schweißströme, und vornehmlich die wohlriechenden, etwa von Alexander und an-

17 *Metalle:* bei Giovanni Botero, *Detti,* fol. 60.

18 *Tempel der* ARBEIT*:* ein Ort, an dem die Wanderer tatsächlich nur »vorbeikommen«! Die Frage der Arbeit wird hier eher unvermittelt aufgerufen. Trotz der häufigen Verdammung des lasterhaften MÜSSIGGANGS waren C & A damit nie direkt konfrontiert (lediglich die schriftstellerische Arbeit, das »Versengen der Brauen an der Nachtlampe«, war mehrfach genannt worden, aber weder C noch A haben je eine Zeile geschrieben), anders als etwa in der hundert Jahre zurückliegenden allegorisch-didaktischen Erzählung von Luis Mexías, *Apólogo de la Ociosidad y del Trabajo* (1546), in der eine *Ocía* als Verkörperung des Müßiggangs und ein *Labricio* als Protagonist der Arbeit auftritt, dessen Vorfahre bezeichnenderweise Herkules ist (vgl. dazu Chr. Strosetzki, *Literatur als Beruf,* 1987).

19 *Hostia:* Ostia (Hafen bei Rom) und »Hostie« im Sinne von »Opfertier«.

deren herausragenden Männern, die Tränen der Heliaden, die Tauperlen Dianas und das Nass ihrer schönen Nymphen.«[20]

»Wie kommt es, dass sie so schwarz sind?«

»Das ist das Beste an ihnen, denn die Schwärze rührt von dem kostbaren Saft her, in den die berühmten Schriftsteller ihre Federn tauchen. Hier, heißt es, habe Homer die Feder genetzt, um Achilleus zu besingen, Vergil, um Augustus, Plinius, um Trajan, Tacitus, um die beiden Neros, Curtius, um Alexander, Xenophon, um Kyros, Commynes, um den großen Karl von Burgund, Pierre Matthieu, um Heinrich den Vierten, Fuenmayor, um Pius den Fünften, und Julius Cäsar, um sich selbst zu verherrlichen – allesamt hoch geachtete Autoren der FAMA.[21] Und so wirksam ist diese Flüssigkeit, dass ein einziger Tropfen hinreicht, um einen Menschen unsterblich zu machen, hat doch ein einziger Federzug in Martials Versen Partenius und Licianus (andere lesen Liñano) zu verewigen vermocht, während das Andenken an andere Zeitgenossen erloschen ist, da der Dichter ihrer nicht gedachte.[22] Inmitten dieses unermesslichen Meeres der FAMA liegt die berühmte INSEL DER UNSTERBLICHKEIT, glücklicher Aufenthaltsort der Heroen, gelobter Wohnsitz der überragenden Männer.«[23]

»So sag uns, wie gelangt man zu ihr hinüber?«

»Das will ich euch sagen: Die Adler fliegend, die Schwäne glei-

20 *Alexander:* Bei Plutarch steht zu lesen, von Alexanders Körper sei stets ein angenehmer Geruch ausgegangen. – *Heliaden:* einer Fabel Hygins zufolge die drei Töchter des Helios. Aus Trauer über den Tod ihres Bruders Phaeton wurden sie am Ufer des Po zu Pappeln und ihre Tränen zu Bernstein.

21 *Die beiden Neros:* Tiberius und Nero. – *Commynes:* vgl. S. 391, Anm. 51. – *Matthieu:* vgl. S. 264, Anm. 38. – *Fuenmayor:* vgl. S. 392, Anm. 53.

22 *Licianus:* vgl. S. 827, Anm. 3. – *Liñano:* Pedro Liñán de Riaza, Epigrammatiker (gest. 1607), von dem Gracián in *Agudeza* 29 sagt, er stamme aus Bilbilis, wie Martial und wie er selbst (er stammt jedoch aus Toledo).

23 Nach Zauberinsel, Liebesinsel, Insulutopia, Eremiteninsel und anderen eine – auch innerhalb der Barockdichtung – eigenständige Variante des Inselmotivs. Entfernte Ähnlichkeit besteht zu keltischen Toteninseln oder der Wunderinsel Perdita aus der *Navigatio Sancti Brandani* (10. Jh.). Vielleicht kann man einen Gegenentwurf zu der – sehr einflussreichen – *Hypnerotomachia Poliphili* (»Liebestraumkampf« von 1499, Verfasser wahrscheinlich Francesco Colonna) annehmen, in der Poliphilus am Ende seine Polia auf der Venusinsel findet.

tend, die Phönixe in einem Schwung, die Übrigen rudernd und schwitzend, so wie wir gleich jetzt.«

Unverzüglich mietete er eine Schaluppe an, die war aus unverderblichem Zedernholz, mit sinnreichen Aufschriften besetzt, mit Illuminationen in Gold und Zinnober und mit Emblemen und Impresen aus Giovio, Saavedra, Alciati und Solórzano;[24] und der Schiffseigner sagte, sie sei aus Tafeln verfertigt, die manchem Buch als Deckel gedient hätten, das sei ihre Kennung und ihr Schutzstern;[25] die goldenen Ruder schienen Federn und die Segel Leinwände von Timanthes und Velázquez.[26] Nun legten sie ab auf jener Milchsee der Beredsamkeit: kristallen der Schliff des Stils, ambrosisch das Aroma des Gedankens, balsamisch der Duft der Gesinnung. Herrlich hörte man den Gesang der Schwäne, denn in der Tat singen sie auf dem Parnass; sicher nisteten die Halkyonen der Historie und rings um das Fahrzeug sprangen sehr menschenartig die Delphine. Sie verloren Land und gewannen Sterne, sämtlich günstige, hatten den Wind im Rücken, denn ständig stärker schwoll das Tosen der Preis- und Jubelrufe an. Und damit die Fahrt auch

24 *Embleme:* Die Hochschätzung der Emblematik und Impresistik teilt Gracián mit seiner gesamten Epoche. Es gab weit über 600 Emblembücher (Henkel/Schöne berücksichtigen 41 davon). – Paolo Giovio (so die ansprechende Konjektur Romera-Navarros zu einer zweifelhaften Textstelle; vgl. S. 264, Anm. 37), *Dialogo dell'imprese militari et amorose,* 1556 (die Erklärung für *impresa* als *Motto für ein kriegerisches »Unternehmen«* liefert Emanuele Tesauro in seiner Barockästhetik *Das aristotelische Fernrohr* von 1655, ed. A. Buck, S. 626). – Diego Saavedra Fajardo (1584–1648), *Idea de un príncipe político-cristiano* (in hundert *empresas,* was dort etwas Ähnliches meint wie Emblem: Motto und Bild und Text, nur dass Letzterer sehr viel länger ist als beim Emblem), München 1640, bedeutender Traktat über die Kunst des Regierens; Saavedra nahm später in diplomatischer Mission am Kongress von Münster und Osnabrück teil. – Andrea Alciati (1492–1550), *Emblemata,* Augsburg 1531, verbreitetste Sammlung, von Gracián, wie mehrfach erwähnt, als Inspirationsquelle herangezogen. – Juan de Solórzano Pereira (1575–1653), *Emblemata Centum Regio Politica,* 1651. – Ludwig Pfandl nennt die 300 Sentenzen von Graciáns *Handorakel* »Embleme ohne Illustrationen«.

25 *Tafeln: »tabla«* – »Planke« und »Inhaltsverzeichnis«.

26 *Timanthes:* griechischer Maler, Zeitgenosse von Zeuxis, um 400 v. Chr., von Plinius erwähnt (*Naturgesch.* 35, 72 f.). – *Velázquez* (1599–1660): In *El Héroe* VII spricht Gracián von einem *»galante pintor«* (einem »tüchtigen Maler«), mit dem vermutlich Velázquez gemeint ist.

in jeder Beziehung genussreich würde, unterhielt der Unsterbliche sie mit der Würze seines Wissens, gibt es doch hier und heute keine anregendere und ergiebigere Zeit als ein Stückchen *bel parlar* zwischen dreien oder vieren. Das Ohr ergötzt sich an lieblicher Musik, die Augen an schönen Dingen, die Nase am Blumenduft, der Gaumen am Schmaus, doch der Geist an gebildetem, klugem Gespräch zwischen drei oder vier verständigen Freunden, nicht mehr, denn mehr bringt Gewirr und Geschwätz. So ist denn die angenehme Unterhaltung Festmahl für den Geist, Labung für die Seele, Erquickung fürs Herz, Gewinn fürs Wissen, Belebung für die Freundschaft und höchste Betätigung des Menschen.

»Ihr müsst wissen, meine Kandidaten der FAMA, ihr Anwärter auf Unsterblichkeit«, so sprach er weiter, »dass der Mensch es nachgerade mit einem bestimmten Vogel aufnehmen will. Nicht dass er wirklich mit ihm wetteifern könnte, aber neidisch auf ihn ist er allemal. Ihr werdet aber nicht so schnell herausfinden, welcher das ist.«

»Sollte das nicht vielleicht der Adler sein, mit seinem Scharfblick und hoheitsvollen Flug?«

»Nein, gewiss nicht, denn der stößt aus seiner Sonnenhöhe oft nur auf elendes Gewürm herab und verschleißt dabei seine Größe.«

»Dann ist es sicher der Pfau, wegen der Wachsamkeit seiner Augen bei so viel stolzer Schönheit?«[27]

»Ebenso wenig. Das hat schlechten Nachgeschmack.«

»Und der Schwan, wegen des *cándido,* der Weiße, und des *canoro,* des Wohllauts?«[28]

»Erst recht nicht. Es war doch ziemlich töricht, ein Leben lang zu schweigen.«

27 *Pfau:* Im Spanischen wird das »Auge« des Pfauen nicht mit dem volkssprachlichen Wort für »Auge« *(ojo)* bezeichnet, sondern mit dem gelehrten Wort *»ocelo«* (»Ozelle«, in der Fachsprache der Zoologie). Die »wachsamen Augen« des Pfauen sind bei Gracián also durchaus ein originelles *concepto.*

28 Wie zu Beginn von Krisis I, 1. Dergleichen Wiederholungen rechtfertigen sich, nach Tacitus' Vorbild, als Ausgleich für die oft extreme Verkürzung des Ausdrucks. *Redundantia* ist erlaubt als Ausgleich für *concisio.*

»Und der Reiher, seiner stolzen Haltung wegen?«

»Keinesfalls. Ist zwar erhaben, aber auch überheblich.«

»Dann kann es doch nur noch der Phönix sein, weil so einzigartig in allem.«

»Nimmermehr! Erstens ist es höchst zweifelhaft, ob es das gibt, Phönix; und wenn, könnte es gar nicht glücklich sein, denn es fehlte ihm das Genoss: Ist es weiblich, hat es kein Männchen; ist es männlich, kein Weibchen.«[29]

»Dann bleib uns gestohlen mit deinem Vogel! Welcher kann es denn noch sein, wo gar keiner mehr übrig bleibt, den man beneiden könnte?«

»Doch, doch, es bleibt noch einer.«

»Wer's glaubt!«

»Dann muss ich es euch wohl sagen: Es bleibt noch der Rabe.«

»Der Rabe?«, fuhr Andrenio auf. »Fehlgriff! Geschmacksverirrung!«

»Nein. Richtig und nochmals richtig.«

»Aber was soll denn an ihm sein? Er ist schwarz, hässlich, krächzt, schmeckt nicht, ist zu nichts nütze. Was ist an ihm beneidenswert?«

»Oh, ein bestimmter Zug, der alles andere aufwiegt.«

»Welcher denn? Ich komme nicht darauf.«

»Ist das etwa ein Pappenstiel, dreihundert Jahre und mehr zu leben?«

»Gewiss, ganz ohne ist das nicht.«

»Was heißt, ganz ohne? Das ist doch viel, das kannst du doch nicht bestreiten.«[30]

»Sehr wahrscheinlich kommt das daher«, schaltete sich jetzt Critilo ein, »dass er Unheil bringt. Alles Schlimme hat ja zähes Leben. Üble Blüten verwelken nicht,[31] alles Unselige währt ewig.«

29 *»Fénix«* konnte im Spanischen weiblich oder männlich sein.

30 *Rabe:* Plinius (*Naturgesch.* 7, 153) überliefert Hesiod: neunmal so lang wie der Mensch lebt die Krähe, viermal so lang wie die Krähe der Hirsch, dreimal so lang wie der Hirsch der Rabe.

31 *»Azar«* bzw. *»azahar«:* »Zufall«, »Unglücksfall«, »Schicksalsschlag« und »Orangenblüte«. Ebenfalls wiederholt.

»Wie dem auch sei, er jedenfalls schaffte mehr als Adler oder Schwan.«

›Kann das denn sein‹, haderte der Mensch, ›dass solch ein erbärmlicher Vogel mehrere Jahrhunderte leben darf und auch der mutigste Mann, die anmutigste Frau nicht eines vollenden, oft nicht den Dritteil davon, dass Menschleben so knapp mit Tagen und so reich mit Nöten bestückt ist?‹ Er vermochte nicht, wie es sich für einen einsichtigen Menschen gehörte, sein Ungemach in seinem Innern zu behalten, sondern tat es auf recht ungebildete Art nach außen kund, beklagte sich sogar beim Erhabenen Schöpfer. Der vernahm das grundlose Lamento, hörte die weitschweifigen Beschwerden an und gab ihm zur Antwort: ›Woher willst du wissen, dass ich dir kein längeres Leben als dem Raben, der Eiche und der Palme zugebilligt habe? So lerne doch endlich dein Glück erkennen und deine Besserstellung schätzen! Begreife doch, dass es in deiner Hand liegt, ewig zu leben! Bemühe dich selbst um Ansehen, indem du unerschrocken tätig bist, arbeite selbst daran, dich auszuzeichnen, sei es in den Waffen, in den Wissenschaften oder im Regieren. Und was noch über alldem steht: Sei hervorragend in der Tugend. Sei heroisch, und du wirst ewig währen, lebe für die FAMA, und du wirst über den Tod hinaus bleiben. Gib nichts, gar nichts auf dieses materielle Leben, bei dem die Tiere es dir zuvortun; leg allen Wert auf das Leben der Ehre und des Nachruhms. Und nimm diese Wahrheit in dich auf, dass Herausragende niemals sterben.‹[32]

Bald schon zeichneten sich, in schimmernden Glanz getaucht, die Umrisse zahlreicher wundersamer Bauten ab, bei deren Anblick Andrenio laut ausrief:

»Tierra! Tierra!«

Und der Unsterbliche:

»Himmel! Himmel!«[33]

32 Dieser Apolog steht im Text für sich. Es ist anzunehmen, dass Gracián ihn dem Führer in den Mund legen wollte und nur eine entsprechende Verknüpfung versäumte.

33 *Tierra:* »Land« und »Erde«. – In spanischen Ohren gewann das *»Tierra, tierra!«*, das am Morgen des 12. Oktober 1492 vor den Bahamas ertönte, natürlich leicht

»Das müssen wohl«, meinte Critilo, »die Obelisken Korinths sein, das römische Kolosseum, die Türme Babylons und die Paläste Persiens.«

»Müssen sie nicht«, entgegnete der Unsterbliche. »Das barbarische Memphis kann vielmehr seine Pyramiden verstecken und Babylon sich nicht mehr mit seinen Zinnen brüsten, denn dies hier geht weit über all das hinaus.«

Als sie nahe genug waren, um genauer unterscheiden zu können, erkannten sie, dass die Bauten aus ganz schlichtem, gewöhnlichem Material bestanden, kunstlos und unharmonisch gefügt, ohne Sims und Stuck, so dass Andrenios Entzücken sich schon in Ärger verwandeln wollte:

»Aber das ist ja alles ganz kümmerlich und schäbig! Das passt doch überhaupt nicht zu einem solchen Ort!«

»Und doch musst du dir klar machen«, erwiderte der Unsterbliche, »dass dies die berühmtesten Bauten der Welt sind. Was verschlägt es, ob die Materie gewöhnlich ist, wenn das Geistige ungewöhnlich und kostbar ist?[34] Diese hier sind zu allen Zeiten verehrungswürdig gewesen und stehen auf guten Grundlagen, denn die Amphitheater und Kolosseen sind längst eingestürzt, sie aber dauern fort bis in alle Ewigkeit.«

»Aber dieses wackelige Gemäuer dort ist doch ganz schrecklich anzuschauen!«

»Es ist berühmter und auch ansehnlicher als die prächtigsten Fassaden der stolzesten Paläste: Dies sind nämlich die Zinnen von Tarifa, von denen Pérez de Guzmán den Dolch hinabwarf.«

»Und es gilt festzuhalten«, ergänzte Critilo, »dass dieser Guzman *der Gute* zu Zeiten König Sanchos des Vierten lebte.«[35]

einen metaphysischen Beiklang. Für Andrenios Lebensbogen verbindet sich dieses »Land! Land!« mit der Entdeckung des Meeres zu Beginn seines irdischen Daseins, wie sich die Insel der Unsterblichkeit mit seiner Geburtsinsel Sankt Helena zu einer Kreisform des Erzählens verbindet.

34 *Das Geistige: »lo formal«.*

35 *Alonso Pérez de Guzmán,* Graf von Niebla (1256–1309): von Sancho IV. zum Statthalter von Tarifa ernannt. Von den belagernden Mauren damit bedroht, sie würden seinen in ihrer Gewalt befindlichen Sohn umbringen, wenn er die Stadt

»Neben diesem Gemäuer, und auf gleicher Höhe mit ihm, tritt ein anderes hervor. Dort hatte eine nicht weniger tapfere Matrone das Banner zum glorreichen Sieg erhoben, indem sie ihre Röcke hob, was bei einer Frau, die mit ansehen musste, wie ihr Sohn umgebracht wurde, ein Akt von einzigartiger Seelenstärke war.«[36]

»Was ist das für eine Höhle, die man dort sieht, auch wenn sie ganz im Dunkeln liegt?«

»Nicht im Dunkeln, vielmehr glänzend berühmt: die viel genannte *Cueva Donga* des unsterblichen Infanten Don Pelayo, welche höhere Verehrung genoss als die goldstrotzenden Schlösser vieler seiner Vorgänger und auch Nachfolger.«[37]

»Die geschleiften Befestigungen dort drüben, was wäre daran bewundernswert?«

»Das solltet ihr den Grafen von Harcourt fragen, der sich gut daran erinnern dürfte, hat er doch dort den Ruf des Unbezwinglichen an den Herzog von Infantado verloren, der damit bewies, dass er Nachkomme des Cid war und Erbe seiner Tapferkeit.[38] Durch diese drei Breschen wurden Entsatztruppen nach Valen-

nicht übergebe, warf er ihnen seinen Dolch von der Mauer zu. Damit ging er in die Heldenromanzen ein und wurde Spaniens Wilhelm Tell: »... denn lieber ist mir Ehre ohne Sohn als Sohn mit befleckter Ehre.« – Die Betonung von Guzmán *el Bueno* ist eine Spitze gegen den Guzmán der Gegenwart: Herzog Guzmán de Olivares.

36 *Tapfere Matrone:* Caterina Sforza (1463–1509), illegitime Tochter von Galeazzo Sforza, Herrscherin von Forlí; von großem Einfluss auf die italienische Politik, berühmt für ihre Willensstärke *(»Femina, quasi virago, crudelissima e di grande animo«)*, aber auch Verfasserin einer bedeutenden Rezeptsammlung, der *Experimenti*. Als etwas wie eine italienische Nationalheldin Gegenstand zahlreicher Legenden. In dem von Cesare Borgia belagerten Forlí habe man ihre gefangenen Kinder vor ihren Augen mit dem Tode bedroht, falls sie die Festung nicht übergäbe. Sie habe oben auf der Zinne ihre Röcke gehoben und den Belagerern zugerufen, sie sei durchaus noch in der Lage, neue Kinder zu bekommen. Machiavelli und Boccalini haben zur Verbreitung der Geschichte beigetragen.

37 *Pelayo:* Westgote, ältester König Asturiens (vgl. S. 782, Anm. 26); sein Sieg über die Muslime bei Covadonga (nahe Oviedo) im Jahre 718 markiert den Beginn der Reconquista. Gracián bezieht seine »Höhle« aus der älteren Namensform *»Cueva de Onga«*.

38 Zum *Grafen von Harcourt* und der Erstürmung von Lérida vgl. S. 9, Anm. 7. – *Herzog von Infantado:* vgl. S. 138, Anm. 3.

ciennes hineingeführt, von den drei Donnerkriegern, den drei Kampfspitzen: dem glücklichen Don Juan de Austria, dem vortrefflichen Condé, dem einzigen Franzosen von Beständigkeit, und von Caracena, dem spanischen Mars.«[39]

»Wieso ragen hier die Pyramiden nicht empor?«, wollte Critilo wissen. »Die Schulmeister und Pedanten haben sie doch so oft gepriesen.«

»Genau aus dem Grund, weil ihre Erbauer keinen Ruhm wegen ihrer Leistungen verdienen, sondern nur süchtig nach Ruhm waren. Man weiß ja auch nicht einmal, wie sie hießen und wer sie waren: Das Gedenken gilt nur noch den Steinen, nicht mehr den Taten.[40] Ebenso wenig findet ihr hier Neros Goldenes Haus oder Heliogabals Palast: Je mehr sie ihre Prunkbauten vergoldeten, desto mehr verkupferten sie ihr Ansehen.«[41]

»Ihr Herren«, sagte Andrenio, »was ist aus den vielen prunkvollen Grabmälern geworden, mit ihren törichten Inschriften, welche nicht, wie mancher Einfältige glaubt, zu den Spaziergängern sprachen, sondern zu den Lebenspilgern?[42] Wo sind sie, da sie nicht erscheinen?«

»Das waren nun einmal tote Werke, aus kaltem Stein errichtet. Man vergeudete riesige Schätze mit Marmorbauten, statt etwas Bedeutsames zu tun. Am Jaspis hätten sie sparen sollen und stattdessen ein paar Händevoll Rechtschaffenes dazutun. Es bleibt ja auch nicht der Herrscher im Gedächtnis, nur seine Maßlosigkeit. Der

39 *Don Juan de Austria:* Widmungsträger des Zweiten Teils, vgl. S. 277, Anm. 2. – *Fürst von Condé* (vgl. S. 124, Anm. 23): kämpfte während der Herrschaft Mazarins auf spanischer Seite (ihn deswegen den »einzigen Franzosen von Beständigkeit« zu nennen, ist nicht frei von Perfidie). – *Caracena:* vgl. Anm. 11.

40 *Pyramiden:* Die Namen der ägyptischen Herrscher, die sich Pyramiden errichten ließen, waren – in ihrer griechischen Form – stets bekannt: Cheops, Chephren, Mykerinos etc.

41 Hoch angereichertes *Concepto: »Pavonaban más sus viles hierros«. »Pavonar«* – »blau anlaufen lassen«, »brünieren« (vom Stahl); dazu *»hierro«* – »Eisen«, »Stahl«. Weiter *»pavonear«* – »sich brüsten (wie ein Pfau)«; dazu *»yerro«* – »Irrtum«, »Vergehen« (wie schon mehrfach).

42 Die Mausoleen an den großen Straßen, deren Inschriften mit einem *»Vale«* endeten.

Betrachter bewundert die Pracht des Steines, nicht die Macht des Geistes, und oftmals fragt er, wer denn wohl darunter liegt, und man kann es ihm nicht sagen, denn man streitet über den Namen des Herrschers. Diese ewige Torheit, der Ruhm nach dem Tode unter Einsatz einer Prunkgrabplatte, wenn da vorher kein Leben war unter Einsatz von Mut und Unerschrockenheit.«

»Was sollen die wackeligen Kastelle dort, so schäbig und baufällig, vom Zahn der Zeit zernagt, nicht wert, neben teurem Porphyr zu stehen?«

»Viel wert, und von höchster Geltung! Schau nur genau hin: In diesem dort, wo das Blut aus den Behängen schwitzt, haben sich die tapfern Kreuzritter Medina, Miranda, Barragán, Sanoguera und Guaral verteidigt, nur wird nie genug davon gesprochen.«[43]

»Dann wäre das also das Santelmo von Malta?«[44]

»Genau dies, und es stellt alle andern Schauplätze der Welt in den Schatten. Alles, was ihr sonst hier noch seht, ließ der unsterbliche Karl der Fünfte errichten zur Verteidigung seiner ausgedehnten Reiche, eine ehrenvolle Aufgabe für sein tausendfältiges Heer; ja selbst für das Lustschloss in Pardo ordnete er eine Burgform an, um auch beim Sportvergnügen nicht Krieg und Tapferkeit zu vergessen.«[45]

Inmitten von Triumphbögen stand etwas zwischen Hütte und Bottich, das sich anscheinend mit ihnen messen wollte.

»Aber das ist doch wieder völlig unangemessen!«, rief Andrenio. »Wie kann denn zwischen so viel Größe und Glanz etwas so Niedriges und Unscheinbares stehen!«

»Da liegst du aber nicht eben sehr richtig«, sagte der Unsterb-

43 *Medina etc.:* Ritter des Malteserordens, ursprünglich Johanniterordens, der, 1530 aus Palästina vertrieben und von Karl V. auf Malta angesiedelt, 1565 eine Belagerung durch die Türken abgewehrt hatte.

44 *Santelmo* (span. San Telmo, ital. Sant'Elmo): die Zitadelle der Burg von Malta. Ihre Rückeroberung durch die Spanier ging in die *Romances* ein.

45 *Pardo:* Karl hatte 1543 in El Pardo (nordwestlich von Madrid) ein bestehendes Jagdschloss abreißen und an derselben Stelle einen wehrhaften Bau aufführen lassen, dessen Vollendung 1558 er jedoch nicht mehr erlebte. – *Sport:* Das Wort *»deporte«* war im Spanischen üblich, lange bevor engl. *sport* sich in den anderen Sprachen des Kontinents verbreitete.

liche. »Das hält den Vergleich aus mit den stolzesten Bauwerken, ja die ragenden Burgen betrachten es als Ehre, neben ihm stehen zu dürfen.«

»Was sagst du da? Es sieht doch aus wie aus Holz.«

»Ist es auch, und unangreifbarer als Zeder, überdauert jede Bronze.«[46]

»Und was stellt es dar?«

»Ein halbes Weinfass.«

Andrenio lachte auf, der Unsterbliche dämpfte ihn mit den Worten:

»Das Lachen wirst du gleich eintauschen gegen Bewunderung, den Spott gegen Verehrung, wenn du erst weißt, dass es die berühmte Wohnung des Diogenes ist, um die ihn selbst Alexander beneidete, der viele Meilen weit angereist war und dann von dem Freund der Weisheit zu hören bekam: ›Geh mir aus der Sonne‹, ohne jede weitere Begrüßung für den Welteneroberer. Dieser jedoch ließ sein Feldherrnzelt neben ihm aufbauen, wie hier zu sehen.«[47]

46 *Bronze:* das horazische *»Exegi monumentum aere perennius«* (*Carmina* III, 30, 1), das ja der ganzen Krisis zugrunde liegt. Der Vorwurf einer »laizistischen« Moral, wie er in dem Pamphlet *Crítica de reflexión* erhoben wurde (vgl. S. 69, Anm. 24), bezog sich naheliegenderweise gerade auch auf diesen Schluss. Hier nur zwei unter zahlreichen zeitgenössischen Zeugnissen für den Gedanken des Nachruhms (er war seit dem Ende von TEIL I vorbereitet; vgl. S. 264, Anm 39): Zu Beginn von Camões' *Lusiaden* (1572) ist die Rede von den Fürsten, die »durch ihre tapferen Taten sich vom Gesetz des Todes befreien«. 1607 schreibt Malherbe in einer Ode an Heinrich IV.: *Par les Muses seulement / L'homme est exempt de la Parque: / Et ce qui porte leur marque / Demeure éternellement.* Vorgeprägt wurde er durch Augustin (*Bekenntnisse* XI, 11), Boethius (*Trost der Philosophie* II, 7, 16), Petrarca (*Triumph der Fama* I, 9). Doch die Umakzentuierung des Ruhms zu einem moralischen Regulativ ist deutlich. Historische Fragen, wie sie Schopenhauer formulierte, »warum der Ruhm bei der Nachwelt meistens durch den Verlust des Beifalls der Mitwelt bezahlt wird« (*Parerga* II, § 297), beschäftigten Gracián noch nicht. Walter Benjamin wird schreiben: »Es ist schwerer, das Gedächtnis der Namenlosen zu ehren als das der Berühmten.« Was hätte er wohl über diesen Satz gedacht? – Vgl. zum Thema auch den schönen Essay von Klaus Thiele-Dohrmann, *Ruhm und Unsterblichkeit. Ein Menschheitstraum von der Antike bis heute.* Weimar 2000. – Abb. 26, S. 921.

47 *Geh mir aus der Sonne:* bei Diogenes Laertius VI, II, 38, Valerius Maximus IV, III und öfter.

Abb. 26: Pietro Testa, gen. Il Lucchesino,
FAMA EMPFÄNGT DIE SCHÖNEN KÜNSTE.
Aquarellierte Federzeichnung, ca. 1638.

»Warum aber nicht seinen Palast«, fragte Andrenio dagegen.

»Weil nicht bekannt ist, dass er einen gehabt hätte oder bauen wollte. Sein Schloss war stets das Feldlager, und seinem großen Sinn genügten keine Paläste, seine Wohnung war die ganze Welt, und noch zum Sterben ließ er sich auf den Großen Platz von Babylon hinaustragen, im Angesicht seiner siegreichen Truppen.«[48]

»Viele Bauwerke vermisse ich hier«, sagte Critilo, »die in der Welt weithin gerühmt wurden.«

»Das rührt daher«, erwiderte der Unsterbliche, »dass ihre Erbauer eben den eigenen Ruhm über den Einsatz für andere stellten. So werdet ihr hier auch vergeblich nach Extravaganzen in Jaspis, Tollheiten in Bronze, Angebereien in Marmor suchen. Sehr viel eher werdet ihr Cäsars Holzbrücke über den Rubikon finden als Trajans Steinbrücke über die Donau.[49] Vergeblich die Mühe, nach hängenden Gärten zu spähen: Hier gelten nur Früchte, keine Blüten.«

»Was sind das für Wrackteile, die dort im Famatempel hängen?«

»Die stammen von den Schiffen, die Tortosa, der Loyalsten der Loyalen, Entsatz bringen wollten. Und jener Ausbund an Tapferkeit, der Herzog von Alburquerque, bezwang sie auf den Meeren Kataloniens: Groß war der Ruhm, größer noch der Einsatz. Deswegen nickt ihm Mars auch bei anderen Kriegstaten zu.«[50]

48 Ein Element der (auch im Mittelalter) reich entwickelten Alexanderlegende.

49 *Holzbrücke:* Sueton (*Divus Julius,* 31) berichtet lediglich von einem »Brückchen« *(ponticulus).* Dass die – sprichwörtlich gewordene – Überschreitung des kleinen Grenzflusses Rubicon (bei Rimini), die einen Bürgerkrieg auslösen sollte, auf einer Holzbrücke geschah, ist natürlich ein stärkerer Kontrast. Die von Trajan zur Erschließung Daciens über die Donau gebaute Steinbrücke bei Drobetae (heute Turnu Severin) soll sein Nachfolger Hadrian aus Neid befohlen haben abzureißen (was nicht geschah).

50 *Famatempel:* Formel aus Góngoras Soledades (»Neptuntempel«, I, 477), auf die *Victoria* bezogen, das Schiff, mit dem Magalhães, und nach dessen Tod Elcano, die erste Erdumsegelung bewältigten. – *Tortosa:* katalanische Stadt in der Ebro-Mündung; hatte sich im Katalonienkrieg auf die Seite Spaniens gestellt; war 1648 von den Franzosen erobert, dann von den Spaniern belagert worden; eine französische Entsatzflotte wurde von spanischer Marine unter dem Herzog von Alburquerque vernichtet. Gracián setzt durch das Zitat das jüngere Ereignis in eine Art figuralen Bezug zum älteren.

Nunmehr hatte sich ihr verlässliches Gefährt so weit der Insel genähert, dass es den unnahbaren Klippen, diesen Atlanten der Sterne, die silbernen Füße küssen konnte.[51] Allenthalben jedoch fand sich nur mit größter Mühe ein Ankerplatz. Dort erlitten denn auch nicht wenige Fahrzeuge, selbst große Karacken, Schiffbruch im Angesicht des Reiches der Unsterblichkeit, zerschellten jämmerlich an diesen unerbittlich harten Felsen, gingen unter, weil sie nicht hervorragten.[52] Und viele, die mit dem günstigem Wind von Fama und Fortuna gesegelt waren, nahmen nach gutem Anfang ein schlechtes Ende und schrammten an das verderbliche Akrokeraunia eines Lasters; andere liefen irgendwann in der Untiefe ihrer anhaltenden Schändlichkeit auf Grund.[53] So widerfuhr es einem englischen Fahrzeug, ja es war sogar das Königsschiff des achten Heinrich, das anfangs im förderlichen Wind der Anerkennung dahinfuhr und sich den Ruhmestitel *Verteidiger der Katholischen Kirche* erwarb, dann aber beim Laster der Unzucht havarierte und mitsamt seinem unglücklichen Reich in der Häresie versank.[54] Es folgten ihm nahezu sämtliche Schiffe seiner Armada, das unglücklichste unter ihnen aber war das von Charles Stuart, an dem sich die Ketzerei in ihrer ganzen Ungeheuerlichkeit zeigte: Er starb blind, und blind schlugen die Seinen ihm den Kopf ab. So blieb denn auch offen, welches die größere Barbarei war: den König in

51 *Silberne Füße:* Matheu y Sanz, der Verfasser der *Crítica de reflexión* (vgl. S. 69, Anm. 24), hat an diesem Satz nicht etwa ein Übermaß an Bildhaftigkeit auszusetzen, sondern – so richtig wie pedantisch – den Widerspruch zwischen dem »silbernen« Schaum der Brandung und der zuvor als schwarze Tinte bezeichneten Farbe des Meeres.

52 *Hervorragten: »perecian porque no parecian«* – »Sie versanken, weil sie nicht Erscheinung traten«. Die schöne Paronomasie ist erkauft durch eine gewisse Zweideutigkeit. Versanken die großen Schiffe, weil sie niemand wahrnahm, oder weil sie nicht wahrgenommen zu werden verdienten? Der Zusammenhang legt Letzteres nahe.

53 *Akrokeraunia:* antiker Name für das gefährliche Kap Glossa in Epirus, an der Straße von Otranto.

54 *Heinrich VIII.:* Gracián folgt hier der *Historia eclesiástica del scisma de Inglaterra* von Pedro de Rivadeneyra (1588). – Leo X. verlieh dem anfangs streng katholischen, mit Katharina von Aragón verheirateten Heinrich VIII. den Titel *Defensor Fidei* für eine gegen Luther gerichtete Schrift.

einem Akt beispielloser Brutalität zu enthaupten oder seinerseits sich nicht wieder zum katholischen Glauben zu bekennen. Er zog die Häresie vor, die ihm so viel Unglück brachte, beide Leben verlor er, beide Zepter verlor er, das zeitliche wie das ewige, und wo es ihm ein Leichtes gewesen wäre, zur Unsterblichkeit zu gelangen, starb er in jeglicher Hinsicht: Die Ketzer brachten ihn zu Tode, und die Katholiken hielten seinen Namen nicht mehr in Ehren.[55] An jener anderen schroffen Klippe zerschellte Nero, der die ersten sechs Jahre seines Imperiums der beste Kaiser gewesen war, die letzten sechs der schlimmste.[56] Hier kam ein weiterer Herrscher ums Leben, der seine Laufbahn mit Mars begann und sich dann bei Venus verlag.[57] Auf diese Weise ist auch mancher bedeutende Autor verkommen, der Werke von bleibendem Wert hervorgebracht hatte, dann aber dem Druckreiz und der Vielschreiberei nicht widerstehen konnte und zunehmend verflachte; anderen wurde von ihren begeisterten Anhängern mit schlecht verdauten Werken aus dem Nachlass oder einfach mit unechten der Ruf geschmälert.[58]

Der kundige Unsterbliche hatte ihre Schwierigkeiten mit dem Anlanden erkannt und lenkte als erfahrener Lotse das Schiff so geschickt an eine bestimmte Stelle, dass sie von dort einen Hafen auszumachen vermochten, obwohl er eher versteckt war. Bald schon konnten sie den Fuß schlechthin auf die Stufen ihres Todes setzen. Doch hierbei begegneten sie dem Haupthindernis für ihren Eintritt, erhob sich doch über der obersten Stufe ein Triumphbogen, ein Wunderwerk der Baukunst, reich verziert mit Inschriften und Emblemen, der zwar einen majestätischen Zugang bildete, diesen jedoch mit mächtigen Bronzetüren verwehrte, die ihrerseits mit

55 Zur Enthauptung Karls I. im Jahre 1649 vgl. S. 336, Anm. 53.

56 *Nero:* dieselbe Stilisierung schon in *El Político.* Neros Herrschaft (die 14 Jahre dauerte) begann in der Tat maßvoll, doch setzte die Reihe seiner Mordtaten bereits im zweiten Regierungsjahr ein.

57 Hannibal oder Marcus Antonius oder ein anderer.

58 *Ruf:* Unter falschen Zuschreibungen hatte vor allem Lope de Vega zu klagen, unter dessen (vermuteten) 1600 Titeln manches Unechte lief. Die »schlecht verdauten« postumen Werke dürften diejenigen Góngoras sein, deren erste Ausgaben nach seinem Tod (1627) zwar von Bewunderern besorgt wurden, jedoch voller Fehler steckten.

Diamantschlössern bewehrt waren, damit niemand nach Gutdünken und wider Gebühr eindringen konnte.[59] Und wie in einer unzugänglichen Festung wurde dort mit argwöhnischer Strenge nach Namen und Rufnamen, vor allem aber nach Ruf und Namen gefragt, und wenn da einige waren, die sich gerne hochmögende Beinamen zulegten oder sich solche andienen ließen, wie ›Großmächtiger‹ oder ›Imperator des Nordens‹ oder ›Fürst zu Wasser und zu Lande‹ oder ähnliche Albernheiten, so war ihnen der Zutritt zur Unsterblichkeitsinsel und die Aufnahme unter ihre heroischen Bewohner damit keineswegs schon gesichert. Zu diesem Zweck stand am Tor ein ebenso zuverlässiger wie unerbittlicher Hüter, der nur öffnete, wenn er jemanden für unsterblichkeitswürdig erachtete, und ohne dessen Zustimmung kein Bewerber Einlass fand. Ergänzt sei, dass Bestechung hier nichts vermochte, was ja recht ungewöhnlich ist. Ihm brauchte man keine Dublone in die Hand zu legen, denn er war in keiner Weise zwiegesichtig.[60] Kein Schmiergeld, keine kleinen Vergünstigungen, die anderswo so viel bewirken, verschlugen bei ihm, er hörte auf keinerlei Empfehlung, nichts ließ sich mit ihm unter der Hand erreichen, denn er hatte keine weiten Ärmel, vielmehr durchschaute er jedermann schon Meilen entfernt, Gezinktes kam bei ihm nicht an. Wie schön wäre so jemand als Minister! Schier glich er dem Vizekanzler von Aragón.[61] Alles musterte und erwog er aufs Genaueste, niemanden ließ er ungeschoren, falsche Rücksichtnahme kannte er nicht, ließ sich weder von großen Herren noch von Fürsten noch von gekrönten Häuptern beeindrucken, auch nicht, was noch mehr gilt, von Günstlingen. Wie zum Beweis langte soeben eine gewichtige Person an, die nicht etwa bat, sondern verlangte, dass man ihr die Tore so weit öffnete, als wäre es für den Grafen von Fuentes.[62] Der

59 Raumallegorien haben ein zäheres Leben als gedacht: Das Wolfsburger »Zeit-Haus« aus dem Jahr 2000 n. Chr. präsentiert dem Besucher »EVOLUTION« und geleitet ihn von unsichtbarer Hand bis zum »Ausgang der Gewissheit«.

60 *Dublone: »doblón«* – »Münze« und »doppelt«, »falsch«.

61 *Vizekanzler:* Das Amt, welches auch den Bereich der Justiz einbegriff, hatte seit 1655 Gerónimo de Castellot inne.

62 *Fuentes:* Gouverneur von Flandern (vgl. S. 479, Anm. 41).

strenge Wächter sah sie sich an, erkannte bereits auf den ersten Blick, dass sie es nicht verdiente, und erwiderte:

»Dazu ist kein Anlass.«

»Wie denn, kein Anlass?«, rief der andere, »ich war doch der Berühmte, der Große, der Vornehme!«

Wer ihm denn diese Namen gegeben habe, musste er sich fragen lassen. Das seien seine Freunde gewesen, antwortete er und wurde weidlich ausgelacht:

»Ja, wenn es noch Eure Feinde gewesen wären! Macht Euch fort von hier, Ihr seid an der falschen Adresse.«

Zum nächsten:

»Und Ihr, mein Herr, wer verlieh Euch denn wohl den Titel Oberprälat und dazu noch den Ruf des Hochgelahrten, Mildtätigen und Sittenstrengen?«

»Wer? Mein Gesinde!«

»Ach, wären es doch nur Eure Schäfchen gewesen!«

Zum übernächsten:

»Roland dieses Jahrhunderts? Der Unbezwingliche? Der Stoßkämpfer? Wer hat Euch denn wohl solche Namen beigelegt?«

»Meine Sippschaft, meine Gefolgsleute!«

»Das glaube ich gern, und das dürfte allen hier einleuchten. Auf, tilgt mir diese Schmeicheltitel, diese Heuchelwappen, diese Ausgeburten schamlosesten Scharwenzelns! Fort von hier, Ihr seid wohl nicht bei Troste! Als gäb's Unsterblichkeit und ewigen Ruhm für eitle Schwachköpfe!«

»Was ist das denn für ein Türhüter, so streng und unerbittlich?«, fragte Andrenio. »Wer so unzugänglich für Dublonen bleibt, der ist bestimmt nicht nach der Mode. Er hat sicher nicht in der *Wolfsgrube* gedient, er kommt auch nicht aus dem Serail, wo die Zechinen fließen, und ich wette, er hatte mit keinem der Türsteher, die ich je erlebt habe, etwas zu schaffen.«[63]

»Dies ist«, gab der Unsterbliche zur Antwort, »MERIT in Person, alles an ihm ist recht und billig.«

63 *Wolfsgrube:* der Louvre (vgl. S. 325, Anm. 24). – *Zechinen:* von arab. *»sikka«* – »Münze« ins Italienische gelangt.

»Oh, eine große Figur! Da sage ich gleich: Es sollte mich nicht wundern, wenn wir uns anstrengen müssten, um hineinzugelangen.«[64]

Es kam so mancher und begehrte Einlass ins Reich der Unsterblichkeit, er aber hieß sie ihre Berechtigungszeugnisse vorweisen, die ausgefertigt zu sein hatten von ANHALTENDER MÜHE, beglaubigt von HEROISCHER TAPFERKEIT und gesiegelt von VIRTUS. Hatte er alles anerkannt, so hielt er sie über den Kopf und gab ihnen den Eintritt frei.[65] Fand er sie befleckt mit schmählichem Laster, so war dies ihr Unglück, und er verschloss das Tor noch fester.

»Dies Attest«, sagte er zu einem, »ist offenkundig von Frauenhand.«

»Ja, gewiss.«

»Je schöner die Hand, desto weniger tauglich! Fort von hier, welch widerwärtige Fama! Was ist denn das hier, ohne Unterschrift? Tat denn der Faulheit wohl selbst hierzu der Arm weh? Dieses hier riecht nach Ambra: Es hätte nach Pulver riechen müssen! An diesen Schriften hier ist keine Spur von Lampenruß, die sind nicht von der Eule Apolls! Es mache sich doch jedermann klar: Wes Zeugnis nicht von edlem Schweiß illuminiert ist, des Weg führt hier nicht herein.«

Sehr verwundert waren sie, dort König Franziskus den Ersten von Frankreich zu erblicken. Wie es hieß, verharrte er seit geraumer Zeit auf einer dieser Stufen und wiederholte beharrlich sein Anliegen, zu den Berühmtheiten in die Unsterblichkeit aufgenommen zu werden. Immer wieder wurde ihm dies verweigert. Er

64 Unsterblichkeitsinsel und Türhüter stellen eine eigentümliche Abwandlung der eschatologischen Mythen Platons dar, wie sie am Schluss des *Gorgias*, des *Phaidon* und der *Politeia* erzählt werden. Anders als der antike Totenrichter Radamanthys entscheidet dieser Türhüter nicht über Gut und Böse, über Lohn und Strafe bei jedermann, sondern er trifft eine Bestenauslese. Graciáns Verdienstethik ist sehr selektiv angelegt. In auffallendem Widerspruch dazu wird aber die Zulassung unserer beiden Lebenspilger stehen, die ja keinerlei besondere Verdienste vorzuweisen haben, am wenigsten militärische. Der Militärgeistliche Gracián hat es vermieden, seinen Andrenio zu den Soldaten zu schicken.

65 *Über den Kopf:* Königliche Urkunden und päpstliche Bullen wurden zum Zeichen der Respektierung über den Kopf gehalten.

machte geltend, ihm sei doch der Beiname der Große gewährt worden, und so würden ihn nicht nur seine Franzosen, sondern auch italienische Geschichtsschreiber nennen.

»Lasst uns wissen, worauf sich dies gründet«, sagte der VERDIENSTRICHTER. »Etwa darauf, Sire, dass Ihr Euch in Frankreich belügen, in Italien besiegen und in Spanien gefangen halten ließet, in ständig neuem glücklosen Versagen?[66] Mir will scheinen, Pompejus und Ihr wurdet groß genannt gemäß dem Rätsel: ›Was ist das: Je mehr man wegnimmt, desto größer wird es?‹[67] Doch tretet ein, denn schließlich habt Ihr stets auf allen Gebieten hervorragende Leute gefördert.«[68]

Über König Alfons wurde ihnen erzählt, sein Beiname ›Der Weise‹ sei ihm eher durch Zufall angetragen worden, in Spanien habe das nicht viel bedeutet, zumal in jener Zeit, da die Wissenschaften noch nicht so sehr in Blüte standen; er müsse schon bedenken, dass König sein nicht darin bestünde, ein hervorragender Heerführer, Jurist oder Astrologe zu sein, sondern darin, Heerführer, Juristen, Astrologen und alle andern zu befehligen und zu regieren, wie dies Philipp der Zweite verstanden habe.[69]

»Trotzdem«, fügte der VERDIENSTRICHTER hinzu, »ist Bildung bei den Königen von so großer Bedeutung, selbst wenn es

66 *Franz I.:* Er wurde von seinem Konnetabel Bourbon im Stich gelassen, der in die Dienste Karls V. trat; er unterlag in Italien zweimal der habsburgischen Macht, wurde 1526 bei Pavia gefangen genommen und musste im Frieden von Madrid auf Mailand, Genua und Neapel verzichten. Nach seiner Freilassung erklärte er den Frieden für erzwungen und verweigerte die Erfüllung.

67 *Rätsel:* Loch oder Grab. Quevedo soll 1639 das Spotträtsel in Versen auf Philipp IV. verwendet haben, was ihn ins Gefängnis brachte.

68 *Gefördert:* Franz I., *»père des Lettres«,* förderte, unterstützt von seiner Schwester Margarete von Navarra, die Maler Leonardo da Vinci, Cellini, Primaticcio, Rosso Fiorentino, Clouet u. a.; die Architekten Lescot (Anfänge des Louvre) und Le Breton; die Schriftsteller Marot und Rabelais; den Humanisten Budé; den Komponisten Jannequin sowie zahlreiche Kunsthandwerker und Buchdrucker; er gründete das Collège de France, das auch Lehrstühle für Mathematik und Medizin einschloss; der Naturforscher Belon bereiste in seinem Auftrag den Nahen Osten. – Seine Aufnahme unter die Unsterblichen erfolgt natürlich nicht ohne den Hintergedanken an Philipp IV.

69 *Alfons:* Zur Kritik an der Regierung Alfons' des Weisen vgl. S. 47, Anm. 12.

nur Latein oder gar nur Astrologie ist, dass sie damit ins Reich der Fama eingelassen werden müssen.«

Und er zögerte nicht länger, ihm die Pforten zu öffnen. Was indessen am meisten Verwunderung bei ihnen hervorrief, ja ihre Fähigkeit zum Staunen schier überstieg, das war zu hören, wie dem größten König der Welt, dem Gründer der größten Monarchie aller Zeiten, dem Katholischen König Ferdinand, in Aragón geboren für Kastilien, der Eintritt von seinen eigenen Aragonesen missgönnt wurde, weil er sie angeblich zu wiederholten Malen im Stich gelassen und sich dem weiten Kastilien zugewendet habe;[70] wie er ihnen jedoch aufgeräumt zu verstehen gab, sie selbst hätten ihm ja diesen Weg gewiesen und hätten, als es damals so viele tüchtige Leute in Aragón gab, keinen zum Zuge kommen lassen und stattdessen seinen Großvater, den Infanten von Antequera, aus Kastilien auf den Thron geholt, hätten also das weite Herz eines Kastiliers höher geschätzt als die engen der Aragonesen, und noch heutigentags würden doch alle großen Häuser dorthin gehen, alles Kastilische sei eben derart geschätzt, dass kastilischer Mist sprichwörtlich in Aragón als Ambra gelte.[71]

»Schaut doch, alle meine Vorfahren sind drinnen und auf besten Plätzen«, rief einer voll Zuversicht, »da habe doch auch ich das Recht einzutreten!«

»Statt von Recht sprächet Ihr besser von Pflicht; die nämlich hättet Ihr erfüllen sollen, und zwar so, dass Ihr gar nicht mehr abgewiesen werden konntet! Seid Euch nur darüber im Klaren, dass man hier drinnen nicht von anderer Leute Ruhmestaten lebt, sondern von Selbstgetanem. Illustre Familien haben gewiss oft den Kummer, dass auf einen großen Vater ein unbedeutender Sohn folgt, oft gehen aus den Riesen eben nur Zwerge hervor.«

70 In Boccalinis satirischen *Berichten vom Parnass* finden sich etliche solche Dispute um Aufnahme in die Unsterblichkeit: außer Ferdinand auch Columbus oder Theoderich.

71 *Sprichwörtlich:* Sollte der Verfassser dies Sprichwort *ad hoc* erfunden haben? Der Verdacht ist nicht von der Hand zu weisen. – Zu Ferdinand I. von Aragón, genannt *von Antequera,* der nach dem Kompromiss von Caspe 1412 die aragonesische Krone übernahm, vgl. S. 733, Anm. 56.

»Aber wie kann man denn hinnehmen, dass einer, der Herr über so viele Menschen war, dem Vergessen anheimfällt, dass ein Fürst mit so vielen Ländern und Titeln im Reich der Fama auch nicht einen Winkel mehr findet?«

»Winkel gibt es dort nicht«, wurde ihm erwidert. »Alles steht in hellem Licht. So versteht doch endlich, dass dort nicht auf Rang und Stellung, sondern auf Persönlichkeit geachtet wird, nicht auf Titel, sondern auf geistige Leistung. Nicht das Ererben zählt, sondern das Erwerben.«

»Von wo kommt ihr?«, rief der unbestechlichste der Torhüter. »Aus FORTITUDIEN, aus SAPIENTIEN? Dann nur herein! Aus OTIUM und VITIUM, aus DELIZIEN und KAPRIZIEN? Dann seid ihr auf dem verkehrten Weg. Dann kehrt um zur Höhle des Nichts, wo ihr hingehört![72] Nicht kann im Tode unsterblich sein, wer im Leben lebte wie tot.«

Da biss sich so mancher große Führer in die Finger, der erleben musste, wie das Reich der Fama ihm verschlossen blieb, während einfache Soldaten, die sich aber bewährt hatten, Zutritt bekamen, ein Julián Romero, ein Villamayor, ein Hauptmann Calderón, denen sogar ihre Gegner Respekt zollten.[73]

»Aber dass ein Herzog, gar ein Fürst draußen bleiben muss, ohne Namen, ohne Ruhm, ohne Lob!«

Was etliche moderne Schriftsteller präsentierten, waren nicht etwa Memorabilien, sondern dicke Körper ohne Seele.[74] Sie wurden abgewiesen, ja der VERDIENSTMANN schrie sogar:

»Heda, schickt mal ein halbes Dutzend Packträger, für deren zarte Arme sind die Korpora zu schwer! Bringt sie weg von hier, diese unausstehlichen Schwarten, sie sind ja nicht mit Tinte, sondern mit Fusel geschrieben, alles ungereimtes Zeug! Die acht Sei-

72 *Höhle des Nichts:* vgl. III, 8.

73 *Julián Romero:* sein in Flandern erworbener Ruf der Tapferkeit inspirierte Lope de Vega zu einer *comedia.* – *Villamayor:* von Gracián in einem Brief von 1646 erwähnt; zeichnete sich bei der Belagerung von Lérida aus und kam dabei ums Leben. – *Calderón:* Bruder des Dramatikers; 1638 bei Fuentarrabía noch auf dem Schlachtfeld befördert; 1645 gefallen.

74 *Körper ohne Seele:* nach Horaz, *Episteln* I, 4, 6: *»Corpus sine pectore«.*

ten von Persius sind noch heute lesbar, von der ganzen *Amazonis* des Marsus blieb keine Spur außer Horaz' Kritik in seiner unsterblichen *Ars.* Die wird wahrhaft ewig bleiben!«[75]

Damit wies er ihnen ein schmales Bändchen.

»Seht her und lest: Dies ist *Der Hof auf dem Dorfe* des Portugiesen Lobo; und dies hier sind die Werke von Sá de Miranda, weiter die sechs Seiten Unterweisung von João de Vega an seinen Sohn, noch angehoben durch den Kommentar des Grafen Portalegre; dieses *Leben Johanns II. von Portugal* aus der Feder von Agustín Manuel hätte stärkere Beachtung verdient. Die Mehrzahl dieser portugiesischen Autoren schreibt mit Witz und Würze.«[76]

Diese Namen hallten mit ungeheurem Echo wider, weit stärker noch als das berühmte Echo in der Nähe unseres ebenfalls unvergänglichen Bílbilis, das ja, wie sein nicht aus dem Lateinischen kommender Name zu verstehen gibt, lange vor den Römern schon bestand, noch immer besteht und für immer bestehen wird.[77] Dies Echo erschallte nicht nur fünffach wie bei uns, sondern tausendfach und übertrug sich von Epoche zu Epoche und von Land zu Land, vom eisigen Stockholm bis zum glühenden Ormuz, und es

75 *Horaz:* Nicht aus Horaz' *Ars poetica* zitiert Gracián hier, sondern aus den Epigrammen Martials (IV, 19): »*Saepius in libro numeratur Persius uno / quam levis in tota Marsus Amazonide*« – »Öfter wird Persius mit seinem einzigen Buch erwähnt als der triviale Marsus mit seiner ganzen Amazonis«. Die sechs Satiren des Persius – deren erste den römischen Literaturbetrieb aufs Korn nimmt (vgl. S. 811, Anm. 27) – umfassen zusammen nicht mehr als 650 Verse. Von der *Amazonis* des Marsus ist sonst nichts bekannt.

76 *Francisco Rodrigues Lobo:* Lyriker jüdischer Abstammung, fand 1622 im Alter von 42 Jahren bei einem Schiffsunglück den Tod; *Corte na aldeia e noites de inverno* (1619; 1622 ins Spanische übersetzt) ist ein Brevier des höfischen Geschmacks in 16 Dialogen in der Nachfolge von Castigliones *Hofmann* (es war von dem früher über diese Gattung ausgegossenen Sarkasmus verschont geblieben: vgl. S. 214, Anm. 34). – *Francisco Sá de Miranda:* bedeutender Lyriker der Renaissance (1481–1558), der die italienischen Versformen in Portugal einführte; in *Agudeza* 63 als »einfalls- und sentenzenreich« gelobt. – Zur Unterweisung von *João de Vega* an seinen Sohn und die Kommentierung durch den Grafen *Portalegre* vgl. S. 223, Anm. 64. – *Agustín Manuel:* Geschichtsschreiber; sein Werk über Johann II. erschien 1639.

77 *Echo:* In der Nähe von Graciáns Geburtsstadt Calatayud, dem keltiberischen Bílbilis, gab es in Hügeln ein mehrfaches Echo.

waren nicht nur Abgeschmacktheiten wie bei anderen Echos, sondern heroische Taten, weise Aussprüche und sinnreiche Sentenzen. Und bei allem, was nicht rühmenswert war, verstummte es sogleich.

Ihre Aufmerksamkeit wurde nun von lauten Rufen und dröhnenden Schlägen an das Tor abgelenkt. Ein ganz besonderes Stück Mensch musste das sein, wahrhaft ein starkes Stück.

»Wer bist du, dass du eher das Tor einschlägst als anklopfst?«, rief der gestrenge Wächter. »Bist du Spanier? Bist du Portugiese? Oder bist du Teufel?«

»Mehr als all das, ich bin ein bewährter Soldat.«

»Was für Papiere kannst du vorweisen?«

»Nur dies Blatt meines Schwertes.«

Und er hielt es ihm hin. Der VERDIENSTRICHTER untersuchte es, konnte aber keinerlei Blut daran finden und gab es ihm zurück mit den Worten:

»Kein Anlass, kein Einlass.«

»Aber es muss Einlass geben!«, schrie der andere wütend. »Ihr wisst wohl nicht, wer ich bin?«

»Genau deswegen. Wäret Ihr bekannt, würdet Ihr nicht abgewiesen.«

»Ich bin frisch zum General ernannt!«

»Frisch?«

»Jawohl! Jedes Jahr werden doch so viele ausgetauscht, auf beiden Seiten.«

»Es fällt auf«, wurde ihm geantwortet, »dass Ihr so frischschnäuzig seid, aber keinerlei Blut im Kampf vergossen habt.«

»Aber das tut doch keiner mehr! Das war früher einmal, zu Alexanders Zeiten oder bei den Königen von Aragón. Deren Stäbe stehen für die fünf blutigen Finger, die einer über seine Schildfläche zog, wenn er sich seine Siegerhand reinigen wollte nach dem Triumph in denkwürdiger Schlacht.[78] Das mag heute allenfalls

78 Eine im 15. Jh. aufgekommene Legende über den Kampf Karls des Kahlen gegen Wilfried den Behaarten im 10. Jh., die freilich ignoriert, dass Adelswappen nicht vor dem 12. Jh. üblich wurden.

noch für einen Tollkühnen wie Sebastian gelten, oder für einen Desperado wie Gustav Adolf.[79] Und ich gehe noch weiter: Wenn sie sich, Könige, die sie waren, verhalten hätten wie Generäle, sie wären überhaupt nie gefallen, höchstens wären einmal die Pferde unter ihnen weggeschossen worden! Es ist nämlich ein großer Unterschied, ob man als Herr kämpft oder als Knecht. Ich habe in einem gewissen Scharmützel (wie jener zu sagen beliebte, der an der Sache schuld war) in kurzer Frist mehr als zwanzig Generäle erlebt, und ich habe nie gehört, dass einer von ihnen auch nur einen Tropfen Bluts dabei verloren hätte.[80] Doch ich will nicht noch mehr schimpfen. Man soll gefälligst tun, was zu tun ist, unter Soldaten wird nicht so viel geredet wie unter Lizenziaten. Vorwärts, macht schon auf!«

»Aufgemacht wird nicht«, gab VERDIENST zurück, »bevor Ihr nicht mit einem Namen kommt statt mit Geschrei.«

Als er das hörte, der wackere Haudegen, zog er blank und vollführte einen solchen Lärm, dass das ganze Heldenreich in Aufruhr geriet und man von allen Seiten zusammenlief, um zu erfahren, was es gebe. Als einer der Ersten langte der starke Makedonier an und rief:

»Überlasst ihn mir, ich werde ihn schon zur Räson bringen. – Herr Oberführer«, sagte er, zu ihm gewandt, »ich muss mich doch sehr wundern, dass Ihr hier das große Wort führen wollt, wo man während der Kampagnen nie von Euch gehört hat. Schaut, dass Ihr schnell wieder dorthin kommt, und macht Euch einen Namen, indem Ihr ein halbes Dutzend Taten vollbringt, nicht nur eine, denn das kann immer Zufall sein. Stürmt ein paar Plätze, lasst sehen, wie Ihr damit zurecht kommt. Ich kann Euch versichern, mich hat der Eintritt hier über fünfzig gewonnene Schlachten gekostet, über zweihundert eroberte Provinzen, die Zahl zählt da schon gar nicht mehr!«

79 *Sebastian:* Zur Afrika-Expedition des portugiesischen Königs Sebastião vgl. S. 81, Anm. 16. Beide Genannten sind jung im Kampf gefallen.

80 *Scharmützel (»guerrilla«):* gemeint sein dürfte der Katalonienkrieg, angezettelt von Richelieu.

»Dann seid Ihr wohl der Cid, der aus den Fabeln, wie? Alexander selbst hätte auch nicht stärker getönt.«

»Aber das ist doch Alexander«, wurde ihm zugeraunt.

Doch statt nun starr vor Staunen zu sein, höhnte er erst recht:

»Ach, sieh mal an, da will einer bei Flandernkämpfern mitreden, und dabei hatte er's doch damals in Persien bloß mit Elfenbeinstäbchen zu tun, mit Holzprügeln in Indien oder mit Bachkieseln in Skythien! Soll er doch jetzt kommen und zeigen, was in ihm steckt, wenn es baskische Musketenkugeln hagelt, wenn in Italien ein Wald von Piken gegen ihn anrückt, wenn ringsum flämische Bombarden spritzen! Sapperment, ich schwör's, er würde im Leben nicht auch nur Ostende einnehmen!«[81]

Als er das hörte, der Makedonier, tat er, wie er noch nie getan: Er kehrte sich zur Flucht. Auch Hannibal sagte lieber nichts mehr, er musste ja fürchten, dass man ihm Capua unter die Nase halten würde; desgleichen Pompeius, der nicht schon wieder hören wollte, zu siegen verstünde er wohl, Siege zu nützen aber nicht.[82] Und so alle anderen aus den alten Legionen. Daraufhin rief der VERDIENSTRICHTER, es solle sich doch auch einmal einer von den Kämpfern zeigen, wie sie heute in Mode seien. Tatsächlich trat auch ein recht Namhafter heran und rief dem Haudegen zu:

»Herr Soldat, wenn Ihr das Schwert ebenso oft aus der Scheide geholt hättet wie die Zunge aus dem Maul, wärt Ihr mit Leichtigkeit schon drinnen.[83] Geht rasch noch einmal hin und wählt Euern Weg über die Tempel von VALOR und FAMA, denn ich versichere Euch, mich hat der Eintritt hier zwanzig Erstürmungen gekostet, und selbst dann noch...«

Wer das denn sei, erkundigte sich der Soldat, und als er es erfuhr, entfuhr es ihm noch lauter:

81 *Ostende:* Zur langen Belagerung von Ostende vgl. S. 419, Anm. 51.

82 *Siege nützen:* Nach seinem Sieg bei Cannae im Jahre 215 v. Chr. bezog Hannibal Winterquartier in Capua und überließ seine Truppen dort so sehr dem Wohlleben *(»deliciae capuanae«)*, dass ihre Kampfmoral gefährlich geschwächt war. – *»Vincere scis, (...), victoria uti nescis«:* Das Wort, das Gracián Pompeius zuschreibt, stammt nach Livius (*Ab urbe condita,* 22, 51, 4) von Hannibal.

83 Eine letzte Reminiszenz an Góngora: *Letrilla* 105 *(»Vuela, pensamiento«)*.

»Ach, wie herrlich! Den kennen wir doch! Der soll nur ja nicht behaupten, er habe gefochten. Gefeilscht hat er! Der hat die Plätze nicht erstürmt, erhandelt hat er sie! Und mir will er damit kommen, wo ich zwei davon an jedem Finger habe!«[84]

Wie er das hörte, der Herr General, ließ er die Ohren hängen, ein gutes Mittel, um sich taub zu stellen.[85]

»Lasst mich einmal, ich werde schon zurechtkommen mit ihm«, ließ sich jetzt ein anderer vernehmen. »Mein werter Herr Keinblattvormmund, Ihr seid doch im Besitz des Venus- und des Bachusdiploms: Warum verschafft Ihr Euch nicht auch den *Magister Martium?* Was mich betrifft, ich kann Euch versichern: Was andere mit zwanzigtausend Mann nicht packten, das haben wir mit kaum viertausend geschafft, in aussichtsloser Position. Aber selbst mir wollten sie hier am Eingang Schwierigkeiten machen.«

»Seid Ihr nicht der Hauptmann Mittenzwei?«, fragte der andere zurück. »Dann wundert es mich gar nicht. Ihr hattet ja auch kein Gegenüber, der Feindort war fast unbesetzt. Nicht was Ihr unternahmt, ist erstaunlich, sondern was Ihr unterließet. Ihr hättet den Krieg so beenden sollen, dass nichts mehr für die Nachwelt zu tun blieb!«

Als dieser das hörte, tat er wie die andern. Noch einer kam heran, der das besser nicht getan hätte, der hatte eher Schleim als Schlamm an sich, und er sagte:

»Also Herr Aspirant, seht Ihr denn nicht, dass es so etwas noch nie gab, hier einzutreten ohne Auszeichnungen? Zurück mit Euch ins Feld! Ich kann Euch schwören, bei mir sind die Zähne nur so geflogen. Dafür war ich aber auch bei sehr bedeutenden Treffen, und wenn das eine oder andere verloren ging, so war mir bei den meisten der Ruhm sicher.«

84 *Erhandelt:* wahrscheinlich Anspielung auf die angebliche Einnahme der marokkanischen Küstenstadt Larache im Jahre 1610, die in Wahrheit gegen Geld erfolgte, dennoch als militärischer Sieg gefeiert wurde.

85 Ein letztes Mal also die Technik des richtigen Wortes im falschen Munde: Der Mann ist der ewigen Fama unwürdig, aber sein unverschämtes Auftreten deckt manche Heuchelei bei den Zugelassenen auf (die selbst dem unbestechlichen Torhüter MERIT entgangen sein muss).

»Jawohl, mein Herr«, gab der andere zurück, »und zwar dank der vorzüglichen Flankierung, die Ihr hattet. Andere sterben vom Druck auf die Seite, Ihr habt damit aufs Beste gelebt.[86] Solange sie Euch beisprangen, siegtet Ihr; als Sie absprangen, versiegtet Ihr.«

Einer der Tapfersten, ein unerschrockener Draufgänger mit einem langen Tatenregister, einer, den der Feind mehr fürchtete als alle anderen, hielt es nun nicht mehr aus. Auf seinen Degen schlagend forderte er den andern auf, von seinem Unternehmen abzulassen wie von so vielen zuvor und schleunigst zum Rückzug zu blasen, sei es auch so ungeordnet wie sonst immer. Eine Unverfrorenheit, ewigen Ruhm zu beanspruchen, wenn man so viele andere darum gebracht habe!

»Gemach, gemach!«, gab der andere zurück. »Gott und die Welt weiß doch, dass Eure Kühnheiten samt und sonders Tollkühnheiten waren, ohne Plan und Ziel, blindes Dreinschlagen! Dem Feind hat Eure Unüberlegtheit mehr genützt als geschadet. Ihr habt doch nur *va banque* gespielt.«

Er hätte noch mehr gesagt, der andere noch mehr zu hören bekommen, hätte der VERDIENSTRICHTER nun nicht diesen und zahlreiche Weitere weggescheucht und ihnen der Reihe nach zugerufen:

»Ihr solltet besser von hier fortgehen, ja, Ihr hier, sonst trifft Euch noch der Vorwurf, Ihr hättet *Fugerunt, fugerunt* gespielt.[87] Und Ihr auch, bei Euch kommt womöglich noch heraus, dass es öfter recht *planderdieplünder* zugegangen ist! Und Euch hier wirft man womöglich doch noch den Rücken an den Kopf, den Ihr bei der bewussten Gelegenheit gezeigt habt. Auch Ihr da, lasst Euch besser nicht mehr blicken, damit man nicht sieht, wie sehr Euer Mäntelchen heute schon wieder nach dem Wind hängt, der gestern noch ganz anders blies! Bleibt auch Ihr fern, man könnte Euch andernfalls sehr wohl noch einmal auftischen, dass die von Euch ein-

86 *Seite: »lados«* – »Seiten«, »Flanken« (*»mal de costado«* – »Angina pectoris«) und »Ratgeber«, »Helfer«; »Beziehungen«.

87 *Fugerunt:* Zum Scherz mit der Exorzismusformel vgl. S. 667, Anm. 30.

gepferchten Spanier mehr durch Hunger starben als durch Blutverlust.[88] Zieht Euch zurück, allesamt!«

Verdienst hatte mithin einsehen müssen, dass Held durchaus nicht gleich Held war und dass der *bewährte Soldat* an einer so empfindlichen Sache wie dem Ruhm solch hervorragender Männer manchen Zweifel hatte keimen lassen. Daher schlug er ihm ein gemeinsames Handeln vor, und sie kamen überein, er solle in Begleitung von ein paar angesehenen Schriftstellern in die Welt zurückgehen und die Urheber von deren Renommee einer neuerlichen Prüfung unterziehen, die Künder ihrer Fama, die vom ›neuen Cid‹ oder vom ›modernen Mars‹ geschrieben hatten.[89] Sollte sich die Einschätzung als hieb- und stichfest erweisen, so würde der Betreffende unverzüglich Einlass finden, wie man ja auch in anderen Fällen verfahren sei. Der andere erklärte sich einverstanden, und man brach voller Zuversicht auf. Wie sie indessen zu einem gewissen Autor kamen – es war mehr ein Ruhmredner als ein Ruhmkünder – und ihn fragten, ob die vielen Seiten Lobsprüche aus dem und dem Buch jenem General wirklich zukämen, da erhielten sie zur Antwort:

»Gewiss kommen sie ihm zu, er hat sie ja bezahlt.«

Nicht anders redete auch Giovio, nachdem er Mauren und Christen zu Ende gebracht hatte: Wofern sie ihn nur noch besser bezahlt hätten, wäre sein Lob jeweils noch höher ausgefallen.[90] Das Gleiche gab auch ein Poet von sich.[91]

»Seht Ihr«, seufzten sie nun alle, »was von derlei Elogen und Panegyriken zu halten ist. Ach, was ist doch die Charakterfestigkeit für eine große Sache, und so wenig verbreitet!«

Als sie einem anderen Schreiber, einem von der besten Klasse, vorhielten, den und den und noch manch anderen lobend über-

88 Zu den Vorgängen bei der Belagerung von Lérida vgl. S. 890, Anm. 21.

89 *Moderner Mars:* was auch dem Autor unterlief; vgl. oben bei Anm. 39.

90 *Giovio:* Gemeint ist ein Werk über Mauren und Christen, vermutlich sein *Turciarum rerum comentarius ad Carolum V Imperatorem augustum* von 1538, das – wie fast alle seine Werke – ins Kastilische übersetzt wurde. Zu Paolo Giovio vgl. S. 264, Anm. 37.

91 *Poet:* Martial; vgl. S. 620, Anm. 37.

höht zu haben, wollte er sich doch tatsächlich damit herausreden, er habe in seiner Epoche eben niemand anders gefunden, den er hätte loben können. Wieder ein anderer wandte es so:

»Der Unterschied zwischen uns Lobrednern und den Schandmäulern liegt darin, dass wir den Fürsten mit fürstlichem Gewinn schmeicheln und sie der Menge mit mengenmäßigem Beifall. Schmeicheln tun wir alle.«

Schließlich war da noch ein Kupferstecher, der hatte sein eigenes Konterfei unter die Porträts hervorragender Leute geschoben, und er war so dreist zu erklären, das erhöhe eben die Zahl der Bildnisse und damit seinen Umsatz. Von alledem war der *bewährte Soldat* zwar rechtschaffen verwirrt, von seinen Illusionen indessen war er nicht im mindesten befreit.[92] –

Die beiden Pilger beobachteten mit Staunen, dass auf hundert Militärs, die dort eintraten, ein Robenträger kam, und der auch noch ganz unauffällig.

»Militärischer Pomp macht eben viel her«, erklärte der UNSTERBLICHE. »Sie kommen mit Pauken und Trompeten, die Robenträger still und leise. Großes kann für das Gemeinwesen ein Minister, ein Geheimer Rat leisten und bleibt doch immer ungenannt und unbekannt, wohingegen ein General mit seinen Bombarden an jedes Ohr dringt.«

Nun taten sich die Pforten der Unsterblichkeit auf und gewährten einem ganz besonderen Helden Einlass, einem Ersten Minister, der zu Lebzeiten nicht nur nicht beliebt, sondern schlechthin verhasst war. Doch fiel sein Nachfolger durch derart viele Unüberlegtheiten und Fehlgriffe auf, dass man dem Früheren nun sein unkriegerisches Vorgehen zugute hielt und ihn schließlich sogar zum lang ersehnten Staatsmann machte.[93] Bei seinem Eintritt verbreitete sich ein so ungewöhnlicher Wohlgeruch, ein so himmlischer Duft, dass sie sich davon im Kopfe gestärkt und ermutigt

92 *Nicht befreit: »no del todo desengañado«.* – Hiermit schließt die recht doppeldeutige Episode des »bewährten Soldaten«.

93 *Staatsmann:* Es kann nur Herzog Olivares und sein Nachfolger, Herzog Lerma, gemeint sein.

fühlten, ihrerseits den Eintritt in die unsterbliche Stätte beschleunigt zu erstreben. Für geraume Zeit verblieb die ganze Hemisphäre von diesem wohligen Geruch durchdrungen, und ihr Unsterblicher sagte zu ihnen:

»Woher, glaubt ihr wohl, rührt dieser kostbare Geruch? Vielleicht von den viel gerühmten Blumenbeeten Zyperns, den hängenden Gärten Babylons, den ambragetränkten Handschuhen der Höflinge, den Räucherpfannen der Schminkkammern, den Jasminöllämpchen? Ganz gewiss nicht! Er rührt einzig und allein von der Mühsal der Helden her, vom Achselschweiß der Musketiere, vom Blaken der Kerzen in den Nächten, die der Schreibende sich um die Ohren schlägt. Glaubt mir, es war nicht gelobhudelt oder geschmeichelt, sondern ist gewisslich wahr, dass der Schweiß des großen Alexander gut roch.«[94]

Manche behaupteten doch tatsächlich, es genüge, dass auf der Welt überhaupt noch von ihnen gesprochen würde, gleichgültig, ob gut oder schlecht. Doch eine solche Ansicht wurde restlos verworfen, denn immer währender Ruhm und nimmer endende Ruchlosigkeit sind nun einmal nicht dasselbe. Weshalb denn VERDIENST sich auch weithin hörbar vernehmen ließ:

»Gebt euch keinen Illusionen hin! Hier haben nur hervorragende Leute Zutritt, deren Handeln auf Tugend beruht, denn beim Laster ist kein Platz für ewiges Andenken. Riesen, herbei! Zwerge, hinweg! Auch Mittelmaß ist unerwünscht. Hier gilt nur Höchstes.«

Critilo bemerkte nun, dass zwar Angehörige aller Völker eintraten, wenn auch von manchen nur wenige, aus einem jedoch in dieser ganzen Ära kein einziger Held ankam.

»Das ist nicht erstaunlich«, sagte der Pilgerführer, »die verwerfliche Ketzerei hat sie in einem Maße blind gemacht und ihr Antlitz entstellt, dass man in ihnen nur mehr schmählichen Verrat, abscheuliche Wildheit und unerhörte Gräuel sieht, sie als gottverlassen, recht- und gesetzlos gelten.«[95]

Obwohl es an diesem illustren Ort keinerlei abgelegene Win-

94 *Schweiß Alexanders:* wie oben, Anm. 20.

95 *Ketzerei:* neun Jahre nach dem Westfälischen Frieden!

kel gab, gewahrten sie dennoch, als sich einmal der eine Torflügel öffnete, dass hinter dem anderen ein paar berühmte Personen standen, als ob sie beschämt waren.

»Wer sind denn diese dort?«, fragte Andrenio, »dass sie so verlegen dastehen und sich das Gesicht mit den Händen bedecken?«

»Das«, so wurde ihnen erwidert, »sind keine Geringeren als Spaniens Cid, Frankreichs Roland und Portugals Pereira.«[96]

»Wie denn das, wo sie doch mit unverhüllten Mienen an glänzendster Stelle stehen sollten?«

»Sie schämen sich wegen der Albernheit der Lobsprüche, mit denen sie von ihren Landsleuten übergossen werden.«

Darüber trat nun der REISEFÜHRER heran und erbat Einlass für sich und seine Gefährten. Der VERDIENSTRICHTER forderte die beiden auf, ihren Geleitbrief vorzuweisen, und forschte vor allem, ob der denn auch auch von LEBENSMUT beglaubigt und von ANSEHEN bestätigt sei. Er musterte ihn sehr streng, zog aber bald schon die Brauen hoch und machte Gebärden des Erstaunens. Und als er feststellte, dass dort sämtliche Rubriken gebührend abgezeichnet waren: Philosophie im GROSSEN WELTTHEATER, Vernunfterleuchtung im TAL DER WILDEN BESTIEN, Aufmerksamkeit im EINTRITT IN DIE WELT, Selbsterkenntnis in der MORALISCHEN ANATOMIE DES MENSCHEN, Charakterstärke in ENGE, TRIEB UND WEGELAGEREI, Umsicht am QUELL DER TÄUSCHUNGEN, Behutsamkeit auf dem SCHICKSALSMEER DES HOFES, Abhärtung in FALSIRENAS HAUS, Einblick auf dem GROSSEN WELTMARKT; Verstand in der UNIVERSALREFORM, Wissensdrang in SALASTANOS HAUS, Großmut im GOLDENEN KERKER, Bildung im MUSEUM DES WELTKUNDIGEN, Besonderung auf dem PLATZ DES GROSSEN HAUFENS, Glück auf den Stufen FORTUNAS, Festigkeit in der SCHEINSIEDELEI DER HIPOCRINDA, Tapferkeit in ihrem ZEUGHAUS, Tugend in ihrem ZAUBERPALAST, Ansehen in MOMOS' GLASHAUS, Selbstbeherrschung am THRON DER

96 *Nuño Alvares Pereira* (1360–1431): portugiesischer Nationalheld, einer der ersten Eroberer überseeischer Gebiete, Staatsmann, seit 1422 zurückgezogen und im Ruf der Wundertätigkeit; 1918 selig gesprochen.

Macht, Urteil in Aller Welts Käfig; Autorität in Würden und Bürden Greiseniens, Mäßigung im Sammelbecken der Laster, Wahrheit beim Gebären, Aufklärung bei der Entzifferung der Welt, Vorsicht im Palast ohne Pforten, Weltkenntnis am Hof des klugen Wissens, Bescheidenheit in den Blähkammern, Wertesinn in der Höhle des Nichts, Glückseligkeit bei ihrer Entdeckung, Beständigkeit auf dem Rad der Zeit, Leben im Tod und auch Nachruhm auf der Insel der Unsterblichkeit schon vorgesehen war – da tat er ihnen die Tore des Triumphes weit auf zum Eintritt in die Stätte der Ewigkeit.[97]

Was sie dort zu Gesichte bekamen, welche Genüsse sie dort erwarteten, wer das wissen und erfahren möchte, der gehe selbst Richtung Tugend und Vortrefflichkeit, Richtung Tapferkeit und Heldentum, und er wird am Ende zum Schauplatz der Fama gelangen, zum Thron der Hochschätzung und mitten hinein ins immer währende Leben.[98]

97 Ein Rückblick auf das Werk und ein Resümee von schulischer Strenge, gemildert durch einige Unstimmigkeiten, vor allem bei Teil I, der seinem Verfasser nicht mehr so genau im Gedächtnis gewesen zu sein scheint. Die genannten Stationen entsprechen im Ersten Teil den Krisen 2, 5 (zweifach), 9, 10, 7, 11, 12, 13; bei Teil II ist Krisis 9 übersprungen: »Schaubühne der Abartigkeiten«; Teil III ist vollständig. Die nicht aufgeführte Krisis I, 4, »Der Steilhang des Lebens«, Critilos Lebensbericht, war noch keine *Krisis* im Sinne der »zur Entscheidung drängenden Situation«, die aufgeführte Krisis I, 2, »Das große Welttheater«, freilich auch nicht. Einige der hier genannten »Rubriken« der Lebenslehre, etwa »Aufmerksamkeit« im Eintritt in die Welt, nehmen leichte Umakzentuierungen gegenüber dem Tenor der jeweiligen Krisis vor.

98 Das in die Augen fallende Fehlen einer dreizehnten Krisis des Dritten Teils ist also Absicht (vgl. die Anmerkung S. 273). Der Schluss will vom Reden zum Handeln überleiten, der Leser selbst wird nun »zur Entscheidung gedrängt«. Zwar übersteigen die Wanderer den irdischen Bereich, sie gehen indessen nicht ins christliche Paradies ein (ein Umstand, der von Anfang an Einwände und Fragen aufgeworfen hat), sondern verbleiben, gemäß der emblematisch-didaktischen Tendenz des 17. Jahrhunderts, als Vorbilder und Inbegriffe der Menschheit in einer rein moralisch-exemplarischen Transzendenz. Der Vorstellung eines diesseitsbezogenen Jenseits als Aufenthaltsort historischer Leitbilder sollte noch eine lange Nachwirkung beschieden sein.

FINIS

Mit Lizenz

—

Zu Madrid, bei Pablo de Val. Im Jahre 1657.

So lang sie in den Büchern steht, so fest steht sie in seinem Herzen, die alte Formel, die der hier tätige Anmerker als Geleit beifügen möchte:

GOTT SEI GELOBT

ANHANG

Editorische Nachbemerkung

Der Leser, der ein dreieinhalb Jahrhunderte altes Werk aufschlägt, möchte sicherlich in der Sprache von heute Vergnügen beim Lesen finden, er will aber auch über Ziele und Umstände des Schreibens von damals ins Bild gesetzt werden. Die Übersetzung muss versuchen, ihn zu gewinnen, sie muss sich aber auch ausweisen. Ohne einen begleitenden Kommentar – zur Sache wie zur Sprache – kann sie nicht auskommen. Wie viel der Leser davon mitlesen will, soll ihm aber in jedem Moment überlassen bleiben.

Diese Übersetzung des *Criticón* ist nach einigen Anläufen in der Vergangenheit die erste vollständige. Sie kann sich nicht auf ein handschriftliches Original stützen, denn ein solches ist uns nicht erhalten. Sie vertraut der Ausgabe von Miguel Romera-Navarro, 3 Bände, Philadelphia 1938 (Nachdruck Hildesheim 1978), die auf den Erstdrucken von 1651, 1653 und 1657 beruht und für die zahlreichen editorischen Fragen – wie vor allem den Einzug von Absätzen zur Trennung von Erzähltext und Dialog – eine Entscheidung zu treffen hatte. In einigen Punkten verbessert wurde die Textgestalt durch Norberto Cuesta Dutari im *Boletín de la Biblioteca de Menéndez Pelayo* 30, 1955, S. 19–50. Ergänzend wurden die wichtigsten neueren Ausgaben herangezogen:

- Arturo del Hoyo, in: *Obras completas*, Madrid, Aguilar, 1960, 3. Auflage 1967
- Evaristo Correa Calderón, 3 Bände, Madrid, Espasa-Calpe *(Clásicos castellanos)*, 1971
- Santos Alonso, Madrid, Cátedra, 1984

Wie viel der Kommentar den gelehrten Anmerkungen von Romera-Navarro verdankt, ist für den Kenner ohne weiteres ersichtlich. Vorzügliche Ergänzungen und Verbesserungen erbrachte die Gruppe L.E.S.O. *(Literatura española del Siglo de Oro)* im *Centre National de la Recherche Scientifique* an der Universität Toulouse, unter der Leitung von Robert Jammes: *550 notas para una mejor compren-*

sión literal del Criticón in der Zeitschrift gleichen Namens: *Criticón,* Teil I, Nr. 33, 1986, S. 51–104; Teil II + III, Nr. 43, 1988, S. 189–245.

Textkritische ebenso wie inhaltliche Einzelnachweise konnten aus Raumgründen nur in einigen wenigen Ausnahmefällen erfolgen, doch wurden nach Kräften alle Anmerkungen und Zitate überprüft und nach Möglichkeit auf im deutschen Sprachraum verfügbare Quellenausgaben übertragen.

Selbstverständlich bemüht sich der Kommentar, die literaturwissenschaftlichen Untersuchungen zu Autor und Werk zu nutzen. Sie gehen inzwischen in die Hunderte. Als die ergiebigsten seien hier genannt:

- Werner Krauss, *Graciáns Lebenslehre,* Frankfurt a. M. 1947
- Miguel Romera-Navarro, *Estudios sobre Gracián,* Austin/Texas 1950
- Hellmut Jansen, *Die Grundbegriffe des Baltasar Gracián,* Genf 1958
- Miguel Batllori, *Gracián y el Barroco,* Rom 1958
- Gerhart Schröder, *Baltasar Graciáns »Criticón«,* München 1966
- Theodore L. Kassier, *The Truth Disguised. Allegorical Structure and Technique in Gracián's »Criticón«,* London 1976
- Emilio Hidalgo-Serna, *Das ingeniöse Denken bei Baltasar Gracián,* München 1985

Einzelerörterungen und Belege mussten auch hier auf einige wenige Fälle begrenzt bleiben. Wichtige Bibliographien zu Gracián verdanken wir E. Cantarino in: Baltasar Gracián. *Selección de estudios.* Anthropos, Suplementos, Nr. 37, 1993, und derselben in: Baltasar Gracián. *Estado de la cuestión.* Zaragoza 2001.

Auf die Wiedergabe der Stichwörter in der Randspalte des Originals wurde verzichtet. Diese Epigraphen sind nicht immer sehr ergiebig, sind ohnehin nur bis zum Ende von Teil II durchgeführt, und sie können überdies gar nicht alle vom Autor, sondern einige nur vom Verleger in Huesca stammen. Statt ihrer soll eine detaillierte Inhaltsangabe dem Leser die vielen ernsten und wunderlichen Themen der achtunddreißig »Krisen« dieser Lebenswanderung anzeigen.

Um den verschiedenen Stilregistern des Originals, insbesondere der »konzeptistischen« Pointenhaftigkeit, der bei allem moralisch-satirischen Impetus grandiosen Selbstbezüglichkeit der Sprache Graciáns auch nur annähernd gerecht zu werden, musste ein handwerkliches Besteck entwickelt werden. Vereinfacht sind es etwa vier Verfahren, die, je nach Sachlage und von Fall zu Fall wechselnd, zur Anwendung gelangen können:

– Nachahmung, soweit die eigene Sprache es hergab, will sagen, wo der Übersetzer einen leidlich geeigneten Einfall hatte;
– wo der Einfall ausblieb, Verzicht auf äquivalente Wiedergabe an dieser gegebenen Stelle, stattdessen Kompensation an einer anderen, die sich dazu anbot, an der sich das Original behutsam überzeichnen ließ;
– Beibehaltung hervorstechender idiolektischer Wendungen des Originals in Kursivdruck und semantisch angenäherte Wiedergabe in unmittelbarem Anschluss (was manchem Leser ungewohnt erscheinen mag, aber doch in Feuilletonartikeln oder Reiseführern üblich ist);
– Verlagerung in die Fußnote, zur knappen Entfaltung vor allem semantischer Mehrdeutigkeiten, verschiedener Lesarten etc., um dem sprachlich Interessierten eine genauere Vorstellung von der Machart des Textes zu ermöglichen.

Gewiss muss man sich damit abfinden, dass es ausgeschlossen ist, sämtliche im Text vorkommenden Sprachspiele wiederzugeben, schon deswegen, weil mit Gewissheit niemand sie sämtlich erkennt. Es gilt daher generell das Wort Hans-Georg Gadamers, dass eine Übersetzung sich stets leichter liest als das Original. Für Gracián ist das Sprachspiel im Übrigen immer nur Mittel. Entscheidend ist der Ernst hinter der Sprache, auch wenn sie sich noch so burlesk gebärdet. Eben aus diesem Grund sollte ihr aber der burleske Einschlag so wenig wie möglich geschmälert werden.

Eine Erleichterung ganz anderer Art können die angebotenen Illustrationen sein, die den Leser zunächst vielleicht befremden mögen. Ist Graciáns Werk der Welt der Musik wenig zugewandt, so öffnet es sich bereitwillig den Bildideen und Bildformen seiner

Epoche. Oft genug ließen sich Vorlagen aus der Ikonographie finden, die auf seine Raum- und Gestaltenphantasie eingewirkt haben dürften und von ihr eigenwillig weiterentwickelt wurden. Angesichts der zunehmenden Verbreitung der Druckgraphik bereits seit dem späten 15. Jahrhundert darf man bei ihm einen hohen Grad von Vertrautheit mit der Entwicklung der bildenden Künste annehmen, ohne dass es erforderlich wäre, dies im Einzelnen nachzuweisen. Er selbst nennt uns in der Hauptsache Hieronymus Bosch und die Emblembücher von Alciati: Hinweis genug, dass wir auch anderes verbreitetes Bildgut mit Aussicht auf Erhellung neben seine geschriebenen Weltentwürfe halten dürfen.

Das *Criticón* wurde 1681 u. d. Titel *The Critick* ins Englische übersetzt, 1685 ins Italienische, der Erste Teil 1696 ins Französische. Nach dieser französischen Fassung von Guillaume de Maunory, betitelt *L'homme détrompé*, die 1708 in Den Haag durch einen Anonymus um den Zweiten und Dritten Teil vervollständigt wurde, fertigte Caspar Gottschling eine erste deutsche Übersetzung an: *Balth. Gracians Criticon, oder Untersuchung der allgemeinen Fehler der Menschen in ihrer Jugend, männlichen und hohen Alter und wie weit selbige durch das Licht der Vernunft zu verbessern*, Halle 1710, später unter dem Titel: *Der entdeckte Selbst-Betrug Oder Balthasar Gracians Criticon über die Allgemeinen Laster des Menschen*, 3 Bände, Halle 1721.

Arthur Schopenhauer, dessen 1832 beendete, 1861 veröffentlichte Neuübersetzung des *Handorakels* Gracián breiteren Kreisen in Deutschland bekannt machte, hat 1840 die Scharlatan-Episode aus der vierten Krisis des Dritten Teils verdeutscht und an das Ende der Vorrede seiner *Preisschrift über die Freiheit des Willens* gestellt. Der Leser findet eine Leseprobe dieser Version im Anhang, zusammen mit der entsprechenden Passage aus Gottschling.

1957 erschienen als »Rowohlts Klassiker« umfangreiche Auszüge des Werkes, reichlich ein Drittel, in der Verdeutschung von Hanns Studniczka, mit einem Essay von Hugo Friedrich.

Hanns Studniczka hinterließ bei seinem Tod 1975 das nahezu vollständige Typoskript seiner Übersetzung. Etliche Jahre danach vertrauten befreundete Hände es mir an. Ich nahm die Herausforderung nicht ohne Zögern an. Das Vorhaben war, dieses beeindruckende Konvolut in ergänzter und überarbeiteter Form zu edieren. Über weite Strecken wurde daraus zunächst ein eigentümlicher, intensiver Dialog zwischen einem Lebenden und einem Verstorbenen. Doch nach und nach musste ich einsehen, dass das Vorhaben undurchführbar war. Zu weit entfernt von den Maßstäben, die an eine moderne, ausgangssprachlich orientierte Übertragung anzulegen sind, waren meines Vorgängers Auffassungen (so schrieb er noch!) von Sprache und Übersetzung. Studniczka übersetzte fast nur inhaltsorientiert, und es entstand dabei ein Produkt, das – im Sprachwitz, in der auch den Kalauer nicht scheuenden Burleske – für mein Empfinden zu wenig Gracián war, als dass ich es ein halbes Jahrhundert später guten Gewissens noch einmal, und nun im dreifachen Umfang, an die Öffentlichkeit bringen mochte. Seinen in sich kohärenten Text mit einzelnen korrigierenden Elementen zu durchsetzen hätte aber ein Zwittergebilde ergeben, nicht sein und nicht mein. Es musste selbst gewagt werden, und über das Ergebnis herrscht bei mir alles andere als Gewissheit. Doch war mir das Beispiel Hanns Studniczkas, sein immenser Mut und seine Beharrlichkeit all die Jahre über Ansporn. Ohne ihn wäre dieser neue Versuch niemals zustande gekommen, und ich kann nur hoffen, er wird mich eines Tages dort drüben nicht allzu rau empfangen. Sollte es eine Insel der Unsterblichkeit geben und sie von Tinte umflossen sein, wie unser Autor es sich so kühn-verschroben vorstellt, so gebührt ohnehin nur ihm dort ein Plätzchen. Er hat mit Tinte geschrieben, ich natürlich mit dem Computer.

Ulrich Schulz-Buschhaus, Graz, der vorzügliche Kenner und Interpret des Gracián'schen Werkes, hatte während der letzten Jahre das Entstehen der Übersetzung mit wohlwollendem Interesse und eingehenden Ratschlägen begleitet. Das Nachwort, zu dem er sich erboten hatte, konnte er nicht mehr schreiben. So möchte dieses Buch nun wenigstens helfen, sein Andenken zu bewahren.

Dass Hans-Rüdiger Schwab, Münster, es an seiner Stelle übernommen hat, ein Nachwort beizusteuern, ist ihm gar nicht hoch genug anzurechnen.

Hans-Martin Gauger, Freiburg, bin ich für sein Vertrauen zu besonderem Dank verpflichtet.

Frau Marta Iglesias-Álvarez, Trier, hat mit ihrem sicheren Sprachgefühl zahlreiche schwierige Stellen klären helfen. Frau Dr. Eva Maria Phieler hat mit untrüglichem Blick für Mängel und Schwächen im gesamten Manuskript Korrektur gelesen und wertvolle Ergänzungen für den Kommentar vorgeschlagen. Meine Trierer Kollegen haben, was nicht zu unterschätzen ist, ein gedeihliches Arbeitsklima geschaffen. Keith Schultz war bei der Bildreproduktion unersetzlich.

Bernhard Böschenstein, der Genfer Freund, hat hilfreiche Sprachkritik geübt. Anregung und Ermutigung von unerwarteter Seite brachte ein Briefwechsel mit dem Freiburger Sinologen Harro v. Senger zum Thema List (Anfang von I, 5).

Fritz Vogelgsang hat die Verbindung zum Ammann-Verlag hergestellt. In Egon Ammann fand ich einen wundervollen Verleger. Sabine Dörlemann, Mike Bierwolf und Gaby Michel haben die technischen Schwierigkeiten überwinden helfen.

Ingeborg Hecht-Studniczka, der älteren Freundin, die in ganz anderem Bereich bekannt geworden ist durch die Schilderung ihres Lebens zu jener Zeit, »als unsichtbare Mauern wuchsen«, und die die Entstehungsjahre der Criticón-Übersetzung an der Seite ihres Mannes rückschauend mit unnachahmlichem Charme und mit der Gelassenheit der durch großes Leid Gegangenen zu erzählen versteht – ihr sei zu ihrem achtzigsten Geburtstag diese neue *Criticón*-Version in Verehrung und Zuneigung gewidmet.

Trier, zur Jahreswende 2000 H. K.

Die Lust im Kerker des Daseins

Versuch einer Annäherung an Baltasar Graciáns »Kritikon«

»Life is a highway and soul just a car«, heißt es in einem Titel des Rock-Barden Meat Loaf. Ganz ähnlich lautet die Botschaft bei seinem jüngeren Kollegen Tom Cochrane. Vor dem Horizont der Mythen eines Zeitalters unbegrenzter Mobilität bringen sie zum Ausdruck, was seit der großen Fahrt des Odysseus die Menschen in ihrem tiefsten Selbstverständnis stets aufs Neue beschäftigt hat: das Unterwegssein als Spiegelbild des eigenen Lebens. Die vorläufig beliebteste der zahlreichen kulturellen Metamorphosen dafür ist das Roadmovie: ein Genre mit vielfachen Ausdifferenzierungen, die jedoch sämtlich der Vorgabe folgen, dass ihre Hauptpersonen sich unablässig fortbewegen. Bis zum Ziel (wenn es denn überhaupt erreicht wird) müssen lange Distanzen zurückgelegt werden. Sie erreichen Orte, machen Bekanntschaften und geraten in Situationen, wo Entscheidungen fällig sind. Schwellen werden dadurch überschritten, die einen unmerklich verändern. Was auch immer geschieht: Begegnungen mit Menschen, Landschaften und Verhältnissen (ja teilweise selbst simple Gesten und Gegenstände) – alles ist einerseits präzis gesehene Alltagswelt und vermittelt gleichzeitig doch den Eindruck zeichenhafter Überhöhung.

Ob man nun an Federico Fellini denkt oder an Wim Wenders, an Jane Campion oder an Jim Jarmusch: in den besten dieser Filme wird die realistische Oberfläche unversehens durchsichtig auf einen künstlichen, einen nicht selten doppelbödigen Raum voller Rätsel, wo die Befindlichkeit, die Gefahr oder aber die Verheißung der eigenen Existenz zum Vorschein kommt. Während ihrer Streifzüge durch die Wirklichkeiten der Gegenwart sammeln die Protagonisten Material auch über sich selbst und suchen die Spur eines ihnen gemäßen, richtigen Lebens – mag es nun in der Vergewisserung von Freiheit, von Heimat oder von Sinn liegen. Geographische Fortbewegung und der eigene Lebensweg bleiben so stets untrennbar ineinander verwoben. Die äußere Reise ist letztlich eine Fahrt in das Innere der Selbsterkenntnis. Wenn nämlich im Roadmovie das Unterwegssein zum unüberbietbar intensiven Zustand verdichtet wird, dann eben gerade deshalb, weil dieser Modus wie kein anderer die Herausforderung eines authentischen Kerns der Existenz (oder wenigstens einer Ahnung davon) in sich birgt.

Gewisse Affinitäten zum vorliegenden Roman sind bei alledem nicht von der Hand zu weisen. Als eine Art erzähltes Roadmovie mag er einen unbefangenen Leser heute auf den ersten Blick vielleicht tatsächlich anmuten (und so verschroben wäre das keineswegs). In jedem Falle könnte das Bewusstsein solch höchst zeitgenössischer Dispositionen hilfreich sein, um sich durch die fremdartige Ferne nicht von vornherein abschrecken zu lassen, aus der das »Kritikon« kommt, durch jenen Abstand, den unsere Welt von der des 17. Jahrhunderts trennt. Form und Semantik der Lebensreise verdanken sich hier dem letzten großen Zeitalter der symbolischen Repräsentation in Europa, wo jahrhundertelang verbindliche Traditionen vor ihrem Verschwinden noch einmal abschließend zusammenlaufen.

Neben Cervantes und Calderón (und ihnen ebenbürtig) ist Baltasar Gracián die überragende Persönlichkeit der Literatur des spanischen Barock, dessen geistige Physiognomie er wesentlich mitgeprägt hat. Die Mehrzahl seiner Schriften gehören in den Kontext lebensphilosophisch-analytischer Moralistik. Als idealtypische Anleitungen, wie zumal der in administrativen Diensten stehende Bürger des frühmodernen Staats gesellschaftliche Gewandtheit mit Durchsetzungsvermögen in Einklang zu bringen vermag, waren sie – »El Héroe« (dt.: »Der Held«) beispielsweise, »El Político Don Fernando el Cátolico«, oder »El Discreto« (dt.: »Der kluge Weltmann«) – in ganz Europa verbreitet. Hinzu kommt eine nicht minder einflussreiche poetologische Schrift (»Agudeza y arte de ingenio«) und, obwohl das gelehrte Mitglied des Jesuitenordens in seiner Heimat als Prediger berühmt war, ebenfalls nur eine theologischen Inhalts (dafür aber als Einzige unter dem richtigen Namen des Verfassers erschienen), die nach der Kommunionbank betitelten Meditationen »El Comulgatorio«. Seine neuere Präsenz im deutschen Sprachraum gründet fast ausschließlich auf der von Schopenhauer übersetzten Aphorismen-Sammlung »Oráculo manual y arte de prudencia« (»Handorakel und Kunst der Weltklugheit«). Obwohl den Höhepunkt von Graciáns Schaffen unbestreitbar sein letztes und zugleich umfangreichstes Buch markiert, der Roman »El Criticón«, blieb dieser hier bisher vornehmlich ein (allerdings hoch gehandelter) Geheimtip für Kenner. Mit der vorliegenden Ausgabe lässt er sich nun erstmals unverkürzt besichtigen. Wer sich auf das fulminante Werk einzulassen bereit ist, wird mit einer Entdeckung von weltliterarischem Rang belohnt.

Der eigentliche Handlungsfaden ist dünn. In wenigen Sätzen lässt er sich wiedergeben. Ein Schiffbruch spült Critilo in St. Helena an Land. Dort trifft er auf einen Menschen, der noch ganz im Naturzustand lebt. Als lernbegieriger Schüler und treuer Begleiter folgt Andrenio (wie er von diesem genannt wird), Critilo bei der Suche nach dessen verschollener Geliebter Felisinda, die, wie sich herausstellt, zugleich seine eigene Mutter ist. Auf zwei miteinander verzahnten Ebenen vollzieht sich die gemeinsame Reise. Einerseits führt sie die beiden durch verschiedene Kernländer Europas, wo sie, beständig zwischen Irrtümern und dem rechten Weg hin- und herschlingernd, in mancherlei Turbulenzen geraten, »viel herum-, aber wenig vorankommen« (828). Andererseits werden symbolhafte Distrikte durchquert, in denen etwa die menschlichen Altersstufen auf die Jahreszeiten bezogen sind und abstrakte Wesenheiten wunderlich wie nach außen gestülpt auftreten. Letzte Station ist Rom. Dort erfahren die zwei, dass Felisinda, die zwischenzeitlich mehr und mehr zur reinen Vorstellung des Glücks mutiert war, sich im Himmel befindet. Am Ende müssen sie sich die Vergeblichkeit ihrer Unternehmung eingestehen: anstelle der Gesuchten finden sie das »ELEND« (903), nämlich den allgemeinen Tod, vor dem sie sich schließlich auf die (in einem schwarzen Tintenmeer gelegene) »Insel der Unsterblichkeit« retten.

Die beiden Namen sind Programm. Ihrem griechischen Ursprung nach bezeichnen sie einerseits den (wenngleich nicht immer mit festem Grund) unterscheidungs- und urteilsfähigen sowie zum anderen den triebhaft-impulsiven Menschen, der ständig durch die sinnliche Erscheinung der Dinge verführt und getäuscht wird. Nicht umsonst halten Critilo und Andrenio sich jedoch wechselseitig für ihr »anderes Ich« (143, 153). Beide zusammen in ihrem Widerspiel ergeben erst den vollständigen Menschen mit seinem unauflöslichen Antagonismus von Geist und Natur. Was Gracián unternimmt, ist also nichts weniger als der Versuch einer die gesamte menschliche Wirklichkeit umfassenden Analyse in Form eines sinnbildlichen Romans.

Dass das Geschehen einem belehrenden Zweck untergeordnet ist, kündigt bereits der Titel an. Er stellt eine Summe von kritischen Betrachtungen in Aussicht, die in den Begebenheiten der einzelnen Kapitel auf exemplarische Weise abgehandelt werden. So wächst sich das »Kritikon« gleichsam zu einem riesigen Traktat aus, der seine Stoßrichtung in ein artifizielles Gesamtarrangement überführt, das wiederum aus dem Vorrat einer Reihe von epochenspezifisch kodifizierten Ideen schöpft. Drei große strukturelle Vorbilder insbesondere stehen dabei Pate, die der Autor jeweils eigentümlich modifiziert.

Das erste nimmt eine alte christliche Vorstellung auf. Wiederholt nennt Gracián seine Protagonisten »Welt-« (355) und »Lebenswanderer« (903) oder spricht von ihrer »Pilgerlebensreise« (114). Für den Barock war dies die wichtigste aller Daseinsmetaphern. Sie geht zurück auf den Topos vom »homo viator« in der Theologie der Kirchenväter. Ihm zufolge ist das Leben ein gefährlicher Durchgangszustand, ein Exil, mit dem Fluchtpunkt der himmlischen Heimat.

»Während wir im Leibe daheim sind, weilen wir fern von dem Herrn auf der Wanderschaft«, schreibt schon Paulus im Zweiten Brief an die Korinther (5, 6). Als eine solche »peregrinatio a Domino« steht die christliche Lebens-Wallfahrt im Zeichen des Verlusts der ursprünglichen Nähe zu Gott, aus der einen die Sünde verbannt hat. Erst mit seinem Tod hofft der Wanderer jene Gnade zu erlangen, die die erlittene Entfremdung definitiv wieder rückgängig machen wird.

Ihren Sinn erfährt die christliche Lebensreise mithin vom Ausgang her. Was die diesseitige Welt ihm zu bieten hat, kommt für den schuldbeladenen Pilger nur insofern in Betracht, als es ihn seinem Ziel näher bringt. Schweift sein Blick hingegen ab und findet er unterwegs an den irdischen Dingen um ihrer selbst willen Gefallen, so strahlen von diesen Verlockungen aus, denen er leicht erliegt und darüber seine Bestimmung vergisst: »gehen sollen wir«, liest man entsprechend auch im »Kritikon«, »wandeln und vorübergehen« (93). Unablässig muss der sozusagen nomadisierende Christ sich während dieses prekären Unternehmens deshalb in Erinnerung rufen, dass er auf Erden nur mehr ein »Fremdling« ist (Hebr 11, 13), und allem Weltlichen gegenüber Gleichgültigkeit zu erlangen versuchen.

Prototypisch versammelt die skizzierten Motive John Bunyan, der puritanische Zeitgenosse Graciáns, in seinem gut zwei Jahrzehnte nach dem »Kritikon« entstandenen »Pilgrim's progress from this world to that which is to come«. Was den deutschen Sprachraum anbelangt, findet man eine von denselben Zusammenhängen inspirierte Literatur vereinzelt sogar noch in nachbarocken Zeiten, von Johann Heinrich Jung-Stillings »Das Heimweh« (1794/96), der epischen Programmschrift der Erweckungsbewegung, über manche Texte der Romantik bis hin zu einem literarischen Außenseiter wie Karl May mit seinem Spätwerk »Ardistan und Dschinnistan« (1907/09).

Unverkennbar ist der didaktische Anspruch in den Allegorien der christlichen Lebensreise. Beschaffenheit und Verlauf dieses Weges verwandeln sich in einen Parcours voller Bewährungsproben. Neben dem stürmischen Meer signalisieren bevorzugt zumal der »Scheideweg« (737) oder der Irrgarten (602) die Gefahren des drohenden Orientierungs- und damit metaphysischen Selbstverlusts. Häufig folgt die Reihung der Stationen dem Prinzip der schrittweisen moralischen Läuterung. Auf diese Weise wird mittels räumlichen Fortschreitens ein Psycho-Drama inszeniert, bei dessen Schauplätzen es sich um sinnbildliche Landschaften handelt.

Der Held einer derart stilisierten Lebensgeschichte ist natürlich kein Individuum, sondern bleibt notwendig anonymer Typus, denn gerade als solcher soll er sich der Identifikation durch den Leser anbieten: »dieser unselige Fremdling ist jedermann« (134). Vermittelnd springt ihm immer wieder ein Psychopompos bei, ein Seelenführer (und »Nothelfer«: 376), der ihm rät, ihn warnt und ihm die Bedeutung des Geschehens erschließt, worin er sich jeweils befindet. Critilo und Andrenio werden gleich eine ganze Reihe solcher kundigen Begleiter zur Seite gesellt.

Zugleich ist es bei Gracián aber eine »bunte Lebensreise« (657), die der Autor ausdrücklich mit »unterhaltsamen Einfällen« und »Verwicklungen« (12) aufmischen will. Dabei macht er sich eine natürliche Verwandtschaft zunutze, die der heilsgeschichtliche Initiationsroman (nicht nur des Barock) von jeher zu dem Abenteuerroman aufweist. Im undurchschaubaren »Labyrinth der Ränke, der Falschheiten und der SCHIMÄREN« (653) unterliegen dessen Helden am Ende ja ebenfalls nicht dem Bösen, sondern bestehen ihre Prüfungen, die das Wagnis des gefährlichen Lebens mit sich bringt, siegreich.

Konkretes Bezugsmuster für das »Kritikon« sind Heliodors spätantike »Aithiopika«. Die Popularität, deren sie sich, nach ihrer Wiederentdeckung im 16. Jahrhundert, gerade beim spanischen Lesepublikum erfreuten, war so außerordentlich, dass sie zum Vorbild für einen eigenen Romantyp wurden, die sogenannten »byzantinischen« Erzählungen. Zum Zwecke der Kurzweil übernimmt Gracián aus ihnen bestimmte Verfahrenstechniken und Effekte (etwa der Spannungslenkung) ebenso wie zahlreiche Elemente im Detail. Ganz entschieden umgebogen allerdings ist das bei Heliodor konstitutive Motiv der (dazu noch einem glücklichen Ende zugeführten) Liebe, da Felisinda sich ja als unauffindbares Phantom entpuppt.

Überwölbt wird die abenteuerliche Lebensreise der Gracián'schen »Pilger« (828 u. ö.) mit ihrem eigenen, noch näher zu bestimmenden spirituellen Sinn schließlich durch den Topos vom »Großen Welttheater«. Gleichfalls antiken Ursprungs, und im Humanismus wiederbelebt, fällt er, von Shakespeare über den holländischen Nationaldichter Joost van den Vondel bis hin zu Andreas Gryphius und Lohenstein, unter den Gemeinbestand des europäischen Barock. Wie nirgendwo sonst wird er jedoch gerade in Spanien zum Leitbild der Mentalität einer ganzen Epoche – und dies so reichlich, dass schon 1615 Cervantes seinen Sancho Pansa sich über das angestaubte Klischee mokieren lässt (»Don Quijote« II–12).

Beispielhaft entfaltet findet man das Grundschema des »Großen Welttheaters« in Calderóns wenige Jahre vor dem »Kritikon« uraufgeführtem geistlichen Spiel gleichen Titels: Gott ist demnach der Schauspieldirektor, der jedem Menschen seine eigene Rolle auf der Lebensbühne zuweist und am Ende, wenn nach vollbrachtem Spiel die Kostüme in der Umkleidekammer des Todes abgeliefert werden müssen (857), über die Qualität der Darbietung urteilt. Auf Erden befindet sich der Mensch nur mehr im Zustand einer (wenn auch teilweise grandiosen) Fiktion, mit freilich ernsten Konsequenzen.

Gracián benutzt die Schauspielmetapher an mehreren Stellen seines Romans und lädt sie mit durchaus verschiedenen Bedeutungen auf. So trägt gleich das zweite Kapitel des »Kritikon« die Überschrift *»El gran teatro del Universo« (»Das große Welttheater«:* 25). Gemeint ist damit die harmonische Ordnung der Natur, »dieser rühmenswerten (kosmischen) Weltenbühne« (23), die der »Höchste Werkmeister« (25) eingerichtet hat: jener »göttliche Architekt« (39) und »Höchste Künstler« (73), der (wie allerdings nur sehr verhalten angedeutet wird), auch in seine Schöpfung eingreift und die Fäden der Biographien in Händen hält (852) – obwohl diese, worauf der Text ungleich drastischer eingeht, schonungslos der zyklischen Zeit unterworfen sind, von der sie buchstäblich »abgewickelt« werden (874).

Sobald die Menschen auftreten, bleiben Irritationen nicht aus. Ihr Part ist allerdings auch trostlos genug beschaffen. Die Allegorie vom »Jahrmarkt der Foppereien« in Krisis I-7 macht es besonders anschaulich. Dort findet die »Farce« eines Festes statt, auf dem mit einer Menge Tricks (»mit vielerlei Maschinerie und Schaugepränge«) ein »gewaltiges Spektakel inmitten dieses großen Allerwelttheaters« (131) gegeben wird, das alle im gleichen Zustand betreten, wie sie es wieder verlassen – weinend und nackt, als ein einziges belangloses Missgeschick: »Und der gestern noch Mensch war, heute ist er schon Staub und morgen nichts mehr.« (135) So lautet Critilos bündiges Fazit zu »diesem Jammertheater« (134).

An anderen Stellen wird der Weg des Menschen von der Geburt bis zum Grab mit einer Tragikomödie (850), dann wiederum mit einem »Schauerstück« (875) verglichen. Und das gesellschaftliche Treiben, wie es paradigmatisch am Hof »des berüchtigten Königs Falimundo« stattfindet, ist ein großes, unübersichtliches Maskenspiel, in dem Wesen und Erscheinung so sehr auseinander fallen, dass man sich ohne Hilfe unmöglich zurechtfinden kann (146 f.). Aber auch die positiven Gegenwelten bleiben in die Schauspielmetapher einbezogen, so das kultivierte »Theater Apollos« im Haus des spanischen Botschafters in Rom (830) oder schließlich das »Amphitheater der Unvergänglichkeit« (910). Einen Raum jenseits des Theaters gibt es in diesem Roman für die Menschen nicht.

Indem er diese großen Formmuster aufgreift und abwandelt, gewinnt jenes Eigene Konturen, was Gracián – da die Residenz mit ihrer für den Barock repräsentativen Gesellschaftsschicht als das Abbild der Welt gilt – eine *»filosofía cortesana«* nennt, eine *»Weltenhofbetrachtung«* (11). Ihr Ziel ist die Selbsterkenntnis, welche unter den obwaltenden Umständen gar nicht anders denn »bitter« (99) sein kann. Aus diesem Grund richtet Gracián sein Augenmerk fast obsessiv auf jene Phänomene, anhand deren sich die fundamentale Misslichkeit des Daseins nachbuchstabieren lässt.

Das große Thema schlägt Critilo gleich zu Beginn an: »O Leben, besser wär's, du hättest nie begonnen. Einmal begonnen jedoch, solltest du nie mehr enden!« (14) Den Gedanken dieses unaufhebbaren existentiellen Dilemmas variiert der Autor stets aufs Neue, wobei er alle Register seiner Beredsamkeit zieht. Das Leben ist für ihn uneigentlich, ein Traum »im Wachen« (95), vor allem aber »nur ein Kerker des Elends« (71), voller »Widrigkeiten« (841). Ein höchst labiler Zustand (442) unter der Herrschaft der Fortuna, wo sich der »blinde Zufall« austobt (432) und mit ihm eine Art rasender Stillstand (853 ff.). Wo der Mensch in all seinen Entwürfen und Hoffnungen notorisch belogen, betrogen und verhöhnt wird (134 f.), dazu immer unter dem Schatten der unerbittlich auf den Tod zufallenden Zeit steht (876). Kurzum: es ist »alles (...) eitel« (123).

Ein Bewusstsein, wie es sich in der gesamten Literatur des europäischen Barock artikuliert, wird hier radikal, ja fast unversöhnlich zugespitzt. Deshalb lesen sich Stellen wie diese in der Tat wie eine vorweggenommene Paraphrase der Abrechnung mit »der Nichtigkeit und dem Leiden des Lebens«, die Schopenhauer im zweiten Band seines Hauptwerks »Die Welt als Wille und Vorstellung« (1844) vornimmt. Bis in Einzelheiten der Wortwahl hinein lassen sich Gleichgestimmtheiten aufspüren. Jedenfalls machen sie nachvollziehbar, warum der gallige Denker, mit ausdrücklichem Bezug auf das »Kritikon«, just zu »diesem philosophischen Gracián« als seinem »Lieblingsschriftsteller« über die Jahrhunderte hinweg eine Wahlverwandtschaft empfand. Für den modernen Leser mag sich darüber hinaus zuweilen sogar das Gefühl einer Antizipation der existentiellen Traurigkeit der Moderne einstellen. Wenn etwa, um nur *ein* Beispiel zu nennen, Fernando Pessoa, der in seinem erst während der letzten beiden Jahrzehnte berühmt gewordenen »Buch der Unruhe« (1929/1934) schreibt: »Ich betrachte das Leben als eine Herberge, in der ich verweilen muss, bis die Postkutsche des Abgrunds eintrifft«, vermittelt das ebenfalls den Eindruck untergründiger Verwandtschaft mit bestimmten Passagen des »Kritikon«.

So überwältigend diese Aspekte indes sind, sollte man sich doch davor hüten, den ganzen Roman umstandslos mit ihnen gleichzusetzen. Gefragt ist vielmehr auch diesbezüglich die Aufmerksamkeit für dessen unverhohlene Antinomien und Paradoxien. Wie in den »Essais« von Montaigne (1580 ff.) steht die Betrachtung des Todes (als der *»Stiefmutter«* des Lebens: 876) bei Gracián gleichwohl ohne Zweifel im Zentrum allen Nachdenkens über den Menschen und die Welt.

Dass ausgerechnet ein Geistlicher seine Ideen weitgehend von theologischen Sinngebungen abkoppelt, war zwar schon von Zeitgenossen bemängelt worden, sollte aber ebenso wenig zu falschen Schlüssen verleiten. Gott ist im »Kritikon« als Schöpfer gegenwärtig, ja mit seiner »Allmacht«, »ewigen Vorsehung« und »unermesslichen Güte« aufgrund des von ihm unüberbietbar Geschaffenen völlig evident (46). Wer seine »gewollte« und »wohlgeordnete« Ordnung »verwirrt« (109 f.), und das gründlich, sind allein die Menschen: »In (ihnen) selbst steckt das Übel« (437), konstatiert Gracián eine geheime Erbsündenlehre. Gott wird demgegenüber entlastet. Die Theodizeefrage seiner Rechtfertigung angesichts der vorfindlichen Realität stellt sich nicht.

Gott ist es auch, der die *»Insel der Unsterblichkeit«* stiftet (915 ff.), selbst wenn diese eine ausschließlich moralische Transzendenz beinhaltet, in die man aufgrund rein weltlicher Vorzüge zu gelangen vermag. So erwähnt Gracián bezeichnenderweise zwar die vier Kardinaltugenden »JUSTIZIA«, »PRUDENZIA«, »FORTITUDO« und »TEMPERANZIA« (das sind: »Gerechtigkeit«, »Klugheit«, »Tapferkeit« und »Maß«: 525; vgl. Weish. 8,7), wie die klassischen Angelpunkte des sittlichen Lebens genannt werden – nicht jedoch Glaube, Hoffnung und Liebe (1 Kor 13, 13), die drei sie überschreitenden Tugenden, die Gott zum Ursprung, Beweggrund und Gegenstand haben und deswegen »göttlich« heißen.

Wenn die Tröstungen des Erlösungswerks Christi im »Kritikon« außen vor bleiben, obwohl die Welt als eine so fundamental unheile gezeichnet wird, folgt der Autor dem zeitkonformen Gedanken von der doppelten (oder gestuften) Wahrheit. Ein Diktum seines Ordensgründers aufgreifend, hatte die »große Meisterregel« (Nr. 251) im »Handorakel« entsprechend gefordert: »Man wende die menschlichen Mittel an, als ob es keine göttlichen, und die göttlichen, als ob es keine menschlichen gäbe.« Zunächst einmal gilt es, der Welt mit ihren eigenen Mitteln zu begegnen. Eben deshalb sind die biblischen Zitate und Anspielungen im »Kritikon« auch vorwiegend dem Bereich der alttestamentlichen Weisheitsliteratur entnommen. Dazu passt, dass Gracián, weil die »heilige Theologie« unter den Wissenschaften eine unendlich erhabene »Sonderstellung« einnimmt, insofern nämlich »sie allein (…) wahrhaft göttlich« ist, sich in seinem Roman bewusst auf die »Übrigen« beschränkt, »die sich (…) in den irdischen Regionen Morgenlicht der Wahrheit und Nordsterne der Erkenntnis nennen« (549).

Damit ist das für den Anspruch des Autors entscheidende Stichwort gefallen. Mittels zweier Schlüsselbegriffe, die, sich wechselseitig ergänzend, aufeinander verweisen, betreibt das »Kritikon« als Konsequenz aus dem düsteren Befund eine Einübung in die rechte Erkenntnis. Sie folgt der Dialektik von Schein und Sein, welcher im praktischen Bereich jene von Wahnbefangenheit und Wahnzerstörung entspricht. *»Engaño«* – »das TÄUSCHEN« – begreift jedwede Abweichung von der Wahrheit (152) ein. Es steht »am Eingang der Welt«, erst »am Ausgang aber *desengaño,* das ENTTÄUSCHEN«: darin besteht der sozusagen strukturelle Webfehler, der allem »Lebensgang« (710) eignet. Im analytischen Akt des *»desengaño«,* des Heraustretens aus Verblendungszusammenhängen, wächst der Realität jene Transparenz zu, die sämtliche Illusionen, Irrtümer und Täuschungen zerstört, denen der Mensch über die Welt insgesamt wie über seine eigene Person unterliegt (oder mit denen er betrogen wird).

Dass diese Denkfigur gerade im spanischen Barock so enorm grassiert, ist von den zeitgeschichtlichen Hintergründen nicht zu trennen. Historisch bezeichnet der Begriff »barock« eine Periode großer Spannungen, ja Widersprüche, hinter deren prächtiger Fassade ein Gefühl der Bedrohung und Instabilität wuchert. Zumal »Spanien, das« (so Gracián), »darniederliegt unter Krieg und Unglück« (891), ist davon in besonderem Maße betroffen: Während seine Kultur in der ersten Jahrhunderthälfte nach ganz Europa ausstrahlt, weswegen man rückblickend geradezu von einem »Goldenen Zeitalter« (»siglo de oro«) des iberischen Reiches spricht, erlebt das nach dem Westfälischen Frieden geschwächte Land eine wirtschaftliche, demographische und soziale Abwärtsentwicklung, zusätzlich verstärkt durch aufeinander folgende Missernten und Epidemien. Diese von vielerlei Auflösungserscheinungen begleitete »decadencia« wird weithin als unaufhaltsame Katastrophe empfunden, als eine schockierende Entlarvung eben noch bestehender Größe.

Gracián zufolge begründen wesentlich kognitive Mängel den *»engaño«.* Sie gehen den moralischen Schwächungen voraus. »(...) im Sehen und Erkennenlassen«, und zwar dem richtigen, also

»ohne Leidenschaft und Voreingenommenheit« (299), besteht daher die »ganze Heilkunst« (150). Der Erwerb von Wissen gerät somit zur wirksamsten Waffe gegen die Zumutungen des Lebens: er vermittelt jenes Licht der aufklärenden Ent-Täuschung, das man »so dringend« braucht (884), obschon es zwangsläufig die »Melancholie« befördert (204). Eine beispielhafte Demonstration hierfür findet sich in Krisis I-8. Hier bleibt Andrenio freudig erregt in der Stadt des »FALIMUNDO« hängen. Erst als Critilo den »KLUGEN« (150), einen alten und kundigen Mann, um Hilfe bittet, kann sein Begleiter aus dem Bann des Welttrugs gelöst werden. Erforderlich hierfür ist ein Akt der Wahrnehmung, zu dem Andrenio initiiert werden muss. Diese pädagogische Aufgabe übernimmt der »KLUGE«. Er führt Andrenio auf einen Hügel außerhalb der Stadt (vermittelt ihm also den angemessenen Standpunkt aus der Perspektive kritischer Distanz) und bricht den Zauber der Wirklichkeit, indem er ihm deren wahre Gestalt in einem Spiegel zeigt (dem Symbol subjektiv ungetrübter Reflexion). Das Resultat ist ebenso unabweisbar wie unerfreulich: »Befriedigt, nein«, bilanziert Andrenio seine neue Befindlichkeit, »aufgeklärt (»desengañado«), ja!« (153).

Allein durch einen Zuwachs an Ein-Sicht gewinnt man Freiheit gegenüber den Verstrickungen des Wahns. So verkörpern die Begleitfiguren des »ARGUS« (II-1), des »TREFFERS« (III-3), des »MERKERS ZAHORÍ« (III-5) und des »ENTZIFFERERS« (III-4) auf verschiedene Weise die Fähigkeit durchdringender Wahrnehmung. Wenn aber die Welt sich im Zustand der Inversion befindet, wenn sie (wie es einer verbreiteten kulturellen Vorstellung der Zeit entspricht), buchstäblich auf dem Kopf steht, dann ist ein einfaches Umkehrverfahren erforderlich, um sie (wenn man so will: dekonstruktiv), zur Kenntlichkeit zu entstellen. Man muss nur lernen, »die Dinge (...) sämtlich verkehrt herum (zu) betrachten, um sie richtig zu sehen« (150).

Damit aber werden sie zugleich einer ironischen Vernichtung unterzogen. Ebenso genussvoll wie maliziös entwerfen Graciáns Streifzüge durch die närrische Welt seiner Zeit ein universalsatirisches Panorama. Gelegentlich selbst ohne Rücksicht auf Widersprüche spießt er typische Laster oder Torheiten der Völker und Stände, der Sitten und Moden auf, die, unter gewandelten Bedingungen und in anderen Formen, ein aufmerksamer Leser teilweise auch in der Gegenwart wiederzufinden vermag. Hinzu kommt eine politische Kritik, welche zu ihrem Vorteil gelegentlich das Allgemeine verlässt, so etwa, wenn um sich greifende machiavellistische (und das bedeutet »gottlose«: 551) Tendenzen des Machtmanagements gegeißelt werden (98, 114, 130, 400) oder die Ausbeutung der überseeischen Länder in den Blick gerät (345 f., 359; vgl. aber auch 250).

Wie im gesamten Kosmos jedes Phänomen auf ein »Gegenteiliges« angewiesen bleibt, ohne das es nicht bestehen kann (44), zeitigt auch Graciáns Wahrnehmungskonzept letztlich ein ambivalentes Ergebnis. Zwar ist Einsicht möglich – aber eben nur deshalb, weil es ganz fundamental den Trug gibt. (Hierin besteht übrigens ein Zusammenhang des *»desengaño«*-Themas mit der Erkenntniskritik der frühmodernen Philosophie. Im Diskurs des zweiten Kapitels könnte sich die Nähe zu Descartes' methodischem Zweifel möglicherweise sogar keineswegs bloßem Zufall verdanken.)

Mit dem Schein, mit der Täuschung, hat daher der Weise immer zu rechnen. Dass dies lebenspraktische Konsequenzen nach sich zieht, liegt auf der Hand. Gerade wenn und weil man ihn durchschaut, kann es nötig sein, sich ihm höchst beweglich anzupassen, um »in einer Welt wie dieser« nicht zu unterliegen (111): als Akt der Selbstbehauptung im gesellschaftlichen Kampf aller gegen alle, im Wolfsrudel (53), wo derjenige, der einem anderen vertraut, immer schon verloren hat (296).

Wesentlich ändern lässt sich die Welt in gar keinem Falle. Sie ist und bleibt vielmehr unverbesserlich: »Immer war sie schon, wie sie ist«, heißt es bündig: »so werden sie alle vorfinden, und so werden sie alle wieder verlassen.« (111) Nur die »Toren« versuchen sie »zurechtzurücken«, obwohl das doch völlig »unmöglich« ist (112). Als klug erweist sich hingegen, wer nach der Devise »Sehen, hören und schweigen« (111) handelt – und sich die Verhältnisse, wie sie eben sind, bedarfsweise zunutze macht. Bei einer gewissen Spielart des (nicht nur wissens-)aristokratischen Konservatismus der Moderne galt Gracián dieser zutiefst anti-utopischen Gestimmtheit wegen als Archetyp eines Helden des kalten analytischen und strategischen Blicks.

Der Erwerb jener souveränen Überlegenheit, die sich gegen die menschliche »Farce« durch Einsicht zu immunisieren versteht, ist bei ihm jedenfalls untrennbar mit dem Selbstschutz zweckmäßiger Akkomodation verwoben. Auf diese Weise wird sein Roman, wie er sich durch »kritische Zensur« bescheinigen lässt, zu einem »Kempis des Weltenhofes« (287 f.), einem säkularen Pendant zur »Nachfolge Christi«, des meistgelesenen religiösen Erbauungsbuchs der Zeit.

Das Ziel der Lebenswanderschaft und die höchstmögliche Einsicht konvergieren in der Ausbildung zur vollkommenen *»Person«*, deren leuchtendste Verkörperung nicht ohne Grund als kluger Weltmann auftritt: der »alterfahrene Höfling«, dem Critilo und Andrenio in Rom begegnen (828). Person zu werden ist eine mühevolle »Kunst« (74, 214), ja »das Schwerste im Leben« überhaupt (603). Sie setzt eine ganze »Liste« von Eigenschaften voraus (315), allen voran natürlich die »VERNUNFT (...), jene Königin des Lichts, Mutter des *desengaño,* der Aufklärung, mit ihren Gefährtinnen, den Tugenden« (79), sowie die »wahre Herrschaft«, will heißen: jene über sich selbst (568), die einen davor bewahrt, zum Spielball seiner irrationalen Impulse zu werden. Medium dieses Prozesses ist die Kultur (549 ff.), die sich hinwieder dem »INGENIUM« (das »in die Räume der HUMANITAS« leitet: 393) und dem »JUDICIUM« (395) verdankt, der Schöpfer- und der Urteilskraft. Beide sind sie in der menschlichen Grundbeschaffenheit angelegt.

Repräsentiert wird dieses Bildungsprogramm durch »ARTEMIA«, eine Künstlerin, die das rohe anthropologische Material veredelt und so »aus hirnlosen Tieren (...) vernünftige Menschenwesen« macht (138). Mit welchem Erfolg das zu geschehen vermag, davon zeugt die erstaunliche Karriere Andrenios, der, aus der Höhle seines Nichts (19 ff.; vgl. auch 811 ff.) kommend, dem Urzustand völliger Unwissenheit, zuletzt noch den »Geleitbrief« (940) zur Stätte des ewigen Ruhms erhält, wo ganz strikt und ausschließlich die »Persönlichkeit« gilt, die »geistige Leistung« (930). Als ein wesentlich auf Gott ausgerichteter (42) und lernfähiger (auch qua Kollektivwesen zum Fortschritt verpflichteter: 179) Naturentwurf ist es Aufgabe des Menschen, seine angeborenen Fähigkeiten zu entwickeln und sich dadurch zum Schöpfer eines eigenen, persönlichen Seins zu machen, das die biologische Vergänglichkeit überdauert: »Begreife doch, dass es in deiner Hand liegt, ewig zu leben!«, mahnt ihn sein Gott eindringlichst: »Sei heroisch, und du wirst ewig währen (...)« (915)

In diesem Zusammenhang kommt es sogar zu weiteren geradezu euphorischen Aufschwüngen im Text: »(...) tagtäglich geht es ja mit den Materien voran und werden die Formen verfeinert. Viel mehr *Personen* sind es heute als gestern und werden es morgen sein.« (717) Gleichwohl lässt Gracián ansonsten überhaupt keinen Zweifel daran, dass sich das Gelingen dieses Wegs ganz entschieden als individuelles Unterscheidungsmerkmal erweist. *»Person«* zu werden bleibt eine Seltenheit, ja die Ausnahme, denn »nur sehr wenige« bringen es »so weit« (96). Das »wahre Wissen« (379), »das Sehr-Gute« (422, 107, 405): sie sind Angelegenheit einer kleinen Elite, deren Eminenz sich schroff von den anderen abgrenzt. Die »Mehrzahl« nämlich geht gewohnheitsmäßig »rückwärts« (96), statt sich auf die geforderte Arbeit am Selbst einzulassen. Ihre Angehörigen sind deswegen nur mehr als »Schatten« geboren (553): »Masse«, wie es verächtlich heißt, »Mitesser, gerade genug zum Verzehren der Nahrung und zum Steigern der Quantität, nicht der Qualität.« (822) Wer *»Person«* ist, hält sich dem gegenüber von allem Konformismus fern (698 ff.). Lieber zieht er es vor, »allein« zu bleiben (124).

Womöglich noch radikaler ist die Absage, die der Aufstieg zur Exklusivität gegenüber jeder Form von sinnlicher Irritation vonnöten macht. Insbesondere muss man(n) unbedingt vor allen Versuchungen der Liebe auf der Hut sein, die uneingeschränkt ein »finsteres Labyrinth« darstellt (61), in dem sogar der Weise Gefahr läuft, sich abhanden zu kommen. Distanz und (mit dem Gracián-Leser Ernst Jünger zu sprechen) *désinvolture* sind daher das Gebot. Erkenntnis ist an Askese gebunden, die die Risiken der

Nähe und Berührung meidet. Das trifft selbst im Hinblick auf Ehe und Familie zu. Der Aufbau einer männlichen Welt des Wissens und Strebens, des »Ruhms« und der »Leistung« (929 f.), schließt den sinnlichen Eros kategorisch aus.

In der Tradition zölibatärer Dämonisierung – am Rande: der Barock ist auch das Zeitalter der Hexenverfolgungen! – setzt der hierin begründete Abwehrgestus die Frau ganz selbstverständlich mit einer chaotischen Gegenwelt zu der des »Verstandes« gleich (426). Der Reiz, der von ihr ausgeht, wird für das handlungsleitende Ideal der Popularphilosophie des 17. Jahrhunderts als extrem tückisch empfunden: das der unerschütterlichen Affektkontrolle, in der christliche Vorstellungen mit solchen (neu)stoischer Herkunft verschmelzen. Daneben spielen auch männliche Unterlegenheitsängste ganz offen herein (96 f.). Selbst all dies jedoch erklärt die Aggressivität der Ausfälle gegen die Frau im »Kritikon« nur zum Teil.

In ihrem innersten Kern nämlich zielt Graciáns Misogynie auf alle Formen ungeordneten »Begehrens«, die die Autonomie unterminieren und einen zum Sklaven »der Leidenschaften« (79) werden lassen. »WOLLUST« und »HABSUCHT« insonderheit (113) tragen pathologische Züge (649). So werden schließlich »alle größeren Übel« des Lebens als »Weib« identifiziert: »die Not, die Zwietracht, die Seuche, die Harpyie, die Sirene, die Furie, die Parze.« (884) – bis hin zur »TODIN« (887). Dahinter verbirgt sich der alte Topos von der betrügerischen »(Frau) Welt« überhaupt, an den die Venusfigur der »FALSIRENA« gemahnt (226). Ihren Gelüsten gegenüber empfiehlt sich wissende Zurückhaltung.

Auch wenn sie sich, nach »Janus«, jeweils umgekehrt proportional zum Stand der rationalen Selbststeuerung verhalten (623), geraten die Sinne bei Gracián allerdings mitnichten generell in Widerstreit zum Lebensvollzug des Weisen. Vielmehr stellt sich diesem die Herausforderung, sie harmonisch zu integrieren, eine »kluge und glückliche Mitte« (86) zu finden. Die so verstandene Fähigkeit zur Ästhetisierung des Lebens wird als zentraler kultivierender Faktor der *»Person«* gepriesen. Gebildete Geselligkeit im kleinen Kreis gehört dazu: »gibt es doch hier und heute keine anregendere und ergiebigere Zeit als ein Stückchen *bel parlar* zwischen dreien oder vieren« inmitten einer »schön« arrangierten Atmosphäre (913). Im Palast des spanischen Botschafters in Rom (auf dem »Theater Apollos und seiner Musen«: 830) herrscht sie mustergültig vor. Während der Diskussion über das wahre Glück bricht dort denn auch keineswegs nur Malvezzi eine Lanze für den »gusto« – was sowohl »Lust« als auch »Freude« und »Vergnügen« heißen kann (839) – und darüber hinaus das ästhetische Apperzeptionsvermögen ingesamt bezeichnet (550): »Leben ist doch nichts anderes als ein Genießen alles Guten, mit dem Wissen davon, wie man all dies Gute, aus Natur wie aus Kunst, recht genießt, mit Art und Form und Mäßigung. Ich kann nicht finden, dass der Mensch besser würde, wenn man ihm alles Gute vorenthielte, das hieße ihn vielmehr zugrunde richten.« (838) Diese wahrhaft geschmackvolle Existenz steht offensichtlich nicht im Widerspruch zum Erkenntnisprogramm des »Kritikon«, sondern verbürgt dieses nachgerade (828). Sämtliche Aspekte des gelungenen Menschseins gipfeln in der kreativen Kompetenz, über die man zu verfügen gelernt hat. In all ihren verschiedenen Facetten ist somit »Kunst« das Notwendigste im Leben.

Verifiziert wird dies nicht zuletzt durch die aufwändige Machart des Romans, jenen unerhörten Reichtum an artistischem Raffinement, den sein Autor aufbietet. Auch er ist Teil seines wohlorganisierten Kalküls. Mit sicherem Gespür für die Wirkung bedient sich dieser Manierismus aus einer Vielfalt teilweise höchst ungleichartiger (betont auch das unterhaltsame Genre einbegreifender) Inspirationsquellen von der Antike bis zur eigenen Gegenwart. Schon das nachfolgende Zeitalter der europäischen Aufklärung brachte dafür kein Verständnis mehr auf. Alles »Barocke« galt hier als »ungleichmäßig«, »bizarr« oder »überdreht«, als »schiefrundes« Durcheinander, und geriet fortan mitsamt den dadurch bezeichneten Darstellungsverfahren in Misskredit. Selbst Voltaire – dessen »Candide« zu dem »Kritikon« ansonsten wohl kaum ohne Grund gewisse Parallelen in der desillusionierenden Stoßrichtung aufweist – rümpfte indigniert die Nase über (wörtlich) Graciáns »harlekinhaften« Stil.

Besonders spektakulär mutet dessen Vorliebe für die umfassende Visualisierung seiner Ideen an. Der Zusammenhang mit dem Erkenntniswert des Ein-Sehens, auf den die Lebensphilosophie des »Kritikon« so nachdrücklich abhebt, ist hierbei evident. Ausdrücklich gibt sich Gracián als ein Bewunderer von Hieronymus Bosch zu erkennen (95). Und kulturgeschichtlich in der Tat allenfalls noch diesem vergleichbar, wirkt seine eigene intellektuelle Phantasie unerschöpflich im Erfinden ständig neuer, sich ändernder und auflösender Bild-Wucherungen, kurios unwirklicher und doch bedrängender Allegorie-Montagen, einer Welt von monströsen Figuren und halluzinogenen Landschaften, die für uns heute wie einem Fantasytrip entsprungen scheinen.

Ihrer Definition gemäß beruht die Allegorie auf der Veranschaulichung immaterieller Realitäten durch Bilder aus der Erscheinungswelt. Virtuos in seinen Mitteln, setzt Gracián nun alles daran, dem Dargestellten die scheinbare Selbstverständlichkeit zu entziehen und so die Aufmerksamkeit des Publikums neu für dessen eigentliches Wesen zu schärfen. Dort etwa, wo er die Differenz zwischen metaphorischem und »eigentlichem« Sprachgebrauch aufhebt, wo also (wie dies oft geschieht) bildliche Redewendungen ganz wörtlich genommen werden, vermag er den Sinn und, häufiger noch, den Unsinn eines Sachverhalts drastisch vorzuführen.

Aus der Sicht des Autors sind die grotesken Verunstaltungen, zu denen es dabei kommt, ganz und gar stimmig: »folgt doch in dieser Welt ein Unding (›monstruosidad‹) auf das andere.« (115 f.) Genau das aber wird durch die kühnen Kopfgeburten seiner Imagination in Szene gesetzt. Indem sie diese verfremden, legen sie tiefere Schichten der Dinge bloß, in denen sich nicht von ungefähr Komik und Schrecken oft als ununterscheidbar benachbart erweisen.

Als Stilist bewegt sich Gracián ganz in jener künstlichen Ordnung, die den Gegenstand der barocken Stillehren bildet, unter denen seine eigene eine der gewichtigsten ist. Die »Agudeza«, das bedeutet die Fähigkeit eines Autors zur »scharfsinnigen Rede« (393), wird hier zum maßgeblichen Kriterium für den literarischen Wert eines Textes erhoben. Gestalt gewinnt dieses artistische Prinzip im »concepto«, einer sprachlichen Konstruktion »voller Geheimnisse (...), mit hundert Anspielungen auf tausend Sachen« (698). Eindeutig festgelegt ist das Verfahren nicht. Was es beinhaltet, kann sowohl ein Sichtbarmachen (oder gewagtes Herstellen) verborgener Beziehungen zwischen den Dingen sein als auch die rätselhafte Verschlüsselung einer Aussage (welche dann überraschend aufgelöst wird), ein ausgefallenes Sinn- und Gedankenspiel ebenso wie eine antithetische Übertreibung oder eine möglichst frappierende Pointe. Beispiele dafür enthält der Roman fast auf jeder Seite.

Zuweilen scheint sich während dieses Prozesses der Zierrat eines Gedankens von diesem selbst zu emanzipieren, obwohl er doch eigentlich der umfassenderen und damit präziseren Beschreibung des Gemeinten dienen soll. Was Gracián damit vorführt, ist die Lust an der Beweglichkeit des souveränen Geistes angesichts einer bodenlosen Realität. Dennoch hat man mit Recht darauf hingewiesen, dass die assoziative Entfernung der Sprache von ihrer eigentlichen Aussagereferenz auch bereits Tendenzen des 20. Jahrhunderts vorwegnimmt. Besonders zum spanischen Surrealismus lassen sich vom Kritikon aus ohne weiteres subkutane Verbindungslinien ziehen. Dass hingegen diese ingeniöse Exzentrik für jeden Übersetzer ein Alptraum sein muss, versteht sich von selbst. Desto höher zu rühmen ist die Leistung von Hartmut Köhler, der auf schwierigstem Terrain ganz vorzügliche Arbeit geleistet hat.

So haben wir mit dem »Kritikon« ein nahezu unvergleichliches Kompendium der Themen und Stilformen seiner Zeit vor uns – ein epochales Buch in mehrfachem Sinne. Auch der heutige Leser (dessen Lebensreise sich auf den unübersichtlicher werdenden Highways globalisierter Konkurrenz-Gesellschaften abspielt) wird die Lektionen skeptischer Menschen- und (einen Begriff Musils aufgreifend) Realienkunde nicht einfach abtun können, die es ihm erteilt. Hinzu kommt, dass deren Suggestivität mit jenem gewissen Charme einhergeht, der von seinen (aus gegenwärtiger Sicht) »Unkorrektheiten« ausstrahlt. Vor allem aber bietet Baltasar

Graciáns grandioser Roman eine höchst anregende, vergnügliche Lektüre, bei der man die kulturellen Hintergründe und lehrhaften Absichten zunächst vielleicht einfach auf sich beruhen lassen sollte. Mit seiner wunderbaren Fülle ästhetischer Attraktionen meint Barock hier letztendlich nichts Geringeres als den Triumph des grenzenlosen Erfindungsreichtums der Kunst schlechthin. Eben damit aber trifft sich das »Kritikon« aufs Glücklichste mit einer großen Faszination unserer sogenannten Postmoderne.

Hans-Rüdiger Schwab

Wichtige Titel der neueren Forschungsliteratur, denen ich, in Zustimmung teils, aber auch im Widerspruch, verpflichtet bin, sind u. a.:

– *Forssmann, Knut:* Baltasar Gracián und die deutsche Literatur zwischen Barock und Aufklärung. Diss. Mainz 1977

– *Friedrich, Hugo:* Zum Verständnis des Werkes, in: Baltasar Gracián: Criticón oder Über die allgemeinen Laster des Menschen. Hamburg 1957, S. 212–226

– *Hartmann, Susanne:* Baltasar Gracián. Sehnsucht nach dem verlorenen Paradies. Concepto und Weltanschauung. Diss. Hamburg 1986

– *Heger, Klaus:* Baltasar Gracián. Eine Untersuchung zu Sprache und Moralistik des Conceptismo. Diss. Heidelberg 1952

– *Hidalgo-Serna, Emilio:* Das ingeniöse Denken bei Baltasar Gracián. Das »concepto« und seine logische Funktion. München 1985

– *Hiersche, Korinna:* Zur Zeitproblematik in Baltasar Graciáns »El criticón«. Frankfurt a. M. 1995

– *Hinz, Manfred:* Zur Kritik neuerer Publikationen über Baltasar Gracián, in: Romanistische Zeitschrift für Literaturgeschichte 11 (1987), S. 245–264

– *Jansen, Hellmut:* Die Grundbegriffe des Baltasar Gracián. Genf/Paris 1958

– *Kassier, Theodore L.:* The Truth Disguised. Allegorical Structure and Technique in Graciáns »Criticón«. London 1976

– *Krauss, Werner:* Graciáns Lebenslehre. Frankfurt a. M. 1947 ([2]2000)

– *Lasinger, Wolfgang:* Aphoristik und Intertextualität bei Baltasar Gracián. Eine Strukturanalyse mit subjektgeschichtlichem Ausblick. Tübingen 2000

– *Neumeister, Sebastian/Briesemeister, Dietrich (Eds.):* El mundo de Gracián. Actas del Coloquio Internacional Berlin 1988. Berlin 1991

– *Schröder, Gerhart:* Baltasar Graciáns »Criticón«. Eine Untersuchung zur Beziehung zwischen Manierismus und Moralistik. Diss. Freiburg i. Br. 1966

– *ders.:* Gracián und die spanische Moralistik, in: Klaus von See (Hg.): Neues Handbuch der Literaturwissenschaft. Bd. 10: Renaissance und Barock (II. Teil). Von August Buck u. a. Frankfurt a. M. 1972, S. 257–279

– *Schulte, Hansgerd:* El desengaño. Wort und Thema in der spanischen Literatur des Goldenen Zeitalters. München 1969

– *Schulz-Buschhaus, Ulrich:* Baltasar Gracián, El Criticón, in: Volker Roloff/Harald Wentzlaff-Eggebert (Hg.): Der spanische Roman vom Mittelalter bis zur Gegenwart. Düsseldorf 1986, S. 126–144

– *Welles, Marcia L.:* Style and structure in Graciáns El criticón. Chapel Hill 1976

– *Woods, M. J.:* Gracián meets Góngora. The theory and practise of wit. Warminster 1995

– *Zarate Ruiz, Arturo:* Gracián, wit, and the Baroque Age. New York u. a. 1996

H.-R. Sch.

Die Scharlatan-Episode aus III, 4 in den Übersetzungen von Gottschling und Schopenhauer (Auszug)

Gottschling 1710 III, 4, S. 135 f.	Schopenhauer 1840 III, 4, in *Kleinere Schriften,* S. 507 f.	Köhler 2001 III, 4, S. 697 f.
In diesem Augenblick höreten unsere Reisende das Geschrey von einem freudigen Zuruff des gemeinen Volcks und in dem sie sich dahin wendeten / wo es herkam; so erblickten sie einen Marckschreyer auf einem *Theatro,* welcher zu einer grossen Menge der herumstehenden Zuschauer redete und das Gelücke hatte / daß ihn alle mit einander mit dem tieffsten Stillschweigen zuhöreten. Es bilde sich aber niemand ein / daß dieser Redner ein anderer *Hercules Thebanus* gewesen sey / welcher durch seine Beredsamkeit die Ohren seiner Zuhörer / als mit göldnen Ketten an sich zohe. Nein! im geringsten nicht. Dieser zähmte die Seinigen / wie die Bestien und führte sie bey der Nase herum.	Als sie nun angelangt waren, wurde ihre Aufmerksamkeit durch das Gehör erregt. Nachdem sie sich nach allen Seiten umgesehn, erblickten sie auf einer gemeinen Bretterbühne einen tüchtigen Schwadroneur, umringt von einem großen Mühlrade Volks, welches hier eben gemahlen und bearbeitet wurde. Er hielt sie als seine Gefangenen fest, bei den Ohren angekettet; wiewohl nicht mit der goldenen Kette des Thebaners, sondern mit einem eisernen Zaum.	Als sie hier anlangten, fühlten sie sich schier am Ohr gezerrt und ihre Aufmerksamkeit fortgerissen. Sie schauten nach allen Seiten und gewahrten auf einem rohen Podest einen lautstarken *dicitore,* den ein ganzes Mühlrad von Leuten umstand: Dies aber waren die Gemahlenen. Er hielt sie Gefangenen gleich an den Ohren gekettet, nun nicht mit den goldenen Kettchen des Thebaners, sondern mit eiserner Fessel.
Dieser tapffere Redner nun sagte mit einer nachdrücklichen Redens-Art zu seinen Zuschauern: Meine Her-	Dieser Kerl also bot mit gewaltigem Maulwerk, welches dazu unerläßlich ist, Wunderdinge zur Schau aus.	Unter gewaltigem Redeschwall, wie er ihn aufzubieten wusste, bot er Wunderdinge feil. »Jetzt nun möchte

ren / ich will euch heute Wunderwercke und Wunder / mit einem Worte / etwas ausserordentliches sehen lassen / als ihr euch nimmermehr werdet einbilden können. Deswegen *gratulire* ich mir und schätze mich glücklich / daß ich mit Leuten von erleuchtetem und durchdringendem Verstande zu thun habe. Aber zugleich befinde ich mich genöthiget / euch zu berichten / daß / wo sich einer in gegenwärtiger Versammlung befindet / dessen Verstand sich nicht gar zu weit erstrecket / ich gern sehen möchte / wenn er sich von hier wegbegebe; indem ihm seine Gegenwart schlechten Nutzen bringen würde; weil er so hohe Dinge nicht begreifen könnte. Hieraus könnet ihr sehen / daß ich euch nicht betriege.

Gebet wol Achtung drauf / ihr Gelehrten! Es ist der Vogel des Gottes des Donners / welcher mit euch reden wird: Es ist der Adler des *Iupiters,* welcher euch eine Lektion geben wird. Er wird so vernünfftig raisonniren / daß auch der schärffste *Censor* an denjeni-

›Nunmehro, meine Herren‹, sagte er, ›will ich Ihnen ein geflügeltes Wunder, welches dabei ein Wunder an Verstand ist, vorzeigen. Es freut mich, daß ich mit Personen von Einsicht, mit ganzen Leuten zu tun habe: jedoch muß ich bemerken, daß, wenn etwan jemand unter Ihnen eben nicht mit einem ganz außerordentlichen Verstand begabt sein sollte, er sich jetzt nur gleich entfernen kann, da die hohen und subtilen Dinge, welche nunmehr vorkommen werden, ihm nicht verständlich sein können.

Also aufgepaßt, meine Herren von Einsicht und Verstand! Es wird nunmehro der Adler des Jupiters auftreten, welcher redet und argumentiert, wie es sich für einen solchen schickt, scherzt wie ein Zoilos und stichelt wie ein Aristarch. Kein Wort wird aus seinem

ich«, tönte er soeben, »ein geflügeltes Wunder vorführen, einen Ausbund an Verstand! Ich freue mich, dass ich es mit verständigen Personen zu tun habe, mit wirklich klugen Menschen. Ich darf aber auch sagen: Falls jemand da sein sollte, dessen Aufnahmevermögen nicht so großartig ist, so täte er besser daran, sich gleich von hier zu verabschieden, denn so hohe und anspruchsvolle Dinge würde er nicht fassen können.

Herbei, herbei also, ihr meine Klugen! Es wird auftreten ein Adler des Zeus, der wird reden wie nur einer, der wird so scharf sprechen wie Zoilos und so kritisch wie Aristarch. Kein Wort wird er sagen, das nicht voller Geheimnisse steckte, das nicht ein *concepto* enthielte, mit

gen Dingen nichts aussetzen wird / was ich durch ihn werde sagen lassen. Alle seine Worte stecken voller Geheimnüsse. Er bringet kein Wort vor / worinnen er nicht auf hunderterlei Dinge ziele; Seine Reden sind weit hergesucht; es sind nichts als sinnreiche Sprüche; es sind *Oracula*.
Ich sollte mich sehr betriegen/ Sagte Critile, wenn uns nicht dieser Betrüger einen sehr reichen und mächtigen Herren alhier beschreiben wolte. Dieses ist zum wenigsten gewiß / daß kein Armer seinen *Diskurs* verstehen kann. Denn eine silberne Zunge *raisonniret* wol und göldner Schnabel singet recht wunderbar.
Wolan denn! fuhr der Marckschreyer fort / daß alle diejenigen / deren Verstand nicht so hoch / als der Flug / und ihr Nachsinnen so durchdringend / als das Auge des Adlers ist / sich nur immer von diesem Orte wegbegeben mögen! Unterdessen ging keiner von den Zuhörern von der Stelle; und war niemand gesinnet wegzugehen. Ja es befand sich keiner zu gegen / welcher / nebst der ihn antreibenden *Curio-*

Munde gehn, welches nicht ein Mysterium in sich schlösse, nicht einen witzigen Gedanken mit hundert Anspielungen auf hundert Dinge enthielte. Alles, was er sagt, werden Sentenzen von der *erhabensten Tiefe* sein.‹ – –

›Das wird‹, sagte *Critilo,* ›ohne Zweifel irgend ein Reicher oder Mächtiger sein: denn wäre er arm, würde alles, was er sagte, nichts taugen. Mit einer silbernen Stimme singt sich's gut, und mit einem goldenen Schnabel redet sich's noch schöner.‹ – –

›Wohlan!‹ fuhr der Scharlatan fort, ›mögen sich nunmehr die Herren empfehlen, welche nicht selbst Adler an Verstand sind: denn für sie ist hier jetzt nichts zu holen.‹ – Was ist das? Keiner geht fort? Keiner rührt sich? – Die Sache war, daß keiner sich zu der Einsicht, daß er ohne Einsicht sei, bekannte, vielmehr alle sich für sehr einsichtig hielten, ihren Verstand ungemein ästimierten und

hundert Anspielungen auf tausend Sachen. Was immer seinem Mund entfleucht, wird von tieferer Bedeutung und Erkenntnisschwere sein.«

»Dann dürfte das wohl«, dachte Critilo bei sich, »irgendjemand Reiches und Mächtiges sein, denn wäre es jemand Armes, so hätte sein Wort keine Geltung, was immer er sagte. Es singt sich nun einmal gut mit silberner Stimme, und mit Gold im Schnabel redet sich's noch besser.«

»Nur zu«, rief der Scharlatan indessen, »alle hier, die keine Adler an Verstand sind, mögen sich empfehlen, sie können dem Schauspiel nicht beiwohnen. Na, was ist denn das: Keiner will gehen? Keiner rührt sich von der Stelle?«

Tatsächlich wollten sie in ihrem Unverstand sich keinesfalls dazu verstehen, als unverständig zu gelten, jeder wollte vielmehr bekunden, wie hoch er von sich dachte.

sität / nicht auch die gute Meynung von sich selbst gehabt und sich vor würdig geachtet hätte / die Rede des Adlers anzuhören und sich vor geschickt zu halten die Geheimnüsse zu begreiffen / welche der gemeldete Vogel entdecken solte.

Endlich zog der Quacksalber den Vorhang weg / hinter welchem sein rares Thier verborgen war / und ließ die thümste Bestie von der gantzen Welt sehen; deren blosser Name schimpflich ist. Hier ist er / hier ist er. Dieser unvergleichliche Adler / schrie der Betrüger / dieser untadelhafftige Adler in allem / was er dencket und in allem / war er saget. Und es unterstehe sich ja niemand mir hierinnen zu widersprechen; Er wollte denn vor einen unbesonnenen / einfältigen und vor einen Menschen ohne Verstand angesehen seyn.

In Wahrheit / sagte einer von den Zuschauern / ich sehe Flügel und zwar sehr grosse an ihm. Wie schön sind seine Federn nicht! sagte ein anderer. Sehet ihr ihn nicht / fragte er hierauf einen von den herumstehenden?

eine hohe Meinung von sich hegten.

Jetzt zog er an einem groben Zaum, und es erschien – das dümmste der Tiere: denn auch es nur zu nennen ist beleidigend. ›Hier sehen Sie‹, schrie der Betrüger, ›einen Adler, einen Adler an allen glänzenden Eigenschaften, am Denken und am Reden. Daß sich nur keiner beigehen lasse, das Gegenteil zu sagen: denn da würde er seinem Verstande schlechte Ehre machen.‹ –

›Beim Himmel‹, rief einer, ›ich sehe seine Flügel: o, wie großartig sie sind!‹ – ›Und ich‹, sagte ein anderer, ›kann die Federn darauf zählen: ach, wie sie so fein sind!‹ – ›Ihr seht es wohl nicht?‹ sprach einer zu seinem

Der auf dem Podest zog nun an einem derben Strick, und es erschien das dümmste der Tiere, das auch nur zu nennen sich verbietet.

»Wir sehen hier«, trompetete der Schwindler, »einen Adler in jeglichem Sinn, im Denken wie im Reden! Und dass mir keiner sich erdreistet, das Gegenteil zu behaupten, er würde damit lediglich seine mangelnde Urteilsfähigkeit unter Beweis stellen.«

»Jawohl, ich kann's beschwören!« rief da einer. »Ich sehe doch seine Flügel, mit denen kann er mächtig hoch fliegen! Ich kann ja seine Federn zählen, jede einzelne! Seht ihr das denn nicht?«, fragte er den neben sich Stehenden.

Nein! Antwortete ihm ein redlicher und verständiger Mann gantz frey. Ich sehe einen blossen Esel und versichere euch bey meiner Ehre / daß es einer sey. Siehestu nicht seine vier Füsse? siehestu nicht sinen Schwantz / welcher noch dazu sehr lang ist?
O ! versetzte man ihm / saget ja dieses nicht / man schmisse mit Steinen auf euch loß und ihr selbst müstet vor einen Esel paßiren. Höret ich nicht den allgemeinen Beyfall hier von? Man muß / wie die andern / reden. Ich versichere euch / wendete ein anderer / welcher nicht zu lügen gewohnet war / ein / daß dieses kein Adler sey: es ist gleich dem Adler entgegen gesetzet. Und der größte E = =
Sagt es ja nicht gar heraus / antwortete ihm einer und hielt ihm fast die Hand vor den Mund; ihr werdet sonst machen / daß man euch auszischen wird. Was wird es euch denn nun wol kosten / wenn ihr sprechet / es sey ein Adler; absonderlich / weil man es haben will?

Nachbarn. ›Ich nicht?!‹ schrie dieser, ›ei, wie deutlich!‹
Aber ein redlicher und verständiger Mann sagte zu seinem Nachbarn: ›So wahr ich ein ehrlicher Mann bin, ich sehe nicht, daß da ein Adler sei noch daß er Federn habe, wohl aber vier lahme Beine und einen ganz respektabeln Zagel (Schwanz).‹ –
›St! St!‹ erwiderte ein Freund, ›sagt das nicht, Ihr richtet Euch zu Grunde: sie werden meinen, Ihr wäret ein großer Et-cetera. Ihr höret ja was wir Andern sagen und tun: also folgt dem Strom.‹ – ›Ich schwöre bei allen Heiligen‹, sagte ein anderer ebenfalls ehrlicher Mann, ›daß das nicht nur kein Adler ist, sondern sogar sein Antipode: ich sage, es ist ein großer Et-cetera.‹ –

›Schweig doch, schweig!‹ sagte, ihn mit dem Ellenbogen stoßend, sein Freund, ›willst du von allen ausgelacht werden? Du darfst nicht anders sagen, als daß es ein Adler sei, dächtest du auch ganz das Gegenteil: so machen wir's ja alle.‹ –

»Aber natürlich«, antwortete der, »ganz genau!«

Doch ein anderer, der nicht auf den Kopf gefallen war, sagte:

»Ich schwöre als Mann von Ehre: Ich kann nicht sehen, dass das ein Adler wäre, noch dass er Federn hätte, ich sehe vier plumpe Haxen und einen sehr beachtlichen Schwanz.«

»Na, na, sagt das lieber nicht so laut«, raunte ihm ein Bekannter zu. »Das kann bös enden. Die halten euch am Ende für einen &c... Merkt ihr denn nicht, was die andern alle sagen und tun? So steht doch nicht abseits!«

»Ich will Gift darauf nehmen«, ließ sich ein anderer vernehmen, der sich ebenfalls nichts vormachen lassen wollte, »dass das nicht nur kein Adler ist, sondern sogar das krasse Gegenteil davon. Ich sage, es ist ein großer *&c.*«

»Sei still, sei still!«, stieß ihn ein anderer Bekannter in die Seite. »Sollen denn alle über euch lachen? Ihr braucht doch nur zu sagen, es ist ein Adler, selbst wenn ihr das Gegenteil denkt. So machen wir es doch alle.«

Höret doch / ruffte der Marckschreyer / die schönen Sachen/welche aus dem Schnabel dieses Adlers hervorkommen! Sehet / hier werden die Federn sinnreicher Köpffe etwas aufzuschreiben finden. Denn es wäre ein unersetzlicher Schade / wenn man so glücklich erdachte und mit solcher Annehmlichkeit hervorgebrachte Reden sollte zu Grunde gehen lassen.

In einem Augenblick erhub ein *Baccalaureus* mit unter den andern seine Stimme und sagte: O das sind schöne Gedancken! O das ist ein wunderns=würdiger und erbaulicher Spruch! Es wäre ewig Schade / wenn man ein eintziges Wort von demjenigen / was uns dieses grosse *Oraculum* vorträget / verliehren sollte! Ich will es aufschreiben.

Alsobald hörte man dieses unangenehme Thier mit solcher Gewalt / als wie einen Esel / schreyen / daß alle davon von dem größten Schröcken überfallen wurden und indem immer einer den andern ansahe / ein jeglicher auf die Flucht bedacht war.

(...)

›Bemerken Sie nicht‹, schrie der Scharlatan, ›die Feinheiten, welche er vorbringt? Wer die nicht faßte und fühlte, müßte von allem Genie entblößt sein.‹

Auf der Stelle sprang ein Bakkalaureus hervor, ausrufend: ›Wie herrlich! Welche große[n] Gedanken! Das Vortrefflichste der Welt! Welche Sentenzen! Laßt sie mich aufschreiben! Es wäre ewig schade, wenn auch nur ein Jota davon verlorenginge: (und nach seinem Hinscheiden werde ich meine Hefte edieren.)‹ –

In diesem Augenblick erhob das Wundertier jenen seinen ohrzerreißenden Gesang, der eine ganze Ratsversammlung aus der Fassung bringen kann, und begleitete ihn mit einem solchen Strom von Ungebührlichkeiten, daß alle verdutzt dastanden, einander ansehend.

(...)

»Nun, was habe ich euch gesagt?«, schrie jetzt der Scharlatan. »Er gibt die gescheitesten Dinge von sich! Ein Trottel, wer's nicht merkt!«

Prompt sprang ein junger Scholar in die Höhe und jubelte:

»Wie wahr! Wie tief! Das Größte von der Welt! Das muss jedem einleuchten! Lasst es mich aufschreiben. Es wäre jammerschade, wenn auch nur ein Jota verloren ginge!«

Darüber ließ das wundervolle Tier nun seinen unsäglichen Gesang erschallen, der geeignet war, eine ganze Bürgerversammlung aus der Fassung zu bringen, und es goss einen solchen Sturzbach von Albernheiten aus, dass alle wie betäubt dastanden und einander ungläubig ansahen.

(...)

Zeittafel

1601	Geburt Graciáns in Belmonte bei Calatayud, Aragón (80 km südwestlich von Zaragoza, nahe dem antiken Bilbilis); Taufdatum: 8. Januar. Sohn eines Arztes (von dem er neben positiven Eigenschaften die Geringschätzung der Frauen hat). Möglicherweise jüdischer Abstammung (hebr. *»hen«*, lat. »gratia«; Gracián häufiger Name unter Zwangskonvertierten). Alle vier Geschwister treten kirchlichen Orden bei. Erzieherischer Einfluss seines Onkels Antonio, Kaplan in Toledo. Verbringt seine Kindheit überwiegend in Toledo, wo El Greco, Góngora und der Prediger Paravicino wirken.
1619	Noviziat bei den Jesuiten von Tarragona, in sehr kärglichen Verhältnissen.
1620	erhält nach Absolvierung der Grundkurse in *»Letras«, »Lógica«,* Latein und Griechisch die niederen Weihen und wird zum Studium der *»Filosofía«* in Calatayud zugelassen.
1621–1665	Philipp IV. König von Spanien
1621–1643	Herzog Olivares Erster Minister
1623	Studium der Theologie in Zaragoza. Kampf um Erhalt des Kollegiums mit seinen sechs Studierenden. Disziplinarmaßnahmen seitens der Ordensleitung.
1627	Priesterweihe und Aufnahme der Tätigkeit als Lateinlehrer in Calatayud.
1630	Prediger und Beichtiger im Ordenshaus von Valencia, wo Aragonesen nicht willkommen sind.
1631	Lehrer für Kasuistik in Lérida.
1632	Lehrer für *Filosofía* in Gandía. Legt die Ordensgelübde ab.
1636	Prediger in Huesca. Bekanntschaft mit Vincencio de Lastanosa (1607–1684), einem hochgebildeten Kunst- und Kuriositätensammler aus altem Adel, der sein Mäzen wird, seine Werke herausgibt und ihn mit zahlreichen Persönlichkeiten des Geisteslebens bekannt macht.
1637	*El Héroe,* ein moralisch-politischer Traktat, erscheint unter Pseudonym. Spannungen mit den Ordensoberen. Die Vor-

würfe: zu laxe Beichtpraktiken, weltlicher Umgang und unautorisiertes Publizieren. Findet im Orden jedoch auch Fürsprecher.

1640 AUFSTAND IN KATALONIEN UND IN PORTUGAL

1640 *El Político,* zweiter politischer Traktat, dem Herzog von Nocera, Vizekönig von Aragón, gewidmet, als dessen Beichtiger Gracián nach Zaragoza berufen wurde. Wird von diesem mit praktischer Politik vertraut gemacht, begleitet ihn für zwei Monate an den Madrider Hof, danach in den katalanischen Krieg, bis der Herzog wegen seiner Friedensbemühungen in Ungnade fällt.

1641 *Arte de Ingenio,* ein Traktat über literarische Ästhetik, erscheint in Madrid. Die Kämpfe in Katalonien halten an. Gracián wird zum Vizerektor des Kollegiums von Tarragona ernannt und erlebt aus nächster Nähe die französische Belagerung.

1644 Er wird nach Valencia versetzt, wo er sich erneut angefeindet fühlt. Während einer Predigt erlaubt er sich, einen »Brief aus der Hölle« zu verlesen, was ihm heftige Kritik einbringt.

1645 *El Discreto,* eine Schrift über den »klugen Weltmann«, verkörpert in der Person Lastanosas, erscheint in Huesca (dt. von S. Neumeister, 1996). Gracián wird als Feldgeistlicher zum Heer des Herzogs von Leganés beordert, das die von den Franzosen belagerte Stadt Lérida entsetzen soll. Er wohnt der Schlacht bei und schreibt nicht ohne Stolz, man habe ihn »Vater des Sieges« genannt.

1646 *Oráculo manual* erscheint, wiederum von Lastanosa besorgt, in Huesca. Das »Handorakel«, eine Sammlung von 300 Devisen oder Aphorismen zur klugen Lebensführung, sollte zu Graciáns berühmtestem Werk werden.

1648 *Agudeza y Arte de Ingenio,* die stark erweiterte Fassung von *Arte de Ingenio,* erscheint in Huesca. Mit seinen 63 *discursos* wird es ein Grundbuch der Barockästhetik.

1651 *El Criticón,* I. Teil, spätestens seit 1646 in Arbeit, erscheint in Huesca. Gracián wird auf den Lehrstuhl für Theologie in Zaragoza berufen. Er hat zahlreiche Neider und zeigt sich, nach Ansicht seiner Oberen, häufig cholerisch, während er zu anderen Zeiten zur Melancholie neigte. Eine enge Freundschaft mit dem Kanonikus Salinas zerbricht über der Aufdeckung von Graciáns Pseudonym. Er erhält einen scharfen Verweis aus Rom.

1652 *El Criticón,* II. Teil, erscheint. Die Zahl seiner Neider nimmt zu.

1655 *El Comulgatorio* (Die Kommunionsbank) erscheint, eine Erbauungsschrift, Graciáns einziges namentlich gezeichnetes Werk, die Erfüllung eines Gelübdes.

1657 *El Criticón,* III. Teil, erscheint in Madrid.

1658 In Valencia wird ein umfangreiches Pamphlet gegen *El Criticón* veröffentlicht. Auf Anordnung Roms, wo die Angriffe der Jansenisten gegen die *Societas Jesu* eine Straffung der inneren Disziplin hervorrufen, verliert Gracián seinen Lehrstuhl und wird nach Graus in den Pyrenäen verbannt, bei Wasser und Brot und unter Entzug von Feder und Tinte. Ein Gesuch, in einen Mönchsorden übertreten zu dürfen, bleibt ohne Antwort. Auf Betreiben seiner Freunde wird er teilweise rehabilitiert und nach Tarazona versetzt, wo er gute Aufnahme findet. Körperlich und seelisch geschwächt, stirbt Gracián dort am 6. Dezember.

Personen- und Sachregister

Verzeichnis der Abbildungen

Inhalt

Teil I: Kindheit und Jugend

selbst. Ein Blinder führt die Sehenden. Die eingängige LÜGE in großer Aufmachung, die WAHRHEIT nackt. Justitia und Judas. Gott schütze uns vor unseren Soldaten. Wer führt Krieg gegen das Leben und gegen den Tod? – Der Arzt! *Mundus inmundus.* Vor so viel Unsinnigkeit möchte Andrenio zurück in seine Höhle. Wie hält man es aus auf dieser Welt? – Sehen, hören und schweigen.

Das Aufgebot aller Übel gegen den Menschen und seine Vernunft wird von ZWIETRACHT behindert, aber schließlich von BOSHEIT und FALSCHHEIT befehligt. Andrenio erhält ein Mittel, wie er es auf dieser Welt aushalten kann: von allem, was erscheint, das Gegenteil annehmen. Sie begegnen einer Kutsche, die von Proteus gelenkt wird. Ihr neuer Führer lädt sie ein zu einem ganz besonderen Hof, an dem man die Kunst, sich in der Welt Geltung zu verschaffen, vorzüglich lernen kann. Critilo rät zu größter Vorsicht. Sie gelangen an einen verlockenden Brunnen. Critilo warnt vor jeglicher Labung. Wer sich mit dem Wasser auch nur die Augen benetzt, sieht alles gefärbt. Ein einziger Tropfen genügt, und Andrenio bleibt für immer in der Tugend schwankend. Die Stadt der Fußangeln. Die Paläste der Extreme. Der Jahrmarkt der Foppereien und des Machiavell. Das Bankett der Neckereien. Die mechanische Schaubühne. Hokuspokus mit dem Ausländer, der jeder ist.

Gegen König ENGAÑO (oder FALIMUNDO) steht Königin ARTEMIA. Ihre erstaunliche Kunst der Verwandlung zum Besseren. Critilo macht sich auf den Weg zu ihr, um zu erfahren, wie er Andrenio von König ENGAÑO wegholen kann. Kleine Phantasie über Schwanengesänge. Der alte PRUDENTE, Vertrauter ARTEMIAS, sucht nach Andrenio. Findet ihn stark entstellt. Das Köpfespiel. PRUDENTE zeigt Andrenio von einem Hügel aus den Palast König ENGAÑOS. Andrenio erblickt ein schauerliches Monster. PRUDENTE erklärt Andrenio das Wesen der ARTEMIA.

Das unsichere Geschöpf: der Mensch. Wie ihn bilden: Sacherkenntnis oder Selbsterkenntnis? Das Wunder des aufrechten Ganges. Der Kopf als Ausdruck der Einheit. Warum nur zwei Augen und so eng nebeneinander? Warum haben die Ohren keine Lider? Das wäre ein unvergleichliches Lebenspräservativ. Die Nase: der Stab an der seelischen Sonnenuhr. Der Mund: Sollte Reden und Essen nicht besser getrennt sein? Das Maß der Hände. Der Fuß stünde besser genauso weit nach hinten wie nach vorne. Die doppelte Aufgabe des Herzens. – FALIMUNDO bietet zur Rache für den ihm entzogenen Andrenio INVIDIA auf. Die streut Gemeinheiten gegen ARTEMIA aus. Große Rede der INVIDIA gegen den Fortschritt der Kultur. Der Pöbel will den Palast anzünden.

Die Lust: vom Mittel zum Zweck gemacht. ARTEMIA donnert den Pöbel an und droht mit Sonnenfinsternis. Dennoch will sie ihren Sitz nun neu wählen. Aber wo? Nach kritischer Musterung aller spanischen Städte fällt die Wahl auf Toledo. – Die beiden Wanderer verabschieden sich von ARTEMIA und nehmen, wohl versehen mit Ratschlägen, den Weg nach Madrid, um FELISINDA zu suchen. Sie fallen Wegelagerern in die Hände. Jedenfalls nimmt es sich so aus: Es sind viele Gefesselte da. Doch wer hat sie gefesselt? Ein schmeichelnd schönes Weib mit ihren Gehilfinnen. Alle haben sich nur zu gern binden lassen. Andrenio verlangt Fesseln aus Blumen, Critilo aus ... Büchern. Sie werden zu einem Palast mit sieben Gemächern gebracht. Andrenio geht ins Blumengemach; Critilo verlangt, dort eintreten zu dürfen, wo die anderen herauskommen. Und da sieht es böse aus. Der Lasterpalast: Alle werden sie hinten elend hinausgeworfen. Critilo gelingt es unter Mithilfe eines Weisen, das Treiben in den sieben Gemächern zu beobachten. Am schlimmsten geht es in der Waffenkammer zu. Schließlich entdeckt er Andrenio an einem Fenster des Blumenzimmers und versucht, ihn zu warnen.

Möglichkeit des Menschen, seine Bestimmung zu verfehlen. – Andrenio kommt mit dem Schrecken davon. Er erfährt, dass er in der Weltschänke war und die einladende Dame VOLUPTAS. Der Weise erzählt nun die Geschichte von FORTUNA und ihren beiden Söhnen, dem schönen und dem hässlichen. Der hässliche sucht überall nach dem ENGAÑO. Schließlich findet er ihn unter viel Schminke und erlebt mit, wie ENGAÑO die Welt verdreht und einer ganzen Reihe berühmter Zeitgenossen übel mitspielt. Predigt über die Verkleidung der Tugend. – Sie gelangen nach Madrid. Im Angesicht des Hofes kommt es zu einer Diskussion über den *Cortigiano* und den *Galateo*, die höfischen Manierenbücher aus dem vergangenen Jahrhundert. Sie seien überholt: Es bedürfe nun eines auf den Kopf gestellten *Galateo*. Sarkasmen über Benimmregeln. Keine guten Umgangsformen seien mehr geboten, sondern Wachsamkeit gegen jedermann. Nützlich sei auch die Lektüre einer gewissen *Ulixiade* (Odyssee), denn das dort beschriebene gefährliche Meer sei das Schicksalsmeer des Hofes. FELISINDA finden sie indessen nicht.

Das sechste Gebrechen: LUXURIA. Die Frau bedrängt den Mann auf allen Altersstufen. – Andrenio wird zu seiner angeblichen Kusine geführt und in einem Liebespalast empfangen. Diese Kusine weiß von seiner Mutter Felisinda. Darüber geht Andrenio auf, dass Critilo sein Vater sein muss. Sie erfahren, Felisinda lebe in Deutschland. Critilo will schon dorthin aufbrechen, doch man lenkt ihn mit Besuchen im Escorial und in Aranjuez ab. Wie er zurückkommt, ist das Haus verschlossen, die Dame unauffindbar. Von Nachbarn erfährt er die Wahrheit: Andrenio ist in ein Tier verwandelt worden. Vergeblich durchquert Critilo auf der Suche nach ihm ganz Madrid. Schließlich beschließt er, ARTEMIA zu befragen. Unterwegs trifft er eine Person mit sechs Sinnen: EGENIO, den Mangel. Dieser verspricht zu helfen. Sie treffen auf verschiedene Gruppen von Tieren: alles verwandelte Gebrechen oder Fehler. EGENIO setzt den sechsten Sinn gegen das sechste Gebrechen ein, und in einer Lusthöhle entdecken sie unter vielen anderen den weitgehend verblödeten Andrenio. Verleumdung der Weiber. Andrenio bekennt sich trotzdem zu den Frauen. Man geht zum Tempel des ESCARMIENTO, um für den erfahrenen *desengaño*, die Enttäuschung, zu danken.

Am Tage der Schöpfung verschloss Gott alle Übel in einem Verlies auf den Inseln der Seligen. Die Neugier eines Weibes ließ sie heraus. Sie verteilten sich über die europäischen Lande. – Die Wanderer betreten den Großen Weltmarkt. Dort finden sie zur Rechten das Nützliche, zur Linken das Unnütze. Der Goldprüfer. Der Zungenhändler. Der Schweigenverkäufer. Rechter Hand wird weiter feilgeboten: der Speichel des Feindes als Quintessenz der Gesundheit; Gelegenheiten, Erfahrungen, Verachtung und Achtung aus Abstand. Ein Gagat mit einer sehr probaten Lebensregel. Kauft Geduld, das einzige Heilmittel gegen alles! Das höchste Gut: Nicht von einem Dummkopf abhängen. Man verkauft sogar das Verkaufen. Ruhmtropfen gegen Schweißtropfen. Andrenio will unbedingt noch auf die linke Seite. Zum Abschluss Besuch im Ehefrauenladen. Ohne einen Kauf getätigt zu haben, durchschreiten sie sodann die Grenztore zum Mannesalter – nach Aragón.

Teil II: Im Herbst des Mannesalters

Eintritt ins Mannesalter. Das Leben, ein Fluss. – Sie steigen zu mühsameren Höhen hinan. Keine Blüten mehr, dafür Früchte. Sie treffen auf einen Vieläugigen. Die Vorteile der Augen auf dem Rücken. Argus wacht darüber, dass nichts aus der Jugend ins Mannesalter hinübergeschmuggelt wird. Literarische Wegzehrung. Das allgemeine Zollhaus der Lebensalter. Viele werden einer Reform unterzogen: etwa die Leser von Novellen und Komödien, von Liebesdichtung und Ritterbüchern. Umgestaltung von Kopf bis Fuß. Umbildung des Geschmacks. Eigenes Urteil wird verlangt. Moralische Geometrie. Das Klugheitsbad. Wie man *Person* wird.

Die kritische Begebenheit mit Morgenröte, Wahrheit und Freundschaft. Vom hohen Saumpfad aus überblicken sie die Weltwunder. Das gewundene Venedig. Das hochragende Toledo. Wolfsgrube Louvre. Das strahlende Wien. Ein Bote Salastanos (i. e. Lastanosas) trifft ein und bittet um ein Argusauge. Die Wanderer folgen ihm zu dessen Kuriositätenschloss in Huesca. Der moralisierte Park. Führung durch die Raritätensammlung. Basilisken-

der Freiheit des Herzens. Vor den Alpen Ansatz zu einem Gespräch über die Deutschen – abgebrochen. Auf der Straße der Überlegenen werden sie von einem neuen Monster angefallen. Ihr Führer rät ihnen, sich ganz klein zu machen. So entgehen sie NEID und seinem Giftzahn. An einem Pass müssen sich alle vermessen lassen: Keiner hat in allem das richtige Maß. Deswegen muss jeder noch in aller Welts Käfig, einen sehr kurzweiligen Aufenthaltsort. Nur will keiner wahrhaben, dass er im Tollhaus steckt. Verstandesnarren, Willensnarren und Gedächtnisnarren. Vom Narren, der wider Willen geheilt wurde. Viel Verstand, und dennoch wenig Glück? Gegen den Ansturm der Narren hilft schließlich nur noch das marmorne Wahrheitshorn. Die weißhäuptigen Alpen weisen den Weg nach GREISENIEN.

TEIL III: IM WINTER DES ALTERS

Das menschliche Aufbegehren gegen die Einrichtung der zarten Kindheit als Lebensbeginn kommt dem Obersten Richter zu Ohren. Dieser fordert großzügig zu einer allgemeinen Diskussion über die Frage auf, die ohne Einigung endet. Die beiden Wanderer treten den Weg in die Alpen an. Die Zwiegesichtigkeit des Alters. Von einem Janus, einem Doppelten, erfahren sie von VEJECIA, die Wand an Wand mit dem Tod lebt. Grausamkeit des Alterns. Der *abgedrehte* Herr. Greiseniens Herrscherpalast: rissig und runzlig. Arten, dem Alter auszuweichen. Die Pforte der Würden und die Pforte der Bürden. Jugendsünden – Altersqualen. Belohnung: Es lebe, wer zu leben wusste. Critilo im Ehrengemach VEJECIAS.

Ein Instrument mit vielen Griffen ist das menschliche Gefüge. Am schwersten zu beherrschen ist der Bauch. Trunkenheit ist aller Übel Urquell. VEJECIA erlässt für die Seniorenschaft unerwartete Gesetze. Gegensätzlicher Empfang für Critilo und Andrenio. Herr von der Löcherzunge bemächtigt sich ihrer. Führt sie ins Haus des läppischen Lachens und der schlaffen Scherze. Nach und nach wird dies zum Ort des großen Herzenserquickers, Treffpunkt der Wallfahrer mit der Lederschlauchpelerine, Jordan der Gealterten. Es ist das Haus der Erquickung an der Straße des Lebens, wo man sich labt an der Milch der Greise. Die rundliche Königin mit der Rubintraubenkrone. Wie ein Maultiertreiber den Wein aus *Teutschland* mitnahm und er immer dünner wurde. Eine verderbliche Sirene nähert sich Critilo.

Der Mensch erkrankte lebensbedrohlich an Gier. Himmlische und irdische Ärzte wetteiferten um die besseren Rezepte. – Critilo erklärt seine Sirene: es war die große SCHIMÄRE. Ursprung und Folgen der Trunksucht. Andrenios Lallrede. TREFFER und RATER, ihre neuen Führer. Sie durchschauen alles und jeden. An der Schwelle nach Italien: Rückblick auf Deutschland und die Deutschen. Die Menge auf der Flucht vor der WAHRHEIT. Womit wird sie niederkommen? Der Hof der WAHRHEIT: ein Ding der Unmöglichkeit. Man hat WAHRHEIT vertrieben: Wie kann man sie wieder zurückholen? WAHRHEIT, dieses bittere Zeug: Keiner will es in den Mund nehmen, nur Kinder und Narren. Streit um das Wesen der WAHRHEIT. Schließlich kommt WAHRHEIT mit einer Spottgeburt nieder.

Die Welt ist chiffriert: Wer nicht die Gegenchiffre besitzt, versteht sie nicht. Wer war die Spottgeburt der WAHRHEIT? Antwort: Der Hass. Andrenio schmeckt die WAHRHEIT bitter, Critilo süß. Die meisten, die nach WAHRHEIT aussehen, sind in Wahrheit *Diphthonge,* unsaubere Mischungen, oder *Parenthesen,* unentschlossen Daherredende. Es gilt, die zahllosen Chiffren zu erkennen, um sie zu entschlüsseln. Zum Beispiel das *&cetera,* das Unaufrichtigkeit, oder das *Qutildeque,* das Unfähigkeit chiffriert. Oder die Chiffre *Stelz.* Nicht zu vergessen: das *alterutrum,* die Chiffre für Verkehrtheit: Auch wer in Seide geht, kann ein Affe sein. Am Umschlagplatz des Scheins, wo die Übergolder von Missgriffen und Untaten am Werk sind. Auch die Schönfärber. Der Scharlatan, der Esel und die Gläubigkeit der Menge.

rad. Schlichtheit von früher, Aufwand von jetzt. Hutmoden, Kleidermoden, Haarmoden. Sprechmoden: Den Wörtern ergeht es nicht anders als den Hüten. Kann man den Veränderungen den Puls fühlen? Trost im Gedanken an das Rad: Auch das Gute wird einst wiederkehren. Alter Inhalt in neuen Lettern. Auswüchse beim Predigen. Auch Alexander, auch Kaiserin Helena werden wiederkehren. Die Fäden des Himmels: Was die Natur an Leben spinnt, der Himmel wickelt es auf. Nach dem Philosophieren führt der Hofmann die Pilger zum... Essen.

Über den Zeitpunkt, an dem FRAU TOD auftritt. Schlichte Wahrheiten über die sieben Fuß Erde. Der Seiltanz auf dem Lebensfaden. Ein Gast in der *Herberge zum Leben* warnt die beiden Wanderer vor der Scheinfreundlichkeit der Wirtin. Er führt sie hinab in unterirdische Gelasse. Dort müssen sie sehen, was aus all den Gästen geworden ist, die mit ihnen waren. In einem Winkel belauschen sie ein Gespräch zwischen Kapuzenmännern über die Erzfeindin des Menschengeschlechts. Die erstaunlich lebendigen Handlanger der DAME TOD. Die verlässlichsten Diener: die Ärzte. Die Königin und ihr halbseitiger Anblick. Sie ist gar nicht schrecklich, vielmehr aufgeräumt. Defilee der Minister. KRIEG wird in Ungnaden verabschiedet. Schwerer Vorwurf an PEST und SEUCHE: Ihr verstoßt gegen Gottes Gerechtigkeit! Andere Diener verweigern den Dienst. Die TODIN erzählt ausführlich aus ihrer Lehrzeit. Die Skrupel des Büttels beim Töten des Reichen. Schließlich wird auf die beiden Pilger eine ALTERSSCHWÄCHE angesetzt. Aber ihr Führer weiß ein letztes Mittel dagegen.

Xerxes' Irrtum: der Glaube an die Vergänglichkeit aller. Die Insel der Unsterblichen: Es gibt sie. Ein Leben ohne Altern, ohne Zeit, und mit immer währendem Andenken: Es ist möglich. Diese Insel der Unsterblichkeit liegt inmitten einer See aus... Schreibsaft. Mit vieler Mühe gelangen die Wanderer auf die Insel. Dort stehen keine prunkvollen Grabmäler, doch das Fass des Diogenes und andere schlichte Bauten. Am Eingang ein großes Tor mit einem unbestechlichen Wächter: MERIT. Ob Könige, Soldaten oder Schreibende: Alle prüft er unbeirrbar auf ihre Verdienste. Wenigen nur steht Nachruhm zu. Ein Haudegen stellt Generäle bloß. Damit gefällt er so sehr, dass er den Auftrag bekommt, ins Leben zurückzukehren und auch die Ruhmverkünder, die Geschichtsschreiber zu prüfen. Nach längerem Warten werden auch die beiden Wanderer geprüft. Sie können nachweisen, dass sie durch alle Stationen des Lebens gegangen sind, und so finden auch sie schließlich Aufnahme.

Inhaltsverzeichnis

Teil I: Kindheit und Jugend

Teil II: Im Herbst des Mannesalters

Teil III: Im Winter des Alters